中国古典诗词曲赋鉴赏系列工具书

魏晋南北朝诗歌鉴赏辞典

WEIJIN NANBEICHAO SHIGE JIANSHANG CIDIAN

主编 ◎ 魏耕原　张新科　赵望秦

商务印书馆国际有限公司
中国・北京

魏晋南北朝诗歌鉴赏辞典

主　编:魏耕原　张新科　赵望秦

撰稿人(按姓氏笔画排序):

王　齐　王　红　王　政　王少华　王立群　王达津　王运熙　王启兴
王昌猷　王景琳　王锡九　毛治中　艾治平　叶　华　叶幼明　叶志衡
田秉锷　史双元　吉明周　吕美生　朱　颖　朱一清　朱明伦　朱思信
朱崇才　任　重　华　锋　华钟彦　刘文忠　刘扬忠　刘知渐　刘学锴
刘振东　刘德煊　关道雄　汤高才　安　旗　许　总　许　结　许苗军
阮　卫　孙其芳　牟世金　李　扬　李　佳　李　雪　李文初　李生龙
李汉超　李亚超　李廷先　李志慧　李时人　李建明　李道尧　杨心州
杨希武　肖瑞峰　吴广铃　吴文治　吴企明　吴汝煜　何国治　何依工
何新文　张　晶　张巨才　张亚新　张兆勇　张明非　张忠纲　张学忠
张登弟　张锡厚　陆三强　陈邦炎　陈志明　陈荣富　陈根民　陈鸿彝
林从龙　林春生　林家英　金启华　金性尧　周本淳　周啸天　周满江
周溶泉　郑　文　郑孟彤　郑曼元　房日晰　孟祥照　赵光勇　赵炎秋
赵望秦　胡大浚　胡国瑞　费秉勋　耿百鸣　聂文郁　夏晓虹　顾伟列
徐应佩　殷呈祥　高海夫　郭定功　郭维森　陶尔夫　陶道恕　黄志辉
萧华荣　萧涤非　曹大中　曹明纲　章继光　梁宗奎　寇效信　葛晓音
韩小默　韩兆琦　韩理洲　程　远　傅庆升　傅毓民　鲁同群　温洪隆
靳英敏　赖汉屏　褚斌杰　蔡厚示　臧维熙　鲜述文　谭优学　缪　钺
颜邦逸　潘啸龙　潘慧惠　薛祥生　霍旭东　穆克宏　魏崇新

总　目

凡　例

一、本辞典共选收魏、晋、南北朝、隋代诗作及歌谣438篇。

二、正文中作家作品篇目排列次序：南北朝民歌依郭茂倩《乐府诗集》，其未收者从余冠英《乐府诗选》，魏、晋、南北朝、隋的诗人及同一诗人作品次序排列均从逯钦立《先秦汉魏晋南北朝诗》。

三、原则上采用一首诗一篇鉴赏文章，也有少数难以分割的组诗，则几首诗合在一起赏析。

四、疑难字词校多的，列有注释，其余篇目在赏析文章中略作解释。

五、使用规范汉字，《通用规范汉字表》外的字，不做类推简化。

六、古代地名后，一般在括号内注明今名或现今的归属。旧纪年后，一般也在括号内注明公元纪年。括注内的公元纪年，一般省略“年”字。

七、附有主要作者小传、有关本时期诗作的主要书目简介，供读者参考。

前　言

高海夫

唐诗，无疑是我国诗歌发展史上一座巍峨的高峰。但是，它并不是拔地而出、一山突起，而是经过一段连绵起伏、重峦叠嶂的漫长历程之后才成其高的。没有此前近两千年间众多知名与不知名创作者的褴褛开疆、探索创造，唐诗的繁荣局面是不可能出现的。

钟嵘在《诗品》中品评了一百二十二位五言诗人，而穷源溯流，终不出诗、骚二途。这一考察，不无见地。自然，承流接响，受其沾溉，并非因袭模拟，亦步亦趋，而是因革错伍，各自有其创造、发展与变化处，有其由于时代、个人的诸因素而形成的个性特征在。

《诗三百》中，有下层人民的作品，也有公卿士大夫的献诗，还有些可能出自巫、史之手。“饥者歌其食，劳者歌其事”，人们常用这两句话来表述其内容的突出特征及其价值之所在，这原无不可，但它似不足以尽括《诗三百》的全部内容。雅、颂中某些优秀的篇章，如写商、周部族发展的史诗，讽斥统治集团暴虐昏聩的作品，其作者虽非“饥者”“劳者”，但亦自有其不可忽视的价值。在国风中占有最大比重的关于爱情婚姻之作，或写相恋之情，或写新婚之欢，或写被弃之苦，或写私奔之事，这些内容虽未必能归入“饥者”之“食”、“劳者”之“事”，但亦不无社会意义。因此，我们如果称《诗三百》为一部自西周初叶至春秋中期五百余年间的巨型历史画卷，似也不算过分。《诗三百》中纪实性的，特别是故事性的叙事诗，其中并不乏语言简洁、描写细致、结构精巧、形象鲜明的佳作。那些抒情的篇章，通过赋比兴的途径，使主观感情与客观景物融为一体，构成饱含感情的艺术形象；借助一唱三叹、回环往复的方式，表现出深厚悠长的意味，至今仍脍炙人口，影响深远。总之，《诗三百》中所呈现出来的直面社会人生的精神、倾向，和与之相应的艺术追求，在我国诗歌传统中占有极重的分量和异常突出的地位。

战国时期，伴随着我国文化如众鸟啼春般灿烂繁荣局面的到来，在诗歌园地里也出现了一朵艳丽夺目的奇葩，这就是以屈原为创作代表的屈骚或楚辞。它是我国诗歌的又一光辉的典范与源头。

正如王逸所说："昔楚国南郢之邑，沅湘之间，其俗信鬼而好祠。"（《楚辞章句》）一方面南国还残留着远古的巫术文化，瑰丽奇异的神话世界还时时弥漫在人们的脑际；一方面中原文化对楚人又有着不可忽视的巨大影响，这种影响在屈原身上表现得尤为显著。他对往古历史兴废成败的回顾，他所憧憬的理想政治，以及对他清醒的、生死以之的追求精神，都与中原学人几无二致。加之屈原自己又是一位具有极为可贵的创造精神的艺术巨匠，他融化南北，合其两长，而自铸伟词，把浪漫的遐想和理性的精神，光怪陆离的形象和剧烈矛盾的现实，鲜明的政治倾向性和强大的艺术感染力，高度统一为一个艺术整体，带有异常鲜明的个性烙印，遂开辟了一条文人抒情诗的崭新道路。其衣被后世，恐不止如刘勰所说"才高者菀其鸿裁，中巧者猎其艳辞，吟讽者衔其山川，童蒙者拾其香草"（《文心雕龙·辨骚》），其伟大的人格与其对内在心灵更为具体、更为丰富的描绘，影响尤为深远。

汉代，儒家学说被定于一尊。《诗三百》被尊之为经。经过经学家的阐释，《诗经》成为以礼制欲的标本，屈骚也被认为是"依托五经以立义焉"（王逸《楚辞章句·序》）。他们本欲借此以规范诗歌创作，把原来无限广阔的诗歌天地，缩小、限制在儒家政治、伦理、道德的窄狭模式里。其结果却是"词赋竞爽，而吟咏靡闻"（钟嵘《诗品·序》），除了《垓下歌》《大风歌》几首出自并非文人之手的抒情短歌外，诗坛竟是一片沉寂，倒是乐府民歌的作者们，继承诗、骚的传统，在开创着、前进着。

汉代的乐府民歌，除了不为经学家的诗论所缚，题材更为多样、内容更见丰富以外，其主要贡献，首先在于创造了自己特有的美学特征。叙事诗明显地增多了。在这些作品中，作者大多是选择一个特定的、短暂的而又典型的时空背景，以质朴而又经过提炼的语言，来描写人物的活动、对话，展现人物的内心世界和波动变化的情绪。到了东汉后期，更是有所发展，出现了如《悲愤诗》《孔雀东南飞》那样的鸿篇巨制，把上述生活横断面的格局，推进到一个相当长的时间跨度内，写一个首尾完整、情节繁多的故事。社会生活的容量大大增强,人物性格的塑造愈益鲜明,“点缀生活,如一本杂剧”(贺贻孙《诗筏》),从而,其艺术的感发力量亦得到空前提高。如“《焦仲卿》篇,形容阿母之虐,阿兄之横,亲母之依违,太守之强暴,丞吏、主簿、一班媒人张皇趋附,无不绝倒,所以入情。若只写府吏、兰芝两人痴态,虽刻画逼肖,决不能引人涕泗纵横至此也”(同上)。这无疑标志着我国叙事诗已臻成熟。惜乎魏晋六朝的诗论家,对此竟未予以应有的注意,使它几成绝响。其抒情之作,或率直悲歌,喷涌而出;或含蓄浑厚,委曲婉转。较之《诗经》,更见精切细腻;比之屈骚,则无其绚烂的光彩,而自具面目。

乐府民歌原多句无空字,篇无空句,发展到后来,则渐趋于整体五言。文人仿作,尤重此体。到了东汉末期,愈趋成熟,遂出现了以《文选》所载十九首为代表、与《孔雀东南飞》可称双峰并峙的为数众多的古诗。伴随着东汉帝国的行将崩溃,儒学的教义亦失却了对人们思想的约束力,因而古诗作者们的主体意识已明显增强,遂使这些作品中虽也表现出对身处乱世、遭遇坎坷的苦闷、不平与激愤,但交织其中的却常常是存亡难卜的哀伤、人生无常的感喟,以及对为乐及时的追求。它在表现艺术上,虽仍多是直抒胸臆的方式,但“畜神奇于温厚,寓感怆于和平;意愈浅愈深,词愈近愈远;篇不可句摘,句不可字求”(胡应麟《诗薮·内编》卷二),已达到很高的境界,所以历来受到人们的推崇。

从东汉末年到隋,这前后约四个世纪,是我国诗歌史上一个相当重要的时期。这是一个人的自觉时代,也是文的自觉时代。在这期间,我国诗歌在先秦两汉已经取得的辉煌成就的基础上,继续在变化着、发展着、前进着,只是时而快,时而慢,有时还有停滞,有曲折,有逆流。不过历史总是在曲折地前进着,因而这些都无碍于那发展、前进的总趋势。建安诗坛的崛起,五言诗的成熟,七言诗的进展,山水诗的勃兴,“永明体”的出现等,就是这种变化、发展的一些重要标志。

建安诗风是以往全部文化积淀在特定历史条件下的产物。由于人的自觉、主体意识的增强,《古诗十九首》中那种对人生无常的哀伤与感喟,在建安诗人的作品中也是屡见不鲜的。但“洛阳何寂寞,宫室尽烧焚”(曹植《送应氏》其一)的时代,毕竟与“洛中何郁郁,冠带自相索”

(《古诗十九首·青青陵上柏》)的时代不同了。人的主体意识也终究不是与时代特征、文化素养等因素无涉的孤立自在之物。东汉末年,继暴雨疾风般的黄巾农民大起义被镇压而来的军阀大混战,使社会和人民的生活发生了剧烈的变化。以曹操为中心的建安诗人,大都曾被卷入动乱的旋涡,有过程度不同的乱离生活的经历。加之他们的身份与《古诗十九首》的作者们毕竟不同,大抵都是上层人物,传统的儒家文化和价值观念,在他们的精神上都留有明显的烙印。因而他们既近受《古诗十九首》的影响,又能远绍诗、骚以至汉乐府的传统,写出了许多既反映社会的残破、人民的苦难,又表现出对国家的统一、社会的安定、政治的清明的强烈愿望的作品。他们的作品,大都语言质朴劲健,境界苍茫宽阔,情调慷慨悲凉。这些特点的总合,就是所谓"建安风骨"。它对后世曾产生过深远而积极的影响。在建安诗人中,曹植的成就尤为突出而值得注意。他的诗作声情慷慨,词采华美,形象生动,个性鲜明,比较注意句子的对称,音调的和谐,从而更集中而鲜明地体现出文的自觉的倾向。

三国魏末正始时期的阮籍,是把五言抒情诗提高到一个新的高度的诗人。他身处魏晋易代之际、政治极端黑暗恐怖之时,他既不满于曹魏政权的败坏腐朽,更看不惯司马氏父子的专横凶残。逆来顺受,既非所愿;公然抗争,又势所不许。现实生活的极端痛苦,迫使他在道家思想中去寻求痛苦的解脱、个体的自由与人格的尊严。于是在诗中遂常借助丰富的想象和巧妙的比喻等,来表现其昂首天外的遐想,或栖隐巉岩的眷恋。在这虚幻的追求中,既蕴涵着无穷的忧伤凄苦,也具有深刻的历史内容。从而继建安诗人之后,给五言诗又增添了一种新的美学风格,积累了一些新的艺术经验。

东西两晋是封建地主阶级中最腐朽的阶层——士族地主占统治地位的时期。他们既垄断了政治、经济,也垄断了文化。这种垄断的后果,便是诗坛一开始即"采缛于正始,力柔于建安"(刘勰《文心雕龙·明诗》),既丢弃了建安、正始的真正传统,也离开了矛盾激烈的社会现实,使诗歌大多以华美的形式,掩盖其生活的空虚与内容的做作。他们也追求率性旷放,"然竹林之为放,有疾而为颦者也;元康之为放,无德而折巾者也"(《晋书·戴逵传》),以致闹出了"高情千古《闲居赋》,争信安仁拜路尘”（元好问《论诗三十首》）那样的笑话。西晋初年，只有出身寒微的左思，以他笔力雄健、颇具浪漫主义色彩的《咏史》诗，抨击了腐朽的门阀制度，向那充斥高位的“世胄”们投以轻蔑的目光，表现了傲岸的态度，从而给颇觉荒凉的西晋诗坛增加了一点生机。此后，两晋之交，刘琨曾写过几首雅壮多风、富有爱国情感的诗歌，郭璞也有一些词多慷慨、坎壈咏怀，内容较为充实的篇章。只是他们的作品不多，而诗坛又是积重难返，所以未能横制颓波，挽回狂澜。到了东晋，更出现了左右诗坛达一个世纪之久的玄言诗。“正始明道，诗杂仙心”（刘勰《文心雕龙·明诗》），玄言诗在嵇康、阮籍时即已发轫。但他们的企仙希隐，言皆玄远，意在“越名教而任自然”（嵇康《释私论》），而东晋的玄言诗人们，大抵是在名教中寻求乐地了。他们标榜“居官无官官之事，处事无事事之心”（《晋书·刘琰传》），一边居官理事，一边却在诗中去阐发对玄学人生观的领悟，去追求那种超感官的遗世绝俗的美。这些玄言诗，枯燥无味，活像老庄著作的义疏，连两晋诗人那一点华美的形式，也让他们给丢掉了。

幸而到了东晋末年，杰出的诗人陶渊明登上了诗坛。他由于对晋宋之际政治的昏暗与仕途的污浊的厌恶而长期退隐田园，因而写了许多赞美田园风光、反映农耕生活的诗歌。但他也不曾忘怀现实，在他的诗中也有对反抗者的歌颂和对没有剥削、没有压迫的理想社会的向往。他的诗，语言十分简淡，风格极其自然，在极为寻常的田园生活中去追求个体的自由与理想的人格，在当时的诗坛上，创造了一种独树一帜的美学风格。他的诗，对促使“庄老告退”，把诗歌从老庄著作义疏般的绝境里解放出来，使它再成为真正的诗这方面，是做出了辉煌成绩的。无奈他是一个出身寒素又不求闻达的人。在那个以门阀相尚的时代里，人既不被重视，诗也就随之而被埋没了，未能产生应有的影响。所以钟嵘在总论南朝宋初诗坛的形势时说：“谢客为元嘉之雄，颜延年为辅。”（《诗品·序》）竟没有给陶渊明什么地位。这倒不一定是钟嵘囿于时俗的成见，轻视寒素，恐怕当时的实际情况也就是这样。直到后来昭明太子萧统为陶诗编集、作序，并把陶诗选进了他自己编集、影响极大的《文选》以后，陶诗这才如“云破月来”，方渐渐显露出它夺目的光彩。

进入南朝，诗坛上一个突出的变化就是“庄老告退，而山水方滋”

(刘勰《文心雕龙·明诗》)。谢灵运是第一个大力从事山水诗创作,并取得了突出成绩的人。在他之前,尽管也有殷仲文、谢混曾以山水入诗,但“仲文玄气,犹不尽除;谢混清新,得名未盛”(《南齐书·文学传论》),一个诗里“玄气”还太多,一个山水诗还写得很少,声名不高,影响不大。谢灵运由于长期徜徉于名山胜水间,观察得细致、深入,再加上他有足够的艺术素养,因而便大大革新、提高了写景的技巧,丰富了可资后人借鉴的艺术经验,如描绘的逼真、形象,词汇的丰富、新鲜,语言的考究、锤炼等。但谢诗也有不少明显的缺陷,像往往失之罗列铺陈,而不能严密省净;雕琢堆砌,不够真切自然;沉滞呆板,缺乏气韵流畅之美;诗末还常常拖着一个枯燥寡味的玄言的尾巴;他对山水的态度是玩赏的,而不是感受的,因而往往境有余而意不足,缺乏完整、深厚、物我浑融的意境。

和谢灵运同时的诗人鲍照,出身比左思更寒微,遭遇比左思更不幸,这些都是与谢灵运迥乎有异的,因而其创作成就也为谢所不及。他的《代出自蓟北门行》、《拟古》(其六),前者热情赞颂了甘愿为国捐躯的征人战士,后者反映了当时赋役之繁苛、政治之暴虐,而且都写得声情激越,慷慨多气。这些在当时都犹如空谷足音一般,绝无仅有,弥足珍贵。鲍照诗歌创作更为突出的成就还在于他的七言乐府(包括杂言在内)。这类作品的代表就是他的《拟行路难》。这一组诗,既非一时所作,也不是专咏一事,社会内容相当丰富,而且感情慷慨奔放,语言雄奇俊伟,音节顿挫多变,在艺术上也独具面目。它上承曹丕、陈琳,而又有所发展,下边又给予唐代大诗人李白以明显的影响,承前启后,继往开来,在诗歌史上的地位是颇为重要的。

齐、梁、陈三代诗坛的基本特征,就是“永明体”和“宫体”的次第出现和流行。深为唐人所诟病的齐梁文风,所指也大抵就是这种倾向。

利用汉语四声的不同,使平仄交互,以增强诗歌的节奏感和声律美,这种尝试与探索早在曹植就已经开始了。不过,到了齐武帝永明年间,沈约等人才发为理论,更积极地、自觉地加以提倡。当时人们把这样的诗称为“永明体”。这种新体诗一出现,即影响极大,及于梁、陈。谢朓、王融、范云、刘绘、何逊以至阴铿等人,无不与之小异而大同。作为一个文学流派,他们共同的美学追求,除了音律谐畅之外,还表现在语言上克服晋宋诗人典雅艰涩之失,力求清丽自然;艺术描绘日益细致工巧,尽态极妍;着意于构思取境,创造意象,不求回环往复,淋漓尽致,重在意余言外;突破伦理教化、超世绝俗的旧框架,大量写作羁旅行役、伤离恨别、写景咏物、宴游闺怨之类的作品,在触目皆是的日常生活中去寻找诗材;继承"缘情"的传统,重在"吟咏情性""流连哀思""标举兴会,发引性灵"。不难看出,在这种新的美学追求中有其合理因素,如丰富了诗的题材,拓展了诗的天地,突出了诗的艺术特征。但也有其致命的弱点,日常生活的题材增多了、丰富了,严肃的、具有社会意义的题材却减少了、罕见了。有所得亦有所失,还未能使诗歌如它所反映的现实生活一样广阔、多样。此其一。突现了诗歌的抒情特质,但他们的情感却失之于贫薄萎弱,缺乏时代的气息、社会的脉动、理想的光辉、进取的精神。此其二。总之,走出了泥淖,又掉进了陷阱。循此以往,也很难使诗歌的发展走上康庄的坦途。"永明体"的杰出代表是谢朓。谢诗的主要内容仍是模山范水,不过他已克服了大谢的堆砌繁芜、呆板沉滞,表现得更清新流丽,富有情韵。在他的作品里,那种玄言的尾巴、枯燥的说教,也绝少看到了,取代它的是自己忧危失意心情自然而细腻的抒写,是来自个人仕途升沉的怅惘和哀怨。时人评其诗曰"调与金石谐,思逐风云上"(沈约《伤谢朓》),或曰"奇章秀句,往往警遒"(钟嵘《诗品》)。大抵已揭示了小谢、实亦"永明体"诗人主要成就之所在。至于"宫体",主要是以艳丽的词采,写色情的内容,这不只是衰落,简直是堕落。这种风气,绵历既久,影响极坏。强调"吟咏情性"而竟至于此,则是这一代诗歌中最不足取的部分。

庾信原也是南朝梁的作家,著名的宫体诗人。不过在他四十三岁奉命出使西魏时,魏军南下灭梁,他遂被强留长安,屈仕敌国。从此,他的作品便充满了悲亡国、怨羁留、思故土,以及对自己"失节"行为的痛悔心情,情真语挚,沉郁苍凉,又常常借助典故、比兴以表达其难言之隐,相当感人。其风格面貌,和他早年作为南朝梁宫廷文学侍从之臣时的作品迥然不同了。同时,他在诗歌形式方面,也做过多方面的探索,对律诗和律化绝句的成熟,都有一定的贡献。

庾信等人的由南入北,不仅使自己的创作发生了巨大的变化,也给北朝诗坛增添了光彩。原来北朝的诗坛上,除了乐府民歌放射着夺目的光彩外,文人的创作一直是相当冷清的。北魏北齐之际的所谓北朝三才子温子昇、邢邵、魏收等,多步趋南朝作家沈约、任昉等,艺术上缺乏特色,思想内容上也没有什么值得称道的成就。

在我国文学史上,南北朝是继《诗经》、汉乐府之后,民间诗歌收集、保存、流传最多的一个时期。南北朝的乐府民歌虽然产生于同一时代,但由于南北方的社会、经济、政治、文化以至风俗习尚的不同,民歌产生的具体条件也不同,因而南朝与北朝的民歌,无论在内容上还是在艺术形式上,都存在着显著的差异。南朝民歌多写儿女情怀,风格柔媚,《西洲曲》可以作为它的代表。北朝民歌则内容较为丰富,形式也较为多样。它的杰出代表,就是著名的长篇叙事诗《木兰诗》。诗中描写年轻女子木兰,毅然穿上戎衣,代父应征,奔赴疆场。及至胜利归来,换上女装,同行的伙伴才发现这位十年征战、英姿飒爽的战士,原是一位女郎。在重男轻女的封建社会里,这样的妇女形象是多么的不同寻常、光彩照人啊!

在南北分裂时期,“江左宫商发越,贵于清绮;河朔词义贞刚,重乎气质”(《隋书·文学传序》),南北文风固然迥异,但同时也在相互交流、影响、吸收。隋王朝统一南北,本可以促进这种吸收、融合,进而创建一代新的诗风,但由于它享国日浅,加之文帝重政轻文,不悦诗书;炀帝纵情声色,醉心宫体,所以未能完成这一历史任务,只有卢思道、杨素、薛道衡等人,写出了一些刚健雄浑、情思沉挚的作品,显示了一点生气与转机,代表着隋诗的成就。至于立足现实,转益多师,取长弃短,继往开来,向着诗歌发展新的高峰突进,便只好留给有唐一代的诗人去实现了。

对千余年来诗歌的演变、发展,以上的叙述不仅挂一漏万,而且也未必得其要领,好在下边就是专家学者们对众多作品的鉴赏品评,如能观其会通,其所得自会比我的粗略叙述要全面、切实、中肯得多,因而似无需我再费词了。

篇　目

魏晋诗歌

南北朝诗歌

隋朝诗歌

魏晋诗歌

度　关　山

曹　操

天地间，人为贵。
立君牧民，为之轨则。
车辙马迹，经纬四极。
黜陟幽明，黎庶繁息。
于铄贤圣，总统邦域。
封建五爵，井田刑狱。
有燔丹书，无普赦赎。
皋陶甫侯，何有失职？
嗟哉后世，改制易律。
劳民为君，役赋其力。
舜漆食器，畔者十国。
不及唐尧，采椽不斫。
世叹伯夷，欲以厉俗。
侈恶之大，俭为共德。
许由推让，岂有讼曲？
兼爱尚同，疏者为戚。

鉴赏

《度关山》不算曹操的名作。因为颇多说教之语，一般选本大多不选它。不过，在曹魏时代，它却颇得到重视，还专为配乐在宫中演奏。这大概与它所说的治国之道，对上层统治者不无教诲意义有关吧？

曹操被后世骂为“奸雄”。但在他自己，是颇以“英雄”自视的。而且如鲁迅所说，也确实够得上。诵读《度关山》，正可以见识一下这位政治家的胸襟和志向。

这首诗可分为四层。开头八句主要申说立君之道。诗人俯仰天地，流观万物，劈头即提出“天地间，人为贵”的论断。这论断在今天并不新鲜，但在敬奉“天命”、推崇“天人感应”之说的汉末，却显示了诗人那“性不信天命之事”的思想光彩。诗人接着指出，人群之所以“立君”，原本是为了规范生活的秩序，拓展四方的往来，黜退人群之害，进用百姓之贤，以促进“黎庶”的生息繁盛。诗人心目中立君之道的出发点和归宿处，均着眼于利民和养民，识见自足不凡。后面八句反顾历史，以往古“贤圣”为例，申说治民之道。诗中以赞美的口吻，称颂往古贤圣治理“邦域”的功业，特别提到“封建五爵”“井田刑狱”这几项政治措施，是有诗人的考虑的。天下太大，不便治理。实行“公侯伯子男”的五爵封建，可以推动这些国君“咸爱其民，以黜陟幽明”（曹操《对酒》诗）。民以食为天，推行“井田制”，则可以使百姓“三年耕有九年储，仓穀满盈”（同上）。至于“刑狱”，更是治民之关键。曹操曾多次指出：“夫治定之化，以礼为首；拨乱之政，以刑为先”（《以高柔为理曹掾令》）、“夫刑，百姓之命也”（《选军中典狱令》）。所以，他并不赞同无限制的宽刑，而主张“犯礼法，轻重随其刑”（《对酒》）。本诗所说“有燔丹书，无普赦赎”，正体现了这一量罪用刑的思想。皋陶、甫侯作为司法官，执刑从不“失职”，因此得到了诗人的褒扬。

“嗟哉后世”以下八句为诗之第三层，慨叹后世违背贤圣之道的恶果。立君本为利民，后世却“劳民为君，役赋其力”，这正是改变了立君之初衷。前圣唐尧以节俭治国，修建宫室，柞木不加雕斫，正体现了这一点。但到了虞舜，便开始讲究奢侈，用漆装饰食具，便导致了“十国”的叛乱。诗中对“劳民”、奢侈现象的批判，虽然只及于虞舜，实际上包含了诗人的深切现实感受，带有鲜明的针对性。当时与曹操争天下的袁绍，就是一位“劳民”之君。曹操在《收田租令》中尖锐地指出：“袁氏之治也，使豪强擅恣，亲戚兼并；下民贫弱，代出租赋，炫鬻家财，不足应命……欲望百姓亲附，甲兵强盛，岂可得邪？”正因为如此，曹操扫平袁绍以后，即反其道而行之，下令“河北罹袁氏之难，其令无出今年租赋”；并规定其他地区“收田租亩四升，户出绢二匹、绵二斤而已，他不得擅兴发”。这些都可以作为诗中反对“劳民为君，役赋其力”的注脚。最后八句，以“侈恶之大，俭为共德”承接上文，进一步提出礼让治国的思想。诗人引用历史上的伯夷、许由的让国之例，说明礼让可以免除争讼，可以激励民俗。在此基础上，实行墨家的兼爱、尚同主张，天下便可亲疏无间、太平安定。这正是诗人所向往的理想治世。

从以上分析可以看到，《度关山》

尽管只是一首短诗，实在可称得上曹操在政治上的一篇宣言书。诗中仰古瞻今，侃侃而道，披露诗人的理想，批判奢侈、“劳民”的恶政，表现了这位视野开阔而富于历史感的政治家的志向和襟怀。其中虽多说教之辞，但由于它们被融于古今历史的对照之中，径由仰慕、慨叹、诘问等不同句式的错综来加以表述，因而多少显示了情感上的起落，让读者感受到了诗人思虑的浩茫和深沉。所以，读《度关山》，虽然远不如读《短歌行》等名作有味，毕竟也不太令人生厌。

（潘啸龙）

薤　露　行

曹　操

惟汉二十世，所任诚不良。
沐猴而冠带，知小而谋彊。
犹豫不敢断，因狩执君王。
白虹为贯日，己亦先受殃。
贼臣持国柄，杀主灭宇京。
荡覆帝基业，宗庙以燔丧。
播越西迁移，号泣而且行。
瞻彼洛城郭，微子为哀伤。

鉴赏

在曹操的诗作中，《薤露行》和《蒿里行》两首，历来受到诗论家的重视。它们以沉雄、凝练的笔墨，记录了震荡汉末的“董卓之乱”的始末，抒发了“悯时悼乱”的苍凉情怀，曾被钟惺誉之为“诗史”。

此诗可分为两部分。前八句为第一部分，叙大将军何进谋诛诸常侍（宦官）及其失败。“惟汉二十世，所任诚不良”，说的是汉灵帝任臣不良，终于酿成了一场大祸乱。前人以为“不良”之臣专指何进，其实还应包括中常侍张让诸人——他们都是这场祸乱的酿造者。这两句吐语雄快，直揭祸乱之起因，表现了曹操作诗单刀直入的沉雄风格。“沐猴而冠带，知小而谋彊”，这才转到了何进。此人本无远谋，依仗何太后之势执掌朝政，竟想诛杀羽翼已成的朝中宦官，可谓“知小而谋彊”。诗中将其比为学人冠带的猕猴，不仅形象生动，更显示了诗人对他的轻视和鄙夷——这样的斗筲之徒，怎能主持大谋？接着四句叙何进之败。何进为诛诸常侍，曾召请董卓等人率师向京城，终于胁迫何太后罢黜了张让诸人。这本是进而诛杀他们的良机，何进却“犹豫不敢断”，任其为何太后复用。结果，张让诸人伏兵内宫，剑斩何进于嘉德殿前。这就是诗中所说的“己亦先受殃”。接着，袁绍兄弟与何进部曲率兵入宫，捕杀宦者二千余人。但张让、段珪等数十人，却劫持少帝和陈留王，从北宫取道洛阳谷门，奔小平津。诗中“因狩执君王”“白虹为贯日”二句，即指此事。少帝被劫原发生在何进“受殃”之后，但在诗人看来，后者事小，前者才是国之大祸。故在诗中颠倒叙次，先叙少帝蒙难，并以“白虹贯日”之象加以渲染。一场突发的宫中变故，便以惊心动魄的景象，震撼了读者。

自“贼臣持国柄”以下，为诗之第二部分，接叙董卓之乱。董卓当时拜前将军兼并州牧，“驻兵河东，以观时变”。何进私召董卓等进兵京城，以及少帝的蒙难，为他提供了实现勃勃野心的机会。他当即率兵赶到北邙迎还少帝，随即却废少帝为弘农王，弑何太后于永乐宫，立陈留王为帝（汉献帝），终于独擅了朝政。袁绍于是连结十路同盟，兴兵共讨董卓。董卓又鸩杀弘农王，并逼迫献帝迁都长安，将洛阳宫室、宗庙焚毁殆尽。这一切若要逐层写出，当需许多笔墨。诗人在此节中，以驭兵之法驭笔，仅用“贼臣持国柄”一句，将诸多情节一笔扫过，便长驱直进，径接少帝的被杀和迁都长安之事。这样的运笔气势，是极为雄恣的。但雄恣并非无情。诗中记叙董卓“杀主灭宇京”的大动乱，就带着浓重的伤悼之情。“荡覆帝基业”二句，慨叹洛阳宗庙的被毁、汉家四百年帝业的颠覆，语气极其沉痛；“播越西迁移”二句，描摹洛阳居民西迁长安途中的号哭惨状，更觉字字酸楚。据《后汉书·董卓传》记载，董卓“尽徙洛阳人数百万口于长安，步骑驱蹙，更相蹈藉，饥饿寇掠，积尸盈路”“（洛阳）官府居家，二百里内，无有孑遗”，正为此诗的描述，提供了真实的背景。全诗叙事至此突然顿笔，收束则是两句深长抒情之语：“瞻彼洛城郭，微子为哀伤。”“微子”当为箕子，乃商末大贤。商亡后箕子过旧京，见到一派荒废景象，因作《麦秀歌》以抒哀伤。曹操的结句思接千载，因箕子悼商之典，抒写自己的悯乱之情，情韵悠远而深沉。

《薤露行》原为乐府旧题，古辞“言人命奄忽如薤上之露，易晞灭也”，汉代以之为“送丧歌”。曹操却用此旧题写汉末时事，这是一大创造。董卓之乱起因久远，过程复杂，涉及的人、事颇多。诗人仅以十六句写尽，笔墨高度凝练。诗之前半叙何进之败，重在议论和评断；后半叙董卓乱京，时有慨叹和伤悼。这都显示了曹操作诗直抒胸臆的本色。前人称此诗“起雄直高大，收悲痛哀远”“莽苍悲凉，气盖一世”（方东树《昭昧詹言》卷二），实非虚誉。

（潘啸龙）

蒿　里　行

曹　操

关东有义士，兴兵讨群凶。
初期会盟津，乃心在咸阳。
军合力不齐，踌躇而雁行。
势利使人争，嗣还自相戕。
淮南弟称号，刻玺于北方。
铠甲生虮虱，万姓以死亡。
白骨露于野，千里无鸡鸣。
生民百遗一，念之断人肠。

鉴赏

《蒿里行》本是汉乐府旧题，属相和歌相和曲。曹操写乐府诗，不像当时有些文人，亦步亦趋地写什么拟古乐府，而是大胆创新，用古乐府旧题写时事，开创了诗歌的新领域和新形式。这是曹操在中国诗史上的一大贡献。

曹操用《蒿里行》写时事，并非与原题的内容毫无瓜葛。《蒿里》和《薤露》原先是汉朝人送葬时唱的挽歌。《薤露》是哀挽王公贵人的，《蒿里》是哀挽士大夫庶人的。曹操的《薤露行》，写董卓之乱，哀伤汉室倾覆，宗庙燔丧，与原题的哀挽王公贵人意近；《蒿里行》哀伤军阀混战造成的万姓死亡，与原题的哀挽士大夫庶人也不无关联。《蒿里行》和《薤露行》是曹操诗歌中被称为“汉末实录”的名篇，是曹操乐府诗中的双璧。特别是《蒿里行》，无论从概括生活的深度和广度来说，还是从表达诗人对人民的深切同情来说，都是经百代而不衰的杰作。

《蒿里行》的主旨是哀伤军阀混战给人民带来的灾难。全诗十六句，分两部分。前十句概述群雄混战的发端和经过，后六句具体描述混战造成的深重灾难。

“关东”二句。“关东”，指函谷关以东。“义士”，指兴兵讨伐董卓的各州郡首领。“群凶”，指董卓及其党羽。关东诸侯，以“义”兴兵，以“义”聚合，处处打着“义”的旗号。诗中称他们为“义士”，恰与他们之中有些人后来所作所为的“不义”形成鲜明对照。东汉献帝初平元年(190)正月，关东各州郡十多路诸侯，共推渤海太守袁绍为盟主，兴兵讨伐董卓。《蒿里行》就从这个历史事件写起。

“初期”二句，用武王伐纣和刘、项灭秦的故事，比拟联军初起之时的强大声势。“盟津”，即古孟津，在今河南省孟州市南。周武王曾在此会合八百诸侯，诗人隐以相比。“乃心”，他们的心。《尚书·康王之诰》：“虽尔身在外，乃心罔不在王室。”后来人们称为国尽忠为“乃心王室”。“咸阳”，秦的都城，这里暗指董卓驻地汉都洛阳。楚怀王与诸将相约：“先入关者王之。”结果刘邦先进关中，入咸阳，推翻秦二世。当时董卓胁迫汉献帝迁都长安，自己留驻洛阳以抗拒关东诸侯。诗人暗喻关东诸侯将像刘邦攻入咸阳一样，直捣洛阳，恢复汉朝，尽忠王室。诗人连用两个典故，并非为了炫耀博学，而是着眼诗歌意境的创造。这两个历史故事，触发了读者的想象和联想，从而扩大了诗的内涵，丰富了诗的意境，增强了诗的形象性。

起首这四句，极力铺写关东联军初起时的浩大声势，用欲抑先扬的手法，为后面的失败和内讧设下伏笔。

“军合”二句，急转直下，大开大合，写袁绍等人虽然组成联军，布下阵势，但他们外惧董卓，内怀异心，踌躇不前，观望徘徊。“雁行”，指雁群排成固定队形，无一率先飞行，用以形容诸军列阵观望犹豫的样子。曹操当年见袁绍等不敢进军，坐失战机，便毅然率领自己的兵马西进，可惜寡不敌众，打了败仗，人马俱伤，只身逃回。曹操回到十多万联军的驻地酸枣，看到诸将领“日置酒高会，不图进取”，非常愤怒，便责备他们：“今兵以义动，持疑而不进，失天下之望，窃为诸君耻之！”“军合”二句，用诗的语言，概括了这一历史事实。“踌躇”“雁行”等词，曲尽联军狐疑不决、畏惧不前的丑态，也生动地传达了曹操当年焦灼愤懑的心情。

“势利”二句，接叙讨董战争失败后群雄混战的局面。诗人深刻地揭露了群雄混战的根本原因在于争夺权势和利益。“嗣还”，随即的意思。“自相戕”，指讨董失败后，刘岱、乔瑁、公孙瓒、袁绍、韩馥之间，互相攻袭，混战不已。“势利使人争”，是诗人在叙事中插入的议论。虽然是抽象的语言，但不是干巴巴的说教，而是灌注着对群雄的鄙视和怨忿之情的诗句；它也不是空泛的议论，而是对叙事的画龙点睛之笔,是对诗歌意境的提高和升华。这样的说理,就不是“理障”而是“理趣”。用在关键处,片言居要,成为全篇的警策。

“淮南”二句,叙述袁绍刻玺和袁术称帝。群雄之中,袁绍和他从弟袁术的势力都是很强大的,袁绍且是讨董联军的盟主。建安二年(197),袁术在寿春称帝,自号“仲家”。官渡之战,曹操大败袁绍,从缴获物中发现,早在初平二年(191),袁绍谋立幽州牧刘虞为帝时,已经私刻金玺。这两句与首四句相呼应,说明这些“义士”的“讨群凶”“会盟津”、勤王尽忠,都不是他们的本心,一旦羽翼丰满,就要鲸吞天下。

以上为叙事。这是一首抒情诗,不是叙事诗。它的叙事,是为了抒情,因而作者不必对事件的细节进行描写和铺叙,也不必刻画人物性格,而是对事件的轮廓和经过,加以概括地叙述。从汉献帝初平元年写到建安二年(197),历时七年,只用了十句。重点是写讨董战争的失败,用了六句。因为,在曹操看来,讨董战争是汉末局势的关键,如果关东诸军齐心协力,共讨董卓,“一战而天下定矣”,就可以避免这一场灾难。

“铠甲”四句,正面描写长期战乱带来的惨祸。头两句写将士,后两句写百姓。为了表现将士征战之苦,诗人选择了“铠甲生虮虱”这一典型细节,形象地表现了将士们人不卸甲、马不解鞍,东奔西突,疲于杀伐的痛苦生活。在如此频繁的战斗中,数以万计的人死于非命。不仅直接参战的人大量死亡,即使远离战场的百姓,也很难保全性命。伴随战争而来的是烧杀抢掠,田园荒芜,瘟疫流行,人口锐减。诗人以雄劲的笔力,勾勒了这一凄惨景象:先死者还有人掩埋,后死者连掩埋的人也没有了,任其弃尸原野,听凭豺狼啖食,到处是累累白骨。人们走上百里千里,渺无人迹,连一声鸡鸣也听不到。诗人没有详尽地罗列战争带来的种种惨祸,而是选择了“白骨露于野”和“千里无鸡鸣”这两个最突出、最典型、最触目惊心的细节,从视觉和听觉两方面描绘了一幅凄惨的景象,从而大幅度地概括了那个悲惨时代的社会生活。这样的描写,构成了苍莽、雄阔、浩瀚的境界,给人以壮美的审美情趣。方东树《昭昧詹言》评此四句说:“极写乱伤之惨,而诗则真朴、雄阔、远大。”这个评语是相当准确的。

“生民”二句,以发自肺腑的慨叹作结,催人泪下,发人深思。这个结语,是从前面的画面中自然引出的,是诗人同情人民的感情的自然流露。写到这里,诗人渴望早日结束战争,渴望统一、安定的政治局面出现的心情,已昭然若揭。我们通过诗人的慨叹,十分清楚地感受到他那副火热的心肠。谭元春评此二句说:“一味惨毒人,不能道此,声响中亦有热肠,吟者察之。”(《古诗归》卷七)这可视为知音之论。

《蒿里行》在构思上的特点是:从叙写事件来说,前半写原因,后半写结果,以事件发展的因果联系为线索,逐层推进，步步深入；从社会生活画面的描写来说，前半是历史事件的纵剖面，后半是社会生活的横断面；从诗人感情发展的脉络来说，前半主以抒愤，后半主以述悲，悲愤之情，互相渗透，互相激发。

这首诗意境雄阔，感情悲凉，语言质朴，笔力遒劲。诗人戎马倥偬，横槊赋诗，具有吞吐宇宙的气概和挥斥风雷的胸怀。他善于居高临下，抓住事物的大关目，从大处着眼，以极其显豁的笔墨勾勒出雄阔的画面。《文心雕龙》说建安诗歌的特点是“造怀指事，不求纤密之巧；驱辞逐貌，唯取昭晰之能”。用这几句话评曹操的诗，尤为恰切。诗人身经丧乱，目睹国家残破，民生涂炭，忧国忧民，发而为诗，便多悲凉之句。但他有抱负、有理想，对前途充满乐观进取的精神，因而他的诗悲凉而慷慨，没有颓丧、失望、悲观的情调。曹操继承了汉乐府质朴通俗的传统，用朴素、质直的语言写诗。他的语言是经过锤炼的，直而不野，浅而不俗，于平凡处见功夫，这是艺术上臻于成熟的表现。

（寇效信）

短 歌 行

曹 操

对酒当歌，人生几何！
譬如朝露，去日苦多。
慨当以慷，忧思难忘。
何以解忧？惟有杜康。
青青子衿，悠悠我心。
但为君故，沉吟至今。
呦呦鹿鸣，食野之苹。
我有嘉宾，鼓瑟吹笙。
明明如月，何时可掇？
忧从中来，不可断绝。
越陌度阡，枉用相存。
契阔谈宴，心念旧恩。

月明星稀，乌鹊南飞，
绕树三匝，何枝可依！
山不厌高，海不厌深。
周公吐哺，天下归心。

鉴赏

一千七百多年来，这首诗广被传诵，被认为是最能代表建安时期诗歌风格的作品之一。

关于它的主题有过争论。唐代吴兢说它是“言当及时为乐”(《乐府古题要解》卷上)，曾遭到清人张玉穀的讥评。张玉穀认为：“此叹流光易逝，欲得贤才以早建王业之诗。”(《古诗赏析》卷八)看来张玉穀的理解是正确的。用我们今天的话说，它的主题就是表达诗人思贤若渴的心情和对人才的尊重。

开头，诗人由眼前的酒宴和歌舞场面说开去，慨叹人生的短促和年华的消逝。从表面上看，似乎诗人提出了一个“人生当及时行乐”的消极主题，甚至因此被后世悲观之士引为口实；而实际上刚好相反，全诗洋溢着高昂的情绪，蕴涵着应及时努力的思想。它通过微吟低唱的形式，倾吐慷慨激烈的心曲。魏源说：“对酒当歌，有风云之气。”(《诗比兴笺》序)陈沆也指出：“此诗即汉高祖《大风歌》思猛士之旨也。”(《诗比兴笺》卷一)汉高祖刘邦思得猛士以守四方，曹操想求贤才以定天下，他们的思想基调是很相似的。

“对酒当歌”的“当”字究竟是作“面对着”解还是作“应该”解呢？前人也持不同的看法。我以为：中国古典诗词往往有多义性，只要两说俱通，不妨并存。对着酒、当着歌也好，对着酒必当歌咏也好，无非都是说有酒有歌，无须为了人生的短促而颓丧罢了。这一章，似乎纯发议论；但梗概不平之气贯注首尾，有力地振动全篇。诗人不写觥筹交错和轻歌曼舞之景，而独抒身居廊庙心忧天下之情。诗撇开了对空间的描绘，转为对时间的思索，即由对酒当歌转为对已逝流光的惋惜，故给人以放浪恣肆之感。就诗的意境而言，它展现出一个紧逼迫促的境界。它使读者从现实生活中去探讨人生哲理，从朴素的领悟中去寻求深长的意绪。

次章除三、四两句外，有六句引自《诗经》。前两句引自《郑风·子衿》，原诗首章是：“青青子衿，悠悠我心。纵我不往，子宁不嗣音？”说的是一个女子在热烈期待着所喜欢的男子的到来。后四句引自《小雅·鹿鸣》，这本来就是古代宴饮宾客时唱的诗。曹操引古以喻今，自不免启人遐想。从表面看，曹操的话只有“但为君故，沉吟至今”两句；但他通过借古以讽的手法，举少总多，联类无穷，婉转而清晰地吐露了自己深挚的情意。前四句写他求贤才不得时的日夜思慕，后四句写他求贤才既得后的竭诚欢迎。两相对照，意极分明。加上“青青”写色，“呦呦”写声。诗中有色、有声，更顿觉辞采鲜艳、音韵悠扬多了。

三章“掇（duō）”一作“辍（chuò）”。我赞成作“掇”是。显然诗人这时正奇想天外：明朗的月亮，什么时候能把它摘到手呢？后来李白“欲上青天揽明月”的诗句，应即由此夺胎。这两句写得委实精彩！它除了显示诗人不失赤子之心想“上九天揽月”外，还作为一种比兴手法，因小见大，暗寓贤才何时求得和理想何时实现等丰富含义。诗人因求贤才不得而“忧从中来，不可断绝”；又因贤才远道来归附而喜不自胜，“越陌度阡，枉用相存。契阔谈宴，心念旧恩”（四章）。这一忧一喜、忽忧忽喜的矛盾心理，正完满地表现了诗人思贤若渴的主题。

五章融情入景。诗人因抬头见月明星稀，乃顿生孤寒寂寞之感。接着又静中见动，用乌鹊南飞之景喻人才的外流。沈德潜指出：“喻客子无所依托。”（《古诗源》卷五）因此诗人渴望其归己。末章遂以“山不厌高，海不厌深”做比方，引“周公吐哺”的典故作勉励，表明自己求贤不懈的耿耿赤忱，希望能开创一个“天下归心”的大好局面。

总之，这首诗立意深远，风格别致。它集抒情、写景、叙事、说理于一炉，而能相互发热增辉。吴淇说它“曲曲折折，絮絮叨叨，若连贯，若不连贯，纯是一片怜才意思”（《六朝选诗定论》卷五），是颇中肯綮的。全篇音韵铿锵有力，韵脚或八句一换，或四句一转，既摇曳生姿，又错落有致，真能给读者以无穷的审美享受。

（蔡厚示）

苦　寒　行

曹　操

北上太行山，艰哉何巍巍！
羊肠坂诘屈，车轮为之摧。
树木何萧瑟，北风声正悲。
熊罴对我蹲，虎豹夹路啼。
溪谷少人民，雪落何霏霏！

延颈长叹息，远行多所怀。
我心何怫郁？思欲一东归。
水深桥梁绝，中路正徘徊。
迷惑失故路，薄暮无宿栖。
行行日已远，人马同时饥。
担囊行取薪，斧冰持作糜。
悲彼《东山》诗，悠悠令我哀。

鉴赏

曹操为了统一北中国，先后打败了陶谦、吕布、袁术、袁绍、刘表、韩遂等豪强集团。公元206年春，他又率领大军征伐盘踞于山西一带的袁绍余党高干。这首诗，就是写此次行军时的路上景况和曹操思念家乡的心情。

全诗用铺垫手法，写得一层深似一层。起首写道路艰难，山谷凄凉；接着写野兽出没，风雪交加。五十个字便写尽一幅风雪军旅图。看似平平叙述，而实不同凡响。绘景抒情，全无雕琢，只不过随意所到，使客观景物略染上几分诗人的主观色彩罢了。因此树木萧瑟，北风悲鸣，熊罴蹲视，虎豹号啼……大自然的一切，全被赋予了审美主体的性格。溪谷附近原是人们聚居的地方，如今竟很少见人，其荒凉程度已可想而知。在如此凄冷的氛围里，无怪乎诗人要“延颈长叹息”、心情为之忧愁不安了。在这种时刻，他萌生了回师东归的想法，那是很自然的。

后半进一步写水深桥断，日暮途迷，加上人饥马饿，无处栖宿。这样层层加码，便把行军的困难渲染得无以复加；唯其如此，才更显出诗人不畏艰险、敢于开拓的英雄性格。他统率的大军不仅没有退却，相反的还“担囊行取薪，斧冰持作糜”（挑担打柴，敲冰煮粥），不断地克服困难前进。这是何等的毅力！诗里所描绘的凄苦景况，正好反衬出诗人的豪迈襟怀。读者透过诗中一些悲苦字面，更能清楚地触摸到诗人一颗刚劲、火热的心。我们不妨思越千载之上，神游于彼时、彼地、彼境之中，便能仿佛听到一片伐木丁丁和凿冰冲冲的声音正冲破严寒，迎接春天的降临。

末尾两句，引周公东征平叛的故事以明心志。且不论读者对曹操是褒是贬，也无须问曹操的出身是士族还是庶族，谁也不能不承认他在历史上的卓越作用。他完成了统一中国北方的伟大事业，平定了比周公姬旦当年面临的更强大得多的反叛力量。当然，曹操的理想和哀叹，都深深地烙上了封建统治者的思想印痕，其中显然包含着他个人立功创业的狭隘打算。但这首诗给我们的审美感受远远超过了这些,它毕竟向我们展示了一段真实历史的形象画幅和一位杰出人物的心灵录像。

方东树《昭昧詹言》说此诗“取境阔远。写景叙情,苍凉悲壮。用笔沉郁顿挫”,又说它“沉郁直朴……寻其意绪,无不明白;玩其笔势文法,凝重屈蟠。诵之令人满意”。我以为,方东树这一审美判断是正确的。他指出了此诗意境广阔深远,内容质实厚朴,诗人的主体性格鲜明,思路清晰,笔势婉转。这些都很值得现代的诗人们认真借鉴。

(蔡厚示)

观沧海

曹操

东临碣石,以观沧海。
水何澹澹,山岛竦峙。
树木丛生,百草丰茂。
秋风萧瑟,洪波涌起。
日月之行,若出其中;
星汉灿烂,若出其里。
幸甚至哉,歌以咏志。

鉴赏

建安五年(200),官渡之战,曹操击败袁绍。到建安十二年(207),曹操北伐乌桓,准备扫荡袁绍的残余势力。出兵是夏五月,九月回军,从辽宁途经河北省昌黎县碣石山(一说是河北乐亭县),登临观海,思绪激荡,留下此篇杰作。完全写景的诗在此以前没人作过,此是第一篇。

首二句点题直起,总括全诗,以下即写“观”之所见。伫立峰巅,面对大海,首先看到的是水,海水波光粼粼,微风吹拂,海水荡漾。再放眼看去,海中山岛竦立。澹澹的海水为横向,竦峙的山岛为竖向,以耸立的山岛挺出于平铺的水面，这就使平静的画面产生一种内在的运动感，如同王维《使至塞上》中“大漠孤烟直，长河落日圆”式的构图，犹如绘画，“山欲高，尽出之则不高，烟霞锁其腰则高矣”（郭熙《林泉高致》）。“山岛竦峙”一句，写视野中的小岛，就好像从海水中升起，而有耸立向上运动的感觉。这种联想自然充满精力，富有力量。鲍山葵《美学三讲》说：“在你望着那座高山的感受行为上，你事实上是在抬起眼睛并将你的头和头颈使劲地往后扳，这就使你充满了那样意气风发的情感，于是诗人就将这种情感及其一切连带的想象无意义无意识地拿来形容你对山的感受。”这是说人的视角会产生错觉：因抬头的动和山的静，也是一种相对运动，容易造成山向上运动的错觉，感到动也就产生意气风发的情感。这四句写“水”——“山岛”——“树木”——“百草”，由大到小，由整体到局部，按照观察事物的特点，逐层写来，很有层次。不假雕饰，用平淡白描的笔触出之，山、水、草、木，各具形态。这四句基本上是一片静景，平顺写来，自然沉雄，为下文洪波涌起做了铺垫。

平平静静的海面突然出现“秋风萧瑟，洪波涌起”的壮观，浩渺无垠的大海，一片辽阔巨浪排空，似乎要吞吐一切的壮阔景象，使人似乎听到了海风的呼啸，海浪的喧啸，这是一种力量的表现，那涌起的洪波，使人觉得好像不满足于它所占据的空间，以不可抗拒的力量向四周冲击着，伸展着。这两句气象苍凉，笔运千斤，写大海而力量不弱于海。“日月之行，若出其中；星汉灿烂，若出其里。”写白日观海，月亮怎么会见到呢？这是诗人看到海水的汹涌浩荡所联想到的景况，司马相如《上林赋》描绘上林苑开凿人工湖：“视之无端，察之无涯，日出东沼，月生西陂。”扬雄《校猎赋》也有“出入日月，天与地沓”。在这里，诗人换气换笔换势，转换出另一幅海景。太阳和月亮被海浪掷出大海，经过昼夜运行，最后还落在大海之中。绵绵银河无尽无头，也好像没有流出大海的胸间。大海又由洪波涌起变为风平浪静，然而又是那样宏伟、壮阔，日月星辰都好像在那巨大的胸中运行，整个宇宙都好像囊括在它的怀抱里。这四句不仅写眼中所见，心中所想，也是写胸中所有，象征着诗人博大的襟怀，而有“吞吐宇宙气象”（沈德潜《古诗源》）。曹操此次北征，“斩蹋顿及名王已下，胡、汉降者二十余万口”（《三国志·魏书·武帝纪》），取得消灭袁绍残余集团的巨大胜利，为统一北方扫除最大障碍，自然踌躇满志、情溢笔端。

“幸甚至哉！歌以咏志。”末尾二句本是合乐时所加，不关正文。

完全写景的诗在此以前没人作过，此是第一篇。嗣后写大海的诗也极少。故此篇在诗史上有特出的价值。

这首诗前写相对静止的山水草木，自然平顺，接以“秋风”二句一折，破静为动，笔力苍劲，顿成巨浪排空的壮观。末尾继之想象，再经一顿，又归平静,却意取直上,诚如方东树所言:"武帝诗沉郁直朴,气真而逐层顿断,不一顺平放,时时提笔换气换势……笔势文法,凝重屈蟠"。(《昭昧詹言》)全诗写景,隐然而有志在天下之意。直写胸中眼中,海含地负,气势开张,阔大胸襟,自然含于其中。

(魏耕原)

龟虽寿

曹操

神龟虽寿①,犹有竟时②;
腾蛇乘雾③,终为土灰。
老骥伏枥④,志在千里;
烈士暮年⑤,壮心不已。
盈缩之期⑥,不但在天;
养怡之福⑦,可得永年。
幸甚至哉,歌以咏志。

注释

①神龟:传说中的长寿龟。《庄子·秋水》:"吾闻楚有神龟,死已三千岁矣。"

②竟:终结。竟时:生命的终结,即死亡。

③腾蛇:一作螣蛇,传说中的一种似龙能腾云驾雾的蛇。

④骥(jì):千里马。枥(lì):马槽。伏枥:伏槽而食。

⑤烈士:志在建功立业的人。

⑥盈:满。缩:亏。盈缩:指人寿的长短。

⑦养:保养。怡(yí):愉快。

鉴赏

曹操是一代奇人。他于建安十二年(207)北征乌桓时,为了出奇制胜地战败对手,不避艰险,在河北一带山中行军,遭受到流澌和严寒的袭击。诗人在克服重重困难、实现自己统一北方的政治理想后,在回军的路上,心潮起伏,挥笔写下了《步出夏门行》四章诗。曹操站在中古时代思想的山巅上,探索着人生的价值,力挽汉末谶纬神学的狂澜,拨开弥漫在汉末人心头的颓废厌世的迷雾。《步出夏门行》第四章《龟虽寿》一诗,诗人将自己勇于直视现实人生的意想,融进诗境中,奇想迭起,唱出了积极进取、老当益壮的心声,实在是"曹公四言"中"自开奇响"(沈德潜《古诗源》)的代表作之一。

全诗十四句,除了末尾"幸甚至哉,歌以咏志"二句是合乐的文词以外,诗意按三个层次递进。开端"神龟虽寿"四句,诗人借传说中的"神龟"和"腾蛇"为喻,阐明人世间的事物,都不是永生不灭的。汉末盛行神仙迷信思想,道家方士宣传"长生不老",佛教则弘扬"神不灭"的教义。曹操不相信这些邪说,用诗歌意象深刻地告诉人们,自然规律是不可抗拒的,能活三千岁的"神龟",能腾云驾雾的"腾蛇",最终都不免死亡,化为土灰。

既然世界上万事万物都是要死灭的,那么,人类对生与死应抱什么态度呢?具有雄才大略的曹操认为,人们应该直视人生,在有限的年寿里,充分发挥自己的才智,实现自己的理想;不应该虚度年华,一味追求"及时行乐",悲叹人生的短暂,沉沦在厌世颓丧的无穷忧郁悲哀之中。因此,诗人以年老伏枥尚存纵横驰骋之想的千里马设喻,抒发了自己壮心不已、自强不息的豪迈气概(这一年,曹操已经五十三岁)。曹操说过"天地间,人为贵"(《度关山》),他唤醒人的觉悟,强调人生的价值。本诗中雄豪的精神气概,正是以事在人为的辩证观点作为思想基础的,这在汉末建安时代确是一种"奇响",难能可贵。

自然规律固然不可抗拒,但人寿的短长,却可以通过主观努力得以改变,注重"养怡",足以延年益寿,并不完全由"天命"支配。这样的艺术想象,有着明显的指向性。儒家历来信奉"死生有命,富贵在天"(《论语·颜渊》),汉代谶纬之学更是天命观在特定历史条件下受到神化的精神产物。因此,"盈缩之期"四句,艺术地表现了诗人不信天命、反对天命观的朴素的唯物辩证思想。

与《观沧海》一诗通篇写景迥然不同,《龟虽寿》没有一处写到景物。人生的思考,哲理的表述,诗情的抒写,襟怀的坦露,这四者的转换和融合,依赖着意象的孕育,结构的层进和诗境的创造,构成为一个艺术整体,从而完美地体现出中古时代杰出政治家的精神面貌和大诗人艺术构思的匠心。诗人运用生动、贴切的象喻，将说理与形象密切结合起来，使深邃的哲理蕴涵在风格沉郁、气势雄豪的诗句里，增强了全诗的艺术感染力。宋人敖陶孙评曹操诗如“幽燕老将”“气韵沉雄”（《诗评》），用敖氏此说来评骘《龟虽寿》诗，倒是再恰当不过的了。

（吴企明）

赠蔡子笃

王　粲

翼翼飞鸾，载飞载东。
我友云徂，言戾旧邦。
舫舟翩翩，以溯大江。
蔚矣荒涂，时行靡通。
慨我怀慕，君子所同。
悠悠世路，乱离多阻。
济岱江衡，邈焉异处。
风流云散，一别如雨。
人生实难，愿其弗与。
瞻望遐路，允企伊伫。
烈烈冬日，肃肃凄风。
潜鳞在渊，归雁载轩。
苟非鸿雕，孰能飞翻。
虽则追慕，予思罔宣。
瞻望东路，惨怆增叹。
率彼江流，爰逝靡期。
君子信誓，不迁于时。
及子同寮，生死固之。
何以赠行，言授斯诗。

中心孔悼，涕泪涟洏。
嗟尔君子，如何勿思？

鉴赏

这是诗人羁旅荆州时赠别友人蔡子笃的一首抒情长诗。诗人处于动乱年代，因而此诗除了叙写离情别绪外，也接触了一些社会现实，有一定的认识作用；诗人感情细腻，笔致曲折，兼之继承了《诗经》传统，善用比兴，韵味十足，值得一读。

首二句“翼翼飞鸾，载飞载东”，用传说中的珍禽——鸾鸟东飞起兴，暗喻朋友东归，给全诗定下了赠别的基调。接着，“我友云徂，言戾旧邦。舫舟翩翩，以溯大江”四句，点明朋友乘船回归故乡。仅十六字，即把赠别的对象、去处、乘坐的交通工具交代清楚了。朋友回乡本是值得庆幸的事，然而由于诗人与蔡子笃遭逢乱世，流浪荆州，多年相处，也就不忍分离。当其登上舫舟，翩翩而去的时候，怎能不有所留恋呢？诗人高吟道：“蔚矣荒涂，时行靡通。慨我怀慕，君子所同”，可以想见，战乱年代的道路，荒草丛生，交通堵塞，旅途之艰难可想而知。回去尚且不易，更不用指望再来了，诗人对朋友怎能不“怀慕”呢？“君子”当然也和我有同样的感情。“悠悠世路，乱离多阻。济岱江衡，邈焉异处。风流云散，一别如雨”六句，进一步倾述了对朋友不忍离别的缘由。“世路”，指人世的经历和遭遇。“乱离”，指战争造成的纷乱。生遭“乱离”，交通“多阻”，朋友将回到济水和岱岳（泰山）所在的兖州，自己仍然留在长江和衡岳所在的荆州，今后一个在东，一个在南，相隔数千里，多么遥远啊！今后自然是难于相会了，令人多么难受啊！旅途的艰辛、人生的坎坷、山川的遥远，诸多不利因素横亘面前，诗人不禁感慨万千，他想到这次离别，好比风在流、云在散，一别就像雨水落地一样，没有相逢的日子了。他想到人生多么艰难啊，与朋友长期欢聚的愿望，也得不到实现。“人生实难，愿其弗与”八个字，说出来是有无限凄怆之情的。朋友终于别去，不可挽留了。诗人“瞻望遐路，允企伊伫”，他长久地踮起脚遥望远方，亦即朋友所去的东方，唱出了“烈烈冬日，肃肃凄风。潜鳞在渊，归雁载轩。苟非鸿雕，孰能飞翻”及“瞻望东路，惨怆增叹”八句，交代了朋友离别的时令正是冬天。寒冷的“冬日”，萧瑟的“凄风”，鱼儿潜藏到深水去避寒，雁儿正在加速地南飞就暖，除了天鹅和大雕，谁还敢在这寒冷的天气中“飞翻（奋飞）”？可你蔡子笃终于在“冬日”“凄风”中，像鸿（天鹅）、雕一样搏击长空，高飞远去了。“虽则追慕，予思罔宣”八字，表现了诗人对朋友虽有羡慕之情，而思想上总是不能宣畅。朋友如果不是万不得已，谁会在天寒地冻之时远行？诗人无力挽回，只得“瞻望东路，惨怆增叹”而已。诗人把朋友比成鸿（天鹅）、雕，羡慕他的勇敢，却又不无依恋之情跃然纸上。“率彼江流，爰逝靡期”，我依然“率（傍随）”那个江水，没有“逝”去的日期。但“君子信誓，不迁于时”，我和你的“信誓”，不会因时间长久而改变。“及子同寮，生死固之”，我曾经和你“同寮”，或生或死都要固守这个友谊。诗人在向朋友表白自己尊重友情的决心，就用“何以赠行，言授斯诗。中心孔悼，涕泪涟洏。嗟尔君子，如何勿思”六句，刻画出自己作诗相送时悲不自胜的情景，把离别之情，推到最高的程度。用哭泣再一次表明在朋友离开以后，不能不永久怀念，使全诗在悲伤的情调中结束。

东汉时代，五言诗已经兴起，四言诗渐被淘汰而走到末路。挚虞的《文章论》说王粲此诗，“近于雅”诗，大概就其质实而言。吴淇的《六朝选诗定论》评价此诗，称其“首二句，兴。‘我友’八句，叙别。悠悠一段，别路尚在乱离，故为之瞻望而延伫。‘烈烈’一段，别时正值寒冬，故瞻望而凄怆。率彼云云，申别后之盟，期其久要不忘。末六句，结完赠诗。通篇词古雅，无甚新意，只‘风流云散，一别如雨’二语，炼得精峭”。陈祚明《采菽堂古诗选》又说此诗“情至，语反质直，不务繁绘。‘风流云散’八字，飘渺悲凄”。可以说，它是建安四言诗中之佼佼者。

（刘知渐　鲜述文）

七　　哀（其一）

王　粲

西京乱无象，豺虎方遘患。
复弃中国去，委身适荆蛮。
亲戚对我悲，朋友相追攀。
出门无所见，白骨蔽平原。
路有饥妇人，抱子弃草间。
顾闻号泣声，挥涕独不还。
“未知身死处，何能两相完？”
驱马弃之去，不忍听此言。

南登霸陵岸，回首望长安。
悟彼下泉人，喟然伤心肝。

鉴赏

汉献帝初平四年(193)，因长安动乱，王粲避难荆州，往依刘表。本诗即通过作者初离长安时的见闻，形象地反映了当时由于军阀混战而造成的悲惨的乱离景象，表现了对人民苦难的深切同情。选材典型，发语悲恻，具有极强的艺术感染力。

首二句，以“乱无象”“豺虎”等带有强烈感情色彩的语言，描写了李傕、郭汜等称兵作乱后长安的景象，交代了自己之所以远适荆蛮的缘由。以下即接写自己将离开长安、与亲朋作别的场面。虽无乱离字样，却仍具有浓厚的乱离色彩。因为在动乱的年代里，死生难料，生离往往会变成死别，所以才会出现“亲戚对我悲，朋友相追攀”，亲戚含泪相送，朋友攀辕难舍，气氛极其悲伤的景象。“出门”二句，则是对当时鲜血淋漓的现实更为广阔、更为深刻的艺术概括，也是对李傕、郭汜之流的罪恶行径更为无情的揭露。《三国志·魏书·董卓传》云：“时三辅民尚数十万户，傕等放兵劫略，攻剽城邑，人民饥困，二年间相啖食略尽。”“白骨蔽平原”五个字所展现的艺术形象，不正是这种惨景的典型反映嘛？

然而全诗最为精彩的，还在于上述大笔勾勒的广阔背景中，写出了“路有饥妇人”以下六句这个特写镜头：一个衣衫褴褛、面黄肌瘦、挣扎在死亡线上的妇人，迫于无奈，把自己亲生的婴儿抛弃在道旁的草丛中。“顾闻号泣声，挥涕独不还”，当她听到儿子的哭声后，她又心碎了，腿软了，她的眼泪不禁夺眶而出。她失神地站在那里，陷入了极度的悲痛中。接下去是她似解释、又似哀叹的两句自言自语的话：“未知身死处，何能两相完！”只三十个字，就把这位妇人声容之凄惨，内心的矛盾全都写了出来。《文选纂注》引吴淇说：“单举妇人弃子而言之者，盖人当乱离之际，一切皆轻，最难割者，骨肉，而慈母与幼子尤甚。写其重者，他可知矣。”作者正是以“写其重者，他可知矣”这种以少总多、由个别见一般的方法，来表现当时人民所遭受的深重灾难，来揭露封建军阀的罪恶行径的。

“驱马弃之去，不忍听此言”，诗人由于不忍再看下去而驱马继续前行了。然而从末四句却不难看出，他是内心怀着强烈的悸动、纷繁的思虑在行进着。“南登霸陵岸”，文帝是本朝的明君，当时是史家所艳称的“文景之治”时期；“回首望长安”，而此刻长安一带却是满目凄惨。抚今思昔，诗人自会有无限感慨。《下泉》,《诗经·曹风》篇名。《毛诗序》说:"《下泉》,思治也。曹人……思明王贤伯也。"最后,作者作为一个年轻的文人,只能满怀痛苦地表达他一点思治的心情、善良的愿望,因为他毕竟不同于具有相王之尊的曹阿瞒啊。

(高海夫)

七　哀(其二)

王　粲

荆蛮非我乡,何为久滞淫。
方舟溯大江,日暮愁我心。
山冈有余映,岩阿增重阴。
狐狸驰赴穴,飞鸟翔故林。
流波激清响,猴猿临岸吟。
迅风拂裳袂,白露沾衣襟。
独夜不能寐,摄衣起抚琴。
丝桐感人情,为我发悲音。
羁旅无终极,忧思壮难任。

鉴赏

这是一首抒写心态的诗。

一开始,诗人便用怨愤的心情高唱道"荆蛮非我乡,何为久滞淫",对自己久留荆州提出反问。诗人遭逢董卓之乱,专程赴荆州依附刘表,为什么又为"久滞淫"提出反问呢?原来刘表对王粲不甚重视,诗人怀才不遇,而家乡动乱、欲归不得,寥寥十字已透露出诗人不愿久处荆州而又不能离开的矛盾心情,为全诗定下了怀归的基调。

下面"方舟溯大江,日暮愁我心"两句,写自己傍晚时分,泛舟江上的心态。此举本可消愁解闷,然而诗人并未得到解脱,心中反而犯起"愁"来。诗人之愁,自然不是因为"日暮",而是紧承首句,"久滞"荆州之愁,到"日暮"还未消失。这个"愁"字贯串全篇,望中所见,耳中所闻,心中所感,无不与“愁”字紧紧相连。

诗人翘首四顾，只见“山冈有余映，岩阿增重阴。狐狸驰赴穴，飞鸟翔故林”，“余映”即夕照，本是美丽的。可是诗人对“余映”的感受并不觉得美好，反而和幽暗的山谷联系起来，加上狐狸归穴、飞鸟回林的日暮景象，使人增加了不少愁绪。屈原《哀郢》中的“鸟飞还故乡兮，狐死必首丘”是寄托其对家乡的怀念，诗人也不免怀念家乡吧！下面，“流波激清响，猴猿临岸吟”两句，写了单调的水声和猿声，突出环境的清冷和凄厉，表现愁苦不断扰击诗人的心。而“迅风拂裳袂，白露沾衣襟”二句，是诗人的衣袖在疾风中飘拂，衣襟被露水打湿，这“愁”再也无法排遣了。伫立船头的抒情主人公立体形象，与诗人融为一体，增加了全诗的凄凉气氛。同时，它又承前启后。诗人伫立船头，不能长久经受“迅风”和“白露”的侵袭，只得由船头转向船舱，准备就寝。然而，“独夜不能寐，摄衣起抚琴”，诗人怀着愁苦的心情就寝，当然久久不能入睡，只好披衣起来，拨动琴弦，度此长夜。可是“丝桐感人情，为我发悲音”，由于愁心的感染，诗人感到本来不通“人情”的“丝桐”，似乎也成了知心朋友，也能体味诗人的愁苦，而为之发出“悲音”了。“日暮愁我心”的“愁”字，一直贯到这里。究竟为何事而“愁”呢？“羁旅无终极，忧思壮难任”二句，照应了首句的“荆蛮非我乡，何为久滞淫”，一切忧愁的原因，都在于漂泊异乡，归期无望。前后呼应，有起有结，十分自然，毫无做作之态。“壮难任”三字，又贴切地刻画出了“愁”“悲”“忧”的程度，蕴涵着强烈的感情，加重了全诗的凄怆色彩。

纵观全诗，构思缜密，逻辑严谨，诗人采用辐射方式，对视觉、听觉、触觉进行了多方面描写，然而却“形散神不散”，一字一句都浸透了思乡之苦。谢灵运称其“遭乱流寓，自伤情多”；吴淇在《六朝选诗定论》中称王粲此诗与“西京乱无象”相应，说他在“山冈”以下“摹羁旅之苦，我乡流离之苦，虽去于目，无时去于心也”，可资启发。

（刘知渐　鲜述文）

七　　哀(其三)

王　粲

边城使心悲，昔吾亲更之。
冰雪截肌肤，风飘无止期。

百里不见人，草木谁当迟。
登城望亭隧，翩翩飞戍旗。
行者不顾返，出门与家辞。
子弟多俘虏，哭泣无已时。
天下尽乐土，何为久留兹。
蓼虫不知辛，去来勿与谘。

鉴赏

这是一篇回忆边城荒寒、悲苦的作品。诗人一开始就用“边城使心悲，昔吾亲更之”二句点出自己对边城的悲苦有过亲身体验。“使心悲”是全诗的主旨，“亲更之”是对“使心悲”的说明，同时也强调了“使心悲”的可靠性。下面，诗人历数在边城亲眼所见、亲耳所闻之可悲景况。第一可悲的是“冰雪截肌肤，风飘无止期”的严寒气候；其次是“百里不见人，草木谁当迟”的荒凉景象。诗人笔下的“边城”，天时、地利均如此恶劣，当然使人感到“心悲”。下面，“登城望亭隧，翩翩飞戍旗”二句，又转换笔势，通过描写“戍旗”在“亭隧”上空迎风飞舞的情景，在“边城”的寒冷、荒凉之外，又增添了一层肃穆的气氛，给人以“边城”不仅荒寒，而且隐伏着杀机的感觉，这就更令人可“悲”了。

下面，诗人通过正面描写戍边战士的悲惨遭际来突现“边城”之可“悲”。“行者不顾返，出门与家辞”二句，描写出了戍边战士与家人辞别时的痛苦心态。杜甫《兵车行》中有“车辚辚，马萧萧，行人弓箭各在腰，耶娘妻子走相送，尘埃不见咸阳桥。牵衣顿足拦道哭，哭声直上干云霄”之句，是对应征战士辞家上路的形象描绘，可看成是这两句的注脚。“不顾返”三字尤为沉着，与家人辞别，怎会“不顾返”呢？这种违反常理的表现，恰恰反映出他们自觉归期无望，不愿离开家庭，但又不得不离开家庭，只好硬着心肠上路的心情。这里，诗人用词虽简，然可谓曲尽其意了。戍边士兵，如果战死沙场，也还能从痛苦中解脱，最不幸的是被敌方捉去，当了俘虏，不死不生，活受折磨。“子弟多俘虏，哭泣无已时”二句，反映了一部分戍边战士的命运。“哭泣”句，既指战士，也指家属。遇到这样的不幸，无数怨女、旷夫、慈母、稚子的眼泪自是汩汩滔滔，无休无止的。“边城”之可“悲”，又不只是前面所述的景物荒寒了。“边城”既然如此令人可“悲”，戍边战士为什么不离开呢？诗人觉得迷惘，发出了“天下尽乐土，何为久留兹？蓼虫不知辛，去来勿与谘”的感叹，埋怨之中充满了同情。在诗人看来，除了“边城”之外，遍地皆是“乐土”（这当然是相比较而言）。他们为什么不离开“边城”，去寻找快乐的地方呢？戍边战士没有这个自由，诗人只好说他们好像吃惯了苦蓼而不知苦辛的“蓼虫”，用不着同他们商量，只好“去来”（走开）。诗人是对戍边战士深切同情的，但在无话可说的情况下，只好不说。方东树说这两句“悲恨尤深”，深得诗人之心。

全诗层层铺叙，由物及人，由表及里，信笔挥洒，十分真切感人。陈祚明称赞说“只缘述亲历之状，故无不沉切；又如耕夫言稼，红女言织，平实详婉，纤悉必尽”（《采菽堂古诗选》），指出王粲曾经亲至边塞，故能达到这一艺术水平。

（刘知渐　鲜述文）

饮马长城窟行

陈　琳

饮马长城窟，水寒伤马骨。往谓长城吏：“慎莫稽留太原卒！”“官作自有程，举筑谐汝声！”“男儿宁当格斗死，何能怫郁筑长城？”长城何连连，连连三千里。边城多健少，内舍多寡妇。作书与内舍：“便嫁莫留住！善侍新姑嫜，时时念我故夫子！”报书往边地：“君今出语一何鄙？”“身在祸难中，何为稽留他家子？生男慎莫举，生女哺用脯。君独不见长城下，死人骸骨相撑拄？”“结发行事君，慊慊心意关。明知边地苦，贱妾何能久自全？”

鉴赏

这篇名作，主要是在对话中穿插一些叙述和描写，感人至深。它的取材虽为秦筑长城给人们带来痛苦的旧史事，但描写生动真实，人物栩栩如生，格调苍劲悲凉，大似由于诗人将其亲历目睹之感慨系之于笔端所致，因此，内容上显然超出了四百年前的历史题材范围，把东汉末年现实生活中的感受做了曲折地反映,正如清人方东树所说:“借口叙事,作者意在言外。”(《昭昧詹言》卷十三)艺术成就也较突出,形式生动活泼,语言质朴真切,富有鲜明的民歌特色。历代对此诗都有好评,如明人钟惺说它“全是长短歌行,然径入唐人集中不得,中有妙理”(《古诗归》)。又如清人陈祚明认为它“可与汉人竞爽。辞气俊爽,如孤鹤唳空,翮堪凌霄,声闻于天”(《采菽堂古诗选》卷七)。张玉榖指出:“此种乐府,古色奇趣,即在汉古辞中,亦推上乘。自魏而降,鲜嗣音矣。”(《古诗赏析》卷九)即此可见一斑。

开端即点题直起,“饮马长城窟,水寒伤马骨。”“饮马”就是放马使饮。关于“长城窟”,北魏人郦道元对它经过一番考察后在《水经注》中有一段形象的描写:沿着古长城的城根疏密相间地排列着一串土窟窿,大的如缸,小的如盆,窟壁湿漉漉的,水珠不断地从窟壁上渗漏出来,一点一滴地凝聚在窟底。虽积水不多,但还是晶莹清澈,并可杯掬饮用。尽管如此,修筑长城毕竟不是朝夕之功可成,亦非少许之人所能,需费的时日和人工及畜力正不知是多少啊!所以,仅由人畜之饮水依靠自然的点点滴滴的积聚这一点,即可见出其环境之艰苦恶劣。显而易见,诗人不愧是以少许胜多许的行家里手也。修筑长城是为了防御胡骑侵袭,故长城地处“水寒”而以至“伤马骨”的北地。寒冷为北方边远地区气候的显著特点,当然不仅仅是“水寒”了,而且,比人耐寒的马都由于水寒而伤骨,肯定也要“伤人”,既是自不待言的事实,同时,也不难想见马犹如此,人何以堪的苦景。这是以偏概全的描写方法,以“水寒”概环境,以“马”概人,不仅言简意深,而且层层入情。总之,这两句虽寥寥十字,却不仅点明了题意,而且更渲染出艰苦的环境。如果说没有一定的亲身体验,首句的描写尚难理解透辟的话,那么,次句的描写就既简明又形象,承上启下,于是十分自然地顺势引出下面的一番对话:“往谓长城吏:‘慎莫稽留太原卒!’‘官作自有程,举筑谐汝声!’‘男儿宁当格斗死,何能怫郁筑长城?’”人物的身份、口气和情态,都恰切逼真地透露出来。谓者乃是服役民夫的代表——“太原卒”,故乡在太原的某一个役夫。他以委婉恳切的语气,请求千万不要再延误已经是一误再误的归期。这里,字面上虽没有一误再误的意思,但联系下文役夫们勃然变色、大声疾呼的情态,是可以想见的。被谓者则是官方代表——“长城吏”,监督修筑长城的某一个官吏。他不仅不理会役夫们的痛苦心情,而且大打官腔,发狠要役夫齐声唱歌,继续用力打夯,冰冷的表情如见。于是引起役夫们压抑已久的不满情绪,顿时由绵羊变成雄狮,喷发出慷慨悲苍、令人惊愕的怒火,宣泄了郁积心底欲忍不能的愤恨。这显然是役夫们似箭之归心,在一次次热切期待中被无情冷遇而最终绝望时产生的一种从心理到外观的强烈反应。正如钟惺所评的:“怨甚!”物极必反,此之谓也。接下来有四句承上启下的描写:"长城何连连,连连三千里。边城多健少,内舍多寡妇。"从上面的对话到此,在清人张玉穀的《古诗赏析》中有很恰切的艺术分析,值得借鉴:"'往谓'六句。先设为卒往告吏求归,吏惟饬卒急筑,卒再与吏折辩。三层往复之辞,第一层用明点,下二层皆用暗递,为久筑难归立案,文势一顿。'长城'四句,振笔重复提起,言如此工程,宁有尽日,将来夫妻圆聚,真绝望矣,引起下文两次作书回绝来。""长城"二句是承前。表面上写眼前景物,实际上是寓情于景,通过眼前景物反映了役夫的内心活动。长城这么长,什么时候才能修筑完工,何年何月才能回家?叠字"连连"的一尾一首的重复,是一种常见的民歌修饰手法"顶真格",起有递接相生之趣和音节谐美的作用。"边城"二句是启后。由眼前所见之现实状况,"边城多健少",联想起千里之外的必然情景,是"内舍多寡妇",触景生情,别离的痛苦伴着绝望的心情一起涌上心头,悲愤难抑,不可排遣。既然徭役无尽,归去无望,于是下决心给"内舍"写了表明心迹和生死诀别的书信。

"作书与内舍"以下,是役夫和妻子的两次书信往来的内容。"内舍"即家里,这里指役夫的妻子。"便嫁莫留住!善侍新姑嫜,时时念我故夫子!""姑嫜"是古代妇女对丈夫的父母的称呼。"故夫子"是役夫自指,如果妻子改嫁当然只是原先的丈夫了。"多情恰似总无情",役夫劝妻子改嫁,看似无情,其实正好透露出役夫对妻子有着深厚真挚的感情。他深深地爱着妻子,所以才不愿她为自己这个归宿无着落的名义丈夫去守活寡。与其使她毫无希望地耽误青春,两人都不好受,不如集痛苦于自己一身,所以才说出了似是绝情的话。不仅如此,还细致入微地想到要她好好侍奉新丈夫的父母,但毕竟感情深挚,难以彻底扯断情丝,因而又希望妻子时常顾念热爱过她的"故夫子"——旧丈夫。读到这里,可以感到一种无可奈何的绝望心情与浓烈热切的婚姻恋情,交织在一起,化作一股无形之力,透过纸背,震撼肺腑。妻子的回信仅七字:"君今出语一何鄙",好似简单,其实是辞约意丰,蕴涵着妻子对丈夫忠贞不渝的爱:您怎么会说出这样不中听的话来?我难道是那种人吗!斩钉截铁,不容置辩。由此便顺势逼出另一番更觉沉痛的书信往还。丈夫痛苦地申述理由说:"身在祸难中,何为稽留他家子?生男慎莫举,生女哺用脯。君独不见长城下,死人骸骨相撑拄?""他家子"即别人家的女子,这里指自己的妻子。"哺"是喂,"脯"是干肉。古代封建社会,一直是重男轻女的,但这个时候却产生出重女轻男的反常心理,说不要养活男孩,希望生育女孩,并要珍爱地用干肉喂养她。"使民愤至此,何以为国。"(《古诗归》卷九)正常的人情被扭曲到如此地步,充分揭露了现实社会对下层人民的残酷压迫。接下来妻子再做回答,并结束全诗:"结发行事君,慊慊心意关。明知边地苦,贱妾何能久自全?”张玉穀分析说:“答辞四句,表白己之亦当从死,而彼死终不忍言,只以‘苦’字代之。”这种体会是恰切的。以“苦”字代“死”字,不只是婉曲得体的措辞方法,更在表明了心迹:你死了,我活着还有什么意思!于是,一位心地善良、温顺体贴的妻子的形象,活生生地跃然纸上。

此诗多用对话,诗人善于剪裁安排,既借人物之口交代了叙事情节,层次井然,又使笔墨很经济,对答往复,泯然无迹,从声腔语气中突出了鲜明的人物性格。明人谭元春评说:“问答时藏时露,渡关不觉为妙。”(《古诗归》卷九)清人沈德潜也说:“无问答之痕而神理井然。”(《古诗源》卷六)这都是有见地之论。此诗也多用“常语”,质朴自然,通俗活泼。如“生男慎莫举”四句,原来是五言四句的长城民谣,这里随手拈来,略作变动,即增后两句为七言,既进一步深化主题,又使之与全诗的差参句式和谐一致。另外,全诗采用五七言相间的乐府杂言形式,不仅具有音节之美,而且其中的不少七言句式,对七言诗的形成发展,也见筚路蓝缕之绩。

(赵望秦)

赠　从　弟(其一)

刘　桢

泛泛东流水,磷磷水中石。
蘋藻生其涯,华叶纷扰溺。
采之荐宗庙,可以羞嘉客。
岂无园中葵,懿此出深泽。

鉴赏

借物抒怀,托事寄意,为古典诗词最常见的艺术手法。《赠从弟》诗共三首,此为其一。水,清澈,明净,漂漂荡荡,往东流去;水下青石,闪闪生光;水面上下,如一片水晶世界。“泛泛”,漂浮貌。《诗经·邶风·二子乘舟》:“泛泛其逝。”“磷磷”,水中见石貌。开头两句,一动一静,其色彩都给人一种明畅纯净之感。正是在这样的环境中,“蘋藻生其涯,华叶纷扰溺。”

“蘋(pín)”,亦称四叶菜、田字草,多年生浅水草本植物,常见于水田、池塘、沟渠中。“藻”,藻类植物,主要分布在淡水和海水中,部分生长于土壤岩石和树干。现在它们在浅水边,花繁叶茂,悠悠飘动。“扰溺”,形容蘋藻为水流漂动的样子。展现在我们眼前的这幅画图是:明净、纯洁、纤尘不染,而且漂浮动荡,摇曳生姿。荷花虽“出淤泥而不染,濯清涟而不妖”,但它毕竟还会使人想起那“别样红”绚烂光彩。而水涯(涯,边)的蘋藻,以及那鲜活活的流水,水中如白磷般的青石,素淡而清雅,冷寂而晶洁。题曰“赠”,寓意至为明显:首先勉从弟在今后岁月如流水的环境中,如蘋藻般洁身自爱,却也不无励己的意思。南朝宋诗人鲍照用“直如朱丝绳,清如玉壶冰”喻自己品质清白;王昌龄用“一片冰心在玉壶”,表示自己的洁白无瑕;色彩虽也鲜洁,终带有“富贵气”。从劲韧挺拔,清新健朗说,此诗便独步于前了。

下面进一步就事立意:“采之荐宗庙,可以羞嘉客。”《左传·隐公三年》:“君子曰:……苟有明信,涧溪沼沚之毛,蘋蘩蕴藻之菜……可荐于鬼神,可羞于王公。”“羞”,进献食品。《周礼·天官·庖人》:“共王之膳与其荐羞之物。”郑玄注:“荐亦进也;备品物曰荐,致滋味乃为羞。”本来,蘋入药能解毒热,消水肿,民间用于治蛇咬伤,也可作猪饲料。至于藻,多数种类是鱼类的主要饵料,部分种类可供食用,亦非美味佳肴。这里诗人说“荐宗庙”“羞嘉客”,是为赞蘋藻的高洁。宗庙,在封建帝王看来,何其神圣;嘉客,是“我有嘉宾,鼓瑟吹笙”(《诗经·小雅·鹿鸣》),被主人至为尊重。诗举此两事,更在于以物喻人(从弟)。最后再以略似疑问和反诘的语气,来加重对题旨的探掘。“葵”,菜名,蔬用,子名冬葵子,可入药。许慎《说文解字》:“葵,菜也。”《诗经·豳风·七月》:“七月亨(烹)葵及菽。”《古诗·长歌行》:“青青园中葵。”“懿”,美,美德,张衡《东京赋》:“东京之懿未罄。”这两句是又以“园中葵”作对比,说它虽青翠可爱,但不如蘋藻之生于深泽中。故前人云“此言岂更无珍美之物以羞进宗庙王公,盖美此出于幽深也”(六臣注《文选》)。生于“深泽”,远离市廛的蘋藻,更清净脱俗。

本诗的前半以流水汤汤,竟日东流,清澈见石的幽美环境,来映衬花叶繁纷的蘋藻;后半以其可以“荐宗庙”“羞嘉客”,更以其有生于深泽者,以见其与“园中葵”之不同,层层递进,以表现其清纯高洁,非他物可比。通首借事抒怀,托物寄意,称勉从弟,兼励自己,称得上是一首“其情真,其味长,其气胜”(张戒《岁寒堂诗话》卷上)的作品。

(艾治平)

赠 从 弟(其二)

刘 桢

亭亭山上松,瑟瑟谷中风。
风声一何盛,松枝一何劲。
冰霜正惨凄,终岁常端正。
岂不罹凝寒,松柏有本性。

鉴赏

这是刘桢赠给从弟(堂弟)的三首诗中的第二首。

沈德潜曰:“赠人之作,通用比体,亦是一格。”(《古诗源》卷六)全用比兴,无一语直说,这确是本篇一个明显而别开生面的特点。刚劲端正的松树,是理想人格的象征,诗即以此意勉励从弟。刘桢不仅才华横溢而且秉性刚直倔强,从不屈从权贵。一次,曹丕宴请邺中著名文人,酒酣,命甄夫人出见。一坐之中,人人都趴伏在地上,不敢抬头,唯独刘桢敢于“平视”。曹操闻知此事,以“不敬”的罪名把他关了起来。本应处死,后减刑判处劳役。由这件事可知刘桢的为人。唯其为人如此,才能如此勉弟。

诗一开篇,即风、松兼写,因松的刚劲坚强只有在狂风中才能突现出来。唯三、四句较之首二句更进一层。风由“瑟瑟”而“一何盛”,愈刮愈猛烈,而松树呢,任凭狂风呼啸,却仍屹然挺立,坚不可摧。

“冰霜”二句,再进一层,又引入象征恶势力的另一事物——冰霜。伴随着呼啸的狂风,还有严寒的冰霜的无情侵袭。然而,一年到头,松树始终屹然挺立,端端正正,绝无丝毫的畏惧和动摇。

“岂不”二句,是总束上文的点题之笔。“罹”(lí),遭受。“凝寒”,严寒。狂风、冰霜,都是扼杀生机的严寒之物,一般的草木,遭其袭击,便都凋谢枯萎,唯独松柏,却能常年郁郁葱葱地挺立着,原因即在于它有耐严寒、抗风霜的本性。作者于末二句特地用一问一答的两句作结,其意即在突出题旨之所在。

孔子说:“岁寒,然后知松柏之后凋

也。”松柏,自古以来就是坚贞不屈的人格的象征。刘桢却以此喻入诗,写出了一篇朴实无华而又感人肺腑的赠人之作。作者没有在被咏之物——松树的外形上刻意描写,追求形似,而是着意表现它顶风霜、冒严寒、傲然挺立的精神风貌。全诗没有典故,没有秀句,没有华丽的辞藻,朴素、浑成,在朴实无华的外表下洋溢着浓烈的愤世嫉俗、傲岸不群的情感和对坚贞不屈的理想人格的追求。这种理想和情感,古人叫作“气”。刘桢的诗,以“气”盛著称于世。从这首诗,可以窥其一斑。

（寇效信）

室　思

徐　幹

沉阴结愁忧,愁忧为谁兴?
念与君相别,各在天一方。
良会未有期,中心摧且伤。
不聊忧餐食,慊慊常饥空。
端坐而无为,仿佛君容光。

峨峨高山首,悠悠万里道。
君去日已远,郁结令人老。
人生一世间,忽若暮春草。
时不可再得,何为自愁恼?
每诵昔鸿恩,贱躯焉足保!

浮云何洋洋,愿因通我辞。
飘飖不可寄,徙倚徒相思。
人离皆复会,君独无返期。
自君之出矣,明镜暗不治。
思君如流水,何有穷已时!

惨惨时节尽,兰华凋复零。

喟然长叹息，君期慰我情。
展转不能寐，长夜何绵绵。
蹑履起出户，仰观三星连。
自恨志不遂，泣涕如涌泉。

思君见巾栉，以益我劳勤。
安得鸿鸾羽，觏此心中人。
诚心亮不遂，搔首立悁悁。
何言一不见，复会无因缘？
故如比目鱼，今隔如参辰？

人靡不有初，想君能终之。
别来历年岁，旧恩何可期！
重新而忘故，君子所尤讥。
寄身虽在远，岂忘君须臾？
既厚不为薄，想君时见思。

鉴赏

"室思"，即闺妇之思。诗写女子对久出不归的丈夫苦苦思念的情怀。这种题材，前代不乏写得好的篇章，如乐府《伤歌行》，《古诗十九首》中的《行行重行行》《明月何皎皎》等，都是非常突出的。它们都以较短的体制，抓住触发思妇情感的某一契机，叙写特定场景下相思之情。贵在以少总多，言简情遥。徐幹这一首，则以其空前的规模，更加完美的艺术结构和对主人公心理流程、相思情态多侧面的细腻刻画，构成异于上述诸作的鲜明特色。

诗一开头，便以"沉阴"二字，一语双关，由景入情，简括有力地写出阴晦的天宇、沉重的氛围和思妇灰暗愁戚的心情；随之点明愁情的产生由于丈夫远别，会面无期，直落主题；接着再具体描写这种相思之情。在那阴暗寂寞的环境、骚动不安的心绪中，只有丈夫的幻影，给思妇带来希望和光明，她的忧思该有多么深重！这一章是总写，为全诗的纲；二、三、四章，便紧承终日"无为"，唯见"君容"而展开，分别表现女主人公在不同时节、环境下感物伤情的复杂心态。

春天是发人情思的季节。思妇登上高山望夫，却只见昔时丈夫远去的道路,不见今日回归的身影;眼前道路遥遥万里,陡增心中天涯远隔之苦,愁情百结,怎不令人红颜暗老!那遍地芜秽的草色告诉她,青春正在匆匆逝去,转念人生又何尝不是这样,难道让美好年华在孤独等待的愁恼中消逝?她想强自宽解,寻欢遣愁,然而念及恩爱的往事则又自甘为爱情而献身,寂寞自守,从而陷入更恼人的相思之中。

夏日炎炎,怀思焦灼,尤难自已。思妇遥望远方,只见浮云如水,流向他乡,不禁幻生出托浮云以"通辞"——给心中人捎话的意念。然而浮云飘飘径自离去,留下的是加倍的空虚和寂寞。这里,浮云这个意象是个极好的创造。后来晋傅玄作《云歌》:"白云翩翩翔天庭,流景仿佛非君形。白云飘飘,舍我高翔;青云徘徊,为我愁肠。"显然有《室思》这四句的影子,只是写尽写露了,而其中的复杂情感,《室思》中却都含蓄地包容了。思妇由白云的飘浮不归,生出丈夫"独无返期"的怨叹,见室外朗朗的天宇,映衬出室中明镜黯淡、尘灰久积;从流云如水,引出情思悠悠,无有穷已;总之由白云的意象生发,把缭乱的情思集中而真切地传达出来。结尾以其比喻新鲜,含思婉转,而成为诗史上的名句,后人纷纷仿作,以至于"自君之出矣"变成乐府的一体,可见其影响之深远。

秋冬时节,百物凋零。思妇由花木的枯萎,意识到生意的将尽,更加深了内心的惨痛。她呼唤着丈夫,向他发出"君期慰我情"的恳请和哀告;这种内心无望的独白,正是二章自解不得,三章苦思不遂的心理、情感的深化。她彻夜难眠,更觉长夜漫漫,心境凄凉。空闺独处令人心酸,出户所见,又是那象征新婚幸福的星光,益发伤情;思昔抚今,更预感到爱情理想的破灭。"自恨志不遂"是经历长年痛苦后的清醒,而清醒却只能给她带来更大的苦痛,她只有吞声饮泣,泪如涌泉!

丈夫虽远去,而家中旧物犹在,似乎处处留下他的身影,真是触处皆情,物皆含思,使思妇的忧虑与日俱增。她幻想化为禽鸟飞到丈夫身边,而幻想的结果便是对现实更强烈的失望。"搔首立悁悁"活画出她焦虑、烦乱、不安的情态。为什么你一去不返?为什么我们再无缘相会?为什么昔时恩爱若比目鱼?为什么今如参商二星永不见面?丈夫留给她的只是一连串找不到答案的沉重疑团!她由思到疑,不祥的预感已笼罩心头。这一章通过写睹物思人,回应首章的"仿佛君容光",而与前三章写四季之思形成交叉的结构,进一步深化了对女子无时无处、无有穷尽的思夫心理的表现,完成了诗歌的第二部分。

第六章是诗的结尾,写思妇在失望中冷静地思考。"靡不有初,鲜克有终"既是社会的常态,何况丈夫一去不返已久历年岁,哪有丝毫旧恩可以期待?她绝望了,已经意识到自己可能被遗弃的命运,然而对于失去丈夫即失去一切社会地位的封建时代的女子来说,要她自愿接受这种被遗弃的命运毕竟是困难的，她仍然只能委婉劝说丈夫勿忘旧恩，不要做出那“重新而忘故”，为君子所责备、所讥讽的负义之事，幻想用自己“岂忘君须臾”的痴情，用“想君能终之”“想君时见思”的反复诉说，既晓之以理，又动之以情，以图打动丈夫。尽管希望是渺茫的，但这是思妇情感的唯一支柱，她只能在这绝望与希望的交织中痛苦地等待下去。正是在这里，诗歌通过对思妇矛盾心理的揭示，深刻写出了封建时代妇女命运的悲剧。

综观此诗，前五章均以景起情，在物我交融中凸现思念之切，末章出之以理，在理智的思考中深化内心情感的揭示。全诗叙写层次递进，井然不紊；体情真切周至，细腻传神；诗歌语言清新自然，颇具风华流美的韵致，读来如泣如诉，感人至深。它从一个方面体现了建安诗歌长于言情的特征；而这种对个人内心情感世界的深入观照，又正是那一时代“人的自觉”和“文的自觉”的精神的体现。

（胡大浚）

驾出北郭门行[1]

阮　瑀

驾出北郭门，马樊不肯驰[2]。
下车步踟蹰，仰折枯杨枝。
顾闻丘林中，嗷嗷有悲啼。
借问啼者出，何为乃如斯？
亲母舍我殁，后母憎孤儿。
饥寒无衣食，举动鞭捶施。
骨消肌肉尽，体若枯树皮。
藏我空室中，父还不能知。
上冢察故处，存亡永别离。
亲母何可见，泪下声正嘶。
弃我于此间，穷厄岂有赀[3]？
传告后代人，以此为明规。

注释

①此诗属乐府《杂曲歌辞》,内容与汉乐府《孤儿行》相仿。驾:车驾。北郭门:城郭北门。郭:外城。古时城郭北郊多为坟地。

②獘:马负重过度,不愿再走。

③穷厄:贫穷困厄。赀(zī):限量。以上十四句是孤儿的自述。

鉴赏

这首诗在《乐府诗集》中属《杂曲歌辞》。宋郭茂倩云:“杂曲者,历代有之,或心志之所存,或情思之所感,或宴游欢乐之所发,或忧愁愤怨之所兴,或叙离别悲伤之怀,或言征战行役之苦……兼收备载。”以内容而言,阮瑀的《驾出北郭门行》当是其中的“情思之所感”“忧愁愤怨之所兴”一类。

汉代乐府诗有一个显著特点,这就是无论叙事还是抒情,大都风格直朴,不尚雕饰。作为“建安七子”之一的阮瑀,作品也明显继承了这一传统。他在这篇传世之作中,一开始就以简洁的笔墨,如实地记述了自己乘车出了城北门后,因马疲倦而中途下车,恰巧听到有人在丘林间啼哭的经过。这是全诗的第一层,意在引出后面孤儿的哭诉。其开场质朴,没有任何矫饰。接着诗人以与孤儿的一问一答,和盘托出了孤儿因生母去世而备受后母虐待的满腔悲愤。孤儿的回答如泣如诉,时断时续,读来真切感人,催人泪下。他在失去生母后受到后母的憎恨,不但食不果腹,衣不蔽身,而且一举一动都要招来指责、唾骂,乃至鞭挞。饱尝人世辛酸的孤儿骨瘦如柴,体无完肤,又被后母藏在空室,不让与生父相见。万般无奈之余,孤独无援的孩子只能含愤出逃,偷偷来到生母的墓前,为自己的遭遇和与母亲的永诀而号啕大哭,悲愤欲绝。这是诗的第二层,也是诗的主要部分。它用孤儿哭诉的口吻,指控了后母毫无怜悯之心的残忍;并以令人怵目的事实,揭露了一个严重的社会问题。汉乐府又有《孤儿行》,写的是孤儿受到兄嫂的歧视和虐待,由此可见因家庭变故等原因形成的孤儿无家可归的悲剧,在汉代并不少见。因此诗人在结尾时怀着沉重的心情,写下了“传告后代人,以此为明规”的告诫,从而使被诗人记下的这个偶然事件,因此具有了深刻的社会意义和久远的历史意义。

在艺术上,这首诗除了自然朴实,不加雕琢外,还有两个地方颇可注意。首先是全诗纯为叙事而感情自出,不加议论而理义自在,这和《史记》为人称道的直书其事而自寓褒贬有某些相似。诗人在作品中直书孤儿遭受后母虐待,饥寒交迫、有家难归的种种事实,而他自己对孤儿的同情和怜悯,对后母的愤慨和谴责,都能从字里行间强烈地反映出来。同时,诗人对他所记录的事件从头到尾未加一字评论,但他对此事所采取的态度,却通过形象得到了明显的体现。这就是让形象而不是让作者说话的艺术原则。汉乐府在这方面确实要比后代不少文学作品加入作者议论要高明和杰出得多。另外,这首诗的叙事和寄意虽然平直显豁,但也有言近意远的含蓄之笔。如孤儿声泪俱下的控诉,至“弃我于此间,穷厄岂有赀”便戛然而止,就使人对孤儿今后更漫长的人生道路产生了种种联想;而“传告后代人,以此为明规”的结语,也含规劝世人莫蹈覆辙、莫让类似悲剧重演的不尽之意溢于言外,这样就大大扩展了作品的内在容量,加深了作品的社会意义。

(曹明纲)

侍五官中郎将建章台集诗

应　瑒

朝雁鸣云中,音响一何哀。
问子游何乡,戢翼正徘徊。
言我寒门来,将就衡阳栖。
往春翔北土,今冬客南淮。
远行蒙霜雪,毛羽日摧颓。
常恐伤肌骨,身陨沉黄泥。
简珠堕沙石,何能中自谐。
欲因云雨会,濯翼陵高梯。
良遇不可值,伸眉路何阶。
公子敬爱客,乐饮不知疲。
和颜既以畅,乃肯顾细微。
赠诗见存慰,小子非所宜。
为且极欢情,不醉其无归。
凡百敬尔位,以副饥渴怀。

鉴赏

这首诗是建安十六年(211),应玚在曹丕宴席上的酬答之作,他以鸣雁自喻,表达了希望依附曹丕的愿望。开始的"朝雁鸣云中,音响一何哀"二句,以朝雁在云中鸣叫的哀苦声音,比喻自己的凄苦心境,别开生面,妙趣横生。雁,既然一早就飞行云中,必然有个目的,这就顺理成章引出了下面的"问子游何乡,戢翼正徘徊"二句。"子",是"朝雁"的代词。问你打算飞到什么地方去呢?它还没有决定,正收敛双翼在空中徘徊,没有确定前进的方向而奋飞,表现了"朝雁"迟疑、犹豫的心态。而这,正是诗人心态的艺术反映。为什么在天空"徘徊"呢?下面,诗人替"朝雁"回答:"言我寒门来,将就衡阳栖。"用北雁南飞,表示自己将寻找一个温暖的地方来安身。于是诗人借雁来诉说自己生活不安定的痛苦心情。他说:"往春翔北土……伸眉路何阶。""翔北土""客南淮",表示南来北往,生活不安定。"南淮"虽比"北土"稍好,究竟不如"衡阳"暖和。如此远距离奔波,一方面受霜雪侵凌,使"毛羽"受损;另一方面,还害怕遇见打鸟人的弹子,使"肌骨"受伤而葬身"黄泥";又害怕像"简珠"(大珠)堕入沙石,与沙石无法和谐,暗示自己艰难的处境。"简珠"二字为比中之比,既是"朝雁"自比,也是诗人自比,目的在于暗示自己的价值,以引起曹丕注意。既然如此不安全,何以又要一早就在云中徘徊呢?原来是打算乘"云雨"际会之机,振刷羽翼,另寻归宿。这两句为全诗之关键,借"朝雁"暗示要择主而事,飞上"高梯",目的在于使曹丕注意自己。但诗人点到即止,立即收回笔势,叹息好机会难以遇上,不知何处是"伸眉"之路?既要毛遂自荐,而又不令太露,可谓委婉曲折之至。这一长段内心独白,采用拟人手法及问答形式处理,生动、活泼,浅中见深,立异标新,为后人所难企及。

诗人心目中的"高梯"在哪里?"伸眉"之路在何方?一直没有明说,忽然从魔幻般的境界回到了宴饮的现实,直接向曹丕表态:"公子敬爱客,乐饮不知疲。和颜既以畅,乃肯顾细微。赠诗见存慰,小子非所宜。"首先感谢公子(曹丕)宴客的热情、诚恳,再感谢公子对身份细微的自己"赠诗",实在是过于"敬爱"。自己无可报答,只好竭尽"欢情"不醉不归了。但诗人没有停滞在个人身上,"凡百敬尔位,以副饥渴怀"两句,把笔锋转到在座的客人,希望他们各自努力工作,以报答曹丕求贤如渴的胸怀,暗示自己如果能够调来曹丕身边,一定会努力工作,知恩必报;也暗应上文"简珠"的比喻,希望曹丕看重自己。

全诗前半用比兴,引而不发;后半用赋体,仍是引而不发,在含蓄委婉中透露主旨。陈祚明称其"吞吐低徊,宛转深至,意将宣而复顿,情欲尽而终含。务使听者会其无已之衷,达于不言之表,此申诉怀来之妙术也”。曹丕果然不久就把他调到身边做“文学”了,说明作品产生了预期的效应。它比一般公宴应酬诗,到底要算棋高一着。

(刘知渐　鲜述文)

定 情 诗

繁　钦

我出东门游,邂逅承清尘。
思君即幽房,侍寝执衣巾。
时无桑中契,迫此路侧人。
我既媚君姿,君亦悦我颜。
何以致拳拳？绾臂双金环。
何以致殷勤？约指一双银。
何以致区区？耳中双明珠。
何以致叩叩？香囊系肘后。
何以致契阔？绕腕双跳脱。
何以结恩情？美玉缀罗缨。
何以结中心？素缕连双针。
何以结相于？金薄画搔头。
何以慰别离？耳后玳瑁钗。
何以答欢忻？纨素三条裙。
何以结愁悲？白绢双中衣。
何以消滞忧？足下双远游。
与我期何所？乃期东山隅。
日旰兮不来,谷风吹我襦。
远望无所见,涕泣起踟蹰。
与我期何所？乃期山南阳。

日中兮不来，凯风吹我裳。
逍遥莫谁睹，望君愁我肠。
与我期何所？乃期西山侧。
日夕兮不来，踯躅长叹息。
远望凉风至，俯仰正衣服。
与我期何所？乃期山北岑。
日暮兮不来，凄风吹我襟。
望君不能坐，悲苦愁我心。
爱身以何为？惜我华色时。
中情既款款，然后克密期。
褰衣蹑茂草，谓君不我欺。
厕此丑陋质，徙倚无所之。
自伤失所欲，泪下如连丝。

鉴赏

这首《定情诗》是繁钦最有名的篇章，“定情”就是安定其情的意思。自从东汉张衡作《定情赋》之后，文士们纷纷模仿，竞相学步。繁钦的《定情诗》固然也是仿作，但却与以往的此类作品不同。第一，他把这类题材的赋演化成了诗；第二，以前同类题材的赋所“定”的多为男性之“情”，繁钦所“定”的乃是女性之“情”，是写女性主动追求男性终被遗弃所引起的痛苦，其结局颇受《诗经》中“弃妇诗”的影响，是为女性说话的。因而，它既受已往同类题材的赋的影响，又有所创新。

这首诗可分三段来读。第一段共六句，是追述初识时的情况。诗采用赋的手法，直陈其事，而又以第一人称让女主人公直接陈述。首句由《郑风·出其东门》“出其东门，有女如云”句化来。春秋时期郑国城东门外是一片开阔的平地，又有溱水流经，是当时青年男女游乐、幽会的场所。特别是三月上巳，男男女女，群集于此，犹如西湖七月半看月，热闹非凡。这也是青年男女播种爱情的良机。男女相爱，有期而遇者，也有邂逅相遇者。这里用“邂逅”，是说明女主人公与某男子的初识并非事先约好前来相会，而是他们各自怀着“漫游”的目的不期而遇的。“清尘”，由《楚辞·远游》“闻赤松之清尘”而来。“尘”谓扬起的尘土，冠一“清”字，表示尊崇，实为借代手法，代指其人。“承清尘”是谦辞，是说亲近足下的尘土，即亲近足下的意思。这是叙出自己与某男子一见倾心。这一女子是如此热诚，她以热切的渴望心情，幻想同这一男子结婚，“思君即幽房，侍寝执衣巾”。可见其痴情之深！“时无桑中契，迫此路侧人”二句，是本段的结句。“桑中”，指《诗经·鄘风·桑中》，是一首描写男女幽会的诗。“时无桑中契”，是说当时本无约会。“迫此路侧人”，再一次说明她和这个男子是不期而遇的。诗人之所以在这里用重笔反复交代，是为了表明这一偶然的机缘，却在两人的心田里撒下了爱情的种子，又在女性的心扉上刻下了深深的伤痕。一见钟情，若从封建礼教的角度来看，这似乎有失庄重，但它毕竟是当时青年男女在礼教严酷统治下彼此产生爱情的一种重要方式。

第二段从“我既媚君姿”至“足下双远游”，共二十六句，写热恋。开头两句，单刀直入地交代了热恋的思想基础：“我既媚君姿，君亦悦我颜。”“媚”者，悦也，爱也。一个是“既媚”，一个是“亦悦”，这说明他们进入热恋过程的感情基础是互相悦慕的。“媚”其“姿”，“悦”其“颜”，又说明这一对青年是俊美的。作者不是像已往同类题材的赋，以大量篇幅去描写人物的外在美，而是以极简洁的语言暗示了他们的外形美。如何美？留给读者去想象，去补充，去丰富，真可谓惜墨如金。这样，作者就能够腾出笔墨来，铺叙他们热恋过程中的频频馈赠，重在写其“情”。

既而，诗人一连用了十二对问答的句子，来铺陈他们之间的“拳拳”之忠、“区区”之爱、“殷勤”之情。如何表达这种“欢忻”之心、“相于”之意、“契阔”之思、“别离”之忧呢？是通过相互之间馈赠具有象征意义的礼品来体现的。绾（束）臂的金环（臂环），约指的银环（戒指），耳后戴的明珠，肘后系的香囊，这些珍贵的礼品，就成了这一对青年之间爱情的化身，成了他们纯洁坚贞爱情的象征。所赠礼品均用“双”而不用“单”，也是象征意义，表示配偶，含彼此互爱之义。

他们内心里燃烧着的爱情之火，是那样的炽烈。他们对未来的幸福生活，充满了强烈的希望，恨不得马上将它化为现实。“何以结恩情？美玉缀罗缨。”清闻人倓《古诗笺》注说：“以玉缀缨，象恩情之结。”“何以结中心？素缕连双针。”《谢氏诗源》云：“昔有姜氏与邻人文胄通殷勤。文胄以百炼水晶针一函遗姜氏。姜氏取履箱，取连理线，贯双针，结同心花以答之。”“素缕”表示纯洁，“针”谐音“贞”，以“素缕连双针”，表示两人纯洁之心结成坚贞之情。“何以结相于？金薄画搔头。”《西京杂记》载：“武帝过李夫人，就取玉簪搔头。”“搔头”就是“簪”。贾充《典戒》曰：“人日（正月初七）造华胜相遗，像瑞图金胜之形。”“华胜”，带有花彩装饰的簪子。“金薄”，即“金箔”。“画”，装饰。“金薄画搔头”，就是用金箔剪成彩花装饰在簪上，亦即“华簪”。他们赠送这些具有特殊意蕴的装饰物,乃是他们情缘相投的象征,是他们美好憧憬的体现。

他们执着地相爱着,然而“别时容易见时难”,一时分手则心绪惆怅。那么,彼此赠送的礼品,又成了他们离情别绪的慰藉。“何以致契阔?绕腕双跳脱。”“契阔”,这里指别离之情。“跳脱”,指金钏。此句与下文“何以慰别离?耳后玳瑁钗”意同,都是表现热恋过程中离别之情的。

他们在热恋过程中,情绪是欢欣愉快的,欢欣的对象则是其心目中的人。“何以答欢忻?纨素三条裙。”“纨”,为“素”之轻者,都是白色绸。“条”,借为“縧”,即“偏诸”,是用丝织成的花边,镶在衣裙的边缘作为装饰。“三条(縧)裙”就是镶有三道花边的裙子。这素白色的裙子象征着他们之间的纯洁爱情,是用来答谢他欢欣的心上人的。

热恋过程中有欢乐,也有悲愁、苦忧。“何以结愁悲?白绢双中衣。”“中”之言“衷”也。“白绢双中衣”,象征两人内心纯洁,因而主人公以此来排遣内心的悲愁。“何以消滞忧?足下双远游。”“远游”,就是《洛神赋》中的“远游之文履”,是一种绣花鞋的名称。这大概也是男青年送给女主人公的一双绣花鞋,因而有灵丹妙药之特效,可以冰释她内心久久郁结的忧愁。

总之,这一段写这一对青年在热恋过程中频繁地互赠着具有象征意义的礼物,既表现了他们对未来爱情生活的美好理想,也反映了他们之间的情绪波动:有合有离,有欢有悲,有喜有忧。在写法上,是让各种情绪交错发生,由媚悦其外貌,而至“拳拳”“叩叩”之深情。中间突有“契阔”之感,昂扬之情突然一抑。抑而复扬,则又“结恩情”“结中心”“结相于”,似乎佳期在即,热之至极。热而忽冷,则“慰别离”,是又一挫。挫而复振,又“答欢忻”。“答欢忻”则又“结愁悲”,终以“愁悲”作结。粗读似杂而无章,细品则始知其抑扬顿挫、起伏变化之妙。它不仅真实地再现了青年男女在热恋过程中瞬息万变的情绪波动,而且也十分切合女主人公被弃之后痛定思痛、回忆往事时的心绪,酸、甜、苦、辣一起涌上心头。这种百感交集的回忆,随心所之。这里诗人虽采用了泼墨如倾的写法,但却使铺叙有了较为灵活的变化,读之则无“铺采摛文”式的板滞沉闷之感。

第三段从“与我期何所”至“泪下如连丝”,共三十四句,是写女子被弃失恋的情况及由此产生的痛苦心情。

本段开头,写女子屡次期而不遇。他们一次次地约会,或“东山隅”,或“山南阳”,或“西山侧”,或“山北岑”。女主人公怀着坚贞爱情的美好理想,及早赴约,焦灼地期待情人的到来。她心神不宁,坐立不安,踌躇,徘徊,时而百无聊赖地低头整理衣襟,时而莫可奈何地登高极目远望,然而却终无所见。一直等到“日旰(晚)”“日中”“日夕”“日暮”,情人始终不来践约。“更那堪晚来风急”,凄风吹皱了衣襟,悲愁搅乱了春心,“望君不能坐,悲苦愁我心”。

面对这凄楚寂寞的冷遇，她莫可如何地忍受着，却仍然咀嚼着、回味着已往初恋、热恋时的美好憧憬。“爱身以何为？惜我华色时。中情既款款，然后克密期。”这个少女痴情地思前想后，以前“我”为什么太爱身？以致拒绝了他的“要求”。珍惜“我”华色正茂，内心又是一片款款之忠，定下的密约，想来是一定能如愿以偿的。

她揭起长长的衣襟，在青翠如茵的茂草丛中盘桓着，逡巡着，期待着。“褰衣蹑茂草，谓君不我欺。厕此丑陋质，徙倚无所之。”“君”是捉弄她、欺骗了她的，然而她依然“谓君不我欺”！一个“谓”字，说明她内心里是多么天真、纯洁！她仍然以此“丑陋”的身躯侧身而远望。然而，他，这个负心人，毕竟没有来。在这沉寂的山脚下，她徘徊而不知所往。她伤心失去她的所爱，竟不禁“泪下如连丝”了。

这一段的写法与上段略同，也是模仿赋的铺陈手法。言约会之地，则“东山”“山南”“西山”“山北”；言期待之时，则“日旰”“日中”“日夕”“日暮”；言风，则“谷风”（东风）、“凯风”（南风）、“凉风”（西风）、“凄风”（北风）；言情，则“涕泣起踟蹰”“望君愁我肠”“踯躅长叹息”“俯仰正衣服”“悲苦愁我心”。这虽是铺陈，却并非一味堆砌，显得冗长沉闷，而是时间有递进，场景有变迁；有直抒胸臆，有景物烘托；有动有静，有声有色，颇富变化。

关于这首诗的主题，郭茂倩在《乐府解题》中说：“言妇人不能以礼从人，而自相悦媚，乃解衣服玩好致之，以结绸缪之志……自以为志而期于山隅、山阳、山西、山北。终而不答，乃自伤悔焉。”后世学者如清吴兆宜、闻人倓等，均恪守郭说不疑。我们细读原诗，觉得郭说带有浓厚的封建礼教色彩，与繁钦之立意似有未合。主要理由有五：其一，从上下文意看，本诗第二段的十多个问答，是承前两句“我既媚君姿，君亦悦我颜”而来的。他们之间的“情”是心心相印的，因此赠送礼物、表达爱情应该是双方共有的行为，并非单指女子一人。其二，从诗中所陈赠物看，大多为女子用物，也有男子用物，可见馈赠行为是双方的，实非单指女子一人。其三，从诗中用语来看，既有“何以致”“何以结”，也有“何以慰”“何以答”。“答”者报也，犹如《卫风·木瓜》“投我以木桃，报之以琼瑶”之义。明明说的是“答谢”，更可见其馈赠是双方的，而非单指女子一人。其四，从繁钦本人的思想看，颜之推曾批评他“性无检格”，可见他绝非维护礼教之士。他写这首《定情诗》，同情的是女子失恋之苦，谴责的是男子负心之愆，而绝不是女子“不能以礼从人，而自相悦媚”。其五，从当时时尚来看，那时思想尚通脱，文章尚抒情。而言情之作中有很大一部分是悯妇女之不幸的，如曹丕的《代刘勋出妻王氏作二首》，曹植的《弃妇诗》，徐幹的《室思》，等等，这首《定情诗》也自不例外。唐人乔知之的《定情篇》，显然是模仿繁钦。诗虽不及繁作,但思想内容却也是谴责负心男子而同情弃妇的,乃至大声疾呼:"庐江小吏妇,非关织作迟。""人间丈夫易,世路妇难为!"所不同的是:乔诗写的是婚后被弃,是传统的弃妇诗;繁诗写的是婚前失恋之苦,在我国古代文学史上堪称第一首成熟的反映女性失恋的诗。它真实地反映了负心男子的负心行为给淳朴的姑娘所造成的精神痛苦。

这首诗的主要艺术特色,上面均已论及。这里再总括起来做一略述。第一,这首诗受汉乐府民歌的影响,用第一人称的手法,让女主人公直接陈述恋爱始末,说出她失恋的过程和心情,显得格外亲切感人。第二,受汉赋"铺采摛文"的影响,极力铺陈而又有所变化。第三,通过彼此赠送大量具有象征意义的礼物,来表达人物的理想、愿望和情操,把人物隐藏在心底的奥秘,委婉曲折地揭示出来。这种无言的抒情方式,比较符合当时青年男女含蓄害羞的心理特征,也切合诗的蕴藉要求。第四,诗的形式比较自由。诗虽一律五言,而每节的句数不一,或二句,或四句,或六句,或十句,完全根据内容而定。诗的用韵也非常灵活。第一段六句一韵,依王力古韵部来分,为真、文、真韵,即真、文通叶(按:若依顾炎武、孔广森、戴震、江永等人之说,实为一韵)。第三段前四节是每六句一韵,为侯部、阳部、职部、侵部韵;后一节十句一韵,为之部韵。几句一换韵,全根据内容而定。这两段均用隔句韵,其势缓,比较符合女主人公陈述往事的语气。写热恋过程的第二段,除开头四句三叶外,全是句句押韵,每两句一换韵,为元部、文部、侯部(平)、侯部(仄)、月部、耕部、侵部、侯部、歌部、文部、微部等。句句韵,换韵频,其势促,很像近世民歌中一种对歌的形式。这也是这一段的内容所决定的。

总之,《定情诗》是我国古代诗苑中一朵鲜艳的奇葩,无论思想性、艺术性都达到了相当高的水平,有其不朽的价值。

(殷呈祥)

短歌行

曹丕

仰瞻帷幕,俯察几筵。
其物如故,其人不存。
神灵倏忽,弃我遐迁。

靡瞻靡恃，泣涕涟涟。
呦呦游鹿，衔草鸣麑。
翩翩飞鸟，挟子巢栖。
我独孤茕，怀此百离。
忧心孔疚，莫我能知！
人亦有言，“忧令人老”。
嗟我白发，生一何早！
长吟永叹，怀我圣考。
曰“仁者寿”，胡不是保？

鉴赏

一世之雄曹操去世了，给他身后的政治舞台留下了一段空白，给他的营垒留下了一段迷惘，也给他的亲人留下了久久的哀思。次子曹丕是他生前确定的继承人。现在，他把自己创下的“家业”留给了曹丕，也留下了守住这份“家业”的全部艰难。对于曹操的去世，曹丕更有一份特殊的感伤、特殊的思念。他缅怀父王的神威、权谋和业绩，缅怀父王的抚育、教诲和关怀。他满怀悲思，轻抚哀筝，就用乃父最熟悉的乐府古曲《短歌行》，谱写了一曲声情哀婉的悼歌。歌辞的大意是：啊！这是父王日夜操劳的帷幄，这是父王草拟军书的案几……这里的一切都还是昨天的样子，可是父王的身影却已远逝！父亲啊父亲，您为什么如此仓促、如此仓促地离我仙去？而今而后，哪里去找您的慈祥、您的抚爱？哪里能有您的庇护、您的关怀？怎不叫人泪水涟涟、涕泗满襟？旷野的游鹿，衔着青草，呦呦地招呼自己的儿女；翩翩飞鸟，枝头栖歇，百般呵护自己的雏儿。凭什么偏让“我”孤苦、让“我”伶仃、让“我”承受这人间最大的不幸？“我”的忧愁是这样的浩茫广大，父王啊，这世上还有谁能够理解？人们都说，“忧令人老”，嗟叹“我”头上的白发啊，怎么会生得如此之早！人们都说“仁者寿”，可是天啊，为什么不保护“我”的父王康强千秋？

曹丕的这首诗，抒写自己对于父王的追思之恸，情真语切，流动自然，正如清人沈德潜所说，是一首“便娟婉约，能移人情”的诗。当年，乃父曹操曾用此曲写过一首“对酒当歌，人生几何”的诗，以其沉雄恢迈的格调独擅当时，流传百世；后来，西晋诗人陆机，也曾用此曲填出了“短歌可咏，长夜无荒”的悲歌，但格调来得消沉疲弱。曹丕的这一首《短歌行》则独具神情，人们曾说它“声制最美”，充分发挥了古曲自身所固有的抒情功能。

悼念曹操，一般来说，总得要想起他的功业、他的胸怀。然而曹丕不这么写，他只是以一个需要父爱的儿子的心，去追思深深地爱着自己的父亲；他掩抑低回地吟唱的，也只是家人父子的人情之常，然而却是声声诉，声声泪；随着他的哀筝的缓缓拨动，读者的心弦也被拨动了。没有比“其物如故，其人不存”的话更能凝聚人世间一切失去亲人者的悲恸了；没有比“呦呦游鹿”一联更能表达弱子爱孙那深深的感情需求了；也没有比“曰‘仁者寿’，胡不是保”的呼号更能倾诉后人对于死者的惋痛、思念和敬重了。然而，这些话，都说得极通俗、极平常，是人人心中都有的话，是人人心中都有的情，曹丕把它表达出来了，抒写出来了，所以他的作品可贵。

全曲共有六解，就是说，在演奏时，分成六个段落来进行。

（陈鸿彝）

秋胡行

曹　丕

泛泛绿池，中有浮萍。
寄身流波，随风靡倾。
芙蓉含芳，菡萏垂荣。
朝采其实，夕佩其英。
采之遗谁？所思在庭。
双鱼比目，鸳鸯交颈。
有美一人，婉如清扬。
知音识曲，善为乐方。

鉴赏

这是一首情歌。它采用由远到近、由景及情的艺术手法，表现了抒情主人公对他所热恋的姑娘的一往情深，以及如醉如痴地追求与思慕，情真意切，优美动人。

全诗十六句，四句一层。第一层以夏季荷塘的动人景色作为起兴。在碧波荡漾的荷塘里，长着深绿色的浮萍。它托身于流水，随风倾侧。这景象引起了抒情主人公的丰富联想。男女夫妇，犹之于萍和水，是一种依托关系。看到萍生水中，也就引起了抒情主人公的求偶之思。因此，这两联富于民歌风味的诗句，兴中有比，包蕴着耐人寻思的情意。它表面上写浮萍随风倾侧，实际上已微露怀人之意。

"芙蓉"四句为第二层，写抒情主人公贮芳待赠，怀人之意进一步明显。夏日的荷花，有的含情脉脉，绽开笑脸；有的略带娇羞，含苞待放。在这位男子的眼里，这清水中的荷花简直就像恋人红润艳丽的脸庞，那田田荷叶，又仿佛是恋人的绿色罗裙。在这里，诗人用虚写之笔写出了少女的美好，用池中开放的朵朵亭亭玉立的红莲，烘托少女那婀娜多姿的轻盈体态和娇羞迷人的神情，写出了她那勾魂摄魄的无限魅力。这自然使这位痴心男子因花思人，爱人及花。于是，他在清晨精心地采摘下一颗颗饱满清香的莲子，晚上又把那艳丽的荷花深情地佩戴在自己的胸前。诗人用"朝采其实，夕佩其英"这样略带几分傻气的动作来写这位男子的痴情，这既切合男子此时此地的心境，又十分生动地把看不见、摸不着的相思之情十分形象具体地刻画出来。这种借景抒情、变景语为情语的艺术构思不仅是独到的，也是巧妙的。

"采之遗谁？所思在庭"四句为第三层，直接点明怀人的意旨。既然如此，诗人为何不把这四句直接放在篇首呢？这就是此诗的结构艺术之妙。倘若把这四句放在篇首，读来便会觉得气脉尽露，一览无余，委婉情致全无。现在这样处理，便极尽峰回路转、变化腾挪之妙。它使前面的"采实""佩英"，一下子变成含情的活动，也使"浮萍"和"芙蓉"等景物具有了暗喻的作用，从而具有兴中有比的特色。可以说，"所思在庭"一句，是全篇的诗眼。整首诗都是围绕着一个"思"字层层铺展。因为"思"，才使得这位男子不仅由"浮萍"寄身流波想到了自己应当有个家，有个称心如意的妻子，因而引起了对爱情的追求与憧憬，而且又由"芙蓉"想到情人，于是"朝采其实，夕佩其英"，并准备把采来的具有"怜子"含义的"莲子"赠送给她，以表达自己的爱慕之情。也正因为"思"，才使得比目结对同行、鸳鸯交颈相爱的情景深深触动了这位男子的情怀，使他坚定了"得成比目何辞死，愿作鸳鸯不羡仙"（卢照邻《长安古意》）的决心。

为什么这位抒情主人公如此执着地追求这位女子呢？最后一层做了解释，因为她是一个非常漂亮、非常聪明的女子。对这个女子，作者在《善哉行》第二首中作了更加充分的描写："有美一人，婉如清扬。妍姿巧笑，和媚心肠。知音识曲，善为乐方。哀弦微妙，清气含芳。流郑激楚，度宫中商。感心动耳，绮丽难忘。"也就是说，这个女子不仅长得端庄美丽，心地善良，而且“知音识曲”，歌喉婉转动人，“绮丽难忘”，是一个理想的配偶。这样写，不仅说明了他对她的倾心爱慕，也说明了他之所以爱她的原因，回应上文，见出作者构思之谨严、绵密。

就此诗的结构来说，全诗四句一转，层层深入。由远及近，由隐及显，由景及情，由表及里。先景物，后贮芳，再言夫好妇合，末言被追求者容貌与才艺之美。层层写来，“婉转有风致”（陈祚明《采菽堂古诗选》卷五），“出入分合，巧而不琢”（王夫之《古诗评选》卷一）。这种能转能藏的精巧构思，使全篇委婉多变，含蓄无尽，极富艺术魅力，这是此诗在艺术上的一个突出特点。还应该提及的是，此诗把爱情生活与大自然幽美的环境融合起来，使得全诗更富于清新的生活气息，充满纯洁高雅的情调，创造了清幽雅洁的意境，也是诗人匠心独运之所在。

（薛祥生　王少华）

善　哉　行(其一)

曹　丕

上山采薇，薄暮苦饥。
溪谷多风，霜露沾衣。
野雉群雊，猿猴相追。
还望故乡，郁何垒垒！
高山有崖，林木有枝。
忧来无方，人莫之知。
人生如寄，多忧何为？
今我不乐，岁月其驰。
汤汤川流，中有行舟。
随波转薄，有似客游。
策我良马，被我轻裘。
载驰载驱，聊以忘忧。

鉴赏

这首诗是写客游之感的。诗人运用凝练的笔触，以“山”“溪”为基点，紧紧围绕着“客游”二字铺展，不仅写得层次分明，而且委婉曲折地抒发了思念故乡的深挚感情及对人生的无限慨叹。

“上山采薇”四句，以客子“上山采薇”忍饥耐寒的凄苦景况作为全诗的起兴。这里以“溪谷多风”“霜露沾衣”表示寒凉，以“薄暮”“霜露”表示“采薇”的不分早晚，用来说明“苦饥”的程度，借喻由于乡思所引起的惆怅，微露忧伤之意。陈祚明《采菽堂古诗选》卷五说“发端四句，情在景事之中”，就是这个意思。诗人在发端就拈出“山”“溪”二字，为以下各层所写景物与“客游”设下伏线，提供了依据。

“野雉群雊（雄雉求偶的唤声）”四句，围绕“客游”二字，借山上所见之景来写乡思，以雉雊猴追之各有偶，反兴故乡之难归。诗人看到野鸡成群地呼唤求偶，猿猴在相互追逐嬉戏，触景生情，联想到猿鸟成群，物各有适，而自己独栖异地，不禁“还望故乡”。可故乡在千里之外，中间相隔千山万水，那茂密苍茫、重重叠叠的树林，无情地遮挡住了诗人的视线，因此望而不见，徒增悲伤。一个“何”字，见出诗人乡思之浓郁。这四句，作者先写禽兽思群的景象，继写由此而引起的思乡心理和“还望故乡”的举动，寥寥数语，便揭示出客子久别思返、向往故乡的感情。

“高山有崖”四句，以山崖与树枝起兴，继续写乡思。这一层由“郁何垒垒”的高山林木转到高山之“崖”与林木之“枝”，再由“枝”和“知”的谐音过渡到对“忧来无方”的感叹，诗意转折十分自然巧妙。“林木有枝”的“枝”与下面的“人莫之知”的“知”音义双关。诗人看到高山上有陡峭的崖壁，树林中有枝丫在伸展，由此想到凡物皆有定向，而独忧之无穷，人所难知，心中更增添了一层烦忧。陈祚明《采菽堂古诗选》卷五说：“‘忧来无方’，言忧始深，意中有一事可忧，便能举以示人，忧有域也。惟不能示人之忧，戚戚自知，究乃并己亦不自知其何故，耳触目接，无非感伤，是之谓‘无方’。非‘无方’二字不能写之。”这段分析相当精彩，它十分中肯地说出了这四句诗的妙处。

“人生如寄”四句从忧中转出一个“乐”字，用以陪说。然说乐非乐，只是无可奈何，聊以自遣罢了，最后仍落脚在一个“忧”字上。“人生”二句感叹人生无常，“今我”二句慨叹人生短暂。诗人想到人生好像水上的浮萍，时光像马在奔驰而去，“我”为什么还要常常忧伤、自寻烦恼呢？这一层以“乐”写“忧”，愈见出诗人“忧”之深广，“忧”之难以遣释。这正是艺术的辩证法。“今我”二句用《诗经·唐风·蟋蟀》"今我不乐,日月其除"句意而有所创新,见出诗人推陈出新、善于点化的艺术才能。

"汤汤川流"四句,又由"乐"转到"忧"上来,由"溪"而引发出对水上行舟的描写。其诗意是前面"人生如寄"的重复,也是对漂泊不定的人生的反复慨叹、强调,进一步表述客子深切思念故乡的忧伤。诗人看到河流汹涌澎湃,小舟随波逐浪,它随着波浪回旋停泊,好像客子在到处飘荡。在这里,以"客游"比喻"行舟",而诗人的本意却是以"行舟"比喻"客游",却偏偏不从正面作比,这就使得语言既工稳又活脱。这正如沈德潜《古诗源》卷五所说:"末指客游似行舟,反以行舟似客游言之,措语既工复活。"

"策我良马"四句又由"忧"转到"乐"。诗人在前几层的基础上表明了自己听之任之、随其自然,以"良马""轻裘"的优游生活来聊慰愁肠的人生态度。"载驰"句用《诗经·鄘风·载驰》成句而显得自然贴切,可谓古人成句之妙用。陈祚明指出:"末解正是忧深。'不如饮美酒,被服纨与素',与此同意。驰驱定不能忘忧,然忧终不可忘,反不如姑且驰驱耳。"(《采菽堂古诗选》卷五)所评甚为精当。

张玉穀《古诗赏析》卷八对此诗有如下评论:"此客游有感之诗。一解,直叙客游之苦,以下兴比诸意,皆在山溪伏根。二解,就所见雉雊猴追之各有其耦,反兴故乡难归。三解,就所见山崖木枝之无不共见,反兴忧来莫知。四解,顶忧字作转,点出行乐贵乎及时。五解,指客游之似行舟也,却反说行舟有似客游。笔逆局展。六解,结出忘忧作用,却即仍就游上说,便甚。"从诗的内容和结构来看,这段评论是符合实际的。全诗共二十四句,每四句一解,每解说一个意思,层次十分清晰。当然,本诗之所以写得如此动人,具有较强的艺术魅力,不仅在于层次分明,更重要的原因则在于诗歌"赋中有兴"(刘履《选诗补注》)、"章法条递,风情婀娜"(陈祚明《采菽堂古诗选》卷五)。全诗赋、比、兴兼用,赋中有兴,兴中有比,伤而不悲,不失清逸之气,这正如王夫之所说:"微风远韵,映带人心于哀乐,非子桓其孰得哉。"(《古诗评选》卷一)诗人还巧妙地把抒写客子乡思与对人生意义的思索结合起来。对于"客游",诗人既以"行舟"作喻,又以"人生如寄"加以映衬,因而这"客游"与"人生"就有了某种深层意义上的联系。

(薛祥生　王少华)

善 哉 行(其二)

曹 丕

有美一人,婉如清扬。
妍姿巧笑,和媚心肠。
知音识曲,善为乐方。
哀弦微妙,清气含芳。
流郑激楚,度宫中商。
感心动耳,绮丽难忘。
离鸟夕宿,在彼中洲。
延颈鼓翼,悲鸣相求。
眷然顾之,使我心愁。
嗟尔昔人,何以忘忧。

鉴赏

这首诗是写思美人的,它具有鲜明的形象性。为了造成此诗鲜明的形象性,诗人出色地运用了层层铺叙、比兴和通感等艺术手法,通过对所思美人容貌和琴艺的具体描绘,精心刻画了一个令人喜爱的女子形象,同时,又通过对诗人思美人时的复杂心绪的描绘,塑造了诗人栩栩如生的自我形象。

诗的前四句写美人的风度和性情,这是从外貌与心灵两个方面来刻画美人的形象。她有美丽的容貌,眉目清秀,姿态娇美,笑容婉妙,又有美好的心灵,性情和顺,善良贤惠。“有美”两句用《诗经·郑风·野有蔓草》诗句,有意将自己所爱的女子比成其诗所描写的那位“清扬婉兮”的美人,而“妍姿巧笑”一句显然又化用了《诗经·卫风·硕人》“巧笑倩兮”一句诗意,借绝代佳丽卫庄公夫人庄姜来比所爱的女子。这样,诗人让“清扬婉兮”的女子与“巧笑倩兮”的庄姜两位美女一路迤逦行走,借传统形象比拟所要描写的对象,省却了许多笔墨,却使描写对象轻易地步入了美人的行列之中，给读者留下了丰富的想象空间，让他们以传统的佳丽形象进一步丰富此诗所描绘的女子形象，并像诗人一样喜爱这位女子。其“和媚心肠”一句则从心灵美这一角度写出了她的可爱之处，使这位女子的形象更加丰满动人。

写罢形貌之后，“知音”八句又用层层铺叙的手法写美人的音乐修养与技艺。诗人先用“知音”两句总写女子精通琴艺，接着，“哀弦微妙，清气含芳”两句便用通感的手法来具体描绘琴声的魅力。这个“芳”与“哀弦”的联系，正是诗人把琴声与美人互相对比、互相映衬的用意的绝妙体现。这种用嗅觉形象写听觉形象的通感，既与先于曹丕的《礼记·乐记》用触觉来写音乐不同，又与后来白居易《琵琶行》和韩愈《听颖师弹琴》中运用许多摹状乐声的视觉形象也不同，可谓独具一格，新颖异常。在这里，“清气含芳”既是写琴声，又是写人。正因为琴声出自美女之手，琴声才更为曼妙动听，仿佛那清新的曲调含着芳香；正因为琴声曼妙动听，弹琴者才更显得妩媚可爱。写琴声是为了写人，这种通感手法的运用，使我们可以清楚地想到少女那亭亭玉立的风姿和她清高脱俗的雅趣，使我们体会到诗人对这位少女的深挚的爱慕之情。“流郑激楚，度宫中商”二句又用古代郑、楚流行的曲调进一步写琴声的美妙。在表现技巧上，这与前面用传统美人形象写弹琴女子一样，用传统的音乐形象来写琴声，收到了言简意深的艺术效果，使读者能借助想象，用传统的郑、楚音乐来丰富琴声的美。“感心动耳，绮丽难忘。”这二句是写诗人的感受。“感心动耳”写琴声感染力之强，它美妙动听，使人的心灵深深为之触动；“绮丽难忘”，写琴声给人印象之深，和古代善歌者的歌声一样，可谓“余音绕梁，三日不绝”，美妙极了。写琴声当然还是为了写美人，有如此才艺的美女，怎能不使诗人“难忘”呢？

诗人笔下的女子这样美丽可爱，哪个青年男子不为之倾倒？诗的后半部分便写诗人对美人的热烈追求和思美人而不得见的苦闷。“离鸟”四句，以鸟儿呼唤伴侣比喻对美人的追求。“眷然”两句，看似怜鸟实是自怜。难怪陈祚明这样评说：“‘离鸟’六句，言愁深至。诗所以贵比兴者，质言之不足，比兴言之则宛转详尽，‘延颈鼓翼’，写辗转反侧之状至矣。”（《采菽堂古诗选》卷五）诗人为了使作品的形象更加鲜明，便采用比兴手法，通过写离群的鸟儿晚上栖息在那河中的小岛上，伸着脖子，拍打着翅膀，悲伤地呼唤着它的伴侣，来比喻自己求爱不得如愿的忧愁。这离群的鸟儿，不就是诗人自我形象的化身吗？这种写法，显然要比直抒愁怀更富于艺术魅力。诗人以“嗟尔昔人，何以忘忧”作为全篇的结句，不向今人求教而向古人发问，且古人又未作答，这说明这种因恋情而引起的忧愁是古今之人都无法排解的，这就更加含蓄地写出了诗人对这位女子的深挚而热烈的爱情，一个深于情的执着追求者的诗人自我形象便十分鲜明地突现在我们面前。

统观全诗,层层铺叙,善用比兴,美女的形象绮丽动人,诗人的自我形象深刻鲜明,从而唤起了读者鲜明生动的想象,产生了较强的艺术感染力量。

(薛祥生　王少华)

丹霞蔽日行

曹　丕

丹霞蔽日,彩虹垂天。
谷水潺潺,木落翩翩。
孤禽失群,悲鸣云间。
月盈则冲,华不再繁。
古来有之,嗟我何言!

鉴赏

比喻是我国古典诗歌所惯用的艺术手法。这首诗,除结尾两句外,可谓句句用比,因而能创造情、景、理水乳交融的妙境,启发读者进行丰富而美妙的艺术联想。

这首诗是写云、雨造成的灾难后果及其寓意的。“丹霞蔽日,彩虹垂天。”开头两句是写天上的景象,是视觉形象。红色的云朵遮蔽了太阳,五彩缤纷的虹霓布满了天空,这是诗人用具有典型意义的形象来比喻灿烂时期的美好与短暂。作为喻体,“丹霞”“彩虹”与本体韶华在易逝这一点上有某种微妙的联系,因而这种比喻就显得十分自然贴切。这种精彩的比喻,使我们愈感到灿烂时期的美好与易逝。同时,开头二句虽不言雨但雨在其中,所写景色便预示着大雨的降临。以下四句写的就是雨后景象。“谷水潺潺,木落翩翩。”这二句是写雨后大地与空中的景象,是写风雨过后叶落水涨的情景,是视觉形象与听觉形象的合写。诗人用叮咚流淌的山谷溪水与纷纷飘落的树叶这些具体的形象进行比喻,这使人联想到人生的行止无常与荣枯的难料。接着,诗人又用比喻的手法,以风雨过后“孤禽失群,悲鸣云间”所形成的意象,启发读者产生意外的悲剧之难以避免及身世飘零的悲凉。这两句写空中的孤鸟,笔锋由天地合写转入高空,但仍是视觉、听觉形象的合写。“月盈则冲(冲,即满),华不再繁。”这是写自然界中月的圆缺与花的荣枯,笔锋又由高空转入天地景象的合写,是视觉形象,是诗人运用比喻手法所表达的对于大自然的哲学思考,它使读者联想到盛衰不常,一切都在有无之中。从接受美学的角度来看,诗人善于抓住事物的特征进一步发挥想象,并用贴切的比喻加以显示,引导读者按照自己本来的创作意图产生种种新颖奇特的联想,因而增强了诗作的感染力和真实感。

全诗共十句,每两个分句又构成一个感叹句,这就十分突出地表现了诗人异常激动的心情和极为深沉的感慨。全诗以八个分句组成的四个感叹句作为诗的主体,最后用以两个分句组成的感叹句作结,且语言形式整齐,音节抑扬顿挫,因而颇能扣人心弦,一开始就能紧紧抓住读者,让人不能不为之动情,诗的最后两句主旨陡然显豁,但又不是一泻无余,而是余味无穷,颇能引起读者对人生哲学的思考。这首诗具有同时代诗风的直白古朴,慷慨多气,其中既流露出人生短暂的难以抗拒,又含蕴着诗人对人生的无限留恋,更凝聚着动乱时代的山河泪!而且有了“古来有之,嗟我何言”这一感叹句,便使全诗带上了历史的色泽,也就仿佛回荡着历史的回声,渗透着人生的哲思,给人以庄严肃穆之感。因此,这最后两句也就构成了全诗的主题和基调。与曹操的《步出夏门行·龟虽寿》相比,同样是抒写对人生无常的感慨,但在情调上两人有着显著不同。曹操对人生的咏叹,是与急欲建功立业的思想抱负结合在一起的,基调明朗,富于进取精神,格调悲壮,而曹丕对人生的咏叹,则渗透着深邃的哲思,以哀婉忧伤的情调取胜。这诚如沈德潜所说:“子桓诗有文士气。一变乃父悲壮之习矣。要其便娟婉约,能移人情。”(《古诗源》)

还应该指出的是,诗人在构思上也表现出高超的驾驭能力。全诗所写景象,由天空到天地合写,再由天地合写转入天空,最后又天地合写。再就其形象来说,则由视觉形象到视觉与听觉形象的合写,最后再落脚到视觉形象。这样写来,既增加了诗歌的容量,而又富于变化,使诗歌含蕴丰富,摇曳生姿,形象飞动。全诗点到为止,惜墨如金,每句都紧紧围绕诗的主旨展开,不枝不蔓。前八句不加以铺排夸饰不足以抒写对人生无常的感慨,后两句不点明诗旨则会使诗意显得朦胧晦涩,可以说,全诗无一赘语。难怪王夫之对此诗评价甚高,认为“谋篇之洁,蔑以加矣。遂尔前有万年,后有百世”(《古诗评选》卷一)。

(薛祥生　王少华)

煌煌京洛行

曹丕

夭夭园桃，无子空长。
虚美难假，偏轮不行。
淮阴五刑，鸟得弓藏。
保身全名，独有子房。
大愤不收，褒衣无带。
多言寡诚，祗令事败。
苏秦之说，六国以亡。
倾侧卖主，车裂固当。
贤矣陈轸，忠而有谋。
楚怀不从，祸卒不救。
祸夫吴起，智小谋大。
西河何健，伏尸何劣。
嗟彼郭生，古之雅人。
智矣燕昭，可谓得臣。
峨峨仲连，齐之高士。
北辞千金，东蹈沧海。

鉴赏

《煌煌京洛行》，是乐府古题，宋人郭茂倩的《乐府诗集》列入《相和歌辞·瑟调曲》。古辞不传，此篇为曹丕依古曲调填写。《宋书·乐志》载“园桃煌煌京洛行”，就是指的这一篇作品。

关于曹丕写作此诗的意向，古代有人曾做过一些臆测。朱乾《乐府正义》中说："汉自董卓驱徙余民数百万口于长安，悉烧洛阳宫庙官府居家，二百里内无复鸡犬，煌煌京洛化为土灰，卓之罪可胜诛哉！虽然，卓非能为祸也。由汉政不纲，功臣不保其终，贤人远避其难，其将相不忠不智，酿成祸败……故国以一人兴，以一人亡。郭嘉归魏而魏兴，管宁去汉而汉亡。迹其兴废，关乎人才去就如此……此则诗人咏京洛之微意也……亦魏文饰篡汉，托为《黍离》之作也。"从这首曲辞的本身来看，我们看不出它和京洛有什么关系，也看不到诗人对董卓焚烧京洛的"《黍离》之思"。顾名思义，或许原来的古辞是抒写这一史实的。至于说曹丕为"饰篡汉"而"托为"云云，因史料无证，也难以令人置信。不过，从本诗所表现的思想内容来看，说它"迹其兴废，关乎人才去就"，还是有一定道理的。这首诗，正是从八位古代人物的政治斗争的兴废、福祸来向人们提供借鉴的。

全诗共分为五解。所谓"解"，就如乐曲或诗歌中的章节。它以叙史为主，叙中带评，兼及议论，用以表现诗人自己的认识和观点。诗中先后列举了八个历史人物的事迹，或褒或贬，从中提出经验教训，以供人借鉴。其中有些评论，今天看来是不正确的。但有些看法，对我们还有一定的认识价值和借鉴意义。

第一解四句，主要说明：人生要有所建树，就必须具有真实的才能。诗人在说明这个道理时，没有抽象地进行说教，而是通过浅近的比喻让人们理解和体会。桃园里桃树虽然茂盛，但如果不结桃子，就只是空美而无用。同样，车子如果是"偏轮"，也是不能行驶的。因此，人生不能虚度，要做一番实实在在的事业，要有真才实学，虚美是不能凭借的。

第二解八句，主要说明：人们要建功立业，必须明察时务、能放能收。诗人在说明这个道理时，先用了对比鲜明的两个例证，即：韩信能放而不收，结果惨遭"五刑"；张良酌时约身，善进善退，结果"保身全名"。接着，诗人又以"褒衣无带"为喻，进一步强调"大愤""多言"的危害。"大愤""多言"，应该是"放而不收"的重要表现。

第三解八句，主要说明：要建功立业，人臣不能欺诈，人君要听忠言。苏秦以"大言"游说六国，结果六国先后灭亡；在齐国"倾侧卖主"，结果车裂而死，都是欺诈的表现。楚怀王不听陈轸的忠言，结果兵败地削，以致后来客死于秦。看来，这里讲的乃是要建功立业，必须处理好君臣关系的问题。

第四解四句，主要说明：人臣要建功立业，必须量力而行，不然事与愿违，就会惨遭失败。吴起在魏国做西河郡守时，抵御强秦，甚有政声；但是入楚变法，触怒了贵族，结果身遭残害。诗人认为，这是"智小谋大"的原因。

第五解八句，主要说明：人臣要建功立业，就要择主而仕，功成身退。郭隗善仕，燕昭王善任，结果燕国得以复国报仇；鲁仲连功成身退，结果名扬千古。

由此可见，诗人提出借鉴的目的是为了更好地建功立业，因而他告诫的对象主要是人臣。一个人臣，既要处理好与时的关系，又要处理好与君的关系，更要处理好自身的放收、进退、才智等问题，做到既有所建树，又“保身全名”。这是东汉建安时期复杂的政治斗争现实在诗人政治思想认识上的反映。其中，对某些历史事实、历史人物的评论，是不正确的。如韩信的结局，不是收不收的问题；吴起的失败，更不是“智小谋大”的问题。但是，在政治斗争极为复杂的情况下，他提出的这些告诫，还是能引起有关人士思考的。

在诗中，论人评史，诗人的态度是鲜明的。如说苏秦“车裂固当”，说吴起“智小谋大”，显然是贬；说陈轸“贤矣”，说燕昭王“智矣”，显然是褒；称郭隗为“古之雅人”，称鲁仲连为“齐之高士”，就是更高的歌颂了。诗人用“一字一词寓褒贬”的手法，准确地表现了他告诫的倾向性，突出了本诗“叙中带评”的艺术特色。

曹丕是一位善于向民歌学习的诗人。全诗行文通脱活泼，无所拘束；语言质朴如话，言简意赅，没有雕琢藻饰的痕迹。这些，都可看出《诗经》、乐府民歌对他的影响。

（霍旭东　梁宗奎）

钓　竿　行

曹　丕

东越河济水，遥望大海涯。
钓竿何珊珊，鱼尾何簁簁。
行路之好者，芳饵欲何为？

鉴赏

这首乐府诗，很有点寓言式的幽默风味。

记得庄子在他的《外物》篇中，曾说过这样一个故事：有位任公子，蹲坐在会稽山头，举着很长很长的钓竿，用五十头牛作钓饵，垂钓于东洋大海之中，结果钓得了一条大鱼。鱼肉足足供制河以东、苍梧以北的人们饱餐一番。

不知曹丕是不是从这个故事中获得了灵感，写下了《钓竿行》这首诗。

他反其意而为之，把东海垂钓者的形象，还原为生活中可能有的形象，不再那么夸诞了；而垂钓者的收获，也从原先的成就惊人变成了一场空。你读他这首诗，就可以想象到：一个钓鱼人，越过黄河，沿着济水，向东方赶路，不远千里，一直赶到东海之滨。他遥望海天，擎起了长长的钓竿，颤颤悠悠地垂钓于烟水之中。他多么盼望碰上个上钩的呀！可是，那些狡猾的游鱼，一甩尾巴，打个漂花，便悠然远逝了。临走之前，还留下一句不轻不重、又疼又痒的话："请问远方赶来的有心人啊，您辛辛苦苦地投下这份香饵，是打算派什么用场的呢？"

在古老中国的政治舞台和军事舞台上，一直就有"安排香饵钓鳌鱼"的话，反映着谋划者的心理欲望。曹丕本人就是这种舞台上的获利者，但他却写了这首诗，让垂钓者辛苦而来，失意而归。不知道他是想借此来劝世，让人家不作非分之想呢？还是有心要揶揄一下谁人？当然，诗无达诂，我们是用不着去追踪索隐的。

就诗而论，这一首的乐府风味倒是很浓的。它用语平浅，却很有寓意；有叙述，有描写，还有人物语言；短短三十个字，就写出了一个生活画面。看来，诗人对于乐府语言的运用，确乎是娴熟的，得心应手的。诗，如果要用来说理，那么，这个理最好是不要说出来，留给读者自己去咀嚼、去体味、去再创造。倘若诗人硬把他要说的理讲出来，把诗写得如箴铭一样，也就索然无味了。曹丕的这首诗，能够流传下来，也就好在他要说的理含而不露、隐而不晦，人们可以进行再创造。

（陈鸿彝）

十　　五

曹　丕

登山而远望，溪谷多所有。
楩楠千余尺，众草之盛茂。
华叶耀人目，五色难可纪。
雉雊山鸡鸣，虎啸谷风起。
号罴当我道，狂顾动牙齿。

鉴赏

汉魏乐府诗是以叙事见长的，用乐府来写景，则很是少见；而写得好的，则更为稀罕。曹操写的那首《观沧海·东临碣石》篇，以雄浑的笔触，写茫茫沧海，结缔出一个吐纳宇宙、发射光明的意象，十分脍炙人口，曹丕的这一首《十五》，用精细的笔墨，去描摹山林草莽，别具一番风味。曹丕没有乃父的那般气魄，却多了一份精细。在这首写景乐府中，他着意于描画客体的存在，而让自己的主体感受隐藏起来。从这个意义上说，我们不妨把它看作是六朝山水诗作的早期开路之篇。

作者在描绘这幅山林图时，首先选了一个合适的瞭望点：他站在高高的山头上，远望群峰，俯视川谷，视野非常开阔。难怪他一登上山头就发现"溪谷多所有"。山林胜景是美不胜收的，您瞧：漫山遍野，梗树、楠树，千尺争高；满溪满谷，百草铺地，众芳纷呈。天地间是无边的绿，是郁勃的生机。放眼望去，阳光之下，山风过处，只见花叶翻飞，枝条拂动，花光耀眼，五色交辉，实在妙不可言。好一幅静谧而又热烈的山林图！

视觉世界是五彩纷呈，听觉世界更是八音迭奏。听！野鸡在雊(gòu)，山鸡在叫，谷风起，猛虎啸，熊罴怒吼，满耳松涛……一场多声部的奇异合唱，一曲壮阔的力的鸣奏！此时此刻，置身于其间，真让人心怀激荡，要引吭长啸了。当诗人沉浸在这力的美之中时，猛然一瞥，忽地发现就在山路旁边，实实在在地蹲着一只大熊！它，正紧紧地盯着自己，磨着它的牙呢！这山林的精怪，竟在此时出现，不免让人一阵心悸。哦，这荒莽的世界！这撼人心魄的自然！

曹丕用他的笔，完成了一幅有声有色的画图。一首小诗，写出了大山林的生机，写出了大山林的意趣，也写出了大山林的力度，大山林的荒莽，笔力应该说是强健的。

然而，我们看它的诗句，却又显得十分的拙朴，几乎是用散文句式写成的。"登山而远望""众草之盛茂"，单看这样的句子，不会获得诗的感受，因为它缺乏韵律的美。可是，当我们把它放到全诗中去读时，又感觉到它的构图能力很强，能够让读者想象出一幅登山远眺图来，我们又不能不承认它是诗。如果我们拿诗歌必须具有形象美、韵律美和情志美三要素来衡量这首诗的话，它仍然不失为一首可读的好诗。

（陈鸿彝）

燕 歌 行(其一)

曹 丕

秋风萧瑟天气凉，
草木摇落露为霜，
群燕辞归雁南翔。
念君客游思断肠，
慊慊思归恋故乡，
君何淹留寄他方？
贱妾茕茕守空房，
忧来思君不敢忘，
不觉泪下沾衣裳。
援琴鸣弦发清商，
短歌微吟不能长。
明月皎皎照我床，
星汉西流夜未央。
牵牛织女遥相望，
尔独何辜限河梁？

鉴赏

这是曹丕《燕歌行》二首中的第一首。《燕歌行》是一个乐府题目，属于《相和歌辞》中的《平调曲》，它和《齐讴行》《吴趋行》相类，都是反映各自地区的生活，具有各自地区音乐特点的曲调。燕(yān)是西周以至春秋战国时期的诸侯国名，辖地约当今北京市以及河北北部、辽宁西南部等一带地区。这里是汉族和北部少数民族接界的地带，秦汉以来经常发生战争，因此历来统治者都要派重兵到这里戍守，当然那些与此相应的筑城、转输等各种徭役也就特别多了。拿最近的事实说，建安十二年(207)曹操北伐乌桓的战争，就发生在这古燕国的北部(今辽宁兴城)一带。反映这个地区战争徭役之苦的作品，早在秦朝就有“生男慎勿举，生女哺用脯。不见长城下，尸骨相撑拄”的民歌，到汉代更有了著名的《饮马长城窟行》。曹丕的《燕歌行》从思想内容上说就是对这种文学作品的继承与发展。郭茂倩《乐府诗集》引《乐府解题》说：“魏文帝‘秋风’‘别日’二曲言时序迁换，行役不归，妇人怨旷无所诉也。”又引《乐府广题》说：“燕，地名也。言良人从役于燕，而为此曲。”这样来理解作品的内容是正确的。《燕歌行》不见古辞，这个曲调可能就创始于曹丕。这篇作品反映的是秦汉以来四百年间的历史现象，同时也是他所亲处的建安时期的社会现实，表现了作者对下层人民疾苦的关心与同情。

“秋风萧瑟天气凉，草木摇落露为霜，群燕辞归雁南翔。”开头三句写出了一片深秋的肃杀情景，为女主人公的出场做了准备。这里的形象有视觉的，有听觉的，有感觉的，它给人一种空旷、寂寞、衰落的感受。这种景和即将出场的女主人公的内心之情是一致的。这三句虽然还只是写景，还没有正面言情，可是我们已经感觉到情满于纸了。这种借写秋景以抒离别与怀远之情的方法，中国是有传统的。宋玉《九辨》中有：“悲哉秋之为气也！萧瑟兮草木摇落而变衰。憭慄兮若在远行，登山临水兮送将归。”汉武帝的《秋风辞》说：“秋风起兮白云飞，草木黄落兮雁南归。兰有秀兮菊有芳，怀佳人兮不能忘。”从这里我们不仅可以看到《燕歌行》与它们思想感情上的连续性，而且还可以看到其中语言词汇上的直接袭用。但是这些到了曹丕笔下，却一切又都成为具有他个人独特的思想面貌、独特的艺术风格的东西了。这点我们后面再说。

“念君客游思断肠，慊慊思归恋故乡，君何淹留寄他方?”在前面已经描写过的那个肃杀的秋风秋夜的场景上，我们的女主人公登台了：她愁云满面，孤寂而又深情地望着远方自言自语，她说：你离家已经这么久了，“我”思念你思念得柔肠寸断。“我”也可以想象得出你每天那种伤心失意的思念故乡的情景，可是究竟是什么原因使你这样长久地留在外面而不回来呢?“慊慊”(qiàn qiàn)，失意不平的样子。“慊慊思归恋故乡”是女主人公想象她的丈夫在外面思念故乡的情景。这种写法是巧妙的，也是具体、细致的。一个人思念另一个人，其思想活动总有具体内容，或者回忆过去在一起的时光，或者憧憬日后见面的欢乐，或者关心牵挂对方目下在外边的生活，想象着他现在正在做什么，如此等等。这种借写被思念人的活动以突出思念者感情急切深沉的方法，早在《诗经》中就有，到了宋人柳永笔下更有所谓“想佳人，妆楼颙望，误几回，天际识归舟”，那就更加精彩了。这种写法的好处是翻进一层，使人感到更加曲折、细致、具体。“淹留”，久留。“君何淹留寄他方?”这里有期待，有疑虑，同时也包含着无限的悬心。是什么原因使你至今还不能回来呢？是因为修筑繁忙？是因为战事紧急？是因为你生病了？受伤了？还是……那简直更不能想了。看，女主人公的心思多么沉重啊！

“贱妾茕茕守空房，忧来思君不敢忘，不觉泪下沾衣裳。”“茕茕”(qióng qióng)，孤独寂寞的样子。“不敢”，谦虚客气的说法，实指不能、不会。这三句描写了女主人公在家中的生活情景：她独守空房，整天以思夫为事，常常泪落沾衣。这一方面表现了她生活上的孤苦无依和精神上的寂寞无聊；另一方面又表现了女主人公对她丈夫的无限忠诚与热爱。尽管她的生活这样凄凉孤苦，但是她除了想念丈夫，除了盼望着他早日回归外，别无任何要求。

“援琴鸣弦发清商，短歌微吟不能长。”“援”，引，拿过来。“清商”，东汉以来在民间曲调基础上形成的一种新乐调，以悲惋凄清为其特色。“短歌”，调类名，汉乐府有长歌行、短歌行，是根据“歌声有长短”(《乐府诗集》语)来区分的，大概是长歌多表现慷慨激昂的情怀，短歌多表现低回哀伤的思绪。女主人公在这秋月秋风的夜晚，愁怀难释，她取过瑶琴想弹一支清商曲，以遥寄自己难以言表的衷情，但是口中吟出的都是急促哀怨的短调，总也唱不成一曲柔曼动听的长歌。《礼记·乐记》云：“乐也者，情之不可变者也。”女主人公寂寞忧伤到了极点，即使她想弹别样的曲调，又怎么能弹得成呢？

“明月皎皎照我床，星汉西流夜未央。牵牛织女遥相望，尔独何辜限河梁？”女主人公伤心凄苦地怀念远人，她时而临风浩叹，时而抚琴低吟，彷徨徙倚，不知过了多久。月光透过帘栊照在她空荡荡的床上，她抬头仰望碧空，见银河已经西转，她这时才知道夜已经很深了。“夜未央”，在这里有两层含义，一层是说夜正深沉，我们的女主人公何时才能挨过这凄凉的漫漫长夜啊！另一层是象征的，是说战争和徭役无穷无尽，我们女主人公的这种人生苦难，就如同这漫漫黑夜，还长得很，还看不到尽头呢！面对着这沉沉的夜空，仰望着这耿耿的星河，品味着这苦痛的人生，作为一个弱女子，我们的女主人公她又有什么办法能改变自己的命运呢？这时，她的眼睛忽然落在了银河两侧的那几颗亮星上：啊！牛郎织女，“我”可怜的苦命的伙伴，你们到底有什么罪过才叫人家把你们这样地隔断在银河两边呢？牵牛、织女分别是天鹰和天琴星座的主星，这两颗星很早以来就被我国古代人民传说成一对受迫害、不能团聚的夫妻，这是家喻户晓、无人不知的事情。女主人公对牵牛织女所说的这两句如愤如怨、如惑如痴的话，既是对天上双星说的，也是对自己说的，同时也是对和自己命运相同的千百万被迫分离、不能团聚的男男女女们说的。这个声音是一种强烈的呼吁，是一种悲凉的控诉，是一种愤怒的抗议，它仿佛是响彻了当时的苍穹，而且在以后近两千年的封建社会里年年月月、时时刻刻都还可以听到它的响亮的回声。这样语涉双关，言有尽而余味无穷，低回而又响亮的结尾，是十分精彩的。

作品表现的思想并不复杂，题材也不算特别新鲜，但是曹丕作为一个统治阶级的上层人物能关心这样一种涉及千家万户的事情，而在诗中寄予了如此深刻的同情，这是很可贵的。在艺术上，他把抒情女主人公的感情、心理描绘得淋漓尽致，她雍容矜重，炽烈而又含蓄，急切而又端庄。作品把写景抒情、写人叙事，以及女主人公的那种自言自语，巧妙地融为一体，构成了一种千回百转、凄凉哀怨的风格。它的辞藻华美，也袭用了许多前人的东西，但这一切又像是完全出之于无心，而不带任何雕琢的痕迹。这是《燕歌行》的特点，也是曹丕诗歌区别于建安其他诗人的典型特征。曹丕是个政治家，但从他的作品中往往看不到其父曹操那种慷慨激扬以天下为己任的气概，也找不到其弟曹植那种积极上进、志欲报效国家的思想。在他那里总像是有一种诉说不完的凄苦哀怨之情，而且他的言事抒情又常常爱用妇女的口吻，因此明代钟惺说他的诗"婉娈细秀，有公子气，有文人气"(《古诗归》)。清代陈祚明说他的诗"如西子捧心，俯首不言，而回眸动盼无非可怜之绪"(《采菽堂古诗选》)。《燕歌行》可以说是最能代表曹丕这种思想和艺术风格特征的作品。前人对这两首诗的评价是很高的。清代吴淇说："风调极其苍凉，百十二字，首尾一笔不断，中间却具千曲百折，真杰构也。"(《六朝选诗定论》)王夫之说："倾情倾度，倾色倾声，古今无两。"(《薑斋诗话》)

《燕歌行》二首在七言诗的发展史上有重要地位，这也是我们应该知道的。《诗经》基本是四言体，偶尔也出个七言句子，但为数甚少。《楚辞》是楚歌体，有七言句，但大多数都带有"兮"字，与七言诗句子的格式韵味不同。汉代乐府中有一部分杂言体，如《战城南》《东门行》等，其中有一部分七言句，这些对于七言诗的发展显然是有促进作用的，但七言句在那些作品中还不是主体。两汉四百年间，全篇由七言构成的作品今天被人们提到的有两首，第一首是汉武帝时的君臣联句，即所谓《柏梁台诗》。这首诗出于后代小说，漏洞甚多，原不可信，而且生编硬凑，堆砌敷衍，也完全没有什么诗味。第二首是张衡的《四愁诗》。诗味很浓，但张衡这四首诗每首的第一句还都带着一个"兮"字，还拖着一个楚歌的尾巴。因此，真正摆脱了楚歌形式的羁绊，使七言形式宣告独立的作品就不能不说是曹丕的这两首《燕歌行》了。由此我们可以看到曹丕学习汉代乐府，学习前人诗歌，在形式上勇于探索、勇于创新的精神。《燕歌行》句句押韵，而且都是平声，格调清丽婉转，这是七言古诗发展的一个阶段。晋宋作家模写七言，还照此继续走了相当长的一段路。后来又经过南朝鲍照、萧绎、庾信等人的努力，到唐代卢照邻、骆宾王那种隔句押韵、平仄相押的鸿篇巨制出现的时候，那时七言古诗就又进入一个更新的发展阶段了。可见，曹丕的开创之功是不能掩没的。

(韩兆琦)

燕　歌　行(其二)

曹　丕

别日何易会日难，山川悠远路漫漫。
郁陶思君未敢言，寄声浮云往不还。
涕零雨面毁容颜，谁能怀忧独不叹？
展诗清歌聊自宽，乐往哀来摧肺肝。
耿耿伏枕不能眠，披衣出户步东西，
仰看星月观云间。飞鸧晨鸣声可怜，留连顾怀不能存。

鉴赏

曹丕《燕歌行》在诗史上很负盛名。历来对其一“秋风萧瑟”篇分外垂青，于此首却问津甚少。其实是一对双璧，两篇对观，更饶意味。

前篇从“霜飞木落”“燕鹄南归”，感物起兴。由时序涉及归鸟，再由鸟归而关联所思之人淹留他方。“情以物迁，辞以情发”，曲曲道来。此首与其主题、情思相一，构思则另起炉灶，“唯抒情在己，弗待于物”（王夫之《薑斋诗话》），不假外物，直抒胸臆。

此篇人物一出场，几是脱口而出：“别日何易会日难”，好像不加斟酌，其实含义复杂。结合前篇“念君客游思断肠”“忧来思君不敢忘”，此句浸透思念之意，且“念”“忧”至此翻复而为困惑和感慨——“会日难”即“会日何难”，承上“何”字而省。人生一世，生计羁绊，天各一方，时或有之。至于汉末动乱，“君行逾十年，孤妾常独栖”（曹植《七哀》）的现象，竟为家常便饭。对于忠于情的室中思妇则郁结为满腹哀怨牢骚，在上篇“念”“思”之后，此首接手，不假思索，即道出心曲，此其一；其二，由眼前的“会日何难”，相见不易，滋生懊悔当初“别日何易”，分手匆匆，而“悔教夫婿觅封侯”的情思；其三，昔日分手仓促，满以为相逢不远，岂料归期无望，反醒出当今“相见不易”“会日何难”之意。总之，这句极为惆怅切情。忧思与期望，失望与懊悔，哀怨与怅望融为一句，引发以下若许曲曲不尽之心绪,可谓“立片言以居要”,为通首之根源。次句“山川悠远路漫漫”,化用《古诗十九首》中“道路阻且长,会面安可知”句意。这是从空间的遥远申述上句“会日难”,和前篇以时令物候烘托别离之久,用意相同,构思则异。这二句醒透此诗主脑:“行役不归,佳人怨旷”(吴兢《乐府古题要解》)。李商隐的名句“相见时难别亦难”即脱胎于此,曹植《送应氏》(其二)“山川阻且长,别促会日长”,则完全规模此二句。

山长路远,天各一方,思妇独处,自然要“思君”,以至“郁陶(yáo)”——忧思聚集。“同心而离居,忧伤以终老”为人之常情。怀此深忧,当须排遣、倾诉。可是何以却“未敢言”?这句实与古辞《越人歌》“山有木兮木有枝,心悦君兮君不知”仿佛。是说心思君,而君在千里之外,欲睹一面而未得,拳拳心曲,所思之人岂能得知。用曹丕自己的话来说,就是“我独孤茕,怀此百忧。忧心孔疚,莫我能知”(《短歌行》)。“未敢言”,即不能言,与前篇“忧来思君不敢忘”措词取义相同。相见不得,相诉不能,而引起鱼雁通书、青鸟探看之意。“寄声浮云往不还”,有人以为所寄问讯音书犹如飘荡之浮云,一去而不见踪影。徐幹《室思》(其三)也有同样意思:“浮云何洋洋,愿因通我词,飘飖不可寄,徙倚徒相思。”这是把“浮云”实看之。看下“伏枕不能眠”云云,“浮云”似为虚拟——以比游子,那么此句就是向远方游子“寄声”,然而回音杳然,一无反响。旧传李陵《别诗》(其一)“仰视浮云驰,奄忽互相逾。风波一失所,各在天一隅”,唐人雍陶《七哀》“君若无定云,妾作不动山”取意相近。这里寄书游子却往而不还,聚集思妇不少的困惑和疑虑:是役者戎马倥偬,战事紧急,还是其戍未定,“靡使归聘(问)”,还是染疾,还是负伤,还是……这种种焦思悬念,都注入这句不愿明言之中。这时再回头看上句“未敢言”,则有多少不安忧虑隐伏其中。

无休止的心理负荷不断加重,枯寂、失望甚或夹杂着一丝绝望时或袭来,顿感青春消逝,容颜无光。“涕零雨面毁容颜”就是悒忧心理的外观。此言忧令人老,下言忧思不解。“独不叹”,反照前“未敢言”。百忧在心,亟待相诉,却只长吁短叹而不能言。其情之哀,忧之切,虑之深可以想见。二句合观,明知忧思伤人,却仍怀忧不减,此即“愿言思伯,甘心首疾”(《诗经·卫风·伯兮》)用意,不过那是任情直说,此二句则前抑后扬,情思波折,跌宕反衬而加倍写忧。以上写忧念层层加重,以下则思种种排解。

第七句的“展诗清歌”写思妇浅吟低唱怀人幽思的《燕歌行》,这是女主人公聊自宽解的第一措施。强求解脱,正有不能解之至恨。可是,欢愉难久,忧戚继之,思苦歌伤,只换得先前所忧的一次往复,且又重一层深忧。与前篇相较,“摧肺肝”要比“短歌微吟”之“不能长”要沉重得多了。

心怀深忧,则辗转反侧而愁怀难

释。“耿耿伏枕”一句,是说备受忧思失眠的煎熬。“耿耿”,犹言炯炯。至此点明夜思,正是怀人最苦恼之时。这句不仅是上句“摧肺肝”的纷扰,也暗含一句潜台词——仍是“涕零雨面”的继续。这是化用《诗经·邶风·柏舟》“耿耿不寐,如有隐忧”句意。“不能眠”者,因“怀忧”而又“哀来”,说得分明点,就是“月皎惊鸟栖不定……唤起两眸清炯炯,泪花落枕红绵冷”(周邦彦《蝶恋花》)的情思。“披衣出户”漫步中庭,是思妇“聊自宽”的又一无可奈何的措施。步立踟蹰于溶溶月光中,思飞远方。这三句“不能眠”——“出户”——“看星月”递进而来,鲜明的层次表现延展的夜时,在思妇枕上,在步立时悄然流失。“仰看”句平静不露声息,但结合下句“飞鸧晨鸣”观之,“星汉西流”意已含其中,与他的《寡妇诗》“怅延伫兮仰视,星月随兮天迴”句意相近。本是赋写夜景,然夫妇团聚,犹如星月相拱,反跌出孤栖自怜之意。从思妇“仰看”的倩影,断续传来深深的吁叹声,因为那“谁能怀忧独不叹”的句子给人留下的印象太深了。不仅如此,由她“仰看”明月,自然也会想到她会低头苦思,星绕月明,以见人缺。刘妙容《宛转歌》有“愿为星与汉,光影共徘徊”(见吴均《续齐谐记》),即此言明白言之。这实际上不就是唐人所说的“情人怨遥夜,竟夕(整夜)起相思”吗?从下句“飞鸧晨鸣”看更为明白。长夜破晓,飞动于晨雾中的鸧鸟阵阵鸣叫,于彻夜未眠徘徊中庭的思妇逗起若许可感可叹的自怜之情。这句或许与作者《善哉行》“离鸟夕宿,在彼中洲。延颈鼓翼,悲鸣相求”寓意相近,触动空室独处的幽怀。或者是鸟鸣破晓,思妇顿悟夜尽,惆怅若失;或者是愁怀难释,告君不成,则“寄言飞鸟”,然而鸧鸣“告余不能”(《秋胡行》);或者是飞鸧展翅,叹己“亮无晨风翼,焉能凌风飞”(《古诗十九首》),而自怜“愿为晨风鸟,双飞翔北林”(《清河作》)的企望不能实现。总之,这句辞意隐约,颇为费猜。不过却使人容易想起汉乐府《有所思》的结尾:“秋风肃肃晨风飔(疾),东方须臾高知之”,虽未说清有所思的女子最后的决心如何,但那欲吐故吞的语意还是明白的。曹丕这首诗的结尾,似乎想说个明白,却颇难准确觅意。究其大意,是说时至天明,忧思仍然不已。前篇结尾“牵牛织女遥相望,尔独何辜限河梁”不说己之怀人,却代牛女抱怨,用笔曲折含蓄而清楚明白,且章法上与上句句意相连。此篇结尾,不能说没有逊色之处,恐怕正因“一篇全在结尾”(姜夔《白石道人诗说》),而使整首诗减价。

曹丕富于情感,是言情的高手,善于表达细腻悱恻的情思,而且喜用妇女口吻,形成柔肠婉转、掩映多姿的“女性美”风格。所以陈祚明《采菽堂古诗选》说:“魏文帝诗如西子捧心,俯首不言,而回眸动盼,无非可怜之绪。”这首诗的一、三、四句,句内各呈层次。如第四句满怀苦恼,又满带希望而“寄声”,却泥牛入海,“往而不返”，前申后藏，顿挫波折间见出室思的熬煎。七、八两句之间也形成这种转藏效果。再则用了一连串的否定句“未敢言”“往不还”“独不叹”“不能眠”“不能存”，呈现希求排解而不能，再求排解又不能的情感起伏的波浪线，曲折流动，往复生姿。每往复一次，则深曲一层，形成情感上的层层涟漪。这种层次感和流动感的融合，散发出“随风潜入夜，润物细无声”的渗透力。有流动则变宕不定，有转藏层次，则“声欲止而情自流，绪相寻而言若绝”，而具丰神婉约、含蕴无穷的风味。

王夫之《船山古诗评选》把曹丕乐府比作“张乐于野，泠风善月”，也正是从“悲者形必静，哀者声必约”的微情动人、密意独往的角度评价的。施之此诗，更为中的。

（魏耕原）

秋胡行

曹　丕

朝与佳人期，日夕殊不来。
嘉肴不尝，旨酒停杯。
寄言飞鸟，告余不能。
俯折兰英，仰结桂枝。
佳人不在，结之何为？
从尔何所之？乃在大海隅。
灵若道言，贻尔明珠。
企予望之，步立踟蹰。
佳人不来，何得斯须。

鉴赏

这是一首曼妙缠绵、托意深远的情歌。诗写一个男子对所期女子的焦急等待与执着追求，情意刻画得相当细腻真实。

就艺术形式来说，诗人采用了一头一尾，中分两层的结构方式。诗的开头,不事任何渲染,直接写出抒情主人公长久伫候“佳人”的情景。“朝与佳人期,日夕殊不来。”“佳人”,点明自己所期待的是位艳丽动人、志行高洁的美人。“朝”,点明相约的时间;“夕”,点明等待的时间。“朝”与“夕”对比,写出了时间的推移,“佳人”原先答应要来,而今业已黄昏,却仍没有到来。这就告诉读者,这位抒情主人公不仅已经等了整整一个白天,同时也暗示出他追求的执着与热烈。

中间部分共十四句。前八句为一层,着重写抒情主人公的伫立等待。“嘉肴不尝,旨酒停杯”承“不来”二字,具体写不见恋人的愁苦。“愁”这种感情人人都熟悉,但又因人与事不同而千差万别。曹丕凭借他敏锐的艺术观察力,捕捉住具体可见的形象,通过对抒情主人公没心思品尝美酒佳肴的具体描绘,使抽象的相思之苦具体化、形象化,收到了同样的艺术效果。抒情主人公因佳人“日夕殊不来”,便想托“飞鸟”把自己焦急难耐的心情告诉“佳人”,希望“佳人”能如约前来,但“飞鸟”能否完成自己的重托,却无把握。在这焦灼不安的时候,这位男子情不自主地“俯折兰英,仰结桂枝”,贮芳待赠。“兰”与“桂”都是芳香的植物,古时习俗男女用香草相赠表示爱慕。所赠物品的芳洁,又烘托出这位女子的美丽高雅。这样的女子,像“兰”“桂”一样美好,只有“兰”“桂”才配与她相伴。这就用虚写之笔写出了女子的美丽圣洁。这位痴情的男子一面弯下腰去采摘兰花,一面举起手来编织桂枝,仍想用真诚的行动和珍贵的赠物表白心迹,但当他从幻境中清醒过来,意识到“佳人不在”时,便自我解脱地说:“佳人不在,结之何为?”这就不仅直率地写出了抒情主人公追求“佳人”的痴情与热切,同时也揭示出抒情主人公丰富复杂的内心世界,这样刻画真可谓一波三折、细腻入微。唯其如此,抒情主人公的形象才会深刻地铭刻在千百万读者心中,促使人们对诗篇所蕴含的美学意义进行深沉地思索。

后六句为一层,侧重写抒情主人公对所期女子的追求。约而不来,结兰无用,于是,只好行动起来去追求。“从尔何所之?乃在大海隅。”但“佳人”住在遥远的沿海边隅之地,难以到达,这是用夸张的手法写出了路途遥远,音讯难通。不过,“海隅”虽远,而海神却有情。“灵若道言,贻尔明珠。”托海神向“佳人”致意,并赠以“明珠”,盼望“投桃报李”,佳人有以回答;而抒情主人公自己则“企予望之,步立踟蹰”。“望”而曰“企”,不仅写出了抒情主人公举踵远望的神态,而且写出了盼望的热切与真挚;“步”而且“立”,刻画出抒情主人公时行时立、行止不定的神态,再着“踟蹰”二字加以烘托,便写出了这位主人公憧憬中夹杂焦虑、热望中又隐含不安的复杂心态,真可谓境界全出。这样描写,犹如电影中的特写镜头,极为传神,逼真地写出了诗人的如醉如痴地眺望、凝视的神态。

结尾二句,与开头相呼应,用极富

感情的咏叹把抒情主人公的不见“佳人”,“斯须”难耐的情感推向了极点。

应该说,这是一首绝妙的情歌。它像山溪一样千回百折,具有缠绵宛转的情调,“前后屡呼应,章法圆警,一日三秋之思,言之极为切至”(陈祚明《采菽堂古诗选》卷五),足以激起读者胸中感情的波涛;它像一丝哀竹如泣如诉,曼妙动人,足以引起读者对往昔情事的深沉追恋;它像孩童一样直率纯真,似一股清澈的山泉从岩层中喷泻而出,把抒情主人公的情怀没遮没拦地展示在读者面前,言简意深,足以动人心魄,引起人们的共鸣。全诗虚实相间,实写抒情主人公的形象,对那个女子,却用了虚写的手法。诗人通过男子所赠礼品的芳洁,通过她所居之处的幽雅,通过男子执着的追求,来烘托她人的美好。写抒情主人公的一往情深,也就写出了女子的美所产生的魅力。至于这个女子的容貌体态如何,诗人却一字不写,给人们留下了想象的余地。这就是此诗虽表情直率却并非一览无余、言尽意不尽的一个重要原因。

(薛祥生　王少华)

上留田行

曹　丕

居世一何不同？上留田。
富人食稻与粱,上留田。
贫子食糟与糠,上留田。
贫贱亦何伤？上留田。
禄命悬在苍天,上留田。
今尔叹息,将欲谁怨？上留田。

鉴赏

《上留田行》,是乐府中的一种曲调,属《相和歌辞·瑟调曲》。古辞现存两篇,都不完全。一见李善的《文选注》;一见《乐府广题》,其辞曰:“里中有啼儿,似类亲父子。回车问啼儿,慷慨不能止。”崔豹《古今注》上说:

"上留田,地名也。有父母死不字其孤弟者,邻人为其弟作悲歌以讽。"由于曲调今亡,不知具体情况。《乐府诗集》录有此调歌辞五首,唯南朝宋谢灵运之作与曹丕此作格调相近,可见皆是借古题、写时事而已。

此诗每句之下皆有"上留田"三字,没有任何实际意义,不过是诵唱中的一个衬音或衬词,相当于今天歌唱中"哎嗨哟""萨里哈"之类,成为曲调的一种余声或尾声。由于歌辞是根据曲调填写的,所以全诗都要合韵。在古韵中,歌辞中的"同"为东部,"粱""糠""伤"为阳部,"天"为先部,"怨"为元部,今天读起来很不协调、和谐,但据古音学家研究,它们在古代是可以通押的。

歌辞的第一句"居世一何不同",好像突兀而起,大有泰山压顶之势。既对"贫富不同"的现实生活发出感慨,又暗含有强烈的质问。下面两句"富人食稻与粱""贫子食糟与糠",既是自问自答之辞,又是简洁而鲜明的揭露,两者对比,深刻地反映出了阶级社会中人们生活的悬殊和对立。但是,"贫贱亦何伤",作者不仅没有继续深刻地揭示下去、叙述出来,反而陡转了笔锋,更换了语调,接着就把这种贫富生活的悬殊,以至人生的福祸、寿夭、贵贱都归结为天意的主宰了。这样一来,差之毫厘,谬以千里,"今尔叹息,将欲谁怨",把自己开始的强烈的感慨和质问也予以否定了。我们不能要求曹丕能够说出所以产生贫富悬殊的原因来,更无意要他说些消除贫富差异、消灭阶级对立之类的大话。但他把贫富归结于天命,要人们不要叹息,不要埋怨,当然更不要反抗,就大错而特错了。这只能麻痹人民的意识和斗志。

读这首诗,我们不赞成曹丕所表现的思想、观点和倾向,但却要学习他向民间文学学习、直接以民歌口语入诗的写作精神。行文的陡起陡落,语调的转换变化,再加上衬音的使用,形成了本诗参差错落、跌宕气转的艺术之美,在写作技巧和表现手法上,在这短短的七八句诗语中,还是非常成功的。这些,应该才是这首诗歌的价值所在。

(霍旭东)

大墙上蒿行

曹　丕

阳春无不长成,草木群类,随大风起。零落若何翩翩,中心独立一何茕!四时舍我驰驱,今我隐约欲何为?人生居天壤间,忽如飞鸟栖枯枝。我今隐约欲何为?

适君身体所服,何不恣君口腹所尝?冬被貂鼲温暖,夏当服绮罗轻凉。行力自苦,我将欲何为?不及君少壮之时,乘坚车策肥马良?上有仓浪之天,今我难得久来视;下有蠕蠕之地,今我难得久来履。何不恣意遨游,从君所喜?

带我宝剑,今尔何为自低昂?悲丽乎壮观,白如积雪,利若秋霜。驳犀标首,玉琢中央。帝王所服,辟除凶殃。御左右,奈何致福祥。吴之辟闾,越之步光,楚之龙泉,韩有墨阳,苗山之铤,羊头之钢。知名前代,咸自谓丽且美,曾不如君剑良绮难忘。

冠青云之崔嵬,纤罗为缨,饰以翠翰,既美且轻。表容仪,俯仰垂光荣。宋之章甫,齐之高冠,亦自谓美,盖何足观!

排金铺,坐玉堂。风尘不起,天气清凉。奏桓瑟,舞赵倡。女娥长歌,声协宫商。感心动耳,荡气回肠。酌桂酒,脍鲤鲂。与佳人期为乐康,前奉玉卮,为我行觞。

今日乐,不可忘,乐未央。为乐常苦迟,岁月逝,忽若飞。何为自苦,使我心悲?

鉴赏

《大墙上蒿行》,乐府古题,宋人郭茂倩《乐府诗集》列入《相和歌辞·瑟调曲》。古辞今不传,此篇为曹丕的拟作。

这篇诗歌,极力铺写服饰、佩戴以及宫室、女乐、酒食的华贵、丰盛,研究者多认为是一首劝隐士出山做官的诗。汉高祖刘邦曾说过:“有能从我游者,我能尊显之。”此诗也是这个意思。清人朱乾在《乐府正义》中说:“《大墙上蒿行》,劝驾也。墙上生蒿,隐士之居。极言佩服之美,宫室、女乐、酒醴之盛,凡所以乐贤者无不尽……极似子建《七启》容饰篇,彼亦托言隐居而多方启之也。”又说:“时管宁在辽东三十七年,魏文征之,乃浮海西归,以为大中大夫,不受。诗当为宁作欤?”管宁是汉魏之间的名士,渊雅怀贞,清高恬泊,德行卓著,极盛名于当时。汉末,避乱隐居于辽东山中,聚徒讲学三十余年。魏文帝黄初四年(223)曾征拜为大中大夫,魏明帝曹叡继位(226)后,曾征拜为光禄勋,皆固辞不受。如以此诗“为宁作”,则当为曹丕禅汉为帝以后的作品。但因史料不足,可备一说而已。

这是一首长篇抒情诗,长达七十多句。按其所抒写的内容,可以划分为三大部分、六个自然章节。其中以第二大部分为本诗的重点。

第一大部分即本诗的第一自然章节十句。写人生短促,不应隐约自苦。开头五句,先用“草木群类”为比,然后再用第一人称的口吻发出感慨。草木群类,在阳光明媚的春天,无不欣欣向荣,繁荣滋长。但好景不长,秋风起,零落飘荡,摧折殆尽。“零落若何翩翩,中心独立一何茕!”“若何”“一何”两词,就表现出诗人的慨叹和感伤。面对此情此景,人们反身自顾,何不如此?人生天地之间,“四时”瞬息变化,就像“飞鸟栖枯枝”一样,所以隐约者何必自讨苦吃而不及时行乐呢?在这一章里,诗人反复感叹,对隐约者动之以情;反复反问,以激起隐约者的反思。这样,就为以后直接以物质享受来诱导隐约者出山做官而在感情上、认识上消除了障碍。

第二大部分是本诗的第二、第三、第四、第五等四个自然章节,极力铺陈生活享受,宣扬人生要及时行乐,以诱导隐约者早日出山做官。这是此诗重点铺写的内容。

第二章的一开始,先从穿着方面的享受着笔:“适君身体所服。”接着,又用了一个反诘句“何不恣君口腹所尝”,又从食饮方面来诱导。但是饮食方面,并不实写,不过“虚晃一枪”而已。穿着方面,“冬被貂鼲温暖,夏当服绮罗轻凉”,却具体地表达了出来。下面又连用了几个反诘句:“行力自苦,我将欲何为?不及君少壮之时,乘坚车策肥马良?”由衣着方面的享受,再引向恣情遨游方面的享受上来。“上有仓浪之天”以下四句,再次说明天长地久,但人生短促,因而及时享受合情合理。最后的一句反诘,更增强了煽动性和说服力。由此可见,这一章仍主要是使用反诘的口气来进行诱导的,以促使隐约者的不断反思和接受。

第三章、第四章主要是写佩戴方面的享受。“佩”指佩剑,“戴”指戴冠,这都是标志人的身份贵贱的。在这两章里,诗人都是使用对比和衬托手法加以表现的。写佩剑,先写它的形态美:“丽乎壮观,白如积雪,利若秋霜。驳犀标首,玉琢中央。”写戴冠，也先写它的形态美："冠青云之崔嵬，纤罗为缨，饰以翠翰，既美且轻。"然后再分别写它们的高贵："帝王所服，辟除凶殃。御左右，奈何致福祥"；"表容仪，俯仰垂光荣"。最后以古代的名剑、名冠加以对比，说明所有的名剑，"咸自谓丽且美，曾不如君剑良绮难忘"；所有的名冠，"亦自谓美，盖何足观"，从而衬托出"君剑""君冠"更加华美和高贵。这样，就把君之剑、君之冠形容得淋漓尽致、无与伦比了。

第五章，写住室之美："排金铺，坐玉堂。风尘不起，天气清凉。"写歌舞之美："奏桓瑟，舞赵倡。女娥长歌，声协宫商。感心动耳，荡气回肠。"写宴饮之美："酌桂酒，脍鲤鲂。与佳人期为乐康，前奉玉卮，为我行觞。"真是有叙述，有描写，极尽了人间的荣华、富贵和欢乐。其渲染、夸张和鼓动的艺术魅力，真可以使隐约者为之意动神飞了。

第三大部分，即本诗的最后一章，再次提出岁月易逝、时不待人、何为隐约自苦的问题，与首章遥相呼应，从而再次强调"今日乐，不可忘，乐未央"和"为乐常苦迟"、因而要及时行乐的主张。

由此可见，铺陈和夸张是这首诗的主要表现手法，也是本诗最主要的艺术特色。从头至尾，诗人都以饱满、奔放的热情，去感叹、铺陈，去反诘、夸张，似乎诗人真的把人生短促、隐约不可为的道理说透了，也把出山做官、及时行乐享受的好处说足了。它说起道理来，反复申述，多次反诘，极尽夸张之能事，真令人惊心动魄。它宣扬起行乐享受来，层层描绘，五光十色，极尽铺陈之能事，真令人眼花缭乱，意飞神往。诗人驾驭着通俗、浅近而又生动的语言，似乎是想到哪里，写到哪里，洋洋洒洒，无拘无束。语句长短多变，行文参差错落，结构瑰伟新异，感情曲折起伏，充分反映了诗人的博大心怀和宏大的气魄，这在汉魏文人的诗作中是极为突出的，对后世歌行体诗歌的创作，无疑是具有首创或开拓意义的。清人王夫之在《古诗评选》中说它："长句长篇，斯为开山第一祖，鲍照、李白领此宗风，遂为乐府狮象。"这是有道理的。

应该指出，在诗歌创作上，它虽然是乐府古题的突破和发展，但从所表现出来的思想内容上看，却是应该批判的。它宣扬人生短促，应该及时行乐；它鼓吹物质享受，应该纵情奢侈，都是封建剥削阶级的颓废、消极思想。这和奋发有为、立志治理天下的明君贤臣的思想作风，应该说是有距离的。依据史料所载管宁一贯的思想品德来看，如果真的用这些诱饵来征召管宁，恐怕是不为管宁所能接受的。

（霍旭东　梁宗奎）

艳歌何尝行

曹　丕

何尝快独无忧？但当饮醇酒、炙肥牛。
长兄为二千石，中兄被貂裘。
小弟虽无官爵，鞍马馺馺，往来王侯长者游。
但当在王侯殿上，快独摴蒱六博，对坐弹棋。
男儿居世，各当努力。
蹙迫日暮，殊不久留。
少小相触抵，寒苦常相随，忿恚安足诤？
吾中道与卿共别离。
约身奉事君，礼节不可亏。
上惭仓浪之天，下顾黄口小儿。
奈何复老心惶惶，独悲谁能知？

鉴赏

《艳歌何尝行》，一名《飞鹄行》，为乐府古题，宋人郭茂倩的《乐府诗集》编入《相和歌辞·瑟调曲》。《古今乐录》引王僧虔《技录》说：“《艳歌何尝行》，歌文帝何尝、古白鹄两篇。”“文帝何尝”，即指此篇，《宋书·乐志》引作“古辞”。“古白鹄”亦收录入《乐府诗集》，曹丕此篇当为“借古题，咏时事”的拟作。

全诗二十五句，集中描写了贵族子弟不务正业、荒唐浮荡的情况，反映了东汉末年封建统治集团腐朽没落的生活现实。前十五句，共分五解，相当于曲辞的五个章节，是曲辞的正曲。后十句，称为“趋”，相当于曲辞的尾声。诗人所叙写的内容，对我们认识那个社会，有一定的参考价值。

诗篇前四解，是以浮荡的贵族子弟的口吻叙写的。它写贵族子弟的荒唐奢侈、不务正业，并没有直接地多加描述，而是让他用两解的篇幅去宣扬自己的出身豪贵。诗歌一开头，突如其来，用了一个自我反诘句："何尝快独无忧?"何曾快乐无比而无忧无愁呢?"但当饮醇酒、炙肥牛。"每日里只不过饮美酒、吃肥肉罢了。言下之意，"饮醇酒、炙肥牛"还不是"快独"的生活。如此享乐仍不算乐极，其享乐到了什么地步就可想而知了。这种自我反诘，实际是一种自负自豪的自我表白。从这种表白中，可以窥视出他腐败奢侈的程度。第二、三两解，是他所以自负自豪的资本，也是他所以还不满足的原因。大哥是高官；二哥"被貂裘"，衣着华贵，当然也是高官；"小弟虽无官爵"，但终日"鞍马駆驱"，所交往的都是王侯和达官贵人。那么他要追求的，当然是比兄弟们更高贵的生活了。第四解，他直述了自己感到"快独"的理想："王侯殿上"，"樗蒲六博，对坐弹棋"。就不打自招地道出了自己精神生活的腐朽和空虚。以上短短十一句，诗人就让荒唐子弟自鸣得意地把自己阶级的腐朽荒诞、无所事事的精神面貌自我剖白出来了。

诗篇的第五解以后，诗人的笔触改换了口气，即以荒唐浮荡子弟妻室的口吻对他这种腐朽的空虚生活进行规劝和责备。"男儿居世，各当努力"，一个男子生活在世上，应该自强不息、努力奋进。一天天那么荒唐腐败、不务正业，"蹴迫日暮，殊不久留"，就会很快地浪荡完自己的一生。时不待人，后果就太可悲了。在这里，诗篇的意旨，可以说是急转直下，对贵族子弟的自负自豪和荒唐生活，给予了彻底的否定。从诗意的表达上说，有这个转折和过度，才便于引出下文。

"少小"以下十句，都是妻子责备丈夫的话。"少小相触抵，寒苦常相随"，说明他们夫妻之间从年轻时就不断摩擦、不断矛盾，不过在"寒苦"中还能共处罢了。现在，这位子弟一天天越发不像样子，稍有劝说，也是"忿恚安足诤?"丈夫一贯暴虐、忿怒，那里容得诤谏！所以，"吾中道与卿共别离"，只好半路分手了。但是妻子仍然劝勉丈夫："约身奉事君，礼节不可亏。"这样"上惭仓浪之天，下顾黄口小儿"。最后两句，是妻子对丈夫的再次埋怨，意思是说老来还心中"惶惶"，为丈夫担忧，这种悲痛谁能理解呢?

由以上分析可以看出，本诗是采取第一人称的口吻直言其事的。它虽没有对人物作直接的描述，而人物的心理、神情却表现得极为真实、生动。贵族子弟的荒唐浪荡、不务正业而又自负自豪、扬扬得意的情状，其妻悲愤满怀、忍辱负重而又耐心规劝的复杂心理活动，都使我们如见其人，如闻其声。从语言表达上看，初读起来，似乎感到前后不接，意不连贯，但是如果抓住人称口吻的转换这一特点去理解、去分析，却又使我们感到诗人构思的新奇，结构的巧妙。特别是第五解的插入，承上启下，使语意转折自然，合情合理，而又富于波澜。这在古诗的写作中，是颇具特色的。

应该指出，诗人“借旧题，写时事”，不仅继承了汉乐府“感于哀乐，缘事而发”的现实主义创作精神，而且虚心学习民歌的语言。全诗有话则长，无话则短，通俗浅近，明白如话，形式参差错落，极为自由活泼。很多语句，都是从其他乐府民歌中脱化而来的。如“饮醇酒、炙肥牛”，就是“相和歌”《西门行》的成句；“长兄为二千石”数句，就脱化自“相和歌”《长安有狭斜行》；“上惭仓浪之天”两句，也只稍变了下“相和歌”《东门行》的词语。以上这些，也说明了汉乐府民歌对文人的诗歌创作所产生的巨大影响。

（霍旭东　梁宗奎）

杂　　诗(其一)

曹　丕

漫漫秋夜长，烈烈北风凉。展转不能寐，披衣起彷徨。
彷徨忽已久，白露沾我裳。俯视清水波，仰看明月光。
天汉回西流，三五正纵横。草虫鸣何悲，孤雁独南翔。
郁郁多悲思，绵绵思故乡。愿飞安得翼，欲济河无梁。
向风长叹息，断绝我中肠。

鉴赏

曹丕《杂诗》二首，都是游子滞留思乡之作。从东汉末《古诗十九首》至建安时代客居旅思成为流行性主题，是社会动乱酿造出来的普遍化忧伤情思。

在外日久之人，于时序迁换最为敏感，所以开篇即从“秋夜长”“北风凉”落笔。秋临岁暮，易感岁月流逝。而“悲哉秋之为气”又是积淀凝固的传统心理感受。如果秋夜之长、北风之凉是一般客子常感，那么“漫漫”“烈烈”则是作者特定的感触。这已将思乡心绪暗暗触动，寂凉之怀已微微渗出，悄然涵润全篇。关合全诗，首二句是从下文“郁郁多悲思，绵绵思故乡”生出：悲思困扰，愈觉秋夜漫漫无尽；乡情绵绵滋生，更感北风烈烈袭人。“漫漫”“烈烈”看似状物赋写，实有情思浸渍。三、四句推出主人公“我”的“展转”“彷徨”，已将首二句未明言之心曲轻轻逗起。乍看这四句两两各成一组,先景后人,前因后果,自然成章。“展转”承前“秋夜长”,“披衣”是因“北风凉”。于此交代时间、人物、心绪,为第一层。

第二层起笔先用顶真手法明接上文,一句之内有结有起,两层见意。一是构成“彷徨”复“彷徨”的连续镜头,回环往复,一气舒卷,很精约地表达了徘徊“已久”,溢出《古诗十九首》“行行重行行”的风致。既回扣首句“秋夜长”,又振笔宕出“白露”以下七句。本来“愁人觉夜长”,此处反而用“忽”字把“夜长”给予淡化,意在凸现“我”只有一念——“思故乡”,而彷徨多久,夜已多深,哪能顾得,借以强调“悲思”之“多”。“忽”字醒目提神,现出瞬间猛然有感的怅惜神情。又沿波生浪,引带出“白露沾我裳”,夜露初降则不觉,久则成“沾”,寒意逼人。与上句“忽”波折呼应,映带生色。这样“忽”不仅发现时久,“露沾裳”也在其中。“彷徨”句上承自然,丰神婉合;下启惊挺,逸宕生姿。吴淇说“下文一俯一仰,皆从此句兜的一警写出来”(《六朝选诗定论》)。对于下二句,他又说:“‘俯视’句先写一俯,人凡有愁思必垂其首也。‘清水波’者,水面一片秋光,方省是明月所为,乃又仰看。”这固然是神圆意通之见。这二句不妨可先作倒句看:举首见明月中天,低头则清光似水,人影在地,上下天光,溶溶一片,用笔清爽,微情逸韵,含神自远。顺读,则银光遍地如水,仰看“方省是明月所为”,也就是苏轼《记承天寺夜游》的景致:“步于中庭,庭下如积水空明,水中藻、荇交横,盖竹柏影也。”另外,月“明”,正见是圆月一轮。而月圆易生人缺之憾;月光“清”,则使神魄飞远而增绵绵之思,景愈清新,人愈悲思,“以乐景写哀情增一倍之哀”,其“独至之情”(王夫之语)溢于言外。“天汉”一句,即作者《燕歌行》“星汉西流夜未央”之意。初秋傍晚,银河西南指向。此言“天汉西流”,银河已“回”,与下句合承上“仰看”。“三五”,是二星名,“三”指心星或参星,“五”指噣星或昴星,此处泛指群星,语出《诗经·召南·小星》“三五在东”。“纵横”言星光灿烂。“回”是已回,为“过去完成时态”。“正”则“现在进行时态”。二者前后呼应,现出俯仰间的时光流逝,再现夜“已久”。“正纵横”微微衬出“悲思”似“正”在增多,与“愿为星与汉,光影共徘徊”(刘妙容《宛转歌》)约略仿佛。“草虫”句写又一俯,明言“何悲”,即“一叶且或迎意,虫声有足引心”(刘勰《文心雕龙·物色》)之谓,逗出下文愁思。“孤雁”句又一仰,照应篇首秋风“独南翔”是从“明月光”中所见。写雁而曰“孤”、曰“独”重重见意,是为游子孑身一人客居枯寂设意;雁虽孤而独飞,但还是“南翔”,反衬出雁归而人不归的苦况,“人归落雁后”的处境,真叫人何以为情。这是全诗第二层。写星、月、雁是视觉;风声、虫鸣是听觉;夜长、沾裳是感觉。多方面描述心悲意独的情思。

以上调动诸感,层层叙写,一路

而来。以下则全从喟叹、抒怀着眼。经过久久的彷徨，时时的俯仰，至此，方用“郁郁多悲思，绵绵思故乡”道出衷心所思所悲，通首神思所聚也正在于此。“愿飞”之奢望，情之缘于“思故乡”，“欲济”而“无梁”之叹根于“多悲思”，一切企望其结果既“无”而又“安得”！所以只能临风长叹，那“中肠”就难免不“断绝”了。末二句是情思必然之所结，“向风”又极自然地回应句首之“北风”，妙在真情全从腔子流出，不觉其有刻意为之的些微痕迹。

此诗中间句句相生，层层蜕化，首尾笔笔不断。从整体看又层次分明，筋骨突出。“漫漫”“俯视”“天汉”“草虫”“郁郁”“愿飞”上下十二句近乎对偶，加上四个叠音词与顶真手法及首尾照应的精心组合，形成全篇十八句一气舒卷，如行云流水，极为自然。特别是多用敷腴之笔却体含清逸之气，神清气爽，密意独往。刘勰《文心雕龙·才略》：“魏文之才，洋洋清绮……虑详而力缓。”这诗的风神也确如其论。

（魏耕原）

杂　诗(其二)

曹　丕

西北有浮云，亭亭如车盖。
惜哉时不遇，适与飘风会。
吹我东南行，行行至吴会。
吴会非我乡，安得久留滞？
弃置勿复陈，客子常畏人。

鉴赏

此诗借浮云比喻游子的漂泊不定，进而抒发他久客异乡的抑郁忧伤的心情。

“西北有浮云，亭亭如车盖。”“亭亭”，耸立而无所依靠的样子。“车盖”，指形状像大雨伞似的车篷。诗发兴无端，开篇入题，以精练的笔墨勾勒浮云。西北方好像车盖似的浮云，悬挂在远处的天空中，那景象看上去很别致。“惜哉时不遇，适与飘风会。”可惜，它没有遇到好时机，而恰巧与一阵暴风相遇。狂暴的旋风吹动浮云急速地飘荡着，正如王夫之说："风回云合，缭空吹远。"（《薑斋诗话》卷下）这很自然地引出下文："吹我东南行，行行至吴会。""东南"，指东南方沿海地区，它与开头"西北"呼应。"吴会"，吴郡和会稽郡，即指今苏南和浙江一带。联系前一首诗，时属秋天，常刮的当然是西北风。西北方的浮云，也只能被吹向东南。"我"，浮云自指，实是借指游子。这两句意谓，飘风吹着浮云，走啊走啊，一直到达吴越地区。"吴会非我乡，安得久留滞？"浮云从西北转移到东南，换了一个地方。然而，西北不是它的故里，东南也不是它的家乡。实际上，它还是在异乡作客。不管到了哪里，只要不是自己的故乡，又怎么能够久留呢？这样长期羁旅、漂泊不定的生活，使人感到极为厌倦，故诗中发出"安得"的浩叹。"弃置勿复陈，客子常畏人。"上句本是乐府里的套语，如汉乐府《妇病行》就有"弃置勿复道"一句，与之相近。意思是说，抛开吧，不必再说什么了。诗中直接撷取这一套语，除了沿用原意之外，还有承上启下进一层渲染深化的作用。游子羁泊他乡，本来就感到孤独寂寞，悲伤愁苦；况且，由于人地生疏，举目无亲，更是处处怕被人欺负。现在竟然从西北又漂泊到东南，更加饱尝了种种辛酸。但这些又有什么可说的呢？以无可奈何、难以为怀的情绪结束全诗，言外含有浓挚的思乡之情。

这首诗在称谓的运用上比较特殊。开头四句以第三人称的方式写浮云；中间四句则变为第一人称，"我"即浮云自称，兼指游子；最后两句的"客子"，又是游子自指。所以，诗中的"浮云""我""客子"，称谓虽不断变换，实质上都是指游子而言。诗人采用这种写法，亦物亦人，即物即情，描写游子漂泊在外的生活情景，表现其悲伤的心情，形象生动，深切感人。诗借"浮云"喻"客子"的表现方法，兴来飙发，一气直下的结体方式，空阔苍茫的意境，甚至直接套用乐府成句，都可以看出此诗与乐府民歌之间的承袭关系。钟惺说此诗"高古之骨，苍凉之气，乐府妙手"（《古诗归》卷七），是很精到的评论。

（李延先　王锡九）

秦女休行

左延年

步出上西门，遥望秦氏庐。秦氏有好女，自名为女休。

休年十四五，为宗行报仇。左执白杨刃，右据宛鲁矛。仇家便东南，仆僵秦女休。女休西上山，上山四五里。关吏呵问女休。女休前置辞："平生为燕王妇，于今为诏狱囚。平生衣参差，当今无领襦。明知杀人当死，兄言快快，弟言无道忧，女休坚辞为宗报仇，死不疑。"杀人都市中，徼我都巷西。丞卿罗东向坐，女休凄凄曳梏前。两徒夹我，持刀刀五尺余。刀未下，朣胧击鼓赦书下！

鉴赏

这是一首带有民歌风味的叙事诗，记叙一位少妇为宗族报仇的故事。诗的开头，诗人用"步出上西门，遥望秦氏庐"六句，介绍这位女子的住家位置、姓名、年龄、事迹，给人的初步印象，和汉乐府《陌上桑》开头四句的"日出东南隅，照我秦氏楼。秦氏有好女，自名为罗敷"，十分相似，显然有因袭和模拟《陌上桑》的地方，由于秦弄玉、秦罗敷这类美人以及"秦楼""秦氏楼"这类词汇和美女有联系，因袭模拟这样的句子，就有利于联想到女主人公的美丽外形。诗人笔下的秦女休，当然不一定是真名实姓，用不着加以考证。但女主人公不仅形态美，而且心灵也美的情况由"秦氏有好女"句中的一个"好"字做出了正面评价。她"好"在哪儿？接着"休年十四五，为宗行报仇"二句，突出她如此年少而具有如此侠肝义胆，令人惊叹她性格之美。在汉魏时代，法律和官府不能为受害者雪冤时，报仇是一种美德，女主人公年仅十四五岁，敢于报仇，就当得起一个"好女"的评价了。下面，诗人展开描写了女休为宗族报仇的壮举。"左执白杨刃，右据宛鲁矛"二句，虽未具体描写她如何报仇，但那勇猛之态跃然纸上，一副巾帼英雄的形象，宛然如在目前。这样的英雄一出现，"仇家便东南，仆僵秦女休"便是必然下场。"女休西上山"句，表现了女休的机敏，她杀死了仇人，不愿坐以待毙，上山避祸。读到这里，读者不禁为女休的脱险而欣慰。忽然，诗人笔锋一转，"上山四五里，关吏呵问女休"二句，写女休上山后没走多远，就被官府捉住，使读者心中陡起波澜，为女休的命运捏一把汗。但"女休前置辞"句，写女休泰然自若，不慌不忙的镇定神态，一位年轻、美貌、坚强勇敢的妇女形象立在读者面前。然后写女休慷慨陈词，泼墨如水地交代"平生为燕王妇，于今为诏狱囚"十一句，展示了女休的内心世界。她自述为了替宗族报仇，放弃了"平生为燕王妇"的高贵地位，甘为

"诏狱"中的囚犯;她为了替宗族报仇,放弃了衣饰"参差"的豪华享受,甘心穿一件没有领子的短"襦"(上衣);她为了替宗族报仇,把生死置之度外。"明知杀人当死"五句,表明她在行动前同哥哥、弟弟商量过。但"兄言怏怏",只会报怨;"弟言无道忧",只担心天下"无道",报仇要承担灾祸。哥哥和弟弟的迟疑、消极与女休的坚决态度恰成鲜明对比,进一步反衬出女休的侠肝义胆。"杀人都市中"句,又补充交代了女休报仇的地点在闹市,显出女休此举轰轰烈烈、引人注目,使人感到她确是一位不畏强暴的"好女",照应了篇首的"秦氏有好女"一句。下面"丞卿罗东向坐"六句,写女休受到审讯、受刑及蒙赦的经过。"女休凄凄曳梏前"七字,生动地描绘出监狱生活使女休备受摧残、既饿且病的神态。"凄凄",饥病貌。作为年仅"十四五"岁,曾经做"燕王妇"的"好女",被摧残到这样"凄凄",令读者产生同情,为她不平。接着,"两徒夹我,持刀刀五尺余",眼看"好女"就要被杀了,读者心中为之一沉,产生惊恐的悬念。但情况发生了变化,"刀未下""朣胧"的鼓声,使读者心中的石头突然失去而轻松起来。女休得到赦免,是符合人民愿望的。这是一篇富有浪漫主义色彩的民歌式作品,故事离奇,语言简练而生动,是一首较好的小型叙事诗。

(刘知渐　鲜述文)

种　瓜　篇

曹　叡

种瓜东井上,冉冉自踰垣。
与君新为婚,瓜葛相结连。
寄托不肖躯,有如倚太山。
兔丝无根株,蔓延自登缘。
萍藻托清流,常恐身不全。
被蒙丘山惠,贱妾执拳拳。
天日照知之,想君亦俱然。

鉴赏

这首诗,采用第一人称方式,写一位新婚女子的内心独白,表示依附丈夫永无二心,并对丈夫提出永远相爱的愿望。因用种瓜起兴,故题为《种瓜篇》。

开始的“种瓜东井上,冉冉自踰垣”二句,既是起兴,又兼有比喻的意思。“与君新为婚,瓜葛相结连”二句,很自然地承接上句,说到婚姻。“种瓜”,本是常见的事儿,没什么稀奇;种下的瓜子在发芽、开花、结果的全过程中,瓜藤也慢慢生长延伸,自然地沿着墙垣,乃至翻了过去,和墙外原有的葛藤自然就缠到一起去了,这也是一个极自然的现象,不足为奇。诗人却想到“瓜”藤与“葛”藤的紧紧“结连”,就像相互依存的夫妻关系一样,比喻是十分贴切的。把“与君新为婚”的事实和“瓜葛相结连”的现象合在一起,和《古诗十九首》之《冉冉孤生竹》中“与君为新婚,兔丝附女萝”颇有相似之处,显然诗人是向民歌吸取了养料,因为当时所谓“古诗”,大部都是来自民间的歌诗。下面的“寄托不肖躯,有如倚太山”两句,主人公以“不肖躯”三字自谦。她嫁给了丈夫,把全部身心“托”给了他,就像倚着“太山”那般牢固,从此有了保证,表示出对丈夫的绝对信任;同时也客观地反映了我国古代封建社会妇女没有经济、政治地位因而造成妇女没有独立人格,不得不附属于男子的可悲现实。诗人笔下的她,虽然感到嫁了丈夫,寻到了依靠,但仍然担心被丈夫抛弃而忐忑不安,叹息道:“兔丝无根株,蔓延自登缘。萍藻托清流,常恐身不全。”“兔丝”是一种弱小的蔓生植物,通常缠绕在其他植物身上吸取养分,有盘状吸根,古人误以为它“无根”。它“蔓延”而“登缘”到所依附的植物身上,毕竟不能自立,暗示妇女虽然嫁了丈夫,仍然常感恐慌。“萍”和“藻”都是水生植物,托身在“清流”之上,随时都有被水漂走的危险,和妇女虽然嫁了丈夫,时时担心被丈夫抛弃的心情极为相似。这两个比喻,形象而含蓄,委婉而动人,和前面的“寄托不肖躯,有如倚太山”似乎矛盾,实则正是古代封建社会中妇女没有独立的经济和政治地位,从而没有独立人格的自卑心理的交错反映,十分细致。“被蒙丘山惠,贱妾执拳拳”两句,用“丘山”比喻丈夫,和前面的“太山”一样,表现了对丈夫的尊崇和感激。她以“贱妾”自称,对丈夫发誓,愿意永远坚执忠于丈夫的“拳拳”之心。她相信丈夫也会如此,用“天日照知之,想君亦俱然”两句,进一步要求丈夫不要抛弃自己。古代誓词,经常以“天日”为自己的证人。她一方面向丈夫表示自己忠于丈夫的心为“天日”所“照知”,但对丈夫的心,仍然没有把握,“想君亦俱然”五字,是她对丈夫的请求,希望丈夫也在“天日”共照的情形下,发誓不抛弃自己。这五字照应全篇,出于害怕遭到抛弃而希望不被抛弃的动机,活画出封建时代妇女新婚时的惴惴不安之情。诗篇前后呼应,内部逻辑十分严密,而且除了末二句外,几乎句句用比喻,显得活泼生动,令人感到亲切。在男尊女卑的社会里,女子从新婚那一天起,就在喜悦之中包含了被抛弃的恐惧心态,作品很自然地揭示了这一心态,是比较真实而细腻的。由于君尊臣卑的现实,也和男尊女卑的现实相一致,这类诗篇也常常可视为抒写"君臣遭际"的寄托性作品。作者出身皇家,这只是他的一篇拟作,可供欣赏。

(刘知渐　鲜述文)

薤　露　行

曹　植

天地无穷极,阴阳转相因。
人居一世间,忽若风吹尘。
愿得展功勤,输力于明君。
怀此王佐才,慷慨独不群。
鳞介尊神龙,走兽宗麒麟。
虫兽犹知德,何况于士人?
孔氏删诗书,王业粲已分。
骋我径寸翰,流藻垂华芬。

鉴赏

《薤露》原是汉代流行的挽歌,歌词为"薤上露,何易晞,露晞明朝更复落,人死一去何时归"。后来因以《薤露》名篇,继作者甚多,大体上都是借题发挥,不再作为挽歌了。曹植此篇也是借乐府古题抒写个人心情之作,大约作于曹叡做了皇帝之后。

诗从"天地无穷极,阴阳转相因"二句开始,揭示了宇宙的浩大无边和阴阳(寒暑)相更替的无穷无尽,在读者眼前展示出广阔的空间和变化无穷的时间。但诗人的用意并不在于探讨自然界这一客观真理,而是为下面的“人居一世间,忽若风吹尘”作铺垫。“人”和“无穷极”的“天地”相比,是多么渺小;“人”活“一世”,和辗转“相因”的“阴阳”相比,又是多么短促!人生非常短暂,不就飘飘忽忽,如“风吹”微“尘”那样一瞬即逝吗?这里,诗人借用了《古诗十九首》之《今日良宴会》中“人生寄一世,奄忽若飙尘”的诗意,加上“天地”二句的烘托,更能给人以生命短促的惆怅之感。既然生命如此短促,究竟怎样安排这短促的一生呢?“愿得展功勤,输力于明君”二句,便是诗人的第一回答。这一发自肺腑的心声,寄托了诗人长期追求的理想,一反汉末诗坛对人生短促的无谓哀叹和及时行乐的颓废情绪,而代之以激烈高昂的号角。与曹操“老骥伏枥,志在千里;烈士暮年,壮心不已”的情调,极为相似。曹植青年时代就富有杰出的文学才能,思想上却把建功立业作为执着的追求,他在建安末年写给杨修的信——《与杨德祖书》,就曾表示过这一态度。中年以后,写给魏明帝的《求自试表》,表示只要能“名补史笔,事列朝荣”,虽死无憾;又曾在《降江东表》中大声疾呼人生的目的是为了“有补于群生,尊主惠民”。可见本诗这两句绝非出于偶然的空谈,而是他一贯的思想感情。“怀此王佐才,慷慨独不群”二句,用“王佐”二字,表明自己不争王位,只是要辅佐帝王,成为“王佐”之“才”而已。因为自己身怀“王佐”之“才”,所以慷慨激昂,卓然独立,充满了真能建功立业的信心。这里的“慷慨”二字,也表达出了诗人身怀“王佐”之“才”而又不被赏识的悲壮、苦闷之情。接着,用“鳞介尊神龙,走兽宗麒麟。虫兽犹知德,何况于士人”四句,借虫类(水族)和兽类都尊重自己的君主来比喻“士人”也当忠君报国。诗人自己的胸怀君国出于真心;暗示自己长期受到猜忌与监视,“十一年中三徙都”(《三国志·魏书·陈思王植传》),是君主不了解自己的忠君报国出于至诚。自己是个有知识的“士人”,难道还不如无知识的“虫兽”吗?“孔氏删诗书,王业粲已分。骋我径寸翰,流藻垂华芬”四句,再一次申明自己无心争夺君位。诗人早在《与杨德祖书》中说过:“若吾志未果,吾道不行,则将采庶官之实录,辨时俗之得失,定仁义之衷,成一家之言。”东汉人称孔子为“素王”,王充曾说“孔子不王,素王之业在于《春秋》”(《论衡》)。意思是说孔子有“王者”之德,而无“王者”之位。著书立说来昌明王业,所以称为“素王”。诗人再次申明,孔子把著书作为“王业”,可见“王业”是“粲然”可“分”为两种的。一种是掌握政权的“真王”之业,一种是著书立说的“素王”之业,凭“我”手中这枝“径寸”之“翰”就可以“流藻”(流布文藻),而使“华芬”永“垂”万古了,“我”何必去争那个“真王”之业呢?这就说明诗人既重视功业,又重视文章的思想,和他青年时期的思想是一贯的。他渴望建功立业以垂名后世,又愿意著书立说,以争取更有价值的“不朽”事业。他渴望自由,渴望摆脱监视和迫害,又愿意从著书立说中取得精神世界的自由。

全诗着墨不多,而复杂的心情跃然纸上。钟嵘《诗品》称曹植作品“骨气奇高,词采华茂,情兼雅怨,体被文质”,《薤露行》是符合这一评价的。

(刘知渐　鲜述文)

鰕 䱇 篇

曹　植

鰕䱇游潢潦,不知江海流。燕雀戏藩柴,安识鸿鹄游。
世士此诚明,大德固无俦。驾言登五岳,然后小陵丘。
俯观上路人,势利惟是谋。高念翼皇家,远怀柔九州。
抚剑而雷音,猛气纵横浮。泛泊徒嗷嗷,谁知壮士忧。

鉴赏

本篇属于《相和歌辞》的《平调曲》。《乐府解题》说曹植拟《长歌行》为《鰕䱇》。此诗大致作于魏明帝太和年间。曹植生于战乱频繁的时代,加之深受曹操影响,从青少年时起,就抱着建功立业的雄心壮志。公元220年曹操去世,一下子改变了曹植的地位和处境。由于以前争立太子之嫌,曹植处处受到曹丕及后来的明帝曹叡的猜嫌,以致十一年而三徙都,过着明为王侯、实是囚徒的生活。尽管如此,他仍然时刻关心国家安危,以安边定邦为己任。他在给明帝的《求自试表》中说:“今臣无德可述,无功可纪,若此终年,无益国期,将挂风人‘彼其’之讥。是以上惭玄冕,俯愧朱绂。方今天下一统,九州晏如,而顾西有违命之蜀,东有不臣之吴,使边境未得脱甲,谋士未得高枕者,诚欲混同宇内,以致太和也。”又说:“若使陛下出不世之诏,效臣锥刀之用,使得西属大将军,当一校之队;若东属大司马,统偏舟之任,必乘危蹈险,骋舟奋骊,突刃触锋,为士卒先。”然而在那唯势利是求的社会里,诗人的拳拳报国之心只能为朝士所笑。所以诗人写了这首名篇,以“鰕䱇”“燕雀”喻那些目光短浅、唯势利是图的小人,以“鸿鹄”自比,抒发壮士的远大抱负。

“鰕䱇游潢潦,不知江海流。”

"鰕",鲵,一种小鱼。"䱇",即"鳝"字,黄鳝。"潢",积水池。"潦",雨后土路上车辙中的积水。这两句意思是说,鰕䱇这类小鱼只能在积水池和土路上的雨水坑中游动,不知世上有大江大海。此二句语出《宋玉对楚王问》"夫尺泽之鲵,岂能与之量江海之大哉!""燕雀戏藩柴,安识鸿鹄游。""藩柴",篱笆。"鸿鹄",即鹄,天鹅。此二句语出《史记·陈涉世家》:"燕雀安知鸿鹄之志哉!"意思是说,燕雀这类小鸟只在篱笆间游戏,怎么会知道鸿鹄遨游于天地之间的远大志向呢?以上四句,以"鰕䱇""燕雀"比喻世俗之士,以"鸿鹄"比喻壮士,大小对举,用以说明那些势利小人目光短浅、不知壮士的远大抱负。"世士此诚明,大德固无俦。""固",必。"无俦",这里作无与匹敌理解。"俦",伴侣。"此诚明"语序应理解为"诚明此"。这两句意思是说,世士要是真正明白了这个道理,则游江海而不游潢潦,为鸿鹄而不为燕雀,功德之大无可匹敌了。"驾言登五岳,然后小陵丘。""言",语中助词。"五岳"指东岳泰山、西岳华山、南岳衡山、北岳恒山、中岳嵩山。此二句语出《论语》"登东山而小鲁,登泰山而小天下"。意思是说,登上五岳名山,才会感到丘陵之类的土山真是太小了。其喻意为只有树立了崇高志向,才会站得高,看得远,发现世俗小人追求势利的卑微渺小,并由此兴起下文。"俯观上路人,势利惟是谋。""上路人",指奔走于仕途的人。"势利惟是谋"句序为"惟势利是谋"。此二句紧承"驾言"二句而来,用"俯观"二字起句,用以表示壮士具有远大抱负,居高而临下,一眼便可洞察社会弊病。两句意思是说,俯视那些奔走于仕途的人,他们只知道追逐势利,足见其卑微渺小。"高念翼皇家,远怀柔九州。""高念",即崇高的志向。"翼",辅助。"皇家",指魏国。"远怀",犹远思,与前句"高念"对举。"柔",安定。"九州",这里代中国。这两句意思是说,壮士崇高的理想是辅佐魏国,其远大抱负是要安定中国。诗人在《与杨德祖书》中说:"犹庶几戮力上国,流惠下民,建永世之业,流金石之功。"可帮助我们理解此诗。诗人不在其位而谋其政,拳拳报国之心随处可见。"抚剑"二句进一步抒发其远大抱负。前一句语出《庄子·说剑》:"诸侯之剑,以知勇士为锋,以清廉士为锷,以贤良士为脊……此剑一用,如雷霆之震也,四封之内无不宾服而听从君命者矣。"因为曹植也是诸侯,故此典用得非常贴切,大大丰富了诗句的含义。"而",同"如"。"雷音",言威如雷霆之震。"猛气",即勇猛的战斗精神。这两句意思是说,"我"挥动诸侯之剑,发出雷霆之威、勇猛战斗之气,纵横洋溢。

诗的结尾:"泛泊徒嗷嗷,谁知壮士忧。""泛泊"句照应篇首,总括鰕䱇、燕雀。后一句作者以壮士自比。这两句意思是说:那些势利小人随俗浮沉,不恤国事,只知嗷嗷乱叫,又有谁知道"我"心中的忧伤呢?诗人忧的内容是什么?如前所述诗人的远大抱负是“高念翼皇家,远怀柔九州”。但势利之徒使得诗人的抱负无由实现,诗人怎能不忧呢?作者在《杂诗》中写道“烈士多悲心,小人媮自闲”,与此诗意思相同,可以帮助我们理解此诗。

这首词主旨明确,形象鲜明,比喻贴切,比兴奇妙。钟嵘《诗品》评曹植诗的艺术风格“骨气奇高,词采华茂,情兼雅怨,体被文质”。由此诗可见评价之确,也可见曹植诗艺术风格之一斑。

(李建明)

吁 嗟 篇

曹 植

吁嗟此转蓬,居世何独然!长去本根逝,夙夜无休闲。
东西经七陌,南北越九阡。卒遇回风起,吹我入云间。
自谓终天路,忽然下沉泉。惊飙接我出,故归彼中田。
当南而更北,谓东而反西。宕宕当何依,忽亡而复存。
飘飖周八泽,连翩历五山。流转无恒处,谁知吾苦艰?
愿为中林草,秋随野火燔。糜灭岂不痛,愿与株荄连。

鉴赏

建安二十五年(220)正月,曹操病死洛阳。几经紧锣密鼓,曹丕完成由汉丞相、魏王的过渡,于十月即“升坛即阼,百官陪位”,一屁股坐上皇帝的宝座。从此邺下贵介公子曹植陷入名为侯王,实则放逐外地“监外执行”的囚犯生涯。在曹丕、曹叡的父子两代“十一年中而三徙都,常汲汲无欢”(《三国志·魏书·陈思王植传》),以至于“食裁糊口,形有裸露”的困境。他在举挂时网、动辄得咎的危急中,白色恐怖危逼侵袭,使他转徙悲歌,不能自已,以“吁嗟”命篇,悲叹自己不幸而难堪的遭遇,也是对自己后期艰难困窘的岁月真切地再现和沉痛地总结。

诗人一肚子积怨、哀愤、牢骚,扼止不住“吁嗟”出之,借秋蓬飞转无定,尽情宣泄。开篇二句感叹不已,把心中久聚的抑郁,喷薄倾泻。“何独然”充积愤然之情。天地万物，为何“转蓬”偏偏居无定所，而独独如此不幸，这是极度哀怨呼叹，又是愤慨的质问。这两句压抑而排宕，悲怨之气扑面，哀笼全篇。

“长去”十八句，极力刻画秋蓬飘转的重重坎坷。“本根”喻京都邺下，寄兄弟分隔之情。“长去”句言“逝”之远；“夙夜”句言“逝”之急。两句从总体上写足蓬之遭遇如此“独然”不幸，是为“吁嗟”之因。以下所有全由此铺展开来。“东西”四句展现秋蓬飘荡无定。“七陌”“九阡”喻封地的屡次迁移，也就是作者“初封平原，转出临淄，中命鄄城，遂徙雍丘，改邑浚仪，而末将适于东阿。号则六易，居实三迁”(《迁都赋序》)的喟叹。每至一处，还未将息，即又播迁。曹丕唯恐其弟处久势成。魏法峻急，公侯不能轻易至京。黄初元年(220)曹丕一上台，就把曹植赶往封地。四年始令朝见。曹植三年不能入京，所以此以“卒(猝)遇”言之。“吹我入云间”一句轻松急切，充满希望。这和他当时写的《应诏》诗心境是一样的：“肃承明诏，应令皇都，星陈夙驾，秣马脂车……将朝圣皇，匪敢晏宁。”“自谓”四句言入京希用的期望破灭，又被逐封地。曹植曾多次表白自己入京觐见的愿望。《责躬》说“得会京畿，迟(待)奉圣颜，如饥如渴”，《谢入觐表》则把进见视为“披浮云而睹白日”，皆与此“自谓终天路”同一热望。可是一入京，却是“使(即)时舍外殿，宫省寂无人”(《圣皇篇》)的冷遇，“戮力上国，流惠下民”之志，无所得陈，这就是“忽然下沉泉”的真正含义。魏制，觐见不能久留。“祖道魏东门，泪下霑冠缨，扳盖因内顾，俛仰慕同生”(同上)，就是此诗“惊飙接我出，故归彼中田”的真实写照。上句一方面说自己离之匆匆；另一方面怵惕之情显然可见。黄初四年(223)曹植与白马王曹彪同朝京师，而彪即遇害，这种疑惧，曹植早就殷忧在怀。黄初二年(221)“抱罪即道，忧惶恐怖，不知刑罪当所限齐(界限)”(《谢初封安乡侯表》)，此类均为“惊”字之缘。“当南”四句，是说转蓬漂泊，随风疾卷，身不由己，更为可哀，喻己颠沛播迁，难以预料微躯何处。“宕宕当何依”之比，存亡难料、生死不测之思，此即自己孤独无依，求生不得、求死不能的哀痛的表露。“飘飖”四句，以秋蓬漂浮沼泽，卷入沟壑，比喻己之封地连遇瘠土，出艰入险，历尽折磨，酸辛备尝。“流转无恒处”一句是对上文的收束。“流转”遥重首句之“转”。“无恒处”回映第四句之“无休闲”。“谁知吾苦艰”浸含衣食不继、困苦窘迫的生活实况的万千酸楚。这一句呼叹与篇首次句的悲叹呼应，正因为如此“苦艰”，且世人“谁知”，故有“居世何独然”的长恨深愤。同时，这囚徒生涯、“圈牢之养物”的境遇使之处于悲苦不能自拔的深渊，产生“积念发狂痴”的奇想，而逼出下文。

结尾惨痛灭绝之辞，发语透骨，非濒临绝境之伤心人所不能道。这是在极度难忍之境所萌生的绝望心理，是情动于衷而形于言的强烈倾诉，句句沉重，字字酸苦，刺肤刻心，全从一腔积怨中奔出，感心动魂，催人鼻酸。唐初王通云："陈思王达理者也，以天下让而犹衷曲莫白，窘迫殁身，至今萁豆之吟、吁嗟之歌，令人惨不忍读。"（李梦阳评点《曹子建集十卷本序》所引）所以，在客观效果上，这样的结局，无异于对于曹丕、曹叡政权的控诉，这种震慑力量，也与诗人的精思结撰有关。此诗通篇比兴为体，蓬、人凝而为一。末尾以类相从，继之"秋草"之比，喻中生喻，哀苦变为绝望。中间两"我"字，使转蓬之我和作者之我契合无间，物我为一。似蓬还似非蓬，不即不离。这十八句犹如"弦弦掩抑声声思，似诉平生不得志"，而末尾两"愿"字四句，好像"曲中收拨当心画，四弦一声如裂帛"，具有感心动魄的感染力，秋草火燔之想，从上"谁知"句所生。"林草"与"转蓬"属之同类，就作者"我"是奇想，就蓬草之"我"，却又何其自然妥帖。"糜灭"句，将"火燔"再醒透一层。末句"愿与株荄连"，说得巉刻决绝，断然是对"岂不痛"的否定，慨然而有多少余悲含在不悲之中。这寻死觅活之语，但只求得换取人生微薄的愿望——"与草根相连"——和兄弟相依，定居父母之邦京阙。这句紧紧与篇首第三句"长去本根逝"，反向照应，首尾浑然一体。这四句用设喻迭进一层，再用否定反荡入一层，取意遒劲，外发张力，震慑人心。这是曹植作品"骨气奇高"的本色。中唐孟郊论诗崇尚"陈词备风骨"（《读张碧集》），他的名作《寒地百姓吟》的"寒者愿为蛾，烧死彼华膏……到头落地死，踏地为游遨"即脱胎于此。

"东西经七陌"至"谁知吾苦艰"十六句成四层。每层都先用两句一意的对偶句领起，辞古气顺，极意铺排，随之接以两个流动的单句，其间叠韵联绵词"飘飖""连翩"，叠音词"宕宕"，以及一连串的动词"经""越""遇""吹""入""下""出""归""亡""存""历"，加上"南北""东西"与"周""终"的动用，极显出秋蓬飞转不息的动感，把转蓬——也是自己出生入死、千辛万苦的迁徙酣畅淋漓地展现出来。与起首的"吁嗟"和结尾痛绝之想融成一片，通篇一气旋折排宕，于压抑中迸发出不可阻扼的情思。通首二十四句，无一句不是写转蓬，而又无一句不是自我形象的写照。"蓬"即"我"，"我"即"蓬"，炽然的内心勃动使之融为一体，如盐入水，似月映波，形成一篇后半期颠播生涯的血泪总结。不平则鸣的呼唤，确有"细看来，不是杨花，点点是离人泪"（苏东坡《水龙吟》）悲剧性的艺术魅力。

（魏耕原）

浮　萍　篇

曹　植

浮萍寄清水，随风东西流。结发辞严亲，来为君子仇。
恪勤在朝夕，无端获罪尤。在昔蒙恩惠，和乐如瑟琴。
何意今摧颓，旷若商与参。茱萸自有芳，不若桂与兰。
新人虽可爱，不若故所欢。行云有反期，君恩傥中还？
慊慊仰天叹，愁心将何诉？日月不恒处，人生忽若寓。
悲风来入帷，泪下如垂露。散箧造新衣，裁缝纨与素。

鉴赏

此诗为乐府旧调。以“浮萍”命篇，当寓有感慨身世飘零之义。诗大半为自述，站在弃妇立场，摹其声口以述事、言情、诉怨、说理，曲折回环，尽现心态之多变；执一而求，极言情志之坚贞，是抒情色彩甚浓的叙事短章。

诗起句为比兴。若侧重于“兴”理解，“浮萍”二句，可看作实景描绘。浮萍寄水，逐风飘荡，临流而观，触景生情，弃妇便油然而兴身世之感。若侧重于“比”理解，“浮萍”二句当不是诗人描绘的客观之景，实为弃妇口中之语。玻璃易碎，彩云易散，浮萍易流，弃妇借物以自比耳。不论“比”，抑或“兴”，诗人都是在借助独特的自然景观，加强人们对某种社会问题的印象。入笔含情，奠定了全诗悱恻伤怀的感情基调。

接下来的二十二句诗，从叙述视角分析，可划为两段。“结发”句至“君恩”句，为弃妇自述语。“慊慊”句至“裁缝”句，为诗人叙述语。第一人称的自诉自哀与第三人称的描写感慨相辉映，逼真再现了弃妇身处孤境的凄苦反思与虚幻追求。

弃妇自诉，基本按时间顺序款款道来。因为自诉是为了苦劝夫君回心转意，故这位女性十分注意通过事物的具体对比来打动对方。辞“严亲”与仇“君子”相比，言自己爱夫甚于养亲；“恪勤”与“获罪”相比，言夫君加罪不当；“在昔蒙恩”和“如瑟琴”与而今摧颓旷如参商相比，言被弃之迷惘；茱萸与兰桂相比，言野芳不如家卉；新人与旧人相比，言新貌不若旧情。最后，仰观蓝天，行云正反，弃妇便自心底发出盼夫君恩爱再萌的呼唤。弃妇之语始于风吹浮萍流，终于风吹行云反，由风起到风终，由风散到风聚，不但首尾呼应，气韵贯一，且层次分明地展现了一个受害女性从辞亲事夫，到恪守妇道，到相亲相爱，到夫君变心，到无端被弃，再到希冀重圆的悲剧命运。

在夫权膨胀的社会里，女性悲剧多源于男性。对此，诗中弃妇是不甚了然的。或即便了然，但为了争取夫君回心，也不便明言，故而才有“无端获罪尤”的迷惑与“何意今摧颓”的疑问。迷惑与疑问之余，她认为是茱萸欺兰桂，新人代故人，才造成自己的被冷落。其实，外界的诱惑，永远不能撼动心灵的磐石；倘若心存喜新厌旧之想，外无诱惑，不依然是朝三暮四？不过，弃妇的话，也还包含着真理：茱萸有芳，一时之鲜也，它永远不如兰桂芳之香远；新人貌美，一时之幻也，青春不能永驻，近乎永恒的美还是心灵！俗云“衣唯其新，人唯其旧”，诚如斯言。

自“慊慊”以下八句，为诗人的描写与感慨。“慊慊”二句，写弃妇无限憾意仰天叹息、一腔愁绪无人可诉的孤冷情状。古诗写女性叹息，一般不用“仰天”。此处用“仰天”状之，一为承上句之观“行云”，表现了动作的程序性；一为突现愁绝苦绝、世无可道。“日月”二句，是诗人的人生叹息。日月经天，尚不恒明，人如蝼蚁，何以永生？岁月不居，转瞬白头，这弃妇的悲剧就更令人心碎了。诗末四句，是弃妇的行为描写。她有四个动作，一垂泪，二开箱，三裁剪，四缝衣。泪为己垂，衣为夫裁，含泪裁缝，与上面自述之“恪勤在朝夕”“和乐如瑟琴”“不若故所欢”相应，进一步表现弃妇对夫君的痴痴情爱和拳拳关切，也表现了她复燃爱情之火的希望。

女性悲剧，是此诗的主题。但旧注亦有“望文帝悔悟”一说。借他人酒杯，浇自己块垒，对那些敏感多愁的诗人来说，是常用之法。曹植身为藩王，久被兄侄煎迫，“每欲求别见独谈，论及时政，幸冀试用，终不能得，既还，怅然绝望！”虽非逐臣，已近逐臣；逐臣绝于君，犹弃妇绝于夫，所以此诗不能断然排除以弃妇怨抒见用志的政治目的。

因袭用乐府旧题，此诗在艺术形式上对前代乐府名篇多有借鉴。流丽的五言句式，为其一；灵活地转换韵脚，为其二；借用前人成句入诗，化朽为奇，点睛飞龙，更使此诗显得词美情浓。比如“新人虽可爱，不若故所欢”句，本于《古艳歌》之“衣不如新，人不如故”；更直接化于《古诗十九首》之《上山采蘼芜》的“新人虽言好，未若故人姝”，“将缣来比素，新人不如故”句。“日月不恒处，人生忽若寓”句，则由《今日良宴会》之“人生寄一世，奄忽若飙尘”句及《驱车上东门》之“人生忽如寄，寿无金石固”句化出。学古不泥，成句翻新，这就不是简单地引用了。

钟嵘认为曹植诗"其源出于《国风》。骨气奇高,词采华茂,情兼雅怨,体被文质,粲溢古今,卓尔不群"。钟评虽高,植诗可当。尤其"词采华茂""情兼雅怨"八字,可谓至评。

(田秉锷)

箜 篌 引

曹 植

置酒高殿上,亲交从我游。
中厨办丰膳,烹羊宰肥牛。
秦筝何慷慨,齐瑟和且柔。
阳阿奏奇舞,京洛出名讴。
乐饮过三爵,缓带倾庶羞。
主称千金寿,宾奉万年酬。
久要不可忘,薄终义所尤。
谦谦君子德,磬折欲何求?
惊风飘白日,光景驰西流。
盛时不再来,百年忽我遒,
生存华屋处,零落归山丘。
先民谁不死,知命复何忧?

鉴赏

建安时代是一个"文学的自觉时代"。它的基本特征,就其外在形式的华丽呈现而言,就是确认诗歌本身所具有的审美价值和艺术魅力。就其深层意蕴的心理积淀而言,就是强调人自身所应具有的人生目的和生存意义。从这一角度来审视,作为"建安正格"的《箜篌引》确乎是那一时代"游宴"诗的代表作。

全诗结构大致可分为三个层次。但它又以"谦谦君子德,磬折欲何求?"和"先民谁不死,知命复何忧?"

这两个设问句构成诗眼,成为窥测全诗审美意境的瞭望窗口。

我们先透视“谦谦君子德,磬折欲何求?”来向上瞭望诗的前半所描写的宴饮盛景吧。“置酒高殿上,亲交从我游。”这个头虽然称不上“起调多工”,但却一语起领,具总括全诗之妙。“从我游”三字,以淡语平平道出,却既反映了亲友对他的爱戴仰慕之意,也体现了他自身欢欣自赏之情。于是烹羊宰牛,高殿置酒,庶馐之盛确实表达了主人的殷勤好客。接着就是写宴会进入高潮,歌舞助兴的情景。你看:十二弦的秦筝乐音激昂慷慨,五十弦的齐瑟声调和柔清妙,多少妙龄少女,仿佛都从出生于阳阿(今山东省风台县北)的赵飞燕那里学来一身绝招,按着音乐的节拍,左顾右盼,翩翩起舞,轻启玉口吟唱曾流行于东汉都城洛阳的一些著名歌曲。真是酒不醉人人自醉,难怪众亲友酒过三杯,个个醉眼惺忪,松衣宽带,随意而开怀地吃着各种珍馐美味。酒醉饭饱,宾主间忘不了酬答之情,主人以千金为宾客祝寿,宾客祝福主人长寿万年。

“久要不可忘”,用了《论语·宪问》中一句话:“久要不忘平生之言,亦可以为成人矣。”意即不忘平日所许的诺言。作为一个希望“治道致太平,礼乐风俗移”(《精微篇》)的诗人,我们从他的《与杨德祖书》中,可略知其诺言是什么。他说:“吾虽薄德,位为藩侯,犹庶几戮力上国,流惠下民,建永世之业,流金石之功。”可见他的诺言就是指自己“闲居非吾志,甘心赴国忧”的“忧世不治”的思想感情。清人吴淇说:“为‘久要’‘无为’‘薄终’,无非以义相期,欲与之同患难共功名耳。”证之以他在《赠丁廙》诗中所云:“滔荡固大节,世俗多所拘。君子通大道,无愿为世儒。”他强调“大节”“大道”,而不愿做世俗儒生,并以此与亲友共勉。曹植同时代人杨修说其诗作“虽讽《雅》《颂》不复过此”,说他是“仲尼日月,无得逾焉”。以后钟嵘也称他“譬人伦之有周、孔”。这都不是偶然的巧合,这都表明:面对着当时刚刚萌发的“越名教而任自然”的“缘情弃道”的社会思潮,曹植正以自己的诗作起着推波助澜的作用。吴淇还曾指出:“其曰(‘滔荡固大节’),晋室放荡之风已肇于此矣。”因为“人当道情”,正是建安诗坛的诗魂。史书曾称曹植“任性而行,不自雕饰”,可以想见,曹植及其亲友正是自己时代新生的一群“恣情任性”的“败俗之人”(《世说新语·任诞》注引干宝《晋纪》)。

“谦谦君子德,磬折欲何求?”曹植以谦恭君子自许,像古乐器磬的外形一样,折腰鞠躬。他设问“欲何求”?作者故意发问,但却避而不答,寓答于问,令人思索再三,若得若失,意在言外。清人陈祚明在具体分析这首诗的意境时说:“其情愈苦,其词隐约难明,使读者一不知其所寄之何在,华壮悲凉,无美不备。”这确实很好地道出了“欲何求”的审美意蕴。我们可以设想:假若此句改为“磬折欲有求”的陈述句,那就一字之差,谬以千里了。这将会造成全篇诗情龃龉,兴味索然。原来曹植宴请亲友,竟是别有用心,无非是要贿赂众亲友为其争权夺利,出谋划策,效犬马之劳。这样一来,曹植的自我形象也就变成了一个卑躬屈膝、心术不正的小人了。

但是,现在是“磬折欲何求”,深情设问中包蕴着一种崇高的呼唤。真是寓有求于无求之中,寄无求于有求之中,情思蕴藉,不可端倪。这就把一种仿佛欲求于人,为己效力的渺小而自私的心愿,转化为一种欲求亲友“忧患共之”的阔大而崇高的胸怀。从而,赋予全诗一种“情兼雅怨”“梗概多气”的时代风格。我们透过《箜篌引》前半歌舞游宴的描写表面,仍可感受到建安诗坛骨子里所特有的那种“乐极悲来”的时代灾难感。当然“崇高不靠灾难的表现”,崇高植根于诗人对自我价值的思索和人生要义的追求。我们仍可艺术地窥视到,沉郁的历史雾霭,悲凉的心理气氛,是如此重重包裹着曹植及其亲友,洞见他们强颜欢笑的苦闷心灵,从而导致全诗后半的笔锋陡转,警句飞动,但却语断意续,义远情深。

清人张玉榖评此诗说:“后八,则接此句,畅言流光易逝,年寿难期……苟不识其空中运意,前后何能一线穿成。”我们究竟怎样赏析诗人以“磬折欲何求”为针头,“一线穿成”后八句的“空中运意”呢?近人陈衍对此曾有一段很精辟的分析:“《箜篌引》自‘置酒高殿上’至‘磬折欲何求’使他人为之,词义俱尽,将结束终篇矣,乃忽振起云‘惊风飘白日’,‘知命复何忧’。世只知‘生存’二字之沉痛,不知非有‘惊风’四语之兔起鹘落,如何接得上?此子建奇处也。”我们细品诗味,这“惊风飘白日”一句,的确有穿针引线、天衣无缝之妙,雄浑豪逸,毫无斧凿痕迹。曹植同时代人陈琳就曾称赞他的诗作“音义既远,清辞妙句,焱绝焕炳,譬犹飞兔流星,超山越海,龙骥所不敢追”。这就是指曹植那种豪情满怀,逸气转旋,“乃忽振起”,意远音悲的大笔力。的确,单单“惊风飘白日,光景驰西流”这十字,就把诗人感叹时光飘忽、人生短促的苦闷心情,十分形象地和盘托出了。同时,这也是整个建安时代社会心理的真实写照。在艺术构思上也确有把前半的“欲何求”与后半的“复何忧”两个问句“一线穿成”,深情雄浑,令人玩味无穷。古往今来哪有不死的人!谁又能逃避“土馒头”的归宿!人生在世,这上下求索、苦苦追求的目的和意义究竟何在?从这里,我们仍然分明倾听到了虽然微弱但却倔强的人的觉醒的心音。面对生和死这样一个古老而常新的问题,“知命复何忧?”这又是一个发人惊醒的设问。如果说,前半设问所流露的是欲无求而又无所不求的豪逸心愿,那么,这里所透出的却是似无忧而又无所不忧的沉郁诗情。但是,正如别林斯基在评论普希金时所说的:“这不是哀歌式的忧郁,它甚至可以说不是忧郁,而是天才诗人饱受生活考验,深刻观察现实所形成的严肃的思想。”在这里,关键是要弄懂什么是曹植所说的“知命”。我们从整体上把握曹植的思想发展脉络来看，曹植是不相信道家方士长生不死之说的，他曾说“虚无求列仙，松子久吾欺”，神仙之言是自欺欺人之谈。曹植也不相信佛家死后灵魂永生之说的，“傥独有灵，游魂泰素，我将假翼，飘飖高举”。这种设问之辞就表明了他的怀疑之心。曹植还与其父曹操一样，“性不信天命”，对于汉儒宣扬的那一套“死生有命”的神学宿命论，更是持批判态度，他说：“弃置委天命，悠悠安可任。”这些实际上都表明，在那连帝王也认为文学是“不朽之盛事”而以“著述学务”的“文学的自觉”时代，曹植的所谓“知命”，其心灵深处所激荡着的，就是“骋我径寸翰，流藻垂华芬”的信念。曹植就是企望以自己“质素也如秋蓬，摛藻也如春葩”的不朽诗作，在不死的后人心里，为自己塑造一座非人工的纪念碑。曹植诗歌所呈现的诗人自我形象的丰满，个性色彩的鲜艳，屈原之后，陶潜之前，一人而已。

正是这种“知命复何忧”的理想追求，使得这首《箜篌引》全诗所洋溢的，是一种对未来生存满怀信念的憧憬中的苦恼，而不是一种对死亡前途充满恐惧的绝望了的哀鸣。总之，通过歌舞游宴所生发的乐极生悲的感情潜流，通过“欲何求”和“复何忧”这两个惊心动魄、一字千金的热切设问所串联的心灵历程，我们分明可以审美地感受到：在那深沉博大的时代灾难感的重压下，腾空而起的却是如此一股不可遏抑的“怀此王佐才，慷慨独不群”的历史责任感。这正是《箜篌引》至今还有激动人心的美学价值和艺术魅力的秘密所在。真是“慷慨则气成霓虹”！时代所形成的“仗气爱奇，动多振绝，真骨凌霜，高风跨俗”的社会心理，就是如此“按照美的规律”，被曹植“摛翰振藻”地积淀在这篇《箜篌引》之中，从一个侧面使这首诗多层次地闪耀着曹植独特的“骨气奇高，词采华茂”的艺术个性的光辉。

（吕美生）

野田黄雀行

曹　植

高树多悲风，海水扬其波。
利剑不在掌，结友何须多？
不见篱间雀，见鹞自投罗？

罗家得雀喜,少年见雀悲。
拔剑削罗网,黄雀得飞飞。
飞飞摩苍天,来下谢少年。

鉴赏

要在诗中把悲痛的感情写得痛不欲生并不难,把悲痛的感情写得若无其事倒难,把悲痛的感情用乐观的语调出之则更难。这首诗的妙处就在于把深悲极痛之情,用乐事乐语来加以表现,从而使之具有更为摧心裂肺、悲怆动人的艺术力量。

全诗用比兴开篇。吴汝纶认为"高树句言在高位者竞为不善也。海水句言天下骚动也"(黄节《曹子建诗注》卷二引),大致可信。"在高位者"不是别人,正是诗人的兄长曹丕。曹丕猜忌成性,对曹植很不放心,凡与曹植相厚之人,均遭迫害。曹植深深感到了处境的险恶,并发现自己已无力保护亲密的朋友,所以发出了"利剑不在掌,结友何须多"的悲叹。短短四句,作者已将自己及朋友的悲剧命运写得十分必然。这种必然性的不可改变,犹如自然界的高树必然多悲风一样,已成定律。既然自己成了猜忌成性的皇帝的弟弟,由此产生的一切苦果当然只好由自己去品尝。问题是朋友何罪?连累朋友丢掉性命于心何安?为此,诗人总希望设法去援救他们。善良的品性促使他相信一定会有人去援救他们。

"不见篱间雀"以下至结尾,全是作者由善良的品性幻化出来的赏心乐事。篱间雀为了逃避鹞鹰的追捕,无意间落入了罗网。张罗人正暗自高兴,却不料蓦地闪出一位英俊少年。只见他拔出宝剑,把罗网削破,使黄雀重新获得了自由。而黄雀亦通人情,居然从高高的天空飞下来向少年称谢。显然,作者所写的赏心乐事在实际生活中是不可能出现的。把不可能出现的事情描绘得如此美好,并寄情深切,说明诗人虽然怀有善良的愿望而最终仍然无可奈何;虽然无可奈何而又无法忘怀那些可怜的朋友,不忍设想他们的悲惨结局,于是只好付诸幻想。体察了作者的这种心迹,就不难透过诗中表层的乐事乐语而窥见诗中深层的凄楚悲怆。王夫之是主张艺术上的相反相成的,曾说:"以乐景写哀,以哀景写乐,一倍增其哀乐。"(《薑斋诗话》卷一)所谓"乐景",范围相当广泛,从他的《古诗评选》来看,有时也包括"乐事"在内。他认为曹植此诗自"不见篱间雀"以下,与以乐事写哀的艺术机趣深相契合,因此评此诗说:"尤妙在平叙中人转,一结悠然,如春风之微歇。"(《古诗评选》卷一)

关于这首诗的本事,黄节作过如下的探索:"《魏略》曰:太子立,欲治丁仪罪,转仪为右刺奸掾,欲仪自裁,而仪不能。乃对中领军夏侯尚叩头求哀,尚为涕泣,而不能救。后遂因职事收付狱,杀之。诗中篱间雀,疑即指仪。少年疑即指尚。当仪之求哀于尚,而尚涕泣,犹少年之悲雀也。植为此篇,当在收仪付狱之前,深望尚之能救仪,如少年之救雀也。姑备吾说,再考之。”对理解本诗,不无参考价值。

(吴汝煜)

门有万里客行

曹 植

门有万里客,问君何乡人?
褰裳起从之,果得心所亲。
挽裳对我泣,太息前自陈。
本是朔方士,今为吴越民。
行行将复行,去去适西秦。

鉴赏

此诗作于何年,已难确考,但从那关切与自哀的问答里推想,似为曹植晚岁之作。

诗悲“飘荡之苦”,被评家所公认。悲谁之飘荡呢?当然是门前“万里客”。你看,诗以“客”为题,且起句点“客”,接下来,挽裳而泣、太息而陈者为“客”,昔生朔方、今长吴越者为“客”,岁不恒居、将去西秦者亦为“客”。“客”,是飘荡的主体,无客无诗,因此诗歌悲悯的正是万里行客的飘荡之苦!

人生一大修罗场,灾难可以说是如影随形的。生当三国乱世,曹植目睹耳闻的人间灾难,甚于飘荡者多矣,他何以对万里客之苦如此专注、如此同情?回答这个问题,不能不回顾曹植后半生的际遇。《三国志·魏书·陈思王植传》载:身为皇弟及皇叔的曹植,“十一年中而三徙都,常汲汲无欢”。万里客生于北,长于南,流于西,一生三徙居;曹植亦“三徙都”。这种巧合说明:此诗,有强烈的自况色彩。缘于对客体的同命相怜,转而为自我的顾影自怜,使这首诗在画面与诗情上都呈现出主客叠印的双像、双色效果。客有我影,我有客形,泣则同泪,陈则同声,吟咏至三,客我几无可分矣?

分析至此,或问:诗为诗,史为史,以诗人之生平,匡诗歌之内涵,是否失之勉强?若在一般无愁强愁的诗人或以诗欺世的诗人,以诗拟人或以人证诗,都会有南辕北辙之误。但曹植,任酒使性,赋诗见情,其乐府,包括此一首,均如陆侃如先生所断:“大都是他发泄身世之感的。”因此,对此诗作由客及我、由怜人到怜己的进层分析,还是贴合诗人原意的。需要我们探讨的倒是:诗歌是如何做到客我交融,铸成一体的呢?

联系的纽带,全在“果得心所亲”一句。此句为全诗之“眼”,诗眼洞明,则通体活脱。首句,写“目视”;次句,写“口问”;三句,写“手足齐动”;四句,“果得心所亲”,则写神驰心交。四句诗,写了诗人的四层动态。从诗句顺序看,当然目、口、手、足之动在先,心动在后;但从语势看,或从内在逻辑看,心动则定在其先。“心所亲”,即心灵相通;“果得”,即果然遇到。合解当为:果然遇到了心心相印者啊!既然一切均在预料中,那么诗人前面的一系列行动,都是有强烈目的性的动作。未见万里客,已思、已寻万里客,故既见之,才能追赶、询问,并听其哭诉。著一“亲”字,主客间的分界化为乌有,“客”之泣涕自陈也就寄寓了“主”之人生感慨。

正因为二人命运相似,情感相亲,故客人自陈之后,诗章也便戛然而止。此时无声胜有声,诗人的无复再问、无复再慰,加强了诗的悲凉气氛。虽然路程遥遥,但万里客毕竟还有“行行将复行”的自由,还有西秦的归宿,还有另外的人“心所亲”啊,而诗人连这点自由都没有。在《吁嗟篇》中,曹植写道:“吁嗟此转蓬,居世何独然!长去本根逝,夙夜无休闲。东西经七陌,南北越九阡。”看来,曹植也是久苦无根的!两诗印证,更清晰地显现,此诗在怜人的同时,确又在抒发一种不能握有个人命运的绝望情绪和乡国难返的失落情绪。

从音乐性上看,曹植的乐府,多不协律;从文学性上看,其乐府则辞情并茂。辞因情发,情蕴辞现,这就使曹植以“捷才”鸣于诗坛。刘勰评“子建援牍如口诵”。我想,这评语不但赞其速成,亦赞其诗句如话。此诗,造语自然,通俗晓畅,毫不像出自王侯之手,诚为难得。

(田秉锷)

泰山梁甫行

曹 植

八方各异气，千里殊风雨。
剧哉边海民，寄身于草野。
妻子象禽兽，行止依林阻。
柴门何萧条，狐兔翔我宇。

鉴赏

此诗是曹植早期的诗作，可能写于随曹操北征乌桓途中。它描写社会下层的海边贫民的艰苦生活，是建安时期难得的作品。作者在诗中直述所见，直抒所感，笔致苍劲凝练，晓畅明白。

开首“八方”两句是一联对仗，诗人用自己对生活的认识和感受带起全诗。他指出所处地区不同，自然气候各不一样，暗中包含了人们生活情况因地而异这一层意思。接着，作者便乘势提出“剧哉边海民”的问题。“剧”字为此篇诗眼。“寄身”五句详述边海民的贫困艰苦生活，为“剧”字张目。“寄身于草野”，“野”为“墅”之讹字，这句说边海民住在极简陋的房子里。“妻子象禽兽”，这句是从作者自己的感受方面来谈的。这种感受是怎么得来的呢？下句“行止依林阻”实际上作了解答。贫家无闲人，边海民的妻子儿女也都在为生活而奔波劳碌，山林险阻之地到处有她们的踪影。“匪兕匪虎，率彼旷野”（《诗经·小雅·何草不黄》），这是长年奔走在外的征夫的哀怨之辞，可是边海民不仅自己如此，他们的妻子儿女竟也像禽兽一般出没于山林之中，这又是怎样的生活苦辛呀！“柴门”二句，极写其居处的荒凉冷落。野狐野兔常在屋边游玩，边海民一家终年与狐兔为伍，这便从另一方面印证了“妻子象禽兽”的断语。那么，边海民为何选中这荒僻的恶林险地作栖身之所呢？大概是“无苛政”的缘故吧！

巧妙地将所见与所感交织在一起，使认识感受有所依托，使现象材料有所升华，虚实相生，景情并茂，是这首诗的一个显著特点。如实地描述下层人民的艰苦生活，同情他们的境遇，是本诗应该肯定的思想倾向。但作者把边海民的艰苦生活归因于“八方各异气，千里殊风雨”，只从地理条件上来认识，这样的见解未免失于浅薄。造成人民疾苦的根本原因，在当时，是频繁的战乱和深重的阶级压迫。

（聂文郁　郭定功）

名都篇

曹植

名都多妖女，京洛出少年。
宝剑直千金，被服丽且鲜。
斗鸡东郊道，走马长楸间。
驰骋未能半，双兔过我前。
揽弓捷鸣镝，长驱上南山。
左挽因右发，一纵两禽连。
余巧未及展，仰手接飞鸢。
观者咸称善，众工归我妍。
归来宴平乐，美酒斗十千。
脍鲤臇胎鰕，寒鳖炙熊蹯。
鸣俦啸匹侣，列坐竟长筵。
连翩击鞠壤，巧捷惟万端。
白日西南驰，光景不可攀。
云散还城邑，清晨复来还。

鉴赏

这首诗的第一句是第二句的引子，也就是人们所说的“兴”。虽然只是引子，用“名都”兴“京洛”，显得帝王之居，气象不同；以“美女”兴“少年”，显得这些少年都沉溺于享乐之中，而不知岁月如流，青春易逝。三、四两句，从静态描写少年的形象，不言而喻，那是纨绔子弟的代词。下面写他们之中一人的动态，分三层写：一层写走马出猎，逐兔射鸢，既显他的箭术，又见他的自豪，固已有声有色，而于描写中，特别把这个人物的心理写出来，见得这一切非“我”莫属，自豪自负，自然可知；一层写平乐观的宴会，虽然没有《箜篌引》和《妾薄命》那样的铺陈，而“美酒斗十千。脍鲤臇胎鰕，寒鳖炙熊蹯”，食品的名贵精致，已经罗列出来，而高级享受的背后，无非是“暴殄天物”；第三层写宴后活动，虽然只有“连翩击鞠壤，巧捷惟万端”两句，他们巧妙的技术与欢乐的心情，已经显现出来，而一味贪图享乐，是意在言外的。“白日西南驰，光景不可攀”，点出光阴一过，不可再来，而少年的虚掷光阴，岂不可惜，自是天然寓意。末二句言少年不知光阴之可惜，反而只知继续享受，似乎没有责备之词，已饱含责备之意了。

由此看来，本诗虽然只是客观地写出京洛少年的日常生活，但通过他们在日常生活中所显现的形象，正暴露了纨绔子弟的腐朽堕落，实际对他们的行为进行了深刻的讽刺。

吴淇认为：“寻常人作名都诗，必搜求名都一切事物，杂错以炫博，而子建只推出一少年，以例其余。于少年中，只出得两事，一曰驰骋，一曰饮宴，却说得中间一事不了又一事，一日不了又一日，只是牢骚抑郁，借以消遣岁月，一片雄心无有泄处。其自效之意，可谓深切著明矣。”（转引自黄节《曹子建诗注》）吴氏评说的前半基本上是正确的，之后说的，却大可商榷。一则本诗里找不到“牢骚抑郁”之处。二则戮力上国、流惠下民固为子建一贯思想，但在曹操未死之时，无论就社会地位、生活环境乃至政治生涯说，他都处于安富尊荣的地位，不能与曹操死后他被压抑而发牢骚相比；即使有时不免表现自己，但较之《陈审举表》那样自效的程度，不可相提并论；而就诗言诗，在本诗中何尝有自效之意？以“一片雄心无有泄处”来解本诗，是不妥当的。

考子建的诗风，在曹操死前和死后，迥然不同：在曹操死前，子建选用的题材多半是游宴、赠答、惜别、应酬，流露的感情多半是欢快活泼、热烈放浪，表现的手法多半是直抒怀抱易于了解，使用的辞藻多半是清新华美，秀丽丰盈；在曹操死后，选用的题材多半是述志明心，自伤寄慨，流露的感情多半是烦冤愤激、抑郁悲恸，表现的手法多半是寄托比喻、幻想抒愤，使用的辞藻多半是凝练美秀、婉转曲折。就本诗说，前段所写的正类于《白马篇》的前段，后段所写的正类于《箜篌引》的前段。全诗形象所体现的踌躇满志，正是他“昔日宴平乐，斗酒十千恣欢谑”的不自觉的写真，虽然他本意在讽刺那些娴于骑射却耽于游乐，虚度时光而不思报国立功的贵族少年。因而这首诗不是他在曹操死后作的。

郭茂倩《乐府诗集》说本诗“以刺时人骑射之妙、游骋之乐，而无忧国之心也”。诗对“无忧国之心”虽未明言，但时值少年,正宜上进,却把自己的大好时光,埋葬在吃喝玩乐里,哪还有忧国之心啊！因而诗人之所以要讽刺京洛少年,正是讽刺他们无忧国之心。诗人讽刺少年无忧国之心,正暗示诗人自己有忧国之心。这忧国之心,就是戮力上国、流惠下民思想的表现。

（郑 文）

美 女 篇

曹 植

美女妖且闲,采桑歧路间。
柔条纷冉冉,落叶何翩翩。
攘袖见素手,皓腕约金环。
头上金爵钗,腰佩翠琅玕。
明珠交玉体,珊瑚间木难。
罗衣何飘飖,轻裾随风还。
顾盼遗光彩,长啸气若兰。
行徒用息驾,休者以忘餐。
借问女安居？乃在城南端。
青楼临大路,高门结重关。
容华耀朝日,谁不希令颜。
媒氏何所营,玉帛不时安？
佳人慕高义,求贤良独难。
众人徒嗷嗷,安知彼所观。
盛年处房室,中夜起长叹。

鉴赏

《美女篇》和《白马篇》一样,都是以首二字名篇的乐府诗。这首诗通过美女的不幸来抒发作者的胸臆,是曹植后期的一篇重要作品。

曹植从二十九岁开始，进入他生活与创作的后期，其主要标志，就是220年曹丕废汉献帝而做了魏文帝。本来，曹操早有以曹植为继的打算，曹丕和曹植兄弟在争立魏王太子上，曾有过一场激烈的斗争。曹植的失败，就为他后期的生活带来极大的不幸。曹植不仅在文才上早露锋芒，且被曹操视为“儿中最可定大事”(《魏武故事》)的理想继承人。正因如此，从文帝曹丕到明帝曹叡，都对他怀有极大的警惕，始终不放心他插手军国大事。而曹植又总是怀着“忧国忘家，捐躯济难”的壮志，不甘心做“圈牢之养物”，一再上表要求“自试”而不得。他后期的许多作品都反映了这种矛盾斗争中的抑郁心情。《美女篇》就是表达这种心情的作品之一。

清初著名文学评论家叶燮不仅认为此诗“可为汉魏压卷”，而且是“千古绝唱”(《原诗·外编》)。此评未免过誉，但也不是毫无道理的。

“美女妖且闲，采桑歧路间。”首二句是一个总的交代。“妖”“闲”二字对美女做了概括说明，既美丽又娴雅；二字统摄全篇，使读者对本诗主人公有一个总的印象。“采桑歧路”则是说明此女的活动场所，起到使人物具体化的作用。下面就分别描述美女的艳丽和娴雅。

“柔条纷冉冉，落叶何翩翩。”二句写物，实为写人。柔嫩的桑枝纷纷摇动，采摘的桑叶翩翩飞落，都是暗写采桑女的优美动作，以物衬人。所以，接着就说：“攘袖见素手，皓腕约金环。”冉冉的柔枝，翩翩的落叶，不正是那卷着袖子的素手皓腕在攀缘与挥动吗？“素手”“皓腕”“金环”，都有鲜明的色泽，加之以“见”“约”二字，不仅都成动态，而且妙趣横生。“见”字是对“观者”、读者而言，因美女攘袖才得见其素手，则平常是难得一“见”的，这就把一般的手写得颇不一般了。这个“见”字还兼及下句。由“素”而“皓”，不是“色白”的重复，而是由手到腕、由洁白到光泽的不同描绘，用字极为精当。在因攘袖而露出雪白光泽的手腕上，还“约”之以金黄色的手镯。“约”者，束也，它和戴着、佩着、套着之类，风味大别，而把手镯紧束于丰圆玉润的手腕，传神地描绘出来了。画人先画手，已不同寻常，却又把手画得如此传神，可说是奇之又奇了。

“头上金爵钗，腰佩翠琅玕。明珠交玉体，珊瑚间木难。罗衣何飘飖，轻裾随风还。”这几句写衣着之美，除“明珠交玉体”的“交”字与“约”字同工外，其句法参差，次第有常，也是颇具匠心的。这首诗与汉乐府《陌上桑》之间的关系是明显的，但与其说它学习《陌上桑》，毋宁说它是利用或借助《陌上桑》的广为流传以增其艺术效果。本诗主题与采桑活动本无必然联系，甚至与下述美女的门第不协，作者却故意让她“采桑歧路间”，岂非有意使人产生联想？当然，《美女篇》不仅与《陌上桑》旨趣大异，写法上也有发展、有变化。《陌上桑》写衣着是：“头上倭堕髻，耳中明月珠。缃绮为下裙，紫绮为上襦。”民歌的本色较浓,句法多排比而少变化。《美女篇》则言“佩”、言“交”、言“间”,不仅句句不同,还变静为动,使美女形象更为生动。特别是后面加以“罗衣”二句,益增动态之美,给人以袅袅在目之感。这段描写的层次,前人已有论述:“乍看美人,何处看起?因其采桑,即从手上看起。次乃仰观头上,次看中间,又从头中间看过,然后看脚下……妙有次第。”(吴淇《六朝选诗定论》)此说除“后看脚下”不确外,基本上是对的。

“顾盼遗光彩,长啸气若兰。行徒用息驾,休者以忘餐。”《陌上桑》中“行者见罗敷,下担捋髭须”等六句,是其写罗敷之美的精彩之笔,这里简化为两句,效果已具;这就既吸取了前作的精华,又借助于它已有的效果,应该说这样处理是得当的。“顾盼”二句则是曹植的重要发展。惊叹美女之美者虽多,终须使读者自己看到、感到她美在何处,才能有较大的艺术力量。“顾盼”二句,就比再写二十对观者、叹者的作用更大。能用鲜明的形象给人以美的直感,正是曹诗的高招,“攘袖”二句,“罗衣”二句,“顾盼”二句,都抓住了这个诗歌艺术的特点。只有珠宝金玉,绮罗满身,是不足以感人的;第三者的叫好,也不过起一点烘托作用,最重要的却在画出美人的神姿。“顾盼遗光彩,长啸气若兰”,虽着墨不多,这里正有画龙点睛之妙。从《诗经》中的“美目盼兮”以来,“传神阿堵”是古代画人的诀窍。曹植正继承了这一传统方法,点出美女顾盼之间,光华四溢;发出声音,气若兰香。这就把美女写活了,她怎不使得“行徒用息驾,休者以忘餐”呢?

至此,结束了全诗的上半篇,美女的形象,已跃然纸上,呼之欲出了。但上半篇还是写美女的外美,主要是首句所说的妖丽方面,下半篇转写其内美,主要是首句所说的娴雅方面。

“借问女安居?乃在城南端。青楼临大路,高门结重关。”这几句写美女的门第。“青楼”“高门”“重关”等,都是用以表示其为显贵之家,并非寒门之女。至于特地要点出家在“城南端”而又“临大路”,是说明她并非僻处遥远难及之地。一写其美,二写其贵,再写其近,都是为下面无人求婚的反常现象作伏笔。

“容华耀朝日,谁不希令颜。”上句应前半首所写之美,下句直逼此女未嫁之故。其容光既如朝日照耀,无人不爱慕她的美貌,可是,“媒氏何所营,玉帛不时安?”媒人们干什么去了,为什么还未送来聘礼,及时定下美女的婚事呢?这是一种极为反常的怪现象,此女既美且贵,但却嫁不出去。作者步步作势,正是意在充分揭示这种怪现象,以泄其胸中的不平之气。

“佳人慕高义,求贤良独难。众人徒嗷嗷,安知彼所观。”上面只是指责媒氏不力,这里又从“佳人”本身找原因,甚至自我安慰:“求贤良独难”,要找到理想的配偶的确是不容易的。这里多少有点怨而不怒之感,只是从艺术处理上看,又有一定的合理性。全诗总的表现特点是含蓄不露,而所怨所怒已相当明显。曹植写此诗,尚存一定幻想，虽知见用之“难”，“慕高义”之心仍未死；更主要的是借以进一步写美女的娴雅，美女未嫁，是“慕高义”而未得。所以说，不理解她的人嗷嗷乱叫，怎知她追求理想的心思。这样，美女内质的美更为充实了，形象也更为丰满了。而上述一切，都在积力蓄势，以形成最后两句的巨大艺术力量：“盛年处房室，中夜起长叹。”正当年轻貌美之时而独处闺中，这是无情的事实，无可奈何的美女，怎能不长叹于深夜不眠之中！

全诗极写其容颜之美，服饰之丽，门第之高，以及“高义”“求贤”之德等，都是旨在说明“盛年处房室”的极不合理，“中夜起长叹”的不得不然。因此，愈写其“妖且闲”，后两句的力量愈强。诗人精心描绘这个美女的深意，至此大白；能巧妙地把自己的难言之苦，表现得这样既含蓄，又有力，若非高手，诚不可多得。回头再看叶燮的评论，可能有助于对此诗的认识。他说：“《美女篇》意致幽眇，含蓄隽永，音节韵度皆有天然姿态，层层摇曳而出，使人不可仿佛端倪，固是空千古绝作。”此诗抒发作者受曹丕、曹叡的冷落与压抑而报国无门的深情，却借美女难嫁的艺术形象，把情理讲得十分充分，却又始终扣紧美女的形象着笔而不露形迹，当然是情致幽深，寓意微妙，姿态天然，而又含蓄隽永，意味无穷。全诗浑然一体，不可分割，若任取其容华之美、珠饰之珍、门第之高等，一离整体，便索然无味。而所有这些，又是层层作势，汇成一气，故“使人不可仿佛端倪”。可见其评虽然偏高，还是讲出一些道理的。

（牟世金）

白马篇

曹植

白马饰金羁，连翩西北驰。
借问谁家子？幽并游侠儿。
少小去乡邑，扬声沙漠垂。
宿昔秉良弓，楛矢何参差①！
控弦破左的，右发摧月支②。
仰手接飞猱③，俯身散马蹄④。
狡捷过猴猿，勇剽若豹螭。

边城多警急，胡骑数迁移。
羽檄从北来，厉马登高堤⑤。
长驱蹈匈奴，左顾凌鲜卑。
弃身锋刃端，性命安可怀？
父母且不顾，何言子与妻？
名编壮士籍，不得中顾私。
捐躯赴国难，视死忽如归⑥。

注释

①楛(hù)矢：以楛木作杆的箭。参差：长短不齐貌，这里形容多。
②月(ròu)支：箭靶名。
③接：迎射。猱(náo)：猴类，善攀缘，轻捷如飞。
④散：射碎。马蹄：箭靶名。
⑤厉马：扬鞭催马。堤：御敌的工事。
⑥忽：忽略，不在意。

鉴赏

沈德潜在《说诗晬语》中说："陈思极工起调。如'惊风飘白日，忽然归西山'，如'明月照高楼，流光正徘徊'，如'高台多悲风，朝日照北林'，皆高唱也。"他虽然不曾举到这首《白马篇》，但这首诗的"起调"也是"极工"的，也是"高唱"。

"白马饰金羁，连翩西北驰。""羁"既是饰以"金"的，是那样的华美，那样的光彩耀眼，那么，其他的鞍鞯之类，也自然不会是破烂陈旧，而必然也是相当华美而有光彩的。又，首二句所写的虽然只是一匹疾驰而过的骏马，但是联系下文，读者自然会想到，在这匹马上还骑着一个人，即"幽并游侠儿"。而且，马的装束既是那样的华美壮观，它奔驰起来又是那样的轻捷矫健，如风驰电掣一般，那么，骑在马上的那位"游侠儿"，自然会是一位英姿飒爽、勇敢善骑的人，这在读者也是不难想见的。借物写人，以少概多，意余言外，这是我们说它"极工"的原因之一。其次，一开始先描绘了这样一个生气飞动的形象，把他展示在读者的眼前，于是，他是谁？是什么样的人？他要去哪里？干什么？这样一系列的问题便会出现在读者的脑海中，便会引起他们的关切，吸引住他们的注意力。所以我们说，这首诗的"起调"也是"极工"的，也是"高唱"。

下边四句，先以问答的方式交代了乘马疾驰而过的原是一位"幽并游侠儿”,接着又以极其简括的笔墨,介绍了这位“游侠儿”前半生的生涯和业绩。从“少小去乡邑”到“扬声沙漠垂”,这中间也给读者留下了广阔的驰骋想象的余地。

“宿昔秉良弓”八句,作者并没有直接接着“连翩西北驰”一句之意,去写这位“游侠儿”的去向、公干,而是掉转笔锋,写他平素的表现,特别是他精绝的射技、非凡的武艺。这八句多用排比句式,极尽其铺陈夸饰之能事。语言丰富,辞藻华美,描写细致,很能显示出曹植诗歌的艺术特色。这一段描写,既是对首二句及“扬声沙漠垂”等句所展示的形象的丰富与补充,也是为下边描写他的忠勇爱国作铺垫,作准备。“边城多警急”以下,方才遥接首二句意,写这位“游侠儿”之所以连翩疾驰,原是为了要赴边迎敌,急国家之难。“长驱蹈匈奴,左顾凌鲜卑”,他的气概是那样的雄伟豪迈;“父母且不顾,何言子与妻?”“捐躯赴国难,视死忽如归”,心灵又是那样的纯洁高尚!既描绘了他英勇无畏的雄姿,又揭示了他崇高无私的心灵,至此,一个“游侠儿”的英雄形象便站立在读者的眼前了。而在这个光彩照人的形象中,也渗透着作者自己的情感与理想。朱乾曰:“此寓意于幽并游侠,实自况也……篇中所云捐躯赴难,视死如归,亦子建素志,非泛述矣。”(见黄节《曹子建诗注》卷二)这话是不错的。明帝时,西北边的鲜卑、匈奴,皆威胁着曹魏国防的安全,本诗盖为此而发也。

(高海夫)

远 游 篇

曹 植

远游临四海,俯仰观洪波。
大鱼若曲陵,承浪相经过。
灵鳌戴方丈,神岳俨嵯峨。
仙人翔其隅,玉女戏其阿。
琼蕊可疗饥,仰首吸朝霞。
昆仑本吾宅,中州非我家。
将归谒东父,一举超流沙。
鼓翼舞时风,长啸激清歌。

金石固易弊，日月同光华。
齐年与天地，万乘安足多。

鉴赏

曹植的《远游篇》，据《乐府诗集》卷六十四说："《楚辞·远游》章句曰：'悲时俗之迫厄兮，愿轻举而远游。质菲薄而无因兮，焉托乘而上浮。'王逸云：'《远游》者，屈原之所作也。屈原履方直之行，不容于世，困于谗佞，无所告诉，乃思与仙人俱游戏，周历天地，无所不至焉。'"曹植此诗即出于此。

曹植自从曹丕称帝后，因与丕有争位的前隙，屡被排挤与迫害。曹叡继位，对植仍不放过，迁徙频繁，十一年中，"号则六易，居实三迁，连遇瘠土，衣食不继"（曹植《迁都赋序》）。甚至在封地的一言一行都有人在监督，名为王侯，实同囚犯，使曹植诚惶诚恐，终日惴惴不安，满腔忧愤，含恨而死。

曹植虽被放逐，远离朝廷，但他还是心怀邦国的。他写了不少诗篇，抒发自己身为曹魏宗室成员，却无法为曹魏王朝的长治久安发挥作用的愤懑。他曾克尽努力欲为报效祖国而寻找各种途径返回京师参与朝政，但"愿欲披心自说陈，君门以九重，道远河无津"（曹植《当墙欲高行》）。一切希望都幻灭了，就只好像屈原那样把神思放到仙境中去，以求解脱。《远游篇》就是在这种情况下写成的。

诗的开头两句就点了题。作者远游四海，在俯仰间看见海上的巨大波浪此起彼伏。这里的"四海"，指九州之外的海面。这两句总挈全篇，已显示出他的宏伟胸襟与气魄。接下来就一一描述他所看到的情景及其感受。"大鱼"四句，从宏观下笔，写他看到海上的大山，说有如山丘般的大鱼，乘着巨浪来回浮游；其中有个灵鳌，头顶着方丈山，这个神山极其高峻。"岳"，即高大的山。"嵯峨"，高峻的样子。这里写的是神话传说，出自《列子》的"渤海之东有壑焉，其中有山，无所连着，常随波上下往还，不得暂峙焉。帝恐流于西极，失群圣之居，使巨鳌十五举首而戴之"，《史记》的"海中有三神山，名曰蓬莱、方丈、瀛洲，仙人居之"。作者这样写，虽然不足为信，但实际上它为下文写仙境做了铺垫。"仙人"四句，就是由此生发出来的，是从微观来下笔，写仙人、玉女们在山上自由自在地生活：或在山这边飘然凌空，或在山那边嬉戏为乐；饥则吃琼蕊，仰头就可吸到朝霞。这里，作者塑造了一个自由快乐、无拘无束的神仙境界。这一超脱尘世的美妙仙境，正是他所神往的地方。所以，笔锋一转，就写到他的内心世界了："昆仑本吾宅，中州非我家。""昆仑"，即昆仑山，是神话中神仙聚居之地。"中州"，即中国,是神州大地之意。这两句意思是说,神州大地没有“我”立足之所,“我”的家本来就在昆仑山上。曹植是一个有远大政治抱负的人,他要“戮力上国,流惠下民,建永世之业,流金石之功”(《与杨德祖书》);愿“捐躯赴国难,视死忽如归”(《白马篇》)。而此刻竟喊出“昆仑本吾宅”,想离开现实社会;如果不是他已感到报国无门,内心痛苦之极,何至于此?!愤懑之情,跃然纸上。正因为这样,所以,他“将归谒东父,一举超流沙”,要去见东父。“东父”,即东王公,传说中的古仙人。要和东父一起到遥远的流沙去。《列仙传》说:“老子西游,关令尹喜知真人当过,物色而得之,与老子俱至流沙之西,莫知所终。”可见他是要到遥远的西方极乐世界去。在那里可以随风而舞,放声高歌——“鼓翼舞时风,长啸激清歌”,过着神仙般的自由自在的生活。这是为什么?既可以求得解脱,也如屈原在《卜居》中所说:“宁超然高举以保真。”保存自己对国家的忠贞之情。所以他认为:“金石固易弊,日月同光华。”金石虽然坚固,但终究要毁坏,哪能如神仙的长寿而与日月同光辉呢!朱嘉徵说:“太史公谓屈大夫,其志洁,其称物芳,虽与日月争光可也。思王(曹植)立志皎然,可以并烈。”也就是这个意思。最后两句说他能与天地同寿,即使万乘的国君又有什么值得称赞的呢!“万乘”,古代天子兵车万乘,故以“万乘”指国君。

诗中表现了诗人的广阔胸怀,与天地同寿、与日月齐光的浩然气概。诗的意境开阔,自我形象鲜明,激情洋溢。其内心的隐痛也得到了深刻的显露。它具有强烈的感染力,使人读后不但为仙境所吸引,为作者的激情所感动,更钦佩其皎洁浩然的正气。钟嵘《诗品》评曹植诗说:“骨气奇高。”可说是中肯之言。

(郑孟彤 郑曼元)

种葛篇

曹植

种葛南山下,葛藟自成阴。
与君初婚时,结发恩义深。
欢爱在枕席,宿昔同衣衾。
窃慕《棠棣》篇,好乐和瑟琴。
行年将晚暮,佳人怀异心。

恩纪旷不接,我情遂抑沉。
出门当何顾,徘徊步北林。
下有交颈兽,仰见双栖禽。
攀枝长叹息,泪下沾罗衿。
良马知我悲,延颈对我吟。
昔为同池鱼,今为商与参。
往古皆欢遇,我独困于今。
弃置委天命,悠悠安可任。

鉴赏

《种葛篇》是曹植比兴诗的代表作之一。曹植对比兴手法的运用颇为高明。他的《七步诗》就用豆、萁相煎来比喻兄弟相残,其寓意十分明显。而《种葛篇》则较为隐晦。黄节认为是"妻思夫之辞"(《曹子建诗注》)。但也有人认为是寄托着作者与曹丕的兄弟关系。比兴手法,就有这种妙处,读者可按照自己的理解去揣摩其寄意。

开头二句,是以葛蔓兴起,说在南山下种的葛草,已经茂盛成荫了。有人认为,这两句是取《左传》"葛藟犹能庇其本根"的意思。其实,古人往往用葛藤萦绕以喻爱情的缠绵。一般用比兴,大都与诗的寓意有双关之义。接着"与君"四句,写夫妻初婚时恩爱情意之深。在枕席上谈情说爱,朝夕形影不离。正如苏武诗说:"结发为夫妻,恩爱两不疑。欢娱在今夕,嬿婉及良时。"反映了青年男女在初婚时的炽热欢爱。接下来"窃慕《棠棣》篇,好乐和瑟琴"二句,是上下文的过渡句,上文说夫妻如何恩爱,这二句却说如何羡慕他人的和乐,以引出下文的悲怨。《诗经·小雅·棠棣》:"妻子好合,如鼓瑟琴。"是说夫妻相亲爱就像音乐的配合调谐。"窃慕"二句即出于此。《棠棣》篇主要是写兄弟在各种情况下的关系的。这样,这首诗联系下文来看,其实也就是"本是同根生,相煎何太急"之意。以上写夫妻恩爱之深,是为反衬下文离异之苦,好让前后作一鲜明的对比。"行年将晚暮,佳人怀异心。"这是说随着时间的推移,年老了,佳人对自己就变心了。"佳人",这里不是指美人,而是借指君王。如《楚辞·悲回风》中的"惟佳人之永都"句,王逸注曰:"佳人谓怀、襄王也。"这样看来,曹植此诗正是像朱乾所说的"托夫妻之好不终,以比君臣"了。所以,下面就写"佳人"异心后作者自己的痛苦情怀:"恩纪旷不接,我情遂抑沉。""恩纪",是恩爱会晤之意。"旷",长久。这是说很久不会面了，内心非常沉痛。曹植在《求存问亲戚疏》中说："恩纪之违，甚于路人；隔阂之异，殊于胡越。"可说是这两句的注脚。在这种情绪的笼罩下，他出门的所见所感又是怎样的呢？"出门"八句就一一加以描述了：他在北林里徘徊观看，下面有交颈的鸳鸯，树上有双栖的禽鸟。这，使他感慨万端，攀树枝而叹息，甚至流下眼泪，沾湿衣襟了。他的马也知道他悲哀，伸长脖子对着他叹气。这是拟人化手法，赋予马以人的意识。"吟"，即叹息。作者通过这些客观事物的描绘——交颈鸳鸯、双栖禽鸟的亲切相依，衬托出他被疏离的孤单；而马为他叹息，则加浓了悲凉的环境气氛，更显示出他处境的凄清寂寞及其痛苦心情。接着"昔为"四句，就表达他的这种感情了。他说，过去你和我像鱼和水那样亲密无间，如今却像商星与参星一样永不相见。过去我俩是多么的欢爱，如今我却独处困境。"商""参"，是星名。商星，即辰星，其出现的时候，就是参星隐没的时候，故"商与参"，是比喻不相见。这四句是直抒苦闷的胸臆，是通过对比手法来表现的。如"同池鱼"和"商与参"的对比，"皆欢遇"和"我独困"的对比，这样的两相对照，就使其"困境"更为突出，易于激发读者的同情而憎恨于对方。然而，事实毕竟如此，作者是无能为力的。所以最后只能喊出："弃置委天命，悠悠安可任。"算了吧，听任天命安排，可是悠悠苍天又怎能信任得过呢？表现出一种无可奈何的复杂心理。

从全诗的内容来看，这首诗是作者借弃妇来写他被曹丕排挤迫害。朱绪曾说："此亦不得于文帝，借弃妇而寄慨之辞。篇中葛藟、棠棣，皆隐寓兄弟意。"（见黄节《曹子建诗注》）这是可信的。全诗调悲而远，文温以厚，缠绵悱恻，情辞委婉。

（黄志辉）

当来日大难

曹　植

日苦短，乐有余，乃置玉樽办东厨。
广情故，心相于。
阖门置酒，和乐欣欣。
游马后来，辕车解轮。

今日同堂，出门异乡。
别易会难，各尽杯觞。

鉴赏

王夫之素不喜曹植之诗，斥之为“排当沓合，了无生气”（《古诗评选》卷二），但对曹植的这首《当来日大难》却另眼相看，称赏之曰：“子建而长如此，即许之天才流丽可矣。”到底好在何处？王夫之有他自己的看法：“于景得景易，于事得景难，于情得景尤难。‘游马后来，辕车解轮’，事之景也。‘今日同堂，出门异乡’，情之景也。”（上书卷一）

本诗没有一句景语，因而也就谈不上“于景得景”的问题。诗中铺叙了一次宴会场面。开头两句“日苦短，乐有余”，说明了设宴欢饮的动机。既然人生在世之日苦短，而世上的赏心乐事尽多，为什么不抓紧时间行乐呢？这个开头貌似达观，实则相当苦闷。曹植原是一个很有抱负的才能之士，现在忽然要及时行乐起来，说明他在人生的道路上遇到了阻碍，他的生命之船不得不改变航向了。这两句的另外一层意思是说，人生在世十分短暂，何必要骨肉相残呢？这一层意思作者小心翼翼地把它包得很严，从字面上是不容易看出来的。自“乃置玉樽办东厨”以下具体铺叙宴会场面。“广情故，心相于”两句，描写宴会的人事与气氛。“广”，读为“旷”，宽松之意。“情故”，即亲故。这句是说，在宽松的气氛中亲故们坐在一起。“心相于”是说大家都有着相似的心情。究竟是什么心情呢？诗中没有直说。“阖门置酒，和乐欣欣”，进一步描写宴会的人事与气氛。“阖门”，即一家子。“和乐”，用《诗经·小雅·棠棣》中语：“兄弟既具，和乐且孺。”这在全篇中有提示作用，提示读者去思索《棠棣》中另外一些名句（如“脊令在原，兄弟急难”“兄弟阋于墙，外御其务”等）的意思。古人熟读《诗经》，作者只要点到，宴会上的人都会心中有数。当时宴会上既有与曹植的心贴得很近的同受迫害的白马王曹彪一类的人在，又有做了皇帝而对自己的兄弟面和心狠的曹丕在。说不定这首诗就是曹丕指名要曹植写的应景之作。曹植要应这个“景”，实在太难。写些凑热闹的废话，违心；写些真话，危险。于是只好顺手拉出《棠棣》篇来帮忙。话照样说得很愉快：“和乐欣欣”，但他的种种难以明言的意思已经点到了。曹丕及曹氏诸王都能够各有会心。这就是所谓以少少许胜多多许。

“游马后来，辕车解轮”两句，王夫之称之为“事之景”，是很恰当的。

这是因为在叙事之中确实有“景”可看。兄弟欢聚，本该无话不谈，有如《棠棣》所云：“凡今之人，莫如兄弟。”但奇怪的是气氛并不热烈，连前面所说的“广情故，心相于”，似亦属于场面上的话。宴会期间，近乎无话可说。于是只好把注意力转向诸如“谁来迟”“谁的马车到了”一类的琐事。这就不难看出，赴宴之人心头各有重负。

最后四句均为劝酒之词。魏文帝不让诸弟留宿京师，宴会散后，将遣使监护诸弟各自就国。诗人想到兄弟“同堂”聚会机会之难和各处“异乡”之悲，便情不自禁地端起酒杯，劝大家开怀畅饮。王夫之把这两句称之为“情之景”，也是很恰当的。这是因为“情”中确实别有一番景象。即将被遣的诸侯王的“情”是一种景象，下令对诸弟严加看管的曹丕的“情”又是一种景象。诗人要把这两种不同的“情”调和起来是困难的，但他又不能不做这样的努力。于是便想到了曹丕《燕歌行》中的名句：“别日何易会日难。”他把这句诗化进了己诗，熔裁出“别易会难，各尽杯觞”的结尾。这样的结尾，对曹丕，或能动之以情；而对即将离京的诸侯王，亦多少有些劝慰之意，因此可谓蕴藉巧妙而又不失温润倜傥之致了。

陈沆《诗比兴笺》曰：“此即《圣皇篇》《白马篇》之旨也。‘今日同堂，出门异乡’，骨肉分离，手足胡越，所谓涕泣而道之也。”陈氏说诗，颇多牵强附会，但对这首诗的评论，因为能设身处地地体察曹植的内心世界，并把握到了曹植在诗歌创作方面所表现出来的一般特征，努力排除自己的先入之见，因而能够被他一语道着。

（吴汝煜）

当墙欲高行

曹　植

龙欲升天须浮云，人之仕进待中人。众口可以铄金。谗言三至，慈母不亲。愦愦俗间，不辨伪真。愿欲披心自说陈，君门以九重，道远河无津。

鉴赏

魏文帝黄初四年(223),雍丘王曹植循照往例,从雍丘前往京师洛阳朝贺。好不容易来到京都洛阳的关外,暗自思忖:既然自己有过,应当首先向皇帝哥哥谢罪才是。因而就叫随从人员留在关上,只是带着两三个伴当,乔装打扮,私自去觐见清河长公主,希望她向皇帝说情。谁知他到关之事,关吏已经上报朝廷。皇帝派人“迎接”他,找不到他的下落。这就惊动了卞太后。她认为他自杀了,向着皇帝哭泣不止,弄得大家不知如何才好。恰好这时,他披着头发,赤着双脚,负着砍刀和椹板到了,太后才放下心来,后来皇帝叫他僻处在围着高墙的西馆,仍然不许他正式朝觐。虽然他仰瞻城阈,俯惟阙庭,长思永怀,忧心如焚,但也见不着皇帝。他曾主动上疏,严厉地斥责自己,却仍然见不着皇帝。在这种情况下,便写了此首《当墙欲高行》。

诗的起始两句,用首句作次句的兴语,这兴语也可以说是比语。用首句的比兴说明人们想上进做官,必须有被信任的人作为援引,犹如龙想升天必须有云为它作辅助。这指仕进而言,似乎不合乎他的处境和身份,但他的用意,不过借此过渡到正由于没有这样的中介人,纵然自己无辜,也会白的被说成黑的,真的被说成假的,即使坚刚如金,也可以被众口之火所铄毁;即使像曾参之贤,而谗言三至之后,慈母也会投杼而走。这样看来,起始两句的作用,正好作为以下几句的引子。

“众口铄金”本于《楚辞·九章·惜诵》,是说谗口众多,有如猛火,坚刚如金,也会被它所销毁,以见自己不但得不到他人的缓解,反而遭受他人的诬谤,这是从被谗方面说。下句本于《史记·甘茂传》:有与曾参同姓名的人杀了人,人告曾母,曾母不信,告者三至,曾母投杼而走。可见虽贤如曾参,亲如母子,人言也能造成不信任,那谗口嚣嚣,自可蒙蔽皇帝,而为皇帝所信了,这是从皇帝方面说。正由于这两方面的原因,使自己处于不辩白不行、想辩白不能的困境。一用成言,一用故事,托出遭遇,可说恰到好处。

他处在逆境中,愦愦不平是很自然的。所以本诗继续倾吐其心境说,“愦愦俗间,不辨伪真”。由此可见:在谗口围攻之下,不但自己无从辩白,即在世俗之上,也被迷惑了。在这样的形势之下,纵然“愿欲披心自说陈,君门以九重,道远河无津”。这短短的三句,可说已包举了《屈赋》的主旨,而运用它的成语以抒己愤,更表达了他的悬悃惶恐之情。

(郑　文)

苦思行

曹植

绿萝缘玉树，光曜粲相晖。
下有两真人，举翅翻高飞。
我心何踊跃，思欲攀云追。
郁郁西岳巅，石室青葱与天连。
中有耆年一隐士，须发皆皓然。
策杖从吾游，教我要忘言。

鉴赏

这是曹植自创的新题乐府。

“绿萝缘玉树，光曜粲相晖。”开头这两句先写环境。“绿萝”，指葱郁的松萝，属地衣门，松萝科，植物体呈树枝状，常大批悬垂于高山针叶林枝干间。《诗经·小雅·頍弁》：“茑与女萝，施于松柏。”陆机《毛诗草木疏》说：“松萝蔓松而生，枝正青。”“萝”在屈原诗中屡有出现，曹植以后的游仙诗人也常写到它。盖松萝缘松柏而生，凌霜雪而不凋，故诗人常将之移入仙境中。第二句具体写出松萝与松柏深浅不一的颜色交相辉映、明丽可爱的情状。

三、四两句转而写人：“下有两真人，举翅翻高飞。”“下”字承“绿萝”“玉树”而来，由写环境的全景，转成树下的局部描写。只见在绿萝、玉树之下，有两位得道的真人正神话般地扇动翅膀，向着高空飞去。鸢飞鱼跃，何其自由，诗人是多么的艳羡啊！

以上四句都写客观，写诗人所见的环境与人物，是全诗的第一部分，是一个引子。以下诗笔转向自身，诗人进入画面，自我抒情，方始切入“苦思”的正题。诗人直言不讳：“我心何踊跃，思欲攀云追。”生活在极度失意、孤苦心境中的诗人似在黑夜之中突然见到光明，精神陡然变得亢奋起来，便想腾云驾雾追随“两真人”，去“逍遥八纮外”（曹植《五游咏》），尽情享用绝对自由自在的仙界生活。

从“郁郁西岳巅”至篇末，是诗人自述寻仙的经过。看来两真人举翅高飞的地方是在西岳华山。诗人“身无彩凤双飞翼”，只好一步步地向郁郁葱葱的峰顶攀登。在山顶上见到石室，进入石室见到一位须发皆白的老年隐者。这位隐者洞察时事，深谙世故，虽然比不上超然物外的真人，但他“策杖从吾游”，和诗人一起离开石室，拄着手杖在山路上缓行，并教给诗人一条为人处世的妙诀——“忘言”。《庄子·外物》说：“言者所以在意，得意而忘言。”这首诗里的“忘言”，意思是要保持沉默。这确是远害全身的唯一良方。

总的来看，这首乐府诗描写了诗人渴望和追求摆脱人世烦恼的“真人”式的绝对自由的境界，也表现了诗人忧谗畏讥、只得守口抱默的无奈心情。曹植晚年的处境是很困难的，其一言一行都受人监视。只要稍有把柄落在兄侄手中，就有杀身取祸的危险，故他整日处在惶恐不安的生活中。一方面他憧憬真人般举翅高飞的自由，但又深知这是无法实现的，就像诗中的真人形象是可望而不可即的一样。另一方面，退而求其次，便是时时告诫自己，应该谨言慎行，因而又借助想象创造出了一位与自己同行并提出忠告的老年隐者的形象。他的这首游仙诗，与后来信奉神仙之说的帝王或炼食服丹的方术们所作的游仙诗是大异其趣的。它是诗人对现实生活的反抗精神的折射，它用对神仙境界的肯定理解，唤起人们对现实世界的否定理解。同时也是诗人为求远害全身所吐露的无可奈何的“忧患之辞”。在艺术上，此诗富于奇思异彩，写实而采用无中生有的虚幻手法，抒情却设计人物并安排场景，真人高飞、隐者同行虽是画面但又画外寄意。总之，真真假假，虚虚实实，光怪陆离，难以名状。这种浪漫主义的表现手法，上承屈原和古神话，下启以后的郭璞和李贺，对后世的诗歌具有一定的影响。

（陈志明　陈根民）

矫志诗

曹植

芝桂虽芳，难以饵鱼；
尸位素餐，难以成居。
磁石引铁，于金不连；

大朝举士，愚不闻焉。
抱璧途乞，无为贵宝；
履仁遘祸，无为贵道。
鹓鶵远害，不羞卑栖；
灵虬避难，不耻污泥。
都蔗虽甘，杖之必折；
巧言虽美，用之必灭。
济济唐朝，万邦作孚①。
逢蒙虽巧，必得良弓。
圣主虽知，亦待英雄。
螳螂见叹，齐士轻战。
越王轼蛙，国以死献②。
道远知骥，世伪知贤③。
覆之焘之④，顺天之矩，
泽如凯风，惠如时雨。
口为禁闼，舌为发机，
门机之闿，楛矢不追⑤。

注释

①此处有脱文。两句意为唐尧在天下树立了信誉。孚：信。

②这四句用了两个典故。《韩诗外传》载：齐庄公出猎，只有螳螂举起前足搏击庄公的车轮。庄公感叹说：它如果成为人，一定是天下的勇士了，便叫车子让过螳螂。天下的人知道齐庄公尊重勇士，许多勇士都归向齐国。轻战：即勇于战斗，不怕死。《韩非子》载：越王勾践出门，见到一只鼓怒的青蛙，越王即对它行礼。别人问他为什么这样。他说：因为它气盛。后来越国伐吴，国人纷纷要求献出生命。轼蛙：就是扶在车轼上向青蛙行礼。

③此处有脱文。

④焘（tāo）：覆盖。

⑤机：指发机，弩上发射的机关。闿：开。楛（hù）矢：楛木做杆的箭。

鉴赏

“矫志”，就是励志，磨砺志节的意思。《矫志诗》是一种箴言或道德格言式的诗篇。由于有缺文，全诗层次不太分明，诗意也有不相连属处。总体上看，它从多方面抒写了诗人政治生活中的体验，既有自励之意，更有对君主规诫之义，把激越的情感、理智的认识，均从生动的形象、恰切的比喻中出之，融诗情、事理、文采于一体，很有特色。

首先是它含蕴的深刻。诗的内容，主要是写君主用人之道的，与之相联系的自然也可包括臣子处世为人的方面。由开头到“巧言虽美，用之必灭”二十句五个层次，分别从“成居”即能否做事、贤愚、能适应时代社会的需要、志行高洁而不耻下位、不求外美而重实际等五个方面，讲了用人的标准。其中“抱璧途乞”四句最能体现建安时代对“贤才”的新看法，它摒弃了儒家对仁义道德的传统观念，认为行“仁”道而构成祸害，则这“道”就不是真正可行之道，正是曹操所强调过的要选用“不仁不孝而有治国用兵之术”（建安二十二年令）的人才观的体现。诗的后半则大抵可以认为讲的是君主应具有的用人的态度：要虚己以待英雄；要礼遇勇士，这自然是为统一战争胜利的需要；要从实际中去考察贤伪；要宽和惠泽以待臣下；要慎言以免失误。这些见解，诚然是基于诗人的切身遭遇和身为王侯的地位有所为而发，但形诸歌咏，已不限于个人的具体经验，而往往提升为普遍的认识，具有哲理的意味。如“尸位素餐”本借用《汉书·朱云传》成语，原意在批评朝廷大臣只当官不做事，白吃俸禄，诗人从历史与现实的联系中，将个别之事引申为规律性的认识，得出一切尸位素餐的人必难成事的结论，就深化了其意义。“巧言虽美，用之必灭”等例与此相同。“鹓鶵远害，不羞卑栖。灵虬避难，不耻污泥”四句，客观说来只是一种自然现象；“螳螂见叹，齐士轻战。越王轼蛙，国以死献”四句，也只是历史的故事。诗人借助这种感性的具体形式寄托抽象的事理，用以说明“贤德之人，不耻下位。君王所重，下必效之”这样的为人、用人之道，虽不明言，同样给人深刻的启示，耐人思索。再如“抱璧途乞”四句，从一般生活经验提升为道德体验，更借以寄托那大动乱、大变革时代在治国用人问题上一种全新的价值观念，大大深化了它的意蕴，可以说，这首诗从头到尾都闪烁着理性思辨的光彩。

其次是它的喻象的丰富生动。前人曾指出：“此诗托体盖出《小雅·白华》八章，古来效法者极少。”（黄节《曹子建诗注》）其实《白华》通篇用兴，此诗段段用比，形式相仿佛，自然不妨说受其启发；实际上应该说，它是从总体上对《诗经》比兴手法的学习和发展，而自成一格。这种通体用比喻的形式体现了对诗篇规诫以理的内容的高度适应性，使说理形象可感，由浅入深，深入浅出，创造言近旨远的境界，给人体味不尽的享受。从花木禽鸟到天象人事，一连串活泼的生动比喻，累累如贯珠，几乎使人应接不暇，美感的愉悦随之油然而生。而在这诗与理、感性形象与严肃思辨的融合中，作为箴言可诵、易记、便于领悟的一般要求也得到了实现。

整饬而有变化，繁富而不堆叠，是本诗形式的又一特点。全诗四句一段，一段一意。前二句为喻体，后二句出本意，是其基本形式。如以芝桂不能饵鱼喻尸位素餐不能成事，以磁石不引金（铜）喻举士应弃愚劣者，以抱璧途乞喻道贵在能行于世、解决实际问题，以甘蔗不可杖喻巧言必危于行，以逢蒙依靠良弓喻君主离不开贤才，等等，都以比喻为寄托，引出正意，然而有穿插变化。如“鶗鴂远害”“螳螂见叹”两段四句全用比喻，而将正意隐于言外，只能意会得之；这大致与诗人的不幸遭遇、急欲自效而不愿明言有关。结尾两段，则直抒其意，比喻只是作为一般形象化的说明，已完全无关寄托了。比喻形式的多样，有的正说有的反说，加之韵脚随每段而变化，造成形式上整齐与错综交织之美，都有助于说理的生动。

（胡大浚）

朔风诗

曹植

仰彼朔风，用怀魏都。
愿骋代马，倏忽北徂。
凯风永至，思彼蛮方。
愿随越鸟，翻飞南翔。

四气代谢，悬景运周，
别如俯仰，脱若三秋。
昔我初迁，朱华未晞。
今我旋止，素雪云飞。

俯降千仞，仰登天阻。
风飘蓬飞，载离寒暑。

千仞易陟，天阻可越。
昔我同袍，今永乖别。

子好芳草，岂忘尔贻。
繁华将茂，秋霜悴之。
君不垂眷，岂云其诚。
秋兰可喻，桂树冬荣。

弦歌荡思，谁与销忧？
临川慕思，何为汎舟？
岂无和乐，游非我邻。
谁忘汎舟，愧无榜人。

鉴赏

这首诗，大抵作于魏明帝曹叡即位之后。诗借朔风而发兴，其思想感情亦如天风舒卷，凭借流动飘忽的诗歌意象，将诗人备受迫害的痛苦，“抱利器而无所施”的怨愤，以及“效命于明君”的愿望曲曲传达出来。

黄初年间，曹植在曹丕手下过了七年动辄得咎、诚惶诚恐的苦日子，先由临菑侯降为安乡侯，后改封鄄城，复徙雍丘，行止不安，名为侯王，却“思为布衣而不可得”。黄初七年(226)，曹丕死去，曹叡继位，作为亲生叔父的曹植境遇有所好转，正当盛年的他，情感上再次激荡起关心国政、输忠效力的波澜。这从他所写的《求自试表》可见。这种情感的波涛，带着冲破长期压抑的力量，在诗的首章，喷薄而出。八句诗尽管只是由古诗“胡马依北风，越鸟巢南枝”所生发，却赋予更深远的寄托和鲜明的形象。“仰”，依也。“用”，因也。“魏都”，邺城。“凯风”，南风。“永”，远也。“蛮方”，指吴国。感北风而怀魏都，是思念故国先人的意思；沐南风而思蛮方，则是望南征求自试的意思：两者都在向明帝表达自己报国的忠诚、建功的理想。而从骋代马以北徂，随越鸟而南翔的诗句中，我们更可以感受到昔日“白马饰金羁，连翩西北驰”(曹植《白马篇》)那位贵公子、侠少年的飒爽英姿。

然而政治压迫毕竟没有成为过去，理想与现实的剧烈冲突终其一生仍是诗人心灵上的重负。当一个人对未来重新燃起希望之际，则曾经造成理想幻灭的历历往事尤能给人以痛苦的回味。诗的二、三、四章，正展现了诗人这种情感的流动，是对以往岁月蹉跎、遭遇坎坷、忠不见谅的倾诉。第二章历来均以难于落实“别如俯仰”“初迁”“旋止”的事实而造成解释的歧异。其实，在我们看来，这里诗人只是借助传统诗歌的意象（读者很自然可以想到《诗经·小雅·采薇》“昔我往矣，杨柳依依；今我来思，雨雪霏霏”的诗句），通过时序景色的变易，表达时不我与、急欲回朝效命的心情。“别”与“初迁”均指离开朝廷，只是前者强调时间之久，后者渲染境况之异，从而在对比中突出“旋止”——回朝的愿望中一种暮景凄凉的心情。大有作为的青春年华已在贬谪中虚度，对余生功业的追求定然是更加迫切的了！第三章借飞蓬的无根蒂，写俯仰三秋、迁谪无常的痛苦遭遇。“千仞易陟，天阻可越”，是诗人处于不幸中的顽强不屈的追求，或许可以说是一种不敢明言的反抗，然而命运之神由他人主宰，他仍然只能用骨肉之情以求唤起曹叡的良知，这应是结尾两句思念曹丕以表达忠诚所包藏着的苦心。这种“冒其丑而献其忠”（《求自试表》）之意，在第四章里便用更加明确的比喻正面抒写出来。“丑”，即这一章中间四句所写受中伤的怨愤，对往事的自责；但首尾反复以“春芳”“秋兰”“冬桂”自喻，则正在自明其赋性芬芳，忠贞不渝。以上三章，通过抒写在往日境遇艰辛中，终不改思亲报国之素志，构成完整的一个部分，而与首章相衔接。

诗的末章，落到目前，抒写了一种希望与愁思复杂交织的心境。所谓弦歌、和乐而不能销忧，正是《求自试表》中所说：居外非不厚，而寝不安席、食不遑味之意，而其实则是被隔绝于政治生活之外，闲居坐废、无所施展的委婉说法。临川而思汎舟便是“怀魏都”、欲从明君以自效的意思，然而“欲济无舟楫”，希望终归落空！“愧无榜人（船夫）”一句，究竟是忠不见谅的凄怨？抑或是对君无知人之明的愤懑？还是向曹叡的哀苦祈求？可谓味外有味，味之无尽。

全诗以“怀魏都”起，以“无榜人”结，突出了念朝廷这个中心，而将自己的理想、遭遇、痛苦和希望交织为一体，环环相扣，极具低回婉转之美，从中可以生动地感受到历史生活中一个怀抱大才、赍志不伸的不屈灵魂的低婉倾诉，体味他那种不得不言而又不敢明言的痛苦。

（胡大浚）

斗 鸡 篇

曹 植

游目极妙伎，清听厌宫商。
主人寂无为，众宾进乐方。
长筵坐戏客，斗鸡观閒房。
群雄正翕赫，双翘自飞扬。
挥羽邀清风，悍目发朱光。
觜落轻毛散，严距往往伤。
长鸣入青云，扇翼独翱翔。
愿蒙狸膏助，常得擅此场。

鉴赏

曹植的诗歌创作，与他的生活经历是密切相关的。曹植能成为建安时期首屈一指、冠冕群英的诗人，固然与他后期受曹丕父子排挤、迫害，有更多的机会接触社会有关；但他的诗才在他早期的诗歌中就已有所表露。当时他在父亲曹操的庇荫下，过着翩翩公子的安逸生活，无忧无虑，游宴、唱和、斗鸡等是他和邺下文人们的生活情趣。所以，这一时期他的诗大都是用自己的彩笔来歌唱这种生活，《斗鸡篇》就是这类的作品。

诗的头两句就展现出王孙贵族们的生活趣味，他们对轻歌曼舞已看腻了。“妙伎”，指美妙的舞姿。“极”，即尽。“极妙伎”，就是说什么美妙的舞姿都看尽了。“宫商”指音乐，也包括歌唱，而这些也都听厌了。唯其如此，所以，就有人进献娱乐的新方法，这就是“主人寂无为，众宾进乐方”两句所写的意思。主人正感到寂寞无聊，众宾客便纷纷提出游乐之术。它体现了宾主共同追求享乐的思想意识及其放荡生活。主人欣然接受了，于是“长筵坐戏客，斗鸡观閒房”的现象就出现了，在那宽广的殿旁侧室里，铺下长长的竹席，让宾客们坐下来观看斗鸡游戏。“閒”，即宽阔。“房”，指殿旁的侧室。这里的“长”字,体现了宾客之多及其兴趣之浓。那么,斗鸡的具体情况怎样呢?下面就作具体描述了:“群雄正翕赫,双翘自飞扬。”经过挑选的一群肥壮好斗的雄鸡,正展开彩色的翅膀,一开一合地摆动着;其尾巴两边的长毛也直竖起来,姿态是多么的威武勇猛。“翕赫”,即开合的样子。“翘”,指鸡尾的长毛。这两句是写群鸡临阵时的强悍威风,接下来四句就具体描写搏斗时的情景。“挥羽”二句,写鸡挥动翅膀扑过去,激起一阵清风;两眼怒视,发出凶狠的红光。这是描绘雄鸡飞跃搏斗、怒目相看之态。句中“邀”“发”二字,很有分量。它体现了主体意识化,使群鸡的搏斗动作既显示出主动性,又深刻、逼真和形象,给人以鲜明印象。“觜落”二句,写鸡又尖又硬的嘴啄到对方的身上,羽毛立即散落;而其严距也往往刺伤对方。“觜”,指鸡嘴。“严距”,即强壮的鸡距,搏斗时用以刺对方。一说,“严距”即在鸡距上装以尖利的金属物。这两句进一步描绘其搏斗时的凶狠及损伤。结果是“长鸣入青云,扇翼独翱翔”——得胜者长鸣欢叫,鸣声直上云霄;同时独自摆动双翼,恣意游荡,神气十足。“翱翔”,是“仿佯”的意思。这里把得胜的雄鸡那种傲慢放荡的神态,写得栩栩如生。最后“愿蒙狸膏助,常得擅此场”两句,抒写诗人对这场斗鸡的观感。是说,我愿把狐狸的脂膏涂在鸡头上,使之永远压倒全场。“狸膏助”,《艺文类聚》引《庄子》逸篇说:“羊沟之鸡时以胜人者,以狸膏涂其头也。”有人说,“此诗隐含讽托”,从这两句诗看,确实有些道理。我看,从当时曹植的安逸心境来看,未必尽然。无非是他看到胜利的雄鸡“长鸣入青云,扇翼独翱翔”的那种趾高气扬的神态后,自己感到兴奋,从而发出那样的期望,这正是一个处于顺境的有抱负的青年人的常有心态,它表达了诗人的欢乐心情和昂扬气概。

由于当时斗鸡之风盛行,同时代的文人中写斗鸡诗的不少。如刘桢的:“利爪探玉除,瞋目含火光。长翘惊风起,劲翮正敷张。轻举奋勾喙,电击复还翔。”应瑒的:“双距解长绁,飞踊超敌伦。芥羽张金距,连战何缤纷。”黄节认为刘、应两人的诗,均“未若陈思此篇之工也”(《曹子建诗注》)。确实,曹植此篇的气魄、文采、章法、结构,都比之刘、应略胜一筹。全诗写得形象生动,神态逼真,绘声绘色,如历历在目。刘勰在《文心雕龙·事类》中称曹植为“群才之英”,并非过誉。

(郑孟彤　黄志辉)

赠徐幹①

曹植

惊风飘白日,忽然归西山。
圆景光未满②,众星灿以繁。
志士营世业,小人亦不闲。
聊且夜行游,游彼双阙间③。
文昌郁云兴,迎风高中天④。
春鸠鸣飞栋,流猋激棂轩⑤。
顾念蓬室士⑥,贫贱诚足怜。
薇藿弗充虚⑦,皮褐犹不全。
慷慨有悲心,兴文自成篇。
宝弃怨何人?和氏有其愆⑧。
弹冠俟知己,知己谁不然。
良田无晚岁,膏泽多丰年。
亮怀玙璠美⑨,积久德愈宣。
亲交义在敦,申章复何言⑩!

注释

①徐幹(170—217),字伟长,北海人,“建安七子”之一。
②圆景:月亮。
③双阙:指皇宫前面的两座望楼,在文昌殿外。
④文昌:即魏邺宫的正殿名。迎风:邺城的迎风观。二句形容邺都宫观的壮丽。
⑤猋:同“飙”,旋风。棂轩:带有窗格子的长廊。
⑥蓬室士:贫士。
⑦薇藿:指野菜豆叶之类粗劣的食物。
⑧和氏:指和氏璧的发现者卞和。
⑨亮:诚信。玙璠(yú fán):美玉,此处

以美玉比喻徐幹德行卓越。

⑩申章：赠送此诗。申：展陈。章：指本诗。

鉴赏

作为“建安七子”之一的徐幹，是一个恬淡自适、不慕名利、才优行高之士。曹丕《与吴质书》称他为“怀文抱质，恬淡寡欲，有箕山之志”的彬彬君子。他贫贱著书，不得志于时。对此，极富同情心的好友曹植甚为惋惜和不满，于是曹植写了此诗给徐幹，对徐幹的怀才不遇寄予深刻的同情，并勉励徐幹加强道德修养，以待时机，施展才华。

曹植诗歌的一个显著特点是工于起句，他善于以惊警的诗句开篇，高屋建瓴，突兀而起，为全诗定下基调，安排好情绪的氛围。他像一个高明的钢琴演奏家，在一片寂静之中，以裂帛之声振起，紧紧扣住听众的心弦。沈德潜说“陈思（曹植）极工起调。如‘惊风飘白日，忽然归西山’，如‘明月照高楼，流光正徘徊’，如‘高台多悲风，朝日照北林’，皆高唱也”（《说诗晬语》）。此诗开头两句即是典型的例证，历来为人称道。它虽是景语，却情在其中，慷慨苍凉，令人惊心动魄。风前著一“惊”字，给人以凌厉迅疾之感，使人心理上造成一种紧张的压力。而风后再加一“飘”字，就更增加了风的劲速与读者心理的迫促。就连光芒四射的白日也被风吹得像一片树叶似的向西山飘落，愈显出时光的飘忽，而日往月来，交替旋转如车轮，白日未尽，缺月已升，群星满天。这四句虽是写自然之景，却在自然之景的描绘中透露出作者对光阴如白驹过隙、人生如曳光石火的感慨。这是以比兴手法领起，为下文“志士”“小人”之写与对徐幹遭时不遇的感叹作了张本。

“志士营世业，小人亦不闲。”这两句承上启下，以徐幹一类有志于功业、著书立说的志士，与世上一般的忙碌之人作对比，表现出对徐幹的称许，而“小人”亦可看作是作者自己的戏称或谦称。在光阴流转之中，包括“志士”和“小人”在内的芸芸众生，都在为各自的事业而奔忙。“不闲”二字则直接引出下文夜行之游的描写。古人有“昼短苦夜长，何不秉烛游？”的诗句，以此表达人生短暂、及时行乐的思想。这里作者以自己夜游皇宫的优游之乐，以对皇宫辉煌壮丽景象的描绘，来反衬徐幹生活的贫困清苦。文昌殿云蒸霞蔚，迎风阁高耸云天，春鸠绕栋飞鸣，流风激荡宫廊，呈现出一派繁华富丽的景象，和下面徐幹生活的寂寞形成鲜明的对比。因此黄节说：“子建‘春鸠’、‘流猋’二句……谓鸠居殿观，际会风云，喻人才杂出，而幹独甘贫贱也。”曹操为了完成自己统一天下的大业，招才尚贤，在当时的皇都邺下曾聚集了一大批有志才士，真是龙虎风云，英才荟萃。而在这种情况下,负有才华的徐幹却不趋权利,安贫守道,独甘贫贱,显示出其志行的高洁与脱俗。

"顾念蓬室士"以下六句转入正面描写徐幹生活的困苦和郁郁不得志。据载,徐幹晚年"疾稍沈笃,不堪王事,潜身穷巷,颐志保真……环堵之墙,以庇妻子,并日而食,不以为戚"(见《全三国文·无名氏〈中论序〉》)。对于徐幹的食不果腹、衣不周体,作者深感哀悯,认为"贫贱诚足怜"。作者怀着一颗博大深厚的仁爱与同情之心,对徐幹的生活表现出深切的关注。"慷慨有悲心,兴文自成篇。"写徐幹满怀郁愤,发而为文,著成《中论》,揭示了其创作的动因及情感源泉。其实,曹植自己的创作不也是如此吗?不仅如此,整整一代建安诗人的创作也都是慷慨多气、志深笔长,因此,可以说曹植的这两句诗,不仅写了徐幹,而且也写出了一代建安诗风形成的情感内涵和心理基础。这是作者通过对徐幹生活的深刻了解并揉进了自己切身的情感体验而写出的真诚诗句。

如果说以上几句是对徐幹生活的客观真实写照,表现出作者对他的关切与同情,那么,紧接着作者又从客观反归主观,反省自身。"宝弃怨何人?和氏有其愆。"比徐幹为连城之宝,而以卞和自比,自觉地认为徐幹的陷于贫贱和不被重用,应有自己的责任。这一方面表现出作者对徐幹的真挚友情,另一方面也表现了作者的坦诚和恳切。至此,作者抒写的对象已由客观移至主观,由别人转至自身,而情感也步步加深。"弹冠俟知己,知己谁不然。"这里作者反用王吉、贡禹的典故,汉代的王吉与贡禹为好友,王吉在位,贡禹可以得到重用。而曹植与徐幹虽同为知己,可曹植却无能为力,无法荐拔知己于蓬室之中,因为曹植自身也是不被重用,一直郁郁不得志,这等于泥菩萨过河,自身难保,何况其余呢?同是天涯沦落人,作者不仅在悲悯好友的不遇,而且也是在抒写自己被压抑的痛苦和不满。这就进一步激起读者对作者本人的同情和了解。

曹植写诗是为了劝勉徐幹积极出仕而成人生大业,作者自己既无力拔举知交,又不能怨天尤人,过于消沉,于是在诗的结尾就一再鼓励劝勉徐幹,认为犹如良田沃土一定会有丰硕的成果,像徐幹这样有才德的人也一定会有大展才华之时,只要怀有美德,时日愈久,美德就愈益昭显,为人仰慕。从语气态度看,这与其说是鼓励,不如说是安慰。正因如此,作者才以这种无可奈何的句子结尾:"亲交义在敦,申章复何言!"作为徐幹的知己好友,作者感到有责任对其进行勉励,而他所能做的也只能是这些,除了赠诗相勉以外,他还能做些什么呢?仔细体味在这无可奈何的结句里,有着作者意味深长的隐忧和慨叹,其中有人才遭受压抑的痛苦,有郁闷不得志的愤懑,也有自己无力帮助好友的悲惭。

作为赠诗,此诗的特点在于它一唱三叹的情感基调,作者把徐幹的怀才不遇和自己的不得志于时紧密结合起来,他是写徐幹,也是在写自己,因此,表现出的情感也显得格外真挚而缠绵。前半部分重在写景,写得“词采华茂”,而情景毕现;后半部分重在述情,而写得“情兼雅怨”,真切感人,这也正体现了曹植诗歌的总体特点与风格。

(魏崇新)

赠王粲

曹植

端坐苦愁思,揽衣起西游。
树木发春华,清池激长流。
中有孤鸳鸯,哀鸣求匹俦。
我愿执此鸟,惜哉无轻舟。
欲归忘故道,顾望但怀愁。
悲风鸣我侧,羲和逝不留。
重阴润万物,何惧泽不周。
谁令君多念,自使怀百忧。

《赠王粲》是曹植对王粲《杂诗》的唱和之作。王粲的原诗如下:

日暮游西园,冀写忧思情。
曲池扬素波,列树敷丹荣。
上有特栖鸟,怀春向我鸣。
褰衽欲从之,路险不得征。
徘徊不能去,伫立望尔形。
风飙扬尘起,白日忽已冥。
回身入空房,托梦通精诚。
人欲天不违,何惧不合并。

鉴赏

将两诗对读,可以发现,植诗前十二句几乎完全拟王诗原句。这当然不是因为曹植缺乏艺术才华,谢灵运不是说过:天下之才总共一石,曹子建独得八斗吗?而是当时风尚的影响。建安诸子为诗,往往互相模拟,不独此篇。这样一种风尚实源于中国传统的文学观。人们经常谈到中国是一个诗的国度,作为一种文学样式的诗,广泛地被应用于中国人各种社会生活之中,上古外交活动中的献诗、引诗,后世迎送庆贺时以诗为酬答自不必说,甚至封建时代的衙门的告示也有用诗写的。但自古"诗言志"(《尚书·舜典》)就是中国最正统的诗歌理论基石,"缘情"之说不仅后起,而且充其量只能作为"言志"的补充。建安时代,由于社会动乱,文人大多以建功立业为人生的最高追求,他们的诗往往如刘勰《文心雕龙》所论:"慷慨以任气,磊落以使才,不求纤密之巧;驱辞逐貌,唯取明晰之能。"也就是说喜欢直抒胸臆,并不刻意追求形式和技巧。建安诗人大多采用拟乐府或五言古诗的体裁以及普遍使用传统的赋比兴手法的原因大概也就在此。

曹植的这首诗,步步追拟王粲诗,为的不过是更好地达意而已。两诗同以禽鸟求匹喻人之渴求际遇为诗的中心意象。王诗是"上有特栖鸟,怀春向我鸣。褰衽欲从之,路险不得征"。植诗应以"中有孤鸳鸯,哀鸣求匹俦。我愿执此鸟,惜哉无轻舟"。"特栖鸟""孤鸳鸯"之比,在当时是很容易为人理解的,曹操《短歌行》:"月明星稀,乌鹊南飞,绕树三匝,何枝可依?"就曾以鸟雀喻人。总而观之,王粲的诗要表达的是他的"褰衽欲从之"的态度和"路险不得征"的苦恼;曹植则是针对王粲的想法予以回答和劝慰。植诗的最后四句"重阴润万物,何惧泽不周。谁令君多念,自使怀百忧",就是告诉王粲不要因为抱负不能实现而郁忧。"重阴"既然能滋润万物,也一定遍及到你,你不要想得过多,以致产生愁苦。这里的"重阴"指曹操,曹操虽大权在握,且建安十八年(213)封魏公,但仍为人臣,按旧时君为阳、臣为阴的说法,以"重阴"喻称,确很贴切、巧妙。

不过,本诗的政治意蕴似乎并不仅限于此。王粲的诗好像不是专门写赠曹植的,所谓"托梦通精诚"的对象大概是指曹操,所以曹植以"重阴"作答。但曹植诗强调自己和对方同声相求,并表示"我愿执此鸟"的态度,却像另有深意。这或许与当时曹植和曹丕的党争形势有关。时曹操已握天下权柄,世人普遍认为其代汉自立只是个时间问题。且曹操实际已经是先魏公,后魏王,按照中国家天下的传统,选择继承人的问题已提到议事日程。曹操的儿子不少,但在当时能争魏国太子之位的却只有曹丕和曹植,起初曹植竞争能力很强,但曹丕亦自有曹丕的优势。双方互相争斗,各有党羽。支持曹植的有丁仪、丁廙、杨修、贾逵、邯郸淳等,属于丕党的有贾诩、崔琰、毛玠、吴质、邢颙等。这在《三国志·魏书》各传里多有记载。曹植的诗很可能含有希冀罗致王粲为羽翼的意思,但王粲似乎终究没有介入党争,至少我们今天找不到这方面的材料,这无疑证明了虽然燥竞,却又特特独立的王粲的个性。

曹植曾被誉为"建安之杰",其诗作数量众多,内容丰富,风格多样,兼有"骨气奇高"和"清素淡雅"之美。比较之下,这首《赠王粲》绝不是他出色的作品,但其借助比兴,以诗述志,对我们了解中国诗歌的传统也可能是有益的。

(李时人)

赠丁仪

曹植

初秋凉气发,庭树微销落。
凝霜依玉除,清风飘飞阁。
朝云不归山,霖雨成川泽。
黍稷委畴陇,农夫安所获。
在贵多忘贱,为恩谁能博!
狐白足御冬,焉念无衣客!
思慕延陵子,宝剑非所惜。
子其宁尔心,亲交义不薄。

鉴赏

这是曹植赠予好友丁仪的诗,丁仪和其弟丁廙都是曹植的亲近。曹操在位时,丁氏兄弟多次在曹操面前称赞曹植,劝曹操立曹植为太子。《三国志·魏书·陈思王植传》曾载丁廙对曹操夸称曹植的才华德性说:"(植)天性仁孝,发于自然,而聪明智达,其殆庶几。至于博学渊识,文章绝伦,当今天下之贤才君子,不问少长,皆愿从其游而为之死,实天所以钟福于大魏,而永援无穷之祚也。"曹操也曾一度立曹植为太子,并想把女儿许给丁仪。这就引起了曹丕的忌恨和不满,他阻挠曹操把女儿嫁给丁仪,在他即位不久,就对曹植的亲近进行迫害打击,把丁氏兄弟杀掉。此诗即写于曹丕即位初期,丁氏兄弟被杀的前夕。了解了此诗的政治背景,我们才能更深入地理解此诗的深意和内蕴。

此诗共十六句,可分为两部分,前八句写景,用象征及隐喻的手法写了丁仪的被遗弃以及所处环境的险恶。后八句述情,借用典故谴责曹丕的无情以及作者对丁仪的深挚友情,层次清晰而用意深远。

在诗的前半篇,作者写出了一系列的自然景色与意象,八句诗,两句写一景,展现了一意象群:秋气袭人,庭树凋落;秋风萧瑟,严霜凝阶;阴云蔽日,秋雨成川;黍稷毁坏,萎死田陇。如果分割开来,单纯从写景的角度去欣赏这一段描写,它只不过写了秋天的几种单调而枯燥的景色,并无特异之处。但是"诗歌不是一个以单一的符号系统表述的抽象体系,它的每个词既是一个符号,又表示一件事物,这些词的使用方式在除诗之外的其它体系中是没有过的"(韦勒克、沃伦《文学理论》)。如果我们把这些单独的景色描写作为一个完整的语意符号系统,再联系此诗写作的背景材料,就可以看出这八句诗组成了一个完整的意象系列,它表现的是一种肃杀、凄凉、沉闷、衰亡的景象,它在视觉上给人的是一种灰色黯淡的色调,在感觉上给人的是生命的凋残与败落,在心理上给人造成一种窒息、压抑的重力,使人透不过气来。它使全诗一开始就笼罩在一片浓郁的悲剧氛围中,没有一丝明丽的色彩和欢悦的气氛。这是隐喻,也是象征,是曹植对丁仪所处的阴暗、危险、恶劣的政治环境的形象再现,是敏感的曹植出于关切之情对丁仪处境所做的含蓄的暗示,也许这更是一种预感,表现出曹植内心深处对丁仪生命安危的潜在隐忧,这种隐忧在当时是无法也不能明白说出的,只好用晦暗隐潜的手法表现出来,表明了曹植对好友不幸境遇的担忧和同情。

后八句可分为两层,前四句为第一层,"在贵多忘贱,为恩谁能博",既是对丁仪不得志的安慰,也是对曹丕不讲情义、心胸狭隘的谴责。紧接着又用了齐景公著狐白裘的典故,进一步指斥曹丕的"在贵忘贱"。晏子曾说齐景公:"古之贤君,饱而知人之饥,温而知人之寒,逸而知人之劳。今君不知也。"(《晏子春秋》卷一)曹丕则有过之而无不及,他怀一己之私,嫉贤害能,在贵忘贱,更不能称为贤君。这里曹植用比较委婉的语气表达了对曹丕的强烈不满。最后四句借用延陵季子一诺千金、慷慨赠剑的典故,表明曹植为帮助好友,在所不惜的态度和真情。结尾表示作者对丁仪的安慰、支持,表白自己将永远珍视和丁仪的深厚友情,在险恶的环境中患难与共。从写法上看,后八句重在借典述情,两个典故表达出截然不同的两种意义,两种感情，一憎一爱，态度分明，形成鲜明的对比。具体分析，作者把典故和议论交相运用，以典辅论，以论明典。第一层是先议论而后用典，表现出曹植与曹丕虽为兄弟，实为异路的憎恶之感。第二层是先引典而后议论，表现出曹植与丁仪虽为异姓，而情同手足的诚挚深情。这样典论杂出，既使此诗行文节奏曲折多变，又表现出作者感情的起伏与跳跃，特别是结尾那语重情长的安慰与叮咛，无疑会给身处逆境的丁仪以心理上极大的慰藉。

（魏崇新）

赠丁廙

曹植

嘉宾填城阙，丰膳出中厨。
吾与二三子，曲宴此城隅。
秦筝发西气，齐瑟扬东讴。
肴来不虚归，觞至反无余。
我岂狎异人？朋友与我俱。
大国多良材，譬海出明珠。
君子义休偫，小人德无储。
积善有余庆，荣枯立可须。
滔荡固大节，世俗多所拘。
君子通大道，无愿为世儒。

鉴赏

丁廙是曹植的朋友，他"少有才姿，博学洽闻"，曾竭力劝曹操立曹植为太子，后为曹丕所杀。这首诗是宴会上曹植给丁廙的赠言。

全诗分为两部分，第一部分叙述宴会的情形；第二部分发表议论，勖勉丁廙。开始的"嘉宾填城阙，丰膳出中厨"两句，点明宴会规模较大，"丰膳"出自"中厨"（内厨），显然十分隆重，可能是曹操在邺城西边的一次盛大宴会。接着,用“吾与二三子,曲宴此城隅”二句,表明是作者在大宴会之中,又邀约少数人在城角举行小宴,层次非常清楚。因为是个小宴,来客都是亲密的朋友,气氛特别融洽。“秦筝发西气,齐瑟扬东讴”,表明宴会上既有来自西方的音乐——秦筝,又有来自东方的音乐——齐瑟,各自演奏着不同的地方风格。用“西气”“东讴”分别指示秦筝、齐瑟不同音乐的地方风格,十分别致,同时显示了“八方音乐会邺城”的气氛。在这丰富多彩的艺术活动之中,主人和“二三子”都更加快乐了。于是菜来了就吃光,酒来了就喝光,“肴来不虚归,觞至反无余”二句,描述了宾主尽欢的快乐场面,从侧面展现了这个“曲宴”是无拘无束、融洽协调的。“我岂狎异人,朋友与我俱”二句,补充说明主人对宾客很有选择,参加的都是志同道合的好朋友,而不是疏远的人。正因为如此,大家才会不拘形迹地尽情欢乐啊!四句互为因果,逻辑是十分缜密的。

第二部分,诗人着力于发挥议论。“大国多良材,譬海出明珠”二句,称赞魏国人才很多,好比海中“明珠”很多一样,这是对宾客的赞美,也是对人才的重视。接着用“君子义休偫,小人德无储”二句,指出“良才”应当是君子,其道德品质必定“休偫”(完美而具备),和小人的道德修养十分浅薄,处于完全对立的地位。“积善有余庆,荣枯立可须”二句,进一步指出,“积善”才光荣,不“积善”的人一定倒霉,或荣或枯可以立待。但是,诗人也反对谨小慎微、多所拘束。“滔荡固大节,世俗多所拘”二句,指出心胸广大之人而固守“大节”,才是君子。“君子通大道,无愿为世儒”二句,是给丁廙指出道路,要他做“通大道”“固大节”的君子,而不做“拘于俗而束于教”的“世儒”。诗人《与杨修书》中所说的“勠力上国,流惠下民”之意,与此诗中所谓“大节”“大道”,显然有共通之处。本诗前半抒情,后半发点议论,正如刘勰所谓“辞清而志显”,没有枯燥之感。

(刘知渐　鲜述文)

赠白马王彪

曹　植

序曰:黄初四年五月,白马王、任城王与余俱朝京师,会节气。到洛阳,任城王薨。至七月,与白马王还国。后有司以二王归藩,道路宜异宿止，意毒恨之。盖以大别在数日，是用自剖，与王辞焉。愤而成篇。

谒帝承明庐，逝将归旧疆。
清晨发皇邑，日夕过首阳。
伊洛广且深，欲济川无梁。
泛舟越洪涛，怨彼东路长。
顾瞻恋城阙，引领情内伤。

太谷何寥廓，山树郁苍苍。
霖雨泥我涂，流潦浩纵横。
中逵绝无轨，改辙登高冈。
修坂造云日，我马玄以黄。

玄黄犹能进，我思郁以纡。
郁纡将何念，亲爱在离居。
本图相与偕，中更不克俱。
鸱枭鸣衡轭，豺狼当路衢。
苍蝇间白黑，谗巧反亲疏。
欲还绝无蹊，揽辔止踟蹰。

踟蹰亦何留？相思无终极。
秋风发微凉，寒蝉鸣我侧。
原野何萧条，白日忽西匿。
归鸟赴乔林，翩翩厉羽翼。
孤兽走索群，衔草不遑食。
感物伤我怀，抚心长太息。

太息将何为？天命与我违。
奈何念同生，一往形不归。
孤魂翔故域，灵柩寄京师。
存者忽复过，亡没身自衰。
人生处一世，去若朝露晞。

年在桑榆间,影响不能追。
自顾非金石,咄唶令心悲。

心悲动我神,弃置莫复陈。
丈夫志四海,万里犹比邻。
恩爱苟不亏,在远分日亲。
何必同衾帱,然后展殷勤?
忧思成疾疢,无乃儿女仁。
仓卒骨肉情,能不怀苦辛?

苦辛何虑思?天命信可疑。
虚无求列仙,松子久吾欺。
变故在斯须,百年谁能持?
离别永无会,执手将何时?
王其爱玉体,俱享黄发期。
收泪即长路,援笔从此辞。

鉴赏

这是一首交织着血和泪而悲愤难抑的诗篇,其写作背景大概见诗前小序。魏文帝黄初四年(223)五月,曹植和同母兄任城王曹彰、异母弟白马王曹彪一起进京朝见,参加迎气之会。在京城期间,曹彰突然不明不白地死去。朝会完毕,于七月返回封地时,曹植本想与曹彪顺路同行,却遭到监国使者的严厉禁止,曹植心情悲痛,愤恨至极,在无情逼迫下只好与曹彪分道扬镳,分手时就写下此诗作为赠别。不过,读者不禁要问,一个小小的监国使者竟敢如此胆大妄为,对堂堂的亲王、皇帝的弟弟们指手画脚,颐指气使?其实,监国使者不过是魏文帝曹丕迫害诸弟的具体代理人而已。据史载,曹操生前,曹丕和曹植一直为取得太子的地位,即魏国的继承权而明争暗斗,作战勇敢的任城王曹彰则支持曹植。曹丕得到皇帝宝座后,就对其弟兄进行百般的压制迫害和监视防范,相互之间不准来往,不准通信。诸王个个如坐牢狱,连平民百姓的自由都没有。其中,曹植成为受害最重的一个。这首诗正是在多年积郁愤懑和痛苦现实——与任城王死别、与白马王生离的碰撞中产生的。因此,它实际上是抒发了对魏文帝迫害亲兄弟的满腔悲愤,同时又交织着诗人的哀伤恐惧,从而反映出曹魏统治集团内部的尖锐矛盾。

“此诗气体高峻雄深,直书见事,直书目前,直书胸臆,沉郁顿挫,淋漓悲壮。”(方东树《昭昧詹言》卷二)通篇分为七章,采用前后首尾蝉联的形式,把内心沉痛复杂的感情逐层抒发出来,具有震撼人心的力量。

第一章描写离开洛阳时的依恋之情。“清晨发皇邑,日夕过首阳。”“皇邑”指京城洛阳,“首阳”即首阳山。首阳山距洛阳区区二十里路,原因正是本章末二句所揭示的:“顾瞻恋城阙,引领情内伤。”清代宝香山人说:“曰‘清晨发’,曰‘日夕过’,大有深意。怨之至慕之至,一结更甚。”(《三家诗》)所见甚是。诗人对京城是多么的顾恋,对兄弟是多么的深情,对分离是多么的痛苦,都充分地从“怨彼东路长”而徘徊难进中体现出来。第二章描写霖雨阻途、涉潦登冈、人困马乏的艰苦情景,由此而转入内心悲愤的控诉。第三章描写人生道路的险恶,表明最痛苦的还不是旅途的疲劳,而是兄弟骨肉间的生离死别和受监视受迫害的处境。诗人用“鸱枭鸣衡轭,豺狼当路衢。苍蝇间白黑,谗巧反亲疏”痛斥监国使者不许他们弟兄同行,痛骂在曹丕身边专门挑拨离间的小人为“鸱枭”“豺狼”“苍蝇”,非常激愤。据清人吴淇说:“先是二王初出都,未有异宿之命。出都后群臣希旨云云,中途命下,而灌均第始不许二人同路。”(《六朝选诗定论》卷五)“灌均”即监国使者。那么,确实是有一批小人在搬弄是非,谗间骨肉。不过,这些“鸱枭”“豺狼”“苍蝇”的恶劣行为,又是受谁指使呢?诗人虽没有直说,也不敢直说,但谁都明白,非魏文帝曹丕莫属。所以,吴淇接着说:“灌均等之不许同路,实出文帝意旨。”一针见血地指出了问题的要结。则诗人愤怒的抗议也指向了曹丕,是不言而喻的。第四章描写眼前景物,抒发心中难堪的感情。清人陈祚明说:“此首景中有情,甚佳。凡言情至者须入景,方得动宕。若一于言情,但觉絮絮,反无味矣。”(《采菽堂古诗选》卷六)吴淇也说:“此写所见之景,以寓意。”他们的分析都很中肯。诗人怀着悲苦的心情所看到的每个景物,寒蝉凄切,白日西匿,飞鸟投林,孤兽索群,无一不在衬托渲染着哀愁、凄厉、孤独、寂寞的气氛,从而在悲的意境中使情与景紧密交汇,达到融情入景、情景合一的境界。第五章描写离合之悲、死生之感。从悼念死者到自伤存者,是一个由感伤到悲惧交并的情绪发展过程。想起任城王的暴死,悲伤难已:“奈何念同生,一往形不归。”回顾自身,也是朝不保夕:“存者忽复过,亡没身自衰。”元人刘履说:“痛威王之暴薨,叹存者之不久于世,则于亲爱离居,念愈切而心愈悲矣。”(《选诗补注》卷二)他认为“存者”和“亡没”应互掉,意思是死的已死了,活着的也难保长久,是很有道理的。“威王”即任城王。进而深感人生之无常:“人生处一世,去若朝露晞。”最后发出了恐惧交集的哀叹:“自顾非金石,咄唶令心悲。”第六章描写惜别之情。先从正面发出强为宽解、豪气非凡的壮语,以便慰勉白马王:“丈夫志四海,万里犹比邻。恩爱苟不亏,在远分日亲。”而且还要反诘一句,更显壮怀:“何必同衾帱,然后展殷勤?”但处在生离即死别的境况下,不仅任何豪壮之语、宽慰之言无能为力,而且面对和白马王分手在即的事实,越发加深了沉痛之情:“仓卒骨肉情,能不怀苦辛?”第七章描写由于感到忧伤无益,进而怀疑天命,否定神仙,表明变故既不可料,逃避也不可能,表达了诗人的岌岌自危之感。最后的诀别之辞,如泣如诉,哀怨感人。

这首悲愤哀伤的惜别之作,在章法结构、遣词造句、抒情写景上,都有很高的艺术成就,因此,古来多有好评。宝香山人说:“可以分一篇而七,可以合七篇而一。”张玉穀说:“虚实相间出之,谋篇最为尽善。”(《古诗赏析》卷八)吴淇说“陈语特精”,方东树说“词意警健雄深,喷薄而出”,“叙事造语,沉雄壮阔”,如此等等,不一而足。首先,在章法上,全诗七章,叙事、写景、抒情三者之间互相穿插辉映,可分可合,分合自如,具有跌宕分明、转换自然的艺术效果。同时,因采用了辘轳体的形式,在音节上更加匀称和谐,在内容上则语意贯通,从而在感情表达上就有缠绵反复、层层深入的艺术感染力。其次,在抒情写景上,以情写景,借景抒情,情景交融。例如以太谷的寥廓、山树的葱郁、道路的泥泞、山坡的陡长来预示前途的险阻,以萧瑟的秋景、索群的鸟兽来衬托离别的悲凉心境,抒发对兄弟手足的眷恋,从而达到情景合一的境界。另外,还运用了比喻、烘托、陪衬等多种手法,使全诗具有鲜明的形象性。如用“鸱枭”“豺狼”“苍蝇”来比喻谗佞小人,用“朝露”来比喻人生的短促,用“影响”来比喻流逝的年华不可追回,用“孤兽索群”来反衬分离的孤独,用萧索的景色来烘托凄怆的心境。

(赵望秦)

送应氏(其一)

曹　植

步登北邙坂[①],遥望洛阳山[②]。
洛阳何寂寞,宫室尽烧焚。
垣墙皆顿擗[③],荆棘上参天。

不见旧耆老④,但睹新少年。
侧足无行径⑤,荒畴不复田⑥。
游子久不归,不识陌与阡。
中野何萧条,千里无人烟。
念我平生亲,气结不能言。

注释

①北邙:山名,在洛阳北面。
②洛阳山:泛指洛阳周围的山峰。
③顿擗(pǐ):倒塌崩裂。
④旧耆老:旧日的老年人。
⑤侧足:斜着脚,此谓因路径全无,连下脚的地方都没有。
⑥田:耕种。

鉴赏

"《送应氏》诗似作于建安十六年之前,子建时在洛阳,瑒将北行,故为之饯别而赋诗送行。"(赵幼文《曹植集校注》卷一)诗共二首,此为第一首。

诗为送别应氏而作,但此首中却没有常见的那些抒写离愁别恨的话语(第二首方写及),而是集中笔墨描写自董卓焚掠以后,二十多年过去了,洛阳犹自一片残破荒芜的景象。在这里,诗人早年关心社会现实的精神固然很可贵,而在构思谋篇上所表现的脱略故常的精神,也是很可取的。

《三国志·魏书·董卓传》:"初平元年二月,乃徙天子都长安。焚烧洛阳宫室,悉发掘陵墓,取宝物。"注又引《续汉书》曰:"卓部兵烧洛阳城外面百里。又自将兵烧南北宫及宗庙、府库、民家,城内扫地殄尽。又收诸富室,以罪恶没入其财物;无辜而死者,不可胜计。"要描写偌大的洛阳如此残破荒芜的景象,要说的话实在太多了。作者只选取了三个方面,以简驭繁,也收到了很好的艺术效果。

首二句并非总冒全篇,也就是说,以下所写的并不都是他为送应氏而"步登北邙坂"后"遥望"所见。这时望中所见的只是宫室荡然、垣墙顿擗、荆棘参天等"何寂寞"的景象。这一层,借"遥望"而鸟瞰洛阳,先大笔勾勒了洛阳总的面貌。不过这面貌,主要还是从环境、景物上去勾画的,主要着眼于空间。"不见旧耆老"以下四句,则转而写人事的迁化、生产的破坏。这自然不是"遥望"所可得的,而是"步登北邙坂"以前的见闻的艺术概括。"不见"二句,旧日的老人大都已经逝去,新的一代已经成长起来,可见时隔已久。就这样,"侧足无行径,荒畴不复田”,被董卓焚掠过的洛阳,犹自满目荒凉,未能恢复,其破坏之惨重,于言外可见。这里显然又暗寓时间推移的过程在内,借以进一步渲染洛阳的残破。末后六句,作者又另辟一境。他巧设了一位久出初归的游子,这位游子似即暗指应玚,通过他的眼见、心感,再写洛阳的荒芜:面目全非,路径全无,人烟断绝,满目萧条。最后,以饱含着沉痛感情的两句结束了全诗。回首往者,悲痛而至于气塞,连话都说不出来,这情感自然不只是诗中那位“游子”的,也是诗人自己的。寓抒情于记叙,这种构思也是很巧妙的。同时,本篇也为下首抒写清时难遇、死生莫测的悲痛别情创造了谐和的环境与气氛。

(高海夫)

送应氏(其二)

曹　植

清时难屡得[①],嘉会不可常。
天地无终极,人命若朝霜。
愿得展嬿婉[②],我友之朔方[③]。
亲昵并集送[④],置酒此河阳[⑤]。
中馈岂独薄[⑥]?宾饮不尽觞。
爱至望苦深,岂不愧中肠。
山川阻且远,别促会日长[⑦]。
愿为比翼鸟[⑧],施翮起高翔[⑨]。

注释

①清时:海晏河清之时,即天下太平之时。屡得:犹言多得。

②展嬿婉:谓表情意。嬿婉:多作“燕婉”,本指配偶安顺美好的形貌,引申指美好的情意。

③我友:指汝南应玚、应璩弟兄,二人均为诗人,是曹植的好友。建安十六年(211),曹植随曹操西征马超,自邺出发经洛阳,与应氏弟兄相会,而应氏弟兄将去北方,曹植遂作《送应氏》诗

二首以送别。朔方:北方。
④亲昵:犹言亲友。昵:亲热。
⑤河阳:县名,治地在今河南孟州西。
⑥中馈:指家中饮食,也借指妻子,此指酒食。薄:谓酒食味薄不佳。
⑦促:使。会日:相会之日。
⑧比翼鸟:传说中雌雄比翼同飞的鸟,多用以比喻夫妻,此处比喻朋友。
⑨施翮:谓展翅。翮:羽茎,鸟翅。

鉴赏

曹植的《送应氏》共二首,这是第二首。作者在送应氏惜别的同时,表现了对朋友的深厚友情。诗由饯行"嘉会"起笔,感时事,叹人生,写宴饮,都在写惜别,写友情,甚至明志向。语淡而情厚,言近而意远,堪称佳作。

诗人一开始便感叹清时难得,嘉会不常,天地永恒而人生短暂,暗示出此次嘉会的可贵、惜别的情深。诗的首句,承前首而来。前首写洛阳一带遭董卓之乱后"千里无人烟"的萧条荒凉景象。诗人睹此惨景,心情感伤沉重,以致"气结不能言",所以在此又感叹"清时难屡得"。其忧时之情,充溢字里行间。而人世的嘉会,本不常有,何况又值战乱之年?再说天地虽然永存,人生却如朝霜,转瞬即逝,纵然有缘相会,又能几何?因此,此次嘉会的可贵,就不言而喻了。诗人不言惜别而惜别之情,不言友爱而友爱之意,便均在言外。

中八句接写饯别,兼写情谊。先言宴集是为友人送行,亲友毕集,以明送行的盛况;置酒河阳,点明了送行的地点。四句叙写,都是为下文的抒情作铺衬。诗人不言友人也在惜别,却以友人不能尽情畅饮是否因酒食味薄不佳作反诘,真是旁敲侧击,意在言外。自然诗人因惜别而不能尽情畅饮之意,也是暗含于"宾饮不尽觞"一语,这是以一概全。接言所谓"爱"和"望",是指应氏弟兄对诗人自己而言;所谓"愧",则是诗人自指。朋友对诗人的友爱极为深厚,这就是"爱至",因为爱之极厚,所以对诗人的期望也极深。而诗人面对友人的挚爱厚望,感到难以克当,所以才心生愧感,足见诗人和朋友之间,不仅情深谊厚,因惜别而两情依依,而且还志同道合,互爱互勉,都对前途有所憧憬,这就将友情升华到至高境界,因而也极为可贵。

但友人终要远去北方,而山川阻隔,路途遥远,后会难期,可又无可奈何,所以诗人想与友人比翼高飞,同行远去。这是因为极为深厚的友情使诗人感佩至极,因而才如此感叹,以致有如此愿望,这就是最后一层所写。自然诗人处在宫闱,这是不可能的。但从中却可以看出诗人对朋友一往情深的真挚友爱,没有门第观念的平等情谊,这就是所谓"赤子之心"。

(孙其芳)

三良

曹植

功名不可为，忠义我所安。
秦穆先下世，三臣皆自残。
生时等荣乐，既没同忧患。
谁言捐躯易，杀身诚独难。
揽涕登君墓，临穴仰天叹。
长夜何冥冥，一往不复还。
黄鸟为悲鸣，哀哉伤肺肝！

鉴赏

公元前621年秦穆公卒，殉葬一百七十七人。其中有秦大夫子车氏之三子奄息、仲行、鍼虎，三人俱为善臣，人称三良。殉葬从死，这是一种缺乏人道的残酷做法，在当时就使全国民众受了很大的刺激，作了《黄鸟》一歌哀悼死者。其时有见识的大臣也认为，秦穆公虽然广地益国，征服了不少国家，但他“死而弃民，收其良臣而从死”（《史记·秦世家》），这是违背人心的。三良冢在关中岐州，曹植从军打仗曾至关中，此诗可能是过三良冢有感而作。

诗可分为三段。前六句为第一段，从三良角度记叙殉葬原委。据说秦穆公生前与群臣饮酒时当宴宣称与众臣“生共此乐，死共此哀”，这不过是一句笼络人心的空话，而三良在穆公死后却以从死的方式来落实此话，认为这是忠义的行为。在他们看来立功立名之事靠主观努力不一定能够办到，忠义（即殉葬）却是自己乐于所为并能够做到的。这段这种客观记叙，已能显示出三良那无谓的愚忠愚义。

接下来四句为第二段，从旁观的角度描写三良从死时的具体情景。如果说单从第一段看，也许认为作者对三良抱着赞颂态度的话，那么通过第二段的描写就反衬出三良见解的迂阔可悲。“谁言捐躯易,杀身诚独难”,谁说从死便心安理得呢,在三良的意识深处是对生的留恋,他们并不甘心白白地送掉生命。所以登上坟墓时难免涕泪长流,临入圹穴时不由得仰天叹息。对三良本身这种内心矛盾和极度痛苦的描写,一方面表现了作者的哀怜同情之心,一方面也无形中批判了三良愚忠的抉择。

最后四句为第三段,抒写作者对三良从死的哀伤之情。“长夜何冥冥,一往不复还”,如果说三良从死之后灵魂可在黄泉之下与穆公“死共此哀”的话,那么他们生活的也将是一个万古长如夜的幽暗去处,永远再不会回到光明的人间来了。黄鸟交交悲鸣,似在为三良伤心,听了叫人摧肝糜肺,悲不自胜。“黄鸟”用诗经《黄鸟》的典实,使人想起了这首挽歌中“临其穴,惴惴其慄”的话,充实了三良的悲剧形象;也想起了秦人“彼苍天者,歼我良人”的惋叹,增强了对暴君秦穆公的憎恨。

(费秉勋)

弃妇诗

曹植

石榴植前庭,绿叶摇缥青。
丹华灼烈烈,璀彩有光荣。
光荣晔流离,可以戏淑灵。
有鸟飞来集,拊翼以悲鸣。
悲鸣夫何为,丹华实不成。
拊心长叹息,无子当归宁。
有子月经天,无子若流星。
天月相终始,流星没无精。
栖迟失所宜,下与瓦石并。
忧怀从中来,叹息通鸡鸣。
反侧不能寐,逍遥于前庭。
踟蹰还入房,肃肃帷幕声。
搴帷更摄带,抚弦弹鸣筝。

慷慨有余音,要妙悲且清。
收泪长叹息,何以负神灵。
招摇待霜露,何必春夏成?
晚获为良实,愿君且安宁。

鉴赏

本诗以弃妇名篇,而诗中叙写,尽为无子妇人种种忧惧情形,于弃后苦况反倒无片言只字提及,构思堪称奇绝。全诗共三十四句,可分为四部分。

开首十句为第一部分。前六句写前庭的石榴绿叶红花,绚丽灿烂,是淑禽灵鸟游乐的好地方。首句"石榴植前庭",既交代了石榴生长的所在,也指明了无子妇人的居处,与后文"逍遥于前庭"句相应。次句"绿叶摇缥青",着一"摇"字,境界顿出,青枝绿叶已足令人喜爱,又在轻风中摇曳多姿,则此石榴更加俏丽动人。再下"丹华灼烈烈"句,以火焰炽盛状榴花红艳,非常贴切、生动。后四句写翠鸟来集,为榴树无实而悲鸣。这一部分运用传统的比兴手法以及拟人手法,明写榴树,暗衬弃妇,为下文直叙无子妇人的悲愁做了成功的铺垫。

第二部分为次下八句。作者把弃妇从幕后推到台前,直接写她的悲愁。首句"拊心长叹息"单刀直入,表现了她内心的极大苦痛。"长叹息",这已经够悲伤的了,再冠以"拊心"二字,捶胸悲叹,情何以堪。接着,作者便揭示妇人悲苦的病根——"无子当归宁"。这里,"归宁"是为了押韵才代替"大归"一词的。封建时代压迫妇女的"七出"律条,第一就是无子。曹丕在《永思赋》里写道:"信无子而应出。"生为妇人而无子,就是天大的罪过,就要遭受扫地出门的奇耻大辱,这是那时一种普遍的社会现象。与"无子"相对的是"有子",诗人便将这两种情况加以对比:"有子月经天,无子若流星。天月相终始,流星没无精。"一则为高挂中天的朗朗明月,一则为坠地而逝、光销形灭的流星,真是天渊之别啊!这里对有子妇女的幸运不免有点夸张,但无子妇女的不幸,却是千真万确的事实。

第三部分有十句,承接上文进一步描写妇人的悲苦:她长吁短叹,通宵无眠。首句"忧怀从中来"点明,正是由于无子被逐的忧惧,使得她反侧不寐,徘徊前庭。从庭院回到房中,上床了,仍旧不能入睡,便干脆起来,抚弦调筝,在哀怨凄清的乐曲里寄托自己的忧思。作者在此用细笔按时间顺序描写反复折腾的通宵失眠情况,有力地烘托出无子妇人深重的悲愁,凄惨的命运。

第四部分为最后六句,写妇人自我宽慰,冀望生子,改变自己的厄运。

首句“收泪长叹息”是引起下文的转笔,通宵泪水长流一事被巧妙地概括在内。次句“何以负神灵”中的“神灵”当作神仙、神明解,这个神明是妇人冀望生子、摆脱悲愁的依靠力量。“招摇”四句说明她所以不能辜负神明的想法。她想:桂树开花在霜秋季节,何必在春夏跟群芳争艳?迟熟的果实是最好的果实,丈夫您还是不要着急而安宁下来吧!这里用桂树开花喻晚来得子,也非常贴切、生动。“晚获为良实”,这是毫无根据的妄想,是类似阿Q“精神胜利法”的自我安慰。“愿君且安宁”,正好说明她的夫君是因其无子不“安”也不“宁”的,而且由于妇人无子的现实不能改变,他的恼怒还可能变本加厉呢。全诗在妇人含泪的微笑中结束,“结希恩于万一,情愈真,辞愈苦”(陈祚明《采菽堂古诗选》卷六),给读者留下了想象的余地,具有震撼人心的艺术力量。

本篇作为弃妇诗,完全避开了被弃之后的情形,把笔力集中于无子妇人将被逐辱的那个特定时刻,是作者极高明之处。因为这个时候,矛盾双方的关系很微妙,无子妇人的处境最尴尬,她的内心活动也最丰富、最剧烈,这就为诗人提供了最佳的用笔之地。那么,诗篇的内容与题目是否吻合呢?当然是吻合的。因为诗中无子妇人被彻底抛弃的命运,是已经确定无疑的了,她的被逐出夫家,只是一个时间问题。况且,从实质上看,这个可怜的无欢无爱、以泪洗面的妇人,即使在未被逐出夫家的时候,也已经是一个地道的弃妇了。

委婉曲折,是本诗另一个显著的艺术特色。语言委婉曲折,每每意在言外,诚如钟惺所说“怨矣,却无一字尤人”(《古诗归》卷七)。结构上亦是如此。开头未见人,先写树,以树华而不实喻妇人无子,以红花绿叶之美衬弃妇之美,为弃妇的出场预作铺垫,颇为婉曲多情。直接写弃妇的悲愁,中间也多曲折。长夜不寐,卧而反侧,起而逍遥,再卧而再起,废寝而弹筝,愁极之后,又陡地一转,生出自安自慰来。这些曲曲折折,环环紧扣,引人入胜,使得此诗含蓄隽永,耐人寻味。

此诗非必为一人一事而作。诗中忧惧不安的无子妇人,是一个颇具代表性的典型形象。作者的本意,明显的是为广大妇女的不幸鸣不平。早在一千多年前,曹植能写出这样具有较强反封建意义的作品,的确是难能可贵的。应该指出的是,诗中无子妇人的悲剧,今天仍然时有发生,尽管现代科学已经证明,无子不一定是妇女的过错。因此,本诗反封建的思想意义和积极作用,现在犹未过时。

(聂文郁　郭定功)

杂 诗(其一)

曹 植

高台多悲风，朝日照北林。
之子在万里，江湖迥且深。
方舟安可极，离思故难任。
孤雁飞南游，过庭长哀吟。
翘思慕远人，愿欲托遗音。
形影忽不见，翩翩伤我心。

鉴赏

曹植《杂诗》六首，同载于《文选》。它们并非同时同地所作的内容有密切关联的组诗，其中有直接自我抒怀之作，有比兴寓言体，也有代言体，正如李善所说"不拘流例，遇物即言，故云'杂'也"。

这一首是登高怀远之作，所怀对象可能是诗人的异母弟曹彪。约写于黄初三年（222）秋。在这前一年，曹丕加紧了对曹植的政治迫害，借故将他治罪，曹植几遭杀害。后来虽因卞太后的回护而仅贬爵，但处境已非常孤危。曹植与曹彪年岁相仿，又都爱好文学，情谊原就深笃。这时曹植为鄄城王（在今山东菏泽境内），曹彪为吴王，相隔遥远。相似的政治处境，使他们在阻隔中更增深切的怀念之情。诗就是在这种特定的政治背景和忧伤苦闷的心情下写成的。

开头两句，陡直起势，以朴质刚劲的语言和高亢浏亮的音节描绘出一种阔远悲凉的境界。高台独上，透出处境的孤孑；悲风扑面，更烘托出心境的骚屑和悲凉。这挟带着霜威寒意的悲风似乎给朝日映照下的北林也染上了一种惨淡的色调。"北林"暗切《诗经》"郁彼北林"的字面，隐含"未见君子，忧心钦钦"的意蕴，逗起下文怀远之情。这两句仿佛只是直书即目所见，却情与景交融互浃，渲染出一片悲凉肃杀的气氛，令人自然联想到诗人所处的时代环境和政治环境，这就使它带上了某种象征色彩。沈德潜说曹植诗“工于起调”，这两句正是典型的例证。它不仅在内容上是对全诗的提示逗引，而且在气氛上笼罩全篇，使读者一开头就进入了悲壮苍凉的境界。

三、四句便由“高台”望远和“北林”引到怀人的主题上来。“江湖迥且深”不仅使“万里”远隔更具形象感和地域特点（所怀对象远在江南），而且突出了它的无法度越。这里所表现的阻隔感，自不单纯由于地理的因素，其深层意蕴中更包含了政治人事方面的复杂背景，因此诗人才深沉地感慨“方舟安可极，离思故难任”了。难以禁受的“离思”中正含有政治上受压抑受阻隔的痛苦。以上六句，从“高台”远望引出“万里”“江湖”“方舟”的想象，写出离思的难堪，层层相生，一气旋折，显得自然流走，毫不着力。

“孤雁”以下，由高台远望转为仰视，由离思难任引出托寄音书的想望。“孤雁”与前“悲风”，“南游”与前“万里”分别相应。这失群的孤雁，既是进一步触发“慕远”思绪的外物，又像是诗人孤孑凄伤身世境遇的一种象征，似赋似兴似比，特具神味。雁虽失群哀鸣，毕竟还能南翔觅侣，自己却江湖阻隔，欲去不能；即使托雁传音，也无从实现。面对孤鸿翩然远逝的寥廓高天，不免更增孤独与伤感。从闻雁增悲，到欲寄音书，最后到形影不见，“离思”在层层波折中变得更加强烈了。

跟感情表达迸涌而出的《赠白马王彪》不同，这首怀念曹彪的诗，感情的抒发偏于内含收敛，委婉含蓄。但读来却感到字里行间蕴含着一种深沉的阻隔感、孤独感和难以明言的痛苦忧愤。作者似乎有意使感情的流露有所抑制，但正是这种感情状态从反面透露了诗人处境的孤危，曲折反映了残酷的政治迫害对诗人心灵所造成的创伤。这种表面比较温婉和平、内里痛苦忧愤的美学风格，别具一种令人心摧的感染力。张戒认为“高台多悲风”“明月照高楼”等篇，“温润清和”，“辞不迫切而意已独至”（《岁寒堂诗话》），可谓深得诗味。

（刘学锴）

杂　诗（其二）

曹　植

转蓬离本根，飘飖随长风。
何意回飙举，吹我入云中。
高高上无极，天路安可穷！

类此游客子，捐躯远从戎。
毛褐不掩形，薇藿常不充，
去去莫复道，沉忧令人老。

鉴赏

在建安诗歌中，转蓬（蓬草秋枯，被风吹起）是一个新鲜而富于时代特征的象征性意象，由于“世积乱离”，征战频繁，广大人民流离转徙、漂泊异乡，这遇风拔离本根、到处飘转的飞蓬，就成了游子、征夫和一切不能掌握自己命运的漂泊者绝好的象征。曹植诗中，这一意象更熔铸着他特殊的生活经历和身世遭遇之感，显示出特有的个性色彩。他的《吁嗟篇》通篇以转蓬作为象喻，抒写他“初封平原，转出临淄，中命鄄城，遂徙雍丘，改邑浚仪，而末将适于东阿”（《迁都赋》）的长期播迁生活和痛苦心情。这首《杂诗》也描写了转蓬的形象，但它的主题和表现手法却与《吁嗟篇》有别。把它们加以对照比较，可以看出诗人在运用同一诗歌意象时所显示出来的创造精神。

诗的前六句，写转蓬遇风长久飘荡的情景。“长风”未停，更遇“回飙”，使飘飖无定的蓬草吹入高空，远离本根。“何意”二字，语调沉痛悲愤，在出乎意料的口吻中含有不由自主的悲慨。天高无极，天路难穷，飘荡的命运也就永无休止了。六句三层，感情逐层加强。但跟《吁嗟篇》对转蓬的淋漓尽致描绘相比，这六句显然是粗线条的，几乎可以看作《吁嗟篇》的一个提纲。因为《吁嗟篇》的主旨就是抒写诗人的流离播迁之痛，不做淋漓尽致的描写，就不足以充分表现长期播迁所历的身心痛苦。而这首诗对转蓬的描写，主要是为了引出下文的类比联想，它本身并不是诗的主体形象。前六句在全篇中的作用，相当于一个兼有象喻意义的比较繁复的起兴。就“兴”的要求来看，这样的描写已经相当充分了。

“类此游客子，捐躯远从戎。”这正是“转蓬”所兴起和象喻的对象。“类此”二字，透露了由物到人的类比联想过程。或以为“游客子”是诗人自指，但诗中明明说这是“捐躯远从戎”的士兵，其非自指显然。不过，诗人在长期辗转播迁的生活中“连遇瘠土，衣食不继”（《迁都赋》），“食裁糊口，形有裸露”（《转封东阿王谢表》）的困窘情况使他对从戎客子“毛褐不掩形，薇藿常不充”的艰苦生活有较深切的体察则是事实。或者说，是在对征戎之士生活的描写中融入了自身的生活体验。曹操的《却东西门行》也有类似的描写：“田中有转蓬，随风远飘扬。长与故根绝，万岁不相当。奈何此征夫，安得驱四方？戎马不解鞍，铠甲不离傍。冉冉老将至，何时返故乡？”同样以“转蓬”兴起和象喻征夫。曹植这首诗的构思可能受到它的启发。对征夫之苦，只有“毛褐”两句作直接描写，这是因为上文写转蓬已充分表现其远离乡土、辗转飘荡之苦，这里用简笔对其生活之苦稍作点染，两层痛苦便都得到表现了。喻体与本体内容不重复，各侧重表现一面，手法相当经济。这跟《吁嗟篇》中“当南而更北，谓东而反西。宕宕当何依，忽亡而复存。飘飖周八泽，连翩历五山”这种尽情的渲染也有明显区别。

“去去莫复道，沉忧令人老。”乐府中常以“弃置莫复陈”一类套语作结，这两句却是貌似落套而实具深味，好像是刚刚接触到本题（征人的痛苦）就马上掉开煞了尾，透露出诗人心中痛苦积郁得太多，不愿或害怕更多地接触到这个话题。是因为征戎之士的苦难而联想到整个乱离多难的时世？还是用征夫的飘蓬和贫困联想到自身的境遇？或者更进而想到一切无法掌握自己命运的人们？诗人没有明言，也不愿明言，仅以“沉忧令人老”一语了之。这种无言的沉痛，和《吁嗟篇》结尾“愿为中林草，秋随野火燔。糜灭岂不痛，愿与株荄连”的尽情竭言的沉痛，可谓异曲而同工。丁晏评道“结语换韵，如变徵声”（《曹集诠评》），这是深得结语声情的独到体会。

（刘学锴）

杂　诗（其三）

曹　植

西北有织妇，绮缟何缤纷！
明晨秉机杼，日昃不成文。
太息终长夜，悲啸入青云。
妾身守空闺，良人行从军。
自期三年归，今已历九春。
飞鸟绕树翔，嗷嗷鸣索群。
愿为南流景，驰光见我君。

鉴赏

与上首恰成对应，这首《杂诗》写一位良人从军、久守空闺的思妇。起四句写她无心纺织。“绮缟何缤纷”是形容织机旁的精美织物散乱不整的样子，暗示其心绪的纷乱。“明晨”二句说她清晨开织，日斜尚未成纹，用民歌中常见的夸张手法对其无心纺织作进一步渲染。这四句暗用《诗经·小雅·大东》“跂彼织女，终日七襄。虽则七襄，不成报章”，但化古雅为通俗，与全篇乐府民歌式的风调浑为一体。接着，又从她的行动写到终夜叹息、悲啸，这不仅是由于丈夫从军，独守空闺，而且蕴含着自己的处境、心情无人同情与理解这种更深一层的痛苦。终夜叹息，又复谁知？唯有悲啸入云，一抒苦闷。

以上六句，是用第三人称对织妇作客观描写，“妾身”以下转为第一人称作织妇自我抒情口吻。讲述故事的人讲到动情处往往不知不觉化身为故事主人公，这里的转换正跟这相似。丈夫外出从军，自己以三年为期，已经够长久的了，不料一去竟达九年，依然杳无音信。这当中思妇所经历的艰困、痛苦、思念、期待和失望的折磨不难想见。虽只淡淡说出，却不可轻轻放过。

“飞鸟绕树翔，嗷嗷鸣索群。”两句紧接着写外物对织妇的触动。鸟儿绕树飞翔，鸣叫着觅侣归巢，这景象在思妇心中勾起的不仅有对爱情的渴望，对丈夫的思念，更有对自身命运的悲叹——人反不如禽鸟的感慨。外物与自身、愿望与现实之间的巨大反差，促使历尽身心痛苦的思妇激发出天真的幻想：真希望自己能化作南流的阳光，飞驰着去会见九年远戍不归的亲人！最后两句，是女主人公感情的发展高潮与归宿，更是感情的升华。良人从军九年不归，“空闺”是难以独守的。正像《古诗十九首》“青青河畔草”一首中的思妇所慨叹的那样：“荡子行不归，空床难独守。”这种发自内心的直率声音固然也令人同情，却总让人感到缺乏人性美的光彩。而这首诗“愿为南流景，驰光见我君”的想象却既表现了怀思的强烈，又体现了女主人公对爱情的忠贞。它跟“荡子行不归，空床难独守”在审美感受上是不同的层次，其原因主要在感情是否得到升华。

曹植的《七哀》诗也写了一位“君行逾十年”的“宕子妻”的深切怀思，结尾处写道：“愿为西南风，长逝入君怀。”与本篇结句构思、手法类似，而取象不同，各臻其妙。“愿为西南风，长逝入君怀”的想象以柔婉缠绵见长，与全篇明月流光般的情调非常和谐；而“愿为南流景，驰光见我君”的想象则以新奇浪漫见称，带有更多的热烈气息和明朗色彩。这和全篇那种比较强烈的感情也是一致的。后来唐代张若虚的《春江花月夜》“此时相望不相闻,愿逐月华流照君”的想象,显然受到过它的启发,而改“南流景”为“月华”,整个情调又向柔婉靠近了。

(刘学锴)

杂　　诗(其四)

曹　植

南国有佳人,容华若桃李。朝游江北岸,夕宿潇湘沚。(一作“日夕宿湘沚”)时俗薄朱颜,谁为发皓齿?俯仰岁将暮,荣耀难久恃。

鉴赏

这是曹植诗歌中的著名篇章《杂诗》六首中的第四首。

这首诗是曹植后期回顾坎坷不平的人生旅程时发出的怀才不遇、哀怨自伤的一曲悲歌。通篇采用比喻手法,显得含蓄隽永。曹植不但文才卓著,而且有胸怀远大的政治抱负,希冀建功立业,垂名青史。曹操一度也想立曹植为太子,但终究未能实现。曹操死后,他因此备受其兄曹丕(魏文帝)、其侄曹叡(魏明帝)的猜忌和压制,屡徙封地,连生活都动荡不安,根本谈不上实现政治理想。此诗以佳人自比:佳人的容貌艳若桃李之花,比喻自己才能之杰出。“时俗”二句,说佳人的美貌和歌唱才能都不为时人所赏识,比喻自己怀才不遇。“俯仰”二句,说时光流逝,佳人的容华难以久恃,寄寓了自己盛年时无法施展才干的深沉慨叹。

循着历史发展的脉络来看,在我国古典文学作品中,从屈原的辞赋开始,就形成了以美人香草比喻贤能之士的艺术传统。曹植此诗,在构思和写法上明显地学习屈赋。屈原《九歌》中的湘君、湘夫人二神,其游踪大致在沅、湘、长江一带,《湘夫人》篇中有“闻佳人兮召予”句,以“佳人”指湘夫人。曹植此诗前四句,其构思用语,大约即从《湘君》《湘夫人》篇生发而来。《离骚》云:“汩余若将不及兮,恐年岁之不吾与。”“惟草木之零落兮,恐美人之迟暮。”曹诗末二句显然从它们脱胎而出。这种造境用语的继承发展关系,有助于说明此诗的主题是抒发怀才不遇的彷徨苦闷之情。元代刘履《文选诗补注》(卷二)释此篇题旨云:“此亦自言才美足以有用,今但游息闲散之地,不见顾重于当世,将恐时移岁改,功业未建,遂湮没而无闻焉。故借佳人为喻以自伤也。”曹植在《求自试表》一文中,曾强烈地表达了他希望在政治上建功立业的愿望,文中云:“臣窃感先帝早崩。威王弃世,臣独何人,以堪长久!常恐先朝露填沟壑,坟土未干,而身名并灭。”这段倾吐韶华已逝而功名未就的抑郁情愫的话语同本篇末二句“俯仰岁将暮,荣耀难久恃”之意也是息息相通的。

这首诗与曹植另一名作《美女篇》的主题和写作手法都相同,而在艺术描写上又有丰腴与简约的区别。如《美女篇》在刻画城南美女的美丽绰约的风姿时,用了“攘袖见素手,皓腕约金环”等十二句,从不同视角对城南美女娴雅的姿态和装束作了全景式的观照,铺陈描叙,洋洋洒洒。而“南国”篇写佳人之美,仅用了“容华若桃李”一句,非常简括,留给读者广阔的想象空间。由此可见,“南国”篇简练爽朗,《美女篇》华赡生动,艺术上各擅胜场,用词造句毫无雷同之感,体现了曹植高超的写作才能。

钟嵘《诗品》评曹植诗云:“骨气奇高,词采华茂,情兼雅怨,体被文质。”这是对曹植诗歌的深刻评价。“情兼雅怨”是论思想内容,指出曹植诗具有“小雅怨诽而不乱”的特色。曹植不少后期之作,如《美女篇》《杂诗》“南国”篇等,倾吐牢愁,确实近乎小雅的怨诽之词。“骨气”即气骨,也就是风骨。“骨气奇高”,是赞美曹植诗富有风骨,即富有爽朗刚健的风貌。“词采华茂”,是赞美曹植诗语言华美宏富。钟嵘主张诗歌应当“干之以风力(即风骨),润之以丹采”(《诗品·序》),即以爽朗刚健的风骨为骨干,再用华美优雅的词采加以润饰,二者融合,从而达到完美的艺术境界。正因为曹植之诗“骨气奇高,词采华茂”,符合他的艺术标准,所以获得极高的评价。

就总体风貌而言,曹植的诗风骨、词采兼备,若细加分析,不同诗篇在某一方面往往有所侧重。以《美女篇》与《杂诗》“南国”篇为例,前者篇幅较长,对偶重叠,铺陈细致,其词采华茂的特色显得更突出;而后者篇幅较短,描绘简练,语短情长,含蕴丰富,更鲜明地显示出骨气奇高的特色,自有一种爽朗自然之美,经得起吟咏咀嚼。

(王运熙)

杂　诗(其五)

曹　植

仆夫早严驾，吾行将远游。
远游欲何之？吴国为我仇。
将骋万里途，东路安足由。
江介多悲风，淮泗驰急流。
愿欲一轻济，惜哉无方舟。
闲居非吾志，甘心赴国忧。

鉴赏

曹植不但是一位才华卓越的文学家，而且具有宏伟的政治抱负，渴望建功立业。当时三国鼎立，曹魏居北，南有吴蜀。曹植迫切要求从军杀敌，为统一事业做出贡献。这种心情鲜明地表现在他的《杂诗》第五首“仆夫早严驾”篇中。

曹植青年时期即富有政治理想，不满足于仅仅从事文学创作。在《与杨德祖书》中，他认为辞赋创作是小道，“未足以揄扬大义，彰示来世”，并明确表示自己的理想是：“吾虽薄德，位为潘侯，犹庶几戮力上国，流惠下民，建永世之业，留金石之功，岂徒以翰墨为勋绩，辞赋为君子哉！”由此可见他希望在政治上有所建树的愿望之强烈。曹操死后，曹丕继位。由于曹操生前一度曾拟立曹植为太子，威胁到了曹丕的地位，因而曹丕对曹植倍加疑忌压制，屡徙封地，严加防范。曹丕死，子曹叡继位，仍然疑忌压制曹植。在这段时期内，曹植迁徙无常，悒郁寡欢，但仍然执着地企求奋身杀敌，报国立功。《杂诗》“仆夫”篇即是一个明证。

“仆夫”篇作于曹丕统治年间还是曹叡统治年间，难以确定；就其内容看，与作于魏明帝曹叡大和二年(228)的《求自试表》内容息息相通，似作于此年的可能性更大。该年秋天，吴将陆逊率军攻击魏扬州牧曹休，魏败，死亡颇多。曹植因而上表求试。

不过，曹植在文帝黄初四年(223)所作的《责躬诗》中也有“甘赴江湘，奋戈吴越”之句，这年魏、吴间也有战火，因此这诗作于黄初四年也是有可能的。太和二年，曹植为雍丘王。雍丘在今河南杞县。“仆夫”篇大约是在他朝京师(洛阳)后将还雍丘时写的。诗中“将骋万里途”，是说从洛阳南征吴国路途遥远。“东路安足由”是表明自己志在灭吴，不愿由东路从洛阳返回雍丘。长江和淮泗，是南征必经之地；“多悲风”“驰急流”，形容路上川流险阻。“惜哉无方舟”是慨叹自己没有权力，不能率舟师渡江杀敌。

为了进一步理解此诗题旨，我们不妨将其与《求自试表》作一比较。《求自试表》是曹植在魏军新败之际请求参军而献给魏明帝看的表文。《三国志·魏书·陈思王植传》说：“植常自愤怨，抱利器而无所施，上疏求自试。”它是曹植散文中的一篇名作，充分表现了曹植报国立功的雄心大志和壮志未酬的愤怨。文中“顾西有违命之蜀，东有不臣之吴……诚欲混同宇内以致太和也”与“仆夫”篇中“吴国为我仇”句可参照。表文又云“若使陛下出不世之诏，效臣锥刀之用，使得西属大将军，当一校之队，若东属大司马，统偏舟之任，必乘危蹈险，骋舟奋骊，突刃触锋，为士卒先……虽身分蜀境，首悬吴阙，犹生之年也”，充分表现了奋身杀敌、视死如归的英雄气概。但他希望“统偏舟之任”，“骋舟”南征，实际不能实现，所以“仆夫”篇要慨叹“惜哉无方舟”了。表文又云“如微才弗试，没世无闻，徒荣其躯而丰其体……此徒圈牢之养物，非臣之所志也”，表示不愿闲散度日，可与“仆夫”篇“闲居非吾志”句参照。总之，《求自试表》与《杂诗》“仆夫”篇表达了同样的思想感情；而《求自试表》语言华赡生动，感情真挚热烈，表述较“仆夫”篇远为具体充沛，取以对读，有助于更深入透彻地理解“仆夫”篇的思想内容。

“仆夫”篇全诗共十二句。前六句用问答方式表明自己不愿东归封国，而要远征吴国。中间四句说道途险阻，惋惜自己不被朝廷任用，不能率舟师南渡。末两句点明了渴求报国立功不愿虚度岁月的壮志。全诗语言明白自然、风格俊爽豪健。明代王世贞说：“子建之《杂诗》六首，可入《十九首》，不能辨也。”(《艺苑卮言》卷三)诚如王氏所论，《杂诗》六首风格酷肖《古诗十九首》，二者都具有语言明白自然、风格清新刚健的共同特色，都蒙受了汉代民歌的深刻影响。

《文心雕龙·明诗》在论述曹丕、曹植、王粲、徐幹等作家的诗歌时，指出它们的共同特色是：“慷慨以任气，磊落以使才。造怀指事，不求纤密之巧；驱辞逐貌，唯取昭晰之能。”的确，情怀慷慨，意气骏爽，直抒胸臆，语言明朗自然，不求纤密，是三曹、七子一类作者共同的创作风貌，后人亦称之为建安风骨。这一特色，在曹植《杂诗》“仆夫”篇中表现得也相当鲜明突出。

(王运熙)

杂　诗(其六)

曹植

飞观百余尺，临牖御棂轩。
远望周千里，朝夕见平原。
烈士多悲心，小人偷自闲。
国雠亮不塞，甘心思丧元。
拊剑西南望，思欲赴太山。
弦急悲声发，聆我慷慨言。

鉴赏

这是曹植《杂诗》中的一首，原列第六，是一首即事抒怀之作。

《三国志·魏书·武帝纪》："建安十九年秋，公（曹操）征孙权。"《三国志·魏书·陈思王植传》："太祖征孙权，使植守邺。戒之曰：'吾昔为顿丘令，年二十三，思此时所行，无悔于今。今汝年亦二十三矣，可不勉欤！'"又，曹植《东征赋》序云："建安十九年，王师东征吴寇，余典禁兵，卫宫省。然神武一举，东夷必克，想见振旅之盛，故作赋一篇。"据此三说，再参验诗篇，无不吻合，可知该诗当作于建安十九年秋冬。其时，曹操东征孙权，均服振振，兵强马壮，旌旗蔽空，戈橹横江，大有一举踏平东吴之势。曹植年方二十三岁，风华正茂，本欲思奋飞、展身手，效死沙场，建功立业。可是，被曹操留在邺城，掌禁兵，卫宫室，不得与行，深感遗憾和惆怅。某日，登高望远，收千里江山于眼底，涌豪情壮志于胸间，于是抽琴命操，悲歌慷慨，逐以成篇。

全诗内容，似可分为两大部分：

第一部分，叙事写景为主。"飞观"二句，先从自己登楼凭栏写起，起得空灵，起得兀壮。楼高百尺，拔地而起；观阁欲飞，直冲霄汉；凭栏御风，身心俱澄，仿佛就要飞上青天！一个"飞"，一个"百余尺"，极写楼观的高，雄壮逸放，动人心神。同时，又将自己不得随父东征、壮志被抑的磊落不平之气，巧妙地注入那欲飞的楼观之中，融情入景，以景写情，形象生动，含蕴丰富。“远望”二句，由近及远，承转自然。正由于楼观的耸入云霄，才有凭栏眺望的开阔和辽远。极目四望，河山尽收眼底，平原奔来献意，境界十分阔大。以上四句诗，全用白描手法，勾勒出一高一远的境界，既雄放，又舒展，可以说是作者心雄万夫、目小天下的胸襟抱负的写照。并且，为下面的抒情言志蓄积了文势，作了充分的铺垫。

曹植身为公子，少负才名，胸怀大志，遭逢乱世，忧国忧民。因此，世乱时艰、民生疾苦，常摄入笔端；磊落任气、慷慨悲凉，每见诸歌唱。现在，登高望远，思接千载，念天地之悠悠，感岁月之蹉跎，又焉能不发出豪壮的喟叹！

第二部分，抒情言志为主。从“烈士多悲心”直至篇末，诗歌转入直抒胸臆，写得激情洋溢，豪兴遄飞。“烈士”二句，用对比手法，以“小人”的苟且偷安反衬烈士的重义轻生，有以“烈士”自许的意味。同时，也流露出淹滞后方、不能施展抱负的怏怏之情。自负和解嘲，昂扬和低回，交织在一起，感情极其深沉。这种“悲心”，当然不是消沉和颓唐，更不是凄凄惨惨切切，而是一种时间意识，一种历史责任感，其实质，正是壮志。这就像屈原的“惟草木之零落兮，恐美人之迟暮”（《离骚》）、贾谊的“贪夫殉财，烈士殉名”（《鵩鸟赋》）、曹操的“烈士暮年，壮心不已”（《龟虽寿》）一样，是一种以天下为己任的雄心壮志，是一种建功立业的渴求和进取精神。“国雠”四句，具体抒写自己的“悲心”，即壮志：东吴盘踞一隅，自己甘愿洒热血，抛头颅，去把它荡平；蜀国残喘西南，自己抚剑长啸，恨不能将它吞灭，颇有天下汹汹，统一大任舍我其谁的气概。志向之大，气势之壮，使人不可逼视，从而塑造了诗人高大、挺拔的自我形象。后世左思的“长啸激清风，志若无东吴。铅刀贵一割，梦想骋良图。左眄澄江湘，右盼定羌胡”（《咏史》）的豪放和自负，明显受到曹植此诗的影响。“弦急”二句，收束全篇，饶有余韵。壮志和失意交织胸中，诗人情不自禁地弹起琴瑟，高歌一曲。你听，那琴音是这样的慷慨激越，那歌声是这样的雄壮悲凉……

综观全诗，前写景，后抒情，起得突兀，结得深沉，中间则一气贯注。或逸放，或舒展，或低回，或昂扬，淋漓尽致地抒发了自己的凌云豪情和壮志未酬的抑郁情怀，神完气足，诚为曹植诗集中的一流作品。其慷慨多气、吞吐宇宙的气象，可使懦夫成勇，剑客思奋，不减乃父曹操的《短歌行》。其语言，明白流畅，落尽铅华；其构思，不求精巧而一任真情流注。纵横自如中见坦率，遒劲刚健中有风致，具有一种豪健俊爽的风格，以钟嵘“骨气奇高”（《诗品》）评之，不亦宜乎？

（谭优学　刘德煊）

杂　诗

曹　植

悠悠远行客，去家千余里。
出亦无所之，入亦无所止。
浮云翳日光，悲风动地起。

鉴赏

这是一首羁旅行役诗。从对全诗的总体感受中，我们心头会活起一个旅途漂泊者的形象来。这个孤独的旅人，也不知出于什么原因，远离家乡，漂流到千里之外。他前路茫茫，不知哪里是终止的地方。这种萍踪浪迹的生活，给他带来无限劳顿、凄苦、孤寂的况味。他像一只飞倦的鸟儿，既觅不到安适的去处，只能漫无目标地飞着、飞着；要飞回家乡去吗，那里又无可以栖止的巢窠，似乎命运决定了它只能向前飞。羁旅者孤苦凄冷的内心情绪映现到外部世界，天地在他的眼里阴霾、苍凉、混浊。阳光为浮云所遮蔽，悲风动地而起，似乎整个宇宙都痛心疾首地颤动起来。

这首诗的结体是颇为特殊的。一般诗或四句或八句或十句以上，此诗却是六句。这六句诗中，一、二句叙事，三、四句抒情兼叙事，五、六句写景。其景句也同是兴句。古诗词的写景和兴句一般都放在前头，而此诗却偏偏放在末尾，却又能余味无穷。这既是景语又是兴句的末尾两句，笔力雄健，气象博大，两句几欲表现诗人感受中的整个外部世界，或者说主体感受的外射力具备极大的笼盖性。在后世，只有像“天苍苍，野茫茫，风吹草低见牛羊”“星垂平野阔，月涌大江流”“吴楚东南坼，乾坤日夜浮”一类诗句，才富有这种以一笔画宇宙的特征，所以篇中的最后两句诗，以感性氛围将前四句托起，给全诗赋予了浑厚的背景和动态的环境，从而增强了全诗的审美品格。

（费秉勋）

七　哀

曹植

明月照高楼，流光正徘徊。
上有愁思妇，悲叹有余哀。
借问叹者谁，言是宕子妻。
君行逾十年，孤妾常独栖。
君若清路尘，妾若浊水泥。
浮沉各异势，会合何时谐？
愿为西南风，长逝入君怀。
君怀良不开，贱妾当何依！

鉴赏

这是一首闺怨诗，题名《七哀》，是当时的乐府新题。

这首诗从它的内容看，大抵是曹植后期的作品。曹植自幼聪明过人，“年十岁余，诵读诗、论及辞赋数十万言，善属文”（《三国志·魏书·陈思王植传》），深受曹操的宠爱，那时他年轻有为，抱有建功立业的雄心壮志，曹操曾一度想立他为太子。后因他“任性而行，不自彫励，饮酒不节”（同上），不仅失掉了曹操对他的信任，而且埋下了曹丕对他的忌恨。建安二十五年（220），曹丕自立为皇帝后，便对曹植进行了一系列的打击迫害，先是杀死拥护他的丁仪、丁廙兄弟，继则逼他就封藩国，“监国谒者灌均希指，奏‘植醉酒悖慢，劫胁使者’”（同上），贬了他的爵位，要不是其母卞太后的庇护，他早作了曹丕刀下之鬼了。所以他的后半生，一直是在曹丕父子的压迫欺凌下痛苦地生活着，他曾三徙封地，六换爵位，不得和亲戚往来，不准参与政事，名为藩侯，实同囚徒，正如他自己所说“成为圈牢之养物”（《求自试表》）。正由于他前后生活境遇的不同，因此他前后期的作品在思想内容上有明显的差异。这首《七哀诗》就是曹植在后期不幸的境遇下写的。该诗表面是写一个思妇对丈夫的思念与哀怨之情，实际上是诗人在政治上被遗弃后产生哀怨心情的曲折吐露，抒发了对其兄曹丕打击迫害的愤怒与不平。

全诗可分为三个层次："明月照高楼，流光正徘徊。上有愁思妇，悲叹有余哀。借问叹者谁，言是宕子妻"六句，这是第一个层次，是全篇之主。诗人先从"明月"着笔，即景生情，叙写夜深人静的晚上，一轮皎洁的明月悬照高楼，明澈如水的月光在徘徊徜徉，照见高楼上这位哀愁的思妇，正因思念丈夫而悲叹不已，她心底埋藏的缕缕哀丝，就像晃动着的明媚的月光，在轻轻地叩动她的心房，此时此景和思妇之情完全融汇在静谧优美的月景之中了。诗人紧接着设问，这样深切悲思的究竟是谁呢？原来是飘荡在外的游子的妻子啊！这一设问不仅突出了宕子妻的身份，而且起到承上启下的作用。下文"君行逾十年，孤妾常独栖。君若清路尘，妾若浊水泥。浮沉各异势，会合何时谐？"这六句为第二层次，点明愁思的原因，承接得十分自然。正因为思妇是宕子妻，她的丈夫远行在外已经超过十年了，因而她长年孤独地栖宿。而且远行不归的丈夫就像路上飞扬的轻尘，飘荡虚浮，而她自己好比水中沉积下来的淤泥，稳重一心。尘和泥虽同为一物，但飞尘和沉泥是不能相会的，这是因为各自所处的地位不同，所以不知何时才能顺心如愿地会合，形象地烘托出夫妇重会的困难。至此，诗人笔锋一转，以"愿为西南风，长逝入君怀。君怀良不开，贱妾当何依"四句作结，作为第三层次，表示思妇别无他心，甘心化作西南风，长驱入君怀。但又担心宕子变了心，他硬是不接受，那时她将无所依靠，更加痛苦了！收得十分缠绵，既明写思妇想见之切，忧虑至深；又暗寓曹植念君之深，但又疑虑重重，怨愤之情溢于言表。

首先，全诗既是写实，又是托讽，结合得自然得体，天衣无缝，这是其最大的特色。曹植生活在动荡的建安时代，他又"生乎乱，长于军"，眼见社会的动乱，军阀的混战，无休止的征役，造成多少人妻离子散，正如吕向所说："子建为汉末征役别离，妇人哀叹，故赋此诗。"（六臣注《文选》）很显然，该诗是曹植继承了乐府民歌"感于哀乐，缘事而发"的现实主义传统，从一个侧面真实地反映了当时乱离时代的面貌，具有深刻的社会意义。同时又是曹植托讽之作，怨女思妇被遗弃的不幸遭遇和痛苦，和曹植在政治上受排挤、被遗弃的不幸遭遇和痛苦，在某种程度上有其共同性。因为此时的曹植，与身为皇帝的曹丕，他们兄弟之间"甚于路人""殊于胡越"（《求通亲亲表》），不再是平等的兄弟关系，而是统治与被统治、迫害与被迫害的君臣关系了。所以他所写的怨女、弃妇之作所以这样哀怨缠绵，凄怆感人，是与诗人在政治上受迫害、被遗弃而产生的哀怨心情分不开的。无怪乎刘履在《选诗补注》中说："《七哀诗》比也。子建与文帝（指曹丕）同母骨肉，今乃浮沉异势,不相亲与,故特以孤妾自喻,而切切哀虑之也……此篇亦知在雍丘所作,故有'愿为西南风'之语。按:雍丘,即今汴梁之陈留县,当魏都西南方。"这是不无道理的。关于这个问题,沈德潜则明确指出:"《七哀诗》,此种大抵思君之辞,绝无华饰,性情结撰,其品最工。"(《古诗源》卷五)这首诗确是曹植直抒胸臆,不加修饰,真情流露的妙品。

其次,起调不凡,结句耐人寻味。这与曹植善用比兴手法是分不开的。开首"明月照高楼,流光正徘徊"的起句,就显得不凡。这种兴象自然的起句,虽继承了李陵逸诗"明月照高楼,相见余光辉"(胡应麟《诗薮》)的句式,但不用其意,正如王夫之所说"可谓物外传心,空中造色"(《古诗评选》)。它所渲染出的彷徨惆怅的浓郁气氛,笼罩全篇。因为明月的圆缺,最易勾起人们对亲人的思念,月光徜徉徘徊,正是思妇彻夜不眠内心哀思萦回的见证,这一起句的运用,立即满篇生辉,所以沈德潜说"陈思(即曹植)极工起调"(《说诗晬语》卷上),确非虚言。接着诗人运用比的手法,通过"君若清路尘,妾若浊水泥。浮沉各异势,会合何时谐"的一段议论之后,立即转入"愿为西南风,长逝入君怀。君怀良不开,贱妾当何依"作结,这一结句,把一个独守空闺的思妇,日夜盼念宕子归来的愿望一再破灭,只得凭借想象的翅膀,化作西南风,飞度千山万水,去与亲人会面的急切心情和盘托出,但其结果却是"君怀良不开",其原因,其哀痛,让读者回味。其结尾真所谓"思深远而有余意,言有尽而意无穷也"(吕本中《童蒙诗训》)。

再次,语言朴素、优美、委婉、含蓄。全诗字字读来,情真意切,出自天然,而又时有警句突起,启人遐想。这都体现了诗人继承和发展了汉乐府民歌语言"质而不俚,浅而能深,近而能远"(钟嵘《诗品·魏陈思王植》)的长处,从而构成了独自的"清新流丽"的语言特色。

所以曹植的《七哀》诗,在思想内容和艺术形式上都达到了完美的统一,它反映了建安文学慷慨悲歌的时代精神,至今读来,仍是哀切动人,韵味无穷。

(朱一清)

情　　诗

曹　植

微阴翳阳景,清风飘我衣。

游鱼潜绿水,翔鸟薄天飞。
眇眇客行士,遥役不得归。
始出严霜结,今来白露晞。
游子叹《黍离》,处者歌《式微》。
慷慨对嘉宾,凄怆内伤悲。

鉴赏

曹植这首行役诗虽然不一定是他个人行迹的记叙,但起码打入身世在其中。诗中多角度地抒写了游子的沉思和哀伤,透露出一定的时代氛围。

开头的四句写景,不是唐宋诗词中常见的那种叠加意象的境界,而是笔调舒缓地使用不重细谨的大笔进行勾画,大有"仰观象于玄表,俯察式于群形"之概:微云遮住了阳光,天地阴晦;清风吹来,拂弄着游子的衣襟;鱼儿在清澈的水里游动,禽鸟在广漠的天空中翱翔,那样自由适意,无拘无束。诗人面向自然的胸襟和视野是异常开阔的。当他把这种胸襟和视野收回来反观自身时,不禁感到了悲哀。鱼鸟的自得无形中造成了对天涯游子的嘲弄。

中间四句偏重于叙事,通过叙事来表达人不如鱼鸟的特定感受。由于公务的羁绊,沦落客中,欲归不得。从空间上看,客行眇眇,愈行愈远;从时间上看,旷日持久,经历寒暑,归期渺茫。这样由静观鱼鸟各得其乐的潜渊搏空,便反照出客行之士从躯体到精神的羁旅之苦。

最后四句偏重于抒情,正面抒发游子的内心痛苦。主人慷慨伤怀,面对嘉宾情不自禁地伤心起来。本来设宴为了娱宾遣兴,现在这样不乐未免失礼,但由于客人的内心更为凄怆伤悲,他们这种感情是会相互共鸣起来的。这里用了《诗经》中《黍离》《式微》两篇行役诗作为典故,既恰切又极见情味。《黍离》云:"行迈靡靡,中心摇摇。知我者谓我心忧,不知我者谓我何求。悠悠苍天,此何人哉!"《式微》云:"微君之故,胡为乎中露!""微君之躬,胡为乎泥中!"两个典故的运用不但加重了对游子风餐露宿的羁旅之苦的渲染,也透射出作者对世积乱离、国运衰微的忧伤和对政治不修的谴责,提高了诗的思想意义和认识价值。毫无疑问,这两个典故在诗中发挥了相当大的艺术效能。

完整地看,全诗感情沉郁而色调明朗,用笔角度灵活多变,文气畅达贯注而层次清晰。通过写景、叙事以抒情是全诗的突出特征之一。"微阴"二句、"游鱼"二句、"始出"二句、"游子"二句都形成联句,对仗自然,这已萌发了中国诗歌向今体发展的机蕴,透露出缘情绮靡的文学自觉的时代信息。

(费秉勋)

喜　雨

曹　植

天覆何弥广！苞育此群生。
弃之必憔悴,惠之则滋荣。
庆云从北来①,郁述西南征②。
时雨中夜降③,长雷周我庭④。
嘉种盈膏壤,登秋必有成。

注释

①庆云:景云,或卿云,《史记·天官书》:"若烟非烟,若云非云。郁郁芬芬,萧索轮囷,是谓卿云。"

②郁述:郁律,烟霭飘忽貌。

③时雨:善雨,好雨。中夜:即半夜。

④周:盘旋。

鉴赏

这是曹植的一首很不出名的诗。据诗前序言:"太和二年大旱,三麦不收,百姓分于饥饿。"知其作于太和二年(228)夏日,应属曹植后期的作品。

"天覆何弥广!"诗篇以感叹句式领起,直呼而出,赞颂了苞育万物的上天,感情很是浓烈。接着,又以"弃之必憔悴,惠之则滋荣"这样的诗句,强调了上天的神威,突出了群生(当然也包括作者)对上天的依存关系。一个"必"字,一个"则"字,笔力雄健,含义深广,有力地表现了自己对上天的崇仰和寄赖之情。

"庆云"四句,展写天降时雨的过程,描写具体,绘声绘色:满天烟云,从北边升起,然后,飘飘忽忽向西南方向集聚;到了半夜,终于下起了一场大雨,雷声隆隆不绝于耳,大雨倾盆润泽久旱的土地……好一场及时雨啊！作者用“庆云”“时雨”“中夜降”“周我庭”，把久旱逢甘霖的欣喜准确形象地表达出来，这种感情，正是广大挣扎在饥饿、死亡边缘的劳苦民众的心声。

“嘉种盈膏壤，登秋必有成”，是作者触景生情的畅想。大地膏润，嘉禾时播，遥想秋收之日，必当五谷丰登、颗粒金黄！从而结束全篇，照应了篇首对上天的礼赞，充满了喜悦和希望，结得俊爽有神。

综观全诗，通过对久旱时雨的描写，以典雅的文字、庄重的音节和浓烈的感情，歌颂了天孕万物的恩泽，表达了由衷的喜悦和美好的希望。在内容和形式上，远袭《诗经》“颂”诗模样，有庙堂文学的遗风，故陆侃如先生认为此诗“很坏”(《中国诗史》)。平情而论，似嫌苛求。也有人结合曹植后期诗篇比较隐晦的特点，认为此诗采用比兴手法，实则寄托了曹植对魏明帝曹叡的希望，祈求他能如天地之无私覆，可供参考。

(谭忧学　刘德煊)

双鹤俱遨游

曹　植

双鹤俱遨游，相失东海傍。
雄飞窜北朔，雌惊赴南湘。
弃我交颈欢，离别各异方。
不惜万里道，但恐天网张。

鉴赏

这是一首运用精比妙喻构思成篇的佳作，诗中双鹤系兄弟之比，虽云雄雌，其意不在雄雌之别，取其亲密无间也。

诗开篇简捷，毫无枝蔓，头两句便道出相失主事。怎么会相失呢？是在“俱遨游”途中相失的。相失的地点呢？是在东海旁边。那里海阔天空，波涛凶险，一旦失散，万难寻觅。“相失”乃从“俱遨游”生出，没有前者的相得，即无后来的相失。“俱遨游”，赏心乐事也；“相失”，骨肉离散之痛苦也。乐极生悲，双鹤之痛不欲生可知。这两句气象阔大，含义丰富,果然是“极工起调”(沈德潜《说诗晬语》)。

次后四句对“相失”做出申述。雄飞北朔;雌赴南湘,何至如此仓皇呢?一个“窜”字,一个“惊”字,已经昭告了其中消息。这绝不是双鹤自己不慎迷失,而是由于外来灾祸的逼迫。“弃我交颈欢,离别各异方”,这两句深刻地表现了双鹤失散后各自精神上遭受的巨大折磨。“交颈欢”,何其亲近也;“各异方”,何其疏远也。而从前者到后者的转换,中间没有逐渐的过渡,又是在一次缺少思想准备的突然事变中完成的,这就更加剧了不幸的双鹤的痛苦。此处的“交颈欢”与首句的“俱遨游”互相映衬,为我们显示出昔日双鹤共同生活的甜蜜图景,在结构上颇有照应之妙。

双鹤美好生活的被彻底破坏,不能不激起我们对双鹤的深切同情,对破坏者的极大憎恶。正当我们为双鹤的厄运激愤不已的时候,诗人以“不惜万里道,但恐天网张”这最后两句,把眼前的不幸轻轻带过,表达出对那更大的不幸的隐忧。这里的“天网”,就是恶势力捕杀的罗网。迫害正未有穷期,天知道还会发生什么事啊!作者通过一抑一扬,把本来似乎已经说到顶头的痛苦,又推向一个新的高度。“山重水复疑无路,柳暗花明又一村”,诗歌的意境由此又有了新的开拓,主题得到了深化。

本诗所表现的感伤离别和恐惧迫害的情感,跟《赠白马王彪》一诗相似,或许写在作者同曹彪分别之时。

(聂文郁　郭定功)

七　步　诗①

曹　植

煮豆持作羹,漉豉以为汁。萁向釜下然,豆在釜中泣。
本是同根生,相煎何太急?

注释

①《七步诗》:曹植此诗本集不载,初见于刘义庆《世说新语·文学》:“文帝尝令东阿王七步中作诗,不成者行大法。(植)应声便为诗曰:‘煮豆持作羹……’帝深有愧色。”普遍流传的《七步诗》只有四句:“煮豆然豆萁,豆在釜中泣。本是同根生,相煎何太急?”

鉴赏

本诗是在十分窘迫的情况下产生的。七步成诗固然表现了作者敏捷的诗才，但更重要的，恐怕还是在于作者的生活积累。曹操死后，曹丕对曹植百般迫害，使他名为藩王，实为囚徒，因而忧愤满腔。在《赠白马王彪》《吁嗟篇》《美女篇》等诗中，诗人已经表露过他的愤懑心情。在这样的感情基础上，适逢文帝逼令作诗，等于搔着曹植的疼处，旧怨新恨一齐涌来，于是诗人略一思索，郁积在心头的强烈情感便乘机喷发而出。本诗在仓促之中被构制得那样从容、自然，正是厚积薄发的结果。

这首诗的艺术特色，沈德潜道是“贵在质朴”(《古诗源》卷五)，陈祚明说是“自然流出”(《采菽堂古诗选》卷六)。质朴自然从何而来呢？主要来自比喻的贴切。本诗全篇用比，一系列比喻构成了诗的完整的意境。釜下燃烧的豆萁比为文帝，釜中悲泣的豆粒比为曹植自己，“同根生”比喻他们二人的同胞兄弟关系，“相煎何太急”比喻曹丕对自己的迫害。这些贴切的比喻形成一个有机的整体，诗歌的思想性便溶化在这个有机体中，全诗更无游离于这个比喻体系之外的东西，浑然一体，结构十分严密。

诗的叙写很有次第。头两句从日常生活中的煮豆漉豉写起，不露声色；中间两句写萁燃豆泣，隐然有深意；后两句转为议论，一针见血地揭出主旨，大有情趣与理趣。质朴自然亦从此中来。

《七步诗》的广泛流传不是偶然的。真挚痛切的感情，婉而多讽的表达方式，二者完美地结合在一起。虽为质朴，然而视为“大雅之作”，又何妨呢？

(聂文郁　郭定功)

离友诗二首并序

曹　植

乡人有夏侯威者，少有成人之风。余尚其为人，与之昵好。王师振旅，送予于魏邦，心有眷然，为之陨涕。乃作离友之诗，其辞曰：

其 一

王旅旋兮背故乡,彼君子兮笃人纲,
滕予行兮归朔方。驰原隰兮寻旧疆,
车载奔兮马繁骧,涉浮济兮泛轻航。
迄魏都兮息兰房,展宴好兮惟乐康。

其 二

凉风肃兮白露滋,木感气兮条叶辞。
临渌水兮登重基,折秋华兮采灵芝。
寻永归兮赠所思,感离隔兮会无期,
伊郁悒兮情不怡!

鉴赏

曹植是一个深于情而笃于谊的诗人,因此,当他情溢于言发为诗歌时,就显得情真意切,感人肺腑。其赠别之作尤其如此。建安十七年(212)冬,曹操征孙权,曹植随军,十八年(213)春凯旋,路经故乡谯县,驻足于此。在故乡,曹植结识了乡人夏侯威,两人情投意合,顿成挚友。夏四月王师还邺,夏侯威送曹植于邺城,直至秋天才离邺返乡。曹植伤于好友的离别,就写下了这两首充满深情的诗。

第一首诗写夏侯威送他回邺的经过,作者以轻快的旋律、欢快的情调描述了两人返邺途中的悠闲喜悦的心情。"彼君子兮笃人纲",由衷地赞美了夏侯威的道德人品及其对两人友谊的笃重,而这种道德人品的相倾慕正是两人产生友谊、情感的基础。"驰原隰兮寻旧疆"以下三句,以生动的笔调写出了两人路途的欢悦,知心好友或并马奔驰于原野,或同车齐驱于山冈,或共舟漂渡于河流,那是何等美好的时光啊!"驰""奔""泛"几个不同动词的准确运用,极其形象地交代了路途跋涉的轻松与迅速,也表现出两人情感的融洽与心情的兴奋,就连这几句诗的韵律与节奏也显得那么急促和轻捷。"迄魏都兮息兰房,展宴好兮惟乐康",写了曹植对好友的盛情款待。把好友安置在芳洁华美的宫室,以丰盛的酒宴招待他,两情舒展,其乐无比。

第二首写好友夏侯威离邺返乡，诗人折芳相赠，伤情不已。“凉风肃兮白露滋，木感气兮条叶辞。”夏去而秋来，秋风萧瑟，白露为霜，落叶纷飞。恰恰是在这令人感伤的季节，友人却要离去，这就更使诗人伤情不已。摇落而知宋玉悲，面对这种情景，多情善感的诗人不禁会想起那“悲哉秋之为气也！萧瑟兮草木摇落而变衰。憭慄兮若在远行，登山临水兮送将归”的震颤人心的诗句，体验到悲秋伤离别的痛楚心境。这两句诗情景交融，正是从宋玉的诗句变化而来，而又丝毫不见模仿的痕迹，显得自然真切。千里相聚终有一别，短暂的欢乐即将过去，来到眼前的是长久的别离，这是多么令人不忍啊！于是诗人送了友人一程又一程，渡过河流，登上山冈，折秋菊而采灵芝，赠予好友，以表怀念，芳花仙草，以佩忠贞，象征着友情的芳洁与永恒。流水高山表明了知音相遇而又遭别离的悲伤。“临渌水兮登重基，折秋华兮采灵芝”，这两句写得亦实亦虚，虚实结合，深情内蕴，含而不露。至“感离隔兮会无期，伊郁悒兮情不怡”，深痛的感情才明显袒露出来。此一别后会无期，两情从此隔绝，怎么不令人心痛。风萧水寒，好友一去不还，此情此景，人何以堪！结尾两句表现出诗人心情的忧郁以及对友人的深切眷恋，成为本诗的情绪重心和落脚点，余情绵绵，耐人咀嚼。

这两首诗虽是写的同一事件，但表现的内容和情调却迥然有别。第一首诗写的是夏侯威送曹植，表现的是两人路途的欢快愉悦，心情舒畅，情绪昂奋，节奏轻松，动作迅疾；第二首写的是曹植送别夏侯威，表现的是两人离别时触目伤心的情景，心情抑郁，情绪低沉，节奏缓慢，动作迟滞。第一首主要以动作的轻捷衬托诗人内心的欢愉，第二首主要以景物的凄凉烘托诗人悲伤的情怀。第一首写的是两情相聚时的融洽与欢乐，第二首写的是两情相离时的感伤与忧思。两诗虽然风格情调相异，但表现的都是曹植对夏侯威的深挚友情。“情”是这两首诗的凝聚点和血脉，正是有了“情”，才使这两首诗在内在精神上一脉贯通，前后联系起来。

（魏崇新）

言 志 诗

何 晏

其一

鸿鹄比翼游，群飞戏太清。
常恐夭网罗，忧祸一旦并。
岂若集五湖，顺流唼浮萍。
逍遥放志意，何为怵惕惊。

其二

转蓬去其根，流飘从风移。
芒芒四海涂，悠悠焉可弥。
愿为浮萍草，托身寄清池。
且以乐今日，其后非所知。

鉴赏

何晏是汉末大臣何进之孙。何进父子为宦官所杀害，曹操收晏母为夫人，晏为假子，对晏甚加钟爱，尚以公主。晏虽历任高官，而喜道家清静无为之学。因追随曹爽，为司马懿所杀。二诗所流露的希望洁身远祸而又不愿急流勇退的情绪，为作者特殊处境及矛盾心理的反映。

曹爽为曹操养子曹真之孙，明帝时受到特殊"宠待"，并受遗诏辅助少主，因而权重一时。何晏等八人依附曹爽，共同专政，出任尚书，颇为得意。诗的开头写了"鸿鹄比翼游，群飞戏太清"二句，正是这一政治气候的写照。他以鸿鹄群飞暗喻自己及追随曹爽的同党。"戏太清"三字，显示了身居高位，扬扬得意之状，显得轻松和谐，为下面转换笔势作铺垫。接着，笔势急转，写了"常恐夭网罗，忧祸一旦并"两句，情绪骤然紧张，点出"鸿鹄"

在天空自由自在地嬉戏,只是表面现象,而内心怀着身陷“网罗”的忧虑,使读者心情随之沉重起来,产生欲抑先扬的艺术效果。诗人担心曹爽一伙被司马懿一网打尽的忧虑,跃然纸上。诗人深知曹、司马双方矛盾一旦激化,自己必然“夭”于“网罗”,死无葬身之地,“忧祸”会集中于自身。如何才能保全自己、远离祸患呢?只有放弃“戏太清”的快乐生活,急流勇退,诗人接着写道:“岂若集五湖,顺流唼浮萍。逍遥放志意,何为怵惕惊。”鸿鹄飞翔天空,目标显著,容易遭到猎人的捕杀。正如自己高踞尚书位置,目标显著一样,容易遭人忌妒。诗人替鸿鹄设想:你们不如栖息在太湖的汪洋水国之中,“唼”那水中的“浮萍”,任意逍遥,免得怵怵惕惕地心惊胆战,暗示自己也该急流勇退,不要再留恋荣华富贵了。在第二首里,诗人又以“转蓬”比喻自己卷入政治漩涡,欲罢不能,转而羡慕清池中自由自在的“浮萍”。他写道:“转蓬去其根,流飘从风移。芒芒四海涂,悠悠焉可弥。”“转蓬”,指被旋风吹入空中成团飘移的乱草。乱草离根,无所归依,只好随风移动,下视“芒芒四海”的道途,那么悠悠宽广,竟没有自己可以停息的地方。显然,诗人对自己的政治生活,有了危机感,而又无法摆脱。他写道:“愿为浮萍草,托身寄清池。”因为“清池”里的“浮萍草”洁身自好,与世无争,可以安安静静地休息,比之“转蓬”的随风转动,多么令人羡慕啊!“浮萍”虽然不受重视,至少比“转蓬”要好些。“且以乐今日,其后非所知”两句,表明诗人还在眼前快乐中自我安慰。《文章志》说何晏“内虽怀忧,而无复退也”。其矛盾心情,在诗中是“呼之欲出”了。两首诗都用比体,没有明说主旨,而主旨跃然纸上,是它们的共同艺术特点。

(刘知渐　鲜述文)

百　一　诗

应　璩

下流不可处,君子慎厥初。
名高不宿著,易用受侵诬。
前者隳官去,有人适我闾。
田家无所有,酌醴焚枯鱼。
问我何功德,三入承明庐。

所占于此土,是谓仁智居。
文章不经国,筐箧无尺书。
用等称才学,往往见叹誉。
避席跪自陈,“贱子实空虚,
宋人遇周客,惭愧靡所如”。

鉴赏

应璩,字休琏,是著名文学家应瑒之弟,青少年时期深受文学熏陶,后在曹魏政权任过侍郎、常侍、侍中,并曾任大将军曹爽的长史。《百一诗》是他的名作。为什么诗题叫“百一”呢?有人说是原诗有一百多篇,有人说是以一百字为一篇,也有人说是含有“百虑岂无一失”之意。就原诗看,似乎在于“自警”,或亦以之进行讽喻。作品开始的“下流不可处,君子慎厥初”两句,用了《论语》中的“君子恶居下流,天下之恶皆归焉”的典故,说明每个人应当及早谨言慎行,避免陷于污浊境地。接着用“名高不宿著,易用受侵诬”二句,点出全篇主旨,认为具有崇高的名誉地位,而不是出于素有威望的人,就容易受侵侮和诽谤,不可不更加谦虚谨慎,远离“下流”,否则将会受到更大的侵侮和诽谤。这四句看来不相关联,而内部逻辑却联系得十分紧密。以下,诗人提出了自己的一次经验和体会,以表明“名高”之后,容易受到“侵诬”的事实。他娓娓叙述:“前者隳官去,有人适我闾。田家无所有,酌醴焚枯鱼。”意思是上次罢官之后,有人来我家访问,我没有什么东西招待他,只好请他喝点醴酒(淡酒),吃点枯鱼(干鱼)。这四句点出了自己罢官之后,生活并不富裕,客人来访,只能用醴酒和枯鱼招待他。写的有时间(罢官之后)、有地点(乡间住处)、有人物(主、客)、有细节(酌醴焚枯鱼)。而“酌醴焚枯鱼”的描绘,显示了村居风味,饶有情趣。接着,写客人的诘难,“问我何功德,三人承明庐。所占于此土,是谓仁智居。文章不经国,筐箧无尺书。用等称才学,往往见叹誉”,真像连珠炮一样轰击着诗人。“承明庐”,是汉魏时承明殿旁边侍臣值宿之所。诗人历仕侍郎、常侍、侍中等职,都是当时相当显赫的官职,有资格在承明殿值宿,所以叫“三入承明庐”。接着用《论语》“智者乐水,仁者乐山”的典故,指自己卜居在山清水秀的地方。“文章不经国,筐箧无尺书”,是说箱子里没有可以治国安邦的著作。这段质问,可分为三层意思:第一层,质问诗人有什么“功德”而连续三任显官?第二层,质问诗人罢官后,凭什么住在仁人智者居住的山清水秀之处?第三层,质问诗人没有写出可以“经国”的文章,凭什么号称有“才”、有“学”，常常被人赞叹、夸奖？这些质问也许不是事实，而出于诗人的假设，目的在于说明“名高不宿著，易用受侵诬”的道理。最后，诗人自己表态，写出了“避席跪自陈，‘贱子实空虚，宋人遇周客，惭愧靡所如’”四句。“避席”，是离开座位长跪。“宋人”“周客”为先秦寓言中人物。寓言说宋国一个愚人，得到一颗燕石，以为至宝，珍藏在家。周客前来看宝，宋人慎重地出示宝物，经周客鉴定，不是宝物，遭到周客嘲笑。“靡所如”，即无所往，与无地自容的意思一样。诗人写自己谦恭地完全赞同客人的诘难，承认自己的确无德无才，就像宋人遇见周客一样，底细被揭穿了，惭愧得无地自容。“避席跪自陈”五字，刻画出诗人自己的谦恭举动。“贱子实空虚”三句，表示自己像宋人遇周客一样惭愧。谦虚谨慎的态度展现在读者面前，成功地表明了诗人自己就是这样远离“下流”的，不言而喻地点出了全诗主旨，既可以自警，又可以讽喻他人，具有教育意义。

（刘知渐　鲜述文）

杂　诗

应　璩

细微可不慎，堤溃自蚁穴。
腠理早从事，安复劳针石。
哲人睹未形，愚夫暗明白。
曲突不见宾，焦烂为上客。
思愿献良规，江海倘不逆。
狂言虽寡善，犹有如鸡跖。
鸡跖食不已，齐王为肥泽。

鉴赏

应璩这篇杂诗，就其内容来看，“思愿献良规，江海倘不逆”之句，似有提倡“讽谏”的意味。全诗主旨在于阐明“防微杜渐”的思想。

开首四句点明“防微杜渐”的重要性,用了两个比喻,第一个是“细微可不慎,堤溃自蚁穴”。用了《韩非子》“千丈之堤,以蝼蚁之穴溃”的典故,认为堤坝的蚂蚁巢穴虽然很小,也可使堤坝崩溃,比喻“细微”之事也不可不慎重对待。蚁穴很小,堤坝很大,体积相差悬殊,人所共知,但“堤溃自蚁穴”的事实,表明了“细微不可不慎”。第二个比喻是“腠理早从事,安复劳针石”的道理。“腠理”,指皮肤的表层,人有伤风感冒的小病,腠理受点影响,热敷就可以解除,如小病不治,病及肌肉,就只好用针石来刺经穴了。故《韩非子》引古代名医扁鹊的话说:“病在腠理,汤熨之所及也;病在肌肤,针石之所及也。”诗人用扁鹊的语意,认为如果病在腠理,及时热敷,何必再用针石来刺激肌肤中的经穴呢?可见小病不可不早治,“细微(不)可不慎”。诗人两次使用《韩非子》中人人皆能体验的普通常识,一经点化,不着痕迹。接着,进一步指出,“哲人睹未形,愚夫暗明白”二句,认为聪明智慧的哲人,能够发现问题于“未形”(不明显)的时候,及时加以预防,而糊涂的“愚夫”在真相明白之后仍暗然不觉,好比“曲突不见宾,焦烂为上客”一样。这也是当时民间流行的传说,说是淳于髡看见邻人灶上的烟囱是直形,旁边又堆有柴草,就告诫邻人把烟囱改成曲形,把柴草运到远离烟囱的地方,否则容易失火。邻人不听劝告,后来果然失火,幸而被众人扑灭。邻人举行答谢宴会,把那些因救火被烧得焦头烂额的人待为上宾,而不理睬最先建议曲突徙薪的人。以此为例,比喻那些不能“防患于未然”的“愚夫”,形象生动,饶有趣味。最后六句,是诗人提出“防微杜渐”的主张后,希望对方接受。“思愿献良规,江海倘不逆”二句中的“良规”,亦即上述的主张。对方如有“江海”之量,想来不会拒绝这个“良规”吧!恐怕对方还有顾虑,又进一步谦虚地说:“狂言虽寡善,犹有如鸡跖。鸡跖食不已,齐王为肥泽。”“狂言”,是作者自谦其“良规”。用齐王食鸡跖千数而肥的故事,比喻自己的主张虽然“寡善”,但齐王常食鸡跖而肥,证明接受意见总是有好处的。全诗虽在于说理,但比喻贴切,用典灵活,读来不感到枯燥,有一定的感染力。

(刘知渐　鲜述文)

赠秀才入军(其九)

嵇　康

良马既闲,丽服有晖。
左揽繁弱,右接忘归。
风驰电逝,蹑景追飞。
凌厉中原,顾盼生姿。

鉴赏

嵇康以此题写了一组诗,共有十九首,除第一首是五言外,其他全为四言。这里所选是其中的第九首。嵇康的四言诗写得较好,峻切中时有雄秀之气,此诗正是这一风格的代表。

题中的"秀才"指作者的哥哥嵇喜。这首诗主要写作者想象其兄在军中的戎马骑射生活。既写人也写马,而写马又是为了写人。"良马既闲,丽服有晖。""闲"是熟习的意思。首二句描写嵇喜骑着训练有素的良马,穿着漂亮有光彩的军装,这一开始就显现出令人注目的形象。接下四句描写骑射的功夫:"左揽繁弱,右接忘归。风驰电逝,蹑景追飞。""繁弱"是弓名,"忘归"是箭名,"蹑"是追的意思,"景"即"影"字。拉开硬弓,搭上长箭,鞭马快驰,如风似电,追得上一掠即逝的影子和倏忽而过的飞鸟。如果刚才还是一个整装待发而较平静的普通军士的形象,现在则是一位龙腾虎跃的英武将军的形象。这种由静到动的刻画,使人物形象具有了很强的立体感。最后二句"凌厉中原,顾盼生姿",使一个驰骋疆场、旁若无人、雄姿英发的将军形象跃然纸上,栩栩如生。这两句对人物精神面貌的塑造达到了最高境界,取神存形,形神兼备,英俊中透出秀逸。

(赵望秦)

咏　怀(其一)

阮　籍

夜中不能寐，起坐弹鸣琴。
薄帷鉴明月，清风吹我襟。
孤鸿号外野，翔鸟鸣北林。
徘徊将何见？忧思独伤心。

鉴赏

《晋书·阮籍传》云："作《咏怀》诗八十余篇，为世所重。"此为第一首。全诗略于事实的铺叙，重在意境的创造，而这孤寂荒冷的夜境，与借以表达的朦胧幽隐之情，则带有明显的时代与个性的特征。

"夜中不能寐，起坐弹鸣琴。"已是夜半时分了，诗中的主人公，实即作者自己还不能成眠，还要起来"弹鸣琴"。这时的弹琴，自然是为了遣怀、消忧。首二句即已突出而具体地显示出作者是有重重心事，有不能已于言者。但他的心事、他的不能已于言者究竟是什么，他却欲说还休，直到诗的结尾，也没有写出个究竟来。"薄帷"二句，写他夜半弹琴时的环境、氛围。这时与他做伴的，只有照帷的明月、动衣的清风，周围是那样的孤寂，气氛是那样的凄冷。而这孤寂、凄冷，不过是他自己充满苦闷忧思的心境的曲折表现而已。"孤鸿"二句，放开一笔，写室外，写耳闻：孤鸿哀号于外野，翔鸟悲鸣于北林。总之，室外所闻，也无非是一片悲凉凄苦之声。寓情于景，这固仍是他心境的外现，情景相生，它反回来又刺激、加深了他内心的忧思。说"孤鸿"，自然会使人想到它离群失偶，给人以不幸之感；说"翔鸟"，也会使人联想起曹操的名句："月明星稀，乌鹊南飞，绕树三匝，何枝可依？"触引起人遭时不祥、无处安身的情思。末二句总束全诗。这时诗人不寐而徘徊，又会看到些什么呢？无非是上述种种令人忧伤的景象。这一切，非但不能遣怀，反而使他更苦闷、更伤心、忧思难忘了。全诗丝毫没有触及他的"忧思"的具体内容，而只是描绘、渲染了具有这种"忧思"的作者夜不成眠、百无聊赖时的动作与感受,并通过这显示了这种"忧思"之刻骨铭心与不可排解。这样,自然会给人以难以情测和索解不易之感。不过,通过这样的"忧思",读者对产生这种"忧思"的社会现实,也可以得其仿佛的。王夫之曰:"但如此诗,以浅求之,若一无所怀,而字后言前,眉端吻外,有无尽藏之怀,令人循声测影而得之。"(《古诗评选》卷四)所讲的也正是这一艺术特征。

(高海夫)

咏　怀(其二)

阮　籍

二妃游江滨,逍遥顺风翔。
交甫怀环珮,婉娈有芬芳。
猗靡情欢爱,千载不相忘。
倾城迷下蔡,容好结中肠。
感激生忧思,萱草树兰房。
膏沐为谁施,其雨怨朝阳。
如何金石交,一旦更离伤!

鉴赏

阮籍五言《咏怀》诗八十二首。这是第二首。这首诗写江妃的两个女儿和郑交甫的爱情及最后分离的忧伤。这个爱情故事出自《列仙传》。故事是说,郑交甫在长江、汉水之滨,遇到江妃的两个女儿,她们长得很美,郑交甫一见钟情,不知道她们是神仙。江妃的两个女儿都佩带环珮,郑交甫请求她们赠送环珮。她们就解下身上的环珮赠予交甫。交甫揣着环珮走了几十步,发现怀中的环珮已经不见了,再回头看两个绝色女子也不见了。"二妃游江滨,逍遥顺风翔。交甫怀环珮,婉娈有芬芳"四句概括了这个爱情故事的主要情节。第一句交代故事的人物、地点和人物的活动。第二句写江妃二女的仙姿神态。第三句写馈赠环珮。这环珮乃是爱情的信物,所以第四句写郑交甫的感觉:环珮芬芳,情意深长。故事写到这里,并没有写完。下面分写郑交甫和江妃两个女儿的爱慕和相思。

“猗靡情欢爱,千载不相忘。倾城迷下蔡,容好结中肠。”这是写郑交甫对江妃二女的爱慕。这种绵绵不尽的情意,是千年难忘的。二女的美好容貌,深深地铭刻在他心中。这些内容是原故事所没有的,诗人以自己的想象进行了补充。

“感激生忧思,萱草树兰房。膏沐为谁施,其雨怨朝阳。”这是写江妃二女缠绵悱恻的相思之情。由于郑交甫如此钟情,激起二女对他的相思。萱草原是令人忘忧之草,可是此时已无忘忧之用了,可见其忧思之深。情人不在,梳洗打扮又为谁呢?她们盼望郑交甫再来,而他却再也不来了。这就好像天天盼着下雨,而天天见到的总是太阳。此愁此恨,永无尽期。这些内容也是诗人的补充。这种补充,使情节更为曲折,情感更为浓烈,有更强的感人力量。

“如何金石交,一旦更离伤!”怎么像金石一样坚固的情谊,今天就这么断绝了呢?令人无限的忧伤。这是写江妃二女对郑交甫的责难,也寄寓了诗人的感慨。

显然,这是一首爱情诗。但是,阮籍《咏怀》诗常用比兴手法,因此,清人吴淇《六朝选诗定论》说:“首四句之外,便与交甫事不合,特借以成文耳。”这是认为,诗人借这个爱情故事的部分情节以抒写自己的感慨。元人刘履《选诗补注》说:“初,司马昭以魏氏托任之重,亦自谓能尽忠于国。至是,专横僭窃,欲行篡逆,故嗣宗婉其辞以讽刺之。言交甫能念二妃解珮于一遇之顷,犹且情爱猗靡,久而不忘。佳人以容好结欢,犹能感激思望,专心靡他,甚而至于忧且怨。如何股肱大臣视同腹心者,一旦变更,而有乖背之伤也。君臣、朋友,皆以义合,故借金石之交为喻,所谓‘文多隐避’者如此,亦不失古人谲谏之义矣。”这里明确指出是讽刺司马昭。我们认为,这首诗是否讽刺司马昭,实在难以断定。不过,说诗的内容隐喻曹魏与司马氏的关系,倒是颇有道理的。

(穆克宏)

咏　怀(其五)

阮　籍

平生少年时,轻薄好弦歌。
西游咸阳中,赵李相经过。
娱乐未终极,白日忽蹉跎。
驱马复来归,反顾望三河。
黄金百镒尽,资用常苦多。
北临太行道,失路将如何!

鉴赏

对于少年荒唐的反思,是文学作品中常见的题材。阮籍这首咏怀诗,便塑造了一个荒唐失路的少年形象。这位少年,爱的是歌舞,游的是京城,相与的是歌儿舞女,修身齐家之事忘在脑后,治国平天下更是谈不上了。但好景不长,娱乐未了,岁月已过,少年长大了。他感到不能再这么混下去了。驱马向前,寻找道路,可哪儿有路,哪儿是归宿呢?他要回归故乡,回归那生他养他的地方。但是,不知怎么回事,家乡却永远在他身后,他只能"反顾",他就只能在这南辕北辙的道路上越走越远。他无可奈何地哀叹:走上了这条路,该如何是好啊!

阮籍无法回答自己的问题。整个魏晋时代,就是那样一个荒诞的时代;整个社会,就是那样一个荒唐的社会。从汉末的大混战开始,社会就一直在动荡不安中堕落下去。到了西晋,更是黑暗腐朽到了极点。司马氏夺取了政权,疯狂地屠杀异己。在这种"一身不自保,何况恋妻子"(《咏怀》其三)的可怕年代里,老庄哲学被改造为一种活命自保哲学,儒家那一套礼义的遮羞布被抛在了一边。一种"世纪末"的情感笼罩着每一个人。大家纵酒谈玄,沉溺于声色之中,放浪于形骸之外,没有人认真去忧国忧民,如同先前之屈原、后来之杜甫那样自剖忠心以"劝谏";也没有人认真去为国家大事操劳,如同前之诸葛孔明、后之祖逖、刘琨那样决心以生命来保家卫国。统治阶级的最上层在争权夺利中疯狂地失却了最后一点人性，这个阶级的其他人也就只能这样整天稀里糊涂地“轻薄赵李”“娱乐弦歌”下去。这不是哪一个人的悲剧，是全社会的悲剧。阮籍这首诗是对自己的反思，也是对这个社会的反思。他从“魏晋风度”那潇洒脱俗的面纱中，清醒地看到了整个社会，包括他自己，正身不由己地走在那离理想目标越来越远的“太行道”上！

对于“误入歧途”的恐惧也许是人类心灵深处的一种“集体无意识”。千百年来，人们不断地努力地“上下而求索”，但是，谁又能说自己眼下是走在正道上？更令人痛苦的是，你认识到走错了路，但你已身不由己，你只能清醒地顺着邪路走下去。这首诗也许就是这种痛苦的象征。它也许是在象征自己走上仕途是骑上了虎背而愈来愈远离自己的初衷，但它何尝又不是整个社会无可挽回的堕落的缩影，又何尝不是在象征着人类社会这驾马车在某个时代正无可挽救地向着一个可怕的未来狂奔而去！伟大的诗，总是用最简洁的形象画面来显示尽可能深刻的哲理，传达尽可能丰富的情感，震动尽可能多的读者的心弦。《咏怀》(平生少年时)正是这样的诗。

(吴文治　朱崇才)

咏　　怀(其六)

阮　籍

昔闻东陵瓜，近在青门外。
连畛距阡陌，子母相钩带。
五色曜朝日，嘉宾四面会。
膏火自煎熬，多财为患害。
布衣可终身，宠禄岂足赖？

鉴赏

这首诗通过赞美秦东陵侯邵平入汉之后，种瓜为生、自得其乐的生活情趣，表现了诗人蔑视利禄、向往清贫生活的思想。

诗的前六句为一段。“昔闻东陵瓜，近在青门外。”“昔闻”二字，点明本诗是吟咏历史的。这两句意思是，从前听说做过东陵侯的邵平，在秦朝灭亡后沦为平民，就在长安城东灞城门附近种瓜为生。诗歌一开始，就交代了人物和地点。

"连畛距阡陌，子母相钩带。"这两句意思是，瓜田一片又一片，大大小小的瓜果纵横交错。如此大面积的种植并获得丰收，其中蕴含着耕种者劳动的艰辛困苦，是不言而喻的。"五色曜朝日，嘉宾四面会"，苦尽甘来，辛勤的劳动换来了莫大的乐趣：满地的瓜果色彩斑斓，在朝阳的照耀下，闪闪发光，吸引着四面八方的宾客前来品尝。于是，种瓜者也随之名扬四海，正如刘履《选诗补注》所说的："盖平所以垂名者，不以侯而以瓜。"

诗的后面四句为一段，是由邵平种瓜这一事件引发的议论和感叹，也是诗的主题所在。"膏火自煎熬"，化用了《庄子·人间世》中的"山木自寇也，膏火自煎也"。由此引出下句"多财为患害"。意思是说，油类可燃，被用来点火。同样，一个人钱财过多，也必然招来祸害。诗人之所以有此看法，正表明他对邵平罢官归田的称赞，所以接下去便发出感叹："布衣可终身，宠禄岂足赖?"鲜明地表现了蔑视利禄和向往清贫布衣生活的思想感情。

诗人之所以生发出这一思想感情，是有其历史原因的。《晋书·阮籍传》载："属魏晋之际，天下多故，名士少有全者，籍由是不与世事。"险恶的政治环境，使诗人懂得了逃世。阮籍一生尽管也当过几任官，但也是很勉强的。如他当了步兵校尉，仅仅是因为"步兵厨营人善酿，有贮酒三百斛"而已。而当时老庄思想的盛行，给诗人的思想行为以深刻的影响，特别是老庄与世无争的思想引导诗人对现实社会的厌弃和对名利的蔑视，所以，诗人追求的是一种内在的自我完善，向往的是布衣的生活。刘履《选诗补注》说此诗是："嗣宗知魏亡有日，不乐久仕，思得如秦故侯种瓜于青门，则志愿毕矣。"正道出阮诗本意。

阮诗在结构上往往富于跳跃性，这首诗也是这样。"膏火"二句，正如方东树所说"凭空横来，与上全不接"(《昭昧詹言》卷三)，表现出很强的跳跃性，但语不接而意接。在诗人看来，邵平之所以罢官后种瓜，正因为悟到"膏火自煎熬，多财为患害"这一道理。这二句的凭空插入，看似诗人的议论，却含蓄不尽，又为最后二句做铺垫。"布衣"句明显地承接"昔闻"六句，但与"膏火"二句并非没有关系，因为"多财"句在意思上与"布衣"句正好相反。如果说"布衣"句承前六句是"顺接"的话，那么与"膏火"二句便是"逆接"。有了这一"逆接"，才能引出诗的最后一句"宠禄岂足赖?"方东树指出："'宠禄'句倒接'膏火'、'多财'，以二句分结。"(《昭昧詹言》卷三)正看到本诗在结构上的特征。阮诗结构上的跳跃性是构成它深沉含蓄风格的一个重要因素，也是造成阮诗隐晦难解的原因之一。

(陈荣富)

咏　　怀(其八)

阮　籍

灼灼西隤日，余光照我衣。
回风吹四壁，寒鸟相因依。
周周尚衔羽，蛩蛩亦念饥。
如何当路子，磬折忘所归？
岂为夸誉名，憔悴使心悲。
宁与燕雀翔，不随黄鹄飞。
黄鹄游四海，中路将安归？

鉴赏

本篇为追求名位有进无退者叹惜，自陈宁愿卑栖，不图高飞的心曲。

首二句兴中含比，从《楚辞》"日杳杳而西隤"化来。日虽灼灼然已西隤(隤，同"颓")的实景，触引起诗人生命短促、盛年不再的叹惋，也即另一首写到的"人生若尘露"之意。暮日的余光依依恋牵着诗人的衣襟，也犹诗人对生命的惜恋一样。诗的感兴从来是复合型的，外在之象与内在之意很少是一比一的关系。结合阮氏的身世和其一贯的创作母题看，这里灼灼之日的西沉，又岂能与他常常表现的对曹魏政权的挽歌情绪无关呢？

诗境过渡到"回风"二句，先前余晖灿灿的视觉印象已不复存在。风扫壁尘，地起烟沙，眼前似是一片灰蒙萧落之境界了。风寒本当势劲，一瞬之间足以呼号百里，诗人不写这风流的整体概观，却择其局部：一个在四壁间逆转的回风，这就有意味了。"回"，犹回盼、转顾，此股小风不随高空风流，鹏程万里，却来此盘旋逗留，岂非惓惓有意于壁间天地乎？所以"回风"作为一个深层意蕴的象喻，已经包含了下面"宁与燕雀翔，不随黄鹄飞"的真意。"回"字下得亦好，它状出了风因壁阻而盘旋扑卷的势向与力度。看起来是在写风袭墙壁，实则写风对壁间人的骚扰。因壁乃实指人赖以屏障并生活其间的院墙屋壁,人处其间本已是一种退避,然风却又进逼到人的退避藏身之所中来,风寒对壁间人的侵逼得来了更进一层的表达。而回风中的寒鸟,依偎相助,拥聚防寒,又从另一角度反衬了壁间人不能抵御风寒的失助无依之感。

"周周"二句沿鸟善于相依相助的思路一气联想下去,写传说中头重尾屈的周周鸟为防落水尚懂得衔羽而饮,并有一种腿长不便吃草的蛩蛩亦知道和足短便于吃草的蹷互相依赖。

诗到此蓄势已足,诗人因势设问:四壁之间的家居静处尚有乱风之侵扰,又何况仕路上的不虞之患与险恶祸端呢?无知无识的鸟兽都会各为自己谋虑,那些官场奔竞者何以卑躬屈膝,仰人鼻息,懵懂不醒,执迷忘返呢?诗人从喝醒"当路人"的角度,侧面表露了不为蝇利营求折腰的心迹。"岂为"句开始正面表述不务仕途的理由,并非为了沽名钓誉,博取高士美称,实在是人生有限,忧患本多,或哀命运之蹇蹇,或嗟世事之艰难,心之愁劳,负荷已重,哪可再加上一层官场的风险,使自己身履薄冰,怵惕若惊,劳心费神,徒然憔悴呢?其中"夸誉名",语吻上似只说自己不做官不是为了赚高名,然文字背后却隐露了现实世界中就有那么一种以不做官来换取"誉名"的伪情丑态。这些人的嘴脸比起那些舔痔求宠的"当路子"似更可憎。所以"岂为夸誉名"句,既将自己从肮脏的世俗伪情中洗濯了出来,又顺手鞭挞了"夸誉名"者的虚伪灵魂,可谓"一击两鸣"。诗后四句,诗人设"燕雀""黄鹄"之喻,申足不愿出仕的理由。他自比"短翮"者(清闻人倓评语),若与黄鹄比游,黄鹄一举冲天,翱翔四海,短翮者追而不逮,中道失伴,徘徊迷途,归路安在?为平安计,宜与燕雀为侣,不与黄鹄并举。这透出了由于自知其短(翮)而产生的求安惧祸、苟且全身的心理,与前面蛩蛩兽、周周鸟因生理缺陷而采取特殊生活方式(衔羽而饮等)自护其短所体现的象征意义完全一致。这大概与阮氏身世有关系。曹魏末年,大权旁落,司马氏集团血腥杀伐与曹魏集团有根系的士族。司马懿诛何晏等名士三族,司马昭治嵇康"害时乱政"之罪都是典型例子。当此政治气候,阮籍作为曾受曹操奖掖重用的阮瑀之子,自然就产生了忧灾恐祸、朝不保夕,像周周鸟那样易于颠覆落水的脆弱情感,以及虽处家中藉四壁为障却也有回风侵逼、祸从天降之可能的紧张心理。他的宁随燕雀、不随黄鹄,可以看作上述心理的曲折反映。另外"中道失路"的潜蕴也极丰富,包含了诗人基于多年政治阅历与经验基础上的对现实的抉择。景初三年(239),曹爽辅政时,有辖制司马氏篡魏的"黄鹄"之志,曾召阮籍为参军(籍以疾辞),但他很快被阴狠权变的司马氏集团诛灭。司马氏集团得手后,也拉拢大名士阮籍出来做官,司马昭还为儿子司马炎向阮籍求女为婚。阮籍感到,朝为华堂,夕成荆杞,政治斗争翻云覆雨,“一棋输赢料不真”,很难说鹿死谁手。倘随黄鹄风云际会,一旦中道失伴,岂非困境?全诗忧恐遇祸,然寄兴无端,“志在刺讥,而文多隐避,百代之下,难以情测”。

(吕美生 王政)

咏 怀(其十)

阮 籍

北里多奇舞,濮上有微音。
轻薄闲游子,俯仰乍浮沉。
捷径从狭路,僶俛趋荒淫。
焉见王子乔,乘云游邓林。
独有延年术,可以慰我心。

鉴赏

这是一首讽世之作,诗中辛辣地讥刺了那些不顾利害、不虑后果、一味追求感官享受而自戕其生的浮浪之辈。

全诗分为两部分,前六句写“闲游子”们竞趋新声,争逐淫靡,自为可乐,实则可悲的行径。

“北里多奇舞,濮上有微音。”“北里”“濮上”均古地名(或以“北里”为舞曲名)。《史记·殷本纪》:“(帝纣)使师涓作新淫声,北里之舞,靡靡之乐。”《礼记》说:“桑间、濮上,亡国之音也。”后世就把北里之舞、濮上微音作为靡靡之乐、亡国之音的代称。诗人把这两个典故放在篇首,一方面点出古已有之的淫靡乐舞今天依然存在,从而引出下文;一方面贯穿古今,为无视殷鉴的“轻薄闲游子”预敲一记警钟。

前两句先叙述了一种社会现象,接着描写诗的主角——轻浮的游手好闲之徒对这一现象所持的态度。前人之中,因为耽溺于这样的乐舞,国亡身丧者不乏其例,所谓前车之覆,后车之鉴,然则今之“闲游子”们,却并不记取历史的教训,反而与之俯仰,随之浮沉,痴迷其中,不肯稍解。“俯仰乍浮沉”,轻笔一点,已使“闲游子”们唯乐是图、迷不知返的形象穷形尽现,可是诗人犹嫌不足以尽其情,毕其态,更用

"捷径从狭路,僶俛趋荒淫"二句加以渲染,从外部动作直透内在心灵,入木三分地表现了他们趋之唯恐不及、用力犹恐不足的急切心情。一点一染,活灵活现地勾画出一幅群丑淫乐图。

写尽了这些人的丑态以后,诗人一转笔锋,描绘了另外一个与之绝异的神仙世界:王子乔乘驾祥云,自由自在地遨游邓林之上。"王子乔",即周灵王太子晋。据《列仙传》记载,太子晋好吹笙,作凤鸣,游于洛水、伊水之间,被道士浮丘公带上嵩山修炼,最后乘鹤仙去。诗人引用王子乔的故事,冠以"焉见"二字,既讥笑轻薄之辈见识浅陋,不知淫靡放荡之外更有乐事,又暗示他们竞赴荒淫,只能片刻欢乐而终是促生之媒,取亡之道,岂如神仙一流离世轻举,全性保真,永远获得精神的满足呢?

最后,诗人以"独有延年术,可以慰我心"反接上二句结束全诗。这两句意思是说,王子乔登仙,不可尽信,纵有其事,也杳冥难寻,但其超然物外、不染尘俗的行为,却值得效法,我正可借此养怡身心,全生远害,益寿延年。自慰之中,舒缓从容地表达了自己的志趣和追求。

此诗以淫丧其身诫世人,但诗人并未把这个意思直接表示出来,只给读者展示了两幅对比强烈的画面,却将自己的人生态度和思想倾向包孕其中,让读者通过审视图画,去索解,去判断,从而自己得出结论。对淫乐之辈的愤激态度出之以委婉的言辞,恐怕不独由于美学趣味的缘故,也和诗人生于乱世,有所顾忌而不敢直言有所关联吧。

和阮籍的其他《咏怀诗》一样,这首诗也像一个谜语。既为谜语,就可能有各种各样的猜测,有人以为规谏魏帝曹芳,有人以为讥讽辅政曹爽,也有人以为它言在此而意在彼,借以讥刺党附权势之人。这些不同的体会和理解,正好显示了此诗意蕴的丰富和涵盖的广泛。

(傅毓民)

咏　怀(其十一)

阮　籍

湛湛长江水,上有枫树林。
皋兰被径路,青骊逝骎骎。
远望令人悲,春气感我心。

三楚多秀士，朝云进荒淫。
朱华振芬芳，高蔡相追寻。
一为黄雀哀，泪下谁能禁。

鉴赏

本篇歌咏楚国史事，借以寄托对于时事的讽刺和感慨。

“湛湛”二句从《楚辞·招魂》“湛湛江水兮上有枫”化来。“湛湛”，江水幽深黑碧貌。幽深感中夹带了诗人因水深近墨而临之森寒的主观体验，以及千尺水下不测究有何伤生之物的恐危之感。“枫树林”乃是招魂的意象。因传说中的枫是蚩尤被黄帝杀后其器械所化，它是带有怨气的幽魂的象征。如杜甫疑流放夜郎的李白已死，魂来入梦，就有“魂来枫林青”的句子。所以，诗一开篇就渲染了浓郁的感伤色彩与招魂情绪。

“皋兰”二句亦化用《楚辞·招魂》句：“皋兰被径兮斯路渐”“青骊结驷兮齐千乘”，写青草发荣侵道，车马骎骎驰过，透视了极度低沉的伤春情调。情调中兴感复杂，情绪涡流，提供了一种从社会政治、现实人生实际忧虑中抽绎、升华而来的情感基调或审美心境，却很难指实其（也因其丰富指实不了）内涵。不过其间诗人情感与外物互相触引、意绪运动变化的情形则可以看出大概。诗人本藏有一段生活中积蓄起来的悲漠。当他“春愁难遣强看山”（丘逢甲《春愁》）的时候，连续出现了两个境象：兰抽叶箭与青骊飞去。前者是新生勃发，后者是过往消逝。兰的意象发生作用时，诗人心底似掠过一丝春意的欣然，但因其内心潜隐的悲漠太沉重，加上第二个意象又施加了骎骎消逝的怅惘，那一丝春的欣悦很快溶解成了冰冷的伤春之情。

“远望”二句点醒前文，也告诉读者，上面的江水、枫林、路兰、骊马原来是诗人望中的视觉形象，而枫幽兰茂、江水湛湛、马之骎骎原来是诗人望中的感受。一个因春望而睹物兴怀的诗人形象亮相了。他的出场使上四句所绘之景陡然活起来，形成了一个以诗人形象为中心的“目极千里兮伤春心”的完整境界。这就是诗家所说的“倒卷帘法”。

下面通过两个历史意象来写伤春与招魂的内容。一个意象是“三楚”二句，指斥魏王左右的“进荒淫”。诗人把宋玉以巫山神女怂恿楚王荒淫之欲与魏王之臣诱其行声色犬马之乐作了简单的类比，类比中魏室朝政荒废、臣不匡辅的现实对象化、凝缩化到历史的意象中去了。诗人委婉地表达了愤慨之情。句中“朝云”是从宋玉《高唐赋》巫山神女自称“妾在巫山之阳，高丘之岨，旦为朝云，暮为行雨”一段中"割取"而来,指代楚王与巫山神女幽会之事。引典方式上是一种"割裂式代称法",不算高明,但在表达的意义上似有用心。"朝"是白天,有白昼宣淫到了肆无忌惮地步的意思在里面。所以用"朝云"比用"暮雨"似更能突出魏王曹芳恣纵淫欲的程度。另一值得玩味的是:进荒淫者不是佞臣而是秀士。若佞臣进荒淫似是其本性,原必如此,用不着惊诧;而今进荒淫的却是本应讽谏、匡君之失的秀士,此与天理何说?而且,秀士今已居然以进荒淫为务,那么群小之邪祟、举国之昏昏何待明言?

另一意象是"朱华"四句。诗人援引庄辛说楚襄王的故实,直斥魏王当春荣时盛之际,不能因盛求治,厘革弊患,反淫逸无度,自取灭亡。庄辛讲,昔有黄雀美食高栖,自为无患,却不知高处有王孙挟弹将欲击之;蔡灵侯贪于女色,游冶于高蔡之地,不知宣王已授命子发擒捉他,与临危之黄雀毫无二致。这里出现层次复叠的结构,"结构核"是黄雀,外一层是蔡灵侯,又外一层是楚襄王,再外一层即魏王。就内容上说,复叠的层次给诗人关于魏室颓败的忧患情绪提供了厚重的历史内容,并潜隐地传达了荒淫必然误国的历史意识。就艺术表现看,黄雀、蔡侯、楚王、魏王,产生了比第一个意象中简单类比关系更具特色的多重映射关系。不仅黄雀是蔡侯的写照,蔡侯也是楚王的前车之鉴;不仅黄雀之危可以见出魏王的命运,蔡侯的悲剧也有着魏王的影子。一种重蹈覆辙、沉迷不悟的忧思与哀叹盘旋在这种相互映射的关系之中。到此,诗人怎能不潸然泪下,涕泣不已?全诗就是这样一首泣曹魏王朝春荣将尽、基业欲倾的伤春歌,一支叹魏王临危不悟、迷魂难返的招魂曲。

(吕美生　王政)

咏　怀(其十五)

阮　籍

昔年十四五,志尚好书诗。
被褐怀珠玉,颜闵相与期。
开轩临四野,登高望所思。
丘墓蔽山冈,万代同一时。
千秋万岁后,荣名安所之?
乃悟羡门子,噭噭今自嗤。

鉴赏

这首诗以今昔志趣的不同，表明作者思想由儒而玄，由积极到消极的转变。这种转变是被动的，因此，诗篇中流露出一种困惑的、痛苦的感情。

诗篇一开始是追忆少年时代曾经尊崇儒学。孔夫子说过“吾十有五而志于学”，作者也自称十四五岁即以儒家经典的《诗》《书》为崇尚的对象，他完全按纯粹儒家的要求来塑造自己。第三、四两句，进一步阐述自己的这种志趣。古人每好以外表的贫困来反衬内心的充实，作者意在强调自甘贫贱，以德才璀璨为满足，他企慕箪食瓢饮、好学深思的颜回和笃行孝友、不苟出仕的闵子骞。这两位都是孔子的得意弟子，作者效法他们，说明他少年时信仰儒学，以加强自我修养、培养高尚道德为要务。

阮籍生活在一个政治动荡的时代，司马氏与曹魏争夺政权的斗争异常激烈。文士处于其间，生死无常，得失急骤，很容易产生虚无思想。作者也不例外，由儒而玄，转向了老庄哲学。“开轩临四野，登高望所思”这两句承接得很突兀，仿佛思想上来了一个跳跃。这里的“所思”，旧注以为指颜渊、闵子骞。但我们根据《咏怀》诗中同类的句子，所思所怀都指同时代的亲友，从而可以断定此诗“所思”应指其亲友而非颜、闵。“丘墓蔽山冈，万代同一时”，所思不可得见，可见者只有高高低低的山冈上布满的坟墓。这暗示着许多亲友都已不在人世。魏晋时代“名士少有全者”，与阮籍相知的嵇康便遭了司马氏的毒手。也许阮籍之所思就包括挚友嵇康等在内。人世无常，作者不禁发出了万代同一时的感叹：漫山遍野的丘墓中，各时代的人都有，如今都一样成为枯骨而同时并在。魏晋玄学继承老庄思想，并不认为灵魂不灭，但他们缺乏积极的生活态度，不是去追求如何最大限度地发挥生命的价值，也不考虑为延缓衰老而斗争，却总是悲叹人生无常终归寂灭。动乱的时代，又最容易产生虚无思想，所以作者便发出了“千秋万岁后，荣名安所之”的疑问，随着生命的消失，荣名也就毫无意义，所以是不用关心，不必追求的。从“开轩临四野”至此的六句，以形象的语言描写了作者思想的变化。我们看到的是一个原先以道德文章自许的文士的精神的悸动，说起来好像把一切都看空了、看透了，其实精神上是很苦闷的。这使我们想起鲁迅的精辟的分析。鲁迅曾指出嵇康、阮籍攻击礼教的动机，倒是因为太相信礼教。他们看到“礼法之士”借礼教以谋私，借礼教而杀人，出于激愤，于是连礼教也一概骂倒，其实心底里并不是这样的。我们知道嵇、阮因其所处的时代，故而其虚无、狂放，实在是“有疾而为颦者”（戴逵说),是不能只看表面现象的。

最后两句,与“昔年十四五”相对照,作者思想上起了很大变化。“乃悟羡门子,噭噭今自蚩。”羡门子是传说中的仙人,秦始皇曾使燕人卢生去寻求而不得。阮籍并不相信神仙,这里只是说:因而懂得了羡门子之流追求超脱人世的原因。清何焯说:“……因悟安期、羡门亦遭暴秦之代,诡托神仙耳。”所说虽太落实,大意近之。“噭噭”是悲哭之声。《庄子·至乐》:“人且偃然寝于巨室(指葬于墓中)而我噭噭然随而哭之。”《至乐》篇是以生存为痛苦,死去为最大快乐的,所以认为送葬者“随而哭之”是非常蠢的事,这首诗就采用此意。意谓以前曾因亲友凋零、世路险巇而痛哭流涕,今日一旦彻悟反而觉得十分可笑了。苦闷无处发泄,于是反而为旷达、为狂放。“噭噭今自蚩”正表现了这种矛盾的心情。

南宋张戒《岁寒堂诗话》称“阮嗣宗诗专以意胜”。咏怀诗没有雕章琢句,刻意为文,但其用意深微,深刻地反映了诗人所处的时代,倾吐了他苦闷的心声。知人论世,亦使我们为之感动。

(郭维森)

咏　　怀(其十六)

阮　籍

徘徊蓬池上,还顾望大梁。
绿水扬洪波,旷野莽茫茫。
走兽交横驰,飞鸟相随翔。
是时鹑火中,日月正相望。
朔风厉严寒,阴气下微霜。
羁旅无俦匹,俯仰怀哀伤。
小人计其功,君子道其常。
岂惜终憔悴,咏言著斯章。

鉴赏

对阮籍的《咏怀诗》，唐人李善有一段很精辟的话："嗣宗身仕乱朝，常恐罹祸遇谤，因兹发咏，故每有忧生之嗟。虽志在刺讥，而文多隐避，百代之下，难以情测。"（《文选》卷二十三《咏怀诗》注）当然八十多首《咏怀》诗不是篇篇如此，但这首"徘徊蓬池上"，却是"归趣难求"的。

这首诗一共十六句，前十二句都是描写苍茫凄凉的秋天景象的，而最后四句表达了作者的看法和心情，两者似不相关，特别是"小人计其功，君子道其常"两句，突兀而来，似无着落，令人费解。深长思之，当有所指。清人何焯根据历法，指出"鹑火中""日月正相望"所指的时间，正和司马师废齐王曹芳的月日相符，于是认为此诗正是暗寓司马师废齐王事。"嘉平六年（254）二月，司马师杀李丰、夏侯泰初等。三月，废皇后张氏。九月，遂废帝为齐王。十月，立高贵乡公。嗣宗诗，盖谓此也。"又说："九月甲戌废齐王，乃十九日，是月丙辰朔。十月庚寅，立高贵乡公，乃初六日（应为初五日），是月乙酉朔（应为丙戌朔）。师既定谋，而后白于太后，则正'日月相望'之时也。"（《义门读书记》卷四十六）这一合乎情理的推断，为我们理解这首诗的内涵提供了一把钥匙。

阮籍的父亲阮瑀，为"建安七子"之一，曾做过曹操的司空军谋祭酒、管记室，当时军国书檄，多出其手。曹丕对他的文章很是称赞，曾说"元瑜（阮瑀字）书记翩翩，致足乐也"（《与吴质书》）。据此，阮籍和曹魏的关系当是很深的。司马氏觊觎曹魏政权，阮籍与他们始终保持着相当的距离，司马昭曾为其子司马炎求婚于他，而他竟一醉六十天，使对方无从开口，结果不了了之。阮籍身当魏晋易代之际，政局动荡，处境险恶，他为避祸全身，遂在诗中采取隐晦曲折的手法，抒发他的思想和感情。诗中的"蓬池""大梁"，有着画龙点睛的作用。大梁为战国时魏都，作者在《咏怀》诗中屡屡提及，如云"昔余游大梁……幽荒邈悠悠"（其二十九），"驾言发魏都，南向望吹台"（其三十一），"梁东有芳草，一朝再三荣"（其七十五）。正如黄节所说的那样，"阮诗用'梁'字皆借言魏"（《阮步兵咏怀诗注》其七十五），这里实隐寓着诗人难言的苦衷。他徘徊于蓬池之上，回望大梁，洪波汹涌，沧海横流，旷野荡荡，荒草茫茫，猛兽横驰奔突，禽鸟相随飞翔，北风凛冽，大地凝霜，阴邈密布，寒气逼人。九月、十月之交，自然环境似不至于这般恶劣，这显然不是写实。如此自然景象，实是险恶的政治局势的意象化。阴森苍凉秋景的夸张渲染，正是当时政治大动乱的形象概括。"朔风""微霜"，隐喻司马氏的肆虐；"走兽""飞鸟"，暗示势利小人的逢迎驰骛。这种艰难的处境，使诗人感到无可告语的深沉悲哀，而无耻小人趋炎附势、背主弃义的丑恶行径，使诗人感到极大的愤慨。但他宁愿憔悴终身，也不肯随俗浮沉，同流合污。所以沈约说："'岂惜终憔悴'，盖由不应憔悴而致憔悴，君子失其道也。小人计其功而通，君子道其常而塞，故致憔悴也。"（《文选》卷二十三《咏怀》诗注）这是苦闷的象征，愤慨的喷发，仁人志士抑郁情怀的曲折表露。在后来陶渊明的《述酒》和李太白的《古风十九首》一类政治抒情诗中，我们又看到了这种扑朔迷离的艺术境界的创造和开拓。

（张忠纲）

咏　　怀(其十七)

阮　籍

独坐空堂上，谁可与欢者？
出门临永路，不见行车马。
登高望九州，悠悠分旷野。
孤鸟西北飞，离兽东南下。
日暮思亲友，晤言用自写。

鉴赏

《晋书·阮籍传》说他"本有济世志，属魏晋之际，天下多故，名士少有全者，籍由是不与世事，遂酣饮为常"。说他"不与世事""酣饮"都是外观，其内心是非常敏感和痛苦的。他不愿与司马集团合作，在政治高压下，感到异常孤独和苦闷，这首诗就是这种情感的流露。

诗人一张口，就提出一件沉沉心事："独坐空堂上，谁可与欢者？"说是堂无欢者，其实岂止于是，孤独感总像阴影一样，始终追逐他。《咏怀》(其一)，就开宗明义表示："忧思独伤心。"那是写的"薄帷鉴明月"的夜不能寐，苦苦思索。与这首白日无欢合而观之，则说明一整天都郁郁寡欢，精神压抑，渴望在政治上能有志同道合的朋友而不能如愿。这种思想状态，是《咏怀》组诗整体精神的一个重要组成部分。"独坐"二字居于篇首，给全诗笼罩了一层浓厚的寂寞孤独的气氛。

“出门临永路，不见行车马。”从结束“日暮”看，这首诗情感触发的时间是“百感中来不自由”（杜牧）的黄昏。黄昏是凝贮情感具有潜在力的感发时刻，最容易触动隐忧，而撞起心中的郁积。许瑶光《雪门诗钞》卷一有诗云：“鸡栖于桀下牛羊，饥渴萦怀对夕阳。已启唐人闺怨句，最难消遣是昏黄。”钱锺书先生说：“盖死别生离，伤逝怀远，皆于黄昏时分，触绪纷来，所谓‘最难消遣’。”所以，作者在屋子里待不住，而步出门外，“登高望九州，悠悠分旷野”。只见长长的东西大道，也同样静悄悄，不见车马走动。放眼望断，悠悠大地似乎已进入沉息。偌大的世界，没有一个人影，更没有一个“可与欢”者。这时空旷、寂寥、孤寞之感则更为侵袭包逼。

“孤鸟西北飞，离兽东南下。”仅仅可见的是天边还有一只鸟儿栖栖惶惶朝西北的林子飞去，离群的狐兔急忙忙地窜奔东南方的山脚下。触物感怀，由物及人，诗人自然想到自己孑身一人，茕茕无助。这种景况，曹植有过详细的描写：“原野何萧条，白日忽西匿。归鸟赴乔林，翩翩厉羽翼。孤兽走索群，衔草不遑食。感物伤我怀，抚心长太息。”（《赠白马王彪》）阮籍在于咏怀，自与曹植旅途描写有详简不同，但两人的政治处境及情感色彩却很有仿佛。诗人深感自己如同一只孤鸟，薄暮黄昏，飞向何处？出路何在，精神实在也恓惶极了。

“日暮思亲友，晤言用自写。”孤独无欢，自然想到亲人的温暖、朋友的关照，诗人说如果能在这个时候见到知己亲友，晤对欢言，涤除忧愁，排解不欢，那该多么好啊！当然他也知道这种企求只是奢想，反过来只会更增一番愁苦。

这首诗作者只说他孤独，而何以孤独，则一言不露。取意辽远，颇多感慨，“言在耳目之内，情寄八荒之表”，哀怨空寞，兴寄无端。但观其处境身世，其厥旨归趣，还是大致可求的。

（魏耕原）

咏 怀（其十九）

阮 籍

西方有佳人，皎若白日光。
被服纤罗衣，左右珮双璜。
修容耀姿美，顺风振微芳。
登高眺所思，举袂当朝阳。

寄颜云霄间,挥袖凌虚翔。
飘飖恍惚中,流盼顾我傍。
悦怿未交接,晤言用感伤。

鉴赏

阮籍是诗人,也是一位指点江山、激扬文字的豪杰。我们看他的诗作有"挥袂抚长剑,仰观浮云征"(《咏怀》其二十一),"弯弓挂扶桑,长剑倚天外"(其三十八),"壮士何慷慨,志欲威八荒"(其三十九),笔力是何其矫健,壮怀又是何等的激烈。然而,令人叹息的是,阮籍生不逢时。他身处魏晋之交,此时天下多故,名士屡遭厄运。在曹氏和司马氏政治角逐的夹缝之中,他只能消极退缩,独善其身。史载蒋济、曹爽曾先后召其做官,他皆以病辞;司马昭欲与之结亲,他又大醉六十日,使对方无从开口,此事便不了了之。(见《晋书·阮籍传》)这种隐忍避世、如履薄冰的生活,使他丧失了对现实的任何希望,看不见一丝光明,找不到可以为之奋斗的理想和目标,只有时常"率意独驾,不由径路,车迹所穷,辄恸哭而反"(同上),以此来排遣心中巨大的苦闷。

文学常常是苦闷的象征,此诗即是其托言伤志之作。诗人通过对理想中的佳人的描绘,表现了自己灵魂深处的渴望和追求,反衬出现实中的失路之悲和幻灭之感。

开头两句,作者化用《诗经·邶风·简兮》"云谁之思,西方美人"之意,点明此一佳人乃是自己日夜所思的对象,其容光如朝日照耀,给黑暗的王国投入一线光明。这两句是一个总的交代,起着统摄全篇的作用。

接下去四句,诗人具体写了佳人的服饰之盛和仪容之美:罗裾飘飘,清香远播,显其超逸芳菲之质;姿容华丽,珮玉叮咚,见其妙曼高洁之品。在污浊窒息的现实环境里,忽然幻化出这么一位光彩四溢、志洁行芳的佳人,怎能不引起诗人殷切的思慕和追求之情呢?随着思慕的加深,追求也更为迫切。其后六句便接着写了诗人的整个思绪不由得从眼前的幻境进入了更深一层的幻境:仿佛这位佳人正在扬袂障日,登高远眺,寻找自己。蓦然之间,只见她升腾于地面,飞翔于高空,托迹于五彩云霄之际,长袖迎风飘举,体态婀娜多姿,在飘摇恍惚中渐渐降临在自己身旁,往返徘徊,流连不已,双目含情,顾盼生辉,似乎要把自己从眼下的黑暗之域引向天上的光明之境。

佳人如此优雅多情,诗人不禁沉浸在愉悦欣喜之中。正当他准备与其交接远游时,幻境却突然消失了,黑暗动乱的现实惊醒了他的美梦,使其猛地坠入了感伤的深渊。末二句深沉痛苦的喟叹,与前面对幻境的奇丽恍惚的描写,构成了情绪上的强烈反差。这种“如截奔马”(姜夔《白石道人诗说》)式的结尾,使人感受到理想幻灭、前途无望给诗人带来的巨大震撼,从而对其心灵的苦闷也会有更深一层的理解。

此诗在构思上的显著特色是通篇用比,托言寓情,使所抒情感更加具体生动,具有强烈的感发人心的力量。此外,想象的瑰丽,辞采的华美,以及笼罩全篇的神话氛围,也都值得细细玩赏。从这些方面,可以明显见出阮籍对屈原的《离骚》《九歌》中的《湘君》《湘夫人》、曹植的《洛神赋》等作品的继承、借鉴和融汇。

(叶　华)

咏　怀(其二十八)

阮　籍

若木耀西海,扶桑翳瀛洲。
日月经天涂,明暗不相侔。
穷达自有常,得失又何求。
岂效路上童,携手共遨游。
阴阳有变化,谁云沉不浮。
朱鳖跃飞泉,夜飞过吴洲。
俯仰运天地,再抚四海流。
系累名利场,驽骏同一辀。
岂若遗耳目,升遐去殷忧。

鉴赏

这是一首充满哲理色彩的抒怀之作,其中抒发了诗人对人生皆有穷达,不愿为名利所羁绊的人生感慨与思索。写这类抒怀的作品,往往容易流于直露、浅显、枯燥,但这首诗却能以隐约恍惚的朦胧意象和欲言又止的丰富暗示，使人感受到一种心灵的颤动，一种隐约、玄幽之美。

诗一开篇就很奇特幻化，似乎不着边际，又似乎正点在题上，好像是在写景，又好像是在发议论。“若木”“西海”“扶桑”“瀛洲”，这一系列富于神话色彩的意象，一下子就将人带到一个迷离恍惚的世界，使人联想起屈原《离骚》中的优美诗句：“饮余马于咸池兮，总余辔乎扶桑。折若木以拂日兮，聊逍遥以相羊。”可实际上诗人写若木，写扶桑，又并不真要去表现那个光彩灿烂的神话世界，也并不想借此表达那么飘逸玄妙的情致，而是为了引出日月经行，各有晦明，毋庸计较的感慨来。这个感慨写得非常隐秘，看起来，唯有太阳、月亮和天空构成的开阔背景，但其中蕴含的哲理，正是下两句所说的“穷达自有常，得失又何求”。这四句先暗喻，后明言，一抑一扬，一隐一显，极有隐约恍惚之妙。同时“自有常”与“又何求”两句，一用陈述语，一用感叹语，也很能表现出诗人内心情感的激荡来，透露出诗人在看似达观的心态下内心中的不平。

七、八句则又是一转，从五、六句的正面咏怀，转入反面抒怀，表示自己岂能仿效那些市井小人之辈，与他们同声相应，同气相求。看得出来，诗人写这两句是在力避一味直抒胸臆，因而先用“岂效”作为反问，从语气上先造成一层波澜，然后再用富于形象性的路上小儿携手同游的画面表现自己不同流俗的襟怀，显得生动且富于情趣。诗人写自己的襟怀，有一个突出的特点，就是善于点到为止，绝不把内心的波动展现得一览无余，而总显得好像欲言又止，引而不发，给人以丰富的暗示。所以在以上四句已从正反面写过自己的感慨怀抱之后，九、十两句就像是从哪儿突然飘过来的梦呓一样，自言自语地说道：“阴阳有变化，谁云沉不浮。”这两句说的那么玄妙，那么邈远，仿佛要探究一下宇宙的本来面目，又仿佛在争辩什么事情的真相一样，意思是说，阴和阳本来互为消长，谁说沉下去就再不会浮上来的呢？“阴阳”“沉浮”，其实和前面的“明暗”“穷达”都表达了同样的人生感受。但诗人有意把它写玄，写得既虚又实。玩味起来，沉浮本是很实在的意象，而谁沉、谁浮却又好像很虚。读着这虚虚实实的意象确实能使人体会出诗人隐秘而又矛盾复杂的内心世界，感受到其心灵的颤动。接下去，诗人又把九、十两句的意象化为了一个神话的境界：“朱鳖跃飞泉，夜飞过吴洲。”“朱鳖”，《吕氏春秋·本味》：“鱼之美者……醴水之鱼，名曰朱鳖，六足有珠，百碧。”“夜飞”，指剑，张协《七命》说：“或驰名倾秦，或夜飞去吴。”李善注曰：“《越绝书》曰：‘阖卢无道，湛卢之剑去之入水，行楚，楚王卧而寤，得吴王湛卢之剑。’”这两句意思很是隐晦，其实是说，朱鳖本是沉于水的，但它也能浮于飞泉之上；夜飞本为浮的，却也可沉入吴洲。这里显然运用了象征、寄托、暗喻的手法，一吐胸中之慨，既富于形象，又能把意思表达得惝怳迷离，耐人回味。直到十三句以下四句,诗人又再次切入自己的形象,再次直接抒怀:“俯仰运天地,再抚四海流。系累名利场,驽骏同一辀。”这四句简直就是从诗人心中奔涌出来的,它表现了诗人从迷离彷徨的心境中挣脱出来之后,终于意识到那世间的贤愚之辈不过紧紧受着名缰利锁的羁绊,而人的心灵却可以在瞬息之间经行天地,往来于四海之外,这种自由才真正令人神往。于是诗人以“岂若遗耳目,升遐去殷忧”作为全诗的结束,表示自己的心灵经过这一番波动之后,最终抛弃了一切耳目形骸,进入了辽远而又自由的境界,远远摆脱掉人世间的烦忧。这后六句,视野开阔,意蕴丰厚。诗人先借《庄子·在宥》中“其疾俯仰之间,而再抚四海之外……偾骄而不可系者,其唯人心乎”之意来扩大诗歌意象的内涵,再用驽马与骏马不得不同样为人驭使作为暗喻、象征,形容世间所有的人全都为名利所羁,最后用带有疑问口气的“岂若”端出自己的志趣和意向,使整首诗都升华到一种自由的境界,同时又多少透露出那“殷忧”实际又无法摆脱的苦闷。

这首诗的魅力,既得利于诗人极真切的内心波动的表现,也得力于那隐约朦胧的意象和回旋往复的旋律。诗人是通过这一个个具体的意象,通过稍纵即逝的内心波动的捕捉,以思绪的飘动来贯穿全诗,从而创造出一种隐约幽微之美的。

(王景琳)

咏　　怀(其三十一)

阮　籍

驾言发魏都,南向望吹台。
箫管有遗音,梁王安在哉。
战士食糟糠,贤者处蒿莱。
歌舞曲未终,秦兵复已来。
夹林非吾有,朱宫生尘埃。
军败华阳下,身竟为土灰。

鉴赏

阮籍的这首以咏史为内容的诗，是八十二首《咏怀》诗中的一首，主要是抒发作者自己的思想感情。当然，真正有价值的咏史诗，必然有作者的感情在，不过像这首特别强调属于咏怀诗的却并不多见。因为作者立足于现实，所以前人每欲探求其比况的含义。

《咏怀》诗中提到大梁（战国时魏国都城，今河南开封）的不止一篇。如“徘徊蓬池上，还顾望大梁。绿水扬洪波，旷野莽茫茫……”（其十六）描写了荒凉凄厉的情景，末言宁可憔悴终身，也不肯随俗浮沉。何焯说此诗即咏嘉平六年（254）司马师杀李丰、夏侯玄及废齐王曹芳之事。又如“昔余游大梁，登于黄华颠。共土宅玄冥，高台造青天……”（其二十六），此诗取用神话，意思隐晦，并与战国魏都无关。历来解说杂取曹魏时史事为证，但都不得确切解释，不过这首诗与当时的政治有关是没有疑问的。又如“梁东有芳草，一朝再三荣。色容艳姿美，光华耀倾城……”（其七十四），此诗取《离骚》“何昔日之芳草兮，今直为此萧艾也”的意思，那么“一朝三荣”的芳草必有所喻是没有问题的，可惜无从确指了。以上诸例证明，黄节所说“阮诗用梁字皆借言魏”，基本可信。《咏怀》诗多有寓意，本不会是为咏史而咏史的。

咏史之作回响着的是历史的足音，它每每从时间、空间的变化对比中，造成“观古今于须臾，抚四海于一瞬”的艺术效果。此诗开头两句，写从魏之古都出发，南向而眺望，魏国遗迹吹台遥遥在目。从空间说吹台遗址尚存；从时间说，它又经历了多少风雨，成了古代历史的见证。诗句称“魏都”、称“望吹台”，一种吊古的感慨便油然而生了。吹台曾是魏王歌舞欢宴之所，在想象中，箫管的乐音似乎尚未断绝，可是那位魏国的统治者却无从寻觅了。这前后两句构成了强烈的对比，既包含了对人生短促的感叹，也包含了对贪图享乐者的讥嘲。事实上当年的乐音早已消失，“箫管有遗音”却触发人们联想起曹操的铜雀台故事。曹操死前遗令：“于台堂上安六尺床，施穗帐，朝晡上脯糒之属，月旦十五日，自朝至午，辄向帐中作伎乐。”曹操之后，曹丕、曹叡都爱好音乐歌舞，曹叡更以生活奢侈著称。“有遗音”三字，在意念中将时间从战国拉到了当世，所以接下去便是对曹魏政治的批评。明帝曹叡曾效法秦皇汉武，大营宫室，直臣杨阜、高堂隆等多次切谏，都不被采纳。诗中说到“吹台”“朱宫”以及其中的“歌舞”，如看作喻指明帝的奢靡，便颇为切合。曹魏时实行士家制度，兵士之家世代当兵，很受歧视。明帝就曾“录夺士女（士家之女）前已嫁为吏民妻者，还以配士，既听以生口自赎，又简选其有姿色者内之掖庭”,可见其对兵士迫害之一斑。大臣张茂曾上书建议“以所除无益之费,厚赐将士父母妻子之饥寒者”,由此可知战士待遇之低。“战士食糟糠”并非夸大之词。魏朝采取九品中正制,选举只讲出身不论才能。贤士多出于“寒门”不得重用,只能过贫困生活,“贤者处蒿莱”正是指这一种现象。魏朝政治现实如此,衰亡则是其必然的命运。“歌舞曲未终,秦兵复已来。”这也是强烈的对比。这两件事情的时间是并进的,展开的是一幅历史的活动的画面,这里以及下面几句,用的是战国史实,《战国策》“秦败魏于华,魏王且入朝于秦”对照魏朝史实,“秦兵”既不可能指蜀国、吴国,如指阴谋篡权的司马氏也不相当。这主要是,咏史而有现实寓意,也应不即不离,并不能一一比附。从史实中引出教训,才是诗篇最重要的目的。诗人用好几句诗渲染魏国覆亡、魏王身名俱灭的可悲下场,补足了吊古伤今的用意。夹林是魏王游乐之地,国破家亡,此地已非其所有,而豪华宫殿空无人居,呈现出一片荒凉景象,这是大造宫室耽于游乐的魏君所始料不及的。作者指斥当世,不能不写得模糊一些,借史事发明,若即若离,多了一层曲折,“诗心贵曲”,含意幽微,发人深思,已成为《咏怀》诗风格的一种特色。

(郭维森)

咏　怀(其三十二)

阮　籍

朝阳不再盛,白日忽西幽。
去此若俯仰,如何似九秋?
人生若尘露,天道邈悠悠。
齐景升丘山,涕泗纷交流。
孔圣临长川,惜逝忽若浮。
去者余不及,来者吾不留。
愿登太华山,上与松子游。
渔父知世患,乘流泛轻舟。

鉴赏

如果对阮籍八十二首《咏怀》诗作整体考察,说它们“归趣难求”(钟嵘《诗品》),“反复零乱,兴寄无端”(沈德潜《古诗源》),这无疑是极中肯綮的评论,确实道出了诗人艺术构思和采用独特艺术手法的基本特征。然而,《咏怀》(其三十二)却是其中诗意比较显豁的一首,与其他许多诗篇有明显的艺术差异,这将是我们鉴赏《咏怀》(其三十二)首先要明确的审美观念。

阮籍诗善用比兴,寄托至深,语意奥诘,索解隐微,所以刘勰说“阮旨遥深”(《文心雕龙·明诗》)。《咏怀》(其三十二)与之不同,诗人运用直接抒情的表现方式,语意明畅,尽管也用些典故,却是人们所熟知的,毫无生涩之感。“朝阳不再盛,白日忽西幽。去此若俯仰,如何似九秋?”倾吐时光易逝的情愫,明白易晓,即如“如何似九秋”句,翻用《诗经·王风·采葛》“一日不见,如三秋兮”,这也是常在人嘴边的成语。“尘露”是个比喻,直言人生之短暂,与下句绾合,抒发天道邈远、难以追求的喟叹。“齐景升丘山”“孔圣临长川”,更是熟而又熟的典故,用以直接抒写“惜逝”的情思,借助诗歌意象沿袭性的功能,诗思畅达。如此抒情达意,构成本诗独异的艺术风貌。

阮籍诗有诗思跳跃幅度大、艺术意象相互间缺少联系的特点,所以沈德潜评他的诗“反复零乱”“俶诡不羁”(《古诗源》)。《咏怀》(其三十二)与之不同,诗人运用连接联想的艺术想象方式,使诗歌意象之间有着内在的、自然的联结,全诗意象明晰,诗思贯通。诗篇首叙朝暮之匆忽,因而很自然地产生一日之流去如一俯一仰那样疾逝的意想;接着,也就会有人生如尘露、天道远难求的艺术构想;运用两典,进一步强化时光易逝、年华难留的意绪。在此基础上,诗人进而抒发了逝去的无法追求、来日又不能留住的无限感叹,直如“水到渠成”一般,诗思的延展,自然而妥帖,毫无散乱之弊。

《咏怀》(其三十二)的题旨,“难以情测”(李善《文选注》)吗?不!这首诗语意明畅,诗思贯通,归趣易求。诗人以“忧生”为指归,在着意抒写时光易逝、人生渺茫的感叹后,故作放达,愿意追随神仙遨游,表述了避世洁身的情思。“愿登太华山,上与松子游”二句,运用《史记·留侯世家》的典故。张良在辅弼刘邦完成统一帝业后,说:“愿弃人间事,从赤松子游耳。”他是很有远见卓识的,预知日后权力纷争的世道,决心早日功成身退,免遭杀身之祸。“渔父知世患,乘流泛轻舟”二句,檃栝《楚辞·渔父》的诗意,表白诗人的心愿。四句诗,两用典,一暗一明,表现出诗人登华山、泛轻舟的真实意图,在于远避“世患”。全诗在忧嗟人生、感叹年华、佯狂放达的情韵中,巧妙地揭示了魏晋易代之际乱朝的真实情景,寄寓了他对“世患”的极度不满和愤激不平的心情。

诗歌艺术的鉴赏,切忌简单化,囫囵吞枣,结果是情趣索然。假如我们笼统地将本诗纳入“阮旨遥深”的评语中进行鉴赏,必然一无所获。只有将本诗与阮诗的整体风貌作比较研究,细致地剖析其异同,才能真正领悟全诗的大意,体察到它的艺术特性,兴会意合,韵味盎然。

(吴企明)

咏　　怀(其三十三)

阮　籍

一日复一夕,一夕复一朝。
颜色改平常,精神自损消。
胸中怀汤火,变化故相招。
万事无穷极,知谋苦不饶。
但恐须臾间,魂气随风飘。
终身履薄冰,谁知我心焦。

鉴赏

阮籍的《咏怀》诗,五言的有八十二首,四言的有十三首,都是他“嗟生、忧时、愤世、疾世”之作。所选本诗,正是这方面的代表作之一。

这首诗一开头,就给我们勾勒了一幅诗人的自画像:随着时光周而复始、循环不已的流逝,诗人不能像以往那样安闲自在、颐养天年了,而是容貌骤改,精神憔悴,身体消瘦。这使人不禁要问,身为当时大名士的阮籍,何以竟成这等模样?其原因是“胸中怀汤火,变化故相招”,在这愤激的诗句中,倾诉着诗人多少辛酸和难言之苦。我们联想起诗人当时的处境,据《晋书·阮籍传》载:“籍本有济世志,属魏晋之际,天下多故,名士少有全者,籍由是不与世事,遂酣饮为常。”原来诗人胸怀建功立业的大志,可是生不逢时,正处于魏、晋交替的年代。诗人比较接近的曹魏政权日趋衰亡,而司马氏集团却拥权篡魏,进行血腥屠杀,实行恐怖统治,诗人又不愿与司马氏同流合污,在这险恶的政局变动中,诗人看不到实现自己理想的曙光,也找不到解决当时社会矛盾的办法,而且自己随时会遭到不测之祸,怎叫诗人不为自己的处境而日夜担忧呢?诗人内心矛盾痛苦至极!正是这种沉重的精神负担,导致诗人形容憔悴,精神疲惫。诗人想摆脱这种困境,但又无能为力,因而“畏祸避世”的消极思想便油然而生,这与诗人“博览群籍,尤好庄老”(《晋书·阮籍传》)是分不开的。“万事无穷极,知谋苦不饶。”诗人认为万事万物是没有穷尽的,相反人的智慧倒是有限的,它不可能穷究天下的万事万物,面对复杂多变的政局,要想靠自己的智谋把自己从险境中解脱出来是很困难的,因而打算出世隐居,诗人这种想法,不是出于权宜之计,而是诗人对现实不满的必然结果。因为他生于乱世,感到无路可走,无处发泄他胸中的苦闷,于是反而为旷达。《咏怀》诗中大量篇幅都反映了这种思想。当然,诗人也时刻感到达摩克利斯剑正悬挂在自己的头上,惧怕不知在何时何方的一个瞬间,就会人头落地,随后灵魂在天国中随风飘荡。因而他发出感叹,要在这种险恶政局中求生存,就像在冬天行走在薄冰之上,稍有不慎,就会跌入深渊。可是此时此景,又有谁能体谅诗人为之日夜焦虑的心情呢!

这首诗,诗人直抒胸臆,并以自己精神面貌的变化,真切地道出了他在曹魏集团与司马氏集团政治斗争的夹缝中求生存、受煎熬的悲愤心情,蕴含着诗人对当时社会现实的强烈不满和对司马氏集团的猛烈抨击,具有深刻的社会意义。而且在表现手法上,体现了阮籍“文尚曲隐”的艺术特色。正如李善所说:“嗣宗(指阮籍)身仕乱朝,常恐罹谤遇祸,因兹发咏,故每有忧生之嗟。虽志在刺讥,而文多隐避”(《文选》李善注),真是一语中的。

(朱一清　朱颖)

咏　怀(其三十八)

阮　籍

炎光延万里,洪川荡湍濑。
弯弓挂扶桑,长剑倚天外。
泰山成砥砺,黄河为裳带。

视彼庄周子，荣枯何足赖？
捐身弃中野，乌鸢作患害。
岂若雄杰士，功名从此大。

鉴赏

阮籍早年，本有济世之志，后值魏晋易代之际，丧乱频繁，文士多难保全，遂有远祸避害之意。但他对当时的现实并非漠不关心，因而内心始终在激动，想发泄。他的那些变态性的行为，其实都是发泄心理的反射。他的八十二首五言的《咏怀》诗，多半是在被压制的心理状态下的产物，也正因为这样，所以词意显得晦涩恍惚，诗人心里想要说的，现实却不允许他爽快地写在笔下，又因为不是在一个时期写成，所以前后有矛盾的地方。

这是一首属于崇高感的诗。崇高感需要通过特征上的雄浑辽远，色彩上的强烈苍茫来衬托。形象的体积上的超越，才能使诗人的身心由此而飞腾。千千万万的人都看见过烈日与洪流，但诗人所揭示的不仅仅是客观的景物，而是为他的作品提供特殊感受的特殊真实，从而让景物产生了力量。烈日的无远不至，洪流的一往直前，又使诗人“言在耳目之内，情寄八荒之表”（钟嵘《诗品》）。这里的“弯弓”“长剑”，不光指狭义的武器，而是寄托志节、扶持安危的象征，在人迹不到的万里天外，却和生命一同存在。“泰山”两句，语出《史记·高祖功臣侯者年表》“使河如带，泰山若砺（磨刀石）。国以永宁，爰及苗裔”。意思是说，即使黄河、泰山狭小得如带如砺，国家还是永存。诗人用此两语，并不是要贬低黄河、泰山的壮观，而是要开拓他更宏大的胸襟，也便是要咏他的“怀”，这里包含着诗人自己的认识：文学创作中描写的客体和认识的对象原是可以不必一致的。

阮籍是爱好庄老学说的，他的《咏怀》诗，有不少篇就富于哲理化，却又不是全部接受，因为他毕竟是个儒生。本篇中的“视彼”四句，就是在批评庄子的托旨达观，却无补现实的虚无思想。尽管现实是这样阴暗冷酷，他却不希望以空虚枯寂为归宿，而应当像雄杰之士那样驰骋万里，挂弓倚剑，这才是至大至刚的功名。他对“功名”，诗中只是泛称，心里或有区别，由趋炎附势而猎取的高官厚禄，并非他期望中的功名，相反，他是会用白眼来看待的。

（金性尧）

咏　　怀(其三十九)

阮　籍

壮士何慷慨，志欲威八荒。
驱车远行役，受命念自忘。
良弓挟乌号，明甲有精光。
临难不顾生，身死魂飞扬。
岂为全躯士，效命争战场。
忠为百世荣，义使令名彰。
垂声谢后世，气节故有常。

鉴赏

《晋书·阮籍传》云："籍容貌瑰杰，志气宏放，傲然独得。"又说："籍本有济世志，属魏晋之际，天下多故，名士少有全者，籍由是不与世事，遂酣饮为常。"他虽表面酣醉，但内心却是清醒的。曹魏政权风雨飘摇，司马氏专权跋扈。他不满于曹魏王室的昏聩淫逸，想挽狂澜于既倒，但手无回天之力；他愤慨于司马氏的倒行逆施，欲全名节于末世，又身感势单力薄。济世之志难伸，遂酣饮以为韬晦之计。在举世皆浊我独清的境遇中，他感到一种莫名的悲哀；在众人皆醉我独醒的梦幻里，他有着一种无法排遣的郁愤。孤独苦闷之极，则"率意独驾，不由径路，车迹所穷，辄恸哭而反"。抑郁无聊之时，遂登临送目，观广武楚、汉征战之地，不禁仰天喟然长叹："时无英雄，使竖子成名！"籍有英雄情怀，但苦于无处施展。一种壮志难酬的孤独和悲愤时时袭击着他那颗济世之心，"千秋万岁后，荣名安所之？"(《咏怀》其十五)在醉意朦胧中，一个高大的英雄形象从他眼前闪过，这不就是伟大的爱国诗人屈原在《国殇》中热情讴歌的那位"身既死兮神以灵，魂魄毅兮为鬼雄"的爱国志士吗？这不就是他的父执曹植在《白马篇》中热烈赞扬的那位报国壮士吗？"白马饰金羁，连翩西北驰……捐躯赴国难，视死忽如归!”诗人的热血沸腾了。他在梦幻中发现了深藏的自我。这也是一位气宇轩昂的报国壮士,他身披闪光的铠甲,手执精良的弓箭,受君命,慷慨赴国难,驾长车,威震敌丧胆,他已将生死置之度外,决心拼死战场,成就一番轰轰烈烈的大事业,使自己的英名流芳百世,用自己的英勇壮举昭告后人,使他们真正懂得:报效国家是一个人应有的气节;而只知保全个人生命的人才是可耻的。这是沉醉中的梦幻,也是内心的追求,更是崇高的理想。这是诗人在苦闷中发出的呐喊。这呐喊,闪耀着理性的光芒!王夫之说得好:“步兵《咏怀》,自是旷代绝作,远绍《国风》,近出入于《十九首》,而以高朗之怀,脱颖之气,取神似于离合之间,大要如晴云出岫,舒卷无定质。而当其有所不极,则弘忍之力,内视荆、聂矣!”(《古诗评选》卷四)这是阮嗣宗用心血凝聚成的一首“豪杰诗”,它痛快淋漓地抒发了作者不甘消磨生命,渴望有所作为的烈士情怀。诗人饱蘸笔墨塑造了一个胸怀大志、视死如归的报国壮士的生动感人的光辉形象。他那“临难不顾生,身死魂飞扬”的大无畏的英雄气概,他那“忠为百世荣,义使令名彰”的崇高气节,至今读来仍使人肃然起敬,感慨奋发。难怪钟嵘说:“《咏怀》之作,可以陶性灵,发幽思。言在耳目之内,情寄八荒之表。洋洋乎会于《风》《雅》,使人忘其鄙近,自致远大。”(《诗品》卷上)

(张忠纲)

咏　怀(其五十八)

阮　籍

危冠切浮云,长剑出天外。
细故何足虑,高度跨一世。
非子为我御,逍遥游荒裔。
顾谢西王母,吾将从此逝。
岂与蓬户士,弹琴诵言誓。

鉴赏

在《咏怀》(其五十七)里,诗人身倚长剑,想远赴万里之外的扶桑,但泰山、黄河,毕竟还是现实中的景物,庄子也是历史上的真实人物。在这首诗里,虽依然身倚长剑,却要到更渺茫而又更超俗的地方去,也就是要距离浊世更远。

诗人戴着与青云相接的高冠,乘看养马能手非子为他驾驭的良马,遨游于极远的边地。西王母还以为他要来做神仙,想把他留下,他却拱手辞去,因为这样又要受仙界的拘束,和一些坐守蓬户、只知弹琴读经的俗士有什么区别?

《晋书》本传曾记阮籍闭户视书,博览群籍,累月不出,又善弹琴,所以诗的最后两句,其实是在向人暗示:读书弹琴的生活,他也经受过了,但并不能使他摆脱苦闷,消除“细故”,凡是他眼所见、耳所闻的无一不使他烦恼沮丧。他原以为现实中应该有他自由自在地逍遥驰骋的天地,却始终无路可通,于是只好向神仙世界里去觅取,在不可知的天地中敞开自己的心灵窗口。他也明知采药求仙之说是不可信的,在另一首诗中就说:“采药无旋返,神仙志不符。”明知不可信却又要用诗歌来化为真实,正是为了更加任性地发泄他的苦闷。如果现实真是美满的话,何必再在虚无缥缈的世界中去寻求寄托?他的所谓“细故何足虑”,正说明这些“细故”老是在干扰他。魏晋间有些文士的旷达,其实是在无情现实的夹缝里的自我陶醉,就像阮籍的嗜酒酣醉一样。要说他们是在逃避现实也没有错,然而分明是在现实生活中呼吸的人,特别像阮籍那样学识高深的文士,为什么会对现实由厌惧而逃避,这就使我们从他心灵窗口里窥见了时代的魅影。

阮籍的《大人先生传》,更是集中地表现了他的这种愿望:在超现实的幻想中使内心放松,人格改变,从而使自己成为置是非于不顾的“至人”。形象朦胧恍惚,意识却非常清醒。它用散文形式写成,却含有诗的素质;而他的这首诗,却有些散文化,即是说,诗的价值,认识大于鉴赏。

(金性尧)

咏　　怀(其六十一)

阮　籍

少年学击刺，妙伎过曲城。英风截云霓，超世发奇声。
挥剑临沙漠，饮马九野坰。旗帜何翩翩，但闻金鼓鸣。
军旅令人悲，烈烈有哀情。念我平常时，悔恨从此生。

鉴赏

此诗为作者回首平生之作。他“寓言于击刺之少年”（黄节《阮步兵咏怀诗注》引蒋师爚语），展示了自己一生思想和感情的巨大变化。

开头两句，写作品主人公追忆自己年少时即从师习剑，功夫精绝。从“少年学击刺”到“妙伎过曲城”，可见绝非一朝一夕之功，而是经历了一个长期不懈的努力过程，付出了许多心血和汗水，使人见其素有大志，毅力超常。三、四两句，作者宕开一笔，没有按照常规思路正面描绘其武艺高强之状，只是着重写其非同一般的神情风度：雄姿勃发，豪气直冲云霄；英名远扬，美誉超越一世。而这，恰恰是素有大志、武艺精绝所致，正如古人所言：“石韫玉而山晖，水怀珠而川媚”（陆机《文赋》）。此种写法，以虚出实，极富暗示性，可以更好地诉诸读者的想象。就章法言，则既收取用笔变换之妙，又能使前后文意紧密勾连，极见作者功力。读到这里，我们自然要问：素有大志，精通武艺，究竟为何？五、六两句便将此落到实处——“挥剑临沙漠，饮马九野坰”——原来是要从军征战、拼搏沙场、立功异域、报效祖国。这两句，场面壮阔，气势雄豪，将逐渐强烈的情感推向高潮。行文至此，一个有血有肉的英雄形象已经在画面上活了起来。他积数年之努力，既有精妙绝伦的武艺，又有为国献身的美德，现在完全可以一展身手、实现夙愿了。

然而，历史告诉我们，阮籍的时代，理想之于现实，不过是可望而不可即的幻影。眼下虽然旌旗翩翩，两军对阵，但只是虚有其事，让人空闻金鼓，实际的情景“则是兵终不交，仗终不接也，击刺无所用之矣”（黄节《阮步兵咏怀诗注》引蒋师爚语）。七、八两句所表现的，就是这种现实对于理想的无情嘲弄。它是全诗脉络的转折点。接下去,诗歌的情感就由豪放转向悲哀,由希望归于幻灭,而且这种悲哀幻灭之情又是一层深似一层:不仅是“军旅令人悲,烈烈有哀情”;当主人公回首往事时,只觉整个人生都令人悲叹不已,生不逢时,学无所用,报国无门,英雄途穷,一生的心血汗水,都要付诸东流,支撑着自己立身行事的理想和希望,全如梦幻一般,残酷地破灭了!真是“念我平常时,悔恨从此生”!这结尾二句,与开头遥相呼应,反差强烈,造成了极好的抒情效果。

纵观全诗,作者在环环相扣、层层深入的逻辑结构中揭示了一个深刻的主题:运涉季世,英才消磨。这是值得我们加以探究的。

史载阮籍“尝登广武,观楚汉战处,叹曰:‘时无英雄,使竖子成名!’”(《晋书·阮籍传》)一个需要英雄的时代,能够把名不见经传的小人物推上历史舞台的中心,主演出威武雄壮的话剧;而一旦运涉季世,便会将众多的英气勃勃的人物消磨殆尽。阮籍登广武而叹,与此诗所抒发的感情,二者是相通的。

我们还可以把此诗和曹植的前期诗作《白马篇》略作对比。曹诗是通过描写一位边塞游侠少年的武艺高超、奋战沙场、忠勇卫国来抒发自己内心情感的。就构思和取材而言,二者十分相似。但曹诗重在歌颂理想,洋溢着建功立业的激情;而阮诗则重在哀叹幻灭,蕴含着英雄失路的痛楚。于此亦可稍见正始文学不同于建安文学的某些特征。

(叶　华)

短　歌　行

傅　玄

长安高城,层楼亭亭。干云四起,上贯天庭。
蜉蝣何整,行如军征。蟋蟀何感,中夜哀鸣。
蚍蜉偷乐,粲粲其荣。寤寐念之,谁知我情!
昔君视我,如掌中珠。何意一朝,弃我沟渠。
昔君与我,如影如形。何意一去,心如流星。
昔君与我,两心相结。何意今日,忽然两绝。

鉴赏

傅玄的《短歌行》，广泛地运用比喻手法，形象地揭露群小当道以及抒发自己被罢黜的不平。“长安高城”四句，表面上是描绘古都长安的壮丽、豪侈，实指西晋的京师洛阳。洛阳自东汉建都，已大具规模，虽经董卓之乱加以焚毁，但经曹魏几十年的恢复，特别是明帝不顾百姓死活，广肆新建扩建，就更加宏伟，真正是“层楼亭亭。干云四起，上贯天庭”。相反，长安已经残破，无力顾及。此用长安之名，不过是假借而已。在京师洛阳，傅玄以耿直著称。他不愿钻营拍马，追求高官厚禄。他在《杂诗》中就表白说：“安贫福所与，富贵为祸媒。金玉虽高堂，于我贱蒿莱。”但这种人往往被排斥，受中伤。“蜉蝣”“蚍蜉”都是代表佞幸小人，他们却“粲粲其荣”，神气十足，飞扬跋扈。“蟋蟀何感，中夜哀鸣”，正反映着作者自己被打击、被离间、不被朝廷重用的痛苦心情。在傅玄的宦途中，几经浮沉，最后被罢官归里，郁闷而死于家中。“昔君视我，如掌中珠”“昔君与我，如影如形”“昔君与我，两心相结”，看似恋歌，其实是指君臣曾有过一段亲密的时期。“君”乃实指，指晋武帝司马炎。晋武帝接受魏禅，即位之初，广纳直言，玄身为谏官，每有谏诤，未尝不称善，被提升为散骑常侍，成为皇帝的亲信。上列三个排比诗句，绝非虚构。后傅玄因争席而责谄者，并骂尚书以下，坐不敬而免官。“何意一朝，弃我沟渠”“何意一去，心如流星”“何意今日，忽然两绝”，朝廷对他简直是一百八十度的大转变，实非始料所及。傅玄的《昔思君》的意境，恐怕也是出于同样的考虑。“昔君与我兮形影潜结，今君与我兮云飞雨绝。昔君与我兮音响相和，今君与我兮落叶去柯。昔君与我兮金石无亏，今君与我兮星灭光离。”读其诗，从今昔对比中仿佛听到作者强烈的控诉。陈沆《诗比兴笺》推测说：“一昔一今，其被议归里之时乎？”说得很有道理。

（赵光勇）

豫章行苦相篇

傅 玄

苦相身为女，卑陋难再陈。男儿当门户，堕地自生神。
雄心志四海，万里望风尘。女育无欣爱，不为家所珍。
长大逃深室，藏头羞见人。垂泪适他乡，忽如雨绝云。
低头和颜色，素齿结朱唇。跪拜无复数，婢妾如严宾。
情合同云汉，葵藿仰阳春。心乖甚水火，百恶集其身。
玉颜随年变，丈夫多好新。昔为形与影，今为胡与秦。
胡秦时相见，一绝踰参辰。

鉴赏

古人重视骨相，认为通过揣骨看相可以判断出吉凶祸福，甚至一生的命运前途。这当然是不科学的。但傅玄却巧妙地借用“苦相”二字以名篇，能够很好地暗示读者：这首乐府诗的基调是哀伤的，女主人公一脸苦相，已预示出她那可悲的下场。

在封建社会，男尊女卑是一种普遍存在的社会问题，妇女遭受重重枷锁的束缚，讲究三从四德，没有独立人格可言。“苦相身为女，卑陋难再陈”，开头两句，就深刻地揭露了司空见惯的社会弊端。是男是女当然不由自己选择，不幸而为女性，一生下来便“不为家所珍”，得不到应有的温暖与爱护。长大以后，只能躲进深室，羞于见人，不能像男子那样当家主事，更不能像男子那样志在四方，报效国家，建功立业。

在封建社会，没有自主婚姻，一切听由父母之命，媒妁之言。嫁到他乡，吉凶未卜，泪落如雨乃在情理之中。在新的环境里，还得强装笑脸，“低头和颜色”，就是这种心理的反映。“跪拜无复数，婢妾如严宾”，又反映出女主人公谨小慎微，时时卑躬屈膝的畸形态度。对待丈夫，更需悉心体贴，犹如“葵藿仰阳春”，以求终身有靠。“素齿结朱唇”，凭着自己的花容月貌，与丈夫还能“情合同云汉”，像牛郎织女在天河相会那样亲密。但这种基础上的爱情是不可能牢固的。“玉颜随年变，丈夫多好新”，于是“心乖甚水火，百恶集其身”，就像天上的参、商二星一样，再也无缘相会而遭遗弃了。那么，女主人公后半生该怎样度过呢？作者没有说，但标题上那个“苦”字，已做了明确的提示。

《豫章行苦相篇》的“苦”字贯穿全篇，特别是运用对比手法把“苦”字更加突出出来。诸如生男与生女的对比，青春期与衰老期的对比，形影不离与胡秦相隔的对比，胡秦有时见与参商无见时的对比等，都鲜明地抒发出了女主人公的不幸。尤其是作者运用第一人称，更使人感到如泣如诉，似乎更有着切肤之痛。

傅玄非常关注妇女问题，对其不幸的遭遇往往寄予深刻的同情。他的《董逃行·历九秋篇》所写的：“妾受命兮孤虚，男儿堕地称珠。女弱虽存若无，骨肉至亲更疏，奉事他人托躯。”《明月篇》所写的：“玉颜盛有时，秀色随年衰。常恐新间旧，变故兴细微。浮萍本无根，非水将何依！忧喜更相接，乐极还自悲。”都反映着同一主题，与《苦相篇》可以称为姊妹篇。当然，在傅玄的时代，妇女问题是根本无法解决的，但我们由此可以窥见作者所具有的不同寻常的气质，很值得我们赞赏。

（赵光勇）

秦女休行

傅　玄

庞氏有烈妇，义声驰雍凉。
父母家有重怨，仇人暴且强。
虽有男兄弟，志弱不能当。
烈女念此痛，丹心为寸伤。
外若无意者，内潜思无方。
白日入都市，怨家如平常。
匿剑藏白刃，一奋寻身僵。
身首为之异处，伏尸列肆旁。
肉与土合成泥，洒血溅飞梁。
猛气上干云霓，仇党失守为披攘。

一市称烈义，观者收泪并慨慷：
“百男何当益？不如一女良！”
烈女直造县门，云“父不幸遭祸殃，
今仇身以分裂，虽死情益扬。
杀人当伏法，义不苟活隳旧章。”
县令解印绶：“令我伤心不忍听！”
刑部垂头塞耳：“令我吏举不能成！”
烈著希代之绩，义立无穷之名。
夫家同受其祚，子子孙孙咸享其荣。
今我弦歌，吟咏高风，激扬壮发悲且清。

鉴赏

傅玄《秦女休行》，是用旧题咏庞娥亲杀仇人，为父复仇的故事。

傅玄的《秦女休行》所写庞娥亲复仇的故事是说，酒泉人庞娥亲，是庞子夏的妻子，赵君安的女儿。君安为同县人李寿所杀，娥亲有弟弟三人，都想要报仇，正好染上流行病，三人都去世了。李寿听说此事，十分高兴，说赵家强壮的男子都死完了，只剩下一个弱女子，有什么可忧虑的，于是防备就松懈了。娥亲的儿子庞淯，在外面听说了李寿的话，回来就禀告娥亲，娥亲十分激动，伤心地流下了眼泪，说：“李寿，你不要高兴得太早，我最后不会饶过你！”于是到街上买了好刀，终于在光和二年(179)二月上旬，与李寿相遇，娥亲奋刀砍杀，杀了李寿，割下李寿的头，去见县官和刑部官员请罪，这些官员不仅不惩办她，而且上表朝廷，称赞她为父复仇的精神。所以，她的事迹载入史册，得到傅玄的赞扬。

这首诗可分为三段：

“庞氏有烈妇，义声驰雍凉。父母家有重怨，仇人暴且强。”前二句点出故事的主人公庞娥亲，她以孝义精神驰名雍州、凉州。后二句交代了故事的主要情节，庞娥亲有“重怨”。此“重怨”指“(赵)君安为同县李寿所杀”(皇甫谧《列女传》)。“仇人暴且强”，指“寿为人凶豪”(同上)。开头四句，实际上已经概括了故事的主要内容。

“虽有男兄弟，志弱不能当。烈女念此痛，丹心为寸伤。”前二句与《列女传》所载不合。传云：“娥亲有兄弟三人，皆欲报仇，会遭灾疫，三人皆死。”而傅玄诗语意，是说娥亲虽有兄弟，皆意志薄弱，不能担此重任，似以之衬托娥亲之坚强和勇敢。娥亲每念及生父被杀之事，心为之寸伤，为复仇设下伏笔。

“外若无意者，内潜思无方。白日入都市，怨家如平常。”这四句的内容，为《列女传》所无，是诗人补充的心理描写，写出了主人公的沉着、镇静、足智多谋，表现是比较细腻的。“匿剑藏白刃，一奋寻身僵。身首为之异处，伏尸列肆旁。”直接写复仇的行动。仇人被杀，身首异处，伏尸肆旁。以此四句与前四句对比，前四句写的是“平常”，此四句写的是“非常”，对比“平常”与“非常”把主人公沉着的神态和勇敢的精神表现得更为鲜明。“肉与土合成泥，洒血溅飞梁，猛气上干云霓，仇党失守为披攘。”仇人被杀，肉落地上，血溅飞梁。续写复仇的壮烈场面。娥亲的猛气上干云霄，仇人那边溃如决堤，一败涂地。以鲜明的对比，歌颂娥亲的勇猛无比。以上为第一段。这一段是写庞娥亲为父复仇，以具体的行动表现了她的孝义精神。

“一市称烈义，观者收泪并慨慷：‘百男当何益？不如一女良！’”写街道上的居民和路人对娥亲的赞颂。这些人为娥亲的孝义精神所感动，激动地说：“一百个壮年男子又有何用，还不如一个女人！”以夸张的手法突出了娥亲勇敢的形象。“烈女直造县门，云‘父不幸遭祸殃，今仇身以分裂，虽死情益扬。杀人当伏法，义不苟活隳旧章。’县令解印绶：‘令我伤心不忍听！’刑部垂头塞耳：‘令我吏举不能成！’”娥亲懂得，虽然是为父复仇，但是，杀人是犯法的。所以，她直往县令的衙门请罪，她不愿意因为自己的复仇行动毁坏朝廷的法律。这是一方面。而另一方面，县令十分感动，连娥亲的陈诉也不忍心听下去了。他宁愿丢官归田，也不愿治娥亲的罪。刑部的官员垂头塞耳，也十分感动，觉得这个案件办不成。这是从侧面写娥亲的孝义精神，有一种烘云托月的作用。以上是第二段。这一段从侧面写出人民对她的赞颂和官吏们的深受感动，进一步表现了娥亲的孝义精神。

“烈著希代之绩，义立无穷之名。夫家同受其祚，子子孙孙咸享其荣。今我弦歌，吟咏高风，激扬壮发悲且清。”这是第三段。这一段写的是诗人对娥亲的赞扬。应该指出，当时人们对娥亲复仇精神的赞扬，与东汉末年和三国时代复仇之事十分普遍有关。据史籍记载，苏不韦为父复仇，杀人妻女，受到当时名流郭林宗的赞扬（《后汉书·苏不韦传》）。韩暨因复父仇而名扬当世（《三国志·魏书·韩暨传》）。这种社会风气可能与当时提倡孝道有关。在今天看来，杀人应绳之以法，私人复仇的行为是不足取的。

傅玄是西晋初年写故事乐府的大家，明人陆时雍说他“古貌绮心，微情远境，汉后未睹其俦。乐府淋漓排荡，位置三曹，材情妙丽，似又过之”（《古诗镜》卷八），绝非溢美之词。像这首乐府诗“语语生色，叙赞两工，式得其体”（同上），便是明证。而他的古诗，钟嵘《诗品》不以入品，这固然是由于当时有雅俗之分,也是由于傅玄"长于乐府而短于古诗"(沈德潜《古诗源》卷七)的缘故吧!

(穆克宏)

西长安行

傅　玄

所思兮何在？乃在西长安。何用存问妾？香橙双珠环。
何用重存问？羽爵翠琅玕。今我兮闻君,更有兮异心。
香亦不可烧,环亦不可沉。香烧日有歇,环沉日自深。

鉴赏

《西长安行》抒写一个纯真的女主人公,性如烈火,敢于爱其所爱,恨其所恨。当她闻知昔日不能忘怀的男子变心后,立即进行控诉,彻底决裂,毫不宽容。作者在封建社会的重压下,能把最底层的妇女塑造成这样充满斗争精神的典型,并给予热情的讴歌,的确是难能可贵的。

"所思兮何在？乃在西长安。"开头两句,就道出了女主人公的一片痴情。男方远至西方的长安,更加情思萦回,无时或已。男方亦不冷漠,频送香橙(dēng,香囊)、珠环,以表眷恋。女方投桃报李,复以羽爵、翠琅玕回赠,用寄深情。但当闻知男方见异思迁,另有打算,立即怒不可遏,简直无以名状,"香亦不可烧,环亦不可沉。香烧日有歇,环沉日自深"四句,就是这种心绪的写照。本来可以把男方赠送的香橙烧掉,把双珠环投入深水,一抒愤懑,但只是这样,仍解不了心中之恨。因为香橙化成灰烬而恨还不会消失,珠环沉没了而恨却仍然存在。于是,一个性格鲜明、充满斗争精神的女主人公的形象就跃然纸上。

这篇作品无论从意境上还是句式上,对汉乐府《有所思》都是有所借鉴的。但《有所思》的女主人公虽对负心的男子恨之入骨,很想把打算赠送的双珠玳瑁簪"拉杂摧烧之",还要"当风扬其灰",表示要一刀两断,"从今以往,无复相思",不过最终仍多少有点犹豫:"秋风肃肃晨风飔,东方须臾高知之。"就传达出这种难以割舍的内心矛盾,不如傅玄笔下的女主人公那样坚定。

据《晋书》本传，傅玄天性峻急，刚直不阿，曾为司隶校尉，对三公以下百官违法犯纪行为敢于纠举，因此能使“贵游慑伏，台阁生风”。《西长安行》对薄情郎进行严厉的鞭挞，给纯真的女子予以热情的赞扬，爱憎分明，不顾世俗偏见，正是作者人格的再现。

（赵光勇）

车遥遥篇

傅　玄

车遥遥兮马洋洋，追思君兮不可忘。
君安游兮西入秦，愿为影兮随君身。
君在阴兮影不见，君依光兮妾所愿。

鉴赏

清人陈沆《诗比兴笺》多次强调傅玄“善言儿女之情”，本篇可以作为例证。

“车遥遥兮马洋洋”，开门见山就描绘出一幅车已远去、马也不知何所归宿的图景。接着“追思君兮不可忘”一语，将留在家中的女主人公的悬念之情、无时或已的绵绵思绪，和盘托出。昔日耳鬓厮磨、体贴爱抚的甜蜜生活，被丈夫入秦西去的现实化为乌有。但女主人公不甘寂寞，异想天开，“愿为影兮随君身”，希冀如影随形，永不分离。在傅玄的其他作品中，也有用“形影”比拟夫妇如胶似漆感情的用例，像《短歌行》的“昔君与我，如影如形”，《豫章行苦相篇》的“昔为形与影”皆是，但都如昙花一现，终于使女主人公陷入被遗弃的悲惨境地。本篇似乎也没有摆脱这种阴影，如“君在阴兮影不见”，就语带双关。形在光的照射下才有影，一到浓荫之中，影则必然消失，乃人所习见，所以“君依光兮妾所愿”就道出了女主人公心中的隐秘，祝愿夫君永远沐浴在光天化日之下，坚贞如一，不要为浮云所蔽，使他们的爱情始终不渝。

这篇作品，写得情意缠绵，形象生动，尤其“形影”之比，能给人以深刻的印象。东晋伟大诗人陶渊明的《闲情赋》，自谓脱胎于张衡的《定情赋》与蔡邕的《静情赋》，可惜《定情赋》已大大残缺，《静情赋》已亡佚，无法细致地加以比较,如从赋体上看,自是一脉相承;从意境上看,也可能有所借鉴。但从《闲情赋》中的“愿在昼而为影,常依形而东西,悲高树之多荫,慨有时而不同”来分析,很明显的与本诗有着惊人的相似,应该也受到一定影响,倒是可以肯定的。

(赵光勇)

杂　言

傅　玄

雷隐隐,感妾心;倾耳听,非车音。

鉴赏

在中国文学史上傅玄以写乐府诗见长,他这首写思妇相思之情的小诗也多为文学史家称赞,不愧为这类诗歌中的佳作。

“雷隐隐,感妾心”,这两句意思是说闷雷隆隆作响,却使思妇内心激动不已。这位思妇何以如此呢?首先是由于她相思心切,甚至到了如醉如痴的地步,听见雷声竟以为是自己相思之人乘车来了,因而内心激动不已。当然了,抒情主人公把雷声当成车声也有一定的客观原因。我们知道古代的车子是木制的,车轮也是木的,加之当时的土路坑洼不平,车子行进时发出隆隆响声,这种声音恰巧与闷雷声有点相似。

“倾耳听,非车音”,这两句紧承上面两句,写这位思妇由于相思导致听力产生一种错觉,这种错觉又促使她立即倾耳细听。噢!原来不是车子的声音。全诗至此戛然而止,给读者留下了大量想象的余地。当然了,这位思妇一下子从希望之巅坠入失望之渊,其惆怅之情亦可想而知。全诗仅四句十二个字,却具体形象地写出了思妇相思心切,如醉如痴,以致由希望到失望的全过程,真可谓语简情深,惜墨如金。

外有旷夫,内有怨女。在中国文学的历史长河中,写男女相思之作源远流长,真可以说是永恒的主题。纵观一部中国诗歌发展史,写思妇相思之情的诗作真可谓汗牛充栋,举不胜举。傅玄这首诗很显然受了西汉司马相如《长门赋》:“雷殷殷而响起兮,声象君之车音”等诗句的影响,但诗人信手拈来，并使之脱胎换骨，真可谓点石成金，出于蓝而胜于蓝。因而这首小诗尽管非常短小，但由于它有特色、有新意，所以同样自立于中国诗歌之林。我们知道写思妇的相思之情，可以写秋夜难挨，月下徘徊，星月思人；也可以写冬夜漫长，难以成眠，辗转反侧；还可以写春愁难耐，陌头观柳，悔叫夫婿觅封侯，总之，可以从各个不同角度去写。本诗作者仅仅抓住思妇听见雷声那一瞬间的心理变化过程，表现其相思之切，给人耳目一新之感。还需指出的是，这首诗语言非常简练，全诗仅四句十二个字，且无一个生僻字，平易而不显粗俗，读来明白如话，含不尽之意于言外。文学史家说傅玄的乐府诗善用比兴，构思新巧，语简情深，清丽可喜。从这首小诗也可见其一斑。

（李建明）

轻　薄　篇

张　华

末世多轻薄，骄代好浮华。志意既放逸，赀财亦丰奢。
被服极纤丽，肴膳尽柔嘉。僮仆余粱肉，婢妾蹈绫罗。
文轩树羽盖，乘马鸣玉珂。横簪刻玳瑁，长鞭错象牙。
足下金鑮履，手中双莫邪。宾从焕络绎，侍御何芬葩。
朝与金张期，暮宿许史家。甲第面长街，朱门赫嵯峨。
苍梧竹叶青，宜城九酝醝。浮醪随觞转，素蚁自跳波。
美女兴齐赵，妍唱出西巴。一顾倾城国，千金不足多。
北里献奇舞，大陵奏名歌。新声逾《激楚》，妙妓绝阳阿。
玄鹤降浮云，鲟鱼跃中河。墨翟且停车，展季犹咨嗟。
淳于前行酒，雍门坐相和。孟公结重关，宾客不得蹉。
三雅来何迟，耳热眼中花。盘案互交错，坐席咸喧哗。
簪珥或堕落，冠冕皆倾邪。酣饮终日夜，明灯继朝霞。
绝缨尚不尤，安能复顾他。留连弥信宿，此欢难可过。
人生若浮寄，年时忽蹉跎。促促朝露期，荣乐遽几何。
念此肠中悲，涕下自滂沱。但畏执法吏，礼防且切磋。

鉴赏

诗歌的开头四句是全诗的总纲："末世多轻薄，骄代好浮华。志意既放逸，赀财亦丰奢。"作者开门见山地指出：衰乱骄纵的年代，世风必然轻薄浮华，思想意识既十分放荡，物质享受更极尽奢侈。从"志意"与"赀财"两个方面揭露世风的衰败，又用"轻薄"与"放逸"、"浮华"与"丰奢"这些近义词突出其程度之甚，既揭示了社会风气与时代特点的内在联系，起到振聋发聩的作用，又为全诗定下了基调。

自"被服极纤丽"至"素蚁自跳波"——揭露浮华丰奢之事。

先写日常生活奢靡。主子们锦衣玉食，极尽豪奢，奴婢们啖肉踩绫，阔绰异常，真是奴以主贵，主以奴显。张华虽然没有也不可能像唐代的伟大诗人杜甫那样写出"朱门酒肉臭，路有冻死骨"一类震撼千古的诗句，但"极纤丽""尽柔嘉""余粱肉""蹈绫罗"的描述，也能让读者想象出显贵人家肉山酒海、罗绮香泽的奢华景象。

再写出游讲究排场。乘车，则在彩车上竖立羽饰的车盖；骑马，则在马勒上挂满鸣响的玉器，再加上玳瑁刻成的发簪，镶嵌象牙的鞭柄，饰金的靴子，著名的宝剑，以及络绎不绝、前呼后拥的随从、侍卫，都无不显示出出游者不可一世、威风显赫的富贵身份。

接着写结交权贵。金、张、许、史是汉代有名的权臣、贵戚，诗歌以借古喻今的手法，揭露上层统治者频繁往来、交相攀附的情景。"甲第""朱门"言其权势显赫，"竹叶青""九酝醝"言其酒宴丰盛，这些当代的权臣贵戚，作威作福，极尽奢侈豪华之能事。

从"美女兴齐赵"至"此欢难可过"集中揭露轻薄放逸之事。

先以夸张笔法写女乐之美和歌舞之妙。齐、赵、西巴，都以出女乐著称。女乐们既来自歌舞之乡，又有贵于千金的倾国倾城之貌，其表演更是超凡绝伦。当年，殷纣王曾"使师涓作新淫声，北里之舞，靡靡之乐"（《史记·殷本纪》），赵王"游大陵"，"梦见处女鼓琴而歌"（《史记·赵世家》），如今，女乐们所献演的也如同北里奇舞、大陵名歌，而那时兴的曲调又胜过古老的《激楚》之音，美妙的舞姿更压倒了古代名伎阳阿。就像师旷援琴而鼓引来二八玄鹤舒翼而舞（《韩非子·十过》），又如瓠巴鼓瑟招来鲟鱼出水而听（《淮南子》），女乐们的歌舞具有神奇的吸引力，就连非乐的墨翟也会停车欣赏，不好女色的柳下惠也会为之赞叹，滑稽而善饮的淳于髡将前来斟酒，以鼓琴著称的雍门周愿参加伴奏。诗人极力渲染女乐之美与歌舞之妙，借此以烘托上层统治者的纵情享乐，非乐轻色的墨翟、柳下惠尚且为之吸引，那么，本就放逸好色的轻薄者，更是忘乎所以了，再加上主人关门留客，客人更乐得尽兴而欢。

接着描摹与宴者狂欢无度、放浪

形骸的丑态。他们用各种酒爵斟酒还嫌太慢，一个个喝得酩酊大醉，耳热眼花，以至于杯盘狼藉，高声喧哗。女人们的首饰纷纷坠落，达官贵人们衣冠不整，他们狂饮不歇，夜以继日，什么乌七八糟的事都干得出来。春秋时，楚庄王宴群臣直至日暮，有个大臣乘灯灭时去拉王后的衣服，被王后扯断帽缨，楚庄王竟令群臣将帽缨都扯断再上灯，使那个被王后绝缨的人不被发现(《说苑·复恩》)，像这样无礼的行为都不算过失，那么还有什么节制呢？这样醉生梦死，连日不停，纵情狂欢已到了无以复加的地步。

"人生若浮寄"四句是模拟贵族阶层的颓废心理。在他们看来，人好似浮游寄生于天地之间，年华转眼就会逝去，短促得犹如瞬息即干的朝露，荣华富贵又能持续多久呢？言外之意，不及时行乐，更待何时？这就是他们轻薄浮华、放逸丰奢的思想基础。

最后四句是作者的感慨和劝诫。面对如此衰败的风气，作为朝廷重臣、有识之士，怎么能不忧心如焚，以至泪下如雨呢？所以说"念此肠中悲，涕下自滂沱"。那么怎样才能结束这种可悲的风气呢？作者劝诫道："但畏执法吏，礼防且切磋。"你们只惧怕执法的官吏，这是不够的。须知，轻薄浮华、放逸丰奢虽然未必触犯刑法，却要危害社会，你们应该进一步研究探讨礼仪制度，用来约束、克制自己。

由于受辞赋与骈文的影响，张华的诗追求排偶和妍丽，过多的典故和偶句，难免给人以繁缛平弱之感，而且，他想借助于本就虚伪的礼制来扭转轻薄之风，这在老庄复炽的西晋是根本不可能的。但是，作为一首长篇乐府，这首《轻薄篇》仍保持着汉乐府"感于哀乐，缘事而发"的精神，具有针砭社会的现实意义，诗中所揭露的情况，在《晋书》和《世说新语》中屡屡可见，与张华同时代的大贵族石崇和贵戚王恺、羊琇争豪就是突出的例子，其他如耽酒行乐、放荡无行更是不一而足。张华出于对时弊的忧愤，经过艺术的概括，予以淋漓尽致的揭露，不仅在当时有讽刺作用，就是现在也还有一定的认识价值和借鉴意义。这首《轻薄篇》就其内容的丰富、思想的深刻来说，不仅超过了何逊、张正见等人的同题作品，而且对后来表现上层社会骄奢豪华生活的诗歌如左思的《咏史·济济京城内》，甚至卢照邻的《长安古意》、骆宾王的《帝京篇》都有一定的影响。

（潘慧惠）

游侠篇

张华

翩翩四公子，浊世称贤名。龙虎相交争，七国并抗衡。
食客三千余，门下多豪英。游说朝夕至，辩士自纵横。
孟尝东出关，济身由鸡鸣。信陵西反魏，秦人不窥兵。
赵胜南诅楚，乃与毛遂行。黄歇北适秦，太子还入荆。
美哉游侠士，何以尚四卿。我则异于是，好古师老彭。

鉴赏

《游侠篇》属于乐府歌辞。《乐府诗集》把它归入《杂曲歌辞》一类。

游侠之士，历代皆有。郭茂倩《乐府诗集·杂曲歌辞》："《汉书·游侠传》曰：'战国时，列国公子，魏有信陵，赵有平原，齐有孟尝，楚有春申，皆藉王公之势，竞为游侠，以取重诸侯，显名天下。故后世称游侠者，以四豪为首焉。汉兴……长安炽盛，街闾间各有豪侠。时万章在城西柳市，号曰城西万章。酒市有赵君都、贾子光，皆长安名豪，报仇怨、养刺客者也。'"游侠之士是一个复杂的社会阶层，鱼龙同群，芳臭杂糅。其间固不乏殷忧国事，"为人排患释难而无所取"的真豪杰，也羼杂着大量"以报仇解怨为事"（《三国志·魏书·阎温传》注引《魏略》）的亡命徒。而且越到后来，目的越是狭隘，他们"借友行报怨，杀人租市旁"，"身在法令外，纵乐长不禁"（张华《博陵王宫侠曲》），成为严重扰乱社会秩序的邪恶势力。张华此诗，就是以婉曲的笔调，表述了对当世游侠者的否定态度。

"翩翩四公子，浊世称贤名。龙虎相交争，七国并抗衡。"入手概括赞扬了名重当时、传称后世，被历代豪侠尊为鼻祖、奉作楷模的孟尝、信陵、平原、春申四公子，再用补笔写出四公子生活的特定环境。常规的布局方法，一般先交代时代背景，然后标举人物。诗人却用逆挽法把人物提到篇首这个显豁的位置，而后补述环境，既突出了四公子在人们心目中的地位，也使得章法健劲峭折。

前面说到，这首诗意在否定当世游侠，为什么偏从赞扬"借王公之势，竞为游侠"的四公子入手呢？诗人笔法的深婉正表现在这里。"后世称游侠者，以四豪为首焉。"殊不知，四公子处在一个七雄并峙、纷纷扰扰的"浊世"，为了各自国家的利益，不得不借重侠客、游士。招揽侠士,盖出于不得不然,诚如《史记·信陵君列传》所言:“接岩穴隐者,不耻下交,有以也。”而其言外之意则是,时异事变,而今寰区大定,四海一统,又安用游侠之人呢?所以,称赞“浊世称贤”的四公子,实际是用釜底抽薪之法,从时势的变易上,否定了今日游侠之士存在的必要。

“食客三千余”四句,总述四人门下宾客之盛,人才之多,以及各国交往之频繁。“游说朝夕至,辩士自纵横”二句互文见意,又同前两句互为因果,宾客盛,人才多,方能应对他国“朝夕至”的说客,也方能游说他国;而频繁的接待,广泛的出使,更需大量的宾客和人才,亦见出四公子的游侠是形势使然。

“孟尝东出关”八句,一连用了孟尝君田文东出函关、信陵君魏无忌返魏退秦、平原君赵胜赴楚结盟、春申君黄歇救回被秦国作为人质的楚太子完四个历史故事,分写四公子及其门客为祖国建立的不朽功勋。这八句既和“浊世称贤名”遥相照应,又是它的具体阐释。这里,我们仍然不要忘记透过表层意思发现深层底蕴,歌颂四公子利国利民并非诗人的根本目的,而是借以反对今世所谓侠士乱法犯禁“取名天下”的褊狭行为,从目的与效果上对他们予以否定。

在以上基础上,诗人又以“美哉游侠士,何以尚四卿”二句分领古今侠士。前一句,满怀崇敬地颂扬四公子;后一句,极度不屑地反难今之游侠士。意思是,你们这些人,凭什么推崇四公子呢?诗人的态度,就在这一扬一抑中表露出来了。

最后,诗人又借着抒发怀抱,再度否定今之游侠。“我则异于是”,申明自己和今之游侠取去不同,即不崇尚游侠。“好古师老彭”借孔子“信而好古,述而不作,窃比我于老彭”(老彭,或云老子与彭祖,或谓云殷之大夫名老彭者)的话,表达笃信儒学的志趣。

这首诗显然从汉大赋中汲取了营养,既借用了大赋那种铺张扬厉的手法,也具有寓讽于劝的特点,只是讽喻的手法又很巧妙。它没有对今之游侠的行为出之以议论,发之以抨击,而是故设机辟,引人入彀。顺着后世游侠好以战国四公子后继自命的心理,盛赞四公子的贤能。赞扬时紧紧抓住两点,一是四公子游侠的社会背景,二是其游侠的目的与作用,从而见出今世游侠之不必存在。另外,诗中也没有把今之游侠所处的时代和怀有的目的直接叙述出来,而是深藏在赞扬古之游侠的背后,如绘画的空白、戏剧的潜台词,让读者去补充、去寻味。诗人又恐读者未必能够领会其旨,又用“何以尚四卿”暗透消息。这样,既不使人产生误解,又使这首充满“风云”气的诗篇,有了含蓄深婉的意致。

(傅毓民)

悼　亡　诗(其一)

潘　岳

荏苒冬春谢，寒暑忽流易。
之子归穷泉，重壤永幽隔。
私怀谁克从，淹留亦何益？
僶俛恭朝命，回心反初役。
望庐思其人，入室想所历。
帏屏无仿佛，翰墨有余迹。
流芳未及歇，遗挂犹在壁。
怅恍如或存，周惶忡惊惕。
如彼翰林鸟，双栖一朝只。
如彼游川鱼，比目中路析。
春风缘隙来，晨霤承檐滴。
寝息何时忘，沉忧日盈积。
庶几有时衰，庄缶犹可击。

鉴赏

这是潘岳《悼亡诗》三首中第一首，写为亡妻杨氏送葬归来时的感受。前面八句写回家路上的思绪，感到幽明永隔，无限伤怀，不如回朝廷去，以便摆脱感情的纠缠——写得比较一般；后面十八句写返家以后的感触，触物兴叹，若不胜情，但愿自己能像庄子那样通达，否则真要被悲痛压倒了——写得相当精彩，尤其是“望庐”等八句，语淡情浓，历来为人所称道。

欣赏这首诗，在艺术上可以注意的主要有两点：空间与时间互相平行的结构线索，深情与浅语彼此统一的抒情艺术。

先说第一点。全诗从远处落笔，从下葬后（“之子归穷泉，重壤永幽隔”)的回程写起，继而“望庐”，进而“入室”，诗人的形象由远而近，由外而内，镜头也跟着移动、推近，由路上的全景转换成庐舍、居室的中景，进而推成帷幕、屏风、翰墨的余迹、檐头冰柱的水滴等一个又一个近景或特写的镜头。我们也仿佛随着诗人的步履一路行来，步步走近，望见了庐舍，进入了室内，帷幕、屏风、翰墨的余迹、檐头冰柱的水滴等一一映入眼帘，体验到了诗人在掩埋亲人以后由物是人非感到的无可告语的伤痛。诗作在空间上展开的同时，还平行地展开了一条时间的结构线索。此诗作于初春（“春风缘隙来，晨霤承檐滴”），却偏从“荏苒冬春谢，寒暑忽流易”落笔。拈出一个“冬”字，看来似对时光流逝的泛写，其实浸透了诗人伤痛的感情。原来诗人的妻子杨氏是在上一年的初冬去世的——《悼亡诗》第三首作于初冬（“凄凄朝露凝，烈烈夕风厉”），诗中说“念此如昨日，谁知已卒岁”（卒岁，已满一年），可知杨氏去世即在初冬季节。按古人葬礼，“死三日而殡，三月而葬”（《仪礼》）。诗人在翌年初春，在亲人下葬以后，情不自禁地回过头去看到了三个月前妻子去世的那一刻，于是从心灵深处跃出了一个“冬”字，并在下句中以“忽”字紧承，使失去亲人以后那种如梦似幻的感觉弥漫于字里行间。“私怀”等四句是在归途中对未来日子的拟想。“私怀谁克从，淹留亦何益”，与屈原的“国无人莫我知兮，又何怀乎故都”（《离骚》）如出一辙，说的是不被人理解的悲哀。于是进而想到还不如离开这触目伤心的地方回到朝廷去。从对未来的拟想中，可以进一步看出诗人悲痛的深广。当他踏入家门以后，耳目所接无不使他目摇神移。冰柱的滴水在无声地宣告时光的流逝，而诗人感到时间带给他的，只是越来越沉重的忧伤。在无可奈何之中，他想起了达观的庄子，希望将来有一天能像庄子那样从感情的重压下解脱出来。通过时间的结构线索，我们看到诗人的伤痛并不始于今日，而今日的伤痛又将通向未来。这样，在我们心目中出现的，就不仅是一个在归葬路上与入室以后沉思默想、哀怨欲绝的孤独者，而且是一个深深陷入过去、现在、未来三时的无边痛苦中的形象了。

再说第二点。诗人的悲痛无限深广，但在表现上毫不矫饰夸张。大概因为愈是深层的海水愈不会荡起波澜吧，诗人采用的只是以浅语写深情的白描手法。无论从宏观写意或者微观抒情来说，莫不如此。在宏观方面，如对妻子去世的触目惊心的回顾，只用时节变换的“荏苒冬春谢，寒暑忽流易”的平淡的叙述来表现；对于自己不被人理解的悲哀，只是淡淡地说了声“淹留亦何益”；对于沉忧日积的担心，也只是托之于极为平浅的语言：“庶几有时衰（但愿将来有一天会衰歇下来），庄缶犹可击。”诗人悼亡的深情婉转流动于清浅的字句之间，不作层波叠浪，却涓涓长流，绵绵不绝。在微观方面，如“望庐”等八句，也是情至深而语至浅。“望庐思其人”与

"入室想所历"互文见义,即"望庐"时既"思其人"又"想所历","入室"时既"想所历"又"思其人"。这两句是纲,提起下面六句。其中"帏屏无仿佛,翰墨有余迹。流芳未及歇,遗挂犹在壁",隔句相承,三句顶承一句,四句顶承二句,作扇形展开:在帷幕与屏风间再也看不到妻子的姿容(仿佛,相似而不真切的形象。《汉书·外戚传》载汉武帝曾延请方士施法,得以约略见到已去世的李夫人的形影),但还能闻到她在世时身上散发出的芳香;她往日经常作文写字,如今墙上还挂着她留下的笔迹。诗人的妻子出身于一个擅长书法的家庭,她父亲戴侯杨肇与哥哥康侯杨潭都是擅长草书与隶书的书法家。杨肇写字时,"翰动若飞,纸落如云"(潘岳《杨荆州诔》)。在这样一个家庭环境中长大的杨氏,耳濡目染,一定养成了爱好书法的习惯。结婚以后,想必也是常常挥毫,将得意的手迹悬挂在室内墙上。因而当诗人"入室"以后,物在人亡的景象深深刺痛了他,由人亡而引出"帏屏无仿佛"与"流芳未及歇"二句。由物在而化为"翰墨有余迹"与"遗挂犹在壁"二句。这几句虽然都是对眼前景象的实写,而当诗人说到"帏屏无仿佛"时,心目中会自然浮现出亡妻的形象;当说到"翰墨有余迹"时,也会自然想起她在世时和墨、洒笔的种种情态。用语何等浅近,寄情又何其深长!面对眼前景象,诗人感到了迷离惝怳,产生了种种复杂的感情,于是又进一步写出了自己深一层的感觉:"怅恍如或存,周惶(一作'回惶')忡惊惕。"吴淇在《六朝选诗定论》中说:"'怅恍'者,见其所历而犹为未亡;'周惶忡惊惕',想其所历而已知其亡。故以'周惶忡惊惕'五字,合之'怅恍'共七字,总以描写室中人新亡,单剩孤孤一身在室内,其心中忐忐忑忑光景如画。"所论颇能把握住诗人感情的律动。顺着这股感情之水的流淌,在上述八句之后接着又写出了"如彼翰林鸟,双栖一朝只。如彼游川鱼,比目中路析"这四句。比喻极为通俗,也有人认为这是潘岳"笔端繁冗,不能裁节"之病(陈祚明《采菽堂古诗选》卷十一),但若了解到这段姻缘长久的历史——早在潘岳十二岁时就已定了亲,结婚以后也已共同生活了二十多个年头,那么,也就不难体察到这两个通俗的比喻在感情的天平上所显示的分量了。

诗人就是这样以空间与时间互相平行的结构线索以及深情与浅语彼此统一的抒情艺术,成功地抒发了悼念亡妻的真挚、深切的感情。读罢这首诗,一个悲凄的诗人形象惨然地浮现在读者眼前。

潘岳之能写出流传千古的《悼亡诗》,自然是与他高度的艺术修养分不开的,但归根结底还在于他有着真情实感。潘岳生性重情,他不属于思辨型,而是情感型的人物,故能"遵四时以叹逝,瞻万物而思纷"(陆机《文赋》),"物色之动,心亦摇焉"(刘勰《文心雕龙·物色》):因秋来而抒慨,写下了《秋兴赋》;见花落而伤情,抒发了"奈何兮繁华(花),朝荣兮夕毙"(见所作《朝菌赋》)。他对死别的伤痛,感受尤为强烈。他岳父家的人先后去世,"今九载兮一来,空馆阒其无人"(《怀旧赋》);自己家中也先后弟亡、妹折、子夭、妻逝。他在《怀旧赋》中说:"独郁结其谁语,聊缀思于斯文。"他的许多作品正是郁结之情的自然流露。在妻子死后不久,他心爱的金鹿姑娘又不幸去世,一向委婉抒情的他,竟然一反常态,喊出了"呜呼上天"(《金鹿哀辞》)的呼天抢地的声音来。对于结发妻子的长逝,他又怎能不深为动情呢?因而在写作上述《悼亡诗》第一首的同时,还写下了《哀永逝文》《悼亡赋》。初秋时又写下了第二首《悼亡诗》,到初冬妻子去世一周年时又写下了第三首《悼亡诗》。如果不是在下一年诗人自己遭遇杀身之祸,倒泻入他胸中的那一片感情的汪洋,想来还会无止息地流淌下去的。张溥在《潘黄门集》题辞中说潘岳的悼亡诗赋予《哀永逝文》"有古落叶哀蝉之叹";刘熙载在《艺概》卷二《诗概》中进一步指出潘岳"悲而不壮",也就是说,他的风格不属于阳刚的悲壮而属于阴柔的悲凄,都是深得其中三昧的说法。

最后,笔者还想指出一点,即潘岳不仅给我们留下了悼念亡妻的三首杰作,而且还因为这三首《悼亡诗》的成功,从此以后,"悼亡"不再是悼念死者的泛称而成了悼念亡妻的特指了。这是潘岳在悼念亡妻时无意中留给世人的一块纪念碑吧!

(陈志明)

门有车马客行

陆　机

门有车马客,驾言发故乡。
念君久不归,濡迹涉江湘。
投袂赴门涂,揽衣不及裳。
抚膺携客泣,掩泪叙温凉。
借问邦族间,恻怆论存亡。
亲友多零落,旧齿皆凋丧。
市朝互迁易,城阙或丘荒。
坟垄日月多,松柏郁芒芒。

天道信崇替，人生安得长？
慷慨惟平生，俯仰独悲伤。

鉴赏

这首诗的显著特点，在于塑造了两个耐人寻味的艺术形象：车马客和主人公。

车马客者，主人公乡亲的代表也。正当乡亲们为游子“久不归”而焦虑的时候，他自告奋勇，“驾言发故乡”，翻山岭，“涉江湘”，辗转颠簸，风雨兼程，将满车的亲朋思念和故土沧桑送到主人公门前。那么，主人公是否也思念着乡亲们呢？这从他接待车马客时的一连串动作中便可得到答案。你看他，一听乡客临门，便“投袂”而起，直“赴”大门，且边走边“揽”衣裳。这本是有失身份的举动，但为了尽快见到乡亲，也就在所不顾了。不但不顾身份，而且见了乡亲，还要“抚膺携客泣，掩泪叙温凉”。这是何等真实、典型的细节描写！这是何等亲热、激动的迎客场景！诗人不正是通过这些细节和场景，淋漓尽致地展示了主人公的思乡情怀吗？这里“投”“赴”“揽”“抚”“携”“泣”“掩”“叙”等富有情趣的动词，运用得明快、精当、朴质、传神，真是妙语连珠，不可或易。抚今推昔，如果没有过去长期的积累，主人公的这种感情何以会突然升华到如此殷切、如此浓烈的程度呢？车马客的到来，正好打开了闸门，使这种早已蕴蓄的感情找到了宣泄的突破口，从而成为本诗创作的内在契机。

其实，车马客探望游子的寓意远不至此。它还从侧面表明，主人公的怀乡之情是以故乡沧桑和亲友“念君”以及由此反射出的社会动荡为背景的，绝非无病呻吟和单相思。然而，当两处相思互不知的时候，这对双方来说，都是痛苦的精神折磨，急需加以沟通。这时的车马客，又以交通员的身份往来于乡亲和游子之间。你看他，现在把满车的亲朋思念和故土沧桑送到主人公面前。探望结束后，他一定会将游子的羁旅境遇带回乡间。因为他是受托而来，乡亲们正在等待回音。这就使得乡亲与游子相互思念的感情达到了双向交流的境界，从而为本诗增添了又一个与其他怀乡诗不同的显著特点。唯其双向交流，信息互通，才使双方都能在心理上得到某种安慰和满足。这比起其他单向传递（只写一方的思念）的诗来，更能给读者一种高尚、纯真、完美、融洽的审美感受。唯其双向交流，诗人的笔锋不仅仅围绕主人公本身运转，更伸向他的故土以至于整个社会、人生，这就扩大了诗的描写范围，为展现人物性格，形成以迎客、对话、感叹为基本线索的洗练情节，开辟了一个较为广阔的天地。

迎进车马客后,双方都有千言万语,但一时不知从何说起。还是主人先开口:“借问邦族间,恻怆论存亡。”“恻怆”,既是对主客交谈时场面气氛的概括,又是对交谈内容所定的基调。“存亡”,乃人生最基本的两桩大事,也是故乡兴衰变迁的主要标志,自然是主人公首先关心、急需细谈的话题。那么,车马客是怎么回答的呢?亲友们死的死,亡的亡,所剩无几,老年人一个不留,都已谢世。城池、街市几经变乱,有的已成为废墟。只是故乡的坟墓一天比一天多,坟头上的松柏一年比一年旺。原来如此!主人日夜思念的故乡竟变成了这般模样,多么令人失望!多么令人悲伤!如果说,旧齿凋丧尚属自然规律,那么,其他亲友为何要七零八落?城池、街市为何会变成废墟?故乡凋敝,他乡如何?整个社会、人生又怎样?听了车马客简洁而辛酸的勾画,主人公的心潮一落千丈,由开始的急切、专注、热忱而陷入疑惑、联想、沉思。终于,主人公突破了一般怀乡诗的狭小感情界限,发出了富于理性精神的慨叹:“天道信崇替,人生安得长?慷慨惟平生,俯仰独悲伤。”这是说,天道的兴衰,诚如故乡的变化一样,是确定无疑的;那么,人的生命又怎能长久呢?再联系到自己一生奔波,终不免和死去的乡亲们一样,化为坟丘。想着想着,顷刻之间,只剩下悲伤了。

初听起来,这种关于天道有常、人生无常、性命短暂的感叹,似乎消极得近于颓废。但是,如果将这种感叹放到一定的历史条件下去分析,又不能一概而论。我们知道,诗人所处的魏晋时期,正是社会大动荡的时期。诗中主人公故乡的凋敝景象,正是这种大动荡造成的后果。随着这种大动荡的形成和延续,我国历史上第二次“百家争鸣”的局面开始出现。大批的文士武杰、寻常百姓,纷纷审视、怀疑起儒学经义、伦理道德和神鬼宿命等传统观念来。他们终于发现,这些古董、信条都是对人性的束缚和摧残。于是,就将探索的矛头转而指向人本身。一时间,研究、争论性命的长短、人生的价值等问题,几乎成为一种时髦。实际上,这是当时的人对自身的存在价值、发展前途等问题的一种新觉醒,是对旧道德、旧观念的一种集体挑战和否定。诗中的消极、悲伤,正好反映了他们在追求自身、追求真理的过程中的艰辛和痛苦,是人类在前进道路上必然要付出的巨大精神代价之一。可见,这里的悲伤,应该包含着进步的成分在内。

由此看来,主人公的这种慨叹,是对怀乡之情的一种突破,是对诗歌主题思想的进一步扩大和深化。因此,我们可以说,这首诗绝非单纯的怀乡之作。

(李　雪)

拟明月何皎皎

陆　机

安寝北堂上，明月入我牖。
照之有余晖，揽之不盈手。
凉风绕曲房，寒蝉鸣高柳。
踟蹰感节物，我行永已久。
游宦会无成，离思难常守。

鉴赏

陆机有拟古诗十二首，都是模拟《古诗十九首》的，此拟十九首之“明月何皎皎”。

这首诗的抒情主人公究竟是男是女，也就是说，它的主题是思妇深闺念远还是游子久客思家，看法颇不统一。仔细寻绎，终觉前一解切合情理且意味渊长，这里即作如是处理。

“安寝北堂上，明月入我牖。”《急就篇》颜注：“凡正室之有基者则谓之堂。”《韵会》也说：“堂，正寝也。”“北堂”，就是北向之正室。羁旅之人居于人家正室，这在古代则是不大可能的事情。由此可见，这位“安寝北堂上”的主人公，应该是个少妇。

第一句平平而起，属于客观的叙事。“寝”而且“安”，见得主人公原本无牵无挂，无忧无虑。第二句也似是客观地叙述，月光入户，幽辉半床，把“安寝”之人轻轻从梦中唤醒。不过看得出，月光如同一石击水，已在她的心里漾起微波。于是“照之有余晖”二句，就通过她的动作表现内心变化。

皎皎月华，给了她以无限美感，出于对它的爱悦，不禁随手把玩。然则月光虽有余华，却又无法揽取，这种情形，不正如同自己虽有丈夫，可又相望千里，偏是独守空房吗？一旦由此及彼生此联想，笑容顿消脸上，烦恼暗上心头，一种失落感油然产生，对月光的爱怜瞬息转化成绵绵的惆怅，使得她再也无法安睡了。月光，简直像个怪物，它能让团聚人喜上加喜，也会叫孤独者愁里生愁。而我国古代的骚人墨客，总是把它和思乡、怀人连在一起，这种例子俯拾即是。

以上写主人公屋内活动，“凉风绕曲房，寒蝉鸣高柳”二句是屋外肃杀的景色：秋风在回廊上绕来绕去，寒蝉在柳梢头凄凄切切。描写角度的变换，标志着主人公方位的改变，她的脚步已移到了庭院。披衣出户，本为遣怀，而所感所闻无非怅触心绪的清秋风物，更引起她的感伤，久久徘徊于屋外。吴淇《六朝选诗定论》说：“此诗旧注闺中之什、张伯起因以‘我行’两字改注游宦不得意而忽思其室家。不知‘我行’二字可虚可实，两说不妨并存也。”张因“我行”遽改题旨固嫌轻率，吴说二字“可虚可实”也觉不尽恰当。我以为，“行”字乃上句“踟蹰”的简言，一如“行吟”之“行”，就是漫步的意思。所谓“我行永已久”者，是说久久踱来踱去。

踟蹰终归踟蹰，却是无奈愁何。而愁之所起，全由丈夫游宦。愁结不解，忽生怨怒，把对丈夫的深情眷念凝成一句无情的诅咒：“游宦会无成。”“会”，当也。全句说丈夫外出求官应该不得成功。也许主人公觉察到这种心理未免不近人情，进而既像自言自语，又像遥向丈夫解说：“我”实在难以长期忍受别愁的折磨啊！一诅咒，一解释，既点破了主题，又极为传神地刻画了人物性格和心理状态。《西厢记》莺莺送别张生所唱的“但得一个并头莲，煞强如状元及第”，则是这两句最好的注脚。

寥寥十句，细腻地描写了一位闺中少妇的感情变化过程。本来要写她的愁与怨，偏从无愁而寝着笔。继则见月生思，夜不能寐，徘徊中庭。而室外景物更加剧了她的愁思，至于所愁者何，所思着谁，却又没有明写，直至图穷方见匕首。王昌龄《闺怨》与此手法大类，但相比之下，显得精练有余，深沉不足。世人大都激赏王作而漠视此诗，焉知王昌龄不是因此而获得了灵感呢！

（傅毓民）

咏　　史（其二）

左　思

郁郁涧底松，离离山上苗。
以彼径寸茎，荫此百尺条。
世胄蹑高位，英俊沉下僚。
地势使之然，由来非一朝。

金张藉旧业，七叶珥汉貂。
冯公岂不伟，白首不见招。

鉴赏

左思的《咏史》共八首，这里介绍的是第二首。它在思想内容方面的一个鲜明特点，就是指斥“世胄蹑高位，英俊沉下僚”的不合理现象，从而对根深蒂固的门阀制度进行了猛烈的抨击。

左思生活在以司马氏为代表的世族地主当权的时代。自曹魏建立“九品中正”制度以后，在西晋初期，有所谓“上品无寒门，下品无世族”（《晋书·刘毅传》）、“据上品者，非公侯之子孙，则当涂之昆弟”（《晋书·段灼传》）之说，这种世族独占上品的现象，引起不少人的不满。门阀制度使得不少出身寒门的才智之士受压抑、遭歧视，有志不得伸，有才不见用。寒门出身的左思，同样是不得志的。他怀着极大的愤慨，用咏史诗的形式，以古喻今，对门阀制度进行激烈的批判。

诗的首四句以“比”开篇，实际是托物言志。诗人看到，生长在山涧之底的松树，郁郁葱葱，根深叶茂，仅枝条就有百尺之高，不言而喻，那挺拔的树干，是堪作栋梁之材的；而长在山上稀稀落落的小草苗，其高不过寸许，但由于所居地位高，反而能遮盖住涧底的百尺高松。这是大自然中常能见到的现象，完全是自然界的居势使然，本不足怪。但是人世间也有这种现象，那就不合理了。有些世家子弟，他们本身并无才能，只是凭借着门阀和权势，竟可以窃居高位；那些寒门出身的才智之士，由于没有门阀可凭借，只能屈居下僚。两者对比，明显是不合理的。这里，作者用涧底的高松比喻有才而屈居下位的人，以山上小草比喻那些无才而窃居高位者，由自然界的现象联系到人间社会，从而过渡到中间的四句议论。“世胄蹑高位，英俊沉下僚”两句，是全诗的主旨。“地势使之然”一句兜前，“由来非一朝”一句呼后，指出这种不合理的现象是由来已久的。诗的前八句，还没有咏史的成分，而是以自然界存在的现象为因由，引出对人世间不合理现实的慨叹。末四句才是“咏金张冯公之事，为世胄二句印证”（张玉穀《古诗赏析》）。这几句诗，是用汉代的史事来影射晋代。“金”指金日磾，“张”指张汤、张安世父子，他们曾凭借祖先的世业，七代做汉朝的贵官。“七叶”即七世、七代，“珥汉貂”就是做汉朝的高官。汉代凡侍中、常侍一类的官冠，旁插貂鼠尾为饰。《汉书·金日磾传赞》说：“七世内侍，何其盛也。”戴逵《释疑论》说：“张汤酷吏，七世珥貂。”这都是对金、张世代富贵的概括。但是汉代也有“英俊沉下僚”的情况，诗的最后两句是咏冯唐的。冯唐是汉文帝时人，曾对文帝指出当时法律严苛、不能用将之弊，但得不到进用，直到白首，仍屈于郎署。诗人写到这里，戛然而止，语尽而意不尽。诗外的话，让人自己去联想和补充。

左思的这首《咏史》诗，不是专咏一人一事，他打破了传统的写法，不"呆衍史事"，将"咏史"与"咏怀"结合起来，开创了"名为咏史，实为咏怀"（张玉穀《古诗赏析》）的先河。

《咏史》之二，很善于运用比兴，他将郁郁葱葱的涧底大松比作寒门出身的才智之士，将山上的寸茎小苗比作豪门出身的无能之辈，由于地势的不同，反而使高者为卑，卑者为高，这种比喻是贴切的。他把概念上的东西（指门阀制度造成的社会上不合理现象）用艺术形象来表现，将社会现象用自然现象来比附，将自己心中的愤懑托之于古人，以代古人鸣不平来发泄自己对现实的不满，这就克服了质直与概念化的毛病，增加了诗歌的兴味和寄托。

这首《咏史》诗，用了很多对比的手法，诗人处处以对比来揭示不合理的现实。他将"涧底松"与"山上苗"对比；将"蹑高位"的"世胄"与"沉下僚"的"英俊"对比；将金、张与冯唐对比，作者的倾向与爱憎也在对比中自然地流露出来。

左思的《咏史》诗，表现手法很丰富："或先述已意而以史事证之；或先述史事而以己意断之；或止述己意而史事暗合；或止述史事而己意默寓。"（张玉穀《古诗赏析》）这几种表现手法我们在左思的八首《咏史》诗中均可找到证明。就《咏史》（其二）这一首来说，它是先用比兴的手法，通过贴切的比喻，引出"世胄蹑高位，英俊沉下僚"的题旨，这个题旨即是作者的"已意"。接着，用汉代金、张、冯唐的史事来作证明，这就是"先述已意而以史事证之"。我们认为，作者之所以选用这种手法，是为了突出咏怀的成分，至于史事，不过是"引古证今"的手段罢了。

这首诗的语言质朴、显露、朗练、流畅，颇有"质由中出，不加雕琢"的特点，首二句叠字连用，可以看出在构词上受乐府民歌和古诗十九首的影响。这首诗，字里行间自有一种慷慨激昂、"卓荦磅礴"之气，在艺术风格上显得壮美、豪放。它有建安文学"慷慨以任气，磊落以使才"（刘勰《文心雕龙·明诗》）的特点，这就是钟嵘所称道的"左思风力"。实际上"左思风力"与"建安风骨"是一脉相承的。

（刘文忠）

咏　　史(其五)

左　思

皓天舒白日,灵景耀神州。
列宅紫宫里,飞宇若云浮。
峨峨高门内,蔼蔼皆王侯。
自非攀龙客,何为欻来游?
被褐出阊阖,高步追许由。
振衣千仞冈,濯足万里流。

鉴赏

断然地远离这豪奢、喧噪、虚饰而又卑污的一切,去追求那属于自己的清明、辽阔的天地,去啸傲,去放歌,去怡情悦志,去洁身自好——这,就是左思在此诗中所要表白的心迹。而在这一切的背后,在心灵的更深层,又蕴含着多少对于"世胄蹑高位,英俊沉下僚"的贵族门阀制度的愤慨与控诉,蕴含着多少才志莫展、良图成空的痛苦与不平!在愤激中我们看到了诗人的旷达,在旷达中我们更能体味出诗人深沉的愤激。诗人倔强、傲岸、峻洁而又苦闷的灵魂,就这样袒露在我们面前。

这些是通过诗篇的结构体现出来的,诗篇的结构是诗人心灵结构的外化。全诗以"自非攀龙客"的诗人自我形象为交叉的焦点与中心向两个相反的方向展开,从而也使全诗明显地分出前后两部分,前部分是由远而来,渐近,渐近,渐近;后部分是由近而去,渐远,渐远,渐远。"皓天舒白日,灵景耀神州",借用电影语言,可以说是"全镜头",是"远景"。万里晴空,一片阳光,普照一切,也笼盖全诗,使以下的描绘都浸泡在这灿烂的阳光里,都借助于这阳光看出。你瞧,"中景":皇都,宫殿,琼楼玉宇,雕梁画栋,何等气派,何等豪华,而在金玉其外中又隐藏着多少卑污于其内!再瞧,"近景":高门深院,达官贵人,他们送往迎来,他们觥筹交错,他们志得意满,他们把持一切,垄断一切。他们把飞黄腾达的“绿灯”留给自己一伙，却用“红灯”阻挡住所有身世寒微的志士才人，使之深感此路不通，不得不望而却步。

“自非攀龙客，何为欻来游”，普照一切的日光也终于照到寒微的诗人身上，正像聚光灯一样，为我们提供了一个“特写镜头”，使我们不仅可以须眉毕具地看清楚他寒酸的外表，也可以看透他矛盾痛苦的内心。在这朱门沉沉、纸醉金迷的都城，他似乎觉得自惭形秽。他踯躅街头，四顾无侣，彷徨无主。真的，“何为欻来游”？问谁呢？谁又能够回答？他正像自己所说的，“弱冠弄柔翰，点荦观群书”，“虽非甲胄士，畴昔览《穰苴》”，文才武略，满怀壮志，“梦想骋良图”（《咏史》其一）。说穿了，到这里来，他原是要寻找一条建功立业的出路。但是“梦想”毕竟是梦想，要想谋取一条进身之路，就必须攀附那些“王侯”，就必须“摧眉折腰事权贵”，而这又有背于他的素志，他“自非攀龙客”，不是那种趋炎附势的人呀！怎么办？进还是退？留还是走？逢迎阿附以求得一匙剩汤残羹呢，还是刚肠疾恶、远离污池而保持住自己清白独立的人格？在这里，心灵的矛盾痛苦达到了顶点。

在心灵的十字街头经过稍许的徘徊，诗人终究选定了洁身自好、高举远慕的路。“自非攀龙客，何为欻来游”二句不仅是全诗前半部分的收束，也是后半部分的发端，这个“特写镜头”不仅是仕途梦幻的终点，也是新生活的起点。“龙”字联结、暗示、概括了前半部分，“何为”的问句引出后半部分的答案，前后两部分紧密地、有机地联系在一起，转圜自然而无痕迹。从诗人自身形象这个“特写镜头”出发，我们先是看到“近景”：他“被褐出阊阖”，仍然保持着布衣的本色，掉头而去，高视阔步，去追随那位远古的高士许由，只有他才是诗人的同调。我们看到诗人的背影远了，远了，消失在高山长河之间。“振衣千仞冈，濯足万里流”两句不仅创造了广阔、豪壮的意境，压倒了前半部分宫殿林立、飞宇云浮、高门峨峨的皇都，在境界方面二者形成对比，而且暗用了传为千古美谈的许由的事迹，要像许由洗耳颍川那样去洗脚、振衣，这就十分含蓄而深刻地暗示出皇都中王公大人生活的污秽，暗示出诗人对他们的鄙薄，这与纯洁清白的隐逸生活也同样形成了鲜明的对比。这种似隐而显、似微而明的对比手法，也是本诗在结构上的一个特点。

另外，值得注意的是，这首诗作为《咏史》之一，却一路抒情，一路描绘与叙述，只是似不经意地顺便带出传说中的历史人物许由，他的事迹也只是在抒情中有所暗示。这种写法，犹如用典，似乎不像咏史诗。但是用不着奇怪，“名为咏史，实为咏怀”原是左思《咏史》诗的突出特点。

（萧华荣）

招　　隐(其一)

左　思

杖策招隐士,荒涂横古今。
岩穴无结构,丘中有鸣琴。
白雪停阴冈,丹葩曜阳林。
石泉漱琼瑶,纤鳞或浮沉。
非必丝与竹,山水有清音。
何事待啸歌?灌木自悲吟。
秋菊兼糇粮,幽兰间重襟。
踌躇足力烦,聊欲投吾簪。

鉴赏

《乐府古题要解》云:“《招隐》本《楚辞》,汉淮南王安小山所作也。言山中不可以久留。后人改以为五言,若晋左思《杖策》《招隐士》等数篇,最为首出。”其实,本篇与淮南小山《招隐士》相比,不仅是将楚辞体改成了五言体,更重要的是对于命意的翻新。《招隐士》极力铺写山中的幽深险阻,有猿狖虎豹,最后规劝道:“王孙兮归来,山中兮不可以久留!”本篇则尽力表现山中的风光之美、境界之胜,对隐士生活流露出悠然神往之情,最后表示要与隐士同隐,是一篇自出机杼、别开生面之作。

全诗十六句,可分作四层。“杖策”四句开门见山,写到山中“招隐”。“杖策”,手持细树枝,即以树枝为手杖。陆云《逸民赋》:“杖短策而往兮,乃枕石而漱流。”“招”,犹寻,寻访。“横”,阻塞。道路荒芜,古今阻塞,实际是说从来就没有路,隐士居处的壅蔽隔绝、寻访途中的艰难险阻可想而知。“岩穴”“丘中”互文见义,均指山中。山中不见房屋,却有琴声传来,暗示已到隐士居处之地。琴声之“动”衬出山中之静,隐士旷迈超逸、怡然自得的风姿也仿佛可见。这是第一层。接下来“白雪”四句,宕开一笔,不写隐士,却写隐士居处的环境。“阴”,指山北。“阳”,指山南。“漱”,激荡。“琼瑶”,美玉,这里指山石。“白雪”与“丹葩”相映生辉,“阴冈”与“阳林”两两相对,清泉在明净的山石上流淌,小鱼在澄澈的水潭中浮游,构成了一幅色彩明丽、生趣盎然的图画。表现上先宏观后微观、自上而下、由远及近,也颇富于层次,读来给人以景象历历、如在目前之感。这是第二层。“非必”四句,又变换一个角度,写山中的天籁之美。“丝”“竹”,指弦乐器和管乐器。山中的泉流草木都会发出清妙动人的声音,何必一定要人为的演奏和歌唱!以否定副词“非”与肯定副词“必”连用,从而表现出一种无可置疑的反诘口吻,在山水清音与丝竹啸歌的对比中,得出了自己明确而肯定的结论。“悲吟”的“悲”在这里不含“悲哀”之意,魏晋人奏乐以生悲为善音,“悲”乃“善”的同义语。这是第三层。最后四句,先化用屈原《离骚》“夕餐秋菊之落英”“纫秋兰以为佩”句意,写山中有秋菊可兼作食粮,有幽兰可杂佩衣襟,然后表示愿弃官隐居于此。“足力烦”三字语义双关,表面是说脚力疲乏,不想再走了,实际是说厌倦了世事与仕途,这须结合着“投吾簪”来加以理解。“簪”是古代士大夫用来联结冠和发的,“投簪”犹挂冠,指放弃官职。诗人实际上早就抱有弃官归隐之情,所以他才会入山“招隐”,才会对山中的一切无限仰慕、欣然神往。但其用意直到这里才点破,可谓曲终奏雅,画龙点睛。这是第四层。

诗篇表现隐士生活的美好,却并不涉及隐士生活本身,而从隐士居处的环境着眼,以自然环境的美好来映衬、渲染、说明隐士生活的美好,用意婉蓄,构思精巧。对山间景物的摹绘采用了动态描写、随步换形的手法,笔墨简净,造语自然,格调清新,有如秋菊溢彩、幽兰流芳,读来沁人心脾。由于能抓住山间景物环境的特征,从动静、色彩、明暗、形状等方面加以表现,因此文字虽不雕琢而能形象真切生动、利落分明。诗篇构造出一个充满诗情画意的世外桃源,一种平和安宁、清幽自然的境界,这显然是为了使之同喧嚣尘世、龌龊仕途形成强烈对比,是对于士族门阀社会的一种巧妙委婉的抗议。

(张亚新)

招　　隐(其二)

左　思

经始东山庐,果下自成榛。
前有寒泉井,聊可莹心神。
峭蒨青葱间,竹柏得其真。
弱叶栖霜雪,飞荣流余津。
爵服无常玩,好恶有屈伸。
结绶生缠牵,弹冠去埃尘。
惠连非吾屈?首阳非吾仁?
相与观所尚,逍遥撰良辰。

鉴赏

《文选》李善注引王隐《晋书》曰:"左思徙居洛城东,著'经始东山庐'诗。""洛城东",当即指洛阳宜春里。左思晚年退居宜春里,专意典籍,齐王司马冏欲命为记室督,辞疾不就。本篇表现归隐生活的乐趣和感受,与当时诗人的行止心境相符合。

前八句写东山庐宜人的景物。先以"经始"句总摄。"经始",开始经营。接下来写几组景物。"果下"句写果木。果木自然成林,说明不仅得之于"经始"之力,更得之于自然之功。"榛",木丛生,此指果木众多。"前有"二句写泉井。"泉"前着一"寒"字,其清冽澄澈顿现目前,伫立井旁,凝神寂虑,心与物融,自可使人心神清爽。"峭蒨"二句写竹柏。"峭蒨",鲜明之状。竹柏一派青翠,在肃杀的寒冬中特别引人注目。《文选》李善注引孙卿子曰:"桃李蒨粲于一时,时至而后杀。至于松柏,经隆冬而不凋,蒙霜雪而不变,可谓得其真矣。"从"弱叶"句看,本诗正作于隆冬,其时竹、柏傲霜斗雪,显示了耐寒不凋、坚贞不变的本性。诗人赞其"得其真",其间也寄托了个人的志向,不无自许之意。这两句连用了四个双声联绵字,被杨慎誉为"前无古,后无今”(《升庵诗话》卷七),读来峭劲有力,透出一股骨鲠不平之气。“弱叶”二句,一写细叶上停着积雪,一写落花上流着水滴,进一步从常人不易觉察的细微处着眼,表现环境的清幽、自然和富有生趣。两句对仗工稳,形象明丽,“霜雪”以“栖”写其静,“余津”以“流”见其动,动静相济,相映成趣,尤令人神往。

后八句转入议论,说明诗人经营东山庐的深刻用意。先从爵禄不可常保说起,“爵服”,官位和官服。“玩”,赏玩,这里指享受。“屈伸”,指退隐和出仕。人对于爵禄不可能经常享受,随着君主的好恶而有屈有伸,这是就一般情况而论。接下来“结绶”二句,则直接表明个人态度。“结绶”,用丝织的绶带将印玺结于腰间,指做官。“弹冠”,《楚辞·渔父》有“新沐者必弹冠”的话,意谓辞官归隐。“埃尘”与上“缠牵”相照应,双关官场上的种种俗务,其间既含有“沉迷簿领间,回回自昏乱”(刘桢《杂诗》)那样的烦劳,也含有“拜迎长官心欲碎,鞭挞黎庶令人悲”(高适《封丘县》)那样的酸辛。一“生”一“去”,两相对比,优劣自见,诗人的好恶、抉择、决心也豁然自明。“惠连”二句,进一步借历史人物以明个人志趣。“惠连”,指柳下惠和少连,柳下惠“不羞污君,不卑小官”(《孟子·公孙丑上》),曾三为士师而三被黜。“首阳”,指伯夷、叔齐,二人系商孤竹君之二子,商亡后耻食周粟,饿死于首阳山。《论语·微子》:“子曰:‘不降其志,不辱其身,伯夷、叔齐与?’谓‘柳下惠、少连,降志辱身矣’。”这里引申其义,认为如像惠、连那样降志辱身以居官,岂非自己的屈辱?如像夷、齐那样洁身自好,岂不正合于自己所主张的仁?连用两个反问句,表达了强烈的语气和感情。最后以“相与”二句为全诗作结。“观所尚”,即实践自己所尊崇的事情。“撰”,即选择。两句表示要选择吉日良辰归隐东山庐,行其所好,置身逍遥,字里行间流露出安闲萧散的意致和怡然自得的情绪,耐人寻味。

诗篇前半侧重记述,后半侧重议论,极有层次地展示了诗人爱赏田园、厌弃官场这两个相辅相成的思想侧面。前半怀情感物,融情入景,使本来较为平常的景物成了诗人高情逸趣的化身,成了他的掌上明珠和亲密伴侣,具有了生机和活力。后半直抒摆脱官场牵累的情志,显得慷慨淋漓,胸次浩落,气宇不凡。语言质朴简劲,不假雕润,近乎直叙其事,直写其景,直陈其理。王世贞说“太冲莽苍,《咏史》《招隐》,卓有兼人之语,但太不雕琢”(《艺苑卮言》卷三),即此之谓。“太不雕琢”,隐含贬义,似未公允。诗人高旷其志,挺拔其词,语言的本色刚劲不仅是难免的,甚至还是必要的。不由作意,气格自高,落落写来,自成大家,这正是诗人的不同凡响之处。

(张亚新)

杂　诗

左　思

秋风何冽冽，白露为朝霜。
柔条旦夕劲，绿叶日夜黄。
明月出云崖，皦皦流素光。
披轩临前庭，嗷嗷晨雁翔。
高志局四海，块然守空堂。
壮齿不恒居，岁暮常慨慷。

鉴赏

本篇是秋夜感怀之作，作于左思暮年。

诗从时节变换写起。“冽冽”，寒貌。“旦夕劲”，谓树枝显得越来越坚劲。大凡时令之凄清，莫过于秋，而秋景之凄清，又莫过于风，故诗一上来就以“秋风”起兴，不仅明确交代了时令，也为全篇奠定了悲凉凄婉的感情基调。霜露、条劲、叶黄，也都是深秋典型的物候，与“秋风”紧密关联，故又一一勾勒铺陈，以“柔”与“劲”、“绿”与“黄”形成对比，以“旦夕”“日夜”说明其变化之速，从而以“明月”作为转捩，将场景转换到夜间，并自然地推出月夜不寐的人来进一步强化了物象，渲染了肃杀、萧条、冷落、惨淡的气氛。接下来，“云崖”，指云端。“皦皦”，月色白净貌。“披轩”，开门。明月高悬，清辉流溢，这是一个多么宁静的夜晚！然而，面对凄清衰飒的秋景，胸中无疑已荡漾起人生的失意和惆怅的诗人，在这月明夜静的时候，更不免要滋生出凄凉难忍、孤独难忍之感。诗篇通过对诗人“披轩临前庭”这一具体行动的描述，展示了他内心感情的深切难抑之状；又通过对其亲眼所见的“晨雁翔”情景的描述，暗示出他心潮难平，彻夜不眠，直到天明。“嗷嗷”是雁哀鸣声，在清晨的空旷寂寥中，听起来一定分外凄厉、分外悲凉，而这适足成为诗人悲凄情绪的衬托。终于，诗人再也按捺不住，在末四句直接倾吐了内心感慨。“四海”，指四海之内，即中国。“块然”，孤独貌。志向崇高，即使在四海之内也感到局促狭小，这是一方面；一个人孤独地拘守在斗室空堂之中，无所事事，百无聊赖，这是又一个方面。诗人运用夸张手法，将两个方面之间的不和谐最大限度地突出出来，从而形成了强烈的反差和对比，揭示了理想和现实的尖锐矛盾，揭示了内心的巨大痛苦。“壮齿不恒居”，即青春不常驻。这既是因时节变换、岁月流逝而生出的感慨，更是因年华虚度、老大无成而发出的悲呻。老之将至，年华无多，“高志”今后怕也难再有实现的可能。以往不堪回首，前程更难乐观，难怪诗人要“岁暮常慨慷”了。“岁暮”，即暮年。“慨慷”，感慨，因感伤悲愤而激动。一个“常”字，点明诗人悲怨感情的郁积之深，绵延之久，字虽平常却富于包孕，值得细加体味。

本篇内容情调与《招隐》二首迥异，它表明诗人并没有真正从早年强烈的功业之心中超脱出来，并非真想绝意仕宦，归隐田园。在士族门阀制度的压抑下，诗人失意终生，抱憾终生，怨懑终生，其遭遇是令人同情的。表现上，本篇以景语起，以情语终，前半融情入景，后半融景入情，其间逐层过渡、转换，景渐由显而隐，情则渐由隐而显，最后直陈感慨，画龙点睛，构思脉络，极为清楚。与此联系，抒写方式由远景而近景，由外物而内心，由视觉、听觉而心感，层层变幻，步步深入，也可谓深具匠心，很好地达到了述志抒怀的目的。

（张亚新）

娇　女　诗

左　思

吾家有娇女，皎皎颇白皙。
小字为纨素，口齿自清历。
鬓发覆广额，双耳似连璧。
明朝弄梳台，黛眉类扫迹。
浓朱衍丹唇，黄吻澜漫赤。
娇语若连琐，忿速乃明㦟。
握笔利彤管，篆刻未期益。

执书爱绨素，诵习矜所获。

其姊字蕙芳，面目粲如画。
轻妆喜楼边，临镜忘纺绩。
举觯拟京兆，立的成复易。
玩弄眉颊间，剧兼机杼役。
从容好赵舞，延袖像飞翮。
上下弦柱际，文史辄卷襞。
顾眄屏风画，如见已指摘。
丹青日尘暗，明义为隐赜。

驰骛翔园林，果下皆生摘。
红葩缀紫蒂，萍实骤抵掷。
贪华风雨中，眒忽数百适。
务蹑霜雪戏，重綦常累积。
并心注肴馔，端坐理盘槅。
翰墨戢函案，相与数离逖。
动为鑪钲屈，屣履任之适。
止为荼菽据，吹嘘对鼎䥶。
脂腻漫白袖，烟熏染阿锡。
衣被皆重地，难与沉水碧。
任其孺子意，羞受长者责。
瞥闻当与杖，掩泪俱向壁。

鉴赏

这是一首很新奇、很别致的诗。全诗可分为三段，第一段十六句写小娇女纨素；第二段也是十六句，写大娇女蕙芳；第三段二十四句则是大小合写，结构是很匀整的。

现在先谈第一段。开头六句，作者介绍了他的小女儿并给她作了一幅肖像画。汉以后，上层社会的女子多有名有字，“小字”则是小名、乳名。“鬓发”是偏义复词，实指头发。“鬓”在耳旁，并不覆额，说“鬓发”，是连类而及。此类在古典诗歌中多有，本篇即有其例，如下文的“霜雪”“风雨”。这是允许的。“连璧”，即联璧。《说文》：“联，连也。”段玉裁注：“周人用联，汉人用连。”句意是说两耳像一对美玉。“明朝”四句，写纨素在学着打扮。“明朝”，犹清晨，与唐以后概指明天、明日者不同。杜诗“明朝有封事”“明朝牵世务”“九日明朝是”等皆指明天。“黛眉”句，是说用黛（青黑色的颜料）画成的眉毛就像用扫帚扫地那样留下条条痕迹，一点也不修整。古时妇女用胭脂涂抹或点注口唇，谓之“注口”，所以诗词中形容美女的口有“樱唇”“一点樱桃”的说法。但也是由于年纪太小，力不从心，结果弄得满嘴通红，连两边口角都红得一塌糊涂。古人以小儿为“黄口”，“黄吻”表明是小儿的口角。上边是两条粗黑的眉毛，下边是一张鲜红的小嘴，这副小脸蛋，你说好看不好看。谈到这里，我们自然会联想起杜甫在他的名篇《北征》中那段风趣的令人破涕为笑的穿插：“瘦妻面复光，痴女头自栉。学母无不为，晓妆随手抹。移时施朱铅，狼藉画眉阔……”这在杜甫虽是写实，但显然也受到这首诗的启发。“娇语”二句，写纨素平时与气恼时的不同语调。“连琐”，犹连环，形容语如贯珠，娓娓动听。《说文》无“懂”（huò）字，“明懂”疑是当时口语，和后来说的“泼辣”差不多。“握笔”四句，写纨素写字时和读书时的情况。据傅玄《笔赋》，当时有“绿沉漆竹管”的笔，《晋书·左思传》说左思“少学钟（繇）、胡（昭）书”，所以家里蓄有这种好笔。“利彤管”也就是爱彤管，“利”字用得很新颖。但纨素占用这支好笔，不过是觉得它美观好玩，并不想把字写好，即所谓“未期益”。“篆刻”是形容小孩写字不熟练，就像刻工用刀在石头上刻篆文似的一笔一笔硬斗。“执书爱绨素”，是和用纸写的书相比较而言的。纸的正式发明和使用，东汉才开始，到魏晋时不过一二百年，产量低，质量也差，远不如帛书的美观。《三国志·魏书·文帝纪》裴注引胡冲《吴历》载魏文帝曹丕“以素（帛）书所著《典论》及诗赋饷（赠）孙权，又以纸写一通与张昭（孙权之臣）”，便是证明。纨素“执书爱绨素”正表明她也自有其审美观。更为有趣而又耐人玩味的是“诵习矜所获”这一句。这里的“诵”当指背诵（过去读书一贯强调背诵），句意是说，纨素背得几句书，认得几个字，便扬扬得意地自矜起来。

诗的第二段写蕙芳。用“其姊”二字和第一段连贯，“其”即指纨素。写蕙芳外貌之美只一句，因为有的和纨素相同，故可从略。一般字书无“瞭”字，当是“粲”的俗体，“粲”是美好的意思。蕙芳年龄较大，娇气虽同，娇的具体内容却不一样，一种女儿家特有的所谓“一生爱好是天然”的爱美心较强，同时也有一定的修饰能力，所以她肯在画眉上狠下功夫，和妹妹的“黛眉类扫迹”不同，而是淡扫清描。楼边向明，照镜时看得仔细，所以“喜楼边”。这里需要着重谈一谈的是“举觚拟京兆，立的成复易”两句。

"举觚",原作"举觯",觯是酒器,跟下文所用汉京兆尹张敞为妻画眉的故事,可以说是风马牛不相及。所以吴兆宜《玉台新咏注》根据"《正字通》引《文选》云操觚进牍。或以觚为笔"的解释,认为"案上下文应作觚",是有充分理由的。二字因形近而误,古书中多有。再则,"觚"虽然也是酒器,但它还有一个更为普通的含义,就是指简牍。《急就篇》颜师古注:"觚者,学书之牍,或以记事,削木为之,盖简属也。孔子叹觚(见《论语》),即此之谓。其形或六面,或八面,皆可书……今俗犹呼小儿削书简为木觚章,盖古之遗语也。"由"学书之牍"引申而为书牍之笔,这是没有什么不可以的。前人用"操觚"替代"操笔"或"操翰"的就不少。因此,我在抄录此诗时就径改作"觚"了。"拟京兆"的"拟",一般解释为模仿,似欠确。我以为应是"比拟"的意思,和左思《咏史诗》"著论准《过秦》,作赋拟《子虚》"的"拟"用法正同。诗意是说,蕙芳拿起画眉的笔给自己画眉时,那股子认真劲儿简直可以和那位京兆尹给他的夫人画眉相比拟。"立的成复易"的"的",是指女子用朱丹点面的一种面饰,目的是为了使姿容显得更美,所以傅咸《镜赋》说"点双的以发姿"。傅咸是左思同时人,蕙芳所点的"的",大概就是"双的"。这种"的",要求点得圆,越圆越好。要把"双的"都点得很圆,这对一个小女孩来说是很不容易的,得费功夫,不能毕其功于一役,只好点成又抹,抹了又再点。作者不说"点的",而说"立的",这个"立"字,下得很精练,符合人物的特点。下文"剧兼机杼役"句,主要也是指这件事说的。关于这句,有不同理解。一说,"剧"是"玩弄","兼"是指蕙芳把学织布的活儿也当作游戏;另一说,"剧"是"剧烈","兼"是"倍",是说蕙芳学着修饰面容的活动,比学织布还倍加紧张。结合上文,后一说于义为长。但"剧"似可解为"烦剧",指劳动量大。"机杼役",这里只是虚拟,是陪衬,而非写实。如解作写实,在行文上也显得夹杂。蕙芳修饰好之后,不是去学织布,而是去学舞蹈,去学调弦弹琴和观赏屏风上的人物画,这就是下文所描写的了。古代赵国以舞蹈著名,"学步邯郸"的故事就发生在赵国的国都。说"赵舞",表明是最优美的舞。"延袖"应是舞时展开两袖,故有似飞鸟的展翅。《晋书》本传说左思"少学鼓琴",可见他也爱好音乐,故家中蓄有琴。"上下弦"就是调弦,弦松就得上紧,太紧又得放松。琴身相当长,所以得把桌上的书籍卷叠在一边。东汉时,屏风上多画《列女传》的故事(见《东观记》),左棻(作者之妹)有《班婕妤像赞》,说"形图丹青,名侔樊虞"。我猜想,蕙芳看的可能就是这幅屏风画,画的大概是"婕妤辞辇"的故事。这个故事原来很有意义,但因日久尘暗,已辨认不清,人物形象也很模糊,仿佛"如见",但蕙芳已是不断地指指点点批评起来了。这是写小孩的稚气,所谓"无知妄说"。

"驰骛翔园林"以下是第三段。

这一段写纨素、蕙芳姊妹二人的共同活动,其实是共同捣乱。她们一年四季都在玩耍。春夏之际,百花盛开,她们便任意攀折花木,生摘果实,并用果子打仗,还看谁打得快,所谓“骤抵掷”。有时她们为了贪折花枝,在风雨中,一眨眼工夫就来回几百趟。(杜甫《秋雨叹》“老夫不出长蓬蒿,稚子无忧走风雨”,写的也正是这种情况。)“眒忽”,即倏忽,快的意思。到了冬天呢,她们便在雪地游戏,用一道道带子把鞋子绑得紧紧的。她们姊妹俩有时安坐下来看似一心帮着料理食品,其实也是当作玩耍。笔墨都闲放在书桌上,她们离得远远的。“离逖”一词,早见于《左传》“岂敢离逖”,《急就篇》有“踌躇跟踵相近聚”之文,颜师古注云:“相近聚者,踌躇及跟踵不离逖也。”可见“离逖”这个词,唐人还在使用,当是古时口语,我们现在觉得有点怪。“动为鑪钲屈”以下,是写她们远离书桌的原因。丁福保《全晋诗》说:“鑪钲屈三字,未详。”意思是说这三个字不好理解。其实并不难解。这首诗是作者移居洛阳时写的。洛阳是当时的首都,一天到晚,真是“车如流水马如龙”。凡是婚丧嫁娶,或达官出行,总少不了吹吹打打,“钲”是铙一类的乐器,“鑪”大概也是一种金属乐器,“动为鑪钲屈”就是说姊妹二人动不动就为大街上的锣鼓声所屈服,禁不起引诱,于是离开书桌拖着鞋子就往外跑。“鑪”,一作“罏”,余冠英先生从“罏”,说“罏,缶也,古人用作乐器”,还说“屈,疑出字之误。这句似说儿童听到门外有钲、缶的声音因而奔出,钲、缶当是卖小食者所敲”。一般均从此说。我觉得还值得商榷。缶是秦地所用的乐器,他处很少用,卖小食者一般也不敲缶。再说,纨素、蕙芳都还小,要买小吃,得向父母要钱,行动不自由,不能要出去便出去。只有当她们无所求于父母时(用《庄子·逍遥游》的话来说,也就是“无所待”),才能一听见鑪钲声便可以拔腿就跑,并拖着鞋一路看热闹。在洛阳,像古诗中所描写的“观者盈路旁”的情况,是常有的。“止为荼荈据,吹嘘对鼎鑩”二句,写二人在家时双手按地对着正在烹茶的鼎鑩吹火,其实是帮倒忙。“据”字,应从《礼记·玉藻》孔颖达疏“据,按也”的解释,《太平广记》“李征条”引《宣室志》写李征变形为虎时“俄以左右手据地而步”,又“裴旻条”引《国史补》云“一虎腾出,状小而势猛,据地一吼,山石震裂”,这两个“据”字,便都是作“按”讲的。“鼎”是类似三足的锅,俯身以手按地,才便是吹火,也正因为是以手按地,所以下文有“脂腻漫白袖,烟熏染阿锡”的描写。解“据”为“安居”或“安坐”,看来都值得商榷。《说文》无“鑩”字,《康熙字典》“鑩”字下,引的最早材料就是左思这句诗,大概也是俗写,它和“鬲”或“镉”同声。一身衣服,五颜六色,分不清哪是底子,所以说“皆重地”。“任其”二句,是说她们总是那样任性,爱怎么搞就怎么搞,大人还不能说。这两句写娇女的心理,总结性地点明了为什么会出现上述种种情况的原因。“瞥闻当与杖,掩泪俱向壁”,这一结尾,很陡峭,很斩截,戛然而止,却又余音缭绕,似严厉而实风趣,并没有损害纨素、蕙芳的娇女形象。“瞥闻”,即忽闻。白居易《与微之书》:“平生故人,去我万里,瞥然尘念,此际暂生。”所谓“瞥然”,亦即忽然。“瞥闻”二字,暗示出纨素和蕙芳一直是“任其孺子意”,从没挨过打,但这次却出乎意外地听说要挨打了,所以打还没有打,便先自掉泪了。掉泪还怕人看见,因而又用手捂着,并索性背过脸儿去对着墙壁站着,也不肯向父母讨一声饶。为何如此?曰“羞受长者责”也。不如此,那还是什么“娇女”?也不成其为《娇女诗》了。这个结尾,确是很别致。唐代卢仝也写过几首有关小儿的诗,其《寄男抱孙》一诗,告诫抱孙当他不在家时要带领好小弟弟(添丁),否则,“他日吾归来,家人若弹纠。一百放一下,打汝九十九”,结得也很斩截、诙谐,分明是从《娇女诗》学到的。

以上,我就《娇女诗》的文句做了一些解释和串讲。从其中,我们可以提出它的一些艺术特点。首先是结构严整,安排合理。娇女有二,先写谁,就得费斟酌。这里由小而大,由分而合,循序渐进,层次井然。只如合写姊妹二人玩耍时,特将“吹嘘对鼎鑪”一事放在攀折花枝、生摘果实和随便逛大街诸事之后,就是有意经营的。因为这件事最叫大人恼火,衣服脏得不只是难洗难看,简直得重新做,所以非狠狠教训她们一下不可。这样,接入下文“当与杖”,就显得更自然。其次,语言朴质,不避俚俗。如“黛眉类扫迹”“黄吻澜漫赤”之类。“诵习矜所获”的“矜”字,“立的成复易”的“立”字,虽极精练,却不显得尖新纤巧。作者有的地方还故意用些看来很生僻的俗体字,这也是为了有助于加强作品的诙谐气氛。最主要的,是诗人能抓住人物生理和心理方面的特征进行刻画。纨素自纨素,蕙芳自蕙芳,既有其共同性,又各有其特殊性。明人谭元春评此诗说:“字字是女,字字是娇女,尽情尽理尽态。”《古诗归》钟惺也说:“通篇描写娇痴游戏处不必言,如握笔、执书、纺绩、机杼、文史、丹青、盘槅等事,都是成人正经事务,错综穿插,却妙在不安详,不老成,不的确,不闲整,字字是娇女,不是成人。而女儿一段聪明,父母一段矜惜,笔端言外,可见可思。”(同上)这评论是有见地的。此外,通过这首诗,我们也进一步了解到观察生活的重要性。父母之与小儿女,日日相处,时刻在目,可谓熟矣,然如不用心观察,还是写不到点子上的。比如为什么知道纨素诵习是“矜”所获,蕙芳的梳妆是“喜”楼边?平日若不留心观察,就写不出来。

(萧涤非)

七 哀 诗(其一)

张 载

北芒何垒垒？高陵有四五。
借问谁家坟，皆云汉世主。
恭文遥相望，原陵郁膴膴。
季世丧乱起，贼盗如豺虎。
毁壤过一抔，便房启幽户。
珠柙离玉体，珍宝见剽虏。
园寝化为墟，周墉无遗堵。
蒙茏荆棘生，蹊迳登童竖。
狐兔窟其中，芜秽不复扫。
颓陇并垦发，萌隶营农圃。
昔为万乘君，今为丘中土。
感彼雍门言，悽怆哀往古。

鉴赏

《七哀》本是乐府古题，内容多写战乱流离、生死离别的哀痛。这首诗借凭吊惨遭盗发的汉诸帝陵，抒写了诗人对于整个人生世事变迁的感慨。

首六句先交代埋葬于洛阳北芒山的汉代诸帝陵。“北芒”二句，突喝而起，写出北芒山上层层垒垒、冢次相望的景象。北芒山地势高旷，襟原带水，雄踞于城北，是墓葬的佳处，东汉及魏公卿王侯多聚葬于此，而东汉诸帝陵最为巍赫。诗人遥望山上高陵垒垒，想到这些生时显赫的帝王俱逝已久，而其陵墓却仍然经历着世间的战乱灾难，遭受到狂暴者盗掘蹂躏，不禁激起无限感慨。“借问”四句，以诘问承接上句，点明汉代诸陵是汉安帝的恭陵、灵帝的文陵及光武帝的原陵，但见陵上草木繁茂，显得郁郁膴膴。以此数陵概括其余，描绘出今日汉陵的一片荒芜景象。

“季世”六句从世乱盗兴写起，正面叙述汉陵被毁被盗的惨痛情景。汉末之世，战乱四起，盗贼丛生，如狼似虎，不仅人民遭受暴虐摧残，连帝王陵墓也屡遭劫难。这些强盗不但铲平帝陵上的冢土，而且掘开地下的圹室，大肆剽掳珍宝，烧毁尸体，无所不为。据《后汉书·董卓传》，董卓曾指使吕布“发诸帝陵及公卿以下冢墓，收其珍宝”。魏文帝《典论》亦云：“丧乱以来，汉氏诸陵无不发掘，至乃烧取玉柙金缕，体骨并尽。”可见诗中叙述皆属事实，不仅增强了诗歌的真实感，也为下文的感慨进行了有力的铺垫。

“园寝”八句变换角度，将笔锋由地下转到地上，描绘出今日陵庙的荒芜凄凉。由于盗墓者的破坏，守护帝陵的陵庙建筑已经化为废墟，四周墉墙被夷为平地，荆棘遍野，杂草丛生，变成了狐兔营窟觅食之处和樵童牧竖的游乐场所。已经颓废的陵丘上也被农夫垦为农田，或种庄稼，或植树木，当年宏伟威严的帝陵，如今再也看不出一点痕迹。帝陵古今兴衰的巨大变化，使诗人联想到整个人生世事的变迁，文势自然转入下段的议论。同时，诗人通过想象描绘出昔日棺椁被毁被盗惨状，又通过实际观察描绘出今日陵庙的荒凉景象，具体展示出帝陵的古今变化，不虚构，不浮泛，从而也增强了诗歌的感染力。

最后四句抒发感慨。汉代诸帝在世之日，身为万乘之君，威加四海，号令天下，何等威严显赫。一旦长辞人世，身化坐土，魂归寂灭，盗贼发其棺尸，窃其珍宝，狐兔营窟墓穴，农夫耕植颓坟。昔日帝王尊严，早已灰飞烟灭。“昔为万乘君，今为丘中土。”这残酷的现实，不禁引起诗人对于整个人生的反省深思，联想到人生的短暂、富贵的无常。这也正是雍门周令孟尝君“泪下承睫”的原因。据桓谭《新论》：“雍门周以琴见孟尝君曰：‘臣窃悲千秋万岁后，坟墓生荆棘，狐兔穴其中，樵儿牧竖踯躅而歌其上，行人见之悽怆，孟尝君之尊贵，如何成此乎？’孟尝君喟然叹息，泪下承睫。”这种关于人生的悲观论调，是身处乱世的诗人们对于动乱现实的消极认识，在《古诗十九首》中经常出现。张载处于西晋太康末年，西晋政权已是危机四伏，内乱将起，对于这种消极悲观的思想自然能够产生共鸣。结句“悽怆哀往古”实际上是以吊古的方式，表达对于时事的感伤。但这种伤今情绪不从正面说出，只让读者从汉帝诸陵的兴废变迁中去体会，去深思，使全诗显得蕴藉含蓄，神思悠远。

（张学忠）

杂　诗(其三)

张　协

金风扇素节,丹霞启阴期。
腾云似涌烟,密雨如散丝。
寒花发黄采,秋草含绿滋。
闲居玩万物,离群恋所思。
案无萧氏牍,庭无贡公綦。
高尚遗王侯,道积自成基。
至人不婴物,馀风足染时。

鉴赏

魏晋以来,诗人之作,多有《杂诗》之题。《文选》卷二九王粲《杂诗》题下注云:“杂者,不拘流例,遇物即言,故云杂也。”由此可知,所谓杂诗,就是题材广泛、体例多样的抒情诗。不过李善的这条诠注,仅就题材、体例而言,其实还有更深广的社会原因。大约自汉末以来,社会乱离,世道迍邅,诗人感时言事,不欲明言其旨,故往往以“杂诗”题之。西晋诗人张协,处西晋末年。其时八王战乱已久,引来了五胡内侵,晋朝宗室贵族与权臣的倾轧争夺,有增无减。当此之时,景阳(张协字)以天下事不可为,于是弃绝人事,屏居草泽,过淡泊守志的隐居生活去了。其后他所作的《杂诗》十首,感讽世事,隐寓晋室危亡,风格雄迈,辞采靡丽,当时甚有名誉,钟嵘《诗品》也列为“上品”。

本篇原列十首之三,赋咏的是隐居生活的苦闷和守道不移的志趣。一方面有离群索居不能忘情世事的苦闷;另一方面,又不愿随波逐流,身入恶浊。思想感情十分复杂。

全章十四句,八句、六句分截。前八句描写秋景明净,触动了诗人离群索居的苦闷。“金风”“丹霞”,皆西方景气。古人以为:西方在五行主金,而在四序则主秋,故而以西方之景气写秋。“素节”,清素之节。“阴期”,阴凉之期。诗人说:金风动于阳九清素之节,红霞蒸为阴凉沍寒之期。这两句描写诗人直觉地感受到时气的变化。于是,云蒸霞蔚,酝酿成一刹绵密的秋雨。“腾云”之下,紧承“密雨”,形容气象变化之快。“寒花黄采”“秋草绿滋”,点染秋天的明净色彩。而“发”字和“含”字,又体物入神,能传达出花木草树的欣欣生意。“闲居玩万物”的“玩万物”,总承前六句。万物迁化,生生不已,而诗人则索居枯槁,自不免有所恋思了。恋念的是什么人?是往日那些襟怀相同的朋僚呢,还是新结交的志趣相投的道友呢?然而既是离群之感,那就可能都在其中了。

后六句抒写与世无竞、与人无争的守道不移的志趣。“案无”“庭无”二句,暗承上半章“闲居”“离群”说。这二句是用《汉书·萧育传》:“萧育与朱博为友,闻著当世。时人为之语曰:‘萧朱结绶,王贡弹冠。’往者有王阳、贡公。”意思是说:“我”的几案之上,虽无交密友的尺牍;庭前阶下,也无向慕者的足迹履痕,虽然如此落寞,但“我”也能恬然自适。又说隐者之德,不事王侯,高尚其事,何忧道之不修、德之不厚?末二句说:如此之至人、真人,不为物欲所束缚,其遗风余思,就足以感化时俗习尚了。这里,诗人以“至人”(《庄子》曰:“不离于真,谓之至人。”)自期,说要涵养自己的真纯之性,其意致也足够矜持了。

值得我们注意的是:张协《杂诗》十首,整个以秋景,特别是秋雨之景为贯穿,其间屡出警句。如第二首有“飞雨洒朝兰,轻露栖丛菊”,第四首有“翳翳结繁云,森森散雨足”,第九首有“虽无箕毕期,肤寸自成霖”,第十首有“云根临八极,雨足洒四溟”,以及本篇的“腾云似涌烟,密雨如散丝”。从各个角度、各种程度上写秋雨滂霈,都是精警异常,难怪著《诗品》的钟嵘说他“辞采葱倩,音韵铿锵”。

西晋诗人,盛称“三张二陆两潘一左”,此八人中,左思另当别论,其余诸人,在晋世都属修辞主义一派,尤其以陆机、潘岳为最,其诗歌剪贴过于绮靡。张协于当时风气之中,独往不屑,自具面目,能驾驭辞藻,而又不为过甚,赢得了“景阳独步”(刘熙载《艺概》语)的称誉,实在是八人中之佼佼者。

(韩小默)

杂　诗(其四)

张　协

朝霞迎白日，丹气临汤谷。
翳翳结繁云，森森散雨足。
轻风摧劲草，凝霜竦高木。
密叶日夜疏，丛林森如束。
畴昔叹时迟，晚节悲年促。
岁暮怀百忧，将从季主卜。

鉴赏

今天能看到张协完整的诗作，只是《文选》所录的《杂诗》十首。这首就内容不过是感秋嗟老、迟暮忧时之作，但却很能代表他诗歌的风格。

开首两句吐辞华茂。“迎”含拥、托意；“临”有密布意。二字简括，造出氛围。“汤谷”，传说为日出之处，见《淮南子》。“朝霞”“丹气”“白日”，写秋日之晨，明丽而具光感，烘染出天高气爽的秋色，为下文感物多怀“阴沉而志远”推宕一笔。据下“密叶日夜疏”看，所写当为初秋。早秋天气还有“夏天天气娃娃脸”说变就变的特点。故三、四句，煞忽间一转：阴云郁结，雨线挂空。说云多以“繁”，状云密曰“翳翳”，为常见。而中间嵌一凝劲之“结”字，使接榫前后的平淡字眼，而具“物色虽繁而析辞尚简”(《文心雕龙·物色》)的特色。“结”呈静止状，却启人想象乌云“翻”“变”的运动态。“森森”从“翳翳”来，写雨猛之观感，两叠音词状云态、雨感，前后又有因果关系，把“白日”——“繁云”——“散雨足(线)”复杂突然的天变很有气氛而形象地展现出来。张协善写秋雨，《杂诗》十首，除此还有：“飞雨洒朝兰，轻露栖丛菊”(其二)，“腾云似涌烟，密雨如散丝”(其三)，写来如画。第十首之“墨蜧跃重渊”又是浓墨重染之笔。

“轻风”四句，是骤雨初歇后的景致。诗人未从朝霞、繁云的“天时”角度再渲染，而着意展现秋草、秋树的“物候”：草叶枯缩而余枝，故“草”见其瘦硬而“劲”。“摧”言秋风之强，和“劲草”一衔接，秋草偃仰抖擞于秋风之状顿时可见，前推后动。全句充斥力度和动态感，照应前“翳翳”“森森”，雨已止而风不息，似乎满纸皆动，树叶凋零而露干，故“木”显其豁露而“高”，“高木”着一“竦”凛然生神，气象高远，凝止的静态，透发森森清劲的远韵高神。二句一动一静，前后映发，实为互文：因“风轻”故“木竦”，以“霜凝”而“草摧”，这里没有黄叶满地、秋草瑟瑟的萧飒之意，造句挺劲，骨气饱满，于言语之妙中见出诗人胸次之高。这使人想起黄山谷“落木千山天远大”（《登快阁》）的名句来，在山谷刻意求之，于此则无意为之。这正是张协的本色处。上两句笔分两支，七、八句则糅合为一，林如束，固因叶疏所致，透过其中视角观感的逻辑看，其中秋日之物候，潜气暗转，密叶时疏，正因轻风日夜在摧；丛林如束，也因凝霜在凋。句子形态呈前动后静。合四句观之，六、八句静景，实含动态：丛林在落叶中方显如束，高木于轻风微动中更见竦立。诗人捕捉初秋阵雨后的物候动态，展现一幅天高气爽、万物明净的秋色图，一反“秋风萧瑟天气凉”的悲凉传统旋律。素淡之景，清爽之气，于六朝软丽柔媚而多余字累句的写景诗中，别开生面，用笔丰满洁纯，无闲字余意，“文体华净，少病累，又巧构形似之言”（钟嵘《诗品》）。特别是“丛林森如束”，把叶落枝显客观物象的形、神、理，以及主、客观交融所呈现的景致氛围极简净地巧构出来，为人激赏（见何焯《义门读书记》），诚为旷代高手之笔。

末四句感怀抒志，即“感物多思情，在险易常心”（其六）之感。“畴昔”二句，由节候之晚而生年光之迫感，和少不更事，不知时促，衬对提出，生发嗟老迟暮之叹。这是从汉末建安来流行的时间忧患意识，是作为主体的人格对己身存在的自我反省的时代通感，当是淡淡薄愁，是老年历世者的顿悟和感喟。这和“人生瀛海内，忽如鸟过目”（《杂诗》其二）一样，是内心自省情思的泛漾。“岁暮”二句，虽未明言忧之所由，但“怀百忧”的精神负荷的质重深隐可见，似有难言之悲。观其所处，遭世不虞，名士少有全者，此二句盖非泛泛之叹。心有深忧，难于言喻，这就不得不使诗人萌生隐退之想，“将从季主卜”，做全身避祸的打算。“季主”，即司马季主，汉初时隐沦于长安，其处世主张“君子处卑隐以辟众，自匿于辟伦”。张协在混乱的时局中，能幸免于难，是与他想做季主式的人，知难而退的思想有关。《杂诗》十首，从内容看，显见非一时所作，多是触物感怀随感式的篇什。不过这十篇，有较明显的宗旨，即第一首所言：“感物多所怀，沉忧结心曲。”其“沉忧”篇篇都说得那么的淡薄，而毫无建安时代的发露感，只要看看同时代，身触枨机的张华、潘岳、石崇等人的作品，苦闷哀曲的偶尔极淡泊的流露，就可见“风云气少”是这个时代的通病了。

（魏耕原）

感 旧 诗

曹 摅

富贵他人合，贫贱亲戚离。
廉蔺门易轨，田窦相夺移。
晨风集茂林，栖鸟去枯枝。
今我唯困蒙，群士所背驰。
乡人敦懿义，济济荫光仪。
对宾颂有客，举觞咏露斯。
临乐何所叹，素丝与路歧。

鉴赏

这是一首感念乡人看重故旧情义的诗，通过对世俗趋利背义的抨击，反衬出乡人笃旧好义的美德。语言古朴，寓意深刻。

首六句先从人逐富疏贫的恶习写起。“富贵”二句，起势突兀，将世俗人情恶态概括殆尽。对于趋富疏贫、以利苟合之徒，无异于当头棒喝，针砭入骨。通过“富贵”与“贫贱”、“他人”与“亲戚”、“合”与“离”三组词义显豁的反义词，使这种世俗恶态毕露无遗，从而加深人们的印象，激发人们的感情。这种对于世事人情的高度概括，是诗人长期经验的总结，也久为历史所证明。“廉蔺”二句即征引古事以证其实。据《史记·廉颇蔺相如列传》：蔺相如因却秦之功，任上卿，位居廉颇之上。廉颇不忿，扬言要羞辱蔺相如。蔺相如门客不识相如容忍退让、以国为重的本意，欲离相如而附廉颇。《史记·魏其武安侯列传》：汉魏其侯窦婴和武安侯田蚡，俱被罢官居家。“安侯虽不任职，以王太后故，亲幸；数言事多效，天下吏士趋势利者皆去魏其归武安。”这些门吏食客正是被诗人所指斥的势利小人的典型代表，他们朝秦暮楚，唯利是趋，毫无信义可言。“晨风”二句又用比拟手法，揭示出自然界里这种类似的现象。“晨风(鹞鹰)”“栖鸟”都竞飞茂林而离开夕栖的败树枯枝。可见这类“栖鸟”亦如蔺、窦门下的食客,是些“见利忘义”之辈,为阐明乡人高义,先证之以史,又比之于物,从反面进行高层铺垫,手法变换迷离,而寓意极明极醒。

“今我”六句使用重笔从正面叙写乡人念旧敦义的美德。先紧承上文,由人及我,由古及今,以“群士”背我与上文正接,见出世俗恶态实是由来有渐,古今皆然;又以“群士”背我与“乡人”厚我反衬,愈见出乡人重义的高尚可贵,迈古超俗。“乡人”四句,始将乡人重义情节从正面郑重叙出:但见“乡人”济济满堂,个个都笃美重义,为我庇荫,假我光仪,广邀宾客,大摆宴席,高举杯觞劝酒,大声朗咏《有客》《露斯》这两篇宴客怀人的乐章,整个宴会洋溢着“厌厌夜饮,不醉无归”的高昂兴致。诗人将这种宴饮欢乐的场面,描绘得有声有色,充分表现出乡人怀旧重义的美德,与上文所举“门客”“群士”形成鲜明的对照,也是诗人产生感慨的根本原因。

结尾二句回应诗题,以反诘抒写胸中慨叹,更显出诗人感慨之深。末句引扬、墨以证己之慨叹同于先哲。扬子临歧路而哭,是因为它可以南、可以北;墨子见练丝而泣,是因为它可以黄、可以黑。世俗的趋利背义,小人的反复多变,犹如“歧路”“素丝”,虽非同类,而其变则一。这一点是诗人所慨叹,也是古代贤哲所共叹的。上文摹写世情,用实笔从正反两方面层层递进,逐次剥露,章法严整;比物证佐,手法多变,情辞俱尽。结处用虚笔轻轻收煞,点到即止,愈觉要而不烦,含思不尽。

(张学忠)

惠帝元康中京洛童谣(其一)

无名氏

南风起兮吹白沙,
遥望鲁国何嵯峨,
千岁髑髅生齿牙。

鉴赏

这支童谣，以其对历史生活的深刻洞察，对残暴腐朽的西晋统治集团的尖锐抨击，在西晋诗歌中显露其独特的光彩。

元康（291—299），是晋惠帝司马衷年号。“京洛”，指西晋首都洛阳。童谣的内容，包含着我国古代历史上一个最黑暗年代酿就社会大动乱的一段史实——八王之乱。公元290年晋武帝司马炎死，外戚杨骏凭借武帝杨皇后专权。继位的惠帝司马衷本是个白痴，其妻贾后南风却为人贪婪险毒而多权谋，又是开国功臣贾充之女，颇有势力，这样就引起了宫廷内部新旧后党及宗室诸王间为争权展开的疯狂争斗。元康元年（291），贾后依靠楚王司马玮杀杨骏，废杨太后，使汝南王司马亮辅政，旋即让司马玮杀司马亮，再以专杀之罪诛司马玮，形成贾氏独揽朝政的局面。大乱由此开始。元康九年（299），贾后与其侄散骑常侍贾谧等合谋废太子司马遹。惠帝永康元年（300）杀遹于许昌。同年，赵王司马伦等举兵入朝杀贾后，次年，司马伦废惠帝，自称皇帝，诸王起兵讨伦，展开大混战。他们各引边境少数民族兵助战，内迁的少数民族贵族乘机起来争夺政权，诸王间的大混战又扩大成各族间的大混战，直至西晋灭亡。关于八王之乱，范文澜先生有过一段评论，那“是一幅群兽狂斗图，司马氏集团的全部残忍性、腐朽性集中表现在这个狂斗中，由此引起三百年的战乱和分裂，居住在黄河流域的汉族与非汉族人民无不遭受灾难，司马氏集团的罪恶是无穷无尽的”（《中国通史简编·第二编第二节》）。这支童谣正是用象征手法绘出的“一幅群兽狂斗图”。

童谣头两句，写的是贾后、贾谧废太子、秉国政的事。“南风”是贾后名字。“白沙”，指司马遹，小名沙门，晋朝统治者按五行之说自称以“金德”成王业，崇尚白色，故以白沙称之。“鲁国”是贾谧的封国。两句用双关语形象地写出贾后轻而易举地扫除了作为晋室正统继承人的司马遹的势力，“鲁国”城垣拔地耸天，贾家权势熏天蔽日，一针见血地揭示了贾氏觊觎王权的阴谋，也暗示了他们的作为，导致了社会的大动乱，继之而来的便是一个鬼魅横行、黑暗混乱的世界——这便是“千岁髑髅生齿牙”的含义所在。

以贾后夺权为发端的八王之乱前后延续了十六年，下层人民、士兵死伤无数，统治集团间的屠戮之残酷也骇人听闻。杨骏被诛时，朝官、眷属“死者数千人”（《通鉴》卷八十二），赵王伦废贾后引起的大屠杀，又是“夷灭者数千人”（《通鉴》卷八十三），这是历史为“千岁髑髅生齿牙”所做的注释！吃人，无穷无尽地吃人，是西晋士族统治集团的本性，他们是一伙凶恶的魔鬼，他们之间的争斗无是非可言，人民群众一眼把他们看穿了！西晋一些著名的文人，如张华、陆机、潘岳等都是八王之乱的身历者，但在他们的诗歌中，对时代最重大的政治社会问题却视而不见或讳莫如深，倒是人民群众口头文学的童谣，为我们留下了历史生活最真实的画面，这是它的价值所在。

（胡大浚）

扶 风 歌

刘 琨

朝发广莫门，暮宿丹水山。
左手弯繁弱[①]，右手挥龙渊[②]。
顾瞻望宫阙，俯仰御飞轩。
据鞍长叹息，泪下如流泉。
系马长松下，发鞍高岳头。
烈烈悲风起，泠泠涧水流。
挥手长相谢，哽咽不能言。
浮云为我结，归鸟为我旋。
去家日已远，安知存与亡？
慷慨穷林中，抱膝独摧藏。
麋鹿游我前，猿猴戏我侧。
资粮既乏尽，薇蕨安可食？
揽辔命徒侣，吟啸绝岩中。
君子道微矣[③]，夫子故有穷。
惟昔李骞期[④]，寄在匈奴庭。
忠信反获罪，汉武不见明。
我欲竟此曲，此曲悲且长。
弃置勿重陈，重陈令心伤！

注释

①繁弱:大弓名。
②龙渊:宝剑名。
③微:不被重视。
④李骞期:“李”指李陵,“骞”与“愆”通,“愆期”是说他行军错过约期。

鉴赏

这首慷慨激昂的悲歌,作于永嘉元年(307)诗人赴任并州之时。它以抒情的笔调,真实地记叙了作者赴任途中的见闻,抒写了自己伤时感乱的爱国情思,表达了他对朝政腐败的忧虑。全诗“气猛神王,意概不凡”,它不仅生动地记叙了作者为保卫晋室而转战并州的苦难经历,而且还相当广泛而深刻地反映了当时的社会现实,是西晋诗坛上不可多得的现实主义杰作之一。

诗的开头八句,写作者离开洛阳时的心情。“朝发广莫门”四句,写作者出发到并州去的时间、路线和沿途浴血奋战的情形,表现了作者威武雄壮的英雄气概。其中“暮宿丹水山”一句,又为下文设下伏笔。“顾瞻望宫阙”四句,写作者在行军途中,坐在飞一般的车子里不住地回头瞻望宫阙,以致抑制不住自己内心的痛苦,不觉据鞍长叹,泪涌如泉,充分表现了他离开洛阳时那种依依难舍、忧心如焚的心情。这八句是总写,为全诗定下了为保卫晋室而战的爱国主义的基调。从“系马长松下”到“薇蕨安可食”写沿途见闻,主要是通过两次宿营来写的。“系马长松下”八句,承“暮宿丹水山”而发,写丹水山露宿的情形,重点在于写社会的破败、环境的凄苦。由于战争连年不断,人口大批流散,鸡犬之声皆无,所能听到的只有烈烈的悲风和泠泠涧水发出的凄厉的声音。短短几句,便把当时“千里无所见,白骨蔽平原”的荒凉景象写出来了。“去家日已远”八句,写“穷林”夜宿,重点在于写军队生活的困苦、资粮的匮乏。诗中这些描写,固然反映出当时社会的动乱和人民的疾苦,表现出他对时局的关切,但更主要的还是以环境的艰苦和生活的困难,衬托他百折不挠的报国的壮志。从“揽辔命徒侣”到末尾,写他报国的决心和疑虑。生活是困难的,但作者并没有被困难所吓倒,而是以“君子固穷”激励部下去战胜困难,勇敢战斗。“揽辔”四句,写他手挽马缰,命令部下在绝岩中高歌前进。在这里,他以《论语·卫灵公》“夫子在陈绝粮”但穷而不滥的故实勉励部下,同时也用以自勉,说明不论资粮如何“乏尽”,他仍然要像孔子那样坚持下去。“惟昔”四句,写他抚今追昔,对朝政黑暗腐朽表示忧虑。这四句是说过去李陵远征匈奴,过期未能归来,寄身在匈奴那里,并不是有心背叛,而是战败而降,“欲得其当而报于汉”,究其用心,还是忠于汉朝的,可是汉武帝不察真伪,反而治了他的罪。作者在这儿说的虽然是历史上的往事,但他绝不是单纯的发思古之幽情,而是托古讽今,表示自己对抗敌前途的忧虑,用意是很明显的。最后四句是说,“我”想唱完《扶风歌》这组慷慨激昂的悲歌,可是它太悲哀、太深沉了,一听到它就令人“心伤”,还是不再去唱它吧!以旷达的言辞消释了自己无可奈何的哀愁,沉郁顿挫,是很动人的。

这是一篇叙事诗,除末尾几句以外,主要是叙述自己离开洛阳时的心情和赴任途中的见闻,但抒情意味却很浓,这主要是因为作者把叙事和抒情结合起来了。比较突出的是作者采用了边叙事边抒情的方法,用直接抒情的句子抒发自己的感情。比如“据鞍长叹息,泪下如流泉”“挥手长相谢,哽咽不能言”和“弃置勿重陈,重陈令心伤”等,作者直抒胸臆,流露出依恋、难过而又无可奈何的感情。与此同时,作者还采用借景抒情的方式,间接地抒发自己的感情,如“烈烈悲风起,泠泠涧水流”“浮云为我结,归鸟为我旋”以及“麋鹿游我前,猿猴戏我侧”等,表面上是写秋天的萧瑟、山林的荒凉,实际上这些景物都染上了浓厚的愁苦色彩,烘托出作者远离朝廷行军作战的凄苦心情,做到了寓情于景,具有强烈的艺术感染力。

这首诗的风格清拔悲壮。刘琨是爱国英雄,赋诗自有英雄气象。早年他就以澄清天下为己任,中年以后,他毅然投身卫国战争,多次上表陈述救国决心。而今出征,生死荣辱,尚难预卜,因而诗中不能不笼罩上一层英雄失路的悲哀之雾;但作者在困难面前还是坚强的,他那颗炽烈的心是永远向着祖国的。“左手弯繁弱,右手挥龙渊。顾瞻望宫阙,俯仰御飞轩。据鞍长叹息,泪下如流泉”以及“揽辔命徒侣,吟啸绝岩中。君子道微矣,夫子故有穷”,这些掷地有声的诗句,充分体现了他“厉鬼不能夺其正,利剑不能折其刚”的豪情壮志。正是这种豪迈的情怀和英雄失路的悲哀的统一,成就了他清拔悲壮、刚健清新的诗风。

此诗的语言朴素简练。西晋时期,诗歌创作逐渐偏离了“建安风骨”,追求辞藻华美,走上了形式主义的道路。而刘琨在自己的创作中,却能继承“建安风骨”,用“去家日已远”之类朴素的语言,直抒胸臆,反映现实生活,这在西晋诗坛上是极其可贵的。当然,刘琨诗歌语言的优点不仅在于朴素自然,还在于非常凝练,富有表现力。比如用“弯”和“挥”写他一手张弓,一手舞剑,不仅说明他手执武器,还说明了他手执武器的形态和激烈战斗的情况,形象鲜明而又具体。又如“寄在匈奴庭”的“寄”字,也用得很有分寸。他使用这个字,一方面说明李陵身陷匈奴,在于兵败被俘,而不是有意降敌;同时又暗示出李陵“身在曹营心在汉”，等待时机为国尽忠，内涵是十分丰富的。此外，诗人还运用了大量的对偶句，而这些对偶句又和叙述句交错使用，叙事抒情，使得行文流丽婉转而不呆滞，富有音律美。

（薛祥生）

答卢谌（其一）

刘琨

厄运初遘，阳爻在六。
乾象栋倾，坤仪舟覆。
横厉纠纷，群妖竞逐。
火燎神州，洪流华域。
彼黍离离，彼稷育育。
哀我皇晋，痛心在目。

鉴赏

这首诗是一曲深慨西晋王朝倾覆败亡的悲壮挽歌。

诗篇开始即以“厄运初遘”四句，倾诉了怀、愍二帝相继蒙尘这一事实在作者心灵深处所激起的那种简直无法扼制的巨大震颤。这种历史变迁，在诗人看来，犹如天柱倾倒，又如大地颠覆。深植于刘琨心中的那种忠君爱国思想，那种自觉地把国家兴亡放于个人肩上的崇高的使命感，那种深潜于封建士大夫心中而又被严酷的现实激发弘扬起来的深沉的忧患意识，再加上受命并州刺史以来十年为国浴血奋战的巨大努力，都使他几乎不能承受二帝被掳所带来的巨大心理负荷。这悲怆的呼声由卢谌的赠诗所引发，而奔腾咆哮地喷涌而出了。

“横厉纠纷”四句，对二帝被掳作了形象直率的说明：群妖迭起，竞相逐鹿，纵横凌厉，纷乱惊扰。二帝陷于斯！中原沦于斯！犹如大火一扫神州，又如洪水一洗中原！

“彼黍离离”四句，则以无限伤感的哀婉之情，抒发了国破帝掳后的伤感。

统阅全诗，悲壮哀愤之情溢目灌耳，感人至深。这种悲愤之情一方面通过黍离之叹直泄无余,另一方面又通过天倾地覆、火燎洪流这些惊心动魄、意象阔大的比喻折射而出。

四言诗受字数之限,极易造成呆板少变之势。两汉以降,四言佳作除曹操、嵇康以外,当首推刘琨。刘琨此诗,虽用四言,却能以发自肺腑的衷情驾驭偶词骈句,使全诗一气贯注,读之动心悸魄。

(王立群)

答 卢 谌(其四)

刘 琨

郁穆旧姻,嬿婉新婚。
不虑其败,唯义是敦。
裹粮携弱,匍匐星奔。
未辍尔驾,已隳我门。
二族偕覆,三孽并根。
长惭旧孤,永负冤魂。

鉴赏

这是一首罪己自责的哀歌。

“郁穆旧姻”一句首先申明自己和卢谌一家旧有的姻亲关系。李善注引臧荣绪《晋书》云,刘琨的妻子是卢谌的姨妈。卢谌之父卢志素与刘琨相善。“嬿婉新婚”句则进一步说明两家关系之亲密如兄弟手足之谊。合言之,二句说明了卢谌全家于永嘉五年(311)洛阳沦陷后投奔自己的原因,同时也道出了自己负有的不可推卸的保护老友姻亲之重责的原因。

“不虑其败”四句回顾了卢志、卢谌父子基于对自己的高度信任,丝毫不顾及奔己而来可能会遭遇到的不测,唯以杀敌报国的大义相勉,举家北迁,历尽艰险,兼程而来。

“未辍尔驾”四句抒写了刘卢两家先后被匈奴叛军杀害的深悲愤悔之情。据《晋书·刘琨传》载:永嘉六年(312)刘琨率精兵出征,刘聪派其子刘粲及令狐泥乘虚偷袭晋阳(今山西太原),太原太守高乔投降刘聪,刘琨父母遂一同被害。又据《晋书》之《卢志传》《卢谌传》所载,卢志携家赴晋阳刘琨处的途中,与其三子卢谌、卢谧、卢诜俱为刘粲所虏。卢谌被刘粲带到晋阳,作了粲的参军。刘琨击败刘粲后,卢谌才得以投奔刘琨麾下。其父卢志与其弟卢谧、卢诜均留平阳(今山西临汾),为刘聪所害。

全诗以"长惭旧孤,永负冤魂"二句作结,抒泄了诗人的一腔深责自悔之情。

(王立群)

重赠卢谌

刘　琨

握中有悬璧,本自荆山璆。
惟彼太公望,昔在渭滨叟。
邓生何感激,千里来相求。
白登幸曲逆,鸿门赖留侯。
重耳任五贤,小白相射钩。
苟能隆二伯,安问党与仇?
中夜抚枕叹,想与数子游。
吾衰久矣夫,何其不梦周?
谁云圣达节,知命故不忧?
宣尼悲获麟,西狩涕孔丘。
功业未及建,夕阳忽西流。
时哉不我与,去乎若云浮。
朱实陨劲风,繁英落素秋。
狭路倾华盖,骇驷摧双辀。
何意百炼刚,化为绕指柔!

鉴赏

这是刘琨被段匹磾杀害前写的一首绝笔诗，它既是作者大半生抗敌报国坎坷生活的真实写照，又处处寄寓着激励卢谌早树功勋的意思。"托意非常，抒畅幽愤"，是首好诗。

为便于理解此诗，需要先谈谈刘琨与卢谌的关系。卢谌，字子谅，西晋诗人。他既是作者的诗友，又是作者的僚属，还有点亲戚关系。卢谌早年就和刘琨志趣相投，中年以后和刘琨一样投身于卫国战争，失败后投奔刘琨。刘琨"重其才地"，任命他为主簿，转从事中郎，"与运筹之谋，厕宴私之欢。绸缪之旨，有同骨肉；其为知己，古人罔喻"。刘琨追击石勒失败，穷蹙不能复守并州，于是投奔幽州刺史段匹磾，卢谌也随之而往。刘琨投奔段匹磾的目的在于联合对方，共同讨伐石勒，扶持晋室，"雪国家之耻"。不料讨伐石勒未成，刘琨反因儿子得罪段匹磾，被段匹磾所囚禁。段匹磾求卢谌为别驾，卢谌虽觉得"始素终玄"，于节有亏，但"长徽已缨"，别无他法了。刘琨在囚系中自知必死，于是写了《答卢谌一首》，激励卢谌"竭心公朝"。但卢谌素无奇谋，在答诗中主要表示他对刘琨的感激与安慰，未涉国事，"殊乖琨心"。刘琨于是"重以诗赠之"，写下了这首名诗。

作者在这首诗中，首先赞美卢谌具有像璆璧一样的优美品质，开门见山，说明自己对他的器重与钦佩。接着，列举姜太公、张良等历代名臣含辛茹苦辅佐国君兴王图霸的历史事实，说明自己要像他们那样尽其臣节，没身报国，殚精竭虑，兴复晋室；同时也借"远想张、陈，感鸿门白登之事，用以激谌"为国立功，并援救自己。然后，说明王道衰微、晋室南迁，而自己功业未建，岁月已逝，眼下又被段匹磾所囚系，恐报国壮志难以实现，字里行间，渗透着英雄失路的悲愤情绪。最后，回顾自己艰难曲折的战斗历程，深感"峣峣者易缺，皎皎者易污"，到头来朱实陨于劲风，华盖倾于狭路，甚至身经百炼的刚劲英雄，也容易灰心丧气，变为柔弱的人。这是自嘲，但又含有激励卢谌趁血气方刚，及早为国建功立业之意。其识见之卓越，寄托之深远，爱国之执着，感情之热烈，在当时虽不能说绝无仅有，实在是不可多得的。

《重赠卢谌》不仅内容是健康的、积极的，其艺术风格也是含蓄蕴藉的。首先，作者善于运用各种典故，委婉曲折地表达自己深沉而复杂的思想感情。本诗开头，作者一口气用了太公佐周、邓禹投汉、陈平解白登之围、张良纾鸿门之困、管仲相齐、赵衰定晋等六个典故，然后用"中夜抚枕叹，想与数子游"一点，便把他学习古代名臣、为国建功立业的报国壮志清楚地表现出来了。同时，还说明为兴复晋室，他不怕自己年事已高，不怕千里奔波，不怕处境险恶,不计较个人私怨,从而赋予他的报国壮志以丰富的内容。再如“吾衰久矣夫”六句,把《论语》“甚矣吾衰也,久矣,吾不复梦见周公”等三个典故融为一体,说明自己和孔丘一样,本想实现周公那样的理想政治,但因君子之道日趋衰微,自己处处碰壁,恐怕难以实现“梦周”的理想了!谁说圣人没有忧愁?孔子当年不是曾因“西狩获麟”而涕下沾襟吗?更何况自己既不能同孔子相比,又遭人囚禁,怎能不感慨万端呢?其中,有希望,有失望,有辩说,有哀怨,有愤怒,有感慨,短短六句,便淋漓尽致地表现出作者复杂的思想感情和心理活动,收到了以少胜多的艺术效果。

善于运用各种不同的比喻手法,含蓄地说明自己对各种事物的不同看法,这是形成本诗含蓄蕴藉风格的另一因素。诗词中常用的比喻手法是很多的,有时以物喻人,也有时以物比事,作者灵活地运用了这些方法。比如开头两句,作者就是采用以物喻人的方法,用璆璧比喻卢谌,把其才质兼美、国之瑰宝的特质清楚地表现了出来。再如最后两句,以“百炼刚”比喻自己过去久经战争考验,以“绕指柔”比喻自己而今之柔弱,这个比喻不仅准确地概括出他复杂的斗争经历及其变化,抒发了英雄失路的悲哀感情,同时也在某种程度上概括出封建社会这一类型人物的人生哲理,从而赋予这两句诗以普遍的社会意义,成为千百年来活在人民群众口头上的成语。作者不但善于以物喻人,而且善于以物比事,说明某些社会现象或道理。比如作者以“朱实陨劲风,繁英落素秋”比喻自己人到暮年,犹如成熟的果实和盛开的花朵到了秋天,一遇劲风就会陨落和凋谢一样,再也经受不住险恶现实的打击;用“狭路倾华盖,骇驷摧双辀”,比喻自己经历险恶的仕途,犹如华丽的车子在狭路上翻了车,马匹受惊,把车辕折断一样,危险极了。在这里,作者把四个比喻排在一起,一口气说出,给人以排山倒海、势不可挡的感觉。这样使用,比得贴切,用得有力,增强了作品的感染力。

善于运用以实带虚、虚实相生的写法,这是形成本诗含蓄蕴藉风格的又一因素。这首诗是赠给卢谌的,可是除开头两句含蓄地提到卢谌外,其余部分主要写自己,似乎与卢谌无关,其实不然。这首诗是通过写自己映带卢谌,使用的是以实带虚、虚实相生的写法。诚如张玉穀在《古诗赏析》中所说:“首二,即以璆璧比卢才质兼美,立定篇主。‘惟彼’十二句,历引昔贤,为卢之影,言才质美者固当有为如此。勒到想与之游,即是冀与卢同建功业也……后六,忽叠四比,比出遭世多艰,士气固易摧折,再用钢金绕指,比出有志者亦复灰心,阕然竟止。语似自嘲,而意则讽卢,当早树功,勿沮丧也。”作者实写自己,虚写卢谌,双方既不明粘,又不全脱,使作品虚实相生,互相辉映,艺术成就是很高的。作者所以采用这种写法,显然是同他们的处境有关的。就刘琨来说,他已从段匹磾的“座上客”变为

"阶下囚",说话不能不讲究说话艺术;就卢谌来说,他已从刘琨的从事郎中变为段匹磾的别驾,而他又"素无奇谋",只有把话说得既像责己,又像劝人,语语双关,方能达到讽劝的目的。本诗在艺术风格上所以含蓄蕴藉,实源于此。

(薛祥生)

游仙诗(其一)

郭璞

京华游侠窟,山林隐遁栖。
朱门何足荣,未若托蓬莱。
临源挹清波,陵岗掇丹荑。
灵溪可潜盘,安事登云梯。
漆园有傲吏,莱氏有逸妻。
进则保龙见,退为触藩羝。
高蹈风尘外,长揖谢夷齐。

鉴赏

郭璞,高才博学,性情刚峻,生活于西晋末东晋初的时期。当时中原沦陷,朝廷偏安,战乱频繁,时局动荡。郭璞怀抱着忧生愤世之情,借诗歌以发抒悲慨。他所作的《游仙诗》,钟嵘《诗品》评云:"辞多慷慨,乖远玄宗……乃是坎壈咏怀,非列仙之趣也。"这正说明郭璞《游仙诗》乃是借叙写神仙以发抒其对于现实社会与人生的悲慨,也就如同左思《咏史》诗是借歌咏古人古事以发抒其对当时历史现实的悲慨一样。这也是古代诗人常用的艺术手法。

郭璞《游仙诗》原本十四首,今存七首。这里所要评赏的"京华游侠窟"一首,其大旨是说"仕宦求荣不如高蹈谢世"。(余冠英先生语,见所题注的《汉魏六朝诗选》)起四句点明,求荣于朱门(朱门,指显贵的府第),不如隐居于"蓬莱"(应作"蓬藜",隐者所居之处)。下边写隐居山水之乐,用具体的"灵溪"胜地作为实指。

灵溪在荆州(治所在今湖北江陵)城西,郭璞曾为临沮县令(李善注郭璞《游仙诗》“青溪千馀仞”篇引庾仲雍《荆州记》),临沮在今湖北当阳市,距江陵不远,郭璞可能到过灵溪,故作诗时联想及之。下边引证庄周及老莱子夫妻作为古人高蹈遁世的典范。“进则”二句用《周易》乾与大壮二卦中的爻象作比,说明进一步高蹈便能如龙之见,保中正的美德,退居尘俗之中,就要如触藩之羊处于困窘的境地(采余冠英先生说)。末二句言高蹈谢世的决心。这首诗虽然只有七十个字,十四句,但是写法紧凑而变化,有议论(起四句),有描写(“临源”四句),有引古人作证(“漆园”二句),有用《周易》象比喻(“进则”二句),最后两句说出高蹈风尘外的决心。

郭璞写诗以发抒其忧生愤世之怀,为什么要借用“游仙”作题材呢?这是因为,魏晋时期诗人有好作《游仙》诗的风气。早在战国时,屈原的《离骚》中即抒写过升天远游的避世仙境与遐思。魏晋时期,社会动乱,念乱忧生的诗人遂幻想脱离尘世与仙人为伍,以求得精神上的安慰。曹植、嵇康均作《游仙》诗,阮籍《咏怀》诗中亦有游仙之什。在这种风气的熏染之下,又加以郭璞本来好“五行天文卜筮之术”(《晋书》本传),熟悉神仙故事,所以他选择“游仙”作为其抒怀言志诗的题材,是很自然的事情。

郭璞《游仙诗》有什么艺术特长呢?魏晋以来,玄学盛行,于是以玄学思想入诗,遂为文坛之所趋向。但是诗是忌讳枯燥说理的。所以钟嵘评论两晋的玄言诗:“永嘉时贵黄老,稍尚虚谈,于时篇什,理过其辞,淡乎寡味。爰及江表,微波尚传。孙绰、许询、桓、庾诸公,诗皆平典,似《道德论》,建安风力尽矣。”(《诗品·序》)这是一般玄言诗的缺点。但是郭璞的《游仙诗》则不然。其诗中虽然含有玄学思想,但是他不是平板质实地去说理,而是用鲜明妍丽的形象,比兴托喻的手法,写景抒情,因此他的诗遂超出于一般玄言诗之上,钟嵘说郭璞“始变永嘉平淡之体,故称中兴第一”。(《诗品》)刘勰也说:“景纯艳逸,足冠中兴。”(《文心雕龙·才略》)萧子良也说:“江左风味,盛道家之言,郭璞举其灵变。”(《南齐书·文学传论》)诸家的评论都指出郭璞诗的这一种特长。所谓“艳逸”“灵变”,即是有鲜明妍丽的形象以衬托玄思,而非平淡说理也。清人刘熙载论郭璞诗更有深刻中肯之言。他说郭璞是“亮节之士”,“《游仙诗》假栖遁之言,而激烈悲愤自在言外,乃知识曲宜听其真也”。又说,郭璞诗有“除残去秽之情”(《艺概》卷二)。这是就人品、诗品概括论之,更为全面矣。

总之,郭璞《游仙诗》虽然描写仙居灵境,有向慕之情,但是又知道求仙是虚幻之想,不切实际。故说:“虽欲腾丹溪,云螭非我驾。”又说:“燕昭无灵气,汉武非仙才。”认为神仙是不可求的。所以他写《游仙诗》,实际上是歌隐遁高蹈,以寄托其忧生愤世之情。

(缪　钺)

游仙诗(其二)

郭璞

青溪千余仞,中有一道士。
云生梁栋间,风出窗户里。
借问此何谁,云是鬼谷子。
翘迹企颍阳,临河思洗耳。
阊阖西南来,潜波涣鳞起。
灵妃顾我笑,粲然启玉齿。
蹇修时不存,要之将谁使?

鉴赏

吟咏本诗,首先扑入眼帘的,是一座高达千余仞的青溪山,上有一道士正在打坐修炼。这一开头,可谓起得突兀,给人以挺拔、神秘之感。据庾仲雍《荆州记》载:“临沮(今湖北省当阳市西北)县有青溪山,山东有泉,泉侧有道士精舍(道士居住或讲道说法的地方)。郭景纯尝作临沮县,故《游仙诗》嗟青溪之美。”这就清楚地告诉我们,诗作中青溪山的形象,正是生活中青溪山的艺术再造,从而成了神仙道士的极乐世界。我们切不可理解得太死、太实。那么,这一道士姓甚名谁?作者巧设悬念,暂时宕开不答,而转写山间气象。“云生梁栋间,风出窗户里。”十字一联,工整和谐,高度概括了极乐世界的景物特点:云雾缭绕,风烟弥漫,雕梁画栋的亭台楼阁,在其中若隐若现。如此美境,唯有大仙高道才配居住,可见眼前这位道士来历非凡。这实际是从侧面歌颂鬼谷子,为他的出场鸣锣开道。

鬼谷子,名姓说法不一,因隐居于鬼谷,便自号为鬼谷子。相传他为战国时期的著名隐士,擅长养性持身和纵横捭阖之术,是苏秦的老师。那么,鬼谷子深居此山何所营?“翘迹企颍阳,临河思洗耳。”“翘迹”,举足之意,扩大引申为一举一动。“企”,仰慕。“颍阳”,地名,此处代指许由。据说,许由是比鬼谷子更早的隐士,他的德行和才能当在尧之上。然而,当尧想把帝位让给他的时候,他却不受而逃,且以为尧的禅让之词玷污了他的耳朵,赶快到河边去洗了又洗,遂隐居于颍川之阳。鬼谷子正是以许由为偶像,一举一动都加以效法,即使到了河边,也要想想许由当年洗耳时的情景,以警戒、激励自己。这无疑是对鬼谷子刻苦修炼精神的肯定,同时,又从侧面歌颂了许由。

吟咏至此,人们不禁要问:鬼谷子既为彼时彼地之人,何故今日又乔迁青溪山修炼?这便见出诗人艺术构思之奇妙。他充分张开想象的翅膀,奋力飞越时间和空间的崇山峻岭,精心挑选出内容大体相同、相近或有联系的神话、传说、历史掌故,运用“蒙太奇”的手法,将它们天衣无缝地组接在一起,重新创造出一个诗人向往、追求的理想境界,以寄托自己的情思。在这首诗中,他除了转移隐士鬼谷子,还从洛水调来神女灵妃,也让她在青溪山侧的清水中显灵。你看,在挺拔、葱茏、云雾缭绕的青溪山侧,阊阖风(西风)掠过水面,一起一伏的波浪随风散开,犹如鱼鳞反光一般。在这粼粼的波光中,灵妃正向诗人暗送秋波,时而粲然一笑,露出白玉般的牙齿。

这山水相依、神道为侣的仙境,多么峻逸、清美、幽雅、神秘,简直令人飘飘欲仙!诗人创造它,企慕它,正是想把它作为高蹈退隐的理想归宿;同样,诗人歌颂鬼谷子,赞美许由,也正是想把他们作为修炼超俗的最好榜样。但是,事与愿违。“蹇修时不存,要之将谁使?”“蹇修”,出自《离骚》。相传蹇修本为古代圣贤者之名,屈原追求宓妃时,首托其为媒。诗人也效法屈原,想让蹇修充当红娘,使他与神女结为伉俪。实际是以求爱为喻,希望加入神仙行列,以成就他的宏图大志。然而,此时蹇修已不存在,也无人能够代替他担当此任。看来,欲达目的,已经没有指望。

如果说,在结尾这两句以前,诗人创造仙境,是对仙境的褒扬,并通过褒扬将自己求仙学道的志趣含蓄地表露出来,那么,结尾这两句却急转直下,含有对仙境的几分否定和对已表露出来的志趣的收敛。这种先扬后抑的表现手法,深刻地反映了诗人复杂矛盾的心理状态和当时的社会现实。诗人博学多才,有匡时济世之志,并多次上书上表,献计献策,但却得不到重用,最后竟为叛将所害。在此期间,他欲干一番事业,却叹荆棘载途,而无回天之力;想逃避这纷乱、昏暗的现实,又与他的远大抱负相悖,而且实际上也难以逃避。所以,只能借游仙诗来排遣胸中的矛盾、苦闷和郁愤。这正如钟嵘所言:郭璞游仙之作,“乃是坎壈咏怀,非列仙之趣也”。

(李　雪)

游　仙　诗(其五)

郭　璞

逸翮思拂霄，迅足羡远游。
清源无增澜，安得运吞舟？
珪璋虽特达，明月难暗投。
潜颖怨青阳，陵苕哀素秋。
悲来恻丹心，零泪缘缨流。

鉴赏

古代士人，不论属于儒佛道哪家，抑或三家都沾点儿边，都是十分看重进退穷通的。郭璞这位大学问家写的是“游仙诗”，却也是以仕途之进退为主题的。

本篇按结构可分为五层。两句一层含意，层层深入；其节奏从容，在娓娓倾诉中道出主题。

诗的第一层以飞鸟捷足为比，写有才之士都希望能一展宏图。二层接着指出，能否人尽其才，所处的环境形势非常重要。吞舟之鱼再大，如果离开波澜壮阔的大江大河，哪还能翻起大浪？三层进一步说，尽管才美如玉，质好如珠，不假外助便可大有作为，但也还要朝中有人识货，否则岂不是明珠暗投？四层讲即便有人赏识，把你提上高位，但是，和低有低的坏处一样，高也有高的坏处。低暗处的自然要怨春阳偏心，但高处的不也会有早遭秋霜之虞吗？后来苏东坡所谓“高处不胜寒”(《水调歌头·中秋》)，大约正是此意。事实也确实如此。“潜颖”如陶渊明只好饿肚皮到处“乞食”，但“陵苕”也不见得就有更好的运命。在魏晋这一黑暗腐败、残酷血腥的年代里，有多少达官贵人在高位上掉了脑袋！真是进退两难。怎么办？没办法，只好哭。诗意的最后一层，诗人完全堕入了一个无可奈何的悲苦境地。这是没有英雄主角、没有崇高美感的中国式悲剧。连哭也往心里哭，不愿或不敢，甚至也不会响亮地大哭一场。

这首诗以十句五十个字一贯而下地写了五个层次的内容,含义深刻,容量很大,而且,大约因为作者对儒佛道三门学问都很有研究的缘故,它还很有哲理气息。然而,全诗并没有用一句哲学语言。这在玄言诗正泛滥成灾的那个年代里,更是难能可贵。诗中连用了八个比喻意象,两两一组,对偶工整,宛如四个蒙太奇镜头。一个镜头内有两个意义平行的画面,而每一个镜头又包含了超越了前一个镜头。这样,它就在四个镜头的天衣无缝的衔接中同时完成了形象的塑造、感情的抒发和哲理的表达。

“怀才不遇”也许是中国古代文学的永恒主题之一。郭璞这首诗却以“进退两难”的咏叹在一定程度上超越了这一主题。他写出了一个正常心态的知识分子对前途、对理想的困惑。他试图以“朝中隐士”的方式来摆脱两难困境。然而,当他在公元324年借算卦说了些不吉利的真话的时候,当权者便毫不客气地杀害了他。是的,正如这首游仙诗所描绘的,你进也罢,退也罢,迷糊也好,看破也好,你只是鸟,是鱼,是珠玉,是草木,一句话,是动物是植物是祭品,你只能等着饿肚皮,等着被杀头,你别无选择。因为你不是一个具有独立地位的人!——这就是封建时代知识分子悲剧命运的典型写照。

（吴文治　朱崇才）

夜听捣衣

曹　毗

寒兴御纨素,佳人理衣襟。
冬夜清且永,皓月照堂阴。
纤手叠轻素,朗杵叩鸣砧。
清风流繁节,回飙洒微吟。
嗟此往运速,悼彼幽滞心。
二物感余怀,岂但声与音。

鉴赏

凄清而漫长的冬夜，一轮皓月照着屋子的北面，佳人在整理着御寒的冬衣。将那双纤纤素手，轻轻地叠起纨素，木杵朗朗地敲着石砧。清风中传来杵砧相击的繁音错节，旋风中透出她痛苦的喃喃细语。这繁音、细语，深深地触动着诗人的情怀。他既同情佳人心情的痛苦，也引起一缕羁旅的愁思。作品正是紧紧围绕捣衣，描写佳人的愁思，表现诗人的情怀。

按照题目“夜听捣衣”来说，作品本应正面描述诗人听后触发的种种情怀，却先将这一切作暗场处理，而直接描绘佳人捣衣时的种种情景。从纨素御寒写起，以佳人理衣统领全诗。当佳人穿上御寒的纨素之服，整理胸襟的时候，展现在她面前的是“冬夜清且永，皓月照堂阴”的凄清之景。夜长无眠、见月怀人，是古诗传统的表现方法。《子夜歌》中“夜长不得眠，明月何灼灼”，表现的是遥托月光寄寓相思，都以望月而烘托出“愁多”“不得眠”的情状。而本诗则纯写冬夜之长、皓月之明，但“照堂阴”三字，固然更显月光之明，却已隐隐透出佳人的凄清孤寂之意，牵引起她对远方游子的思念。因而她的纤纤素手才把制衣的布帛放置砧上，举起棒杵击鸣。这朗朗的捣衣之声，深沉地传达出佳人幽滞郁闷的心怀。而且“清风流繁节，回飙洒微吟”，着一“流”字，使鸣砧的繁音错节在清风中传播开去，用一“洒”字，使佳人凄苦难耐的喃喃细语在回飙中落向大地，创造出一种悲寂凄凉、缠绵悱恻的环境氛围，使佳人一颗幽滞之心愈显孤寂，情思益冗深长，同时也牵引起诗人的情怀。

佳人捣衣时的环境、动作、心理，都是诗人在听其“繁节”“微吟”后的想象之词。因此，这里虽是从正面直接地描绘佳人捣衣的种种情景，却已间接地从侧面映衬出诗人夜长不眠时的种种情思。此情之浓，不可遏止，一触即发，遂有末四句直表诗人心声。这冬夜漫漫，月清孤寥之景，同是诗人、佳人所处的环境，佳人鸣砧朗朗，诗人夜听捣衣声声，佳人的微吟牵动了诗人的愁绪。他既有感于繁音错节往运之速，更伤情于佳人的幽滞郁闷，遂激起他感情上的层层波澜，却又仅以“岂但声与音”一笔收住，因为“余怀”何思，已渗透在佳人捣衣的种种情景中了。

由于这首诗以正面直叙佳人捣衣时的愁思，从侧面暗衬诗人夜听捣衣时的情怀，尤其是对诗人的情怀只浑涵书出，从而为联想的丰富、诗味的隽永创造了有利条件，使诗的意境更富含蕴，更为深融而耐人寻味，收到了“意激于内，而气奋于外”（方东树《昭昧詹言》）的艺术效果。

（李志慧　杨心州）

兰亭诗二首

王羲之

其一

代谢鳞次，忽焉以周。
欣此暮春，和气载柔。
咏彼舞雩，异世同流。
乃携齐契，散怀一丘。

其二

三春启群品，寄畅在所因。
仰视碧天际，俯瞰渌水滨。
寥朗无涯观，寓目理自陈。
大矣造化工，万殊莫不均。
群籁虽参差，适我无非新。

鉴赏

古代风俗，农历三月上旬巳日（后来定三月三日为上巳节），人们要到水边嬉游，祓除不祥，称为“修禊”。东晋穆帝永和九年（353）三月三日，王羲之与谢安、孙绰等四十一人，在山阴（今浙江绍兴）兰亭集会，畅饮赋诗，并由王羲之作序，即其传世名作《兰亭集序》。这两首兰亭诗是作者纪游志兴之作。第一首由春秋代序、季节转换周而复始写到暮春风日和煦，佳节添兴。作者在《兰亭集序》中这样描写：“此地有崇山峻岭，茂林修竹，又有清流激湍，映带左右，引以为流觞曲水，列坐其次……是日也，天朗气清，惠风和畅。”江南山水，风日共辉。大自然以其温馨、畅朗的春之气息，召唤着人们投入它的怀抱，一散襟怀。第二首由集会的兴趣转而抒写寓目骋想的快意。诗人仰视高天晴碧，俯瞰渌水清流，感天地无涯，群籁参差；叹造化之工，万物谐和。诗人对宇宙、自然之"理"便有了一种诗意的领悟：春秋代序，光景常新，触目所及，生意欣欣！化育、包孕万物的宇宙、自然让人感受到既奥秘又亲切激动！正如诗人在《兰亭集序》中所说："仰观宇宙之大，俯察品类之盛，所以游目骋怀，足以极视听之娱，信可乐也！"

魏晋以来，随着玄学的兴起和佛教哲理的传播，寄情山水之风日盛，人对自然的亲近、观赏，被视为追求自由与超脱的表现。优游山水林下的深厚体验，又启迪了艺术家的文情诗意与画境。他们"以新鲜活泼自由自在的心灵领悟这世界，使触着的一切呈露新的灵魂、新的生命。于是'寓目理自陈'，这理不是机械的陈腐的理，乃是活泼的宇宙生命中所含的理"（宗白华《艺境》）。正是这种爱美、爱自然的情趣滋润着王羲之《兰亭诗》及集序的意境创造，令人品味不尽。就诗而论，由于诗人意在抒发一种深沉的情趣，因而不致力于语言的精美，色泽的敷饰。他以平淡自然的语言，表达出对宇宙的俯仰观照，对万物的亲切爱抚，诗意与哲理共辉。

（林家英）

登　山

谢道韫

峨峨东岳高，秀极冲青天。
岩中间虚宇，寂寞幽以玄。
非工复非匠，云构发自然。
气象尔何物？遂令我屡迁。
逝将宅斯宇，可以尽天年。

鉴赏

本篇写诗人登山的所见所感。诗从望中山势落笔，写东岳灵秀巍峨、峻拔冲天的气势。"岩中"以下六句，扣住诗题"登山"二字，一路写去。诗人在攀登途中,或见远石嶙峋,山洞幽寂静谧,或见山光物象,变幻莫测。这一切,无不让她惊奇,叫她追逐不已!然而她一时又难以把握宇宙的奥秘,只能叹造化神工,非人力所能及。诗末两句,由所见所感而萌生了归隐山中、栖息虚宇、以终天年的向往。东晋时代,人们追求一种潇洒的神韵美。谢道韫虽身居闺阁,却是一位聪慧善辩、神情散朗、奕奕有林下风的巾帼蛾眉。其咏雪名句“未若柳絮因风起”,形神逼肖,有自然飘逸之韵致。这首登山诗则另有一番面貌。诗的语言质朴无华,近于枯槁。只是蕴含在字里行间那种追光摄影的精神,倒也从一个侧面展现出女诗人矫矫脱俗的个性。诗末“逝将宅斯宇,可以尽天年”两句,令人联想起王羲之去官后游名山、泛沧海时所叹:“我卒当以乐死!”从亲近自然、神超形越的审美情趣这一角度来看,谢道韫是与同代诗人站在同一水平线上的。

(林家英)

游　西　池

谢　混

悟彼蟋蟀唱,信此劳者歌。
有来岂不疾,良游常蹉跎。
逍遥越城肆,愿言屡经过。
回阡被陵阙,高台眺飞霞。
惠风荡繁囿,白云屯曾阿。
景昃鸣禽集,水木湛清华。
褰裳顺兰沚,徙倚引芳柯。
美人愆岁月,迟暮独如何?
无为牵所思,南荣戒其多。

鉴赏

《游西池》是我国早期山水诗的一篇著名作品。在诗中间或出现山水的踪影,这在先秦诗歌中就有了。但是山水作为独立的审美观照,尤其是赋予山水以崭新的审美意义则是魏晋玄学的直接结果。玄学重养生,其精神境界在虚玄,乐趣在山林丘壑。在玄学影响下产生的玄言诗在于引导人们从自然景物中体悟神理,获得“道”的启迪。

本诗结构自然地分成三段。首四句是写游览之前所想。“悟彼蟋蟀唱,信此劳者歌。”《诗经·唐风·蟋蟀》:“蟋蟀在堂,岁聿其暮。今我不乐,日月其除。”朱熹《诗集传》:“唐俗勤俭,故其民间终岁劳苦,不敢少休。及其岁晚务闲之时,乃敢相与燕饮为乐……今蟋蟀在堂,而岁忽已晚矣。当此之时,而不为乐,则日月将舍我而去矣。”蟋蟀鸣声为劳者之歌由此可证。这两句点明节序当在深秋。正是在这个时候,在朝廷担任要职、忙于案牍的诗人才进行了这次郊游。“有来岂不疾,良游常蹉跎。”“有来”是一个表时间概念的词语,陆云《岁暮赋》云“年有来而弃予”,就是有感于流光倏忽。时光易逝,良游屡生,故诗人视此次游览特别可贵。“有来”两句实为西池之游做出了铺垫。

从“逍遥越城肆”到“徙倚引芳柯”为第二部分,写西池之游。“逍遥”两句写至西池的行程路线与诗人途中的适意心情。“回阡被陵阙”至“水木湛清华”六句写游览西池的情景:曲折的山间小路旁耸立着古代帝王的陵墓;诗人登上高台眺望绚丽的彩霞;草木繁盛的园林和风习习;重叠起伏的山峦间白云缭绕;当日影西斜之际,各种鸟儿在林中发出欢噪的鸣叫;西池的碧水与池边的绿树相映成趣……如此动人的美景,激发起诗人浓厚的兴致,他漫步在花草丛生的小洲,触摸着低垂的枝叶流连忘返。在永恒与富于生命情调的自然世界面前,诗人产生了美人迟暮的感叹:“美人愆岁月,迟暮独如何?”“美人”当指诗人自己。诗中将永恒不变的宇宙与短促无常的人生构成了一种鲜明的对比,散发出一种悲凉的情调。如何驱除这种烦恼?诗人在老庄中找到了答案:“无为牵所思,南荣戒其多。”《庄子》中庚桑楚谓南荣趎曰:“全汝形,抱汝生,无使汝思虑营营。”(《庄子·庚桑楚》)无思无虑,不为物欲所牵,不为荣利所系,才能与永恒的自然宇宙同化同在,融为一体,从而在精神上超越有限,达到无限。应该说,这就是全诗的主旨。以上是第三段,抒发游西池的感悟。

从这首诗可以看出,谢混笔下的山水已不是孙绰那样以玄理生搬硬套山水,而是真正体现了人们把有限生命消融于永恒自然所产生的快慰与悟性。全诗语言清新,对山水景物摹绘细致,在玄言诗风占统治地位的东晋诗坛,堪称领异标新之作。

(章继光　张兆勇)

酌贪泉诗

吴隐之

古人云此水，一歃怀千金。
试使夷齐饮，终当不易心。

鉴赏

这是一首借景明志、立意高远的抒怀诗。

东晋时代，政治腐败，世风日下。“朝廷欲革岭南之弊”，委任吴隐之为龙骧将军、广州刺史，兼任平越中郎将。他既感叹“越岭丧清，吾知之矣”，及到广州，遂“清操愈厉”（《晋书·吴隐之传》）。在离广州二十里的石门，有水名贪泉。相传饮贪泉之水便会立刻产生无厌的贪欲。吴隐之郊游贪泉时，故意酌水自饮，并赋诗言志：“古人云此水，一歃怀千金。”诗人敷陈其事，极言贪泉对人产生无厌之欲的强大诱惑力。古人都云饮一杯贪泉之水，即使人心里产生获得千金的贪念。而当此世风日下、人心不古之时，那些蝇营狗苟之徒、为富不仁之辈，若饮此水，那贪婪之心当更有恶性的发展。诗人引古人之语，述贪泉之力，着意蓄势，为抒发情怀埋下了伏笔，做好了铺垫。“试使夷齐饮，终当不易心。”这两句金声玉振，一语破的，说明对于伯夷和叔齐这样弃君王之尊如粪土的高士，即使喝上千杯万盏贪泉之水，也永远改变不了心志。诗人以伯夷和叔齐自喻，面对贪泉，酌饮一杯，向惑人的成说发出强烈的挑战，表明自己操守的清廉和品格的高洁。

借景生情，以抒发心志的高洁，在浩瀚的诗海中不乏其作。与吴隐之同时代的大诗人陶渊明曾在《和郭主簿》诗中说：

芳菊开林耀，青松冠岩列；
怀此贞秀姿，卓为霜下杰。

又在《饮酒》第八首中说：

青松在东园，众草没其姿。
凝香殄异类，卓然见高枝。

霜威下盛开的菊花和不凋的青松本属高洁之物，正面设喻，相辅相成，自表现出守志不阿的耿介品格。而《酌贪泉诗》则反面取譬,先有意蓄势,极言饮食泉水而怀千金的欲望之大,再放言假设,以“不易心”极言操守之坚。在对比之中,反衬之下,相反相成,使诗的主旨更为鲜明、突出。

正因为这首诗借贪泉以反衬其志趣高洁,立意高格,遂在后人诗中成为表示行为正大和节操高尚的典故。王勃《滕王阁序》中即自喻“酌贪泉而觉爽”。白居易《广府胡尚书频寄诗因答绝句》中亦表示“虽饮贪泉心不回”。赵翼《赋得贤不家食》中更以“酌泉逾表洁”。足见这首《酌贪泉诗》的巨大影响。

(李志慧　杨心州)

停　　云并序

陶渊明

停云,思亲友也。樽湛新醪,园列初荣。愿言不从,叹息弥襟。

霭霭停云,濛濛时雨。
八表同昏,平路伊阻。
静寄东轩,春醪独抚。
良朋悠邈,搔首延伫。

停云霭霭,时雨濛濛。
八表同昏,平陆成江。
有酒有酒,闲饮东窗。
愿言怀人,舟车靡从。

东园之树,枝条载荣。
竞用新好,以招余情。
人亦有言,日月于征。
安得促席,说彼平生。

翩翩飞鸟,息我庭柯。

敛翮闲止,好声相和。
岂无他人,念子实多。
愿言不获,抱恨如何!

鉴赏

《停云》诗前小序,点明此诗的旨归是"思亲友"。但这"亲友"并非泛泛之交,观四章"岂无他人,念子实多",可知他是诗人的平生知己。而诗人之所以风雨怀人,乃由于亟欲促席,以"说彼平生"。于此可知:诗人并非因风雨载途感到闲得无聊,需要与友人清谈度日,而是由于在这风雨如晦之时有许多感触,许多平生之志,郁积不通,想与此挚友接席,一罄积悃。看来,诗中语言如许平淡,所表现的生活如许平静,所描述的世界如许安谧,但诗人此时此际的情怀却并不安谧,心底的潜流却并不平静。一个昏暗的天,一张丝雨织就的网,一片片嫩绿的叶,一阵阵婉转的鸟声,其中蕴藏着潜流汹涌、起伏不平的心潮。这心潮究因何而起,又不点破,让人们去揣度,去品味,去感发联想。无言之中含蕴了无尽之意,读之使人感到情意充溢而不可实指。此即所谓平淡之中有远致,这便是陶诗之独造,便是此诗的特色之一端。

清人王夫之《古诗评选》说:"《停云》《归鸟》,四言之佳唱,亦柴桑之绝调也。"当然,够得上称之为"佳唱""绝调"的诗,其佳胜又绝不此一端。当我们再作一番寻绎,便不难发现,这首诗在比兴手法的运用上,最富风神韵致。全诗四章,章八句,均前四句起兴,后四句叙事抒情。诗人用起兴之景物构成初春特有的恬静气氛,融入浓郁之诗情,构成和谐幽深的意境。且四章起兴,各不相同,所抒发之情怀,也并非平列,而是层层递进。具体说,前两章起兴,写的是春雨霏霏、天昏地暗的大景,取全方位,用远镜头。后两章起兴,写眼前绿树鸣鸟,取特写,用近镜头。两者起兴不同,所逗起之诗情也就互异:由泛泛的怀思发展而为"说彼平生"的切至,步步推出中心。

前二章单用兴,后二章则兴中有比。进而分析前二章之起兴,初春时节,云凝不流,丝雨如烟,四野晦暗,两章似乎雷同,好像只是颠倒语序,为复沓之言。但首章曰"平路伊阻",次章曰"平陆成江",可见,两章所写的时间在推移,雨势在扩大,积水在增加,而怀友之情,亦随时间之推移而愈酿愈浓。这中间又有进层。再将一、二两章起兴合观,构成了一个最幽静、闲适而令人微感岑寂的环境,这是一个最需要友朋晤对的时候,更何况有垒块在胸,有"平生"待诉?《诗经·郑风·风雨》云:"风雨如晦,鸡鸣不已;

既见君子，云胡不喜。”风雨怀人，千古所共，故“最难风雨故人来”之例，向为人所激赏。但诗人此时面临的现实是“平路伊阻”——平坦的道路为雨阻绝，冀友人过我而“良朋悠邈”（悠邈，相隔遥远）；“平陆成江”——平地积水横流，我欲就友而苦于“舟车靡从”。眼前，我有明窗净几，有春酒盈卮，有心潮起伏，有思绪如飞；而知己不至，乃不得已倚窗而待，衔杯以思。缕缕怀思之情，从容道出，与起兴之阴沉风雨，凝成一层怅惘之薄雾，充塞诗行。

三章用“东园之树”发端。树木得春风之沐浴，春雨之滋润，枝条竞发新绿。它们似以其美好之姿色，向我致意，逗我情思。诗人目接此“载荣”之色，内感此“新好”之情，念友之心与此眼前“竞用新好，以招余情”的深情密意会合到一起了。此刻，伴我独抚春醪者，只有这多情的树木；慰我岑寂者，也唯有这“载荣”的枝条。悠悠我心，谁可告愬？进一步想：树犹如此多情，安能人不如木？转又一想：我虽岑寂，究竟有这“载荣”之“新好”为我劝饮，它们不也是我的良朋吗？至此，树木又似乎幻化为所思之知己，知己也似乎幻化为“以招余情”之树木，是忘其为友为物。可惜的是，如斯良辰，生平能几？“人亦有言，日月于征”，又不能不增我一番感慨。诗到这里才点出“安得促席，说彼平生”的中心意旨。这第三章较之前两章又进了一层。因为一、二章起兴，写阴沉风雨，仅构成一种怀人的环境气氛；这一章起兴之景物，则已幻化而具有人情。

卒章“翩翩飞鸟”，起兴再变。这飞鸟停息于我庭院树木之上，它们从容地收敛羽翼，展开婉转的歌喉，互相唱和，似有意为我寂寥。鸟尚知嘤鸣求友，何况万物之灵？于是，此刻我与良朋似均化为息影庭柯之小鸟，喁语枝头，互诉平生之志。物之为物，我之为我，至此两忘。但这究竟只是幻境，故结之曰：“愿言不获，抱恨如何！”千回百转，逼出“恨”字，分量更重。这个结句是个感叹句，于声高昂，于情激荡；声情凝聚，发为永叹长吟，绕缭至于无尽。

从以上分析可见，《停云》一诗，即使就比兴手法之运用而论，也确实不愧为“绝调”。

（赖汉屏）

时　　运并序

陶渊明

时运，游暮春也。春服既成，景物斯和。偶景独游，欣慨交心。

迈迈时运，穆穆良朝。
袭我春服，薄言东郊。
山涤余霭，宇暧微霄。
有风自南，翼彼新苗。

洋洋平津，乃漱乃濯。
邈邈遐景，载欣载瞩。
人亦有言，称心易足。
挥兹一觞，陶然自乐。

延目中流，悠想清沂。
童冠齐业，闲咏以归。
我爱其静，寤寐交挥。
但恨殊世，邈不可追。

斯晨斯夕，言息其庐。
花药分列，林竹翳如。
清琴横床，浊酒半壶。
黄唐莫逮，慨独在余。

鉴赏

《时运》一诗,写暮春时节一次独游。诗前小序中的"偶景",即以影为伴之意。这次出游,诗人见到郊野万物得时、欣欣向荣的景色,心中十分欢欣,但也因此暮春之游而联想到孔子的弟子曾点言志的一番话,深感古风不可复见,又引发无穷感慨:这便是小序中所说的"欣慨交心"。曾点那番话是孔子要侍坐的几个学生"各言其志"时说的。子路等几个学生,各说了一通为政之道;轮到曾点,却说:"暮春者,春服既成。冠者五六人,童子六七人,浴乎沂,风乎舞雩,咏而归。"他志在追求一种自由自在、无拘无束的精神生活,而无意于为政。当然,这也可以理解为一种治道:使人人各得其所,物物各顺其时,不正是"帝力何有于我"的一种理想的上古之治吗?

这首诗共四章。第一章专写郊游所见之景色;第二章渐渐由写景而及抒情;第三章则主要是抒情说理;第四章回到写景,终以理结。此诗的佳胜之处,就在于冶写景、抒情、说理于一炉,景情理三者,妙合无垠。本来,"欣"与"慨"是截然不同的心态;写景、抒情与说理,陈述的对象各不相同。把"欣"与"慨"交织于诗行,让景、情、理融为一体,是诗家所难能而渊明独擅胜场之处。欣赏这首诗,便当从此入手。

先看第一章。描绘郊外景色,写了山容、宇宙、南风、新苗。山上残余的云气正在消散,山就像洗涤过一般明净;天宇上下,笼罩着一层薄薄的云气(霄,云气);南风徐徐吹来,抚弄着新苗。这里的山、宇、风、苗,构成了一幅淡墨写就的春之图画。画里没有春柳春花,没有莺飞草长,却蕴涵着一种明净之美,洋溢着一派和淑之气。"有风自南,翼彼新苗"两句,向为人所激赏。谭元春以为"'翼'字奇古之极",陈祚明则认为"浑朴生动",沈德潜乃以为"'翼'字写出性情"。其实,陶渊明《读山海经》中"好风自南来,微雨与之俱"之句,便与"有风自南,翼彼新苗"同一境界,而前者并没有用"翼"字。可见陶之独至,乃在境界之美,无取一字之奇。这两句之所以如醇酒佳酿,愈品而感到其味愈香的原因,乃在于传出了物物之间一种亲密无间、欣然自得之情。诗人着眼,不在物之表象而在物之情意。而这种物物之间相倚相生、亲密无间、自由自在地相处之情意,蕴涵了自然界的生趣生机,有一种平衡、和谐的审美情趣,包含了郭象注《庄子·齐物论》时所说的"天地万物,变化日新,与时俱往……自然而然耳"的宇宙哲理。陶诗最平淡而又最耐咀嚼的原因,就在于景中含情,情中见理。他似乎无意于说理,而理趣自在情中。或者说,这种"理",是"情"的升华与抽象,是对诗情起凝聚或激化作用的"理"。情与景,是容易消失、不断变化的;而理却有永恒的魅力。且理中含情,故愈读而愈见其深邃淳美。

这种情景理契合之美,后三章一脉相承。第二章用“乃漱乃濯”的行动,反映出“载欣载瞩”时的心理,活活勾画出诗人怡然自得的形象。这种自得之乐的产生,根源则在“称心易足”的人生哲学之体认。所谓“称心易足”,就是他在《和郭主簿》一诗中“营己良有极,过则非所钦”的另一种说法,也就是《庄子》无待而后逍遥的意思。试想,一切但求“称心”,鷦鷯之巢,只取一枝,鼹鼠之饮,但求满腹,对人生没有过多的追求,自然时时感到满足,便处处均觉“称心”,乃能陶然自乐。这里提出的经过深刻体认的人生哲理,如醍醐灌顶,发人深省。但哲理的提出,并非通过枯燥的说教,而是靠“洋洋平津”“邈邈遐景”的景色,靠“乃漱乃濯”“载欣载瞩”的形象体现出来的。由景生情,由情入理,而景与理又都由情来统摄,是以不觉其枯淡而弥见其丰腴精深。

三章由“延目中流”而遐想古人古事,檃栝《论语》“侍坐”章意,把曾点愿求自然之乐的志趣凝聚为一个“我爱其静”的“静”字,并表明自己对此寤寐以求、心驰神往之情。只是,“但恨殊世,邈不可追”,这里的“殊世”,一般释为“异世”,即不同的时代。我则以为,“殊世”不仅指时代更迭,更指世风不同。古之淳朴已变为今之浇薄;古之尚真已变为今之大伪。古风已邈,不可追寻,是以深叹。这一章以叙事说理为主。但因“延目”而兴“悠想”,隐然有诗人临水遐思的形象:“童冠齐业(完成了课业),闲咏以归”,仿佛如见其人。而“寤寐交挥”之一往情深,“邈不可追”之怅然若失,都极具情态。此章仍以形象、抒情来说理。

四章从遐想回到眼前现实,写春游归来后独处小庐之思。出游既“欣慨交心”,还是息交绝游为好。诗一上来就说“斯晨斯夕”,意为如此良辰佳日,却接一句“言息其庐”,可知此日独游,慨多于欣。他写自己的小庐,写了花药成行,竹木交荫,屋内有一张无弦琴,有半壶浊酒。他既是个“称心易足”的人,这个虽结于人境而无车马之喧的小庐也就够他消遣世虑了。但是,诗人并非是那样的静穆,他的心有更辽远的边境,他仍不能忘情于理想的追求。他觉得,黄帝、尧帝上古治世是邈不可追了,故而独兴感慨。可见他何等执着,又何等惆怅。这一章,六句写小庐幽静之景,以衬“黄唐莫逮”之慨,仍是由眼前之景色而发思古之幽情。这份慨然之情,又根源于对理想社会的追求,对人生真谛的探索而悟出的哲理,故情因景生,理随情显,仍是景、情、理交融一体。

“诗言志”的“志”字,本来包含了抒情和说理两个方面。但自魏晋清谈风炽,玄言诗兴,以诗说理,遂同嚼蜡。渊明正处于玄言诗、山水诗交递的时代,他有鉴于玄言诗的“理过其辞,淡乎寡味”,其识力又足以于平常情景中见出深邃的人生哲理,乃独创一种将哲理的领悟与田园山水的描绘结合起来的诗风。陶渊明的人生追求,集中体现于“任真”(个性解脱,纯任自然)上。这里说的“自然”,本是老庄哲学中的命题,郭象注《庄子·逍遥游》时说过:“天地以万物为体,而万物以自然为正。自然者,不为而自然者也。”陶渊明希冀黄唐之治、曾点浴沂咏归之乐,都是在表述他纯任自然、个性解放的人生追求。他的追求,不囿于衣食,不屑于荣宠,而在于精神生活的满足,即所谓“适性”。“适性”就是本诗中“称心”的同义语。他这次春游,见到万物欣欣向荣的大自然,体验到了“有风自南,翼彼新苗”的物物之间和谐相处之乐,景物点燃了他心中“纯任自然”的哲理的火花,美的感受与理的启迪结合在一起,酿就了这首诗中无限幽远的审美情趣。

当然,渊明之纯任自然,虽受老庄影响又并非全如老庄那样遗世独立,神游物外。明人许学夷《诗源辨体》说“陶靖节见趣虽亦有类老子,而其诗无玄虚放诞之语”,准确地指出了他的诗与玄言诗的区别。渊明之伟大,在于他的“纯任自然”乃针对当时“真风告逝,大伪斯兴”而发。他面对“闾阎懈廉退之节,市朝驱易进之心”的世态,拂袖而起,背道而驰,因此倾注于自然。这首诗结尾说的“黄唐莫逮,慨独在余”这层意思,在《饮酒》(其二十)中表述为“羲农去我久,举世少复真”。可见,他之希冀黄唐之世,追慕曾点之言,正由于举世少真。于是,我们在这首诗所表现出来的诗人的追求向往中,看到了他愤世嫉俗的苦笑。

(赖汉屏)

怨诗楚调示庞主簿邓治中

陶渊明

天道幽且远,鬼神茫昧然。
结发念善事,僶俛六九年。
弱冠逢世阻,始室丧其偏。
炎火屡焚如,螟蜮恣中田。
风雨纵横至,收敛不盈廛。
夏日长抱饥,寒夜无被眠。
造夕思鸡鸣,及晨愿乌迁。

在己何怨天，离忧悽目前。
吁嗟身后名，于我若浮烟。
慷慨独悲歌，钟期信为贤。

鉴赏

汉代乐府《相和歌》中有《楚调曲》,《楚调曲》中有《怨诗》一题。这是陶渊明仿照那种样式写给自己朋友的一首诗。

作品分前后两段,前段十四句,诗人从自己半生的艰难遭遇出发,对自古以来众口所说的天道鬼神的存在提出了怀疑。开头两句是结论,是贯穿全段的。下面的十二句是这个结论所由得出的事实根据。他说,从刚刚成人(结发)那个时候起,我就一心地想着做好事,苦力巴结(僶俛),到现在已经五十四岁了。自己的遭遇又是如何呢?二十岁(弱冠),世道乱离,苻坚南侵;三十岁(始室),家门不幸,死了妻子;再以后就是天灾屡降,气候反常:先是荒旱不已,螟蜮丛生;接着又是狂风暴雨,铺天盖地;闹得庄稼收不了一把,从而挨冻受饿,自己的经济生活现在已经完全陷入绝境了。看看这种现实,这能说明有什么“福善祸淫”的天道鬼神吗?后段共六句,写他面对目前这种艰难处境的思想活动。他愤慨地说,我今天陷入这个如此穷困悲凉的境地,这都怪我自己,怨不得什么别的天命或人为。历代圣贤不总是教导人们要立德、立功、立言,要名垂青史,像画麒麟吗,但是在我看来,这些就如同过眼的烟云一样无足轻重。我自己在这里慷慨悲歌,我别无他求,我以有你们这两位像钟子期一样的知音人而感到欣慰与自豪。

这是表现陶渊明晚年的生活景况及其思想情绪的一篇极其重要的作品。

这首诗告诉了我们什么呢?首先,他描绘了诗人晚年悲惨的生活情景,他已经到了挨饿受冻,无法维持的境地。他“夏日长抱饥,寒夜无被眠”,以至冻得“造夕思鸡鸣”,夜间盼着快点天亮;饿得“及晨愿乌迁”,白天又盼着快点天黑。这是多么难熬、多么难以忍受的岁月啊!反映陶渊明晚年的这种悲惨困苦生活,可以用来和《怨诗楚调示庞主簿邓治中》相参证的,还有《杂诗》,其中说:“代耕本非望,所业在田桑。躬亲未曾替,寒馁常糟糠。岂期过满腹?但愿饱粳粮。御冬足大布,粗絺以应阳。正尔不能得,哀哉亦可伤!”还有《饮酒》,其中说:“竟抱固穷节,饥寒饱所更。敝庐交悲风,荒草没前庭。披褐守长夜,晨鸡不肯鸣。”词语都几乎一样。回想陶渊明归田的初期,那时他的家庭尽管不是很富裕,但至少还保持着一个小康局面。他的居住情况是“方宅十余亩,草屋八九间。榆柳荫后园,桃李罗堂前”。他的饮食情况是“园蔬有余滋,旧谷犹储今”,“春秫作美酒,酒熟吾自斟”。在这样的生活条件下当隐士,自然是比较容易的。但是好景不长,四十四岁那年他家中失了大火,“一宅无遗宇”,什么都给烧得精光了。从此他的生活日益贫困,他的参加劳动也不得不由原来的观赏性、点缀性而逐渐地变成了维持生活的基本手段。也正因为如此,自然灾害对于陶渊明也就成为一个关系极其紧密的问题了。例如眼下陶渊明的困境就是由于“炎火屡焚如,螟蜮恣中田。风雨纵横至,收敛不盈廛”这种原因造成的。这样的生活,在我国古代文学家们的经历中极为少见,对此我们应该充分注意。

其次,它表现了诗人晚年对社会现实的极大愤慨与不平,他满腹牢骚,甚至连天道、鬼神都恨起来了。他说,“天道幽且远,鬼神茫昧然”,从自己的切身遭遇可以证明这些都是骗人的东西。与此相近,他在《饮酒》诗中还说:“积善云有报,夷叔在西山。善恶苟不应,何事立空言!”情绪都是非常激烈的。在这里,他表面上是指着天道鬼神,实际上他的批判矛头乃是指向当时的黑暗社会,指向那个掌握着人类命运的腐朽的统治集团。陶渊明这时的思想情绪和他归田初期的那种面貌大不相同了,归田初期他总爱唱那种“乐天知命”“安贫乐道”的高调,在《癸卯岁始春怀古田舍》中他说:“先师有遗训,忧道不忧贫”;在《归去来辞》中他说:“聊乘化以归尽,乐夫天命复奚疑!”那时的陶渊明是以和平恬淡、与世无争著称。现在则不同了,牢骚越来越多,情绪越来越大。是他的修养水平降低了吗?不是。鲁迅先生说:“‘雅’要想到适可而止。‘雅’要地位,也要钱。”(《病后杂谈》)不论谁要说“安贫”,那他首先得保持一种至少是不太贫的经济条件;否则要想使人“安”得住,而且还要“乐”起来,那是很难的。陶渊明先前总爱说“息交游闲业,卧起弄书琴”;“悦亲戚之情话,乐琴书以消忧”,颇有点像读书弹琴成癖的样子。可是到了晚年写作《咏贫士》,当他已经“倾壶绝余沥,窥灶不见烟”的时候,他也就“诗书塞座下,日昃不遑研”了。越穷越苦,思想矛盾也就越多,情绪也就越激烈,这是人之常情,是真实的。陶渊明的诗歌以真实著称,但若以后期这种艰难地写痛苦、写愤怒的作品,和前期那种轻易地写快乐、写恬淡的作品比起来,则显然是后期作品表现的思想更真切、更实在。对此我们也应该充分注意。

第三,作品表现了陶渊明在这种极其痛苦难熬的生活中的意志坚定,宁死不移。他已经横下一条心来,无论怎样穷困,他再也不出去做官了,再也不去和那个黑暗的上层社会同流合污了。他说:“在己何怨天,离忧悽目前。吁嗟身后名,于我若浮烟。”这是什么意思?比陶渊明早百余年的放诞派张翰曾说:“使我有身后名,不如生前一杯酒。”难道陶渊明也像张翰那样肆无忌惮地蔑视前代圣贤的古训?不是,他所蔑视的正是当时官场中像苍蝇追逐血腥一样所追逐的那种东西。他说他之所以陷入今天这样的困境,这都怪他自己,怪不得天道鬼神或其他人事。这是真话吗?不,这是牢骚,这是他在变相地表现他对当时政治的不平,同时其中也包含着一种坚守了节操,在精神道德上获得了胜利的骄傲与自豪。在我国两千多年的封建社会中,与黑暗官场不合作、蔑视功名利禄而隐居田园去当清闲地主的,历代不乏其人。但是能够忍冻受饿,竟至于“饥来驱我去,不知竟何之。行行至斯里,叩门拙言辞”地宁可去向人家乞食,也绝不回头,而是一直挺下去,直至老死田园的,却除了陶渊明再也找不出第二个。陶渊明的气节是感人的,陶渊明的骨头的确比别人硬。这一点尤其应该引起我们的注意。

陶渊明诗歌的艺术风格是以淳朴实在著称,所以梁启超曾经说:“唐以前的诗人,真能把他的个性整个端出来和我们相接触的,只有阮步兵和陶渊明,而陶尤为甘脆鲜明。”(《陶渊明之文艺及其品格》)今天我们来读他晚年写的这首《怨诗楚调示庞主簿邓治中》,不就如同当面听我们的一位老朋友用连珠一般的语言在向我们诉说他一系列的不幸,在那里发牢骚,在那里怨天恨地,在抒发他对现实社会的愤愤不平吗?这首诗和他归田初期作品中的那种宁静恬淡、情景交融比起来,显然是变得更为愤激、更为质直了,但是陶渊明作品中那种突出的真情实感的流露,却是始终一贯的。他有乐说乐,有苦说苦,有牢骚不平也绝不故意掩饰。他的语言是那样浅近、凝练、生动、准确,例如“夏日长抱饥,寒夜无被眠。造夕思鸡鸣,及晨愿乌迁”,这种对于受冻者在冬天的长夜里盼望天亮,盼着快点日出;挨饿者在夏天的长昼里盼着天黑,以为上床不动,肚子也可能会好受一些的心情的描写,没有一点实际感受的人莫说是写不出,就是想也恐怕难以想到。

其次,这首诗表现作者极端困苦时的心理矛盾,表现他向老朋友倾诉满腔不平时的声音口气,也是异常逼真的。他时而正说,时而反说;时而高昂,时而压抑;时而逼紧,又时而荡开,周回反复,激楚动人。明代学者黄文焕说:“‘丧室’至‘乌迁’,叠写苦况,无所不怨;忽截一语曰‘在己何怨天’,又无一可怨;‘何怨’后复说‘离忧悽目前’,又无一不怨矣。”(《陶诗析义》)说得相当好。

诗的最后两句是“慷慨独悲歌,钟期信为贤”,这一方面是为了表现他与庞主簿邓治中之间的亲密友谊,使整首诗和“示庞主簿邓治中”这个题目呼应起来,同时它还有更积极的意义在。诗人说,今天我是遇到了你们这两位像钟子期一样的知音人,所以我才向你们说了这些话;倘若换个别人,我才不向他们讲呢!这里表现了诗人对世俗社会的极端蔑视,表现了他“举世皆浊我独清,众人皆醉我独醒”的无比超脱,而他那种坚守节操、永不回头的态度也就不言而喻了。

果断、决绝、词严、义正,气势如横截奔马,一笔收束,给人留下无限思忖吟味的余地。

(韩兆琦)

和刘柴桑

陶渊明

山泽久见招,胡事乃踌躇?
直为亲旧故,未忍言索居。
良辰入奇怀,挈杖还西庐。
荒途无归人,时时见废墟。
茅茨已就治,新畴复应畬。
谷风转凄薄,春醪解饥劬。
弱女虽非男,慰情良胜无。
栖栖世中事,岁月共相疏。
耕织称其用,过此奚所须。
去去百年外,身名同翳如。

鉴赏

刘柴桑,名程之,彭城人,与陶渊明、周续之被当时人称为“浔阳三隐”。因刘程之做过浔阳柴桑令,故又称为刘柴桑。这首诗通篇歌咏的是刘柴桑淡泊守真、躬耕自足的隐居生活。因为作者与刘柴桑志趣相投,所以,赞刘柴桑也即自赞,这首诗也可看成作者的自我表白。

“山泽久见招,胡事乃踌躇?直为亲旧故,未忍言索居。”开头四句以一问一答的形式交代了长久以来未能归田隐居的原因。“招”的主语既可以是志同道合的山泽之友,也可以指大自然那种自然静宁的情趣,作者以拟人的手法写“山泽”相“招”,从对面写来,借以表达自己长久的向往,写得生动有趣。“踌躇”二字一转,表现那种徘徊彷徨、无所归依、欲退又止的心绪。而“胡事”一问,又曲折地批评了从前这种犹豫不决的生活态度。

"直",但,只。只是因为亲人故旧的劝阻牵连,未能立刻归田务农,索居独处。以上四句写"出"与"归"的矛盾,躬耕理想与生活实际的矛盾,既是诗人的内心矛盾,也是当时一般隐士所共有的苦闷。

从第五句开始,写诗人摆脱羁缚,回到乡村隐居的所见所感。这里面,有欣喜,也有悲哀,有苦闷,也有宽慰,诗人以朴实的笔调娓娓道来,真切感人。"良辰"四句,写一个天清气和的好日子里,诗人怀着高洁的理想,拄杖回到了乡村。归去来兮,主径将芜,但岂止是个人家园荒芜,沿途所见,满目疮痍,时代的苦难给良辰美景涂抹上一层浓浓的阴影,生灵涂炭,民不聊生,何处是乐土?"良"与"奇"写景色与理想之美好,"荒"与"废"写社会与时代的悲惨,两相对照,再次表现了理想与现实的矛盾,自然与社会的背离。

从第九句开始正式落笔写隐居生活的甘苦。"茅茨已就治,新畴复应畲。"茅屋已修葺,足以蔽风雨,于中陶情冶性,何陋之有?农田又要翻耕了,新的生活也要开始了。虽是柴扉茅茨,却充满了生气和宁静。虽要付出艰辛,流淌汗水,心头的负担却减轻了,官场的污浊却洗净了。"谷风"四句写山风料峭,春寒逼人,农夫艰辛,但一杯春酒也会带来陶然醉机,消除劳顿饥劬。家有弱女,欢绕膝下,其天伦之乐,也足以抚慰疲劳的灵魂。这一节写乡居躬耕生活,有苦有乐,欣慰之中不无悲凉,寂寞之中又包含孤芳自赏。

"栖栖世中事,岁月共相疏。耕织称其用,过此奚所须。去去百年外,身名同翳如。"以上六句以直接议论作最后收束。世事纷繁,世人在栖遑奔走中追逐身外之物而忘记了岁月的流逝和自我本体的存在。其实,衣只须蔽体,食只须饱腹,超过自身需要之外的追求又有什么意义呢?况人生百年,如过眼云烟,所谓的名和利在人身后都会消失殆尽。这几句,表现诗人超然名利之外的思想,虽有一定的消极性,但从总体上看,主要还是要表现他鄙弃功名、富贵于我如浮云的思想。

这首诗,写诗人归隐乡村前后的感受和思想斗争,没有回避矛盾,没有矫揉夸饰,而是"真率自然,倾倒所有"(许学夷《诗源辨体》)。与之相应,艺术上也是"情真景真,事真意真"(陈绎曾《诗谱》)。"一往真气自胸中流出,字字雅淡,字字沉痛。"(施补华《岘佣说诗》)诗人内心的凄凉、苦闷、犹豫、欣慰诸多复杂微妙的感情通过淡淡的口吻似有似无地流露出来,包蕴余味。从结构上看,作者以回归田园的经过为线索,从容不迫,一一写来,疏朗而严整,正如杜甫所论"陶诗不枝梧"。另外,通篇语言朴素自然,又很有表现力。这些统一在一起,为表达诗的主题起到了良好的作用。

(金启华　史双元)

和郭主簿(其二)

陶渊明

和泽周三春,清凉素秋节。
露凝无游氛,天高肃景澈。
陵岑耸逸峰,遥瞻皆奇绝。
芳菊开林耀,青松冠岩列。
怀此贞秀姿,卓为霜下杰。
衔觞念幽人,千载抚尔诀。
检素不获展,厌厌竟良月。

鉴赏

自从宋玉在《九辩》中发出“悲哉秋之为气也”的慨叹,“悲秋”便成为诗歌创作的一个传统主题,不得志的文人言秋必悲,很少有人能落在窠臼外。陶渊明此诗却另辟蹊径,肃杀的秋气在诗人心中引起的感觉不是哀伤,而是振奋。秋气不仅荡涤了大自然中的阴霾,而且使诗人的心境豁然开朗。他注意到了秋色的动人之处:草木凋落,山峰显得更加高耸挺拔;在黯然失色的林中,菊花蓬勃怒放;突兀的山岩上,有青松傲然挺立。这些景物从整幅秋色的背景中浮现突出,固然得力于空气的清澄,使诗人的目力倍加,视物更为清楚;但最主要的原因,还在于诗人的情感决定了他的审美选择。

作此诗时,陶渊明尚未结束仕宦生活。为了实现早年的济世理想与解决现实的生计问题,他几次出外谋事。但官场的诈伪污浊风气,又与他向往自然、真淳的天性相违拗,使他深感身心受拘束,于是又几次弃官回乡。有了这一番出仕经历,返朴归真的田园生活对陶渊明自然更增加了吸引力。何况,在复归自然中,又包含着诗人对坚持节操、绝不与封建官场同流合污这一美好品德的追求。正因如此,他才对卓尔不群的陵岑、青松、菊表现出特殊的兴趣。而“衔觞念幽人”,所怀之人即是千载以来具有像松菊与陵岑那样孤高自傲、清节自励品格的高士。

陶渊明渴望遵行这些高士的处世准则，毅然脱离浊世。而此志未获实现，他心情郁闷，自悔只是虚度了大好时光。最后两句诗表现了仕隐未定时期陶渊明的思想矛盾。

清人邱嘉穗对此诗曾作过评说："远瞻陵岑之奇绝，近怀松菊之贞秀，皆与陶公触目会心，实借以自寓其不臣于宋之高节，所谓赋而比也。"（《东山草堂陶诗笺》卷二）当然，邱嘉穗将陶渊明的高节狭隘地理解为"不臣于宋"是不准确的，因为从"检素不获展"所写情况看，此诗当作于义熙元年(405)陶渊明归田前，其时距刘裕代晋(420)尚远。但邱嘉穗认为陶渊明此诗对自然景物的描写采取了一种"赋而比"的表现手法，就是说，诗中所写的自然景物既是现实中实际存在的，又同时象征着、代表着诗人某种高尚的品德，这一概括对于分析陶诗倒很有启发。

陶渊明诗中经常写到的具有现实与象征这双重意义的景物就是松与菊，他还在家中东园栽种了松、菊。陶渊明对松菊的特殊爱好，以至植于园中、终日相对的原因，就是诗中所说的"怀此贞秀姿，卓为霜下杰"，即在松菊的形象上，寄寓了诗人对超卓德操的倾慕。

比德的作法在中国由来已久，孔子就说过"岁寒，然后知松柏之后凋也"（《论语·子罕》）的话。但孔子只是为了说明君子于危难中见其节操的道理而使用了松柏后凋的比喻，却不必非有雪压青松的景象在前才说此话。而陶渊明的"青松冠岩列"则是"清凉素秋节"这一特定时间中的特定景象，青松是作为整个秋景的一个和谐的组成部分而存在的。这一整幅画面又寓有众木摇落之际、独有青松傲立岩顶的"象外之象"，由此才生发出以下见物思德的诗句来。如果说孔子还只是用松柏来比德，那么，陶渊明诗中的青松则首先是一个具体、真实的存在，诗人又把自己对坚贞品德的赞美之情转移到迎霜挺立的青松形象上，使这一形象成为赋予比结合、统一的产物。

以菊比德可以说是来自屈原。在《离骚》中，屈原曾以"朝饮木兰之坠露兮，夕餐秋菊之落英"比喻自己德行的高洁。陶渊明诗中的芳菊则是秋天特有的景物，并作为秋景的代表物而出现，与全诗的自然背景融为一体，成为秋色图中一个被放大的局部展现在读者面前。菊花不仅经霜不凋，而且遇寒怒放。诗人感于外物，自然地引发起对于特立独行、坚守节操的美德的渴慕。屈原诗中的"夕餐秋菊之落英"不一定实有其事，而陶渊明诗中的秋菊则是合现实与象征两重性于一身，带有赋而比的特点。

在诗中使用兼有写实与比喻双重意义的自然风物是陶诗的一个突出特点。这些景物构成了诗歌的自然画面，反映了陶渊明生活或向往的外在环境；它们也构成了诗歌的基本格调，表现了陶渊明追求与具有的高尚品德。

（夏晓虹）

始作镇军参军经曲阿

陶渊明

弱龄寄事外，委怀在琴书。
被褐欣自得，屡空常晏如。
时来苟冥会，踠辔憩通衢。
投策命晨装，暂与园田疏。
眇眇孤舟逝，绵绵归思纡。
我行岂不遥，登降千里余。
目倦川途异，心念山泽居。
望云惭高鸟，临水愧游鱼。
真想初在襟，谁谓形迹拘！
聊且凭化迁，终返班生庐。

鉴赏

这是陶渊明的一首述怀诗，写在他平生第三次步入仕途的最初日子里。

陶渊明，生长在一个没落的贵族之家，自幼和诗礼琴书相周旋，养成了一种文人气质，而家乡的山水风光，又陶冶出他对大自然的一片依恋情怀。他赞赏老庄哲学，向往一种委心任志的人生，对机诈污秽的官场，有出自内心的厌恶。他认为只要能与山水琴书相伴，寄心于人间荣华富贵之外，即使终生为民，衣褐一世，过着清贫的日子，也是称心的。这就是本诗开头"弱龄寄事外，委怀在琴书"一段话的缘由。

然而，他也受过儒家用世观的传统教育，有过"猛志逸四海，骞翮思远翥"（《杂诗》其五）的抱负，希望自己能有一番作为。但当时的东晋政坛，刀光剑影，祸乱相继，他不愿意卷入其中。就这样，他直到二十九岁时，才出来当了几天的江州祭酒，可是他说自己"不堪吏职"，就解职还家了。三十五岁时，他到荆州刺史桓玄的手下任职。桓玄手握重兵,还自任江州刺史。时逢孙恩起义,兵逼京城建邺,东晋朝廷内讧加剧。桓玄说是要带兵东下,保卫京师。陶渊明奉命出使京师。正是这样的出使,让他亲历了“崩浪聒天响,长风无息时”的险恶(《庚子岁五月中从都还阻风于规林二首》其二),于是乘老母去世,便抽身出来,重返乡里了。

公元404年,陶渊明已经四十岁了。他慨叹自己“总角闻道,白首无成”(《荣木》)想着要“脂我名车,策我名骥”,到仕途上再走一遭。“时来苟冥会”,时事的发展也真巧,正当陶潜准备出山之时,正好碰上一个一显身手的机会。军阀桓玄兵下京师,颠覆了东晋政权,自己称帝了。镇守京口(今江苏镇江)的刘裕不能容忍,举起了“勤王”的大旗,发兵平叛,三月克复京师,当了镇军将军,随即派兵西上,追击桓玄。四月兵抵浔阳,五月进兵荆州,灭了桓玄。在此期间,镇军将军刘裕,便召请陶渊明入幕,当一名参军,协助他谋划军务。陶渊明便应命而出了。“投策命晨装,暂与园田疏”,平生第三次告别家园,踏上了仕途。仕任参军的日子里,他曾奉命前往京师,为刘裕办理要务。正是在这种情况下,他写下了《始作镇军参军经曲阿》这首诗。“曲阿”,今江苏丹徒,临近京口。他用这首诗表明:仕途,对于他是隔膜的;而山居生活的平和,才是他追求的目标。我们来看看他此时此地的所思所想吧:“眇眇孤舟逝,绵绵归思纡。我行岂不遥,登降千里余。”初上征途,一种孤寂无依之感已经袭上心头,而那顽强的乡园之情,则深深地困扰着他的心。陶渊明此行,是为勤王事业服务的,按古代知识分子的传统用世观来说,正是他建功立业的大好时机。然而,他不这么看。当他登上大江上的那一叶眇眇孤舟之时,已经是归思纡郁了。对乡园生活的深情眷恋,使他对现实世界的功业拉开了距离,他厌倦于千里登降了。

“目倦川途异,心念山泽居。望云惭高鸟,临水愧游鱼。”原来,他之所以念念不忘于自己的山泽居,是因为“目倦”于“川途异”。那么,这“川途”又“异”在何处呢?想来,扬子江的金焦二山,石头城的龙盘虎踞,这样的“川途”是不会让这位酷爱山水者感到厌倦的;那么,“川途”之“异”,也就是指那满江的战船旌旗与刀兵吧?这和他所酷爱的自然之间,反差实在太大了。于是他“望云惭高鸟,临水愧游鱼”,他羡慕那白云间自由翱翔的鸟,他羡慕那清波中自在往返的鱼。当年,他在为桓玄出使京师时,曾有过“静念园林好,人间良又辞”的诗句;现在,历史似乎正在重新排演,他力图把握住自己,他又一次嘱咐自己:“真想初在襟,谁谓形迹拘!聊且凭化迁,终返班生庐。”只要固守着自己的质朴纯真,人间的荣名与利禄都拘禁不了他。在目前的时变中自可以稍尽人事,最终还是要回到山居茅舍中去,那才是自己最好的归宿!

果然,他在刘裕府中任职不久,便

申请转入驻守江州的刘敬宣手下，总共不过一年，就回家了。后来，又当了八十来天的彭泽令，便宣布自己“不为五斗米折腰”而挂冠，终生不再入仕。他这一辈子，在官场的时间总共不超过五年。他的那颗心，始终是属于山水田园的。

这首诗，写在作者为东晋复国而奔波的日子里，可是却几乎没有一个字直接写到这场搏斗。他真善于使自己的精神世界与时事的风云变幻拉开距离，不让那翻腾的浪头冲入他的艺术天地。他的这首诗，除了标题能告诉人们写于何时何地之外，通篇不写他亲身参与的那场重大斗争。试想一下，倘若换了李白，那就要挥毫写出“为君谈笑静胡沙”的诗篇了，因为自己是特请而来的“参军”；倘若是杜甫，也会写出“车辚辚，马萧萧”的场面，甚至更多，因为他有这种实际阅历。然而，陶渊明没有那样写，没有那样介入生活，切入主题。他只是用“目倦川途异”一语，把从京城一直打到荆州的那场恶战，轻轻地化为一抹模糊得不可辨认的影子，淡淡地推到人们的视野之外去了。对于身外世界，他只作冷静的旁观；对于精神世界，他一直在执着地追求，这就是陶渊明。正是为了写出这样的陶渊明，他把诗篇的时间跨度拉得很大，从幼年时期自己的志趣爱好之所在入手，不惜笔墨交代自己个性的形成与特点，为而后在仕途上的孤寂情绪揭出感情根源。正是为着写出这样的陶渊明，诗篇中既不写“始作镇军参军”的政治阅历，也不写“经曲阿”的实际风物，却把全部笔墨放在叙写自己的心灵上，连约略点到的山水鱼鸟、孤舟浮云，也只是他当时心灵的一种外化形式而已。一句话，淡化背景，突出自身；淡化外围，突出内心，便是陶渊明的诗。

（陈鸿彝）

辛丑岁七月赴假还江陵夜行涂口

陶渊明

闲居三十载，遂与尘事冥。
诗书敦宿好，林园无世情。
如何舍此去，遥遥至西荆！
叩枻新秋月，临流别友生。
凉风起将夕，夜景湛虚明。

昭昭天宇阔，皛皛川上平。
怀役不遑寐，中宵尚孤征。
商歌非吾事，依依在耦耕。
投冠旋旧墟，不为好爵萦。
养真衡茅下，庶以善自名。

鉴赏

这首诗从题目可以推知，作于晋安帝隆安五年(401)。这年七月，作者因假期已满，从家返江陵赴职，夜晚经过湖北省安陆市的涂口时，写下了这首纪行抒怀之作。

纪行诗自然要描写山川风物，但更要传达出诗人在特定情况下的一片心境。何况这时陶渊明既有积极用世、大济苍生之志，更有崇尚自然、隐居躬耕之趣，因而诗中便以“夜行涂口”为线索，以情布景，以景衬情，表现了受人羁绊的仕宦生活的困苦和弃官归耕的意愿。在结构上，则以情领起，抒写作者独自夜行时对出仕之前的闲居生活的美好回忆。诗人二十九岁时开始出仕，担任江州祭酒。在出仕之前约三十年中，他虽说是过着“与尘事冥”的“闲居”生活，实际上却随时都雄心勃勃地准备实现自己的理想。他“诗书敦宿好”，不仅像一般士大夫那样“以《庄》《老》为宗”，读玄学经典，而且“游好在六经”(《饮酒》)。儒家经典教导他有所进取，道学著作规劝他有所不为，但都给诗人年轻的心灵以巨大的冲击，启迪他憧憬未来的人生。在他看来“或击壤以自欢，或大济于苍生”，都可以“傲然以称情”(《感士不遇赋》)。因此，在三十年的“闲居”生活中，作者的思想上，虽然既有豪放的进取精神，又有淡泊的躬耕雅趣，但那时更多是“大济苍生”的宏伟抱负。他在密切地注视着时代的变化，积极酝酿着跨出田园建立功业。这里，诗人以“闲居”二字打开回忆的闸门，是有一番深意的，意在抒写对官场生活的不满，也为下面的描写蓄势。

中间十句即以情布景，具体描写途中情景，以表现受人羁绊的仕宦生活的困苦，诗人何以舍弃“林园无世情”的闲居生活，而要“遥遥至西荆”呢？显然是为了实现他大济苍生的宏伟抱负。但他又对尔虞我诈、钩心斗角的仕宦生活极端鄙视，不乐意在野心家、阴谋家荆州刺史桓玄手下做官。与污浊的官场相比，“林园无世情”的生活更能寻得心灵的相对自由和宽松。所以，诗人用“如何”二字表达了他无意出仕的意愿和对“躬耕自资”的田园生活的依恋。诗人并没有就此直摅胸臆，再深一步地实写西荆官场之弊端，而是笔锋远扬，借景衬情。其所写之景，固然以“新秋”“凉风”渲染了无限凄清的氛围，蕴涵着感时伤事之思。但在诗人的笔下，新秋的光映得大地空阔清明，明亮的空更显得寥廓高远，莹洁的江水也平平静静。这般景致，既烘托出诗人夜行时的无限孤孑寂寞之感，表现了他对田园生活的无限依恋，也反衬出官场的污浊腐朽。诗人心中那种不堪仕途经营的困苦，尽寓于秋月所造成的艺术氛围之中。这里的写景，着墨不多，有味外味，确有可望而不可置于眉睫之前的意趣。诗人再直抒“怀役不遑寐，中宵尚孤征”之情，把仕宦生活受人羁绊的苦衷和盘托出。由于诗人时而婉言不愿赴荆，时而实写江边送别，时而虚写秋月秋风，夜景空阔，时而又直抒仕宦羁绊，行役艰辛，因而虚实结合，曲直映衬，情语景语，浑然一体，将诗人无意出仕之心表现得愈益深刻，又很自然地引出了弃官归隐的意愿。

在以景衬情的基础上，诗人即以情绾结，化用典故，巧妙地表露自己的志向不是像甯戚那样高唱商歌以谋取官位，而是要像长沮、桀溺那样隐居山林“躬耕自资”。他还直言不讳地表示要弃官归隐，不受高官厚禄的牵绊，在农村艰苦的环境中修身养性，以保持自己的好名节。诗人表露出的这种归隐田园的思想，不是故作清高，沽名钓誉，而是从多年的生活体验中所产生的真实感情。因此，即在写这首诗后的第四年，诗人不“为五斗折腰向乡里小儿”，彻底地结束了仕宦生活，完全地“躬耕自资”了。

由于这首诗以情领起，以情布景，以景衬情，以情绾结，因而首尾相顾，贯通一气，浑然成体。虽平淡自然，却饱含激情，既情景交融，又直抒胸臆，体现了陶诗的艺术风格，正如明人许学夷在《诗源辩体》中所说：“靖节诗句法天成而语意透彻”，“直写己怀，自然成文”，其“不可及者，有一等直写己怀，不事雕饰，故其语圆而气足；有一等见得道理精明，世事透彻，故其语简而意尽”。

（杨心州　李志慧）

咏荆轲

陶渊明

燕丹善养士，志在报强嬴。
招集百夫良，岁暮得荆卿。
君子死知己，提剑出燕京。

素骥鸣广陌,慷慨送我行。
雄发指危冠,猛气冲长缨。
饮饯易水上,四座列群英。
渐离击悲筑,宋意唱高声。
萧萧哀风逝,淡淡寒波生。
商音更流涕,羽奏壮士惊。
心知去不归,且有后世名。
登车何时顾,飞盖入秦庭。
凌厉越万里,逶迤过千城。
图穷事自至,豪主正怔营。
惜哉剑术疏,奇功遂不成。
其人虽已没,千载有余情。

鉴赏

本篇是陶渊明咏史诗的代表作。诗中成功地塑造了战国末年著名侠客荆轲的形象,对其不畏强暴、行刺秦王的侠义行为寄予了热情颂扬,笔力遒劲,风格豪放,是一首典型的“金刚怒目”式的诗作。

全诗分三段,开头四句为第一段,写燕丹得到荆轲。燕丹是燕王喜的太子,曾为质于秦,因与秦王嬴政构怨而逃归,其后又见秦兼并之势日成,燕危在旦夕,便图谋刺杀秦王。诗开篇两句删繁就简,直截了当地交代了燕丹“善养士”的目的与报秦的坚定决心,笔法洗练,起势突兀。“嬴”是秦王政的姓,此处指代秦国。前冠一“强”字,含意深微。其一,用秦之强大反衬出燕之弱小,用燕之弱小复衬出丹志之大,使养士谋杀之举顺理成章;其二,暗示出荆轲肩负使命的危重,为其悲剧结局埋下伏笔。这两句虽不及荆轲,却为荆轲的出场做了政治背景的铺垫。三、四句写燕丹的渴求与愿望的满足。燕丹渴望“招集”到的是“百夫良”——超群的勇士,绝非鸡鸣狗盗之徒,可见他选士的标准是相当高的。因为标准太高,才于“岁暮”迟迟得到“荆卿”。勇士之难得,荆轲之俊拔,不言而喻。前四句看似平直,实则平中见奇,直中有曲,紧锣密鼓,扣人心弦。

“君子”以下二十二句为第二段。作者以激赏的态度,铺排的手法,描述了荆轲刺秦的经过,形象飞动,气氛浓郁,画面性强。首先映入读者眼帘的是一幅提剑出京图,这幅图由六句诗构成。“君子死知己”从“士为知己者死”一语化出,既巧妙地照应了首句,交代了“善养”的结果,又以斩钉截铁的语言揭示了荆轲轻死好名的侠客性格和气度。这是画外音,有了这画外音,“提剑出燕京”以及后来的一切行动便有了心理的支点。“素骥”句是作者为渲染气氛而设的虚构之笔。《史记·刺客列传》记载送别时的情景时说“太子及宾客知其事者,皆白衣冠以送之”,作者凭空想象出一匹随行的白马,让它在人们都沉默无言之际,引颈长鸣,以示对故国的惜别之情,这就给送行的画面罩上了一层浓郁的苍凉气氛,从而强烈地衬托出了送行者和被送者慷慨悲壮的心境。马且如此,人何以堪?“雄发”两句是把《史记》写易水饯别时“士皆瞋目,发尽上指冠”的句子经过改造提前挪用在这里,且换“士”为轲,以白描和夸张的手法,对主人公的外在特征和内在气质作了充分描绘。诗人虽然只写发、冠、气、缨,但由于“指”“冲”两个动词的运用和“雄”“猛”两个形容词的修饰,笔下的人物却给人以鲜明的整体风貌。这一幅画先是画外音,然后是广角镜头,继而变成特写镜头,十分突出地将主人公推到了读者面前。

接着是一幅壮歌饯别图,这幅图由十句诗构成。此处檃栝了《史记》:“至易水上,既祖,取道,高渐离击筑,荆轲和而歌,为变徵之声,士皆垂泪涕泣。又前而歌曰:‘风萧萧兮易水寒,壮士一去兮不复还。’复为羽声慷慨……”一段内容。但作者并不搬抄史料,而是对史料进行了艺术再创造,在诗中开拓出了新的意境。作者先用简短的两句交代了饯别的地点(易水上)、场面(四座)、人物(群英)和仪式(饮饯),便迅速将笔触转向对饯别的最后一幕——壮歌送行的描写。高渐离是荆轲的至交,善击筑(古代乐器)。宋意是燕国勇士,太子门客。据上述史料看,渐离击筑时“和而歌”者当是荆轲,此处换成宋意,用送行者凄凉悲壮的筑音歌声反映被送者诀别时的心情,在表意上不但一箭双雕,而且透过一层。再用“萧萧”两句作环境氛围的烘染,“悲筑”“高声”所传达出来的音调就更附着上了“哀”和“寒”的感情色彩。筑音是如此的悲壮,氛围是如此的凄清,这本来就足以使在场的人黯然伤神了,何况乐调又变成悲凉的“商音”和深沉的“羽奏”,这时,尽管“四座”上都是英雄、壮士,在音乐的感染下,也不免“心惊”,乃至“流涕”了。“萧萧”两句截取《易水歌》的前一句扩展而成,用来渲染气氛;“心知”两句又截取了后一句,用来刻画主人公此时此刻的内心活动。荆轲明知此去凶多吉少,难以归来,可是一想到将会扬名后世,便连生的欲望也放弃了,这正是战国时代侠客的心态。从章法上讲,这两句既照应了“君子死知己”,又暗示了此行的失败结局。

第三幅画面是用蒙太奇手法组合而成的,包括“登车”以下六句诗。此处,诗的节奏明显加快,镜头也随之迅速变化,这与荆轲勇往直前的精神相得益彰。既然荆轲已经"心知去不归",做好了死的准备,那么登程后还有什么可犹豫的呢?没有,一切杂念都置之九霄云外了。于是他快马加鞭,直入秦庭。"何时顾"就是"终已不顾"(《史记》)的意思,而用问句提起,更能强化荆轲一往无前的气概。"飞盖"是借用车的顶篷像猛禽一样疾飞,形象地表现车行速度之快。"凌厉"两句是对"飞盖"含义的进一步申足。"万里""千城",写出了行程之远,"越""过"写出了行动之捷。这样远的路程却很快到达了,主人公急于赴义的心情,不言自明。"图穷"两句上承"入秦庭",写荆轲以献燕都亢地图为名刺杀秦王。刺杀的过程如何,略去不写,只用"怔营"二字活画出秦王被刺时惊慌发愣的神态,便从侧面烘托出荆轲威慑"豪主"的猛厉气概,用笔极省,却传神写照,警动有声。

末四句为第三段,交代事件的结局,以议论、抒情收束全篇。"奇功遂不成",点明行刺失败,"剑术疏"评说失败原因。这里化用了《史记》鲁句践说的"惜哉!其不讲于刺剑之术也"一语,借以抒发作者沉痛惋惜之情,"其人虽已没,千载有余情。"这是赞美,也是评价,更有一股喷薄而出的仰慕之情。显然这中间寄托了作者的人格、志向和襟怀。

这首咏史诗以咏人为主,为了突出主人公的形象,作者舍去了史料记载中曲折复杂的故事情节,经过精心的剪裁、提炼和大胆的虚构、想象,描绘出了几幅具有典型意义的动态画面,着重表现主人公的精神世界和雄猛气度,加上环境气氛的烘染和用语的疏密得宜,以及其他人物的衬托,一下子就把荆轲的形象凸现在读者面前。利用这种手法创造出来的人物形象,虽无工笔之美,却有写意之妙。

(杨希武)

桃花源诗

陶渊明

嬴氏乱天纪,贤者避其世。
黄绮之商山,伊人亦云逝。
往迹浸复湮,来迳遂芜废。
相命肆农耕,日入从所憩。
桑竹垂余荫,菽稷随时艺。

春蚕收长丝,秋熟靡王税。
荒路暧交通,鸡犬互鸣吠。
俎豆犹古法,衣裳无新制。
童孺纵行歌,斑白欢游诣。
草荣识节和,木衰知风厉。
虽无纪历志,四时自成岁。
怡然有余乐,于何劳智慧。
奇踪隐五百,一朝敞神界。
淳薄既异源,旋复还幽蔽。
借问游方士,焉测尘嚣外?
愿言蹑轻风,高举寻吾契。

鉴赏

桃花源是陶渊明构想的理想化社会模式。它展现了一种与世隔绝、耕桑自给、世风淳厚、没有君主统治与战乱侵扰的生活图景,反映了作者对当时现实政治的否定。

诗前有记,托言晋太元(晋孝武帝年号)中,武陵渔夫因捕鱼无意走进了桃花源。离源时虽沿入源之路作标为记,但当太守派人和他一同再往时,已找不到所留标记了。又有高士刘子骥筹划过探寻桃源之秘,未果,而后不再有人过问此事。记文简约地交代了桃花源显而复隐的大致年代和具体地点,使虚构的桃源境界有了一个似有若无的世间传闻作基础。同时,记文洗练漂亮,赋予桃源以芳草鲜美、落英缤纷、良田美池、翠桑修竹的美丽自然环境,把作者在诗中描绘的无君主的小农社会投放在审美化的氛围之中了。

诗开始从历史的角度入手,点出秦之暴戾、祸乱天纲地纪。一方面实写桃花源的由来:秦时本有避世入山的"商山四皓"——夏黄公、绮里季、东园公、角里先生,桃源人("伊人")亦云他们是避乱世逃隐进桃源的;另一方面又虚笔勾勒了战乱凶险的秦代世态作为一个意象,既与全诗所描绘的桃源形象产生正反相对的映射效果,将东晋以来连年战事民不聊生的现实内容缩写吸收进来,作了折光性的反映。所以秦代世态不仅是全诗桃源形象的一个倒影或反照,也是诗人现实生活体验的一个借代象。"往迹"二句并非互文性的单义重复,而是从两个方位上说。一是当初离乱世入桃源者的踪迹逐渐湮没，故外人不察，不会自外至内破坏其封闭性；二是稍后，走出桃源之路也因桃源人主观上的“不愿越雷池半步”而遂之荒芜，故由内向外破坏桃源封闭性的可能也不复存在。这里作者不是以“上升”的方式（如贾宝玉游入太虚幻境），也不是以“下入”的方式（如淳于棼进大槐安国），而是不脱离大地的平面，从路径隔绝的意义上造成一个与现实时空相异的理想境界。这显然受了晋代战乱时有人筑坞壁以自保、在小小的地域中维持安定生活的现实内容的启迪。句中的“避”字与“贤”字有联系，透露了诗人把退避作为乱世最佳处世方式的人生态度。李泽厚曾说陶渊明“是政治斗争的回避者”，“他的特点是十分自觉地从这里退出来”，“彼达人之善觉，乃逃禄而归耕”（《美的历程》）。这和本诗中把避秦时之乱的“商山四皓”视为贤者一样，都是以政治退避心理为根基的。

从“相命肆农耕”一直到“于何劳智慧”，诗人正面描述桃源人的生活状态。这里首先无君主之威，无赋税之忧，桑竹垂荫，蚕妇收丝，道路暗相通，鸡犬争鸣闹，人在其中，犹似乐土。其次，人们在农耕中相互招呼，无势利机巧劳神伤智之患；器物衣着仍然从古式样，无约束人的各种典章制度；春去秋来，因时植获，并不依靠记载岁时的纪历志，一派天然淳厚的远古风俗。再次，日出而作，日入而息，童孺行歌道中，老耄互往取悦，充满了闲适安泰、怡然自得的情韵，合起来是一幅搏动着小农自然经济命脉的理想化了的上古社会的生活图景。正如沈德潜所说，“此即羲皇之想也”（《古诗源》）。

“寄迹”四句，诗人从桃源的理想境界回到了他生活的现实境界，笔触带着感叹：奇异的桃源从秦到晋已隐没了大约五百年，它那神仙般的灵妙境界在向人们敞露时，却只是一个很短的时间，因为桃源世界之淳美与桃源外世态之浇薄既是如此悬殊，大相异趣，桃源人自然就立即隐蔽其幽美之天地，杜绝与乱哄哄的尘世来往了。“隐”与“敞”二字，互为呼应，相照生姿。“隐”字，有在神秘感中自珍、敛藏、庇护其美与价值之义；而“敞”字，则敞开、泄露其价值与美。敞与隐可谓桃源之美与价值的两种显现形态。而其间，隐是有意为之隐，敞则无意泄露；隐为“五百”，敞则“一朝”。在时间久暂的对比以及泄露纯系偶然之中，抬出了“敞”的身价，把世外桃源向尘世中人敞露的那种珍贵难得、尘世人初闻桃源事所产生的惊喜好奇之情、信疑参半之想以及诗人自己神往心羡的审美心态，统统包囊在里面了。

“借问”四句是作者自站地步，对或疑桃源之事乃属子虚乌有的“游方士”，提出反问：彼“游方士”既游于“方”（寰宇）之内，又怎能测知尘世之外的事？又焉知尘世外没有桃源似的仙境？我愿踏轻风而高蹈，寻找与我志趣相契合的人。结句不泥守桃源有无之辨，而是宕开一笔，写诗人神思的乘风高举寻求知己，境界灵渺，空幻无迹。

（吕美生　王政）

归园田居(其一)

陶渊明

少无适俗韵,性本爱丘山。
误落尘网中,一去三十年。
羁鸟恋旧林,池鱼思故渊。
开荒南野际,守拙归园田。
方宅十余亩,草屋八九间。
榆柳荫后檐,桃李罗堂前。
暧暧远人村,依依墟里烟。
狗吠深巷中,鸡鸣桑树颠。
户庭无尘杂,虚室有余闲。
久在樊笼里,复得返自然。

鉴赏

陶渊明在临近不惑之年,大悟人生世道。四十一岁即掷印归田,其心情之愉悦,无可比加,有《归去来兮辞》流传人口,据吴仁杰《陶靖节先生年谱》,《归园田居》五首便是归耕翌年之作。

诗人不愿为五斗米摧眉折腰,扔掉彭泽令,那是经过一番"贫富常交战"的痛苦的思想斗争,终于"道胜无戚颜",扛起锄头,决计做庐山脚下赤贫的农民。这首"田家语"畅发归田原因,以及获得农夫生活的欣慰和愉悦。

起首两句,闲闲叙起。一意出之正反两句,絮絮见义。陶渊明酷爱自由,性情真率。"少无适俗韵,性本爱丘山。"是其性灵的流泻语。言其归田,下笔即从年少说起,似乎有些离题。实则这淡淡的语言含蕴,"觉今是而昨非"的懊悔,意在说自己本来是个草莱丘山中人,不期有违初衷,在官场上扭曲自己的个性,厮混了一阵。"韵",气质,性格,是南朝人的流行语。与后一句"性"字,变文以见义。

“误落尘网中,一去三十年。”与前两句形成鲜明对照,跌出一份自悔之意,情之慊慊,愈为显然。四十二岁的诗人,乱也看惯了,篡也看够了,看透了官场黑暗,斥为尘网,简直是泯灭个性的去处。“一去”的“一”分量颇沉,拽出个“三十年”,自悔之意,溢于言表。诗人自二十九岁入仕,四十一岁罢归,折腰凡十三年。“三十”,可能是“十三”之误。一说“三十年,乃十年之夸词”,“出仕十余年,而夸言三十,极言其久。”(逯钦立《陶渊明集》校注)亦通。“羁鸟恋旧林,池鱼思故渊”即从上二句“网”与“三十年”生意。诗人经常喻己为鸟,像被官场尘网撄罗其身。他置身宦途就说过“望云惭高鸟,临水愧游鱼”。(《始作镇军参军经曲阿》)心里总压着一层“暂为人所羁”的踞蹐之感。回到田园,得到真正的归宿,回顾前历,那上层社会岂不是个囚禁的鸟笼、污浊的泥塘。只要想想他“问征夫以前路,恨晨光之熹微”急欲归家的话,这里的“恋”“思”见出多么希望展翅蓝天、复归清池的意愿,情之殷殷,可以想见,也回衬显出“误落”的分量来。“开荒南野际,守拙归园田。”把归田说是“守拙”,看似淡泊、自谦,实是傲岸和倔强,只是傲得使人不觉罢了。从一定意义上看,无异于对官场的决绝之辞。诗人毅然在丘山“长为陇亩民”了。

“方宅”八句叙写田园村居之景。“方宅十余亩,草屋八九间”,谓宅地不小,虽是草屋,倒也宽敞。两句三个数字,欣然自得之意内充,与“一去三十年”憾然之数相映,情趣顿异。然后围绕草屋,描前绘后:“榆柳荫后檐,桃李罗堂前”,屋后榆柳婆娑,浓烟遮蔽,掩映茅屋数间。堂屋前桃李婀娜,排成一列。“荫”“罗”一字见形,二字实为互文,写出榆柳的茂密、桃李众多,整齐有致,其景其状宛然如见。“前”“后”分置二句,错落其间,不求的对,愈见自然,显示出屋宅周围绿化的布局井井有条,溢露出居屋主人生活热情的认真和浓厚。两个结构相同的对句,用语纤密,直书即目,如农夫田埂相逢,絮语家常,宅几亩,屋几间,由屋前说到房后,叙语历历,如数家珍。欣欣然、悠悠然,安闲自在,乐在其中之意,洋溢于诗人的口角眉间。这些俗而又俗的家常话,情真意真,真朴感人。元人黄文焕谓之“语俗而意愈雅”,这一说法是很不错的。他对自己家宅前后周围的描写,充满新鲜感觉,细细数说,流泻出回到田园的慰藉和愉悦。本来归居两年,其住宅远近各种景物,都已习以为常,而仍然保持新鲜感,如同重获失去的爱物一样,失而复得,不由得从头到脚数说一遍,不惮其烦。这是从尘网脱身回到自由天地的特定心情。这四句详其室近景,以下四句展现远景。“暧暧远人村,依依墟里烟。”这是诗人徜徉在屋前桃李之旁,或是散步在茂密的榆柳之下,或是经过一天的劳动“盥濯息檐下,斗酒散襟颜”时所见。暮霭淡淡,笼罩平坦田野,坐落在周围远处的村子,还依稀隐然可见。村落上空,炊烟袅袅上升,整个原野似乎沉浸在黄昏静谧、安宁的氛围之中。诗人被官场刺激带有创伤的心,似乎在这里、在这时得到充分的休息。他咀嚼着这田园风光、农家生活的底蕴,诗人的性灵也溶化在他所描绘的这幅淡淡的水墨画中。本来这榆柳的浓荫、艳冶的桃李已经够可爱了,何况这心爱的住宅还处于如此幽静、清美的环境之中。这两句是远视所见。“狗吠深巷中,鸡鸣桑树颠。”是远听所闻。那从村落深处断续传来的狗叫声,桑树顶端悠长的鸡鸣声,更给幽静的乡村添上了几分安宁、平静的色彩。借助听觉中的动态声响,衬托出视角中的静态观感,以动衬静,简直静美得使人陶醉,鸡鸣狗吠常带来了一股浓浓田园生活的气息,也对村落风光有着活力的再现作用。这两句从汉乐府“相和歌辞”《鸡鸣》“鸡鸣高树巅,狗吠深宫中”,借来成句,点化两字一经和上二句组合,形成很美的意境,而具出蓝之色。即使那个不太引人注目的“桑”字,也使田园味更浓了。农村景物的生动描绘,是诗人热爱田园生活的心理反映,在不露声色之中加深了摆脱尘网、归园田居的喜悦心情。

末尾四句,从虚处着笔,说到居室之乐。“户庭无尘杂,虚室有余闲”,是说没有尘俗事相扰,更无动辄折腰拜迎长官的苦恼,乐得有个安宁日子,他在《五柳先生传》中说过:“环堵萧然,不蔽风日。”可作“虚室”老实的一注。尽管生活贫淡,却有难得的“余闲”享用,这对于“性本爱丘山”的人来说,自是难得的乐事,表现了诗人不慕荣利、淡泊宁静的个性。结尾“樊笼”回应前之“羁鸟”,收束诗的前六句。“返自然”照应篇首“爱丘山”,挽结后半篇。二句再次落清题目。“久”字衬出“复得”之不易,诗人庆幸自己,犹如破笼而出的鸟儿,飞回熟悉而又亲切的山冈、田野、村落、炊烟之中,可以静静体会这盼望已久的新生活。

这首诗“专取其真;事真,景真,情真,理真”(《昭昧詹言》)。辞兴婉惬,意致质朴。诗人把自己复苏个性溶化在八九间茅屋、静静原野中,极广泛地将日常生活诗歌化。用语极为自然,好像从胸间汩汩流出,平淡到几乎不是诗,涵咏其间,却又使人觉得诗味醇厚,情韵不尽,想见其人,想见其“复得返自然”的欢欣情怀。

(魏耕原)

归园田居(其二)

陶渊明

野外罕人事,穷巷寡轮鞅。
白日掩荆扉,虚室绝尘想。
时复墟曲中,披草共来往。
相见无杂言,但道桑麻长。
桑麻日已长,我土日已广。
常恐霜霰至,零落同草莽。

鉴赏

《归园田居》诗共五首,这是第二首。一般认为诗约作于诗人自彭泽归隐后的次年,诗人时年四十二岁。此首以弃绝世俗、乐田园清静之趣为旨归,语意平淡自然而韵味深长,体现了平静的田园情调和人情习俗,而诗人摒弃世俗、安于田园的情怀,也于中可见。

诗人归隐,是因为厌恶黑暗的社会现实和污浊的世态人情。他归隐到郊野僻巷,远离官场尘嚣,少有世俗交往,可以说得到了暂时的解脱。可是这种地僻人少、绝交息游的隐居生活,一般说还只是表面的,只有从内心弃绝"尘想"之后,才能算得上是真正的超尘脱俗,返璞归真。而诗人"绝尘想"的怀抱,正是关键,因此诗人就可算得上是真正隐居的田园诗人,与"身在江湖,心怀魏阙"者绝异。诗的前四句,诗人不仅表明了自己的胸怀,也描绘出一幅清静的田园居处,这就是他的"田园居":郊野僻巷,柴门紧闭,没有车马往来,没有世俗交往,空室无物,生活简朴。这确实是一幅具有诗情画意的田园隐居图,隐者是清心寡欲的高人,而非碌碌庸俗之辈。其居处令人神往,其人令人钦仰。

接着写田园生活,但也未离开"绝尘想"之意。诗人隐居之后,并不是和一切人断绝往来。他只是和官场中人息交,和农夫野老还是彼此往来的。所谓"共来往",正是指和农夫野老的相互交往。农夫野老比较淳朴，也不了解社会现实和世态人情的黑暗污浊，所以相见后只谈庄稼，不言尘杂琐事。这正与诗人"绝尘想"的心意相合。正因为言谈投机，所以能够常常交往。诗人在此通过与农人的交往谈说，又为我们描绘出一幅淳朴的田园习俗图景：虽然是村野，野草茂密，但人们却乐于经常交往；见后谈笑不厌，但却只谈庄稼生长如何，不及世俗人情。淳朴善良的人物，单纯无杂的情怀，粗杯淡茶的供设，画面粗勾淡描，其情其景，可以使人想见。诗人用笔不多，却使人感到平淡中有味，简朴中意长。

最后，诗人又转笔于自己的田园、桑麻上：田园一天天开垦扩大了，庄稼一天天长高了，诗人的喜悦之情，自然是不言而喻的。其乐于田园生活，安于田园清静的情趣，也于中可见。但是诗人却有所担心，万一风霜雨雪早至，庄稼岂不同野草一样零落，一年的辛劳岂不白费，喜悦岂不化为泡影？诗人在此一箭双雕，表面上在说庄稼，实则在为自己的平静生活忧心，即担心被迫重返仕途，再被染于污泥浊水之中。用笔隐曲，但却贴切而不离田园本色。语虽平淡无奇，但却余味不尽，令人产生遐想。

（孙其芳）

归园田居(其三)

陶渊明

种豆南山下，草盛豆苗稀。
晨兴理荒秽，带月荷锄归。
道狭草木长，夕露沾我衣。
衣沾不足惜，但使愿无违。

鉴赏

自称"少无适俗韵"的陶渊明，因不愿"心为形役"，于晋安帝义熙元年(405)弃官归田，写了有名的《归去来兮辞》，次年春夏间又写了可视作《归去来兮辞》姊妹篇的《归园田居》五首。上面这首诗是其中的第三首。

对这首诗，一些专论、文学史、选注本往往认为诗篇表现的是"对于劳动的热爱”,惯在其中找“劳动生活气息”,或找“与农民的差距”,等等。诚然,陶渊明是一位躬耕南亩的人,这首诗写的是在豆田里从事除草劳动,可是,陶渊明之为陶渊明,主要不在于他的劳动。他首先是一位诗人,这首诗表达的是他对人生理想的追求、对生活方式的选择,而从这一追求与选择可以窥见其心性的淳朴、志行的高洁。与其说诗篇写的是对劳动的热爱,倒无宁说是对自然的热爱,是一位追求本性回归的诗人一旦脱离尘网、得遂初服的喜悦。

黄文焕在《陶诗析义》中指出,这组诗第一首中的“‘返自然’三字是归园田大本领,诸首之总纲”。这是一语中的之论。陶渊明在第一首诗中所说的“久在樊笼里,复得返自然”,应当既指回到大自然中,也指回到人性的自然,而对“性本爱丘山”的作者来说,两者是合而为一的。从这一“总纲”来看这第三首诗,它的点睛之笔在结尾两句:“衣沾不足惜,但使愿无违。”这两句诗,语气平和,在作者写来,似乎不费气力,称心而出,但就诗句的内容而言,在人生中做出这一抉择实际是并不容易、并不轻松的。苏轼与李端叙、王几仁等同览此诗,曾“相与太息”,深有感触地说:“噫嘻!以夕露沾衣之故而犯所愧者多矣。”(《东坡题跋·书渊明诗》)方宗诚则在《陶诗真诠》中说,这两句诗“即孔子‘从吾所好’之意”。这些话都看到了这是一个重要的人生取舍,而不以夕露沾衣为意的心灵境地并非一般人所能理解、所可企及。与“衣沾”两句在思想实质上相近的,有张翰因见秋风起,思吴中莼羹鲈脍而说的:“人生贵得适志,何能羁宦数千里以要名爵乎?”(《晋书·张翰传》)陶渊明之弃官归田,也是为求得“适志”,用他自己的话来说,就是“富贵非吾愿”,“委心任去留”(《归去来兮辞》),希望不受官场、世法的束缚,依照自己的意愿、顺从自己的本性去生活。但张翰“命驾而归”后,似无须躬耕南亩;陶渊明归田园后的生活却是“晨兴理荒秽,带月荷锄归”,为求“适志”,必须以不惜劳苦耕作为代价。种田本是一件辛苦的事,在生产工具、生产方式很原始的古代,更加辛苦。为人真率坦荡、不说矫情话的陶渊明,从来没说过耕作本身是乐事。从这首诗看,当其带月沾露归来之际,形体的疲乏是可想而知的;否则,也不必说什么“不足惜”了。在另一些诗中,他还说“田家岂不苦,弗获辞此难”(《庚戌岁九月中于西田获早稻》),“不言春作苦,常恐负所怀”(《丙辰岁八月中于下潠田舍获》),更明言耕作之“苦”。问题不在于他认为耕作本身是乐事还是苦事,其人格之可贵在于明知其“苦”而不辞此难、不负所怀、不违所愿,这就更见其“返自然”的意愿之真诚、执着了。

这一执着以求的意愿,既有其个性色彩,也有其时代印记。古代文人为求学以致用,大多是入世的,但另一方面也会感到在官场、尘网中本性受到压抑和歪曲,因而又向往田园生活,怀有出世思想。这是致用与适性两种人生要求的矛盾，而在历代文人阶层中，总的说来，往往是前者占主导地位。但魏、晋两朝则是一个人性觉醒的时代，如竹林七贤的狂放傲世，其实就是对礼教世法的一种逆反心理。《世说新语·任诞》载，刘伶在屋中“脱衣裸形”，自称“以天地为栋宇，屋室为裈衣”。阮籍则在《大人先生传》中讥笑那些“惟法是修、惟礼是克”的“君子”无异“虱之处裈中”。他甚至公然向当时视为不可逾越的男女间的堤防挑战，并宣称：“礼教岂为我设耶?”陶渊明之不惜终日辛劳、夕露沾衣以求得复返自然，在厌弃世网束缚、追求人性回归这一点上，与刘、阮诸人初无二致，但其表现形式却不像刘、阮诸人之狂放怪诞，而是那样纯真平易、那样朴质自然。这正是其心灵境界异于刘、阮诸人，也高于刘、阮诸人之处。

当然，应当看到，作者在《庚戌岁九月中于西田获早稻》一诗中还说“四体诚乃疲，庶无异患干”，则其不惜夕露沾衣之故，除了为返回自然、得遂本性外，也有在当时险恶的政局下为求远祸的一面。

从表面看，这首诗似出自杨恽《报孙会宗书》中所赋的几句诗：“田彼南山，芜秽不治。种一顷豆，落而为萁。人生行乐耳，须富贵田何。”吴师道就认为其“种豆南山下，草盛豆苗稀”诸句“本杨恽书意”（《吴礼部诗话》）。但陶渊明的遭际与杨恽完全不同，两诗的旨意也迥然相异。与其说作者是借典发挥，不如说是即事命笔，所写的是实事、实景、实情，而在写法上寓情、景于叙事之中。作者无意刻画景色，而“带月荷锄归”一句宛然入画，后世似只有刘长卿的“荷笠带夕阳”（《送灵澈上人》）句差可与之比美；“道狭草木长”一句也把乡村小路之景写得如在眼前。作者意在抒怀言志，却只在篇末就事说出，语句极其平淡朴素，但就其内涵而言，则表达得取舍分明，语重千斤。全诗共八句，一依自然顺序写成，承接紧密，层次井然。一、二两句从下种写到出苗情况；三、四两句即紧承第二句“草盛豆苗稀”，叙写去豆田锄草；五、六两句则紧承第四句“带月荷锄归”，写到归途景物；七、八两句更紧承第六句“夕露沾我衣”，道出自己的意愿和决心。方东树在《昭昧詹言》中称赞这首诗“真景真味真意，如化工元气，自然悬象著明”；又在总评陶诗时说：“读陶公诗，专取其真：事真，景真，情真，理真，不烦绳削而自合。”这首诗，也应如此读。其特点在语言自然，结构天成。作者既没有在造句上费雕琢，也没有在谋篇上费安排；既是实写当日真事、眼前真景，也是其心性、人格的真诚表露。

（陈邦炎）

乞　食

陶渊明

饥来驱我去，不知竟何之。
行行至斯里，叩门拙言辞。
主人解余意，遗赠副虚期。
谈谐终日夕，觞至辄倾杯。
情欣新知欢，言咏遂赋诗。
感子漂母惠，愧我非韩才。
衔戢知何谢，冥报以相贻。

鉴赏

这首诗题作《乞食》，是不是诗人真有乞食之事呢？黄廷鹄评注《诗冶》认为，这首诗“非真乞食也。盖借给园行径以写其玩世不恭耳”。陶必铨《萸江诗话》说：“此诗与《述酒》《读书》诸篇，皆故国旧君之思，不但乞食非真，即安贫守道亦非诗中本意。”但沈德潜在《古诗源》中则以为“不必看作设言愈妙”。温汝能《陶诗汇评》也说：“此诗非设言也。因饥求食是贫士所有之事，特渊明胸怀视之旷如，固不必讳言之耳。”比较两说，前说刻意求深，反觉穿凿迂腐，应以后一说为胜。根据逯钦立《陶渊明事迹诗文系年》，这首诗与《有会而作》《咏贫士》诗都作于宋文帝元嘉三年(426)，渊明六十二岁时。《有会而作》的诗序说：“颇为老农，而值年灾……旬日以来，日念饥乏。”《咏贫士》诗中则有“倾壶绝余沥，窥灶不见烟”句。看来，乞食当是真有其事。也就是说，这不是一首托言诗，而是一首纪事诗。当然，所谓“乞食”，并非沿门托钵讨一口饭吃，应如张荫嘉《古诗赏析》所说“此向人借贷，感人遗赠留饮而作。题云《乞食》，盖乞借于人以为食计，非真丐人食也。观诗中解意、遗赠，可见”。

正由于这首诗写的是实事真情，它自具有一种真中之美，从中也可窥见诗人的心性、胸襟,探得诗篇的价值所在。

在写法上,这首诗是平铺直叙、就事写来的。如果分段来看:诗的前四句是第一段,写诗人为饥饿驱使,出门乞贷时的光景;中间六句是第二段,写乞贷如愿,与主人杯酒谈笑、情谐意投的状况;末四句是第三段,写既感且惭,不知何以为报的心情。就欣赏角度而言,有些诗以炼句见长,吸引读者的是篇中的警策时见;有些诗以谋篇取胜,吸引读者的是篇中的波澜起伏。而这首《乞食》诗,既无警策可摘,也无波澜可言,论字句,论篇章,似乎都是平淡无奇的。但它却于平淡中见深情,在朴质中含至味,别有一种吸引人的力量。陶诗的这一艺术魅力,历来为诗评家所共赏。葛立方称渊明诗"平淡有思致,非后来诗人怵心刿目雕琢者所为"(《韵语阳秋》)。朱熹说:"渊明诗平淡,出于自然。"(《朱子语类》)元好问《论诗绝句》对渊明诗的评语是:"一语天然万古新,豪华落尽见真淳。"这些话都道出了陶诗在语言风格方面的特色。从这首《乞食》诗的内容看,它不是一般的吟风咏月、酬酢赠答之作,而是写因饥乞食,这在人生中是一件非同寻常的事。开头四句写的是极其难堪的境况,换一个人写,也许要极力渲染饥饿袭来时的身心感受,着意刻画出门乞食时的窘困情态;但在渊明笔下,一无渲染,不事刻画,极其平实却更加真切地道出了当时的情景。正如康发祥所说,读其"行行"二句,"觉尔时之光景可想"(《伯山诗话》)。中六句写转忧为喜,情景一变,在他人写来,也许正要在这里见跌宕转折;但在渊明,还是淡淡着墨,平平写出。末四句写心中的感慨和感激,也没有用强烈、激动的语气。与陶集中的其他篇章一样,其可贵之处就在它是以本色出现的,而只有从本色中才能充分显示其真淳。

这真与淳,对渊明来说,不仅是他诗篇中的艺术境界,也是他思想中的理想天地。他在《饮酒》二十首的末篇曾以赞叹和憧憬的心情说:"羲皇去我久,举世少复真。汲汲鲁中叟,弥缝使其淳。"元好问另在一首《继愚轩和党承旨雪诗》中称渊明诗是"真写胸中天",而真与淳正是渊明的"胸中天"。对这首《乞食》诗,如果进一步透过字句篇章来看,应当说,其魅力主要还不在语言风格方面,而是包孕在诗篇内的诗人的胸中之天,也就是诗人在胸襟、心性方面所显示的真淳之美。司马迁在《史记·孔子世家》的赞语中说:"《诗》有之:'高山仰止,景行行止。'虽不能至,然心向往之。余读孔氏书,想见其为人。"读渊明诗,也往往使人想见其为人。梁启超在《陶渊明》一书中说:"古代作家能够在作品中把他的个性活现出来的,屈原以后,我便数陶渊明。"朱光潜在《诗论·陶渊明》中则说:"大诗人先在生活中把自己的人格涵养成一首完美的诗,充实而有光辉,写下来的诗是人格的焕发。陶渊明是这个原则的一个典型的例证。"这些都是善于欣赏陶诗的话。这首《乞食》诗首先使人感到渊明为人之真率。苏轼说："陶渊明……饥则叩门而乞食,饱则鸡黍以延客。古今贤之,贵其真也。"(《东坡题跋·书李简夫诗集后》)张雨在《渊明》诗中也说："渊明真率人,出处端不欺。饥来乞一餐,有酒斟酌之。"(《句曲外史贞居先生诗集》卷二)渊明的这种真率,用他自己的话来说,就是"质性自然,非矫励所得"(《归去来兮辞·序》)。写这首《乞食》诗时,他已是暮年,竟落到出门求食、不知何处可往,叩门告贷、不知何以措辞的境地,可说困厄到极点了。但从诗中看不出愤懑之情、怨尤之气,而当主人解其来意、有所遗赠时,就欣然忘怀,立即情洽语谐,倾杯赋诗,真诚地感愧思报。这里表露的心地是何等冲和,胸襟是何等坦荡,确是诗人的"充实而有光辉"的"人格的焕发"。渊明在为自己画像的《五柳先生传》中自称："环堵萧然,不蔽风日。短褐穿结,箪瓢屡空。晏如也。"鲁迅也说："他非常之穷,而心里很平静……这样的自然状态,实在不易模仿。"(《而已集·魏晋风度及文章与药及酒之关系》)其所以"不易模仿",因为他的"晏如""平静",丝毫没有矫揉造作,完全是他的品格的自然表露。

如果探索作为其品格的支柱是什么?那就是儒家的安贫乐道的思想。梁启超在《陶渊明》一书中说："他一生得力处和用力都在儒学……他只是平平实实将儒家话身体力行。"梁书并举渊明诗中所说的"先师有遗训,忧道不忧贫。瞻望邈难逮,转欲志长勤"(《癸卯岁始春怀古田舍二首》其二)及"历览千载书,时时见遗烈。高操非所攀,谬得固穷节"(《癸卯岁十二月中作与从弟敬远》)诸语,以说明其"一生品格立脚点"所在。的确如所论述,渊明诗中屡次提到"固穷"的节操及"忧道不忧贫"的"遗训"。他所拳拳服膺的是颜回、荣启期、原宪、黔娄、袁安、张仲蔚……那些在极端贫困中不改其乐、不失其守的"遗烈"。正因为他有了这样的精神支柱,在心灵上得到了平衡,所以在叩门乞食之际仍能保持心地平和,晏然自如。再联系他写这首诗的当年,尽管江州刺史檀道济去问候他时,他已经"偃卧瘠馁有日",仍拒绝接受檀所馈赠的粱肉,"麾而去之"(萧统《陶渊明传》),又可见其风骨凛然的一面。

可以说,从这首《乞食诗》,读者看到的是艺术美与人格美的融合和统一。诗篇的平淡朴质的语言风格与诗人的冲和淳厚、坦荡磊落的心灵境界是相表里的。

(陈邦炎)

诸人共游周家墓柏下

陶渊明

今日天气佳，清吹与鸣弹。
感彼柏下人，安得不为欢？
清歌散新声，绿酒开芳颜。
未知明日事，余襟良已殚。

鉴赏

首句以"今日天气佳"开篇，至于"佳"在何处，妙在哪里？是春光融融，还是秋日清爽？作者却只字未提。这正如他在名作《饮酒》（其五）写庐山晚景之美妙时也仅用了"山气日夕佳"五字一样，平淡朴素的美学追求和得意忘言的思维方式，使他只用一个无色的"佳"字点出自己的感受之悦和大自然的景色之美。这，正是此次墓柏之下畅游欢聚的主要契机。

"清吹与鸣弹"一句，则描绘了陶渊明与友人共游墓柏之下的欢快热烈的场面：管弦齐奏，笙歌并举。

"感彼"二句，是诗人怀着一腔自豪喜悦之情对这次欢聚畅游之因的明确解说。我们由此可进一步懂得"性本爱丘山"的陶渊明对自然的感受是多么敏感丰富。正是这未尽详言的佳景，使诗人与友人一起尽情领略着自然的无私赐予和人生无累的欢快。

从全诗的章法来看，首句写景佳意佳，次句就畅游欢聚之场面先略加点染。三、四句道出欢会之因，五、六句承接"清吹与鸣弹"五字，极写游乐之欢：清歌新声，绿酒芳颜，觥筹交错，弦歌并发。末尾以"未知明日事，余襟良已殚"二句收结。今日之欢乐坦荡如此，明日之未知坦荡如彼。这固然显示了陶渊明胸襟的坦诚，但又何尝不透露出诗人对明日生活的一种不可把握的惆怅呢？

语言不假绳削，抒情直诉胸襟，是本诗在艺术上的显著特色。诗中除却"绿酒"之"绿"字，全诗几乎未加任何着色之字，纯粹用接近口语的白话款款道出。这正是陶渊明平淡朴素诗风在本诗中的具体显现。

墓柏硕茂，又值天气佳丽，当然值

得欢宴鸣弹。但墓地毕竟是人生的最后归宿,能在墓柏之下达观处之,泰然自乐,并加以极力摹写,这无疑是抒情的直诉胸襟。同时,墓柏也给在世之人再次指明了最后归宿,明日之生耶?死耶?乐耶?悲耶?天气之佳耶?恶耶?似乎都是那样难以给予明确的把握。而对这一切,诗人也丝毫不加遮掩,和盘托出。如果撇开这淡淡之语下面的不平之感,单就其抒情方式而言,它仍然是直抒胸襟的抒情方式。

(王立群)

移　居(其一)

陶渊明

昔欲居南村,非为卜其宅。
闻多素心人,乐与数晨夕。
怀此颇有年,今日从兹役。
弊庐何必广,取足蔽床席。
邻曲时时来,抗言谈在昔。
奇文共欣赏,疑义相与析。

鉴赏

陶诗以淡泊清新著称于世,更可贵的是其诗并非淡而枯,而是“淡而腴”(姜夔《白石道人诗说》),淡中别有滋味,不求深而自深。脍炙人口的《移居》(其一)便是这样的代表作。

晋义熙四年(408),陶渊明住所毁于大火,两年后,他移居至浔阳南村(今江西九江城外),《移居》二首便是这期间的作品。

诗的开头四句交代移居的原因。“昔欲”表明早就有心移居,“卜宅”本指用卜筮的方法选取吉宅。“非为卜其宅”化用《左传》中“非为卜宅,惟是卜邻”之语,表明自己移居南村,不是希求新宅的舒适与吉利,而是为了寻找声气相通的邻人。以上两句用否定的方法,从反面排斥一般人对他移居南村原因的猜测,接下来两句从正面直接点明移居的原因:“闻多素心人,乐与数晨夕。”“素心人”,指心地素朴的高人。因为听说这里有许多真淳高古的人,所以自己很高兴来此地与他们朝夕相伴。这四句一正一反,相反相成,在平淡的语气中展示了诗人超凡脱俗,寻觅知音的生活态度。“怀此颇有年,今日从兹役”是过渡句。前一句再次强调移居南村是自己多年的愿望,与前面“昔欲”二字呼应,后一句写今日终于得遂此愿,平淡的叙述中透露出一股掩抑不住的兴奋。

从第七句开始到结尾都是写移居后的快乐,“弊庐何必广,取足蔽床席”。这两句与前面“非为卜其宅”呼应,表明诗人甘于清苦的生活态度,茅庐不求宽大,只要能遮蔽床席就行了。在东晋末年那样黑暗的年代,世家大族无不醉生梦死,穷奢极侈,诗人却淡泊明志,穷且益坚,在柴门荆扉中保持自己高洁的人格,这种生活态度本身就是对那个人欲横流社会的批判。但诗人并没有大声疾呼,也没有长篇抒情,而是淡淡道来,点到即止,内在的情感却又十分强烈。然而,陶渊明的理想又并非仅仅停留于此,他不是为了清苦追求清苦,为了淡泊寻求淡泊,他移居弊庐为的是构筑理想的净室,他甘于寂寞为的是消除精神上的寂寞。朱自清先生认为“陶渊明浑身静穆,所以他伟大”。鲁迅先生说:“陶渊明正因为并非浑身静穆,所以他伟大。”其实,陶渊明之伟大正在于静穆中见出热烈,清淡中包孕深厚。诗的最后四句正是这种热烈的静穆之写照。“邻曲时时来,抗言谈在昔。奇文共欣赏,疑义相与析。”“邻曲”,即前面提到的“素心人”。“抗言”,即高谈阔论。“在昔”,即往事。这四句热情赞美了恬淡而欢乐的南村生活。虽身居弊庐,生活清苦,诗人并没有虚无忘世,他结交邻曲,谈古论今,奇文共赏,研讨学问。“时时”写出交往之密切,“共”“相与”写出交情之深厚。在与邻人的交往中,诗人表现出了对人生的深沉而热烈的挚爱。这绝不仅仅是传统文人的雅兴逸趣,而是深刻体现了陶渊明淳真而积极的生活态度和旷达高洁的襟怀。这两句诗的语言很有表现力,那飘逸潇洒的韵味,那质朴热烈的情怀,把读者带入了一种纯真愉悦的艺术境界之中。

和陶渊明的全部隐逸生活一样,他的《移居》诗表现的不仅仅是一种消极的避世情绪,而是描写了一个淳真清新的境界,并以此展示了在那个黑暗和异化的社会中一个正直知识分子的遗世独立精神和积极地寻找人生真谛的生活态度,诗中讴歌的自由的、脱离庸俗化倾向的生活态度,以及那追求自在的生命存在形式,无论在当时还是在现代都能在一定程度上引起人们心灵上的共鸣,从而具有永恒的美感。

(金启华　史双元)

移　　居(其二)

陶渊明

春秋多佳日，登高赋新诗。
过门更相呼，有酒斟酌之。
农务各自归，闲暇辄相思。
相思则披衣，言笑无厌时。
此理将不胜，无为忽去兹。
衣食当须纪，力耕不吾欺。

鉴赏

陶渊明于晋义熙六年(410)曾由柴桑迁居南村，赋《移居》二首。前首写迁居南村后与邻里过从谈论之乐，此首则写农闲佳日与邻里友人登高赋诗、饮酒流连之乐。平淡的语言，家常的叙述，闲适的风格，淳真的感情，使这首诗充满田园诗的情趣神韵，成为陶渊明田园诗的代表作。

诗的开头“春秋”四句，紧承上首，由写与邻里谈论相乐转叙饮酒赋诗之乐。诗人移来新居，与邻里款洽相得，每至春秋二季，天气清和，佳日良辰之际，即与邻里相邀登高赋诗，流连美景，吟咏怀抱；或偶过彼门，更相邀呼，取酒共饮，殷勤相劝，细细斟酌。借赋诗、饮酒二事，透笔铺叙，写出诗人的高雅，邻里的不俗，表现了诗人对新居的满足与赞赏，遥应前首移居南村是“非为卜其宅”，实为卜其宅的本意。

“农务”四句，再变换描写角度，转写农事繁忙时节，无暇聚会，各自归家料理农务；待稍有闲暇，则又彼此相思相念，随时披衣相访，谈笑竟日，不觉厌倦，极合农家常情。因此顺势写来毫不费力，毫无做作。亦显出诗人于新居之地，处处适情任性，无牵无挂，脱尽名利的羁绊，远离尘世的喧嚣，表现了诗人返璞归真，追求自然的高尚节操和陶醉于平和安定的田园生活的思想情趣。

“此理”二句总归以上所叙赋诗

饮酒言笑种种乐事，结出题意，肯定此次的移居，肯定向往已久的田园生活，并表示再不可舍弃如此适意的选择。整篇诗意至此似乎已完，但诗人却手法变换出奇，忽又拈出“衣食当须纪，力耕不吾欺”二语结束全诗，乍看似属添足，细思才能领略实为全诗重要关捩之处。因为农家之事唯以农务为其根本，此意写足，方能符合田园生活的实际。如果一味只写其饮酒、赋诗之类的赏心乐事，这就失去了田园生活的真实性，诗中的感情也就变成了虚假的感情。结尾有此二语，方才补足前“农务”句意，使全诗诗意完整无弊。在写法上也显出诗人用笔矫变异常，不循故矩，避免诗势失于平直。同时也表达了诗人重农勉耕的积极思想，这在当时也是难能可贵的。

（张学忠）

饮　酒并序（其一）

陶渊明

余闲居寡欢，兼比夜已长，偶有名酒，无夕不饮。顾影独尽，忽焉复醉。既醉之后，辄题数句自娱。纸墨遂多，辞无诠次。聊命故人书之，以为欢笑尔。

衰荣无定在，彼此更共之。
邵生瓜田中，宁似东陵时！
寒暑有代谢，人道每如兹。
达人解其会，逝将不复疑。
忽与一觞酒，日夕欢相持。

鉴赏

《饮酒》二十首，是陶诗中最显赫的篇章。这一组诗系渊明五十三岁时所作，时值刘裕篡晋前夜，故小序托言酒醉后漫兴之笔。其实，当时诗人已预感到变乱将生，山雨欲来，心情沉重，感慨颇多，故诗中多有寄托，怨讽时事,语含愤激。其所以用“饮酒”命篇者,正如萧统序《陶渊明集》所言:“吾观其意不在酒,亦寄酒为迹也。”所谓“寄酒为迹”,就是借饮酒为题,抒写自己的感触与情怀,表明对时事的讽刺批判之意。但生当季世,时惧罹祸,故寄旨遥深,其手法与阮籍《咏怀》诗略近。

这首诗的主旨是申荣衰无定之人生哲学,明自己乐天知命的豁达胸怀。起句“衰荣无定在”的“衰荣”,本义指草木荣枯,“无定在”就是说没有一定,即没有长期不变、永驻长存之理。下句“彼此更共之”的“彼此”,指代“衰荣”,“更共之”是互相依存、互相转化之意。起笔两句,蕴涵了《老子》“祸兮福之所倚,福兮祸之所伏”的宇宙观,与诗人《杂诗》“荣华难久居,盛衰不可量”同一命意。草木如此,人生万物又何不如此?这就揭示了一条宇宙法则:一切事物都在变化之中,没有绝对静止、永恒不变之物。而且,事物方生之时,已肇将灭之机,随着事物的发展,否定的因素也在发展。诗一上来便提出了诗中所要表达的、带结论性的哲学命题,一起便有深度、蓄感激;字面说理,句底含情。三、四句“邵生瓜田中,宁似东陵时”,更引历史人物以明“衰荣无定”之理,由物及人。“邵生”即邵平,是秦朝的东陵侯,地位显赫。秦破,他沦为布衣,家贫,种瓜于长安城东。今日之衰,昔时荣显,倏尔变化,在这个历史人物身上体现得最为突出鲜明。诗至此化抽象为具体,引入这位种瓜人的形象,说理便不枯燥。“宁似”一词,出以反诘,又寓藏许多感慨,是为理中有情。五、六句“寒暑有代谢,人道每如兹”,用岁时寒来暑往的自然规律,申足“衰荣无定”之说,但换了一个角度,改用人人都感受过的寒暑变易的规律,说明草木衰荣、人世升沉之必不可免,使人更容易领会。

以上六句,是诗的第一个层次,主旨在说明万物衰荣无定、人事升沉难测的客观规律。诗以草木之衰荣入手,进至三、四句,引邵平种瓜故事,渐及人事,将抽象的哲学命题缩小到具体的人事浮沉上;五、六句又以寒暑更迭之规律为喻,明点“人道每如兹”,诗意层层推进,表明诗人所关注者,不在草木之衰荣,而在人道之变化,推出诗心。在这个层次中,两用比况手法,把抽象的宇宙法则说得具体形象,且渐兴感慨,暗透下一个层次。

后四句是诗的第二层,由宇宙规律的认识而兴个人慷慨豁达之怀抱。“达人解其会,逝将不复疑”,“达人”当然是夫子自道。在《饮酒》(其六)中,“达人”作“达士”,“三季多此事,达士似不尔”。所谓“达人”“达士”,指深谙客观规律、心地明白豁达之人。这样的人既懂得衰荣无定之理,对此绝不会有任何怀疑。这两句虽属叙述性语言,却隐然有诗人的自我形象,透出他的明智与执着。诗不曾描绘形象而形象自见。陶诗说理,往往如此。

接下去两句作结:“忽与一觞酒,日夕欢相持。”“忽”,迅速之意。快给我斟一杯酒吧!我既了然于衰荣无定之规律,自不会叹老嗟贫;手中只要时刻端着一杯酒,内心便永远充满了欢愉。至此,诗人微笑的形象,“顾影独尽”的情怀,宛然如见。这是一个经历了一番人生搏斗,经过了一番人生哲理探索之后大彻大悟的智者的形象。“忽与一觞酒”的“忽”字,以急于索酒的行动,传出彻悟之后痛快淋漓的心情,也寄寓了许多感慨。“欢相持”的“欢”,不止写出外在的微笑之形象,而且闪现出内在的智慧的光芒。看来,深刻地认识衰荣无定之哲理,洞察宇宙规律,给人带来极大的欢愉,但也必然兴起心中无穷感慨。因为,获得这种彻悟,固然经历了一个痛苦的历程,彻悟之后,明知来日大难不可避免,又怎能抑感慨之怀?

这首诗用层层推进的手法,始从物之衰荣而及人事之升沉;继从人事之升沉而写自我之识见,终为彻悟之后的解脱。诗中说理,间出形象,暗含感慨,情、景、理三者始终不脱不粘。而且,“达人”之会心微笑,又绝非自我解嘲,而是来自人生之体认,故弥觉其深邃睿智,而无丝毫勉强做作之痕迹。且深邃的哲理又出之以慷慨的诗情,读之使人清醒,反复回味而理趣无穷。

前面说过,《饮酒》二十首,多有寄托,意含怨讽。这首诗究竟何所寄托,何所怨讽呢?这是个值得探索的课题。时当晋宋易代,刘裕及其趋附者正炙手可热,横行一时。今朝此辈显赫骄横,又安能长久如此?“衰荣无定”既是万物无外的宇宙规律,那些营营扰扰之辈,也必然要身败名裂的。诗人站在高一个层次,以睿智的目光,看此辈翻云覆雨,乍兴乍灭,安能不持杯而欢然微笑?——果然,六十年后,刘宋覆亡,寄奴(刘裕)寓所,终沦为寻常巷陌,只剩下一片斜阳草树。这些变化,诗人虽不曾目睹,却是早就预言了的。——诗中不必有此意,也不能断言诗人必无此意。这中间,似乎又有哲理玄味了。

(赖汉屏)

饮　　酒(其四)

陶渊明

栖栖失群鸟,日暮犹独飞。
徘徊无定止,夜夜声转悲。
厉响思清晨,远去何所依。

因值孤生松，敛翮遥来归。
劲风无荣木，此荫独不衰。
托身已得所，千载不相违。

鉴赏

“鸟”在陶诗中是一个含有多种比兴意义的意象。在诗人笔下，有“恋旧林”的“羁鸟”，有“欣有托”的“众鸟”，有“相与还”的“飞鸟”，有“望云”而令人兴“惭”的“高鸟”，有“翩翩飞鸟”“翼翼归鸟”，有“倦飞知还”的鸟，也有这里的“栖栖失群”的“鸟”。为什么他这么爱用鸟作为诗中意象？主要在于：鸟是逸放、自由的象征；追求精神逸放、欣慕解脱自由（陶诗中称之为“适性”），正是陶渊明人品及诗心的结穴。

这首诗以“栖栖失群鸟”开篇，诗旨并不在写其失群之悲，而在写其“托身得所”之乐。因此，这首诗可分为两个层次，前一层六句表现徘徊无依的彷徨，是反衬；后一层写托身孤松自适之乐，才是正意。

第一个层次，作为意象的这只鸟，观其形是孤独失群的，体味其心，栖栖然心神不安。天下之大，鸟类之多，为什么它单单失群，而且如此遑遑不安呢？诗一上来便引人沉思。看来鸟亦如人，各以类聚。这只鸟之所以日暮独飞，是因为它别有怀抱。它不屑趋附于燕雀之群、傍人门户，也不愿随鹰隼之相残同类、血洒平芜。在那个“一世皆尚同”的时代，它怎么能不失群而孤独？它并非自绝于俦类，而是爱惜自己的羽毛。诗一起，意象的蕴涵便十分饱满，而且显得神形兼具。

然而，它的失群独处，实乃求仁得仁，为什么又要“徘徊无定止，夜夜声转悲”呢？读这三、四两句又不禁有此一问。显然，诗人内心充满了矛盾痛苦。这只鸟之所以“徘徊无定止”，与其说象征诗人多次出仕归农的栖遑不定，毋宁说是表现了他在出世、入世之间内心的依违熬煎。他本是有“猛志”、有“远翥”之心，且曾游好六经的儒者，何尝不想用世而大济苍生？但多次步入仕途，发现迎接他的处处是“尘网”，处处是“樊笼”。现实逼得他不能不缘儒入道，抱璞全真。显然，在儒道之间，出世、入世之际，他是有过无数次的徘徊斗争，因而深感栖栖不安，乃至悲鸣夜夜的。五、六两句“厉响思清晨，远去何所依”就是补足这一层意思。昨夜悲鸣，晨思远引，但远处哪里又有安身托命之所？诗思到此，仿佛山穷水尽，彷徨之情，愈演愈炽。

人生每有顿悟，诗境也随之路转峰回。经过一番徘徊悲鸣之后，这只鸟的眼前突然出现了一棵“孤生松”，诗情至此大变。它终于看到了前路，找到了归宿。这孤生的松树是诗中出现的又一个意象。诗人着重描写了它的外形和内美。末世衰风，席卷天下，昔日华茂之树木无不随风披靡；独有这棵苍松，依然青翠掩映，不为劲风所偃。显然，这里是安静、纯洁、末世衰风永远吹不到的世外桃源。孤鸟托身于此，爰得其所；一如诗人退隐田园、适其性分。这是孤鸟长期徘徊后做出的抉择；它一旦做出抉择，便永远不肯背离，"千载不相违"即永远不离开之意。这一层中，第八句"敛翮遥来归"是传神之句，不止"敛翮"二字形象逼真，"遥"字尤具神态，仿佛这只鸟儿老远地便收紧了倦飞的翅膀，箭一般直投松荫，写出了它抉择的坚定执着。不止画形，而且活脱地显出"今是昨非"的顿悟之心。

邱嘉穗《东山草堂陶诗笺》说："此诗纯是比体。盖陶公自彭泽解绶，真如失群之鸟，飞鸣无依，故独退守田园，如望孤松而敛翮，托身不相违也。公尝有《归鸟》四言诗，正与此诗同意。"他的话大体是不错的，只第三句未尽惬诗心。诗人有失群之悲，去来无所之意，绝不在辞去彭泽令之后，而是在此以前。诗的前六句所描绘的是他解绶之前依违矛盾、飞鸣彷徨的意象，是"误落尘网中""心为形役"的写照，而不在解绶之后。

作为《饮酒》二十首中的名篇，这首诗蕴涵了诗人对人生道路探寻、挣扎之后得到顿悟的哲理，也像一支追求、动摇、乡恋的叙曲。在形象、意蕴、气氛、概括四方面都有其短造之处。从形象塑造看，写那只失群的鸟，透过"独飞""徘徊""去""来"字样，其形历然在目，其声凄然在耳。写那棵"孤生松"挺立在"荣木"全被"劲风"摧折之后的大自然中，青翠劲拔、傲然特立，也是鲜明突出的。从诗中意蕴看，此鸟何以"失群"？正因为"世人皆浊我独清"，通过一只鸟，反映了一个时代。此松何以"独生"？正由于劲风使一切"荣木"尽偃，通过一棵树，反映出狂澜既倒的末世衰风。观此鸟独飞于日暮之时，悲鸣夜夜，象征了那个社会的阴沉黑暗。可是，诗中的意蕴是十分丰富的。至于诗中气氛，通过"徘徊无定止""远去何所依"这种复沓回旋的句子以造型，用"日暮""夜夜"染色，再用"声悲""厉响"作为和声，又皆一意两出，反复重言，把气氛渲染得十分浓郁。又因为前六句着意渲染彷徨之悲，后六句转为深得其所之乐，两相映衬，诗情更为激越。全诗总共才十二句，前六句写尽诗人归田之前的抑郁彷徨；后六句写出"来者可追"的一生归宿，更是概括深广，隐然可见诗人出处行藏的心路历程。因此说，这首诗之所以深为读者推崇，就在于形象的鲜明，意蕴的丰富，气氛的浓郁，概括的深广。四者具一，即为好诗；四美并臻，便成绝唱。

（赖汉屏）

饮　　酒(其五)

陶渊明

结庐在人境，而无车马喧。
问君何能尔？心远地自偏。
采菊东篱下，悠然见南山。
山气日夕佳，飞鸟相与还。
此中有真意，欲辩已忘言。

鉴赏

萧统序《陶渊明集》云：“有疑陶渊明之诗，篇篇有酒。吾观其意不在酒，亦寄酒为迹也。”此篇就是“寄酒为迹”，自抒安贫乐道、悠然自得的心境。

开篇由“结庐”写起，道出一种自得其所的愉悦。这四句之妙在于诗人“结庐在人境”(即在世间)，并非远离尘俗，与长沮一流不同。然虽在人境，又不染世尘(“而无车马喧”)，此中关键，全在“心远”二字。盖诗人从思想上与达官贵人(“车马”)划清了界限，自然也就避免了俗务的骚扰。“心远”故觉地远，这就是“心远地自偏”句中的真谛，也是全篇的要旨。后世诗人的某些名句，如李颀“为政心闲物自闲，朝看飞鸟暮飞还”，及苏轼“此心安处是吾乡”，都可以说是祖述此意。前两句以“而”字所作转折，后两句自为问答，都使得诗句自然流露中见跌宕之姿。

以下便从偶然遇到的自然景物中写诗人的生活乐趣。这“采菊”两句在俗本中多作“采菊东篱下，悠然望南山”，“望”与“见”一字之差，境界大别，成为陶诗中一段著名的公案。如作“望”字，便是既采菊又望山，皆有意所为，句无余蕴，且有蹇裳濡足之态。而作“见”字，“则本自采菊，无意望山，适举首而见之，故悠然忘情，趣闲而累远”(晏补之)。这就写出了不期然而然的值景会心的快意，可谓一字千金。这种看似无心、其实精心的造语，最足见陶诗的特色。以下用顶真格领起，写所见南日之景，依然有偶值奇遇之感。“南山景色，无时不佳，只因此见,适值日夕之时,故以为日夕佳耳。山中飞鸟,为日夕而归,非为山色之佳而归,但其归也,适值吾见南山之时,得此飞归之鸟点缀之,益增山色之佳,此亦偶凑之趣也。”(吴淇《六朝选诗定论》)此外,联系到《归去来辞》“鸟倦飞而知还”一语,或许诗人面对此景,不免亦有此情。妙在有意无意,不予点明。王维《木兰柴》诗云:“秋山敛余照,飞鸟逐前侣。彩翠时分明,夕岚无处所。”全从此二句生发。综上“采菊”“日夕”两句,又自然带出了作诗的时间,乃在一个秋天傍晚。

从“心远地自偏”到“飞鸟相与还”,似乎都归结到篇末的“真意”二字了。大凡“真意”,皆可悟会而不可言传,一说出就失之偏颇,所谓“言不尽意”是也。渊明此结之妙,就在于玄而不玄,点到为止,发人深省。这里还有一个问题,便是“此中”究竟是甚中?注家大都解释为“大自然中”,固然不错;但联系到题面,是否还含有“饮中”之意呢。鲁迅曾不止一处说到,当陶潜高吟“饥来驱我去”时,或者便已经很有酒意,否则,他就不会“悠然见南山”,而是“愕然见南山”了。这些话虽属别有用意的调侃,但也确实符合我们读陶诗的感觉。然而,这里要是直接点明“酒中”,又不免大失诗味。唯其“此中”二字意指未定,才耐含咏。

(周啸天)

饮　　酒(其九)

陶渊明

清晨闻叩门,倒裳往自开。
问子为谁与?田父有好怀。
壶浆远见候,疑我与时乖。
褴褛茅檐下,未足为高栖。
一世皆尚同,愿君汩其泥。
深感父老言,禀气寡所谐。
纡辔诚可学,违己讵非迷?
且共欢此饮,吾驾不可回!

鉴赏

这首诗写一个清晨发生的事。有位老农民老远地提着壶酒来看望诗人，劝他随波逐流，重新出仕；诗人以隐居田园是我天性，谢绝了老人的好意。诗的语言明浅，含义单纯，但它却向来为人所激赏，是《饮酒》二十首中的名篇，至今读之令人悠然神往，爱不释手。为什么这首诗具有如此巨大的艺术魅力？确实是值得探讨的。

首先，这首诗有叙事，有对话，有场景；各个环节之间又都转换自然，通体灵活，是其最不可及处。十六句诗，前六句叙事，中四句记田父之言，后六句是诗人的回答，显然分为三个环节。三者之间如何转换，使之浑然一体，本是煞费周张之处。但诗人写来，如行云流水，十分自然。一、二层之间，由叙事转入对话，用“疑我与时乖”一语兜转。这一句用了“我”字，可见仍旧从诗人立场来记事；但“与时乖”显然是转述田父之语，逗起下面田父进言，使诗意从容转入对话，不脱不粘，笔触十分灵活。二、三层之间是两人对话分界处，又必须交代清楚。诗人用“深感父老言”五字结上转下，主客判然。这种接榫之处，诗家最为讲究。而渊明本不为诗，不过自写其胸中之妙，乃能神明于规矩之中，真不愧大匠之笔。下面转入第三层主人作答，诗句宜与客人的话遥应。这里用“禀气寡所谐”暗应田父“一世皆尚同”；用“纡辔诚可学”的“诚”字暗应“疑我与时乖”；用“违己讵非迷”暗应“愿君汩其泥”：语语句连，四环照映，使诗意一气贯注，宛如百节游龙，但见整体灵活，细察其节间又都似断似连，断而实连。再看全诗情节，又仿佛由无数场景组成。自“倒裳”以至“自开”，以至引客入室，壶浆陈列，端坐对话，直到结尾“且共欢此饮”，拉着这位好心的田父喝酒，一幕一幕展开。由于两人的情意是如此调洽诚恳，两人的意见又这样分歧，便构成一对矛盾。有这一对矛盾，诗便产生了戏剧性，这种具有戏剧性的场景节节展开，使全诗引人入胜，别具风神，这便是此诗艺术上第一个特点。

这就涉及诗的风格。这首诗在全部陶诗中，风格是颇为特殊的。陶诗风格非常鲜明，以恬淡自然独胜。陶诗最富意境之美。不论写景、抒情，如在目前，是为“不隔”；如入空明，悠然有远致。它的造境幽深，语言却十分平淡，正如东坡所评：“质而实绮，癯而实腴。”试读“悠然见南山”“微雨与之俱”“众鸟欣有托”“暧暧远人村”那些名篇名句，莫不如此。这首诗则不然。它的风格不是恬淡自然，而是炽热强烈。无论是诗人倒裳自开，还是田父谆谆告语，甚至“吾驾不可回”这样斩截的回答，虽拒绝了对方的好意，感情也是非常激越的。它不以悠然远致见长，却以活泼轻快取胜；它不以静穆纡缓为旋律基调，而以酣畅淋漓为特色。这种风格情韵,在陶诗中是不多见的,唯《饮酒》(其十四)"故人赏我趣"依稀稍近。但那首诗的结尾"不觉知有我,安知物以贵",近乎悠远玄邃之言,不似这一首通体酣畅、轻快、热烈。这是此诗在艺术上的第二个特点。说到悠远玄邃之言,这首诗也并非绝对没有。诗中不止有说理,且多叙事。诗是拙于说理,也不长于叙事的。一涉说理,易流于枯槁;一味记事本末,易陷入呆滞。这首诗,前六句纯然叙事,后一层"禀气""违己",又是谈人生哲理。但读来只觉情趣盎然,毫无枯槁呆滞之病;究其原因,全在事与理一寓于情。这是此诗艺术上的第三个特点。

先看诗中叙事。一上来,"清晨闻叩门,倒裳往自开",听见敲门诗人便急急忙忙,甚至顾不上穿好衣服就亲自去开门,显得分外热情。这位向来恬淡平静的诗人今天何以如此激动?原来,他既已"息交绝游",今晨来者,必非冠冕轮鞅之辈,定然是那些"乐与数晨夕"的"素心人","抗言谈在昔"的"邻曲"。是这些人来叩门,他怎能不高兴激动?诗一入手,叙事中便蓄感情。接下来,"问子为谁与?田父有好怀",还来不及说明来意,诗人便看出田父是怀着好心来的,这中间不又蕴涵了人与人之间的理解吗?再下去,"壶浆远见候,疑我与时乖",其殷殷之情,拳拳之意,更是跃然纸上了。于此可见,叙事语中,句句含情,是以不觉其平板呆滞而弥见其亲切真挚。再看诗中说理。这首诗中,诗人用"禀气""违己"作为理由以谢绝田父,谈的是性分之理。"禀气"的"气",就是"少无适俗韵,性本爱丘山"和"质性自然,非矫厉所得"的"性"。"禀气寡所谐"是说:我的天性很少与人合得来。"违己"即"饥冻虽切,违己交病"的"违己","违己讵非迷"就是说违背本心再去做官,岂不是又一次误入迷途吗?观渊明诗文,每每把隐居田园、息交绝游说成是天然赋性如此,好像与社会、与别人毫无关系。当然,我们也承认,人是各有其好恶的天性倾向的。但细审诗人平生出处行藏,细读诗人全部作品,便不会被他轻轻瞒过。究其实,他的好田园、乐山水,他的落落寡合、息交绝游,源于质性的成分少,出于不得已的苦衷多。一方面,世风日下,作为儒者,他无力挽狂澜于既倒,只好学先圣那样"乘桴浮海";另一方面,时当晋宋易代,桓玄、刘裕,交相杀伐,政途险恶,正如他在《感士不遇赋》中说的那样:"密网裁而鱼骇,宏罗制而鸟惊;彼达人之善觉,乃逃禄而归耕。"他的逃禄归耕,实出于形势所迫。而所谓"禀气寡所谐",也并非一味绝交,而是有所选择的。他一方面"白日掩荆扉",关了前门;一方面"时复墟曲中,披草共来往",开了后门。他拒绝谁,接待谁,都是有原则的,并非出于什么"禀性"。经过这一番考察,我们便会感受到,诗中所说的"禀气",虽涉性分之理,实饱含人生经历艰难险峻之情,所说的"违己",也无非是饱尝了"为五斗米折腰向乡里小人"的辛酸而悟出的人生哲理。这些说理之辞，无不由情凝聚、升华而来。外表说理，十分平静；内心情动，激烈翻腾。因此诗的结尾说："且共欢此饮，吾驾不可回！"说得斩钉截铁，意闲语健，诗情激越。

这样看来，这首叙事说理之作，其实是言志抒情之篇。由于事中含情，理缘情得，因此读来但感酣畅淋漓，生动活泼，这是此诗在艺术上的第三个特点。

不少研究陶诗的人指出过这首诗的本事。他们认为："时辈多劝靖节以出仕，故作此篇。"或者说："此诗为却聘之作……义熙末，征著作佐郎不就，殆即咏此事也。"果如此，那位"田父"，那些问答之词，便都是托言了。倘系"托言"而能如此亲切、酣畅，那就是更为难能体现了更高一个层次的诗艺了，渊明不必如此，但也不一定不如此，更绝非不能如此。

（赖汉屏）

饮　　酒(其十四)

陶渊明

故人赏我趣，挈壶相与至。
班荆坐松下，数斟已复醉。
父老杂乱言，觞酌失行次。
不觉知有我，安知物为贵。
悠悠迷所留，酒中有深味。

鉴赏

和农民交朋友，交知己朋友，在文学史上陶渊明是第一人，也是最热情的一位。大诗人和庐山脚下的田夫野老，简直到了彼此不分、默契至极的程度。这首诗就写和农夫这样的"故人"欢聚饮酒的乐趣。

"故人赏我趣，挈壶相与至。"诗人直呼"父老"为"故人"（老朋友）倒不是故意做作，而是真情流露。只要看看"时复墟里人，披草共来往"（《归园田居》其二），就可知道他们关系密切的程度，这种友好的交往成为诗人田园生活的一个重要内容,始终伴随着诗人。他后来所写的“邻曲时时来,抗言谈在昔”(《移居》其一),那情感是非常融洽的。他们相处随和,不讲场合,不讲身份,甚至连见面的时间也不用选择,一碰上头,话就说得没完没了:“想思则披衣,言笑无厌时”(《移居》其二),这首诗同样是这种感情的记录。是熟人知己,才“挈壶”登门相聚。不仅人故情熟,而且“赏我趣”,这里不说“知”“喜”,而曰“赏”,可见相互趣味相投,生活习惯一致,有共同的语言和感情。知道我不愿做官家人,也没有做官家人的架子,而且“相见无杂言,但道桑麻长”,俨然是农夫行列一位,这些父老自然会成为他的“故人”,动辄上门,挈壶相聚。“相与”点明二三知己,也极自然带进诗中一种欢乐气氛,这和首句颇为自得之语神情吻合,天然自在,一片好语。与其九之“清晨闻叩门,倒裳往自开。问子为谁与?田父有好怀”相较,更显出热闹景况。

“班荆坐松下,数斟已复醉。”故人相见,自然要热乎一场,大家挈壶提酒,就在庭院的孤松下班荆草草而坐。诗人院落有松,这从《归去来兮辞》的“三迳就荒,松菊犹存”“抚孤松而盘桓”,可以知道。“班荆”语出《左传·襄公二十六年》:“伍举奔郑,将遂奔晋,声子将如晋,遇之于郑郊,班荆相与食,而言复故”,是说一对老朋友在郊外半路相遇,折些树枝铺在地上,随便坐下,就推心置腹地谈起来。这里取其词而用其意。意谓彼此是为故人,不讲排场,也无法讲究,反正不会见怪,大家都很随和。这一句白描,勾出形象,托出气势。“数斟”交代饮酒的大半过程,用笔至简。“复”字淡而有神,点出父老先后而醉,应前“相与”,引出“父老杂乱言,觞酌失行次”,喝过数巡,酒酣耳热,父老们醉醺醺的,言语纷乱,高声嘈杂,连进酒劝饮也不考虑年龄行次。这四句一片率意真情,一片自在朴茂,而且用语极为简率,和率真情感配合得天然和谐,描绘饮酒场面,写来如画。“其语言之妙,往往累言说不出处,数字回翔略尽,有一种清和婉约之气在笔墨外,使人心平累消。”(钟惺《古诗归》)笔下的父老解析为两个“群体形象”,一是挈壶班荆,一是杂言失次,增强了人物的立体感,衬出相互间的真情真意。杜甫《遭田父泥饮美严中丞》中“叫妇开大瓶,盆中为吾取”“语多虽杂乱,说尹终在口”“高声索果栗,欲起时被肘。指挥过无礼,未觉村野丑”,取意和用语都可溯于此诗,可谓得陶诗之神。二者相较,使人体会陶诗用笔确实淡极了,简直淡到不能再淡的地步,且淡得有味,而且有醇厚之深味。东坡“质而实绮,癯而实腴”之论,得其精神。另外,这一切,都写得那样自然萧散。心处闲逸,笔底冲淡,情真景真,事真意真,真是“此翁岂作诗,直写胸中天”(元好问《继愚轩和党承旨雪诗》)。

“不觉知有我,安知物为贵。”上句承“失行次”,父老劝酒失次,诗人自然有“不知有我”的感觉。这一句是全诗枢纽,又由“不知”引出“安知”

的几句议论。不以外物为贵，看透尘世俗情，这原本是诗人自己的“我趣”，所谓“少无适俗韵，性本爱丘山”都是同一副精神，诗人看着开怀畅饮、不拘不束的父老，在陶醉其中之余，似乎翻然一番更深的醒悟：父老们和我交情是那样的深厚，但一进入酒的境界，就物我皆忘，连我这老朋友似乎不觉有无。其实“安知物为贵”是作者夫子自道之语，是诗人自己摆脱官场后的精神境界。再从诗内看，故人与我趣致相一，则人以醉为乐之不知物贵，也是己之心怀之见。“安知”句，用笔突接，逆笔透出结穴的高情深味。“悠悠迷所留，酒中有深味”，张玉穀说是“言世事悠悠，迷者多所留恋，何不知酒中深味，可以浑忘也。”这结尾四句一笔一折，跌宕昭彰，抑扬爽朗，转出层层意味，胸次浩然，溢荡出一种不与世协、傲岸潇洒的高怀意致，笔尾的“味”与首句的“趣”相映，结成一片，全然在绳削之外，不注意其间。萧统说过：“有疑陶渊明的篇篇有酒，吾观其意不在酒，亦寄酒为迹者也……语时事则指而可想，论怀抱则旷而且真，加以贞志不休，安道苦节，不以躬耕为耻，不以无财为病。自非大贤笃志，与道污隆，孰能如此乎？”(《陶渊明集·序》)所言在当时独具只眼，洵为知音之见，对于领会此诗也有深刻的启发意义。

(魏耕原)

拟　古(其一)

陶渊明

荣荣窗下兰，密密堂前柳。
初与君别时，不谓行当久。
出门万里客，中道逢嘉友。
未言心先醉，不在接杯酒。
兰枯柳亦衰，遂令此言负。
多谢诸少年，相知不忠厚。
意气倾人命，离隔复何有？

鉴赏

《拟古》是陶渊明晚年所作的以感时讽世、追慕节义为主要内容的组诗，共九首，本篇原列第一。诗中通过路遇嘉友、负约迟归的切身感受，申述了结交的一般原则。

开头两句托物起兴，写景兼点时令。“兰”与“柳”是实写，而非虚拟。《饮酒》(其十七)云：“幽兰生前庭，含薰待清风。”《五柳先生传》曰：“宅边有五柳树，因以为号焉。”可见这两句所描写的正是诗人离家时的庭院景色。但这两句又不纯粹是写景。“一切景语，皆情语也。”(王国维《人间词话》)有人会问：景可见而情在何处？其一，“兰荣荣”“柳密密”，都标志着春天，诗人一向认为“春秋多佳日”，可以乘兴“登高赋新诗”(《移居》其二)。然而就在这“多佳日”之际，他却要出门远行，心中能不生出几分留恋之情吗？其二，“兰”在“窗下”，“柳”在“堂前”，皆与主人朝夕相处，今见主人要与自己“离隔”，“兰”不免动情，“柳”不免伤感，欲拦住、留住主人的脚步，这不是物情吗？景美，显而易见，情美却比较含蓄深沉。接下来两句便将物我之间的感情明确地昭示出来了。“初与君别时，不谓行当久。”这两句直承前面的兴义而来，写与“兰”“柳”话别的情事。“君”是对兰柳的合称，用的是拟人化手法。在诗人的眼中，兰花的颤动，柳条的披拂，似乎都在叮咛他早点归来。诗人本来就留恋春景，又为此情所感，于是对兰柳表示此次行期不会很久。这两句虽只从“我”这一面着笔，而兰柳的神情言辞也尽在其中。“初”字关照前四句，说这一切都是记忆中的往事。

不难看出，前四句透露出来的情绪带着淡淡的惆怅与感伤的色彩，接下去六句诗笔陡折，用惬意取代了惆怅，用喜悦取代了感伤。“万里客”极言漂泊之远，前置“出门”二字，说明万里为客是始料不及的。万里倒不足虑，只要及时返回，也绝不会负约，谁知“中道”又结识了一位“嘉友”，且与“嘉友”一见面，不须杯酒相劝，就情意投合，成了知己，流连忘返，延误了时日，以至回来时，兰也枯了，柳也衰了，辜负了前言。这六句连转三层，“出门万里客”一转，“中道逢嘉友”一转，“兰枯柳亦衰”再一转，回到目前。每层转折中既有时间的推移，也有情绪的跌宕。最后一转虽极易使人联想到“昔我往矣，杨柳依依。今我来思，雨雪霏霏”(《诗经·小雅·采薇》)的诗句，但是由于有前边“逢嘉友”时兴奋、快慰情绪的强烈感染，因而兰枯柳衰并不给人以哀伤之感，倒更见出诗人的惬意情怀。

末四句指责时病，批评当时社会上的“少年”与人相交，不以“忠厚”为本，只凭一时的“意气”用事。感情冲动时，可以为朋友杀仇报怨；一旦分别，便行迹无踪，很快就把朋友忘得一干二净。"谢"是告诉的意思。"多谢"二字冠于四句之首,便将言辞激烈的斥责,变成委婉诚恳的讽劝,极得风人之致。清人温汝能纂集的《陶诗汇评》卷四论此四句时说"'忠厚'二字可为结交标准"。一语道出了诗的真谛。

诗中采用了先扬后抑、衬托对比等艺术手法。为了责少年,先从重嘉友写起;为了突出重嘉友,又以负约迟归作铺衬,从而大大增强了诗歌的表达效果。

(杨希武)

拟　古(其二)

陶渊明

辞家夙严驾,当往至无终。
问君今何行,非商复非戎?
闻有田子泰,节义为士雄。
斯人久已死,乡里习其风。
生有高世名,既没传无穷。
不学狂驰子,直在百年中。

鉴赏

这是一首托言远访、追慕节义之作。

诗人崇拜的人物名叫田畴,字子泰,东汉末年右北平无终(今天津蓟州区)人。当时董卓挟献帝西迁长安,幽州牧刘虞欲遣使探问献帝,闻田畴刚正、重节义,便请其到长安去。既至,诏拜骑都尉,田畴以为天子正在"蒙尘",辞而不受。归来时,刘虞已被公孙瓒灭掉,田畴仍拜谒于虞墓前,上完章表,哀泣而去。公孙瓒怒而拘捕了田畴,后来又壮其节而放归。从此田畴就隐居于徐无山中,而他的名声却播扬四方。(《三国志·魏书·田畴传》)这首诗即抒发了作者对田畴的无限敬仰之情。

开头四句从曹植诗"仆夫早严驾,吾行将远游。远游欲何之?吴国为我仇"(《杂诗》其五)脱胎而来,由于"换骨"得法,取形变神,因而自成新境。首句同样说“严驾”(整备车马),曹诗中“严驾”的人是“仆夫”,陶诗中是“我”,这不但如实地反映了曹陶两人的不同地位,而且由于行为的发出者不同,表现出的心理活动也就大不相同。“仆夫”的“早严驾”是受命而为,他的情绪自然比较平静;“我”是自乐而为,着一“夙”字,急切之情溢于言表。“夙”“早”意思相同,曹诗用之偏重叙事,陶诗用之则偏重抒情。再说曹诗起句虽然语法完整,但叙事却较平实;而陶诗省去主语而以“辞家”领起,出语急突,来势不平,既增加了诗的跳动感,也加大了诗句的容量。此句写的都是远游,但叙事的语气、方法又截然不同。曹用的是虚拟语气,陶用的是肯定语气。“当往至”三字的连用,表达了诗人只到无终、非到无终不可的志向和决心,奔流着一股向往之情。叙事方法上曹诗只说“远游”,远游何处则放到第四句点出,颇能吊人胃口。陶诗则直接点破地名。与曹诗相比,陶诗似乎显得直、白、浅。其实不然,作者采取这样的叙事方式,正与他急切向往的心情相合拍;何况作者只点明地点,而按住行动的目的不说,同样能引起读者的悬念,可谓异曲同工。三、四句仍取曹诗的形式,而口吻、表意却有很大的差别。曹诗一问一答,自问自答,照应次句,揭示了远游的地方和目的;陶诗则拟旁者声口,连设两问,而不作答,更能激起读者的疑窦。“问君今何行,非商复非戎?”显然,诗人的行为惊动了乡邻,于是有人问他:“您这是干什么去呢?既不是经商又不是从军,为什么这样行色匆匆?”前一问妙在以他人的不解衬托出诗人襟怀的高远,第二问妙在以两个否定词“非”字突出了此行目的专一。这四句故为曲折,摇人心旌,渴望之情、急迫之感充满了字里行间。

“闻有田子泰”以下六句借答问而歌咏田畴,暗示出此行的目的。“闻有”表示欣知,“节义为士雄”表示赞叹。接下去四句言其影响。“生有高世名”见其生前声誉之广;“斯人久已死,乡里习其风”见其影响之深;“既没传无穷”见其影响之远。其所以影响如此之大,皆因“斯人”重“节义”而致。也正由于田畴重节义,与诗人心灵发生了共鸣,才格外受到诗人的激赏,以至不可动摇地要往千里之外去寻访田畴的故乡。“节义”二字是全诗之眼。

末两句抒情。“狂驰子”指那些追名逐利、轻狂放浪、不顾节义之人。对这类人,作者曰“不学”,语气态度十分坚决。其所以不学,皆因这些人一旦生命完结,一切都会消亡。只言“不学”,要学什么自在其中。

对于这首诗的写作意图,前人多把它同刘裕代晋联系在一起。明代的黄文焕就认为诗人“悼晋之怀,千盘百结,却以引援故实藏之”(《陶诗析义》卷四)。其实这首诗的结尾两句已将作意明白托出,诗人旨在拟访无终,赞美田畴,借以抒发自己的人格和情怀而已。强牵史实,倒显得过于执着。

(杨希武)

拟　古(其三)

陶渊明

仲春遘时雨，始雷发东隅。
众蛰各潜骇，草木纵横舒。
翩翩新来燕，双双入我庐。
先巢故尚在，相将还旧居。
自从分别来，门庭日荒芜。
我心固匪石，君情定何如？

鉴赏

陶渊明的诗作，大部分赋咏田园山水，以抒写其旷怀逸致。但陶诗尚有一部分晚期诗篇，抒写晋宋易代之悲，自明隐居固穷之志，或者悲慨淋漓，或者寓意深微。《拟古》九首，概属此类。其中，“仲春遘时雨”一首，又特别地意趣活泼，韵味深长。

乍读起来，似乎是春燕归巢的即景诗，实际上是一首托物言志的明志诗。

此诗四句一小节，全章共三个小节。下面逐一析赏。

头四句咏时。这四句描写仲春二月气象。《礼记·月令》：“仲春之月……始雨水……玄鸟至……雷乃发声，始电，蛰虫咸动。”诗人把《礼记》所记的这些物候气象诗意化了，写得如一篇诗意盎然的“小月令”。“遘”，逢；不期望降雨而时雨自降。“东隅”，东方；春气自东而来。“各潜骇”“纵横舒”，极写毛虫、草木蠢蠢欲动和欣欣向荣的气象。

中四句咏燕。这四句写新燕归来。“翩翩”“双双”“相将”，极写燕子轻快自得的形影。写燕子的轻快自得，为下面诗人自己的离群索居、门庭荒芜留下地步。

末四句咏志。不过这四句咏志之言是托物而言。这四句诗，有人认为是诗人设为问燕之语，又有人认为作燕问主人之语方有味。我们认为：作诗人问燕之语，固然顺当；如作燕问主人,则更加婉转。诗的妙趣正在这里,陶诗的隽永情味也在这里蕴藏。不妨各从心会,随文解义。作诗人问燕之语,则诗意是:自从去年分别,自家门庭更加无人过访,因此愈加荒芜;今新燕来归,我心固能以旧情相待,但不知新燕果能依恋旧主,屈身荒陋否?如作燕问主人,则诗意是:自从去年分别,主人门庭日就荒芜;今次归来,我固不能慕华堂而弃茅栋,顾不知主人之心,定能坚守其初隐之情,终保其固穷之志否?前后两相比较,显然后者的意味婉转深长。《诗经·邶风·柏舟》"我心匪石,不可转也",意为信念坚定,不可动摇,用于主人,用于燕子,同样恰切无疵累。

全章把咏时、咏物、咏志融合在一起,浑然无间。咏志之意,居于中心,显而易见。

最后,我们引用清代诗评家陈沆的《诗比兴笺》的一段话,以作本篇赏析的结束。笺云:"华堂如故,门户已非;旧巢尚存,主人安在?燕独何心,忍依新而忘昔邪!"这是依第一种理解而做出的笺解。我们现在不妨模仿陈氏的评赏,再依第二种理解作几句笺解。笺云:门户虽非,旧庐仍在。我微渺之燕子,犹恋故主;君高情之达士,肯忘旧而事新乎?

(韩小默)

拟　　古(其四)

陶渊明

迢迢百尺楼,分明望四荒。
暮作归云宅,朝为飞鸟堂。
山河满目中,平原独茫茫。
古时功名士,慷慨争此场。
一旦百岁后,相与还北邙。
松柏为人伐,高坟互低昂,
颓基无遗主,游魂在何方!
荣华诚足贵,亦复可怜伤。

鉴赏

《拟古》九首是陶渊明留下的一个组诗,最后一首"种桑长江边"有"忽值山河改"之语,许多人据以附会晋宋易代,说它语多讽托,辞意缠绵,属故国禾黍之悲,悼国伤时之作。也有人认为九首不必写于同时,亦非为晋宋易代而发。对"种桑长江边"一诗明确持异议的是清人何焯。他指出:"此言'下流不可处',不得谬比易代"(《义门读书记·陶靖节诗》)。"下流不可处"是魏时诗人应璩《百一诗》中的首句。该诗讲君子处世"慎厥初"的道理,与陶渊明《拟古》九首的基本内容——"合离出入"之类事颇相切近。因此,我认力何焯的意见是可信的;众人的揣度,不过是"耻事二姓"说的任意发挥罢了。因为那些附会曲说无法解释这九首诗的全部内容。"合离出入"是《古诗十九首》的基本内容,陶渊明这组诗明显受其影响,反映了诗人思想深处出与处、仕与隐、达与穷的剧烈冲突,当是他宦游时期苦闷心境的艺术再现。它们像汉魏古诗一样,长吟短叹,慷慨苍凉,颇多乱世之音,艺术上多用借古伤今、托物咏怀的手法。每首诗并不明言所拟为何诗,只是"用古人格作自家诗"(方东树《昭昧詹言》卷一),比意命句,似古而非古,与当时流行的模拟之作是迥然有别的。

"迢迢百尺楼"是原诗第四首。全诗抒写登临高楼的感慨。开首二句极写楼之"高":楼高"百尺",望之"迢迢"然,这是从楼下往上看;再从楼上往下望,则是极目千里,茫茫无际。在古人的地理观念中,"荒"是地面的边陲地带。《说苑·辨物》云:"八荒之内有四海,四海之内有九州。"从楼上远望,"四荒"尽收眼底(即"分明"句所言),此楼究竟有多高?读者自可想见了!"暮作"二句极写楼之"空":一朝一暮,从时间上代表一整天。这座百尺高楼大概破败不堪了,故难吸引游人登临,实际上它成了"归云"之宅,"飞鸟"之堂,可谓门庭冷落。诗一开始就写楼高而空,极力渲染一种苍凉感伤的气氛和情调。

"山河"四句,写登楼所见:满目山河、茫茫平原——原是古来人们为"功名"而争斗的古战场。登高临远,感慨系之,往往情不自禁地吐露某种人生悲慨。齐景公登牛山,北临临淄,望见郁郁芊芊的国城,不禁为人生短促而流涕,流露出永恒占有一切的强烈欲望。阮籍登广武,临楚汉相争战场,致有"时无英雄"之叹。他们或为荣华易逝而悲戚,或为功名不立而饮恨。可见,人们对人生的依恋都有具体的内容,反映出各自的胸襟。陶渊明登临古战场发了一番什么样的感慨呢?请看后面八句诗所云。

"一旦"二句,用形象的语言说明

人终归要死的道理。这个道理今天固然不成疑问，而在当时却是颇有争议的问题。东晋时期，玄、佛、道（教）三家都重视生死问题的研究，一般地说，玄学家不信鬼神，认定人终归要死；佛教不否认这一点，但它的所谓“死”，仅就肉体消亡而言，至于人的精神（灵魂），则是永恒不灭的；道教离科学真理更远，不但宣扬精神不灭，还制造肉体也能超时空而久视长生的谎言。陶渊明在自己的诗文中一再提到这个问题，如说：“日月还复周，我去不再阳。”（《杂诗》其三）“自古皆有没，何人得灵长？”（《读山海经》其八）认为人不可能长生久视，生而至死乃是不可抗拒的自然法则。这种认识，在陶渊明的思想上是既明确又坚定的。即使深陷冻馁，备极艰辛，他也决不向佛、道寻求精神安慰。这两句诗再次表明，陶渊明对“死”的必然的认识是十分清醒的。

“松柏”四句写死后的凄凉，这种感慨，他在《拟挽歌辞》中曾作过类似的渲染：“四面无人居，高坟正嶕峣。马为仰天鸣，风为自萧条。”随着时光的流逝，人们对死者也就逐渐淡忘，甚而至于“松柏为人伐”“颓基无遗主”，说明世上的人情同生命一样，也是暂时的。

至于人们生时最看重的“功名”“荣华”，它既然与生命紧密地联系在一起，当然也同样是短暂的。那些以为“功名”“荣华”可以永远属于自己的人，实在是太可悲可叹了！“荣华诚足贵，亦复可怜伤”，这一与世俗异趣的观点，说得既理智深刻，又饱含世事沧桑和“人生实难”的悲慨，读来凄恻感人。

（李文初）

拟　古（其七）

陶渊明

日暮天无云，春风扇微和。
佳人美清夜，达曙酣且歌。
歌竟长太息，持此感人多。
皎皎云间月，灼灼叶中华，
岂无一时好，不久当如何？

鉴赏

“日月忽其不淹兮,春与秋其代序。惟草木之零落兮,恐美人之迟暮。”这是屈原《离骚》中的名句,曾激起后人强烈共鸣,警省自励。陶渊明早年写过一首《荣木》诗,诗中这样写道:“繁华朝起,慨暮不存。贞脆由人,祸福无门。”足见他当时是有抱负、有信心,自以为能够掌握自己的命运;只是后来,面对情伪万端的现实,身陷绝沥断炊的窘境,感到凄然茫然,才对仕途不抱任何幻想,采取委分任化的处世态度。《拟古》(其七)所表现的美人迟暮之慨,说明陶渊明极为珍惜花月般的少壮年华。诗写得沉郁、冷隽,读竟不觉百感交集。

这首托兴咏怀之作写得十分优美。前四句写春夜天净风和之美、佳人通宵达旦地酣歌,“清夜”(时令之美)加“佳人”(才性之美),构成诗的艺术胜境。至此,若不继续往下读,你会以为它是一首绝佳的春词,或者如有人误解的那样,有某种“及时行乐”之意。其实,这是一首悲慨良深的咏怀诗。

要揭示这首诗的底蕴,中间“歌竟”二句是关键,在前后四句之间,它起着承前启后的作用,既突出了诗的主题,又深化了诗的主题。本来,前四句已埋下悲慨的伏笔,我们只要追问一句:“佳人”为何“达曙酣且歌”呢?多少就会有所感悟:难道不是因为“日月掷人去”“盛年不重来”(《杂诗》)吗?一种惜春之情,依稀可见。当然,这种美人迟暮之慨,到“歌竟”一句才被完全点破。然而,“长太息”的感叹,为何能激起人们普遍的共鸣(即诗中所谓“持此感人多”)呢?这就是后面四句诗所要回答的问题了。

月圆月缺,花开花落,原是自然界固有的法则,年华同花月一样,虽有一时之好,但不可能持之永恒,“不久当如何”?那是不言而喻的。在这里,皎皎之月、灼灼之花都不是实写,而是以花月比譬青春年华。人的一生,谁无一时之好?只是青春易逝,华年难再,这是不以人的意志为转移的客观规律。这个宇宙人生之理,本来极浅近、极明白,可是许多人由于主观或客观的种种原因,蹉跎岁月,白首无成,致有“老大徒伤悲”的深慨。这难道不值得人们深思、自省吗?在陶渊明之前,写这种人生感慨的诗作虽不乏先例,但却没有一首写得像本诗那样清新流丽而富含哲理。诗的情韵之美和哲理之光交并浑融,使读者在美的享受中,自然受到哲理的启迪,真是令人吟赏不尽。

(李文初)

拟　古(其八)

陶渊明

少时壮且厉,抚剑独行游。
谁言行游近?张掖至幽州。
饥食首阳薇,渴饮易水流。
不见相知人,惟见古时丘。
路边两高坟,伯牙与庄周。
此士难再得,吾行欲何求?

鉴赏

此诗是《拟古》第八首,可与《杂诗》(其五)参照并读,这样,意思便显豁了。《杂诗》(其五)说他年轻时无忧无虑,自得其乐,胸怀壮志,意气昂扬。那时的陶渊明,就像展翅欲飞的大鹏,大有一举千里、睥睨一切的气概。可是,当他进入仕途后,他的思想气韵与世俗人情格格不入,使他内心充满矛盾和痛苦,这种心理状态,他形容为"冰炭满怀抱"(《杂诗》其四)。过去是"无乐自欣豫",现在却是"值欢无复娱",变得每每多忧虑了。这首诗抒写怀抱比较率直,形象地写出了陶渊明出仕前后的思想变化过程。《拟古》(其八),虽然也是写类似的思想变化,但使用的却是托古伤今、比意寄兴的手法,写得章法奇奥,跌宕有致,细细吟味,殊觉寄慨遥深。

开首二句,以"壮""厉"二字突出青少年时期陶渊明的雄豪气度,那时他颇有锋芒,俨然一副义气侠骨的派头,怀有自得、自信的积极进取热情。

"谁言"四句,全用比兴之法虚写,因为陶渊明事实上并未去过张掖、幽州、首阳、易水这些遥远的地方。张掖、幽州属西北、东北边陲之地,自汉魏以来,战争频繁,烟尘不绝,是人们建功立业的用武之地。曹植在《白马篇》中塑造的"幽并游侠儿",就是一位驰骋疆场、武艺超群的爱国英雄。朱乾指出:"此寓意于幽并游侠,实自况也……篇中所云捐躯赴难,视死如归,亦子建素志。非泛述矣。"(《乐府正义》)同样,陶渊明在这里写他远游张掖、幽州,也是要表现他为国赴难、效死疆场的"素志"。"饥食"二句则是揭示这种"素志"的思想基础。他敬慕不食周粟、饿死首阳的伯夷、叔齐,曾经为荆轲行刺秦王失败而慨叹(《咏荆轲》)。伯夷、叔齐那种近乎顽固派的行为,古时人们视为一种高尚的节操,而荆轲的举动(实为报答燕太子丹的知遇之恩),则是一种"士为知己者死"的义举。所以"饥食"二句,实反映了陶渊明对"节""义"的崇奉。功名节义这些信条,原是儒家遵循的行动准则。陶渊明年轻时深受儒家思想熏陶,这也是绝好的例证。

然而,陶渊明逐渐认识到自己生活在一个"真风告逝,大伪斯兴"的时代。"闾阎懈廉退之节,市朝驱易进之心",公理正义早已荡然无存,真正为国捐躯、珍视人格节操的人已属罕见了。"不见"六句所云,正反映了诗人知音难觅的苦闷和激愤。伯牙、庄周是古时有名的隐者,伯牙以钟子期为知音,钟子期死,即断弦绝响;庄周与惠施相善,惠施死,庄周不复谈论。两人都是以世无知音而隐遁的。志士难得,知音不再,"吾行欲何求?"反映了陶渊明对仕途的鄙弃,对世态人情的绝望,隐约地流露了归隐园田的心迹。

《古诗十九首》是我国文学史上抒情短诗的名作,长于抒情是其重要特征。然而,其抒情方式往往不是直写胸臆,而是采用比较含蓄纡曲的方式,借古伤今、比兴依托即是一法,陶渊明的《拟古》诗明显受其影响,即如这首"少时壮且厉",并不直接写他年轻时如何追求功名、仰慕节义,也不直言这种人生理想如何破灭,他那种追求、彷徨以至绝望的心理过程,主要是通过寻访古贤,终不得知音的虚拟手法曲折地表现出来的,读来含蓄蕴藉,耐人寻味。

(李文初)

拟　古(其九)

陶渊明

种桑长江边,三年望当采。
枝条始欲茂,忽值山河改。
柯叶自摧折,根株浮沧海。
春蚕既无食,寒衣欲谁待?
本不植高原,今日复何悔!

鉴赏

这是一首朦胧诗，也是一首哲理诗。因为是朦胧诗，才引起了不同读者的不同理解；因为是哲理诗，才使得不同读者受到不同的启迪。当然，也有人把它视为政治诗，明代的黄文焕就认为这是一首"字字隐语"的悼怀晋亡之作(《陶诗析义》卷四)。这一观点还颇有市场，影响之大，延及今日。其实黄说不过是望文生义的臆断而已，立为一说尚可，若作定论则差矣。

这首诗所写的乃是希望和希望的破灭，以及由破灭而引起的沉痛的反思。读者不难从中悟出这样一个道理：高远的理想必须建立在坚实的基础之上，如果缺乏科学分析、求实的精神，违背了事物发展的客观规律，那么，希望越大，失望也就越大。

开端两句写种桑者的希望。"长江边"，点出种桑之地。从诗末的"悔"字来看，此人也曾考虑过在"高原"上种植桑树，只是经过权衡才选择了"长江边"。其所以选择"长江边"，则完全是出于"三年望当采"的思想动机。相比之下，"长江边"地势低下，水足壤肥，宜于桑树生长，采桑计划即希望的实现显然指日可待。"三年"，言历时之短，紧着一"望"字，便把种桑者急功近利、切于求成的心理活动曲曲传出，不着贬语，而贬意自见。

三、四句写希望遭到了变故。"始""欲"，暗示时间还不足三年。不足三年而"枝条"已"茂"，可见希望的实现已近在咫尺。然而就在种桑者喜不自胜之际，却发生了意想不到的事情——"山河改"。按说，"山河"在"改"之前，是会出现某些征兆的，种桑者如能及时发现，并采取一些有效的补救措施，也许还可以"望当采"。可是一来由于他完全被"欲茂"的"枝条"遮住了眼睛，看不到征兆，二来由于"山河改"发生得太突然、太迅猛，大出意料，以至弄得措手不及，那么希望的落空就在所难免了。这必然失败的结局，既有人的主观因素，也有不可抗拒的客观因素。表面看来，诗人似乎只强调后者，实际上，人的因素正包藏在前三句的字里行间。这两句前承后转，承得舒缓平和，转得警绝奇突，如高山落石，顿起波澜。

"柯叶"以下四句紧承"山河改"而来，写希望的破灭和破灭后的失落感。桑树的枝枝叶叶全被风浪"摧折"了，连树根也一个不剩地被拔地而起，卷进波涛，漂到了"沧海"之中。这对种桑者来说，打击太大了。由"浮沧海"可知，"山河改"指的是一场特大洪水，这场突如其来的洪水，将种桑者汲汲可待的希望化成了泡影，冲刷得一干二净，彻底破灭了。"春蚕既无食，寒衣欲谁待？"就是他在现实面前发出的沉重叹喟。种桑是为了养蚕，养蚕是为了织衣。可是如今，"长江边"上，唯有流水，哪里还有桑树的影子！三年望采而一朝成空，种桑者的心头不禁充满了难以名状的失落感。

最后两句写种桑者痛定思痛时的自我反省。他非常后悔当初没有把桑树种到"高原"上，以至弄到今日这般狼狈地步。然而后悔又有什么用呢？

这首诗是陶渊明对人生经验的形象总结。构思上，作者以"长江边"兴起"山河改"，以"山河改"引出"高原"，以"高原"点明题旨，中间贯以大起大落的人物心理刻画，辅以比喻和象征的手法，使得整首诗既构合精严，错落多变，又含蓄隽永，余味无穷，不愧为陶诗中的名作。

（杨希武）

杂　　诗(其一)

陶渊明

人生无根蒂，飘如陌上尘。
分散逐风转，此已非常身。
落地为兄弟，何必骨肉亲。
得欢当作乐，斗酒聚比邻。
盛年不重来，一日难再晨。
及时当勉励，岁月不待人！

鉴赏

《陶渊明集》中《杂诗》共十二首。前八首多写嗟老伤时的内容，反映的显然是同一时期的思想心情。据其第六首所言"奈何五十年，忽已亲此事"，一般推断这八首诗当写于陶渊明五十岁，即晋安帝义熙十年(414)，是由中年进入老境时的作品。其余四首多写旅途行役之困苦，当是壮年出仕时所作。

《杂诗》(其一)共十二句，分为三个段落，每段各四句。这三个段落所反映的思想、情绪各不相同，但总起来看都是统一和谐的。

"人生无根蒂，飘如陌上尘。分散逐风转，此已非常身。"这是第一段。诗人说，人生在世，漂泊无依，就像瓜果脱离了根蒂,又像路上的尘土被风吹起,经过一番簸弄飘荡,这个人就再也不会是原来的样子了。"无根蒂""陌上尘",本是两个各自独立的比喻,前比喻无所依傍,后比喻漂泊无定。但诗人没有将二者平列,而是串联起来,并且用"分散逐风转"一句把二者绾合一起,进一步比喻飘忽的人生,行文便显得有变化而不板滞。在这几句诗里,诗人把人生看得那样偶然、那样飘忽,这完全基于道家虚无主义的人生观。它具有浓烈的悲剧色彩,使人读起来依稀听到那个动乱年代人命如草的沉重哀歌。陶渊明是"乱也看惯了,篡也看惯了"的人,这"分散逐风转,此已非常身"也正是一个过来人的生活感悟。这段诗使人感到无限悲惘。

"落地为兄弟,何必骨肉亲。得欢当作乐,斗酒聚比邻。"这是第二段。在陶渊明看来,人生既然如此偶然,在这个悲惨世界苟能生存,已属不易,又何必狭隘固执!所以不必至亲骨肉,所有的人一经来到世上,相互间都应视为同胞手足。只要志趣相投,感情相合,即可相聚相亲,及时行乐。儒家提倡"四海之内,皆兄弟也"(《论语·颜渊》)的博爱思想,陶渊明在他所处的时代也弘扬这种精神。有人说,这似乎是对社会动荡、祸福无常的牢骚概悟。这当然是不错的。但我们不妨结合诗人虽系东晋元勋之后,却非门阀世族的低微出身,结合他孤高耿介的性格,从中看出他对当时等级森严的门阀制度的大胆否定,和对社会生活中尔虞我诈、相互倾轧的恶劣风习的深恶痛绝。总之,这一段反映出诗人人生观的另一侧面——他的基于博爱思想的社会观。

"盛年不重来,一日难再晨。及时当勉励,岁月不待人!"这是最后一段。"盛年",即壮年,那是人的一生中最美好的时光。但它倏忽而过,再也不会重来,正像一天不会有两个早晨,应该趁年富力强及时努力,岁月流逝是不等待人的。这是诗人的自我警勉,也是对世人的劝诫。在这种警勉与劝诫中,强烈地显示出诗人那种时不我待的急切心情和执着的积极用世的思想。

可以看出,在这样一首杂感式的小诗里,三个段落之间的跳跃变换很大,所反映出的思想内容也较庞杂。读这类诗应该从总体上把握,才能看出全诗意脉相通之处。同时还应该用知人论世的态度,结合作者的思想来理解作品。在陶渊明的复杂思想中,本来就存在着儒家积极用世和道家顺应自然两个方面的因素,这两种因素在他的思想中往往互为助益。所以,他的人生态度既超脱而又现实;他的胸怀既旷达而不失之绝对虚无。从这首诗里就可以看出:本来把人生看得非常飘忽的道家思想,却被他和谐地运用来作为处理现实生活中人与人关系的依据,本来看待人生如寄,却由此引出对生命、时间的珍惜。所以,从总体上去把握,就会看到全诗的统一与和谐。

陶诗的研究者曾经注意到,诗人

喜欢用通俗的语言说理发议论，这是有根据的。这组《杂诗》中就不乏其例。本篇虽然在显示这一特点上不算典型，但确实是在说理发议论，读起来很像一篇杂感。不过，也正像研究者们所指出的那样，这种说理和议论又紧密地和抒情结合在一起，加上富有浓厚的感情色彩的口语化词句，就使它成为含有哲理的诗章。

（李　扬）

杂　　诗（其二）

陶渊明

白日沦西阿，素月出东岭。
遥遥万里辉，荡荡空中景。
风来入房户，夜中枕席冷。
气变悟时易，不眠知夕永。
欲言无予和，挥杯劝孤影。
日月掷人去，有志不获骋。
念此怀悲凄，终晓不能静。

鉴赏

《杂诗》（其二）抒写的是，诗人在新秋月夜的斗室之中，有感于时节变易、岁月蹉跎而志不获骋，以至终晓难寐的悲凄心情。诗篇顺着时间的推移和一个特定的抒情环境逐步展开，井然有序地流泻出蕴藏在诗人内心的复杂、激动的情绪。

“白日沦西阿，素月出东岭。”“西阿”，即西山。“素月”，即皓月。日沉于西，月起于东，这是一天的薄暮时分。从薄暮到夜晚，月亮渐渐升高了。“遥遥万里辉，荡荡空中景。”“荡荡”，广大的样子。“景”，同“影”，这里指月轮。“皎皎空中孤月轮”，这时候它的清辉普照遥遥万里，在广漠辽阔的夜空显得多么明亮！诗人在“万里辉”“空中景”之前，仅仅加上“遥遥”“荡荡”两个极普通的叠字形容词，便非常传神地写出了秋天静夜的月色。

接着，诗篇写道：“风来入房户，夜

中枕席冷”。这两句有补上缩下的作用:上句写风,月白而又风清,自是要补足这良宵清美之景;下句写人的感觉。时已中夜,夜凉如水,更经阵阵秋风吹入房户,榻上的枕席也变冷了。这“冷”是人体肌肤的感觉,而由这感觉陡然引起的则是抒情诗人在此时此境中的一种特殊的情绪体验,仿佛心情也有些清冷。于是,这一片风月构成的诗的境界中,便平添了一种凄清、萧瑟的感情色彩。这种境界足以触发人的复杂思绪。诗篇至此便了无痕迹,非常自然地转入了下面的抒情部分。

“气变悟时易,不眠知夕永”这二句是由“夜中枕席冷”生发出来的。敏感的诗人由“枕席冷”而觉察到气候已经起了变化,而气候的变化又使人意识到时令也变了。自然界的“气变时易”会触发人们多种多样的感念。如此清夜,诗人由此百感交集,心潮翻滚,以至辗转反侧,再也难以入眠。而由于失眠才感到夜晚是那样的漫长!

孤寂,无聊,郁结心头的苦闷多么想向人倾诉,一吐为快。然而,“欲言无予和,挥杯劝孤影。”“无予和”,即“无和予”。“和”,原意是和谐地跟着唱,这里指交谈。诗人说,我想倾吐衷曲却没有人和我交谈。百无聊赖,只好举起酒杯相劝我的影子一同饮酒以自慰了。“欲言”而“无”交谈者,举杯相劝的却是自己的“孤影”。那种孤寂、无奈的苦闷心情,仅用这两句诗表现得又是多么逼真、准确而深刻!也许天才诗人李白正是从这里受到启迪,在他抒发与陶渊明近似的情感时,写出了“举杯邀明月,对影成三人”的诗句吧。

然而究竟是什么原因使他如此痛苦,如此不能平静呢?或者说他想要倾吐的衷曲究竟是什么呢?诗篇通过一层层一步步的蓄势,到了结尾处,才将激荡在诗人内心的幽愤和悲凄,像涌泉似的喷薄而出。

“日月掷人去,有志不获骋。念此怀悲凄,终晓不能静。”正像后来李白所写的诗句“弃我去者昨日之日不可留”,陶渊明在这里把抽象的时间人格化了。时间毫不留情地把人扔弃下而一去不返。但“去日苦多”的最大憾恨,却是自己的壮志不能施展。想到这一点,诗人不禁满怀悲凄,通宵达旦,心情实在无法平静了。至此,诗人的内心世界也就全部凸现出来。

一位绝俗高蹈、傲兀旷达的诗人,对“日月掷人去,有志不获骋”竟是如此深致悲凄,万分憾恨,可见他到底未能忘怀现实,对自己无所作为多么不甘心。而这首诗就因为表达了“有志不获骋”的思想,因而引起了历史上许多怀才不遇,报国无门,以致蹉跎岁月、老死林下的志士们的共鸣。

这首诗从写景入手,因景而生情。空净清冷的环境气氛和孤寂悲凄的情感浑然融合。诗的语言明近流畅。全篇显示出冲淡中含有郁勃之气的风格。

(李　扬)

杂　　诗(其五)

陶渊明

忆我少壮时，无乐自欣豫。
猛志逸四海，骞翮思远翥。
荏苒岁月颓，此心稍已去。
值欢无复娱，每每多忧虑。
气力渐衰损，转觉日不如。
壑舟无须臾，引我不得住。
前涂当几许，未知止泊处。
古人惜寸阴，念此使人惧。

鉴赏

在这首诗里，诗人抒写了他少壮和年老后的两种绝然不同的心境：当年胸怀壮志，无比乐观；如今气力日衰，每多忧虑。他感慨余生无几，前途渺茫。但对"有志不得获"颇不甘心，他警诫自己，及时自勉。

诗篇开头说："忆我少壮时，无乐自欣豫。猛志逸四海，骞翮思远翥。"回忆自己少壮时期，是那样的乐观，不仅是"少年不知愁滋味"，即使没有碰到什么快乐的事，心里也常常充满喜悦。因为还没有经历人世的艰辛，所以对生活、对前途抱着无限希望。他以天下为己任，满怀的雄心壮志好像能超越四海。他奋发昂扬，敢于搏风斗浪，就好像大鸟要振翅远翔。这四句诗真切生动地写出了少壮时期的纯真感情和胸襟广阔、意气风发的精神状态。

然而，如今这一切只作为往事保留在自己的记忆里。"荏苒岁月颓，此心稍已去。"随着光阴渐渐地在不知不觉中流逝，少壮时的雄心壮志也渐渐消失了。由这两句诗过渡，于是笔锋便转向对老年境界的抒写。

"值欢无复娱，每每多忧虑。气力渐衰损，转觉日不如。"前两句写自己的心境，后两句写自己的体质。如今,即使遇到欢乐的事,再也不感到高兴了,而且内心常常怀着许许多多的忧虑。这境况和回忆中的少壮时的一切多么不同。“无乐自欣豫”和“值欢无复娱”这是多么强烈鲜明的对照!在这样的对照中,包含着诗人前半生在仕途上的失意;包含着他看透了黑暗的政治,理想逐步破灭的痛苦;包含着岁月蹉跎、老大无成的失落感。而更使人憾恨的是,如今气质体力也在慢慢衰退,转而感到一天不如一天了。

已经逝去的少壮岁月那样惹人回忆,如今的境况如此令人哀伤,而瞻望未来,又是怎样呢?

诗人接着写道:“壑舟无须臾,引我不得住。前涂(途)当几许,未知止泊处。”《庄子·大宗师》中说:“夫藏舟于壑,藏山于泽,谓之固矣。然而夜半有力者负之而走。”“须臾”,犹“片刻”。“引”,在这里作“使”解。前两句是说,岁月的流逝正像《庄子》所讲的“壑舟”一样,尽管想方设法要留住它,它仍然要很快地逝去,不会有片刻的停留。时光的流逝也使我逐渐衰老,在人间不能长住久留。留给我的生命的旅程究竟还有多长?人生犹如行舟,何处是停泊的地方——我真不明白自己未来的归宿何在。一片怅惘迷茫压在心头,它足以将人沉沦于消极无为的境地。但陶渊明似乎还做不到“应尽便须尽,无复独多虑”的旷达。这首诗的主要内容就证明着他并非“不喜亦不惧”。他神往自己的少壮岁月,他感伤自己的迟暮,他翘首自己的残年,其中有欣喜,有悲痛,也有惊惧。这一切也就证明着他对生的留恋,对现实的执着,对一生壮志未酬的不甘心。朱熹说过,陶渊明是“欲有为而不能者”。换成我们现代的说法,这就是说,陶渊明所处的时代和社会环境造成了他终生“有志不获骋”的悲剧命运。“不能为”,是他无法超脱历史的现实的种种局限;“欲有为”则是他终生不渝地对待现实的执着精神之所在。请看这首诗的最后两句:“古人惜寸阴,念此使人惧。”《淮南子·原道训》云:“圣人不贵尺之璧,而重寸之阴,时难得而易失也。”被陶渊明一直引以为荣而终生崇敬的他的曾祖陶侃也说过:“大禹圣者,乃惜寸阴,至于众人,当惜分阴。”古圣先贤的箴言他笃信不移,想到自己已逝的岁月再也不会重来,未来的日子所剩无几,这怎么不令人惊惧呢?在这种惊惧中,不正可以看出那种“欲有为”的精神的存在吗?所以,就整首诗来说,虽然充溢着浓重的感伤,但仍不失之过分的消沉。

这首诗的构思很有特点:主旨在抒发屈赋“美人迟暮”的感慨,但却用以今忆昔的方式先写了少壮时的心境,并用这种令人怀念不已的往事回忆,反衬暮年落寞的心境。一乐一悲,一喜一忧,无乐自喜,有欢却悲,在反衬和对比中深化了主题。

(李　扬)

杂　　诗(其八)

陶渊明

代耕本非望,所业在田桑。
躬亲未曾替,寒馁常糟糠。
岂期过满腹,但愿饱粳粮。
御冬足大布,粗絺以应阳。
正尔不能得,哀哉亦可伤!
人皆尽获宜,拙生失其方。
理也可奈何?且为陶一觞!

鉴赏

这首诗写的是,诗人原本不愿做官,甘心躬耕自资。但坚持躬耕的结果,却是饥寒交迫。于是他不禁哀伤,并且对不合理的社会现象发出质问。诗中充满无可奈何的愤愤不平的情绪。

陶渊明在四十二岁以前,几度因贫而仕,又由仕而隐,中间也几度接触过农业劳动。到四十二岁由彭泽解职归来后,就真正地过起"躬耕自资"的生活了。由于他认清了社会的污浊和政治的黑暗,所以他与官场的最后决裂,态度是坚决的。由于他亲自参加了农业生产,对劳动的意义有一定的认识,所以他的"躬耕自资"也是非常自觉、非常甘心的。在这首诗的开头,诗人就写道:"代耕本非望,所业在田桑。""代耕",指做官。《孟子·万章下》云:"下士与庶人在官者同禄,禄足以代其耕也。"意思是,低级官员的俸禄,相当于耕种的收入,不耕而食,故称"代耕"。这两句诗是说,我压根儿就不想做官,我要从事的是种田织布的农业劳动。这里将他不愿做和乐意做的事情说得很分明。在诗人初期参加生产劳动时所写的诗篇中,一直流露出对这种躬耕生活的喜悦和欣慰,并且认为"但愿常如此,躬耕非所叹"。有时纵令感到有些辛苦,但也不愿改变初衷,他说:"不言春作苦,常恐负所怀。"

但是到了五十岁前后，也就是写作这首诗的时候，诗人对自己的躬耕生活感到不安，而且慨叹起来了。为什么呢？这首诗接着写道："躬亲未曾替，寒馁常糟糠。""替"，中辍，废止。诗人说，亲自耕作，也从未中断过，但仍要受冻挨饿，以酒糟谷糠糊口。看来，陶渊明此时的生活已进入困境。

接着，诗篇宕开一步，为了说明这种困境，诗人对他最卑微的生活要求作了一番表白："岂期过满腹，但愿饱粳粮。御冬足大布，粗绨以应阳。""满腹"见《庄子·逍遥游》"偃鼠饮河，不过满腹"，是说偃鼠在河边饮水，喝饱肚子就够了，这里用来比喻没有过分的要求。"大布"，即粗布。"绨"，即葛布。"阳"，指暖和的天气。这四句是说，我岂敢盼望得到较多的食物！只希望有粳米饱腹，有粗布衣服能抵御冬天的严寒，到了夏天有粗麻衣服，这就足够了。陶渊明一生穷困，所谓"营已良有极，过足非所钦"。颜延之说他"薄身厚志"。从这四句诗来看，他对物质生活的要求实在有限，谈不上"丰衣足食"，更不敢有任何奢望。一个"岂期"，一个"但愿"，再加上"足""以"，反反复复，把他最卑微的愿望说得多么凄楚恳切！做了这番表白之后，笔墨收拢回来，诗人写道："正尔不能得，哀哉亦可伤！""正尔"，晋时人口语，犹今之"即此"，这里是指上文提到的粳粮、大布和粗绨。诗人沉痛地说，即使这样一些东西也无法得到啊！可见"寒馁常糟糠"确非夸大之辞。于是，我们这位傲兀旷达的诗人，在严酷的现实面前，一反"躬耕非所叹"，而不禁"哀哉亦可伤"了。在陶渊明看来，"人生归有道，衣食固其端。孰是都不营，而以求自安？"他坚信躬耕可以自资，劳动才能保证温饱。但生活本身证明，努力耕作的结果却是饥寒交迫。这究竟是为什么呢？我们当然不能排除他确实遭受过的火旱灾厄这些造成他的生活困难的原因，但不合理的社会现实，应该是给这位孤直耿介之士带来厄运的主要根源，这一点，陶渊明不仅意识到了，而且为之愤愤不平。诗篇写道："人皆尽获宜，拙生失其方。"就是说，别人都各得其所，独我谋生无方。这里应该注意的是，"拙"是诗人自己的谦称，但用在这里又明显地包含着性刚才拙之意。既然像自己这样"性刚才拙，与物多忤"（《与子俨等疏》）的人谋生无方，那么，和"拙"对举的各得其所的"人"，就自然是指那些投机钻营之徒了。这样就很明白了，饥寒交迫并不是因为勤劳不够；恰恰相反，在当时的社会里，正直守拙有如陶渊明者，耕作反而会导致贫困。你要讲个道理吗？这不正是使人哭笑不得的"道理"。诗人写道："理也可奈何？且为陶一觞。"对这样不合理的"理"，你又能怎样呢？实在使人无可奈何，还是痛痛快快地喝酒去吧！这"且为陶一觞"是故作洒脱，在这种洒脱中包含了诗人多么沉重的无可奈何的愤愤情绪！

这首诗全用赋的手法直摅胸臆，但行文跌宕，使所抒发的情感几经波澜，最后形成高潮。语言质朴自然，接近口语，正适合这种直摅胸臆的需要。整首诗的风格近似于其著名的《饮酒》组诗。

（李 扬）

咏 贫 士（其五）

陶渊明

袁安困积雪，邈然不可干。
阮公见钱入，即日弃其官。
刍藁有常温，采莒足朝餐。
岂不实辛苦，所惧非饥寒。
贫富常交战，道胜无戚颜。
至德冠邦闾，清节映西关。

鉴赏

陶渊明晚年写了组诗《咏贫士》，这是其中的一首。

从四十二岁逃官归隐，到六十二岁创作此诗（他六十三岁去世），他尝尽了民间生活的酸甜苦辣。想当年，他初返田园，何等轻松，何等适意！他沉醉于山乡的淳朴与宁静中，满以为凭着他那“方宅十余亩，草屋八九间”（《归园田居》）的家业，就可以过一种“泛览《周王传》，流观《山海图》”（《读山海经》）的清雅生活了，殊不知一旦真的沉到山村生活的实际中来了之后，他才发现“山中饶霜露，风气亦先寒。田家岂不苦，弗获辞此艰！”（《西田获早稻》）生活，并不那么富有诗意，然而，他仍然表示了自己对它的理解和接受。但随着时日的推移，他产生了更多的困惑：归隐以来，他信奉“力耕不吾欺”（《移居》）的生活教条，一直是“所业在田桑”，而且“躬亲未曾替”（《杂诗》其八）。结果呢？“寒馁常糟糠”！他悲伤了，他呼天发问：“理也可奈何？”（同上）到后来，他甚至陷入“夏日抱长饥，寒夜无被眠。造夕思鸡鸣，及晨愿乌迁”（《怨诗楚调示庞主簿邓治中》）的窘境，甚而要去乞食！生活在揉搓着他，他只能在愈陷愈深的苦水中挣扎。在行将告别这惨淡的人生时，他“偃卧瘠馁”，贫病到无以为生的地步。他无法从阴冷的现实生活中找到精神的慰藉，也失去了憧憬桃花源式虚幻世界的热情，便把那一腔无从排解的愁苦忧思，倾注到《咏贫士》这类诗歌中去。他希图从古代那些命运坎坷贫薄的人物身上，找到"安贫守贱"的精神力量，来支撑自己的生命。

在《咏贫士》的第一首中，诗人便以低回掩抑之情吟喝道："万族各有托，孤云独无依。暧暧空中灭，何时见余晖？"一片白云，在长空中飘浮着，它孤寂，它无依，正无声无息地消散着，消散着，就在这空寂索寞的一刻，它仍然深情地眷恋着那落日的余晖。然而，就连这一点也是梦想，余晖也见不着了！这里，作者所透出的凄切情怀，不是对生活的诅咒，恰恰是对生活的执着。为着这种执着，他深深地理解了那些古哲先贤，也理解了自己，于是用他的笔，为袁安等人献上一曲赞歌：

"袁安困积雪，邈然不可干。阮公见钱入，即日弃其官。"积雪严寒，饥困窘迫，改变不了志士袁安那超远的人生正气，他宁可僵卧，也绝不求人。金钱利禄，不义而来，改变不了先贤阮公的廉洁之诚，他鄙夷不屑地拂袖而去。多么高洁的人生！是的，这一年，诗人自己就在僵卧贫瘠中挣扎，已经断炊数日了，江州刺史檀道济亲自"馈以粱肉"，他也"挥而去之"，态度的坚确正似前贤！

"刍藁有常温，采莒足朝餐。岂不实辛苦，所惧非饥寒。""刍藁"，马料草，贫苦人拿它来避寒，居然也有"常温"。"莒"，这里说的是稆，也就是穞，野生的稻谷，其实就是草籽。穷人采来充饥，居然也能填饱肚子。过这样的日子，难道不是太辛苦、太艰难、太贫薄了吗？是的，"君子固穷"，袁安们懂得，陶渊明们懂得，没有荣华富贵作依凭的"士"(即知识分子们)，就只能如此！这确是令人难以忍受的，不过，知识分子们、贫士们，还有自己的操守，还有更重要的追求，"先师有遗训，忧道不忧贫！"(《癸卯岁始春怀古田舍》)

"贫富常交战，道胜无戚颜。至德冠邦闾，清节映西关。"读到这里，倒使我们想起两则古老的故事。《韩非子》上说，有人问子夏："你过去很瘦，为什么现在长胖了呢？"子夏回答说："我入见先王之义，出见富贵荣华，二者交战于胸，所以就瘦。而今先王之义获胜了，心宽了，就长胖了。"又，《韩诗外传》上也说，闵子骞刚进孔子之门的时候，脸上蜡黄蜡黄的，过了一段时间，面色就红润起来了。别人问他什么缘故，他说："过去胸中老是义利交战，所以脸色不好；现在接受了先生的教诲，明白了为人一世的去就之分，心胸开阔了，面色自然就红润了。"这样的故事是有启发力的。袁安他们，正是靠这种顽强的精神力量垂名于世、启迪后人的！所以陶渊明才为之讴歌，引为同调。

古代的贫士们，就是这样用精神力量来支撑自己的，陶渊明承接了这份遗产，一年以后，他便"托体同山阿"了，却给世间留下了一份不向生活低头的邈然之气，虽然今天看来，也实在是过分地苦涩了一点。

"其人虽已没，千载有余情！"

(陈鸿彝)

读《山海经》(其一)

陶渊明

孟夏草木长,绕屋树扶疏。
众鸟欣有托,吾亦爱吾庐。
既耕亦已种,时还读我书。
穷巷隔深辙,颇回故人车。
欢言酌春酒,摘我园中蔬。
微雨从东来,好风与之俱。
泛览周王传,流观山海图。
俯仰终宇宙,不乐复何如?

鉴赏

组诗《读〈山海经〉》共十三首。此其第一首。它是组诗的发端,总写幽居期间农耕之余浏览图书的乐趣。从诗里描写的环境和表现的思想情调看,应当作于诗人归隐前期生活条件比较优裕之时,不可能晚于遇火的义熙四年(408)。

宋释慧洪《冷斋夜话》引苏轼语说:“渊明诗初看若散缓,熟看有奇趣。”这是苏轼对陶诗章法的总体把握,用之此诗也未见不妥。“散缓”和“奇趣”本是矛盾的两个方面,诗人依靠什么使二者协调起来呢?我以为,就是统摄全篇的意脉——洋溢在字里行间的喜悦心情。

诗先从节令宜人,景致秀丽落笔:“孟夏草木长,绕屋树扶疏。”初夏,是一年中最好的时节,既不像春天那样“乍暖还寒”,也不像盛夏那样炎气逼人。诗人抓住这一季节的突出特征——“草木长”三字用一个长镜头来一笔概写,然后推出一个特写镜头,定格于枝叶四布的树木环抱着的草庐,突出居处环境之美。“绕屋树扶疏”,显然是田家风光,这不经意的一笔,为后文“既耕亦已种”的农事活动设下了伏线。

“众鸟欣有托”承接“草木长”“树扶疏”,既是实景,又含兴意,逗出“吾亦爱吾庐”一句。诗人自己喜上心来,同感沦于幻觉,故感到鸟儿似乎也乐其有托;而“众鸟”的“欣”,翻转过来又诱发了诗人的情怀,使得“我亦具物之情”,物与我,意与境,达到了妙合无垠的境地。

前四句通过环境描写,表达了“托身已得所”(《饮酒》其四)的满足,这是读书的必要条件,接着就写春耕春种已告结束,可以有暇读书。“既耕亦已种,时还读我书。”读书,是陶渊明生活中不可或缺的事情。退居田园,有时难免要因繁忙的农务暂时中辍,现在农耕已毕,又可以无牵无碍地“还读我书”,这对“弱龄寄事外,委怀在琴书”(《始作镇军参军经曲阿》)的诗人来说,其欣喜岂待明言!

按说,继“时还读我书”之后,交代读什么书,全诗方能浑然一气。可是诗人却横空插入“穷巷隔深辙”六句,每两句为一场面,或叙事,或写景。乍看起来,使单一的主题变得复杂化,结构也“散缓”了许多。但是,只要阅读这几句时,不浮游于字面而深入体会,就会发现它的“奇趣”。它不是旁逸斜出的闲笔,而是句句都和读书相关;有了它,不但不会使主题变得芜杂,相反更为丰满。“穷巷隔深辙,颇回故人车”,是说住处幽僻,道路狭窄,车辆不便行走,朋友很少往来,无人打扰,正好安心读书。“欢言酌春酒,摘我园中蔬”,是说饮食足以自供,随时都可自酌,不为生计煎迫,正可无忧无虑地读书。“微雨从东来,好风与之俱”,是说春种刚毕,好风送雨,雨顺风调,不忧农事,大自然的深情赐予,正能助人读书。

至此,读书的条件已经完全具备,下面遥接“时还”句正面叙述读书。“泛览周王传,流观山海图”,点明读书的内容。末二句说读书的感受:浏览了《穆天子传》和《山海经》图,顷刻之间即可穷极宇宙,怎么能不高兴呢?以反问收束全诗,欣喜之情溢于言表。

这首诗极写隐居读书悠然自得、陶然自乐的意趣,一个“乐”字贯通全篇,有时把这样的欢乐情趣熔铸在叙事之中,有时又借助写景把它呈现出来,有时则由诗人直接宣示。它好比一条丝线,把一个个零散的珍珠串联到一起。

(傅毓民)

拟挽歌辞三首

陶渊明

其一

有生必有死,早终非命促。

昨暮同为人，今旦在鬼录。
魂气散何之，枯形寄空木。
娇儿索父啼，良友抚我哭。
得失不复知，是非安能觉。
千秋万岁后，谁知荣与辱。
但恨在世时，饮酒不得足。

其二

在昔无酒饮，今但湛空觞。
春醪生浮蚁，何时更能尝。
肴案盈我前，亲旧哭我傍。
欲语口无音，欲视眼无光。
昔在高堂寝，今宿荒草乡。
荒草无人眠，极视正茫茫。
一朝出门去，归来夜未央。

其三

荒草何茫茫，白杨亦萧萧。
严霜九月中，送我出远郊。
四面无人居，高坟正嶕峣。
马为仰天鸣，风为自萧条。
幽室一已闭，千年不复朝。
千年不复朝，贤达无奈何。
向来相送人，各自还其家。
亲戚或余悲，他人亦已歌。
死去何所道，托体同山阿。

鉴赏

《拟挽歌辞》三首，是陶渊明生前的自挽之词。李公焕《笺注陶渊明集》引祁宽语说："昔人自作祭文挽诗者多矣，或寓意骋辞，成于暇日。"既成于暇日，便难免游戏笔墨。陶渊明这三首诗，“盖出于属圹之际者”（同上），写作态度就显得庄重严肃，诗中包含着他长期以来对生死问题所做的哲理性思考，也隐现着他的复杂痛苦、难以言说的心理矛盾。这种思考与矛盾，浸润着诗人将死之前的自伤情绪，使得全诗“情辞俱达，尤为精丽”（同上），绝非一般游戏笔墨所可比况。

因为这是诗人生前的自拟挽词，一旦握笔临笺，首先涌上心头的自然是对于死亡的思考，挽歌第一首内容的侧重点显然就在这里。

在诗人看来，人之生死是一种自然现象，“有生必有死”，即使是早早死了，也说不上就是命短。因而用不着对“昨暮同为人，今旦在鬼录”的生死之变过分动情。在这里，诗人对于死亡流露出来的是一种理智而旷达的态度。这种态度并非得之偶然，而是来源于他的以道家玄学自然观为内容的朴素的唯物主义的宇宙观，来源于他对生死问题所做的长期思考。他的《形影神》诗，就集中阐发了对于“生死”的基本看法。他认为，人与世间万物一样，都是自然造化的结果，无论怎样的“大至人”“长寿者”，都无法久驻人间，因而应该平静、理智地对待死亡。“纵浪大化中，不喜亦不惧。应尽便须尽，无复独多虑”，这种思想，他一直坚持到晚年，所以在概言“有生必有死”之后，就进一步从形、神关系方面来深化自己的看法：“魂气”（神）散了之后，不知所往，尸体便只能成为“枯形”而安置于“空木”（棺材）中。既然人死神灭，只留下待化的“枯形”，那么，“得失”“是非”之类的感知，当然也不复存在。再进一层，当想到连“枯形”也要化归空无时，作者自然要有“千秋万岁后，谁知荣与辱”的喟叹了。

不论怎样的通达之士，也不论他对死生持有怎样的唯物主义观念，当其真正直面死亡时，总不会心如枯井，微澜不兴。陶渊明尽管对“死亡”早有心理准备而且显得态度旷达，然而，正如同他常常痛感于“日月掷人去，有志不获骋”（《杂诗》）的生活矛盾，便不免产生“身没名亦尽，念之五情热”（《形影神》）的感情骚动一样，在挽歌第一首的末尾，他到底掩抑不住对死亡的自伤情绪，终于发出“但恨在世时，饮酒不得足”的心音。此二句一出，诗歌的感情便由前面的平静淤积酿成高潮，陶渊明亦随之露出了掩盖在“哲人”面纱下的“诗人”脸孔，而全诗意味亦从“理趣”一跃而为“情趣”。清人方东树说这首诗“结句收转，倒具奇趣”（《昭昧詹言》），颇有见地。

有人认为这两句诗是陶渊明“及时行乐”的消极思想的流露。其实，只要联系陶渊明同一时间写的《自祭文》中“人生实难，死如之何”的感叹，就会发现此种看法的肤浅。我们可以这样说，陶渊明对于死亡的旷达态度，实在是出于“人生实难”的熔铸，因之，“但恨在世时，饮酒不得足”的内涵，就绝非对死后再也不能饮酒作乐的遗憾情绪的概括，这里包含着他的难以言说的人生痛苦和感情矛盾。要理解这一点，就得理解“酒”与陶诗的关系。古人评陶诗,说它“篇篇有酒”,固失之以偏概全,但酒在陶诗中地位之突出,也是事实。为什么会出现这种情形?主要原因恐怕正如陶诗中反复强调的那样:“酒能祛百虑”(《九日闲居》),“酒云能消忧”(《形影神》),“中觞纵遥情,忘彼千载忧”(《游斜川》)。可见陶诗所以“篇篇有酒”,是因为它的作者时时有忧。这种“忧”是出自陶渊明曲折人生经历中的痛切的生活体验。他生当乱世而夙志难酬,一度出仕又“道不偶物”,“躬耕自资”又贫病交加,这样,忧虑之对于他便如影随形,挥之不去了,作为消忧的“酒”,也终于不能“自止”(《止酒》)。

既然“酒”与“忧”在陶渊明的生活中是如此难分难解,所以“但恨在世时,饮酒不得足”所包含的情感,与其说是他为未能“及时行乐”而遗憾,毋宁说是他活着时,本想借酒消忧而终于未能如愿以偿,这在临死之际想来,不能不算一桩恨事了。

在挽歌第一首的末尾,诗人的情感突破了理智的提防,我们于是看到了诗人旷达态度掩盖着的人生痛苦。第二首挽歌的抒写也就顺势沿着已经酿成的感情波涛荡漾开去。起首四句,字面紧扣“饮酒”而诗意暗合“不得足”。从表面上看,诗人仿佛是为自己死亡之后再也不能饮酒而惋惜,其实还得从隐藏在“酒”后的怀抱着眼。在昔所以无酒饮,陶渊明说是因为“家贫不可得焉”(《五柳先生传》)。以一个世族后裔兼当时名士,本不应当家贫如此,何以竟至如此?他的《咏贫士》道破了其中秘密:“量力守故辙,岂不寒与饥。”因为自己决意抱守节操,势必不能见容于世,那就不免饥寒之苦了。所以,昔日的无酒歌饮,现在的空对酒杯,明为叹酒,其实是暗伤自己坚持操守的行为,不仅过去未被人理解,到死也还是无人理解。既然不能被人理解,便只好“春醪”自酌,孤芳自赏。而现在,连自我欣赏这点乐趣也将随着死亡而失掉,怎能不使人倍生惆怅?这大约就是“春醪生浮蚁,何时更能尝”的真意所在。

倘说开篇四句是扣“酒”骋意,抒写诗人不为世用的无限惆怅,那么,接下来的四句诗则是通过设想自己成殓的情形,抒写愧对亲友的内心痛苦。“肴案盈我前”,是写祭奠场面的半隆;“亲旧哭我傍”是写亲旧失我的哀痛。祭祀半隆而亲旧哀伤,说明他们不遗自己的情谊。也许是有慨于此,诗人的内愧自责之情油然而生。本来归隐之后,陶渊明对自己的家庭生活曾有过美好的设想,希望“亲戚在一处,子孙环相保。觞弦肆朝夕,樽樽酒不燥”(《和郭主簿》)。然而事与愿违,临死之际想来,不仅自己“在昔无酒饮”,而且使儿子“幼而饥寒”“役柴水之劳”,只要看看他在《与子俨等疏》中对此种情形是怎样的“念之在心”,就可以想见他的内疚自责之情是何等强烈。所以看着自己为“亲旧不遗”时,他仿佛有许多话要说,但是已经不可能了,“欲语口无音,欲视眼无光”。两个“欲”字,把死不瞑目者的内心痛苦写得何等深沉。

虽然自己营家乏术，到底还有“高堂”可以安卧，还有家庭的温暖可以流连。以后呢？自己将要被送到茫无人迹的“荒草乡”去埋葬，而且一旦被送出门去，就再也没有归来的可能。第二首末尾六句，就是从盖棺之时与亲友的“死别”，悬想到自己将来的归宿，诗人的感情也由成殓时的巨痛一变而为“此恨绵绵无绝期”了。

挽歌第三首的表现触角由家中延伸向野外。就这首挽歌本身的结构看，大体可划分为两个部分：前八句，描写与叙述交错，实写送葬的景象。在这里，作者以衰草、白杨、严霜、高坟、挽马等具体形象，从视觉、听觉、触觉诸方面，描绘出一幅令人触目惊心的送葬图。落实去看，这是诗人当时悲戚死葬情感的景物化。但若结合诗人的生活时代和具体人格去看，我们不妨认为，开头四句所渲染的肃杀凄厉的送葬环境气氛，也许就是作者感觉中的当时社会环境气氛的一种象征。同样的理解，也可以推及作品对墓地景象的描写。“四面无人居，高坟正嶕峣”，可以使读者看到当时社会中民生凋敝、田园荒芜的惨状。而关于挽马、寒风的拟人化描写，也分明淌溢着作者深沉的郁愤。同时，从这个角度去理解作者关于送葬场面的描写，也易于使三首挽诗的思想感情的脉络得以畅通。因为正是由于送葬场面所象征的那种令人寒栗的社会情状，促成了他的“人生实难”的体验，并进而使他对死亡采取了旷达态度；也正是这样的社会情状，成了他在前面两首挽歌中所流露的哀伤情绪的基础，也使第三首的下半部分有了立足之地。

第三首后半部分，是从送葬场面引发出来的感慨。诗人先从被葬者的方面设想：死者一旦被埋入地下，就永不复见天日。接着又从送葬者方面设想：这些“相送人”在埋葬了死者之后，很快就会忘掉哀痛。对于前者，作者明白是连“贤达”也无可奈何的自然法则；对于后者，作者在感情上又不免为人情浇薄而感到哀伤。这样两面设想的结果，诗人用理智遏制了感情，对死亡又恢复了旷达态度，因而在诗歌结尾，他平静地表示：死就死了吧，有什么好说的呢，无非是把躯体寄托在山陵罢了。可是在这平静之中，读者还是可以感觉出诗人化解不开的忧愤。

苏轼说：“渊明诗初看若散缓，熟看有奇趣。”也许《拟挽歌辞》三首最能体现苏轼的这一评语。这三首诗，铺叙了从死亡到埋葬的一般过程。从构思看，确无出奇之处。但其章法结构却十分严谨，全诗以旷达语开篇，又以旷达语收束。各篇之间，首尾相扣，仰承自然，浑为一体。诗中理趣与情趣融合交汇而相映生辉，表现上又推移自然而摇曳生姿。其笔力老辣劲健，令人叹为观止。

此外，这组诗也从诗人对待死亡的态度和感慨这一侧面，显示了陶渊明作为一个伟大诗人的主要性格特征，这就是：他一方面企图以旷达的态度来对待死亡，一方面又按捺不住对于死亡的自伤情绪，这旷达与自伤的冲突,说明了他人生痛苦的深沉和感情矛盾的剧烈。这就是说,他并非一个浑身静穆的诗人。

（李道尧）

凌峰采药触兴为诗

帛道猷

连峰数千里,修林带平津。
云过远山翳,风至梗荒榛。
茅茨隐不见,鸡鸣知有人。
闲步践其径,处处见遗薪。
始知百代下,故有上皇民。

鉴赏

本篇是作者采药山中触兴而作。诗前八句写深山景色。连绵峻拔的群山,白云萦绕,野草荒榛,山风吹拂。在深山一派静谧的气氛中偶尔从远方传来几声鸡啼方知这山中还住着人家。诗人循声寻路找去,茅茨依然无觅,只见山路上处处留有山民们没有拣完的柴薪。最后两句,紧扣“触兴”二字,点明题意。诗人即景骋怀,想象这些与世隔绝的深山人家,他们悠闲自在,无忧无虑,真可称为百代之下的羲皇上人。

本篇《释氏古诗》题为《寄道壹》,有相招之意。又据《高僧传》载:猷与道壹曾有讲筵之遇,后与一书,因赠诗云。东晋时代,政治黑暗,官场污浊,在老庄玄学和佛教哲理的影响下,归隐山林、采药养生成为名人文士追求自由和超脱尘世的乐事。诗中因景而触动了归隐山林的兴致,显然反映出当时社会的风尚,使人联想起陶渊明在《与子俨等疏》一文中所说:“常言五六月中,北窗下卧,遇凉风暂至,自谓是羲皇上人。”本篇在艺术上的独到之处是景中有人而终不见人。茅茨不见,以鸡鸣显示人家;人迹杳然,以遗薪点染其出没往返。这种清新静谧的意趣,与陶渊明田园诗、王维山水诗的意境相通。

（林家英）

宛 转 歌

刘妙容

其一

月既明,西轩琴复清。
寸心斗酒争芳夜,
千秋万岁同一情。
歌宛转,宛转凄以哀。
愿为星与汉,光影共徘徊。

其二

悲且伤,参差泪成行。
低红掩翠方无色,
金徽玉轸为谁锵。
歌宛转,宛转情复悲。
愿为烟与雾,氛氲对容姿。

鉴赏

这两首诗据吴均《续齐谐记》说,来自一个美丽而感伤的故事:晋有王敬伯者,会稽余姚人,少好学,善鼓琴,年十八,仕于东宫,为卫佐。休假还乡,过吴,维舟中渚。登亭望月,怅然有怀,乃依琴歌《泫露》之诗。俄闻户外有嗟赏之声,见一女子雅有颜色,谓敬伯曰:"女郎悦君之琴,愿共抚之。"敬伯许焉。既而女郎至,姿质婉丽,调韵哀雅,类今之《登歌》。曰:"古所谓《楚明君》者也,惟嵇叔夜能为此声。自兹已来,传习数人而已。"复鼓琴歌《迟风》之词,因叹息久之。乃命大婢酌酒,小婢弹箜篌,作《宛转歌》。女郎脱头上金钗扣琴弦而和,音韵繁谐。歌凡八曲,敬伯惟忆二曲。将去,留锦卧具,绣香囊并佩一双,以遗敬伯。敬伯报以牙火笼、玉琴轸。女郎怅然不忍别,且曰:“深闺独处,十有六年矣。邂逅旅馆,尽平生之志,盖冥契,非人事也。”言竟,便去。敬伯船至虎牢戍,吴令刘惠明者,有爱女早世(逝),舟中亡卧具,于敬伯船获焉,敬伯具以告。果于帐中得火笼、琴轸。女郎名妙容,字雅华;大婢名春条,年二十余;小婢名桃枝,年十五,皆善弹箜篌及《宛转歌》,相继俱卒。

这虽然出自小说家言,却反映了封建社会上层才女精神压抑,爱情不得自由的精神痛苦。这两首《宛转歌》,情调凄苦,哀怨独至,其作者似乎非女性而莫属了。

先看第一首。“月既明,西轩琴复清”,先展现了一个幽美清静的环境:西廊上琴声袅袅,夜空淡静,明月一轮。波光如水,遍地空明。放眼望,溶溶月光,茫茫夜色,一切都安静极了。幽幽的琴音更增添了几分静谧气氛。写月明着一“既”,说琴清而曰“复”,见出这是“星汉西流夜未央”的时候,也点明主人公在月未明之时就在岸边亭上已听到琴声清清了。这二句既写景,也交代了时间的延展和流失,同时也为下文言情做了铺垫。为何在旅途维舟登岸,偶尔听到琴音,就如此聆听而直至“月既明”呢?琴音清清,虽非司马相如《凤求凰》那类寻偶求侣的挑逗曲,但也够绸缪缠绵、情意悱恻而动人心怀,使她这位琴瑟高手也一听钟情。琴声成了他们邂逅相逢的天作地合的媒使。短暂交谈,斗酒助兴,俨然成了琴友。三、四句从景递情。“芳夜”,美夜。月明、琴清为芳;觅得知音为美。两情相悦,美酒共酌,寸心相印,情愫不尽,真是“良辰美酒奈何天,赏心乐事谁家院”。“争”“同”把弹者、听者挽在一起,情中含景。美妙韶华,难得芳夜,泠泠琴音,促成这对青年爱情的萌发、心灵的骚动,故有“寸心斗酒争芳夜,千秋万岁同一情”的热烈心情。但这“同一情”,只是这一夜之间,毕竟是半路相逢,明日将各奔东西。此生此世能否再相见,则很难预料。真是相见恨晚,相别恨促。情不能已,吟唱出《宛转歌》,把这美好的夜晚,留存记忆中。而歌声也太宛转哀凄,悲上加悲。原想“展诗请歌聊自宽”,却是“乐往哀来摧肺肝”。末二句就眼前夜景生情,落醒情难久长之哀,与篇首“月明”照应。“愿为星与汉,光影共徘徊”,明月皎皎,星汉西流,银汉(天河)护着群星,群星偎着天河,星河共绕。“光影徘徊”,这是她的企愿,也是仰天的浩叹。末句的“共”和第四句的“同”,前后映带,自然连成一片。

再看第二首。“悲且伤,参差泪成行。”“参差”,即纵横,状以泪多,以形容悲重伤深。这二句递接上首末二句,相厮共守而不得,即生星汉徘徊之叹,直就悲伤成泪说起。“悲且伤”与上首“凄以哀”遥应。“低红”,犹言垂首低眉。情思悲伤,泪痕在脸,故“低红”。上首,琴为男操,此则音为女弹。满怀心事,所以“低眉信手续续弹”。“掩翠”,意谓掩袖,泪珠成行而且参差纵横,就不能不时地去“掩翠”拭去。也正因为“低红掩翠”情怀难再,而“无色”——难以为情。前着一“方”字,“方”在“寸心斗酒争芳夜”,分量就沉重多了。“徽”,系弦之绳。“轸”,通“紾”,系弦线之轴。“金”“玉”言琴精美,以衬人之佳丽。中心悲哀,神情无色,弃琴一旁,而有“金徽玉轸为谁(何)锵(弹)”的哀怨。这两句“仍借琴上生出感慨”(张玉穀),与“西轩琴复清”形成始遇终别的感情变化的对照。这也是“援琴鸣弦发清商,短歌微吟不能长”(曹丕《燕歌行》其二)那样泪下沾裳的情怀。心苦音哀,琴声自悲。停琴息悲,然不能已,则又续之以歌。但歌声仍同琴声一样,宛转生悲。“情复悲”由“为谁锵”而来,神光返照篇首之“悲且伤”,和“凄以哀”一情贯穿。悲伤内积,自求期望:“愿为烟与雾,氛氲对容姿。”夜雾蒙蒙,长烟一空,更具一种微茫惆怅的寂凉之意,于此,却成了悲哀伤情人借以精神平静的寄托:但愿我们能和这夜晚的烟雾氛氲,自来自往,缭绕一体,容姿相对,耳鬓厮磨。这对空的祈祷祝愿,无异于说,万物灵长的人,特别是精神旺盛、欲望自多的青年人,反不如在天缥缈的银汉、无生命的烟雾。如果上首末二句祝愿还清晰可见,似为可待,那么这两句就更为杳茫,情愈凄苦。虚空的氛氲怎须怎待,岂不是如梦如幻,像李商隐所说的“此生可待成追忆,只是当时已惘然”的无尽惆怅了。而在一片哀婉凄苦之音中,终止了这首感伤的《宛转歌》。

诗中的主人公,有点像戏剧中杜丽娘那一类被“槛禁”的女性。不过她毕竟有幸而生活在个性还较解放的南朝,不像杜丽娘连睡个午觉也算越规。能与异性对弹对歌,而能无甚顾忌地呼唤出自已的愿望和理想,希望“对容姿”“共徘徊”。这与陶渊明《闲情赋》的“激清音以感余,愿接膝以致辞”,“愿在夜而为烛,照玉容于两楹”那一连串的愿望,是为神似。就时代来说,这是六朝人的共性。这首诗三、五、七言,长短交错,宛转自然,情思缭绕,凄恻感人。四个三字句,分置篇首与篇中,使每首各自形成两个层次。“月既明”是初逢的月满人聚;“悲且伤”即乍见的哀哭,有领起全篇的作用。“歌宛转”复见,点明题目,置于层折转进之处,增强了诗的宛转缠绵的特色。末尾的两个“愿”字句,情意绵绵,余音不尽,于柔婉风神之中渗透出一种执着情思,如怨如慕,如泣如诉。这诗可能非须眉越俎代庖之作,而是女性发自心中的肺腑之情,诚然是为情造文之佳制,故自有感人而真切的力量潜在。

(魏耕原)

南北朝诗歌

过始宁墅

谢灵运

束发怀耿介，逐物遂推迁。
违志似如昨，二纪及兹年。
缁磷谢清旷，疲薾惭贞坚。
拙疾相倚薄，还得静者便。
剖竹守沧海，枉帆过旧山。
山行穷登顿，水涉尽洄沿。
岩峭岭稠叠，洲萦渚连绵。
白云抱幽石，绿筱媚清涟。
葺宇临迴江，筑观基曾巅。
挥手告乡曲，三载期归旋。
且为树枌槚，无令孤愿言。

鉴赏

南朝刘宋永初三年(422)，谢灵运到永嘉郡做太守，途经自己的旧居始宁别墅(在今浙江省上虞市东南，又名西庄)，做此诗。诗中抒发了诗人在理想与现实冲突中的困惑，描绘了始宁别墅秀美的风光，表达了寄情山水、幽居生活的愿望。

全诗分作三层。前八句为第一层，抒发诗人内心的困惑和抑郁。谢灵运为东晋名将谢玄之孙，十八岁袭封康乐公。高贵的门第，显赫的家族，使得谢灵运热衷于政治，希望能在政治上有所作为。晋元熙二年(420)，刘宋代晋，改元为永初元年。东晋的世族势力受到一定的打击，王谢两个最大的世族也不例外。尽管刘裕对谢灵运还十分重视，委以重任，但谢灵运还是感到政治愿望得不到满足，常发牢骚，当然要曲折地反映出来。本诗即是如此。“束发怀耿介，逐物遂推迁”,明是检讨自己性格的变化,实则是发泄自己对政治的不满。因为“推迁”的原因是“逐物”,是随着环境的变化,自己政治上无所作为,为了排遣内心的苦闷,掩饰对政治的关心,只有寄情山水。诗人认为自己在这场理想与现实冲突中是个悲剧的扮演者,理想不可能实现,经过两年,诗人感受很深。“缁磷”(缁,黑。磷,薄)二句,便是真实的反映。作者从“缁磷”“疲薾”的自身感受中,体会到清旷之难得,“贞坚”之难保,有愧于列祖列宗,有负于谢氏家族。“谢”“惭”两个感情色彩十分浓烈的动词,将诗人心中的苦闷、羞愧、抑郁、困惑都鲜明地表现出来。因此,他只想在老庄道学中寻找出路,超凡脱俗,做一名“静者”,就可以安下心来了。为什么诗人来到始宁前先发如此强烈的感情?这是因为始宁墅是他的别业之一,这里有自己熟悉的一切,抚今追昔,自然浮想联翩,落笔成诗。

从“剖竹守沧海”以下十句为第二层,是诗人赴任永嘉,绕道始宁,写始宁墅的风光。这是全诗的精华部分。“枉帆”二字,既是写实,又是对任职的冷淡、对故居的怀念等复杂心理的描写,可谓巧妙之极。接着,作者以整齐、细腻的笔触,描绘了始宁墅的秀丽风光。这里,山岩险峻,怪石嶙峋,层层密密,重峦叠嶂。行走在山间小路上,时而上,时而下,时而盘旋,时而直上,峭峻的山峰,使人感到自然的宏伟博大,奇丽多彩,变幻无穷。这里,水依山走,蜿蜒曲折,时而悄悄流去,时而呼啸转来。水中的洲渚,星罗棋布,连绵相接,犹如一串串珍珠宝石,镶嵌于水中。行走在水边小路上,时而左,时而右,时而向前,时而盘桓,如往而复,令人倍感迷茫,对这里的一切充满了神秘感。“白云抱幽石,绿筱媚清涟”句,可谓精雕细琢,秀丽工整,表现出诗人“极貌写物”“穷力追新”的艺术技巧,仿佛使人看到,深暗的岩石,在白云中若隐若现,像白云拥抱着幽石,又像幽石吞吐着白云;青翠的绿竹,在微风中左右摇摆,像在炫耀自己的风姿,向清溪献媚。难得的是,这两句都是以飞动的画面展示出始宁墅的风光,但又有所不同:前者展示别墅的幽静,仿佛是万籁俱寂,只有流动的云和不动的石;后者则表现出别墅的喧闹,风声、竹声、水声,交织在一起,组成一曲生机勃勃的交响乐。而幽静与喧闹的统一,则是别墅的主体。在充分渲染始宁墅周围的风光之后,诗人才着笔写别墅的本身。“葺宇临迴江,筑观基曾巅。”用墨虽然不多,但已勾勒出始宁墅的概貌:台观坐落在高高的山顶,住房俯临曲迴的江边,青山、白云、洲渚、绿竹、台榭,组成了一幅和谐的画面。这样的景致,使人流连忘返,使人心旷神怡。在这样的环境中,诗人忘却了世俗的烦恼,获得了极大的愉悦,以至在离开始宁墅时,还希望能早日回来。

最后四句为第三层,写诗人希望自己不久能回来过山村生活的愿望。在依依不舍地和乡邻挥手告别后,诗人郑重地表示,希望三年任满之后,能返回故居。因而他希望乡邻为他种些白榆树、楸树,“且为树枌槚”,实则是有在始宁墅终老一生的意思。前面说过,诗人素有凌云壮志,热衷于政治,此时为什么又要归隐于乡里呢?很显然,诗人已经断定政治上的前程无望,只能作短时期的敷衍,只好求其次。而始宁墅的秀丽山水,确实有吸引力,神秘的大自然使得诗人更觉得世俗的无聊,因而他才表示希望三年后能回到始宁墅,与青山绿水做伴,和明月白云为邻。

综观全诗,描写细腻、精致入微,典雅清新,纤秾绮丽,的确如鲍照所形容的“如初发芙蓉,自然可爱”(许颉《彦周诗话》)。

(华钟彦)

游南亭

谢灵运

时竟夕澄霁,云归日西驰。
密林含余清,远峰隐半规。
久痗昏垫苦,旅馆眺郊歧。
泽兰渐被径,芙蓉始发池。
未厌青春好,已睹朱明移。
戚戚感物叹,星星白发垂。
药饵情所止,衰疾忽在斯。
逝将候秋水,息景偃旧崖。
我志谁与亮,赏心唯良知。

鉴赏

初夏的傍晚,雨过天晴,碧空如洗。一丝白云偶尔飞过天庭,像是那匆匆回归的游子;红日西沉,一会儿就隐没在远远的山峰背后。时间过得真快啊,春天还未赏够,夏日已经来临:兰草掩盖了郊外的小路,荷花开放在野外池塘。

初夏,是一年中最美的时节,它有春天的明媚,又有夏天的热情;傍晚,是一天中最有诗意的时刻,太阳落山,倦鸟归林，它使你似乎听到了岁月的匆匆脚步，又给你一个更加美好的明天；雨后，更是令人陶醉，天上的水已洗净世间的尘埃，天更透明，地更苍翠。就在初夏、傍晚、雨后，诗人来到城外的南亭游玩。他看着这山，这水，那白云，那红日，深深吸一口密林中透出的清凉之气，举目眺望这美丽的原野——在这赏心时节，面对这悦目景色，游人们谁不沉浸在一种宁静的喜悦之中呢？

然而，我们听到的却是一声叹息，一声发自灵魂深处的沉重的叹息！

我的志向无人知晓，我的情怀也无人体谅。在这孤独的黄昏里，知音又在何处呢？春去夏来，岁月匆匆。春兰正盛，夏荷已发，青春的岁月似乎还未过去，星星白发却已出现。人生在世，不过吃喝玩乐而已，谁料想竟在这地方又病又老下去！秋天一到，不如回家高卧！

谢灵运生于号称"王谢"的最高望族。但到了谢灵运这一辈，王谢等大士族已趋没落，庶族出身的大将刘裕夺了皇位，建立了刘宋政权。谢灵运作为士族的代表人物，"自谓才能宜参权要，既不见知，常怀愤愤"(《宋书》本传)。为了实现他的"志"，他便与刘裕的次子刘义真拉上了关系。谁知他站错了队。公元422年，刘裕死了，皇太子刘义符继位。刘义真被调离京城，他的政治小圈子被拆得七零八落。谢灵运也被出为永嘉太守。他是自诩"宜参权要"的，区区一个郡守哪里在他眼里！政坛的失势，家族的衰微，前途的渺茫，使他陷入深深的苦闷之中。他不问政事，遍游山水。可是，不管这永嘉风光如何动人，他的心却总是"昏"的、"苦"的，他总是在"痗"、在"叹"。他感叹自己已年近四十，官却越做越小，他厌恶永嘉这"昏垫"之地，他知道远在京城建康的"权要"们时刻都在注视着他的动向，他很想暂时退隐但又不敢上书辞职，而且更不甘壮年无为，他作为大望族本能地瞧不起刘裕父子这些暴发户，但是，现在，他连拍马屁的权利也被剥夺了！他痛苦，他矛盾，他一边发着牢骚，一边也在"眺"、在"候"。他在游山玩水中眺望等待了一年，形势没什么转机。"秋水"来临时，他真的挂冠回乡，"息景偃旧崖"去了。他真的从此归隐了吗？才不呢，他是在学他的祖宗谢安石，当形势不利时，便回乡隐居，闲来读读《老庄》，以等待时机，东山再起！

诗人屈居永嘉一年，并无多少政绩，却留下了许多深沉幽怨的山水诗。这首《游南亭》，前八句写景，景中透出悲苦；后八句写情，情中流露出归隐之志。这两部分以春夏相递之景，自然过渡至岁月匆匆之情，可谓是天衣无缝。最后一句，归结全诗，点出自己情志之所系。

（吴文治　朱崇才）

登池上楼

谢灵运

潜虬媚幽姿，飞鸿响远音。
薄霄愧云浮，栖川怍渊沈。
进德智所拙，退耕力不任。
徇禄及穷海，卧疴对空林。
衾枕昧节候，褰开暂窥临。
倾耳聆波澜，举目眺岖嵚。
初景革绪风，新阳改故阴。
池塘生春草，园柳变鸣禽。
祁祁伤豳歌，萋萋感楚吟。
索居易永久，离群难处心。
持操岂独古，无闷徵在今。

鉴赏

谢灵运一生写了大量的山水风景诗，《登池上楼》就是其中的一首佳作。他广游山水，观察自然景物细腻入微，写景状物，不仅能把握住景色的特点，而且往往含蓄巧妙地衬托出人的内心情绪，感物寄兴，情景交融，独具艺术之匠心。

这首诗作于景平元年初春，诗人久病初起，登楼眺望，发现景换物改，春回大地，满园春色，于是触景而动情，委婉地发泄政治上的失意，从而向往隐遁。诗以“潜虬”“飞鸿”起兴。“虬”是传说中有角的小龙，“潜虬”就是潜伏的龙。“鸿”是大雁，“飞鸿”就是高飞的雁。龙潜深渊，有刚健婀娜的美妙之姿；雁飞天际，有振翮鸣响的雄捷之貌。这起首二句，是诗人自喻，开笔突兀，托兴深切。深潜而自媚幽姿的虬，奋飞而声扬八方的鸿，二者虽然不同，但都自得其所。相比之下，自然就深感己身是羁于世俗尘网中了。因而慨叹“愧云浮”“怍渊沈”，望虬、鸿而惭愧不已了。自己做官不能进德修业，于时无益，想隐退又不能力耕，无以自养，求得些微俸禄，却被外放而穷居海边。既然“薄霄”之志无望，“栖川”之想空存，那就必然要产生进退失据、惆怅茫然的痛苦了。上面八句，托物兴感，寓景赋志，匠心独运。

“衾枕”以下八句，叙写诗人病愈之后，推窗远眺“新阳”之景时的满怀喜悦和新鲜感受。久病卧床，与衾枕为伍，感觉不到季节气候的变化。一旦初愈，登楼临视，掀帷远望，耳目所接，由远及近，大海的涛声，尽聆于耳，高峻的群山，悉收于目，春光明媚，春水碧绿，园林草木生机盎然。可谓风光这边独好，一幅山清水秀、声色俱得、春意融融的全景山水画图映入眼帘，斑斓夺目。“池塘生春草，园柳变鸣禽”两句，用语平易，写景自然。池畔春草，一片嫩绿，园中柳丛，禽声悦耳。诗人游赏时无意中情与景会，得到一个富有生意的新鲜感受，自然道出；一时愉悦的心情，溢于言外，毫无雕刻的痕迹。正如叶梦得所说：“此语之工，正在无所用意，猝然与景相遇，借以成章，不假绳削，故非常情所能到。”（《石林诗话》）由于这两句给人以精工自然、声韵流动的美感，达到了情景交融、句意俱佳的境界，正像诗人自己也颇感得意而说的：“此语有神助，非吾语也。”以至在当时就带上了神秘的色彩：“康乐（谢灵运袭封康乐公）每对（谢）惠连，辄得佳语。后在永嘉西堂，思诗竟日不就，寤寐间忽见惠连，即成‘池塘生春草’。”（钟嵘《诗品》引《谢氏家录》）历代也颂扬不绝，“春草池塘一句子，惊天动地至今传”（吴可《学诗诗》）；“池塘春草谢家春，万古千秋五字新”（元好问《论诗三十首》）；“造语天然，清景可画，有声有色”（谢榛《四溟诗话》卷二）。

“祁祁伤豳歌，萋萋感楚吟”两句，由上面游目骋怀所引起的欣喜过渡到下面伤今思归而产生的感慨。诗人伫立楼头，面对无边美景，意乱情牵，感触万端。在这两句中，诗人用两个典事来表达急于退归的心情！“春日迟迟，采蘩祁祁。女心伤悲，殆及公子同归”（《诗经·豳风·七月》）；“王孙游兮不归，春草生兮萋萋”（《楚辞·招隐士》）。这是由眼前春色而引起对古人歌咏春景中的伤感情绪的共鸣，从而又触动眼下离群索居之现实，加重了怀人思归的情绪。全诗以决意隐退收尾，“持操岂独古，无闷徵在今”，《周易·乾卦》：“龙德而隐者也，不易乎世，不成乎名，遁世无闷。”说有龙德而隐者，不为世俗易其志，不成其名，避世而无所烦忧。保持高尚的节操无所苦闷，岂止古人能做到，我已征验实现了。“将穷山海迹，永绝赏心晤”，他本来就把出任永嘉太守看作遁世归隐，所以才说“无闷徵在今”。诗人领悟了“遁世无闷”的妙趣和真谛，在宇宙中，与尘世隔绝，唯山水是伴，表现出士大夫不得意的伤感情绪，反映了他在仕途失意后对归隐既有闲适自得、积极向往的一面，也有愤愤不平、无可奈何而求之的一面。

全诗托兴深切,妙融情景,章法谨严,造语清新,音节铿锵,对偶工整,是古代诗坛上一枝独葩,清丽的美姿闪烁至今。

(陆三强 赵望秦)

游赤石进帆海

谢灵运

首夏犹清和,芳草亦未歇。
水宿淹晨暮,阴霞屡兴没。
周览倦瀛壖,况乃陵穷发!
川后时安流,天吴静不发。
扬帆采石华,挂席拾海月。
溟涨无端倪,虚舟有超越。
仲连轻齐组,子牟眷魏阙。
矜名道不足,适己物可忽。
请附任公言,终然谢夭伐。

鉴赏

本诗是作者任永嘉太守时作。作品描绘了赤石、帆海两处的风光,抒发了希望能归隐于海上的愿望。赤石,在今浙江省舟山市定海区东北海滨。帆海,即今帆游山,在浙江省瑞安市北五十里。宋郑缉之《永嘉郡记》说:"帆游山,地昔为海,多过舟,故山以帆名。"大约在晋宋之际,帆游或犹是海。

全诗分为两层。前十二句为第一层,写赤石、帆海美好的景象。"首夏犹清和,芳草亦未歇",交代出游的时间及节令特点。初夏四月气候温和,凉热适中,况春意尚浓,芳草犹在滋长,正是出游的好时节。于是诗人乘船而出,暮宿舟上。朝看彩霞之斑斓,晚赏夕阳之余晖,至于阴阳变幻,云霞起没,更是尽览无余。海天辽阔,气象万千,使诗人游兴勃发。海滨的景物已满足不了诗人对美的追求,他要像大鹏一般，越北海，超穷发，在横无际涯的远海中，寻求更为奇丽的景致，探索大自然的奥秘。“川后”以下六句皆用对仗句法，是说远海风平浪静和诗人轻舟漫游的情景。对仗为诗歌艺术技巧中的一种，在一联中，上下呼应，彼此映衬，以加强铺陈的艺术效果。本诗几个对仗句使场面更为壮阔，气势更为宏伟。我们仿佛看到舟行海上，波澜不惊；上下天光，一碧万顷。天高海阔，使诗人心胸豁然开朗，情绪更为高昂。“扬帆采石华，挂席拾海月。”“石华”“海月”都是可口的海味，作为世族的谢灵运，对此海味并不稀罕，但能亲手捕捞，也应是很有兴趣的。实则是要面对这样开阔性的美景，把酒临风，以石华、海月等海味为佳肴，干上几杯，也非容易。“溟涨无端倪，虚舟有超越。”这在写景中又兼叙事，色彩鲜明，情趣深厚。读者完全可以想见到，青天红日，绿水白帆，荡起轻舟飘摇在广阔的海面上，有时超越别人的货船，留下一道淡淡的水纹。这真是一幅美丽的图画。在谢灵运之前，没有真正的山水诗，更没有描绘海上风光的作品；谢灵运开了山水诗之先河，也是描绘大海风光的首创。在本诗中，作者以精雕细刻的手法，描绘出大海的辽阔，海霞的变幻，捕捞海味的情趣，及航行海上的闲情逸致，可谓我国诗坛上第一首海上游览诗。

后六句为第二层，写诗人由饱览海上风光，联想到曾在海上隐居的鲁仲连。鲁仲连曾却秦兵，解了赵国邯郸之围。功成而不受平原君的封赏，长揖而去。他又曾有功于齐国，齐侯欲裂土封之，他逃隐于海上。诗人对鲁仲连的做法非常佩服，说这才是真正的隐士，而对中山国的公子牟那样“身在江海，心存魏阙”的假隐士，但崇虚名，迷恋富贵，则明白地加以批判。谢灵运本来热衷于仕途，希望能在政治上有所作为，此时为什么会推崇隐士呢？这是因为在刘宋政权的打击下，旧世族的势力已大为削减，谢灵运也屡遭迫害，政治上的无望使诗人转向老庄，产生了出世的念头。故诗人说：“请附任公言，终然谢夭伐。”他意识到，圣人尚遭陈蔡之困，自己只有“削迹损势，不为功名”，浪迹江海，才能全身远害。这个道理他是看明白了，只是知之非艰，行之维艰啊！

总观全诗，作者以精雕细刻的手法描绘出辽阔的海上风光，别开山水诗作之蹊径，黄子云《野鸿诗的》评云“舒情缀景，畅达理旨，三者兼长”。诗中写景精妙，谈玄微婉，反映出诗人对刘宋政权、对自己处境的认识都有新的提高，这在其他山水诗中，还是不多见的。

（华　锋）

登永嘉绿嶂山

谢灵运

裹粮杖轻策，怀迟上幽室。
行源径转远，距陆情未毕。
澹潋结寒姿，团栾润霜质。
涧委水屡迷，林迥岩逾密。
眷西谓初月，顾东疑落日。
践夕奄昏曙，蔽翳皆周悉。
蛊上贵不事，履二美贞吉。
幽人常坦步，高尚邈难匹。
颐阿竟何端，寂寂寄抱一。
恬如既已交，缮性自此出。

鉴赏

谢灵运既任永嘉太守，肆意遨游山水，写下许多优美的山水诗。本诗即是诗人游览绿嶂山所作。绿嶂山，在永嘉西北。《读史方舆纪要》说："（永嘉）西北二十里有青嶂山，上有大湖，澄波浩渺。"此"青嶂山"，即绿嶂山。作品以细腻的笔触描绘了绿嶂山秀美的风光，并与玄理相联系。鉴赏本诗，对认识谢灵运的思想及其山水诗的美学意识，均有一定的意义。

全诗分作三层，前十二句为第一层。作者以精雕细刻的手法，再现了绿嶂山幽静、秀美的风光。"裹粮杖轻策，怀迟上幽室"，是说诗人带着干粮，拿着手杖，沿着崎岖的山路，去寻幽探胜，游览绿嶂山。"裹粮"，说明此次游山时间长，路程远。"策杖"，说明诗人要步行登山。寥寥几字，便将诗人登山前的兴奋和对山水的喜爱之情都表现出来了。以下六句，诗人具体地描绘了绿嶂山的风光，难能可贵的是，诗人以单句写水，偶句写山，山水交映，两条线索同时进行，构成了一幅绚丽多彩的山水画。写水时，先写涧水源远流长;次写舟行水上,波光潋滟,水汽弥漫,夹杂着萧瑟的山风,呈现出一派清爽微寒的深秋景致;最后写涧水曲折逶迤,忽左忽右,难辨水流方向,逆水行舟,每每不分东西。写山时,用笔更为精当。先写弃船登岸,游兴未减;再写沿着逶迤的曲径,边走边欣赏绿嶂山奇妙的风光。近看苍松绿竹,竞相挺拔,经霜之后,愈见其青翠光润,别具风采。远看山林邈邈,重峦叠嶂,密密层层,幽深莫测。无论是动态的水,还是静止的山,诗人都采用了精雕细刻的笔触,将繁复的山水,从不同角度,分层次地描摹出来,并注意到色彩的搭配和音响效果。细品此诗,不仅能透过文字,看到绿嶂山奇异的景致,甚至能感到扑面而来的山风,听到涓涓的流水,体会到绿嶂山的幽静、神秘、令人向往。诗人也完全陶醉在这迷人的风光中了,以至于"眷西谓初月,顾东疑落日"。不辨东西,不知早晚,送走一个个夕阳,迎来一个个朝霞,连绿嶂山最偏僻、最隐蔽的地方都走遍了。真可谓踏遍青山,风景此间独好。

"蛊上贵不事"以下四句为第二层,借用《周易》中的成语,阐述公务、生活、游览之间的哲理关系。诗人认为:身为郡守,不被公务缠身;徜徉于山水之间,不为物累,这才符合老庄思想,才符合当时世族的审美意识。文字虽然艰涩,但我们仍可看出诗人广博的学识、隐士的高风,也可以体会出诗人的怀才不遇之感。令人难解的是,诗人描写山水的情趣正浓,怎么会插入老庄的玄理呢? 细品谢诗,不难看出,诗人认为:山水为大自然的一部分,最能代表自然之美。诗人游览山水之中,只是把山水当作审美的对象,而不是将山水与自己的身心融化为一体;人生活在这个幽美的胜境之中,应将其作为深化心灵的场所,而不能沉迷于其中。因此,若单纯地描摹山水清新、高华,属于低层次的创作,必须将山水的描摹与老庄的谈玄说理结合起来,使人从秀丽的山水中,不仅得到自然美的享受,而且将这种美的享受上升到玄理的高度,加深对玄理的认识和理解,这才是高层次的创作。于是,诗人笔锋陡转,大讲玄理,大讲外物与内心的统一,大讲情与理的统一。

最后四句为第三层,说自己受到山水灵秀的启发,对庄子讲的缮性之道有了进一步的理解。在诗人看来,玩赏山水的目的就是要从山水的幽静恬淡中,加深对玄理的体悟,因此诗人遍游绿嶂山之际,心旷神怡,宠辱皆忘,既不为美景所累,又不为失意所伤,抱朴守一,以恬静涵养心智,以心智滋养恬静,恬智相交,修治本性。

总观全诗,写景部分辞采华美,"富艳难踪"(钟嵘《诗品》),既有清丽欲动的形象,又有回荡飞扬的韵律,使人如临其境,如睹其景,不能不为之拍案击节。至其谈玄说理,与景物凝成一体,匠心独运,尤能启人深思,实为谢诗中的佳作。

(华钟彦)

石壁精舍还湖中作

谢灵运

昏旦变气候，山水含清晖。
清晖能娱人，游子憺忘归。
出谷日尚早，入舟阳已微。
林壑敛暝色，云霞收夕霏。
芰荷迭映蔚，蒲稗相因依。
披拂趋南径，愉悦偃东扉。
虑澹物自轻，意惬理无违。
寄言摄生客，试用此道推。

鉴赏

谢灵运以写山水诗著称，这首诗就是一篇长期广为传诵的山水佳作。此诗以“还”为线索，铺叙了一天徜徉山水之间以及傍晚归来时的情景。

前两句写畅游一天的总体感受。特别点出“昏旦”，说明是一整天，同时，规定了此诗取材的重点所在。清晨和黄昏，从肤觉而言，温差变化大：气温渐渐变暖或者越来越冷；从视觉而言，光线变化快，山光水色，一时一景。用一“变”字，真实而又生动。“含清晖”用得也好：旭日东升或者日衔西山时，没有昏暗的压抑，也无炎阳的烤灼，阳光像流水一般泻出，清爽而新鲜。用“清晖”来状写，非常准确。而这时的阳光只能斜照山头水面，伫立远眺，恰像口含“清晖”。

如此美景，对迷恋山水的诗人，自然有巨大的吸引力，以至使他乐而忘归。“清晖能娱人”，像前两句一样，都是主谓结构，这就使作为主语的“清晖”拟人化了，仿佛山水也有了生命，有了情感，殷勤地以其清晖，以其灵秀挽留着游子，使他忘记了“出谷”的目的——归。忘归到什么程度呢？“出谷日尚早，入舟阳已微”是对“游子憺忘归”的具体说明。为什么清晨从石壁动身，直到日落西山才到湖边呢？是路途遥远，还是行动迟缓？联系全诗，与其说是路途迂回遥远，不如说是山景引人入胜。“阳已微”才登舟，确乎是“清晖能娱人，游子憺忘归”了！“出谷日尚早”照应前句之“旦”字，“入舟阳已微”与“昏”字呼应，同时暗扣诗题“还湖中”，自然地引出下文对泛舟湖上的景致的描写。

如果说“清晖能娱人”以下四句重在写主观感受——情，反衬客观美景。那么，“林壑敛暝色”以下四句则重在描摹客观物质——景，再现其幽静淡雅、娱人心意的神韵。诗人登上小舟时，尽管“阳已微”，还是依依不忍离去，频频回顾远处的山，近处的水。他看到：不久以前尚含清晖的山岩和那充满金色光线的树林，现在聚集着浓重的暮色，变成黑乎乎一片。灿烂的晚霞，在愈来愈浓的夜色中弥漫消散，收起了最后的余晖。湖面上，菱蔓荷叶交相映照，在清澈的湖水中投下重重叠叠的阴影；菖蒲稗子相互纠缠，犹如手挽手嬉戏玩耍的一群少女。诗人写远景阔大，如林谷暮色，晚霞余氛；写近景细致，如蒲稗互依，菱荷弄影，很符合“阳已微”时的真实情景。至此，诗人的妙笔回还往复，前提后携，层层渲染，处处呼应。既有主体的微妙心态，又有客体的精美形态；既有远距离的摇镜头，也有近距离的特写。时空不断跳动，笔法腾挪多变，诗意含蓄，意境开阔，耐人回味。

山光水色，赏心悦目，夜色却毫不客气地将它们藏了起来。诗人不得不舍舟登岸，“披拂”而归，高卧于东窗之下。一天的游玩结束了，但是，娱人的山水引起的内心波动继续着。诗人因景生情，进而悟理，不由得想起了老庄哲学和养生之道。于是，有了最后四句富于哲理性的诗句。

借用山水谈玄理，是魏晋以来士大夫的通病，谢灵运也常常如此。不过此诗情景理熔于一炉，贯串始终，并非“淡乎寡味”。比如首四句，既写到情，“游子憺忘归”；也写到景，“山水含清晖”；也写到理，“清晖能娱人”。只不过这时正在畅游，举目即景，美不胜收，触景生情，溢于言表，当然以抒写情景为主。一旦高卧于东扉之下，自然景致从眼前消失，诗人闭目回味，才有了更为深沉的哲理感悟。这种感悟又是“清晖能娱人”的山水之景所启迪，因而“情不虚情，情皆可景，景非滞景，景总含情，神理流于两间”（王夫之《古诗评选》）。情景理在诗人的胸中笔下相互渗透，相互发明，使这首诗获得了独特的艺术魅力。

（程　远）

登石门最高顶

谢灵运

晨策寻绝壁，夕息在山栖。
疏峰抗高馆，对岭临回溪。
长林罗户庭，积石拥基阶。
连岩觉路塞，密竹使径迷。
来人忘新术，去子惑故蹊。
活活夕流驶，噭噭夜猿啼。
沈冥岂别理，守道自不携。
心契九秋干，目玩三春荑。
居常以待终，处顺故安排。
惜无同怀客，共登青云梯。

鉴赏

此诗为谢灵运游石门登山之作，是一首颇为优美的山水诗。诗以叙事—写景—抒情的格调，写出诗人游月骋怀、徜徉山水而忘返的情景。诗的脉络清晰，层次井然，结构紧凑。

首二句擒题，写晨往夕至，并宿石门山顶精舍。诗中虽只写了早出晚达，而艰险紧张的旅途生活，却隐寓其中。“绝壁”状石门之陡峭；倚杖而行，以见山路之崎岖；着一“寻”字，写尽山路逶迤曲折之状。二句叙事，用字警拔而惜墨如金。“疏峰”以下四句，铺写高馆四周的形势：遥对秀峰，下临回溪。庭前一排排长林，馆基与门阶旁乱石纵横。下一“罗”字，见山林密布之状；着一“拥”字，示乱石纵横逼仄之景。馆周景象，了然在目。“连岩”以下四句，倒补寻字，描绘了登石门时峰峦稠叠，竹木丛密，使人莫辨来路与去径。诗笔如画，读其诗而山重水复之困惑与柳暗花明之喜悦也如备尝矣。“活活”以下二句，远承“山栖”句，写晚上山涧驰流夜猿哀啼的景象，又隐含诗人的情思，很自然地转到写栖息之情。“沈冥”以下四句写高人雅致，守道不贰，甘愿沈冥的生活：心与松柏相契，手拈花草以弄。隐士超世悠然的情态，呼之欲出。“居常”以下四句，写诗人悟出了荣悴生死浑然一致的道理，希望有志趣相投的朋友共同隐居。从“惜无”两字，流露出世无知音的怅惘。诗人抒发安穷乐道、顺应自然之理，以掩盖不得志的牢愁。

诗人善于状物写景，逼真地写出登山临水的境况。“疏峰抗高馆，对岭临回溪。长林罗户庭，积石拥基阶。连岩觉路塞，密竹使径迷”等，都是不可多得的写景佳句。读其诗，石门山水之景，历历在目，恍若亲自登山，身临其境。

此诗着意偶句的锤炼，以增强语言的节奏感。全诗几乎通篇对偶，而有的对偶句十分精工。“来人忘新术，去子惑故蹊”，“心契九秋干，目玩三春荑”，这些诗句，用流畅的对偶、复叠的内容以加深读者的印象。它既不影响逸韵奇趣的表达，又增强了节奏韵律之美。所谓“康乐神工巧铸，不知有对偶之烦”（陆时雍《诗镜总论》），斯言得之。

（房日晰）

石门新营所住四面高山回溪石濑茂林修竹

谢灵运

跻险筑幽居，披云卧石门。
苔滑谁能步，葛弱岂可扪？
袅袅秋风过，萋萋春草繁。
美人游不还，佳期何由敦？
芳尘凝瑶席，清醑满金樽。
洞庭空波澜，桂枝徒攀翻。
结念属霄汉，孤景莫与谖。
俯濯石下潭，仰看条上猿。
早闻夕飙急，晚见朝日暾。
崖倾光难留，林深响易奔。

感往虑有复，理来情无存。
庶持乘日车，得以慰营魂。
匪为众人说，冀与智者论。

鉴赏

白居易《读谢灵运诗》说："吾闻达士道，穷通顺冥数：通乃朝廷来，穷即江湖去。谢公才廓落，与世不相遇。壮志郁不用，须有所泄处。泄为山水诗，逸韵谐奇趣。大必笼天海，细不遗草树。岂惟玩景物，亦欲摅（shū）心素。往往即事中，未能忘兴谕。因知康乐作，不独在章句。"白居易对谢灵运山水诗的评论，可谓知人论世。谢家世居公爵，是东晋王朝的台柱子，所谓"晋祚卒延者何，王谢之力"（李贽《藏书》卷九）。灵运幼年便因袭祖父谢玄的爵位而为康乐公，食邑二千户。讵料420年政局突变，刘裕废晋恭帝司马德文自即帝位，东晋灭亡。谢灵运由公爵降为侯爵，减为食邑五百户。这个打击来得突然而又沉重，这位性情偏激而又"自谓宜参权要"的豪门公子，从此常怀愤愤，而又无可奈何，于是便寄情山水，寻找精神寄托，借山水诗来发泄自己政治上不得志的满腔悲愤。这首《石门新营所住四面高山回溪石濑茂林修竹》就是在这种背景下写成的。

石门新营是谢灵运在南山开辟的新居。石门山在今浙江嵊州。《宋书》本传说谢灵运"移籍会稽，修营别业，傍山带江，尽幽居之美"。他自己在《游名山志》中说："石门，溯水上入两山口，两边石壁右边石岩，下临涧水。"新居就建在两山之中右边的高崖上，那是个四面高山，石壁峭立，下临深涧，浅浅石濑，弯弯溪流，茂林修竹，葱茏苍翠的幽深奇险之地。

谢灵运游山玩水是颇有冒险精神的，《宋书》本传说他"寻山陟岭，必造幽峻，岩障千里，莫不备尽。"这首诗开始就突出了幽居之险："跻险筑幽居，披云卧石门。"登上险岩，将幽居建在白云环绕的石门山崖上。"跻险""披云"相对成文，突出了新居地处高险，与世隔绝。一个"卧"字透露出诗人悠闲自得的隐逸情趣。"苔滑谁能步，葛弱岂可扪"二句继续写新居之险，苔滑葛弱，路隘林深，既难以漫步，亦无可扪持，一不小心，便有坠入深涧的危险。

写完新居的奇险，便写诗人在新居候人不至的愁闷："袅袅秋风过，萋萋春草繁。美人游不还，佳期何由敦？""袅袅"二句，看似写景，其实是巧用《楚辞》典故来表现对亲友的思念。"袅袅秋风过"使人很自然地联想到《湘夫人》写湘君候湘夫人不至的绝唱："袅袅兮秋风，洞庭波兮木叶下。登白薠兮骋望，与佳期兮夕张。"

而“萋萋春草繁”也不禁使人想起《招隐士》写隐士游而不还的名句:“王孙游兮不归,春草生兮萋萋。”诗人将这两个典故融合在一起,交错使用。“美人游不还”乃是“王孙游兮不归”之意,“佳期何由敦”是说佳人相会之期无法实现,正蕴含着“登白薠兮骋望,与佳期兮夕张”之意,突出了候人不至的急切盼望心情。“芳尘凝瑶席,清醑满金樽。洞庭空波澜,桂枝徒攀翻”四句依然抒发候人不至的苦闷。瑶席因无人同坐而芳尘凝结,酒满金樽又当与何人同赏,一种由于政治上不得志而失去亲朋的孤独感、失落感像魔鬼一样缠着诗人,怎能不使诗人与湘君一样见洞庭波而“目眇眇兮愁争”,像《大司命》诗中所写的那样“结桂枝兮延伫,羌愈思兮愁人”呢?洞庭波并未引来湘夫人,攀翻桂枝也只能愈添愁思。洞庭空有波澜,攀翻桂枝又有何用,诗人思念那游而不还的美人也只能是徒增愁苦而已。诗人陷入极度孤独忧愤之中,情不可遏,转而直抒胸怀:“结念属霄汉,孤景莫与谖”,所思念的人邈若云汉,孤景独处,谁与为欢,谁与忘忧呢?这情感如失控野马,脱缰而出,再不用含蓄表达了。

在万般无奈之中,诗人只有孤身赏景,俯视下潭,仰看条猿,耳闻夕飙,眼观朝日,自我排遣,悠游岁月。《水经注·渐江水》记载若耶溪的上游有麻溪,“溪之下,孤潭周数亩,甚清深,有孤石临潭,乘崖俯视,猿狖惊心,寒木被潭,森沉骇观,上有一栎树,谢灵运与从弟惠连常游之,作连句题刻树侧。麻潭下注若耶溪,水至清照,众山倒影,窥之如画。”可见诗人俯濯绿潭,回清倒影,映入水中,历历如画;仰视崖树,峭壁直立,猿猴攀缘,惊心动魄。仰瞩俯映,弥习弥佳。“早闻夕飙急,晚见朝日暾。崖倾光难留,林深响易奔”,是写景名句。诗人从听觉、视觉着笔,写出了山间晚风早闻,崖中朝日迟见,崖高峡小日光难以挽留;林深树密,风声易以飞奔的真实景观,使人有身临其境之感。没有久居深山的切身感受,是难以将这种重岩叠嶂,隐天蔽日,林深涧肃,空谷传响的声色之美写得如此动人的。山间景观瞬息万变,引起了诗人的人世变易之感,“感物方凄戚”(谢灵运《南楼中望所迟客》),怎能不使他登池上楼一样,“祁祁伤豳歌,萋萋感楚吟。索居易永久,离群难处心”呢?于是感怀往事,忧虑可悲的往事重现,从而陷入苦闷之中,但用道家的玄理去看待人世的一切,则“道可重,故物为轻;理宜存,故事斯忘”(《山居赋》),融情入理,以理化情,妙理既来,物我两忘,也就情无所存,“虑澹物自轻”(《石壁精舍还湖中作》),“适已物可忽”(《游赤石进帆海》)了。进而像《庄子·徐无鬼》记载的长者对牧马童子所说的那样,乘上日车游于襄城之野,“日出而游,日入而息”(郭象注),逍遥处世,无所作为,精神上不也可以得到一种安慰吗?但这种理趣不是所有的人都能体会的,是“可为智者道,难为俗人言”(司马迁《报任安书》)。全诗以“匪为众人说,冀与智者论”作结,透露出诗人自得山水之乐的欣喜心情。然而这位热心政治的公侯才子,未必真的就此望峰息心,送龄丘壑,那种怡然自得的心情的背后正隐藏着"壮志郁不用"的悲愤。

(温洪隆)

过白岸亭

谢灵运

拂衣遵沙垣,缓步入蓬屋。
近涧涓密石,远山映疏木。
空翠难强名,渔钓易为曲。
援萝聆青崖,春心自相属:
交交止栩黄,呦呦食苹鹿。
伤彼"人百"哀,嘉尔"承筐"乐。
荣悴迭去来,穷通成休戚。
未若长疏散,万事恒抱朴。

鉴赏

谢灵运是中国古代山水诗的鼻祖,但他的山水之作其实写得并不成功,这一点用不着"为贤者讳",因为一种文学题材、流派的发展,也同样遵循着"万事开头难"的规律。谢灵运对于山水诗的贡献,还应当放到历史上去评价。

山水诗是在玄言诗的基础上逐渐产生的。玄言诗是魏晋清谈玄学的产物,它用诗的形式直接宣讲抽象的玄理,即老庄道家思想。另一方面,创作玄言诗的清谈家们又喜欢游山玩水,他们"以玄对山水",用涂饰着玄理的"有色眼镜"去看待、体察山水;他们还"澄怀味道",借助山水去体味与发挥"道"即玄理。这种情况表现在其作品里,便是玄言诗中带有了山水的成分。到了谢灵运之时,"庄老告退,山水方滋"(刘勰《文心雕龙·明诗》),作品中的山水描写越来越多,而玄言成分则越来越少。但尽管如此,"庄老"即玄理其实也并未完全告老退休，它只是依附、投靠到山水之中罢了。不过它依附得并不是那么隐蔽，并不能与山水融为一体，而是常常忍不住抛头露面，直接发表议论，这就违背了景、理（哪怕是玄理）交融的艺术规律。《过白岸亭》就存在着这种弊端。

同谢灵运的大部分山水诗一样，《过白岸亭》在结构上也是用的叙事—写景—议论的格套。开头两句是叙事，写他如何沿着矮墙一般的沙岸，来到这座简陋的白岸亭。以下六句是写景。谢灵运善于观察大自然，善于用富丽精工的笔触描绘山水之美，在他的诗中不乏闪光、精警的名句。如本诗"近涧涓密石，远山映疏木"二句，一个"涓"字，十分生动形象地描绘了细细溪水从密密白石上流过，像琴弦一样，发出琤琮的声响，这是近景；远处，疏朗的树木与山峰掩映生辉，空灵青翠。寥寥十字，勾勒出一幅清淡幽静的水墨画。但是，这种比较好的句子在诗中实在太少了，充斥全篇的是大量一般化的叙述和抽象议论，造成"有句无篇"之弊。如本诗最后八句便是议论。其中"交交止栩黄"等四句是抒情性议论，与前面的写景尚贴近一些；"荣悴迭去来"四句则是玄言性议论，发挥了一通盛衰循环，祸福无常以及抱朴守真、避灾远祸之类的老庄思想，就未免离题太远了。这种情况，文学史上称之为"玄言的尾巴"。

这里应当注意"援萝聆青崖，春心自相属"两句，这是全诗的关键。它们本身是写景。前一句描写诗人抓着爬满山坡的藤萝攀登到青崖上，谛听鸟鸣兽叫；后一句写这些鸣叫声触发了诗人的"春心"，使他联想到许许多多古往今来的事情、人生际遇和生活哲理，这就比较自然地转入后面的抒情、议论。"交交止栩黄，呦呦食苹鹿"两句写得也比较好。他在"青崖"上听到的是一般的鸟鸣，未必是黄鸟；是一般的兽叫，也更不会是鹿。他写作"黄鸟""鹿"是为了援引《诗经》的典故，以便抒发哀乐无端之情。他这样写，这样用典，既略能贴合山中即景，又使诗句不完全脱离感性形象，尽量减少抽象成分。

这首诗还有一些缺陷，如过分追求排偶，显得呆板、冗长；追求用典，诗意隐晦，语言生涩。这些也是谢诗的通病了。讲了这么一大堆缺点、不足，那又何必把这首诗以及谢灵运别的诗拿出来鉴赏呢？问题不完全在于它们自身，还在于它们是开始，而事物在开始阶段总是比较粗糙的。但是，没有当年原始简易的蒸汽机，就难以有后来的火车、轮船；没有柔细的幼苗，也不会有日后的合抱之木。同样，正是由于谢灵运的开创之功，才有了后世无数精美的山水诗章。谢灵运的历史功绩既不可没，山水诗发展的历史过程也应有所了解。

（萧华荣）

斋中读书

谢灵运

昔余游京华，未尝废丘壑。
矧乃归山川，心迹双寂寞。
虚馆绝诤讼，空庭来鸟雀。
卧疾丰暇豫，翰墨时间作。
怀抱观古今，寝食展戏谑。
既笑沮溺苦，又哂子云阁，
执戟亦以疲，耕稼岂云乐！
万事难并欢，《达生》幸可托。

鉴赏

这首诗是谢灵运在永嘉太守任上(422—423)写的，当时他正由京城被贬斥到永嘉，心情很矛盾。从仕宦说，他自以为出身名门望族，又博学多能，应该受到重用，这一贬，仕宦之路坎坷多难，不能不难受，感到失意的怅惘；而从他爱好游山玩水的情趣来看，浙东从来是山水胜境，山阴道上，应接不暇，而金华更是山水窟宅。到永嘉，正可放情山水，聊以自适。这篇《斋中读书》就是这种矛盾心情的体现。

本诗通篇没有一句写节令景物的语句，这在谢诗中是少见的，作者以理性的自我开脱，聊以自慰。

起首四句，聊以自慰，实际有点强颜为笑。在京师，身迹繁华，而心存山水丘壑之趣。现在归于山水，永绝京师之望，所以说“心迹双寂寞”，这里有欣喜，也有哀怨。接着四句从“寂寞”写到闲暇。古人形容循吏简政息民，往往门可罗雀，“虚馆”二句即用以说明自己对永嘉收到“卧治”之效果。这是有暇读书的条件。本来就没有什么民事刑事纠纷，再加上卧病，暇豫的日子就更充足了，因此有时间可以吟诗作书。“翰墨时间作”，未谈读书，先言笔墨。笔墨材料从读书来，所以“怀抱观古今，寝食展戏谑”。这是先总写读书的范围和乐趣。“怀抱”二字是和“翰墨时间作”紧密勾连的。吟诗写字就是抒写自己的怀抱，而读古人书可以领会古人的怀抱。“观古今”实际着眼一个“古”字。下面“既笑”四句就古人中两种类型的人为例，说明各有其苦。扬雄仕进不止，难免投阁之危，长沮、桀溺隐居避世，常有耕种之苦。两者皆不足取，那么何处安身呢？从古人的显仕和隐逸各有其弊的特点，作者悟出一个哲理“万事难并欢”。《庄子·达生》的观点才是安身立命之所在，拿一篇具体的篇名来总结读书的体会。千里来龙，至此结穴。

我们如果回转头来领会这首诗，它的精神集中在末二句，前面的叙述无不为此处服务。开头四句以京华与山水对比，表明事难两全，这里有离京远贬的哀怨，又有山水陶情的自乐。而心底始终免不了“寂寞”之感，得意中又有所不足，已经透露“万事难并欢”的消息。“虚馆”四句是自赞但不着痕迹，卧病是苦事，但“丰暇豫”可以翰墨陶情，苦中亦自有乐。“怀抱”六句具体写读书的感受。书中有无数英雄人物，有数不尽的悲歌慷慨可歌可泣的故事，作者一概弃置不顾，而偏偏选扬雄和长沮、桀溺来发挥，这固然和自己在京华的失意有联系，但更重要的在于说明仕隐皆有所苦。像自己现在这样，既免耕稼之苦，又免投阁之危，倒是可以自慰呢，为后文“万事难并欢”，提出了根据。有这样的古人古事做根据，自己也就想得通，像《庄子·达生》自得其乐，顺应自然，而不必终日为苦痛所煎熬了。读书的真正收获也在这儿。这样就完满地写出《斋中读书》这个题目的内涵，文字也就戛然而止。

大谢诗以缜密见长，这十六句前后相生，一步紧一步，主意既出，文字亦住，看出简劲的特色。

（周本淳）

田南树园激流植援

谢灵运

樵隐俱在山，由来事不同。
不同非一事，养痾亦园中。
中园屏氛杂，清旷招远风。
卜室倚北阜，启扉面南江。
激涧代汲井，插槿当列墉。

群木既罗户，众山亦对窗。
靡迤趋下田，迢递瞰高峰。
寡欲不期劳，即事罕人功。
唯开蒋生径，永怀求羊踪。
赏心不可忘，妙善翼能同。

鉴赏

谢灵运于423年辞去永嘉太守的官位，决心退隐。他祖父谢玄有一座大庄园在始宁县，称为始宁墅，左傍太康湖，右滨浦阳江，四面有水，东西有山。良田澄湖，尽在其中。谢灵运既然显仕不遂，退隐于此，也可以逍遥卒岁。这首诗写于归隐时期。

从题目看，这是记叙诗，不同于一般的抒情，从他经营所居的几项工作中，反映出他安于岩栖的欣慧情怀。五言诗的题目，在谢灵运以前都比较简略。将较具体的事务写入诗题是从谢灵运开始的，受到后人的赞赏。这种标题语言精练，将诗中主要内容点出来，给读者以鲜明的印象。下面我们看看作者是怎样写出这幅隐趣图的。

胡孔明的名言，被作者自然引来作开端，这为后文具体描写定了基调。樵夫在山为生活而劳碌，隐者却是不仕王侯，高尚其志。接着从两种人之不同，进一步说到自己息隐家园，有"不同"二字，自己在隐者一边，不言而喻。这四句已经透露田园自乐的情绪。第四句引出"园"字，五、六句不即写"植园"，而先写园中之清静旷远之乐趣，既有园中之乐，则"植园"自在其中，意思似断而实连。"卜室"四句完全交代了题目的内容。开头六句，作者用流畅的叙述表现思想上的轻松自如，一反谢诗逐句作对的板实之风。"卜室"句起，作者又用对句缴题。"卜室""启扉""倚北阜""面南江"，有山有水，坐北面南，多理想的"园"啊。"激涧""插槿"，顺应自然，增添野趣。这四句既是一幅鲜明的图画，又说出作画的过程。"群木"四句从"中园"两句来，由内及外，由近及远，由小及大。在户中看到群木罗列，窗中见众山屏障，动与景俱，可当卧游。"靡迤"写园外的形势，先下后上。"高峰"前着一"瞰"字，则"北阜"地势之高，自不待言。这四句写园外风物，令人神往。"寡欲"二句对题目进一步总束和补充，猛一看"树园激流植援"以为有多少劳役，而实际这是在"寡欲"思想支配下，以天然代人功，和一般卜筑之大兴土木不可同日而语。"唯开"句逆承"罕人功"来，只有这一方面费些劳力，为什么，用蒋诩三径的典故，既写自己岩栖不出的高尚情操，又反映出离群索居渴望朋友之乐的寂寞之感。结尾两句更进一步表现出渴望友朋之情。赏心之际，朋友难忘；妙善之境，呼朋共跻，这些话从题目看像是累赘，实际正是题目精髓所在。岩居自乐更切嘤鸣求友开径望益的心情。谢灵运不甘寂寞，不可能成为古代真正的岩栖穴处与世相遗的隐士，这里作者没有掩饰自己的思想。蒋诩在哀帝时曾经出仕为兖州刺史，王莽当权时自动免官归田，谢灵运在诗的结尾处专以蒋诩自况，也许还含有这层言外之意呢！

全诗首尾略带讨论，中间大段叙事写景，在景物描述中流露出逍遥自得的情趣，语句亦较清新流丽，不同于他一般诗作的密涩以致流为板滞的风格，在谢诗中颇为难得。

（周本淳）

于南山往北山经湖中瞻眺

谢灵运

朝旦发阳崖，景落憩阴峰。
舍舟眺迥渚，停策倚茂松。
侧径既窈窕，环洲亦玲珑。
俛视乔木杪，仰聆大壑潨。
石横水分流，林密蹊绝踪。
解作竟何感？升长皆丰容。
初篁苞绿箨，新蒲含紫茸。
海鸥戏春岸，天鸡弄和风。
抚化心无厌，览物眷弥重。
不惜去人远，但恨莫与同。
孤游非情叹，赏废理谁通！

鉴赏

谢家在浙江会稽有始宁墅（在今浙江上虞市），南山和北山是始宁墅的两大宅园。谢灵运在《山居赋》中说:“南北两居,水通陆阻。”自注:“两居,谓南北两处,各有居止,峰崿阻绝,水道通耳。”始宁墅的近北处,有“大小巫湖,中隔一山”。这首诗写他由水路从南山宅园到北山宅园,经大小巫湖,登山远眺的所见所感。开始四句点题。山南为阳,山北为阴,“阳崖”“阴峰”分别指南山、北山。“朝旦发阳崖,景落憩阴峰”是说朝日初升诗人从南山出发,夕阳西下在北山休息,正是诗题“于南山往北山”之意。这两句除点题外还从时空上给读者造成悬念:诗人从早到晚这段时间内、从南到北这段空间中他做了些什么?第三、四句便回答了这个问题:“舍舟眺迥渚,停策倚茂松。”表明他在这时空内先水行、后登临,在山间倚松远眺,又正点明诗题“经湖中瞻眺”之意。

点明题意后,诗人便以“眺”字为线索铺写眼前之景。他举目临眺,首先映入眼帘的是上山时经过的那条幽深的小路和镶嵌在万顷碧波中显得空明玲珑的湖中圆洲。低头俯视是乔木的葱葱树梢,举首聆听是大壑传来的淙淙水声,真是亦明亦暗,有色有声,使人陶醉其中。循着水声诗人的视觉移到山间水道上,只见“石横水分流,林密蹊绝踪”。巨石横壑,溪水分流,荒径密林,人迹罕至,那幽寂的环境,颇有“万径人踪灭”的韵味。也许欣欣向荣的景色触发了诗人的联想,他从《周易·解卦·彖辞》“天地解而雷雨作,雷雨作而百果草木皆甲坼”的描述中得到了启发,对万物生长的原动力问题产生了兴趣,询问这个解作过程究竟如何感动万物使得它们生长茂盛,表现出诗人难得的探索宇宙奥秘的精神。这一穿插议论后,又继续写景,诗人巧用“苞”“含”“戏”“弄”等动词,不断变换写景角度,时而山林,时而水域,时而植物,时而禽鸟,由静而动,使人仿佛亲临其境,看到初篁苞绿,新蒲含紫,海鸥天鸡鼓翼戏逐的动人景象。那初篁新蒲的颜色美、海鸥天鸡戏弄的姿态美以及可以想见的嘤嘤鸟鸣的声音美,形、色,声兼而有之,组成了一幅美丽的山水禽鸟图,谱出了一支悦耳动听的交响曲,是那样充满勃勃生机,真是“景近而趣遥”(王世贞《艺苑卮言》卷三),别有一番意趣。

篇末“抚化心无厌,览物眷弥重。不惜去人远,但恨莫与同。孤游非情叹,赏废理谁通”六句,是在所见的基础上写所感,描写完了景物,特意给它添上了一条玄理的尾巴。用《老子》《庄子》《周易》等玄言哲理入诗是晋宋诗坛的普遍现象。宋初山水诗产生后诗坛虽然有了变化,如刘勰所说:“宋初文咏,体有因革。庄老告退,而山水方滋。”(《文心雕龙·明诗》)不过变革虽然不小,但因袭依然存在,山水方滋,而庄老却没有彻底告退。玄理得到山水的滋润,反而找到了另外的藏身之所。黄节先生说:“康乐之诗,合《诗》、《易》、聃、周、《骚》、《辨》、仙、释以成之”,“说山水则苞名理”(《谢康乐诗注·序》)。这是符合谢灵运山水诗的实际情况的。就这六句诗而言,“抚化心无厌”说的是领悟到玄理的欢乐,“览物眷弥重”说的是游览山水后产生的眷恋之情。所谓“抚化”就是掌握物化之理的意思。《庄子·大宗师》说人的形体“万化未始有极”(没有穷尽),其乐不可胜计。郭象注:得道的圣人“游于变化之途,放于日新之流”,万物千变万化,人也同万物一起千变万化,生死置之度外。如果能这样,那么生往死来不过是物理之变,何苦劳心其间。懂得了这个道理,自然心无厌斁,乐在其中了。可惜这种领悟玄理、游览山水得来的乐趣无人与之同享,诗人不禁发出感叹:“不惜去人远,但恨莫与同。”他认为不是叹息能深知其乐的古人已经远去,只是遗憾今天好景独赏,无人同享此乐。诗人否认这种感叹是出于私情,而是由于害怕赏心若废,兹理难通。换句话说,诗人独游兴叹不是为了私情,而是担心赏玩之事如果从此废止,那么山水中所包含的玄理妙趣谁还能通晓,这才是真正值得惋惜的啊!

谢灵运迷恋山水,在自然景色中寻找乐趣,是由于政治上不得志造成的,而要消除政治上不得志的苦闷,单靠山水是不够的,还需要老庄和《周易》中的哲理来补充,这也许是谢诗中常常山水与玄理结合在一起的原因。尽管这些讲玄理的诗句,今天的人读来,“理”则有余,“趣”则不多,甚至有淡乎寡味之感,但谢诗描写山水的句子,却“如初发芙蓉,自然可爱”(《南史·颜延之传》)。他努力发现山水美,着力刻画山水美,重辞藻,讲对偶,“俪采百字之偶,争价一句之奇,情必极貌以写物,辞必穷力而追新”(刘勰《文心雕龙·明诗》),使自然山水美在他的笔下得到了真实的表现,无论对于提高诗歌的写作技巧,发展我国的山水诗,还是提高人们对于自然美的鉴赏能力,他都是有大功的。

(温洪隆)

岁　暮

谢灵运

殷忧不能寐,苦此夜难颓。
明月照积雪,朔风劲且哀。
运往无淹物,年逝觉已催。

鉴赏

感时惜生,是诗中常见的抒情主题。围绕着这个主题,我们听到的常常是悲苦、失望乃至无聊的呻吟,我们看到的常常是残照、朽木、逝水、朝露等垂垂一息的意象,很难感受到一点生机和力量。而谢康乐的《岁暮》却能在形象、意境和情感上,显示出与众不同的特点。

谢灵运虽出身南朝高门,文名冠世,但他的一生并不顺利。豪族间的倾轧使他屡屡失意,旷放的性格又使他多方获罪,因而在晚年终不免被害。谢灵运虽然性格放纵不羁,并且常以佛理玄机来为生活作解脱,但世事的坎坷难免不在他心上留下创痕,而作为岁暮之夜的平生回顾,这首诗便很自然地表现出了难言的感慨。"殷忧不能寐,苦此夜难颓",头绪纷繁,蜂拥浩大的忧愁搅得诗人彻夜难眠,辗转反复;长夜漫漫,更加深了诗人愁苦的心情。欲求摆脱,诗人的笔锋一转,来到室外。"明月照积雪,朔风劲且哀。"明月皎皎,白雪皑皑,北风卷地,呼啸哀咽,景色高朗而萧瑟,感情孤寂而悲凉。面对浩渺的天地和无垠的自然,人生的短暂即逝之感油然而起。"运往无淹物,年逝觉已催",时光在运转消逝,人世的一切都不可能成为久留之物;在这一片消逝声中,诗人也感到此身余日无几了。

我们注意到:诗中有一个明显的矛盾,即"苦此夜难颓"与"年逝觉已催"的矛盾,一个苦长,一个苦短,而且又是出现在这么短的几句诗中,这似乎是很难调和的,但诗人却很成功地将其融为一体了,这不得不归功于警句的威力。作品的前两句和后两句,是汉魏六朝诗中习见的套语,而"明月照积雪,朔风劲且哀"却是不朽的名句,它以鲜明沉郁的意境,提高了作品的格调,完善了作品的形象,融解了作品的矛盾。

首先,它有形象上的多重性和一体性。对无眠之人来说,月光无疑是一种刺激,而月光照在雪地上,造成两种白光的复合和叠加,这种刺激便进一步强化。诗人不仅刻画了眼中所见,还进一步描绘了耳中所闻,朔风漫卷,着一"劲"字,回旋呜咽,着一"哀"字,这不是一般的对风的描绘,而是"以我观物,物皆著我之色彩"(王国维《人间词话》)。以这个"哀"字反衬前文的"殷忧",情景二事,怎么还能分得清呢!《老残游记》中的老残赞道:"若非经历北方苦寒景象,那里知道'北风劲且哀'的个'哀'字下得好呢?"这绝不是刘鹗的"小说家语"而是实实在在的公论。"明月照积雪,朔风劲且哀"的形象内涵不仅于此,明月之高,积雪之广,天地显得清旷无际,广袤中充满了朔风的怒号,宇宙向人们显示出雄伟的力量,相形之下,人生是多么渺小,人世是多么短促,这不能不引起诗人无限的哀怨,产生出生年的紧迫感。至此,线索分明:作品以忧伤而苦夜长,由不寐而感受到明月、朔风之景,而特殊的景色却将愁绪引向了新的主题。以警句为桥梁,作品达到了主题的过渡,最终完成了形象的统一。而苦生年之短照样还可以在不寐人苦夜长中得到印证。诗人强烈地感受到了人生有限的愁绪后,辗转不眠,反恨夜长的情形也就能够理解了。所以说,这句诗不仅本身形象美妙,而且还能照顾前后,构成了一个完美的整体。

其次,我们可以看到"明月照积雪,朔风劲且哀"在形象上及意境上的格调和力量,较之古人同类主题的诗章,它显得高旷、硬朗,富有内涵。二句以明月之高,积雪之广,朔风之狂来显示出大自然的力量,进而以自然的广袤和强劲来反衬人的孤独和渺小,以天地的永恒来反衬人生的短暂。尽管这一类的抒情主题都不免带有消极颓废的色彩,但这两句诗在景象的撷取以及联想开发上,是高人一筹的。钟惺称谢诗"有骨,有韵,有色"(《古诗归》卷十一),这两句诗是完全当得上的。

从语言风格上看,这两句诗在平易流畅中体现了深厚的锤炼功夫。"明月照积雪"的"照"字,不仅表现了明月白雪互相辉映的景色,还表现出天地之间一片白光泛泛的迷蒙气氛,更照出愁人悲哀伤感的心情。如果用"与""映""罩"等字来代替"照"字,形象的鲜明性和丰富性都将大为减色。同样,以"劲"和"哀"来形容朔风,就可以收到景凄而情促的效果。朔风呜咽可以形之为"哀","苦此夜难颓"也是一"哀","年逝觉已催"又是一"哀",这种情景的高度融合已不是一般的锤炼了,恰如王夫之《姜斋诗话》所云:"'池塘生春草''蝴蝶飞南园''明月照积雪',皆心中目中相融浃,一出语时,即得珠圆玉润,要亦各视其所怀来而与景相迎者也。"

前人曾将"明月照积雪,朔风劲且哀"与作者的另一名句"池塘生春草,园柳变鸣禽"相比,多有并美之意。明代胡应麟强作轩轾,认为"池塘"句"率然信口,故自谓奇,至'明月照积雪',风神颇乏,音调未谐"(《诗薮》)。这是胡氏的皮相之见。"池塘生春草"一句透出强烈的春天气息,给人以生命复苏的感受,情溢言表,其妙处人皆能知。而"明月照积雪"一句却以深沉的意境展现复杂的思想感情,不特以写景胜,更以写情胜,它是自然之情和社会之情的一体,内容丰富深厚。还是皎然说得好:"'池塘生春草',情在言外,'明月照积雪',旨冥句中;风力虽齐,取兴各别。"(《诗式》)情在言外,易于悦人,而旨冥句中,则更耐人寻味。

(耿百鸣)

西陵遇风献康乐诗

谢惠连

我行指孟春，春仲尚未发。
趣途远有期，念离情无歇。
成装候良辰，漾舟陶嘉月。
瞻涂意少悰，还顾情多阙。

哲兄感仳别，相送越坰林。
饮饯野亭馆，分袂澄湖阴。
凄凄留子言，眷眷浮客心。
回塘隐舻栧，远望绝形音。

靡靡即长路，戚戚抱遥悲。
悲遥但自弭，路长当语谁？
行行道转远，去去情弥迟。
昨发浦阳汭，今宿浙江湄。

屯云蔽曾岭，惊风涌飞流。
零雨润坟泽，落雪洒林丘。
浮氛晦崖巘，积素惑原畴。
曲汜薄停旅，通川绝行舟。

临津不得济，伫楫阻风波。
萧条洲渚际，气色少谐和。
西瞻兴游叹，东睇起凄歌。
积愤成疢痗，无萱将如何。

鉴赏

元嘉六年(429)春天,谢惠连由始宁赴金陵,中途为风波所阻,被迫滞留钱塘江畔,于是作此诗遥寄他的族兄谢灵运,抒发了他内心沉重的离情别绪和羁思旅愁。

这首抒情长诗结构上最突出的特点是采用了章章蝉联的辘轳体的形式。全诗五章,每章一转韵,既各自独立又互相勾连,造成回环往复而又浑然一体的抒情效果。这一章法,显然得益于曹植《赠白马王彪》的影响。

整首诗以时间为经线、以离愁和羁思为纬线,层层有序地抒写了诗人从整装待发到西陵遇风的内心情绪,是诗人思维活动和感情发展的真实记录。首章写出发前的心情。先交代出"我行指孟春,春仲尚未发"的原因乃在于"念离情无歇";继以"成装候良辰,漾舟陶嘉月"的乐景反衬"还顾情多阙"的哀愁。这样,诗一开始就渲染出伤离的主题,仿佛一首大型的抒情乐曲,在第一乐章就弹奏出它的主旋律。次章承上回忆与灵运分别情景。"哲兄感仳别,相送越坰林。饮饯野亭馆,分袂澄湖阴。"叙述相送饯别情事,字里行间蕴有无限深情。"凄凄留子言,眷眷浮客心",从去留双方着笔,写彼此不忍分离的凄楚眷顾之情。"回塘隐舻栧,远望绝形音",换笔换意,写船行渐远,终至不见。三章接写别后旅程。八句中连用"靡靡""戚戚""行行""去去"等叠字,复沓的声调、迟缓的节奏,透露出诗人"即长路""抱遥悲"的沉重心情。"昨发浦阳汭,今宿浙江湄",交代行旅路线,同时由抒情转入跟前景色的描绘。四章通体写景。诗人从广阔的视角,以浓重的笔墨,展现了屯云蔽岭、惊风涌流、雨雪交加、山原晦暗的景象。这令人惊心动魄而又凄情黯淡的图画,烘染出诗人心中浓重的不安和愁绪,也点出他淹留不行的原因。末章由写景回到抒情,从回忆转到眼前,是全诗的总结。先紧承交通断绝写"监津不得济,伫楫阻风波",照应题目"西陵遇风";继以"西瞻兴游叹,东睇起凄歌"绾结以上抒发的羁思和离愁,点明此诗主旨;最后在愁情无法排遣的沉重嗟叹中收束全诗。

运笔曲折顿挫、跌宕有致,是此诗重要的抒情手段,尤其鲜明地体现在对离情的渲染方面。如诗一开篇先不说出正意,而是始以"我行指孟春,春仲尚未发"加以铺垫,继以"趣途远有期"加以反衬,从而有力地突出了"念离情无歇""还顾情多阙"这一正意。故方东树评曰:"起四句故为顿挫往复,以避轻便滑利顺直无留步之病。"(《昭昧詹言》卷五)又如三章开头便说,"靡靡即长路,戚戚抱遥悲",抒发因路途迢遥而生的悲戚,此为上扬;但接着就是一抑,"悲遥但自弭",说路遥之悲尚可自止;其后又是一扬:"路长当语谁?"不仅以抑扬变化构成波澜起伏，而且深刻地表达了分离所带来的难耐的孤寂。其他像“瞻涂意少悰，还顾情多阙”“临津不得济，伫楫阻风波”等诗句，均跌宕顿挫，是施补华《岘佣诗说》中所谓“走处仍留，急语仍缓”一类。如此往复错综的手法，与环环相扣的章法相结合，便使得内容层层深入、感情步步深化，并在诗意推行中避免了平铺直叙，显示出曲折；同时读来又声情摇曳，有一唱三叹之美。

写景是这首诗借以抒情的另一重要手段，情景交融也因之成为此诗的又一鲜明特色。诗人在大段抒情中间点染以景物，如以“萧条洲渚际，气色少谐和”构成凄迷的氛围，形象地烘托出自己心境的悲凉和不宁；以“漾舟陶嘉月”展示出良辰美景，反衬出内心离愁的深重，收到“以乐景写哀，以哀景写乐，一倍增其哀乐”的效果。如果说这些描写已足使情因景显，那么第四章的集中写景更可谓达到了情景妙合无垠的高妙境界。全章八句，句句是景语，也句句是情语。诗人笔下的种种景物，从天上到地下，从山原到河流，都不只是诗人目见耳闻的客观再现，而是处处融注了他的内心情感。那动荡不安而又幽晦萧森的景色，仿佛是诗人内心世界的物化和象征，正因为如此，才产生了强烈的艺术感染力。

此诗具有很高的抒情艺术，方东树称其“直书即事胸臆，无一字客辞装饰，一往清绮，又步步留迟，真味无穷，亦古今绝境也”。（同上）可谓此诗的评。

（张明非）

秋 怀 诗

谢惠连

平生无志意，少小婴忧患[①]。
如何乘苦心，矧复值秋晏[②]。
皎皎天月明，奕奕河宿烂。
萧瑟含风蝉，寥唳度云雁。
寒商动清闺[③]，孤灯暖幽幔。
耿介繁虑积，展转长宵半。
夷险难豫谋，倚伏昧前算。
虽好相如达，不同长卿慢。

颇悦郑生偃，无取白衣宦。
未知古人心，且从性所玩。
宾至可命觞，朋来当染翰。
高台骤登践，清浅时陵乱。
颓魄不再圆，倾羲无两旦。
金石终销毁，丹青暂彫焕。
各勉玄发欢，无贻白首叹。
因歌虽成赋，聊用布亲串④。

注释

①婴：缠绕。
②矧（shěn）：亦，又。秋宴：深秋。
③寒商：指秋风。古人以宫、商、角、徵、羽五音与五行相配，商为金音，声凄厉，与肃杀的秋气相应，故称秋风为寒商。
④亲串（guàn）：亲近的人。

鉴赏

这是一首以悲秋抒发怀抱的诗。虽然情调低沉，但字里行间又不难看出诗人那颗不甘寂寞的心灵的跃动。此诗体现了谢惠连诗“一往清绮，而不乞真味”（何焯《义门读书记》）的特色。

全诗可分为三个部分。前十二句是第一部分，写诗人在秋夜里想到自己忧患的一生辗转难眠的情景。诗一开篇便开门见山，以极为凝练的笔触概括了自己命运的不幸。这两句在写法上虚实相生，很能抓住人。作为东晋世家大族谢家的后代，时代的变迁，连年不断的战乱，谢家的兴衰荣枯，都使诗人自幼就特别深切地体会到遭受“忧患”的滋味，这是实。“平生无志意”一句却是虚。诗人素有大志，“谁能守静，弃华辞荣？……千金不回，百代传名”（《陇西行》）。但有志而以无志道之，正是诗人内心苦闷到极点的表现，是以淡语道出的愤激之情，因而只此两句，便已反映了时代的混乱以及人生的苦难在诗人心上留下的浓重阴影。命运的多舛，遭际的坎坷，使带着这样一颗悲苦之心的诗人，对“悲哉秋之为气也”的秋夜格外地敏感，他为由于自己的耿介而郁积于心的繁虑之思缠扰着，夜不能寐，辗转反侧，只能把目光投向秋夜中的大自然，渴望获得一点心理的解脱。从“皎皎天月明”

以下六句,不断转换场景,不断变换角度,是从三个不同的侧面写出了诗人在秋夜里的所见所感。一轮明月悬挂在皎洁的天边,灿烂的群星闪耀着清辉,这明亮高洁的天空属于诗人吗?诗人耳边听得更为真切的却是萧瑟秋风中寒蝉的哀鸣,还有云层中失群的孤雁凄厉清远的叫声,而真正陪伴着诗人的,除了秋风吹拂清冷的屋子的声响,就是那昏暗不明的孤灯了。这六句从遥远的天空写到室外四野,最后落在诗人居住的小屋上,把秋夜的高洁、凄冷、孤独、寂寞极有层次地表现出来,造成一种既有一定亮度又清幽寂静的气氛,使每一景、每一境都留下诗人忧伤而又高洁的个性色彩。

中间八句是诗的第二部分。如果说前一部分主要是通过对秋景的描绘暗寓诗人“展转长霄半”的忧郁苦闷的话,那么这八句则是正面抒怀言志,倾诉诗人的人格理想与内心矛盾。“夷险难豫谋,倚伏昧前算。”先写人在命运面前无法主宰自己、前途难以预测的苦闷。“夷险”,指人生道路的平坦与坎坷。“豫谋”,即预料。“倚伏”,用老子“祸兮福所倚,福兮祸所伏”之意。“昧前算”,指祸福的无法预知。这两句看起来带有宿命论的色彩,实际上却真实地吐露了在那个时代里人们心中的茫然与困惑。诗人向往像司马相如那样通达,又不满意他的任性放纵,不拘礼法;诗人推重、欣赏郑均的隐居不仕,又不愿像他那样终于做了“白衣尚书”,拿了朝廷的俸禄。这便既表现了诗人渴望有“达则兼济天下”的机会和洁身自好的高洁品格,又借司马相如、郑均这两个历史人物倾诉了自己内心的深刻矛盾。“虽好”“不同”“颇悦”“无取”与“达”“慢”“偃”“宦”几种人生态度相对应,把诗人满腹忧虑、进退维谷又绝不肯随波逐流的复杂内心世界表露得生动真切,使诗人情不自禁地发出了“未知古人心”的慨叹。这一句表面上是说不能理解古人,实际上又诉说了诗人与今人的格格不入。这一连串巨大的苦闷,终于使诗人意识到自己除了“且从性所玩”,任性而为以外,再别无出路。这一部分是诗人压抑心情的爆发,是全诗情感激荡的高潮,它以平实简洁、直陈胸臆的方式,表现了诗人内心极大的矛盾与痛苦,刻画了一位在痛苦中彷徨许久之后,不得不否定自己的抒情主人公形象。

自“宾至可命觞”以下十二句是诗的第三部分。这一部分里,诗人看似完全从忧伤苦闷中振奋起来,投入了一种及时行乐的生活,但细细品之,字里行间又分明可以听到那依然低沉忧郁的“婴忧患”的主旋律。诗的字面上说,宾客们、朋友们,来吧!让我们一起喝酒,一起赋诗,一起走向山川平野,登高临远!今天的月亮失去了不会再来,今天的太阳过去了不会重现。即使建功立业、名垂金石青史,那金石终会销毁,那青史也只不过是一时的灿烂。趁着我们还年轻,去尽情享受人生的欢乐吧!不要到白发苍苍时再去悲叹!这些充满对现世的厌倦又不甘寂寞的诗句,曲折地透露了

"魏晋风度"影响下人的意识的觉醒和对人生的爱恋。这是一种被扭曲了的爱,一种痛苦的对人生的执着,它从更深的层次上折射出人在这个社会所无法排遣的忧患意识。特别是诗人所使用的这些字眼,如"可""当""骤""时"的潜台词本都是"不可""不当""不骤""不时",从中尤其能让人感受到诗人那颗不甘寂寞、不甘沉沦又不得不寂寞、不得不沉沦的灵魂的痛苦呻吟。所以他才那么无可奈何地悲叹:"颓魄不再圆,倾羲无两旦。"(颓魄,指缺月;倾羲,西斜的太阳,神话传说中羲和是为太阳驾车的神,这里代指太阳);才那么忧伤而又自作旷达地说:"金石终销毁,丹青暂彫焕。"(金石,指刻有功名的钟鼎石碑等;丹青,犹史籍;彫焕,光明的样子);才那么强颜欢笑地自我安慰:"各勉玄发欢,无贻白首叹。"(玄发,即黑发;贻,遗留)这几句从对时光流逝的忧惧、对功名事世的否定和对人生欢乐的追求,构成了人生之歌的三部曲,揭示了诗人的思想历程,其中之"真味"是不难体会出来的。正因为诗人的心灵交织在如此复杂的境地,实际上又无法摆脱,因而他只能用诗味极淡的"因歌虽成赋,聊用布亲串"来收束全篇,使满腹心事尽在不言之中。

这首诗粗看确实无甚惊心动魄之处,甚至也没有能过目难忘的诗句,但它却以真切取胜。诗人是以清淡古雅的笔墨,倾诉内心深处的痛苦与忧伤、追求与排遣,毫不隐讳自己内心的冲突、矛盾,绝不故作姿态,使诗自有一种耐人寻味的情感力量,因而能牵动读者的心弦,产生真正的共鸣。

(王景琳)

杂　诗(其二)

王　微

思妇临高台,长想凭华轩。
弄弦不成曲,哀歌送苦言。
箕帚留江介,良人处雁门。
讵忆无衣苦,但知狐白温。
日暗牛羊下,野雀满空园。
孟冬寒风起,东壁正中昏。

朱火独照人，抱景自愁怨。
谁知心曲乱，所思不可论。

鉴赏

思妇征夫，是古代诗歌中常见的题材。

王微的这首思妇诗，寓忧愤于哀情，对社会现实有所触及，在写法上也有一定的特点。

全诗以首四句为第一层。

起句“思妇”二字，点明诗中人特定的身份与心态；“高台”，则是诗人巧妙选取的诗歌视角——因思而临高、临高而伤怀，从而自然地引出全篇。“长想”二字，以时间之长久写其相思之苦、思情之深。“弄弦不成曲”，暗示其心绪之烦乱。“弄弦”，是自我排遣的尝试；“不成曲”，则宣告了这番努力的完全失败与无效。于是，再也解不开的相思之结，迫使她以“哀歌送苦言”的方式来宣泄表达，以求得内心暂时的平衡。这一层，完全是以第二人称的描述，通过“思妇”的一系列具体动作（临高台、长想、凭华轩、弄弦、哀歌），来揭示其心理活动过程。思妇的形象充满了真实感。

“箕帚”（妻的代称）以下，是又一层。这十二句，转以“思妇”本人的口吻写出，主观感情色彩更为强烈。“箕帚”一联，以“留江介”（江岸）与“处雁门”对举。一南一北，这是以两地相距之遥，写其相聚无由的痛苦。“讵忆”二句，化用曹植诗句“狐白足御冬，焉念无衣客”（《赠丁仪》）。其意在“喻处尊贵者多忘贫贱也”（《文选》李善注）。它揭示了造成夫妻分离的社会根源，用反衬对比的手法，道出了世道的不公。“日暗”二句，描绘了一幅牛羊入圈、野雀栖园的暮归景象；“空”字，透露出人未还家的消息。《诗经·王风·君子于役》有“日之夕矣，羊牛下来”之句，“言畜产出入尚使有期节，至于行役者乃反不也”（《毛诗注疏》）。其诗旨，本来是讥刺周统治者不知体恤下情。这里移用其意，以寓情于景的手法，烘托出妇人对戍边不归的丈夫的怀念，“使读者玩其景而可以会其情”（《管锥编·楚辞补注·九辨》一）接下来的“孟冬”四句，与这两句形成陪衬对比，进一步叙述自己在孟冬之夜，独对烛火，形单影只，空自愁怨的凄凉心境。我们知道，古代的历法是以观察天象来记时的。黄昏时壁宿见于南天（“东壁正中昏”），意味着时近岁暮。如果说，日暮是一天的当归之时；那么，岁暮就是一年的当归之际。当归而未归，怎能不使人愁思百结，柔肠寸断。“谁知心曲乱，所思不可论。”全诗于此，戛然而止。从这突然的缄默中，我们似乎可以感受到诗中人那痛苦而矛盾的心情。诗的这一结尾，更加重了“思妇”形象的悲剧意味。

王微的诗风，钟嵘《诗品》以“务其清浅，殊得风流媚趣”评之。本篇是他的代表作。就全诗来看，造语清浅，辞情凄怨，确是他的特色。此外，诗歌叙述角度的变换，反衬、对比等修辞手法的出色运用，对前人诗意、成句的巧妙汲取，也都是这首诗写作上的长处。

（关道雄　郭维森）

雉子游原泽篇

何承天

雉子游原泽，幼怀耿介心。饮啄虽勤苦，不愿栖园林。
古有避世士，抗志青霄岑。浩然寄卜肆，挥棹通川阴。
消遥风尘外，散发抚鸣琴。卿相非所眄，何况于千金？
功名岂不美？宠辱亦相寻。冰炭结六府，忧虞缠胸襟。
当世须大度，量己不克任。三复泉流诫，自惊良已深。

鉴赏

“雉子”，相传是一种酷爱自由、秉性刚强的禽鸟。李善《文选注》：“薛君《韩诗章句》曰：‘雉，耿介之鸟也。’”《礼记正义》：“或谓雉鸟耿介，被人所获，必自屈折其头而死”（潘岳《射雉赋》注）。出于对雉子这种品质的欣赏，前人对此鸟多有咏叹，古乐府有《雉子班》《雉朝飞》等题。本诗题目为作者自拟，它在旧题的基础上生发出新的内容，宣扬了一种避世弃俗、淡薄荣利的思想。

全诗分为三段。首四句依题起兴，写雉子不愿栖养园林、寄食樊笼，努力追求一种遨游原泽的自由生活，即使辛勤觅食也在所不辞。“幼怀耿介心”强调雉子的这种精神秉性从小具有，作者对其赞赏之情溢于言表。从“古有避世士”至“忧虞缠胸襟”是第二段，写古代隐士追求自由的隐居生活。从第一段到第二段在写法上是由兴及比，比兴结合。两种不同的描写对象因其所具有的共同特点获得了联系，雉子的美好品质因而具有了一种浓厚的象喻意味。此段可分为两层，前八句重在写古人隐居的生活、乐趣与对功名的鄙薄。“浩然”两句写西汉隐士严君平，他曾在成都设卜肆，余时潜心于《老子》，著有《老子旨归》，深得扬雄赞赏(《汉书》)；“挥棹”句承转极快，展示出他无拘无束如鸥鸟一般浪迹江湖的行踪。“消遥风尘外，散发抚鸣琴”如一幅图画，以简约的笔墨描绘出了他陶醉于自然体验、旷达任放、怡然自乐的潇洒风貌，在一定的程度超然现实人生，是人和自然与“道”融为一体的玄学精神的形象写真。“功名岂不美”，四句指出古代隐士超尘绝俗、放情山水的原因乃在于对功名、荣宠的参透，如此等等实与祸辱紧紧相连，人们一旦身陷其中，只会承受无法摆脱的痛苦。这一思想乃是祸福相倚、人生无常的老庄人生观的流露，它表现出南朝刘宋时代官僚阶层与知识分子在政局变幻莫测的形势下对前途所怀的深深忧虑。最后四句是第三段，写诗人的劝诫与自勉。诗人劝诫立身朝廷的当路者需具有豁达的襟怀，能正视自身的弱点；并勉励自己对清泉、浊流这一古老而常新的问题保持清醒的认识，言外之意是以免不由自主地陷身浊流，为物累困扰，自取祸殃。全诗因物起兴，通过层层联想、感发，收到了借物喻理、明志的效果。语言质朴，用典自如且间有佳句，但仍多议论、说理之语，显然没有脱尽玄言诗的影响。

(章继光)

秋 胡 行(其一)

颜延之

椅梧倾高凤，寒谷待鸣律。
影响岂不怀，自远每相匹。
婉彼幽闲女，作嫔君子室。
峻节贯秋霜，明艳侔朝日。
嘉运既我从，欣愿自此毕。

鉴赏

“秋胡行”，为乐府古题之一，属相和歌辞清调曲。它滥觞于一个哀婉动人的爱情故事：鲁人秋胡“娶妻三月，而游宦三年”。当他挟金归省时，于郊外巧遇正在采桑的妻子。但岁月的风灰已使他们互感陌生。于是,秋胡见色起意,“乃遗黄金一镒”,欲行非礼。他的妻子正颜厉色地斥责说:“妾有夫,游宦不返,幽闺独处,三年于兹,未有被辱于今日也。”秋胡只好羞惭而退。回到家中后,双方自然都明白了真相。但这一真相对于妻子来说该有多么残酷!她万万没有想到自己苦苦思念和盼望了三年的丈夫竟变得这般浪荡和无耻,一气之下,“赴沂水而死”(《西京杂记》)。后人感其刚烈,“哀而赋之,为《秋胡行》”(《乐府解题》)。后世文人拟作的《秋胡行》,固然不乏专咏秋胡本事者,然而更多的却在这一乐府古题中纳入较其本事宽广得多的社会内容。至于其体制,亦不专于一格,既有五言体,也有四言体,还有杂言体。

颜延之《秋胡行》凡九章,皆为五言体。作者扣题而又不粘于题,由秋胡本事生发开去,将离别之恨、相思之苦以及羁旅行役之愁等,一并攫入笔底加以表现,为读者展开一幅色彩斑驳的生活长卷。从中,既能触摸到作者的感情世界,也能捕捉到那一时代的折光。

这是其中的第一章,意在刻画女主人公待嫁及初嫁时的心态,并对其品貌进行赞美,可视为组诗的序曲。前四句以比兴手法,表现女主人公对良偶的渴求,用笔深婉而灵动。“椅梧倾高凤”,翻用《诗经》句意,言椅梧盼望着凤鸟来仪——《诗经·大雅·卷阿》有云:“凤皇鸣矣,于彼高岗;梧桐生矣,于彼朝阳。”这当是“椅梧”句的蓝本。“寒谷待鸣律”,点化邹衍故事,言寒谷期待着鸣律送温——据刘向《别录》载:“邹衍在燕,有谷寒不生五穀,邹子吹律而温至,生黍也。”这当是“寒谷”句的生活原型。“影响岂不怀,自远每相匹”,则取《尚书》“影则随形,响则应声”之意,言淑女一旦觅得良偶,每每如影随形,如响应声,不辞自远相匹。如果说前两句是比中有兴的话,那么,这两句则是赋中有比:它不仅将前两句的比兴之意加以明朗化,而且在新的比托中写出了女主人公对良偶的渴求之烈和依附之深。而愈是对此大作渲染,便愈能反衬出其后她自感遇人不淑的痛苦。

中间四句以夹叙夹议、先总后分的笔法,描写女主人公超群出众的品貌,颇见称羡之情和赞美之意。“婉彼幽闲女”,着一“婉”字已见其美好,作者却仍觉意犹未尽,复以“幽闲”二字重叠言之。“幽闲”是美好的意思,从而暗示读者:美好若此,非反复咏叹难以得其仿佛。这是先总写一笔。“作嫔君子室”,承上叙写女主人公终于得嫁“君子”,奉行妇道。虽然笔墨至简,略无旁涉,但联系秋胡本事,读者却不难想象到其后她“三岁为妇,靡室劳矣。夙兴夜寐,靡有朝矣”(《诗经·卫风·氓》)的情景。这就是所谓“意余言外”。“峻节贯秋霜,明艳侔朝日”,则分别就其品和其貌着笔,对女主人公的美好予以形象而具体的说明:她的节操像秋霜一样寒光照人,凛不可犯;她的容貌则像朝日一样流辉溢彩,明丽绝伦。诚然,用“秋霜”比拟节操,古已有之,如傅玄《有女篇》:“容华既以艳,志节拟秋霜。”但以“秋霜”与“朝日”分喻品貌,对举成文,构成冷色调与暖色调的鲜明比照,却似属作者率先为之。这两句既表现了女主人公外在的形态美,又揭示了她内在的品格美。正是形态美和品格美的和谐统一,使女主人公显得格外美好;唯其格外美好,她的悲剧性结局也才分外令人惋惜。

最后两句转换人称与视角,设为女主人公的内心独白:“嘉运既我从,欣愿自此毕。”在那标榜“女子无才便是德”的时代里,女主人公对于生活的愿望,竟是这样简单、卑微和易于满足!她把嫁得一个如意郎君当作自己唯一的理想与追求。如今,既然“作嫔君子室”,她便觉得自己的愿望已经全部实现而无限欢欣,天真地以为今后将与“嘉运”相伴始终。这固然反映了在封建礼教束缚下其主体意识的异化,但同时不也表现了她的深于情和专于情吗?正因为她不自觉地给心目中的爱情生活罩上了一层理想化的光圈,把它当作自己的全部精神寄托之所在,所以一旦发现“如意郎君”的荒唐行为,顿时产生天塌地陷之感而痛不欲生。从这个意义上说,作者渲染她初嫁时的极喜,不正是为了映衬她后来的极悲吗?因此,“嘉运”“欣愿”云云,尽管洋溢着团团喜气,说到底,却只不过是制造悲剧氛围而已。

此章不仅巧于比兴,工于造语,而且笔法灵活多变,屈伸自如,并善于作必要的渲染与烘托,正可略窥颜诗艺术之一斑。

（肖瑞峰）

秋　胡　行(其三)

颜延之

嗟余怨行役,三陟穷晨暮。
严驾越风寒,解鞍犯霜露。
原隰多悲凉,回飙卷高树。
离兽起荒蹊,惊鸟纵横去。
悲哉游宦子,劳此山川路。

鉴赏

这是一曲凄婉的游子吟，它将独守空闺的女主人公一笔撇开，而着力表现宦游在外的男主人公的羁旅行役之愁。从结构上看，这是对前章所铺设的情节线索的承转、拓展和放大——前章有云："燕居未及好，良人顾有违。脱巾千里外，结绶登王畿。戒徒在昧旦，左右来相依。驱车出郊郭，行路正威迟。存为久离别，没为长不归。""良人"，是妻子对丈夫的美称。显然，该章所描写的是，女主人公远适夫家未久，她的"良人"(即男主人公)便为功名计而离家宦游。临别之际，双方都不免"黯然销魂"。这样，便自然而然地铺设下两条情节线索：一条是宦游在外的男主人公方面的情节线索；另一条是独守空闺的女主人公方面的情节线索。而这一章便是前一条情节线索的延伸和发展。至于后一条情节线索，作者则安排在下一章加以推进和深化。如果说下一章是以女主人公的离别之恨和相思之苦作为一以贯之的主旋律的话，那么，这一章所有的音符则都是为男主人公的羁旅行役之愁而交响。当然，这里所出现的男主人公的形象，已经经过作者的典型化处理。它融合了当时数以万计的游子的共同特征，而不复能与秋胡本人相叠印。因此，如果将诗中的抒情主人公与秋胡本人等同起来，那只是一种善良的误解。

前四句即以一唱三叹的笔调将男主人公行役之艰难及内心之愁苦表现得淋漓尽致。"嗟余怨行役"，字字含悲，声声寄愤。着一"嗟"字，慨叹之意已见于句中；续一"怨"字，怅恨之情更溢于言表。这是全章的总旨。"三陟穷晨暮"，切入男主人公不分昼夜地跋涉于旅途的情景。"三陟"，取意于《诗经》。《诗经·周南·卷耳》有云："陟彼崔嵬，我马虺隤"；"陟彼高岗，我马玄黄"；"陟彼砠矣，我马瘏矣"，是为"三陟"。"三陟"，极写男主人公旅途中登攀之频；而他之所以频于登攀，当是因为山峦重叠的缘故。这就又揭示了其旅途多为山路，鲜见通衢的事实。山路崎岖，其行程之艰难可想而知。"穷晨暮"，则点出：为了早日抵达目的地，男主人公往往披星戴月，昼夜兼程，全不理会那晨钟暮鼓；其旅途既因崎岖而费力甚巨，又因遥远而耗时甚久。如果说"嗟余"句叹息之声可闻的话，那么，此句则跋涉之态若见。接着，"严驾越风寒，解鞍犯霜露"两句，将抽象的摹写化为具象的描绘，推出男主人公冲风冒寒、蒙霜犯露的画面，以进一步渲染其行役之艰难。"严驾"，指整治车驾。这里，作者显系以"解鞍"和"严驾"这两个简单却不断重复的动作概括男主人公旅途中所付出的艰苦劳动，因而，它们具有举一反三的作用。"犯霜露"，语出《左传》"跋涉山川，蒙犯霜露"，与"越风寒"互文见义。山路本自崎岖难行,偏偏此际又是秋冬时节,朔风凛冽,寒霜铺地,其行进之艰难程度自然又增进一层。因此,“越风寒”“犯霜露”云云,虽然平直,却不失其表意功能。透过这幅活动的画面,我们既感受到其寒气森森、冷风习习的氛围,也依稀可见男主人公踽踽独行、步履维艰的身影。

中间四句移情入景,展示男主人公旅途中的所见所感,氛围愈加阴冷,画面也更趋黯淡。“原隰”,点出男主人公已越过山岭,涉足平川。平川坦夷,固然便于驱车,但其地低湿,却又容易使人感到压抑。“悲凉”二字便道出了男主人公穿越原隰时的全部感受:如果说“凉”是其身之所感的话,那么,“悲”则是其心之所感。而“悲凉”前着一“多”字,意在使这种感受得到强化。“回飙卷高树”及“离兽起荒蹊,惊鸟纵横去”三句是男主人公途中所见,原隰非独低湿,且亦荒僻,因而,跃入男主人公眼帘的景象竟是那样萧瑟,那样惨烈:除了将“高树”连根卷起的“回飙”外,偌大的原隰上只见“离兽”出没、“惊鸟”翻飞。这三样景物,一挟摧枯拉朽之势,一现张牙舞爪之态,一呈惊弓畏弦之状。尽管强弱不侔,却互为映衬,恰到好处地渲染了原隰的荒僻。荒僻若此,必然使男主人公倍感“悲凉”。而从另一角度来考察,则又无妨认为:正因为男主人公内心充满悲凉之感,所见到的景物便也相应地被抹上一层阴暗的色彩,于是,兽才成为“离兽”,鸟才成为“惊鸟”。这就是所谓“伤心人别具眼目”。无疑,在作者笔下,男主人公的所见与所感是互为因果,互相生发的。

最后两句以感叹作结,使得首尾呼应,兴慨无穷。“游宦子”,指离家在外求官谋职的士子。游宦,在当时并不是男主人公所独蹈的生活道路,而是门阀制度下许多无所依托的庶族士子迫不得已的共同选择。固然,其中的某些幸运者也许会获得进身的机会,但更多的不幸者却只能怀着壮志难酬的愤懑徒然流落,乃至客死他乡。而且,即便是那些最终得偿夙愿的幸运者,在游宦的过程中也曾历尽艰辛或饱受屈辱。那么,前面等待着男主人公的又将是什么呢?尽管幸与不幸尚难预测,眼前的旅途劳顿却已使他不胜其苦而悲从中来。“悲哉游宦子,劳此山川路。”这既是男主人公发自内心的浩叹,也寄托了作者的深沉感慨。

《秋胡行》九章较多地体现了颜诗“体裁明密”之长,避免了其雕章琢句之短。此章虽然缺乏兴会,却有较充沛的情感和较丰厚的意蕴,语言比较凝练、明快,因而在颜诗中要算是难得的了。

(肖瑞峰)

秋　胡　行(其四)

颜延之

迢遥行人远，宛转年运徂。
良时为此别，日月方向除。
孰知寒暑积，僶俛见荣枯。
岁暮临空房，凉风起坐隅。
寝兴日已寒，白露生庭芜。

鉴赏

此章旨在抒写独守空闺的女主人公的离别之恨和相思之苦，揭示她感情世界的另一侧面——如果说宁赴清流、不辱名节的壮烈行为反映了她“刚肠如火”的一面的话，那么，在丈夫游宦未归的漫长岁月里，她表现出的则是“柔情似水”的一面。尽管日甚一日的孤独和寂寞，不免使她衣带渐宽，形容憔悴，但她却既无悔恨，亦无怨尤，依然钟情于造成其孤独和寂寞的“良人”，依然对那个负心的“良人”怀着铭心刻骨的思念之情。

首二句在工整的对偶中注入流动的气势，虽然属于交代性的文字，却并不平板和枯涩。“迢遥行人远，宛转年运徂。”“行人”，特指女主人公所系念的“良人”。“宛转”，其意本同“展转”“曲折”，这里则用以形容时间的匆匆流逝之态，扩大了它原有的状物功能。“年运徂”，犹言岁月移易。古人常在“年运”后缀一动词，表示对岁月移易的无可奈何的感叹，如谢朓《和王著作八公山诗》：“道峻芳尘流，业遥年运倏”；元稹《长庆历诗》：“历日何足悲，但悲年运易。”这种做法最早似可追溯到《庄子》。《庄子》引老聃语曰：“予年运而往矣，子将何以戒我哉？”这里所谓“年运徂”实由其脱胎而来。不难看出，这两句所要交代的内容原本十分简单，只不过“良人离家在外”而已，但作者在描写时却章法井然，颇见匠心：“迢遥”句点出女主人公与“良人”相距之远，是从空间上着笔；“宛转”句点出女主人公与“良人”分别之久，是从时间上落墨。此外，“迢遥”“宛转”本身还都是叠韵词，既具声韵圆转之美,亦见形态流动之美。这样,就不仅避免了平板和枯涩,而且为全章展开了时间与空间这两条线索。应该说,全章正是在对时间与空间的交替描写中,婉曲有致地表现了女主人公的离别之恨和相思之苦。

中间四句在时间线索上展开描写,充分表现了女主人公对时间感受之敏锐。“良时为此别,日月方向除。”“除”,当是指代四月,源出《诗经·小雅·小明》:“昔我往矣,日月方除。”郑玄《毛诗笺》训释说:“四月为除。”作者这里乃沿用之。“良时”,亦指四月,因其时男女主人公正值新婚宴尔,又迭春光明媚,故曰“良时”。“方”,犹始。当女主人公与她所深情眷恋的“良人”分别时,日历刚刚翻到四月那一页。那正是“姹紫嫣红开遍”的大好季节,而女主人公也正当“淡妆浓抹总相宜”的青春年华。可以想见,“良人”于此际离去,该使她多么伤感。但更伤感的还是“良人”一去不归,让她望断秋水,揉碎芳心。“孰知寒暑积,僶俛见荣枯”两句将时间猛然向前推移,而女主人公与日俱增的离别之恨和相思之苦便在时间推移的过程中潜滋暗长。“荣枯”,点明自“良人”别后,已经冬历春,得见木荣草枯。“孰知”,则以反诘语气暗示出这种长期别离的局面为女主人公始料未及——她原以为“良人”很快便会“衣锦荣归”。细细体会,在“孰知”二字中,包含着多少失望、多少幽怨!显然,这四句不仅显示了时间的推移,更重要的是传达了女主人公对推移着的时间的敏锐感受,包括日月如梭、韶华将逝的忧伤和度日如年、长夜何极的痛苦。

最后四句由时间描写转换为空间描写,在另一方向上拓展和深化诗的情感内涵。当然,这里的空间,仅仅是女主人公日常活动的空间:房内,庭中。如果说时间始终在不停地流动的话,那么这里的空间则几乎永远是凝固的,从而构成流动的时间与近于凝固的空间的比照。流动的时间固然使女主人公枨触百端,近于凝固的空间也同样使女主人公悲从中来。“岁暮临空房,凉风起坐隅”,写房内的景象。人去屋空,独伴孤影,已使女主人公触目伤怀,何况又到了萧条冷落的“岁暮”时分,即便从座席的各个边角,也不断袭来令人生畏的“凉风”?无疑,作者连遣“暮”“空”“凉”三字,是试图让悲凉的气氛和惨淡的色彩充溢于女主人公活动的全部空间。“寝兴日已寒,白露生庭芜”,写庭中的景象。“寝兴”,犹言卧起。“庭芜”,即庭草。既然已届“岁暮”,每当度过无眠的长夜、掀开不暖的锦衾、重新开始一天的操劳时,女主人公自会感到阵阵直侵肌骨的寒意;而抬眼向庭中望去,只见行将枯萎的草叶上凝结着点点惨白色的露珠。露珠的生命是短促的,那么,目睹这“白露生庭芜”的景象,女主人公是否也会油然生出“譬如朝露,去日苦多”的人生枨触呢?诗故意于此戛然而止,让读者凭借自己的想象力去补充诗中省略的环节。这里,尽管作者所描写的空间极其有限,但在这有限的空间中,却蕴藏着一个无比广阔的情感世界。

不言而喻,这种致力于对时间与空间的交替描写的结构方法,可收事半功倍、以少胜多之效。纵观全章,绝没有正面道及离别之恨、相思之苦,然而,细加寻绎,女主人公的离别之恨和相思之苦却毕现于字里行间。这自然主要得力于它别具一格的结构方法。情形若此,庶几亦所谓作"不着一字,尽得风流"?

(肖瑞峰)

五　君　咏(阮步兵)

颜延之

阮公虽沦迹,识密鉴亦洞。
沉醉似埋照,寓辞类托讽。
长啸若怀人,越礼自惊众。
物故不可论,途穷能无恸。

鉴赏

《五君咏》是颜延之的一组咏史诗,每首咏一人,此为第一首。清人何焯将咏史诗概括为两种类型:一为"正体";一为"变体"。"咏史者,不过美其事而咏叹之,概括本传,不加藻饰,此正体也。太冲多摅胸臆,乃又其变。""太冲"即左思,他的咏史诗打破了传统的写法,开创了"名为咏史,实为咏怀"的先河。颜延之的《五君咏》,其写法与左思不同,属于咏史诗的"正体"。

此诗所咏的历史人物是阮籍,他是著名的文学家,"竹林七贤"之一,是魏晋之际的名士。阮籍一生事迹很多,《晋书》有他的传记,又有著名的八十二首《咏怀诗》传世,用一首诗概括他的一生是不容易的,这就需要很好地把握阮籍的精神气质、个性特点,表现出阮籍独特的风貌。

颜延之是第一个为阮籍《咏怀诗》作注的人,他曾说"阮公身仕乱朝,常恐遇祸,因兹发咏,故每有忧生之嗟,虽志在刺讥,而文多隐避,百世之下难以情测也"。这倒是知人论世之议,于阮诗堪称解人,对阮籍的一生,颜延之是非常熟悉的,这是写好此诗的基础。

诗的开头两句,便抓住了阮籍性格、才识方面的特点。阮籍虽然隐晦踪迹,但他的才识是缜密而深刻的,魏末社会的黑暗腐朽与司马氏的野心,他了如指掌。他所以屡次辞官不做,甘心“屏于田里”“遗落世事”,就是因为他看透了当时的社会,这正是他的“识密鉴洞”之处。

“沉醉似埋照,寓辞类托讽”二句,突出了阮籍好饮酒和文尚曲隐的特点。本传说:“籍本有济世志,属魏晋之际,天下多故,名士少有全者,籍由是不与世事,遂酣饮为常。文帝初欲为武帝求婚于籍,籍醉六十日,不得言而止。”可见他的沉醉,是为了远祸自全,掩身埋光。但阮籍对世事并未忘怀,他的《咏怀诗》隐晦曲折地讽刺当时的社会和虚伪的礼法之士就是一个明证。“寓辞类托讽”一句,道出了阮公胸中的汤火和对现实的不满,这是阮籍思想中不可忽视的一面。

“长啸若怀人,越礼自惊众”两句,写出了阮籍的“任性不羁”。阮公是以“嗜酒能啸”著名的,但他的长啸,不是卖弄口技,苏门山遇孙登的故事便能说明这一点。他所怀之人,便是像孙登那样能与自己商略终古的人物。他的不拘礼法,一方面是保持自己任诞不羁的个性,同时也是对礼俗之士的蔑视。本传说:“籍嫂尝归宁(走娘家),籍相见与别,或讥之,籍曰:‘礼岂为我设邪。’邻家少妇有美色,当垆沽酒,籍常诣饮,醉便卧其侧……兵家女有才色,未嫁而死,籍不识其父兄,径往哭之,尽哀而还。”如此任性不羁,自然会惊众骇俗。

“物故不可论,途穷能无恸”两句,流露出作者对阮公的同情。阮籍不论世事,是因为世事已不可论,这并不能怪阮籍。至于他的途穷恸哭,那是悲叹在黑暗的社会中正直之士无路可走,出于无可奈何。

将此诗与《晋书·阮籍传》对照,我们便会看到这首诗概括性很强,每句诗皆可在本传中找到根据,全诗显得含蕴丰富,对阮公的刻画能抓住人物的本质特点,有个性,有神韵。作者把长达数千字的本传浓缩为短短的八句诗,可见作者高度的概括本领。

(刘文忠)

五　君　咏(嵇中散)

颜延之

中散不偶世，本自餐霞人。形解验默仙，吐论知凝神。
立俗迕流议，寻山洽隐沦。鸾翮有时铩，龙性谁能驯？

鉴赏

此篇亦为咏史诗，是《五君咏》的第二首，写法与《阮步兵》同。“嵇中散”即嵇康，他因曾做过中散大夫，故称嵇中散。嵇康与阮籍有许多相同之点，他们都不满于当时的黑暗现实，不愿与司马氏合作，阮籍“任性不羁”“不崇礼典”，嵇康则“越名教而任自然”“非汤武而薄周孔”，都是不同流俗的名士。但嵇阮二人也有不同之处。嵇康曾自言：“阮嗣宗口不论人过，吾每师之，而未能及。”(《与山巨源绝交书》)阮籍得以善终，嵇康则终于被司马昭所杀。

颜延之在咏怀嵇康时，首先抓住嵇康不与世俗之人相谐和的特点，并把嵇康神化，把他视为不食人间烟火以餐霞度日的神仙。故诗的开头两句说：“中散不偶世，本自餐霞人。”

“形解验默仙，吐论知凝神”两句，承“本自餐霞人”句而来。上句言嵇康尸解仙去，其事不见本传，但晋人有此传说。顾恺之《嵇康赞》说：“南海太守鲍靓，通灵士也，东海徐宁师之。宁夜闻静室有琴声，怪其妙而问焉。靓曰：‘嵇叔夜。’宁曰：‘嵇临命东市，何得在兹？’靓曰：‘叔夜迹示终，而实尸解。’”这个传说虽系无稽之谈，但反映了人们对嵇康遭诬陷而死的痛惜。史载：嵇康临刑东市，太学生三千人请为师，不许。嵇康顾视日影，索琴弹之，曰：“广陵散于今绝矣。”海内之士，莫不痛之。诗人采撷传说入诗，也反映了他对嵇康的同情。下句“吐论知凝神”，用孙绰《嵇中散传》的说法。两句诗一虚一实，把“本自餐霞人”一句补足。

“立俗迕流议，寻山洽隐沦”两句，承首句“不偶世”而来。《竹林七贤论》说“嵇康非汤武而薄周孔”，这个帽子是很大的，这种叛异性格，当然会遭到非议，看来“迕流议”是势之必然。既与世俗之人不谐和，只好在山泽之中寻找知音,与隐士相亲。嵇康曾与阮籍、山涛、向秀、刘伶、阮咸、王戎七人,作竹林之游,世称“竹林七贤”;又曾采药游山泽,在汲郡山中遇孙登,并与之同游。据《神仙传》说:“王烈年已二百三十八岁,康甚爱之,数与共入山,游戏采药。”这些均可作为“寻山洽隐沦”的注脚。这两句诗将“中散不偶世”句补足。

结尾两句,以总括作收。“鸾翮有时铩”,喻嵇康一生不得志,用“鸾翮”形容嵇康姿质,是贴切的。《嵇康别传》云:“康美音气,好容色,龙章凤姿,天质自然。”但这样的人才却一生不得志,四十岁便夭亡了,他死在专横残暴的司马氏的屠刀下。他至死并没有屈服,“龙性谁能驯”一句,结得相当好,统治者可以杀掉嵇康,但不能使他驯服,士可杀而志节不可屈。结句流露出作者对嵇康悲剧生涯的同情,在客观上也是对司马氏大肆屠戮名士的抗议。

此诗以首二句总领全篇,以“不偶世”与“餐霞人”双提并论,通篇描写,紧紧围绕六字立论,用总领分述之法,将“不偶世”与“餐霞人”六字写足。在资料取用上,有本传,有别传,有传说,结尾突出嵇康的反抗性,收煞结裹得恰到好处。

(刘文忠)

五　君　咏(向常侍)

颜延之

向秀甘淡薄,深心托毫素。
探道好渊玄,观书鄙章句。
交吕既鸿轩,攀嵇亦凤举。
流连河里游,恻怆山阳赋。

鉴赏

此首为《五君咏》的第五首。“向常侍”即向秀,字子期,河内怀县(今河南武陟县西南)人,他与嵇康、吕安等相友善,景元四年(263)嵇、吕被害后,在司马氏的高压下,他不得不应征至洛阳,因曾担任过散骑常侍,故称向常侍。

颜延之咏向常侍,是从他的志趣、

学问、交游、感旧作赋四个方面着笔的，这四个方面较全面地概括了向秀的一生，是"概括本传，不加藻饰"的"正体"咏史诗，但这种概括，不是摘抄本传，而是艺术地把握本传。

诗的开头两句，即指出向秀志趣方面的特点，他本无心于功名利禄，自甘淡薄，隐居不出，将一番心思都用在著述上。《向秀别传》说："秀与嵇康、吕安为友，趣舍不同，康傲世不羁，安放逸迈俗，而秀雅好读书。""深心托毫素"一句，正抓住了向秀雅好读书、潜心学术的特点。三、四两句诗，便是对向秀这一特点的生发与具体描绘。所谓"探道好渊玄"，就是指向秀好老庄之学。当时《庄子》一书，虽颇流传，但旧注多分析事句，莫能究其旨统，向秀作《庄子隐解》，"发明奇趣，振起玄风，读之者超然心悟，莫不自足一时也"（《晋书·向秀传》）。这是三、四两句诗的含蕴。

"交吕既鸿轩，攀嵇亦凤举"两句，写向秀的交游。诗人在向秀的朋友中，特意点出嵇康与吕安二人，其选择是恰当的。向秀与嵇康曾一起打铁，相对欣然，旁若无人。向秀与吕安曾灌园于山阴，收其余利，以供酒食之费，可见向秀所交者皆安贫乐道的非凡之人。但是他的最要好的两个朋友却一起死在司马氏的屠刀下，这两句诗也为下文向秀感旧作赋做了铺垫。

"流连河里游，恻怆山阳赋"两句，收得沉痛，诗人把向秀无限的感怆，浓缩在这两句诗中。嵇康、吕安被诛之后，向秀经过山阳旧庐，这是他与友人的旧游之地。在日薄西山、寒冰凄然之时，向秀听到发声寥亮的笛声，想起两位亡友，遂作《思旧赋》。由于司马氏推行的高压政策，向秀在赋中不能直抒胸臆，所以仅限于写思念之情而不及有关事实，对于自己被迫应征，违心出仕，向秀未敢吐一字，朋友被司马氏杀了，他自己却被征入洛，做了司马氏的官，这种复杂的心情是"恻怆"二字所难包含得了的。鲁迅曾指出这篇赋"刚开头却又煞了尾"（《为了忘却的记念》），看来向秀有难言之隐。诗人把这种复杂的感情，提炼成流连旧游、恻怆作赋两句诗，是非常耐人寻味的。

《五君咏》在形式上全为五言八句，像《向常侍》这一首，中二联对仗颇工。"五诗皆能括举本人大端，绝无支蔓，而铸局炼句，已开五律之源。"（张玉縠《古诗赏析》）

（刘文忠）

怨 诗 行

汤惠休

明月照高楼，含君千里光。
巷中情思满，断绝孤妾肠。
悲风荡帷帐，瑶翠坐自伤。
妾心依天末，思与浮云长。
啸歌视秋草，幽叶岂再扬。
暮兰不待岁，离华能几芳。
愿作张女引，流悲绕君堂。
君堂严且秘，绝调徒飞扬。

鉴赏

这是一首哀婉动人的闺怨诗。它以一位年轻女子的口吻，诉说了青春的渴望与寂寞、爱情的期待与失落。

全诗共十六句，可分为四层。第一层四句写月夜楼头之思。在古典诗歌里，"月"的意象常常与男女情爱联系在一起。像《诗经》有《月出》之章，写男女相悦之意；曹植《七哀诗》（一作《怨诗行》）有"明月照高楼，流光正徘徊"之句，写思妇怀人之愁，都是以月或月光作为背景的。本篇的发端，就是用曹植诗成句而加以翻新。首句托物起兴，以"明月""高楼"烘托出一片清冷、静谧的抒情氛围。次句化虚为实，将月光比拟相思之情，而以一个"含"字写尽其无限缠绵之意。皎月千里，含情流辉——"只一起便是绝唱"（沈德潜《古诗源》）！三、四两句，由"千里"转回"巷中"。"情思满"的"满"字，突出了思念之久、思情之苦。不说月光满巷而说情思满巷，这是诗人借助联想，将有形之月光与无形之情思再次换置，以视觉错觉表现其心理错觉，暗示诗中人神思恍惚的状态，手法尤为巧妙。它不但使"断绝孤妾肠"的自诉更加引人同情，也为下一层诗意做了铺垫渲染。

第二层的四句，写闺中孤寂之怀。

"悲风"之句,以其境之凄凉写其情之凄苦;"瑶翠"一词,在此处既作女子之自指,亦透露出严妆以待的情形。但是,她所等待的人终究没有来。这又怎能不使她黯然"自伤"!在难耐的寂寞中,她幻想自己飞到了遥远的天边——心上人所在的地方,但幻想毕竟是幻想,她心中的愁思却是怎样也无法化解的。"思与浮云长",正是再次以化虚为实的手法,将人物的心境物化,夸张地表现了愁思绵绵无绝的特点。

第三层四句写韶光易逝之感。"啸歌"二字,反映了诗中人长歌当哭的深深悲哀。诗歌即景生情,寓情于景,以"秋草""幽叶""暮兰""离华"等一系列意象,隐喻年华易逝、青春难再的自然规律。这里,景物的描写是虚,感情的抒发是实。显然,在长长的相思与久久的期待之后,迟暮的忧惧正悄悄地侵上这位女子的心头,以至她再也忍不住地发出了"暮兰不待岁,离华能几芳"的呼喊!在这爱的呼唤中,诗歌的感情发展迅速推向高潮。

第四层的四句,写痴情之怨。这一层是全诗的感情高潮。这里,诗人调动了多种艺术手法,充分表现了女子对爱情执着的追求和一往情深、矢志不移的态度,将其情之痴写到了极点。像"愿作张女引",是运用了想象和比喻;"流悲绕君堂",则是借助了通感和拟人。应该看到,写足其情之痴,也正是为了衬出其怨之深。因而,当她终究无法超越其爱情障碍时,她的遭遇便赢得了我们巨大的同情。"君堂严且秘,绝调徒飞扬"——诗的这一结尾,使人物感情在悲剧美的意识中得到了升华,也使全诗更为感人。

《怨诗行》本属乐府古题。前人用此,多托辞自伤,以寄寓人生失意之哀。汤惠休的这首同题之作,则是一首地道的情诗。全诗"妍而深,幽而动",颇有民歌之风,深得"艳情三昧"(钟惺《古诗归》卷十一)。

(关道雄　郭维森)

北宅秘园诗

谢　庄

夕天霁晚气,轻霞澄暮阴。
微风清幽幌,余日照青林。
收光渐窗歇,穷园自荒深。

绿池翻素景，秋槐响寒音。
伊人傥同爱，綋酒共栖寻。

鉴赏

谢庄的山水诗承袭了谢灵运的诗风，既有过于雕琢的缺点，也有较为清丽的篇章，这首诗就是后一类诗的代表作。诗人用清新精美的笔法描绘了一座园林的奇秀晚景。

诗人善于捕捉园中最美最赏心的时刻加以细致描绘，以表达他向往自然、崇尚幽栖的情怀。

前四句描绘夕阳西下的田园远景。诗人远眺天边，在夕阳西下时刻天色放晴了，万道霞光驱散了阴霾，清风吹动山岚雾气，像布帷一样随风晃动，落日的余晖染红了青绿的丛林，大自然如此绮丽，为恬静的园林增辉不少。四句诗各用一个动词，"霁""澄""清""照"，形象地表现出黄昏时分天色变幻的绮丽景色，以动写静，情趣无穷。不仅如此，四个动词也为大自然涂上了一层浓重的人的主观色彩。诗人爱大自然，大自然似乎也爱诗人，特别为诗人的到来而放晴天色，而献出万道霞光，染红青林，吹散烟霭。由于移情作用，人与自然的界限在诗人的艺术想象中泯灭了。而读者也被带入美的境界，与诗人同爱这自然的绮丽。

诗的中四句换了一幅景色，落日渐渐收了余光，夜幕笼罩着园林，一切景物都显得幽暗深远了。这是明月升起以前短暂的黑夜景色。不久，月光照耀着池塘，塘上翻起银光。同时，秋风吹动，槐枝上发出寒凉的风声，反衬出园中的幽雅情趣。在这个月夜的意象中，充满生机与乐趣，月光好像在水上嬉戏，槐枝也婆娑起舞，那秋风吹响的寒音在为它们伴奏，一切都显得那么和谐可爱，这正是诗人所追求的境界。诗人的情与园中景结合得十分完美。

谢庄和谢灵运一样，常常不能脱尽玄言的尾巴。此诗结尾二句就是一条多余的尾巴。他在饱赏自然美景之余，向他的知音发出召唤，来此园中享乐。一个"爱"字，点出了全诗的中心，诗人以其写景的艺术才力，把读者带入了爱此园林美的境界。

（周满江）

代放歌行

鲍 照

蓼虫避葵堇，习苦不言非。
小人自龌龊，安知旷士怀？
鸡鸣洛城里，禁门平旦开。
冠盖纵横至，车骑四方来。
素带曳长飙，华缨结远埃。
日中安能止？钟鸣犹未归。
“夷世不可逢，贤君信爱才。
明虑自天断，不受外嫌猜。
一言分珪爵，片善辞草莱。
岂伊白璧赐，将起黄金台。
今君有何疾，临路独迟回？”

鉴赏

这是一首模拟乐府旧题的诗。《放歌行》是乐府旧题，属相和歌辞。《乐府解题》说：“鲍照《放歌行》云‘蓼虫避葵堇’，言朝廷方盛，君上好才，何为临歧相将去也。”这种解释与作品实际不太相符。这首诗当是通过小人与旷士的对比，揭露小人奔走权门、得意忘形、阿谀吹拍的丑态，赞扬旷士自甘贫贱、不趋炎附势的高尚情操。

“蓼虫避葵堇，习苦不言非。小人自龌龊，安知旷士怀？”四句开门见山，出语不凡。“蓼虫”是一种生长在辣蓼草上的昆虫，“葵堇”是一种甜菜。这句用东方朔《七谏·怨世》“蓼虫不知徙乎葵堇”的典故。王逸注：“言蓼虫处辛烈，食苦恶，不能知徙于葵菜，食甘美，终以困苦而癯瘦也，以喻己修洁白，不能变志易行，以求禄位，亦将终身贫贱而困穷也。”鲍照正是用王逸之说，以“蓼虫”比喻坚持节操、不求禄位、甘愿终身困苦的旷士。只是因为《文选》六臣注作过“小人不知旷士之心，亦犹蓼虫不知葵堇之美”的解释，今人多说这两句诗是用蓼虫不识甘味比喻小人不知旷士之怀。李光地已经指出这种解释“浅露无味”。蓼虫甘愿处于辛辣的蓼草之上，避开甘甜的葵堇，惯于食苦而无怨言，正是旷士胸怀的写照。那班卑鄙龌龊的小人，只知蝇营狗苟，不顾廉耻，四处钻营，怎能理解旷士的襟怀和情操呢？这样开始就将旷士和小人置于对立的地位，单刀直入，有倜傥恢奇之势。

“鸡鸣洛城里，禁门平旦开。冠盖纵横至，车骑四方来。素带曳长飙，华缨结远埃。日中安能止？钟鸣犹未归。”这八句写小人卑鄙龌龊的行动。在都城洛阳雄鸡刚报晓，皇宫禁门才打开的时候，那班官僚便冠盖相望，纵横而至，车水马龙，从四面八方来到洛城。他们腰间系着的素带在大风中飘扬，华丽的帽缨结聚着远方带来的尘埃，看上去好不威风，其实活现出他们趋炎附势、不惜远道奔驰的丑态，与《古诗十九首》中所谓“洛中何郁郁，冠带自相索”一样，“写尽富贵人尘俗之状”（沈德潜《古诗源》卷十一）。他们奔走权门日中怎能停止，就是到了“钟鸣漏尽，洛阳城中不得有行者”（崔寔《正论》引汉安帝永宁诏）的禁止夜行的时刻还没有回去呢。诗人以时间为顺序，从“平旦”写到“日中”，再到“钟鸣”，使人想见小人奔走钻营，夜以继日，竟到了废寝忘食的地步。

写了小人们的龌龊行动，便转到写他们的卑鄙言论：“夷世不可逢，贤君信爱才。明虑自天断，不受外嫌猜。一言分珪爵，片善辞草莱。岂伊白璧赐，将起黄金台。今君有何疾，临路独迟回？”他们说现在是盛世难逢，贤君爱才，英明的决断由天子做出，绝不会受到外嫌的猜疑。一言合理便可分珪受爵，片善应对亦能辞别草野。君主岂止是赐给你白璧，还将像燕昭王那样筑台于易水之旁，置千金于台上，以延天下之贤士呢。这些阿谀奉承的言辞已经到了令人恶心的地步。在那班小人看来，时代那么美好，君主如此英明，进身这样容易，赏赐又那样丰厚，那是求之不可多得，而那些旷士却自甘贫贱，他们于是向旷士发问：你内心有何痛苦，为何面临仕途而迟疑不前呢？这一问，余味无穷，既照应了前面的“小人自龌龊，安知旷士怀”，又深化了小人卑鄙的阴暗心理，他们以小人之心度君子之腹，是永远无法理解旷士之怀的。问而即止，没有答语，而答语读者自能明白，真可谓妙在不言中。

（温洪隆）

代东门行

鲍　照

伤禽恶弦惊，倦客恶离声。
离声断客情，宾御皆涕零。
涕零心断绝，将去复还诀。
一息不相知，何况异乡别。
遥遥征驾远，杳杳白日晚。
居人掩闺卧，行子夜中饭。
野风吹草木，行子心肠断。
食梅常苦酸，衣葛常苦寒。
丝竹徒满座，忧人不解颜。
长歌欲自慰，弥起长恨端。

鉴赏

这首诗写诗人远游思家之情，诗中之“行子”实是诗人自指。诗的前半追忆临行时与家人惜别的情景；后半写客中思亲盼归的无比愁思。诗中描写离别之愁，羁旅之苦，回环往复，哀婉动人。

首四句先从追忆临别情景写起，“伤禽”二句，以鸟作比，写自己久倦行旅，厌闻离歌之声，犹如受伤的飞鸟厌恶弓弦之声一样。从中可以看出，诗人是不止一次离家远行，因而此次离别，更加感到难以忍受。鲍照诗俊文丽，才高一代，而不幸生逢“上品无寒门，下品无士族”的门阀大族垄断政权的时代，要想在政治上有所作为是极端困难的，只好长期离乡辞家，四处游宦，以寻求仕进的机会。这种长期的游宦与频繁的离别，在感情上无疑会给诗人带来极大的痛苦，因而使他的诗歌也都带上慷慨悲凉的曲调。“离声”二句，不从正面描写诗人的悲痛，而以送别的亲人和御车者的悲痛，衬托出诗人难以忍受的离别之情。临别的离歌之声，使送别者和御车者都感动得涕零泪下,被送者诗人心中的痛楚之深也就可想而知了。

“涕零”四句始从正面描写诗人与亲人诀别的痛楚,但不是从外部描写诗人如何涕零,而是从内部刻画诗人由离别引起无比痛苦的心理变化。亲人和御者的涕零使诗人肝肠寸断,所以忍不住临走之时又回过头来与亲人再次诀别。从这个回头诀别的动作中可以看出诗人心中的痛苦之深,但他还是强忍泪水,将痛苦压在心中,以免因无法克制而影响此次的行程。“一息”二句写诗人对这次离别的内心感受,平日间的暂时分离,尚不能互知寒暖,何况此次要远走他乡?客中苦况,更是亲人难以预料的了。亲人的担心,自己的思念,无限感情全都包含在此二语之中。挑明异乡远别之恨,既深且巨。

“遥遥”六句,描写诗人远行所历道路之苦。首二句用一对句,又连用“遥遥”“杳杳”两个叠音词,描绘出诗人行程中路途遥远、车马迟缓、终日艰难跋涉的情景。“居人”二句,则通过与亲人的对比,看出诗人在道路上的辛苦。当亲人在家掩闺而卧之时,旅途中的“行子”才得以夜半进食,税驾歇息。这是游宦生活的实写,同时也透露出诗人在行旅之中无时无刻不在思念家中的亲人。这种强烈的思念,给颠沛在道路上的诗人又增添了一层痛苦,使诗人每当看到秋风飒飒,草木摇落,时属岁晚之时,就禁不住惹起归乡之念。但事业未竟,欲归不能,只能徒增悲叹而已。通过道路的外部描写和内部的心理刻画,写足了“行子”在行旅中所经受的痛苦。

结尾六句以食梅衣葛起兴,而兴中寓比,写出诗人行旅之中忧愁百端,难以消解。梅味常酸,葛不能御寒,这是由其本质所决定的,虽施以外力也不能改变,正如诗人久罹羁旅,心中的痛苦也绝非其他办法可以消除。尽管筵会上丝竹管弦,乐声四起,满座嘉宾都喜笑颜开,而诗人却丝毫感受不到快乐。“长歌欲自慰,弥起长恨端。”诗人何尝不想消除忧愁,与他人一起快乐呢?但本欲长歌自慰,反而更惹出无比的愁绪来。通过食梅衣葛的比喻和与他人之乐的对比,描绘出诗人当时乐难解忧的内心痛苦之状。

这首诗前半篇追忆临别之苦,后半篇写今日客中之苦,布置缜密无缝,构思颇费匠心。前用两“恶”字描写乍别,后用两“苦”字描写久别,中间连呼“行子”,将“行子”之苦从多方面多层次地写足、写透。结尾又以长歌弥起长恨截然煞住,尤显得余情不尽,神韵悠远。

（张学忠）

代东武吟

鲍 照

主人且勿喧,贱子歌一言。
仆本寒乡士,出身蒙汉恩。
始随张校尉,占募到河源。
后逐李轻车,追虏穷塞垣。
密途亘万里,宁岁犹七奔。
肌力尽鞍甲,心思历凉温。
将军既下世,部曲亦罕存。
时事一朝异,孤绩谁复论?
少壮辞家去,穷老还入门。
腰镰刈葵藿,倚杖牧鸡豘。
昔如鞲上鹰,今似槛中猿。
徒结千载恨,空负百年怨。
弃席思君幄,疲马恋君轩。
愿垂晋主惠,不愧田子魂。

鉴赏

《东武吟》是乐府旧题,"代"是摹拟的意思。这是一首摹拟乐府旧题的诗。正如方东树所说"此劳卒怨恩薄之诗"(《昭昧詹言》卷六),这首诗写一个出身贫寒的军人,少壮辞家,征战沙场,军功卓著,穷老返乡,被弃不用的怨恨。

诗以歌唱的口气开始:"主人且勿喧,贱子歌一言。"这一开场白袭用了古诗"四座且莫喧,愿听歌一言"(徐陵《玉台新咏》卷一)。将"四座"改为"主人","愿听"改为"贱子",使人想见在一片嘈杂声中,一个自称"贱子"的老年军人哀求他的主人听完他的一曲悲歌。仿佛帷幕已经拉开,演员已经登台一样,人们的注意力顿时集中在他一人身上,静听他的一曲悲歌。这种让诗中主人公上场演唱,自诉悲凉身世的方法,增加了诗歌生动活泼的效果,使读者获得了真实亲切的感受。

悲歌开始了。“仆本寒乡士,出身蒙汉恩。”老军人自诉出身寒乡,地位低下,不过还是蒙受了汉朝的恩惠。至此,读者也许要为主人公的幸运而喜悦,庆幸他出身贫寒竟交上了好运。可是“汉恩”的具体内容却是:“始随张校尉,占募到河源。后逐李轻车,追虏穷塞垣。密途亘万里,宁岁犹七奔。肌力尽鞍甲,心思历凉温。”开始被招募入军随着校尉张骞出击匈奴,直至黄河的尽头;接着又跟着轻车将军李蔡追赶匈奴到塞外。说近路竟然有万里之遥,即使宁岁也要奉命奔驰七次。体力耗尽在鞍甲之上,心中历尽了人世的凉热。这分明是活受罪,哪是什么恩惠呢。据《汉书·张骞传》《卫青传》记载,张骞出击匈奴在元朔六年,李蔡击匈奴出朔方在元朔五年(前124),这里却出现了时间上的颠倒,说成“始随张校尉”“后逐李轻车”,与其说是记忆上的失误,不如说写诗并非写史,诗人要告诉读者的不重在史实,而是主人公在抗击匈奴中马不停蹄、年复一年的奔驰之劳,时而河源,时而塞外。“密途亘万里,宁岁犹七奔”是诗人别出心裁的妙句。“万里”本是遥远的代用语,在这里反而被视为近途,那真正的远道竟有多远,简直难以想象。“宁岁犹七奔”用了《左传·成公七年》楚国的子重、子反“一岁七奔命”以御吴军的典故,诗人将“一岁”换成“宁岁”,使人想到宁岁尚且七次奉命奔驰,那乱世就不知一年要奔命多少次了。“肌力尽鞍甲”一句写肉体上的劳苦,“心思历凉温”一句写精神上的辛酸。“历凉温”并非是历尽寒暑之意,而是历尽世态炎凉。这是承上启下的过渡句,虽是凉温并举,说的重点不在“温”而在“凉”,一个“凉”字带出了下半篇要写的穷老还家之苦。

远征塞外虽然劳苦,毕竟还是追随张骞、李蔡等赫赫名将,金戈铁马,驰骋疆场,扬名塞外。遗憾的是:“将军既下世,部曲亦罕存。时事一朝异,孤绩谁复论?”将军去世,这位老军人虽然侥幸活了下来,可是时移事异,谁还记得起他们独有的功绩?当日用得着你,便招募你去沙场拼命;可是今日情况发生了变化,谁还记得起你昔日的功勋?谁还关心你的死活?“孤绩谁复论”这一反诘句,寄寓了多少深沉的愤慨!

下半篇转到穷老还家的描写:“少壮辞家去,穷老还入门。”这从“辞家”到“入门”的变化,“少壮”与“穷老”的对比,岂止是地域的变换,时光的流逝,容颜的更改,不也正蕴含着“肌力尽鞍甲,心思历凉温”的苦难历程,暗示出“十五从军征,八十始得归”的凄惨景象吗?主人公回到家中,我们见不到他与家人团聚的欢乐,见到的只是他“腰镰刈葵藿,倚杖牧鸡犹"的劳动生活。"昔如鞲上鹰,今似槛中猿"这一形象的比喻,恰切地表现了这位军人昔日征战沙场,英勇善战,如臂上之鹰;今日穷老还乡,失势潦倒,似槛中之猿。今昔对比,怎能不使他结恨千载,负怨百年呢?诗人愈是说"恨"是"徒结","怨"是"空负",就愈说明他的怨恨之深。怨也无用,恨只枉然,有权者想怎么摆弄你就怎么摆弄你,即使弃之如敝屣,又当奈他何!这种以无可奈何的形式表现出来的怨恨,比起一般的怨恨来就更为深重。

篇末四句"弃席思君幄,疲马恋君轩。愿垂晋主惠,不愧田子魂。"用了晋文公和田子方的典故,是画龙点睛之笔。《韩非子·外储说左上》记载,晋文公流亡回国,到了黄河,下令将进食用的笾豆和睡席抛弃掉,让随行人员中手脚起了硬茧、面目黧黑的人走在后面。他的舅父子犯知道后哭着对晋文公说:"笾豆所以食也,而君捐(弃)之;席蓐所以卧也,而君弃之。手足胼胝、面目黧黑,劳有功者也,而君后之。今臣与(参与)在后,中(心中)不胜其哀,故哭。"晋文公听后便改正了错误。《韩诗外传》卷八记载:"田子方出,见老马于道,喟然有志焉(心有所感),以问于御者曰:'此何马也?'御曰:'故公家畜也,罢(疲)而不为用,故出放之也。'田子方曰:'少尽其力,而老弃其身,仁者不为也。'束帛而赎之。"诗人以弃席思念君幄、疲马留恋君车比喻被弃者怀念旧主,实际上却是指责当权者遗弃有功之臣,"少尽其力,老弃其身",非仁者所当为,是有愧于田子魂的。言若已尽,而意正未发,真可称得上委婉含蓄,怨而不怒了。

总之,这首诗由主人公自叙身世,突出今昔对比,抒发了他的满怀怨恨,让读者从他往日的征战之劳和今天还家之苦中体会到当权者的刻薄寡恩。诗人巧用历史典故,以引起读者的联想,让读者自用这些典故去补充诗人未说明的含义,词约义丰,耐人寻味。诗的风格也遒劲刚健,沉郁悲凉,是鲍照诗中的佳作。

(温洪隆)

代出自蓟北门行

鲍　照

羽檄起边亭,烽火入咸阳。
征骑屯广武,分兵救朔方。
严秋筋竿劲,虏阵精且强。

天子按剑怒，使者遥相望。
雁行缘石径，鱼贯度飞梁。
箫鼓流汉思，旌甲被胡霜。
疾风冲塞起，沙砾自飘扬。
马毛缩如蝟，角弓不可张。
时危见臣节，世乱识忠良。
投躯报明主，身死为国殇。

鉴赏

这是一首边塞诗，写北方发生边警，壮士誓死卫国的决心，并描绘了雄奇壮丽的边塞风光。语言激励，意境奇伟，慷慨悲壮，读之令人感奋不已。

首段八句写敌虏入侵，边境告急，为壮士立功报国先作铺垫。“羽檄”二句以逆笔劈空陡起，描绘出边境军情的紧急，羽檄联翩而至，烽火连绵直达咸阳，极写入侵之敌的声势浩大，边境切盼朝廷遣师救援。“征骑”二句，写朝廷对边警迅速做出反应，速征骑兵屯守广武，以防敌军深入内地，再分师赴边，往救边境重镇朔方，从中可以看出朝廷对边警的重视。“严秋”二句始从正面交代敌军箭劲阵精，人强马悍，是造成边境形势紧张的根本原因。北方入侵之敌都是游牧民族，每至秋深季节，草长马肥之时，便大肆入侵中原地带，成为秦汉以来中央政权的心腹大患。从“天子”二句可以看出，驻守边境的军队已经战斗失利，敌军也在步步深入，致使天子按剑震怒；派往前线探听消息的使者络绎不绝，前后相望于道。这样就将边境紧急情状的描写更深入一层。

二段八句写援军急赴边塞。“雁行”二句形象地描绘了援军部队急行军的情形。“石径”“飞梁”写出所行道路的崎岖艰难；“雁行”“鱼贯”则表现出我军的号令严明，纪律整肃。“箫鼓”二句写戍边将士虽身处绝域，环境极度恶劣，却依然心向故国，寄情管弦，通过音乐抒发他们爱国思乡的情思，表现了他们高度的爱国热情。“疾风”四句出色地描绘了奇丽的边塞风光：但见狂风冲天而起，铺天盖地而来，地面上顿时飞沙走石，天气也骤然变冷，马冻得卷缩如蝟，弓箭也因冷冻难以拉开。鲍照诗中对边塞风光的这种描写，对唐代边塞诗人有着直接的影响。岑参《走马川行奉送封大夫出师西征》中写道：“轮台九月风夜吼，一川碎石大如斗，随风满地石乱走……马毛带雪汗气蒸，五花连钱旋作冰……”其中可以看到鲍照边塞诗的明显痕迹。黄子云谓鲍照：“善能写难写之景。”(《野鸿诗的》)从这首诗中所描绘的边塞奇景来看,这样的评价并不过分。

末段四句写壮士立节效忠,以死报国的决心。“时危见臣节,世乱识忠良。”从历史的角度,高度肯定了忠臣志士那种“岁寒然后知松柏之后凋”(《论语·子罕》)的高尚节操,借以说明边境发生战事,对于有志之士来说,正是立功报国的绝好机会,其中也寄寓着生逢乱世的诗人的自我表白。“身死为国殇”更是爱国志士坚决捍卫祖国疆土、击退入侵者的钢铁般誓言,悲壮淋漓,激人肺腑,令人联想到屈原《国殇》中“身既死兮神以灵,魂魄毅兮为鬼雄”的英雄形象。刘熙载评鲍照“慷慨任气,磊落使才”,正道出了鲍照这类乐府诗的特点。

(张学忠)

代结客少年场行

鲍　照

骢马金络头,锦带佩吴钩。
失意杯酒间,白刃起相仇。
追兵一旦至,负剑远行游。
去乡三十载,复得还旧丘。
升高临四关,表里望皇州。
九衢平若水,双阙似云浮,
扶宫罗将相,夹道列王侯,
日中市朝满,车马若川流,
击钟陈鼎食,方驾自相求。
今我独何为?坎壈怀百忧。

鉴赏

在首都一个广场上,绿树浓荫环绕在它的外面,馆舍排成行列,矗立在各个交通口边。在这样的地方,有几个与众不同的少年,打扮入时,衣着鲜丽,骑着高头大马,大摇大摆,目中无人,叫弟呼哥,亲昵得很。其中一个,骑的金络头的青白马,锦带上挂着吴钩,显得特别引人注目。他们一伙进入一家酒楼,大吃大喝,高谈阔论,酒酣耳热之际,越发放肆不拘,各执己见,随之大喊大叫,互不相让。争执到了一定的程度,便厮打起来。显得特别的那个少年,一时兴起,拔出宝刀,竟把同他争执的人杀了。事情惊动了官府,人命关天,这还了得!官府自然派人追捕凶手,要他偿命。那位杀人的少年,为了保全性命,只好背起宝刀,逃到远方。

开始这六句,在字面上似乎没有结客少年场的影子,却写出了少年的任侠使气、轻生致祸,实际上正是所拟《结客少年场》的主题。题名为“代”,代者,拟也,犹仿作也。这样仿作,不露形迹而得真意,才是最好的仿作。如果既仿其意,又仿其辞,不过沿袭前人的陈词滥调、床上架床而已。

三十曰壮。既是少年,可见这个人亡命之时,年龄不到三十。虽然不到三十,毕竟处于人生最宝贵的年华;而亡命的三十年,正是人生最紧要的时候,竟因亡命而消耗了,还有什么作为?何况人生不过百年,在那个社会里,活到六十岁,便算长寿了。即使少年亡命以二十岁计算,加上三十年,回家时已经步入晚景了。因而“去乡三十载”这句,有人认为是一篇之关锁。

“升高”以下,从里里外外写“复得还旧丘”后所见首都的种种情形:一望平展四通八达的街道,巍巍高耸望若浮云的双阙,皇宫两旁罗列将相的居所,夹着大道两边王侯的宅第,整个市朝的繁荣景象,车水马龙的川流不息,这些富贵人家的闻钟鼎食,官场人物的频繁往来……真是一派兴旺气象,热闹非凡。但他自己呢?

这十句从亡命者的眼中写出,固然写了新的社会现实,也写了这三十年的巨大变化。这就显得别人的社会地位上升,别人的生活程度变好,而自己的少年时代不可复得,自己的景况渺茫空虚。神情语态,虽然本之于《古诗十九首》的“青青陵上柏”,而与前六句合看,命意自远出“青青陵上柏”以外。

最后两句,以悔恨告终,暗示了本篇的主旨在讽刺结客少年的妄为,有似画龙点睛,却不明说出来,让读者自己体会。但如没有“升高”以下的描写,那这两句便没有依据。可见前面的描写,正为这两句而发。这又是基于现实生活的逻辑,而不同于故意的安排。因之它们之间有机的联系,是生活的必然发展,也是创作的必然发展。

值得注意的是“今我独何为”,用一“我”字,可见他是自我觉悟而非出于他人的启发。“独何为”的“独”字,见出别人都已飞黄腾达,只有自己毁了前途,因而才落得这样穷愁潦倒的地步。这是悔,也是恨。正由这悔恨中,才显得三十年前的无知妄为。

(郑　文)

代鸣雁行

鲍　照

邕邕鸣雁鸣始旦，齐行命旅入云汉。
中夜相失群离乱，留连徘徊不忍散。
憔悴容仪君不知，辛苦风霜亦何为。

鉴赏

这是一首充满了笃厚之情的怀友之作。诗人的所怀之友，他们之间不仅有着贴心的话语，而且还有着共同的愿望。可这个人是谁呢？诗人未敢明言，只尊他为“君”。诗人为他的“中夜相失”，容仪变得憔悴，心情也为之一蹶不振。可见，他们之间的感情，该是何等的笃实！何等的深厚！又是何等的留恋！

“邕邕鸣雁鸣始旦，齐行命旅入云汉”，借用比喻，诗人向人们交代了他同友人的感情，就像群雁之不可分离，朝朝暮暮，相依为命，是志在“云汉”的崇高理想把他们牢牢地系在一起的。这种感情，来之不易，弥足珍贵。所以，“中夜相失群离乱，留连徘徊不忍散”，也正是这种感情，给诗人心灵上带来了灾难和不幸。这两句也是用比，诗人向人们透露了友人的遭遇是何等的不幸。“中夜相失”，不言而喻，友人的生命是被黑暗的社会吞噬了的。诗人为“命旅”（即友人）的“中夜相失”而无力救援，又是“留连”，又是“徘徊”，心情之痛苦无法解除。“不忍散”三个字，描写诗人的心情悲痛到了极点，颇有相随友人而去之意。“憔悴容仪君不知，辛苦风霜亦何为”，诗人直抒胸臆，字字血，声声泪。字字饱含着诗人对友人的深沉思念，声声迸发着诗人对黑暗社会的抗议和不平。

（李亚超）

拟行路难(其一)

鲍 照

奉君金卮之美酒，玳瑁玉匣之雕琴，
七彩芙蓉之羽帐，九华蒲萄之锦衾。
红颜零落岁将暮，寒光宛转时欲沉。
愿君裁悲且减思，听我抵节行路吟。
不见柏梁铜雀上，宁闻古时清吹音？

鉴赏

《行路难》属乐府《杂曲歌辞》，本是由来久远的民间歌谣。据《乐府诗集》引《乐府解题》说：《行路难》的主旨，乃是“备言世路艰难及离别悲伤之意”。《拟行路难》是鲍照根据乐府古题创作的。诗共十八首(亦说十九首)，并不是同一时期的作品。本篇原列第一首。

据史书记载，鲍照曾打算向临川王刘义庆呈诗言志，有人劝他注意自己卑微的身份，他愤然答道：“千载上有英才异士，沉没而不闻者，安可数哉！大丈夫岂可遂蕴智能，使兰艾不辨，终日碌碌，与燕雀相随乎？”(《南史·宋宗室及诸王传》)鲍照虽有杰出的才干，希冀一展宏图，建功立业，但在门阀制度盛行的南朝刘宋时代，终因出身寒微，以致沉沦下僚。理想和现实的矛盾充盈于胸，使他感到惆怅和苦闷。这首诗借劝人解忧，酣畅淋漓地抒发了自己痛感时光流逝、岁月蹉跎、年华易老、壮志不伸的悲慨，以及希望排遣愁闷的内心情感。

发端平空起势。首四句以“奉君”领起，用相似的句式排比而下，分写赠送给人的四件解忧之物。用金杯盛着的美酒，可以使人借以消愁。玳瑁、玉石嵌饰的琴匣中的雕琴，绣有芙蓉花纹的羽帐，以葡萄组成美丽图案的锦被，也都是华贵的享用之物。“美酒”“雕琴”“羽帐”“锦衾”，四者叠合在一起，用以代表以酒为伴、沉湎享乐的放浪生活。鲍照向以“英才异士”自许，不甘于“终日碌碌”，这里表面上写得豪纵洒脱，骨子里却是烦闷抑郁。明明是惆怅悲慨之情难抑，反而劝人及时行乐，追求放达无羁的生活，这越发显出诗人惆怅失意之深，同时也流露出无可奈何的情绪。

五、六两句由“欢”而翻作“悲”，但写得悲而不伤。二句说，人已容颜衰败，年岁将老，正如月光转移，夜将深沉一样。其言外之意是，岁月既无情，青春难久驻，与其空怀一腔热忱，坐视韶光流逝，不如及时行乐，一泄胸中的积忿与不平。诗人在其《拟行路难》第四首和第十八首中也表露了这样的思想：“人生亦有命，安能行叹复坐愁？酌酒以自宽，举杯断绝歌路难。”“直须优游卒一年，何劳辛苦事百年！”同样是在感叹“人生倏忽如绝电”的同时，故作豁达之语；在及时行乐的外衣下，深藏其时不我待，渴望用世而不得的本质内容。

由于人生短促，时光易逝，纵有享乐之具、解忧之物，最终还是享乐不能长久，只会徒增忧愁。所以诗人在七、八句中告诉我们，裁悲减愁之法，最好还是听我高唱《行路难》吧！“行路吟”亦即《行路难》，三字与诗题自然关合。《行路难》是比较灵活的杂言乐府，具有自由、奔放的特点，诗人以《行路难》来表达自己悲愤忧虑、慷慨激昂的感情，可以说是找到了最适合的形式。“听我抵节行路吟”，生动地显示了诗人力图摆脱精神苦闷的要求。

听歌行乐应须及时，诗末二句以反诘的方式发问：古时的柏梁台和铜雀台，哪里还能听到当年悠扬的乐声呢？柏梁、铜雀二台，都是古时彻夜笙歌、欢乐无时或已的场所，如今，前代的繁华富贵俱归乌有。所以，包含在“不见”“宁闻”含蓄之语中的感慨是复杂而深沉的，它不仅仅是单纯地听歌行乐应须及时，而且有着诗人对于人生凄凉的感伤。事实上，就如借酒消愁愁更愁一样，吟唱《行路难》也是不能解忧排愁的。

这首诗通篇不说自己，而是借赠人以解忧之物，劝人以行乐排愁，曲折而逼肖地表达了自己苦闷之深、愤郁之烈，以及力图从苦闷中挣脱出来的倔强性格，此即所谓借他人之酒杯，浇自己之块垒。形式上着意学习、模仿民间乐府，语言于朴素之中间有润泽华采；首四句连贯而下，一气鼓荡，句中“之”字，造成诗句的散化，这在骈俪文风盛行的当时，不失为大胆的创新。

（顾伟列）

拟行路难(其二)

鲍　照

洛阳名工铸为金博山,千斫复万镂,
上刻秦女携手仙。
承君清夜之欢娱,
列置帏里明烛前。
外发龙鳞之丹彩,
内含麝芬之紫烟。
如今君心一朝异,
对此长叹终百年。

鉴赏

《行路难》本是汉代歌谣,但以此为题的汉晋作品均失传,现存最早的就是鲍照所作《拟行路难》十八首。这是一组颇为宏大的史诗性作品,历来被认为是鲍照最优秀的代表作,既有强烈的时代特色和鲜明的个人风格,又充分展现了《行路难》“备言世路艰难及离别悲伤之意”(《乐府解题》)的传统主旨。

“洛阳名工铸为金博山”是其中之二。其内容大约是说:一位被遗弃的美人,孤独地注视着一尊金质香炉。往事就像缕缕青烟,不断地浮现在她的眼前……这香炉是她的丈夫当初娶她时,请京师洛阳的名工巧匠铸制的,它质料极贵,工艺极精,形制是有名的博山炉。上面还特地雕刻了一对恩爱幸福的仙人(箫史、弄玉)双双携手跨凤升天的图像,以示他与妻子永远相爱不离不弃。在新婚后的天朗气清的夜晚,丈夫与她杯酌频频,轻吟曼唱,而这金炉则被安放在屋子正中的桌案上。在明亮的烛光照耀下,金炉的外面闪烁着龙鳞般美丽的光彩,里面散发出麝香般沁人肺腑的芬芳。真个是香烟袅袅,金光闪闪,如梦如幻,如醉如痴,香炉越发显得可爱,人儿越发觉得幸福。可是曾几何时丈夫就变了心，竟然将她“打入冷宫”，另趋新欢。她只得与被闲置的香炉为伴，一次又一次地发出悲哀的叹息……

很显然，这是一首古代所谓闺怨诗或弃妇诗。值得注意的是，它不是一般的闺怨诗。从香炉的极端华贵以及丈夫的一朝离弃，可以看出女主人公不是一般百姓或普通官员之妻，而是高官显贵的门阀士族的妻妾。这一首和第三首“璇闺玉墀上椒阁”都是揭露上层统治阶级对于妇女的玩弄与欺凌，反映了妇女的深重苦痛和她们渴望得到真正的爱情的愿望，其中饱含着诗人对门阀士族阶级的憎恶和对广大遭受封建压迫的妇女的深切同情。

这首诗在艺术上很有特色。首先是构思奇特，想象丰富，描写夸张，富有浪漫主义气息。在构思上，诗人继承并发展了比兴寄托的传统手法，通过女主人公睹物生情来反映生活，体现自己的创作意图。奇就奇在全诗九句之中，鲍照竟用了七句来写物——香炉，以至读者在初读时每每要以为此诗写的就是香炉。为了表现出香炉的珍贵，诗人运用层出不穷的艺术想象，不惜笔墨，工笔重彩，极尽夸张描写之能事。你看，头一句“洛阳名工铸为金博山”，就已经从产地、工匠、质料、形制四个方面说明了这个香炉的身价不凡了；但作者并不满意，又加一句“千斫复万镂”，突出香炉的制作工艺确实精细得无以复加；作者还嫌不足，“上刻秦女携手仙”，又写出香炉图案之美好。至此，香炉的描写才算大功告成。接着“承君清夜”二句是写香炉之用。这时人物才算出场，原来这个香炉是男主人公专门定做了来作为他们爱情的象征和见证的。这样我们也才明白，作者在前几句极写香炉制作之精，原来就是写男主人公对女主人公的用情之细，可谓费尽心机矣。那么香炉的使用效果如何呢？“外发龙鳞之丹彩，内含麝芬之紫烟”，简直神奇、美妙极了。可是谁能想到接下去却是“如今君心一朝异，对此长叹终百年”！“对此”二字一出，我们才豁然而解——主人公原来是人而不是香炉。由这人炉相伴的悲凉结局，我们又把读时得来的一个隐隐约约的感觉化为一个结论：那神奇、美妙的香炉原来也是衬托女主人公的美丽、善良的，不，应当说，是象征女主人公的。女主人公的不写而美，正是来自香炉的极写而美。另外，全诗几乎句句写香炉，却没出现一个“炉”字，看来也是诗人有意为之。诗人通过对香炉的铺张描写，塑造了鲜明的艺术形象，达到了动人的艺术效果。王夫之评论此诗说：“但一物事，说得恁相经纬，立体益孤，含情益博。”(《古诗评选》)

进而，还有一个问题值得玩味：为什么作者把直接表现作品主题思想的部分却写得那么简略？这显然也是出于鲍照超越凡俗的构思。他一反惯常写法，采用了“以小见大”“以物代人”“避实就虚”等手法，极写香炉的精工制作、异常美观，充分体现了男主人公对香炉的宝爱。写香炉就是写人，写男女主人公当初的令人陶醉的爱情生活。因此,当这爱情被男方无情地背叛、女方陷入哀伤时,只用“如今君心一朝异,对此长叹终百年”的直接述说就够了,足以形成前后、双方鲜明的对照,使读者对女方的深沉哀痛完全理解和同情。有了对当初热烈爱情的详尽的侧面描写,就可以而且应当对如今爱情的毁灭作简略的正面描写。此诗恰到好处的详略、侧正描写,也是值得研究、借鉴的。

语言瑰丽而又通俗,是此诗的艺术特色之一。整首诗明白如话,只用了一个很常见的典故,读来朗朗上口。而在这些通俗流畅的诗句中,却把香炉描绘得非常华贵,把男女主人公的感情变化反映得十分委婉。“金博山”的“金”“清夜”“明烛”,都是色彩感很强的字词,“外发龙鳞之丹彩,内含麝芬之紫烟”二句,更是绚烂多彩,活灵活现,使全诗呈现出鲜明的华丽色彩。

鲍照在《拟行路难》中很注意使每首诗具有风格上的特征,因而各首诗情调气势多种多样,总是切合每首诗的思想内容。第二首在情调上的特点是飘逸不凡。诗中主人公的感情波动虽然强烈,但表现得却比较徐缓、婉转。“洛阳名工铸为金博山”等前七句,写来何等从容、细腻!甚至最后“如今君心一朝异,对此长叹终百年”,也是徐徐道出,只是“长叹”而已。可是诗人又明白地写着这长叹要叹到女主人公生命的终结,她的悲哀是多么深切啊!女主人公对于丈夫的变心只是悲叹,没有明显的指斥,这可能是因为她刚被遗弃,加之性格温顺善良,对于美好幸福的过去她还乐于回忆,对于丈夫的感情也还没有消失。当然,这种徐缓、飘逸的情调也是《拟行路难》全组诗统筹安排上的需要,因为这是序诗后的第一首,才刚刚进入正题,怎能立即急管促弦、愤慨激昂呢。

（朱思信）

拟行路难(其三)

鲍　照

璇闺玉墀上椒阁,文窗绣户垂绮幕。
中有一人字金兰,被服纤罗蕴芳藿。
春燕差池风散梅,开帏对景弄春爵。
含歌揽涕恒抱愁,人生几时得为乐?
宁作野中之双凫,不愿云间之别鹤。

鉴赏

孤寂的闺中生活，哀怨的思妇之愁，本是古代诗人屡写不衰的传统题材。这首诗取材虽然未离闺阁生活，但较之于一般的闺怨诗，自有其独到之处。

诗一开篇，就展开具体而形象的画面：一位叫金兰的女子，缓步登上玉石筑成的台阶，步入芳香温暖的闺房，室内绮窗紧闭，帷幕低垂，她身着细罗衣裳，满蕴着藿香的芬芳。首四句通过居处之华丽、衣着之精美，已把女主人公的身份暗暗托出，她不是一般百姓或普通官员之妻，而是高官显贵的妻妾。

丈夫既富且贵，生活优裕富足，但空闺独守，精神上受着寂寞和痛苦的摧残。"春燕差池风散梅"一句，由室内转写到户外，借春景烘托闺中人的愁情。时届初春，风和日丽，双燕在旖旎的春光中比翼竞飞，梅花在春风中飘然散落。屋外的盎然春意与室内的空寂索寞，形成鲜明的对比。在结构上，此句是全诗的转捩。双燕争飞，自然会令人联想到情投意合的美满婚姻。而梅花飘落，也容易唤起人们对韶华易逝的伤感。这里，春光宜人是实处着笔，闺中索寞则是虚处命意。接着一句，推出掀开帷幕，对着大好春光饮酒自遣的少妇形象。空闺独守，本已寂寞难耐，偏又有窗外春光，撩人意绪。"开帏"二字，生动表现了她对幸福生活的憧憬。"对景弄春爵"，则写出了闺中人百无聊赖的孤寂情态。这两句由景及人，情与景互相触发，构成一幅和谐的闺情图画，而闺中人的凄苦心情，也都被织入此画之中。

七、八两句正面倾吐闺中人的怨情："含歌揽涕恒抱愁，人生几时得为乐？"前一句着一"恒"字，点明愁绪之绵邈不尽，即便是忍住悲歌，止住眼泪，还是不胜其愁。后一句语用反诘，将自伤薄命的人生嗟叹和盘托出：人生哪有快乐的时候呢？这悲痛欲绝且又浸透着泪水的怨语，读之令人不禁为之心碎！

全诗至此，通过闺中人观景、饮酒、怨嗟，她那难言的隐哀、盛年独处的苦况，已得到层层展示。于是，千种愁情、万般苦楚，凝聚成诗末的千古名句："宁作野中之双凫，不愿云间之别鹤。""凫"，即野鸭。"别鹤"，指失偶的孤鹤。古人以鹤为高贵之鸟，凫则低贱得多。两句以"双凫""别鹤"为喻，形象生动地表明宁愿贪贱而双栖，不愿富贵而独处。由前面的自嗟自怨，一变而为由衷的祈愿，反映了古代妇女对理想爱情的向往，以及不慕荣华，唯求婚姻美满的心愿。就全诗而言，这两句如画龙点睛，使诗情得以升华，更具动人的力量。

这首诗的最大特色，在于以景衬情，人、物交融。诗人借居处、衣着的华丽和自然景色的优美，反衬女子内心的痛苦；借野中双凫和云间别鹤，比照女子宁愿安于贫贱而为双凫，不愿富贵而为别鹤。全诗闺中苦况与户外景色相映，人物心理与自然景致相生，读后倍觉情思溢于纸外，委婉含蓄，耐人寻味。

（顾伟列）

拟行路难（其四）

鲍　照

泻水置平地，各自东西南北流。
人生亦有命，安能行叹复坐愁？
酌酒以自宽，举杯断绝歌路难。
心非木石岂无感？吞声踯躅不敢言！

鉴赏

这是一首抒情诗，但他要发抒的究竟是什么样的感情，它缘何而生，内容又怎样呢？这些，作者并没有一五一十地把它都铺写出来，而是统统略掉，留在笔墨之外了。诗只选取了这样一点加以叙写：这种情感折磨得他行叹、坐愁，想要强自宽解，又宽解不了；想要尽情倾吐，而又不敢直说。换言之，即他只写了在这种情感的折磨下，他的心境上的某些波折、变化，某些痛苦的表现、反映。这岂止是神龙见首不见尾，竟是首尾俱隐，只在云间雾里依稀隐约地显露出了它的一鳞半爪而已。然而，犹如考古学家能够根据地下发掘出的猿人的几颗牙齿，或一个头盖骨，就复原出它完整的头部形象一样，读者也可以通过这一鳞半爪，凭借自己的体味、想象，看到那个神龙的形象，即领会到究竟是什么样的东西，折磨得诗人那样地不安、痛苦。故王夫之谓此诗“言愁不及所事，正自古今凄断”；沈德潜亦评曰：“妙在不曾说破，读之自然生愁。”（并见钱仲联《鲍参军集注》卷四引）“读之自然生愁”，正是作品艺术感染力、社会意义之所在。

全诗突兀而起，戛然而收，不枝不蔓，干净利落。起手无端而下，取譬于日常习见的事物，三、四句方逆出本意。总之，先从抒情主人公即作者自己力图要排忧解愁写起。既然要排、要解，那自然是作者心胸中已经有忧、有愁了，而且这忧愁还不是轻微的、淡淡的，否则，就不会产生要排解的要求。“死生有命，富贵在天”，一切既然都是命运安排好了的，非个人的意愿所可如何，那还何必“行叹”“坐愁”呢？从道理上自我宽慰，这是一层。只此一点，似乎还不足以消愁释恨，接着又进一层，“酌酒以自宽”。借酒浇愁，这是古往今来无数高风亮节之士常用的一个老办法。作者在把一切不如意都委诸命运之后，还要再乞灵于酒，又足见其愁恨之深而不易去。“举杯断绝歌路难”，频频举杯，于是行路难的歌声暂时停了下来，也就是说，他的心境暂时平静下来，不再“行叹”“坐愁”，无可聊赖了。但是诗到这里并没有结束，问题并没有真正解决。上边的平静只是暂时的、表面的。下边一句，笔锋一转，又是一个境界。“心非木石岂无感？”人终究不是一根木头、一个石块，岂能“无感”？有感就还会忧愤、愁叹。“举杯消愁愁更愁”，愁还是没有被真正消除。末句，再次转折。愁愤填膺，如果能尽情吐露一番也好，无奈又“吞声踯躅不敢言”，实在是痛苦极了。诗到这里是结束了，但愁愤并没有被消除，它仍在折磨着诗人，甚至比开始时更痛苦地折磨着诗人。这愁愤，这痛苦的折磨，读者不难看出，是来自于其才秀而人微的不幸遭遇，来自于那极端不合理的社会、政治。

（高海夫）

拟行路难(其六)

鲍　照

对案不能食，拔剑击柱长叹息。
丈夫生世会几时，安能蹀躞垂羽翼？
弃置罢官去，还家自休息。
朝出与亲辞，暮还在亲侧。
弄儿床前戏，看妇机中织。
自古圣贤尽贫贱，何况我辈孤且直。

鉴赏

鲍照《拟行路难》十八首，和建安以来的大多数组诗一样，非一时一地之作。这首写失职家居，难确指其时。他历任郎令卑职，可能是官场挫折，受人压抑的愤懑。充斥鲍照此作的强烈精神，是不平则鸣的郁勃之气，以迸发的强力度的美，卓异南朝，彪炳诗史。

此诗是这组诗中的宏响，入手就来势不凡，“发唱惊挺，操调险急”(《南齐书·文学传论》)。抑塞激愤之气，倾炫心魂。“对案不能食”，用笔凝滞涩委，压抑得使人有窒息之感。这冷丁丁的五个字凝聚不动，堆出满心的乌云，预示着一场风雨的来临；“拔剑击柱长叹息”，面对一案酒肴，连酌酒以自宽的情绪也荡然无有，对案沉思，百忧塞胸，忽然间投杯停箸，愤然起身，拔剑挥舞，频频击柱，这狂风骤雨式的“拔剑”“击柱”，大幅度的爆发性动作，把诗人埋藏在心中“吞声踯躅不敢言”的抑郁、激荡心绪托显出来。然而长剑在手，四顾荡然，拄剑抵颐。“长叹息”三字将情感的急流顿然锁住，一时勃起的愤激又渐复沉静。这一句如骤马注坡，却忽然勒住，可以想见诗人心中的跌宕，胸脯的起伏，大口大口的呼呼出气——满腔愤怒，何以得发?

这“长叹息”与“不能食”的回复，是一瞬间的，因为诗人不是瑟缩碌碌、甘于沉默的人。他出身孤微，对于极重门阀的南朝极为反感，思想带有抵触反抗冲击的破坏力，他曾经向这个社会宣示：“大丈夫岂可遂蕴智能，使兰艾不辨，终日碌碌，与燕雀相随乎?”(《南史·本传》)这里的“丈夫生世会几时，安能蹀躞垂羽翼?”就是早年宏音的嗣响，这犹如太阳破云而出，光线四射，神气激扬。这是对“以彼径寸茎，荫此百尺条。世胄蹑高位，英俊沉下僚”的社会的抗争。“会几时”一缩，次句一伸，又施之“安能”反诘句式，是为一畅申，语气顿挫，词旨郁勃，诗人希求高蹈阔步而不屑于局蹐蹀躞(dié xiè 小步走路)，碌碌终生，瑟瑟缩缩地受人鄙夷。他满腹才华，自负颇高，不甘湮没，自尊自强，希望有所作为，不愿意在压制歧视下讨饭吃。他说过“小人自龌龊，安知旷士怀”，盼望“一言分珪爵，片善辞草莱”(《代放歌行》)，进入仕途后，长期出入郎、令之间，不容于世，“片善”从未降临，“一言”与之无缘。“才秀”成了“人微”的刺激素。仕途上每每垂翼，即使诗文创制也要蹀躞其笔，故作江郎才尽而多鄙言累句，以解刘宋文帝的嫉才妒能之心。这两句是一篇精神焕发处，是对不平则鸣的呼喊。但同样浸透着沉重、愤激的情感，暗含仕途蹭蹬，在亢音高唱中依然有一道阴影遮蔽心头。

以上四句，从整体看，由“不能食”引起，一气贯注，如急流跳涧，奔涌不止。至于“弃置”六句回旋打转，蓄流成潭。“弃置罢官去,还家自休息。”用笔洒脱而冷峻,词意傲岸而自尊。一个“自”字,骨相峻嶒,驱迈俊逸。诗人欲作拂袖而去,高蹈家居的打算。“弃置”充满蔑视神情。“罢官去”似乎可见诗人掷印怫然,阔步不顾,昂然而去愤愤然的身影。这两句承前启后。以下则转入一个新的境界:“朝出与亲辞,暮还在亲侧。弄儿床前戏,看妇机中织。”诗人精神上摆脱了冷酷官场带来的压抑的苦闷后,随即想到的是充满温暖的家庭生活。语气亲切,流溢着一股温馨之情,使诗人被摧折的冷结的心舒展了,在天伦之乐中得到精神的抚慰。这四句从时间、空间角度,用绵密回复的笔法,写与亲人朝夕相聚、儿女绕膝、与妻厮守的怡然自得的快乐生活,采用乐府民歌往复回环唱叹的手法,叠出取意相同、结构相似的对偶句式,烘染出欢愉协畅的气氛,与上文对案不食,蹀躞垂羽,吃闷气,长叹息形成鲜明对比。陈祚明说这“四句写得真可乐”。张玉穀说:“中六透笔写出罢官归家,正多乐事,乃凭空想象,莫作赋景观。”其言极是。所要说的这“真可乐”里面却含润着真可悲的一面。这种回家抱娃娃,和妻子耳鬓厮磨,岂不是“遂蕴智能”“沉没而不闻”吗?像他这样才高气盛之士应是政界的一只雄鹰,而“飞步游秦宫”,岂可老于室家,沦没草莱,他在《代东武吟》里假托一个老军人自白,讽谏君主,不要使人才闲废。中有云:“少壮辞家去,穷老还入门。腰镰刈葵藿,倚杖牧鸡豘。”朱熹说后两句“分明说出个倔强不肯甘心之意”。以兹看此,也有些合适。这种“刈葵牧鸡”和这里的“弄儿看妇”,从社会政治意义上看,不是同义语吗?不是隐约渗发出一股投闲置散的怨愤不平之气吗?可以说这种家庭欢乐,是苦恼人的微笑,貌似悠然,而心底愤慨而凄凉。

正因为这个原因,所以诗人在末尾自宽自解:“自古圣贤尽贫贱,何况我辈孤且直。”道出出身寒微,孤直不容;道出当安贫守贱之意。这是愤激反语,是郁愤不平的牢骚,是对压抑人才的社会的抗击和愤慨。气势虽仍自傲岸,腔子里却充满异常沉重的酸心,硬按捺住的悲愤和无可奈何的怅恨交织在一起,依然是愤愤不平的愁苦之语。

这首诗一韵到底,情感变化迅急而复杂,如同一股激流,时而奔泻急涌,时而回转舒缓,时而长注而去。抑塞郁闷中有浩气长抒,悠然自得中含有失望和不平,傲然高视中有着苦闷和悲哀。情感的起伏跌宕和句子的长短、词意的疏密相起相应。开首两句如饥鹰独出,矫健锐猛。“长叹息”稍一盘旋,“丈夫”两句奋翅决汉,冲霄破霜。中六句展翅不动,飘然而下。末二句如鸷居巨石,引颈悲鸣。布局造句全无南朝诗舒缓意致。方东树《昭昧詹言》论鲍照诗:“步步留境象,浑固奥涩,语重法密,气往势留,响沉句峭。”以此看,诚为善读诗者。

鲍照这种慷慨任气、磊落使才、凌厉雄浑的风格,被誉为“如五丁凿山,开人世所未有”(沈德潜《古诗源》卷一一)。李白每每从此取径,得气俊逸。试看:“停杯投箸不能食,拔剑四顾心茫然。”(《行路难》其一)“呼童烹鸡酌白酒,儿女嬉笑牵人衣。”(《南陵别儿童入京》)“一生傲岸苦不谐,恩疏媒劳老多乖。”(《答王十二寒夜独酌有怀》)无论用语取意,都很仿佛。这种不平之鸣,振动后人,高响流远。

(魏耕原)

拟行路难(其八)

鲍 照

中庭五株桃,一株先作花。
阳春沃若二三月,从风簸荡落西家。
西家思妇见悲惋,零泪沾衣抚心叹。
初我送君出户时,何言淹留节回换?
床席生尘明镜垢,纤腰瘦削发蓬乱。
人生不得恒称意,惆怅徙倚至夜半。

鉴赏

本诗录自《乐府诗集》卷七十《杂曲歌辞》十。《行路难》是汉代歌谣,晋人袁山松变更音调,制造新词,风行一时。今旧辞及袁辞均已不存。鲍诗是仿作,故称《拟行路难》。《乐府解题》云:“《行路难》,备言世路艰难及离别悲伤之意,多以君不见为首。”鲍诗十八首,郭茂倩列入《杂曲歌辞》。这是第八首,是写思妇思念丈夫之苦的。

自《诗经·周南·桃夭》开了以桃花比少女的先例,人们竞相模仿,曹植《杂诗》有“南国有佳人,容华若桃李”的名句,唐人崔护又有“人面桃花相映红”的描绘。这首诗也是以咏桃花起兴:“中庭五株桃,一株先作花。阳春沃若二三月,从风簸荡落西家。”这里桃花比喻少女,“先作花”,喻少女情窦初开。“阳春”,为桃花盛开之时,喻少女正当年时。“沃若”即《诗经·卫风·氓》诗“桑之沃若”之“沃若”,鲜明光泽,形容桃花鲜艳,喻少女容貌美丽。“落西家”,说明所从之风为东风,也就是春风。《礼记·月令》云:“孟春之月,东风解冻。”又说:“仲春之月,桃始花。”这里写春季的桃花是自然环境,也是暗示社会环境,《白虎通》曰:“嫁娶以春何也?春,天地交通物始生,阴阳交接之时也。”《诗经·召南·野有死麕》云:“有女怀春,吉士诱之。”《淮南子·缪称训》云:“春女思,秋士悲。”因而,写桃花凋落,正是为了烘托下文的思妇伤春。上下过渡,了无痕迹,十分自然。

“西家思妇见悲惋,零泪沾衣抚心叹。”西家思妇见了随风飘落的桃花,她睹物伤情,悲叹,惋惜,乃至于“零泪沾衣”。她为何如此悲伤呢?诗歌由第三人称的陈述,更换成第一人称的诉说。“初我送君出户时,何言淹留节回换”二句,言自己悲叹的原因。她追述当初送丈夫外出的时候,他何曾说过在外淹留久久不归。而今至于节令回环转换,仍不见他回还。这怎不叫人心烦意乱,独自嗟叹!由于思念外出不归的丈夫,她懒于洒扫、梳妆,乃至于“床席生尘明镜垢”;又由于思念外出不归的丈夫,她茶饭不思,不常洗沐,乃至于“纤腰瘦削发蓬乱”。说到“纤腰瘦削”,自然想到《古诗十九首》中的“衣带日已缓”,也想到后来李清照的“人比黄花瘦”,都是以人的瘦削来烘托相思之苦。说到“发蓬乱”,自然想到《诗经·王风·伯兮》“自伯之东,首如飞蓬”,都是以发乱这一外在形象来刻画内心世界的忧思的。这样,就把十分抽象的思想情绪,描绘得十分具体形象。结句“人生不得恒称意,惆怅徙倚至夜半”以“人生不得时常称心如意”来强自宽解,犹如抽刀断水,终难宽解,所以才常常惆怅、徘徊,深夜不眠。同时,也进一步交代了“纤腰瘦削”的主要原因——终夜苦思,怅怅难眠。

全诗一气呵成,语言质朴,自然流畅,又根据需要,随时变换人称。形象的描写,紧紧围绕着内心世界的刻画。描写自然景物,是为了烘托人物的内心活动。这都说明了诗人特别善于向民歌学习语言技巧。

(殷呈祥)

拟行路难(其十四)

鲍　照

君不见少壮从军去,白首流离不得还。
故乡窅窅日夜隔,音尘断绝阻河关。

朔风萧条白云飞，胡笳哀急边气寒。
听此愁人兮奈何！登山远望得留颜。
将死胡马迹，宁见妻子难。
男儿生世轗轲欲何道？绵忧摧抑起长叹！

鉴赏

本诗录自《乐府诗集》卷七十《杂曲歌辞》十，是鲍作《拟行路难》的第十四首，它是一首反映战争之苦的诗。鲍照生活在南朝宋文帝时代。宋文帝凭借富强的国力，经常出兵击魏，想收复黄河以南的失地。北魏也每每南侵，因而，南北经常发生战争。439年，北魏太武帝统一了北方，正式形成南北朝对立的局面。450—451年，南朝宋与北魏发生了一场大规模的战争。魏太武帝率十万大兵攻宋悬瓠城（今河南上蔡县东）不克。宋文帝发十万大兵分数路北伐，魏发兵号称百万应战。魏攻彭城（今江苏徐州），不克；复攻盱眙，又不克；乃南下至瓜步（今江苏南京市六合区境），声言要渡长江。宋也大举北进，收复陕城和潼关。结果，可以说是两败俱伤。在每次战争中，北魏都掳掠大批南朝臣民和战俘北徙，给南方人民造成极大的灾难。这首《拟行路难》所反映的现实，与当时南北对立、战争频仍的局面是分不开的。

"君不见少壮从军去，白首流离不得还。"这两句开门见山，点明了主题。这也让人很自然地想到《诗经·豳风·东山》的"我徂东山，慆慆不归"和汉乐府《十五从军征》的"十五从军征，八十始得归"。无论是《东山》也好，还是《十五从军征》也好，尽管"伊威在室，蠨蛸在户""兔从狗窦入，雉从梁上飞"，总还可以回到自己的家乡。而这首诗中的主人公却是"少壮从军""白首流离不得归"。这两句诗虽脱胎于《十五从军征》，但一个是"始得归"，一个是"不得归"。一字之更，却深化了主题。这也恰恰是当时南北历代长期对立、连年战争不断的概括反映。

次四句承"流离"二字而言，具体写"流离"异乡凄凉之苦。"故乡窅窅日夜隔，音尘断绝阻河关。"一个皓首暮年的老兵，独处异地，由于黄河、关隘相阻，遥远的故乡渺无音讯。日也相隔，夜也相隔。日相隔，说明欲归不得。夜相隔，则更进一层，说明梦断河关，连梦里回去也无可能，只好孤独地久处异域。那么，异域的情况又如何呢？"朔风萧条白云飞，胡笳哀急边气寒。"异域的朔风萧瑟令人心寒，自己像白云一样飘荡无所归依。听胡笳哀鸣，更感到边地酷寒。边地气寒而内心更寒，胡笳声哀而内心更哀。显然，诗人善于选取典型事物，描绘典型环境,同时采用移情手法,写景,写物,写声,都注入了诗人深厚的主观感情,使意与境、情与景,和谐地融汇成一体。

又四句写思乡的心情。“听此愁人兮奈何”是《楚辞·九歌·大司命》的原句,引来作上句“胡笳哀急”的引申。“此”,指上句“胡笳哀急”,听此更引起对家乡的思念,产生许多哀愁。这又如何解脱呢?“登山远望得留颜。”此句似从王粲《登楼赋》“登兹楼以四望兮,聊暇日以销忧”句化来。“登山远望”,是遥望家乡,目的在于消忧解愁。愁消忧解,因能延寿,故曰“得留颜”,意即让颜面迟变衰老。其实,忧也难消,颜也难留。征夫登山远望,并不能望到遥远的故乡,见到的只能是胡马悲鸣,尸骨遍野。因而,所得到的感受,却是“将死胡马迹,宁见妻子难”。自己将同其他士卒一样葬身于胡马之迹,见到妻子实在是不可能的了。征夫对返回故乡已绝望到了极点,最后发出哀鸣:“男儿生世轗轲欲何道?绵忧摧抑起长叹!”男子汉一生坎坷不平,历尽艰辛,像《古诗十九首》说的,“无为守贫贱,轗轲常苦辛”。又有什么可说的呢?只能让忧愁久久摧抑自己,起而长叹罢了。这长长的哀叹,使我们仿佛看到一个白发苍苍的老兵,在朔风呼啸的边塞,背倚广袤的大漠,翘首南望,在思念家乡,思念亲人,时而挥泪,时而嗟叹。此情此景,又怎能不令人愤慨造成这种悲剧的当时南北对立、民族间大屠杀的残酷现实!这首诗共十二句,开头两句点明主题,次四句具体描绘身居异乡流离之苦,又四句写征夫思乡之情,结尾两句写征夫嗟叹久不得归。全诗首尾呼应,结构严密,过渡自然。情景交融,语言优美,自然流畅,体现了鲍诗“俊逸”的风格,具有强大的艺术魅力。

(殷呈祥)

拟行路难(其十八)

鲍　照

诸君莫叹贫,富贵不由人!
丈夫四十强而仕,余当二十弱冠辰。
莫言草木委冬雪,会应苏息遇阳春。
对酒叙长篇,穷途运命委皇天。
但愿樽中九酝满,莫惜床头百个钱!
直须优游卒一岁,何劳辛苦事百年!

鉴赏

此诗是鲍照著名的组诗《拟行路难》十八首中的第十八首。这首诗与这组诗的许多篇章一样，是写在当时高门世族垄断下，贫贱之士对世路艰难的忧愤的。从这首诗中的“余当二十弱冠辰”句来看，这首诗当是他青年时所作。鲍照少负才华，曾经富于理想，他在一首诗中自叙说：“十五讽诗书，篇翰靡不通。弱冠参多士，飞步游秦宫。侧睹君子论，预见古人风。”(《拟古》其二)说明鲍照早年颇以才学自负，很想成就一番事业。但森严的门阀制度，却一开始就像一片不散的乌云笼罩在他的头上，给他的前程投下了浓重的黑影，于是他感到悲愤、忧郁、不平，以至于失望。在无可奈何中，他发出“富贵不由人”的感叹。为了排遣苦闷，他希望过一种旷达的生活，于是他“穷途运命委皇天”，企图用及时行乐的方式，一泄胸中的积忿和不平。由此可知，诗人的这类诗篇，乃是诗人美好的理想与黑暗的、不合理的社会相撞击的产物。所以乍看起来，诗中委天、由命、行乐，似是消极，事实上，它正是对当时不合理社会的一种抗议。

这首诗的内容是写人的穷通有定，未若饮酒作乐以优游岁月来得快活，但回旋于全诗的基调是高亢的，并非消极、低吟的。全诗开端：“诸君莫叹贫，富贵不由人！”是说人生命运难移，生来贫富已定，概不由己，表面上是宿命论的观点，但实际上所反映的，是在门第社会制度下，出身寒门的贫贱之士的不平和强烈的感慨。而诗中又以“莫叹”作为劝诫，从而透露出一种旷达的胸怀。下面紧接“丈夫”四句，更表达出一种豁达、豪迈的精神。诗人年少气盛，并不甘心于微贱。他自认为年富春秋，来日方长，总有一天能迎来自己的春天。诗的后半篇，即“对酒叙长篇，穷途运命委皇天”以下，则通过对饮酒赋诗、趁时作乐的描写，着意表达了一种对于“穷途”不介于心的高旷胸次和诗人豪爽不羁的性格。

前人评论鲍照的诗，特别说他的乐府作品，“亢音吐怀，每独成亮节”(陈祚明《采菽堂古诗选》卷十八)、“淋漓豪迈，不可多得”(《多岁堂古诗存·例言》)。鲍照的乐府诗，确非锦章绣句、精雕细镂之类。他的诗慷慨任气，直吐胸臆，主要以奇警、豪放见长。“文以气为主”，鲍照的诗正是以充沛的气势，强烈的个性，明快的语言，给读者以震撼，达到一种激动人心的艺术效果。

当然，这并不是说鲍照的诗不具所谓“文心”，不顾诗艺、技巧。就拿本诗来说，诗人为了表达自己的豁达胸怀和无所顾忌的态度，在诗中一连用了“莫叹”“莫言”“莫惜”，以及“会应”“直须”“何劳”等字眼，充分表现了一种莫容置疑、直须如此的口吻和气势。从全诗篇章上讲,它以突兀一句"诸君莫叹贫,富贵不由人"的议论开端,其后夹叙夹议,写追求,发感慨,抒情怀;行文中有形象的比喻,有浪漫色彩的夸张。又于一篇之中,凡三转折(悲叹贫贱,抒写希望,委命旷达),句式错落(五言、七言间用),途中换韵,而又一气呵成,使全诗情思了无障碍。这岂不都是诗人的匠心所在吗?王夫之云:"看明远乐府,别是一味,急切觅佳处,早已失之;吟咏往来,觉蓬勃如春烟,弥漫如秋水,溢目盈心,斯得之矣。岑嘉州(岑参),李供奉(李白)正从此入。"(《古诗评选》)实际上,鲍照这类乐府篇章的佳处,就在于感情饱满,气势充盈、流动,披心见意,不事雕饰,而自然表现出一股强大的艺术感染力。

(褚斌杰)

代淮南王

鲍　照

淮南王,好长生,服食炼气读仙经。
琉璃作碗牙作盘,金鼎玉匕合神丹。
合神丹,戏紫房,紫房彩女弄明珰,鸾歌凤舞断君肠。
朱城九门门九开,愿逐明月入君怀。
入君怀,结君佩,怨君恨君恃君爱。
筑城思坚剑思利,同盛同衰莫相弃。

鉴赏

这是一首讥刺淮南王徒好神仙,致使后宫生怨的诗。淮南王好神仙,以班固《汉武故事》记载较详:"淮南王安好神仙,招方术之士,能为云雨。《百姓传》云:'淮南王得天子,寿无极。'帝心恶之,使觇王,云能致仙人与共游处,变化无常,又能隐形飞行,服气不食。帝闻而喜,欲受其道,王不肯传。帝怒,将诛焉。王知之,出令与群臣,因不知所之。"淮南王是否真的当了神仙,无须深究,也无法考证。诗人鲍照则是利用这一故事作为诗歌素材,来揭示宫廷禁区帝王和后宫的生活。所以,《代淮南王》一诗所表露的思想,极大地超出了淮南王故事的本身。

《代淮南王》一诗可分为两个部分,“朱城”以上为前一部分,以下为后一部分。诗的前一部分,重在揭露淮南王追求生的实质;诗的后一部分,重在描写后宫妃嫔的怨恨。在前一部分里,诗人对淮南王“好长生”的种种做法做了细致的介绍。淮南王终日里所服、所炼、所读的都是些什么?“合神丹”时所用的各种用具又都是些什么?介绍得非常清楚。这就把淮南王追求长生的虔诚心理描写得令人神往。看来,淮南王服了“神丹”之后,肯定能够“长生”的了。然而,人们不禁要问,淮南王追求长生的目的何在呢?是在于江山社稷呢?还是在于黎民百姓呢?“合神丹,戏紫房”,一个“戏”字却道出了淮南王追求长生的天机。“紫房彩女弄明珰,鸾歌凤舞断君肠”,这就把淮南王追求长生的实质揭露得彻底无余了!由此可见,淮南王的养生是为了长生,长生是为了同“彩女”享受“鸾歌凤舞”的“紫房”里的生活,他哪里能想到江山社稷和黎民百姓呢!甚而,就连后宫妃嫔也早已厌弃如粪土了!所以,在诗的后一部分里,诗人对后宫妃嫔的怨和恨也做了耐人寻味的描写。“朱城九门门九开,愿逐明月入君怀”,描写后宫妃嫔对淮南王是那样的一往情深,一愿淮南王九门大开,淮南王能从“紫房”中走出来;二愿自己能随皎好的明月投入淮南王的怀抱,重新得到王的宠爱。“入君怀,结君佩,怨君恨君恃君爱”,重新得到淮南王的爱宠,这只是一种天真的幻想。诗人连用五个“君”字,淋漓尽致地倾诉了后宫妃嫔对淮南王的那种极为复杂的怨恨之情。“筑城思坚剑思利,同盛同衰莫相弃”,怨恨之余,后宫妃嫔把一线希望又寄托在社稷的盛衰上,筑城备患,铸剑杀敌,愿淮南王能同她们白头偕老,“莫相弃”。这能不耐人寻味吗!

(李亚超)

梅　花　落

鲍　照

中庭杂树多,偏为梅咨嗟。
“问君何独然?”“念其霜中能作花,

露中能作实。摇荡春风媚春日，
念尔零落逐寒风，徒有霜华无霜质！”

鉴赏

古人认为诗词的起结最难。沈义父《乐府指迷》曰：“大抵起句便见所咏之意，不可泛入闲事，方入主意。咏物尤不可泛。”此诗的起句恰合这种要求。庭院中的杂树何其多，借物抒怀的诗人偏来称赞梅花。咨嗟，叹息，赞叹，此处更有称美意，一如欧阳修《赠无为军李道士》诗：“李师琴纹如卧蛇，一弹使我三咨嗟。”破题毫无隐讳，径直提出了己见，顺理成章地引出下句：“问君何独然？”“君”，作者也。诗语自由活泼，一开始便表现出乐府诗虽明白如话却耐人寻索的特点。

接下来五句，两用“念”字，虽所指各异，其义则同，即思考或考虑。《史记·淮阴侯列传》：“韩信谢曰：‘先生且休矣，吾将念之。’”考虑之后，诗人直述对梅花的看法：“霜中能作花，露中能作实。”爱梅，在我国历史十分悠久。人们常把松、竹、梅称为“岁寒三友”，或誉梅、兰、竹、菊为“四君子”。种植梅花，大约起于商代。在殷商出土文物铜鼎器皿上，有梅核图案，竹简上有梅形，并成为馈赠和祭祀的礼品。见于文学作品记载的，《诗经·召南》有《摽有梅》篇；《诗经·小雅·四月》有“山有嘉卉，侯栗侯梅”句。可见很早以来，梅花便成为人们很喜爱的一种花。另外，梅花是冰中育蕾，雪里开花，“万花敢向雪中出”（杨维桢《道梅之气节》）；“凌厉冰霜节愈坚”（陆游《射的山观梅》）。明人徐文长作《梅赋》集赞梅之大成：“孤禀矜竞，妙英隽发，肌理冰凝，干肤铁屈，留连野水之烟，淡荡寒山之日，蕊一攒而集霞，葩五出而争雪。”看来一因其历史渊源，二因其清雅耐寒，无论在鲍照之前或之后，赞梅之作，皆不可胜数。这里说“霜中作花”“露中作实”，不过举其一端，以概其余，用意尤在于是用来和杂树作对比的。

“摇荡春风媚春日”，春风，春日，景色美好，气象融和，一片和平温馨。只有在这样的时刻，你们才会搔首弄姿，逞奇显能。“摇荡”，鼓动，鼓舞。《庄子·天地》：“大圣之治天下也，摇荡民心，使之成教易俗。”这里在鼓动中有自我表现义。看似多么称心如意！可是“念尔零落逐寒风”。此一“念”字又是诗人经过思考后的看法。而你们一到寒风瑟瑟之时呢？凋谢、飘零、衰败，以至死亡！“零落”有二义：一、凋谢，脱落。《离骚》：“惟草木之零落兮。”王逸注：“零落皆坠也。草曰零，木曰落。”二、比喻死亡、飘零、衰败。陆机《门有车马客行》:“亲友多零落。”此处二义兼有,淋漓尽致地描绘出了杂树的狼狈不堪的情状。

末句一言九鼎,力重千钧,是对杂树的讥讽,鄙薄之情,溢于言表:你们之中有的可能在霜中开花,结果仍是随着寒风零落而没有耐霜的品质!“霜华”,其美形之于外;“霜质”,其美隐之于内。前者虽也炫人眼目,究其实仍是“金玉其外,败絮其中”吧。因此这“霜华”与“霜质”一样,也就“徒有”而已了。

借物喻人,为这类诗之常法。梅花坚贞自守,喻不为邪恶势力所曲的正直之士;杂树喻趋炎附势而无节操的人。本诗题是乐府旧题,属汉乐府《横吹曲》,诗体(句法)却是五、七言错杂,这样其佳处是:“以古诗声格作乐府,以五言性情入七言,别有奇响异趣。”(钟惺、谭元春《古诗归》)加之本诗又以诗人与杂树对话的形式,“异趣”之味更浓。而所失在于“识解未深,寄托亦浅”(陈祚明《采菽堂古诗选》),与后来的咏梅之作,颇有浅深之别。但从诗的发展来看,这种杂言乐府,在音调、句法方面,都有全新的创造。沈德潜谓本诗“以‘花’字联上‘嗟’字成韵,以‘实’字联下‘日’字成韵,格法甚奇”(《古诗源》卷十一)。他又以总结似的口吻说:“明远(鲍照字明远)乐府,如五丁凿山,开人世所未有。后太白往往效之。”(同上)对后代诗人的影响颇大。

(艾治平)

代春日行

鲍　照

献岁发,吾将行。春山茂,春日明。
园中鸟,多嘉声。梅始发,柳始青。
泛舟舻,齐棹惊。奏《采菱》,歌《鹿鸣》。
微风起,波微生。弦亦发,酒亦倾。
入莲池,折桂枝。芳袖动,芬叶披。
两相思,两不知。

鉴赏

春来，草木萌发，万象更新。从《诗经·郑风·秦洧》写郑国青年男女春游的欢乐以来，千百年间成为诗歌中常见的主题。这首拟（代者，犹拟也）乐府的诗，以十分强烈的节奏感和明快的音响，如长江大河，一泻千里，使人感到那春光融融的景象，扑面而来！

诗一起径用《楚辞·招魂》“献岁发春兮，汩吾南征”，紧切题意，即入所咏之事。按王逸注：“献，进……言岁始来进，春气奋扬，万物皆感气而生。”以下皆从此生发，写“行”之所见所闻以至所感。“茂”，草木繁盛貌。《诗经·小雅·天保》：“如松柏之茂，无不尔或承。”但当刚刚进入新的一年时，春山似尚未到繁盛之时，而诗人有此感，关键在一“明”字——“春日明”。天朗气清，明光闪亮。但这又并非只是自然景象，由于作者此刻心旷神怡，故“物皆著我之色彩”（王国维《人间词话》）。情寓景中，不露痕迹，而且贯联下句。“嘉”，美，善，这里却兼有吉庆、幸福之意。园中之鸟，作用于人，不仅悦耳动听，又给人以祥瑞的感觉。王安石《和中甫兄春日有感》诗“娇梅过雨吹烂熳，幽鸟迎阳语啾唧”，与此境相仿佛。“嘉声”来自园林，故这时看到梅花刚刚开放，柳条儿刚刚转青。“发”，在这里是展开或打开的意思。《史记·刺客列传》：“秦王发图，图穷而匕首见。”梅花是报春使者，它“迎春故早发，独自不疑寒”（谢燮《早梅》）；“万花敢向雪中出，一树独先天下春”（杨维祯《道梅之气节》）。柳条便不同了。早春的时候，柳叶（通称柳眼）初生，远远望去，一条一条嫩黄的细枝，就像一缕一缕金丝，故诗人们说“柳色黄金嫩”“柳吐金丝莺语早”等。后来才转为青色。这里连用两个“始”字，真切地写出岁首早春的景象。

“泛舟舻”一转，知由陆行改为泛舟水游。“舻”，船头，此泛指船。《汉书·武帝纪》：“舳舻千里，薄枞阳而出。”颜师古注引李斐曰：“舳，船后持柂（舵）处也；舻，船前头刺棹处也。言其船多，前后相衔，千里不绝也。”“棹”，划船的一种用具。《楚辞·湘君》：“桂棹兮兰枻。”从“齐”字始明确表示是结伴而行。“惊”者，或因不惯水上生活，或因摇舟动荡，但其中含有“喜”。陆上之行，虽“多嘉声”，却“鸟鸣山更幽”，全是一片静境。转入泛舟之后，别有洞天，另是一番情趣，全是一片动境。请听，“奏《采菱》，歌《鹿鸣》”。《采菱》，即《采菱曲》。《尔雅翼》称：“吴楚之风俗，当菱熟时，士女子相与采之，故有采菱之歌以相和，为繁华流荡之极。”《古今录》谓梁武帝制《江南弄》七曲，五即为《采菱曲》。“荆姬采菱曲，越女江南讴”，可知是一支江南水乡儿女喜唱的歌。《鹿鸣》，《诗经·小雅》篇名。“鼓瑟鼓琴,和乐且湛。”琴瑟和鸣,其乐融融。唐代以后,州县长官宴请得中的举子,“歌《鹿鸣》之诗”。可见这是一首充满欢快情调的歌曲。此时“微风起,波微生”,景色宜人,弦管齐发,不禁倾杯而饮。“泛舟舻”以下这八句写人们水游之欢,比上面八句的陆行之乐,尤有过之。前者为景中情,后者为情中景,各有侧重。但作为主体的人,始终在行动着,前进着。如电影般这许多不同的镜头,一经有机地组接起来,通过其形象间相辅相成的关系,产生连贯、呼应、联想诸种作用,最后构成一个完整的画面,生动地凝聚成“春日行”的欢乐主题曲。

如果说以上是现实的图画,下面不免有更多浪漫的意象。“入莲池”,是在水中,时应盛夏;“折桂枝”则在岸上,应在中秋。四时佳景,自然不可能于岁首郊游中同时出现。写罢春色美景兼及夏秋;写罢陆上水上佳致,兼及水中和岸边;不过极代表其欢乐,正是无时无之,无地无之,无人无之。此中道理,借用汉桓宽的话说是:“坚据古文,以应当世,犹辰参之错,胶柱而调瑟,固而难合矣。”(《盐铁论》)须知诗人是在写诗啊!

“芳袖动”承“入莲池”;“芬叶披”(芬,通“纷”,众多貌。《汉书·礼乐志》有“芬哉芒芒”)承“折桂枝”。有云开篇至“酒亦倾”十六句,“皆就男边说”;而“‘入莲’四句,则就女边说”。此言不无道理,看来论者是联系结二句的:“两相思,两不知。”“两”者,彼此彼此也。皆“相思”而“不知”,盖因虽各有意,并不愿(或不能)彼此晓也。这首诗一路明白如话,老妪可解,却“篇终接混茫”(杜甫诗语),故沈德潜云:“末六字比‘心悦君兮君不知’更深。”(《古诗源》)其所以“深”,在“相思”俱不道破,“心有灵犀一点通”,比明说你恋我爱,更觉多情。古人论鲍照诗有云:“如饥鹰独出,奇矫无前。”(《敖陶孙诗评》)如此一收,正是其“奇矫”之处。

(艾治平)

登　庐　山(其一)

鲍　照

悬装乱水区,薄旅次山楹。
千岩盛阻积,万壑势回萦。
巃嵸高昔貌,纷乱袭前名。
洞涧窥地脉,耸树隐天经。

松磴上迷密，云窦下纵横。
阴冰实夏结，炎树信冬荣。
嘈囋晨鹍思，叫啸夜猿清。
深崖伏化迹，穹岫閟长灵。
乘此乐山性，重以远游情。
方跻羽人途，永与烟雾并。

鉴赏

出身寒门的鲍照，一直为自己的进身无阶所苦。二十六岁时，他献诗给临川王刘义庆，当时刘义庆正任江州刺史。刘是个颇爱结交文人、热心著述的人，鲍照的才华得到赏识，被召为五国侍郎。这是一个很小的事务官，但对鲍照这样一位寒门士子来说，总算找到了一个效力的岗位，他欣然前往就职了。当年秋天，在赴江州临川王府的路上，曾舟次今安徽望江的大雷口。翘首西南，遥望庐山，他惊异了。他为庐山的“基压江潮，峰与辰汉连接”所深深倾倒，他为庐山的“从岭而上，气尽金光；半山以下，纯为黛色”而深深激动。他连连赞叹说：庐山，“信可以神居帝郊，镇控湘汉者也”。（《登大雷岸与妹书》）

这一天，他终于来到了庐山脚下，“悬装乱水区，薄旅次山楹”。他是如此急迫地舍舟登岸，就是想一睹庐山真面目。因而，他在山房里稍事安顿，便飞步登山了。随着足迹所至，山间胜景尽收眼底：千岩万壑，峰回路转，那巃嵸高峻者，亿万斯年来屹立如旧；那纷然杂陈者，古老相传着各自的佳名，真叫人目不暇接。进入深山了，俯视，那劈开山岭的深涧，直切入地壳的深处，窅然不见其底；仰望，那傲然耸立的古木，直刺向青天之外，蒙然隔断蓝天。山径盘曲，头顶上一道道石磴桥横空架立；石隙纵横，脚底下一缕缕轻云，一团团白雾蒸腾弥漫，飘逸在山崖溪壑之间，让人恍惚有登天之感。跨进深山更深处，登上山外又一山。山阴背后，凉气透骨，即便是盛夏恐怕也能见到冰凌；向阳坡上，则草木葱茏，即便在寒冬大概也是翠色可餐。还有鹍鸡晨鸣，清猿夜啸。置身其间，哪里还会想到人间烟火！啊，这就是庐山，这是仙灵栖歇、高士羽化的灵府神区，这里密封着一个超越世俗的清明世界！在窥探到了这个奥秘之后，作者浮想联翩而至了：峻峭奇险、飘逸灵秀的庐山，跟我的心性多么契合。若能远游天地外，长住烟水间，该是多么洒脱的人生！

鲍照的这首写景诗，用移步换形法，一步一个镜头，为读者做了一次激动人心的导游。全诗笔笔写景，几乎句句是画。“千岩盛阻积，万壑势回萦”的诗句，使人想起“跃上葱茏四百旋”（毛泽东《登庐山》）的艰难和喜悦；“巃嵸高昔貌，纷乱袭前名”一联，造语奇新，前此少见。鲍照在这里是把形容词“巃嵸”与“纷乱”当名词来用了，而“高”字却又把形容词当作动词使用了；“昔貌”“前名”二词，曾有人认为用字“无理”，要求从全诗中删去。而鲍照恰恰用这两个极普通的词语，高度概括出庐山胜景的历史内涵。“昔貌”：它把古往今来到过庐山、写过庐山，为庐山写真状貌的诗意，都包容进去了，庐山从来就是如此的美貌。“前名”：它把古往今来古老相传的峰名、地名，都涵盖进去了。读者只要稍知庐山峰名，就可从这里得到证实：今朝庐山群峰仍然承袭着古代的美妙名称！紫烟缭绕的香炉峰，老态龙钟的五老峰，联袂并肩的姐妹峰，青锋插天的双剑峰，芙蓉浴水的汉阳峰……真可谓千姿百态，各有令名。“洞涧窥地脉”写得森然可畏，而“耸树隐天经”又写得峻峭醒目。当时人说鲍照“发唱惊挺”，确实是有根据的。这样的诗句，是很能为庐山传神的。

在鲍照开始他的创作生涯之前，善写山水园林的陶渊明、谢灵运二位已经相继谢世。陶渊明以隐者的身份，住在庐山脚下，他常常不经意地“悠然见南山”，说那里“山气日夕佳”，给庐山注入一种冲淡轻灵的意象；谢灵运以富有者的眼光去看山看水，因而也就长于模山范水，精描细画，可他写着写着，就要给山水强加一些哲理的喻意。而鲍照却不同，鲍照生当其后有前人积累的山水诗写法可供借鉴，因而这首《登庐山》能写得画面如此清晰，层次如此分明，展示出庐山的面目。另一方面，他这位寒士，原本就一无所有，于是也就总是用他那新奇激动的心灵，去感受大千世界所给予他的一切，因而在他的笔下总是充满着激荡的感情，有一种活力洋溢其间，能收到“倾炫心魄”的艺术效果。比如“洞涧窥地脉”一联，就是如此。涧是“洞涧”，树为“耸树”，这形象就够奇异的了；“洞涧”能直窥“地脉”，“耸树”会隔断“天经”，这意象能不让人“倾炫心魄”吗！天经地脉在庐山面前如此“无用”，大概是作者的心灵要求在自觉不自觉地外化吧？“松磴上迷密，云窦下纵横”，这里的一“上”一“下”，用词该是熟透了，俗透了，也浅透了，可是在这一联中，绵密的松磴高悬在游人的头上，出云的石穴交错在游人的脚下，这画面，这意境，够逼真，够令人心悸的了。鲍照的用词造句总是这样地富于创造力，真让人钦佩。

这首《登庐山》，既写出了庐山本身的风物特色，又灌注进了作者个人的激动之情，以情运景，以景载情，所以景物虽多而不显堆砌，情感强烈而毫不游离。欲写庐山真个性，必须身入此山中！这就是鲍照留给后人的启示。

（陈鸿彝）

从登香炉峰①

鲍　照

辞宗盛荆梦②，登歌美凫绎③。
徒收杞梓饶④，曾非羽人宅⑤。
罗景蔼云扃⑥，沾光扈龙策⑦。
御风亲列涂⑧，乘山穷禹迹。
含啸对雾岑，延萝倚峰壁。
青冥摇烟树，穹跨负天石。
霜崖灭土膏，金涧测泉脉。
旋渊抱星汉，乳窦通海碧⑨。
谷馆驾鸿人⑩，岩栖咀丹客。
殊物藏珍怪，奇心隐仙籍。
高世伏音华，绵古遁精魄。
萧散生哀听，参差远惊觌。
惭无献赋才，洗汙奉毫帛⑪。

注释

①从登香炉峰：黄节《补注》："此篇盖明远从义庆登香炉峰作也。"《后汉书》注："庐山在浔阳南，东南有香炉山，其上氛氲若香烟。"

②辞宗：辞人所宗仰的人，此指屈原、宋玉。

③登歌：即登堂歌诗的人。凫：山名，在今山东邹城东南三十八里。绎：又作"峄"，山名，在山东邹城南二十里。

④杞梓：良材，比喻人才济济。

⑤羽人宅：《山海经·大荒南经》中有"有羽民之国，其民皆生毛羽。"宅：即国。

⑥罗：列。景：同"影"。罗景：意即光线充足的样子。云扃：即云门。扃：门。

⑦扈：从。龙策：疑指刘义庆登山的

车驾。

⑧列涂：即列子御风周游天下所经过的地方。

⑨乳窦：钟乳石中间的孔洞。

⑩谷馆：道人在山谷中落脚的地方。

⑪毫帛：即笔和纸的代称，此指诗人奉献给刘义庆的《从登香炉峰》一诗。

鉴赏

"惭无献赋才，洗汙奉毫帛"一句，交代了这首"至工至佳"（方植之评语），"全以研炼为工"（王壬秋评语）的诗，是诗人鲍照奉献给临川王刘义庆的应酬之作。据《宋书》记载："临川王义庆在江州，招聚文学之士，近远必至。"此时的鲍照，年不到二十六岁，才秀人微，不招而自来。所以，《南史》记载他"始尝谒义庆，未见知。欲贡诗言志，人止之曰：'郎位尚卑，不可轻忤大王。'照勃然曰：'千载上有英才异士沉没而不闻者，安可数哉！大丈夫岂可遂蕴智能，使兰艾不辨，终日碌碌，与燕雀相随乎！'于是奏诗，义庆奇之，赐帛二十匹，寻擢为国侍郎，甚见知赏。"从此，鲍照名气大振，成为刘义庆文学集团中的著名人物。鲍照的《从登香炉峰》一诗，就是诗人被刘义庆"甚见知赏"后，随刘义庆登香炉峰的作品。在这篇作品里，既表达了诗人对刘义庆的歌功颂德，也大显了诗人驾驭语言的卓越文学才华。此篇虽属诗人献酬之作，但也字字珠玑，绚丽多彩，是难得的佳作一篇。

这篇佳作，共有二十六句，除篇末两句外，其余二十四句可分为三层，每层八句各写一个内容。前八句重在对临川王刘义庆的歌功颂德。诗人把义庆比作屈宋，赞美他有着为辞人所景仰的文德；诗人又把他比作鲁僖公，赞美他有着为江州百姓所怀念的政绩。然而，追随他的济济文学之士，自恨才薄道寡，不如羽人之有羽翼，更无列子御风之道行，只能"沾光"，难以历尽大禹的足迹，有负于临川王的厚爱。中八句，重在对香炉峰的描写。香炉峰是那样的琳琅满目：雾岑、延萝、峰壁、烟树、负天石、霜崖、金涧、旋渊、乳窦等，无一不令人神往。这仅是诗人目力所及之物；但，还有土膏、泉脉、星汉、海碧等，为人们目力无法企及之物，更是令人深思遐想。香炉峰之神奇俊美，还远不止此。诗人又把它人格化了，诗人笔下的香炉峰，是一座充满着无穷魅力的香炉峰。后八句，重在对世外高人的介绍。谷馆中的驾鸿人，岩栖中的咀丹客，其生，潜隐而不现；其灭，长遁而不死。这就更增添了香炉峰的神秘色彩和神奇魔力。"萧散生哀听，参差远惊觌”，诗人随从刘义庆登香炉峰的真实感受是什么？要从这两句里去仔细玩味吧！《从登香炉峰》的三层内容，以中间八句为最佳，堪称写景之上乘。

在艺术造诣上，这首诗“全以研炼为工”。用词，不落窠臼，重在“涩炼”；造语，不主故常，重在“典实”；立意，不同凡响，重在“沉奥”，处处体现了诗人鲍照在诗歌创作上的创新精神和文学才华。诗人用词之“涩炼”，大都表现在诗句的谓语成分上，或动词做谓语，或形容词作谓语，“用字必生”（陈胤倩评语），意在于涩。“青冥摇烟树，穹跨负天石。霜崖灭土膏，金涧测泉脉。旋渊抱星汉，乳窦通海碧”等句就是这样，不为陈格旧式所束缚，敢于创新，勇于创新。“摇”“跨”“灭”“测”“抱”“通”等六字之用，极见功夫，细玩之，甚有滋味。诗人造语之“典实”，主要是在典故的来源上。诗人所用之典，多来源于经典之作，如《尚书》《礼记》《诗经》《庄子》《左传》等，这无疑增加了诗句在理解上的困难。诗的前八句，句句用典，类同天书，不可取。诗人用词之“涩炼”，造语之“典实”，无非是为了追求立意之“沉奥”，通过献诗进而达到显露自己才华之目的。

（李亚超）

吴兴黄浦亭庾中郎别诗

鲍　照

风起洲渚寒，云上日无辉。
连山眇烟雾，长波迥难依。
旅雁方南过，浮客未西归。
已经江海别，复与亲眷违。
奔景易有穷，离袖安可挥。
欢觞为悲酌，歌服成泣衣。
温念终不渝，藻志远存追。
役人多牵滞，顾路惭奋飞。
昧心附远翰，炯言藏佩韦。

鉴赏

本篇是一首赠别之作。详检《鲍参军集》,有相当数量的赠别、留别诗,这些诗篇,统统标“别诗”之题,而又于题中记明于何地与何官何人为别。本诗标明在吴兴郡(今浙江吴兴)之黄浦亭,与一庾姓官中郎者为别。至于本诗的写作年代,虽不能确切考定,但按鲍照的仕履行止而推,大约作于南朝刘宋孝武帝之世。因为根据南齐虞炎的《鲍照集序》,宋孝武帝刘骏孝建之初,鲍照才有出仕东南地方县令的仕历,才有可能行经吴兴。

我们又从其他诗中考知,诗题中的“庾中郎”,是鲍照任临川王国侍郎或始兴王国侍郎时的一个同僚。大约他的这位僚友后来因某种机缘,来到吴兴,又有幸将归建康。于时鲍照可能是在赴永嘉(今浙江温州)令的职任中途经吴兴,与庾中郎客中相遇,而庾将西归,故而祖饯相送,赋诗赠别。

开头四句,祖饯之席上即目所见之景:风起云涌,山连水长;渚清水寒,白日隐匿,一派默淡萧瑟的气象。“眇”与“迥”,都是悠远之意。“依”,近也。长波摇荡,供愁献恨,难以接近。“迥难依”,即不堪遽入离席之意。

接下来“旅雁”四句,这才转入叙事,点明是客中送客。说旅雁南过,分明时节在秋。“浮客”,诗人自指。“浮客未西归”,是说自己宦游漂泊,不能如庾中郎之有幸归去。“已经”二句是说:自己于客游之中,已屡屡与亲友作江海之阔别,今次又与挚友庾中郎分手,更为难堪。这四句是插入点题的话。下面四句又回过来写饯席。

“奔景”,犹言驰日;“离袖”,是形象化的说法,实指将行者与送行者两方。“奔景”二句是说:日影飞驰,容易向暮,饯送之席的留恋既不可能延续下去,离分之人又怎能携袖飞翔,相随而去?于是,兴尽悲来,长歌当哭。“欢觞为悲酌,歌服成泣衣。”欢快的酒觞,变成悲戚的杯酌;而歌舞之服,也沾成涕泪的衣襟了。“离袖安可挥”一句,是因魏末诗人阮籍《咏怀》之诗的“挥袖凌虚翔”句,因而承袭其意。

最后“温念”六句,统述彼此系念之情,从送行者方面几句深情的吐属写出。我们可以想象,诗人在客途中送别故交庾中郎,必有许多欣羡之言,而在庾中郎方面也理应有许多慰藉之语。这些情理之中的话语,却不能一一写出,因为那样就必然烦碎,且又不合赠行诗的体宜,因而凝结为几句出自肺腑的答报言辞,以作结束。

作者先是赞叹庾中郎,说他能全始终之交,温良宽厚之心不变;又说他的美好节志,虽经久远,犹可存追。接着又说自己官程行役,事务羁牵,不能与庾相从,此时瞻顾庾之去路,有惭于心。最后说己身虽不能如鸟奋翼相从,但其愚昧(昧心,谦词,实指诗人自己的诚款)之心意却追逐着远行人庾中郎;至于庾中郎的一番慰藉告诫之言,则要铭记不忘,如魏文侯时的西门豹,佩韦以自缓,庶几自己盼切归去的心情,不至于十分急躁。

最后这六句诗里,“温念”“藻志”,不常见于前人诗篇,是鲍照自己撰作的新词。“役人”,诗人自称。“奋飞”,用《诗经·邶风·柏舟》中“静言思之,不能奋飞”,意思是如鸟奋翼而飞去。“远翰”,远飞之鸟,比喻庾中郎。“炯言”,明正之言。“佩韦”,用《韩非子》中“西门豹之性急,故佩韦(韦,柔软的熟兽皮)以自缓”。

我们读鲍照这首赠别诗,觉得它有两个特点:一是发端劲健,一是结尾深稳。

先说发端劲健。诗题既标吴兴黄浦亭,如使拙劣之手为之,必然先言吴兴山水,把某山某水形之字面。这样就会是习熟径路,就会平浅沉滞,带动不起全篇。而作者却不如此,而是以写景带起,以兴象领起全章。钱仲联注本集众家说,引方植之评语云:“直书即目写景,起兴象尤妙。”方评的“兴象尤妙”,是说作者叙故交挚友分别之情,先以风、云、山、水的气象渲染之,造成一种低沉黯淡的氛围,先声夺气。有兴象,有气势,兴象裹挟情愫,情愫依托兴象。因此,叫作发端劲健。

还有一点,与发端相应,叫作结尾深稳。所谓深稳,是说作者在结末处,不作一般浮泛应酬之语,使人觉得空洞无聊,而是言简而意深,十分亲切,得朋友交谊之体。自己的内心,直言无隐地披陈了;朋友的劝告,诚心悦意地记取了。亲朋交谊,辞别送行,还有比这更直诚、更切实的语言吗?岂必一定要说些望其腾达、祝其升迁的话,才算朋友情分?“昧心附远翰,炯言藏佩韦”,无疑是赠送远行朋友的上好诗句,只不过因作者的修辞有点生涩,而又用了一个不太常见的典故,因此不大被赞赏罢了。

(安　旗　韩小默)

赠傅都曹别

鲍　照

轻鸿戏江潭,孤雁集洲沚。
邂逅两相亲,缘念共无已。
风雨好东西,一隔顿万里。
追忆栖宿时,声容满心耳。

落日川渚寒，愁云绕天起。
短翮不能翔，徘徊烟雾里。

鉴赏

此为赠别之作。通篇用比体，以“鸿”喻傅，以“雁”自喻，犹是古格。称“鸿”曰“轻”，有敏健轻盈的赞羡意。“潭”(xún)，水边。《汉书·扬雄传上》：“因江潭而往记兮。”颜师古注：“因江水之边而投书记以往吊也。”“戏”，本谓游玩、逸乐，引申似说傅于此处只是暂驻。次句说孤独寂寞如失群之雁的自己，也来“集”于此。“集”，原作“雧”，即群鸟栖止于树，如《诗经·周南·葛覃》中“黄鸟于飞，集于灌木”，有停留意。屈原《离骚》：“欲远集而无所止兮，聊浮游以逍遥。”“沚”，水中小洲。《诗经·秦风·蒹葭》：“宛在水中沚。”实际破题两句不过说两人聚合的地方在临水之处。“邂逅”，本意不期而遇，也指不期而遇的人，但这二字似另有含义，如《诗经·唐风·绸缪》中“今夕何夕，见此邂逅”。“邂逅”，即解觏，原义为爱悦，这里作名词，指志趣相投的人，满意的人。本诗的“邂逅”应即此意。因此不仅自觉相亲，而设想对方必也如此。“缘念”，一般指情意，这里有“缘分”意，即因缘、机缘、注定的机遇。吕南公《奉答顾言见寄新句二首》：“更使襟灵憎市井，足知缘分在云山。”此因志趣相投，又似前缘注定，故“相亲”而“无已”。总之，前四句表现相聚于水滨，志之所致，友情真挚，有着深厚的基础，并非如古人云，只是“偶聚契合”而已。

接叙即将分手和惜别之情。《尚书·洪范》云：“星有好风，星有好雨。”据称“箕星好风，毕星好雨”。箕是东方苍龙七宿之末宿；毕是西方形如毕网(带柄的网)的金宿。“风雨好(hào)东西”，即好风的箕在东，好雨的毕在西，比喻二人将似一东一西的箕与毕一样，顿时就会相隔万里。人们常用星宿表示“别易会难”，如“面有逸景之速，别有参商之阔”(曹植《与吴季重书》)；“人生不相见，动如参与商”(杜甫《赠卫八处士》)。这里用典较晦，只是颇耐寻索。接着叙述别后相思。鸟宿于木曰栖，宿于水曰宿。“栖宿”，总指两人相聚之时。意谓彼此的声音、容貌，历历如在目前。其后苏轼诗云：“相逢应觉声容似，欲话先惊岁月奔。”(《次韵答顿起》)虽境况有别，但都表示思念之情。而杜甫“落月满屋梁，犹疑照颜色”(《梦李白二首》其一)，则更富有形象感了。

最后完全落实到“孤雁”之“孤”。“落日川渚寒，愁云绕天起”是“追忆”而终无用后的自我感受。情虽只从一个“愁”字透出，不过那冉冉西下的落日，那风寒雾罩的河洲，那绕天而密集的云烟，构成了一幅多么凄清的画图！此刻的诗人，“登山则情满于山，观海则意溢于海”（刘勰），深陷在离情别绪中。这十个字真是字字看来皆是情啊！正是在这样的境况中，正面出现诗人的身影：一只翅膀短小的孤雁，即使要去追寻远行人，事实上也不可得，那么结果便只有“徘徊烟雾里”了！

这首诗虽间有叙事、写景，但句句含情，既见于“戏”“集”之前，也见于晤面之后，更见于别后之思，通篇充满真情厚意。

（艾治平）

上浔阳还都道中

鲍　照

昨夜宿南陵，今旦入芦洲。
客行惜日月，崩波不可留。
侵星赴早路，毕景逐前俦。
鳞鳞夕云起，猎猎晚风遒。
腾沙郁黄雾，翻浪扬白鸥。
登舻眺淮甸，掩泣望荆流。
绝目尽平原，时见远烟浮。
倏悲坐还合，俄思甚兼秋。
未尝违户庭，安能千里游。
谁令乏古节，贻此越乡忧。

鉴赏

此诗收入《文选》卷二七，编入“行旅”类，标明它是旅途上的即景抒情诗。至于编年，则依吴汝纶《古诗钞》所定，写于南朝宋文帝元嘉十七年（440），为鲍照初仕时期的作品。

鲍照家世贫贱，其初次出仕，在元嘉十六年（439）。这年，刘宋宗室临川王刘义庆出镇江州，引鲍照为佐吏，鲍照遂至浔阳，进入临川王刘义庆幕下。次年，义庆自江州移镇南兖州。

南兖州是侨置州郡，晋宋时期，寄治于建康。府主移镇，府吏随行，鲍照又随义庆回到建康。这就是诗题中前四字"浔阳还都"的具体内容。

刘义庆是南朝宋武帝刘裕的侄儿、幼弟刘道规的养子。道规封为临川王，无子，以其兄道怜之子为嗣，袭封临川王。刘义庆爱好文学，尊贤礼士，在宗室诸王中特见敬重。鲍照初仕遇到这样一个府主，气味相投，仕途遇合，不为失意。然而鲍照此番毕竟是初仕，以二十多岁的年纪，离家远宦，且在甫满一年之后，又要随府主转移，东西颠顿，南北奔波，因此，旅途道路之中，自不免有些怅惘了。

诗作所叙写的，是作者随府主离开江州进入宣州境内的一段感受。前半十句叙事写景，后半十句写景抒情，以写景为贯穿。

起首"昨夜""今旦"二句，叙说水程之上，夜宿晓行，途程紧迫。这里，揭过始发江州一段，直叙宣州以下。这是因为：江水自江州以下，汇集了三江九派，挟带着彭蠡震泽，水势奔腾，风烟迷漫，可以形于吟咏；且宣州去京都建康已近，正可借景以言情。"南陵"，县名，属宣州宣城郡，在长江左岸。"芦洲"，芦荻之洲。上下句不以地名为对，古诗有此体例。"客行"二句，点明涉险前进的缘由：虽谓客行，却是官程；官程自有期限，因而不能稍稍滞留。"侵星"犹言披星戴月，"毕景"犹言日落西山。披星解舟登程，日落恐失前侣，真可谓途程急紧了。"鳞鳞"以下四句，承"毕景"句而来，是写江上晚景。"鳞鳞"，云片稠叠之貌。"猎猎"，风声。"遒"，强劲。"腾沙"，飞沙。"翻浪"，卷浪。值得玩味的是：这四句状物绘景的句子，在"夕云""晚风""腾沙""翻浪"之后，添出"白鸥"，意致十分蕴藉。诗意言：白鸥，水禽也，日居于水，能识水之性，与惊涛骇浪相狎，此其天然；而诗人自己，乃被仕宦所羁绊，官事鞅掌，奔命不暇，视鸥鸟之浮游江湖、自由放浪，竟欣羡不已……绘景置境，传神入妙。在作者虽不曾明言，在读者却不容轻易放过。

下半十句写景抒情跃入新的层次。极写远眺、回顾以及四望之景。"登舻眺淮甸"一句是说在船首远眺建康方向。"舻"，船首刺棹处。"淮甸"，《尚书·禹贡》有"淮海惟扬州"，今苏北一带，是诗人和他的府主的去向。"掩泣望荆流"一句是说回顾来路江州方向，禁不住掩涕而泣。"荆流"，是古人对武昌至九江一段江水的称谓。"绝目"二句又写四望之景。"绝目"，犹言尽力张望。"远烟"，远处烟岚。张望远处，烟岚飘浮，因而触发以下六句抒情。"倏悲"，倏忽而来的悲思。"俄思"，俄顷兴起的思念。其实"倏悲"和"俄思"都是一个意思，即顷刻间的悲感和思念。"坐还合"，旧注引《庄子》外篇："与天地为合，其合缗缗，若愚若昏"，以为是坐忘其悲之意。这是因为把"坐"字看得太死，且与上下意均不切合。引《庄子》为证，也觉过于求深，现在不取这种理解。其实，"坐"乃实词虚用。"坐，犹遂也；顿也；遽也。”（张相《诗词曲语辞汇释》）“还”，读作“旋”。“坐还合”一气读，即遽速聚合之意。“倏悲坐还合”承“眺淮甸”句说，意思是眺望淮海去路，倏忽而来的悲思遽速聚合心头。下句“俄思甚兼秋”承“望荆流”句说，意思是想起江州旧僚，仍有“一日不见，如隔三秋”（语出《诗经》，兼秋即三秋之意）的系念。“未尝”以下四句，诗意明显，意谓自幼未尝违离家乡，如何能遽然适应此千里宦游？若果当初能守古人不出户庭（《周易》：“不出户庭，无咎。”）的志节，则不致有此越乡背井的愁苦。

据传记载，鲍照是东海郡人，在今江苏北部一带。此次他随临川王刘义庆还都，而家园也在邻近。仕途迁转的感恨既多，而乡关之思自然也十分浓重了。

赏读此诗，我们注意到，除个别句子外，全用对偶句法。联系这种句法的来龙去脉，鲍照的篇章，具有重要意义。原来行旅之作，自晋宋以来，习用对偶句式，如太康诗人潘岳、陆机，就有不少这类句法的行旅诗。但潘、陆之句，如“幽谷茂纤葛，峻岩敷荣条。落英陨林趾，飞茎秀陵乔。”（潘岳《河阳县作》）“谷风拂修薄，油云翳高岑。亹亹孤兽骋，嘤嘤思鸟吟。”（陆机《赴太子洗马时作诗》）这些句段，都是使用对偶句的典型句式。然而修辞过于纤巧，生僻之字也较多。其后南朝宋初诗人谢灵运，又把双声叠韵融入写景对偶句，如“岩峭岭稠叠，洲萦渚连绵”（《过始宁墅》），“蘋萍泛沉深，菰蒲冒清浅”（《从斤竹涧越岭溪行》）。对偶句的形式和技巧，愈加繁复。鲍照生活在南朝刘宋后期，其行旅诗如本篇所显示者，虽也多写景对偶之句，但不似颜延之、谢灵运那样喜用生僻典故，也不似潘岳、陆机那样纤密工巧，而是写得比较通脱秀逸，符合后来沈约所标帜的“易见事”“易识字”“易读诵”（《颜氏家训》引沈隐侯曰）。这说明，鲍照处南朝宋，虽列名于“元嘉三雄”，与颜、谢相并，实则于颜、谢的风尚，有因有革，有继承，有变化，正在酝酿准备着诗体的空前变革——永明体的产生，是一个变革过渡时期的重要诗家。

（安　旗　韩小默）

发后渚

鲍　照

江上气早寒，仲秋始霜雪。
从军乏衣粮，方冬与家别。

萧条背乡心，凄怆清渚发。
凉埃晦平皋，飞湖隐修樾。
孤光独徘徊，空烟视升灭。
涂随前峰远，意逐后云结。
华志分驰年，韶颜惨惊节。
推琴三起叹，声为君断绝。

鉴赏

此诗写于元嘉十七年(440)初冬。时临川王刘义庆调为南兖州刺史，鲍照随临川王还京都。此篇当为离京赴任之作。

触景生情，移情于景，相互生发，互为因果，这是中国古代诗人特有的文化心理在诗歌艺术上的惯常表现。鲍照的这首诗突出地体现了这一传统的艺术手法。

但此诗在具体运用这一手法时又颇具匠心，变幻多姿。诗篇的首六句把衰飒萧条的冬景和离家远宦的愁绪有机地融为一体。背乡别家之不悦使他目睹冬景倍感凄怆，而早寒萧条的冬色又使他愁情倍增。二者相互生发，益使冬景愈惨，愁情更悲。“凉埃”四句又隐去悲情，显其冬景。视野虽阔，但悲愁之情却似乎要溢出胸腔，充塞于天地之间。诗人的视线自下而上：地面上冰冷的尘埃使原野昏昏蒙蒙，凄清的树荫使远方的江湖悄然隐踪；空中那一轮惨白的太阳孤零零地徘徊于上苍，缥缈的轻烟淡云在日光下时升时灭。这一幅凄凄惨惨的冬日原野图，虽未明写作者离家的愁绪，但这一组组意象又无不浸透着诗人的主观意绪。显然这是移情于景之法。“涂随”四句又用触景生情之笔，直抒胸中的悲愤。和前两层的抒写离乡远戍之情相较，诗人的感情由表层到深层，由离乡之愁到无为之愤，深慨华年之壮志徒散于奔走驰逐之年，青春之容颜惨伤于节序之变迁。一腔不为世重、不为世用的愤慨不平之气终于冲出胸中，形于笔端。

末尾二句，以推琴频叹、声歌断绝作结，写出了诗人的不可自已之情。

(王立群)

咏　　史

鲍　照

五都矜财雄,三川养声利。
百金不市死,明经有高位。
京城十二衢,飞甍各鳞次。
仕子彯华缨,游客竦轻辔。
明星辰未稀,轩盖已云至。
宾御纷飒沓,鞍马光照地。
寒暑在一时,繁华及春媚。
君平独寂寞,身世两相弃。

鉴赏

金钱和地位在人类发展的历史上似乎永远是古老而常新的人生目标。得之者为富为达,失之者为贫为穷。正是对它们的占有与丧失、追逐与知足,才使得纷纭无序的大千世界呈现出那么明显的有序性。鲍照的这首《咏史》诗即抓住这一点,借用汉代得金钱地位者的纵情享乐和失金钱地位者的知足自洁二者之间的鲜明对比,抒泄了自己的一腔不平!

就诗歌的章法而言,运用对比这一表现手法大体有对称型和非对称型两类。前者寓意显豁,后者峰回路转。鲍照的这首《咏史》显然属于后者。因此,诗的前十四句重笔浓墨,急鼓繁弦,极写得金钱地位者的豪华贵奢、热闹红火的生活,末两句却反跌出严君平的寂寞冷落,身世两弃,使诗歌产生了意想不到的撼人心扉的力量。

开篇二句,一写五都(其中就有严君平居住的蜀郡成都)之人皆尚豪富,一写三川之徒多争名利！三、四句伸足其意:尚豪富者(百金之子)不受刑律约束,好名利者(明经之徒)皆居要津高位。有财者钱能通神,明经者官在其中,各得其所。表面上看,这两类人的人生追求似有雅俗之分,但殊途同归,他们都是现实利益的追求者,在这一点上并无二致。

以下十二句写他们麕居都城,骈集京师的恣情享乐之态。"京城"二句以鳞次栉比、甍飞脊耸的楼阁台观的层见叠出写尽了京师的繁华,这种百味百乐百工百使的荟萃之地当然而然的是得金钱地位者的乐游忘归之所。"仕子""游客",一个个华服丽饰、高车驷马,一个个春风得意、轻辔缓步。东方未明,轩车云集,随从纷杂,豪奢莫比。他们个个深谙人生之至理:寒暑一时,稍纵即逝;人生短暂,莫待明日。这种对人生"过程"高度重视、对"今日"充分关注的一类人,即是金钱地位的占有者。

诗篇至此,作者对此是褒?是贬?是欣羡?是鄙薄?似乎还不露一点灰线蛇迹。而结穴二句笔锋陡转,用严君平的孑然独处,寂寞冷落,知足自洁,身世两弃戛然作结。这种结穴之法确实是"住得斗绝"(沈德潜《古诗源》卷十一),犹如狂奔之马一顿而住,又如千里洪流一闸而止。唯其对诗篇对比中不对称的那一面泼墨如水重笔渲染,惜墨如金的这一面稍加点染即显露出千钧之力。这二句是轻轻的一笔,却又是重重的一划。世弃君平是抑才而不识才,君平弃世是知足自洁而不愿汩泥扬波,为金钱地位奔走。毕竟是世先弃君平,才会有君平后弃世。在对严君平不受世用悄然独处的同情与慨叹中,也饱含并散溢着作者自叹自怜自重自傲的复杂心绪。这无疑是庶族寒门出身而得不到门阀社会认可重用的客观现实和他那横溢的才华、不可泯灭的自尊时时撞击而产生的悲愤交集的不平之鸣。但是,作者的这种心绪却没有以明言说教的方式和盘托出,而是把发自心灵深处的悲愤不露痕迹地融合在诗篇的对比之中。这正如法国学者米盖尔·杜夫海纳所说:"作者最好的存在便是当他失去存在之时,便是当他不谈自我,把他的世界奉献给我们之时。"(《美学与哲学》)

(王立群)

拟　古(其二)

鲍　照

十五讽诗书,篇翰靡不通。
弱冠参多士,飞步游秦宫。
侧睹君子论,预见古人风。

两说穷舌端，五车摧笔锋。
羞当白璧贶，耻受聊城功。
晚节从世务，乘障远和戎。
解佩袭犀渠，卷帙奉卢弓。
始愿力不及，安知今所终？

鉴赏

这首诗名为《拟古》，实是自记。诗篇较隐晦地反映了作者自身的遭际。鲍照出身于寒族，自称“负锸下农，执羁末皁”，虽不免夸张，但生活困苦是可想而知的。在讲究门第出身的南朝时期，他没有什么出路，为了摆脱贫困，他只有拼命读书，以求仕进，所谓“释檐受书，废耕学文”。这首诗自称“篇翰靡不通”，可见作为一位名文士，他对自己的才学是充满自信的。鲍照踏入仕途，是南朝宋文帝元嘉十六年(439)他二十六岁的时候。当年，他献诗给临川王刘义庆，被擢为国侍郎，直到元嘉二十一年(444)，他三十一岁时，刘义庆病死，才辞去侍郎职务。初次入仕，鲍照颇具豪情壮志。《南史》记载：“照始尝谒义庆，未见知，欲贡诗言态，人止之，曰：‘卿位尚卑，不可轻许大王。’照勃然曰：‘千载上有英才异士沈没而不闻者，安可数哉！大丈夫岂可遂蕴智能，使兰艾不辨，终日碌碌，与燕雀相随乎？’”这一种豪情壮志在诗篇中便表现为“弱冠参多士，飞步游秦宫”。这里说“弱冠”“秦宫”，与作者事迹不符，但我们不要忘记，本诗也是“拟古”，一些夸张的语言，其实寄托了作者的思想而并非他的实际经历。“秦宫”是诸侯之宫，也可借指临川王的宫殿，用“飞步”“游”这样的词语，恰当地形容了那种昂然自信的心态。鲍照受临川王赏识，颇感知遇之恩，因此对临川宫中的道德风尚大加赞美：“侧睹君子论，预见古人风。”接下去又假借古人，夸示自己的才能，表明自己的志向。“两说”当依顾仲恭引《庄子》解释：“纵说则以《诗》《书》《礼》《乐》，横则《金版》《六韬》。”“两说穷舌端”，解释颇有分歧。笔者以为这是说无论经典著作还是兵法策略都穷尽于其舌端，即指其舌辩才能。“五车摧笔锋”，解释也甚分歧。笔者以为是说读书五车则笔锋可以摧敌。这样下文的“羞当白璧贶，耻受聊城功”才有着落。“羞当”两句表明作者的志趣，他愿效法鲁仲连之流，学他们“意轻千金赠”“功成拂衣去”的豪侠作风。

“晚节从世务，乘障远和戎。解佩袭犀渠，卷帙奉卢弓”，这四句是说作者终于弃文就武，人生道路有了很大改变。“从世务”三字，交代了改变道路是时势所迫，并非主动的选择。

“乘障远和戎”只是说从军戍边。春秋时期魏绛和戎的故事,在这里只能看作是用典。鲍照四十九岁时任临海王刘子顼的“前军行参军,掌知内命”,寻迁“前军刑狱参军事”。刘子顼任荆州刺史,后又都督荆、湘、雍、益、梁、宁、南北秦八州诸军事。他的幕僚也都冠以军衔,这在作者满可以认为是弃文就武了。所以说“解佩袭犀渠,卷帙奉卢弓”,脱下儒服换上戎装,告别书本捧起了弓箭。卢弓是黑色的弓,古时周王赐给诸侯,表示这位诸侯得专征伐,此处似指成为临海王部属,替他捧着卢弓。诗篇最后说,这样的道路并不合自己原来的心愿,时势所迫,力不从心,今后的路又将如何,结果又会怎样呢?“始愿力不及,安知今所终?”作者发出了忧虑的慨叹。

如果仅仅读前面的诗行,我们还可能相信诗人所咏的是古事,所拟的是古人,但是,读到最后两句,便完全不可能相信了。因为这里明明是作者在抒写自己的怀抱。作者生当乱世,深感无法掌握自己的命运。南朝刘宋王朝的诸侯王,为争夺权力而互相残杀,他们的下属也常被波及。世事如此,作者也未始不想“弃置罢官去,还家自休息”,但退居田里,就免不了“恳畛剿芿,牧鸡圈豕,以给征赋”,政治地位、经济地位还会不断下降。像他这样出身寒微的人,要求得生存,求得发展,就不得不依靠这些王公贵族。鲍照看到了危机,在诗篇中已表现出心情的忧虑、惶惑。但他并无法摆脱,终于在贵族们的内斗中,死于混战。我们在千载之后,也不能不为之惋惜。

(郭维森　关道雄)

拟　古(其六)

鲍　照

束薪幽篁里,刈黍寒涧阴。
朔风伤我肌,号鸟惊思心。
岁暮井赋讫,程课相追寻。
田租送函谷,兽藁输上林。
河渭冰未开,关陇雪正深。
笞击官有罚,呵辱吏见侵。
不谓乘轩意,伏枥还至今。

鉴赏

这首五言诗,名为“拟古”,内容却完全是反映现实。诗中把主人公活动的地点假设在作者生平并未到过的由北魏所统治的关陇一带,实际上是揭露作者所生活的南朝的社会矛盾。全诗对于生活在社会下层、被迫一年到头为统治阶级当牛做马的贱隶充满着同情,并强烈地谴责了朝廷与官府横征暴敛、凌辱下民的虐政。这样直接反映当时社会主要矛盾的大胆诗篇,在六朝人的作品中几乎是绝无仅有的。本篇之所以具有如此难能可贵的思想内容,是因为这位“才秀人微”的诗人长期沉沦于下层社会,有机会摄取了反映黑暗现实的素材;同时也因为他一贯遭受门阀士族社会的歧视和打击,心中早就充塞了愤懑不平之气,因而在塑造贱隶的形象时,有意无意地融进了自己的身世之感,加强了对现实的抨击力量。

此诗抒写层次可分为三层。开头四句为第一层,描写农家天寒之后还被迫在野外进行艰苦的劳动。作者用简洁的白描,突出了这种劳动环境的悲凉凄冷:时令已是秋后,可是如牛负重的穷汉还天天忙于在深邃幽暗的竹林里打柴,在寒冷阴森的溪涧背面收割最后一批庄稼。他们衣衫单薄,挡不住初冬凉飕飕的北风的袭击,只觉得冷气侵入肌骨,禁不住浑身打战;旷野里,飞鸟在哀声长鸣,这啼饥号寒的叫声一阵阵地惊动了劳动者,引发了他们满怀的悲感。然而,生活的贫寒和劳动的艰辛尚不是农家最大的痛苦,最叫人无法忍受的是朝廷和官府苛重的、无休止的敲诈勒索,以及他们对下层人民的鞭笞与凌辱。

诗的第二层,从“岁暮井赋讫”至“呵辱吏见侵”,一共八句,是全篇的重心,它如泣如诉地强烈谴责了当时统治阶级诛求无度的虐政,对劳动者的疾苦表示了深切的同情。这一段告诉我们:农家一年辛劳,到了年底,总算把苛重的田地税交纳完毕了。可是,名目繁多、定额高而又限期紧的各种赋税和徭役还在追逼着他们。数九寒天,他们还得犯寒出行,把田租送到函谷关去交纳,把供皇帝蓄养的兽类食用的饲料运到上林苑……那服役的路上是怎样一种悲惨的情景啊!黄河和渭河冰冻不开,关陇一带覆盖着一望无际的皑皑白雪,他们饥寒交迫,举步艰难,但也只得咬紧牙关在冰雪中跋涉。好不容易抵达官府交纳实物和钱财,但又被如狼似虎的官僚们找茬儿用板子责罚,被衙役小吏当作牲口来呵斥污辱。这样的日子可怎么过下去啊!前途在哪儿?生路在哪儿?诗人在这八句中只作冷峻的记叙,而没有流露半点主观感情,然而这一段高度集中、概括和典型化的客观描写,本身就不言自明地包含着对暴政的有力控诉和对劳动者的深切同情。

第三层，即末尾两句：“不谓乘轩意，伏枥还至今。”这是作者自己站出来发感慨，文意甚明，似无须多说。只是这里还有这么一个问题：既然前面都是同情下层人民和揭露黑暗统治，结尾却突然说：“我久有在仕途上大显身手的意愿，想不到至今还不得志”，这是否前后文意不相属呢？仔细品味，毫无牴牾之处，相反，后文之所以有此感慨，乃是顺理成章之事。这是因为：一、诗中的农家辛勤劳作没有好日子过，却备受官府勒索打击的情况，与诗人多方奔走，多年求仕，却处处受到门阀士族歧视打击的悲惨经历有一定的相似之处，容易触发共鸣与联想；二、诗人一向有参与政治、改革社会的远大抱负，因而他愈是看到现实的不合理，愈是强烈地想在仕途上翻身，以求改革现状，这样他就对自己的处境和周围的现实愈不能忍耐。因此，与其说这首诗的主题是抨击现实政治，倒不如说是借暴露现实社会中的不平之事来寄托自己的愤慨更为确切。《拟古》虽不是乐府诗，但它与鲍照集子里大量的乐府诗一样，是继承着汉乐府“感于哀乐，缘事而发”的传统精神的。

（刘扬忠）

拟　古（其七）

鲍　照

河畔草未黄，胡雁已矫翼。
秋蛩挟户吟，寒妇成夜织。
去岁征人还，流传旧相识。
闻君上陇时，东望久叹息。
宿昔改衣带，旦暮异容色。
念此忧如何，夜长愁更多。
明镜尘匣中，宝瑟生网罗。

鉴赏

鲍照《拟古》诗八首，虽然组合在一起，可是考其内容，并非主题、题材上有共同联系的组诗,也非成于一时一地。其中从历史人物到社会现实,从写他人之事到抒自己之情,反映的面较广。此是第七首,写闺中思妇对征人的怀念,情辞恳切,哀婉动人。

钟嵘在《诗品》中指出,鲍诗"险俗",这首正体现了这一特色。全诗构思峭拔峻逸,又明白晓畅,有同于传统的思夫诗的情怀,又有其独到之处。

诗起笔于秋景,为思妇设置了一个与情谐洽的环境。河畔的青草虽已老劲但尚未枯黄,而西风中的大雁已开始展翅南翔,门旁的秋蛩已鸣奏起凄清的乐曲。草、雁、虫的物候,无不显示了秋天的来临。秋风起,寒气至,即将岁暮,正是撩人思亲的节令,"自来多情伤离别,更那堪冷落清秋节"。胡雁南归,征人不回,秋虫唧唧,叹息声声,诗一开始即笼之以令人伤怀动情的气氛。

诗当中七句具体叙写思妇的内心活动。她夜织不息,但不闻机杼声,唯闻秋蛩吟、女叹息。她怀念着征人,去年从边境回来的人说,她的丈夫在边关陇上,伫立东望,叹息不已,这就使两地相思一线牵,怎不叫她愁肠百结,忧心如焚!

诗人写思妇心之哀、愁之惨,不从正面着笔,而由侧面落墨。朝夕之间衣带就宽了,旦暮之际容颜就变了,人瘦损,面憔悴,她无心修饰,心灰意冷,"明镜尘匣中,宝瑟生网罗"。俗云"女为悦己者容",正因为一心思念着丈夫,不事修饰,也无心取乐。她的情态越是慵懒,说明心思越是专一,爱情越是忠贞。《诗经·卫风·伯兮》"自伯之东,首如飞蓬。岂无膏沐,谁适为容",早已就开了先河。魏人徐幹《室思》:"自君之出矣,明镜暗不治。"《情诗》:"君行殊不返,我饰为谁荣。"晋乐府《清商曲辞·攀杨枝》:"自从别君来,不复著绫罗。画眉不注口,施朱当奈何。"刘孝武帝《拟徐幹》:"自君之出矣,金翠暗无精。思君如日月,回还昼夜生。"鲍令晖《题书后寄行人》:"自君之出矣,临轩不解颜。砧杵夜不发,高门昼常关。"以及后世唐代雍裕之《自君之出矣》:"自君之出矣,宝镜为谁明?"相传唐代郎大家宋氏的《长相思》也写道:"长相思,久离别。关山阻,风烟绝。台上镜文销,袖中书字灭。不见君形影,何曾有欢悦。"太原女子的《寄欧阳詹》则变化方式,意念实一:"自从别后减容光,半是思郎半恨郎。欲识旧来云髻样,为奴开取缕金箱。"鲍照《拟古》中说明镜置于尘匣中,明镜置匣中,正是"明镜暗不治",而况已成"尘匣",则更是久不治了,宝瑟上也生了网罗,蛛网蒙络,常不弹弄之意自明。闺中之人的相思之情可谓深矣。

思亲念夫是古代习见题材,而本诗从侧面写织妇的形销神伤,由外入内,由形写神,情挚语真,因而感人至深。

(徐应佩　周溶泉)

绍古辞(其一)

鲍 照

橘生湘水侧,菲陋人莫传。
逢君金华宴,得在玉几前。
三川穷名利,京洛富妖妍。
恩荣难久恃,隆宠易衰偏。
观席妾凄怆,睹翰君泫然。
徒抱忠孝志,犹为葑菲迁。

鉴赏

鲍照《绍古辞》七首也是一组拟古辞。七首内容互不相关,或写思妇念夫,或写征人思家,或写人情世态。《绍古辞·橘生湘水侧》为第一首,借物抒怀,感慨人情浇薄。

诗人以橘的遭遇,寄寓着人情冷暖、世态炎凉之意,慨叹怀瑾握瑜无人识,竭忠尽智无人赏,含怨蓄愤。

"橘生湘水侧,菲陋人莫传。逢君金华宴,得在玉几前。"橘生长于湘水之畔时,粗陋卑野,不为人所重,一旦上了盛席华宴,也就置于玉几之上。身居草野的人,卑贱低俗,不为人重,一旦登龙门,身价百倍,备受赞誉。"湘水侧"与"金华宴"对举对比,前言"菲陋",后文可见言其豪贵。橘仍是如此之橘,因其地处的不同,身价也就有别。

"三川穷名利,京洛富妖妍。恩荣难久恃,隆宠易衰偏。"橘在三川之间,无足轻重,名低利微,一旦到了京洛大都,便成了珍果佳品,登上华宴,安于玉几。这两句是对上四句的概括,意在引出"恩荣难久恃,隆宠易衰偏"的感慨。橘在京洛富家筵席上,只是一时之间,啖其瓤弃其皮,委之不惜,恩爱一时间,喜怒瞬息变。诗由橘的"陋"写到它的"荣",又写到它的"衰",向人们告诫不要以恩荣为恃,不要因得宠而忘形。

卒章显其志。"观席妾凄怆","睹翰君泫然",原因就是"徒抱忠孝志,犹为葑菲迁”。“葑菲”,即芜菁。句意为徒然怀抱忠孝的志向,结果还是如葑菲一样被抛弃。诗人以橘的恩荣难久、宠信易衰为喻,道出了人心不可恃,世道不足信。封建社会的士大夫,不管是金实玉质,还是锦心绣口,遇人得荣,随缘得升。可是人变时迁,还是屈居下僚,或失意潦倒。

鲍照出身寒微,仕途坎坷,一生不得意。他在《拟行路难》中说“对酒叙长篇,穷途运命委皇天”,对豪门贵族的门阀制度已不满,《绍古辞·橘生湘水侧》同样包含着对“世胄蹑高位,英俊沉下僚”的愤激。可贵之处在于诗人能看出“金华宴”“玉几前”的“难久恃”“易衰偏”,不趋炎附势,不媚权惑贵,傲岸耿介,孤直不屈。

这首诗取喻生动形象,为人所易解,泼辣俚俗,虽写了一个极深的道理,可是使人即言知意,睹物明理,加之叙写之中间以精警的理语,使诗意朗然无翳,粲然可睹,增强了诗的感染力与启示性。

(徐应佩　周溶泉)

绍　古　辞(其二)

鲍　照

昔与君别时,蚕妾初献丝。
何言年月驶,寒衣已擣治。
络绣多废乱,篇帛久尘缁。
离心壮为剧,飞念如悬旗。
石席我不爽,德音君勿欺。

鉴赏

鲍照的《绍古辞》共计七首,此诗是其中的第二首。方东树在《昭昧詹言》中,对《绍古辞》总的评论是“皆托言离别之”。诚然,这首小诗正是反映夫妇久别之后,闺妇的惆怅情绪,是一首感情浓烈、真挚的爱情诗篇,读之感人至深。

鲍照实开一代诗风,形成“俊逸”风格,波及古今,影响极大,这一事实是有目共睹的。其风格表现在他所有的创作之中,就爱情诗而言,也同样显示着这一风格,《拟行路难》中的第三首、《夜坐吟》等爱情诗都有这一风格的味道。《绍古辞·昔与君别时》也不例外。

诗人借闺妇之口,以回忆的形式引起读者的追思。“昔与君别时,蚕妾初献丝”,这开句就以深沉形象的道白,表现闺妾对丈夫的纯洁、炽热的情感,再现了他们彼此分别时的场景,暗示出残酷的社会现实及时代的战乱给人民生活带来的悲剧。

感情越深,分别后就越痛苦,流逝的岁月越无法用语言来描述。“何言年月驶,寒衣已擣治。”如果我们把“初献丝”理解为春天的季节,那么“寒衣”句,已是在讲冬天的季节了。这一大跨度的用笔,充分表现了诗歌的跳跃性特征。从春天一下跳到寒冬,进一步表现思妇的爱慕之情。春天分别时献上蚕丝单衣,寒冬已到棉衣早已制成。面对着早已制成的寒衣,却不见征夫归来,顿时又增加了几度伤感。“绦绣多废乱,篇帛久尘缁。”这一句更深层次地表现闺妾的内心活动,这种内心矛盾冲突、痛苦的程度,倾注在废乱的绦绣中、久尘缁的篇帛上。尽管丈夫别去一年,犹如度过多年似的,尘土都已将篇帛掩埋。此时,可以想见闺妾盼夫之心的急切程度。内心的废乱,久别的痛苦,在闺妾仍在发展、升华,直至什么程度呢?诗人接着写道:“离心壮为剧,飞念如悬旗。”离别的痛苦似刀绞,肝胆欲裂;杂乱如麻的思念如悬旗飘浮不定。闺妾在这种情况下又如何呢?诗人精妙收笔,使之保持着闺妾的心态平衡。“石席我不爽,德音君勿欺。”这两句又如同从刚才的感情激流的浪尖上急转直下,平稳地表示了闺妾的忠贞不渝的情怀,视自己对丈夫的爱非石非席、绝不改变,并希望丈夫也不要欺骗自己。这是闺妾的誓言,这是闺妾的愿望。方东树说此诗:“言勿以离而相忘。”(《昭昧詹言》)我认为这一评语是极为恰当的。

此诗不仅有丰富、充实、健康的思想内容,还有其鲜明独特的创作艺术。全诗写得无懈可击,锤字炼句,一气呵成,真是“字字炼,步步留,而又一往俊逸。明远诗令人不可断截,其思清意属,句重有味,无懈笔败笔也”(方东树《昭昧詹言》)。

此诗另外一个显著的艺术特征,在于人物内心世界的描写。全诗没有惊心动魄的事件,也没有激动人心的场面,更没有鸟语花香、山清水秀的大自然作铺垫,而是集中展现闺妾内心世界的思愁与忧烦。紧紧围绕着时间的流逝,突现感情的步步升华,直至达到自我超越的境地,荡起诗人、闺妾、读者感情的波澜。这种内心世界痛苦的形象再现,不仅深化了主题,也体现了作者创作艺术的深厚功力。

(张巨才)

绍古辞(其三)

鲍照

瑟瑟凉海风，竦竦寒山木。
纷纷羁思盈，慊慊夜弦促。
访言山海路，千里歌别鹤。
弦绝空咨嗟，形音谁赏录？
辛苦异人状，美貌改如玉。
徒畜巧言鸟，不解心款曲。

鉴赏

这首诗是鲍照《绍古辞》中的第三首，同是表现思妇远离丈夫之后的愁苦之情，是一曲爱情忧愁歌。

爱情诗歌在鲍照的笔下尽管不多，但从现有的爱情诗中不难发现，此类作品写得别开生面，处处生辉，其创作手法，时而单刀直入，开门见山，如《夜坐吟》《绍古辞·昔与君别时》等；时而婉转曲折，含而不露，反复吟诵，其意自见，如《拟行路难》中的第三首。诚然，《绍古辞·瑟瑟凉海风》就属于后者风格的作品。

此诗作者没有直接描写闺妇的愁苦如何，而是着力描写大自然的风光、气候以及其他鸟类动物。“瑟瑟凉海风，竦竦寒山木。纷纷羁思盈，慊慊夜弦促。”这开头几句把人带入冰凉、凄惨、孤独、忧郁的自然环境之中，这里既写了自然景物的凄惨，也暗示了思绪的浓度，并且进行了放达无羁的夸张、渲染。海风不仅“凉”，而且“瑟瑟”；山木不仅“寒”，而且“竦竦”；思绪不仅“盈”，而且“纷纷”；弦声不仅“促”，而且“慊慊”，如此等等，犹如特写镜头，一幕幕地展现在读者面前，引人入胜，发人深思。这种特殊气氛的渲染无疑都是为诗情的发展做铺垫。当诗人对自然尽情描绘之后，接着写道：“访言山海路，千里歌别鹤。”此句是说鹤鸟在翻山越海的途中，千里遥遥，别鹤独飞。这里名曰写鸟，实则写人，写闺妇别离丈夫之后的孤独、凄凉的心情,而这种心情又是借鹤鸟来抒发的,从而使读者产生共鸣。

"弦绝空咨嗟,形音谁赏录?"诗人急转笔锋,巧妙借用钟子期死,伯牙擗琴,终身不复鼓琴的典故,抒发闺妇孤独、凄凉的悲惨处境没有人能了解,这是闺妇发自内心的哀叹。此处不仅是对自己身世的哀叹,也是对容貌减色的诉说。因此诗人接着写道:"辛苦异人状,美貌改如玉。"由于险恶的气候,郁闷的心情,辛苦的劳作,改变了美貌如玉的形状。至此,一幅消瘦、凄楚、无精打采的闺妇形象,仿佛展现在我们面前。

"徒畜巧言鸟,不解款心曲。"这是思妇凄凉的悲鸣,无望的叹息,意思是再能说会道的鹦鹉,又有谁能理解她(它)的痛苦心情呢!我们说,全诗是在一片自然冰冷的气候中开始,又是在心冷无望的痛苦中结束,真是达到了丰富的思想内容与完美的艺术形式的统一,感人肺腑,令人心碎。

此诗在创作技巧上,首先是艺术地演化古诗句,表现新内容。如开头几句,完全是从《毛诗·硕人》诗句中演化而来的。《硕人》:"洋洋状水,活活状流,濊濊状施罛之声,发发状鳣鲔之尾,揭揭状葭菼之长,孽孽状庶姜之盛。"可见,鲍照在此诗中的前四句与《毛诗》中的《硕人》在构词、句法上相同。所不同的是换了语言,注入了新的意义。

其次是化用典故,推陈出新。此诗,作者不厌其烦地连用典故,如"千里歌别鹤"出自《琴赋》中"千里别鹤","弦绝空咨嗟"出自《吕氏春秋》中"钟子期死,伯牙擗琴绝弦","异人状"出自《山海经》中"帝俊生黑齿",如此等等,既表现了诗人渊博的知识,又表现了其高超的创作才能。因此我们说,这首爱情诗堪称千古绝响的艺术佳品,是不足为过的。那种认为此类诗篇是"淫艳""红紫"(萧子显语)的议论,纯属歪曲、诬蔑之辞。

(张巨才)

效刘公幹体(其三)

鲍　照

胡风吹朔雪,千里度龙山。
集君瑶台上,飞舞两楹前。
兹晨自为美,当避艳阳天。
艳阳桃李节,皎洁不成妍。

鉴赏

《效刘公干体》是鲍照的一个组诗。全诗共五首，是模仿建安七子之一的刘桢(字公干)的《赠从弟诗》所作。刘桢的《赠从弟诗》是五言诗，共三首，分别以蘋藻、松、凤凰比喻其从弟的品性，希望从弟在政治上坚持理想，不同流合污，实际上也是表达他自己固守清高，择主而事的心迹。我们这里所选的是鲍照拟作中的第三首，他所模仿的也恰好是刘桢原诗的第三首，刘桢的诗是这样的："凤凰集南岳，徘徊孤竹根。于心有不厌，奋翅凌紫氛。岂不常勤苦，羞与黄雀群。何时当来仪？将须圣明君。"那么，鲍照的拟作又说了些什么呢？

"胡风吹朔雪，千里度龙山。集君瑶台上，飞舞两楹前。"作品的起首四句便把人们的神思带入了北国风光、飞雪千里的悠远意境，凸现出朔雪娇健晶莹的风姿。这雪花像生机勃勃的小精灵，在北地寒风的鼓荡下弥漫了千里原野。它越过龙山，在"人君听治正坐"的两楹前翩翩起舞，何等妩媚，何等洒脱。作者为什么这样竭力描绘朔雪美丽高洁的形象呢？咏物是为了寄情，如果我们结合鲍照的境遇来看，便可懂得作者是在以雪自喻，朔雪正是鲍照的自我写照。

鲍照生活在南朝刘宋时期，这是一个士族专权的时代，一切都是凭着门第安排的，"上品无寒门，下品无士族"是那个时代的写真。出身寒微的鲍照因此而备受压抑，处处碰壁，一辈子郁郁不得志，这便使人想到了朔雪所由生成的恶劣环境。然而越是冰寒彻骨的恶劣气候，越能见出雪的晶莹剔透，越能见出雪的勃勃的生命力和美丽的风采。鲍照正是以朔雪的洁白比喻自己高尚的品质；以朔雪的气势象征自己横溢的才华。鲍照的诗曾被后人赞为"材力标举，凌厉当年，如五丁凿山，开人世之所未有"(陆时雍《诗境总论》)，在当时的诗坛上独树一帜，而且他始终满怀建功立业的远大抱负："大丈夫岂可遂蕴智能，使兰艾不辨，终日碌碌，与燕雀相随乎？"(《南史》本传)他多么希望自己能像那妩媚奇娇的雪花一样，将才华现于君主面前啊。读到此处，我们不能不关心起朔雪的命运来。

"兹晨自为美，当避艳阳天。艳阳桃李节，皎洁不成妍。"如果说前四句是形象的描绘，这四句就是哲理的概括；前四句气势一脉贯注，这四句则形成了情感上的跌宕，在笔锋的逆转中，写下了满腔的悲愤。作者塑造了另一种喻体——桃李与朔雪相对照，用桃李娇艳的俗媚对朔雪洁白的奇娇，以两种不同色彩、不同气质的物象象征两种不同的人格。正如清人曾国藩所言，鲍照是"以朔雪自比其岁寒皎洁之性，以桃李比侧媚之子希世取宠者。"而"皎洁不成妍"的朔雪则象征了鲍照的悲剧结局。

鲍照悲愤地指出:桃李取代朔雪是借助了时序的迁移,是由于“居势使之然也”。“故才之多少,不如势之多少远矣”(《瓜步山楬文》),进而抨击了那种“世胄蹑高位,英俊沉下僚”的士族制度。从左思的诗句“地势使之然,由来非一朝”亦可看到这种不平和愤懑乃是六朝时寒门知识分子很普遍的心态。另一方面,作者借朔雪的悲剧写自己的命运,控诉了统治者的寡恩薄幸。“初既与余成言兮,后悔遁而有他”的君主们是致使“自古圣贤尽贫贱”的主要原因,也是致使高洁之士难守孤贞的主要原因。鲍照作中书舍人时,为了不忤怒自恃才高的宋世祖,只能作些“多鄙言累句”的文章以示“才尽”,作者所说的“皎洁不成妍”除了对寡恩的君主的指责,也暗含了对自己不得不苟且于世的哀婉和痛惜。读到此处,我们怎能不与作者共愤慨、同悲叹!

这首诗的语言明白浅易,而其构景、设喻却异常鲜活、生动,完全靠内在的情感内蕴掀起波澜,造成跌宕,以平常的自然之理揭示深刻的人生经验,故方植之称赞鲍照此诗“诗体仗气极似公幹,特雕润过公幹矣”。王应麟《诗薮》中更是高度评价了鲍照在诗歌发展史上的地位:“上挽曹刘之逸步,下开李杜之先鞭。”《昭明文选》中《效刘公幹体》独录此首,亦有道理。

(王　齐)

玩月城西门廨中

鲍　照

始出西南楼,纤纤如玉钩。
末映东北墀,娟娟似蛾眉。
蛾眉蔽珠栊,玉钩隔琐窗。
三五二八时,千里与君同。
夜移衡汉落①,徘徊帷户中。
归花先委露,别叶早辞风。
客游厌苦辛,仕子倦飘尘。
休浣自公日②,宴慰及私辰。
蜀琴抽白雪,郢曲发阳春。

肴干酒未阕，金壶启夕沦③。
回轩驻轻盖，留酌待情人。

注释

①衡汉：原指北斗七星中的第五颗星，这里代指北斗。汉：天汉，即天河。

②浣（huàn）：洗（衣）。休浣：犹如今日之星期日。

③阕：终尽。金壶启夕沦：铜壶滴漏已表示一夜将尽。沦：尽。

鉴赏

这首诗是鲍照在秣陵令任上所写，是写月夜宴集时怀念知心朋友的。“城西门廨”就是秣陵西门的官廨，作者在这儿宴饮。

这首诗一起从题前着笔。作者要写的是十五六的月圆之夜，却先写初生之月作陪衬。一起六句写初生之月不能远照以引起明月之夜千里共赏之可贵。月初生之时，出于西南，映于东北，方位既狭，时间又短，光度很弱，珠栊、琐窗都能隔住月光。这里用“蛾眉”“玉钩”形容新月，非常形象而贴切，所以后人就常以“蛾眉”“玉钩”作为初月的代称。这六句写出一种朦胧迷离的境界，引人遐想。王闿运说：“新月初出，光景灵幻，此以实写传灵景，后人不能再著语。”可见对此诗的倾倒。“三五二八时”，皓月中天，“隔千里兮共明月”。“千里与君同”，“君”即后文的情人，作者月夜怀念的知己。而从诗的气氛来领会，前六句是朦胧之美，这两句豁然开朗，一扫阴翳。“夜移衡汉落”，光景彻天；“徘徊帷户中”，烛照房帷，不是“珠栊”“琐窗”所能阻隔的。这两句极写圆月光照之远，时间之久，和开头六句对映成趣。“徘徊”二字，强调时间之久，从人之感觉说，月光在帷户中迟迟不去，如人之徘徊不前。实际月光是不可能徘徊的。后来苏轼的《赤壁赋》“月出于东山之上，徘徊于斗牛之间”可能受这里的启发。

“归花先委露，别叶早辞风”这是鲍诗琢句的代表作。花落向根，所以称归花；叶下离枝，故曰别叶。“委露”，为露所堕。“委”，弃也。“早辞风”的“早”字，白居易《与元九书》引作“别叶乍辞风”，“乍”字似胜。这两句作者写月下所见所想。因为是秋天，风吹叶落，一个“早”字写即目所见。“归花”句写早已如此，可以想象作者似从“别叶”句想出“归花”句。从琢句看，实在精丽。在全诗中，这两句为一篇转折关键。从月夜写到倦游，是因归花别叶引出的感慨。花落可以归根，作客宦游，伊于胡底？所以从写景转入叙事抒怀，这两句承上启下，使人不觉。

“客游”二字写对于宦游的厌倦。“休浣”二句叙述月夜宴饮，聊以销忧，“蜀琴”二句写宴饮中的音乐，总在写“宴慰”的“慰”字。“肴干”二句写夜饮达旦，把“慰”字写足。“回轩”二句写对朋友的伫望，因上文有“酒未阕”的话，所以可以“留酌待情人”。以初月始，以怀友终，戛然而止。

这首诗琢句谋篇都有特色。琢句精工，属对深稳，“蛾眉”“玉钩”“珠栊”“琐窗”“归花”“别叶”“蜀琴”“郢曲”“回轩”“留酌”，实实在在给人以鲜明印象。而从篇章看，环环相生，丝丝入扣。

最后，此诗押韵在五言古诗中，实属罕见。“风”字以前押东冬江阳韵，“尘”字以后，转入真文寒桓。平声转入平声。在五古中，一般是一韵到底，少数有换韵的，常规的方式，常是四句一换，平仄相间。像这首诗，可算特例，不可为法。

（周本淳）

秋　夜（其二）

鲍　照

遁迹避纷喧，货农栖寂寞。
荒径驰野鼠，空庭聚山雀。
既远人世欢，还赖泉卉乐。
折柳樊场圃，贞绠汲潭壑。
霁旦见云峰，风夜闻海鹤。
江介早寒来，白露先秋落。
麻垄方结叶，瓜田已扫箨。
倾晖忽西下，回景思华幕。
攀萝席中轩，临觞不能酌。
终古自多恨，幽悲共沦铄。

鉴赏

这首诗是鲍照从永安令任上去职后流居江北时写的。从自己的浮沉,体会到人生的无常。整个诗篇流露出世事翻覆、时序无定的淡淡的哀愁。作者在诗里写出寂寞荒凉的画面来寄托这种情趣。

"遁迹避纷喧,货农栖寂寞。"这是丢官流落的体面说法:自己厌恶纷喧,甘愿栖于寂寞之境以农自给。"寂寞"二字点出全篇的基调,下文即具体描写寂寞的景象,用野鼠、山雀的活动衬托"荒径""空庭"的阒寂荒寒。"既远"句应篇首,"还赖"句在寂寞中找出安慰,并引起下文"折柳"一联。要有泉卉之乐,不可不付出劳动,樊圃汲壑,泉卉之乐亦在其中,寂寞中得此排遣亦殊不恶。"霁旦"二句,一句写晴天早晨视觉的舒适,一句写刮风之夜听觉的享受。"霁旦见云峰"是实写所见,"风夜闻海鹤"是推测所闻,一色一声,一实一虚,鲍诗善于属对,举此可见一斑。寂寞的心情中得到暂时的安慰,情绪由低向高。以上写的都是遁迹的生活和感受,还没有直接点题中的"秋夜",但为秋夜的寂寞制造了氛围。

"江介"句点明已在江北,同时"早寒"二字已见秋意,"白露"句点明题中的"秋"字。如果是凡手,这里就会对秋夜尽情描绘,驰骋笔力。作者却独辟蹊径,由秋想到春夏,由夜晚想到早晨,产生一种飘忽无定的感觉。"麻垄"一联用农作物来写季节。"结叶",即曲叶,指初生之叶的拳曲。麻生于春夏之交,"瓜田已扫箨"是说瓜事已了,藤蔓等都拉扫干净,指的秋天。此句作者从眼前"瓜田已扫箨"追想麻生之时犹如昨日,一个"方"一个"已"反映出时光如驶。这一联是从过去想到眼前,以植物反映季节。"倾晖忽西下",从眼前想到过去,从夜晚想到早晨,以日光来反映朝暮倏忽。两联各有侧重,笔势跳动,大开大合,光阴迅速、盛年难再的感慨自在其中。正因为感慨之深,所以下文"临觞不能酌",无心饮酒。"攀萝"句叙事,"席中轩"而须"攀萝",则"轩"之荒秽也不言自喻。

结尾照应篇首"寂寞"之感,而从一己想到亘古皆然,志士不逢,皆只能在"幽悲"之中销磨一生,岂不可悲!"共"字就"终古自多恨"来说"幽悲沦铄",今古多少才人志士,同此遭逢。诗语至此戛然而止,悲感无既,动人心魄。但从另一面想,既然终古如此,我亦无如之何,在无可奈何之中,得一点阿Q式的安慰。

全诗的基调是消沉的,但语言却很挺拔。杜甫赞美李白诗说:"清新庾开府,俊逸鲍参军。""俊逸"二字为鲍诗定评。所谓"俊逸"即从鲍诗谋篇造语开合跌宕迥不犹人的特点来说的,这首诗也可作为例证。

(周本淳)

题书后寄行人

鲍令晖

自君之出矣，临轩不解颜。
砧杵夜不发，高门昼常关。
帐中流熠耀，庭前华紫兰。
物枯识节异，鸿来知客寒。
游用暮冬尽，除春待君还。

鉴赏

鲍令晖是南朝大诗人鲍照的妹妹，颇有才名。《玉台新咏》收录其诗七首，本诗便收录于《玉台新咏》里。《乐府诗集·杂曲歌辞》也收录了此诗，题为“自君之出矣”。

这首诗是一首怀人之作，主人公是一位年轻的女性。根据标题，可以推测是她在写给远方的爱人的书信后面，感到意犹未尽，又写下这首诗。

“自君之出矣”二句，是说自从你离开我而远行之后，我便一直在忧愁之中，每当临窗远眺，便引起无尽的思念。“临轩”，就是临窗；“解颜”，就是笑。这两句写离别后的忧伤心境。“砧杵夜不发”二句，是写亲人远行、自己寂寞独处的慵懒神态。砧杵不发，是说自己百无聊赖，不愿洗衣服；高门白日常关，是说自己谢绝交游，足不出户，毫无心思。“帐中”二句，写所居环境的凄凉寂寞。“熠耀”，指萤火。《毛苌诗传》云：“熠耀磷也，磷萤火也。”庭前的紫兰花无言地自开自落，使她想起当年与他携手赏花的情形，这些都是女子心情寂寞无聊时所感受到的。“物枯”二句，由节令变化而想到远行的亲人。草木枯萎，节令变异，深秋已至，大雁南飞，天气变寒，她想到远方的亲人一定是很寒冷的。这两句似写节物之变，实际上正是抒写她对亲人无微不至的挂怀、思念。“游用暮冬尽”二句，写急切盼望亲人归来的心情。待到暮冬一尽，阳春来临，便可以盼到远游在外的亲人的回还了。

钟嵘《诗品》评价鲍令晖的诗作时说：“令晖歌诗，往往崭绝清巧”，这个评语基本上是中肯的。这首诗也可以说是“短语长情,深衷浅貌”,语言清雅平淡,而情愫极深。诗人通过对环境、节令变化的描写,来表现自己深沉的内心世界。

(张　晶)

寄　行　人

鲍令晖

桂吐两三枝,兰开四五叶。
是时君不归,春风徒笑妾。

鉴赏

南北朝时宋代女诗人鲍令晖是著名文学家鲍照的妹妹。她的诗虽然存世不多,却都显示出女诗人的细腻和风格的淡雅,正像钟嵘《诗品》评价的“令晖歌诗,往往崭绝清巧”。

诗题“寄行人”。“行人”,即出行的人,诗中指离家外出的丈夫。这首诗就是在家的妻子写给外出的丈夫的。他是做什么的?他外出干什么去了?走了多久?诗人没有交待,留给读者去想象。

首二句对起,“桂”“兰”均为植物,开花,香味清幽。古人多用来做修饰的佩物和美称,屈原《离骚》有“纫秋兰以为佩”,苏轼《前赤壁赋》有“桂棹兮兰桨”。“两三枝”“四五叶”,刚刚生出几片枝叶,正是欲吐未吐、欲开未放的时节。这里用高雅纯洁的香桂、幽兰来点明时间:春光融融之际。同时以物喻人,告诉读者留在家中的是正值青春年华、如桂似兰的少妇。

后二句切入“寄行人”的关键。短短两句平易之言,婉转而又细微地透露出闺中少妇的幽怨。如此大好春光,你不回来陪伴佳人,而留我一人,无心赏春,只有听凭春风的讥笑了。既有怨嗳而又情意绵绵,凝聚着的是对丈夫痴恋的深情。诗至此戛然而止,只觉余韵袅袅,令人回味不已,言已尽而意无穷。

主人公是一位青春貌美的少妇,她所思而不得见的是远行在外的夫君。四季之中最撩人情思的无过于春,而今春的大好光阴虚度,少妇怎不倍觉惆怅呢?诗写得很冲淡,没有“月影”,没有“雁书”,没有回忆夫妇生活,也没有写分别时的情景:或长亭送别,或“征人去日殷勤嘱”。既不像有些思妇诗“忧愁不能寐,揽衣起徘徊”(古诗《明月何皎皎》),也不像“谁谓含愁独不见,更教明月照流黄”(沈佺期《独不见》)中的思妇不胜其愁而迁怒于明月了。仅仅是用听任春风讥笑来表现出女主人公内心的思念与幽怨,并无“情”“意”而情意自现。言短意长,含蕴不尽。

这首诗写得清新淡雅,桂、兰既为诗添枝加叶,增加画面感,又使淡淡的幽香透出画面。语言平易可亲,意思显明好懂,写来似不经意,却又情饱意浓,这是艺术上精于化工的表现。

(陆三强)

古意赠今人

鲍令晖

寒乡无异服,毡褐代文练。
月月望君归,年年不解綖。
荆扬春早和,幽冀犹霜霰。
北寒妾已知,南心君不见。
谁为道辛苦?寄情双飞燕。
形迫杼煎丝,颜落风催电。
容华一朝尽,惟余心不变。

鉴赏

本诗录自《玉台新咏》卷四,《艺文类聚》卷四十二、《乐府诗集》卷六十并作吴迈远《秋风曲》。“吴善于风人答赠”(钟嵘《诗品》),宋明帝曾说他“联绝之外,无所复有”。今存诗十首,就其内容与表现手法看,与本诗小别。鲍令晖歌诗“往往崭绝清巧,拟古尤胜”(同上)。今存诗六首,从其内容和表现手法看,多与本诗相同。本诗尤其酷似女子口吻,故依《玉台新咏》将本诗系在鲍令晖名下。

这是一首描写南方思妇盼望流离在北方的丈夫归家的诗。至于这一对夫妇为什么长期分离,诗中未曾明言。

但从女在南方、男在北方、异地久隔的情况看,似乎与当时南北朝互相对抗的政局有关。

全诗十四句,前四句写思妇苦苦思念流落在北方的丈夫。开头两句“寒乡无异服,毡褐代文练”是思妇想象之辞,借衣着言南北的不同,以南方的“文练”对照北方的“毡褐”,从而烘托出北方生活的艰苦和萧索。这样说,既表现了思妇对远方丈夫的关心和体贴,也便于引起远在异域的丈夫对南方繁华生活、对妻子的思念。思妇的细腻性格、良苦用心均和盘托出。“月月望君归,年年不解綖”两句,上句写思妇时时刻刻在盼望远方的丈夫归来,下句写征夫年复一年不能解冠。冠在古代是男子的装饰,小孩、平民、罪犯、异族人不戴冠,士兵是戴冠弁的,打仗时还要加上胄(盔)。因此,“不解綖”(冠)就是不能复员回乡。这句明写征夫年复一年不能回乡,也暗写思妇的惆怅失望、忧思丈夫的心情年复一年地得不到解脱。

次四句写思妇的微怨。“荆扬春早和,幽冀犹霜霰”,这两句虽是写南北气候的不同,南方早已春暖花开,北方仍是严霜冷霰,生活艰苦,但却是语意双关。“荆扬春早和”,喻南方的思妇心暖如春,在热切地思念远方的丈夫;“幽冀犹霜霰”,喻北方的丈夫心冷若霜,一直渺无音信。从而引出下两句点明主旨,“北寒妾已知,南心君不见”。“北寒”,指北方丈夫的辛苦,而思妇早已体察得知;“南心”,指南方思妇思念丈夫的心,但是“君”却“不见”。这就披露了思妇由苦思到微怨的心情。难道果真如此吗?只不过是思妇苦思不得解脱莫可奈何的假想之辞罢了。

最后六句,写思妇向远方的亲人陈说自己的苦辛,表白自己的坚贞。“谁为道辛苦?寄情双飞燕。”自己的苦辛和相思之情“君”既不见,有谁来传递消息呢?只有把满怀深情的希望寄托给北飞的燕子了。这里用“双飞燕”,正是在寄托自己相思的深情,又是为了让亲人睹物生情引发出相思之意。这象征纯洁爱情的双飞燕正是最理想的信使,它们可以把自己的辛苦和贞情转告亲人:“形迫杼煎丝,颜落风催电。容华一朝尽,惟余心不变。”这四句有两层含义:第一,由于相思之苦的折磨和生活的熬煎,形如机杼煎丝、颜若风催电般地渐渐苍老了;第二,即使一旦容华憔悴殆尽,只剩下一颗炽热的心却永远不会改变。这是何等坚贞!

这首诗通过女主人公的自我抒怀,塑造了一个坚贞的思妇形象。尽管丈夫流落异域,她只身独处,年复一年地不免相思之苦,但那一颗忠诚、坚贞的心却永不动摇。她的心灵是那么纯洁,那么美好!这一形象的意义,使人们清醒地认识了当时南北对立的政局所造成的社会悲剧。

这首诗在艺术上的特色,首先是巧于对仗,“月月”“年年”二句和“荆扬”“幽冀”二句基本上都是对句,“形迫”“颜落”一联就比较工整,尤其是“北寒”“南心”一联,对得十分工巧。

其次是比喻新巧,如“形迫杼煎丝,颜落风催电”,不仅十分新奇,而且符合思妇的口吻,可谓非思妇道不出。再次是丰富的想象和联想,“寒乡”“毡褐”、幽冀霜霰的想象,体现了北方峻奇的景色。驱使“双飞燕”传送音讯,不仅想象丰富,形象也十分巧丽。总之,这首诗充分体现了鲍令晖诗歌“崭绝清巧”的艺术风格。

(殷呈祥)

胡 笳 曲

吴迈远

轻命重意气,古来岂但今。
缓颊献一说,扬眉受千金。
边风落寒草,鸣笳坠飞禽。
越情结楚思,汉耳听胡音。
既怀离俗伤,复悲朝光侵。
日当故乡没,遥见浮云阴。

鉴赏

本诗录自《乐府诗集·琴曲歌辞》,它反映了流离在北方的征夫的思乡之苦。

全诗十二句,可分为三个层次。前四句写征夫远离家乡流落异域的原因。开头两句“轻命重意气,古来岂但今”,点明征夫原来是“轻生命、重意气”的侠义之士,是受由古至今的好侠之风的影响而应征的,也可见出他胸襟的旷达。“缓颊献一说,扬眉受千金”二句,说明他不仅深明大义,应征入伍,而且有智有谋、立了军功、得到重赏。正当动乱之际,用人之秋,他不得不久留边地。

中间四句是两个对偶句,写边地萧瑟的景色,引起身处异域的思乡之情。“边风落寒草,鸣笳坠飞禽。越情结楚思,汉耳听胡音。”“边风”一联,意蕴十分丰富。落草之风,自然是秋风。“嫋嫋兮秋风,洞庭波兮木叶下。”(屈原《九歌·湘夫人》)“悲哉秋之为气也!萧瑟兮草木摇落而变衰。”(宋玉《九辩》)“秋风萧瑟天气凉,草木摇落露为霜。”(曹丕《燕歌行》)“秋风何烈烈,白露为朝霜。”(左思《杂诗》)“萧瑟仲秋月,飂戾风云高。”(孙绰《秋日诗》)“高风催节变,凝露督物化。”(江逌《咏秋诗》)“枯枝叶易零,疲客心易惊。”(鲍照《秋日诗》)秋风引起古今多少士人客子的哀思,而今这秋风乃是边地的秋风,而且是使耐寒之草凋落的深秋之风,“朔风动秋草,边马有归心”(王赞《杂诗》),更易引起征夫的思乡之情。一提到胡笳,古来多少文士总是把它与悲哀联系起来,蔡琰有“胡笳动兮边马鸣”句。孙楚《笳赋》以“嗷啾啾之哀声,奏胡马之悲思”来形容笳声。庾信有“胡笳落泪曲,羌笛断肠声”的名句。唐人又有“日晚笳声咽”的感受。正因笳鸣悲凄令人声咽,所以才能使飞禽坠落下来。这样写显然是夸饰,但却给人以真切的感受。“落寒草”“坠飞禽”,用“落”用“坠”,一字传神,境界全出。因而,很自然地引起征人的思乡之情。“越情”一联,形象地表现了征人忧伤的思绪。“越情结楚思”,自是客居异地产生的思乡之情。“汉耳听胡音”,承“鸣笳”句而来,说明征人是远居胡地,听到的是“胡音”,自然更激起他思念故乡之情。

后四句写征人莫可奈何的感伤情绪。“既怀离俗伤,复悲朝光侵。日当故乡没,遥见浮云阴。”长期流离异域自然产生“离俗”之忧,而更可悲的是“朝光侵”,即悲年华逝去,悲时间在侵蚀自己的生命。结尾二句是巧妙的譬喻,“日当故乡没”,是说太阳应当沉没在它应当沉没的“故乡”,但却将被浮云遮没,以喻征人欲归不能。真可谓即景生情,巧于设喻。

要之,本诗比喻新巧,属对工整。诗的前半意气轩昂,后半哀婉悲凉,犹如与亲友书信,体现了他“善于风人答赠”的诗风。这首诗对后世也是有一定影响的。自此曲一出,梁代陶弘景、江洪,唐代的郑愔、王昌龄、王贞白等人均有仿作。

(般呈祥)

渌 水 曲

王 融

湛露改寒司,交莺变春旭。
琼树落晨红,瑶塘水初渌。
日霁沙溆明,风泉动华烛。

遵渚泛兰觞，乘漪弄清曲。
斗酒千金轻，寸阴百年促。
何用尽欢娱，王度式如玉。

鉴赏

南齐高帝萧道成之第二子萧子良，封为竟陵王。武帝萧赜永明二年(484)，子良为护军将军，晋爵司徒。子良军府的僚属范云、萧琛、任昉、王融，以及不是子良僚属的萧衍、谢朓、沈约、陆倕等八个当时著名的文士，出入于子良门下，称为"竟陵八友"。八人中，沈约成为南朝齐梁时代最有名望的学者，任昉是骈体文的著名作家，而谢朓和王融则是享誉后世的诗家。王融写有一些序咏三日曲水的诗文，当时很有名气。《渌水曲》原题《齐明王歌辞》，注"应司徒教作"。这里"齐明王"和"司徒"，就是指府主子良。还有一篇《三月三日曲水诗序》，载于《文选》卷四六。《南齐书》说："(武帝永明)九年，上幸芳林园，禊宴朝臣，使融为曲水诗序，文藻富丽，当世称之。"这一篇"当世称之"的序文，原是遵命文学，称颂齐朝功业，在文学价值上，是远不及前代东晋王羲之的《三月三日兰亭集序》(载于《晋书·王羲之传》，《文选》不收)的。倒是乐府诗《渌水曲》，虽同样也是遵命文学，然而意趣清新，差可与散文名作《兰亭集序》前后辉映。

本诗两句一押韵，两韵构成一小节，总共六韵三个小节。

头两韵四句，叙时序物色。这里，从季春、孟夏之间的气节变换叙起。"改"与"变"两个动词，前后重叠照应。"改寒司"犹言变冬令，"变春旭"犹言成春晖。"改"的对象是"寒司"，"变"的结果是"春旭"，措辞极为灵巧。"湛露"之"湛"，"交莺"之"交"，"琼树"之"琼"，"瑶塘"之"瑶"，都是美字丽词，用得极为斟酌。其中，"交莺"是用《诗经·秦风·黄鸟》"交交黄鸟"句意，因而"交莺"就是黄莺。这两句总的意思是说：清莹的露水的出现早已改变了寒冬时气，而黄莺的交鸣更加凑成了春日光晖。时序如此，物色呢？因为露重，花树禁不起重压；又因为黄莺踏枝，因而落红纷纷下坠。坠落的红花，漂浮在溶溶塘水中，那塘水更显得清碧无滓了。红绿相映，色彩十分绚丽。

中两韵写景叙事。这里写景十分细致入微。"日霁"句说：日光收敛，晚霞照耀，因而水边沙溆，清明洁净。"风泉"句说：轻风掀起微澜，烛光在泉水下面晃动。"遵渚"两句，咏写曲水流觞的宴乐。这两句里的动词、名词、形容词，几乎每个字都是炼选得稳当的。

末两韵比事抒情。所谓比事，是

指“斗酒”句乃暗用曹植《名都篇》“归来宴平乐，美酒斗十千”的典故。这里，王融以邺下诸子如徐、应、陈、刘自比，而以竟陵王萧子良比陈思王曹植。“寸阴百年促”也即曹植“白日西南驰，光景不可攀”的意思。结末两句称颂竟陵王气度宽宏、温润如玉，并告诫曲水之会不要极乐尽欢，深恐乐极之生悲也。

我们知道，文人五言乐府，自“建安之杰”曹植以来，便写得富丽华赡，词采渲妍，脱离了汉乐府的古直。到了西晋初期张华、傅玄，又易面目，五言乐府进一步讲求对偶精切、声律调谐。其后南朝宋初颜延之、谢灵运，炼字铸句，毫厘不爽，使文人五言乐府诗的艺术造诣达到了登峰造极的地步。南齐时期，王融、谢朓保持了文人五言乐府诗的这种唯美主义倾向。再后南朝梁、陈时期，则变本加厉，愈行愈远，终于进入魔道，演变为徐、庾宫体。我们现在读王融《渌水曲》，便清晰地感到它是《名都》《美女》（曹植）、《轻薄》《游侠》（张华）、《明月》《秋兰》（傅玄）、《秋胡》（颜延之）、《会吟》（谢灵运）等作熟悉的气韵。如果我们用富丽华赡，词采渲妍；对偶精切、声律谐调；炼字铸句，毫厘不爽这样三句话、二十四个字来推敲《渌水曲》，我们觉得它也是负担得起，说得过去的。

（韩小默）

巫　山　高

王　融

想象巫山高，薄暮阳台曲。
烟云乍舒卷，猿鸟时断续。
彼美如可期，寤言纷在瞩。
怃然坐相望，秋风下庭绿。

鉴赏

《巫山高》为乐府鼓吹曲汉铙歌名，古辞今存，是一支远行者的悲歌，慨叹江深渡断，无桥可越，临水远望，思归不能，辞情悲苦。王融这首拟作，不袭古辞临水思归之意，以题中“巫山”字样生发联想，引进宋玉巫山神女，云雨阳台之神话传说，把乐府古辞彻底改造，这是他在模拟中的创新。自从他翻此新唱，南朝齐梁以迄中唐，作此调者近二十人，无不承王融此作辞意而流衍，足见其影响之巨大。

诗由“想象”二字领起，一上来便把读者引入仙乡幻境。诗人仿佛登上了那充满神秘色彩的巫山高处，置身于神女行云作雨的阳台偏僻深隐的地方(曲，偏僻深隐)。时已薄暮，万物依稀微茫；而烟云乍卷，恍如身在烟雾缭绕之中。山中阒无一人，但闻清猿啼叫，飞鸟呼鸣，时断时续，忽西忽东。环境是如此幽寂，天候乍阴乍阳，猿鸟之声又这样凄清，令人慄然、悄然，敛裳屏息。正当惝恍迷离之际，巫山神女仿佛在他的期待中突然出现了(如，仿佛)。惜乎灵光一现，又归消失。诗人在目眩神摇之中，陡然惊醒。此时，伊人虽杳，烟霞虽失，神女之音容笑貌，仿佛仍纷然在目，视之宛然，触之不见。于是，诗人感到无限空虚，忽忽如有所失地望着眼前庭院。但见秋风萧瑟，吹得绿叶飘零，惹起无限怅惘相思。

这首诗的最大特色在于诗人调动了高山、薄暮、烟云之色，猿鸟之声，创造了一个虚无缥缈的幻境。高山、薄暮、烟云、猿鸟，分开来不过人间常历之境、常见之景，并无奇幻之可言，但一经诗人调动，组合成一个特定的造境，又将神话传说之幻象和追寻期待的心情流注其中，就构成了一个深邃、幽美、充满了神秘色彩的意境。诗人之笔像一根魔杖，不单能构此意境，且能形成一种气氛，使读者未入其境则心驰神往，一入其境则魂悸魄散。这就是我们常说的艺术魅力。

但这个意境，又非诗所欲达到的最高艺术境界。诗人要着力表达的是由此意境而展开的、追求与幻灭之间、希望与失望之际所形成的巨大的感情落差。这才是诗心之所在，诗艺结穴之点。诗人用笔精练，写希望的实现，只用了“彼美如可期，寤言纷在瞩”十字，仍是一虚一实，似幻似真。写醒后失望情怀，也只用了“怃然坐相望，秋风下庭绿”两句。但从希望之近似满足到失望之终归虚幻，感情落差极大。诗人锤炼出“怃然坐相望”五字来表现这种落差，最见笔力匠心。“怃然”写出觉来无处追寻的心情；“相望”传出梦醒之后仍执着追求的心理；中间下一“坐”字，更活活画出诗人颓然、嗒然、无限惆怅的心态。有此五字，感情的巨大落差就形象地呈现在读者眼前了。结句“秋风下庭绿”更是神来之笔，其妙处有三：其一，有此一结，诗人才从刚才美好的幻境中回到了平凡的现实。秋风庭绿，本是诗人由现实走入幻境的起点，也是他从幻境跌回现实的终点。意者，此秋风之吹下庭绿，本此时此际生活中的常境，跌入此常境，“坐相望”的执着追求便永远成了无法实现的幻灭。这就深化了诗意。其二，“秋风下庭绿”是一派肃杀景象，与幻境之烟云乍展，构成一冷一热的强烈对比，强化了惆怅之情。其三，绿叶凋零，随风飘转，落地惊飞，恍如诗人惆怅之意绪，剪不断、理还乱的相思之情，时隐时现,忽高忽低。叶之飘转不停,情之缱绻无尽,两相映衬,正有“曲终人杳,江上峰青”的含蓄不尽的韵致。

魏晋以来,模拟乐府之风盛行。但大凡优秀传世之作,都不会是为模拟而模拟,作东施效颦,必有兴寄寓托,以古题自铸新词,自出新意。王融此作,寄托了什么感情,颇费探求。融本南齐才士,其先世为东晋名相王导,在南朝是门阀世族。他少而才思敏捷,深为武帝萧赜所赏爱,后又依附武帝之子——竟陵王萧子良。武帝死,他拥立子良,事败被杀,死年才二十七岁。据《南齐书》本传记载,他少年气盛,“自恃人、地,三十内望为公辅”。又尝自叹“车前无八驺卒,何得称为丈夫”。可见他是个热衷名位、得失之心甚重的狂狷之士。从这首《巫山高》看,寓言巫山神女,很可能寄托了政治上的某种执着追求,而这种追求又终归幻灭,篇末乃有怃然若失之意。从他现存诗作百余首看,特别是从他三十多首拟乐府看,这种情绪曾多处流露,痕迹甚明。《古意·游禽暮知反》、拟乐府《青青河畔草》《自君之出矣》《思公子》诸作,都是托游子思妇之辞以申追求而苦苦不得之意,可为佐证。其所以选择拟乐府这种体裁,引宋玉高唐神女之事,大概也是事有不堪明言者,乃故幽其意旨,给真实的感情蒙上一层神话的面纱。

(赖汉屏)

别　诗

张　融

白云山上尽,清风松下歇。
欲识离人悲,孤台见明月。

鉴赏

赋咏离别是诗歌的传统题材。自上古以来,凡赋写人情所不能禁奈、所不能经受的离恨别愁的诗篇,大都同时进行叙事。《诗经·邶风·燕燕》是如此,《古诗十九首》的某些篇章也是如此,甚至如据传为李陵、苏武所作的河梁送别七篇,也还是如此。不写任何具体的离别,而是把离别概括化了、普遍化了、抽象化了,因而又是写任何的离别,无所不包的离别,这样的诗篇，在我国诗歌史上，实不多见。

张融这首小诗，把白云、清风，孤台、明月四种景象组织在一起，用抒情手法倾诉离别的悲愁，在诗意的构成和章法的安排上有许多可赏玩之处。

首先，一、二句里的“白云”“清风”像是实写，其实乃是虚喝。说白云“山上尽”、清风“松下歇”，分明是没有。作者把白云、清风牵引入来，但随即又驱遣掉了，这就叫作虚喝。这种虚喝起兴的手法，在现代诗歌中屡见不鲜，其实也是古已有之。如果我们把这句诗加以意译，大概可以写成这样：白云啊，你可以付托我的心意，但你却在山后隐匿了；清风啊，你可以携带我的语言，但你却从树梢上溜走了……

第三句“欲识离人悲”转到“别”的对面，从“那人”方面写，说：那远方的人哟，你要知道我的悲愁吗？……第四句是第三句设问的答词，说：那只有独登高台、仰见明月的身历其境的感受才能依稀仿佛。第三句逆挽一、二两句虚喝，顺势注入第四句的实境，落到此方。

诗所抒发的是什么样的别悲离愁呢？什么都不是，什么都是，那就随便由你去解释吧！

（韩小默）

江　上　曲

谢　朓

易阳春草出，踟蹰日已暮。
莲叶尚田田，淇水不可渡。
愿子淹桂舟，时同千里路。
千里既相许，桂舟复容与。
江上可采菱，清歌共南楚。

鉴赏

江上曲，诗题已明确标明这是一首乐府诗。自汉乐府为诗歌输入了新鲜血液，魏晋以后的诗坛便出现了新面貌，这首情真意浓的情诗，便是文人学习乐府民歌的成功例证。

“易阳春草出”，诗一开始就写一

幅阳光拂煦的春景，既是男女幽会的背景，也是爱情萌生的象征。这里用了典故，却不露痕迹。枚乘《菟园赋》曰："邯郸襄国，易阳之容丽人，及其燕饰，子相与杂沓而往欵焉。"是说邯郸、易阳的男女青年，在春天到菟园游乐，遂相爱恋。诗人熔冶古人诗文，唱出了爱情的赞歌。第二句写男女青年漫步于菟园，直至日暮尚不忍离去，都是为了意中人，但还是心照不宣。随着时光的推移，初夏来临，莲叶舒张，也是青年男女相会的良辰。乐府诗《江南》有"莲叶何田田，鱼戏莲叶间"之句，田田挺秀的莲叶间，男女幽会，表现出无限欢乐的情景。但爱情的发展也时有波澜，诗人用"淇水不可渡"一句写出了爱情的曲折。"淇水"在《诗经·卫风》中是一条爱河的形象，像巫山云雨一样象征着爱情。《氓》中的女主人公渡过淇水嫁给意中人，当她被离弃的时候，淇水也为之暴涨。诗人说"不可渡"，正是暗用了淇水暴涨的形象，隐约传达出爱情的不可骤得，诗人对人物心理的微妙活动表现得十分细致。

"愿子淹桂舟，时同千里路。"宛如一个男青年隔水高歌表示衷情，他发誓要与爱人千里相随，永不分离。他的挚情终于感动对方，"千里既相许，桂舟复容与。"这两句写出一对恋人幸福地荡舟于湖光山色中。至此，诗人写完了一对恋人从游春到相识相爱的过程，在抒情中包含着情节的发展，既有民间情歌的直率大胆，又有文人式的含蓄委婉。

《诗品》说谢诗"善自发端"，的确，这首诗发端一句的背景描写，为爱情喜剧的发展增色不少。而结尾两句也写得韵味悠长，一对情人的相依相伴，乃至结为亲眷，顺理成章，诗人如果在结尾明确写出未为不可，但一定会缺乏形象和诗味。小谢采取江上采菱、南楚共歌的生动形象，表现他们终生相伴、共同劳动的幸福。采菱船穿梭往返，歌声此起彼和，一派欢乐幸福的气氛。诗人不必点出，这种形象给读者留下无穷的品味余地，诗写完了，人物和诗情还长留在读者心中。

（周满江）

同王主簿有所思

谢　朓

佳期期未归，望望下鸣机。
徘徊东陌上，月出行人稀。

鉴赏

此诗写一位妇女对丈夫的缠绵情思。这本是当时民歌和文人作品常写的主题,但此诗在写法上有其新巧之处。

全诗不用一句比兴,只用明白如话的语言直赋其事,而情深缠绵,于平淡中见神奇。首句说在佳期到来之际,丈夫却未如期归来。所谓“佳期”,是指夫妻约定团聚的日子,思妇日思夜盼这一天的到来,但到期不见人归来。诗人用形象的反衬,突出思妇的失望痛苦,加强了感人力量。希望愈烈,失望的痛苦也愈深,可见诗人用一个“佳”字是很有分量的。

思妇在失望之余,并未绝望,她痛苦地幻想着、盼望着。在第二句,诗人用“望望”二字,描绘她心神不宁地盼郎归的情态,十分传神。古诗《迢迢牵牛星》写织女因相思而“札札弄机抒,终日不成章,泣涕零如雨”,成功地描绘了思妇痛苦形象。小谢把这个形象熔铸于自己的诗句,仅用“望望下鸣机”一句概括数句的内容,不用一个“思”字,不用一个“泪”字,便形象地传达了思妇的情绪,可谓用典的成功。

三、四句紧承上文,写思妇走下织机后,徘徊于东陌上等待归人。“东陌”是她丈夫出去时的道路,也是归来的必经之道。明月升空,说明守候时间之长。行人稀少,说明别人的丈夫都已归家,唯有自己空候于此。在古诗中,人物常借明月寄托自己的相思。《诗经·陈风·月出》就有“月出皎兮,佼人僚兮”之句,《子夜四时歌》的“仰头看明月,寄情千里光”都是写望月思人的佳句。此诗仅用“月出”二字,就使读者联想到思妇月下徘徊的凄苦。她心头的月圆人不圆的凄苦,表现得何其深沉蕴藉。“行人稀”把诗意更推进一层,人物形象的内心也表现得更深入充分。她凝望着每个行人,走近一看又都不是自己所盼的人,一次的希望、欣喜,接着就是一次的失望、痛苦。人物的张望情态和难以排遣的心酸,都从这三字写出。可见,善于抓住人物特点,白描般地描写她的行动,再通过行动表现她内心深层的情思,正是此诗的新巧处。

(周满江)

玉　阶　怨

谢　朓

夕殿下珠帘，流萤飞复息。
长夜缝罗衣，思君此何极。

鉴赏

汉成帝时赵飞燕得幸，班婕妤失宠，希望进见而不得，恐己见危，乃退居东宫，作《纨扇诗》及《自悼赋》以自伤悲，情词悱恻，哀感凄怆。后人把她的不幸写进诗赋，连她的名字也成为幽禁宫女的代名词，成为吟咏不绝、美丽而悲伤的题目。晋人陆机《班婕妤》有“寄情在玉阶，托意唯团扇”，“玉阶”是从《自悼赋》“华殿尘兮玉阶苔”句而来。谢朓即以此制题，《乐府诗集》划属《相和歌辞·楚调曲》。

这首宫怨诗，题为“玉阶”，可是乍看没有一句涉及“玉阶”而把人物全置于殿内。当然“玉阶怨”其实是“宫怨诗”的代称而已，有无“玉阶”无多少干系，不过制题之初，恐非如此。大诗人李白拟谢之作“玉阶生白露，夜久侵罗袜”，就把题交代得分明。谢诗也是如此，不过不是李白的明点，暗破而已。所谓“夕殿”就是“夜殿”，一则为了与第三句“长夜”的“夜”避免重复，二则“夕”字也常作“夜”之解，如《诗经·唐风·绸缪》“今夕何夕，见此粲者”。这句平静，不露色相。流萤飞飞，当在珠帘外，二句依次观之，则是夜深，玉人不息，隔帘犹望，直至流萤息而不现。这样看也顺溜妥帖，很有意味。但如作倒句，此二句则更别有一番情趣：宫人失宠，夜初无聊，殿外徘徊，玉阶伫立，眼注夜萤，以遣心愁，夜深萤息，清露已降，方“下珠帘”。也就是说李白拟作之“玉阶”二句的意思，都在此诗含融之中，却于言外见意。这时看“下”字很有些无可奈何的况味。有人说李白“玉阶生白露，则已望月至夜半，落笔便已透过数层”（李锳《诗法易简录》）。此诗也具有落笔透过数层的妙处，不过更显得平静，几不使人觉出。流萤于黑夜中显得耀眼，这句置此，有趣致。流萤给夜殿内外布满相当寂静的氛围，也给宫人内心深处涂上一层孤独凄凉的色彩,透过那微微的萤火,读者可窥见她含情不语的内心秘密——深深的幽怨。“飞复息”精练地交代了夜萤飞而息、息而复飞、屡飞屡息的过程,和句首“流”字共同传递出时光推移、夜意很深的情味;也暗暗拨逗出宫人注目萤之飞飞直至息,萤息而复飞、宫人复又观之的百无聊赖的心情。“复”字可谓一字传神。另外,萤已息,而思君之心仍不得息,此句也正是背面敷粉之笔,写萤实是暗中写人,写流萤飞动,实是写人心中的怨望波动聚结。虽然宫人的形象在“下珠帘”中一晃即逝,这一句却细微地把人物烘托出来。

“长夜缝罗衣”承第二句而来。望萤而愁怀难释,故下珠帘,坐缝罗衣,当也是无可聊赖、自寻排遣的行为。可是,所缝“罗衣”大概是“君”所用之物,因而或许手在穿针走线,而耳却探听玉阶之外,有无倏然茫临之步声。所望之君却待而不至,则情思缭绕而有“思君此何极”语,清楚表明所“思”无止无休,以至长夜。“思”之久,则“怨”之深,“怨”得没完没了。这句情感发露,固然是由于前两句“能于景中含情,故言情一句便醒”(张玉穀《古诗赏析》),也是南朝人情感的一种自然流露。用谢朓的话来说“谁能长分居,秋尽冬复及”,推己及人,移作此诗注解,倒也合拍。

谢朓是南朝齐梁永明体新体诗的代表作家,风格清俊,已开唐人风气。沈德潜极为赞赏:“竟是唐人绝句,在唐人中最为上者。”(《古诗源》卷十)李白对其“清水出芙蓉,天然去雕饰”的风韵最为倾倒,一生低首。唐人受南朝沾溉不少,可见这一段诗作自有其不可磨灭之处。

(魏耕原)

王　孙　游

谢　朓

绿草蔓如丝,杂树红英发。
无论君不归,君归芳已歇。

鉴赏

《楚辞·招隐士》有句云:“王孙游兮不归,春草生兮萋萋。”诗题“王孙游”就由此而来。此诗从内容上讲,表现的是一位少妇对于久出不归的丈夫之热切思念,已具唐人闺怨的体制,而从形式上讲,语言清丽、声律谐畅,已见唐人绝句的雏形,对律绝的发展形成不无积极影响。严羽在《沧浪诗话》中说:“谢朓之诗,已有全篇似唐人者。”此诗正可视为“似唐人者”之一。

“绿草蔓如丝,杂树红英发。”“英”,指花朵。这首二句描绘了一派生机勃勃的融融春光。春草细嫩,碧绿如茵,柔软如丝。树上则有各样鲜花盛开,姹紫嫣红,娇艳夺目。这一红一绿,相互辉映,阳春景色,美不暇接。值此春景美好、春意荡漾之际,有谁能不动春情,而那些空守闺阁之少妇尤其难免。这就自然过渡到触景生情的后二句:“无论君不归,君归芳已歇。”“无论”,莫说的意思。“歇”,凋谢败落的意思。还别说是你不回来,我无心赏春,即使你紧赶慢赶地赶回来,明艳一时的红花也要开败落尽了。不管怎样,明媚的春光总是被无情地辜负了。那么,回来不回来都是一回事,也就算了。但是,她的真实心意恰恰由这带点赌气似的正话反说中透露出来,一种急切盼归的心情跃然纸上,从而也感染了读者,引起无限的同情。

此诗以景衬情,思致巧妙,情意绵绵,韵味深长,千古传诵,良有以也。

(赵望秦)

游敬亭山

谢　朓

兹山亘百里,合沓与云齐。
隐沦既已托,灵异居然栖。
上干蔽白日,下属带回谿。
交藤荒且蔓,樛枝耸复低。
独鹤方朝唳,饥鼯此夜啼。
渫云已漫漫,夕雨亦凄凄。
我行虽纡组,兼得寻幽蹊。
缘源殊未极,归径窅如迷。
要欲追奇趣,即此陵丹梯。
皇恩竟已矣,兹理庶无暌。

鉴赏

诗作于南朝齐明帝建武二年(495),谢朓出守宣城时。出守宣城是在从荆州遭谗还都又经萧鸾夺位的政局剧变之后。诗人在宦海浮沉中,目睹政治的黑暗,心中常怀忧惧,故诗在对山水奇奥的刻画中寄托了既萦心禄位又企想栖隐的矛盾心情。

头四句写山的大势,大气包举,气魄恢宏。“亘”是横贯,“合沓”是重叠,一写山之长,一写山之高,山之磅礴雄奇已可想见。“隐沦”即隐士,“灵异”谓仙人,两句进一步暗示山之灵秀幽邃,并为下文表现归隐之思埋下伏笔。中间八句,从不同侧面具体描述山中景象。“上干”二句写仰视俯视所见:仰视只见山峰直插云霄,遮天蔽日,俯视则见山脚有溪流环绕。“上干”句又写了山之高,但与“合沓”句角度不同,前者为置身山中时所见,后者是对山势做总体概括,则不一定如此,因为置身山中,特别是置身可以仰视山顶的山腰反不易看到山峦“合沓”之势,更不易看到“亘百里”的长度。接下来“交藤”二句写山中藤萝密布、古树盘曲的景象,给人以莽苍荒古、神秘萧森之感。“樛”是向下弯曲的树木,故言其“耸复低”,这种树在幽僻的山中颇为易见。“独鹤”二句,转而写山中鸟兽和鸣情景。“鼯”是一种形似蝙蝠的鼠类,其前后肢之间有飞膜,能在树林中滑翔。“鹤”是“独鹤”,“鼯”是“饥鼯”,其叫声必然带着几分哀婉、几分凄惶,何况是在静寂的山中,又何况是自“朝”至“夜”叫个不停。这里运用绘画艺术所不可能有的音响效果,给静寂的山中带来了几分生气,同时又进一步反衬出山中的清幽和神秘。“渫云”二句,进一步写山中云雨迷蒙、阴暗潮湿的气候。“渫云”即“出云”,着一“已”字,表明云不过刚从山谷间涌出,顷刻便迷漫一片,令人想见山峰林木在其间若隐若现、变态百端的情景。“凄凄”,寒凉貌。两句连用了四个叠字,皆状物生动,相映成趣。最后八句,改一路描写为夹叙夹议,写诗人在游山时的感受和联想。“纡组”,系佩官印,谓做官。《谢宣城别传》说:“朓常有言:‘烟霞泉石,惟隐遁者得。宦游而癖此者,鲜矣。’”(《庾子山集注》卷四《和王少保遥伤周处士》诗倪璠注引)虽身膺官职,但又能兼得寻幽探奇,诗人的欣喜之情溢于言表。“缘源”二句,言远未穷其源而归路已幽隐迷蒙,具体描绘出“寻幽蹊”的情景。临此幽境,诗人于是忽发奇想:如果想要寻求隐归的乐趣,不妨就从这里登山。“丹梯”,谓山。谢朓《随王鼓吹曲·登山曲》:“暮春春服美,游驾陵丹梯。升峤既小鲁,登峦且怅齐。”末两句进一步说:虽然皇恩已绝,退隐自是顺理成章、不可违背的了。诗人因是南朝齐高祖、齐武帝二朝诸王的旧僚。明帝对他多少怀有戒心,出守宣城可以说是一种不信任的结果,故这里有"皇恩已矣"之说。钟嵘《诗品》以为朓诗"末篇多踬",这里以理语为全诗作结,也不免稍乏思致。但诗人欲坦率道出"欲追奇趣"的个中情由,诗篇由景及情,由情及理,也颇条贯有序,故亦不宜深责。陈祚明《采菽堂古诗选》云:"夫宦辙言情,旨投思遁,赋诗见志,固应归宿是怀。"不无道理。

谢朓的山水诗多数写得清新透逸,而本篇落笔遒劲,视野开阔,意境幽峭,气韵凝重,显得别具一格。这主要由于诗人处在出外仕隐的矛盾中,有意识地接近山水,而宣城四周有高山为屏,正是风景奥区。诗人探奇入胜,穷形极致,且将自己企望栖隐的心性旨趣融入其中,故给诗篇涂上了一层清远绵邈、险峭幽深的色彩。诗人也从谢灵运的同类诗作中接受了影响,但不似大谢那样雕琢,那样带着玄言佛理。表现手法上,诗人较熟练地运用了永明声律和骈化修辞,篇中大抵两句相联,对仗工稳,至如"独鹤方朝唳,饥鼯此夜啼""缘源殊未极,归径窅如迷"之类,已颇接近律体要求,呈现出崭新的面目。

(张亚新)

游东田

谢朓

戚戚苦无悰,携手共行乐。
寻云陟累榭,随山望菌阁。
远树暧阡阡,生烟纷漠漠。
鱼戏新荷动,鸟散余花落。
不对芳春酒,还望青山郭。

鉴赏

"东田",指南京东北钟山下一带地方。南齐文惠太子曾在这里建立园林楼馆作为游憩之处,号为"东田"。据说,谢朓、沈约等人都在此置有庄田。这首诗即记叙东田之游所见郊野的初夏景色。

全诗紧扣游程，次第写来。起手二句，从游前落笔。"戚戚"，忧虑貌。"悰"，快乐。由于作者心怀抑郁，戚戚不乐，于是便邀集朋友，携手共游东田。"寻云"二句方承上"行乐"二字，写到东田游赏。"累"，重叠。"榭"，建立在高土台上的敞屋。"累榭"，多层的台榭。"菌阁"，王褒《九怀》有"菌阁兮惠楼"，以菌、惠等香草形容楼阁的华美。两句意谓诗人为遥赏云飞而登上了东田的台榭，又顺着山势眺望建立在钟山上的一座座华美的楼阁。时而登高，时而眺远，其携手行乐的游踪，固显然可见，而其赏心悦目的乐趣，亦不难想得。以下四句，千百年来脍炙人口，向以写景工丽细致著称，方东树曾评曰："写景华妙，千古如新。"(《昭昧詹言》卷七)"阡阡"，同"芊芊"，茂盛貌。"阡阡"而曰"暖"，其繁盛茂密、郁郁葱葱之状，只是朦胧可感，确是"远树"之景。"漠漠"，散布貌。地面烟雾弥漫，迷蒙一片，也恰是远观所得，如果走近前去，怕就是"青霭入看无"了。二句写远景，确极真切。"鱼戏"二句，写近景，"新荷""余花"又点明了初夏时节。鱼儿嬉戏追逐，触动了荷花；树上的鸟儿，遇见游人，受惊飞散，触动余花纷纷散落。鱼游、荷动，鸟惊、花落，这细小的动态，无不毕现。与上二句相较，作者在这里描绘了完全不同的另一种美的形态。他正是通过这远近不同的景色描写，把东田风光之美展现在读者面前。而"情以物近"，作者陶醉于其中，由"无悰"而"乐"的情感变化，也是不难得之于言外的。同时，由高处眺远，而近边静观，其游赏的行踪，亦暗寓其中。末二句，意谓不饮芬芳的美酒，却回望郭外的青山。以美酒与青山作比，突现了游赏之乐，使"乐"字总贯全诗。就时间顺序说，由出游而游归，仍扣游程而作结。

由上所说不难看出，这首诗构思精巧，章法严密。首二句与末二句遥相呼应，首尾圆合。中间六句，为本诗主体，描写了漫游东田时所见的景色。其中动态描写与静态描写相结合，远景与近景相映衬，表现手法十分纯熟。

（寇效信）

在郡卧病呈沈尚书

谢　朓

淮阳股肱守，高卧犹在兹，
况复南山曲，何异幽栖时？

连阴盛农节，簑笠聚东菑，
高阁常昼掩，荒阶少诤辞。
珍簟清夏室，轻扇动凉飔，
嘉鲂聊可荐，绿蚁方独持。
夏李沈朱实，秋藕折轻丝，
良辰竟何许？夙昔梦佳期。
坐啸徒可积，为邦岁已朞，
弦歌终莫取，抚枕今自嗤。

鉴赏

这首诗，谢朓在宣城卧病时所写。“在郡”，即所在的宣城郡。“沈尚书”，即沈约。因为明帝建武二年(495)，沈约被征入为五兵尚书，故称。诗中谓“为邦岁已朞”，按谢朓建武二年夏出任宣城，既“岁已朞”(满一周年)，该诗自然写于建武三年(496)无疑了。

谢朓出任宣城守，个中消息，无史料记载。但知当时齐明帝为巩固皇位，大杀宗室，排除异己，曾支持明帝夺位的老臣王敬则，即朓的岳丈，也被调外任，为会稽守；加之从诗人所写的出任宣城时的《京路夜发》等诗篇看，“扰扰整夜装，肃肃戒徂两”，情况猝然，颇出意外，亦应属政治斗争的结果。事实上，谢朓由京官中书诏诰，转为外任，显然是不被信任的表现。所以，诗人一到宣城，便声称“江海虽未从，山林于此始”(《始之宣城郡》)，认为自己开始成为一个坐冷板凳的隐士了，并于宣城所写的诗作中，时而表露出“忧难”“怅望”等苦闷心情。于苦闷中熬过一年，大概也是闷久成疾吧，终于“卧病”。政治苦闷与疾病相煎，便使他向调入京官尚书的老友沈约倾吐自己的心思。诗在倾吐之中，固然表现了对老友的怀念，但也寄希望于沈约，意欲得到政治上的提携。

诗是向老友倾吐衷肠的，故全以自诉口吻写出。开头四句，总写自己在宣城的处境。“淮阳股肱守，高卧犹在兹”，谓自己在宣城这儿，犹如西汉汲黯任淮阳守一样。《汉书·汲黯传》载：汲黯由于刚正直谏，受到武帝的冷遇。后诏汲黯为淮阳守，黯“伏谢不受印绶”。武帝便安慰道：你瞧不起去淮阳吗？现在那里吏民不和，我是看重你有威望，特意派你去的。意思是将汲黯视为股肱之臣，给予重用的。其实并非如此，正如汲黯告诉人所说的：“黯，弃逐居郡。”这里谢朓以汲黯自喻，主要说明，自己来宣城也貌似股肱之臣，而实际上是遭“弃逐”

的。然而还不及汲黯,"况复南山曲,何异幽栖时",宣城地处偏僻"山曲",自己待在这里,与"幽栖"隐居有什么两样呢?

他说,虽然是遭弃逐之人,不过生活得还可以。表现在政事上:"连阴盛农节,簦笠聚东菑,高阁常昼掩,荒阶少诤辞。"呈诗时,正逢盛夏农忙季节。而在这盛夏农节,尽管天气"连阴"不佳,但百姓却能头顶草帽,聚集一起进行一年一度的收获。自己所居阁中,白天大门常掩,阶下荒草丛生,很少有人来为争斗而诉讼。总之,百姓安居乐业,众人和睦相处,治理清明。表现在个人生活上:"珍簟清夏室,轻扇动凉飔,嘉鲂聊可荐,绿蚁方独持。"谓虽处盛夏,而室中有珍细凉席,轻扇生风,一片清凉;又有美鱼可以享用,独持"绿蚁"之酒,自斟自饮。观此景况,似乎十分悠然自得,其实并非如此,只要仔细体味一下"嘉鲂聊可荐,绿蚁方独持"两句,不难发现,实为强颜欢笑罢了。前句中用个"聊"字,"聊"者,粗略之意。"聊可荐"即马马虎虎凑合着享用。后句又写"独持",一个独持而饮,谓无知己相伴,说穿了就是喝闷酒。何以会独自闷饮?其中苦辛自不消说了。

既然独自闷饮,于郁闷中想念当年西邸文士的相处,特别是其中"八友",是顺理成章的事。于是,便自然写到了对最亲挚的沈约的怀念。"夏李沈朱实,秋藕折轻丝,良辰竟何许?夙昔梦佳期。"李子果实朱红,为夏天的景象;莲藕成熟折丝,为秋天的标志。由"夏李"到"秋藕",正表明时日的推移。眼看夏季过后就是秋天了,可是到底什么时候才是朋友能够相会的"良辰"呢?而这个良辰,对我太迫切了,"夙昔梦佳期",这是我早就梦寐以求的"佳期"啊!这里,既表明对挚友沈尚书的殷切之情,也表现了对他们相会"佳期"的无望。不过,这还是字面上的表述,须知此中更有深意在。问题很清楚,谢朓自陈梦寐以求与沈约相会的"佳期",设想,他在宣城,沈约在京城,要令"佳期"实现,大概不会是沈约屈就而来,势必是他从宣城返回京城而往吧?既是如此,是否已透露出一点消息,他正是借此说明想要再返京城的心思呢?这一推测,可否成立,读一读诗的结尾,将会恍然大悟的。

"坐啸徒可积,为邦岁已朞,弦歌终莫取,抚枕今自嗤。"为宣城郡守已满一年,时日不算很短,可是"坐啸徒可积",积时长久之中,仅仅是闲坐啸咏,无所事事。正因为这样,在宣城为守,就没有做到像子游做武城宰那样,以礼乐为教,故而邑人以弦歌颂之(《论语·阳货》)。念此,不得不"自嗤",自己耻笑自己。这里,对自己的治绩,又为什么这样估定呢?开始已自述,百姓安居乐业,和睦相处,即沈约在《答谢宣城》诗中也称道:"昔贤侔时雨,今守馥兰荪",认为犹如以时雨化民的先贤一样,名声很好。这样,岂不是前后矛盾了吗?文章正在这里。其所以"自嗤",固然有自谦之意,但于自谦之中实际在说:看来我因

"弦歌终莫取",故而晋升回京也就无望了。慨叹没有希望,正说明心中有所盼望。心有灵犀一点通,这一心思,挚友沈约最为清楚。不过,沈约在致答诗中没有直指其想法不切实际,仅以自己的处境与打算侧面加以劝慰。沈约自谓:"王乔飞凫鸟,东方金马门。从官非宦侣,避世不避喧。"以仙人王乔和宫中"隐士"东方朔自比,做官并非与官为伍,也是在喧闹中避世而已。又说:"牵拙谬东汜,浮惰及西昆。"意谓自己由东阳太守回京任五兵尚书,也是谬于"牵拙",空有"浮惰"之名而已。最后的打算是:"将随渤澥去,刷羽泛清源。"要像鸟儿一样,刷羽泛游渤澥湖海,归隐山林。言下之意,我的心思尚且如此,你又何必呢!其言辞固然委婉,然于劝慰之中点明谢朓意欲政治上求得进取,这是十分明白的。谢朓受暴政排斥而不悟,有机会仍希求提携进取,颇类"身在山林之中,心存魏阙之上",将自己与封建统治者死死拴在一起,实在可悲可叹。谢朓一生于委曲俯仰之中寻求政治上的出路,于进退矛盾之中苦闷彷徨,该诗是其典型的写照之一。

谢朓曾对沈约说"好诗圆美流转如弹丸"(《南史·王弘传附王筠传》),要求诗歌形象生动流畅明白,这也是他自己的诗风所在。这种"圆美流转"的特点,若"夏李沈朱实,秋藕折轻丝",善于凝聚形象,锻炼出玉石之句,自不待言。表现在用典上,其通畅易晓,亦显出他当行里手的本色。诗中用典,借助以往的人物事件,表达其近似的思想感情,具有言少而意丰的效用,但如驾驭不力,则易于流入艰涩滞碍的毛病。谢朓恰为前者而非后者。诗一开始,用汲黯事自喻,既巧妙地表现了自己才智的不凡,亦写出了遭弃逐的不幸,笔墨经济而传神。以此笼起全诗,十分有力。其他,若"坐啸徒可积","弦歌终莫取",一则用张璠《汉记》中写南阳太守岑公孝、弘农成瑨但坐啸事;一则用《论语》中记孔子弟子子游为武成宰事。对此,即使读者不谙故事来历,亦不妨其通晓文意,真可谓贴切自然,无斧凿痕迹。就全诗而言,其叙事有序,更迭中款,于波折起伏中达委曲难言之情,无不具有"圆美流转"的特色。

(张登弟)

新亭渚别范零陵云

谢　朓

洞庭张乐地,潇湘帝子游。

云去苍梧野，水还江汉流。
停骖我怅望，辍棹子夷犹。
广平听方籍，茂陵将见求。
心事俱已矣，江上徒离忧。

鉴赏

永明十一年(493)，谢朓因与随王萧子隆过从密切而为人诬告，从荆州被召还京。此时，正值好友范云迁零陵内史。这首送别诗，估计就是这时写的。全诗于感伤离别之中，寄寓了诗人自己的身世之忧与失意之叹，笔意幽婉而感慨尤深。

诗的首二句以倒插法发端。诗人不是从眼前的离别场景落墨，而是由千里之外的零陵起笔，“语似有神助”(方东树《昭昧詹言》卷七)。诗中的“洞庭”“潇湘”，皆泛指古零陵之地。这里，诗人并用了黄帝奏乐于洞庭的传说和帝尧二女凄婉的故事，将古老的零陵涂上了一层神秘而感伤的色彩。

“云去”二句，则暗指双方目前的处境。一如“云去”，将往零陵赴任；一如“水还”，刚刚从荆州回到京都建业。借“云”“水”喻人的行止，有着人生无定、聚散无常、来也匆匆、去也匆匆的意味，它为下联正面写惜别作了渲染烘托。其次，以“云”“水”作喻，似乎还暗示着此次范云的“去”和诗人自己的“还”都并非完全出于本人的意愿。这就为后面抒写自己的失意之忧暗中做了铺垫。

“停骖”二句清题，补出“送别”情景。停骖怅望，刻画出送别者恍然若失的神态；辍棹暂止，更使远行者“夷犹”流连之情得到了充分的展示。诗人就是这样以错综之笔，真切传神地表现了将行未行、黯然销魂之际人的复杂心态。

然而，离别不独使诗人感到无限的惆怅，更触发了他无限的“心事”。“广平”一联，承上双结，并引出下一层意思。上句言范云此去将如晋之郑袤在广平，声名籍甚——这是临别劝勉之词；下句言自己今后将效汉之司马相如谢病家居，以遗文见求于世——这是自我解嘲之语。司马相如是以老病而退居茂陵的，谢朓这时才刚届而立之年。未老而言老思退，未病而言病思隐，当见其胸中的失意、不平与忧惧。

但是，纵然胸中有无限心事，从今而后，更向谁人说？尾联的“俱已矣”三字，明显地流露出诗人无可奈何的落寞孤寂之感；结句“江上徒离忧”，移用《楚辞·山鬼》中“思公子兮徒离忧”语意，更将思友的离别之忧与“思君”的失意之忧打成一片，欲言又止，意味深长。

“既有兴象，兼之故实”(何焯评

点《文选》李善注）是本诗写作上的突出之处。作者恰当地将“故实”与诗中的抒情写景结合在一起，真切而委婉地抒发了依依惜别之情，并含蓄地揭示出内心于身世、前途的忧惧与彷徨，确是一篇既长于用事，又以情韵取胜的佳作。

（关道雄　郭维森）

之宣城出新林浦向板桥

谢　朓

江路西南永，归流东北骛。
天际识归舟，云中辨江树。
旅思倦摇摇，孤游昔已屡。
既欢怀禄情，复协沧洲趣。
嚣尘自兹隔，赏心于此遇。
虽无玄豹姿，终隐南山雾。

鉴赏

这首诗作于齐明帝建武二年（495）春天。谢朓出任宣城太守，从金陵出发，逆大江西行，新林浦是第一站。宣城在金陵西南方向，所以首二句先点明此行水长路远，正与江水流向相背。江舟向西南行驶，水流向东北奔驰。江水尚知入海为归，人却辞别旧乡而去。这就自然令人对江水东流生出无限思慕：那江水在归海的途中，不也经过地处东北的京邑吗？那正是自己告别不久的故乡啊！此处未作一句情语，仅在人马江水相逆而行的比较中自然流露出深长的愁绪。“永”和“骛”不但精确地形容了逆流而上和顺流而下的不同水速，而且微妙地融进了不同的感情色彩：水流已将抵达它的归宿，所以奔流得那么迅速，人却是背乡而去，而且行程刚刚开始，所以更觉得前路漫无尽头。

离思和归流自然将诗人的目光引到了遥远的天际：江面上帆影点点，即将从视野中消逝，但还能认出是归去的船只。再用心辨认，还可以看出，那隐现在天边云雾中的是江畔的树林，而有树之处就是彼岸，就是金陵啊！诗人在这里用清淡的水墨染出了一幅长江行旅图，以“辨”“识”二字精当地烘托出诗人极目回望的专注神情，则抒情主人公对故乡的无限怀恋也就不言自明了。清人王夫之说：“语有全不及情而情自无限者，心目为政，不恃外物故也。‘天际识归舟，云中辨江树’，隐然一含情凝眺之人，呼之欲出。”（《古诗选评》卷九）透彻地道出了这一联名句的妙处。

谢朓出任宣城太守前，南齐在一年（494）之内改了三个年号，换了三个皇帝，其中之一是谢朓为之充任中军记室的新安王，在位仅三个月之久。齐王朝政治斗争的复杂，使谢朓常对自己的处境怀着隐忧。所以当他第二年出牧宣城时，对京邑固然不无留恋，不过也很庆幸自己能离开政治斗争的旋涡。此诗后八句就表现了这种复杂的情绪。“旅思”二句承上启下，巧妙地由前四句眷恋故乡的惆怅心情转换为无可奈何的自我排遣。“摇摇”写人随着江舟的颠簸摇来晃去的感觉，以及倦于行旅、思绪恍惚的状态，是传神之笔。不说此次孤身出仕，只说从前孤游已经不止一次，越是强自宽解，便越见出眼前的孤独。

“既欢怀禄情，复协沧洲趣”，这话虽是指此去宣城既遂了做官的心愿，又合乎隐逸的幽趣，却也精练地概括了诗人一生的思想矛盾。出任外郡使安于荣仕与远隔嚣尘的矛盾得到统一，虽然这种随心所欲的自在生活充其量不过是公务之暇逍遥吟咏的赏心乐事，并非真正的避世远遁，但毕竟可以离开那烦嚣的是非之地，幽栖远害，避祸全身。所以末二句说：“虽无玄豹姿，终隐南山雾。”结尾一典多用，精当巧妙。据《列女传·陶答子妻》载：“答子治陶三年，名誉不兴。家富三倍……居五年，从车百乘归休，宗人击牛而贺之。其妻独抱儿而泣。姑怒曰：‘何其不祥也！’妇曰：‘……妾闻南山有玄豹，雾雨七日而不下食者，何也？欲以泽其毛而成文章也，故藏而远害……今夫子治陶，家富国贫，君不敬，民不戴，败亡之征见矣！愿与少子俱脱。’……处期年，答子之家果以盗诛。”从上下文看，诗人是说自己虽无玄豹的姿质，不能深藏远害，但此去宣城，亦与隐于南山雾雨无异。从典故的含义看，“玄豹姿”又借喻自己身为一郡之守，虽无美政德行，未必能使一郡大治，但也深知爱惜名誉，绝不会做陶答子那样的贪官污吏，弄得家富国贫。所以字面意义是借出仕外郡之机隐遁远祸，典故含义又是指以淡泊心境处理政务，这就借一个典故包罗了“既欢怀禄情，复协沧洲趣”的两重旨趣，更深一层地阐明了自己以仕为隐的处世之道和以隐为仕的治政之法。结尾不但扣住赴宣城为郡守的正题，而且字面形象与首句“江路西南永”照应，令人在掩卷之后，仿佛看到诗人乘舟向着西南漫漫的江路缓缓前去，隐没在云遮雾绕的远山深处……

这首诗情景分咏，又相互映衬。前半首写江行所见之景，又暗含离乡去国之情;后半首直写幽栖远害之想,也是自我宽解之词。胸中重重丘壑,尽以“闲旷之情迢递出之”,因此意境完整,构思含蓄,语言清淡,情味旷逸,堪称小谢山水诗中的上乘之作。

(葛晓音)

京路夜发

谢　朓

扰扰整夜装,肃肃戒徂两。
晓星正寥落,晨光复泱漭。
犹沾余露团,稍见朝霞上。
故乡邈已敻,山川修且广。
文奏方盈前,怀人去心赏。
敕躬每跼蹐,瞻恩惟震荡。
行矣倦路长,无由税归鞅。

鉴赏

《京路夜发》诗,前人于题下注曰:“此诗自丹阳之宣城郡。”(张玉榖《古诗赏析》卷十八)“丹阳”,代指当时齐的京城。这就是说,该诗为谢朓写自己由京城出发赴宣城太守任时的情景。

谢朓于齐建武二年(495)夏出任宣城太守,这之前,他为朝官中书郎。为什么由中书郎突然转为外任?史无明确记载,而诗中亦含糊其辞。不过,结合齐明帝萧鸾抢夺帝权,大杀宗室,以至于波及宗室旧臣的社会背景看,显然是有一定政治原因的。事实上,这年春天,诗人在《直中书省》诗中已发出“信美非吾室”的感慨,并提出“安得凌风翰,聊恣山泉赏”,似有逃避官场的意愿。这次转调外任,应该说是诗人早有预感的反响吧。该诗不敢道明出任的原委,正说明问题之严峻;字里行间所表现出的眷恋与惊惧的情绪,正说明有难以告人的隐忧。

诗的前八句,直写由京城夜里出发之事。“扰扰整夜装,肃肃戒徂两”。“整夜装”,整理夜里出发的行装,但状之以"扰扰",即非有准备有计划地整理,而是在扰攘忙乱中进行的。"戒徂两",准备出发的车辆,而状之以"肃肃",意在十分急促情势下去安排的。堂堂太守,前去赴任,既非烽火告急,出发时却如此忙乱仓促,显然含有非常意外之举。"晓星正寥落,晨光复泱漭",点明离京上路的时间:晓星寥落,晨光未显,黎明将临。既然黎明将临,与天明仅差瞬间,然而却不许等到天明后再出发,其急迫之情自不待言;又,值此星稀夜昏,离家出行,其忧伤之意,自然亦在其中。"犹沾余露团,稍见朝霞上。故乡邈已敻,山川修且广",意谓出发以后,待至草头露珠尚在,东方朝霞稍稍升起,这时他离"故乡"京城却"邈已敻",即已经很遥远了,展现在眼前的乃是一片广阔的山川原野。此为写景,亦属写情。黎明前夕出发,而露团尚在,朝霞稍起,既然离故乡"邈已敻",足见行程之急速;天明后已置身于旷野旅途之中,回望远去的"故乡",心意又将是何等伤情!诗贵于形象写意。这里诗人尽管未发一字议论,然而对这次出任外官的隐忧,尽显于景象之中。

登程之后,一路自然心潮起伏,思绪万千,那么主要都想些什么?"文奏方盈前,怀人去心赏。敕躬每蹋踖,瞻恩惟震荡。"首先想到的,这次到任之后,马上就是一大堆要自己处理的公文簿书。须知文奏簿书,这意味着人事政务;处理人事政务,这里能无棘手的问题吗?由此又"怀人",想到在此之前京中相处的旧僚挚友,如遇问题,总有个商量之处,而现在竟然离开他们,去处新的人际,即需离去自己的心所爱乐,而要投身于新的难于揣测的环境。此又未免为之怅然。然而此去应抱如何态度呢?"敕躬每蹋踖,瞻恩惟震荡",即要时刻谨慎小心,严格要求自己;要不断想到帝"恩",作为自己的警诫。用现在的话讲,就是要以皇帝的教导为警诫,时刻夹着尾巴做人,把工作做好。囿于君臣之纲,对皇帝要忠,为帝业效力,这自然是谢朓这样士大夫们的思想写照;然而,透过这样高唱为皇帝尽忠自述的背面,不难发现,其中同样隐藏着可怕的险恶。问题非常清楚,齐明帝大杀宗室,至以株连到宗室旧臣,而谢朓处在这样政治风云之中,他敢不"瞻恩惟震荡"!再说,这次出任太守又如此之仓皇意外,又怎敢不"敕躬每蹋踖"呢!这种写法,实际上在自我勉励之中,却暴露了当权者的凶恶和无道。诗人思想之愚忠,固然显得颟顸可笑,而诗中之如此写法,却表现了他讽刺的艺术才能。

诗的结尾两句"行矣倦路长,无由税归鞅",意谓:走啊,走啊,漫长的道路,让人为之困倦;然而还得继续走下去,因为没有缘由可以摆脱,从而乘马归去。旅途遥远,令人为之困倦,表面看为行路自然之事,并无深意。问题是这次之"行矣",非自己恣情山水之闲游,而是奉帝命去做宣城太守的。上文不是刚讲过"瞻恩惟震荡"吗,何以忽而又感到困倦起来呢?不惟困倦,竟然还发牢骚,慨叹无个缘由可以归去,又成何体统!同时,从诗歌常用的喻意手法而论,这里的所谓“路”,又何尝不可喻为仕途之“路”?“倦路长”,即倦于仕途之漫长。“无由税归鞅”,又何尝不可喻为无由摆脱冷恶的官场生活呢?这样,从全诗的发展逻辑看,此次出任宣城,实非诗人本意,只能说出于某种复杂的政治原因,乃是一次违心之行。这两句结语,绝不可轻视,它于全诗大有画龙点睛之妙。

《诗品》评谢朓之诗道:“奇章秀句,往往警遒。”若“晓星正寥落,晨光复泱漭”“犹沾余露团,稍见朝霞上”,其色彩鲜明,意象活脱,寓情于景,巧于烘托,以“秀句”概之实不为过。而谋篇布局之“奇章”又奇在何处?我以为,该诗奇就奇在于自然之中见精思,于朴实之中见深意。诗题为“京路夜发”,开首便从“夜发”写起,写准备,写上路,写路上之心情感受,皆循事件的过程自然写来,未作任何穿插曲折。然而在这自然的叙写之中,却有着精心的安排。从“扰扰整夜装”至“山川修且广”,紧扣“夜发”“扰扰”“肃肃”紧迫之状,字字着力,句句显意,于字里行间处处突出此行乃意外之举。设想,如于此中写出宾客相送,佳人挥泪,也并非在情理之外,然而于紧迫意外无益。路途所想,固然不是直写“夜发”,然而却是夜发的必然结果;若非“夜发”急迫意外,何以会“怀人”,又何以会惊惧?真可谓,字字写“夜发”,无不细心熨帖。诗中非但没有意外的情节,也无过分的铺张描写,绘景抒情都是很朴实的。然而,在此朴实之中,却能曲尽人情,于难言之事中写出应言之意。写“夜发”之“扰扰”“肃肃”,于叙事绘景中固然已写出此行之不寻常,但无途中之自我警诫,无最后之“无由税归鞅”之慨叹,其“夜发”所表现出之不寻常真伪难明。有“夜发”后的思想斗争,并有厌恶官场的慨叹,便对其不寻常的态度及批判,已昭然若揭了。

(张登弟)

晚登三山还望京邑

谢　朓

灞涘望长安,河阳视京县。
白日丽飞甍,参差皆可见。
余霞散成绮,澄江静如练。

喧鸟覆春洲,杂英满芳甸。
去矣方滞淫,怀哉罢欢宴。
佳期怅何许,泪下如流霰。
有情知望乡,谁能鬒不变。

鉴赏

此诗是建武二年(495)谢朓任宣城太守时作,主要描写了诗人离开建业后的所见所感,诗题"晚登三山还望京邑",概括了诗的基本内容。前四字点明"登"的时间和地点;后四字确指"望"的方向和对象。诗人围绕"登""望"二字展开艺术构思,却更突出"望"字。既有望中所见的宫室、山川壮丽景色,更有望中生起的去国怀乡的怅惘之情。"三山",在今南京市西南长江南岸,俗名三山矶。"京邑",即指南朝齐京建业。

"灞涘望长安,河阳视京县。"灞水在长安东南。"涘",水边。"河阳",在今河南孟州市。"京县",指晋都洛阳。这是诗的第一部分。诗人熔冶王粲《七哀诗》"南登灞陵岸,回首望长安"、潘岳《河阳县作》"引领望京邑"的诗句,便唱出自己的心声。王粲远适荆楚的飘零身世,潘岳出宰河阳的失意情怀,与谢朓此时的心态如此吻合,全诗主题就隐隐约约地显示出来。他用了"借宾陪起"(方东树)法,借古作宾,倩人陪主,不仅工于发端,还因善于用典而获得"可作使事之法"(何焯)的赞誉。

第二部分六句,艺术地展现出诗人自我感受中的傍晚时自然景物的不同特色。

起初是建业城里巍峨的宫室,引起了诗人的注目:"白日丽飞甍,参差皆可见"。"甍",屋脊。明丽的阳光投射在振翼欲飞的殿脊上,金碧耀眼,高低错落,分明可见。光泽感和清晰度,通过"丽""皆"二字便显示出来。接着是建业城外晚霞和清江使诗人爆发了艺术灵感:"余霞散成绮,澄江静如练。""绮""练",有色和白色的丝织品。斜照依山,天边散布余霞,恰似编织成无数匹锦缎;浪静风恬,长江清澈如镜,宛如铺上巨幅的白绸。诗人从《九歌》"安流""无波"、《蜀都赋》"带二江之双流"的设喻中得到启发,却又有所创新。二句词性匀称配搭,属对又很精工。"余""散""澄""静"四字,恰到好处地表现出晚空中、春江上的秀色佳气,"余"形容落日衔山,"散"象征霞光四射,"澄"状长江明净无尘,"静"貌水面纹丝不动。余霞成绮、澄江如练,对天幕中的美妙镜头和大自然的永恒杰作作了妙喻,轮廓清晰,音节圆转,兼有立体感和音乐性,既见"妙思",亦长"排语"(钟惺),此联遂因此而传诵古今。然后是建业城外的鸟语花香，勾动了诗人的画意诗情："喧鸟覆春洲，杂英满芳甸。""英"，花。"甸"，郊野。诗人抓住了黄昏时"春洲"的特定景色。归鸟投林，喧声覆盖春洲；绿满江南，杂花开遍郊野。"喧""覆""杂""满"四字，不但贴切，也很传神。

谢朓足迹遍布"荆吴""江海"，由于大自然的陶冶，很善于捕捉形象特征。第二部分是他对建业城周围的春之赞歌。他把自然界分散的景物，诸如皎洁的"白日"，绚丽的晚"霞"，澄静的"江"水，春洲的"喧鸟"和芳甸的"杂英"等，构成一个艺术整体，使人仿佛感觉到春之色彩、声音，呼吸着春之气息。远近、大小、动静、高低，和谐完美地统一起来，组织在一幅鲜明图画之中，难怪"澄江"五字深受李白的激赏。

第三部分六句，在第一部分借古譬今的基础上，直接抒写了诗人的内心矛盾。

谢朓二十四岁出仕，三十六岁被诬入狱而死。他生活在南齐这个短命王朝，统治阶级抢夺皇位，斗争一直很激烈。谢朓因被谗奉命从荆州随王府"还都"，不久又因齐明帝登位而下放宣城。由于政治斗争浪花的频频冲击，他常怀危惧之感。这一部分通过多层次的手法表现了这种心情。

"去矣方滞淫，怀哉罢欢宴。""滞淫"，停留不行。亲故送别的欢宴虽成过去，但诗人难以忘怀，故而滞留不行。"佳期怅何许，泪下如流霰。""霰"，雪珠。才出京城，就因归期莫卜，而惆怅至于泪下如雨。"有情知望乡，谁能鬒不变。""鬒"，黑发。既然有情人都知道向往自己的故乡，又有谁能使自己的黑发不变颜色？这部分诗人把他辞京国，怀亲故，盼归期而泪下，望故乡而白头的感情，在诗行中不断形成起伏。他用心弦弹出节奏分明的恨别曲。旋律婉转凄切，曲调连续变换，既有力地感染着读者，也进一步深化了主题。

在艺术结构上，此诗以一、三两部分构成全诗中心，以第二部分反衬，毫不着力就把故乡秀丽景色和望乡的凄切情思有机地结合在一起，此诗去国怀乡的主题便生动、含蓄地得到表现。在语言提炼上，也因各部分感情表现的不同要求而呈现出不同的感情色彩。第二部分明朗舒适，第三部分沉郁凄婉。它们从矛盾的两个侧面，共同完成了突现主题的作用。

谢朓在山水诗的创作上，深受谢灵运的熏陶，但谢朓也在一定程度上接受了陶渊明的洗礼。他同陶诗"皆平淡有思致"，"自组丽中来"，而又"落其华芬"（葛立方《韵语阳秋》），具有"清发"（李白）自然的特点。此诗便可作为这方面的一个范例。

谢朓是"永明体"重要写手之一。在五言诗的创作上，他有意识地在声律对偶上深下功夫，不仅对"永明体"的形成做了贡献，更重要的是，向唐代律诗过渡架起了桥梁。谢朓以他一些名篇为"永明体"奠定了基础，还为唐代诗人提供了样板。"玄晖诗变有唐风"（赵师秀），确是对谢朓诗的历史地位的客观评价。以此诗为例，在形式上,就有和唐代律诗接近之处。如三、四、五联相当讲究对仗,三、四联更见精工。二联已重视平仄协调。这些便可作为谢朓诗“渐有唐风”(唐庚)的证明。

(陶道恕)

直中书省

谢　朓

紫殿肃阴阴,彤庭赫弘敞。
风动万年枝,日华承露掌。
玲珑结绮钱,深沉映朱网。
红药当阶翻,苍苔依砌上。
兹言翔凤池,鸣珮多清响。
信美非吾室,中园思偃仰。
朋情以郁陶,春物方骀荡。
安得凌风翰,聊恣山泉赏。

鉴赏

诗题为“直中书省”,即写自己在中书省当值时的心情感受。南齐隆昌元年(494),谢朓连迁骠骑谘议、中书诏诰、中书郎等官,于第二年夏出任宣城太守。诗题谓当值中书省,诗中又谓“春物方骀荡”,正是写的春天的景况。从此可知,该诗当写于出任宣城前夕。

诗中写:中书省所在的宫禁中,紫殿肃穆,彤庭弘敞。万年枝树当风摇曳,承露仙人掌映照着灿烂阳光。殿堂门窗玲珑剔透,华美的装饰彩色辉映。当阶芍药泛红光,苍苔映衬更觉增色。出入这样华贵无比的凤池之地的人,又都是锦袍华衮、“行则鸣佩玉”的“君子”,按说自己置身于此中,该是多么荣耀啊!然而,美则美矣,“信美非吾室”,诗人自感“凤池”非己所居之地。尤其值此春风骀荡之际,他却向往“安得凌风翰,聊恣山泉赏”。就是说他企望能够寄情山水,像“凌风翰”一样自由飘扬,从而使自己哀思郁陶之情,得以舒畅。

身居中书,而自感不安;理应适意,而心情郁结,如此矛盾的景况将何以解释?难道这是诗人一时偶发的无名闲愁吗?非也!此实为当时险恶的社会现实在诗人思想上的一种折光。

从南齐的历史发展来看,武帝萧赜死后,其孙新安王萧昭文即位前后,正是其政局由所谓"百姓无鸡鸣犬吠之惊"的时期转向即将衰亡的关键时刻。永明十一年(493),皇太孙萧昭业继武帝位,因生长深宫,既无经验,又无能力,还忌妒其叔父萧子良的声望而加以排斥。其叔祖萧鸾早有野心,于隆昌元年(494)七月,废昭业而杀之,另立其弟昭文为帝,至十月又废昭文而自立,称明帝,随之也杀了昭文。明帝萧鸾何止仅仅杀了昭业、昭文兄弟,为了巩固自己阴谋得来的权力,进而大杀高帝、武帝的子孙,如高帝子鄱阳王萧锵、江夏王萧锋、南平王萧锐、宜都王萧铿等;武帝子庐陵王萧子卿、安陵王萧子敬、晋安王萧子懋、随郡王萧子隆、建安王萧子真、西阳王萧子明等,皆为所杀。(参阅《二十二史札记》卷十二"齐明帝杀高武子孙")灭杀诸王所用的手段也非常残酷,"皆以夜遣兵围宅,或斧关排墙,叫噪而入,家财皆见封籍焉"。而且,这种为了王位之争而大加杀戮的残酷斗争,并非局限于宗室贵族范围之内,一些被视为与高、武诸子孙王有关系的老臣宿将,像王敬则等也被牵连进去。王敬则开始还是萧鸾政变的支持者,而在肆杀成性的萧鸾看来,为了政治暂时需要可以有所利用,但终归不可信赖,其后逼迫王敬则起兵反抗就是证明。虽然,有些事件是发生于写该诗之后,然而,"风生于地,起于青萍之末",具有诗人特殊嗅觉的谢朓,岂能不预察到"蹶石伐木,梢杀林莽"的端倪呢!事实上,诗人曾任新安王萧昭文的记室,又曾与"好辞赋"的随郡王萧子隆相唱和,而且"尤被赏爱,流连晤对,不舍日夕",关系至为亲密。像这些人的惨遭杀害,诗人能不为之寒心?难道眼看别人因之而受株连,而自己能不为之疑虑?所以,谢朓这时身居中书,心情感到"郁陶",从而想寄情山水,得到解脱,这是完全符合他的心境的。诗人这种"信美非吾室"的感受,正是险恶现实在他内心所投射的阴影;他的向往恣情山水,正是他缺乏直面人生的胆气,意欲借此保命的哀鸣。

该诗感人之处,不只在思想上反映了当时现实的险恶,而在艺术上也独具特色。谢朓诗歌语言的形象清新而富有描写力,这是人所共知的。如"玲珑结绮钱,深沉映朱网""红药当阶翻,苍苔依砌上",其意象词语对仗工稳、鲜明,其画面色彩绚丽而活脱,都见出诗人的深厚功力,并给人留下深刻印象。而这首诗所表现的艺术特点,最突出的还表现在诗情的骨架结构上。对此,前人张玉穀曾作了这样的分析:"前十(句),起即点清省中;随细写省中之景。而以'兹言'一联,就省中之人,人皆艳羡顿住,反喝下文。后六(句),接落己身,‘信美’句,忽将上文一齐撇落,转出归思。怀人玩物,恣赏山泉,皆思归之故也。前路啧啧铺陈,不图后路烟云尽扫,笔极不测。”(《古诗赏析》卷十八)意思是说,前十句起首点题,随之细写中书省中之景。以“兹言”两句,收上启下。后六句,接写自身,以“信美非吾室”为转折,最后写出思归之意。这里指出诗意的发展层次,各层次的中心用意,以及前后如何衔接过渡等,均十分中肯。注意,张氏特别强调:“前路啧啧铺陈,不图后路烟云尽扫,笔极不测。”此三句评语,正是十分精辟地道出了该诗结构手法上的特质。所谓“前路啧啧铺陈”,正是指诗的前十句大肆渲染省中之景,无论其宫殿的宏伟、华贵,亦无论其景物的奇美不凡,初读令人均感作者在啧啧赞赏,然而,“信美”句突地来个大转折,“忽将上文一齐撇落”,真是“不图后路烟云尽扫”,其变换令人莫测。这种大起大落大转换,恰是诗人那种难以忍耐的“郁陶”之气,在胸中激荡不平的艺术外现。诗人运用这种前后转换、抑扬对比、喜忧映衬的表现方法,在完成全诗的主题任务上起到了绝妙的积极作用。诗人这样把思想内容与艺术表现形式高度地熔铸在一起,给人一种强烈的美的享受。有些人认为谢朓诗有一种常见的缺点,即先描写而后议论,出现一种割裂感;而该诗乍看似乎也有类似现象,其实若真的将该诗这样看待,那就失之皮相的理解了。

(张登弟)

高斋视事

谢　朓

余雪映青山,寒雾开白日。
暧暧江村见,离离海树出。
披衣就清盥,凭轩方秉笔。
列俎归单味,连驾止容膝。
空为大国忧,纷诡谅非一。
安得扫蓬径,锁吾愁与疾。

鉴赏

谢朓诗工于发端，这是自钟嵘《诗品》提出后又为历代论者所公认的；而这首《高斋视事》诗即是一个很好的例子。诗一落笔，就用淡淡的色彩，描绘出一幅迷人的晨景：残存的白雪映着青色的山峦，旭日在寒雾中慢慢呈露。诗对仗工稳，妙于出景，开卷便觉有一股山村之晨的清新气息迎面扑来，沁人心肺。接着“暧暧江村见，离离海树出”二句，将诗人由远而近，由旷入细的视觉款款写出，有历历如绘之妙。其中前句系点化陶渊明的名句“暧暧远人村”（《归园田居》其一）而来，不觉有牵扯凑合之痕。二句中一个“见”和一个“出”字，生动地再现了晨雾将散未散时，江村海树时隐时现的情景，同时又巧妙地回应了前面第二句中的“开”字，从而使整个景色浑然一体，于宁静中透出温馨。只要细细品味，又可感到诗人在写景时，所选取的视角较高，因此这几句诗又有意无意地暗示了题中的“高斋”二字。

诗的“披衣就清盥，凭轩方秉笔”二句承上启下。前句言临晨即起，从时间上对一至四句作了补充说明；后句则就势折入“视事”，为下文张目。“列俎”二句紧接而下，写出诗人因公务在身，为国忧虑，故难以充分享受饮食车乘之乐的实情。这两句诗对《韩诗外传》所谓“今如结驷连骑，所安不过容膝；食方丈于前，所甘不过一肉”作了简要的概括，它既可以看作是诗人耽于“视事”，不能像一般为官者那样享受山珍海味、高马华车的自我写照，同时也能理解为这是诗人对世人所艳羡的“列俎”和“连驾”所持的一种超脱的态度。在诗人看来，一人难以遍享人间的荣华富贵，对于心境淡泊的人来说，“单味”和“容膝”已足以安身立命，不必为追求过分的享乐而奔波操劳。因此他面对当时“纷诡谅非一”的动乱局面，产生了“空为大国忧”的力不从心的思想。在这种官禄不足恋、国事难治理的情况下，诗人自然而然地想到了归隐，因为只有这样，才能割断由此而来的种种忧愁和苦闷。“安得扫蓬径，锁吾愁与疾”，正是诗人这种内心向往的表白。诗人在作品的结尾明确表达了归隐的愿望，既是他思想上苦于“视事”，又不贪恋享受的必然归宿，同时在艺术上又产生了意想不到的效果。它使人联想到诗的三、四两句对“江村”和“海树”的描写，那个隐现在晨雾中的优美地方，不正是诗人久羁官场后所要寻求的理想场所吗？诗中这种前因后果的暗中勾连，情与景的巧妙融会，使作品具有耐咀嚼、堪回味的魅力。反复吟诵、仔细品味之余，不能不令人相信清人沈德潜评其诗时所谓的“觉笔墨之中，笔墨之外，别有一段深情妙理”（《古诗源》卷十二），绝非虚言了。

（曹明纲）

落日怅望

谢 朓

昧旦多纷喧，日晏未遑舍。
落日余清阴，高枕东窗下。
寒槐渐如束，秋菊行当把。
借问此何时，凉风怀朔马。
已伤暮归客，复思离居者。
情嗜幸非多，案牍偏为寡。
既乏琅玡政，方憩洛阳社。

鉴赏

整天忙于事务的人，心力集中，是不会想别的。一天工作结束，心里积淀的念头，就会悄悄钻出来，干扰疲惫的身躯。不过它不像整天无事、苦思冥想者那样焦心，是淡淡的、薄薄的，是“不思量，自难忘”式的。

这首诗就是这种情趣的反映。从末尾“既乏琅玡政”看，诗人在做地方行政长官。“昧旦”，天将亮时。“日晏”，黄昏。这两句是互文，是说从清晨至黄昏，世事纷杂，繁喧不已；一天将要结束，还没有空暇停息。这是认真做地方工作的心情的自然流露。写法上虽是一般交代，但为下文集中抒写“落日”片刻的心绪，却做了必要而精简的铺垫，腾出了好多笔墨。

“落日”照应题目，以下都是“落日”后的所望所想。“清阴”，指日落后之淡淡暮霭。“余”字见出对此片刻的喜爱和珍惜和对官场劳碌淡淡的感喟。“清阴”的“清”字也散发出作者此时闲静松弛的心情。“高枕”的“高”和“清阴”的“清”各具趣致，分属两句而前后连接紧密。轻松、惬意、自在、自乐的人格，以及自我性灵的恢复和苏醒意味浮动在悠然笔墨中。“寒槐渐如束”，方写到望。“渐”写槐叶还未落尽，合下句将把秋菊观之，当是九月在望。盛夏，树叶浓密，一片葱郁。入秋，叶凋枝显，故有“如束”之感。“束”字切合秋之敛收的特性，用笔挺劲，远韵生神。这句把张协《杂诗》其四的“密叶日夜疏，丛林森如束”化为一句。前冠一“寒”，有“天高万物肃”的况味，但清爽之意，似更透发。次句之“秋菊行当把”却把前句冷落之味化得更为冲淡。前句略显灰色冷调，次句而出暖色热调，冷暖经过轻松的心致陶冶，交融出酥软的心境。这句是由“望”所见，但更多的是从“望”所想。诗人可以“寂然凝虑，思接千载”，所以来得快，“思发而花前”。情思协畅，和前之“清阴”“高枕”一脉相穿。所以“渐如束”置于其中，反生清凉之惬意。此二句写景如画，风神清逸，是谢诗长处。谢朓喜欢刻画清爽景物，清静氛围，常用“清”字，如“鸣佩多清响”(《直中书省》)，“清镜悲晓发”(《冬绪羁怀》)，“遥树匝清阴，连山周远净”(《赋贫民田》)，“海暮腾清气”(《移病还园示亲属》)。同样，这“落日”四句心情宽舒、松展，清凉宜人。“余清阴”和“多纷喧”，“高枕”和“未遑舍”，前后照应，黄昏清闲的片刻和整日案牍劳形成对照，更显出此时的可爱和难得。

景致虽佳，可是“信美非吾室，中园思偃仰”，所以“借问”四句笔锋掉转，心绪渐变，由对黄昏景色的观赏、轻松的歆享，使处于休息状态的情思而掀起不平静的涟漪。先用“借问”，把已撩拨的心绪喝起。上文已清楚明言“寒槐如束”“秋菊当把”，而此犹言“此何时”，看似明知故问，而实另有用意，极言是真情真感真问。结束一天的繁务，首先感到的是轻闲自在的难得，当官场上的“我”从负重中解脱，由办公室而至寝室，原自的“本我”情感欲望就悄悄涌上平息安闲的心头。“此何时”就是这种性灵的归复。“凉风”和“寒槐”看似同一类物候，其意绪则有明显的分疆划界。前者是清爽美感的领略，是空间物息对身心的慰帖安抚。后者则是秋凉所触发的怅思，是时间的流速引起的感知。谢朓是北方陈郡阳夏人，自然产生朔马怀北，仰思凉风之慨，兴起故乡怀恋之思。上句用张协《杂诗》“借问此何时，蝴蝶飞南园”成句，下句从《古诗十九首》“胡马依北风，越鸟巢南枝”化出。“已伤”二句再把怀乡之思浓抹二笔。“暮归客”，犹言迟归客。此由所望道路上汲汲行旅之人而生怀乡之感。此句承上“凉风怀朔马”句，“已伤”把上句“怀”申足剔透。“复思”又加重“已伤”怅怀情思。“离居者”，可能是指旧日故友。两句绾合双方，都从自己落笔。这四句缴清题目之“怅”字，“怀”“伤”“思”接连而下，显其怅然之繁多。

居南思北，在南北分裂的当时，对南朝士人来说是普遍情怀。但到谢朓时期，分裂久了，情绪就淡泊多了。这首末四句就很典型。“情嗜”指上四句归怀、思友，“非多”倒是一句真话，这是建安以来人的心胸坦露处。“幸”有自我抚慰之意。下句说正好碰上公务不那么缠身,公私皆无干扰,难得一时闲暇。身在魏阙,心恋山林,这种情绪本来就是南朝士大夫的流行病,不过对于谢朓来说,自有官场难于安身、无可奈何的忧思。他在《蒲生行》借物咏怀:“蒲生广湖边,托身洪波侧”,“根叶从风浪,常恐不永植”。这种朝不虑夕的忧惧感,他一再流露:“常恐鹰隼击,时菊委严霜。”(《暂使下都夜发新林至京邑赠西府同僚》)末二句虽然说自己不愿有所作为而治政不严,但事吟咏,以“聘我径寸翰,流藻垂华芳”的诗人自居,实际诗人自有自己的抱负:“曾是共治情,敢忘恤贫病。”(《赋贫民田》)但宦海风波难测,看似外表平静而内多故变的政局,使他不能不产生“防口犹宽政,餐荼更如荠”(《始出尚书省》)聊且忍耐退让的心思。“琅玡政”,指后汉张宗为琅玡相,其政严猛,敢于杀伐,事见《后汉书》本传。“洛阳社”,指诗社,《晋书·董京传》有“初与陇西计吏俱至洛阳,被发而行,逍遥吟咏,常宿白社中”。时局不允、自己也不愿去做张宗那样是非分明的人物,无风无波的诗社倒是个自在的场所。

谢朓诗把对清丽的自然景致的刻画、清静生活的追求、朋友的思念、故乡的怀恋、身世的忧惧,相互渗透,体现于篇什之中。这首即此,诗题为“怅望”,可只有“寒槐”一句写“望”,其余均是感触,一则和内容安排有关,另外也是南朝诗制题不严的通病。从诗史发展层次看,这个缺陷也是其间必然经历的过程。

(魏耕原)

秋夜

谢朓

秋夜促织鸣,南邻捣衣急。
思君隔九重,夜夜空伫立。
北窗轻幔垂,西户月光入。
何知白露下,坐视阶前湿。
谁能长分居,秋尽冬复及。

鉴赏

这首怀人之作，从较明显点题的第三句“思君”很难看出所思对方的性属，所以清人张玉穀说：“此诗亦可作思家解，然作拟闺怨解为妥。”（《古诗赏析》）

游子客居于外也好，思妇深居于家也好，对于物候的变化都异常敏感。首句便从时令落笔。秋天萧瑟，令人伤悲，且一年临近将终，犹如黄昏为一日将尽一样，“如之何勿思”远方之人。“促织”（蟋蟀）是秋天的使者，所谓“七月在野，八月在户，九月在手，十月蟋蟀入我床下”，秋夜鸣声可听，以及下句“捣衣”，第七句“白露”，及末句“秋尽”，此即深秋在即。次句转写人事，“捣衣”为秋日准备冬衣事。从“南邻”看，似非客居，应作闺怨为宜。深秋捣衣，本非缓事，缀一“急”字，结合首句“促织”本名，传出促归之意，而逼出第三句的“思君”，后紧接“隔九重”，这是写空间与“君”相隔之远。此即《古诗十九首》“相去万余里，各在天一涯。道路阻且长，会面安可知”之意。下句则从时间写别久，自然流出“夜夜空伫立”意。“伫立”见思之久，情之切。首二句的虫鸣、杵声，自是“伫立”时所听。“伫立”而曰“空”，自含“思君”而又“隔九重”之无可奈何之意。此句一片神思，回应含裹前三句。不过还有透过一层的笔力：“夜夜”伫立，多叠一字，又生发出此前多少不眠之夜，思念之意，皆寄寓“夜夜”之中。虽着一字，却顿生远神逸韵。以上四句写清人、事、情、时、景。“伫立”句是全诗的关捩，有“立片言而据要”的作用。以下则全从此句“空”字生发出一段荡漾情思。

“北窗”二句，极写夜静，连秋风这时也歇息了。你看那轻柔的幔帏也静静地“垂”在那里，纹丝不动。只有皎皎月光从窗户悄悄照射进来，抚慰着诗人无言的苦闷。这宁静的夜氛烘托出思妇不平静的心绪，由先前的庭院伫立（由第七、八句可知）无奈而止室内，这真是出无所之、入无所止的寻寻觅觅、冷冷清清的心理反照，此其一；其二，从下二句看，回至室内，那是因为“白露下”“阶前湿”时久夜深的缘故，所以作者用“西户”一词醒透。那当是冰轮西沉，银光斜照。院里有促织、捣衣之秋声烦扰，室内安静，却只有轻幔、月光相伴，独处孤况更是别一番滋味。望着西窗透进之月光，辗转反侧，双眼炯炯，可能她心中也塞着“转朱阁，低绮户，照无眠。不应有恨，何事长向别时圆”的痴念。这二句比起上四句，显得声息俱无，实则为下面的情思的迸发，在“蓄精养锐”。

以上六句可以说都是写思念、怀想。以下则是怅问、怨望。“何知”“谁能”分明哀怨怅恨之语气。“白露下”“阶前湿”是说秋夜漫漫，以至夜深。“露湿”而曰阶前，言物而不及人，可知“阶前湿”，阶上必湿，阶上湿,阶上之人必湿。“玉阶生白露”,必然“夜久侵罗袜”,以至“清辉玉臂寒,香雾云鬓湿”了。尽管夜深露寒,可是她仍“坐”而不动,大概想她的心事,但却不用“思”“想”等字,而是“视”,视什么?是慢慢湿了的阶前吧,或许有之,但不尽如是;是视秋月,秋月虽好,但见月伤别,故有“不忍见秋月”的心理(崔国辅《古意》);或许也可能“仰看星月观云间”,看到:“牵牛织女两相望”,但这些都太令人感伤了。我看“坐视”,是什么都看,什么都没看,是呆坐、呆想。好在夜静无扰,白日之纷喧俱息,自个儿咀嚼心里的思绪。这两句用“何知”领起,是说“坐视”不是“现在进行时态”,而是“明月皎皎照我床”“耿耿伏枕不能眠”时所想,即今夜先前“过去完成时态”。“何知”二句好像是自言自语,哪里知道,夜深露浓,阶前屋湿。言己思之专一,于时久,于夜露,则没有任何觉察。如果把这两句看作给所思之“君”说,则其情深之至更为显现。这里埋怨久游不归的丈夫,是说我“思君”,君哪知思我——夜夜伫立、坐视,日日盼君,极言自己眷恋的一片深情厚谊。这是《诗经·邶风·终风》所说的“寤言不寐,顾言则嚏”“寤言不寐,顾言则怀”的情思,与柳永《八声甘州》“争知我,倚栏杆处,正恁凝愁”之意也为相近。这是由久思积念而生怨望,用描述性的赋物之笔而表疑问,一笔绾合双方,以己思之深对比衬出游子不归之时长;又由对方“不知”反映出己思之切至。“坐视”和“空伫立”前后相映。“何知”二句语气急促,情感怨望。末二句则说明如此责怪、埋怨对方的原因是“谁能长分居,秋尽冬复及”,这是思妇心思的明白流泻。全诗由前种种徘徊低映,至此以沉快语收束,看似爽直至极,把心中眷眷纤缠的悱恻,由吞吐性的“思君”字眼,变成豁朗醒目的“长分居”,点足点透,在直语中见思之急,情之切。且“为题中‘秋’字,透后作映”(张玉毅《古诗赏析》)。这和《古诗十九首》中“同心而离居,忧伤以终老”的温厚情思相比,更显外露发透,这正是南朝人意识观念的不同之处。

(魏耕原)

和伏武昌登孙权故城①

谢　朓

炎灵遗剑玺,当涂骇龙战②。
圣期缺中壤③,霸功兴寓县。

鹊起登吴台，凤翔陵楚甸[④]。
衿带穷岩险[⑤]，帷帟尽谋选。
北拒溺骖镳[⑥]，西龛收组练[⑦]。
江海既无波，俯仰流英盼[⑧]。
裘冕类禋郊，卜揆崇离殿[⑨]。
钓台临讲阅[⑩]，樊山开广宴。
文物共葳蕤，声明且葱蒨。
三光厌分景[⑪]，书轨欲同荐。
参差世祀忽，寂寞市朝变。
舞馆识余基，歌梁想遗啭。
故林衰木平，荒池秋草遍。
雄图怅若兹，茂宰深遐眷[⑫]。
幽客滞江皋，从赏乖缨弁[⑬]。
清卮阻献酬，良书限闻见。
幸藉芳音多，承风采余绚。
于役倘有期，鄂渚同游衍。

注释

①伏武昌：伏曼容，齐人。南朝梁徐勉《伏曼容墓志序》："曼容为大司马咨议参军，出为武昌太守。"孙权故城：指三国吴孙权故都武昌。

②炎灵：指汉代的威灵。遗剑玺：谓丧失天下。当涂：当道，当权者，旧注谓指魏。龙战：出自《周易·坤》中"龙战于野，其血玄黄"，比喻汉末各派政治、军事力量为争夺天下进行了殊死战斗。

③圣期：出王者的时代。中壤：中原，中国。

④凤翔：比喻吴国不断昌盛。以上二句李善《文选》注："孙氏初基武昌，后都建邺，故云吴山、楚甸也。"

⑤衿带：指地处险要的咽喉之地。

⑥北拒：指抗御曹魏。溺骖镳：淹战马。

⑦西龛（kān）：指战败刘蜀。龛：通"戡"，平定。组练："组甲被练"的简称。

⑧二句谓吴政象既平，孙氏则有留意于文物制度的余暇。

⑨裘冕：古代帝王祀天或祀祖先时的穿戴。禋郊：在郊外祭天地。禋：《国

语·周语上》:“精意以享。”卜揆:占卜推测。离殿:古代帝王除正殿之外的宫室。

⑩钓台:武昌郡治城北背长江,江上有钓台。史载孙权曾临钓台饮酒大欢。讲:讲武。阅:检查车马。

⑪三光:日、月、星,比喻魏、蜀、吴三国。分景:分光。

⑫茂宰:对伏曼容太守的尊称。深遐:深远。眷:眷念。

⑬乖:分离。缨弁:冠戴,此指伏武昌。

鉴赏

我国有不少名胜古迹,让历代诗人流连吟哦,留下了许多脍炙人口的名篇。谢朓此诗虽非倾动古今的杰构,却也不失为一篇于平叙中见葳蕤葱蒨的上乘之作。

诗题为“和伏武昌登孙权故城”,却既不从记叙喜得伏武昌来入手,也不由“孙权故城”开篇,而是以描述汉末社会动乱、群雄纷争的天下大势发端。这种选择,避免了一般应和酬答之作常见的俗套,增加了作品的变化和气势。三国之一的东吴孙权在当时初基武昌,故诗从第三句“圣期缺中壤”起,即折入对孙氏武功文治英雄业绩的追怀。这段追怀共十六句,分述孙权的发迹、立国、崇礼和尚文,四句一事,层层递进。其写发迹,以“鹊起吴台”“凤翔楚甸”慨言孙氏乘中原群雄逐鹿之机,先基武昌,后都建邺的史实;写立国,则称其据要守险,毕集群英,北拒曹魏,西败刘蜀;写崇礼,又谓其政象既平,遂留意礼义,郊禋筑室皆傍古制;写尚文,则盛叹其亲临讲阅,时开华宴,文物葳蕤,声名远播。诗人的叙述十分简要,但把孙权当年雄踞一方的业绩和武昌城的鼎盛渲染得非常突出,给人留下了深刻的印象。

作为转折,诗人接下去巧妙地以日、月、星三光分景来比喻魏、蜀、吴的三分天下,并以一“厌”字和“书轨欲同荐”来暗示三国到了后期,统一已成必然趋势,实际上也以此道出了武昌故城由盛而衰的历史原因。因此诗从“参差世祀忽”一句急转直下,昔日俊杰汇集、殿台崇峻之地,如今已变得沉寂萧瑟,面目全非。只有几处断墙残垣,还能使人依稀辨认出当年的舞馆歌楼,原来的林木已被夷平,秋草长满了荒弃的池苑。诗人对武昌城先盛后衰的这种描写,很自然地使人联想到南朝宋诗人鲍照的传世名篇《芜城赋》。二者在表现古城盛衰兴败方面十分相似,它们都用了今昔对比的手法,再现了历史变故给武昌和广陵带来的创伤。尽管相比之下,诗在刻画形象、制造氛围等方面较赋逊色,但它也有自己的独特之处,这就是它没有单纯地描绘古城的盛衰,而是紧紧结合对孙权英雄业绩的缅怀和感叹来表现这一主题的,因此诗的取意和合二者而出之的表现方法,又是赋所不具备的。

作品至此，写的都是“登孙权故城”的所见所感，只是到了“雄图”二句，才从容地说出武昌太守伏曼容。诗人在此一方面以“雄图怅若兹”来总结上文，一方面又以“茂宰深遐眷”一句引出伏武昌，从而一语兜转了前面对武昌故城沧海桑田的描写，并使其成了“茂宰”和诗人的共同感慨，以此显出诗人和作之意。这真是不可多得的赠答妙笔，一语多用，自然贴切，毫不费力。诗的末八句，诗人在对自己未能从赏共饮深表遗憾的同时，以“芳音”点出并称赞了伏曼容的来诗，以“承风”谦言自己的和诗学步其踵，最后又十分得体地表示了自己来日拟与其同游武昌的愿望，情意深厚悠长。

清人陈祚明《采菽堂古诗选》谓小谢诗即平调单词，“亦必秀琢，按章使字，法密旨工。后人哦传警句，未究全文；知其造语之悠扬，不知其谋篇之深造也”。以此诗观之，这个评价是很中肯的。从全诗来看，其造语使字确有可称之处，如“鹊起登吴台，凤翔陵楚甸”“文物共葳蕤，声明且葱蒨”“清卮阻献酬，良书限闻见”等，都属对精当，声韵悠扬。但其主要好处，则在于谋篇。无论开端、承接、兜转和结响，都自有特色，非大家高手，不能如此精熟流转。又全诗叙事平直，却层见叠出，熔叙述、描写、感慨、称扬、期望于一炉，合登临怀古和应酬赠答于一体，毫无拼凑绾合之迹。故前人称之为“平叙之作，而葳蕤葱蒨，俯仰英眄”（方东树《昭昧詹言》卷七）。

（曹明纲）

新治北窗和何从事

谢　朓

国小暇日多，民淳纷务屏。
辟牖期清旷[1]，开帘候风景。
泱泱日照溪，团团云去岭。
岧峣兰橑峻[2]，骈阗石路整[3]。
池北树如浮，竹外山犹影。
自来弥弦望[4]，及君临箕颍。
清文蔚且咏，微言超已领。
不见城壕侧，思君朝夕顷。
回舟方在辰，何以慰延颈[5]。

注释

①辟牖(yǒu):开窗。清旷:清新开阔。
②岧峣:高峻貌。兰橑:"以木为椽也。"橑:屋椽。
③骈阗:聚集、盛多貌。
④弥:远,疏阔。弦望:刘熙《释名》:"弦,月半之名也。其形一旁曲,一旁直,若张弓施弦也。望,月满之名也,月大十六日。月小十五日。"
⑤延颈:伸长头颈以示想念殷切。《淮南子·主术训》:"延颈举踵而望。"

鉴赏

前人称谢朓诗情韵清逸,篇篇可诵,这首《新治北窗和何从事》诗虽然不是其中的代表作,但它写景真切,抒怀清警,细细读后,仍可令人留恋徘徊,回味再三。

开头四句,诗人以悠闲的笔墨,写了所辖境内民风淳朴、纷务告退,自己得以利用暇日来"辟牖""开帘",欣赏治所四周的风景。这是以开门见山的方法,入手便直接点出题中"新治北窗"四字;而后二句中的"期清旷""候风景"几字,则为下文的具体描写开了头。接着诗从"泱泱日照溪"开始,精彩地描绘了通过北窗映入诗人眼帘的宜人景色。这段景物描写共六句,写得很有特色。首先是多层次。诗人先从远处、大处落笔,"日照溪""云去岭",景象旷远阔大;然后由远而近,"兰橑峻""石路整",景物渐见细小;最后"池北树如浮,竹外山犹影"二句所见不仅细近,而且又由明显的实境步入隐约的虚景。其次是对偶工稳贴切,风格清朗,尤其是诗人选字择词很具表现力。如以"泱泱"状日照,其广大普遍足以沐浴一切;以"团团"拟行云,其空阔悠远令人心旷神怡;又如他用"岧峣"形容房屋的高峻参差,以"骈阗"刻画石路的纵横交错,用"如浮"描写水气中树木的飘动,用"犹影"摹绘竹林外山峦的隐约,都历历如绘,读后有遇诸目前之感。另外,也是最重要的,是这段景物描写语"全不及情而情自无限"(王夫之《古诗评选》卷五)。那泱泱日照、团团去云、高屋石路、池北树姿、竹外山影,无一不显露出诗人在欣赏、观望时的喜悦和悠闲之情。这就是所谓的情以景见,景借情出。

如果诗的前十句是围绕"新治北窗"而写,那么后八句则是为"和何从事"而写的。清人方东树《昭昧詹言》评此诗云:"'自来'四句,言何来赠诗。'不见'四句,似是何即别去。"然而细品诗味,觉"及君临箕颍"恐不能解作"何来赠诗"的依据。"箕颍",指箕山、颍水,地在中岳嵩山,相传为古代高士许由的隐居之地。因此此句合上句,其实是说诗人自何从事归隐后,便与其两地相隔，想念多时。如果不然，“箕颍”系实指而非代指，再结合方氏“何来”之说，则变成诗人也在“箕颍”一带做官了，而这在历史上是无法证实的。所以不如把“何来赠诗”改为诗人在新治北窗后恰巧收到想念已久的何从事的赠诗，似于诗意更为贴近。这八句写与何从事分别多日，偶获赠诗，欣阅之余，更增想念企盼之意。其语句浅近，却不失精警；含意明显，却深挚感人，难怪方氏要把它与“建安七子”之一的刘桢的诗风相比了。

（曹明纲）

奉和随王殿下（其十四）

谢　朓

分悲玉瑟断，别绪金樽倾。
风入芳帷散，缸华兰殿明。
想折中园草，共知千里情。
行云故乡色，赠此一离声。

鉴赏

这是一首赠别诗，齐武帝永明九年（491）至十年（492）间作于荆州随王府。头四句实写饯别时情景。“分悲”“别绪”互文见义，分别冠于一、二句之首，一开始就点明了诗旨。“玉瑟断”“金樽倾”进一步用形象、行动来暗示、说明分别时内心感情的激动。鼓瑟、饮酒，乃寻常酒宴上所常见，但因这是饯别，内心悲愁不由自主地要发泄、要排遣，故不免忘情失态，以致鼓瑟弦断、杯至酒干。“风入”二句，补写饯别的时间、地点、环境和气氛。轻柔的帐幕在夜风轻拂下飘散，大殿中灯火通明，显得环境优雅，气象华美，而这适足成为离愁别绪的一种反衬。“缸华”即“灯华”，“华”是光辉，这里用作动词，谓放出光辉。两句连用四个动词，“入”“散”着眼于动态，“华”“明”着眼于明暗，既映衬鲜明，又为画面平添出一种强烈的动感。

后四句转入对赠别之意的抒写。“想”是准备、打算，是诗人在酒宴上所产生的心理活动。“中园草”，即园中草。谢朓《直中书省》：“信美非吾室,中园思偃仰。”意谓中书省虽确实美好,但并不适合自己居住,自己还是想到园林中去栖止歇息。以此相推,“中园草”乃喻诗人之所至爱,诗人欲以此相赠友人,以便日后天各一方之时,睹物见人,唤起彼此间共有的千里思念之情。“故乡”指建康,谢朓在诗中常称建康为自己的乡邑。荆州与建康云天相接,故看见天上的行云便好似看到了自己的故乡。这句想象送别时情景,暗示友人是回建康,故在别离之情外,又带出一层思乡之情。从“中园草”到“千里情”“故乡色”,荆州与建康连成一线,草色与云彩融为一体,诗人之情仿佛横贯吴楚,充斥天地,极大地开拓了思维空间,深化了意境和主题。最后将遐想拉回现实,以“赠此一离声”为全诗作结。“离声”,离别之声,指这首赠诗。结句戛然而止,与篇首照应,关合严密,轩截有力。

诗篇表现别离之情、思乡之意,颇为深挚感人。除“分悲”“别绪”直说外,其余俱以婉曲多变的手法展示,从平易清畅的语言中流露,显得简淡而有深致,令人回味不尽。

(张亚新)

奉和随王殿下(其十五)

谢　朓

年华豫已涤,夜艾赏方融。
新萍时合水,弱草未胜风。
闺幽瑟易响,台迥月难中。
春物广余照,兰萱佩未穷。

鉴赏

本篇约作于齐武帝永明十年(492)季春。据《南齐书·谢朓传》,随王萧子隆“在荆州,好辞赋,数集僚友。朓以文才,尤被赏爱,流连晤对,不舍日夕”,本篇即反映了这一生活。

头两句写通宵欢聚。“年华”,谓时光。“豫”,欢乐。“涤”,去,谓时光流逝。在和悦欢乐中,时光不知不觉地流逝,夜已尽犹赏接不已,气氛融融。一个“赏”字包含了丰富的内容,既点明了随王对诗人的“赏爱”,也含蓄地指出了聚会时吟诗作赋、谈古说今、鉴赏作品、欣赏音乐这一类活动。两句不过直陈其事,但聚会时的欢快气氛、愉悦心情已委曲传出。三、四句宕开一笔,转而写景,将场景拉向室外、原野,既点明了时令,又进一步表现了惬意之感。诗人以其特有的敏锐,很精细地感知、捕捉、摹写了初春时节细微轻倩的物态,明晰工致,清新流丽,读之令人心驰神往。五、六两句,又将场景拉向近前,引向空中。室内幽静,弦管之声显得特别响亮;台殿高耸,月亮很难爬上中天。这里包含着艺术的辩证法:"闺幽"因而"瑟响","台迥"因而"月难中";反过来,"瑟响"更显得"闺幽","月难中"更显得"台迥"。以静衬动,倍增其动;以动衬静,也倍增其静。同是写静,两句手法略有不同,前句是以动衬静,后句是以暗衬静,可谓各臻其妙。两句将室内的"赏方融"放在静寂的背景中来表现,从而创造出一种动静相济的艺术氛围,耐人寻味。末两句又将场景拉向广阔的原野,但语义双关,写景而兼有抒情、议论。表面是说春日融融,春物葱茏,有无穷尽的兰草、萱草可作佩饰,写出礼赞春天之意,照应三、四句;实际是说随王恩泽无边,享受不尽,写出礼赞随王之意,照应一、二句。既使抽象的情、理变得富于形象,又使通篇情景浑融,首尾圆合,给读者留下了无限想象体味的余地。

诗人是"永明声律"的推波助澜者,他将声律论运用于本篇创作,使得偶对适切,平仄谐畅,韵调圆润,成为一首介于古、近体之间的"新体诗"。加之笔致轻俊,形象清丽,意境空灵,读来有绘色绘声之妙。方东树《昭昧詹言》云:"玄晖诗如花之初放,月之初显,骀荡之情,圆满之辉,令人魂醉。只是思深,语意含蓄,不肯说煞说尽,至其音响亦然。"诚为不虚之论。

(张亚新)

离　　夜

谢　朓

玉绳隐高树,斜汉耿层台。
离堂华烛尽,别幌清琴哀。
翻潮尚知限,客思眇难裁。
山川不可梦,况乃故人杯。

鉴赏

该诗写于永明八年(490)春。欲知其诗之背景,有必要对谢朓在此之前的情况作简略介绍。

谢朓于建元四年(482)"解褐"入仕,为豫章王萧嶷太尉参军(王府重要幕僚)。大约过了二三年,"度随王东中郎府,转王俭卫军东阁祭酒、太子舍人,随王镇西功曹,转文学"(《南齐书》本传)。在他作随王文学时,正是"竟陵王萧子良开西邸,招文学",研讨学问,写诗唱和之际。萧子良,齐武帝的第二个儿子。少年时代,好尚清雅,能礼才下士,专意招纳宾客,四方才学之士,大都云集府上。永明五年(487),他在鸡笼山(今江苏南京市鸡鸣山)开西邸,召集学士们抄五经、百家,编《四部备略》一千卷,一时间,这里成了文人荟萃之地。参与这里活动的知名文士很多,如王僧儒、江革、范缜、柳恽、刘绘等,其中尤以"高祖(萧衍)与沈约、谢朓、王融、萧琛、范云、任昉、陆倕等",号曰"八友"为最著称(《梁书·武帝纪》)。这些人并非全是竟陵王的幕僚,谢朓也可能是以随王文学身份参加这一文学活动的。西邸文学活动,是六朝文学史上一大盛事。史称"永明体"新诗的创立和发展,参与西邸活动的文士们,无疑起了重要的进步作用。

永明八年(490),随王萧子隆代鱼复侯萧子响为使持节,都荆、雍、梁、宁、南北秦六州,镇西将军,荆州刺史。谢朓这时早已是随王镇西功曹,转文学。永明九年(491),随王离京"亲府州事",谢朓也跟着赴荆州(今湖北江陵)。在谢朓离京西行时,西邸文士们特为他设宴饯行。在这次饯行的宴会上,文士们大都写诗祝送,将饯行会差不多变成规模盛大的西邸文士们的赛诗会。诗人谢朓于会上赋了该诗《离夜》并《和沈右率诸君》诗两篇。可以这样说,该《离夜》诗,虽无什么重大政治意义,然于六朝文学史上,却是"永明诗"新诗大合唱中响亮的一曲,闪耀着西邸文会的鲜明色彩。

《离夜》诗,主要描写当时送别情景,并表现了诗人对诗友们的依恋之意。诗的开首两句,"玉绳隐高树,斜汉耿层台",写送别宴会一直进行到深夜。"玉绳",即北斗星。"隐高树",谓北斗星已经偏落,隐于高树之下。"斜汉",指横斜的银河。"耿层台",谓银河闪着亮光,直照楼台屋舍。相送者江丞《离夜》诗中有"离歌上春日"句,王中书《饯谢文学》诗中有"春江夜明月"句,从中可知宴别当在春日。谢朓虽于诗中未见春夜字样,但从星象位置变化描写中显示出时值春宵。因为,只有春天深夜,才有"玉绳隐高树"的景象。这两句,固然意在点明宴别的时间,但同时也在写诗友们送别的深情。非常清楚,如果仅是一般惯例官场宴送,也不过草草了事,绝不会宴至"月没高楼晓,云起扶桑时”(王常侍《离夜诗》)。而今几乎通宵达旦,正表现了是挚友们相送,情深意厚,难舍难分,不愿离去。

“离堂华烛尽,别幌清琴哀。”此具体写宴会的气氛。“离堂”“别幌”,为宴别的场所,“华烛尽”,承前夜深而言,由于夜深时久,故而华烛即将燃尽。“清琴哀”,写宴会呈现出悲凉的情调。既是设宴相送,自有乐歌伴奏;乐歌本为助兴,何以反而会声“哀”?关键是别宴,所谓“分弦饶苦音,别唱多凄曲”(王中书《饯谢文学》),故而如此。诗人于此“离堂”“别幌”中,不去描写举酒祝送,言欢歌笑,而特意摄取“烛尽”“琴哀”加以描写,主要是即将离去时心情所致。因为,即使有所歌笑,然而又“谁忍别歌笑”(萧记室《饯谢文学》)。所以,着意于“烛尽”“琴哀”景象的描绘,寓悲伤之情于景,蕴藉含蓄,可谓妙眼神手。

诗的后四句,写自己于别宴上触景生情,由此所产生的内心活动。“翻潮尚知限,客思眇难裁。”因为,宴过之后,即将登舟溯江而上,自然于此想到江潮。江潮鼓涌,波涛翻滚,大似自己此时的心绪。然而,江潮又怎能与自己起伏不平的心绪相比?江潮尽管澎湃汹涌,但“知限”,毕竟不能超越堤限;而自己的离情实在无涯,想得极远极多,简直难于裁别。到底想些什么呢?“山川不可梦,况乃故人杯。”想的是即将离去的家乡,想的是即将分手的故人。“山川”者,故乡之山川也。此行远离,迢迢千里,欲见故乡,大概于梦中也难寻觅。对故乡的依恋,核心还是对故人的难舍。既然“山川不可梦”,已够令人悲伤,更何况再见不到今日举杯祝送的故旧挚友,又怎能不为之断肠!于此,对故人的真情厚意,尽吐无遗。

这首诗,应该说是“永明体”新诗的代表作之一。《南齐书·陆厥传》云:“永明末,盛为文章,吴兴沈约,陈郡谢朓,琅邪王融,以气类相推毂;汝南周颙,善识声韵。约等文皆用宫商,以平上去入为四声,以此制韵,不可增减,世呼为永明体。”所谓永明体,主要是就声律而言。像谢朓的这首《离夜》诗,在声律的运用上很有代表性的。该诗,除了最后两句不成对外,其前六句,若“玉绳”对“斜汉”,“离堂”对“别幌”,“华烛尽”对“清琴哀”等,名词对名词,动词对动词,形容词对形容词,对仗可谓工稳。又很多诗句,很近似近体诗的平仄规律,如颔联“离堂华烛尽,别幌清琴哀”,为“平平平仄仄,仄仄平平平”;尾联“山川不可梦,况乃故人杯”,为“平平仄仄平,仄仄仄平平”,按照二四六分明的要求,也是十分合律的。该诗之对仗音律,极似一首五言律诗。再就表现手法而言,其善于点染烘托、曲尽情意等特点,亦具近体诗之妙。若已写夜深时久,见出离情难舍之情,又以“烛尽”“琴哀”渲染之,令难舍之意愈加哀婉动人;再写内心感触,以江潮翻滚喻离情之起伏,以“山川不可梦”衬垫离后故人之难逢,层层进升,反复吟咏,离愬别意,描绘无余,情景交融,韵味隽永。

(张登弟)

临溪送别

谢 朓

怅望南浦时，徙倚北梁步。
叶上凉风初，日隐轻霞暮。
荒城迥易阴，秋溪广难渡。
沫泣岂徒然，君子行多露。

鉴赏

这首送别诗，抓住双方刚刚分手，作者在岸上，行人在渡溪而去的时刻，抒发离别之情。

“怅望南浦时，徙倚北梁步。”“南浦”，出自《楚辞·九歌》“送美人兮南浦”，此代指溪水而言。“徙倚”，徘徊不进。这两句写诗人自己的情状。朋友离去了，他心里很悲伤，站在溪流的北岸上，徘徊不忍离去，目送着友人迈上行程。“怅望”“徙倚”四字，通过具体的动作，表现出作者对行人远去所产生的极为忧伤落寞的情绪。中间四句，全由“望”字生发，描写眼中所见到的秋景。“叶上凉风初，日隐轻霞暮。”“叶”，指岸上的树叶。这时，天色已近傍晚，初秋的树叶，被凉风吹拂，发出萧疏的响声；太阳慢慢地落山，微微几抹彩霞，也渐渐黯淡下来。这两句由近处溪岸上的景色推开，写到远处的天空。下面二句，则转过来由远及近。“荒城迥易阴，秋溪广难渡。”在暮色苍茫中，远处荒寂的孤城，显得隐微迷茫，渐渐地消失在人们的视线之外。而在宽阔的溪流上，客船艰难地行驶着，既点题，又与首句“南浦”呼应，再回到友人乘舟远行上来。这几句所写的灰暗冷寂、苍凉旷远的景物，蕴涵着丰富的感情。不仅景中寓情，反映出作者送别友人时的悲伤心情，而且又是以此时此刻苍凉旷远的景象，暗示行人此去，道路遥远，行程艰难，客中将会遇到种种冷落凄凉的景象，一定备极辛苦，不免为之担忧。最后两句，直接抒情，将上文写景中所含有的意蕴明白地揭示出来。“沫泣岂徒然，君子行多露。”“沫泣”，啼泣得极为悲伤。“行多露”，用《诗经·召南·行露》的字面，原意为道路上潮湿，行人难走，此即泛言旅途艰阻。诗人说，他送别友人，之所以这样伤感，并不是徒然的行为，实在是因为想到他关山难越，客中将饱尝辛劳，我为他忧伤啊！

谢朓是“永明体”的重要作家。这首小诗前六句基本对仗，特别是它以中间四句对仗写景，首尾两联叙写抒情，突出了诗人有意识地以永明声律说结撰诗篇、安排章法的特点。从体裁上讲，它属于典型的齐梁“新体诗”，是五言律诗发展过程中雏形时期的作品，对后世的近体诗特别是五言律诗的形成，有一定的影响。诗中写景寓情，情含景中，明快与含蓄相结合，加强了艺术表现效果，虽是短章，韵致却颇为深长。

（李廷先　王锡九）

临江王节士歌

陆　厥

木叶下，江波连，秋月照浦云歇山。
秋思不可裁，复带秋风来。
秋风来已寒，白露惊罗纨。
节士慷慨发冲冠，弯弓挂若木，长剑竦云端。

鉴赏

《汉书·艺文志》曾著录《临江王》《愁思节士歌》诗，此诗作者误将二诗诗题合而为一，变成《临江王节士歌》。诗的内容通过对秋景的渲染，塑造出遇秋感奋慷慨挺立的节士形象。语言清峻，诗情激亢，形象鲜明。

这首诗的内容主要是塑造节士形象，但诗的前一部分却避开主题，不写节士，先写秋景，以秋起兴。首三句大处落笔，泛写秋景，通过江、月、云、树等物的变化，展现出一幅大江秋色图：在秋天乍临大江之际，大江两岸迅速发生变化，但见江水浩渺，碧波无际，黄叶纷纷，秋声飒飒，明月笼罩水滨，白云缭绕山间，用比较素淡的色彩描绘出秋天江边的一片萧索景象。诗人正是用这种象征手法，牵引人们的思维，通过萧肃的秋景，去想象节士迥出时俗的凛然正气，塑造节士的形象。

“秋思”四句转写世人悲秋之情。在一般人看来，秋天标志着岁暮，也象征着对于美好事物的摧残。其时草木摇落，万物凋零，天地之间充满了一片萧索肃杀之气，因此它常常触发人们各种悲伤的情绪。一旦秋风乍至，人们顿时觉得百感交集，触景生悲。或去国怀乡，离家思归；或独处生烦，悲贱叹穷；颠沛道路者厌跋涉之苦，登山临水者兴盛衰之感；或叹光阴易逝；或恨功业未立……种种悲戚忧思，统归之于秋风引发，种种美梦佳想，也都是被秋风断送。但诗人却不作如是观，在诗人看来，这不过是世人未能洞达天地四时之变，也未能摆脱个人荣辱穷通所致。“白露惊罗纨”一语，将世上身披罗纨者遇秋而惊、张皇失措的情态，描摹殆尽，活现目前。

诗人心目中的节士对于秋天的态度，大大不同于身着“罗纨”之辈，而是别具一副远大目光、广阔胸怀。“节士慷慨发冲冠”将节士的高大形象一语推出，显得声势夺人，气宇非凡。充满肃杀之气的秋天给节士带来的不是忧戚愁苦，反而激发了他的壮志豪情。“发冲冠”一词，描绘出节士遇秋而动、感奋而起的英雄气概。对于秋天的感受，历来就有着两种截然不同的态度，宋玉《九辨》“悲哉秋之为气也”，可以算作悲秋的始篇；刘禹锡《秋词》“自古逢秋悲寂寥，我言秋日胜春朝。晴空一鹤排云上，便引诗情到碧霄”，则是遇秋感奋的代表作。这首诗中的节士形象与刘诗相比尤为壮观。这位诗人的化身——节士，所要做的是挂弯弓于若木之上，耸长剑于云霄之外，这是何等惊世骇俗的壮举！何等阔大宏伟的胸襟！与节士的形象相比，那种身着罗绮者又显得多么猥琐渺小！至此，诗人用整笔巨幅，只三句，便勾勒出节士的完整形象，随后戛然而止，就此截着，尤觉神韵悠远，余味无穷。

（张学忠）

有 所 思

刘 绘

别离安可再，而我更重之。
佳人不相见，明月空在帷。

共衔满堂酌，独敛向隅眉。
中心乱如雪，宁知有所思。

鉴赏

汉乐府“铙歌”中的《有所思》“有所思，乃在大海南”，享有盛誉，如一首母题，孕育了自南朝齐至唐二十八首同题诗，此首《乐府诗集》列其首。

顾名思义，“有所思”犹如汉人的“室思”、唐人的“闺怨”。传世之作，主人公都是女性，内容“但言离思两已”（《乐府古题要解》）。

此诗起首先出之议论，即闺妇的怨望和牢骚。别离本是怆恻伤情之事，山川悠远，天各一方，冀逢一见而不易，这是就一般离别说，至于“在天愿为比翼鸟，在地愿为连理枝”，夫妇离别，则更是“别有一番滋味在心头”，岂可再如此，故言“别离安可再”。可是主人公的命运偏偏又是“而我更重之”，长离久别，独自熬煎。谢朓也说过“谁能长分居，秋尽冬复及”（《秋夜》），语气直质发越，而这里曲曲唱叹，层层递伸。“安可再”缀于“别离”后，转折顿挫，曲而有致，为下句“更重之”提前盘旋作势。“而”字跌进一层，“更重之”再一曲，“安”“而”前后旋折，情思具穿透力，入人心脾；“再”和“重”相互映发，情致绵绵。这两句“将别离翻深一层，再翻深一层”（张玉穀《古诗赏析》），所以感情的分量要沉重得多了。那“别离”冷丁丁的字眼居于篇首，给全诗赋予了一层感伤的情思。而张口即道“安可再”“更重之”，显出思妇别离太久，实在有些承受不了室思之苦，不能没有怨望的牢骚情怀。

前两句如小河曲绕，至“佳人不相见”一句，蓄水成潭。情意渲露，看似直笔，但同样也为下一句领先作势。也正因为“不相见”，故有“空在帷”之叹。这是以直为曲。明月鉴帷，皎皎在床，自是良夜美景，然而对于佳人不在、独守空闺的思妇来说，不是“愁多明月下”（陈后主同题），便是“对月想边秋”（张正见同题）。人去楼空，虽有明月抚帷，前来相伴，但银光满床，则更增生一层凄苦。平居孤独滋味，强烈地涌上心头。“空”字，有白、徒意，佳人不再，明月再好，也失去美的价值。“空”字也有空独、孤寂意，于此，“有所思”主意，跃然而下，是更为显然。这句写景，也即言情。借明明之月，虚拓一笔，烘染出情思一片。这两句前点后染，法度俨然，也逗引以下若许不尽的心绪。

皓皓之月，静静之夜，空空闺房，茕茕思妇。这最是浮想联翩之时，也正是想入非非之人。美丽的月光撞动了美好的回忆，在同样银光如水的夜晚，她和丈夫并肩赏月，携手徘徊，卿卿我我，其心欢快如意似圆月，其情亲密又似如水之月光。美夜美酒,举杯“共衔”,那又是何等情怀。“酌”,指酒,而着以“满堂”,而出人满人圆的喜庆的意味,这一句空中荡漾,属“过去完成时”。“独敛向隅眉”接住“空在帷”句,同是“现在进行时”。今之月即昔之月,而昔之人缺焉不在。既无心观月,也无意饮酒,只是“向隅”独思,当然也就置在帷之明月于不顾。“敛眉”,自是面壁垂首,静焉思之,情怀自结。她知道怀忧令人老,“涕零雨面毁容颜”,但“谁能怀忧独不叹”(曹丕《燕歌行》其二),而依然愁眉不解。她或许“细将心事灯前算,三年有半为伊愁,人生能几三年半”(万树《踏莎行》)。也或许埋怨佳人“一去无消息,那能惜马蹄”(薛道衡《昔昔盐》),或者担心着“北方佳丽子,窈窕能回顾。夫君自迷惑,非为妾心妒”(费昶同题)。反正漫漫长夜,是在无休无止的千思万想中悄悄流逝,真是“弯环低尽湘帘月”(赵执信《蝶恋花》)。这句写得愁态可掬,令人怜然。这两句都是秉笔直赋,不曲不绕,然而各自分属的时空不同,哀乐相异,一经衔接,滋生若许辛酸意味。今之“空”,引出昔之“共”,而昔之“共”,又衬出今之“独”。“共衔”与“独敛”对比生情;“满堂”与“向隅”相较生色,这是典型的蒙太奇镜头,组接后的情味远远超过各自单独之所描述。从起首至此,笔笔叙眼下,“忽以‘满堂酌’,剔出愁人向隅,正写‘思’”(张玉穀《古诗赏析》)。或者用王夫之的话来说,用乐景写哀情,增一倍之哀。细看,此诗写思妇现在,只写了“敛眉”,其他什么都没写,可是再端详,就觉得什么都写了,因为她满腹心事,一怀苦楚,都是可感、可触、可见的。

愁绪万千,自难解释。如此情怀,当自“更重之”的日日夜夜尽然。相思增聚,则“积念生狂痴”。明明是“明月在帷”之夜,却忽然吐出一句“中心乱如雪”。雪花纷纷扬扬,漫天飘舞,以之形思妇“剪不断,理还乱”的情怀,也极默契。心情烦乱困扰的人,情思不会和平日或平静的常人一样,因之不在明月之时,而乱雪也会飘入脑际。中心摇摇,左思右想,情之不能静,思之不能止,而“乱雪”最得其神,如果说“共衔”句是空中取影,那还是把昔日事叙之眼下,而这一句就有些“影中取影”的意味了,更是凭空取象,很容易使人联想起“昔去雪如花,今来花似雪”(范云《别诗》)那样的情思了。似乎屋外“那雪下得正紧”(《水浒传》语),屋内思妇之心烦烦正乱。“宁知有所思”一句,将全诗顿住,结穴收住题目,隋人卢思道同题之末有“凄凄日已暮,谁见此时心”与此相近,唐人刘氏云的同题末二云:“浮云遮住阳关道,向晚谁知妾怀抱”,仿佛卢氏,或许二人都是对此诗的追踪。这心中是如此之“乱”——即相思之深,而一怀心思又有谁分晓。故以“宁知”狠狠刹然勒住。二句一伸一缩,自成顿挫,把两个本来直致之句连接得顿挫屈曲。全诗以唱叹始,以怨恨终,一片情思缭绕其间,扣人心怀。

刘绘的文章"词美英净",而五言之作却"尺有所短"(钟嵘《诗品》),但这首《有所思》颇有思致。语句浑朴,情思昭折,逼近汉魏古诗风神。"满堂酌"一句,自是古诗"前日风雪中,故人从此去"的笔法。张玉穀谓此诗"真无一笔直"。用笔婉曲,确是其佳处,但其间凸现出真挚情思,形成笔曲情直的特色。英国视觉艺术理论家威廉·荷加斯说:"波状线是美的线条,而'直线与曲线结合形成复杂的线条,比单纯的曲线更多样',更能创造美。"(《美的分析》)在这首诗里,不是分明可以感受到情思的曲线和直线的交叉所呈现的美感吗?

(魏耕原)

北戍琅玡城诗

江孝嗣

驱马一连翩,日下情不息。
芳树似佳人,惆怅余何极。
薄暮苦羁愁,终朝伤旅食。
丈夫许人世,安得顾心臆。
按剑勿复言,谁能耕与织。

鉴赏

这首诗写诗人急赴戍地时所经历的道路羁旅之苦,抒发了诗人决心为国建功立业的壮志胸怀。语言清劲,慷慨悲凉。

首二句先写急赴戍地时的紧迫情形。上句用"连翩"一词,描绘出一位急国家事功、驱马疾奔、勇往直前的志士形象。下句复用"情不息",进一步刻画出志士的内心情感世界。诗人为什么会感到"情不息"呢?谢朓《和江丞北戍琅玡城》诗作了回答:"京洛多尘雾,淮济未安流。"国家还正处于分裂之中,京洛淮济,广阔的北方领土依旧在敌人的占领之下,这不正是一个爱国志士施展才能建功立业的绝好机会吗?诗人之所以一路奔驰不停,不敢稍息,正是由于被内心这股强烈的爱国热情所激励、所鼓舞着。这种爱国热情有如波涛,汹涌翻腾;有如烈火,燃烧跳跃,使诗人的内心世界无法平静,激励着诗人勇往直前,一路连翩。

“芳树”四句,文意陡转,不写理想爱国之情,却先叙述思念家人之切,道路羁旅之苦,可以看出诗人此时心中难以平息的不独爱国激情,尚有思亲恋家之情。“芳树似佳人”一句,有如彩笔生花,突发奇想,通过新颖的比喻,将诗人思念亲人的强烈感情生动地表现出来。由于强烈的思念,使诗人忽然产生幻觉,似乎望见自己思念的亲人正盈盈伫立在前方,不觉顿时感到无比高兴,但走到跟前,才发现原来是路旁的花树,又立时使诗人感到满怀的失望和惆怅。仅用十个字,就将诗人内心感情的瞬间变化描绘得淋漓尽致,从而多层次地显现出诗人前往戍地途中的复杂心理状态。这种失望和惆怅的心情,影响着诗人更深切地体会到旅途上的艰难和痛苦。“薄暮”“终朝”,概括了整个旅途的情形:一路从早到晚,跋涉不止,不仅要忍受着思念家人的痛苦,还要经受着劳累和饥饿的折磨。然而,道路的艰难并没能阻止诗人的进程,反而激发了诗人战胜困难、奔赴戍地的决心,为下文的抒情作了更高层的铺垫。

对于道路羁旅愁苦的渲染,实际上是通过先抑后扬的手法,对诗人思想感情的进一步挖掘,从更深层次上去展现诗人的内心世界。诗人思为国家建功立业的强烈愿望,在战胜与亲人离别的痛苦、颠沛道路的磨难之后,变得更为坚定,更为高昂。“丈夫”二句,表达了诗人以身许国,断然抛弃儿女情长的感情纠缠的决心。“按剑”二句斩钉截铁,通过一个简单动作,树立了一个为国忘家的节士的高大形象,道出了诗人身处国家山河割裂、失地待复的多事之秋,不愿株守乡里、老于陇亩之间的远大抱负。接连用“安得”“谁能”两个有力的反诘句,言尽意尽,强调出诗人追求远大抱负的坚定不移的信念,使全诗充满慷慨刚劲之气,栩栩如生地描绘出一个爱国志士的英雄本色。

(张学忠)

拟青青河畔草

梁武帝

幕幕绣户丝,悠悠怀昔期。
昔期久不归,乡国旷音辉。
音辉空结迟,半寝觉如至。

既寤了无形，与君隔平生。
月以云掩光，叶以霜摧老。
当途竞自容，莫肯为妾道。

鉴赏

此篇是梁武帝模拟《古诗十九首·青青河畔草》所写的拟作。同时对于汉乐府相和歌瑟调曲古辞《饮马长城窟行》，梁武帝对其写作技巧也颇多模仿。

一、二句“幕幕绣户丝，悠悠怀昔期”，连用两个叠音词开头，即从“青青河边草，绵绵思远道”句中承袭演化而来，但境界狭隘，只从一座小巧玲珑的“绣户”落笔，不及原诗那样辽阔。这间华丽闺阁挂满窗帘帐幕，由丝绸锦绣密密地装饰着，象征绣户中的女主人公心事重重，被绵绵不断的愁思包裹着。她深深怀念着征人昔日约下的期会。然而，事与愿违：“昔期久不归，乡国旷音辉。”征人迟迟不返，音信稀疏，其音容仪范远离家乡，渺茫难见。思妇渴望团聚，日有所思，夜有所梦：“音辉空结迟，半寝觉如至。既寤了无形，与君隔平生。”信息姗姗来迟，女主人公耗尽心思，想念征人的音容笑貌，半醒半睡中仿佛他就在身边；一觉醒悟，眼前却杳无形迹，宛如隔世相处。此即原诗“梦见在我旁，忽觉在他乡。他乡各异县，展转不相见”的翻版。

作者刻画思妇的心理情态，可谓细致入微，婉转曲折，给人留下难忘的印象，不过写得含蓄，用词雕琢，造句典雅，斧凿痕迹累累，远远不如民歌那样自然流畅。诗里两个关键词“昔期”“音辉”，分别用于上句结尾和下句开头，修辞上沿袭顶真格，使得语句递接紧凑，连贯而下，一气呵成而又重点突出。作者的模拟，亦有一得。

夜深人静，明月映照，思妇梦觉，只见孑然一身，形影相吊，禁不住黯然神伤，哀怨：“月以云掩光，叶以霜摧老。当途竞自容，莫肯为妾道。”浮云遮月光，霜落叶枯黄，岁月催人老，当权的人各顾各，竞相自悦，谁肯为自己的相思痛苦申诉？此亦原诗“入门各自媚，谁肯相为言”的复写。全诗就在这哀怨的高潮中结束，戛然而止。“一篇全在尾句”（姜夔《白石道人诗说》），结句显得强劲有力，动人心弦。

如果说，梁武帝作为一个封建最高统治者对人民的苦难生活缺乏切肤之痛的体验；那么他对本阶级当权者的自私自利却颇有认识，故能把思妇的怨愤锋芒指向“当途”，这是很有见地难能可贵的。民歌原句只泛指“人们”，没有明确地尖锐地点出“当权者”，拟作在这一点上比原作有所提高，有所突破，这正是此诗的可取之处。鲁迅先生说得好：“依傍和模仿决不能产生真艺术”(《鲁迅全集·记苏联版画展览会》),指出“创作以独创为贵”(《同上·不是信》)。模仿民歌的拟作总要推陈出新,“能自出新意”,才“一字百金”(《苏东坡集·书唐氏六家书后》)。此诗的精华就在于模拟中能有所创新,不落窠臼。

(何国治)

藉 田 诗

梁武帝

寅宾始出日,律中方星鸟。
千亩土膏紫,万顷陂色缥。
严驾伫霞昕,浥露逗光晓。
启行天犹暗,伐鼓地未悄。
苍龙发蟠蜿,青旂引窈窕。
仁化洽孩虫,德令禁胎夭。
耕藉乘月映,遗滞指秋杪。
年丰廉让多,岁薄礼节少。
公卿秉耒耜,庶氓荷钽耰。
一人惭百王,三推先亿兆。

鉴赏

《梁书·武帝纪》载,天监十三年(514)“二月丁亥,舆驾亲耕藉田,赦天下,孝悌力田赐爵一级”。这首诗写的就是这次活动。藉田是封建帝王的一种典礼,是官样文章,但如果不是政局相对稳定,帝王是不会举行这种仪式的。严格来说,这类题目不可能产生激动人心的好诗。诗是在感情中爆发的,这种仪式谈不到感情的冲动,因此不可能写出好诗。这类诗能够四平八稳,写出题意就算很可以了。梁武帝萧衍这首诗也只能做到平稳,但因为旧诗中有这一类内容,所以举此以见一斑,不能拿一般抒情诗歌的标准来衡量优劣。

诗的前四句写藉田的条件,从天

时到地利。天时正是仲春季节,地里土肥水足,是躬耕藉田的好时机。"严驾"六句写出发的情况,表示帝王的威严和对典礼的诚心。天还未亮就准备好车驾,冒着夜露,等候晓光的到来。"昕",天将要亮。"霞昕"与"光晓"对文,意思都指天将破晓。"启行"二句写出发,几通鼓声,划破了大地的寂静,这是写声音。"苍龙"一联写仪仗(颜色),皇帝出行仪仗有青龙旗,这儿用想象把龙旗的龙写活,好像原来是蟠结着的龙,被青旗从幽深的山谷中引出来,为藉田效力。这一联在全诗算是想象和雕琢得最深刻生动的。"仁化"二句表示自己的仁德,这也是太平之世才能躬耕藉田的条件。以上的铺陈都是为下面正写藉田服务。

"耕藉乘月映",天将破晓、残月在天,这么早就举行典礼,说明对天的诚心,这和上文"严驾"四句紧相呼应。天子既然如此敬重农事,那么,好的秋收自在意中。"遗滞"是紧缩《诗经·小雅·大田》中"彼有遗秉,此有滞穗,伊寡妇之利"的意思。《大田》是说丰收之际,田里没有收割净尽,留下一些让寡妇们拾回家。不是丰收,是不可能有"遗滞"的。"年丰"二句写藉田的重大意义,这里是用《韩非子·五蠹》"饥岁之春,幼弟不饷;穰岁之秋,疏客必食"及《管子》"仓廪实而知礼节,衣食足而知荣辱"的意思,表明丰收是礼仪文化的物质基础,那么藉田的意义不仅在于劝农,而且有关于教化。"公卿"起四句正式写"藉田"的形式。公卿大臣都拿着耕具,小百姓们带着小农具在旁边伺候,天子三推,然后大臣九推,最后由庶民百姓把千亩藉田耕毕。"一人",指天子。"百王"指古代众多有道之君。这句话是倒行的谦词,但如果联系"仁化"二句来读,言不由衷不是明摆着吗?"亿兆",指众多的老百姓。

萧衍是一个爱好文化的君主。这首《藉田诗》不是抒发情思而是借典礼来自我夸耀,从立意讲比较平庸,但在布局遣词方面还可看出作者的文字修养。在南朝齐以后,文字趋向骈俪,诗语也重偶对。这首诗从头到尾都是工整的对句,布局也井井有条,在这类题材中还算平稳的作品。

(周本淳)

赠张徐州稷

范　云

田家樵采去，薄暮方来归。
还闻稚子说，有客款柴扉。
傧从皆珠玳，裘马悉轻肥。
轩盖照墟落[1]，传瑞生光辉。
疑是徐方牧，既是复疑非。
思旧昔言有，此道今已微。
物情弃疵贱，何独顾衡闱？
恨不具鸡黍，得与故人挥。
怀情徒草草[2]，泪下空霏霏。
寄书云间雁，为我西北飞。

注释

①轩盖：车上的伞盖。

②草草：忧虑、劳心貌。

鉴赏

“人心不古”，是人们常常慨叹的话题。但是，早在一两千年以前的我们的祖先，何尝就认为人心“古”了呢？西汉翟公为廷尉时宾客填门，一旦失势，不是门可罗雀吗？太史公不是说过“天下熙熙，皆为利来；天下攘攘，皆为利往”吗？虽有“糟糠之妻不下堂，贫贱之交不可忘”的格言古训，但实际生活中更多的不是“富易妻，贵易交”的实践吗？南朝时期，门阀专政，也许人心更势利一些吧，乃至刘峻《广绝交论》有“叔世民讹，狙诈飙起，溪谷不能嵛其险，鬼神无以究其变”之叹。正是由于社会上大量存在的“利交”现实，所以人们对那些能恪守交友之道、不以富贵骄人者，常有出自内心的称许和赞美。范云的《赠张徐州稷》便是这样一首诗。

为了突出徐州刺史张稷不以贵弃友之难能可贵，这首诗采用了古人所谓“垫拽法”——把夸张和对比结合起来的一种表现手法，也就是对所写双方的情况分别进行某种程度的夸张，从而造成更加强烈的对比，使作品的主题更加突出，更加鲜明。

“田家樵采去，薄暮方来归”二句写自己。“田家”言身份之低，“樵采”言躬操“贱役”，薄暮方归更可见家庭之贫、劳动之苦。（按：南朝风俗糜烂，士人多以劳动为耻。）到溉祖父到彦之曾以担粪自给，时人遂讥到溉“尚有余臭”（《南史·到溉传》）。范云出身世代官宦之家，绝不至于亲自耕作樵采。这样写，显然是一种夸张，以和对方锦衣玉食、威镇一州的方镇大员身份形成强烈的反差。这是夸张对比之一。

“还闻稚子说，有客款柴扉。”可见家无僮仆，唯有稚子说有客扣门。而对方却是“傧从皆珠玳，裘马悉轻肥”。“珠玳”，典出《史记》，赵平原君派使者去楚国，为了炫耀，使者皆以玳瑁为簪，刀剑用珍珠为饰。“轻肥”，典出《论语》，“（公西）赤之适齐也，乘肥马，衣轻裘”。这里二句形容张稷的随从人员穿戴装饰之豪华气派，显然也是一种夸张。这是夸张对比之二。

诗中写自己的居住之所是“柴扉”，是“衡闱”。“柴扉”，即柴草所编之门。“衡闱”，《诗经·陈风·衡门》有“衡门之下，可以栖迟”，谓横木为门即可居住，指居室之陋。“衡闱”义同“衡门”，而“闱”为小门，更见其陋。而对方却高车驷马，轩盖鲜明，光照一村。这是夸张对比之三。

“疑是徐方牧，既是复疑非。思旧昔言有，此道今已微”四句，假借自己的怀疑，慨叹当时现实生活中交情的淡薄、人情的势利，衬托对方不忘贫贱之交的古道热肠。这又是一次对比。

有了上面这一系列强烈的对比，徐州牧张稷珍惜旧交的君子形象就跃然纸上了。

（鲁同群）

送沈记室夜别

范　云

桂水澄夜氛，楚山清晓云。
秋风两乡怨，秋月千里分。

寒枝宁共采，霜猿行独闻。
扪萝正忆我，折桂方思君。

鉴赏

此诗大约是范云任南齐始兴郡（治所在今广东韶关市附近）内史（相当于太守）时所作。“记室”，是记室参军的简称。沈记室是作者的朋友，名字难以考详。当时著名诗人沈约也曾长期任记室之职，且与作者交好，但无确切材料可以指实即为此人。《梁书·范云传》记载，他任始兴内史时，“郡多豪猾大姓，二千石（指太守）有不善者，谋共杀害，不则逐去之。边带蛮俚，尤多盗贼，前内史皆以兵刃自卫”。在这样的地方生活，他内心的寂寞是可以想见的。此诗生动地表现了秋夜送别的景物气氛和心境，表达了对知己朋友的深沉眷恋。

“桂水澄夜氛”二句，点明送别的时间、地点，渲染出一种凄清的气氛。“桂水”，是湖南境内的一条河，流入湘江。“楚山”，泛指湖南一带的山。作者可能是到这里送朋友乘船北上。送别活动在夜间进行，而次日凌晨朋友即将出发。“澄”与“清”是诗眼，“澄”字更妙。借助它们，诗句传神地表现了流水和夜空的透明感与随之而来的幽冷氛围，为悒悒别情染上一层清新的基调。

“秋风两乡怨”二句，借眼前景物诉说依依惜别之情。两用“秋”字，强调风寒月明。时当深秋，地隔千里；异乡殊俗，天各一方，何况又是这样一个月白风清的夜晚！怎能不在朋友间触发无穷的怅惘和眷恋！

“寒枝宁共采”二句，是设想之辞，由眼前的寒枝联想到往日的花红柳绿，进而，惋惜自己已经不能再与朋友一起享受从蓬勃的自然界采撷芳华的乐趣。其中不知蕴涵着两人之间多少亲切的回忆。由此次舟行和必经的水程联想到朋友此去的心境不佳，但又不可避免地要穿行于猿啼交织的水面。非常遗憾，自己不能在他身边分担些许忧思，略予安慰。这样的诗句，虽已历经千年，至今仍然散发着友情的温暖。

“扪萝正忆我”二句，进一步设想别后彼此的思念。两句诗紧承“寒枝宁共采”而来，这很可能与两人间一段“采枝”的愉快回忆有关。分手在即，作者神思飞越地设想出，遥隔两地的朋友，将来睹物怀人，相思之情挥之不走的图景。时空的延展，将诗思导入一个更为深远的境界，也深化了主题。

此诗堪称“永明体”的代表作。五言八句，两两对仗。除第四句平仄不调，四、五两句失黏，五、六两句失对外，几乎与唐代成熟的五言律诗没有差别。这是很值得注意的。

（颜邦逸）

之零陵郡次新亭

范　云

江干远树浮,天末孤烟起。
江天自如合,烟树还相似。
沧流未可源,高帆去何已。

鉴赏

南齐永明十年(492),范云出使北魏,归来不久便被任命为零陵郡内史。此诗是他前往赴任,刚刚离开京城,在新亭止宿时所作。范云幼而聪颖,当时号称善识人才的殷琰曾以“公辅才”相称许。自二十九岁起,成为竟陵王萧子良的属官,日益受到宠信,至此次外迁之前,已是通直散骑侍郎、州大中正。但由于皇室内部矛盾,萧子良受到猜忌,这自然也波及他。所以此次出任外官,应视作仕途上的波折。当时,范云赴任,谢朓曾为送行,并以《新亭渚别范零陵云》一诗相赠。诗中:“茂陵将见求”“心事俱已矣,江上徒离忧”等,都是同情他的遭遇,祝愿他重新受到重用的话。我们可以设想,一位少有“公辅才”的人物,当他经过十三年的努力,已经接近权力中心的时候,突然被派往偏远地区任地方官,自顾已不再年轻,面对浩漫的旅途,他会有怎样的一种心态呢?惶惑、忧虑都是很自然的,也是很常见的。但从此诗深处看,诗人似乎并没有停留在如此表浅的层次。他由自身的遭遇与眼前节物风光的某种交契中感悟到大自然内在的和谐,激发了对宇宙间有限与无限的思索和感喟,并借景抒怀,形诸笔端,创造了一片浑灏、深远而又略带凄迷的意境。全诗只有短短六句。景中情,情中景,写得情景交融,诗意盎然。诗人强调主观印象、独特感受,按照由景入情、由实入虚的脉络展开意境。两句一转,层次井然。

“江干远树浮”二句,粗笔勾画江天远望的视觉印象,顺便点题。开篇就是“远树”“天末”,使诗人那极目远眺、思深虑远的意态跃然纸上。远处的树木随着江岸一起在水面上漂浮,这是一种艺术变形,是由舟中远望时动摇不定的视觉印象与若沉若浮的身世之感交融而产生的创造性想象。远烟孤起,是一个经过强化的画面。远烟,本来并不惹人注目,诗人不仅表现了它的存在,而且强调了它那孤独的升起,显然,这是孤身羁旅之情的外射。

“江天自如合”二句,如果说前两句勾出了一幅初步的素描稿,那么这两句就是深入刻画的景象,表现着印象与感受的更深一个层次。看吧,江天一色,空明浑涵,远树如烟,虚实一体。诗人在物与己的对比观照中,强烈地意识到天地的雄浑壮观和大自然的自在与和谐。

“沧流未可源”二句,是画面绘事的最后一笔。诗句主要抒写去程邈远,难以预期,宦海浮沉,吉凶莫测的忧虑。其中不乏失落感和虚无感。与此同时,诗句也赞叹了大自然的无限壮阔,从中可以窥见诗人灵魂深处积极高扬成分的折光。

范诗向有“清便宛转,如流风回雪”(钟嵘《诗品》)之誉,此诗当之无愧。口语化的诗句,相谐的声韵,巧妙的对仗,读来有如流风回雪,清便宛转。诗有凄婉之意,但因眼界高远,用笔遒劲,基本情调还是悲壮的。

(颜邦逸)

别　诗

范　云

洛阳城东西,长作经时别。
昔去雪如花,今来花似雪!

鉴赏

范云的诗,秀逸清脱,在齐梁间蔚为名家。《别诗》是他与何逊亲密交往的产物,其思致之美好,正来自对这位年轻后辈真挚友情的激发。

从本诗内容看,与其说抒写的是别情,不如说是表现这对忘年之交意外相逢的喜悦。

朋友相聚,自有许多话要说。此刻,在建康东门外范云宅中酌酒对饮的,一边是年近五十的原广州太守(当时正赋闲居家),其诗已誉满朝野;一边则是二十余岁的青年何逊,他那纵横的才气虽才刚露,却注定要以“清机自引、天怀独流”之作,“前服休文(沈约)、后钦子美(杜甫)”(陈祚明《采菽堂古诗选》)。范云意外见到这位当年初出茅庐,便以“秀才对策”折服自己的朋友登门,该有何等高兴——他们毕竟冬往春来,已相别多时了啊! 此诗开头“洛阳城东西,长作经时别”二句,正是从眼前的重逢,追述昔日的分别,一下将双方带入了温馨的往事之中。何逊自然不会忘记,自己当年“少年射策罢”,便接到了范云亲切相邀的诗简:“闻君饶绮思,摛揆足为多。布鼓诚自鄙,何以绝径过?”表达了急于相交的倾慕之情。范云呢,大概也记起了何逊的答诗:“我心怀硕德,思欲命轻车。高门盛游侣,谁肯进畋渔?”这位朋友当初还颇踌躇,怕自己不肯接待他哩! 何逊于是莞尔一笑,他记得范云当时的回答,那样热情洋溢,竟把他比作汉代“麟阁”“虎观”的俊彦,反问道:“方见雕篆合,谁与畋渔同?”硬是倒屣相迎,把自己请到了城东家中。一老一少,由此结成了忘年之交。可惜的是,他们交往的时间太短,便又分手了。何逊的去向,史文阙载,大约是到扬州当“法曹”去了。于是,建康城外的依依惜别,便在这对朋友的脑海中留下了难忘的印象。

了解了范、何两人的这段交往,我们便可感受到此诗开头二句所蕴涵的深情。它们字面上似乎在抒写当时离别的感慨,而奔腾其间的,则是范云那压抑不住的兴奋和喜悦:“啊! 当时我们在城东城西分手,想不到一别就这样久!”何逊却微笑着提醒他:“老伯,我们分手时是冬季,而今春光明媚,才不过数月。您的用词不免有夸张之嫌。”范云随即朗声敞笑:“不错。不过老夫直感到太长哩。记得当时正下着大雪,纷纷扬扬的,老夫想起古诗有‘步出城东门,遥望江南路。前日风雪中,故人从此去’,不免好生伤感。现在想来,那雪其实还美得很哩——简直就像这春日群花的怒放!”于是,后两句顿时脱口而出:“昔去雪如花,今来花似雪!”相见的喜气,早冲淡了往日揖别的愁思;璀璨的春光,更激得诗人心意荡漾。诗人那突发的逸兴,将往日离别时的飞雪,与此刻相聚时的春花融汇一起,交相辉映,化出了一派多么晶莹、清丽而美好的景象! 南朝诗论家钟嵘品评范云的诗作,用了这样一个美好的比喻:“范诗清便宛转,如流风回雪。”(《诗品》)《别诗》正当得“流风回雪”之誉。

(潘啸龙)

望 荆 山

江 淹

奉义至江汉,始知楚塞长。
南关绕桐柏,西岳出鲁阳。
寒郊无留影,秋日悬清光。
悲风挠重林,云霞肃川涨。
岁晏君如何?零泪沾衣裳。
玉柱空掩露,金尊坐含霜。
一闻苦寒奏,再使艳歌伤。

鉴赏

这首诗是江淹将近三十岁时写的。这时他随南朝宋建平王刘景素在荆州,恰值刘宋王朝政治昏乱,景素僚属多劝其利用荆州形胜之势举事,淹曾从容谏阻,这首诗里即隐约地透露着当时对政治的危惧之感。

荆山为今湖北省内的名山,从保康、南漳两县东南迤逦于沮漳二水之间。古代曾称楚为荆,即因荆山为楚之地镇。诗的前八句切合本题,描写眺望中的荆山。首句交代所以见到荆山的因由,乃因奉职到江汉。这里的“义”包含朝廷的任命及他与刘景素的君臣关系,意谓他是奉朝廷任命作为建平王僚属来到江汉地域的,这样点明来由,奠立了下面抒情的政治基础。次句接着概略地表示对于荆山山势广袤的观感,“始知”二字见感觉之新异。“楚塞”指荆山,因其为古代楚国郢都的北边屏蔽。三、四两句紧接着第二句的“楚塞长”加以形容,写出荆山伸展的形势之遥远。“南关”,谓荆山南端的关口险隘之处。“桐柏”,山名,界于信阳以西的河南、湖北两省间。“西岳”言荆山西端的峰岭。“岳”本可泛称一般的高山,不必限用于五岳。“鲁阳”,关名,在今河南省鲁山县西南。这二句说,荆山的南关要绕到桐柏山,其两端的峰岭将伸出到鲁阳关。其实荆山距桐柏山和鲁阳关都很远,这样说来,乃是诗人面对荆山的走势而设想其伸展所至,带有很大的夸张性。“寒郊”以下四句则写望荆山时所见近处郊原的深秋景象。这时郊野一片荒寒,木叶都已凋落,见不到什么阴影了,只是悬在空中的秋日的光辉显得特别清明。“悲风”句形容深秋风势之猛。“挠”为屈曲之意,林木被吹得弯曲着,风势之猛可以想见。“风挠重林”,更可想象密林中树木参差俯仰之状。而“风”上着以“悲”字,一方面因深秋景象萧条,迅急的寒风,自然使人易于产生悲感;另一方面,也有诗人此际政治处境中的主观因素。“云霞”句写对于河流水涨的感觉。河流到了深秋一般是不会涨水了的,可是汉水和沮漳二河却往往在深秋还要发一次洪水,诗人这次适当其会,故而如实反映到本诗中。句中一个“肃”字下得很精要。“涨”,在这里作为增长得浩大的水解。深秋发生洪水,自足令人惊警,而云霞照映,尤足显现出河流的涨势,使观者顿生凛然之意。

“岁晏”以下六句全为抒情,以“岁晏”二字总束上四句所写时节景物,带起人的感情。“岁晏君如何?”这句问得很突然。诗人在描写了一幅肃杀的深秋景象后,忽然提出问题,而悲不自胜,这其中必有伤心之事在。“岁晏”句中的“君”当是指建平王刘景素,因为在全诗中看不出诗人的羁旅室家之思,而景素在荆州正处于政治上的危机境地,诗人曾举多种历史教训苦言谏诫过。所以这个“岁晏”看来是指肃杀的自然季节,而实是对于危险的政治气候的提示。“君如何”的意思是“你究竟打算怎样啊”,其中的利害关系诗人已陈说很多,这里只是从彼此的会心处叩问一下,但由于景素陷于邪说已深,诗人忠言难入,才悲伤得“零泪沾衣裳”。细揣“玉柱”以下四句情节,则知从“岁晏”至终篇六句所写,当是眺望荆山后一次亲密宴会的场景。“玉柱”二句写出座中默然时一片沉寂严肃的气氛。“玉柱”之“柱”为瑟的安弦部件,以“玉”形容其质之精美,这里用指整体的瑟,这是古诗词中常用的以偏概全的表现手法,如以帆或棹概作船一样。“玉柱空掩露”意谓瑟一直停放在露天中未演奏,夜深空空地蒙上了露水。“尊”为酒器,于前冠以“金”字形容酒器之华贵。“坐”在这里当作“自”字解。由于深秋夜久,金尊中的酒到口使人自然感到带着霜意的清冷。末二句写闻到乐曲演奏时的情绪。经过一阵严凛的沉寂之后,乐器演奏起来了,而奏的乐曲为《苦寒行》,这是曹操北征高干时写的,内容为行军途中艰难寒苦之况。奏出这一乐曲,一方面切合此时的节候及气氛,另一方面也暗示着刘景素图谋发动叛乱跃跃欲动的征兆,因而使人感到“再使艳歌伤”。“艳”为楚歌之称谓,“艳歌”即楚地曲调。这二句意思说,一听到以楚调奏出《苦寒行》歌曲,使人再度心情感伤。因前面已经“零泪沾衣裳”了,故此云“再使”。

这首诗题为《望荆山》,只是在前

端以“南关”二句形容“楚塞长”，以宏观眼光，概述荆山大的形势。“寒郊”四句不过是从所在近处郊原景象显示出时节气候，未涉及荆山胜景。而最后六句的抒情，似与荆山了不相关。但如依据诗人生平经历及当时现实政治情况来探索，则可知这首诗不是游览山水之作，而是政治抒情之篇。诗的首句即明白表出自己的政治使命，作为一个藩王的臣僚，是应辅导藩王确守正道拱卫宗国的。“南关”二句乃以移陈楚塞形势表明荆楚地域之广大，以见作为此地藩镇之责任重大。然而地势形胜，翻滋逆谋，遂于“寒郊”四句借描写望中时节风物，微露自己对荆地政治前途的寒凛之感。于是最后六句更进而情不自禁地宣泄出自己的悲感，如非关系重大，何至悲伤得如此深沉！《梁书·江淹传》说江淹在荆州谏刘景素，甚至言“殿下不求宗庙之安，而信左右之计，则复见麋鹿霜露栖于姑苏之台矣”。规诫到这般深重明切的地步，由此可以理解本诗后端的情意所在及悲伤因由。我们更可了然于本诗的意义，绝非一般游眺山水、流连光景的歌咏，而是现实政治生活危惧的悲呻。

（胡国瑞）

古意报袁功曹

江　淹

从军出陇北，长望阴山云。
泾渭各异流，恩情于此分。
故人赠宝剑，镂以瑶华文。
一言凤独立，再说鸾无群。
何得晨风起，悠哉凌翠氛。
黄鹄去千里，垂涕为报君。

鉴赏

本诗可能作于荆州刘景素谋乱之时。诗题曰“古意”，即托为仿古借以咏怀之意也。内容借歌颂从军远征以写伤乱之感、求去之心与离群独立的抱负。据《梁书·江淹传》载："(宋建平王)景素为荆州,淹从之镇,少帝即位,多失德,景素专据上游,咸劝因此举事,淹每从容谏曰:'……殿下不求宗庙之安,而信左右之计,则复见麋鹿霜露棲于姑苏之台矣。'景素不纳。及镇京口,淹又为镇军参军事……景素与腹心日夜谋议,淹知祸机将发,乃赠诗十五首以讽焉。"这里所说的"十五首",乃指组诗《效古》十五首而言(又名《效阮公诗十五首》),它继承左思的《咏史》与阮籍《咏怀》诗的传统,讥刺现实,抒写怀抱,意蕴深广,是江淹诗中之代表作。本篇与《效古》内容密切相关,故以"古意"为题。袁功曹,名炳,字叔明,历国常侍员外郎府功曹。"报",回答。

开篇从拟想从军远征落笔:"从军出陇北,长望阴山云。""陇北",泛指今陇山以北广大地区。陇山,六盘山南段别称,古称陇坂,在陕西陇县西北,延伸于陕、甘边境。"阴山",在内蒙自治区中部。这两句意思是说,从军来到陇山以北地区,眼里经常望见的是阴山顶上的浓云。"泾渭各异流,恩情于此分。""泾""渭",二水名,分别发源于甘肃的笄头山和鸟鼠山,在陕西高陵县今西安高陵区合流。泾水混浊,渭水清澈,合流时清浊分明,是以古代常用"泾渭分明"来比喻是非鲜明,这里以泾、渭各自流向不同的道路来比喻自己与谋乱者划清了界限,"恩情于此分"即指此而言。以上四句是第一层,借向往出征,以远离谋乱之源,申明是非观念。

中四句是第二层:"故人赠宝剑,镂以瑶华文。一言凤独立,再说鸾无群。"从军远征,朋友之间最好的赠别礼物莫过于宝剑了。不仅如此,宝剑上还雕刻出精美的图案或文字。这些文字、图案是什么呢?"凤独立""鸾无群"。意思是说,自己跟宝剑上雕刻出的凤凰和鸾鸟一般,超群独立,与谋乱者辈,截然不同。这两句承"泾渭""恩情"诸句,借宝剑的镂文进一步表明自己的节操与高尚品格。

最后四句是第三层:"何得晨风起,悠哉凌翠氛。黄鹄去千里,垂涕为报君。"诗人盼望有朝一日能凭借风力,展翅高飞。"翠氛",云气。"黄鹄",鸟名。《楚辞·惜誓》:"黄鹄之一举兮,知山川之纡曲;再举兮,睹天地之圜方。""鹄",形似鹤,色苍黄,其翔极高,一名天鹅。《史记·陈涉世家》:"陈涉太息曰:'嗟乎,燕雀安知鸿鹄之志哉!'"诗人以黄鹄自比,表示怀有远翥高飞之志。最后以"垂涕报君"结束全篇。

可以看出,诗人从军远征,并非本愿,因不得已而有此选择。诗中的地域、场景、意象多为想象之辞,其中心则均与诗人的节操、独立的抱负相结合,是为抒写激愤之情而有机地组织在一起的。所以全诗的脉络清晰,结构紧凑,上呼下应,出现高潮便戛然而止。钟嵘《诗品》说江淹"诗体总杂,善于摹拟,筋力于王微,成就于谢朓"。张溥《汉魏六朝百三家集题辞》中说江淹的诗文"新丽顿挫""体貌前哲""兴会高远"。可见江淹虽时写

“古意”“效古”,但并非亦步亦趋,而是在体貌前哲的同时发挥了自己的艺术创造性的。

(陶尔夫)

游黄蘖山

江 淹

长望竟何极?闽云连越边。
南州饶奇怪,赤县多灵仙。
金峰各亏日,铜石共临天。
阳岫照鸾采,阴溪喷龙泉。
残杌千代木,廧崒万古烟。
禽鸣丹壁上,猿啸青崖间。
秦皇慕隐沦,汉武愿长年。
皆负雄豪威,弃剑为名山。
况我葵藿志,松木横眼前。
所若同远好,临风载悠然。

鉴赏

“南州饶奇怪,赤县多灵仙。”一个“仙”字,道破了全诗的主题,是我们欣赏这首诗的着眼点。以下八句,写的是“仙境”。江淹是北人,写此诗之前的足迹所至,也不过是在建康(今江苏南京市)周围一带。现在被贬谪到当时还是荒远地区的闽乡,这南国的山水、动植物、烟霞,难免要使他觉得千奇百怪,有如入仙山之感。你看那高高的陡陡的山峰,那嶙嶙峋峋的山石,在南国赤日的照耀下,红红,黄黄,如金,似铜;它们又似乎在翩翩起舞,如鸾,如凤,似梦,似幻。那奔涌于地底的流水,似乎也不甘于地下的寂寞,冲开坚实的地壳,喷射出来,汇聚成一泓又一泓的潭水。你再看那弯弯曲曲的古木,那袅袅娜娜的青烟,出生于哪个遥远的朝代?是谁最初把它点燃?也许它们是“山中方一日,世上已千年”,阅尽了人间的春色、秋月，看够了人间的荣枯、盛衰。你听，那在峭壁上唱歌的，是什么奇异的鸟儿？那在悬崖上长啸的猿猴，又是在向谁诉说着它们的心曲？……这一切，我们都必须设身处地，用作者的眼睛去看，用作者的耳朵去听，方能体察到作者那惊奇、喜悦而又淡远的心情。这是全诗的第一个层次。

第二个层次是写由这奇妙的“仙境”所引发出的“仙心”。内中又先写古人的“仙心”。那“千代木”，那“万古烟”，那神仙一般的境界，使诗人首先联想起往古那些求仙慕道的人们。秦始皇，这扫荡六国、统一天下的雄主，这世上所有财富的主人，却使人到处访求仙人不死之药，而不死之药的拥有者倒是山中的隐者；汉武帝，这开边拓土、不可一世的帝王，握有至高无上的权力，却向慕长生的仙人黄帝。说什么“嗟乎！吾诚得如黄帝，吾视去妻子如脱躧耳”（《史记·封禅书》），甚至可以舍弃老婆孩子。作者写秦皇、汉武不过是陪衬，最终还在于引发、抒写自己的心情。“皆负雄豪威，弃剑为名山。况我葵藿志，松木横眼前”，连秦皇、汉武这些人主都甘心放弃一切权势富贵，去换取那名山大川中的神仙生活，何况我这微贱清贫的人，可以使人延年益寿的松脂就在眼前，只费举手之劳就可以得到，那么对自己无辜遭贬的命运又有什么可以不平呢？

以上的写景与抒情，就是这首诗的两大层次。但是，如果我们知人论世，结合江淹一生的思想和当时的遭际细细地咀嚼玩味，就会体察到隐藏在字面下面的更深细的寂寥不平之感。据《梁书》本传记载，江淹晚年做了高官，他对子弟说：“吾功名既立，正欲归身草莱耳！”归隐山林，要在功成名遂之后。而写此诗之时，江淹还正年轻，“壮志”还远远未酬呢！谪居到当时的“天涯海角”，绝不是他所甘心的事情。因此诗中的旷达语其实正是不平语，退隐、出世不过是他聊以自慰的违心之论罢了。古代文人多有强烈的功名之心，一旦失意则以老庄思想求得心灵的平衡，江淹也是如此。诗中的这一层言外之旨，也是我们应当注意的。

这首诗写景部分用铺陈夸张之法，显得状奇瑰丽。追求词句对偶，是当时的风气。至于情景分写，先景后情，不能情景融而为一，使“景语即情语，情语即景语”，则是山水诗创作技巧尚不圆熟的表现，在当时大率都是如此。

（萧华荣）

古离别

江淹

远与君别者，乃至雁门关。
黄云蔽千里，游子何时还。
送君如昨日，檐前露已团。
不惜蕙草晚，所悲道里寒。
君在天一涯，妾身长别离。
愿一见颜色，不异琼树枝。
菟丝及水萍，所寄终不移。

鉴赏

江淹写《杂体诗》三十首，序文中表示前人对诗人评价难以一致，他的杂拟是为了兼收众长，可见他的杂拟诗有创作上的积极意义。《拟古》诗是陆机、陶渊明都写过的，谢灵运的《邺中集》更是江淹的先驱，叫作杂体意思也就是不同风格的诗的拟作。江淹《杂体诗》从古诗到鲍照、汤惠休，实际也代表五言的发展史，其中陶征士潜还列谢灵运之前，可见对陶诗的重视。不过他的模拟，在思想内容上或力求接近，而就整体风格讲，所写成的还是江淹诗，他并不求乱真，也不能乱真。

这首诗《古离别》就是学《古诗》的，文字已不像《古诗》那样古朴，只能说是取《古诗》之神，但时间、空间、景物所写都已达极细致的程度。

诗开始两句，写征人到雁门关。南朝人写边塞，纯属想象，但可能反映南人怀想北国的心情。首二句近古乐府，但次句"黄云蔽千里，游子何时还"，写塞北风光真切，却已近唐音。

"送君如昨日，檐前露已团"，又是六朝诗格。"不惜蕙草晚"句，是活用《古诗十九首》"伤彼蕙兰花，含英扬光辉。过时而不采，将随秋草萎"的意思，但一反其意，却说"不惜蕙草晚，所悲道里寒"，即不惜自己衰老，只是悬念远征人在道路上寒冷。悬念之深，更是得《古诗》之神。诗的层次渐深。

江淹诗的特点在曲折反复。下面六句，进一步明点离别，明说长相忆而不能相见，明表相爱不渝的深情。句中又多采《古诗十九首》中的词与意。“君在天一涯，妾身长别离”虽不及《古诗十九首》“相去万余里，各在天一涯”的自然浑成，也别具一格。“愿一见颜色，不异琼树枝。”这两句用比，首句言希望，次句恰恰写出事实一定与愿望相反，琼树枝是没有谁可能见到的。《古诗》中虽没有这样的比，但用笔自然仍然可以说是传《古诗》的神。这二句又与上两句衔接很密，写到这里才是接近心理底层。

最后两句才是要表达的深层思想，即结发为夫妻，就依托终身，恩爱不移。“菟丝及水萍，所寄终不移。”所比都有《古诗》或前人诗为根据，“菟丝”见《冉冉孤生竹》“与君为新婚，菟丝附女萝”；“水萍”见《艺文类聚》引郭璞《萍赞》“萍之在水，犹卉植地”，又引《淮南子》“夫萍树根于水”，都指萍水相依，又引何晏诗“愿为绿蘋（同萍）草，托身寄清池”，更是本诗所据。“菟丝”及“水萍”，就是所寄不移的确切根据，并不是一般比喻，而是坚定的誓言。

就这一诗通首来看，正如严羽《沧浪诗话》所说“江淹拟古最优”，皎然所评“情远词丽”，明张文光《汇文通集序》所说“综注（典）赅博，叙事畅通，布景淋漓，写情透切”，真是既得《古诗》之神，又有自己独特风格。他的《自序》中说：“所与神游者，惟陈留袁叔明耳（友人）。”他的《杂体》拟古诗，实际也是与古代诗人神游，多方面吸取诗人品德和审美经验，于此悟入，《沧浪诗话》也很可能从江淹拟古诗作中得到启发。

（王达津）

刘太尉琨伤乱

江　淹

皇晋遘阳九①，天下横氛雾②。
秦赵值薄蚀，幽并逢虎据。
伊余荷宠灵，感激狥驰骛。
虽无六奇术③，冀与张韩遇。
甯戚扣角歌④，桓公遭乃举。

荀息冒险难⑤，实以忠贞故。
空令日月逝，愧无古人度。
饮马出城壕，北望沙漠路。
千里何萧条，白日隐寒树。
投袂既愤懑，抚枕怀百虑。
功名惜未立，玄发已改素。
时哉苟有会，治乱惟冥数⑥。

注释

①阳九：道术天降灾厄称作阳九。此指西晋永嘉年代之乱。
②横：充满。氛雾：妖氛妖雾，指少数民族首领刘渊、刘曜、石勒等乱华。
③六奇术：陈平曾为汉高祖六出奇计。
④甯戚：春秋时卫国人。
⑤荀息：春秋晋大夫。
⑥冥数：不可知的命运。

鉴赏

刘琨，字越石，中山魏昌（今山东无极县西北）人。永嘉元年（307）怀帝命他任并州刺史，孤军和刘渊、石勒等抗战。建兴四年（316），被石勒所攻，奔幽州段匹磾，被其所害。他是爱国将领，很有号召力，但不善于抚军，人易聚而又易散，因此致败。他与郭璞，在玄言诗流传时期，同被认为是诗歌发展史的正流。他写有《扶风歌》、《答卢谌》（四言八章）、《重答卢谌》（五言）等诗，颇叙他坚决战斗的艰苦之情，渴望救援，悲愤交至。

江淹的《刘太尉琨伤乱》诗，很能体会刘琨的感情，也显示了他自己的爱国情操。

诗开始四句叙史：“皇晋遘阳九，天下横氛雾。秦赵值薄蚀，幽并逢虎据。”是说大晋王朝遭少见的劫运，天下妖氛纷起。当时秦地除长安外，都为氐羌所据，长安后为匈奴刘粲、刘曜所攻，赵地被羯人石勒所据。幽州是鲜卑族占据的地方，石勒也曾攻入幽州。并州除刘琨守晋阳外，刘渊占了并地大部，曾建都于蒲子和平阳。刘琨《答卢谌诗》首章说：“厄运初遘，阳爻在六（不当位）……横厉纠纷，群妖竞逐……哀我皇晋，痛心在目。”江淹拟诗前四句基本上概括了这些内容。

次四句转入讲刘琨自己：“伊余荷宠灵，感激狗驰骛。”说自己蒙受怀帝恩宠作并州刺史。“灵”，灵祐，这是说国家灵祐，他移文州郡说：“斯乃曩年积诚灵祐之所致。”他由于感激国恩，而奔驰战场。“虽无六奇术，冀与张韩遇”，则是说自己虽不能比陈平，但希望遇到张良、韩信这样的人才来协助。这和刘琨《重赠卢谌》诗“白登幸曲逆（曲逆侯陈平解汉高祖白登山之围），鸿门赖留侯（张良解汉高祖鸿门宴之危），重耳（晋文公）赖五贤，小白（齐桓公）相射钩（管仲曾射桓公中带钩）……中夜抚枕叹，想与数子游”意思相同。

次四句写：“甯戚扣角歌，桓公遭乃举。荀息冒险难，实以忠贞故。”是刘琨深一层自述，他自比甯戚之被举为相，又自比荀息那样忠贞。荀息誓以忠贞事晋献公子奚齐，自己也忠贞不贰，因此才深入敌占区，历尽艰险。晋愍帝立时也拜他为大将军都督并州，他上表说：“所以冒承宠命者，实欲没身报国，辄死自效，要以致命冠场，尽其臣节。”这和江淹拟诗的情操相同。

下二句言有志无成云：“空令日月逝，愧无古人度。”这二句和刘琨《扶风歌》“功业未及建，夕阳忽西流”与《谢拜大将军都督并州表》“臣虽顽凶，无觊（同冀）古人”的话语相同，自认为惭愧不及古人志量，白白地让岁月流逝。

随后四句却离开忧思，一写沙场景色：“饮马出城壕，北望沙漠路。千里何萧条，白日隐寒树。”这四句写刘琨骑马出晋阳城所见，景中寓情，十分悲壮。曹植《赠白马王彪》诗：“原野何萧条，白日忽西匿。”江淹诗后二句由此脱出。诗中如只叙情不写景，就缺少了感染力量，从这里可以看到江淹创作所表现出的美感经验。这四句诗声调协调，也是近于唐音的。

下四句又转入写自己的形象和心情说：“投袂既愤懑，抚枕怀百虑。功名惜未立，玄发已改素。”四句是既有形象，又有情思，别开生面。《左传·宣公十四年》讲楚子“投袂而起”，即奋袖起立，表示愤慨的形象。刘琨曾上表说石勒想来袭击，当时形势使他“徒怀愤踊，力不从愿，惭怖征营，痛心疾首”。又《答卢谌书》也说：“负杖行吟，则百忧俱至；块然独坐，则哀愤两集。”江淹拟诗的这四句，正和这些生活情况和心理的描写相一致。功名未立，是志士的遗憾；黑发变白，也是必然结果。刘琨的形象，真是跃然纸上。

但诗的结尾二句还不像《重赠卢谌诗》写于穷途末路时，讲“何以百炼钢，化为绕指柔！”而是对战胜强敌，还抱有一定希望，说：“时哉苟有会，治乱惟冥数。”即是说如果时来运转，际遇良机，还有可能驱除敌人，恢复北方，但治乱冥冥中还凭运命！最后一句话虽然是说前途难料，却也符合刘琨孤军抗战，与强敌周旋，在极度艰难险阻中的思想。

凡拟古之作，不似的居多数。江淹拟古，熟知其人、其诗，自然会有神似的地方，加以拟古诗实在是一种再创作，虽然不一定全像所拟的作品，但思想性、艺术性有时还能高于所拟作品，如这首就比刘琨所作还要好些。但刘琨是抗敌战士，他的诗词气毅烈，较江淹为古拙。诗的发展有它的不同阶段,当时的艺术典范,就不会是后人尽能拟仿的了。所以江淹的《杂体诗》,毕竟还是江淹的诗。

江淹这种广泛继承和再创造的做法,是有他的意义的;但别人的生活,毕竟不是自己的生活,江淹自己擅长于写行旅、离别,生活面较窄,所以到晚年就不免"江郎才尽"了。

(王达津)

班婕妤咏扇

江　淹

纨扇如圆月,出自机中素。
画作秦王女,乘鸾向烟雾。
彩色世所重,虽新不代故。
窃愁凉风至,吹我玉阶树。
君子恩未毕,零落在中路。

鉴赏

江淹善于模拟古人之作。这一点,从南朝梁代作家钟嵘的文学批评名著《诗品》到清代学者刘熙载的《艺概》都有定评。他模仿陶诗而作的《陶征君田居》一诗,长期被后人误认为是陶潜原作,其酷肖的程度,于此可见一斑。

但江淹模拟班婕妤所作《咏扇》,其特点却不止是酷肖而已。与原诗相较,江作在思想内容方面有所深化,在艺术表现方面有所发展。原诗不长,逐录于下,以资比较:"新裂齐纨素,皎洁如霜雪。裁为合欢扇,团团似明月。出入君怀袖,动摇微风发。常恐秋节至,凉风夺炎热。弃捐箧笥中,恩情中道绝。"班婕妤原为汉成帝爱妾,后失宠。诗中虽有"常恐"之句,似为未然之辞,但题为"怨歌行",当系失宠后所作。此诗是否真出自班婕妤之手,后代学者颇有争议,我们此处可置勿论。就诗歌本身言,它运用传统的比兴手法,以纨素的洁白如雪比喻自己的容貌之美,品性之高;以圆如明月的合欢扇比喻自己与成帝的情好之笃;而以秋风送暑,纨扇见捐,比喻自己爱驰宠衰后的凄凉处境。这样一首诗，如果真的出于班婕妤之手，其目的无非如陈皇后请司马相如作《长门赋》，在于“以悟主上”而已。但它确实写出了贵族妇女可悲的心理、可怜的处境，不失为一首好诗。

江淹拟作，主旨与原诗大体相似，但是，“画作秦王女，乘鸾向烟雾”二句所表达的主人公的内心愿望，比起“出入君怀袖，动摇微风发”所流露出的可怜的自满自足情绪来，其内涵要丰富得多、深刻得多。所谓“秦王女”，故事出于刘向《列仙传》，谓秦穆公时有一青年名萧史，善吹箫。穆公有女名弄玉，爱听其箫声。穆公遂以女妻之。一旦二人皆乘鸾凤飞去。幸福的男女爱情、自由的神仙生活，这对闭处深宫的妇女该有何等的吸引力！这画面所表达的，难道不是封建社会贵族妇女可想而不可得的最大愿望！难道不是被帝王闭在宫中当作玩物的妇女对自己处境的一种无声抗议！

如果说，这两句所表示的还只是一种无言的怨恨、无声的抗议，那么，“彩色世所重，虽新不代故”二句，则在全诗俯首低眉作哀怨之语的同时，流露出严正的责备口吻，喊出了天下妇女的共同心声。这些都是我们从原诗中所体会不到的。

就表现手法而言，二诗皆用比兴。原作始终以扇为喻，而拟作却在后四句改为以树为喻。从谋篇来说，后者似乎有些偏题。但是，秋风吹树，落叶翩翩，比起抽象的“凉风夺炎热”来，要显得意象丰富；“零落在中路”的结局也远比“弃捐箧笥中”为惨。后者不过是弃置不用而已，前者却会被风吹雨打，路人践踏，很可能“零落成泥碾作尘”了。而且，“桑之落矣，其黄而陨”，自先秦以来妇女因年老而遭遗弃的故事，屡形诸歌咏。“窃愁凉风至，吹我玉阶树”，用大家所熟悉的物象作喻体，把这种古老而又常见的女性痛苦写入诗中，这就不仅是为班婕妤鸣不平，而且有了更为广泛的社会意义。

（鲁同群）

效　阮　公（其一）

江　淹

岁暮怀感伤，中夕弄清琴。
戾戾曙风急，团团明月阴。
孤云出北山，宿鸟惊东林。

谁谓人道广，忧慨自相寻。
宁知霜雪后，独见松竹心！

鉴赏

江淹《效阮公》(一题《效古》)共十五首，这是第一首。题中“效”字，有两重意思：一则效法阮籍咏怀诗“志在刺讥而文多隐避”的表现手法；一则效法阮诗“情景融合”“响逸调远”的艺术风格。

入手两句赋起，勾勒出抒情主人公忧思难任、彷徨不安的自我形象。节令已近“岁暮”，时间已到“中夕”。“岁暮”对于一位身居季世、变乱相仍的诗人来说，往往是百感交并的时会；“中夕”则万籁悄悄，遥夜岑岑，显示出一种黑暗无边、死一般沉寂的心理压力。此时此境，诗人无法安睡，在抚弄瑶琴。不安之心律动，奏响了五条弦上清越的琴音；这清越的琴音，又反过来激起他灵魂上更大的不安，传出他激烈跳动的心之节奏。一个不安的夜，一位不眠的人，一支不平静的琴曲，展示出诗人感伤、惶惑、急剧不安的内心世界。

随后四句，宕开笔触写户外周遭景色：黎明前的晨风发出“戾戾”的声音；本是团团之明月在此曙色将露之时显得昏黄阴暗；一片孤云从北山飘起；一群宿鸟惊噪于东林。诗从户内弄琴突然转写户外风物，其中自然包含了诗人舍琴而起，出户吁怀这样一个空间转换的过程。这一被省略了的空间转换过程，正表现了诗人起坐惶惶、徙倚徘徊的心态，此即诗家所谓“不写之写”。出户吁怀，见闻感受如何？接写的这四句分明告诉读者，此时景物非特不曾给他的心带来抚慰，使他感到放松，反而给他以更大的压力。试看：他耳接之声是戾戾然峻急的撕裂宇宙的风声；目遇之色是昏黄惨淡、即将沉山的月色；云则飘浮而孤独；鸟则惶惶然骚动而惊林。四句合观，分明是一幅惨淡凄迷的风物画，隐寓着动荡不安的社会图景，激化了他惶惶不可终日的心情。这四句用象征手法，把风、月、云、鸟连缀在一起，给人一个强烈的总体印象、总体感受。这样，诗人忧时伤世的内心世界展示得更加饱满充分了。

读诗至此，不禁有问：这无端而来、澒洞难掇的忧伤，究竟因何而发，从何而起？诗的七、八两句微微一点：“谁谓人道广，忧慨自相寻。”谁说人生道路无边宽广？在我看来是如此险阻逼仄。一场政治密谋正在酝酿，可忧慨之事一件接一件而来。面对着这样严峻的局面，我怎能不徙倚户庭，中夜惶惶？这五条弦上，又怎能排遣我的如焚忧思？诗至此微微挑开帷幕，以“人道”“忧慨”隐约地点出诗心。结句又陡然一转：“宁知霜雪后，独见松竹心！"他预感到，一场政治上的霜雪是必然要到来的。到那时，他的知遇之主恐怕会彻底毁灭；也许，内室操戈，国本动摇，整个大地，将落得白茫茫一片。霜雪过后，万类凋零，你会看到有一丛翠竹，一树青松，仍傲然挺立，也只有到那种时候，你才会充分理解我的逆耳之忠言，如松似竹凌霜傲雪之气节。一个"独"字，下得极重，仿佛众人皆醉，唯我独醒。确实，正因为有远见、肯进忠言的人是如此之少，诗人才感到了无边的孤独。这个结句与篇首中夜弄琴遥相映照，而草蛇灰线，不露痕迹。

读罢全诗，诗人惶惶不安之情、欲吐还含之态，如在目前。他好像感受到了一种山雨欲来的压力。但为什么如此惶惶，又为什么如此欲吐还含，很难坐实。诗像有薄雾轻纱笼罩，旨趣遥深。要揭开这层轻纱，还得回到本文文首所说"效法阮籍咏怀诗'志在刺讥而文多隐避'"这个判断上来。阮籍《咏怀诗》八十二首，钟嵘以为"厥旨渊放，归趣难求"，乃因作者身在乱朝，常恐罹谤，而又激于义愤，对时局不能视而不见，默而不言，于是发为歌诗。情愈迫切，旨愈隐约。江淹初仕于刘宋，曾为建平王刘景素赏爱，被收罗幕中。景素是宋文帝刘义隆的孙子，与当国的后废帝刘昱为兄弟行。时后废帝失德，景素物望方隆，有取而代之之意。其左右也积极为之密谋酝酿。江淹在景素幕中，曾多次从容进谏，景素不纳。后来景素镇京口，江淹为镇军参军，见景素与其腹心谋议日亟，深恐祸机将发，景素倾亡，国本动摇，因此作这十五首《效阮公诗》以为讽劝。淹以诗谏，对这个尚未公开化的政治密谋不好直说，又不忍缄默，乃效阮籍咏怀之"旨趣遥深"，故为朦胧隐约以出之。

前文还说到，江淹效阮，还表现在效法阮诗"情景融合""响逸调远"这种艺术风格上。这首诗共十句。首二直赋"感伤"，情中有人物形象；中四写户外风物，风声月色，孤云惊鸟，景中无不有情，情景交融而互为衬托，正体现了阮诗"情景融合"的艺术风格。后四承以议论，结以霜雪竹松，悠远有余韵，也深得阮诗"响逸调远"之韵致。试读阮籍《咏怀》第一首，起二直赋心情；中四写景，借景抒怀；最后仍以赋作结。即使从二诗的结构布局看，江淹学阮，也可谓神似，足以乱真。钟嵘谓其"善于摹拟"，是说对了的。——当然，江淹自有怀抱，其诗自具风情，其真正的价值，又在"神似""乱真"之外。

（赖汉屏）

效 阮 公(其六)

江 淹

若木出海外,本自丹水阴。
群帝共上下,鸾鸟相追寻。
千龄犹旦夕,万世更浮沉。
岂与异乡士,瑜瑕论浅深!

鉴赏

江淹的诗素以拟古著称,钟嵘《诗品》说他"善于模拟"。拟古是两晋南北朝诗歌创作的一种风气。模仿、学习往古优秀之作的艺术风格与表现手法,以提高自己的创作水平,同时也借以抒写自己的情怀,这在当时原也无可厚非。《效古》十五首,就是模拟阮籍《咏怀》八十二首的。阮籍生当三国魏正始年间,政治极其险恶,"有识之士,多难自保"。因此,他的作品常常采用比兴的手法,把自己不可明言的忧惧、愤懑、牢骚、感慨等复杂心情,借助于感性具体的艺术形象,曲折隐晦地暗示出来,形成"言在耳目之内,情寄八荒之表"(《诗品》)的托意遥深的风格。江淹写《效古》时的心情,与阮籍多少有些相似之处。当时他正在建平王刘景素手下任镇军参军,看到刘景素日夜与心腹密谋反叛,知"祸机将发",意欲劝阻。这种心情,当然也是不可明言的,便模拟《咏怀》的表现手法,写了这十五首诗献上。于是,《效古》也便获得了类似于《咏怀》那样的艺术风格。这从"若木出海外"之例,可以窥见一斑。

言在此而意寄于彼,是比兴的基本特征。这首诗从字面看来是写若木,其实都是暗示与影射刘景素的。诗中若木的形象,是刘景素的化身。首二句暗示刘景素出身之贵。若木,这神奇的大树,据说是出自丹水之滨,而丹水又是源于"其上多金玉"的丹穴之山的;它又植根于太阳过往的地方,而太阳向来是"人主"的象征。刘景素,则是锦衣玉食的皇亲国戚。三、四句暗示刘景素地位之重。"群帝共上下,鸾鸟相追寻",群仙上下九天要借助于这高耸入云的大树,"择木而栖”的鸾凤也常常飞集在它的枝干上歌唱。刘景素则据于政治上的要路，那些热衷仕途的人们也不免要来巴结逢迎，攀龙附凤。五、六句暗示刘景素的福泽之久。他作为“金枝玉叶”，将会得到“人主”的庇荫，世世代代永享荣华富贵，正如那历万世而不衰的若木一样。最后两句则是直接议论，奉劝刘景素“贵人自重”，好自为之，不可听信小人之言，心存侥幸，铤而走险。

这是一首讽谏诗。讽谏诗要投合被谏者的心理，方能达到预期的目的。此诗借对若木的夸张描绘，极力夸耀刘景素令人炫目的权势与富贵，以劝说他不要把这一切毁于一旦，这正是有意迎合那种自高自大的皇室贵族的虚荣骄横的心理。当然，对于刘景素来说，书生的一纸空言哪里能遏制住他的野心！江淹不仅没有达到谏止的目的，自己却因而被贬到穷乡僻壤。但他的这些讽谏的诗篇却流传下来，令我们读后有“言已尽而意有余”之感，确有《咏怀》诗之风。不过，模拟越像，就越无个人的风格，这是江淹所有的拟古诗的根本弊端。

（萧华荣）

光华殿侍宴赋竞病韵诗

曹景宗

去时儿女悲，归来笳鼓竞。
借问行路人，何如霍去病。

鉴赏

曹景宗是一位作战英勇、屡建大功的将军，但却在古代诗坛上留下了一篇佳作和一段佳话。据《南史·曹景宗传》记载，梁武帝天监六年(507)，曹景宗统兵大败北魏军的进犯，“振旅凯入，帝于华光殿宴饮连句，令左仆射沈约赋韵。景宗不得韵，意色不平，启求赋诗。帝曰：‘卿伎能甚多，人才英拔，何必止在一诗。’景宗已醉，求作不已，诏令约赋韵。时韵已尽，唯余竞、病二字。景宗便操笔，斯须而成。其辞曰：‘去时儿女悲，归来笳鼓竞。借问行路人，何如霍去病。’帝叹不已。约及朝贤惊嗟竟日”。所谓“赋韵”，就是要求作诗的人以事先规定好的一些字为韵，然后大家分头拈取韵字,用拈列的韵字作诗。

诗的首二句,以写实的方法,极其概括地表现出两种截然不同的情景,对照十分鲜明:初出征时,家人担忧,儿女悲啼,凄惨送别;胜利归来,吹笳击鼓,齐声争鸣,欢迎热烈。笳是胡人的一种吹奏乐器。因作者亲身体验过这样的场面,有真情实感,所以,虽寥寥十字,却含蕴丰富,深刻动人。后二句以名将霍去病自比,一股按捺不住的欣喜自豪之情跃然纸上。霍去病不仅是在抗击匈奴、保卫汉疆中建立大功的名将,而且他还有一句豪言更著名:"匈奴不灭,何以家为?"所以,这后两句似不无另一层深意。今日得胜回来,不仅要与霍去病比一比,来日则更见壮举:收复被鲜卑人占据的北部江山。

(赵望秦)

赠郭桐庐

任　昉

朝发富春渚,蓄意忍相思。
涿令行春返,冠盖溢川坻。
望久方来萃,悲欢不自持。
沧江路穷此,湍险方自兹。
叠嶂易成响,重以夜猿悲。
客心幸自弭,中道遇心期。
亲好自斯绝,孤游从此辞。

鉴赏

《赠郭桐庐》一诗,是任昉的晚年作品,可能作于出为新安太守的赴任途中。全诗抒写客旅中与朋友会面的喜悦,以及复又辞别亲好、孤帆远行的悲思。情辞恳挚、思致动人,不失为一首佳作。

任昉的仕途生涯大多顺遂:早年曾任齐司徒左长史,入梁后任吏部郎中,转御史中丞。官做得不小,意气亦自轩昂。作起诗来,不是"我皇抚归运，时乘信告成”(《九日侍宴乐游苑》)，便是“日下重门照，云开九华澈”(《奉和登景阳山》)。堂皇、逸雅，颇有一种自得之情。到他写本诗时就不同了。此刻，他已被贬出京华，正以一叶孤帆远赴新安，心情之惘然可以想见。聊可安慰的，前方还有位相知的朋友在等待自己，他就是郭桐庐。本诗的前半部分，正从对朋友的思念入笔，写他早上从富春出发，百里之遥，就将是郭桐庐迎候他的地方。船行在风景如画的富春江上，那两岸空蒙的青山，本该慰藉旅途的多少思愁。而今，勾起的却全是渴念友人的难抑相思。对于他的朋友，人们也许感到陌生。诗人接着便引用典故，以汉代涿令滕抚为喻，点明这位桐庐县令的斐然治声。现在，正是江南草长、群莺乱飞的春日，他也许刚从乡间巡行回来，为了迎候，江岸上早已冠盖相接、人头攒攒了吧？“涿令行春返”二句，以想象驭典故，幻化出一派虚景，甚有缤纷缭乱之感，而朋友郭峙呢，竟也迫不及待，迎候过早，只好又“进村”去了。这就出现了双方都急于会面，又几乎交臂失之的戏剧性场面。诗人似乎有些惆怅，而见面一叙，于恍然大悟之际，不免又喜不自胜。“望久方来萃”二句，正是抒写了这种希冀、惆怅和不期而来的喜悦交相混合的复杂情感。

诗的后半部分，写得较为苍凉。诗人刚才还沉浸在与朋友会面的喜悦之中，随之而来的却是辞友远别的悲哀。诗人表现这种悲思，没有采用直接抒发的方式，而是将它溶于对旅途前程的瞻望和悬想之中，使其显得格外深沉——从桐庐去新安，潺湲的绿水由此变得湍急，起伏的青山，亦将代之以峻峰叠嶂。请想一想吧，在岸壁空谷之中，本就容易激起回响；何况夜晚所能听到的，又尽是猿啼悲鸣！这几句抒写，很可以与郦道元《江水·三峡》的下述文字媲美：“每至晴初霜旦，林寒涧肃，常有高猿长啸，属引凄异，空谷传响，哀转久绝……”诗人正是带着如此苍凉的思绪，辞别了友人——他曾经在半道上，给自己的孤寂客游以多少慰藉，从此以后，前路上再没有这样的故人了啊！全诗在深沉的叹息中戛然收笔。唯有读者，似乎还像他的朋友郭峙一样，久久伫立江岸，遥看一叶孤舟，颠荡于叠波险流之上，愈远愈渺，终于隐没。远远的山岭间，依稀有凄婉的猿啼回转不绝……

前人以为，任昉的诗“用事过多，属词不得流便”。就总体说，任诗确有这个毛病。不过，《赠郭桐庐》一首实为例外。此诗用典不多，且融入了想象和真情；胸臆直抒，又伴以悬拟和虚景。粗粗读去，句句似皆平夷；细细涵咏，情韵亦复跌宕。当得“叙事如见，其词亦朴实可念”之评(陈延杰《诗品注》)。

(潘啸龙)

赠徐征君

任 昉

促生悲永路,早交伤晚别。
自我隔容徽,於焉徂岁月。
情非山河阻,意似江湖悦。
东皋有儒素,杳与荣名绝。
曾是违赏心,曷用箴余缺?
眇焉追平生,尘书废不阅。
信此伊能已,怀抱岂暂辍?
何以表相思,贞松擅严节。

鉴赏

赠答酬唱在历代诗歌中占很大比重,但是不同时代、不同作者,写给不同对象的赠答作品各有不同的思想艺术特色——如果它不是逢场作戏的敷衍应酬,而是以严肃态度创作出的真正艺术品的话。任昉这首诗就是写得比较好的、在思想艺术上都有一定特色的赠人之作。

在这首诗中,任昉回环往复地表达了对徐征君的景仰思慕之情。任昉和徐有过短期的交往,但很快分手了。所以诗作首先从对这次交往的回忆着笔,抒发了一种“早交晚别”、音容难忘的真切而又沉挚的感伤情绪。接着,在三四句里,作者的意念进一步深化,揭示出他所以寄意于徐征君,而且情思浓重到高山大河不能阻隔的程度,原因在于徐征君的“儒素”,也就是他蔑弃荣名、寄情田园的高尚品节。正因为仰之弥高、慕之弥深,所以在五六句中,很自然地转向反躬自省的观照,在这种观照中,追念平生以和徐征君对比,不由得滋生出怅惘失落的情绪,以至久久废书而不能阅。这种心理体验和神情状态表述得相当真切。最后,作者的种种情思凝结到构成全诗意旨的中心点上:对江湖田园斩截不断的向往;对徐征君贞松形象充满钦敬的怀念。

所谓征君,除了那些走终南捷径的假隐士外,一般都是对政治黑暗、社会动乱不满而采取洁身自好、不与当政者合作的处世态度的人。任昉对徐征君的景慕,实质上是对他人生抉择、处世态度的向往。任昉出身于仕宦之家,少年得意、锋芒早露,他何以竟然会身在魏阙之下,心在江湖之上呢?这固然与他写作此诗时处于不得志的状态有关,但更重要的是反映了士族文人一种典型心态:一方面由于热衷于虚利浮名而甘心随政治风云的变幻升降,一方面又对势利场上的角逐暗怀忧惧,对反复无穷的争斗时时产生虚空厌憎的情绪。正因如此,他这首诗让人读来才觉得比较深切真挚。

在文学史上,齐梁时期以文风的衰颓卑弱著称,这种颓靡文风的具体表现,一是内容的虚浮,二是风格的轻艳。任昉这首诗明显地与此不同。首先,如我们已经看到的,他对人生的感伤,交谊的珍重,落寞心绪的抒发,感情意向的倾吐,皆非虚情矫饰,而是心曲的自然剖露。其次,在表达方式上,基本是直吐胸臆,无用事过多之病,也不追求藻饰的华美。再次,在遣词用语方面,虽由于过多地使用虚词和过分地追求古简,未免给人生涩拙硬之感,但却显示出古朴典雅的效果。因之整首诗在风格上多少流露出《诗经》和建安作品的余绪,与萧绎所鼓吹的为文“惟须绮縠纷披、宫徵靡曼”的时尚大相径庭。

(刘振东)

别萧谘议

任　昉

离烛有穷辉,别念无终绪。
歧言未及申,离目已先举。
揆景巫衡阿,临风长楸浦。
浮云难嗣音,徘徊怅谁与?
傥有关外驿,聊访狎鸥渚。

鉴赏

这是一首赠别诗。萧谘议,即南朝梁武帝萧衍。在南齐武帝(萧赜)永明中期(488 年前后),他和沈约、谢朓、王融、萧琛、范云、任昉、陆倕等聚集于竟陵王萧子良(齐武帝二子)的鸡笼山西邸,谈诗论文,交欢甚笃,时称“竟陵八友”。不久,萧衍为随王(齐武帝八子萧子隆)镇西谘议参军。随王镇荆州,萧衍赴荆州任所,同列好友为他设筵饯别,赠诗为念,任昉也在其中。今存王融《萧谘议西上夜集》和宗夬《别萧谘议》,也和这首诗一样,都是这次为萧衍送别而作的。萧衍本人也写了《答任殿中宗记室王中书别》作为回赠。时任昉为尚书殿中郎,所以《古文苑》选录这首诗时,署为“任殿中昉”作。

萧衍、任昉之间,在年轻时的关系是非常友好而亲密无间的。据《梁书·任昉传》记载,他们在竟陵王西邸时,萧衍曾向任昉认真地说过:“我登三府(指太尉、司徒、司空的官署处),当以卿为记室。”任昉也向他戏谑地说:“我若登三事(古称三公为三事大夫),当以卿为骑兵。”可见他们之间的友情深厚。后来萧衍起事灭齐,即以任昉为骠骑记室参军。即位后,拜任昉为黄门侍郎、迁吏部郎中等职。这首诗,就是他们年轻时深情厚谊的写照。

全诗十句,可以分为三层意思。

开头四句,写别筵惜别的心情。“离烛”,送别筵席上的灯烛。别筵点烛,当然是在说明别筵是在夜晚进行的。“离烛有穷辉”,是说灯烛有尽,即使一换再换,以至通宵达旦,总还是有穷尽的时候。可是,“别念无终绪”,想到即将离别,那种惆怅神伤的情思,却没完没了。一个“有穷辉”,一个“无终绪”,鲜明对照、相反相成,他们之间的深情厚谊和恋恋不舍、依依惜别的心情,就突出地表达出来了。通宵达旦的筵别,应该说叙别谈心、一切应该说的话、一切应该表达的情谊,是可以倾诉出来的,但是诗人仍感到前两句不能尽其心意,因而再强调一句:“歧言未及申”。一夜之间,临别前的话还未来得及陈述,可见他们友情太深、要说的话太多了。可是时不待人,尽管送别的人恋恋不舍、出行的人依依惜别,天明后还是要登程的。因此“离目已先举”,就更增强他们惜别的惆怅心绪了。可见,四句诗语,抓住“别”字,一层深一层地揭示、剖析,就把他们的离情别绪生动、具体而深刻地突现出来,颇为真实和感人。萧衍自己回赠的诗中也说:“清宵一已曙,藐尔泛长洲。眷言无歇绪,深情附还流。”与任昉写的情景是一致的,并成了“离目已先举”的极好注脚。

中间四句,是诗人对别后思绪的想象和倾吐,也是上述离情别绪的再进一层的揭示。既然“清宵一已曙”“离目已先举”,萧衍必须赴荆州任所,离别是势在必行的,所以诗人就只好把这种离别的思绪寄托在萧衍走后的某些情景上了。“揆景巫衡阿”,他度量着友人路途上的时间和行程;“临风长楸浦”,他表白着友人走后的悬念和心绪。巫山、衡山,都在荆州管辖区域之内,这里当然是指代萧衍要去的地方。他度量太阳照射那里的情景,实际是在表明自己的心意也跟着萧衍一同离去。长满高大楸树的水边,是容易引起人们愁思的地方,大诗人屈原就曾“望长楸而太息兮,涕淫淫其若霰”(《哀郢》),任昉“临风长楸浦”,当然也是表白自己在友人离别后的惆怅心绪的。如果上两句还是他一种隐约的表述,那么下两句,“浮云难嗣音,徘徊怅谁与?”就是直抒胸臆了。诗人李白曾说“我寄愁心与明月,随君直到夜郎西”,现在诗人要寄托于浮云,但“浮云”难以连续传递友人走后的音信,所以只有徘徊流连,无法排遣。“徘徊怅谁与”是一个自动反问句,意思是徘徊惆怅为谁呢?实际反问等于直说,读诗的人都会明白他的徘徊惆怅就为了离别了的友人。可见这四句,或隐喻,或直述,都不过是表现在友人走后要出现的种种离愁别绪罢了,从而使人们相信,他们之间的友情确实是深厚的,其离情别绪也确实是难以排解的。这又为下一层意思的抒发铺垫了基石。

最后两句,是全诗感情的集中表现,是离情别绪的高度升华。好友西辞,自己的思绪无法排遣,因而表示愿和友人一同西去,共同欢度真诚相处、毫无猜忌、并充满着深情厚谊的生活。但是,作者的这种思想感情,不是直接地抒发出来的,而是脱化于事典,因而说得极为含蓄蕴藉,令人回味。“傥有关外驿”,假如边远地区也有驿马(或驿站)的话,“聊访狎鸥渚”,我姑且就去造访“狎鸥渚”了。言下之意,萧衍走后,诗人再无心于纷乱的政事,只想另寻真诚相处的地方。这虽然不是直接表示愿和友人长期相聚一处,但却含蓄地表达出了他和萧衍之间的真挚友情,难分难舍。

由此可见,这首赠别诗,通篇紧扣一个“别”字,集中抒写了与友人离别的感情和心绪。它由实际别筵写起,层层揭示,步步升华,使别情离绪像江水的波涛一样,前浪刚伏,后浪又起,浪浪推进,激动人心。全诗充满着联想和想象,更显得深情依依,言简而意丰。在“永明体”盛行的时候,能写出这样有真实感情的作品,不矫揉、不造作、不藻饰、不浮艳,也算是难能可贵的了。

(霍旭东　梁宗奎)

出郡传舍哭范仆射

任 昉

平生礼数绝，式瞻在国桢。
一朝万化尽，犹我故人情。
待时属兴运，王佐俟民英。
结欢三十载，生死一交情。
携手遁衰孽，接景事休明。
运阻衡言革，时泰玉阶平。
濬冲得茂彦，夫子值狂生。
伊人有泾渭，非余扬浊清。
将乖不忍别，欲以遣离情。
不忍一辰意，千龄万恨生。

已矣平生事，咏歌盈篋笥。
兼复相嘲谑，常与虚舟值。
何时见范侯，还叙平生意？

与子别几辰，经涂不盈旬。
弗睹朱颜改，徒想平生人。
宁知安歌日，非君撤瑟晨？
已矣余何叹，辍舂哀国均！

鉴赏

这是任昉为他的好友范云所写的一首悼亡诗。任昉和范云是老朋友，早在南齐武帝永明年间，他们就和梁武帝萧衍等人共同聚集在竟陵王萧子良的周围,经常出入于鸡笼山西邸,讲诗论文,友情甚笃。后来,他们又一同辅佐萧衍灭齐建梁,出生入死。萧衍起事后,任昉为骠骑记室参军,范云留参帷幕,拜黄门侍郎。萧衍建梁即位后,任昉拜黄门侍郎,迁吏部郎中,掌著作;范云为散骑常侍,吏部尚书,领太子中庶子。天监二年(503)正月,范云为尚书右仆射,仍领吏部。不久,任昉出为义兴太守。是年五月丁巳(初六日)范云病卒,任昉于义兴闻讣,悲伤不已,故作此诗以悼念老友。

全诗共三十四句,可分为三章。从开始至"千龄万恨生"为第一章;从"已矣平生事"至"还叙平生意"为第二章;从"与子别几辰"至末为第三章。三章之间,诗语的多寡很不平衡,叙写的思想内容也各有侧重,但都以"哭"字通贯诗意,真实地表现了他们之间的深厚友情。在讲究声律对仗、重视藻饰事典的"永明体"诗风弥漫诗坛的情况下,这首五言体古诗,确是一篇情笃意切、感人肺腑的佳作。

在第一章里,诗人以二十句较长的篇幅叙平生、忆往事,哭中有诉,集中而沉痛地表述了他们之间的交往和友情。诗篇的开头两句:"平生礼数绝,式瞻在国桢。"意思是说:我平素与外人交往很少,但对范云这样的国家栋梁却一直是仰望、崇敬的。这里,诗人首先强调范云是国家的栋梁。范云死时才五十三岁,对这样人物的过早离世,从国家来说,是极令人哀伤、惋惜的。但诗人不从这个角度抒发,而却从私人之间的友情上着笔,明确地说:"一朝万化尽,犹我故人情。"意思是说他虽然死去了,但我们老朋友之间的友情却是永存的。下面的诗句,就是紧承"故人情"加以生发而集中抒写他们"结欢三十载"中种种生死如一的交往、共事和友情的。早在南齐永明年间,他们就聚集在竟陵王萧子良的周围,意气风发,希望为国家做一番事业。萧子良本人,博通经史,历任重职,又重视广招人才,在齐武帝长子萧长懋早死的情况下,如果由他来继承其父萧赜的帝位,南齐的政治是会有所发展的,他们也确是能够做出一番事业的。可是,齐武帝于永明十一年(493)病死后,却由年幼的太孙萧昭业即位(郁林王),大权旁落在野心家萧鸾(即后来的齐明帝)手里。萧鸾不久杀死了昭业,立昭业之弟昭文为帝(海陵王),不久又杀昭文而自立。在这宗室内部残杀、争夺的复杂矛盾中,萧子良始终处于嫌疑、忧惧的状态,不久也就病死了。诗中所说"待时属兴运,王佐俟民英",正是指的这种政治背景。他们等待时机,注视兴旺时运的到来;他们辅佐君王,等待人间英才的出现。可是齐明帝在位五年,残杀更为惨重。齐高帝萧道成的十九个儿子,齐武帝萧赜的二十三个儿子,除高帝次子萧嶷一支留有后人外,都被他全部杀光了。永泰元年(498),齐明帝病死、其子萧宝卷继位(东昏侯)后,情况更为严重,江南大地几乎到处都燃烧在争夺、残杀的混战中。这时,任昉、范云他们"竟陵八友"之一的萧衍,乘机起事反齐,终于在中兴二年(502)年初,取得了灭齐的彻底胜利,建立了梁王朝。起事中和建梁后,任昉和范云都给萧衍以极大的支持,也得到了萧衍的信任和重用。诗中所说"携手遁衰孽,接景事休明",就是指的这一段经历。衰孽,即指东昏侯。他们不满东昏侯的黑暗统治,表面上说是逃避("遁"),实际是和萧衍携手反齐,并肩战斗。休明,指梁武帝萧衍。任昉和范云都是接连为之事奉、为之效力、为之尽职辅佐的。"运阻衡言革",在时运不济、气数阻隔之时,亦即在南齐的统治下,即使是常言、常理,也得被迫改变;"时泰玉阶平",在社会安定、国家太平之时,亦即在梁武帝的管理下,政治一片清明,他们之间更可欣然交往了。由此可见,以上八句是写他们之间政治态度、斗争方向的一致。正是在这样重大的政治斗争中,他们才结下了生死之交,建立了真挚的友情。这就是"故人情"之中的重要内容。

萧衍称帝后,他们共同辅佐,同朝共事,当然相互间是友爱相助的。特别是范云就任吏部尚书之后,任昉为吏部郎中,就是他的副手,这在他们一生交往中,也是值得特别回忆的。所以诗人连用了"濬冲得茂彦"以下四句来叙述他们在一起供职时友爱配合的情景。濬冲是西晋王戎的字,他在担任选官时,江夏李重字茂曾,洁身傲俗;汝南李毅字茂彦,学识精深,王戎都能量才任用,委以要职。诗人在这里借用这一事典,喻"夫子值狂生",来叙写范云对他的任用。下面两句,"伊人有泾渭,非余扬浊清",更进一步赞扬范云供职吏部尚书时,在甄选官吏、综核人物、品评是非等方面,都是曲直在胸、泾渭分明的,并谦逊地表示不是自己显示了清浊而宣扬范云功德的。可见,诗人对他的任职才能和为人品德,都是极为尊敬的,他们正副之间也是密切配合、友好相处的。可是,正当他们协调供职之际,天监二年夏初,诗人被任命为义兴太守,必须离京赴任了,因而"将乖不忍别"以下四句,就又集中叙写了这次离别时依依不舍的情景。"将乖不忍别",将要离别时,又恋恋不忍离开;"欲以遣离情",想用留恋徘徊的一点点时间,来排遣双方的离绪别情。特别令诗人感伤的是,这次离别,竟成了他们之间的永别。从下面"与子别几辰,经涂不盈旬"来看,大概他刚到义兴不久,范云就病逝了。所以诗人更为悲痛地说"不忍一辰意",暂短的离情别绪尚不能忍受、排遣,那么"一朝万化尽",就更是"千龄万恨生"了。由此可见,以上八句写了他们近期的友好相处和他们之间的深情厚谊,而且写得更为具体、真挚和感人。这,也是"故人情"中的重要内容。

如果说本诗第一章是诗人有哭有诉地叙平生、忆友情的话,那么第二章短短六句,就集中突现了范云在诗歌写作上的成就和与人相处中的品德。本章一开始,诗人就哀伤、感叹地说:"已矣平生事,咏歌盈篋笥"。范云的一生,算是了结了,但他那大量的优秀诗文,却长留在人间。他是南朝齐梁时期著名的作家之一,工诗善文,著述甚多,至今还流传下来诗歌四十多篇。“盈篋笥”,不仅指他的诗多,也指他的诗好。“兼复相嘲谑,常与虚舟值”,再加上他平时与朋友们戏谑、酬唱时心胸开阔、涵养超群、具有大家的风范,就更值得人们去怀念追思了。“与虚舟值”这一典故见于《庄子·山木》,原意是喻人生要不以物累,虚己游世,守道无为。诗人脱化其意,用来比喻范云的为人胸怀宽阔,遇事虚己超脱,具有长者的风度。诗人回想这些,心情更加悲痛,因而呼喊似地说:“何时见范侯,还叙平生意?”明知不能再见,而呼喊何时再见;明知不得再叙情意,而希望再叙情意,正是极度哀伤的表现。

第三章,又写范云病逝的突然,出乎意料,所以闻信更为悲痛。“与子别几辰,经涂不盈旬”,看来范云是在任昉离开后不几天就突然而死的。因而,“弗睹朱颜改”,没有看到范云的病相面色;“徒想平生人”,心目中就只有范云平时的音容笑貌在浮现着。诗人接到噩耗,还有些疑真疑假,推想回忆,正是在自己离情别绪尚未平息之时,好友就永离人世了。“宁知安歌日,非君撤瑟晨?”哪里知道正当我安歌自慰、以平思绪的时期,就不是老友病死的时刻呢?这是一个反问句,正表明诗人悲中思悲,更难忍受。但最后两句,诗人却故意将自己的悲痛撇开,另辟出新的意境:“已矣余何叹,辍舂哀国均”。据《史记·商君列传》记载,五羖大夫(百里奚)死时,“秦国男女流涕,童子不歌谣,舂者不相杵(杵为舂米时用的棒槌,相是送杵、助杵的歌声)”。现在,“辍舂哀国均”,全国人民都停止劳作,对这位国家重臣的逝世表示哀悼,所以“已矣余何叹”不是不悲叹,而是自己的悲伤和全国人民的哀悼统一了起来。死者可以瞑目告慰,哭者也可以告慰止哭了。徒起的两句,既显示出范云在国家中的重要地位,其死对国家的关系之重大,也说明自己的悲哀并非全是为了友人之私情,从而把“哭”的意义提到了一定的高度。从写作方法上说,诗人用这样两句作结,与本诗开头“平生礼数绝,式瞻在国桢”两句前后照应了起来,使全诗浑然一体,更加突现出诗人所要表达的思想感情。

总之,这首“哭”诗,叙平生、诉友情、表哀思,有哭有诉,百感交集。诗语句句,饱含着诗人的悲痛;诗句行行,凝聚着两人的深情厚谊。由于两人交友久,阅历多,友情深,所以诗人信笔写来,无拘无束,几乎是想到哪里,写到哪里,字字意切,句句情真。感情之倾吐,结构之安排,酷似寡妇夜哭,不假宿构。因而诗中所表达的情感,既淋漓贯注,又波澜起伏。虽然某些诗句语意有些重复,布局有些紊乱,结构不够均衡,特别受了“永明体”诗风的影响,有些对偶略显雕滞,事典颇嫌生涩,但整个看来,情真语质,不矫揉造作,不藻饰浮靡,还是极为悱恻、哀伤而感人的。

(霍旭东　梁宗奎)

旦发渔浦潭

丘　迟

渔潭雾未开，赤亭风已飏。
櫂歌发中流，鸣鞞响沓障。
村童忽相聚，野老时一望。
诡怪石异象，崭绝峰殊状。
森森荒树齐，析析寒沙涨。
藤垂岛易陟，崖倾屿难傍。
信是永幽栖，岂徒暂清旷？
坐啸昔有委，卧治今可尚。

鉴赏

丘迟是一位有很强的审美感受力和审美表现力的作家。他的《与陈伯之书》中的名句，"暮春三月，江南草长，杂花生树，群莺乱飞"，据说由于深深打动陈伯之的乡思，竟使他毅然弃魏归梁。几句景物描写，竟然产生如此强烈的艺术效果，说明丘迟对自然美不但有深切的感受能力，而且极善于进行审美表达。

《旦发渔浦潭》是丘迟描写乘舟水行所看到的自然风光的一首诗。诗作采取了随着时空推移依次展现自然风物的写法。晓雾未开，晨风初起，在櫂歌鞞鸣声中，作者踏上征途。随着舟船的行进，村童野叟、怪石绝峰、荒树寒沙、翠岛苍屿，迎面而来，傍舟而去，呈现在读者面前的，宛然一幅江上行舟图。但图画的美处并不在于作者——罗列出了纷至沓来的山水人物，而在于他精炼准确地捕捉和再现了不同景物的动态特点：村童天真好奇，见船来则相呼而聚观；老人饱经世事，对行人仅或漠然一望。嶙峋的怪石，各有其趣；连绵的峰峦，形态迥异。荒树本来丛杂，速行远观依稀如带；沙洲明净平衍，逶迤曼延竟似山丘。岛藤垂蔓给人可攀之感；屿岩倾侧引起难近之惧。总之，景观各异，皆呈现出动人意趣。

但是作者并不是对景物做单纯的审美观照，于动人的形象描绘中又时时融汇着主观审美体验。始发渔浦，在环境氛围的渲染中，就蕴蓄着一种从容怡悦之情。其后，顾望田园风物，体现着亲切恬适的意绪；面对奇峰怪石，呈现出赞叹惊羡的欣喜；游目荒树寒沙，心情转于轻悠平缓；骋意水岛石屿，又引起趋附攀登的意愿。最后，整个山水行程汇聚成一个似乎能够使人洗净一切尘俗之念的清新旷朗的审美意象。这种清新旷朗的境界是如此之迷人，以至于使作者企望能于此永久栖息，即使这种企望不能实现，此去为官，也决心像成瑨、汲黯那样仅只“坐啸”“卧治”，而以寄情山水为务。

这首诗在审美表现形式上也有自己的特点，那就是全诗句句皆用对仗，而且妥帖自然到使人难以觉察的程度。这使它的风格既不像古诗那样粗朴，又不像新律诗那样拘谨，颇似初入市的农村姑娘，虽已开始有意无意地装扮，却依然不失天然风韵。这表明它是一首由古体诗向近体诗过渡的相当具有代表性的作品。

（刘振东）

咏霍将军北伐

虞　羲

拥旄为汉将，汗马出长城。
长城地势险，万里与云平。
凉秋八九月，胡骑入幽并。
飞狐白日晚，瀚海愁云生。
羽书时断绝，刁斗昼夜惊。
乘墉挥宝剑，蔽日引高旍。
云屯七萃士，鱼丽六郡兵。
胡笳关下思，羌笛陇头鸣。
骨都先自詟，日逐次亡精。
玉门罢斥堠，甲第始修营。
位登万庾积，功立百行成。
天长地自久，人道有亏盈。

未穷激楚乐，已见高台倾。
当令麟阁上，千载有雄名。

鉴赏

这是一首咏史诗，就题目所示，它是歌颂霍去病征伐匈奴的。

霍去病是西汉武帝时著名的军事家和年轻的将领。元朔年间，他从大将军卫青出征匈奴，因战功，封冠军侯。元狩二年(前121)，为骠骑将军，将万骑出陇西，过焉支山千余里，杀折兰王、胡卢王，俘浑邪王及相国、都尉众多，得休屠王的祭天金人。后又出北地，过居延、小月氏，直至祁连山，俘匈奴酋涂王、王母、阏氏、王子、相国、将军、都尉等六十余人，斩、降匈奴数万。所部赵破奴、高不识等亦获大捷。元狩四年(前119)又与卫青配合，出代、右北平二千余里，封狼居胥山，战功卓著，致使“漠南无王庭”。卫青、霍去病的征战，对阻止匈奴的长期侵扰，对保卫西汉王朝的国土和边境安全，起了极为重要的作用，值得赞扬和歌颂。这首诗，不是歌颂霍去病征伐匈奴的某一次具体战争或某一项具体的战功，而是歌颂霍去病整个抗击匈奴的战斗和战功，因而诗中出现的地名常常相距甚远或互有矛盾。

全诗二十八句，不分章，但可以从以下五个层次去理解。

一、诗的开头四句，直接揭题，写霍去病奉命领兵出征匈奴的艰苦和艰险。“拥旄”“出长城”，已点明“霍将军北伐”的题意，“汗马”就已表明出征的艰苦。可能作者认为，仅用“汗马”表示其艰苦还远远不够，因而进一步生发出“长城地势险，万里与云平”两句，说明出征地区的险要和荒远，从而加强了艰苦的具体内容，以更好地突现艰苦。这种开门见山、揭示题意的写法，能够把读者马上带入到征战的阵地。

二、“凉秋”以下六句，进一步从敌寇方面来叙写胡骑入寇的紧急和边防要塞的紧张情势，既说明了霍将军所以北伐的原因，又补叙上述艰苦、艰险的具体状态，大有后代八股文写作中“起承转合”的“承接”之势。秋凉之际，胡地草肥，胡骑马壮，常是他们侵犯、骚扰的大好时机，所以“飞狐”要塞、“瀚海”战野，“白日晚”“愁云生”，被一片征战、杀戮的气氛笼罩着，简直是阴云密布、天昏地暗了。在此情况下，“羽书时断绝，刁斗昼夜惊”，战局处于极其紧张、严峻的状态中。

三、“乘墉”以下六句，诗人的笔触转向了汉军，写霍去病作战有方，指挥有度，写征战攻伐的激烈，是“北伐”的主体。在敌我处于紧张对峙的情势下，霍去病亲自指挥、督战。他站在城墙上察看敌情和地形，挥剑指挥作战。广大的出征将士,风起云涌,奋勇向前,光高举的战旗就把天日遮盖住了。他指挥各支部队,像云团一样,前拥后挤地向前拼命厮杀;他指挥各路部队,所属的各个部队摆列成各种作战的兵阵。在猛烈的拼杀下,“胡笳关下思,羌笛陇头鸣”,广大的匈奴将士泣苦啼悲、心惊胆战,只有发出愁思和哀怨了。在这里,诗人用“胡笳”、“羌笛”与前面“羽书”“刁斗”遥相互映,使叙事似断似续,使抒景如起如伏,真是磊落有态、曲尽其妙啊!

四、“骨都”以下六句,写出征的胜利,写霍去病的战功。霍去病的出征,使匈奴将领胆战心寒、丧魂失魄,当然是以失败告终了。因此,“玉门罢斥堠”,匈奴退却,边塞平静。不言而喻,霍去病为打退匈奴的入侵、为保卫汉王朝国境的安全所立下的卓著功勋,就自然暗示出来了。“甲第始修营”,是赞美他实现了“匈奴未灭,无以为家”的雄心壮志;“位登万庾积”,是歌颂他因为屡建战功而得到了汉武帝多次丰厚、崇高的赏赐;“功立百行成”,又进一步说明他为此也受到了普遍的赞颂,具有了崇高的威望和声誉。这部分,是诗人“咏”的主要内容。

诗篇写到这里,应该说“咏北伐”的题意已经完成了,似乎可以收笔。但诗人却题外作诗,就事发挥,又引出一层感慨来,这就是本诗的最后一部分。

五、“天长”以下六句,是写霍去病死后不久,他的功名没能像“天长地自久”那样地庇荫后世子孙,而却“未穷激楚乐”,即在很短很短的时间内“已见高台倾”,他的家族也就灭绝了。据《史记·卫将军骠骑列传》记载,元狩六年(前117)霍去病逝世时,“天子悼之,发属国玄甲军,陈自长安至茂陵,为冢象祁连山”,并谥他为景桓侯。他的儿子霍嬗虽然因父荫而代侯,但未几即卒,无子,绝,于是也就“国除”了。对此,诗人表示了极大的惋惜和感慨,只有祝愿“当令麟阁上,千载有雄名”,让他的功业千代万世地流芳下去。表面看来,这好像是本诗的余波,其实这恰恰是诗人所以写这首诗的主旨所在。

虞羲生活在永明时期,从诗歌创作上来看,也正是所谓“永明体”盛行的时期。当时的诗人们,注重声韵对仗,讲究四声八病,垂意于形式主义、唯美主义的创作,而虞羲却逆潮流而动,仍然用汉魏古体诗的形式来歌颂霍去病的北伐战争。从这点上说,也是难能可贵的。诗篇中虽然也有讲究对偶、气势缓弱之处,但整个看来,它音调响亮,气势遒劲,叙事写景既有概括力,又富生动性。明人胡应麟在《诗薮》里说它“大有建安风骨”;清人沈德潜在《古诗源》里说它“不为纤靡之习所囿,居然杰作”,这都是有道理的,因而这篇诗作也是值得我们重视的。

(霍旭东)

视　　月

虞　骞

清夜未云疲，珠帘聊可发。
泠泠玉潭水，映见蛾眉月。
靡靡露方垂，晖晖光稍没。
佳人复千里，余影徒挥忽。

鉴赏

这首五言诗虽然只有寥寥四十字，但意境幽深淡远，情思绵绵不尽，抒发的情感更富于曲折变化，把视月怀人之情细腻入微地表现了出来，很值得玩味。

“清夜未云疲，珠帘聊可发。”因为今夜的月色分外皎洁，所以疲倦的睡意也被驱散了。这么好的月夜清辉怎好负她婵娟美意，故而把已经放下来的珠帘又重新卷起。从这个简单的动作中，不但写出月色之美，而且把心中的微妙感受也毫发无遗地流露在字里行间了。

“泠泠玉潭水，映见蛾眉月。”因为是“侧卧卷帘看”，所以视月的目光便落到了映在泠泠潭水的月影上。那一弯新月多么像美人细细的蛾眉！于是从新月如蛾眉想到蛾眉如新月，刹那之间在浮想中出现了那位远方伊人的面影，接着便又转入视月思人的一片深情之中了。

“靡靡露方垂，晖晖光稍没。”夜深露重，说明因陷入沉思而不能入睡。晖晖的月光已渐渐西沉，说明夜已过半，天色将曙了。再回头重读前面的四句诗，又可体会到：原是因今夜的月色太美，本想好好玩赏一番。但是当看到那玉潭水中映出蛾眉般的新月时，相思之情便情不自禁地袭上心头，不觉夜露迟迟地滴落在阶前，在露滴声中，更是倍感相思！

“佳人复千里，余影徒挥忽。”潭水中近在咫尺的娟娟新月，仿佛就是佳人的面影；月影在曙色中渐渐消逝，眼前的佳人又在千里之外了。此刻多么希望这留在潭水中的月影再停留片刻，可是时间倏忽而逝，留下来的只有一片深情的思念……诗到此戛然而止,余情却延绵无穷,回荡在诗人心中,也回荡在读者的心中。

这首诗题作《视月》,不作“赏月”“玩月”“对月”“望月”,这也是有其含意的。视,有凝视、凝望之意。心有所思才凝视、凝望,这个诗题就已在暗示这是一首见月思人的怀人之作了。

(李 佳)

夜 夜 曲

沈 约

河汉纵且横,北斗横复直。
星汉空如此,宁知心有忆?
孤灯暧不明,寒机晓犹织。
零泪向谁道,鸡鸣徒叹息。

鉴赏

《夜夜曲》在《乐府诗集》中属《杂曲歌辞》,共有两首,都是作者自制的曲辞。这是其中的第二首,叙述闺中思妇想念丈夫,彻夜织布,心事无以诉说,只能空自叹息。是一首感情浓烈的爱情诗篇。

同是爱情题材,在不同的时代,不同作家的笔端,反映着不同的思想情调,表现出不同的艺术风格。《夜夜曲》是南朝齐梁时代文坛领袖沈约的艺术佳作。以其真挚淳朴而又凝练的语言,独具创新的艺术风格,描写了思妇彻夜不眠、盼望久出不归的远方情人的惆怅情景。

《夜夜曲》以丰富的想象和华而不浮的语言的功力见长,并且有浓厚的民歌色彩。钟嵘在《诗品》中评价说:“见重闾里,诵咏成音。”可见作者对下层人民的生活是有切身体察的。这与他“少时孤贫”(《梁书·沈约传》)的经历也不无关系。

诗的开头,诗人以强烈的艺术力量,把人们带入寒秋夜景之中。“河汉纵且横,北斗横复直。”这两句借“银河”和“北斗”的方位转变,形容时间的流逝。诗人为了使这变化更形象、更生动、更感人,交错使用了“纵”“横”“直”,将银河白浪滚滚、纵横穿流,星斗变化移动的自然夜景,展现在读者的眼前,给人以欲走而脚不能动的感觉。在景色变化、时间流逝的时候,诗人接着写出:“星汉空如此,宁知心有忆?”以设问的形式,倾吐了思妇满腔的惆怅。这惆怅中包含着怨恨时间流逝太快和怨恨丈夫不能马上归来与自己团聚两方面的思想。“银河”“星斗”如此无情地把时间推移,怎么就不能理解我的盼夫心情?从这里,我们可以想象出,她恨不得让“星斗”停止运转,“银河”顿时倒流,真是盼情人心切,恨星汉无情。前两句写“动”,后两句写“静”;前两句写“景”,后两句写“情”。这“动”“静”结合“景”“情”交融的写法,给作品增添了无穷的艺术感染力。

诗人对空间夜景着力描写之后,并没有就此收笔,而是向着更深的层次写去,把诗情逐步推向高潮。从宇宙间,笔锋一转,写到了屋内。“孤灯暖不明,寒机晓犹织。零泪向谁道,鸡鸣徒叹息。”五六句仍然是对环境的描写,只不过是从空间的夜景,写到室内的环境,仿佛把人们从屋外带入昏暗不明的闺房中,看到了思妇凄凉、孤独的处境和满脸忧愁、心神不定的神态。这里的“孤灯”“寒机”,不正是与思妇独身愁苦形成映衬吗?在清凉的夜景中,作者又写到“零泪向谁道,鸡鸣徒叹息”。这是最后两句,也是全诗的高潮。由于思妇盼夫归来的愿望未能实现,深感心似刀绞,禁不住泪如银珠,串串落腮。“零泪”包含着无限的哀愁与痛苦。在思妇极度悲哀之际,天已破晓,听到了鸡的叫声。然而,思妇的忧思并没有因此断绝,反而使她愁上加愁。“零泪”和“叹息”两句,抒发了闺中少妇的思慕之情。这四句有景(暖不明),有情(晓犹织);有声(徒叹息),有泪(零泪向谁道)。真是夜盼情人终未归,鸡鸣天晓悲泪流。全诗在一片“声泪”之中结束了。

沈约在这短短的八句四十字中,虽然没有写思妇怎样向远方丈夫倾吐忠言,但能使我们体会到她(他)们之间真挚纯洁的爱情。诗人如此雕字炼句,正如姜夔评价的,已达到“句中无余字,篇中无长语,非善之善者也。句中有余味,篇中有余意,善之善者也”的境地。全诗动静结合,情景交融,声泪俱出,绘出一幅完整的思妇深夜盼夫图。这是诗,也是画,诗中有画,画中也有诗,真可谓“词语甚朴,无所藻饰”的千古杰作。

由于此诗有强烈的艺术生命力,一直到宋代大文学家欧阳修也仿照此篇写出了一首《夜夜曲》:“浮云吐明月,流影玉阶阴。千里虽共照,安知夜夜心。”这首相思恋歌,题目相同,取材近似,形式一样,都是借景抒情。所不同的是,前者写星汉银河,后者写月光浮云;前者发出“零泪向谁道”的哀叹,后者倾吐“安知夜夜心”的闺怨。均为五言,只是一个八句,一个四句而已。

沈约的《夜夜曲》,不仅表现出作者坚实的生活基础,同时也表现了高超的艺术才华,真不愧为“高出时手”(陈祚明《采菽堂古诗选》卷二十三)的“卓然大家”。

(张巨才)

别范安成

沈　约

生平少年日，分手易前期。
及尔同衰暮，非复别离时。
勿言一樽酒，明日难重持。
梦中不识路，何以慰相思。

鉴赏

沈约与范岫均有文才，曾同被齐文惠太子引用，算得老交情了。此诗题只云“别”，其实是老朋友久别重逢，复又分手话别，那况味十分复杂，一言难尽。诗人抚今追昔，以浅显的语言，曲曲道尽这种特定的人生感受。

在临别之际，诗人回忆到往昔少年的离别，与如今形成对比。想那时是各自富于年华，而后会有期，所以把离别不当回事，这便是“分手易前期”。然而古时交通不便，别易会难。彼此饱经沧桑，暮年重逢，对离别一事，便有了新的认识和感受。“及尔同衰暮，非复别离时”十字，起码含蓄着以下三重意思：一是故人重逢，喜悦与依恋之情，溢于言表；二是少年相别，迟暮相逢，不免有一番“乍见翻疑梦，相悲各问年”的感慨；三是不堪再别，与年少轻别，形成对照。“非复别离时”既是说非复少年别离之时，又意味着是不应该再离别、然而又不得不离别之时。实在是浅语深衷，句转而字厚，又以一片真气流出，令读者低回不已。

以下就写到再别的饯宴。但诗人并没有涉及具体的情事，如离别的原委、地点及饯宴的详细情况。在他看来，“别方不定，别理千名”（江淹《别赋》），无关紧要，不烦费辞，他所看重的是老朋友久别重逢而又别的那份情绪。于是剪取了饯宴的一个镜头：酒过数巡，行者或许已不胜酒力，而送者还在殷勤相劝，“勿言一樽酒，明日难重持”啊。这里不仅包含有极深厚的情意，即通过劝饮，希望朋友在离别之前再多聚一会儿；同时又抒发着很深的感慨，即衰暮之别，后会难期，往后是否能再有持杯共饮的机会也难说。

这十字仍然是浅语深衷，语短情长的。唐代王维《送元二使安西》的“劝君更尽一杯酒，西出阳关无故人”二句，就明显地受到它的启发和影响，同为脍炙人口的名句。

末二句诗人推想别后的相思，用了《韩非子》中的一个典故：战国时，张敏和高惠二人为友，每相思不能得见，张敏便于梦中往寻高惠，但行至中途，即迷不知路，不得不折回。像这样的梦，做过多次。这一有关别情的典故，用在诗尾，自然而贴切，为全诗留下了袅袅不尽的余音。

（周啸天）

伤谢朓

沈约

吏部信才杰，文锋振奇响。
调与金石谐，思逐风云上。
岂言陵霜质，忽随人事往。
尺璧尔何冤，一旦同丘壤。

鉴赏

这是作者《怀旧诗九首》之一。它绝非一般的悼亡之作，而是为一位被摧残的卓越人物鸣不平的诗篇。诗中首先对屈死的故人作了崇高评价，“信才杰”三字，是立片言以据要的充分肯定和评价。“才”指文才，“杰”言人品，“信”者确也，给人不容置疑的意念。不过，于“才”“杰”两端，诗中重在推许其“才”。“文锋振奇响”谓谢朓辞章之不同凡响。以“奇响”起以下“金石”之喻，妙手偶得。“调与金石谐，思逐风云上”二句以形象化语言，对谢朓诗赋成就、风格，做了高度的概括性的赞美。谢朓是“永明体”代表作家之一，为唐代诗人的先驱者。他的诗文采清丽、音韵铿锵，此之谓“调与金石谐”；才思超群、想象飞动，此之谓“思逐风云上”。后来杜甫有两句诗“思飘云物外，律中鬼神惊”，从语言到含意，都与这两句相仿佛。它们所描述的诗风，又使人联想到李白，联想到李白“一生低首谢宣城”（王士禛）的事实。看来沈约这两句诗，是抓住了谢朓诗风的最根本的特点的。

谢朓之死,是在南朝齐永元元年(499)。当时明帝刚死,宝卷即帝位,江祐阴谋废帝,立始安王萧遥光,而谢朓不肯参与其事,遂遭陷害,死年仅三十六岁。这就是《南齐书》本传赞语所谓:“高宗始业,乃顾玄晖。逢昏属乱,先蹈祸机。”对诗人的悲剧命运,史家有不同看法,而作为死者好友的沈约是为他鸣冤的。“陵霜质”即指不畏强暴的品格。五、六句以“岂言”“忽随”勾连,对谢朓盛年死于非命一事,表示无比沉痛。末二句更转为愤慨:“尺璧尔何冤,一旦同丘壤。”“尺璧”的借喻,概括了前文才、杰两个方面,稀世之珍被埋没,盖代奇才被扼杀,这是多么冤枉,多么令人痛心疾首啊!读者不难体味作者那种“彼苍者天,歼我良人”(《诗经·秦风·黄鸟》)之悲痛。

虽然这是一首议论成分很重的诗,但它有感情,有义愤,有见解,故不失为悼亡之佳作。

(周啸天)

石塘濑听猿

沈　约

嗷嗷夜猿鸣,溶溶晨雾合。
不知声远近,惟见山重沓。
既欢东岭唱,复伫西岩答。

鉴赏

从诗题和诗句可以看出,诗人当时是处在群山之间一个有石塘、有流水的地方,环境极其清幽。诗为即景之作,但不是写观赏之趣,而是写听觉之美。

诗仅六句,然而在造境方面,却有多层的深邃的刻画。首先是诗中将“听猿”的时间,安排在昼夜之交(既称“夜猿”,又有“晨雾”),这是在山中寂静一夜之后,随着朝暾将启,万物皆从睡梦中醒来,群动伊始,这山中之猿声,犹如村野之鸡鸣,便是清晨来临的信息。而昼夜交替,景色朦胧,又是听觉最敏锐的时候。这时节的嗷嗷猿鸣,该是多么的清亮!

其次是诗人描绘了晓色迷离的景

象:这时还看不清更多的景物,只见屏障般重沓的群山之轮廓,而峰峰之间又弥漫着雾气,空气清澈极了。在这种景色中,于猿只闻其声,不见其形,令人心旷神怡。

再就是对猿声的奇幻的描绘。山中的猴子是群居的动物,晨朝醒来,开始一天的活动,它们的叫声是此起彼伏,互相应答的。不比孤猿的属引,使人有哀切之感。这里的猴群,遍布诸峰,东岭有唱,西岩必答,组成一部交响乐,几令人耳不暇接。同时有一层是诗人未显言,而读者可悟会的,那便是山中回声的奇趣。这时东岭的猿声,西岩的猿声;近处的猿声,远处的回声,交织一片,响彻山间,令人莫测其虚实真幻,极有深趣。

最后是诗人写出了自己听猿的独特感受,那是通过"欢""伫"二字显示出来的。这与通常文人对猿声的形容大异其趣。因为在古代诗文中,猿声总是与"哀"字结缘的,最有代表性的是郦道元《水经注》中的著名文字:"每至晴初霜旦,林寒涧肃,常有高猿长啸,属引凄异,空谷传响,哀转久绝。故渔者歌曰:'巴东三峡巫峡长,猿鸣三声泪沾裳。'"而此诗中的群猿唱答,却给人一种生气勃勃、欢快愉悦之感。

要之,造境深刻,感受独特,是此诗成功的两个关键。

(周啸天)

江　南　曲

柳　恽

汀洲采白蘋,日落江南春。
洞庭有归客,潇湘逢故人。
故人何不返?春华复应晚。
不道新知乐,只言行路远。

鉴赏

《江南曲》是乐府古题,在《乐府诗集》中属《相和歌辞·相和曲》。古辞《江南》("江南可采莲")是汉代乐府诗中一首反映江南风光和劳动情趣的采莲歌,如《乐府解题》所云:"盖美芳晨丽景,嬉游得时。"与古辞不同,柳恽拟作的这首《江南曲》，抒写的则是一位江南女子对远方故人的思怨之情。

诗的开头，作者描绘了一幅这样的图景：一个暮春的傍晚，在江南水乡的河洲之上，蘋花放蕊，诗中的女主人公在采摘着白色的蘋花，她不时又抬起头来，盼望着远方的故人。这时，果真有人来了！然而，他不是女主人的所盼，而是来自洞庭的归客，于是她连忙向他打听故人的消息……蘋是一种水草，它开花放白的时候在暮春，所以首句的“白”字，不仅写颜色，也点明了季节。本诗的“采蘋”，与《楚辞》中的采兰草、采杜若，《古诗十九首》中的采芙蓉一样，都有折芳草寄远人的含意。所谓“搴汀洲兮杜若，将以遗兮远者”（《九歌·湘夫人》）；“涉江采芙蓉，兰泽多芳草，采之欲遗谁？所思在远道”（《古诗十九首·涉江采芙蓉》）。明白了这一层，既容易理解“汀洲采白蘋”句实领全诗之意，也不难懂得“日落”的微妙之处，更预示着“春华复应晚”中的一片怨情。

三、四两联，是女主人公与归客的对话。她在得知归客曾在潇湘遇见故人的消息后，感情顿时便由开头的思念转变为埋怨：“那他为什么还不归来呢？眼看春花又将到了要凋谢的时节了。”一句“何不返”的问语，透露出女主人公的不满和哀怨，春花凋萎也暗含着美人迟暮的伤感。更何况还有那“复应晚”句中的“复”字告诉我们：故人何止一度未归，春光谁知几番又晚？读着这如怨如慕的诗句，有谁能不为女主人公的不幸而喟然长叹！洞庭“归客”是同情她的，他以这样的语句宽慰她：故人没说有什么新相识的乐事，只是说路途遥远，归家不易。明明是眷恋“新知乐”，却偏偏推说“行路远”。这两句答语在宽慰中带有谐谑，在怅惋中带有责难，语意含蓄，韵味深长。

柳恽自幼工诗，尤以写悲羁旅、怀远人的诗见长。这首《江南曲》，虽拟乐府古题，写的却是思妇怀远的新内容。作者以晓畅自然的语言、和谐的韵律、情趣活泼的形象，创造了一种既清新流丽，又含蕴深远的意境。在写法上又运用了主客问答的形式，富有乐府遗韵、民歌气息。从艺术形式上说，这首诗五言八句，平仄对仗，已趋严谨，可看作是五言律体之滥觞。总之，这首诗文意俱佳，是当时一篇具有特色的言情佳作。王夫之评价说：“含吐曲直，流连辉映，足为千古风流之祖”（《古诗评选》卷一），并非过誉之言。

（何新文）

赠 吴 均(其一)

柳 恽

寒云晦沧洲,奔潮溢南浦。
相思白露亭,永望秋风渚。
心知别路长,谁谓若燕楚?
关候日辽绝,如何附行旅?
愿作野飞鸟,飘然自轻举。

鉴赏

柳恽在第一次任吴兴太守时与吴均交谊颇深,后来柳恽离开吴兴,写诗三首相赠,此是其一。

诗作表达了作者与吴均离别时依恋难舍的心情。诗首先从相别时的环境气氛着笔:寒云笼罩,秋风萧瑟,江潮奔涌横溢。这种意境既是客观环境的真实再现,又是作者内心意绪的外在映照,有力地烘托了与友人别离时悲凉感伤的情调。其次是惜别情感的正面抒发,诗中只写了在行舟中对白露亭及其附近水渚久久的凝目伫望。这种对故人故地的心往神驰,比千言万语更能表达出内心的深情。随后,作者的思绪似乎转向对未来行程的忧虑愁怅:道路漫长胜过燕楚,关候重叠行旅困苦,但愿变成飞鸟能飘然轻举。但这实际是对吴均深厚情谊从另一方面的反衬。因为未来的行程虽然漫长,道路的跋涉也诚然辛苦,但真正决定旅人心态意绪的还是他主观的意向。作者的愁怀所以如此浓重强烈,真正的原因在于他的身与心离:与心心相印的人即使离开一步,也会有咫尺天涯之感,何况今日一别,更不知何日重逢。所以全诗虽包含三个不同的角度层次,却全都凝化汇聚在一点上,这就是对吴均难以割舍的深情。

诗作艺术形式上的特点是自然素朴。首先,内在意绪的表达上它并不追求节奏的匀称、环境的氛围、留恋的心情、瞻念前路的愁怀,写来有话则长,无话则短,全凭情感的自然流动。其次,句式上也不有意地讲究整饬,有的对仗工稳,有的直白陈述,有的自设自问,只以传情达意为目的。再次,语言运用上也不强求风格的统一,"寒云晦沧洲,奔潮溢南浦",显然经过加工锤炼,已近唐人笔意。"愿作野飞鸟,飘然自轻举",吐语天然,倾向《古诗十九首》的韵调。正是感情的真挚决定了它形式的素朴,而素朴的形式又使它感情的表达显得更为真挚。

(刘振东)

酬范记室云

何　逊

林密户稍阴,草滋阶欲暗。
风光蕊上轻,日色花中乱。
相思不独欢,伫立空为叹。
清谈莫共理,繁文徒可玩。
高唱子自轻,继音予可惮?

鉴赏

这是何逊写给老诗人范云的一首酬作。"酬"是指用诗来回敬范云所赠的诗,借以表达对老诗人的眷恋,也抒发了自己心中的抑郁和感慨。

范云(451—503)要比何逊大二十多岁,所以称为"忘年交好"。在何逊这首酬作之前,范云写了一首《贻何秀才》的赠诗,是这样的:"桂叶竞穿阿,蒲心争出波。有鹭惊蘋芰,绵蛮弄藤萝。临花空相望,对酒不能歌。闻君饶绮思,摛掞足为多。布鼓诚自鄙,何事绝经过?"从两人互相赠答的诗题来看,说明这是他们最初交谊的诗篇。何逊"弱冠州举秀才",这时不过二十多岁;而范云已是南朝齐竟陵王萧子良的记室,负有才名,与沈约、谢朓、王融、萧琛、萧衍、任昉、陆倕,同为"竟陵八友"。钟嵘《诗品》称他的诗,"清便宛转,如流风回雪",列为"中品"。像这样的诗,"江干远树浮,天末孤烟起。江天自如合,烟树还相似。沧流未可源,高帆去何已"(《之零陵郡次新亭》),"洛阳城东西,却作经时别。昔去雪如花,今来花似雪"(《别诗》),声情摇曳,极韵唱之悠扬。这样一位有成就的诗人,却在《贻何秀才》诗中,对比自己小二十多岁的何逊,竟是那样的倾慕,以至于"临花空相望，对酒不能歌”，一往情深。他极力赞美何逊“饶绮思”的清美诗才，而把自己的作品，说成是无声的“布鼓”。《汉书·王尊传》：“毋持布鼓过雷门！”颜师古注：“雷门，会稽城门也，有大鼓。越击此鼓，声闻洛阳……布鼓，谓以布为鼓，故无声。”持“布鼓”而过“雷门”，必将见贻笑辱，后常用此比喻在高手前卖弄技能。这里，范云将自己的诗歌比作无声的“布鼓”，所以说“诚自鄙”；但又说“何事绝经过”，那是说，本应“绝经过”，因为“抱布鼓以诣雷门”，岂止无声，徒然献丑。但由于老诗人的厚爱，所以才有《贻何秀才》的“布鼓”之作。如此虚怀若谷，奖掖后进，岂仅是让人一头地？这正是他“好节尚奇，专趋人之急”的美德又一生动的体现。这在封建社会里，是难能可贵的。

正是这样，所以何逊在这首诗中，以诚挚的感情，毫不掩饰地向老诗人披露了自己的情怀，并表达了他对范云的深深敬意。诗的开头一联，出以对句，起调清婉，自然谐美，既写出了环境的幽静，也点出了初夏生机勃勃的时令；同时在对自然景物的描绘中，还透露出了诗人独处无欢的寂寞，这就暗示了自己对老诗人范云的深切忆念。这两句诗所描写的景象，和陶渊明的“蔼蔼堂前林，中夏贮清阴”（《和郭主簿二首》）、“孟夏草木长，绕屋树扶疏”（《读〈山海经〉》其一）的意境，基本相似，但显得更加整饬、凝练，而又清新自然。如“稍”“欲”的运用，就颇见匠心，它不仅使静物动态化了，而且赋予了人的主观感情，这就比单纯写景更能增加诗的容量，从而使情景相生、景中寓情的艺术探索得到了有益的实践。像这样讲求字句的锤炼，注意音韵的和谐，在第二联中表现得就更为突出了：它把诗歌艺术摹写自然景物的手段进一步丰富和提高了。“风光蕊上轻，日色花中乱。”这两句描写的实际上是同一事物，同一景象，但显得更加娇艳、丰繁。上句意思是说，花朵在阳光照射下闪闪发亮，微风吹拂，它那浮在花上的光波在轻轻荡漾。下句是说，阳光照在花丛上反射出强烈的光彩，在不断地闪动着、跳跃着，花光日色融成一片。这和谢朓的“日华川上动，风光草际浮”（《和徐都曹出新亭渚》），在艺术的表现手法上，是同一机杼的。这可以说是这一时代诗人所共同的好尚，何逊也自不例外。所以颜之推说：“何逊诗实为清巧，多形似之言。”（《颜氏家训》）就这两句诗而论，它对所要摹画的对象，是穷形尽相地把那盛开的鲜花的艳丽姿态和流光溢彩的风貌，细腻、精工地刻画出来，极为真切、生动。

初夏的风光是这样的恬静、娇美，应该说，这是足以使人感到无限愉悦的。然而诗人在这里如此浓妆艳抹，着意渲染，却是要用以反衬出自己的寂寞和怅惘。而这，也就是范云诗中所表达的“临花空相望，对酒不能歌”的同一用意，不过何逊的要委婉得多，明丽得多。正是在这一片清辉美景中，诗人笔锋一转，由写景到抒情，很自然地唱出了“相思不独欢，伫立空为叹”这样直朴而深情的诗句。面对这繁花似锦的风光和清幽宜人的环境，诗人却“不独欢”“空为叹”，如此强烈的对比，这就鲜明地烘托出了诗人对范云的思念。这思念不是空泛的，而是有着深切的内容，这就是：“清谈莫共理，繁文徒可玩”。这里的“清谈”，不是魏晋时以玄学为内容的清谈，而是指清美的言论。“繁文”也不是贬义的使用，而是指丰富的历史典籍。这是诗人因为自己不能和范云朝夕与共，互相切磋，做到“奇文共欣赏，疑义相与析”，所以才使诗人发出了这样的浩叹：清谈高论，谁可与共？史籍繁文，徒可玩赏，与谁相析？结尾两句，是就对方诗中“布鼓”的谦辞而言的，用以点清题面，收束全篇。这两句诗是说，您的诗本来就是“高唱”，却说是无声的“布鼓”，这是您不把自己的作品那么太看重了的缘故；而我的“继音”，本来就比不上您的“高唱”，可我还是在“唱”啊，哪有什么可畏惧的呢？这里虽是用以自励之词，但也表现出了青年诗人敢于“继音”的精神和亢爽的风貌。全诗情词婉转，格调清新，这在诗风萎靡的南朝齐梁时代，可以说是一枝出水芙蓉，丽而不艳，香而不腻，清雅芳洁。

我们知道，南朝，这一在文学史上受到严厉批判的时代，虽然“宋初文咏，体有因革，庄老告退，而山水方滋”（刘勰《文心雕龙·明诗》），开创了我国山水诗这一流派，但由于偏安一隅，思想蜕化，极大地限制了内容上的开拓。因而在诗歌上讲求声律，“情必极貌以写物，辞必穷力而追新”（同上），对形式的要求几乎代替了对内容的探索。特别是到了齐、梁时代，诗歌内容更趋贫乏，甚至堕落到了“宫体诗”的地步。《南史·简文本纪》：“帝辞藻艳发，然伤于轻靡，时号宫体。”所谓“宫体”，就是以女性为描写对象的色情文学，污秽不堪。因此，像何逊这样的诗，以及其后的整个创作，虽然也没有反映出社会的重大题材和时代的某些本质方面，但在已经堕落了的文学狂潮中，他的诗歌创作要算是清音雅曲了。所以陈祚明说：“何仲言诗，经营匠心，惟取神会。生乎骈丽之时，摆脱填缀之习，清机自引，天怀独流，状景必幽，吐情能尽。故应前服休文（沈约），后钦子美（杜甫）。”

基于这样的认识和理解，那么，对于何逊的这首诗，我们就可以有一个公允的评价了。首先，在诗歌的内容上，它不是“为文造情”的无病呻吟，也不是无聊的应酬之作，而是借对友人的怀念，抒发了因“清谈莫共理，繁文徒可玩”这一无可排遣的抑郁和惆怅，是有现实意义的。当时的封建贵族统治者，根本不思振作，一味追欢逐乐，过着荒淫无耻的腐化生活。那些贵族子弟，也是“多无学术”，他们只会“熏衣剃面，傅粉施朱”，把自己打扮得和女人一样。像这样一群毫无心肝的行尸走肉，他们压根儿就不会有什么精神上的寄托和事业上的追求。因此，何逊在诗中所宣泄的苦闷和孤独，就不仅是对友人的一点离愁别绪，而是知音难觅的一声长叹，所以诗人才深深地感到“相思不独欢，伫立空为叹”，反映出了时代的寂寞和荒凉，绝不至于“兴寄都绝”，而是具有一定的思想意义的。其次，在艺术形式上，也有值得我们重视的。这首诗，一共十句，却是通体对偶的。这固然同当时骈俪风尚有关，但作为“近体诗”过渡阶段的“新变体”，已和“古体诗”有了明显的差异。它不仅注意了音韵的和谐，做到“一简之内，音韵尽殊；两句之中，轻重悉异”，而且对偶句式在诗中的自觉运用，无疑对“近体诗”的律体形成，是有益的。像这样的通体对偶，两两相生，一气旋转，它虽然免不了偶句复意之嫌，但并不使人感到凝滞、呆板，而是“状景必幽，吐情能尽”，又疏朗有致，自成一格，别有风韵。至于字句的锤炼，更趋精细稳帖，已是成熟了的近体诗的艺术技巧了。沈德潜说“水部名句极多”，这首诗的开头写景四句，即属名句之列。它对仗工整、自然，做到了平仄相间的音韵美。如第二联中的“轻”和“乱”这两个活字的运用，就极鲜明地把初夏盛开的花卉所呈现的那种光色艳态，强烈地烘托了出来，形象生动，把自然美创造为艺术美，极大地丰富了人们的审美对象。像这样充分运用祖国语言表现力的诗句，在何逊集中是俯拾即是的。如“岸花临水发，江燕绕樯飞”（《赠诸游旧》）、“露湿寒塘草，月映清淮流”（《与胡兴安夜别》）、“野岸平沙合，连山远雾浮”（《慈姥矶》），如此清新秀美，多么令人赏心悦目。和六朝的山水画相比，这时描写自然景物的诗篇已充分显示出它的精湛技巧和艺术的独创性了。这无论从诗歌创作的流派，还是就山水景物的描写在整个诗歌创作中的运用和结合，都是极为重要的。正是因为如此，所以何逊的诗歌才赢得了伟大诗人杜甫的倾心仰慕，并认真地从中吸取有益的养分，以丰富和提高自己现实主义诗歌的创作。如何逊《入西塞示南府同僚》云：“薄云岩际出，初月波中上。”到了杜甫《宿江边阁》诗中，被改作“薄云岩际宿，孤月浪中翻”，就是著名的例子，但也确实“因旧而益妍”了。

（毛治中）

日夕望江山赠鱼司马

何　逊

溢城带溢水，溢水萦如带。
日夕望高城，耿耿青云外。

城中多宴赏,丝竹常繁会。
管声已流悦,弦声复凄切。
歌黛惨如愁,舞腰凝欲绝。
仲秋黄叶下,长风正骚屑。
早雁出云归,故燕辞檐别。
昼悲在异县,夜梦还洛汭。
洛汭何悠悠,起望西南楼。
的的帆向浦,团团月映洲。
谁能一羽化,轻举逐飞浮?

鉴赏

何逊,字仲言,南朝梁东海郯(今山东郯城县西)人,因他曾任水曹行参军、尚书水部郎、记室等,后人又称他为"何水曹""何水部""何记室"。他的诗清新自然,声律格调酷似近体诗,在我国古典诗歌由古入律的发展史上占有一个相当的位置。唐代大诗人杜甫对他的诗极为赞赏,称他为"能诗何水曹"(《北邻》),赞扬"阴(铿)何(逊)尚清省"(《秋日夔府咏怀一百韵》),说自己"颇学阴何苦用心"(《解闷十二首》其七)。杜诗遣词用字,极似何逊,如《薄游》一诗中的"团团日隐墙",即化用本篇中的"团团月映(一作隐)洲"而成。

何逊一生中曾两次到江洲(今江西九江),都是任记室。这首诗当是他在第二次,即天监十六年(517),他任庐陵王记室随府江州后所作。不久他即去世,终年四十岁左右。这一次到江州,他曾写过不少倦于宦游、怀乡思旧之作。如在《赠族人秣陵兄弟》中写道:"游宦疲年事,来往厌江滨。十载犹先职,一官乃任真。"与本篇所写心境是一致的。题中的"江山",是指江洲之山。"望江山",似应读作"在江州之山上望"。鱼司马不详。魏晋至南朝宋,司马为军府官,职掌综理府事和参与军事计划,同记室一样,都属军府僚幕。何逊既然能赠诗于他,说说心里话,想来两人关系不错。

全诗可分为四段。

头四句为第一段,写江州形胜:湓城连带着湓水,湓水萦回如玉带;仰望那高高的城楼,它在傍晚的霞光中直插云天。"湓城",即九江之别称。何晏《九江志》:"青湓山有井形如盆,因号湓水,城曰湓城,浦曰湓浦。"一、二句写俯视,三、四句写仰视,诗人采取一俯一仰两个镜头,很简洁也很有气势地写出了江州依山临水的地理形势。这段描写似乎与本诗旨意无关,其实不然。读了下文,即可明白。

接着六句为第二段,写江州城中官僚的奢淫生活。诗人望着眼前巍峨的城楼,于是联想起城中频繁举行的歌宴舞会:尽管丝竹纷繁,管声流丽欢悦,但弦声中却透露出阵阵凄切之情;歌女们的脸色凄惨忧然,舞女们的纤腰累得快要折断了。南朝齐梁时代,政权递变,统治阶级在争权夺利的同时,过着骄奢淫逸的生活。何逊的上司与同僚们,也不例外。我们从诗人对这种糜烂生活的大胆揭露中,从诗人对那些歌女舞伎乐工的深切同情中,可以强烈地感觉到诗人郁愤不平的心情。原来诗人十分厌恶这种生活,现在是远远地逃避到城外来了。沈德潜评何逊诗曰“情词宛转,浅语俱深”。确实,何逊通过寻常情、眼前景,平平写来,却深刻地道出了他之所以产生思乡之情的原因,为下文做了有力的铺垫。

接着四句为第三段,诗人收束思绪,重新描绘现实,依然紧扣一个“望”字:眼前正是仲秋时节,黄叶飘零;在萧瑟秋风中,最早的一批大雁,正钻出云端,从北方归来;已经住了一年的燕子,正在辞别屋檐离去。这些富有特征、极易触景生情的景物描写,当然不仅仅是为了点明时令,而是为下文做进一步的铺垫。

最后八句为一段,诗人终于直接抒发自己的思归之情:白天,他为自己客居异乡而感到悲伤;夜晚,他做梦都想着回到洛水之湾。洛水在北方,诗人的家乡也在北方。诗人日夜想念远方的故乡,于是只好登上那西南楼台,凭栏远眺。“的的帆向浦,团团月映洲”,似乎是写楼上新见,其实是诗人在想象——想象归乡水路上的景象:阳光下明亮的船帆一直驶向对岸;晚上,圆圆的月亮映照着江中的沙洲。然而,这种乘船归乡、日夜兼程的速度还是满足不了诗人归心似箭的心情,于是诗人又忽发奇想:谁能够在一瞬间像仙人那样变化飞升,轻轻地举起身子,飞升浮沉奔逐而去呢?

这首诗写诗人在江州山上所见所想,写法是夹叙夹议,绘景与抒情相结合。陆时雍评其诗说:“何逊诗语语实际,了无滞色。其探景每入幽微,语气悠柔,读之殊不尽缠绵之致。”(《诗镜总论》)确实,何逊的诗,写景状物,细微贴切,绘声绘色,意象精工。而且从通篇看,层次之间,或写实景、实情,或写联想、幻想,变化有致,波澜迭生,又过渡自然,内含紧密的逻辑联系。何逊虽生乎骈俪之时,却能摆脱填缀之习,做到去艳修真,婉转切情,确实难能可贵。

(吴广铃)

道中赠桓司马季珪

何　逊

晨缆虽同解，晚洲阻共入。
犹如征鸟飞，差池不可及。
本愿申羁旅，何言异翔集！
君渡北江时，讵令南浦泣？

鉴赏

这首诗是何逊写在宦游途中，赠给友人桓季珪的。桓季珪生世不详，从诗中看，两人的交情是深厚的。

头两句开门见山，叙述一件旅途中发生的变故。古时远行，多经水路，旅程缓慢，而又寂寞。这次出门，刚巧两人同路，能够结伴而行，这是再高兴不过的事了。谁知事有乖张。这天早晨，两家的船虽然同时解开缆绳，一起起航，途中由于江中沙洲的搁浅而受阻隔，傍晚时分，却没有一同拢岸歇息。

受阻而落在后头的正是诗作者。赶到宿营地后不免要向先到者发发牢骚。第三、四句，对照下文"何言异翔集"看，应是转述先到者的解释：我们长途旅行，就像远行的鸟群一样，总是有先有后，参差不齐的。

诗人听了他如此解释，不但不感到慰藉，反而情绪激动起来。后四句，便是他的慷慨陈词：我本来想跟你在旅途中好好唠唠，同申情好，你怎么竟说起我们不同于齐飞齐栖的群鸟（翔集，指群鸟飞翔后栖止一处）？难道当你渡过北江时，要让我在南岸哭着送你吗？

何融《何水部诗注》卷首转引了陆时雍的评论："仲言意境清微，幽芳独赏，叙怀述愫，是其所优。当梁之时，去艳修真，会归本素，亦可称大雅君子矣！"这首诗语言简丽、清新、质朴、自然，完全体现了何逊诗的语言风格。

这首诗的选材很有特点。全诗没有一句通常记游诗中的景物描写，而只是抓住旅途中一件偶然发生的事情，借题发挥，直率地袒露了自己嘤嘤求友的心声，因而给人一种别开生面的感觉。

此诗的构思尤有特色。读罢全诗,我们发觉这首诗很像一幕戏剧:有场景,暮色中的江畔码头;有人物,匆匆赶到的诗人,及等候他的友人;有矛盾冲突,原来结伴而行的友人先到达,引起了诗人的不快。全篇通似对白,而且极富喜剧味道:先是诗人的嗔怪声,后是友人的安慰话,最后是诗人看似愤慨、实则戏谑的抢白。而从他们的这些对白里,我们不难触摸到其中人物的微妙的心理活动。何逊的诗被后代的许多评家列为南朝梁代第一,看来确实是很有道理的。

(吴广铃)

入西塞示南府同僚

何 逊

露清晓风冷,天曙江光爽。
薄云岩际出,初月波中上。
黯黯连嶂阴,骚骚急沫响。
回楂急碍浪,群飞争戏广。
伊余本羁客,重睽复心赏。
望乡虽一路,怀归成二想。
在昔爱名山,自知欢独往。
情游乃落魄,得性随怡养。
年事以蹉跎,生平任浩荡。
方还让夷路,谁知羡鱼网?

鉴赏

何逊,是南朝梁陈之际的著名诗人。他的诗风以自然清新为主,尤以自然景物描写出色。何逊对唐代诗人颇有影响,特别是大诗人杜甫,从何诗中汲取了很多艺术营养,他称道何逊为“能诗何水部”,并表示自己“颇学阴(铿)何(逊)苦用心”,足见这位大诗人对何逊的倾心。这里欣赏的《入西塞示南府同僚》,就曾对杜诗的创作起了明显的启示作用。这首诗描写了西塞山及长江的壮美风光，同时也抒写了自己的羁旅情思。

西塞山，有两处：一处在浙江湖州市西南。张志和《渔父歌》："西塞山前白鹭飞，桃花流水鳜鱼肥。"《西吴记》云："湖州磁湖镇道士矶，即张志和所谓西塞山前也。"另一处在湖北大冶市东。《水经注・江水》："（黄石）山连延江侧，东山偏高，谓之西塞。"唐代诗人韦应物有《西塞山》诗，其中有句云："势从千里奔，直入江中断"，即指此处。何逊所写的西塞山，应该是此处。"南府"，是尚书省的简称。尚书省在宫廷以南，以后相承称尚书省为南府或南省。何逊任尚书水部郎，故称其同僚为南府同僚。

这首诗可分为两段。从"露清晓风冷"到"群飞争戏广"，可作为第一段，主要是描写西塞山与下临之长江的景色，而在这些自然景色的描写中，又未尝没有印着诗人那种骚动不安的心灵之影。

"露清"二句，写晨晖中的西塞山与长江。这是秋天的早晨，山间露清风冷，江上晨光微熹，给人的感觉是冷寂而清爽的。下面"薄云"两句，则又分写山与江的傍晚。夜幕降临之前，薄云从岩际飘出，新月从波中涌起，景物之间，似乎有一种禅意。"黯黯"二句，仍然是一写山，一写江。山间群峰相连，树影黯淡；江间波涛急湍，骚骚喧响。"回楂"二句，写江上浮槎在浪中挣扎前进，群鸟在江的上空盘旋。这一段，描写西塞山及下临之长江的晦暝变化，极得自然之神髓。

"伊余本羁客"到"谁知羡鱼网"为本诗的第二段，诗人由此而生发出深长的羁旅之情和怀归之绪。"伊余"二句，直接抒发这种感情。"伊"，是发语词。"重暌"，再次别离。这两句是说，我本来就是一个羁旅之人，再次与你们离别，来到西塞山，却也觉得赏心悦目。"望乡"四句，依然是一边抒发羁旅情怀，一边流溢出游历名山的欣喜感受。"情游"二句，承接上文，抒写人生的苦恼、情感的痛楚及其自我宽慰、缓解的过程。人生羁旅之感、思归怀乡之情，使诗人陷入一种犹如丧魂落魄的精神状态，而大自然的风光，又净化、陶冶了诗人的性灵，达到某种解脱、超越。"年事"二句，继续舒解这种精神上的重负。年事的蹉跎，使诗人感到寥落失意，转而又想到人生应该放达自适。"浩荡"，放肆纵恣、心无所主的样子。从人生的坎坷历程中，诗人领悟到，汲汲于仕途的穷达是无益的，而应该快意平生，纵意所为。"方还"二句，说自己方才回归到与世无争的道路上来，哪里还愿意为仕途荣名而奔竞呢？第二段里贯穿着诗人的这样一种思想矛盾，强烈的羁旅情怀与从名山大川的游历中所领悟的放达自适的启示，并且，最终统一于后者。

这首诗的题目《入西塞示南府同僚》，实际上正是暗示了诗的两部分内容。前一段是"入西塞"——置身于西塞山和长江这样的名山大川间的所见所闻，描写了大自然的壮美风貌；

后一段“示南府同僚”——将在大自然中悟得的人生感怀形诸于诗,示诸于自己的同僚。这种诗的立题方法对唐诗有着直接的影响。李白的《梦游天姥吟留别》《西岳云台歌送丹丘子》《庐山谣寄卢侍御虚舟》,岑参的《白雪歌送武判官归京》《走马川行奉送出师西征》《热海行送崔侍御还京》等篇什,都采用这种立题方式。这类诗的诗题明确地反映出诗的结构特征。诗中明确地分出描写自然景物的部分与抒发诗人的体验与心情的部分,而且在诗题中直接揭示出来。似乎可以说,唐诗中的这类篇什并非唐人的发明创造,而是得自于南北朝诗歌艺术宝库的。那么,何逊对唐诗的影响,于此也可见一斑。

何逊诗以写自然景物见长。正如胡国瑞先生所评价的:“寻常情事,眼前景物,以明净语言,信手写来,皆自然清新。”(《魏晋南北朝文学史》)这首诗很鲜明地体现出这种特点。描写西塞山与长江的景物,不作惊人之语,而是以朴素自然的语言娓娓道来,却又鲜明如画。而何诗这种朴素自然的语言,在冲淡的形貌中,含蕴着深长的诗味,描写出优美的意境。如本诗中“薄云岩际出,初月波中上”,这两句诗用如此平淡的语言,勾画出江山薄暮时的图景,颇富意趣。杜甫从这两句诗化出“薄云岩际宿,孤月浪中翻”(《宿江边阁》)的诗句,可见这首诗对杜甫所产生的影响。陆时雍在《诗镜总论》里评价何逊说:“何逊诗语语实际,了无滞色。其探景每入幽微,语气悠柔,读之殊不尽缠绵之致。”这是十分中肯的。

(张　晶)

别沈助教

何　逊

可怜玉匣剑,复此飞凫舄。
未觉爱生憎,忽见双成只。
一朝别笑语,万事成畴昔。
遒遒若波澜,人生异金石。
愿君深自爱,共念悲无益。

鉴赏

何逊诗风与谢朓相近，其内容大多是朋友离合及羁旅思归之感，多婉转切情。此诗因系与文友相别，没有缠绵悱恻的儿女之态，而颇多理性的隽语。

“可怜玉匣剑，复此飞凫舄。”慨叹自己怀才不遇，仕途蹭蹬。“可怜”，可叹。“玉匣剑”，自比器质不凡。何逊出身仕宦之家，少有文名，颇为自负。可是如今却到江州任水曹参军的小官。“凫舄”，传说东汉时叶县令王乔尝化两舄（鞋子）为双凫，乘之至京师，后因此为地方官的故实。独孤及《酬常鄠县见赠》诗：“谓乘凫舄朝天子，却愧猪肝累主人。”诗人将“玉匣剑”与“飞凫舄”对举比照，心高位卑，才富官微，对比强烈，突显了“怜”字。

“未觉爱生憎，忽见双成只。”承上又递进一层。心雄志高而屈居下僚，本就发出哀叹，而今又与友人相别，“双成只”，巧接上文。“双”应“飞凫舄”，“只”言与友人分别。对官卑位低还只是“叹”，可是还有友人在一道，现在连足可慰藉的朋友，也将“君随春水驶，鸡鸣亦动舟”，“去去不淹留”，怎不要生“憎”。诗人写特定境遇下的分别，本来就不称心，现在更不如意，内心更为惨苦。

“一朝别笑语，万事成畴昔。”今天一旦相别，一切都成了过去。这是由“双成只”的自然衍发，由目前的双双欢语，想象别后各自孤栖。那今日的“笑语”，也就成了淀积于意识中的陈迹。这又比上文深进一层，由“憎”转化为“悲”了。诗愈转愈深，情越来越痛，处于不得势情况下的诗人，对于挚友相别更为敏感，很容易触动情怀。

“道遒若波澜，人生异金石。愿君深自爱，共念悲无益。”前两句总绾上文，世事如波澜起伏，险象环生，危机时出，人不同于金石，孰能无情，那么“叹”得合理，“憎”得合情，“悲”得顺意。可是诗翻跌一层，不言其悲，反说“愿君深自爱，共念悲无益”，努力自振，黾勉奋发。由于诗人自视为“玉匣剑”，因而勉励友人“无为在歧路，儿女共沾巾”，“行人从此别，去去不淹留”，还是要有所作为，展翼长空，挂帆沧海，这充分显示了诗人由个人别情跃入了为事业奋斗的新境界。

何逊和谢朓相近，以写景精工出名。《别沈助教》既得其锻字炼句之工，又有发慨抒怀之妙，更偏于理性，在何逊集中别具风采。

（徐应佩　周溶泉）

与苏九德别

何 逊

宿昔梦颜色，咫尺思言宴。
何况杳来期，各在天一面。
踟躇暂举酒，倏忽不相见。
春草似青袍，秋月如团扇。
三五出重云，当知我忆君。
萋萋若被迳，怀抱不相闻。

鉴赏

何逊游宦半生，结识了许多至交亲朋。自古有相识就有离别，一旦辞别多年的友人，总免不了感离伤别，心中留下无尽的思念。此诗便是诗人又将远行，面对前来送行的朋友苏九德而写下的。

“宿昔梦颜色，咫尺思言宴。”“宿昔”，从前。“颜色”，指人的音容笑貌。“咫尺”，比喻距离很近。“言宴”，欢乐，语出《诗经·卫风·氓》之“言笑晏晏”。这两句是说诗人经常因思念而梦见友人，常与其在梦中相会，他的一举手，一投足，一皱眉，一展颜，都宛然在目；而即使相距“咫尺”也没有忘记对与他相聚时的欢乐场景的怀想。上句写其思念之深，下句言其与友人的相见之乐。说明苏九德是诗人久已仰慕的友人。

“何况杳来期，各在天一面。踟躇暂举酒，倏忽不相见”四句写诗人与苏九德乍逢又别及诗人不忍别离，“举酒”浇愁的惆怅心理。此四句紧承一、二句，首二句言诗人“宿昔”对苏九德“颜色”之梦和与其相会时的“言宴”之思，这里则是对别后各分东西、会日无期的忧虑，从中可以见出诗人对友人的一片诚挚之情。“何况杳来期，各在天一面。”“杳”，即远。今日与朋友分别，而后各在天涯海角，相会的时刻杳然无期。“踟躇暂举酒，倏忽不相见。”分离就在眼前，而且重逢无期，诗人心中油然而生一种怅惘之情。“踟躇暂举酒”，既是与友人道别而饮的饯行酒，又是诗人为排解心中惆怅而碰的浇愁杯。这酒的分量如此厚重,使诗人“踟蹰”不定,久久不愿举杯,因为饮过酒后,便是洒泪挥别。人生聚少分多,虽然眼前是相聚的欢乐场面,但接之而来的便是不可避免的分离,是“倏忽不相见”。

“春草似青袍,秋月如团扇。”这二句是诗人对别离时友人的穿着和别离情景的交代和描绘。“春草似青袍”,王士禛、闻人倓《古诗笺》注引《古诗》有“青袍似春草”的诗句,此句即从此化用而来,是对苏九德衣着的形容。“秋月如团扇”,秋天的夜晚,凉风习习,皓月当空,在高而远的夜空下,那明亮的圆月就像挂在天上的一把团扇。在这样的氛围中辞别友人,更增添了一份凄离,更加深了一丝惆怅。望着友人青色的身影,诗人心中的那份感伤、那份落寞,真切地倾泻于笔底:“三五出重云,当知我忆君。”“三五”,指农历十五的夜晚。《文选·古诗十九首》曰:“三五明月满,四五蟾兔缺。”“三五出重云”即是说每月十五日的夜晚,圆圆的月亮从厚厚的云层中钻了出来,倾泻了一片清辉。诗人从眼前景象联想开去,似是安慰朋友,也像在自言自语:每当云淡天高、三五月圆,我一定会想起你;当你看到那高高悬挂在空中的圆月,你应该知道远方的朋友在思念你,在祝福你。

“萋萋若被迳,怀抱不相闻。”“被”,同“披”。“迳”,同“径”。“怀抱”,胸怀,心绪。今日一别,从此天各一方,路途的遥远,交通的不便,阻碍了朋友间音讯的传递和情感的交流,彼此之间的思念之情难以诉说。怎么办呢?唯一的办法就是用诗来表达、寄托自己的一腔情怀、一片深情。这是诗人辞别朋友时无奈心境的表露,同时也是对此诗写作目的的交代。

在艺术处理上,诗人匠心独运,在短短的诗篇中,将过去、现在、将来糅合在一起,并在诗人内在情感的贯穿下,形成了一个浑然的整体。开头两句“宿昔梦颜色,咫尺思言宴”,概括地写了过去、现在,表现出诗人对苏九德的深挚感情,起到了统领全诗的作用。接下来“何况杳来期,各在天一面。踟蹰暂举酒,倏忽不相见。春草似青袍,秋月如团扇”,则是对送别场景的叙述、描绘。这是全诗的重点,诗人正是通过对此情此景的表现,追溯过去,立足于现在,并联想到将来,将过去和未来纳入自己的视野之内。“三五出重云,当知我忆君”,则是在现实的基础上所生发的对未来的展望。由于作者精巧的安排,使此诗成为一个最大限度的情感浓缩体。短短的几句诗,不仅包容了诗人对友人的思念、与友人相会的喜悦、和友人相别的惆怅以及对友人的长久怀念等复杂、微妙、深厚的情感,而且在时间、空间上揽括了过去、现在和未来,具有极其深厚的内涵。

(阮　卫)

宿南洲浦

何 逊

幽栖多暇豫，从役知辛苦。
解缆及朝风，落帆依瞑浦。
违乡已信次，江月初三五。
沉沉夜看流，渊渊朝听鼓。
霜洲渡旅雁，朔飙吹宿莽。
夜泪坐淫淫，是夕偏怀土。

鉴赏

这是一首旅中怀乡诗。诗人这次去浙江，沿途写了多首描绘风物、怀乡念友的诗篇，此首可谓这些作品的一个小结。

旅途的风光是美好的，但它无以解脱思念家乡的痛苦，沿路的辛劳，更增加了对家乡安居的怀想。诗人看到“寒鸟树间响，落星川际浮”（《下方山诗》），“归飞天际没，云雾江边起”（《入东经诸暨县下浙江作诗》），“萧散烟雾晚，凄清江汉秋”（《还渡五洲诗》），“草光天际合，霞影水中浮”（《春夕早泊和刘谘议落日望水诗》）。这次途经之地，可谓寓目皆美景，接耳悉清音。可是这却不能解乡愁，不可除劳苦。他慨叹“寓目皆乡思，何时见狭斜”，“望乡行复立，瞻途近更倄。谁能百里地，萦绕千端愁”，“以此南浦夜，重此北门愁”。此首响着上述各诗同一旋律。

诗人窘于从役的辛苦，一从“幽栖多暇豫”的对比中出，一从“解缆及朝风，落帆依瞑浦”的朝夕不懈中显示。由于“疲身不自量，温腹无恒拟”，使他“弥旬苦凌乱”，因而“旅人嗟倦游”。在外奔波，逆风急流，险滩怪石，使人要向往在家幽栖的恬静。在外宦游，追名逐利令人厌，跋山涉水使人倦，诗人憩于南洲浦，身息而心劳，一切都勾起乡关之思。看那夜晚的水流默默而逝，听那早晨的寺鼓咚咚而响，感到流光飞逝，更为悲悒愁郁。朔风怒号,吹折宿莽,大雁南飞,渡过霜洲,该是归家园的时候了,可是仍羁旅在外,飘荡不定,怎不叫他"夜泪坐淫淫,是夕偏怀土"!

全诗围绕着"怀土"这一轴心组织题材,时间上从朝至暮,空间上由远而近,态势上由动而静,景物上有形有声,心绪上有忧有愁。虽然未过分渲染思乡的朝夕不宁,牵肠挂肚,可是从其自然平顺的笔致上,足可使人扪及诗人含愁蕴哀的脉息。本诗不如何逊其他精细描景状物之作,但却展现出其舒卷自如、平顺径直的诗风,这也是何逊诗风格的另一侧面。明人陆时雍说:"何逊诗语语实际,了无滞色,其探景每入幽微,语气悠柔,读之殊不尽缠绵之致。"(《诗镜总论》)此诗亦可提供一例证。

(徐应佩　周溶泉)

咏早梅[1]

何　逊

兔园标物序,惊时最是梅。
衔霜当路发,映雪拟寒开[2]。
枝横却月观,花绕凌风台。
朝洒长门泣,夕驻临邛杯。
应知早飘落,故逐上春来[3]。

注释

①诗题一作"扬州法曹梅花盛开"。
②拟:比,对着。
③上春:正月。

鉴赏

这是一首托物言志的诗。诗人何逊才华早露,受到皇帝信用,但很快又遭到疏远。这与早开早谢的梅花,是能达到一种联想的。所以当他在扬州法曹见到盛开的早梅,不禁触发感兴,写下了这首别有意味的咏梅之作。

“兔园”,本是梁孝王的园名,即梁园,这里用来代指扬州园林。何以不质言之,而要如此借代呢?原来梁孝王曾在兔园招延四方人才,著名的宾客有枚乘、邹阳、司马相如一辈文士。这是诗中以梅花比喻早达才士的第一个消息。“标物序”是显示时节变化的意思。在各类应时景物中,“惊时最是梅”了。梅花是在众芳消歇的隆冬开放的,当然最引人注目。而早慧又早达的人才,正和这种情况相仿,是容易受到公众称誉的。这是诗人由梅产生对自身遭际的一个联想。倘不知人论诗,只道是为咏梅而咏梅,这诗句也就很寻常了。

此下四句,诗人写到梅花凌寒而开,而且越开越盛,亦有象喻的作用。“衔霜”“映雪”,赞扬了梅花不畏严寒的坚贞品质,于中流露出一种清高自负的意味。而“当路”二字,则双关着才华的显露和少年的得志。“枝横却月观,花绕凌风台”二句,更是写得繁花似锦,盛开至极。然而,物极必反。诗人在前六句中从梅花的绽发到开繁,逐次渲染,对以下两句,是欲抑先扬的手法。

“朝洒长门泣,夕驻临邛杯”是诗中唯独旁骛的一联,似乎与咏梅全无关系。但这里运用的典故,正好露出了诗人别有用意。这两句分别运用了陈皇后、卓文君这两位古代著名女性的故事。陈皇后早年为汉武帝宠爱,曾欲以金屋贮之,然而一旦宠极爱歇,便被遗弃于长门宫,这就是“朝洒长门泣”之所指。卓文君是司马相如在临邛饮酒结识的,曾缔结百年之好,但后来据说相如变了心,使她感赋《白头吟》。想她们当初的遭遇,何啻如盛开的梅花一样的美满,然而她们的不幸又来得多么迅速。这一切,不都和诗人的遭遇有某种共同之处吗?所以此二句与咏梅似乎无关,却是题意所司。

末二句是明就梅花暗关人事的感慨抒情,“应知早飘落,故逐上春来”。这里不全是感伤,也有一种从自然得到的慰藉:虽说早落,毕竟还算早开过了。有过那样一番荣幸,纵然零落,也不枉了。这一点乐观,正是全诗格调不落俗套的新意。全诗的咏物中,将梅花、两位古代女性和自身绾合一处,浑成无迹,实为精巧。

(周啸天)

临行与故游夜别

何　逊

历稔共追随,一旦辞群匹。

复如东注水，未有西归日。
夜雨滴空阶，晓灯暗离室。
相悲各罢酒，何时同促膝。

鉴赏

这是一首离别诗，抒发的是诗人与朋友分别之际的难分难舍之情，一种辞别好友的悲伤和无奈的情绪笼罩着全诗，给人以强烈的心灵震动。此诗《艺文类聚》和《文苑英华》皆题作《从镇江州与故游别》，可能是何逊辞别朋友，移官江州时所作。

“历稔共追随，一旦辞群匹。”“稔”，谷熟，谷一年一熟，故称“年”为“稔”。“历稔”，即多年。“匹”，指朋友。这两句的意思就是说多年来与朋友们在一起，而现在马上就要分别了。“复如东注水，未有西归日。”多年的知心朋友一旦离去，就像那向东流逝的江水，再难有回归之时。通过形象的比喻，将不忍别离友朋的心情抒发了出来。但朋友的留恋不能阻止诗人离去的脚步，紧跟着最后的相聚而来的是必然的分别，就连周围的环境也显示着别离的不可避免：“夜雨滴空阶，晓灯暗离室。”离别之夜，淅淅沥沥的小雨滴落在门前空荡荡的石阶上，天将破晓，在渐渐泛白的天光下，室内的油灯渐渐暗淡下来，预示着分别的时刻就要到来。“相悲各罢酒，何时同促膝。”朋友们都被离别的情绪所感染，纷纷放下手中的酒杯，准备送别即将踏上征程的诗人。在这最后的时刻，同一种声音在朋友们的心中响起：今日分别，何日才能又相见、又重逢，又坐在一起娓娓地交心谈心呢？所谓“相见时难别亦难”，或许正是因为别后的难以相见，才引发了人们不忍离别、不愿离别的情绪吧！

纵观全诗，我们可以看出作者在抒发自己的离别之情时，是以感情的流程为线索的，其情感的轨迹我们可以看作一条波浪线，一起一伏，迂回发展，错落有致。诗的起句非常平淡，就像是在冷静地叙说一个即将发生的事件：马上就要分别，就要远离多年的朋友。但在这冷静的后面潜伏着汹涌的情感的激流，“复如东注水，未有西归日”。这种伤感和无奈是如此的强烈，就像滚滚的江水滔滔东去，再难有西归之时，今日自己别离朋友去到那不知名的远方，结果又何尝不是如此呢？诗写到此，形成了第一个情感的波峰。接下来该如何往下写呢？高明的诗人没有再为这强烈的感情加温加火，没有为这涌起的波峰推波助澜，而是将笔宕开去，描绘了一幅别离前的凄清景象：“夜雨滴空阶，晓灯暗离室”。不仅将离人的离绪形象地表现了出来，而且使诗人的情感得以缓解，让读者有一个停顿的机会，一个咀嚼的机会,这一个浪谷的设置是颇具匠心的,它为全诗增色不少。最后两句“相悲各罢酒,何时同促膝”,又将笔触牵回到那难以排解的离情上去,形成又一个波峰,将人们面对着离别的那种无可奈何之感淋漓尽致地抒发出来,使全诗成为一个浑然的整体。可以说,在整首诗的设置安排上,诗人是颇费了一番心血的。

读完全诗,留在人们脑海中印象最深的恐怕还是这样一幅画面:深沉的雨夜,远处一间亮着昏黄灯光的小屋,雨水顺着屋檐滴落在门前的石阶上,那轻轻的声音也敲击在屋内围灯而坐、默默喝酒的人们的心上,那声音似乎在提醒人们:天快亮了,离别就在眼前。这是一幅有声有色的离别图,静夜里的雨声特别清脆,特别响亮,敲得离人的心一阵阵发紧,它似乎又暗示着时间的迅速逝去,标示着那不可避免的时刻的到来。而那摇曳的灯光忽闪忽亮,忽明忽暗,照在离人们的脸上,折射出其不平静的内心世界。这两句诗通过对雨声和灯光的描写,诉诸人的听觉、视觉,设置了一幅极富意蕴、交织着声色的意境画,具有极强的艺术效果。

(阮　卫)

与胡兴安夜别

何　逊

居人行转轼,客子暂维舟。
念此一筵笑,分为两地愁。
露湿寒塘草,月映清淮流。
方抱新离恨,独守故园秋。

鉴赏

这首秋夜送别的诗(张玉穀《古诗赏析》以为是留别诗),写的虽不过是人间寻常的聚散悲欢,但在构思、章法、措词及音韵上均可称道。

头四句写饯别。诗人并不罗列前后情事及话别的详细情况,只选择饯宴将尽,分手在即的时刻来写,抓住了一个具有生发性的时刻,特别有味。送行双方,一个即将回车,一个暂时系舟,此时黯然的心情是不言而喻的。

同时这里也点出“客子”从水路出发,为第三联伏笔。“念此一筵笑,分为两地愁”,是说饯宴小聚只是暂时欢乐,但不久将各在一方,各怀离愁。这正是分手在即时应有的心情。此联将“笑”“愁”绾合,看似矛盾,实有深趣。因为越是突出聚首之欢乐,就越是反衬出离别的忧愁。同时就当筵而言,又未必没有强颜欢笑的意味。所以这两句意味特别深厚。

五、六句紧扣“夜别”,想象客舟夜发后的情景,并将时间延伸到午夜,专从“客子”一方着想。“露湿”“月映”勾画出一派清江情景,露寒月冷,是双重的凉意,再加上“客子”心中的悲凉,真是情何以堪!由此又表现出诗人体贴朋友的情怀。

末尾两句专就“居人”一方来写,正是“话分两头,各表一枝”,而且在时间上延伸得更远,涉及一整个秋天(其实暗示别后漫长的时日),又有顺便点明时令的作用。秋天是一个容易使人伤别的季节,这是中国文人的传统心理习惯,此诗还妙在把“新离恨”与“故园秋(思)”绾合,使诗意更醇厚。唐代王维“山中相送罢,日暮掩柴扉。春草明年绿,王孙归不归”(《山中送别》),便似从“方抱新离恨,独守故园秋”二句衍化出来的。

至于此诗的形式,中两联对仗工稳,第二联妙用流水对,各句音韵基本上合乎黏对规律,已俨然为一首成熟的五言律诗。

(周啸天)

慈姥矶

何 逊

暮烟起遥岸,斜日照安流。
一同心赏夕,暂解去乡忧。
野岸平沙合,连山远雾浮。
客悲不自已,江上望归舟。

鉴赏

从第三句的“一同”与结末的“客悲”看,诗中有两个人,是为离别相送。究竟诗人是送者还是别者,诗中、题中,都没明显昭示。味其大意,可能是留别诗。这是何逊——也是六朝人制题不严带来的麻烦。

首二句一方面写别时之景,也顺便点明留别时间。远处暮烟澹澹,在遥远彼岸悠悠升起。近处水面,斜阳冉冉照着平静的江流。动态的物象中,烘托出一片静谧的氛围。特别是“斜日照安流”,虽出之白描,但可想见其色泽光度。白居易《暮江吟》:“一道残阳铺水中,半江瑟瑟半江红”,可抵此一注。“安”极趣致,是为前半篇之眼。不仅显出江水无语,静静东流,似乎“斜日”“暮烟”,都处于“安”的状态之中,还有那隐伏在客观景物背后的主观情绪,不是也是安宁的吗?韦应物的“夕阳明灭乱流中”(《自巩洛舟行入黄河即事寄府县僚友》),景观与此仿佛,气氛顿异,全在“安”“乱”上分疆划界,可移作此句一反注。

第三句的“心赏”,意指有契于心,欣然自得。这是南朝人的流行语,鲍照的“心赏固难恃,貌恭岂易凭”(《白头吟》)、谢朓的“文奏方盈前,怀人去心赏”(《京路夜发》)者皆是。这句是说,知情好友,携手同心,一起观赏黄昏夕阳美景,岂不是欣然乐事。故次句云可“解忧”。着一“去乡”,点出留别之意。句首的“暂”下得有分寸。光线柔和的黄昏,明丽的江景,与同心者徘徊,对于离乡怀归之思,只是“暂解”而已。也为下文悲从中来埋下了伏笔。

上四句写留别之时,下四句写分别之后。举手告别,挂帆江行,自然要顺江远望,瞻视前路:“野岸平沙合,连山远雾浮”。“野岸”,犹言远岸。“平沙”,指广漠的沙原。只见遥遥宽阔的两岸,在广漠沙原的远处合为一线,望不到尽头;连绵不绝的山峦,暮霭升浮。“远雾浮”看似和篇首“暮烟起”相近而重,实有异别。这是放眼极望路经之处,“远雾”又托出日暮的时间感来。“浮”字状雾升动,也隐然逗起“去乡忧”在心中跃跃浮动。“野”“远”映带出不少落寞情绪来。这两句写景遥接首二句,也引出默然神伤的心绪:“客悲不自已”,刚刚解维放舟,离家作客之感就袭上心头。“不自已”,是说别情难禁,也就是他所说的“客心已百念,孤游重千里”(《相送》,也是留别诗)。这句回应“去乡忧”,使得“暂解”神圆意足,反衬出此处“不自已”的分量沉重。这一句是全篇之焦点,神光照射前后。末句的“江上望归舟”是向后望,望那刚才送己而此时已遥遥归去的友人之舟。世事相牵,独行迈迈,“己不能归,而望他舟之归,情事黯然”(沈德潜《古诗源》卷十三)。这一句勾勒,情中有景,使人想见诗人伫立船尾,引颈长望,怅然不已。这两句果前因后,一经如此倒置,悠然不尽,“蜷局顾而不行”的别离意味溢出篇外。这回望与“野岸”二句的前望,由“客悲不已”连成一气,瞻前顾后,神情一片,潜气内转,意脉贯穿,意味悠然而长,情感渊然而深。

张玉穀《古诗赏析》认为此诗写“辞家出门,有人送至矶下,泊舟竟夕,明日送者舟归……(前四句)是追叙昨日事”,后四句写今日之别,复述矶景。其解圆通,可备一说。

诗题“慈姥矶”,只点明留别地点,大概自隋以后,很少有这含混的题目了。全诗四句写景,四句言情,措置错落。景语清迥明净,风华自布。情言婉转,浅语俱深。语语实际,全无滞色,语气悠柔中含缠绵之致。陈祚明论其“生乎骈丽之时,摆脱填缀之习;清机自引,天怀独流,状景必幽,吐情能尽。故应前服休文(沈约),后钦子美”。诚哉是言。此诗对于动以“骈丽少六朝”者,无异于一副清凉剂。

(魏耕原)

相送

何逊

客心已百念,孤游重千里。
江暗雨欲来,浪白风初起。

鉴赏

诗题“相送”的主语是“我”,还是宾语是“我”,制题欠明,乍看难定。余冠英先生据何集中有题《相送》的几首联句诗都是辞别语气:“子瞻天际水”“君还旧居处”以及他自己“一朝事千里”,又“愿子俱停驾,看我独解维”,又“以身辞乡泪,沾君送别衣”。以之类推,以为这首是赠送留别者诗。(《汉魏六朝诗选注》)

作者另首留别诗有“居人行转轼,客子暂维舟”(《与胡兴安夜别》)和此首“客”都指自己,而非别人。送别、留别诗一般有三种写法:一是笔挽送别双方;二是专从对方设想;三是单从自己见意。这首诗属于后者。

说自己是“客”,这已透过一层,交代了先前“孤游”。“百念”言作客之苦纷至沓来,众感交集,是“旅人多忧思”的常感(《夕望江桥示萧谘议杨建康江主簿》)。“孤游重千里”一句含意细密,自己在作客——作远客,就是客中做客,游中再游。既作远客,又是孤游,真是“行行重行行”。而且所往之地在“千里”之外。层层见意,孤心独至。“重”,犹“又”。“重千里”是指此游行程之远,又申说前游已经千里。那么此去当在千里之外,游子乡心自然迫切,这又加深一层。上句说作客已可悲,下句说作远客更可悲。“两层申写、言情已透”(张玉穀《古诗赏析》)。这里不写别时双方的依依之语,全从告别送者的心里思忖落笔。那是“客舟欢未极,别至悲无语”(《赠江长史别》)的原因。另外,“一朝别笑语,万事成畴昔”(《别沈助教》),“何况杳来期,各在天一面”(《与苏九德别》),“念此一筵笑,分为两地愁”(《与胡兴安夜别》),恐怕都在“百念”之中。“已”有生发感,含若许惆怅。次句“重”具加重感,前呼后应中托出“未行役已多愁思,而今又重以远游”(闻人倓《古诗笺》)的一片情致。

上二句是主观情思,下二句是客观景致。别情难叙,已够黯然伤情,偏偏天不作美,又碰上阴晦天气。江面上空大风忽起,阴云密布,白浪掀天,江雨欲来。寒凉凄苦之意,漫天价笼逼侵袭。“江暗”是浓墨重抹之笔,黑云压江,令人愕然窒息的氛围顿出。“雨欲来”写“江暗”的程度,使人骤生压抑之感,似乎凝结的乌云顷刻间会变成满天暴雨,这是自然景致,又是意念上的观感。这一句写静景,极富动感,末句“浪白风初起”写动景,更具动感:江面风起、江中浪涌,江岸江面,上下都在动荡之中,使诗人原来就已起伏不安的心境,更蒙上了一层前路风险的抑郁情绪。“暗”和“白”形成极鲜明的对照,浪花愈白、衬出江面愈“暗”,二者色调的反差,加强了动感的力度。风卷声、浪激声和诗人心中“雨欲来”声交织一片。这二句为倒装,写得有声有色。以“起”缀后,有满篇皆动之势,比顺说更有力感效果。“江暗”是因为“雨欲来”,“浪白”是由于“风初起”,“欲”“初”前后呼应。“初”说明骤然而变,从时间上加强了动感的急促。景语也是情语。江暗衬出心意更为黯然,“浪白”见出水途之险,“风初起”则有前景变化莫测之感。这些都含裹在眼前顿变的客观景致中,对心中的情思却一语不说,只就水程别时之景顿住,用笔冷峭峻洁,使读者关切的“百念”也油然而生。

(魏耕原)

胡无人行

吴　均

剑头利如芒,恒持照眼光。
铁骑追骁虏,金羁讨黠羌。

高秋八九月，胡地早风霜。
男儿不惜死，破胆与君尝。

鉴赏

在吴均存诗百余首之中，乐府诗即有三十七首之多，占存诗三分之一以上。可见吴均是创作乐府诗的大家。就郭茂倩《乐府诗集》所录此同一诗题之作品来看，其内容多为边塞征讨、战斗拼杀及边界和平，题材各有不同。吴均这首《胡无人行》集中赞颂将士誓死报国的英雄主义精神。

本诗构思颇为别致，与一般反映边塞战斗生活的诗篇有所不同。其特点是大处着眼，小处落墨，并不先写边塞苦寒萧瑟肃杀之地的异域风光，也不直写敌寇进犯我军自卫反击的厮杀场面，而是从一柄小小的宝剑写起。值得指出的是，它并不写宝剑的整体，而只写这把利剑的"剑头"："剑头利如芒，恒持照眼光。""利"，指剑头的锋利。"芒"，指刀枪的锋芒、光芒。这两句虽然都是视觉形象，但却各有侧重，上句写剑头的锋利之状，下句写剑刃的耀眼之光。"恒持"，经常拿着，同时又有经常保持之意。在古代文学作品中，宝剑的锋利与光芒是结合在一起的。《晋书·张华传》所载的龙泉、太阿两剑埋在丰城监狱屋基下时，斗牛（二十八宿中的斗宿与牛宿）常有紫气，被认为是"宝剑之精上彻于天"。郭震《宝剑篇》："龙泉颜色如霜雪……错镂金环映明月。"李白《胡无人行》："流星白羽腰间插，剑花秋莲光出匣。"作者另有《宝剑》诗，也可参看："我有一宝剑，出自昆吾溪。照人如照水，切玉如切泥。"因小可以明大，即近可以求远。"剑头"虽小，锋利与光芒俱备，人的尚武精神与英雄气概，也由此可见一斑了。

"铁骑追骁虏，金羁讨黠羌。"此二句承上转写战斗场面，句中敌我对举。"铁骑"，形容我方骑兵坚不可摧。"骑"，古代一人一骑。"骁"，勇猛矫健。"虏"与"羌"，均系古代对边地进犯之敌而言。"羁"，马络头。"金羁"，形容马络头的华贵，此亦指我方而言。"黠"，聪慧，狡猾。"骁虏""黠羌"均指敌方而言。"追""讨"，用以表现我方作战英勇及战争的正义性。《尚书·皋陶谟》："天讨有罪。"敌人进犯，我则讨之；敌人败退，我则追之。

五、六两句宕开一笔："高秋八九月，胡地早风霜。"就表面而言，两句写边塞苦寒之地的异域风光，但其内里却与上两句密切相关，仍与反映敌人进犯联系在一起。李白《塞下曲》："塞虏乘秋下，天兵出汉家。"古代北方游牧民族作战以骑兵为主。秋天塞外草枯，胡马有很好的饲料，养得肥壮（"匈奴草黄马正肥，金山西见烟尘飞”),正好发动掠夺性战争。这两句以季节特点写边塞风光,补足前两句。

最后两句直抒胸臆:“男儿不惜死,破胆与君尝。”“破胆”,恐惧过甚。《汉书·谷永传》:“臣永所以破胆寒心,豫言之累年。”师古注曰:“言惧甚。”《后汉书·申屠刚传》:“众贤破胆,可不慎哉。”这两句说,作为血性男儿,在战斗中是不惜以死报国的,这就必然使敌人心惊胆破,并使这种精神与现实,让皇帝都能体察得到。诗人没有描绘大的战斗场景与拼杀的英勇,而只用“破胆”二字,便使无往而不胜的精神跃然纸上了。

除构思上的特点以外,这首诗在形式上已初步具备近体五言律诗的特征,中间两联,平仄黏对尽合要求,为律诗的发展积累了丰富的经验。

吴均也是南朝边塞诗的先驱。冯班在《钝吟杂录》中说:“于时诗人,灼然自名一体者,有吴叔庠,边塞之文所祖也。”在现存吴均诗作中,边塞诗或与边塞密切相关的诗约有十五首之多。冯班的评价是较为公允的。

(陶尔夫)

行　路　难(其一)

吴　均

洞庭水上一株桐,经霜触浪困严风。
昔时抽心曜白日,今旦卧死黄沙中。
洛阳名工见咨嗟,一剪一刻作琵琶。
白璧规心学明月,珊瑚映面作风花。
帝王见赏不见忘,提携把握登建章。
掩抑摧藏张女弹,殷勤促柱楚明光。
年年月月对君子,遥遥夜夜宿未央。
未央彩女弃鸣篪,争先拂拭生光仪。
茱萸锦衣玉作匣,安念昔日枯树枝。
不学衡山南岭桂,至今千载犹未知。

鉴赏

这是吴均所写五首《行路难》中的第一首。诗中由孤桐枯死到被人发现制成琵琶,由弹奏明光曲到深受帝王赏识的不平凡遭遇,借以抒发人生感慨,是一首咏物言志诗。

桐树是古代制作琴身的材料,相传山东峄山生长的桐树才是真正的佳品,诗内所谓"洞庭一株桐",大约因为诗人是南方人,才以洞庭名之,隐有自比之意。

诗的开头四句描述孤桐的身世,以喻个人品质高洁,卓立不凡。"洞庭水上一株桐,经霜触浪困严风。"首先说明孤桐生长的地理环境是在洞庭湖畔,历经风吹浪打和冰霜侵袭的严峻考验,逐渐长成一株傲立水边而又无人赏识的桐树,与严风长久地搏斗着。"昔时抽心曜白日,今旦卧死黄沙中。"这两句以对比的手法写出桐树的今昔变化,想当初也曾有过枝繁叶茂、光照日月的显赫时期,如今却落到"卧死黄沙"的悲惨下场。诗人以精心的构思,选取最能代表孤桐性格的某些特征,通过今昔截然不同的生动描写,把孤桐的身世交代得一清二楚,于此可见诗人用笔之妙。

诗的中间部分(从"洛阳名工见咨嗟"至"争先拂拭生光仪")历述孤桐的发迹过程,以示人生无常、否极泰来的深刻道理。这里包含三层意思。第一,先绘其形。一直遭受委弃的"卧死桐树"忽被洛阳名工发现,吁嗟叹息之余,剪剪刻刻,用之制作琵琶,还饰以白璧、珊瑚,使之像明月一般皎洁明亮,像"风花"一样光洁照人。"白璧规心学明月,珊瑚映面作风花",正是从外形上刻画琵琶的精美绝伦,以显其一表人才,风华正茂。第二,再闻其声。洛阳名工制出镶玉缀宝、光彩四射的琵琶,即使帝王见了也会欣赏不已,提携把玩,使之登堂入室,成为建章宫里不可或缺的乐器。"掩抑摧藏张女弹,殷勤促柱楚明光。"当演奏名家张女怀抱琵琶,促柱调弦,认真弹奏名曲《楚明光》的时候,它那悠扬悦耳的优美旋律,不绝于耳,大有空谷足音之感,说明孤桐被制成琵琶以后,同样可以奏出美妙动人的音乐。再次显示自己怀抱美质,不同凡俗的高尚情操。第三,显于宫廷。像这样音色俱美的琵琶当然会博得君子的青睐和持久不衰的爱赏,甚至日日夜夜都不会离开未央宫院。"未央彩女弃鸣篪,争先拂拭生光仪"。一些宫娥彩女宁愿弃置名贵的乐器鸣篪于不顾,也要争先恐后地为琵琶揩拭灰尘,使其放射出明亮的光彩。其言外之意是只要得遇知音,就可以充分施展智慧才能,并赢得人们的喜爱。

诗的结尾四句,诗人利用孤桐、桂树的不同遭遇,表明胸怀高烈、追求显达的迫切愿望。"茱萸锦衣玉作匣,安念昔日枯树枝。"这里借用饰有美丽花纹的锦玉衣匣，为琵琶安排下最终的归宿，说明一旦功成名就，也还要追念过去，不会忘记枯树干枝的凄凉之苦。更深一层的意思是，出身微贱的人也不要自暴自弃，只要为明主所赏，也会报国有门，实现其政治理想和愿望，这是诗人渴望入世思想的真切流露。接着笔锋一转，由“洞庭桐”写到“南岭桂”，“不学衡山南岭桂，至今千载犹未知”。于此道出全诗主旨，不要向“衡山南岭桂”学习，它虽然自诩高雅，却埋没千载终无人知，那将是可悲的。这不正是诗人积极入世思想的自我写照吗！

该诗叙事简洁，而又寓意深远，并能将叙事、言志紧紧地融合在一起。结构上错落有致、富于变化，风格上质朴浑厚、真切感人，是一篇很好的咏物言志诗。从艺术上看，其主要特点是善于运用设喻对比的表现手法。其一，诗人为了表达出身卑微而又深怀用世之志的强烈愿望，便以“洞庭一株桐”为喻，孤桐的先微后显，特别是制成琵琶以后，帝王见赏，君子垂爱，纳入宫殿，彩女为伴，与诗人渴望显达于世的思想十分吻合，可谓托喻贴切，灵活生动。其二，为了表现孤桐境遇的不同，诗人先写孤桐“抽心曜日”与“卧死黄沙”的今昔对比，然后选取琵琶作为对比的象征，以“白璧规心”“珊瑚映面”的精美外形，与“掩抑摧藏”“促柱明光”的动人乐声，进一步表现琵琶深受帝王君子、宫嫔彩女喜爱的情景，既说明一度被视作“枯树枝”的孤桐已今非昔比，另一方面也从一对一比中使人不能不联想到诗人身处困境仍苦苦盼望知音的思想情怀，其中蕴含的道理，是通过生动的形象描绘和对比表现出来的，具有更为强烈的感染力。其三，诗人除通过孤桐与琵琶的对比表达追求知遇、显达的思想以外，还利用“南岭桂”的千载无闻，反衬出以“洞庭桐”自比的得意之状，也给人留下深刻的印象。虽然文字寥寥，却能以少胜多，用笔之精，设喻之妙，诚为可贵。

总之，诗人所做的设喻对比不是简单的罗列条述，而是利用具体的形象描绘，创造出美好的艺术境界，然后由境会意，以意传情，相互关联，浑融一体，使人们通过审美过程强烈地感受到诗人所要表达的思想感情，不是更生动、更耐人寻味吗！

（张锡厚）

行　路　难(其四)

吴　均

君不见长安客舍门,倡家少女名桃根。
贫穷夜纺无灯烛,何言一朝奉至尊。
至尊离宫百余处,千门万户不知曙。
唯闻哑哑城上乌,玉栏金井牵辘轳。
丹梁翠柱飞流苏,香薪桂火炊雕胡。
当年翻覆无常定,薄命为女何必粗。

鉴赏

我国诗歌史上,任何一首成功的诗作,它的思想倾向应当从刻画形象的过程中自然流露出来,而不是概念化的抽象表白,如果诗的形象愈具有普遍意义,它的思想内涵也愈能打动读者。这篇《行路难》所描述的桃根形象,正是封建时代红颜薄命的代表人物,诗中通过她的不平常遭遇,比较深刻地完成了揭露贫富悬殊、人生无常的思想主题,获得了比简单说教远为强烈的艺术批判力量,因而它也是一篇成功的诗作。

诗的开头四句,直接指明长安倡家少女桃根及其贫贱的身世。人们仅从"夜纺无灯烛"句,即可窥知其家已贫穷到连一根照明的蜡烛也没有了,这与"贫者无立锥之地"的提法有异曲同工之妙,两者都是以典型特征来说明人物的贫穷困窘之状。诗的另一层意思,还以"倡家少女"四字,言其出身微贱,远非常人可比,似乎不应当有好的归宿,因此,对于像桃根一样出身于下九流的女性,如何会谈起一朝侍奉君王的殊遇呢?总之,由"长安客舍"引出"倡家少女",由"夜无灯烛"写到"侍奉至尊",此情此景,使人不能不对贫苦善良的女性寄予深切的同情。

诗的中间部分(自"至尊离宫百余处"至"香薪桂火炊雕胡")极写皇家的骄奢华贵。诗从写景入手,先写离宫之多,约有百余处,这是极平淡的数字统计。表面上看似乎无境界可言,也未强调建筑的宏伟壮观,但是,下接“千门万户不知曙”句,则陡然间把人们的审美意识转向梦幻般的“不知曙”,把连门户都数不清的殿宇楼阁置于朦胧迷离的意境之中,给人以更加深邃的感觉和悠长的遐想。唐代诗人杜牧的名句“南朝四百八十寺,多少楼台烟雨中”(《江南春》),同样是利用数字映化出优美的环境氛围,以取得意想不到的审美效果。

次写离宫之静。这种静不是通过全无声息的凝滞静止的画面来完成,而是采取闹中取静的艺术手法,进一步渲染离宫的静谧状态。大概只有在周围一切寂静无声的情况下,才能那么真切地听到城头上的乌鸦鸣叫,井台之上的辘轳声也才能传得更远,可见闹由静生,静从闹出,人们于一闹一静的相生相成的境界,不仅可以领略王宫的静态美,而且透过自然界传来的音响,还可以更深切地感受到皇家王宫之所以寂然无声,是因为迷恋声色和骄奢淫逸的生活使其失去时间概念,迟迟沉湎于梦乡。这种闹与静的烘托,给人们留下回味无穷的思考。

后写离宫之贵。这种贵既不是表现在摹景状物的华丽辞藻,也未用美味佳肴形容其生活的奢华,而是捕捉几个最富特征的短镜头,生动而又真实地表现出皇家生活的高贵。由丹梁翠柱飘动着华美的流苏,人们就完全可以想象出金碧辉煌的宫殿全景,由香薪桂火烧煮而成的菰米(即“雕胡”)饭,也给人留下新的启发,那就是皇家用的烧火之物都是香薪贵木,那么烹制而成的美味珍馐又当是何等的名贵,这是可想而知的。诗人通过宫廷生活的局部描写,向人们不断揭示封建帝王纵恣享乐的本质,并由此而引起人们对陷入生活困境的穷苦少女的同情,这正是诗人本意之所在。

诗的最后两句,“当年翻覆无常定,薄命为女何必粗”,正是在上文贫富对比的基础上,再以翻覆无常,人生难料作结。在那翻手为云、覆手为雨的封建时代,人生际遇除由个人的生活情状决定以外,有时还会为某种意想不到的力量所操纵,由贫穷到富贵已极的现象也是存在的,比如说一个贫苦的倡家少女也许会有“一朝奉至尊”的机遇。因此那些自叹薄命的女子也未必永远处于粗劣低下的地位,于此流露的发迹思想同诗人渴望实现入世之志的理想还是有某种共通之处的。这种似此实彼、言近旨远的艺术手法,正体现出吴均诗歌蕴藉含蓄、寄慨深远的特色。

本诗语言质朴自然,叙事概括有力,喻意贴切,态度鲜明。诗人利用客舍与离宫、少女与至尊、贫穷与富贵等诸多对比,自然而然地引出结论。全诗虽未说理,却理见于事,不去抒情,而情在景中,正显示出诗人高超的艺术才能。

(张锡厚)

酬周参军

吴 均

日暮忧人起,倚户怅无欢。
水传洞庭远,风送雁门寒。
江南霜雪重,相如衣服单。
沉云隐乔树,细雨灭层峦。
且当对樽酒,朱絃永夜弹。

鉴赏

这首酬答诗是向友人诉说贫困的境况和悒郁无欢的心情。故而一开头就说:“日暮忧人起,倚户怅无欢。”既然是“忧人”,自然怅而无欢,这本没有什么特别引人注意的。可是,他日暮方起,说明睡了一整天的闷觉,起居颠倒,生活很不正常。起来之后,不是去做什么,而是去“倚户”,可见他无事可做,只得倚户而立。“倚户”二字,不只写出动作,而且写出情态,写出闲愁,紧接上“怅无欢”三字,诉说心头怅然,郁郁无欢,又进一步写出“倚户”时的心境和神色。如此写来,“忧人”之忧就不寻常了,强烈的失意情绪便突出地表现出来。所以这两句看似信手拈来,不费力气,实际上感情很沉重。

“水传洞庭远,风送雁门寒”两句,借写水的阔远、风的寒冷,抒发寥落、凄凉的情怀。诗人是在长江下游的南岸倚户而望,故而说“水传洞庭”,浩浩的长江水带着洞庭湖水流向远方。“远”字点出目送江流远去的情景。江流把洞庭湖水带向远方,也将诗人的思绪无尽无休地牵引出来。正当他注视远方,思绪绵绵的时候,自塞北吹来的寒风,刺人肌骨,中断了思绪,故而写出一句“风送雁门寒”。风从塞北吹来,本已很冷,又在江边,格外寒冷难忍,可见“寒”字也是笔下用力的字眼。这两句,一写水的自西而东,由近而远;一写风的自北而南,由远而近,纵向与横向交错,拓开空间,勾画出异常空旷肃寒的画面。然后,紧承“寒”字趁势写出“江南霜雪重,相如衣服单”两句。江南气候温和,霜雪本不多,可是诗人说“霜雪重”,感情色彩很浓,已见出不胜其寒的意绪。读到下一句,才知道诗人所以说:“江南霜雪重”,是因为衣衫单薄。贫寒窘迫的境况如此,其心中的苦楚也就可想而知了。诗人不直说自己寒冷,而说“相如衣服单”,显得委婉深曲。这里和他在《赠周散骑兴嗣》所写的“相如本贫贱”一样,都是以司马相如自比,言语之中隐含着诉说不尽的辛酸和不平。

诗中写“江南霜雪重”是泛说秋冬以来的气候,意在言其天寒衣单,不必看作眼前实景。而下面的“沉云隐乔树,细雨灭层峦”,却是倚户而望时见到的景色。这两句一写云景,一写雨景,对仗工巧,写景生动,宛然如画,诗味醇厚,颇耐咀嚼。上句写有“云”而“沉”,有质重感;有“树”而“隐”,又说明云层低而且浓。下句写有“雨”而“细”,有迷蒙感;有“峦”而“灭”,又说明雨丝小而且密。两句十字,细针密线,不能增损一字。然而它所勾绘的画面却不是纤巧之景,而是树隐峦灭、浓云弥野、细雨满天的江南云雨图。在这幅画图中,高大的树木隐而不见了,层层的山峦消失了形影,只有满目的云色雨色,一片迷茫,一片黯淡。又因是在初冬日暮,云是寒云,雨是寒雨,格外昏暗凄寒,使人心烦意乱,愁苦不堪。为排遣心头的沉忧,诗人只得借琴酒以销忧,于是写出最后两句:“且当对樽酒,朱紘永夜弹。”他知道自己的忧苦不是喝几杯酒所能销去的,故而用了一个“且”字。但是,酒毕竟是销忧之物,即使暂时忘却忧愁也好。所以,他要权且借酒浇愁,挥弦写音,把蓄积在心中的哀伤倾诉出来。诗中着意用了“永夜弹”三字,感情分量很重,表明诗人饮酒抚琴不光是为销减已有的沉忧,还要以此消去长夜难眠之忧,所以准备好要作竟夜之饮、永夜之弹,彻夜不眠,其忧苦之深、哀伤之重,不必细说,也自可想见的了。

诗人写这首诗,并不是一般的“一样伤心索谁解,百无聊赖作诗人”,而是沉忧重压难以忍受,不得不倾诉。全篇以怀忧开端,以琴酒销忧收结,字里行间隐藏着一颗忧苦的心灵。诗人的心已在困苦的折磨中破碎了,可是他仍然要生活下去,继续在人生的苦海中挣扎,这正是古代诗人中千万个不幸者共同的命运。

(臧维熙)

赠周散骑兴嗣(其一)

吴 均

子云好饮酒,家在成都县。
制赋已百篇,弹琴复千转。
敬通不富豪,相如本贫贱。
共作失职人,包山一相见。

鉴赏

吴均这首赠诗是含有自荐意思的陈情述志的抒情诗。吴均和周兴嗣,都是自齐入梁的文士,两人的遭际不同。梁武帝朝,周兴嗣先是拜安成王国相,后擢任员外散骑侍郎,多次奉诏制作辞赋等,武帝称善,赐给金帛。吴均仕途不济,初补郡主簿,梁武帝时待诏著作,累迁奉朝请,位在周兴嗣之下。后因私撰《齐春秋》,见恶武帝,坐免职,长久失意。可见,周、吴二人,品秩有高下,穷达各不同,详见《梁书》及《南史》本传。这些情况,有助于理解本诗的立意和主旨。

本诗当是吴、周同期为官时,吴均写的赠诗,共二首。前一首,吴均称引古人,采事用典,自比高才,不为世用,意有散淡江湖之志。后一首,盛赞周兴嗣名贤位显,流露出作者请托之意和求得系援之情。这里选的是第一首。诗一开端,直道:"子云好饮酒",起语突然,意在点明,扬雄虽有好酒的雅兴,限于家贫,难得一饮。根据《汉书》本传载:扬雄"家素贫,耆酒,人希至其门。时(偶尔)有好事者载酒肴,从游学"。可见,句中"好"字,只能解为"爱好"或"喜好"。接下"家在成都县"及"制赋已百篇"两句,似兼写扬雄及相如。这二人不仅同是成都人,又都是辞赋大家,赋作宏富。诗称"百篇",意在夸赞扬马才气,也有作者钦佩敬慕之意。"弹琴"一句写司马相如的才情。"敬通"两句,意指二人身处贫贱,照应前句"制赋百篇",点明奇才俊士,出自贫贱,这里也有作者的自况和感慨。"共作失职人"一句,不只总括前两人仕途失意,困踬多艰,也是作者用来自比。吴均自认与古代才士,有同样不幸的遭际。最后结句,语调低沉。"包山一相见",反映出作者行止去就犹豫不定的心理,说明吴均不甘于坎坷之途,不愿沉于困顿之中,宁愿一见包山,接踵范蠡,驾轻舟,浮五湖,漂泊散淡,遣发烦纡。

吴均本诗的构思和设笔,全在引古人古事,寄意抒情,多有双关之意。采事用典,自魏晋以后,已成为诗文写作中流行的技法。笔者与读者,对所引人事,都需要相应的理解,不然这种笔法,很难收到委婉含蓄的效果,也难于增饰文词典雅庄重的意味。本诗用法,比较娴熟,收到相应效果。吴均在诗里一共称引三人。从这三人的家境、学识、才艺、撰著、仕宦及遭际等一生事迹中,摘取彼此相似的某一点、某一事,混溶为例,加以点染,作为自比、自喻、自况的事例。这三人起身贫贱,却才华盖世;赋作宏富,却荣微下秩;多才多艺,仕途屯蹇。言外之意,已显然可见。吴均称扬古人,正是有意向周兴嗣自荐多才;为古人感慨,正是有意求得周兴嗣的知遇。最后一句,更是有意向周兴嗣展开自身的矛盾心理,期望周兴嗣惠然垂顾,给予援引。古代文人,写诗为文,进呈给时贤显宦,陈情述志,自引自荐,以期在仕途上得到系援,这种情况历代多有。这说明古代才智之士,仕途艰难;也说明古代社会,压抑贤才和鄙视文人的事实。

吴均另有赠周兴嗣诗四首,周兴嗣有答吴均诗三首。吴均本诗,词语浅直,事典清雅,情意委婉,笔意含蓄,其中的隐忧与慨叹,全在淡泊中流露出来,不失为抒情达志的佳作。史称吴均"诗体清拔,有古气",于本诗也显示了这样的特点。

(傅庆升)

登二妃庙

吴 均

朝云乱入目,帝女湘川宿。
折菡巫山下,采荇洞庭腹。
故以轻薄好,千里命舻舳。
何事非相思?江上葳蕤竹。

鉴赏

“二妃庙”是祀奉舜之二妃娥皇、女英之庙。《述异记》载：“湘水，去岸三十里许有相思宫、望帝台。昔舜南巡而葬于苍梧之野。尧之二女娥皇、女英追之不及，相与恸哭，泪下沾竹，竹文为之斑斑焉。”这一记载自然是神话传说，《史记·五帝本纪》只说“（舜）践帝位三十九年，南巡狩，崩于苍梧之野”，未言二妃哭临之事。但传说中的二妃不仅为舜的死去恸哭尽哀，而且双双投湘水而死，死后遂为湘水之神，称为湘妃。这个故事凄恻动人，感动了后世的骚人墨客，如张衡《思玄赋》：“哀二妃之未从兮，翩缤处彼湘滨。”可见在汉代以前这个传说作为文学原型已经早已存在了。

《登二妃庙》这首诗极尽想象之能事，诗人笔下的湘水女神飘然来去，出现在洞庭、巫山之间，折莲采荇，嬉戏烂漫，宛然在目。却又笼罩着一层梦幻般神秘的色彩，将这美丽的神话渲染得有声有色，令人对这个动人的故事产生无限的向往之情，陶醉在作品的艺术魅力之中。

“朝云乱入目，帝女湘川宿”。诗的首句描绘出一个奇幻的境界：五彩缤纷的朝霞出现在东方的天空上，望去使人眼花缭乱。宿在湘水中的女神缓缓地睁开惺忪的眼睛，走出湘川来到这绚丽的人间。

“折菡巫山下，采荇洞庭腹”，接着描写这两位女神飘然来到巫山脚下，在这里折取芙蓉（《广雅》：“菡萏，芙蓉也。”）制为衣裳。这个想象虽然奇特却有依据。《楚辞·离骚》“集芙蓉以为裳”，就是这句诗构思之所本。因为集芙蓉可以为裳，所以二妃才来到巫山之下折取菡萏。李端《古别离》诗中曾写道：“巫峡通湘浦，迢迢隔云雨。”巫峡与湘浦虽然相通，但中间却被迢迢的云雨隔断。而在这两句诗里，二妃不但可以飘然而来还可飘然而去。她们匆匆折取了巫山下的芙蓉，转瞬间又来到洞庭湖的深处，是为了要在这里采撷荇枝。《水经注》说：“洞庭之山，帝之二女居焉。”那浩渺无际的洞庭湖对她们来说一点也不陌生。《诗经·周南·关雎》：“参差荇菜，左右流之。”荇菜是一种状如衣带的水草，所以也称作“荇带”。梁简文帝《鸳鸯赋》：“时排荇带，乍拂菱花。”湘水女神折巫山菡萏既然是集芙蓉以为裳，那么采撷洞庭荇枝自然是取做衣带了。李邕《斗鸭赋》：“避参差之荇菜，随菡萏之荷花。”荇带与荷花都是水生植物，所以连类而及。但是在这首诗里却变成了二妃的服装，她们穿着用芙蓉制成的衣裳，系着用荇枝制作的衣带，又是那么美丽多情，迷离惝怳，怎能不使人对之流连忘返，产生无穷的幻想呢！

“故以轻薄好，千里命舻舳。”诗人被湘水女神凄恻动人的传说所吸引，不远千里命舟来游，可谓雅兴不浅。“轻薄好”在这首诗里指狂烈的游兴,并无贬义。阮籍《咏怀诗》:“平生少年时,轻薄好弦歌。”就是吴诗此句之所本。人在少年难免轻狂,“少年轻薄”也就是少年轻狂,这是因为少年时代富于活力,对生活又充满兴趣的缘故。如果把这句中的“轻薄好”理解为对湘水女神作非非之想,那就十分浅陋了。

“何事非相思?江上葳蕤竹。”结句含蓄蕴藉,潇洒飘逸,使人浮想联翩,回味无穷。登上二妃庙凭眺潇湘,一派旎旖风光尽收眼底,这里的湖光山色、名胜古迹无一不引起诗人的遐想。但是最能引起相思之情的却是沿着湘水而生的茂密的娟娟修竹;她上防微露,下来清风,堪称湘水之滨的美景奇观。特别是湘竹之上留下来的斑斑点点的泪痕,怎能不令人想起当日二妃在这里挥泪恸哭的情景呢!诗人独对“江上葳蕤竹”寄寓深情,正流露出对二妃的追思之意。这两句诗扣紧诗题,从而使诗意更加完足。

历来咏湘妃、湘灵之作,悲怆有余而美化不足。庾信、李白、岑参、刘长卿、李商隐等都写哭泣、泪痕、愁恨而没有做到推陈出新。更有甚者,在陈旅《题陈氏潇湘八景图》这首诗里,竟把湘妃写成“泠泠水影中,瑶瑟泣湘鬼”这样阴森可怖的样子,实在大煞风景。但在吴均《登二妃庙》诗中,湘妃的形象没有泪痕,没有叹息;她们愉快地生活在美丽的大自然中,为把自己打扮得更漂亮而来去匆匆地忙碌着。这一切都表现出幸福美好的情调,洋溢着对生活的理想的追求,给人以轻快愉悦的艺术美感,把这个神话处理得有血有肉,栩栩如生。后来者不但难以居上,而且反有逊色,所以就成为一篇非常难得的成功之作了。

(李汉超)

春　咏　诗

吴　均

春从何处来,拂水复惊梅。
云障青琐闼,风吹承露台。
美人隔千里,罗帏闭不开。
无由得共语,空对相思杯。

鉴赏

这首《春咏诗》避开以写青草萋萋、柳丝绵绵为主的习见手法，独出机杼的捕捉住最能代表春天气息的典型事物，也就是被喻为“起于青蘋之末”（宋玉《风赋》）的风。因为春天的风一扫寒冬的冷峻，给人带来的是惬意的温暖，使你不得不萌生爱的思念和美的想往，这正是本诗所要表现的主旨。

诗的前四句以写景为主，着意描画出最能透露春意的诗一般的境界。“春从何处来，拂水复惊梅。”首先利用设问自答的句法点明题意，语句平淡自然，且极富新意。试问春天是从哪里来的呢？那拂动的水面和惊破的枝梅，已是报春的美好象征，生动表明春天正悄悄地降临人间。“拂水”“惊梅”是两幅盈漾春情的动人画面，当人们经受过凛冽的北风侵袭以后，忽然发现池冰已开，展现在眼前的是吹拂着水面的轻柔的春风；当人们领略过被严寒摧残的枯树败枝以后，梅的梢头又绽开了簇簇的花朵，这一切都无可辩驳地证明春色已临大地。

第三、四句继续描写春天的景致，“云障青琐闼，风吹承露台”。如果说前两句是由水面低处写起，那么这后两句则主要展现高空楼台的不同景观，预示春意已无处不在。你看那和煦的春风习习地吹向高高的承露台，片片浮云不断遮掩着青琐之门，若隐若现，令人不得不产生无边的遐想。该两句的作用，除了上承前面的写景，无限扩展到春意盎然的周围空间，使之构成一幅较为完整的春色笼罩大地的艺术画卷，还有陡转反接之意，为以下叙写暗暗埋下伏线。

诗的后四句以写情为主，大胆抒发无缘得见远隔千里的美人及其思念之苦，借以表达个人怀才不遇和有志难伸的抑郁情怀。“美人隔千里，罗帏闭不开。”当诗人极目凝望风云掩映的承露台时，随着“云障”的变幻，心驰神往，不禁产生种种意念，似乎已经感觉到身处千里之外的美人，还被关闭在罗帏的后面，无情地拒绝自己。如果联系到诗人的寒微家世和仕途上无由得达的不幸遭遇，就更能体会诗中“美人”的弦外之音了。从审美心理上看，诗人把他的笔触陡然转向浩渺的思维空间，把眼前春景与暗喻美人的不同感受，也就是现实与理想的错位又巧妙地统一起来。就生活常理来说，诗人这种主观意愿未必就是现实，但是如从艺术想象进行分析，诗人由咏春触发对怀抱高洁的美人的思念，反被隔绝的苦闷，既与艺术反映论相一致，也完全符合以景结情、情由景生的认识规律，因此这种富有浪漫色彩的表现手法，正显示出诗人驾驭语言的能力。

“无由得共语，空对相思杯”。把诗意又推进一层，着力抒写隐含失落感的怅怨之情。既然美人已隔绝于千里之外，那里还会有共语相谈的机会，留下的只能是“空对相思杯”的无穷忧伤,从而把诗人心怀美质却无法施展的远大抱负,尽情地表现出来。表面上看,诗人是在写思念美人的相思情怀,实则移情于己,把美人怨情变成个人怨情,扑朔迷离,从而创造出人我相契,情景交融的艺术境界,是很有感染力的。

此诗通篇运用写景、喻情的表现手法,就形式而言,咏春天的景观是实,抒发情感是虚;按其命意,则正好相反,写人的感情是实,咏春是虚,因为诗人写景,旨在表达郁积已久的怨望之情。因此,只有领悟诗的主旨以后,“美人”的形象才能与诗人直接抒情的自我形象迭合起来,不再是互不相关的游离体,唯其如此,才能真正理解诗人的意图。这种表现形式似实而虚、似虚而实,化可感景观为深刻的抒情言志,让人们通过现实与理想的交融,及其在审美过程中的反复思考,去充分领受诗人怀才不遇的思想感情,正是这首诗的独到之处。

(张锡厚)

主人池前鹤

吴　均

本自乘轩者,为君阶下禽。
摧藏多好貌,清唳有奇音。
稻粱惠既重,华池遇亦深。
怀恩未忍去,非无江海心。

鉴赏

这首诗,一题为《咏鹤》,是托物言志之作。一、二两句,写鹤的地位变化。用春秋时卫懿公好鹤的典故,说鹤本自为“乘轩者”,享受过大夫的礼遇,如今却变成主人的“阶下禽”。今昔对比,地位相差悬殊,不啻有天壤之别。其中寄寓着对当朝冷落、埋没人才的深刻不满。三、四两句,写鹤的美姿奇音。它摧藏舒卷,舞姿蹁跹,动作优美,故谓之“多好貌”;引颈而鸣,高亢嘹亮,唳声清远,故谓之“有奇音”。鹤既貌好音奇,不同凡禽俗鸟,本自当为“乘轩者”,可是竟为“阶下禽”,自然极不公正。这样将三、四两句和一、二两句联系起来，寓意更为显豁。诗中所用卫懿公好鹤故事，本来是应该否定的荒唐行为，诗人巧妙地加以活用，使之合理化，收到很好的艺术效果。

诗的五、六两句写主人饲养情意。食有稻粱，浴有华池，足以见出主人惠爱意重，知遇情深。故而虽为阶下禽，非为乘轩者，也当聊慰于心，感激主人爱鹤殷勤之情。因此七、八两句紧接着写鹤知恩不去。它并非没有振翅高飞，翱翔于江海之上的远大志向，而是怀念饲养之恩，依恋主人，不忍飞去。这实际上是诗人心境的自我写照。我们从诗人所写的《胡无人行》《古意七首》《从军行》《边城将四首》等作品来看，他确有“男儿不惜死”，“画地取关西”的“江海心”、凌云志。另一方面他的机遇很不好。《梁书 · 文学传》《南史 · 文学传》说他出身寒微，好学，有俊才，但仕途很不得意。梁初，见知于吴兴刺史柳恽，召为主簿，常引与赋诗，礼遇甚厚。诗人大概有感于此写下这首诗。所以，“怀恩未忍去，非无江海心”，全是真情实语。这两句，按顺序，“怀恩”句应在后面，将其颠倒过来，既为协韵，也为强调“怀恩”未去的意思，说明他并非不想离吴兴而去另谋新路，施展抱负，做一番事业，只因“怀恩”而不忍离去。

这首诗在内容上并无更多深意，只是借咏鹤以抒心志，表达对知遇者感念之意。但由于语言朴素，感情真实，揭示出贫寒之士内心的隐曲，也是真切感人的。

（臧维熙）

山中杂诗(其一)

吴　均

山际见来烟，竹中窥落日。
鸟向檐上飞，云从窗里出。

鉴赏

《山中杂诗》共三首，《广文选》中题作《还山》，系作者描写山居景致表达山居心绪的抒情小诗。这组诗语言朴素，自然舒展，有如浅浅的山泉，将诗人的心境和意绪，表现得明透清秀，不染尘俗。沈德潜评此诗写道：“四句写景，别具一格。”（见《古诗源》）本诗是第一首，似作者日暮时候游山归来,随步吟成的即景诗。诗句安排,巧具匠心,全依作者移步转时所见所感的景象,逐次写来。先是远看山际,浮荡的山气,袅袅如烟,轻盈飘来。穿行在茂密的竹林中,只有从稀疏的空隙里,才看到落日的余晖。当登到高处的山舍前,倦归的小鸟正飞向檐下的窝巢。融融霭霭的云气,从窗口里自在地飘逸而出。这是作者用清淡至极的笔墨描绘出的山居日暮的画图,构成和谐恬静的意境,而作者的心魂就融化在这素雅的景物之中。从词语和意境方面看,本诗恰是从陶渊明的“云无心而出岫,鸟倦飞而知还”(见《归去来兮辞》)的笔意和韵味中脱化而出。诗中全用实笔描写景物,表现动态。山际袅烟,竹林落日,这是远离尘嚣烦扰的宁静的自然图景;飞鸟归巢,逸云出窗,这里没有仕途的困惑,是悠然自在的变化。可见,诗中的景物是错落散缓的,景物变化是幽静舒放的。那山烟和归鸟,落日和逸云各不相干,悠然自在。但是,从整篇诗看,正是人在景中,景在言外。这一切景象,都蕴蓄着作者静观自然,怡然自忘,恬远而坦放的情怀。可以说,这是作者寄情山林的小诗,有作者忘情尘嚣的思想寄托。这是作者甘于淡泊的诗作,有作者鄙弃仕途的心志写照。只有从这种雅俗比照之中,才能体味本诗高雅清新的格调。

(傅庆升)

自江州还入石头

刘　峻

鼓枻浮大川,延睇洛城观。
洛城何郁郁,杳与云霄半。
前望苍龙门,斜瞻白鹤馆。
槐垂御沟道,柳缀金堤岸。
迅马晨风趋,轻舆流水散。
高歌梁尘下,絙瑟荆禽乱。
我思江海游,曾无朝市玩。
忽寄灵台宿,空轸及关叹。
仲子入南楚,伯鸾出东汉。
何能栖树枝,取毙王孙弹。

鉴赏

《自江州还入石头》诗是诗人从江州回到建业时所作。建业即石头城,也就是今天的南京,当时为梁都城。诗中的洛城也就是建业。范云《范广州宅联句》中"洛阳城东西,却作经年别。昔去雪如花,今来花似雪"的"洛阳城"同是指建业,这是齐梁人的通例。

"鼓枻浮大川,延睇洛城观。洛城何郁郁,杳与云霄半。"从江州顺长江而下,远远地就看到建业的城郭,城楼巍巍,高出云表。诗一开始,就给人展现出一幅江畔古城雄图。诗人顺流而下,在浩瀚的江面上,他对回到都城既充满了向往,又心怀着疑惧,因而觉得城阙高耸,又感到深邃沉郁。以上是远望所得,交代了行程,吐露了初感,且隐含着心曲。

"前望苍龙门,斜瞻白鹤馆。槐垂御沟道,柳缀金堤岸。迅马晨风趋,轻舆流水散。高歌梁尘下,组瑟荆禽乱。"由入城写至城内,由房舍写至景物,由市容写至人情,按行进的由外入内,由粗写到细。石头城中一派兴旺景象,苍龙门虎踞于前,白鹤馆翼附于旁,御沟旁槐树成行,堤岸上缀以垂柳,晨风中快马驰驱,轻车似流水般涌动,歌声悠扬,琴鸣如鸟。石头城在齐梁时因前代故都,甚是繁华。宫室巍峨,街道井然,绿树成荫,鸣禽成阵,确是歌舞升平地。

"我思江海游,曾无朝市玩。忽寄灵台宿,空轸及关叹。仲子入南楚,伯鸾出东汉。何能栖树枝,取毙王孙弹。"最后发感慨。诗人这次入京,并无登朝为宦之意,因而说"我思江海游,曾无朝市玩",如今"忽寄灵台宿"。"灵台",《孟子·梁惠王上》:"文王以民力为台为沼,而民欢乐之,谓其台曰灵台,谓其沼曰灵沼。"《诗经·大雅·灵台》篇也写庶民为文王建造灵台,灵台中鸟兽壮盛喜乐。诗中所写即为指都城。"空轸",空车。句意为忽然到了京城,但自己并无所求,就如仲子入南楚,伯鸾出东汉一样,以远祸全身。他不恋京都繁华,不慕朝廷富贵,不想为王孙弹击而毙。

这首诗反映了刘峻绝意仕途,一心归隐的情怀。诗中段关于石头城繁盛的描写,全是为末段写厌弃它作垫,欲擒故纵,文情跌宕。这种心情完全是刘峻社会观的反映。他在《始居山营室诗》中写道:"自昔厌喧嚣,执志好栖息。啸歌弃城市,归来事耕织。""夜诵神仙记,旦吸云霞色。"他也以自己行动证明其思想,他以疾去职,居紫岩山,注《世说新语》,可以说他确是以诗言志的。

(徐应佩　周溶泉)

寒夜怨

陶弘景

夜云生,夜鸿惊,凄切嘹唳伤夜情。
空山霜满高烟平,铅华沉照帐孤明。
寒月微,寒风紧。
愁心绝,愁泪尽。
情人不胜怨,思来谁能忍。

鉴赏

这首《寒夜怨》写闺怨,有乐府遗风,民歌况味,写得凄恻动情、哀婉感人。

全诗切紧"夜""寒""怨"三字,夜深则天寒,寒夜人怨,情与景谐,思与境合。诗人写外景,夜云生,着一"生"字,如云出岫,似愁滋长;夜鸿惊,下一"惊"字,不安之意立现,恐惧之情毕呈。寒月微,以"微"写月,如心蒙云翳,胸乱愁绪;寒风紧,以"紧"言风,处境更劣,心情更坏。天上月色迷蒙,空中萧云蒙蔽,寒风之中鸿雁嘹唳,山上霜华遍地,淡淡的烟雾与山相齐。这景象使人感到气冷、景凄,自然觉得人孤。诗人写内景,"铅华沉照帐孤明",月光之下,纱帐透明,枕孤衾寒,是幽栖独处的气氛。

写"夜"写"寒",都是为了写人的"怨"字。诗人写思妇的愁,用"绝""尽""不胜""谁能忍"等极化的词,把她的思念、哀怨推向顶峰,令人心颤神伤。

这首诗以三言、五言、七言句式交错使用,加之前段三个"夜"字,后段两个"寒"字、两个"愁"字重复出现,如哀弦急弹,似飞湍下滩,更增强了表情力量。

(徐应佩　周溶泉)

诏问山中何所有赋诗以答

陶弘景

山中何所有？岭上多白云。
只可自怡悦，不堪持寄君。

鉴赏

这首诗题下注云："答齐高帝诏。"可知诗写于入齐后解职归山，齐高帝下诏询问，以示关心，陶弘景赋诗为答。

全诗四句，第一句为齐高帝所问，后三句即为所答。高帝问"山中何所有"，意在暗示山中无高官厚禄，无荣华富贵，无锦衣玉食，无轻歌曼舞，还是出山为官吧。

诗人的回答坦露了自己的胸怀。"岭上多白云"，"多"，言唯此无他；"只可自怡悦"，喜爱之情充溢诗行。"不堪持寄君"，双关达意，一为天上的白云不可以拿了寄给高帝，一为我这种喜爱白云的情怀不可能为君王接受。我既然改变不了你的心性，你也移易不了我的品格。

陶弘景明知高帝询问"山中何所有"的用意，却从另一方面予以回答。所答又切合山中实景，符合自己真意。既是针锋相对，回绝高帝的征召，又是婉转陈词，表明自己的心迹。诗由于将问答合于一体，使诗开合有度，擒纵自如，饶多兴味。

（徐应佩　周溶泉）

古意送沈宏诗

刘孝绰

燕赵多佳丽，白日照红妆。

荡子十年别，罗衣双带长。
春楼怨难守，玉阶空自伤。
复此归飞燕，衔泥绕曲房。
差池入绮幕，上下傍雕梁。
故居犹可念，故人安可忘？
相思昏望绝，宿昔梦容光。
魂交忽在御，转侧定他乡。
徒然顾枕席，谁与同衣裳。
空使兰膏夜，炯炯对繁霜。

鉴赏

这首《古意送沈宏诗》，以少妇空房独守，思念丈夫的题材，抒写了劝友人不要远游忘归之意。

诗中叙燕赵佳丽空房独守之情，开头六句为概写总描。起句于“燕赵多佳丽，白日照红妆”，一下子推出了个光彩照人的美人形象。“白日照红妆”为“佳丽”的具象化。阳光辉耀，使红妆益见艳丽。诗陡然转入另境地，“荡子十年别，罗衣双带长”，反差极大。因荡子久不归，使她衣带变长。衣带长，即体瘦形销。为他消得人憔悴，衣带已宽，因而顺接上“春楼怨难守，玉阶空自伤”，孤栖春楼，触目都是愁，满怀皆为忧，步上玉阶，春花秋月，夏风冬雪，年复一年，而不见亲人形影，只是“空自伤”而已。诗开端即给人描绘出一幅思妇闺怨图。以“佳丽”与“带长”对比，由外形写入内心，令人同情，叫人哀叹，也激起对“荡子”的愤恨与谴责。

中段六句插写入归燕惹起的愁思。“归飞燕”，说明此燕系去年栖此的旧时燕。燕归来，故地重到，新巢再筑。它衔着泥绕曲房旋飞，翻飞于绮幕之间，上下于雕梁之旁，这么左右盘旋，前后寻觅，前后寻觅，上下探索，就在于寻求它的“故居”。归燕的飞翔筑窝，牵动了她的思绪：“故居犹可念，故人安可忘？”睹物思人，因燕念故。无知的燕尚且知道念故居，有情的人怎会忘了亲人，这是加一层写法，以燕反衬人，也以人尚不如燕来深化思念之情。诗人写燕，不仅作为思妇兴情之物，寄情之景，而且也反映了她“春楼怨难守”，百无聊赖，只有看那燕子飞舞，别无所事。

最后八句转入对思妇内心的发掘。入夜之后，梦见了丈夫昔日的容光，十年之前双双恩爱，英姿雄健，相依相偎，那是多么美好的时光，多么甜蜜的时刻。梦魂相交，如在目前，转侧之间，忽又不见，定然在他乡异地。短暂的梦，没有给她多大的安慰；惊破了梦，给她更增加了痛苦。徒然再看那刚刚同衾共枕的枕席，一片空荡，是谁与之衣裳相同？梦破之后，她再也难以入睡，秉烛独坐，凝望窗外繁霜如雪，她魂飞异地，心驰他乡，陷入了无穷的怀念，溺入不解的痛苦。

这首诗写思妇的相思，从晨写到夜，从形写到心，从物写到人，从实写到虚，写得情意绵长，凄恻动人。诗起得艳彩纷飞，结得余韵不匮，中间以燕兴情，以梦书怀，经纬严密，这在齐梁时期确属难得之作。

（徐应佩　周溶泉）

入若耶溪

王　籍

艅艎何泛泛，空水共悠悠。
阴霞生远岫，阳景逐回流。
蝉噪林逾静，鸟鸣山更幽。
此地动归念，长年悲倦游。

鉴赏

这首诗是王籍任湘东王参军时，在会稽游若耶溪而作。若耶溪在会稽南若耶山下，“水至清，照众山倒影，窥之如画”（《水经注》）。在诗中，诗人匠心独运，着力描写泛舟时所见所感，塑造了一种幽静恬淡的艺术意境，给人以美的享受。尤其是“蝉噪林逾静，鸟鸣山更幽”一联更为脍炙人口，被誉为“文外独绝”（《梁书·王籍传》），千百年来一直为人们所传诵。

诗一开始即紧扣题面，描写诗人乘一叶小舟入若耶溪寻幽探胜。溪水清澈，缓缓而流，异常静谧，所以船行无阻。用一“何”字，表现了诗人对这幽寂氛围的喜悦之情，“泛泛”这一叠词，以小舟在溪中畅行来衬托若耶的幽静无喧，有着引人入胜的艺术效果。如果说首句是写近景，而且偏重于诗人的主观感受，那么第二句是描绘诗人的视线顺溪流由近及远所见景象。溪水长流，遥接空际，水天一色，悠远无尽。用一“共”字,关联碧溪长空,叠词“悠悠”,状“空水”辽远之态,饶有兴味。这一联写景是一近一远,很有情致。

三、四句诗人转变了景物描写的角度,三句写眺望远山时所见的生动景象。远处是层峦叠嶂,云霞缭绕,蔚为奇观。由于云霞蒸腾不息,好像是从千山万壑中“生”出,这里诗人巧妙地用一“生”字,不仅描摹逼真,叙写精确,而且突出“阴霞”的动态美,并使之拟人化,赋予它以人的意志和情思,情趣盎然。四句是近观所见,阳光灿烂,照耀着这回曲的溪流,诗人别出心裁地用一“逐”字,使阳光拟人化,好像它有意地去追逐这清澈曲折的溪流。这样把阳光写得有知有情,诗意浓郁。这一联不仅是炼字的工巧,而且在艺术表现上极有创造性,于动态景物的描绘中,运用拟人化的艺术表现手法,创造了一种清新秀丽的优美意境,用我国传统的美学观来说,是一种阴柔之美,正如姚鼐所论:“其得于阴与柔之美者,则其文如升初日,如清风,如云,如霞,如烟,如幽林曲涧……”(《复鲁絜非书》)

因为王籍在这两句诗中的景物描写上有所创造,在六朝诗人中较为突出,对唐代诗人不无影响,如王湾《次北固山下》“海日生残夜,江春入旧年”;张九龄《望月怀远》“海上生明月,天涯共此时”;刘长卿《栖霞寺东峰寻南齐明征君故居》“片云生断壁,万壑遍疏钟”;焦郁《赋得白云向空尽》“白云生远岫,摇曳入晴空”等诗,都以“生”来绘出旭日、明月、白云的动态,别具风神。又如苏味道《正月十五夜》“暗尘随马去,明月逐人来”;李白《送储邕之武昌》“湖连张乐地,山逐泛舟行”;唐玄宗《早渡蒲津关》“马色分朝景,鸡声逐晓风”;岑参《送郭仆射节制剑南》“晓云随去阵,夜月逐行营”等诗,都以“逐”来传月光、青山、鸡声之神,情味隽永。这些都可见出王籍“阴霞生远岫,阳景逐回流”两句,在艺术描写上的启示作用。

五、六句再改变描写角度,诗人以“蝉噪”“鸟鸣”这样能够引起人们特殊感受的音响,进一步表现若耶溪山林的幽寂,也就是以声音来衬托静境,这在艺术手法上又是一种创新。惠洪《冷斋夜话》云:“荆公言前辈诗‘风定花犹落’,静中见动意。‘鸟鸣山更幽’,动中见静意。”王安石在这里所说的“静中见动意”,是以花落这一物动的状态来表现静中有动的境界;“动中见静意”,是以鸟鸣之动来表现动中有静的境界。王籍是了解这一艺术辩证法的,所以用“蝉噪”“鸟鸣”来塑造一种静境。钱锺书先生说得好:“寂静之幽深者,每以得声音衬托而愈觉其深。”(《管锥编》第一册)若耶溪的幽静,经过诗人以“蝉噪”“鸟鸣”这种能够引起人们在审美意识上有特殊感受的音响,十分突出地加以表现。正由于这两句在艺术手法上诗人独具匠心,以至“简文吟咏不能忘之,孝元讽味以为不可复得,至《怀旧志》载于籍传”(《颜氏家训·文章》)。就是对唐代诗人也有很大的启迪作用,如孟浩然《夏日南亭怀辛大》“荷风送香气,竹露滴清响”;王维《辋川闲居赠裴秀才迪》“倚仗柴门外,临风听暮蝉”;杜甫《题张氏隐居二首》之一“春山无伴独相求,伐木丁丁山更幽”;韦应物《蓝岭精舍》“日落群山阴,天秋百泉响”等等,都以各种声音来衬托静境或表现诗人的静意。王籍运用“寂处有音”的艺术手法,使诗篇极富静趣。王安石的《钟山绝句二首》之一“涧水无声绕竹流,竹西花草弄春柔。茅檐相对坐终日,一鸟不鸣山更幽”一诗,也是描写静境的,但这“涧水无声”“一鸟不鸣”的境界,是一种毫无生气的死寂,不仅没有幽静的情趣,而且给人以沉闷之感,因而清代的顾嗣立批评“一鸟不鸣山更幽”,“直是死句”(《寒厅诗话》),是颇有见地的。由此可见,以静显静,其艺术效果和感染力根本不能和以声显静同日而语。

最后两句是因景启情而抒怀。诗人久沉下僚,仕途失意,早已厌倦宦游,愁闷感伤,现在泛舟若耶溪,目睹身感这样幽静的林泉美景,触景生情,不禁产生归隐之念。全诗以写景起,抒情结,十分和谐自然。

清代的吴乔在《围炉诗话》中说:“诗贵出于自心。”这是说在诗歌创作中应该有独创性,跳出前人窠臼,创造出优美动人的诗歌意境,使人耳目为之一新。王籍这首《入若耶溪》,不论是以拟人化的手法来描绘景物,或是以声音来表现静境、静趣,都是匠心独妙而“言人所不能言”,有着可贵的艺术创新精神,这正是千百年来为人们所激赏的重要原因。

(王启兴)

折杨柳

萧纲

杨柳乱成丝,攀折上春时。
叶密鸟飞碍,风轻花落迟。
城高短箫发,林空画角悲。
曲中无别意,并是为相思。

鉴赏

这是一首抒发相思怀人之情的短诗。诗从眼前的曲调,光秃的柳林,想到远方的怀念之人。诗里是用的追忆口吻。从初春到秋日,杨柳经过一年的兴衰,人也经历了久别相思的苦痛。“杨柳乱成丝,攀折上春时”,从眼前《折杨柳》曲调,想起早春折柳的情景,还历历在目。“乱成丝”写春天杨柳的一派生机,垂丝袅娜。作者着一“乱”字,流露出嫌厌之情,因为杨柳容易触拨离情。头两句把“折杨柳”三字交代了,那是真的早春折柳,不像今天的深秋闻角;可是“折杨柳”之动作义取双关,从曲调想起过去折柳情况,又从折柳动作影射出折柳的曲调。天气渐暖,柳树从“叶密”到“花落”,由盛极到将衰。“叶密”“花落”都是写的杨柳,这已经是春暮到夏初的景色了。这两句纯乎律句,都是视觉所见。对照今天“林空”的景象,怎么能不使人感慨万千呢!“城高”一联是今日之所见所闻。蔡邕《月令章句》说:“箫长则浊,短则清。”“短箫发”指其发音清脆。“林空”是说柳叶尽脱,和上联“叶密”成鲜明对比。一个“悲”字是曲调,更是人的感情。为什么会感到“悲”呢?末联结出正意,指出是相思之苦而然。

这首短诗,由早春到深秋,看似顺叙,实际是立足秋天的城外,柳林衰脱,曲调悲哀而追忆春天光景,是倒叙。折柳,古人用以赠别,“攀折上春时”,含蓄地写明分离之时间。因为分离时折柳为赠,所以柳树正牵着离愁。怀人必然也注意树。“叶密”一联纯写树的发展变化,但离别之久、思念之苦也暗含其中。这以上四句都是追忆。“城高”才写出今天闻曲的悲哀来,最后逼出相思之苦作收束。

五言诗自齐永明以后,注意音律,渐向律体转化。这首诗可以看出渐变的痕迹。第二联和第四联与五言律句毫无区别。简文帝被称为宫体诗的领袖,诗中一反“思无邪”“发乎情止乎礼义”的传统,大胆地诉说相思,是他的长处,但说得裸露,缺少回味,又反映他的弱点,结尾一联可以为证。

(周本淳)

乱后行经吴邮亭诗

庾肩吾

邮亭一回望①,风尘千里昏。
青袍异春草,白马即吴门②。
獯戎鲠伊洛③,杂种乱轘辕。
辇道同关塞,王城似太原。
休明鼎尚重,秉礼国犹存。
殷牖爻虽赜④,尧城吏转尊。
泣血悲东走,横戈念北奔。
方凭七庙略,誓雪五陵冤。
人事今如此,天道共谁论。

注释

①邮亭:《诗纪》作"御亭",吴大帝所建,在晋陵。

②青袍、白马:《南史》卷八十《侯景传》"景乘白马,青丝为辔,欲以应谣"。本诗即以侯景作乱之事为典。

③獯戎:指我国古代北方民族。

④殷牖、尧城:喻梁武帝被幽禁事。殷牖:纣王拘文王于羑里,徐陵《梁禅陈九锡文》:"殷牖斯空,夏台虚设"。尧城:《竹书》云:"昔尧德衰,为舜所囚。"《水经注》曰:"小成阳在成阳西北半里许,俗谚以为囚尧城。"

鉴赏

这首叙事诗主要记述梁武帝太清年间(547—549)侯景谋反和中原动乱的事态,并深切表达希图匡复之志,充满着忧国忧民的情思,比较真实地反映出当时的政治形势和社会现实,是一篇包含有人民情绪和愿望的诗作。

据《梁书》卷五十六《侯景传》载，太清二年(548)八月，景遂发兵反，陷京都，破吴中，逼掠子女，毒虐百姓，吴人莫不怨愤。诗的开头四句即为这一事件的纪实文字。“邮亭一回望，风尘千里昏。”当诗人行经吴邮亭时，回头一望，只见滚滚烟尘遮天蔽日，极言叛军势力之盛。“回”字用得尤妙，如果诗人一直向前看，是无法观察后面的追兵，只有“一回望”，才能透过诗人的视觉客观地映现出千里风尘的雄伟场景，显得十分壮观，而风尘之下的千军万马则无须文字描写，也就十分形象地奔腾起来了，从而渲染出叛军的浩浩声势。“青袍异春草，白马即吴门。”诗人借用侯景好骑白马，将士曾著青袍的事典，以形容侯景军队之多无异于草色，且已攻入吴地。这里虽系用典，却无突兀之感，能如此自然把事典化用为具体生动的形象，这是很可贵的。

诗人面对吴门之乱，不禁想起中原大地政权分裂、各族混战的局面。自“獯戎鲠伊洛”以下四句，主要写凶悍枭勇的匈奴等少数民族侵入中原，祸害伊洛，搅扰人民，完全冲破边地防线，以致出现“辇道同关塞，王城似太原”的结果。接着，诗人笔锋一转，自“休明鼎尚重”以下四句，着重写出对封建王朝的期望和忧伤，只要有英明良善的政策和奉守礼法的臣节，政权就不会灭亡，国家也将存在下去。梁武帝虽然被拘禁起来，就像文王被拘于羑里还探究八卦的深奥道理和尧被囚一样，将来也一定会有好的转机，这说明诗人对封建帝王还抱有一线希望，而其忧国忧民之心，溢于言表。然后，自“泣血悲东走”以下四句，再起波澜，进一步描写因避难东走和誓平叛乱的决心。在京城陷落，侯景独揽大权的情况下，诗人离京出走吴中，生死难料，前途未卜，心情自是凄苦难言，悲伤已极。然而，每当想起横戈跃马，率众拒敌而又不得不逃往北方的人们，他的心情就陷入更深的惆怅之中。不过，诗人并未为国难所吓倒，他心中所想的是如何依凭封建王朝制定的安邦定国之计，平息叛乱，以雪皇族被辱之耻，这不正是忠心耿耿、忧国忧民的封建士大夫形象吗！

最后，全诗以“人事今如此，天道共谁论”作结。诗人目睹山河破碎、民生涂炭的严酷现实，心急如焚，忧思重重，虽有匡复中兴之志，恨无力挽狂澜之人，最后不得不发出这样的慨叹，社会人生既然发生如此天翻地覆的变化，这是天意，又能同谁讨论清楚呢？“人事”与“天道”相对，正说明诗人在难以解释清楚的现实面前，只好求助于冥冥之中的“天道”，这是无法摆脱的矛盾心理，也是时代局限所致。

总之，这首叙事诗，实际上是以政治抒情为主，从开头到结尾，诗人把所见所闻，所思所想，一一写出，指事议论，即事抒志，充分发挥叙事诗的特点，具体地表达了诗人深明大义，忧国忧民的深厚情感，这是颇为成功的。有时为了更形象地叙事说理，抒写情志，诗人又灵活地运用事典，以取得一石三鸟的效果，既使叙事不落俗套，生动鲜明，又使语言精炼，概括有力，还可发人深思，以史为鉴，为政治叙事诗的发展提供一个很好的先例。

另外，结构谨严、情节多变是本诗的又一特点，全诗通过高度概括的艺术手法，把记述侯景之乱与玁狁之害、国之鼎明与中兴之愿、逃亡之痛与雪恨之志，巧妙地编织起来，节节相联，丝丝相扣，汇成一曲壮怀激烈的慨歌，凝聚着诗人与国家共命运的思想感情，具有强烈的艺术感染力。

（张锡厚）

经陈思王墓

庾肩吾

公子独忧生，丘垅擅余名。
采樵枯树尽，犁田荒隧平。
宁追宴平乐，讵想谒承明。
旦余来锡命，兼言事结成。
飘飖河朔远，飚飒飓风鸣。
雁与云俱阵，沙将蓬共惊。
枯桑落古社，寒鸦归孤城。
陇水哀葭曲，渔阳惨鼓声。
离家来远客，安得不伤情。

鉴赏

这首诗为庾肩吾北使途中经曹植墓时所作。诗人来到曹植墓前，面对着一丘荒坟，怀古之情油然而生，想到他的文学成就，也想到他的不幸遭遇。这位曾深受曹操宠爱的公子，在他父亲死后，连续遭到曹丕、曹叡的迫害，历尽劫难，忧苦不堪，终至在郁郁无欢中悲惨地离开了人间，故而落笔便写出一句“公子独忧生”。“独”字写曹植所怀忧生之苦为他人所无，极言其忧之沉重。这开头一句，既概括了曹植生前的不幸，也蕴含着对他备受忌恨,忧苦人生的深切同情。曹植已经长眠地下,留下眼前这座荒坟,因为它埋葬着这位诗国的天才,所以“丘垅擅余名”感召诗人前来凭吊。可是,这位独得八斗之才的建安之杰,死后的遭遇也和他生前一样地不幸,在他的墓地里“采樵枯树尽,犁田荒隧平”,树木被樵夫砍光,墓前的荒路也被犁成平田,只剩下一座孤零零的坟丘,说明早已无人祭扫,笔端饱含着凄凉之感。曹植的不幸遭遇,使诗人联想起仕途的艰难,认为自己并非汲汲于功名利禄,故而说:“宁追宴平乐,讵想谒承明”,表白自己不是为涉足于平乐之宴,也不是为趋身于承明之谒,此次“旦余来锡命,兼言事结成”,乃不得已奉命出使河朔以礼聘问,结言议成,两相修好。一路上跋涉山川,劳顿不堪,但最使诗人神伤的不是这旅途的疲困,而是满目荒凉的景象,因就所见、所闻、所感连写八句,借景抒怀。其中“飘飖河朔远,飏飙飓风鸣。雁与云俱阵,沙将蓬共惊”四句写大风飞扬的景色。当时已是深秋季节,从河朔刮起的暴风,飘飖而来,吹动树木,发出巨大的声响。在大风中,南去的归鸿,一字排开,好像列出雁阵;那成片的白云也分成许多带状的长云,好像列出云阵,都布列在高空。地面上,暴风过处,尘沙骤起,枯蓬根断,像突然受惊而狂飞乱舞,宇空上下,一片灰惨。这四句描绘出一幅暴风肆虐,天昏地暗的景象,令人骨折神惊,愁惨不堪。在字句的熔铸方面,诗人很下了一番功夫。写风,用“飘飖”二字描绘其飘动之状,把不可见的风势风态写得宛如可见之物。用“远”字点明狂风自河朔长驱千里而来,足见其威势之大,而诗人此次奉命出使的地方,正是狂风的发源地,那里的风势风威自然可想而知了。故“飘飖河朔远”五字,隐隐地有着一种忧虑,如不细加咀嚼,很难品味出来。至于这隐忧是否和此次出使的艰难有关,那只有仁者见仁,智者见智了。诗贵含蓄,也要用字精警,诗中的“阵”“惊”二字都很形象。尤其是“惊”字,实为传神之笔。它不但生动地写出惊沙、惊蓬在大风中猛然飞卷而起的景象,而且仿佛尘沙枯蓬能感知狂风之烈,惊惧而起。无生命之物通过“惊”字的点化,变作有感知有情态的了,而风势之猛烈狂暴也全在这个字中点带出来。

接下去的四句“枯桑落古社,寒鸦归孤城。陇水哀葭曲,渔阳惨鼓声”,写秋天日暮,风势稍减之后的景象。旷野里的枯桑落叶纷纷飘坠在古老破败的土地庙前,寒秋暮鸦成群地飞回东阿孤城,景色显得十分萧索荒凉。此刻,远方蓦然传来凄哀的笳鼓声,使荒凉的寒秋暮景又增添了几分悲凉的气氛,诗人心头倍感逆旅的凄苦、异乡的孤单了。故而末尾两句趁势写出:“离家来远客,安得不伤情”,直诉远客异乡的悲伤情怀。在这四句中,两两相对,构成十分工整的偶句,一写所见,一写所闻,所见者为枯、古、寒、孤之景,所闻者则是哀、惨之声。单从这些字眼的运用、组合已深见诗人的用意,他是带着感情来写的,尤其是后两句,造句极为巧妙,若无驾驭文字的高超手法是断难为之的。

这首诗,将怀古、写景、抒情、叙事糅合成篇,浑然一体,章法很是严密。首句以曹植的忧生起笔,以自己的伤情结篇,首尾呼应,前后贯通。中间借景抒情,使荒凉之景与忧伤之情两相交融,契而为一,充分体现了诗人工于写景,善于渲染的创作特点。诗中很注重对偶和声律,对仗工巧、声律严整的句子达十句之多,有如珠联玉映,堪称"洞合唐规",足可为"近体之宗祊"。

(臧维熙)

岁尽应令

庾肩吾

岁序已云殚,春心不自安。
聊开柏叶酒,试奠五辛盘。
金薄图神燕,朱泥却鬼丸。
梅花应可折,倩为雪中看。

鉴赏

这首诗写"岁尽",或云"岁暮""岁终"。一年将尽,一般人总是感慨良多,加以隆冬天阴气寒,写起诗来,难免不蒙上一层灰暗的色调、萧瑟的气氛、莫名的愁绪,如谢灵运的《岁暮》《彭城宫中直感岁暮》二诗就是这样。庾肩吾这首诗写岁暮而无"暮"气,而是春意盎然,读之令人"春心"不能自禁,精神为之一振。这种精神力量,诗人是如何表现出来的呢?

一是在中间二联极写去旧迎新的风俗之美。去旧岁,迎新年,这一时序更迭,意味着冬去春来,人们在心理上总是抱有美好的理想和愿望,他们准备避邪的柏叶酒,益寿的五辛菜,画上象征吉祥的神燕,捣制据说能去邪除魔的却鬼丸。这些举动和张罗,无非都是人们这种心愿的寄托。诗人正是通过这些淳美风俗的描写,展现出热烈的节日气氛,给阴沉灰暗的隆冬带来春天的生机和气息。其所以能收到这种艺术效果,在很大程度上得力于修辞上的设色敷彩。庾肩吾擅长宫体,宫体诗的语言向以绮艳著称,所谓

"铺锦列绣""采藻满眼",说的即是那种浓妆艳抹的色彩美。综观南朝宫体诗的色彩,以绿、红、金、白最为常见。庾肩吾这首《岁尽应令》诗,正熟练地运用了这一设色敷彩的艺术手法:其中最突出的也是绿色(柏叶、五辛)、金色(金薄)和红色(朱泥)。通过这几种鲜丽色泽的强烈映照,大大增强了节日的热烈气氛,从而冲淡了隆冬节日的阴冷和灰暗。王夫之以"流丽"二字评此诗(《古诗评选》卷六),可谓深得其妙。

二是在最后一联突出梅花的形象。迎新风俗之美,固然可以增添某种春天的气氛;然而,隆冬时节的大自然,难道就没有足以预示春天消息的物事吗?有的,那就是雪中开放的梅花。它是大自然的骄子,傲霜斗雪的勇士,也是向人们预报春天消息的天使。因此,梅花不仅给人美感,而且能在人们心理上激起一种崇尚、奋发的情愫。诗人意味深长地说,不要在室内欣赏梅花吧;只有在"雪中"看梅花,它的形象所包含的丰富内蕴才能充分地显示出来。诗人礼赞梅花,给全诗带来无比清新的气象,从而丰富了诗的内涵,突出了诗的主题。全诗充溢着浓郁的春天气息,吟哦之中,仿佛喷薄而出,令人振奋。

(李文初)

咏长信宫中草诗

庾肩吾

委翠似知节,含芳如有情。
全由履迹少,并欲上阶生。

鉴赏

这是一首描绘春草萌发,表现感伤心情的诗作。

诗的首句"委翠似知节",首先点明题面,以"翠"字暗示春草,意思是说那些刚刚生长出来的春草,好似预知节候变化一样,已经披上一层嫩绿的颜色。在生活里,"知"字常常被用来表示有生命有意识的行为。翠草有知,即是用拟人化手法,暗示春草具有一种旺盛的生命力,以引起人们对春天一派生机的联想。诗的第二句"含芳如有情",则进一步描绘翠草有“情”,它那娇柔的芳姿似乎已显露出动人的情态,进而勾起人们美的希望和生的欢乐,使翠草更富有人情味。

从审美心理来看,诗人不是一般的咏草,因为杂草本来是默默无闻的,无须舞文弄墨,加以夸张的描述,但是,在诗人眼里,生长于深宫之中的草好像在“知”与“情”上具有特别顽强的生命力和表现力,故而在春令时节才能萌发出“委翠”“含芳”的妩媚之态。也就是说以人观草,草皆有知,以草喻人,人见草情,由此而引发诗人睹物伤感的情怀,便益觉其真,弥见其厚,更是十分感人。

诗的三、四句,“全由履迹少,并欲上阶生”。这是前两句诗的继续和发展。如果说前面描写的只是春草充满勃勃生机的静态画面,那么这后两句诗则可视作着意刻画春草趁机蔓延宫院的生动场景,同时道出久已失去妃嫔佳丽的长信宫,由于人迹稀少,春草的翠影也将要慢慢爬上它的台阶。这种静中见动,动中有静的艺术手法,把翠草的情貌及其内在的生命力表现得淋漓尽致,出神入化。诗人虽未明言长信宫的盛衰,但是只要细细品味“履迹少”“上阶生”的真情实景,就会强烈地感受到昔时轻歌曼舞、繁华盛极的长信宫,至今只剩下杂草丛生,凄凉凋残的败落景象,使之难以抑止触景伤情的慨叹。诗中以翠草立意,又从翠草说开去,用翠草的滋生蔓长反衬王朝的衰败,明写暗喻,以小见大,读后令人回味无穷。

该诗构思巧妙,属对工切,语言通俗,用韵自然,虽无意于雕琢,而运笔之精细自见,表现出与绮靡艳丽的宫体诗截然不同的质直清新的风格。杜甫名篇《春夜喜雨》中“好雨知时节”句,直似“委翠似知节”化出,一写草一写雨,景致虽然不同,然其独运匠心之处却是共通的。

(张锡厚)

折　杨　柳

萧　绎

巫山巫峡长,垂柳复垂杨。
同心且同折,故人怀故乡。
山似莲花艳,流如明月光。
寒夜猿声彻,游子泪沾裳。

鉴赏

杨柳作为一种审美意象，自进入文学之日起，就与离别乡思结下了不解之缘。远祧《诗经》，“昔我往矣，杨柳依依”的诗句，不仅生动地传达出戍边战士思归怀乡的情绪，而且也为借杨柳写别离的作品奠定了悲愁哀怨的基调。汉代以后，民间形成了折柳送别的风俗。乐府诗中，也有了《折杨柳》之曲，多为“兵革苦辛”之辞，伤别悲离之叹。梁元帝萧绎的这首《折杨柳》，是写游子怀乡的。全诗通过“游子”的所见所感，在一种清凄幽怨的境界中，较好地写出了“故人怀故乡”的感情。

诗从巫山巫峡写起：“巫山巫峡长，垂柳复垂杨。”巫山巫峡，是一个暗寓着“常有高猿长啸，属引凄异，空谷传响，哀转久绝”之意的景观意象；垂柳垂杨，更是别离的象征。李渔说：“柳贵乎垂，不垂则可无柳；柳条贵长，不长则无袅娜之致。”（《闲情偶寄》卷五）此诗的作者描写杨柳，一句中两着“垂”字，就十分形象地写出了杨柳千枝万缕，柔长可挽的可爱风姿，并为下文的“同心同折”预设一笔。诗歌这样开头，既紧扣题旨，又含蕴深长，为全诗定下了一个富有情味，富有诗意的基调。

依依有情的杨柳，最易惹发人们思乡怀亲的情绪。于是，诗中的“游子”才禁不住同心同折，借这多情的杨柳来寄托自己对故乡和亲人的思念；同时，或许也想从中得到一点精神上的慰藉与补偿。三、四两句，紧承首联，进一步点明诗题“折杨柳”，也恰到好处地揭示了游子“怀故乡”的主题。

“山似莲花艳，流如明月光”，这两句与开头一句照应，具体描绘巫山巫峡之景。这里山高水长，水清山秀，优美如画。但是山水虽好，终究是他乡之地。在这月光如水，哀猿长啼的寒夜，远离故土的客子不仅无心欣赏眼前的山水之美，反而触景生情，越发增添了令人泪下的故乡之思。“寒夜猿声彻，游子泪沾裳”，这两句诗与首句遥相呼应，巧妙地化用前人“巴东三峡巫峡长，猿鸣三声泪沾裳”的诗句，把“故人怀故乡”的情绪推向了一个高峰。全诗到此结束，这位远怀故乡、泪湿衣裳的游子形象，却久久地立在我们面前。

萧绎之诗，颇多淫词艳语或无病呻吟之作，这首《折杨柳》却以清新流畅的笔调，写出了游子怀故乡的真实感情，不失为一首较好的抒情诗。诗中多以“巫山”“巫峡”“垂柳”“垂杨”“故人”“故乡”“明月”“寒夜”“猿声”“游子”这一类带有感情色彩的词语，来构出一种与别离怀故相协调的清凄幽哀境界，又颇具特色。在形式体制上，此诗句式齐整，音律自然流亮。所以，沈德潜《古诗源》说：“此种音节，竟是五言近体矣。”

（何新文）

孤燕诗

卫敬瑜妻王氏

昔年无偶去，今春犹独归。
故人恩既重，不忍复双飞。

鉴赏

这是一首咏物诗。四句诗语，清白如话，给我们表述了一件极平常的事：一只燕子，天冷了独自离开了主人家里的巢穴；春天天暖了，它又孤孤单单地飞了回来。为什么呢？诗人做了想象，替它做了说明：这只失偶的孤燕，因为思念旧偶深重的恩义，不愿另择新偶，因而依然孤独地生活着。

咏燕，是我国古代文学中常常出现的主题。因为，在我国古代民俗中，燕具有特殊的象征意义。《礼记·月令》中记载："仲春之月……玄鸟至。至之日，以太牢祠于高禖。天子亲往，后妃帅九嫔御，乃礼天子所御……"玄鸟就是燕，高禖即管人间生育的女神。因此玄鸟也就成了我国古代婚姻、爱情、子嗣的象征。《诗经·商颂·玄鸟》里，就记载过殷商的祖先契，是他母亲简狄在春分时吞玄鸟卵而怀孕生下他的。所以东汉郑玄在《月令》注里说："玄鸟，燕也。燕以施生时来，巢人堂宇而孚乳，嫁娶之象也。"因此，不仅统治阶级在"玄鸟至"的仲春之月那么隆重的祭祀高禖，优厚嫔妃，而在民间也是把燕的飞来飞去看作为美满象征的。所以，在文人诗家的笔下，燕的形象就屡屡出现了。

但是，在古代大量诗文中，咏双燕的多，写孤燕的少。双燕比翼齐飞，喻夫妻之间的融洽、和谐和恩爱，喻"之子于归"的幸福、欢乐。这首诗专写孤燕，当然是会另有寄托的。

《南史》卷七四《孝义传》中记载："（襄阳）霸城王整之姊嫁为卫敬瑜妻，年十六而敬瑜亡，父母舅姑咸欲嫁之，誓而不许，乃截耳置盘中为誓乃止……所住户有燕巢，常双飞来去，后忽孤飞。女感其偏栖，乃以缕系脚为志。后岁此燕果复更来，犹带前缕。女复为诗曰……"可见，这首诗初看是咏物，实际是借咏燕而咏怀的。

少妇亡夫，我们反对居寡守节。

像她这样年仅十六岁的少妇,更应该开创新的生活,寻觅新的幸福,所以在当时连她的父母、公婆都想要她再嫁了。但是对于守寡的人,我们也要具体地分析,不能一概加以否定。拘守于封建礼教,甘当封建礼教的牺牲品而自讨痛苦的人我们不赞成,但确实是因为思恋和怀念夫妻的恩爱情谊而自誓不嫁者,我们似乎也不应该加以厚非。从史料所述来看,《孤燕诗》的作者应该是属于后者。

诗歌的一、二两句是就事说事,就燕说燕。“昔年无偶去”,寓“孤”字,“今春犹独归”,更寓“孤”字。简明直率而质朴的两句,就紧扣诗题而把孤燕的形象描绘出来了。接着三、四两句,虽然表面上仍然是在说燕,实际是触景生情、因物写情,人为地把燕儿人化、原其意地加以人情化了。全诗句句都在说燕,实际处处是在自比,咏物诗中充满了咏物者的思想情感。对物,也正是作者用自己的认识、情感加以理解,并用自己的认识、感情驾驭了全诗,从而使孤燕人格化,也具有了感人至深的情义。这,就是这首短诗的价值所在。

王氏年少亡夫,把寂寞、孤独、痛苦的感情寄托孤燕上。她有意识地系缕于燕脚,以考验燕儿是否忠贞,结果如愿以偿,因而她的自誓不嫁也就更有所寄托了。“故人恩既重,不忍复双飞”,既是她对爱情生活的回忆、留恋和尊重,又是她对当前寂寞、孤独、痛苦生活的解脱和慰藉。这种写法,在明白如话的描述中,寄寓了深厚的忠贞爱情与深厚的伦理观念,这种相互交织的复杂认识和感情,使深奥变为浅近,而浅近又耐人思索玩味。其构思之精妙,该是颇具匠心的。

（霍旭东）

赞四君(其一)

常景

长卿有艳才,直致不群性。
郁若春烟举,皎如秋月映。
游梁虽好仁,仕汉常称病。
清贞非我事,穷达委天命。

鉴赏

这是常景《赞四君》中的第一首。据《北史》记载,这四首诗的创作是有感而发的,其母题是如何对待人才的问题。《常景传》中说:“景淹滞门下积岁,不至显官,以蜀司马相如、王褒、严君平、扬子云等四贤,皆有高才而无重位,乃托意以赞之。”这首诗通过对司马相如的赞咏反映诗人自己怀才不遇的思想感情。

首二句直点司马相如才气过人与超群出众:“长卿有艳才,直致不群性。”长卿是司马相如的字,用以表示尊崇。“艳才”,华美的文才。范宁《穀梁传序》:“《左氏》艳而富。”“不群”,卓异,不平凡。《汉书·景十三王传赞》:“夫唯大雅,卓尔不群。”杜甫《春日忆李白》:“白也诗无敌,飘然思不群。”“性”,天性、性格。

三、四句承上对司马的“艳才”与“不群”做形象的描画:“郁若春烟举,皎如秋月映。”“郁”,繁盛的样子。“春烟”,春日美好的烟云。“举”,起飞,飘游。这句以动态的春烟形容司马高飞远举的文才。下句则以秋月的皎洁形容其文章的明洁耀眼。

五、六两句联系司马相如的遭遇,以突出其“不群”的性格。史载,相如初事汉景帝,为武骑常侍,未得重用。时梁孝王来朝,随行有文人学士邹阳、枚乘、庄忌等。相如见而大悦,因病免官,客居梁数年,写名作《子虚赋》等。“游梁虽好仁”,即指此而言。梁孝王死后,相如归家。武帝读《子虚赋》,得召入京,作《天子游猎赋》,拜为郎,后拜中郎将,但不参与国家大事,常称病闲居,不慕官爵。“仕汉常称病”,即此之谓也。这两句是首二句的发挥。

最后两句联系自身,抒发感慨:“清贞非我事,穷达委天命。”“清贞”,纯洁质朴,清心寡欲。“事”,从事。“穷”,困窘,处境困难。“达”,显贵得意。《孟子·尽心上》:“穷则独善其身,达则兼善天下。”这句说,不管是壮志难申,或者是显贵得志,都要由上天来决定了。这句话虽有明显的唯心成分,但其内蕴却是对个人怀才不遇的一种牢骚不满。

这首诗最大的特点是善于取舍。司马相如一生的经历非常曲折,他的人品也并非如诗中所赞美的那样高尚,他做了不少见机行事、投其所好、迎合武帝的事。南朝陈时的祖孙登在《赋得司马相如》一诗中就写的是他一生中并不光彩的事情:“雍容文雅深,王吉共追寻。当垆应酤酒,托意且弹琴。上林能作赋,长门得赐金。唯当有汉主,知怀封禅心。”诗中把相如受临邛令厚遇,在卓王孙家以琴挑动卓文君,为讨武帝欢心作《上林赋》,受失宠陈皇后十万钱润笔写《长门赋》,知武帝好虚荣死后犹留有《封禅书》以邀宠等事,都纳入诗中。这就不是颂赞而有讥讽之意了。但常景此诗是寓赞于讽,即借赞美司马相如之机以抒写自己怀才不遇之感慨。

“赞”,本来是古代文体之一。《文体明辨序说》谓:“赞,称美也。本字作讚。昔司马相如初赞荆轲,其词虽亡,而后人祖之,著作甚众。唐时至用以试士,则其为世所尚久矣。”作者在诗中发挥了“赞”这一文体的特点:“赞之为体,促而不旷。”“约举以尽情,昭灼以送文。”(见《文心雕龙·颂赞》)

(陶尔夫)

赞四君(其二)

常 景

王子挺秀质,逸气干青云。
明珠既绝俗,白鹄信惊群。
才世苟不合,遇否途自分。
空枉碧鸡命,徒献金马文。

鉴赏

诗中赞颂的王褒,生年不详,卒于汉宣帝神爵元年(前61)。王褒博学多才,通音律,善歌诗。因此,本诗开篇便说:“王子挺秀质,逸气干青云。”“挺秀”,挺拔秀美,特立出众。“质”,本质,素质。“逸气”,超逸豪迈的气度。“干”,侵犯,干扰,冲破。“青云”,高空。司马相如《子虚赋》:“交错纠纷,上干青云。”意思说,王褒具有超群出众的美好品质,他那超逸豪爽的风度,光彩照人,直上云天。“明珠既绝俗,白鹄信惊群。”这两句承上,把王褒比作耀眼生光的明珠,再比作高飞远翥的白天鹅。“信”,实在,确定无疑。以上四句为第一层,集中赞颂王褒的才能与品格。

“才世苟不合,遇否途自分。”“才”,才能。“世”,现实。“苟”,假如。意思说,你的才能抱负假如与当时的现实不相吻合,不得施展,那么,不管你是否能得到知遇之恩,都应当走自己选定的道路。但是,王褒缺乏的正是这种坚定的人生态度,因此他的才能并未得施展。汉宣帝时,益州刺史推荐他有逸才,应诏作《圣主得贤臣颂》。宣帝大悦,命为待诏。皇帝所幸宫馆,命他作诗。太子有疾,命他朝夕陪伴,诵读奇文及自作《甘泉颂》《洞箫赋》,太子大喜,命后宫贵人皆诵读之。可见,王褒只不过是一个道地的御用文人,供皇帝、太子们娱乐。不仅如此,最后终于落得个可悲的下场:"空枉碧鸡命,徒献金马文"。据《汉书·王褒传》,后来宣帝听信方士的谣言,说益州有金马、碧鸡之宝,可以祭祀而得,宣帝命他往祭,结果王褒病死于路上,宣帝也为此十分伤痛。这两句说,你白白承担祭取碧鸡的诏命,死于途中,原来进献《圣主得贤臣颂》,待诏金马门的理想,终于落了空。王褒在《圣主得贤臣颂》中曾列举伊尹、太公、百里、甯戚未遇及遇圣主后之作用:"及其遇明君遭圣主也,运筹合上意,谏诤即见听,进退得关其忠,任职得行其术。"而王褒本人的遭遇却恰得其反。这难道不是很好的讽刺,不是"空枉"一场么?这后四句是第二层,抒发对王褒不幸遭遇的同情,同时又暗含褒贬。《文体明辨序说》认为赞体有三:一曰杂赞,二曰哀赞,三曰史赞。并说史赞"词兼褒贬"。这首诗即兼有"史赞"这一特点。

常景的《赞四君》,就纵向联系而言,都与前人某些写法有关。如刘宋时颜彦之有《五君咏》,鲍照有《蜀四贤咏》。这种借咏史以寄托对现实不满的作品,在南朝后期就不大有人去写了。常景这四首诗虽曰"赞",而实则为四首五言八句的诗,三、四句与五、六句一般均能工整对仗,除个别诗句平仄安排与唐代定型的律诗略有出入外,基本上接近近体律诗。这说明北朝诗人也采用南朝诗歌的形式与技巧,反映出南北文风的交流,并带有向近体诗过渡的痕迹。

(陶尔夫)

捣衣诗

温子昇

长安城中秋夜长,佳人锦石捣流黄。
香杵纹砧知近远,传声递响何凄凉。
七夕长河烂,中秋明月光。
蠮螉塞边绝候雁,鸳鸯楼上望天狼。

鉴赏

频繁的战争在中国古代历史上留下了一幅又一幅边烽不息，征戍无已的悲惨图画。“秦时明月汉时关，万里长征人未还”(王昌龄《出塞》)便是这一血泪交织历史的生动写照。战争，不论其规模大小，性质如何，人民都不免要付出沉重的，有时甚至是惨痛的代价，在这中间，征人和他们的妻子尤其直接承受着生离死别的巨大痛苦。所以，从《诗经》开始，描写征人妇就成为表现战争的重要题材之一，而且源远流长，历久不衰。这类诗往往通过对思妇心态的描述，反映出战争扼杀生命，摧残人性的罪恶，表达了人民渴望和平幸福的心声，因之具有一定的社会价值；在艺术上，由于是以女性为描写对象，因此大多写得精巧细腻，曲折婉约。温子升这首《捣衣诗》便是体现了这一思想和艺术特色的代表作。

开头四句描写长安女子秋夜捣衣的情景。一起先点明地点、时间：“长安城中秋夜长。”细心的读者不难发现，诗人在这里并非纯客观地描写时空，而是以巍巍京城所展示的阔大意境，萧萧秋夜所点染的凄清氛围，奠定了整首诗既雄浑又悲凉的基调。同时，此句虽未涉及人物，却显然是有人之境，“秋夜长”一语，分明包含着人的主观感受，这使得诗一开始就表现出浓郁的抒情意味，并且自然引出这一特定背景下的此诗的主人公——捣衣女子。“佳人锦石捣流黄”一句，字面意思很单纯，说的不过是女子捣衣，实则寓有丰富的内涵。这是因为古代人们一到秋天便要为离家在外的亲人捣制寒衣，捣衣，在诗人笔下也因此而成为一种独特的审美意象，一经出现，便会在读者心中唤起诗意的感受和思亲怀远的联想。此外，这一句刻画细致，词采鲜明，这固然与当时诗坛崇尚绮丽的风气有关，也是诗人有意以此暗示出这是一个月夜，因为只有在月光的朗照下，“锦石”“流黄”等形象才能如此轮廓清晰，色泽分明。三、四句紧承捣衣，写砧杵之声：“香杵纹砧知近远，传声递响何凄凉。”“香杵”捶打在“纹砧”上，一声声，一下下，由近而远，回荡在夜空中，也敲打在人的心上。这声音，在本已愁肠百结的思妇心中更增添了几分凄凉悲苦，又仿佛带着思妇的牵挂、思念、体贴、柔情飞向远方，传递给她的亲人。李白著名的《子夜吴歌》中所描绘的“长安一片月，万户捣衣声。秋风吹不尽，总是玉关情”正是同一种意境，不过更富有诗情画意，也更令人荡气回肠罢了！

以上所写只是一个寻常的秋夜，思妇的心境尚且如此之凄凉，待到使人“倍思亲”的佳节，又当如何呢？“七夕长河烂，中秋明月光”两句以写景巧妙地作了回答。七夕，是传说中牛郎织女相会的日子；中秋，更是家家户户团圆的佳节。当思妇空对着灿灿银河、皎皎明月这样的良辰美景,想到自己与亲人却天各一方,该是何等的难以为怀!这里诗人无须更多着墨,由于有了前面的具体描写作铺垫,只是拈出这两个同属秋天、同具象征意味的节令稍加点染,便有力地反衬出思妇每逢佳节倍觉伤情的心理状态。

刻骨的相思,难耐的孤寂,使思妇身在长安,心驰万里之外。“蠮螉塞边绝候雁”,便是她在想象中描绘的边塞图景。这一句语约意丰,耐人涵泳。“蠮螉塞”所告诉读者的不只是边关的名称,它还间接交代了“佳人”的征人妇的身份。“绝候雁”,既是边塞秋天的典型特征,又反衬出人不归,同时以边地此刻已不复有鸿雁传书在思妇心中掀起更强烈的感情波澜,真有一石三鸟之妙。

经过层层渲染,至此,抒情已是水到渠成,不料诗人却宕开笔锋,描写了一个场景:“鸳鸯楼上望天狼”。并就此收束全诗。然而,从这无声的画面里,从思妇登楼眺望天狼星的举动中,读者完全可以听到她那“何日平胡虏,良人罢远征”的强烈心声,感受到她那关心战事、渴望和平、憧憬夫妻团聚的一片深情,可谓此时无声胜有声!

此诗情真意挚,手法婉曲,除“秋夜长”“何凄凉”微逗情思,余皆含蓄不露,使之在有如民歌般的自然流畅中,处处可见诗人的匠心,充分显示了这位享有盛名的北朝诗人的艺术才能。

(张明非)

示程伯达

胡　叟

群犬吠新客,佞暗排疏宾。
直途既已塞,曲路非所遵。
望卫惋祝鮀,眄楚悼灵均。
何用宣忧怀,托翰寄辅仁。

鉴赏

这是一首寄赠友人的诗作。作者胡叟,北朝诗人。公元四世纪初,当中原世族大姓随晋室政权大量南迁的时候,一般士族知识分子留在北方,其始还对司马氏政权抱有幻想。嗣后南北对峙的局面已定,又加以世代数移,原有的一点向往和幻想也就淡然消失了。这时候的知识分子犹如栖鸟择木,往来寻找安身立命之所,以求有所作为。但他们在异族政权统治之下,由于民族隔阂,不能骤然得志,因而深感鸟能择木,木不能择鸟,怀才负器而不能得到信用,失意的怅恨特别深刻。胡叟,安定临泾(今甘肃临泾)人,屡曾出入于羌族政权后秦和匈奴族政权西凉之间,栖栖惶惶,颠顿靡定。最后希望破灭,不得已而归北魏。这首《示程伯达》,通过寄赠友人,抒写的正是前面说过的那一种失志的怅恨。

本诗的前四句自叙其遭遇并以自己的心志晓喻友人。"群犬"和"佞暗"是指无论是后秦主姚兴,或者是西凉主沮渠牧犍,都信用小人,奸佞在位,而自己这个远来的"新客""疏宾"被排斥疏远。"直途""曲路"二句说既不能正直求进,则无待乎屈己事人。

后四句自惜身世,期望友人以仁受相辅。"望卫"句用《左传·定公四年》祝鮀事。祝鮀名鮀,字子由;祝是其官(掌祭祀社稷),以官为氏。

祝鮀是卫灵公大夫,富于才辩,长于议论,出使专对,折服强御。但他遭卫灵公之败政,不得尽其才。"眕楚"句用屈原事。楚怀王听信谗言,疏远屈原,放逐于汉北湘南,使其怀沙沉江,赍志以殁。这两句引古喻今,惋惜悼恨之情,非常深沉。最末两句揭出"示"友之意。"何用"即用何;"翰"是翰墨,即指本诗。《论语·颜渊》:"曾子曰:君子以文会友,以友辅仁。"末句即用此意,意思是期望友人以仁爱相辅弼,对自己有所开悟。

此篇在形式上为一不太纯粹的五言律(开头几句不合律)但我们读赏古人诗作必须知人论世。据《北史·胡叟传》:"叟入沮渠牧犍,牧犍遇之不重,叟乃为诗示所知广平程伯达"云云。考沮渠牧犍之为西凉主,在433—439之间,则此篇之写定不得晚于440年,其时正当南朝宋文帝刘义隆时,下距近体诗形成之永明时代尚有四十多年。此时在北方就出现了在章法和偶对上如此成熟的作品,实属难能可贵。如果我们拿了唐人即使是初唐的王、杨、沈、宋的寄赠五律的规矩来绳检此篇,就未免拟于非伦了。

(韩小默)

思　公　子

邢　邵

绮罗日减带，桃李无颜色。
思君君未归，归来岂相识？

鉴赏

这是一首乐府体小诗。从语言的清新，意境的明朗，情感抒发强烈、深沉等诸多方面衡量，这首诗受南朝乐府民歌的影响是非常明显的。

全诗四句，都是从闺中思妇角度写出。

前两句极写思妇相思之苦。丈夫走后，天天思念，夜夜思念，寝食不安，坐卧不宁，所以明显地消瘦了，憔悴了。虽然穿着绫罗绸缎，但日见瘦弱的身体越来越承受不住这好衣服了。衣带渐宽渐缓，只好一点点地剪短了它；虽然有着桃李般鲜艳的容颜，但忧思不解，愁上眉头，愁进心头，使得如花似玉的青春美貌逐渐凋谢，失去了光泽，褪蚀了颜色。《古诗十九首》就有“出门日已远，衣带日已缓”的句子，所以邢邵不是首创。但同时从身体和精神两个方面刻画思妇刻骨相思之苦，还是生动的、深刻的。而且诗人舍弃了思妇相思的缠绵过程，而直接突出了相思的结果——损神伤身，不但显得简洁凝练，而且为读者留下了充分想象的余地。

后两句写思妇的心理活动，更深一层地揭示她的相思之苦。我这样苦苦思念，你也不回家，等到你真的回来了，难道还会认识我吗？这里的潜台词是丈夫出门时间久，妻子苦思变化大。其中心意思是盼丈夫早日归来，趁青春大好时光及早还家，不要等到家中亲人思念得已无指望、岁月折磨得已判若两人时再归来。反问语气突出强调了盼归之心，比直陈其事更显得活泼，急切。

（朱明伦）

送庾羽骑抱

郑公超

旧宅青山远，归路白云深。
迟暮难为别，摇落更伤心。
空城落日影，迥地浮云阴。
送君自有泪，不假听猿吟。

鉴赏

这是一首送别的诗。诗题中的庾抱，是作者的好友，羽骑是他的官职。诗一开头，作者便把我们带到了庾抱要去的地方。那里山清水秀，白云缭绕，着实是一个美妙的所在。“青山”“白云”，点出了环境的清幽，似乎也暗示了这“旧宅”的性质。据史籍记载，庾抱曾有过归隐的经历。这里所描绘的青山白云深处的住宅，或许正是他的隐居之处。“远”“深”二字，不仅意味着友人归路的悠远，而且也给庾抱的“旧宅”罩上了一层隐秘的色调。

第三、四句言情，写送别的主旨。常言道：送君千里，终有一别。但是，要在这深秋日暮的时候、要在这草木凋零的感伤气氛中告别分手，却是太难了。“摇落”句，化用宋玉《九辩》语意。《九辩》云：“悲哉秋之为气也！萧瑟兮草木摇落而变衰。憭慄兮若在远行，登山临水兮送将归。”在宋玉看来，萧瑟的秋景，与远行、送别一样凄凉。而此诗的作者，则处在深秋、日暮、送别三者俱具的境况中，其悲伤的情绪不是更甚于宋玉悲秋吗！

“空城”两句是写景。然而，读者从“空城”“落日”“迥地”“云阴”这一系列具有情感色彩的意象中，又不能感受到作者空虚、惆怅的情绪。这两句和上联一起，诗人使自己的主观感情与自然景物融合为一，造成了一种难分难别、悽怆悲伤的境界。所以，最后写出“送君自有泪，不假听猿吟”，就显得十分真实和自然。最末两句，一反以往诗中感猿吟而泪落沾襟的俗调，独具一格。沈德潜《古诗源》评为“翻得新”，是恰如其分的。

这首诗写得非常自然，既不大用典，也不过于讲究辞藻和对仗，而是通过特定的景物、环境描写，渲染气氛，抒发感情，创造了一种情景交融的意境，已具有唐人送别诗的气息。

（何新文）

秋　　思

萧　悫

清波收潦日，华林鸣籁初。
芙蓉露下落，杨柳月中疏。
燕帏缃绮被，赵带流黄裾。
相思阻音息，结梦感离居。

鉴赏

萧悫本是南朝梁宗室皇族，后因侯景之乱，宗社衰落，山河破碎，不得已而离乡弃家，流亡到曾是敌国的北齐为宦。每当秋意乍显，凉气袭人之际、自然难免引起家乡之思、触动故国之情，无端地使那些风光旖旎的江南旧时岁月梦幻般飘上心头，排之不得，遣之不散。这首《秋思》诗就是缘景发兴，借写秋天景物而抒发了故国情思。它在流丽中隐寓着峭拔之姿，在精整中又不失清新之趣。当时就有人称赏说："吾爱其萧散，宛然在目。颍川荀仲举，琅邪诸葛汉，亦以为尔。"（颜之推《颜氏家训·文章篇》）历千百年而传诵不息。

此诗前半紧扣题中的"秋"字，状景绘色，渲染环境，制造兴寄的氛围；后半紧扣题中的"思"字，寓情于景，借景抒情，传达相思的情感。

诗一开首即点明夏去秋来的时令，身处异乡的地点，以时空琮融的笔法，烘托出萧索孤寂的心理气氛。"清波收潦日，华林鸣籁初。"多而浊的盛夏雨水收敛了，时移景迁，变换出澄净透明的秋水，初起的秋风，飒飒振响了华林园的草木，阵阵伴送着秋虫的鸣唱，如同万籁齐发，时隐时显，或近或远。三国时，邺城（今河北临漳邺城镇西）建有著名的华林园，而北齐正是建都邺城。诗中的"华林"即华林园的省写，代指邺城，意在点明作诗地点，这是古典诗歌中常用的以偏概全的手法。"籁"，孔窍中发出的声响。此时此地，此情此景，撩拨着诗人的无限愁思，成为难眠之夜。接下来的两句，则是将触发思念之情的时空景观做更具体的描绘。“芙蓉露下落，杨柳月中疏。”在露水的浸袭下，荷花杨柳之叶已渐零落凋散，月光从疏枝败叶间透过，照在水面和陌路上，呈现出斑驳稀疏的影子，先时那浓绿遮阴，娇艳欲滴之态全非。写景状物，浑然天成，故沈德潜在《古诗源》中评为“不从雕琢而得”。同时又声色俱备，动静兼得，传达出感人的意蕴——清冷寂寥之情味，乡关故国之眷念。李东阳《麓堂诗话》说：“‘芙蓉露下落，杨柳月中疏’，有何深意，却自是诗家语”。确实，“芙蓉”和“杨柳”乃寻常之物，“露”和“月”是常见之景，使万木草零“落”稀“疏”也为秋季的自然之事，但对诗人来说，却会引起万端感慨、百般愁绪，从而牵动诗思，竟构制出绝妙的诗句。昔为贵胄，今乃亡臣，在“萧瑟兮草木摇落而变衰”之秋时，那由盛至衰的景物之变，不正是诗人自我遭遇的写照吗！结合诗人的身世，这两句诗的情感蕴涵是十分清楚的，但却贵在毫不着斧凿的痕迹，人为的造作，因此历代传诵为名句，而受到评家的交口备赞。如皮日休说：“北齐美萧悫，有‘芙蓉露下落，杨柳月中疏’。先生(孟浩然)有‘微云淡河汉，疏雨滴梧桐’……与古人争胜于毫厘也。”(《皮子文薮》卷七《郢州孟亭记》)又如朱熹《朱子语类》说：“或问：‘李白“清水出芙蓉，天然去雕饰”，前辈多称此语，如何？’曰：‘自然之好。又不如“芙蓉露下落，杨柳月中疏”，则尤佳。’”都是在和唐代名家名作进行比较中加以高度推许。如果说上面两句是诗人对秋景的客观描写，那么，下面两句就是诗人对秋色独有的主观感受。“燕帏缃绮被，赵带流黄裾。”这两句互文见义，是古典诗歌中常用的艺术手法，即燕、赵之地的帏和被，燕、赵之地的带和裾。它们都由浅黄色的缯和流黄色的绢做成，泛指居室内的服装衣饰和床上的用品。由于这些东西是用黄色的材料做成，是客观之色，本来之色，所以不会因四季时节的交替迁转而改变，更不会以人的主观意向为转移。但是，对经常处于一种睹物思人，见景生情、抚今追昔的心理状态下的诗人来说，秋天的景色是极其敏感的景色。人们把秋天叫作金秋，把秋色径称为金色。又见，秋季的最大特征之一是大地万物呈现出一派金黄色。因此，寝室之内的衣饰用品，在诗人的环视下，竟都由于秋天的到来而带了金色，赋予了所描写的客观事物以感伤的主观色彩。最后两句，“相思阻音息，结梦感离居”。“点清‘思’字，而以绝音结梦收之”(张玉穀《古诗赏析》卷二十一)。这是以情语结景语来收束全诗。“相思”“结梦”，点明了时间流程是在诗人一整夜的苦思难寐中度过，同时暗示出露落芙蓉、月疏杨柳的空间景物，正是竟夕徘徊之所见。于是，全诗便前后照应起来，构成和谐的整体。

(赵望秦)

渡 河 北

王 褒

秋风吹木叶，还似洞庭波。
常山临代郡，亭障绕黄河。
心悲异方乐，肠断陇头歌。
薄暮临征马，失道北山阿。

鉴赏

清代诗人黄景仁说过“自嫌诗少幽燕气，故作冰天跃马行”，这是壮士式的探求。有些诗人并没有这样的豪兴，而被政治波浪颠簸到北方旷野，同样得江山之助，诗多“凄切”式的幽燕之气，王褒其人此作就很有些代表性的。

从题目看，诗写渡过黄河，继续北行的观感。

起首“秋风吹木叶，还似洞庭波”。苍凉挺劲，起调甚高。烈烈秋风，飒飒而来，摧落黄叶纷纷，河面波纹倏然而起。这是诗人站在黄河岸上之所见，疾风扫着落叶，迎面吹来，使诗人有切肤之感，更有触心之思，作为南朝“贰臣”，江南士子来说，那秋风好像吹来去家离国之思念，顿起的粼粼涟漪也歘然涌起乡关之思。“渡河”不曰“河”，而说是“洞庭波”。诗人心中原本早有一个故国在，虽然由梁入北周后，礼遇隆重，“常从容上席，资饩甚厚”，授职显要。周文帝对王褒等南士器重异常，视为舅氏，抚慰之：“当以亲戚为情，勿以去乡介意”(《北史·本传》)，很有些套近乎的热情。但“凄凉蜀故伎，来舞魏宫前”的政治阴影并未从心中消退，思归旧园、心驰乡关见于笔端：“岂若云中雁，秋时塞外归。河长犹可涉，海阔故难飞。”(《咏雁》)钟仪之悲长存，有时话也说得很露骨：“犹持汉使节，尚服楚臣冠。”(《赠周处士》)所以，尽管南北风光有异，面临浑浊的黄河，却可想到清澈的“洞庭”——故国的代名词。说是“还似”，自有若许惆怅，这固然是触物生思，突然感慨，但这一瞬间闪念，于他则可能所触皆是，故曰“还”，此情此感不自今日始，过去依然，故又可曰“还”。这是居北想南，想起“嫋嫋兮秋风，洞庭波兮木叶下”的景况(《九歌·湘夫人》)，河上落叶枨触归情。这两句极为简括，借“洞庭波”既落实了题目的“渡河”，又逗引出一段心绪。笔带风霜，质多胜文，其间风声、落叶声、波浪声，还有分明可感心潮声，一片动态，情味凄切。借用点化楚辞名句，而与南国之音迥然不同。

以下六句写渡河北上。“常山临代郡，亭障绕黄河”。“常山”，汉代北边边关名(今河北唐县西北)。“代郡”，又名飞狐关，古属幽州，汉之边郡(今河北蔚县及山西东北一带)。“亭”，即亭堠，伺敌的哨所。“障”，指堡垒之类的防御工事。“亭障”，语出《后汉书·王霸传》:“诏霸……与杜茂治飞狐道，堆石布土，筑起亭障自代至平城三百余里。”有人说这句是说:“渡过黄河，看到亭障不绝，令人想起更远的汉代最北部的边塞。”如这样，那“临”，就是临近，靠近。似可通，但不妨作倒装句看。“亭障”句接住首二句，写渡河所见，那黄河够使人感慨良多，而今满目亭障耸立在秋风中，如果说黄河引起异域之感，那么亭障就更增加这种感受的强度。“绕”字极富表现力，想见登临高处，放眼望断，黄河沿岸，遍布亭障，九曲的黄河延伸到什么地方，那些工事就曲黏绕缀而随，满目岗台哨所，好像填塞人胸，绕于心间。这句实写异地风光，自有一层心思“绕”在心间:这不是“还似”式的，而是“非似”式的——这简直和江南差别太大了，换句话说，离故国太远了。第三句写北上身之所历，当诗人登上常山那有名的边关，俯视边塞风光时，肯定是更多的故垒亭障。“绕代郡”，因为那汉代亭障本来就多(还有历代所后建)，这句着重从时间上生慨，一种历史性的“秦时明月汉时关”的喟叹存乎其中。“临”与“绕”照应，在有意与无意之间。意义有互文、趣致:“绕”从“临”出，“临”中见“绕”，前后相对，承递相黏。从上四句景致，可以看出作者是个高明速写家，用疏阔的粗线条、远距离把握景观的整体性，把北方的旷野、苍茫，时代的气氛都凝练展现出来，广袤的视野，给予了抑郁心理的拓展性的开阔。像这样粗线条的大笔摹写，入周后此类作品仍不少。像“建章楼阁迥，长安陵树高”(《入塞》);“遥望秦川水，千里长如带”(《关山篇》);“云生陇坻黑，桑疏蓟北寒”(《赠周处士》)，这自然与他“孤舟隐荷出，轻棹染苔归。浴禽时侣窜，惊羽忽单飞”(《山池落照》)细巧华腻的南国风味顿异。王褒自有“千里自长驱”“来送月支图”(《出塞》)的跃马北疆的经历后，幽燕之气，使这位南方秀士有别一番精神的武装。

无论在黄河伫立，还是常山的远望，大概都有“四面边声连角起”的“异方乐”，充耳溢心，诗人在南朝梁时曾做过“妙尽塞北寒苦之状”的《燕歌行》，其中有云:“胡笳向暮使人泣，长望闺中空伫立。”仅是想象之辞。入周后“于此方验焉”。这里的“异方乐”“陇头歌”是真个价的感心动耳的凄切之音。特别是《陇头歌辞》:“陇头流水,鸣声幽咽。遥望秦川,心肝断绝。”自汉代就积淀成征人行役思乡的凄切之音,这就不能不使之“心悲”而“断肠”。其实何止于此,寄身异邦,举目他乡,满目陌生,充耳异音,这“歌乐”不过是更为撩拨,而抖动起一怀心绪,满腔的身世的感触来。他常常念及“久客每思乡”(《送刘中书葬》),“他乡念索居”(《和殷延尉岁暮诗》)这些当然也在心悲断肠之中了。这两句申述北行羁旅之愁,出之肺腑,为一篇露筋之处。

“薄暮临征马,失道北山阿。”“临”字重见,语累微疵,《文苑英华》作“驱”似佳。道途迈迈,日暮暝暝,去无所向,息无所止。夜色迷茫,道路不辨,急匆匆地赶着征马,沿北山曲折的山道,四顾无望,不由得“征马屡盘桓”,而踟蹰起来。这时扫叶之秋风,可能依然烈烈不息,一个瑟瑟冷缩、张皇四望于山弯的行者,迷离怅惘,无依无助,恍恍若失的神情宛然可见。在这“塞近边云黑,尘昏野日黄”的处境,其心境恐怕也是“寂寞灰心尽,摧残生意余”的心绪了。这是北地远行者每每遇到奔波旅苦的实情。他的“秋风鸣马首,薄暮欲如何”(《饮马长城窟行》),可与此参看。探求前路,失道北山,点出题中“渡”字,落清“北”字。这赋笔,不妨也视作比兴之思,是他自己政治处境的形象描绘。诗人总有寄人檐下,或者说“楚囚”的余悸,滞留于北,思而不能归去,每每有“巢禽疑上幕,惊羽畏虚弹”,“鸟道无蹊径,清汉有波澜”(《赠周处士》)的“失道”感,慌恐忧悸。他在《与周宏让书》里说得更为明白,一张口就泄露这种“行迈靡靡,中心摇摇”的苦闷:“嗣宗穷途,杨朱歧路。征蓬长逝,流水不归”。末了再三见意“河阳北临,空思巩县。霸陵南望,还见长安”。他唯一希望“书生之魂,来依旧壤。”然而“旧壤”又在何处,这恐怕也是他“失道山阿”所感受到的。

这首诗写行役,布局以“渡”字为明线,故国之思为暗线,两线纠结进展。首尾四句是“明线”的明处,三四六句,移步换景是其暗处,若续若断,似为分明。“心悲”句是暗线的明处,首末四句是灰而不清处,三、四句则更水流冰下,暗然无声。两线有隐有显,有起有伏,相合又浑然一体。情感发露而含蓄,慷慨而悲凉,“词义贞刚,重乎气质”,苍凉劲健中含有凄切之音,这大概就是王褒式的幽燕风格。

(魏耕原)

燕 歌 行

庾 信

代北云气昼昏昏，千里飞蓬无复根。
寒雁邕邕渡辽水，桑叶纷纷落蓟门。
晋阳山头无箭竹，疏勒城中乏水源。
属国征戍久离居，阳关音信绝能疏。
愿得鲁连飞一箭，持寄思归燕将书。
渡辽本自有将军，寒风萧萧生水纹。
妾惊甘泉足烽火，君讶渔阳少阵云。
自从将军出细柳，荡子空床难独守。
盘龙明镜饷秦嘉，辟恶生香寄韩寿。
春分燕来能几日？二月蚕眠不复久。
洛阳游丝百丈连，黄河春冰千片穿。
桃花颜色好如马，榆荚新开巧似钱。
蒲桃一杯千日醉，无事九转学神仙。
定取金丹作几服，能令华表得千年。

鉴赏

汉末魏初，辽东、辽西为慕容（指鲜卑族）所居，地远势偏，征戍连年不绝。由于乐府民歌的影响，征戍别离之事、行子思归之情，大量表现在文人诗中。时代风云，文坛风气，使《燕歌行》这一乐府古题一直为汉魏六朝文人相继沿用，直至唐代还有不少诗人因袭此题。于是，《燕歌行》一题异体纷呈，佳作竞传。魏文帝曹丕雅爱文学，其“开千古妙境”（胡应麟语）的《燕歌行》是我国最早、最完整的七言诗，对后代七言诗的发展有着很大的影响。而庾信这首《燕歌行》则起了承前启后、继往开来的作用。诗起首六句，以苍莽凄怆的笔调，描绘了一幅荒凉的边塞图。“代北”二句，写绝域的昏暗和苦寒。平原千里，狂风呼啸，唯见蓬草飞旋。寒雁南飞，桑叶纷落，点明此时正秋风萧瑟，是最易触发人们感伤怀远的季节。“晋阳”二句用典：战国时赵襄子为保卫襄阳，曾利用围植在晋阳宫垣四周的荻蒿苦楚，以备足箭矢。东汉大将耿恭曾被匈奴围于疏勒城中，被壅绝水源，乃于城中穿井得水。而目前前线的景况正与此相反，处于“无箭竹”“乏水源”的极端困境。诗人在景物描写中次第透出思妇由思念到忧愁的心情，进而引出下四句思妇的直接抒情，托出“良人从役”“妇人怨旷”的主题。良人远戍边地属国，离居久之，音信隔绝，怎不叫人怀念！辗转忧思中，思妇忽发奇想：倘能有鲁仲连的一支箭，为我射到边地把亲人唤回该多好啊！相传战国时，燕占齐国聊城，齐将田单攻聊城岁余不下，鲁仲连乃修书系箭上射入城中，燕将自杀，城拔。庾信活用此典，写出思妇一片痴情幻想。当然，这终究是不能实现的，我们的主人公只好从往事的回忆中寻找慰藉。接着四句，回溯到当年夫妇分别的情景：按说，边塞自有那渡辽将军镇守，可是，渔阳的战争阴云压境而来，报警的烽火惊动了宫廷。此时只好送亲人出征，在那“寒风萧萧”的水边分别。谁知壮士一去兮至今未还！由现实而幻想，又由幻想而现实，情致委曲，一波三折。下接上句，从正面着力铺写思妇对征夫的相思之情。“自从将军出细柳”，“荡子”随将军远去，思妇空床独守。梳妆台上镂刻精致的盘龙镜，是丈夫叙心致诚的信物，如今依然明可鉴形。睹物思人，能不悲从中来！芳馥四溢的麝香，佩之经月，香气不散，却无由寄达亲人，保他去恶辟邪。“明镜饷秦嘉”，用汉代秦嘉与妻徐淑两地相思、以诗赠答的故事；“辟恶生香寄韩寿”，则用晋代贾充女与韩寿相恋、偷奇香相赠的故事。诗中女主人何尝不像徐淑、贾女那样多情？而良辰苦短，正如“春分燕来能几日”；青春易逝，好似“二月蚕眠不复久”，怎么办呢？还是暂且忘却心中的忧愁，放眼观赏这美丽的春光吧！最后八句即景抒怀，以飘逸之事写怨旷之情。三月的洛阳，百丈游丝映空耀眼，黄河千层坚冰破碎消融；桃花妖艳，美如白毛红点的骏马；榆荚初绽，巧似汉代玲珑别致的荚钱。大好春光岂能白白辜负？不如干一杯吧，沉醉在葡萄美酒中。或者，闲愁无遣时就去炼丹修道学神仙，求得长生不老，像那千年矗立的华表，永葆美妙之青春。

将此作与曹丕《燕歌行》“秋风”“别日”两首比较。不难发现，庾信一仍曹丕首创的传统，取材仍是征夫思妇的离愁别恨，“言时序迁换，行役不归，妇人怨旷无所诉也”（《乐府解题》）。但庾作又有其卓然超佚之处。

首先在诗的体制和声调上有很大的发展和创造。曹作限于篇幅，尚不能恢宏开合，庾信则在其基础上扩而大之，将其两首的规模（“秋风”十五句，“别日”十三句）兼并合用，变而为二十八句。这就使七言古诗在体制上发展为宜于叙述的长篇巨什,成为一任诗笔纵横开阖的广阔天地。从声调方面来看,曹作承袭柏梁体,逐句押韵,音节不免单调,缺乏咏叹之姿。庾作平仄互换,或六句一转韵,或四句一转韵,或八句一转韵,配合诗情抑扬起伏,婉转回环。首六句元韵深沉,状出边塞凄苦荒凉;次四句鱼韵低微,衬托思妇殷殷企盼;又四句文韵轻扬,传出阵阵惊疑;再六句有韵婉曲,描摹郁郁悲怨;末八句先韵飘悠,抒发缠绵旷逸之情。韵的转换与情景变化密切结合,声情互生,流转自如。整篇而言,此诗抑扬跌宕,悉协宫商,开合转换,咸中肯綮,大可与初唐卢照邻《长安古意》、骆宾王《帝京篇》媲美。可以说,唐初七言长体的体制在庾信时已告完备了。

其次,从《燕歌行》这一诗题的内容和格调上来考察,更可看出庾信远远超过前辈和同时代的衮衮诸公,而逼近初唐四子。曹作的笔致仅仅囿于思妇闺中"忧来思君不可忘""援琴鸣弦发清商"的狭窄内容,庾的笔触则已伸向边塞,展现"代北云气昼昏昏"的苍莽风光,描述"晋阳山头无箭竹,疏勒城中乏水源"的战地形势,发出"愿得鲁连飞一箭,持寄思归燕将书"的深切感叹,表达了人民强烈怨战的情绪和盼望早日结束战争的意愿,诗笔纵横排荡,刚健遒劲,气势阔大。诗中涉及的地名,横跨千里,区域辽阔,相比之下,曹作就显得格局狭小,感情柔弱了。

最后,从七言歌行体特有的写作要求来看,庾信的《燕歌行》也标志着艺术上的成熟。七言古诗尚铺叙,讲开合,考究音响浏亮,注重气概神情,追求法度森严,等等。庾信此作健笔凌云,写得很有气概,而更可贵的,是它不仅富有气概,而且传出神情,不仅挥洒自如,而且又十分蕴藉。诗人把感情隐藏于景色描写之中,委婉有致,情深意远,耐人寻味。如"千里飞蓬无复根",以景语暗喻良人行迹漂泊不定,思妇的百般忧思尽在不言之中。"寒雁邕邕渡辽水",用《楚辞》"雁邕邕而南游"句意。王逸曰:"雌雄和乐,群戏行也。"目送群雁雌雄戏行,思妇能不勾起念夫之情?而且,庾信不唯气概雄绝,更于情致委折中见出神情。诗人笔下的思妇形象丰满而有层次:闻说边塞云昏蓬飞、情景荒凉时的怏怏忧郁,目击寒雁南归、桑叶纷落时的盼归情致,得知战地无箭无水的如焚焦虑,长久离居、书信断绝的窃窃私语,祈祷早日结束战争的强烈呼吁,对边将难自为守的疑惑不解,对烽火延入内地的惊讶恐惧,独守空房的无聊,春景撩起的情思,青春空逝的哀叹,醉酒学仙的劝慰,逶迤写来,淋漓尽致,思妇的情态丰神细腻生动,真切如见。

在结构上,此篇伏应转接,夹叙夹议,开合尽变,深得古体之法。开头秋景描写,给全诗笼罩一种悲剧氛围,又为思妇盼亲人回归预埋一笔;接着,"晋阳"二句领起,"愿得"二句回应,顾盼生姿,伏应紧密。"渡辽"二句一提,旋即“妾惊”二句一顿,起伏跌宕,曲折有致。“盘龙明镜”二句,明见“镜”“香”二物,实藏思妇征夫深情,藏见参差,饶富韵味。末句学仙服丹语,飘忽游离,似与上文乖离,实在是逻辑之必然。全篇有节次,有波澜,穷极笔力,放纵挥洒,其开头苍莽而来,结尾飘然而去,笔致摇曳生姿。这种纵横开阖的笔法,在庾信同时代诗人中是罕见的,而和初唐卢照邻《长安古意》等名作又是多么近似!

(汤高才　吉明周)

杨柳歌

庾信

河边杨柳百丈枝,别有长条踠地垂。
河水冲激根株危,倏忽河中风浪吹。
可怜巢里凤凰儿,无故当年生别离。
流槎一去上天池,织女支机当见随。
谁言从来荫数国,直用东南一小枝。
昔日公子出南皮,何处相寻玄武陂。
骏马翩翩西北驰,左右弯弧仰月支。
连钱障泥渡水骑,白玉手板落盘螭。
君言丈夫无意气,试问燕山那得碑?
凤凰新管萧史吹,朱鸟春窗玉女窥。
衔云酒杯赤玛瑙,照日食螺紫琉璃。
百年霜露奄离披,一旦功名不可为。
定是怀王作计误,无事翻覆用张仪。
不如饮酒高阳池,日暮归时倒接䍦。
武昌城下谁见移?官渡营前那可知!
独忆飞絮鹅毛下,非复青丝马尾垂。
欲与梅花留一曲,共将长笛管中吹。

鉴赏

这首以杨柳为题的长篇乐府诗，在庾信集中并不十分显眼，甚至还鲜为人知。然而，它却受到激烈指斥庾诗的唐代诗人崔涂的青睐。崔涂《读庾信集》诗曰："四朝十帝尽风流，建业长安两醉游。唯有一篇《杨柳》曲，江南江北为君愁。"在他看来，庾诗只有此篇《杨柳》曲以悲动人，余者皆不足论，推崇之意无以复加。

玩索诗意，其中寓含着深沉的身世飘零之感，当是庾信出使西魏、羁旅北地后所作。屈仕北朝，积郁在内心的孤愤不能尽情发抒，故此诗"比绪不清，文旨杂出，稍令难解，以避猜嫌，亦是烦冤郁纡，言不差次也"。（清陈祚明《采菽堂古诗选》）然而，知人论世，拨开"以避猜嫌"的"比绪"，还是可以窥探其"烦冤郁纡"的"文旨"，而不致感到"难解"的。

开篇十句，杨柳起兴，逗引离情依依。河边杨柳，百丈高枝参天，千尺柔条垂地。弯弯的柳丝随风微拂，多么轻盈、婀娜！高大茂盛的杨柳，比喻国家的繁盛，同时也把人引入"昔我往矣，杨柳依依"（《诗经·小雅·采薇》）的意境，渲染出离别的氛围。然而，天有不测风云。猛烈的河水冲击河堤，百丈高柳根株摇动，岌岌可危。倏忽之间，河水汹涌，风浪大作，危及筑巢在柳树上的凤凰雏儿。这里，庾信沿袭乐府诗常见的比兴手法。柳色兴起"当年生别离"之意；汹涌冲激的河水，危在旦夕的根株，倏忽而起的风浪，比喻政治风云的突变。太清二年（548）侯景乱起，国家、人民蒙受惨重灾难，庾信的二男一女也在"金陵丧乱"中"相守亡没"；大宝二年（551）梁文帝萧纲去世……庾信经历了破国亡家的悲恸。"河水"二句即喻指这段史实。承圣元年（552）梁元帝萧绎即位，次年庾信奉命出使西魏，被留不返。"可怜"二句指生别元帝。"凤凰儿"喻帝王子孙，这里指即位不久的元帝。"可怜"二字倾注无比深厚的君臣之情。"无故"二字则包含对自己羁留难返的愤慨和抗议。"流槎"二句用汉代张骞受命出使大夏事。《荆楚岁时记》云："汉武帝令张骞使大夏，寻河源，乘槎经月而至一处，见一女织，一丈夫牵牛饮河渚。织女取支机石与骞而还。""流槎"即指出使西魏事。"天池"犹言"天河"，隐指西魏朝廷。庾信出使西魏，正值江陵陷落，后元帝战败被俘遇害，遂成为亡国的使者。因而，不能像张骞那样随带织女的支机石返回南梁。"当见随"而未见随，徒生愁苦悲愤。《论衡》云："日旦出扶桑，暮入细柳。"《山海经》云："灰野之山，有树青叶赤华，名曰若木，日所入处。""细柳""若木"均为日入之处，而"若木一枝，旁荫数国"（《齐王宪碑》），则细柳也当旁荫数国。"谁言"句劈头大问，对古来成说大胆质疑，实则是对南梁自诩的大国地位产生怀疑。眼前国破家亡,羁留北地,生离旧君,娇妻在战乱中又生死未卜,庾信简直要像《孔雀东南飞》中所写的那样“心知长别离,徘徊庭树下,自挂东南枝”了。荫数国不过是夸夸其谈,自己却只用得上东南一小枝,挂枝自尽。切肤的亡国之痛,跃然纸上。

中间十八句回首往事,发抒怨恨重重。庾信十五岁入为昭明太子萧统的讲读,自谓“王子滨洛之岁,兰成射策之年”(《哀江南赋》)。晋安王萧纲立为皇太子后,他与父肩吾同为抄撰学士,“父子在东宫,出入禁闼,恩礼莫与比隆”(《北史·庾信传》)。其时与武帝的第七子萧绎(后为元帝)亦交往甚密。“昔日”六句即追叙与萧绎交游的往事。“南皮”典出曹丕《与朝歌令吴质书》:“每念昔日南皮之游,诚不可忘。既妙思六经,逍遥百氏,弹棋闲设,终以六博,高谈娱心,哀筝顺耳,驰骋北场,旅食南馆……”庾信昔日出入禁闼,陪同萧绎等读书、下棋、听乐、驰马,当亦如“南皮之游”,其乐也融融。“玄武陂”典出曹丕《玄武陂》诗:“兄弟行游,驱车出西城。”当年与萧绎兄弟同出共游的乐土,如今又到何处去寻觅呢?以下四句具体展现当年同游的情景。“骏马”二句语出曹植《白马篇》:“白马饰金羁,连翩西北驰。”“控弦破左的,右发摧月支。”“月支”为练习射箭用的一种箭靶,李善注引邯郸淳《艺经》曰:“马射,左边为月支三枚,马蹄二枚。”描写骏马少年、奔驰竞骋的翩翩风采和左右开弓、箭无虚发的飒爽英姿。“连钱”二句记萧绎跨马渡水的豪情。“连钱”,马饰。《世说新语·术解》曰:“(王济)尝乘一马,箸连钱障泥。”萧绎《紫骝马》有“长安美少年,金络锦连钱”句。“白玉”句写萧绎游戏殿前的旧事。《郡国志》云:“昔明帝为太子时,尝戏殿前,以玉手板弄铜盘螭口中,板溜入螭腹中不能出。”旧情重温,一种温馨、眷恋的情意沛然流溢。策马竞驰,弯弓仰射,飞骑渡水,游戏前殿,纵情游冶,生活多姿多彩。你却说,身为大丈夫,不免缺乏那种刚健的意志和豪迈的气概。然而,历来言志求功者何其多,而真正建立边功、勒名燕山的,试问又能有几人?况且,这不能全然归咎于个人的品格,还取决于时代的机遇。“凤凰”四句回顾元帝即位时的盛景。“凤凰”句典出刘向《列仙传》:“萧史者,秦穆公时人也,善吹箫……穆公有女字弄玉,好之,公遂以女妻焉。日教弄玉作凤鸣。居数年,吹似凤声,凤凰来止其屋,公为作凤台,夫妇止其上。不下数年。一日,皆随凤凰飞去。”“朱鸟”句典出王延寿《鲁灵光殿赋》:“朱鸟舒翼以峙衡”“玉女窥窗而下照”。元帝即位。雅善箫管的萧史献奏一支支新曲,声如凤凰鸣唱;飞檐如朱鸟舒翼的宫殿金碧辉煌,天仙玉女也下临春日的窗棂窥视。华宴盛开,赤玛瑙的衔云酒杯精妙轻丽,紫琉璃的照日食螺溢光流彩,列国进献的酒食宝器体现国势的昌盛。

透过情景描绘,可窥见庾信在元

帝身上寄托了中兴希望，赞赏、怀旧之情溢于言表。“百年”句化用宋玉《九辩》“白露既下百草兮，奄离披此梧楸”句意。“定是”二句用楚怀王、张仪事。《史记》云：“秦欲伐齐，齐与楚从亲，惠王患之，乃令张仪详去秦，厚币委质事楚曰：‘……诚能绝齐，秦愿献商於之地六百里。’楚怀王贪而信张仪。遂绝齐，使使如秦受地。张仪诈之曰：‘仪与王约六里，不闻六百里。’楚使怒去，归告怀王，怀王怒，大兴师伐秦。秦发兵击之，大破楚师于丹、淅……遂取楚之汉中地。……而齐竟怒，不救楚，楚大困。”“不如”二句用山简事。《晋书》云：“（山简镇襄阳）优游卒岁，唯酒是耽。诸习氏荆土豪族，有佳园池。简每出嬉游，多之池上，置酒辄醉，名之曰高阳池。时有童儿歌曰：‘山公出何许，往至高阳池。日夕倒载归，酩酊无所知。时时能骑马，倒着白接䍦。举鞭向葛疆，何如并州儿？’”然而好景不长，梁元帝即位后刚愎自用，猜忌凶狠，内则对臣下多不信任，甚至同室操戈，骨肉相残，中兴大业无望；外则轻慢西魏使者，致使魏军借口入侵，攻克江陵，元帝被俘遇害。这一切犹如百年难遇的霜露侵袭大地，百草凋敝，杨柳枝叶纷披散乱，可说正是此时出使西魏、被羁不回的庾信的自我真实写照。一时间，庾信由使者变为囚徒，立功求名的抱负、理想统统化为泡影。原因究竟何在？一定是元帝像楚怀王那样听信张仪，无端反复，谋略失误，才铸成这千古遗恨。面对这种情势，真不如像山简那样醉饮高阳池，酩酊不知世事，日暮归时甚至倒系头巾也不在意。这里，诗人对元帝即位后听信奸佞之臣，“无事翻覆”，“作计”失误的怨，对自己身逢“百年霜露”，“功名不可为”的恨，表达得酣畅淋漓。怨与恨重重交织，层层深化，奏出了此诗的主旋律。

最后六句，杨柳结篇，倾吐愁绪悠悠。“武昌”二句影切杨柳。《晋阳秋》曰：陶侃“尝课营种柳，都尉夏施盗拔武昌郡西门所种，侃后自出，驻车施门，问：‘此是武昌西门柳，何以盗之？’施惶怖首伏。”曹丕《柳赋序》云：“昔建安五年，上与袁绍战于官渡。时余从行，始植斯柳。自彼迄今，十五载矣。感物伤怀，乃作斯赋。”武昌城下杨柳见移，喻山河变移，蕴含强烈悲愤。怀缅官渡营前杨柳，寄故国情思，饱蘸炽热眷念。“独忆”二句，写杨花吹落，柳叶凋残，其色不复青绿，表达对国势颓倾的哀伤，情致深挚。结二句因笛中有《落梅花》曲，曲中有《折杨柳》歌，因而愿更以此《杨柳歌》与梅花共奏一支哀曲。奇思异想，倾诉由衷的愁肠，言辞深婉。

全诗由杨柳发端，杨柳收束，前后顾盼，饶有情致；中间交织回忆和感慨，今昔对照，情感鲜明。国破家亡的深沉喟叹，悲哀激愤的危苦之辞，构成这首难得的抒情巨制的基调。清陈祚明曾说：“子山惊才盖代，身堕殊方，恨恨如亡，忽忽自失。生平歌咏，要皆激楚之音，悲凉之调。情纷纠而繁会，意杂集以无端，兼且学擅多闻，思心委折；使事则古今奔赴,述感则方比抽新。又缘为隐为彰,时不一格,屡出屡变,汇彼多方;河汉汪洋,云霞蒸荡,大气所举,浮动毫端。”(《采菽堂古诗选》)这正可移作此诗最精当的评说。

(吉明周)

拟咏怀(其七)

庾信

榆关断音信,汉使绝经过。
胡笳落泪曲,羌笛断肠歌。
纤腰减束素,别泪损横波。
恨心终不歇,红颜无复多。
枯木期填海,青山望断河。

鉴赏

《咏怀》一作《拟咏怀》,共二十七首,此其第七首。

庾信虽留仕北朝,位望通显,然其内心却经常怀有强烈的乡关之思,本篇即是表达这种情思的。

首二句即越过一层。他不仅被强留北朝,不得南归,而且,“断音信”“绝经过”,南北更往来断绝,音信杳无。这样便从正反两面为下文的抒情创造了必要的环境与气氛。正因为南北阻绝,他才闻胡笳而落泪,听羌笛而断肠。以下四句,全以思妇自比。杨慎评庾信诗曰:“子山之诗,绮而有质,艳而有骨,清而不薄,新而不尖,所以为老成也。”(《升庵诗话》卷九)庾信后期有不少的诗歌的确是具有这样的艺术特征的,此即一例。“纤腰”“束素”“横波”“红颜”,这样的词语,不一而足,语言确是够“绮”、够“艳”的了。但这绮艳,和他早年“文并绮艳,故世号‘徐庾体’”(《北史·庾信传》)的绮艳,和其他宫体诗人的绮艳,却是不能相提并论的,原因就在于这时的绮艳只是一种形式,在它里面是饱含着作者非常沉痛动人的感情的。尽管“断音信”“绝经过”使他绝望、痛苦,然而“恨心终不歇”,两相映照,其怨羁留、思故土之情遂表现得尤为强烈。结束二句,即承此意而写下。两句连用两个典故:其一,《山海经·

北山经》:“发鸠之山,有鸟焉,名曰精卫,其鸣自詨……常衔西山之木石,以堙于东海。”其二,《水经注·河水注》:“华、岳本一山,当河,河水过而曲行。河神巨灵手盪脚蹋,开而为两。”这对于表现作者当时的心境来说,是极其准确切当的。作者重返南国之心,的确是生死不渝,十分强烈而执着的,恰如精卫之欲填平东海,华、岳之期望再断河流一样。但同时又不难看出,这毕竟是期而已矣,望而已矣,在无情的现实面前,要实现它的可能性几乎是一点也没有的。而这又恰如东海之终于不能被精卫填平,华、岳之终于不能重合以断河流一样。作者当时的心境,不正是这样一种绝望与期望交织错杂的状态吗?

(高海夫)

拟咏怀(其十六)

庾信

横石三五片,长松一两株。
对君俗人眼,真兴理当无。
野老披荷叶,家童扫栗跗。
竹林千户封,甘橘万头奴。
君见愚公谷,真言此谷愚。

鉴赏

庾信暮年诗赋,明显回荡着乡关之思和隐遁之意两大主旋律。羁留北朝,难归故土,故有乡关之思;苟全生命,无意仕宦,故生隐遁之意。哀动江关的《拟咏怀二十七首》,就交织着这两个主旨。其中第十六首,则集中吐露其隐遁之意。

这首诗从其居处落想,旨意与诗人晚年所作《小园赋》仿佛,可与之参读。

首二句以简括的笔触勾勒出环境的荒芜索寞。三片五片巨石横卧,一株两株长松矗立,呈现一幅山石杂乱,翠松稀疏的松石图。在常人看来,既无宜人景致,更无盎然生趣。然而诗人却笔锋陡转,翻出新意:在对“俗人眼”的指斥中,揭示出人生真意,表现出诗人高出流俗的审美趣味。《荀子·儒效》云："不学问，无正义，以富利为隆，是俗人者也。"以庸俗之辈贪财势利的眼光观之，这荒凉冷落的山谷，当然是毫无真正的人生意趣可言的。而在诗人眼里，岩石的坚定，苍松的贞洁，自有一种精神寄托和力量象征，这是俗人难以理喻的人生"真兴"。

以下四句形象地描绘山谷野趣，表白诗人隐遁的生活理想。"野老"，诗人自喻。"披荷叶"，用《离骚》："制芰荷以为衣兮，集芙蓉以为裳"句意，是古时隐者的装饰。"栗踯"，板栗外层带刺的壳。家植栗树，在古代也是生活富足的一个标志，《汉书》即有"燕秦千树栗……此其人皆与万户侯等"的说法。"竹林"句典出《史记·货殖列传》："陈、夏千亩漆，齐、鲁千亩桑麻，渭川千亩竹……此其人皆与千户侯等"，谓大片竹林，其收益与千户侯相当。"甘橘"句典出《襄阳记》"(李衡)于武陵龙阳洲上作宅，种橘千树。临死，敕儿曰：'汝母每恶吾治家，故穷如是。吾洲里有千头木奴，不用汝衣食，岁上一匹绢，亦当足用尔！'"言万株橘树，其价值胜过一万个奴仆。诗人向往隐者风范，身披荷衣，隐逸山野。家中广植栗树，庭园自有童仆清扫。千亩茂竹，万头甘橘，生活安逸自足，实在是不亚于豪门巨富甚或至于受封千户侯的。然而在《小园赋》中，诗人却自称"余有数亩敝庐，寂寞人外，聊以拟伏腊，聊以避风霜"，园内"有棠梨而无馆，足酸枣而非台，犹得敧侧八九丈，纵横数十步，榆柳两三行，梨桃百余树"。可见"竹林""甘橘"云云，不一定是实写，而是诗人借用典故表白自己宁肯退隐山林，而不愿屈体仕西魏、北周的心迹。这与《小园赋》中，以"黄鹤戒露，非有意于轮轩，爰居避风，本无情于钟鼓"的故实，表达西魏、北周强欲授以官职而自己并不情愿的衷曲，是并无二致的。

末二句妙用熟典点明主旨。"愚公谷"指隐居之地。刘向《说苑·政理》云齐桓公出猎逐鹿而走入山谷之中，见一老公而问之："'是为何谷？'对曰：'为愚公之谷。'桓公曰：'何故？'对曰：'以臣名之。'桓公曰：'今视公之仪状，非愚人也，何为以公名？'对曰：'臣请陈之：臣故畜牸牛，生子而大，卖之而买驹。少年曰：'牛不能生马。'遂持驹去。傍邻闻之，以臣为愚，故名此谷为愚公之谷。'"诗人所居之处，"可以疗饥，可以栖迟"(《小园赋》)，是个理想的归隐所在，照说是得其所矣。诗人却以"此谷"与"愚公谷"相比，"愚公谷"不愚，而此谷乃真愚。原来，诗人的本意不在归隐。他内心灼烧着乡关之思，却不能回归故土，而屈体仕周，想在异土隐居，这是多么愚蠢的事啊！清陈祚明评注此诗说："直欲以山谷终是公本意，笑人不识。"(《采菽堂古诗选》)倪璠注云："伤己于此筑室，真为愚也。"是搔着诗人痒处的。

这首诗描写与议论，水乳交融，相得益彰。从松、石中觅得"真兴"，景因理以生趣；以"真兴"注入松、石，理缘景而愈显。"竹林""甘橘"二句，绘景中含有议论，表达诗人的情趣。末二句从"愚"字生发议论,更显示沉郁的情感波动和深刻的理性思索。全诗语言清新,"横石"二句,将口头语铸入诗句,并以对称的句式出之,尤觉清丽流美。诗中多用对句,给人一种整饬的旋律美感。理性美与语言美,正是这首小诗动人魅力之所在。

(吉明周)

拟 咏 怀(其十八)

庾 信

寻思万户侯,中夜忽然愁。
琴声遍屋里,书卷满床头。
虽言梦蝴蝶,定自非庄周。
残月如初月,新秋似旧秋。
露泣连珠下,萤飘碎火流。
乐天乃知命,何时能不忧。

鉴赏

庾信由南入北以后,诗歌风格由早年的绮丽纤弱转为沉雄刚健。这首诗就是如此。它反映了诗人在北朝对自己功业无望,羁旅落寞的忧伤情怀。

"寻思万户侯,中夜忽然愁。"开头两句,就暗点"咏怀"这一题目。起句比较舒缓,但第二句马上来了一个逆转,引出了诗人的忧愁心理。清人倪璠指出,这两句诗,"言己不能为国建勋也"。庾信早年深受梁朝统治者的青睐,所以也曾有过远大抱负。后来江陵梁王朝为西魏所灭,庾信被留北朝,成了异国羁臣。他想到对自己有过知遇之恩的梁朝君主已经谢世,自己再也无法报答故国君主的恩情,实现自己的远大理想,所以长夜难眠,不禁为自己的不幸遭遇感到痛苦和忧愁。这两句诗,由早年的理想写到眼前的心境,时间跨度比较大。

"琴声遍屋里,书卷满床头"两句,写的是自己家庭中的情形。说自己现在每天以弹琴读书为业,对其他事情已不复关心。"遍"和"满"二字,反映了诗人对琴书爱好的程度。这两句承前两句而来,虽是写景,却真切地反映了诗人在理想破灭后的落寞心境。

“虽言梦蝴蝶,定自非庄周。”尽管有庄周梦见自己变成了蝴蝶的说法,但我绝没有庄周那样豁达大度,这是可以肯定的。这两句借助典故,表现出诗人对自己目前屈身仕敌这种不洁行为的耻辱感。

“残月如初月,新秋似旧秋。露泣连珠下,萤飘碎火流。”这四句,写的是秋夜的景色,与上面的“中夜”呼应。月底的月亮与月初的月亮一样残缺不全,今年的秋天也像往年的秋天一样萧条冷落。草木上落下一颗颗晶莹的露珠,好像它们也在为自己的命运哭泣,萤火虫四处游荡,似乎它们也无家可归,过着漂泊生活。“泣”字把草木人格化了,赋予了人的感情色彩。“碎火流”三字,状萤的数量众多和长飞不停。秋夜的景色,本来就容易使人产生一种莫名的忧愁,而对于一个已经忧愁满腹的人来说,又处于这样一个残月高挂的秋夜之中,这月色,这寂寞萧条的景象,自然就更加令人难堪了。这四句诗虽是写景,但读者从中可以体会出诗人厌倦北地漂泊生活,但又无法改变现状的痛苦寂寞心情。

“乐天乃知命,何时能不忧。”诗人千方百计想抛掉这种无边的愁苦,所以他借助了古人“乐天知命”的法宝,希望这样能够使自己轻松一点,但是“无奈人心复有忆”,最终还是无法摆脱忧愁的困扰。“何时能”三字,是诗人从心底里发出的呼喊,表现了诗人对快乐生活的急切向往。这两句诗虽然用典,但由于作者在使用典故时,包含着自己的满腔感情,因而显得典而不涩,而且还增强了作品的艺术感染力。

这首诗,反映了诗人深沉的故国之情和炽烈的身世之悲。以“情”贯穿全诗,情景相胜。语言朴素清新,格调悲凉。代表了诗人晚年在诗歌创作上所取得的卓越成就。

(许苗军)

拟咏怀(其二十二)

庾信

日色临平乐,风光满上兰。
南国美人去,东家枣树完[①]。
抱松伤别鹤,向镜绝孤鸾[②]。
不言登陇首,唯得望长安。

注释

①《汉书·王吉传》:“吉少时学问,居长安。东家有大枣树垂吉庭中,吉妇取枣以啖吉。吉后知之,乃去妇。”

②蔡邕《琴操》:“商陵牧子娶妻五年无子,父兄欲为改娶,牧子援琴鼓之,歌别鹤以抒其愤懑,故曰《别鹤操》。”

刘敬叔《异苑》:“罽宾国王买得一鸾,欲其鸣,不可致。饰金繁,飨珍羞,对之愈戚。三年不鸣。夫人曰:‘尝闻鸾得类则鸣,何不悬镜照之?’王从其言。鸾睹影悲鸣,冲霄一奋而绝。”

鉴赏

江陵败亡,庾信屈节仕魏,满腹悲愤难申的情绪、愁苦悒郁的乡思,唯有借诗赋宣泄倾吐。《拟咏怀》二十七首即是其代表作之一。“日色临平乐”为这一组诗的第二十二首。

开头两句,直写眼前之景。平乐、上兰皆上林苑中宫观之名,为汉武帝时所修建。风光、日色,美则美矣,然而“风景不殊,正自有河山之异”。汉天子所修建的亭台楼阁,今日却成了异族统治者游憩作乐之所。触景伤情,万千感慨自在言外。作者这种严华夷之别的思想,正是他终身痛苦的重要原因之一,亦屡屡形诸歌咏。《拟咏怀》之七的“故箭落泪曲,羌笛断肠歌”、《怨歌行》诗中“故尘几日应尽,汉月何时更圆”等等,都是这种思想的鲜明流露。只不过此处的表达较为含蓄而已。

三、四两句承上文而来,点明眼前美景在作者心中所引起的亡国之痛、失节之悲。前一句伤国。“南国”指萧梁政权。“美人”一词出自《离骚》“惟草木之零落兮,恐美人之迟暮”。王逸《楚辞章句》谓“美人”喻楚怀王。此处作者则用以指梁元帝。西魏灭梁,元帝被杀,正所谓“南国美人去”。后一句伤己,以王吉妇自比,谓己羁留长安,屈身仕敌,有如出妇之不还。

五、六两句则承第四句之后,表明心迹。前一句是以商陵牧子之不愿改娶,喻自己不愿改事异姓;后一句是说自己在北方,虽“高官美宦,有逾旧国”,却有如罽宾国王所买之鸾,“饰金繁,飨珍羞”而“对之愈戚”,将噤声不鸣。

然而,作者虽有这样的心迹,故乡却是回不去了。“无赖之子弟”陈霸先称帝以后,周陈通好,“南北流寓之士,各许还其旧国”(《北史·庾信传》)。庾信却因为才高名盛而被北朝统治者扣留不放,只能登高远眺,一慰思乡之情。然而,故乡遥遥,作者所能看见的却仍只是异族统治下的长安而已。北朝乐府《陇头歌》中的“登高远望,涕零双堕”,正是作者此情此景的准确写照。

庾信诗喜用典，为一大特色。南朝诗人用典因为一时风气，但庾信“事必远征令切”（清陈祚明语）却是同时诗人难以比并的。即以此首而论，《汉书》王吉之事、《琴操》别鹤之歌、《异苑》孤鸾之喻，多为人所罕用。作者信手拈来，若不经意，而与自己的遭遇心境十分切合，毫无勉强之感。

又此诗四联皆律句，只是各联之间失黏而已。腹联出句作者不曰“陇头”，而曰“陇首”，无疑是为了平仄协调的缘故。作者在声律方面的刻意追求，为唐代律诗的成熟所做的贡献，于此可见一斑。

（鲁同群）

拟咏怀（其二十六）

庾信

萧条亭障远，凄惨风尘多。
关门临白狄，城影入黄河。
秋风别苏武，寒水送荆轲。
谁言气盖世，晨起帐中歌。

鉴赏

这首诗作于564年作者任北周弘农郡守时。

诗的前四句是借景抒情。

首二句为远景。亭障是古代为防守边境而建筑的堡垒。北朝战乱频仍，弘农地处周齐边境，亭障之多，是可以想见的。“风尘”固然可以是秋风扬起的灰沙，但又何尝不暗指千军万马在原野上厮杀所扬起的战尘！“亭障远”“风尘多”，不但写出了严酷的战争气氛，一个“远”字，更画出了诗人极目远眺，黯然神伤的情态。“萧条”“凄惨”两个叠韵、双声形容词，则给画面增加了肃杀悲愁的气氛，使景物染上了作者主观感情的色彩。

三、四两句为近景。弘农郡即今河南省陕县，正在黄河边上，古白狄族所居西河郡的对面。此两句诗固为眼前实景，但作者何以忽然想到白狄？难道是为了矜才炫博，显示一下自己的历史地理知识？如果联想到当时南方士人对北方少数民族的“索虏”之称，联想到作者其他诗歌中流露出来的强烈民族意识，则此处“临白狄”三字岂不深可玩味！

“城影”一句，深为清代学者陈祚明所激赏，认为“生动且壮”。陈说固是，但综味全诗，此句除了“壮”之外，也还有几分悲：秋风瑟瑟，黄河已失去洪水时期咆哮万里的气势，在夕阳晚照中呜咽东流，如助诗人之叹息。四句写景，前二句以悲为主，悲中有壮；后二句以壮为主，壮中有悲。

诗的后半借典明志。四句中分别用了三个典故，既叙写自己的身世遭遇，亦是表明心迹。

“秋风别苏武”是说自己奉梁元帝之命出使西魏被羁，有如苏武之出使匈奴被扣。但苏武在匈奴十九年，守节不屈，终得别李陵而归汉；自己却已“忘情遂食薇”（《拟咏怀》其二十一），南归无望。“寒水送荆轲”是说荆轲刺秦王，本意是为了保存弱燕，但结果“壮士一去兮不复还”，燕也终于灭亡；正如自己出使西魏，一去不返，江陵政权也在西魏大军的进攻下灭亡。“谁言气盖世”二句则是说自己虽有“洛阳苏季子”之才、“飞𫛭欲扪天”之志（《拟咏怀》之二），但“时不利兮骓不逝”，大势已去，无能作为，只有徒然悲歌浩叹而已。这三个典故所表达的作者心态，是十分复杂的。有亡国的悲恸，有羁旅的哀愁，有难言的愧悔，还有隐隐约约对北朝统治者的怨恨。悲壮的故事，蕴含着悲怆的意绪，正与首四句萧瑟凄苦而又悲凉壮阔的景物描写紧密结合，融为一体，使作者的抒情充滥着磊落郁塞、悲愤苍凉的色彩。

（鲁同群）

侠客行

庾信

侠客重连镳，金鞍被桂条。
细尘障路起，惊花乱眼飘。
酒醺人半醉，汗湿马全骄。
归鞍畏日晚，争路上河桥。

鉴赏

暮春三月，北国正是春暖花开人们游兴正浓的时候，更是意气豪放的侠客邀朋聚伙结好言欢的时候。他们都有披着金鞍的骏马，特别注意的是联骑并辔而行。一路之上，那细细的尘埃，随着马蹄之后而兴起，那令人惊异的花光纷纷地飘荡而映入眼帘。

由于坐骑使足了力量，恣情任性地奔腾，不免流出汗来，沾满了皮毛，但却很快地到达了目的地。到达目的地以后，大伙进入酒家，觥筹交错，水陆并陈，开怀畅饮，不觉半醉。这时太阳早已过中天，物影逐渐增长，就又急趋骏马，争上河桥，像风驰电掣般回到旧居。

本篇第一、二两句，从静态写侠客。第一句写人，用“连镳”一词，可见他们结交之广；加一“重”字，可见他们情谊之深，所以意气相投，结伴同程。第二句用“金鞍”，显得马具不同寻常；用“桂条”，表明所骑的马不同凡马。两者相配，是不凡的马披上不寻常的鞍，互相照映，华贵豪雄。明写坐骑，实际通过所写的坐骑，表现它的主人不是等闲之辈。合看两句，首句写的内心，次句写的外表。既有这样的内心，又有这样的外表，就从静态上把侠客的形象显出来了。

第三、四两句是从动态写侠客。细尘本不兴起，由于马的经过，势必四蹄踢路，路在受蹄之踢力作用之后，也势必发生反蹄之踢的作用。故铸“障路”一词以为形容之辞。因障有防堵遮蔽的含义，故“障路”的意思，指马蹄踢路、路受踢反而踢马，两力互相作用，细尘因而兴起；而路的反抗之况，有如遮防路面之象，故“障路”一词，正好体现这种现象。“障”是动词，同于下句“乱”是动词。“障路起”对“乱眼飘”，十分精工。这句本写马的动态，表面似不写马；而写马蹄踢路、路反作用于蹄所起的细尘，其实正写马的前行。如非观察入微，是写不出来的。

花能令人惊异，由于花的光艳而起。光艳而至于令人眼儿缭乱，那不是一般的光艳可知。由“飘”字看来，似乎花离花蒂，花瓣飘浮。这样的花，是“花飘万点正愁人”的花，花的光艳已经不是旺盛的时候了。这里指的是：马儿奔腾向前，其行迅速，路边花光闪闪而过，既可乱眼，又像飘浮，似乎在写花的光艳，其实通过写花之光艳之乱眼与飘浮，而写马之前进迅疾。这样写法，也非常新鲜而特别。如果不是体会如微，是不能写得这样精工的。

第五、六两句，用的倒装方法。照生活逻辑说，应该由于马的任性而行、奔腾而至，所以汗湿全身，然后入店就座，酒肴陈列，然后酒醺入醉，但他却先写人醉，后写马到，似乎不合生活规律，庾信这篇名为乐府，写法已经很近唐人五言律诗。如首二句，不但平仄合于律诗的要求,两句成对,也基本合于律诗的要求。二、三两句,虽然它们的平仄不合于律诗的要求,它们的对偶,那就很合于律诗的要求;尤其造语清新精工,显出了子山的本色。五、六两句,平仄已经合于五言律诗的要求,对仗也极工稳,居然是成熟的五言律诗的一联了。为了达到修辞的标准并适应五言律诗叶韵的要求,把句序颠倒一下,在五言律诗中,不是不许可的。

最末二句,虽然没有前六句的对仗,平仄却合乎五言律诗的要求。特别这样用"归去"作结,和唐人五言律诗不但没有什么差别,而且是最佳的结语。这样写,自然表达了侠客急于求归的心情,更写出了他们求归的行动。用"畏"字,更显出"争"的必要。

(郑　文)

寄　王　琳

庾　信

玉关道路远,金陵信使疏。
独下千行泪,开君万里书。

鉴赏

读了这首小诗,仿佛把我们带到茫茫的大漠之外,看到一个人手捧书信独自泪下千行。他为什么如此伤心呢?

他就是"暮年诗赋动江关"的庾信,他在看了王琳的书信或听到王琳的消息后写下了这首赠诗。

王琳字子珩,原湘东王萧绎(即位后为元帝)的将帅,平侯景乱有功,佐元帝即位于江陵。后又平武陵王萧纪。元帝以琳所部甚盛,又得众心,遂出之岭表。西魏围逼江陵,元帝召琳,琳遂北进屯驻长沙。时西魏已诛元帝,另立萧詧。琳乃三军缟素,为元帝举哀。陈霸先在建业拥立敬帝,派侯安都攻王琳,既而篡位自立。王琳击破安都军,带甲十万,东拒霸先,成为梁室忠臣。庾信虽为北地羁臣,亦时刻哀痛江南。王琳当时正欲勤王,志雪仇耻。他给庾信的书信可能不乏忠壮报国之辞,所以子山为之频频下泪,写这首诗寄赠他。

玉关道路远,金陵信使疏。

这两句和"秦关望楚路,灞岸想

江潭”(《和侃法师三绝》)、“树似新亭岸,沙如龙尾湾”(《望渭水》)、“榆关断音信,汉使绝经过”(《拟咏怀》其七)、“阳关万里道,不见一人归”(《重别周尚书》)一样,都表现了庾信后期诗赋的基本主题乡关之思。玉门和阳关均在今甘肃敦煌市西,距长安二千余里,汉代至唐,均为西部边陲,唐诗中尚有“春风不度玉门关”“西出阳关无故人”的诗句。庾信诗赋中多次写到阳关、玉门,但他没有到过那里,这当然是虚写。倪璠注说:“玉关,喻己身留长安,如远戍玉门也。”显然是极言自己羁留之地长安与江南的道路遥远,这是一层含义;长安为汉代都城,本为中国腹地,而今已成异城,宛如玉门、阳关,借以寄寓亡国之思,这是第二层含义;玉门又是用班超故实,班超因久在绝域,年老思土,曾上书云:“臣不敢望到酒泉郡,但愿生入玉门关。”(《后汉书·班超传》)庾信在《哀江南赋》里把自己出使西魏比喻为“王歙为和亲之侯,班超为定远之使”。又说“非玉关之可望”。他在《拟咏怀》(其三)也说:“不言班定远,应为万里侯。燕客思辽水,秦人望陇头。”这都可作为“玉关”的注脚。庾信久困北地,闻胡笳而落泪,听羌笛而断肠,言玉关以寄寓其思归之情,这是第三层含义。“金陵”即今南京市,为南朝诸代帝都,也是梁都。提到金陵,自然想到公元548年侯景之乱,致使“大盗移国,金陵瓦解”(《哀江南赋序》)。乱平,梁元帝萧绎迁都江陵。庾信出使西魏是奉元帝之命离江陵北去长安的,王琳赴君召为勤王之师,即赴江陵元帝之召,他的书信也当来自楚地。因此,金陵即借指江陵,也泛指南国。不言江陵而言金陵,一字之更,是饱含着家国覆亡之痛的。说玉关,说金陵,真可谓言近而意远,语明而思深。这也是庾信暮年诗赋中许多地名虚写的重要原因。“信使疏”,一由于“道路远”,二由于身处异国,如玉关之西,三由于江南丧乱,家破国亡,山河阻断。同时,如此写也是为下文结句铺垫。

独下千行泪,开君万里书。

打开王琳万里之外的来信,感慨万千,激动得泪水千行俱下。这慷慨悲壮之情又是独自一人发出,更突出了自己身处异国的凄凉之感。这就十分逼真地渲染了诗人热爱故国、思念乡土的深厚感情。

这首小诗语言清新自然,而意蕴深邃,韵味隽永。就艺术形式来说,已注意到语言的对仗和四声的协调,尽管还不像唐律绝的严格不犯,却已具五言绝句的雏形。

(殷呈祥)

重别周尚书(其一)

庾 信

阳关万里道,不见一人归。
唯有河边雁,秋来南向飞。

鉴赏

这是一首抒写故国之思的小诗。题中的周尚书名弘正,南朝梁元帝时和诗人同为朝臣。陈文帝初年,周弘正出使北周,已羁留北周京城长安多年的诗人,于这时见到故国的同僚,自然感到无限欣慰。周弘正居留长安两年后南还了,而诗人仍得留下,当然倍感凄凉,就写了这首诗,以抒发欲归不得的悲哀之情思。不过,在此前已写过送别周弘正的诗:《别周尚书弘正》《送周尚书弘正二首》,其中有诗句云:“扶风石桥北,函谷故关前。此中一分手,相逢知几年?”“共此无期别,知应复几年?”“离期定已促,别泪转无从。”由此看来,这首诗是送人过后,顿感失落,情绪起伏而涌发出的内心独白。

“阳关万里道,不见一人归。”首二句用了两个令人注目的词眼“阳关”和“一人”,为的是特别突出自我伤悼的形象。“阳关”在古人眼里为边陲之地,关外就是西域,距中原有千万里之遥。但诗人并不曾到过阳关,所以,并非实指。这里是以阳关为喻,意在形象的说明长安之距故乡有如阳关之距中原,羁留长安之城如同置身阳关之外。“一人”是诗人自指。当年被西魏俘至长安的江南名士,都陆续回去了。今日,曾为同僚的周弘正也回去了。由此产生一种极其孤寂的心理,似乎只剩下自己一个人了,从而突出欲归不得的自我形象。“惟有河边雁,秋来南向飞。”后二句以雁比人。因为此诗不是秋天所作,而是写于春天,所以并非触景生情。这里写秋雁,不过是以此寄寓诗人要回归故国的愿望,进而感叹人不如雁:那秋雁到一定的季节可以向南飞去,而自己则永无期限地被羁留异乡了。清人沈德潜所评甚是:“从子山(庾信字子山)时势地位想之,愈见可悲。”(《古诗源》卷十四)

明人杨慎说:“庾信之诗,为梁之冠绝,启唐之先鞭。”(《升庵诗话》卷九)此诗语言清新,音节谐美,已似唐人律绝,故对近体诗的发展做出了贡献。

(赵望秦)

广陵岸送北使

阴 铿

行人引去节,送客舣归舻。
即是观涛处,仍为郊赠衢。
汀洲浪已息,邗江路不纡。
亭嘶背枥马,樯转向风乌。
海上春云杂,天际晚帆孤。
离舟对零雨,别渚望飞凫。
定知能下泪,非但一杨朱。

鉴赏

这是一首赠别诗。由于史料缺乏,我们无法考查诗人所送的“北使”是哪国的使者,也不知道他是在什么时候送走这位“北使”的。因此,我们只能从这首诗描述的景象中,来看看他要表达的思想感情和所使用的写作手法了。

全诗十四句,可以分为三个层次。

“行人”以下四句,是本诗的第一层意思。“行人引去节,送客舣归舻”两句是说,出行的人举着离去的符节离去了,送客的人们也把即要回转的大船靠拢到了岸边。行人,在古代诗文中,一般泛指出行的人,有时也专指国家间来往的使者。此“行人”引着“去节”,当然就更具有双重意思了。这样简明的开头两句,就紧紧扣住了题目,点明了诗意。虽然诗语中没有出现“广陵岸”“北使”的字样,但诗题、诗语互见,读者是会一目了然的。接着诗人紧扣“岸”字生发,进一步说明,这个送别的岸,是人们观赏江水起伏胜景的地方,也依然是郊野赠别的路口,从而再一次突现了“送”字。

“汀洲”以下六句，是本诗的第二层意思。在这里，诗人没有具体抒写送别时主、客双方的言行，而是集中描绘送别处所的种种景象。“汀洲浪已息”，送别的岸边，已经风平浪静；“邗江路不纡”，北去的邗江，直直地伸向远方。听，岸边的江亭上，离槽的马在嘶鸣；看，船桅上，逆风的乌鸦在飞翔。回头望望江面，“海上春云杂”，江面上飘荡着朵朵彩云；远眺行人，“天际晚帆孤”，浮动着的帆船在暮色中缓缓地向远方驶去。看来，诗人送客是在春天，而使者渡江以后又是在广陵岸改乘帆船沿邗江向北驶去的。这六句诗语所描绘出来的，既不像是依依惜别或恋恋不舍的场景，也不见互视保重或各道再见的饯别，而是一片静中有动的客观的自然景象。这种情景，虽然诗人给我们描绘出了一种美的意境，给人一种美的感受，但总使人感到有些朦胧，有些静寂，甚至有些凄冷和悲凉，似乎诗人饱含着一种难言的惆怅和思绪。

“离舟”以下四句，是本诗的第三层意思。看来，诗人送别“北使”后，久久没有离开。暮色降临了，他还看着“天际晚帆孤”；天空落雨了，他还看着“离舟对零雨”。这时，行人的帆船冒着细雨行驶着，而送别处周围的小沙洲上，一群群野鸭在飞翔着。此情此景，诗人在想些什么呢？诗人的思绪似乎已无法控制，所以才含蓄地说：“定知能下泪，非但一杨朱。”谁下泪？看来诗人是故作曲笔，脱化事典，实际是在说自己啊！

据《列子·说符》篇记载，杨朱的邻人丢失了羊只，派人多方去找，结果因为歧路中又有歧路，不知羊的去向，因而没有找到。杨朱得知后，甚有感触，产生了联想，因而“戚然变容，不言者移时，不笑者竟日”。现在诗人看到“北使”离开，竟然思绪万千，痛苦难言，以致“定知能下泪”，那一定蕴有更深刻的意义了。

我们认为，要理解这两句诗语的含意，还是要从诗人生活的经历和时代上去认识。诗人阴铿，是南朝由梁入陈的一位诗人。据《南史》记载，在梁朝，他做梁东湘王法曹行参军；太清二年（548）侯景乱时，他做过俘虏。后来入陈，于陈文帝天嘉（560—565）中期，做过始兴王中录事参军，员外散骑常侍。他生活的时代，可以说是我国南朝最混乱、最黑暗的时候。东湘王，是梁武帝萧衍的第七子萧绎，也即是后来的梁元帝。侯景乱梁时，他不仅不增兵援救被侯景围困在台城的父亲，平息侯景之乱，反而勾结西魏，甚至屈膝称臣来扩充自己的势力。他企望萧衍死后由自己继位，因而残杀自己的兄弟和同宗，先后借用外力消灭了三兄萧纲（梁简文帝）、六兄萧纶、八弟萧纪（梁武陵王）及其他侄儿的势力。这期间，和所谓“北使”的来往是极为频繁的。据诗意，这首诗就可能作于这一时期。使节的来往，关系到国家的命运和政治斗争的发展，作为参与到这一混乱斗争中的诗人来说,限于种种身份和处境,看到这些情景,即使有所思考和认识,也是有衷难表、有话难伸的。当时国家的命运、政治的前途,不也是歧中有歧、茫然无极吗?因而他在诗中所表现的冷漠、惆怅、悲凉以至“能下泪”的思绪,也似乎就很好理解了。由此可见,全诗十四句,几乎十二句都是在写景,只在最后两句上由景入情,寄托着自己的无限情思,反而成为理解这首诗的“诗眼”了。

从诗歌的发展上来说,诗人生活的时代,正是以“永明体”为代表的靡丽诗风占统治地位的时候。诗人们竞尚绮丽,使事用典,讲究声律对仗,日趋走向形式主义。阴铿当然也难免受时尚的影响,因而在本诗中也讲究声律对偶,雕字琢句。全诗除最后两句使事用典、加以脱化外,其他十二句几乎都是对偶句式,有些如“亭嘶背枥马,樯转向风乌”“海上春云杂,天际晚帆孤”等,还写得相当工整和精巧,字里行间都显示了锤字炼句的功力,但它还不是严格的“永明体”。全诗一韵到底,但黏对并不十分讲究;形式很像后代的排律,但平仄还没那么合律。应该说,它是由古诗向律诗过渡的表现形式。其诗语是清晰的,其意境却是朦胧的。诗人特别善于描绘景象,并描绘得那么具体、生动和真实,并从而用这些景象来隐寓或衬托自己惆怅的思绪。因而清浅中有深浓之趣,流丽中又不见秾艳之色,说明他还是能力避流俗的。杜甫要学习阴铿作诗的“苦用心”,陈祚明说他“无齐梁晦涩之习”,从这首诗来看,也是有道理的。

(任　重)

江津送刘光禄不及

阴　铿

依然临送渚,长望倚河津。
鼓声随听绝,帆势与云邻。
泊处空余鸟,离亭已散人。
林寒正下叶,钓晚欲收纶。
如何相背远,江汉与城闉。

鉴赏

人生的聚散离合，牵动着每个人的心。正如江淹所说："黯然销魂者，惟别而已矣。"(《别赋》)所以中国古典诗词中以送别为题材，而且写得精彩动人、流传人口的名篇不胜枚举。亲人由相聚到相别，自然令人伤情；送别而不及，当然更使人怅恨不已。这首诗的与众不同之处，正在于从这个新的，也是前人没有留意的角度——送而不及，表现诗人心理失去平衡又努力恢复平衡的细腻的感情发展变化过程，创造出感人的意境。

欢聚的朋友要分离了，诗人要到渡口送别。由于某些意想不到的耽搁使他晚了一步，赶到渡口时，开船的鼓声刚刚响起，船正离他而去。一次送别的机会失去了，心中追悔莫及，诗人感到极大遗憾。一般的人也只有遗憾，只能失望而归。然而深情的诗人仍在江边伫立很久，表现出对远去朋友的依依不舍之情。船开了，再侧耳倾听也没有鼓声了；船走远了，再注目遥望也分辨不出与白云融为一体的白帆了。诗人尽力弥补迟到一步的怅恨，努力恢复心境的坦然。

然而耳目所及实在有限，心理上的失落感随着行船在天际消失而加重。于是诗人掉转目光，又注意到客船始发的渡口，借以表现对刚离此地的友人怀恋之情。只见水鸟自由自在地翔集，安静寂寞；只见送行的人们已经三三五五散去，孤独冷落。"泊处空余鸟"二句是情景交融的佳句，此情此景的对比效果非常强烈。亲人走后的孤寂感，可以反衬出诗人与友人交游时情谊的深厚；其他送行的人已散而诗人独自徘徊留恋不忍离去，也显示出诗人对友人的惜别之情深沉真挚。无论是别前别后对比，还是自己与他人对比，都使我们窥见诗人火热的心，因迟到一步送而不及产生的懊悔怨望似乎可以淡些了。诗人的心理暂时得到了某种程度的平衡。

于是诗人才可能将目光放得再远些，更广些，才注意到岁将尽天正寒，树叶纷纷飘落；日将尽天已晚，钓鱼人要收拾归家了。"林寒正下叶"两句看似与送别无关，实则是用心之笔。它不但提供了送别的环境背景，也落实了第二句"长望"之久，并为结尾感慨的生发做了自然铺垫；叶落归根，钓晚归家，而友人的归宿、诗人的归宿又在哪里？一个远下江汉，一个独返城里。归根、归家都是自然的、规律性的，可是为什么诗人与亲人却"背道而驰"，越来相距越遥远呢？刚刚平复的心又掀起感情的波澜，失去了平衡。倘若朋友始终朝夕相处，何至于为分别而心折骨惊？又何至于因送而不及怅恨怨望？与同时代人及前人相比，阴铿提出了不得已而分别的问题，确实尖锐敏感。因此也不必苛求他没来得及解答。百余年后，王勃在送别名篇《送杜少府之任蜀川》中为阴铿写出了明确的答案："与君离别意，同是宦游人。"

这首诗从常见的送别题材中，选取新颖的角度，拓出新的意境，字字真情，句句痴心，前无古人，后少来者。从形式上看，这首诗显示了新格律诗演进到几近形成的轨迹。从起承转合的结构形式看，脉理清楚，自然圆润，唯转写江津送别处用四句，比律诗多两句。从声调平仄及音韵上看，平仄相协，多有律句，隔句押平声韵。从对仗上看，中间六句词性、词义、意境都两两相对，平稳妥帖。总之，诗人调动了各种艺术手段，细腻表达了怅望之情。语言有分寸感，可谓良苦用心。杜甫送郑虔贬台州的诗，被誉为"纯是泪点，都无墨痕"，也是写送而不及，"阙为面别"，想是有此诗影响。

（朱明伦）

和侯司空登楼望乡

阴　铿

怀土临霞观，思归想石门。
瞻云望鸟道，对柳忆家园。
寒田获里静，野日烧中昏。
信美今何益，伤心自有源。

鉴赏

侯安都在陈文帝即位那年（559）升为司空，天嘉四年（563）夏被处死，这首诗就写于这期间的某年冬。当时阴铿在侯安都南徐州太守府（今江苏镇江）。侯为五言诗，亦颇清靡，阴铿是与之交游甚密的宾客之一。侯司空是始兴曲江（今广东韶关）人，阴铿祖籍武威姑臧（今甘肃武威），都是在异乡做官，虽官阶大小不同，地位悬殊，但"人情同于怀土兮，岂穷达而异心"（王粲《登楼赋》）。侯、阴登楼望乡，互相唱和，固有此诗。

首联自然破题，霞观即登临之楼，石门乃指故乡之所在。登楼是因为怀念故土，思归所以望乡。我国以石门为地名、山名的很多，这里诗人所想的应是今甘肃兰州附近的石门。

二联承首联之怀、之思，接写遥望崇山峻岭上高入云霄的小道，千山万水隔不断望乡之情；收回目光，面对眼前凋零的柳树，又回忆起杨柳婆娑生机盎然的家园。“月是故乡明”（杜甫《月夜忆舍弟》），柳也是故乡美吧！阴铿的高祖在东晋末随宋武帝南迁，至阴铿已五代百余年。其实他出生于江南，对故乡、家园并没有印象，因此不可能写得真切。但对故乡家园神往之切，却从“怀”“思”“想”“忆”这一连串心理活动及“临观”“瞻云”“望鸟道”“对柳”这一系列动作中表现出来。前四句以直抒思归望乡之情为主，每句两个动词，既丰富了诗的内涵，又加快了诗的节奏，急切热烈的思归望乡的游子形象出现在我们面前。

三联转写近处景物。大地已收获干净，寒气笼罩，一片寂静。天边的太阳好像燃烧般地惨红，黄昏不知不觉中渐渐来临。有大地却不碧绿，有太阳却不温暖，这两句所呈现的并非是典型的江南风光。正因为诗人对故乡有偏爱，心向往之，所以对他乡景色的描绘就表现出惊人的偏见来。平心而论，西北荒漠怎能比江南的秀丽？谁也无法否认这一点。只是他认为即使江南再美又有何用呢，因为它不是我的故乡啊！尾联重申王粲“虽信美而非吾土兮，曾何足以少留”（《登楼赋》）之意，点出登楼而伤心的原因。诗人生活在中国分裂为几个不同政权统治的时期，他的故乡当时属北周。从个人生活方面说，他的思归望乡不像侯安都的有实际意义，但要从更广阔的范围来说，他的怀念故乡的意义又非同寻常。岂止是怀乡情，实际有怀国意。说诗人追忆南北统一，四海为家的过去，热烈盼望祖国重新统一，不为过分吧！

（朱明伦）

经丰城剑池诗

阴　铿

清池自湛澹，神剑久迁移。
无复连星气，空余似月池。
夹篠澄深渌，含风结细漪。
唯有莲花萼[①]，还想匣中雌。

注释

①莲花:这里指剑名。萼,原指花朵外部的叶状薄片,这里也可解为剑的锋刃,与“锷”谐音。

鉴赏

丰城(今属江西)的剑池,在古代是一个名胜。剑池的得名有一段神奇的故事。

三国的孙吴未为晋所灭时,斗牛二星之间常有紫气。吴亡后,紫气愈明。豫章人雷焕“妙达纬象”(能从星象上测知人事的变化),说这紫气是丰城宝剑之精,上彻于天。尚书令张华即任雷焕为丰城令,密令寻之。雷焕乃掘地四丈余,得一石函(匣子),中有龙泉、太阿二剑,紫气便不再见,并将其一送与张华,其一自佩。有人说这是在欺骗张华,雷焕说:“本朝将乱,张公当受其祸。此剑当系徐君墓树耳。”(用延陵季子为徐君挂剑墓上典)后来张华果被孙秀谋害而死。(事见《晋书·张华传》)

阴铿是由梁入陈的新体诗人。新体诗的特点是注意声律,多用对仗,语言富于色泽。胡应麟《诗薮》外编卷二说:“近体之合,实阴兆端。”杜甫对阴铿很推崇,在杜诗中有三处提到阴铿。

阴铿距张华时约为二三百年,所以他看到的剑池的自然景象没有过大改变,水还是清澈地流淌着,神剑却已消失了。从西晋至六朝,一直处在丧乱颠荡之中,这个“久”字不但指时代的相隔,也意味政权的起伏,所以开头两句实是吊古。三、四句则作进一步的发挥,即第四句与第一句相呼应,是具体的;第三句与第二句相呼应,是抽象的。由于神剑既已不在,斗牛二星之气自然不再相连。五、六两句仍是扣住诗题,描写剑池景色。篠指竹,渌指池,古人也以渌水喻清池,可见剑池附近还有竹林。水竹相依,倍觉幽凉,轻风起处,池中泛起了小小的涟漪,虽未明言竹叶而竹叶的飘拂已经在望,已见之中尚有应见未见之物。又因传说春秋时名匠干将和其妻莫邪曾铸成二剑,干将把雄剑献给吴王,将雌剑藏匿着。雌剑思念雄剑,常起悲鸣。匣中雌即暗喻雷焕对张华的存没之感。五六两句,本给人以轻快从容的感觉,第七句用“唯有”两字,便有无穷感慨,但莲花萼其实也是诗人想象中的东西,也即虚中有虚,境外有境,虽用典故,却不艰僻,给读者留一思索余地,却一索即得,倒真有“匣剑帷灯”之趣。杨慎《升庵诗话》卷十二,说阴铿《行经古墓诗》中的“表柱应堪烛,碑书欲有金”两句,“上句用张华燃烛化狐事”,可见阴铿对张华生平很留心,也因为张华是冤死的缘故。

全诗首尾八句,都是两两相对,但五六句以水对水,犯了合掌之病,七八句词异义同,一四两句"池"字重复,也是微疵。从近体诗的历史层次看,这时期的作品,还是在发展过程中。

(金性尧)

晚出新亭

阴　铿

大江一浩荡,离悲足几重。
潮落犹如盖,云昏不作峰。
远戍唯闻鼓,寒山但见松。
九十方称半,归途讵有踪?

鉴赏

诗人就要离开首都,心事重重。行前,出新亭步江滨,放眼浩渺的江水,感慨万端。一开口就高唱"大江一浩荡",写出长江的气派。此时正为离开首都而伤悲,所以又低吟"离悲足几重"。借江水浩荡写悲,几重波浪几重悲,"离悲"是全诗的基调。以下各句,诗人极有层次地含蓄地表现了这一"离悲"。

俯视江中,"潮落犹如盖"。枚乘《七发》用"素车白马帷盖之张"形容涨潮的景象,使观涛者惊骇而陶醉。而落潮时仍以车盖形容波涛,只能使人感到压抑和沉闷!活用比喻,可看出诗人悲情之重。

仰望天外,"云昏不作峰"。暮霭沉沉,笼罩大地,压在心头。晚霞本绚丽多彩,形状更变幻无穷。可此刻江云昏沉一片,没变化成山峰之状。这又是主观之情渗进了客观之景,使自然景物浓浓地涂上了诗人的主观色彩。

"远戍唯闻鼓"转从听觉的角度进一步渲染气氛,表现离悲。鼓本是军中号令之具,闻之顿觉战时肃杀之气,令人心惊。诗人欲上征途,鼓声自远方戍楼滚滚传来,声声入耳,表明非太平之时,不宜远行,不宜远行又不能不行;厌闻鼓又不得不闻,诗人自然又增一层悲意。

"寒山但见松"又从听觉转回视觉,写江边天寒草衰,满目萧然,表现离悲。诗人非因秋而悲,所以没着意渲染秋的苍凉,而是变苍凉为苍劲,悲中显壮。可以说,在迎风挺立向苍穹的山松形象中化进了诗人自己的性格。

"潮落犹如盖"四句所以成千古名句,就因为在对客观景物的描绘中,深寓了诗人离悲之情。王夫之说:"意犹帅也……烟云泉石,花鸟苔林,金铺锦帐,寓意则灵"(《薑斋诗话》)。这落潮、昏云、戍鼓、山松,都在离悲统率下,从江中、天外、楼头、山上让"悲"向我们包袭而来,使人沉浸在浓郁的离悲气氛之中。

如果尽其见闻表现离悲,还可写出更多的诗句。但很明显,诗人有意识地写新体诗,要以八句为限完成它。以有限的诗句表现无限的离悲,诗人在限制中求畅达的努力成功了。这四句诗含蕴丰富,形象鲜明又有高度概括力。

"九十方称半,归途讵有踪",在中间四句绘景的基础上,直接承首二句而抒情。"诗云:'行百里者半九十'。此言末路之难。"诗人借用《战国策·秦策五》的典故并深化了原意,在启程前不仅深知征途之难,而且料到归途无望。在将离未离时就想到归途,把归与离紧紧联系起来,正因为诗人有无尽的离悲。

杜甫说:"颇学阴何苦用心。"(《解闷十二首》)这首借江景抒离悲的诗正可见诗人刻苦用心。

首先应肯定阴铿在创造情景交融的完整意境上的努力。诗前后四句以抒情为主也写景,中四句的写景为主又含情,结构设计匀称完整。写景生动,抒情健康,情景交融,浑然一体。全诗以离悲为统率,各句都为表现它而服务,最后以归照应离,首尾相合。

其次应正确评价阴铿对健康的语言风格的追求。六朝绮丽,梁陈最盛。使事用典,浮泛成风。阴铿虽也雕琢字句,但清新自然,以浅淡之语写深浓之情,语言质朴而不古拙,流丽而不浓艳,设喻新,用典深。这些特点都显示了阴铿力避流俗的刻苦用心。

此外应注意阴铿在格律上的用心。沈德潜说:"五言律,阴铿……已开其体。"(《说诗晬语》)全诗五言八句,单句仄声字收尾,双句押平声韵,中间四句两两对仗,全诗注意平仄协调,只有几个字平仄不合。所以说,《晚出新亭》酷似唐人近体,是有唐人五律气魄的名篇。

(朱明伦)

五州夜发

阴　铿

夜江雾里阔，新月迥中明。
溜船惟识火，惊凫但听声。
劳者时歌榜，愁人数问更。

鉴赏

这首诗写月夜江行所看到的夜景。

“夜江雾里阔”写景别致。江面夜雾升起，江上、岸上什么都看不清楚，说“江阔”非所见，而是心感、是意念之景。因为不管远近，各种物体都消失在蒙蒙的江雾中，故有茫茫空阔的感觉。另外，夜晚行舟者少，没有日间热闹气氛，这也是感到阔的原因。次句“新月迥中明”，于写景是补充，于心境是映发。一弯上弦新月初升，又在遥远的东方，肯定光芒无多，但在这灰蒙蒙的夜晚衬托下却显得有些明朗。新月在迥中不明而感觉明，犹如夜江在雾里不阔而感觉阔一样，都是一种凄迷、单调的心境所致。

“溜船惟识火，惊凫但听声”，这两句申写首句的“雾”。由于周围一切都被夜雾隐没，江面上偶尔稀落的夜行船只同样是看不见的，但船上的灯火，透过夜雾，显示出微弱的红光。“识”是辨认，是经验判断。那淡淡灯光的迅速移动，表示那是溜船——顺流而下的船在急进。杜诗的“野径云俱黑，江船火独明”（《春夜喜雨》），清人查慎行“月黑见渔灯，孤光一点萤”（《舟夜书所见》），是写泊船之灯火，景致略近。船大而在江上看不见，而岸边芦苇里凫小而距离远，就更非视力所及，但是从那翅膀急速飞动的声音却听得出来，那是凫鸟被夜船所惊动。所见“惟火”、所听“但声”显出夜行宁静而单调，江雾剥夺了夜行者观看江景的权利。“惟”“但”，在对偶上是失黏，但倒也加强了枯寂感。诗人调动了感觉器官最活跃的听觉、视觉器官，所获甚少——几点灯火、两声翅动，可见出心上的孤寞来。这是暗写心中之“愁”。

倒是划船舟子，时不时哼起“榜

歌”——船夫小调,减少了一些孤单感。那悠悠的歌声,好像没有冲淡江夜静谧的气氛,似乎给人又增添别一种惆怅,于是在月色中孤坐或闷睡的“愁人”(诗人)不停地探问舟子,时至几更,巴望着天早亮、雾早退,心情能显豁点。也能早点到达所往之地,结束这次单调的行程。

这首诗写景细致真切,使人有恍然如临其境之感。首句的“雾”字笼罩全篇。新月、船火、惊凫的描写都有雾中所见所听的特点。末尾“愁人数问更”更增添雾感的气氛。“新月”是初夜,“数问更”当至夜深,以及中间“时歌榜”的“时”都表明夜晚时间的流逝,其间也渗透诗人急欲返归的心情。阴铿景句,能达物之理趣。如“棠枯绛叶尽,芦冻白花轻”(《和傅郎岁暮还湘洲》),“落花轻未下,飞丝断易孤”。(《和登百花亭怀荆楚》)此诗也有同样意趣。

(魏耕原)

还草堂寻处士弟

周弘正

四时易荏苒,百龄倏将半。
故老多零落,山僧尽凋散。
宿树倒为查,旧水侵成岸。
幽寻属令弟,依然归旧馆。
感物自多伤,况乃春莺乱。

鉴赏

这首诗写于梁武帝大同(535—545)末年,周弘正当时为国子博士,其弟周弘让隐于丹阳郡之茅山(今江苏句容境内)。通过深山寻弟,诗人抒发了感时伤乱的忧患思想。

春天本是万物充满生机,欣欣向荣的美好季节。可是当冬天刚刚退去,春光再次来临时,诗人最突出的感觉是四季转换匆匆,瞬间而已。随着时序变化,年复一年,自己也年近半百了。“易”“倏”“荏苒”诸字的运用,正可见诗人的感慨由何而发。诗人从自己写起,开头就使读者探测到他的忧伤心理。然而这并不是古已有之的

“人生易老”的泛泛慨叹,而是深深刻有时代的印记。看似平起,实有深忧。

三、四句写别人,仍是忧伤的目光,冷峻的语言。在上层统治阶级沉溺于醉生梦死的享乐之中时,诗人掉转笔端,如实写下了零落与凋散,似乎有些大煞风景。但也正表明他是清醒的,或是已从沉醉中清醒过来了。一个个故旧长老相继逝去,山里的僧人也都凋零离散(在茅山隐居的齐梁间著名隐士陶弘景,也于大同二年死去),一副衰败情景。

五、六句写山间之景,不是用欣赏者的眼光,也非游玩者心情。山水林木全都染上了衰颓枯败的阴郁色彩。大树是老的,不是挺拔向上,而是成了倒在水中的浮木。树是有生命力的,而木是无生命的。高大的齐木经历一个由生到死的过程,需要很长的时间。那么昔日的河流现在变成河岸,而平地又易为新河道,毫不夸张地说,就是“沧海桑田”的变迁,也需要很久的时间。在诗人看来,时间的流逝,对大自然简直是一种摧残,对人类也是一种灾难。

以上六句,层次分明地从自己写到别人,从社会写到自然,字字句句渗透着忧伤,为下面深山寻弟制造了气氛。

七、八句转到诗题上,写寻幽不是为探胜,而是想与自己弟弟会面。诗人怀着对弟弟,也是对旧馆的感恋之情,回到了山中旧屋(题中草堂与诗中旧馆均指弘让隐居之处)。触目生情,感慨良多。从九、十句可以看出,诗人最突出的是“纷”“乱”之感。虽然“属令弟”是乐事,“归旧馆”也是幸事,“春莺乱”鸣正是良时,还有美景,但是诗人的心情总是悒郁,解脱不了,总免不了“感物自多伤”。

周弘正为什么自首都建康到茅山寻隐居的周弘让?是一般地探望兄弟?还是劝其出仕?抑或另有目的?诗中蕴有答案。

南朝社会腐化享乐,世风日下,衰败之势不可逆转。对政治敏感、有清醒认识的人都感受到了表面歌舞升平之中孕育着危机与祸乱。从闻春莺鸣而曰“乱”,从感万物而“多伤”,可以窥视诗人的内心隐忧。《陈书·周弘正传》载:“大同末,尝谓弟弘让曰:‘国家厄运,数年当有兵起,吾与汝不知何所逃之!’”说此话与写此诗同时。不幸言中,不久侯景叛梁,兵戈遍地,血流成河。不是杞人忧天,而是迫在眉睫的危机感使诗人为国家、为自己也为亲人们寻找出路。然而出路又在哪里?

陶弘景隐居的茅山,有松风可闻,有泉石可游,景致殊美。可是在周弘正笔下,写春景却流露伤情,兄弟相聚却感忧患深,主观之情选择了客观之景,枯木废河尽入诗中。融情入景,以情宰事,情景结合得好。全诗层次分明,结构完整,前后映衬。用仄声韵,益于抒发激荡不平之情。

(朱明伦)

留赠山中隐士

周弘让

行行访名岳，处处必留连。
遂至一岩里，灌木上参天。
忽见茅茨屋，暧暧有人烟。
一士开门出，一士呼我前。
相看不道姓，焉知隐与仙。

鉴赏

生活里确实有一些莫逆于心、相看两不厌却又叫不出姓名的陌生人，对诗人便成为好题材。

这首诗的语言很浅近，一看就明白，情节也很简单，到过深山的人，也许碰到过，算不得什么"奇遇"。诗人逗留的时间，估计也不很长久，却把一刹那间，猝然相逢时的内心感受巧妙地表现出来。它是一个过程性的片段，却包含一种完满的而又不可捉摸的境界，使不尽之意，见于言外。诗中出现的只有两个人，但这两个人只是作为自然界的附丽与陪衬才出现，如同茅屋上的炊烟，稍纵即逝。在中国古代的山水诗里，人等于是自然界的一个小小单元，例如王维《山中》的"山路原无雨，空翠湿人衣"，诗中的人只是为了要使空翠实现它的愿望才出现的。

诗里没有用恬静之类的词眼，但从"灌木上参天"这一句，不难想见这时整个山林的深邃，由深邃又使人想到它的寂静。

诗人正沉浸在一片寂静中，忽然瞥见茅屋顶上绕浮着炊烟，可能快到傍晚了。接着，一个隐士开门而出。他是由于诗人先叩门，还是听到户外的脚步声来开门呢？诗里没有明说主动与被动的关系，也无此必要，但一种听觉的活动已经在向读者暗示。门开了，另一个隐士请诗人进去。这固然是写实，非虚构，却又使诗境为之一变。诗人进去没有呢？从诗题的"留赠"看来，当是进去的。进去以后又如何？读者无法知道，但两个隐士的语声、姿势和动作，读者却已经窥见了，并使我们从外部的真实中体会到内部的真实,这便是两个隐士的感情。显然,诗人自己也是带着喜悦的感情来写的。是的,凡是为我们喜悦的欣赏的对象,即使是素不相识,微不足道的事物,它必须是含有善意的而非对立的,令人厌惧的。人是只能接受善意的。

诗人游览了许多名岳,每到一处必使他留连,但最不能使他忘却的却是这一回,于是留下这首诗作为报答,让情感永远在陌生人心中交融着。

全诗以“相看不道姓,焉知隐与仙”结束,仙是虚的,隐是实的,周弘让本人也曾在茅山隐居过。这个结束,谈不上“常中求奇”,却有它良好的效果:它给予读者以小小的意外,在这里面还可领会到更深一层的情趣。

(金性尧)

出自蓟北门行

徐　陵

蓟北聊长望,黄昏心独愁。
燕山对古刹,代郡隐城楼。
屡战桥恒断,长冰堑不流。
天云如地阵,汉月带胡秋。
渍土泥函谷,挼绳缚凉州。
平生燕颔相,会自得封侯。

鉴赏

《出自蓟北门行》属乐府中的杂曲歌辞。以此为题的作品,一般要求描写燕蓟风光及战士勇悍辛苦之状。宋郭茂倩《乐府诗集》卷六十一于此题下收有徐陵和庾信等人的作品。按徐、庾在梁简文帝萧纲为太子时同为东宫学士。元帝时,庾信使于西魏,羁留不返;徐陵使于北齐,被拘累年,是二人均曾在北方生活。但味诗意,二人之作均非入北以后所写,当系在南方时的同题共作。既然如此,则诗中所写蓟北景物,乃是悬想之词。全诗主旨,是在表现作者对南北分裂,战祸相连的忧伤之情,表现立功边境、统一中国的愿望和信心。

开首两句，即是一幅“慨当以慷，忧思难忘”的诗人自画像。在暮色苍茫之中，诗人长时间眺望蓟北，神色黯然。“聊”“独”二字，深可玩味。“聊”者姑且之意，“独”者别无他士。南朝君臣，大多只想偏安一隅，并无进取恢复中原的愿望。所以作者之“长望”，只能是聊且慰吾忧心；作者之“独愁”，乃是“世溷浊而莫余知”的必然。

以下六句，皆承上文“望”“愁”二字而来。燕山古刹、高城深堑、断桥长冰，是作者望中所见。这些含有丰富的历史积淀，能引起读者广泛联想的词汇，可以使读者多角度地去体味作者“长望”时的内心感受。雄浑粗犷的北方河山，也许使作者想到了国土的可爱；深沟高垒、地冻天寒，也许使作者想到了南北的分裂，恢复的艰难；断桥颓垣，也许使作者想到了战争的残酷、人民的苦难。在这样一种愁心的笼罩下，甚至悠悠行云，在作者眼中也有如战阵；溶溶月色，在作者感觉中也带上了故地的肃杀秋气。在在处处，触目生愁。

这种愁，并非闺中少妇、多情公子的万斛闲愁，乃是一种爱国文人之愁。古老悠远的历史，苍茫辽阔、疮痍满目的大地，使作者的愁染上了浓厚的慷慨悲凉的色彩。“渍土”以下四句，更作羽声之曲，使读者为之一振。

“渍土”句典出《后汉书·隗嚣传》，隗嚣的大将王元说嚣曰：“元请以一丸泥，为大王东封函谷关。”“平生”句典出《后汉书·班超传》，有相面之人说班超“燕颔虎颈，飞而食肉，此万里侯相也”。后来班超果然立功西域，封定远侯。函谷关为通向关中的必经之路，关中、凉州当时都在北方异族的统治之下。渍土为泥以封函谷，搓麻为绳而缚凉州，这几句诗，充分表现了作者直捣黄龙，收复国土，气吞胡虏的英勇气概和必胜信心。全诗以慷慨悲凉起，以慷慨激昂终，在齐梁时期众多的须眉气少、脂粉味多的篇什中，此诗可算难得的一首佳作。

（鲁同群）

关　山　月（其一）

徐　陵

关山三五月，客子忆秦川。
思妇高楼上，当窗应未眠。

星旗映疏勒，云阵上祁连。
战气今如此，从军复几年？

鉴赏

“关山月”是乐府旧题，常用以抒写征人思妇怨离伤别的感情。本篇大体上也没有越出这一传统主题的范围。然而蕴涵极丰富，表现又独特，有着鲜明的思想艺术个性。

开头两句起得平易，于浅近中显出功力：首句着题面，织入“关山月”三字，点明地点与时间；次句入题里，交代所写情事，以一个“忆”字唤出下面许多文章。读着这两句，我们眼前会自然浮现出朗朗寒月，莽莽关山，以及在这高天厚地背景上映出的满怀乡情的征人形象。

三、四句直承“忆”字，是思乡之情的具体展现。想来在这溶溶月夜，在秦川故里的高楼之上，年轻的妻子正独自守着窗儿，望着中天明月，“寄情千里光”（南朝民歌《子夜四时歌·秋歌》），思念着自己这个远在边关的征夫吧？

后四句既是思妇当窗时在想象中出现的情形，也是征夫抬头仰望时见到的实景。“星旗”是说星形如旗。当是指左右旗星。《史记·天官书》张守节《正义》说：“两旗者，左旗九星，在河鼓左也；右旗九星，在河鼓右也。皆天之鼓旗，所以为旌表。占：欲其明大光润，将军吉；不然，为兵忧；及不居其所，则津梁不通；动摇，则兵起也。”可见旗星与兵事有关。“疏勒”，汉代西域的一个小国，都城故址在今新疆疏勒县。“云阵”是说云形似阵。《史记·天官书》说：“阵云如立垣。”（阵云像是一堵墙）徐陵在另一首诗中说：“天云如地阵。”（《出自蓟北门行》）描写的正是同一景象。“祁连”，这里似指北祁连，即今新疆的天山。疏勒、祁连一带正是客子的征戍之地，如今兵象频现，战云密布。山阻水隔的一对夫妇，眼见烽烟净息无望，归期渺茫，不由得发出深长的叹惋：还要从军多少年呢！

末句蕴大涵深，似有“燕然未勒归无计”（范仲淹《渔家傲·塞下秋来风景异》）的情味。这一对年轻夫妇的内心是充满矛盾的：他们向往团圆的生活，但并不无视国家的安危，“战气今如此”，想到的是“从军”，而不是一味地卿卿我我；他们是深明大义以国事为重的，然而又是极富于人情味的，已经分离好几年了，今后还得继续分离，难免会有抱怨情绪，一个“复”字流泻出了浩浩荡荡宣泄不尽的怨情。这与那些一味怨离伤别或者徒作豪言壮语的诗比较起来，孰优孰劣是自不待言的。

从艺术上来看，本篇的主要特色在于镜头的巧妙组接：一、二句近景，用诗人之眼写客子；三、四句远景，用客子之眼写思妇；五、六、七、八句，重又把镜头拉回，用思妇客子两副眼光共同注视月下关山。从一、二句到三、四句，由近而远；从三、四句到后四句，由远而近。通过这远远近近的往复回还，爱国爱家与怨别伤离的感情得到了真切而深入的表现。而那一轮十五的圆月，就像是渗透全诗的博大而深挚的感情那样，始终伴随着这或远或近的画面，与内里的深广的感情相呼应，共同构成了情景交融的统一的诗境。

按照成于初唐的近体诗的格律，徐陵的这首《关山月》除第二联应对未对外，平仄、押韵和第三联的对仗已完全符合五言律诗的要求。初唐四杰之一王勃的五律《送杜少府之任蜀川》，第二联“与君离别意，同是宦游人”也不是工对，与徐诗近似。由此也可以窥见从六朝新体诗到唐代近体诗演化的蛛丝马迹。当然，徐诗对唐诗的影响主要并不是在格律形式方面，而在于它所创造的独特的意境上。初唐诗人沈佺期的名句“可怜闺里月，长在汉家营”(《杂诗》)，即脱胎于本篇前四句。从后来盛唐大诗人李白的《关山月》中，更可以明显地看到这种影响。“明月出天山”与“关山三五月”如出一辙；“汉下白登道，胡窥青海湾”，与渲染战争气氛的“星旗映疏勒，云阵上祁连”若合符契；“高楼当此夜，叹息未应闲”，则是由“思妇高楼上，当窗应未眠”生发出的联想。李诗自有它的创造，气势远胜徐作，但其间的师承关系也是不容忽视的。

(林从龙　陈志明)

别毛永嘉

徐　陵

愿子厉风规，归来振羽仪。
嗟余今老病，此别空长离。
白马君来哭，黄泉我讵知。
徒劳脱宝剑，空挂陇头枝。

鉴赏

这是一首伤别之诗。毛永嘉即毛喜，曾为永嘉内史。写此诗时，徐陵已是风烛残年,自觉已走到了人生的尽头,别离似即永诀。诗人怀着对毛喜的深情和对人世的眷恋之情,以长者的口吻,写下了这首哀婉动人的诗篇。

“愿子厉风规,归来振羽仪。”“厉”,砥砺;“风规”,风范;“羽仪”,法式。诗以“愿”字领起,十个字一气呵成。诗人对毛永嘉寄予厚望,毫无避忌地直抒胸臆,希望毛永嘉砥砺名节,日后归来时能够为人表率。这是一位垂暮老人语重心长的赠言。不难想象,当此别离之际,诗人欲待倾诉的何止万语千言,但这里却单单告诫毛永嘉要正直为人,讲究操守,这固然是择要而言所致,但另一方面恐怕也是诗人对自己一生为人的剖白。徐陵在梁代,曾为东宫学士,养尊处优,对梁朝的感情颇深。陈灭梁后,他又入陈为官,成了“失节”的“贰臣”。对此,无疑地徐陵会自感羞愧。这种思想随着时间的消逝,非但没有泯灭,反而愈加深刻。现在他自感在世不长,极愿与人一吐衷肠。但又不便明说,故只得借告诫他人之语,委婉传此款曲。真可谓“人之将死,其言也善”了。

“嗟余今老病,此别空长离”,接着的两句转写自身。以“嗟”字引出,长声唱叹,若不胜情。为什么?一曰“老”,二曰“病”,而且“今”已老而且病,等于在说已是大限在即,一别即将成为永诀了。由此自然转出“一别空长离”之意。“空”字既有空间感,强调“长离”后的渺不可接,又有“死后原知万事空”的意思。以下四句即由此“空”字引发。

为什么说“此别空长离”呢?在后四句中,诗人引入了两个典故。一个是后汉范式和张劭的故事:范式与张劭为契友。后来张劭亡故,范式夜梦张劭前来诀别,并告知埋葬的日期。于是范式白马素车前往奔丧,但人未到而已出殡。柩车到墓地时忽然不能动,一直等到范式赶到,亲自执拂引柩,车子才又前行。范张的交谊真足以感天动地,但诗人以为,一旦自己长逝,即使友人毛永嘉如范式一样赶来奔丧,自己长眠于九泉之下又岂能知道呢?

另一个典故是季札挂剑的故事。春秋时吴国的季札出使晋国,路经徐国。徐君很喜欢季札所佩之剑,但又不好意思明言。季札心知其意,便暗自决定等到自己出使回来再经徐国时,将剑赠给徐君。但当他重回徐国时,徐君已死。季札为了表示自己不忘信义,便将宝剑解下挂在徐君墓树上而去。徐陵用此故实,意在说明,即使毛永嘉情重如季札,自己已如徐君无法再领这份情了。

这首诗出语平浅,感情深挚,似话家常,却又感人至深。沈德潜评此诗为:“似达愈悲,孝穆集中,不易多得。”余冠英谓:“这诗四十字像是一笔写下,貌虽俳偶实则单行,在陈隋作品中特别显得气格高劲。”(《汉魏六朝诗选》)都可作为我们鉴赏此诗时的参考。此诗的用典,也很见特色。诗人并不局限于成典,并不只是借以歌颂友朋之间的情谊,而是根据抒情的需要化用成典,自出新意,使“空长离”的感伤之情反反复复、曲曲折折流淌不止。化用成典的成功,还得力于诗人高超的语言艺术。“讵”“徒”“空”三个虚字婉转于字句之间,唱叹有情,使旧典生出新意。

(陈志明　陈根民)

昭君词

陈　昭

跨鞍今永诀,垂泪别亲宾。
汉地随行尽,胡关逐望新。
交河拥塞雾,陇日暗沙尘。
唯有孤明月,犹能远送人。

鉴赏

昭君,西汉元帝时宫女王嫱的字,晋人因避文帝司马昭的讳改称明君,后人因之又称为明妃。昭君天生丽质,身居后宫,因宫女甚多,元帝令画工图形,按图召幸。诸宫人都贿赂画工,昭君不肯,画工便丑图其形,因而无法见到元帝。竟宁元年(前33),匈奴呼韩邪单于来朝,求美人为阏氏(匈奴称皇后为阏氏),元帝按图挑选,以昭君许匈奴。行前,元帝召见昭君,发现昭君是后宫第一美人,后悔不已,将画工弃市。昭君戎服乘马,拥琵琶出塞。入匈奴后,为呼韩邪单于阏氏。呼韩邪死,他的儿子又以昭君为妻,死后葬于匈奴。

对于这一历史事件,江淹在《恨赋》中曾作过这样的描述:“明妃去时,仰天叹息。紫台稍远,关山无极。摇风忽起,白日西匿。陇雁少飞,代云寡色。望君王兮何期,终芜绝兮异域。”这首诗也是以这一历史事件为题材,写昭君出塞的所见所感,表现了她无穷的怨恨和深沉的乡思之情。

“跨鞍今永诀,垂泪别亲宾”二句写昭君辞汉时跨鞍乘马,泪滴香衫,告别亲宾的情景。人生自古伤离别,何况此别竟成永诀,岂不令人黯然销魂。“汉地随行尽,胡关逐望新”二句承接上联“别”字,写她去乡登程,跋涉道路,汉地随着行程慢慢消失,而胡地关塞逐渐映入眼帘。一个“尽”字写不尽她对于故土的留恋,一个“新”字却道出了她初入胡地的奇异陌生之感。用语看似平淡,但却写出了昭君离别故土,没入胡地的无限忧思。“交河拥塞雾,陇日暗沙尘”二句紧接前联写昭君所见的塞外之景。如果说上句“胡地逐望新”曾经引起读者对塞外风光的兴趣,那么这里所展示的并非是令人神往、使人耳目一新的异地风光,而是簇拥着交河城的塞外烟雾,陇地的莽莽黄沙,滚滚飞尘,天昏地暗,触目惊心。诗人借景抒情,正是用这种令人生畏的塞外之景来抒发昭君出塞的愁苦,这就是薛道衡所说的“心随故乡断,愁逐塞云生”(《昭君词》)的意思。

最后一联“唯有孤明月,犹能远送人”,妙语惊人,成了全诗的警句。古人常借孤月来写孤人,如“欲识离人悲,孤台见明月”(张融《别诗》),“片云天共远,永夜月同孤”(杜甫《江汉》),都是例子。这里正是通过月的孤来写人的孤,使人想到昭君入塞后,举目无亲,孤独愁苦,只有天边一轮孤月伴随她走向苦难的历程。诗写到这里便结束了,但却言有尽而意无穷,读者免不了还要去想造成这悲剧的原因:是画工贪财受贿,“忍为黄金不为人”(李商隐《王昭君》)呢,还是“自是君恩薄如纸,不须一向恨丹青”(白居易《昭君怨》)呢?这些问题,诗人欲语犹止,故意留给读者去思索,让你在思索中体会出他要传达出来的怨情。吴公子季札观周乐,听了《小雅》的演奏以后作了“思而不贰,怨而不言”的评论。沈德潜《古诗源》选了陈昭这首诗,仅用“雅音”二字评之,但却道出了这首诗“怨而不言”的含蓄特色。

(温洪隆)

长安听百舌诗

韦　鼎

万里风烟异,一鸟忽相惊。
那能对远客,还作故乡声?

鉴赏

这首写在长安听百舌鸟鸣叫的短诗,是出使北周时所作。韦鼎的祖籍本在长安东南,古称京兆杜陵。从祖辈开始,“宗族南徙”(《南史》本传)仕于南朝。他历仕梁、陈,陈亡后入隋。陈宣帝陈顼太建元年(569),韦鼎以廷尉卿加散骑常侍的身份,担任陈朝的聘周主使出使北周,来到当时北周政权的都城长安。虽说是回祖籍,但他毕竟五十多年留居江南,这次与其说是返归故里,不如说是远适他邦,他的心情该是异常复杂,别有一般滋味。

诗的首句"万里风烟异",从大处着笔,气势雄劲,既点出了他出使北周的背景,渲染了悲凉的环境气氛,又揭示出他悲叹南北分裂的内心活动。当时他奉命离开建康(今南京市),行程万里,来到长安,满目所见已不是江南的如画景色,而是长安的迷漫风烟。触景生情,一个"异"字,蕴含着多少感时伤怀的悽怆之情。在那南北分裂的年代,多少人为此伤心落泪。在他之前,永嘉之乱后的南渡名士已经感叹"风景不殊,正自有山河之异"而相视流泪;和他时代相同滞留北周的庾信也唱出了"山河离异,不妨风月关人"(《拟连珠》)来寄托他的悽怆之感。

这种悽怆的时代氛围,仿佛画家作画先涂上了一层灰暗的底色,给人一种悲凉之感。定下这个基调以后,诗人的摄像镜头由远而近,由大而小,他所注目的已不是长安的万里风烟,而是那小小的百舌鸟。古人咏百舌诗赋有云:"既含意于将晓,亦流妍于始旦。"(沈约《反舌赋》)"星未没河先报晓,柳犹粘雪便迎春。"(严郾《赋百舌鸟》)由此可以想见,那是在一个初春的早上,天刚拂晓,诗人经过了一个难眠之夜,窗外"一鸟忽相惊"。那百舌鸟繁音琐碎,悲鸣不已,"孤鸣若无对,百啭似群吟"(梁刘孝绰《咏百舌诗》)。闻之使人伤心,听之使人落泪。

阳春鸟语,本该使人赏心惬意,为何反使诗人伤怀呢?三、四句正好回答了这一疑问:"那能对远客,还作故乡声?"禽鸟无情,不解人意,那远方来的客人,面对万里风烟,山河破碎,"南北孤绝"(《隋书》本传),早已悽怆伤怀,你怎么还忍心对他发出"故乡声",让他愁上加愁,悲中添悲呢?甚至还可以理解为:禽鸟仿佛也在与人作对,偏要发出"故乡声",去刺痛远客的心,触发他那绵绵愁绪。短短十字,奇想入神,看似平平,实乃字字珠玉,与杜甫的"感时花溅泪,恨别鸟惊心"(《春望》)有异曲同工之妙。

这首小诗写下了诗人听百舌鸣时的感受,抒发了他悲叹南北分裂的情怀,立意新颖,别具一格,言少而意多,确是一首难得的好诗。

(温洪隆)

饯别自解

乐昌公主

今日何迁次,新官对旧官。
笑啼俱不敢,方验作人难。

鉴赏

“破镜重圆”这个成语,人们常用来比喻夫妻间或是在不幸失散、或是在感情失和之后的重新和好团聚,而它的来历正与此诗作者的不幸遭遇有关。

作者乐昌公主是南朝时期亡国之君陈后主的妹妹,太子舍人徐德言的妻子。陈末,在长安建立政权的隋文帝为统一天下而命令晋王杨广统军南伐,陈后主闻讯后仍自视长江为万无一失之天险,不去积极防御。徐德言知陈国必破,就对妻子乐昌公主说:以你的才情容貌,国亡后必定被掳入权豪之家,咱俩要永久分手了。如果情缘未断,有幸还能相见,应该有信物作见证。于是,破开一面镜子,各拿一半,作为他日重见的信物。还说:如果以后于正月十五日在都市卖半面镜子,我碰到后,就在这一天去相见,陈亡,两人果然失散了。乐昌公主被隋大臣杨素所得,大受宠爱。后来,徐德言流落到长安,在正月十五这天见一老仆人拿着半面镜子在高价出卖,于是拿出另一半相拼合,并悲喜交集地题诗说:“镜与人俱去,镜归人不归。无复嫦娥影,空留明月辉。”公主看到诗后悲泣不食,将实情告诉了杨素。杨素准备把公主还给徐德言,并摆设酒席让他们夫妻团圆。席上杨素叫公主作诗,公主就写下《饯别自解》这首诗。

首二句直起,就眼前情景着笔:“今日何迁次,新官对旧官。”“迁次”本是指官员的调动提迁,前面著一“何”字,就含有人事变化的意思。新官指杨素,旧官指徐德言。但是,在这直观地展示饯别场面的背后,仍暗含着人世沧桑的感叹和迭遭丧乱的感伤。眼前的团圆是付出了血和泪的代价的,经历了国破家亡的愁恨,夫妻多年失散的痛苦。“笑啼俱不敢,方验作人难。”这后二句,从表面上看,仅是写一种新官和旧官都坐在筵席上的尴尬场面,其实蕴含着既不能过悲又不能过喜而叫人作难的复杂心情。试想,作为乐昌公主,如果对于和徐德言的团圆是格外高兴,放怀大笑,则显然表现出对"旧官"徐德言的爱,那么,相形之下,就是不喜欢"新官"杨素了。这样,岂不得罪了杨素。要知道,杨素是隋的功臣权贵,就是眼前也仍然掌握她的命运。如果在筵席上哭哭啼啼,悲伤难忍,则又表现出对"新官"杨素的留恋难舍,因为这是一个和杨素告别的筵席,那岂不要冷落"旧官"徐德言了,何况她心里确实喜欢的是徐德言呢!处于这种左右为难的境况中,自然会发出"作人难"的哀叹。从而,不能不令人寄予她以深深的同情。

此诗悽怆委婉,含蓄深微,以平淡质朴的语言,刻画出一个在既不能讨好"新官",也不能冷落"旧官"的为难场合中哭也不敢哭,笑也不敢笑的主人公形象,哀婉动人,凄楚伤情。

(赵望秦)

遇长安使寄裴尚书①

江　总

传闻合浦叶,远向洛阳飞②。
北风尚嘶马,南冠独不归③。
去云目徒送,离琴手自挥④。
秋蓬失处所,春草屡芳菲。
太息关山月,风尘客子衣。

注释

①裴尚书:裴忌,字无畏。陈宣帝时历位都官尚书。

②传闻两句:据晋刘欣期《交州记》合浦东有一杉树,叶落,随风入洛阳城内。

③南冠:夏秋楚人之冠。后来也作为远使或囚犯的代称。

④去云两句,用嵇康"目送归鸿,手挥五弦"句意。

鉴赏

江总在梁元帝时曾任始兴(今属广东)内史。后来西魏攻陷江陵,元帝被俘,不久又被杀,江总自此流寓岭南多年,至陈文帝时乃以中书侍郎被征还朝。

江总一生,身仕梁、陈、隋三朝,他生活的大部分时间在梁朝。这首诗作于流寓岭南时,当时的岭南则是荒僻之地。

起首两句是“兴”,即唤起。合浦(今属广东)指作者流寓之地,洛阳非实指,意思是合浦之杉叶尚能遥飞到洛阳,自己却流落异域,人不如叶。但岭南的杉叶怎能飞到洛阳呢?作者也知道这是不可信的,所以用“传闻”二字;然而愿望却在挑动他,并激发了他的想象力。虚幻与常识的起迭,失望与希望的对流,这种心理上的矛盾在乱世尤其表现得突出,因而这两句也有它的社会内容。

“北风”两句是对“传闻”两句的曲折承接,从南与北的地理的间隔上,又暗寓着南北朝在政治上的对立。树高千丈,叶落归根,这是诗人的迫切愿望,但国土的分裂使他无法实现这愿望,因而南北这两个字,也成为诗人的敏感性的词眼。

前四句是诗人的独白,五、六两句才转入赠诗的对象。诗人和长安使之间应当有对话的,却以目送手挥来代替。他要着重表达的是离别时的情绪。这两句原是化用嵇康赠人诗的句意,但加上“徒送”的“徒”,就加强了感伤的效果。江总原来也是以使臣身份而到岭南,这时眼睁睁地望着长安使从他身边离去,自己却仍然留滞着。一去一留,其中就有多多少少要说的话,如同小河下面的潜流。

秋蓬句是比自己,春草句是说自己在客地已经度过了几个春天。但春草的年年芳菲,徒然增添了自己的惆怅。《楚辞·招隐士》有“王孙游兮不归,春草生兮萋萋”句,唐代王维《送别》也有“春草年年绿,王孙归不归”句,用意都有共通处。

末两句以关山逗客子,以月光逗风尘:明月本是普照大地的,但对诗人来说,能够让光照到的也唯有衣衫上的风尘而已。

全诗前八句用比喻,对仗也很工整,却不雕琢,这一方面固然表现出作者的才力,一方面也因作者是南朝后期的人,诗的格律正在逐渐趋向成熟稳定。

(金性尧)

入摄山栖霞寺

江　总

净心抱冰雪，暮齿逼桑榆。
太息波川迅，悲哉人世拘。
岁华皆采获，冬晚共严枯。
濯流济八水，开襟入四衢。
兹山灵妙合，当与天地俱。
石濑乍深浅，崖烟递有无。
缺碑横古隧，盘木卧荒涂。
行行备履历，步步蹸威纡。
高僧迹共远，胜地心相符。
樵隐各有得，丹青独不渝。
遗风伫芳桂，比德喻生刍。
寄言长往客，悽然伤鄙夫。

鉴赏

江总以浮艳诗闻名，但这只是江总创作和思想的一个方面，甚至可以说是肤浅表面的方面。这首诗使我们看到了诗人的另一方面，是更深刻也许是更真实的方面。作为狎客的江总是没有灵魂的，而这首诗却让我们窥见其内心世界的矛盾冲突，透视出他灵与肉的搏斗。

全诗二十四句，可分三个段落。前八句直抒感慨。“净心抱冰雪”是全诗的主脑。我的心就像怀抱冰雪一样，对世间一切都失去了热情。这或许是因为已到老年，如日落桑榆，好景不长了？其实也不尽然。因为有人越是感到人生短促，越要及时行乐，热衷于追名逐利。而江总只是叹息时光急逝，悲痛人要受社会的拘累。以上四句直抒胸臆，不假雕饰，使人闻而信之。下四句以象征手法,将主客观融为一体。青春年华时蓬勃盎然都有所得,而到老年岁末却与大自然一起凋枯败落。敞开衣襟迎进四面来风痛快淋漓,就好像大河里汇入八功德水浩浩荡荡。

中间八句"以记即目",写摄山景物。摄山即栖霞山,因山多草药可养生而得名。摄山风景绝美,清高宗弘历称之为江南第一明秀山。"兹山灵妙合,当与天地俱"两句从总体上写山,把握了精神特质,还是客观的。但从具体描写的四句看,诗人主观色彩更浓些:山上急流忽深忽浅,崖畔烟雾时有时无,残断的石碑横在古墓之前,盘曲的老树倒在荒僻的路旁……两个飘忽不定游移的镜头,又叠加上两个毫无生气的画面,只能呈现在暮齿净心的诗人笔端;而踯躅不前,如履薄冰,似历险路,也只能是净心暮齿的诗人感觉。诗人对摄山是向往的,因"限于时务,不得恣情淹留",深以为憾。为什么有了"永夜留连"的良机,却绘此荒凉之景?原来诗人弱岁即归心于佛教,二十多岁受戒,"暮齿官陈,与摄山布上人游款,深悟苦空,更复练戒"(《陈书·江总传》)。可见他真正追慕的不是摄山绝美的自然风光,而是佛教圣地。

后八句,由山写到寺,由寺写到僧,过渡极为自然。高僧指布上人,圣地指摄山栖霞寺。与布上人同宿山寺,远离尘世,故曰"迹共远";清胜的心情和佛教圣地摄山栖霞寺相合,故言"心相符"。虽然山中之人或樵或隐,各有所得,但都是暂时的,只有栖霞寺里的塑像图才是经久不变的(原注:"寺犹有郎、诠二师、居士明僧绍、治中萧昹塑象图")。这些高僧们的影响像芳香四溢的桂树,泽及后人;他们的品德如白玉般纯洁,光彩照人。既然高僧被如此崇拜,自己就越发显得卑陋,而凄然伤神。诗人时任尚书仆射,甚得陈后主之宠,何以如此自惭形秽,而且还郑重地告诉别人?从时人称为实录的诗人《自叙》中,我们可以得到解释:"运善于心,行慈于物,颇知自励,而不能蔬菲,尚染尘劳,以此负愧平生耳。"他怀抱净心却染尘劳,颇知自励又不能淡泊,于是矛盾产生了,又无法解决,徒有愧意而已。樵者得物,隐者得心,各有所获。只有"不持政务,但日与后主游宴后庭"(《陈书·江总传》),被人称为狎客却又怀抱净心的诗人,才一无所获。这是无可奈何的事,恰是诗人矛盾痛苦的根源。读此诗确实可知诗人之志,虽不能为之摘掉"狎客"的帽子,总可探视其灵魂深处吧!

(朱明伦)

于长安归还扬州

江　总

九月九日行薇山亭赋韵

心逐南云逝，形随北雁来。
故乡篱下菊，今日几花开。

鉴赏

南朝诗人江总，好学能文，且擅长五七言诗。这首诗是诗人晚年由长安回扬州游薇山亭时作的。历代以九月九日重阳节为题的名篇不少，并且各有特点。唐代王维、岑参、杜牧、黄巢等都有名篇传世。岑参“强欲登高去，无人送酒来。遥怜故园菊，应傍战场开”。就是取意此诗的一篇佳作。让我们还是看江总是怎样写的。

首句由“云”“雁”南来北往引起抒情。心，也就是思想感情，随着轻云向南飞去；形，也就是人身体，追逐着由北向南飞的雁子而来。诗人此时正在由北向南走，实写与虚表相结合，心、形、实、情相对相成，意义不言自喻，表现出翘首南归的心情。“每逢佳节倍思亲”，重阳佳节往往是家人团聚的日子。诗人客居外乡，思乡怀亲之情时时萦绕心头，只是平时不一定显露而已，一旦遇到某种触发的媒介，如“重阳”，就很容易引发出来，甚至可能一发而不可止。

后两句“故乡篱下菊，今日几花开”一意直下，心、形随南云、北雁去后，又出现“故乡”一词，正表现出思乡之殷。人们对故乡的思念，并非抽象的“思”，而是具体形象的“想”。出现在思乡者脑海中的往往是每个具体细节、小事、形象和画面，而这些又是和自己过去的生活有着或多或少的联系，在这里引起诗人思乡的是故园的菊花，今天开了多少？语句这深情地一问，其中蕴藏着多少未言之语。亲朋好友、山川景物、风土人情，无不包容其间，真可谓思之深长。

重阳节有赏菊的风俗，相沿既久，这一天也无形中成了菊花节。重阳时节，菊花盛开，诗人把它和菊花联系起来，以问故园菊花来暗表思乡之情，“心逐南云”“形随北雁”的急切心情用婉转的方式表现出来，手法可谓巧妙。“付之不言”，以“不言”言来，含蓄隽永，耐人寻味。以秋菊紧贴诗题的九月九日，又是故乡菊，可以说切时切地，紧扣诗题。表面看来平直朴实，实际运思巧，情韵无限，是一首言简意深耐人寻味的抒情佳作。

（陆三强）

闺怨篇

江　总

寂寂青楼大道边，纷纷白雪绮窗前。
池上鸳鸯不独自，帐中苏合还空然。
屏风有意障明月，灯火无情照独眠。
辽西水冻春应少，蓟北鸿来路几千。
愿君关山及早度，念妾桃李片时妍。

鉴赏

江总的这首《闺怨篇》，写闺中少妇思念远征的丈夫，缠绵恳挚，情真意切，不愧佳作。

“寂寂青楼大道边，纷纷白雪绮窗前。”开头两句点地点时。女子所居之处（青楼）坐落在一条宽阔的大道旁，虽然很豪华富丽，但由于正值隆冬时节，从雕饰着花纹的窗子望出去，纷纷扬扬的大雪漫天飞舞，加之丈夫又远在他方，只有她一人独居楼中，感到十分凄凉寂寞。这固然使她很伤怀，但最令她难堪的还是冬夜空房独宿。接着的四句，都是就这一点着笔。“池上鸳鸯不独自，帐中苏合还空然。”这二句触景伤情。池塘上，鸳鸯双栖双宿，柔情脉脉，多么温馨啊！面对此情此景，她不禁想到，自己则孤单一人，独宿空床，多么令人伤心！“苏合”，古代一种名贵的香料，原产于大食国。“然”同“燃”。这一句诗意谓，劳燕分飞，夫妻远别，无法享受团聚的快乐，连帐中香气扑鼻的苏合香也是白白地点燃。显然，诗中的少妇将自己和池上鸳鸯作对照，以物比人，反衬出她独宿的凄苦情绪。五、六两句，“屏风有意障明月，灯火无情照独眠”。在上文点明少妇独宿青楼的基础上，进一步托物言情，渲染她独宿的内心活动。窗外，月光照射到室内来，但屏风似乎懂得人情，它将月光遮掩住，免得她睹月伤情。然而，那昏黄黯淡的灯光，却无情地照着独眠而不能入睡的她，使她黯然魂销。这里，将“屏风”“灯火”拟人化，赋予它们以人的思想感情；又巧妙地利用对偶形式，“有意”“无情”，正反相对，从而真切地揭示出她孤眠时细腻复杂的愁思。

以上，诗都是从少妇独宿闺中的角度，来抒发她对丈夫的思念。下面，诗人的笔锋一转，把思想推宕开来，描写远方丈夫的艰苦生活。“辽西水冻春应少，蓟北鸿来路几千。”辽西，秦汉时郡名。蓟，也是古代郡名。辽西、蓟北，都指今辽宁西北，河北东北部一带。上句与前文“纷纷白雪”呼应。她想到，值此严冬季节，辽西更是大地凝寒，那里的春天姗姗来迟，万木不华，暗示出丈夫戍守生活的艰辛。下句的意思是，丈夫远在蓟北，大雁从那里飞来，要飞越千重山，万重水。言外是说，丈夫即使思家，也难以很快就能归来。古代有大雁传书的说法，诗中也含有这层意思。路远，大雁难飞，丈夫的家书当然就是很稀少。在表层现象上，这两句是从“对面”写来，设想在他乡的丈夫的生活；而在实质上，它仍然表现了对丈夫的思念。一方面，诗的前六句写女子空房独宿，思念丈夫；另一方面，这二句写丈夫远在他乡，归期未卜，在这种难以为怀的情况下，女子只能热烈地怀着一种良好的愿望而已。所以，诗的末二句又从写丈夫转到少妇自己的方面来。“愿君关山及早度，念妾桃李片时妍。”尽管关山迢递，路途艰难，她还是希望丈夫早早归来。因为她想到，自己的青春年华犹如鲜艳芬芳的桃李花，很快就会凋谢。这种心愿也还是她思念丈夫的执着表现。

此诗在艺术表现上有两个特点。首先是它采用闺中少妇第一人称的口吻来写，细腻地刻画出曲折生动的心理活动。诗的前半主要触景生情，托物寄兴，蕴藉含蓄；后半则由己及彼，再由彼关合自己，交互错综，使得抒情更为深刻。但这些都以少妇心理独白的方式表达出来，富有艺术感染力。其次，全诗在形式上都由对仗句组成，结体严整，妥帖稳称，是六朝后期典型的“新体诗”体裁。在齐梁以来古诗向近体律诗演化的进程中，此诗是一篇颇为人们注意的作品。张玉穀《古诗赏析》说：“友人卞近村云：‘此种七言，专工对仗，已开唐人排律之体。’良然。”这是很有见地的评论。

（李廷先　王锡九）

子　夜　歌(其三)

南朝民歌

宿昔不梳头,丝发被两肩。
婉伸郎膝上,何处不可怜?

鉴赏

在温馨缠绵的爱情世界里,女性的娇柔妩媚是生命力和完美的表现,是一种对于爱情生活的沉醉和恋惜。这一首《子夜歌》就是一个多情女子沉醉于爱情的甜蜜中的呓语。

诗用叙述的语气开头,是脱口而出的白话。“宿昔”,即昨夜,“昔”是“夕”的通假字。古辞有“远道不可思,宿昔梦见之”的诗句。深夜最能惹有情人相思,魏文帝曹丕《燕歌行》中的诗句“明月皎皎照我床,星汉西流夜未央,牵牛织女遥相望,尔独何辜限河梁?”正是对情人深夜相思情状的精微描摹。这首诗一开始就点出了一种做爱的情境,即“昨夜”,为下面具体的欢悦场面描绘提供了基础,接着诗歌便描绘了女主人公迷醉于情爱的欢悦中的天真娇憨情态:一个没有梳头的江南少妇,蓬松着披肩的秀发,娇态可掬,她温和柔顺地躺在情郎的膝上,放情地舒展着身子。诗中的“被”通“披”,就是披散的意思;“婉伸”有“屈伸”的意思,也含有温柔含蓄和美好的意思。诗中描述的慵懒的舒展与不梳头的倦怠相映成趣,这是一种特殊的为情爱的热浪熏出的困倦;“懒起画蛾眉,弄妆梳洗迟”,是闺阁中妇人的娇弱情态,却与承欢于情郎膝上的民间少女娇哆同是爱的沉醉,爱有着广泛的恒定性。这种沉醉是一种迷恋,一种忆念,因为情爱中最销魂最纯美的时刻已经是属于昨夜的了。所以女主人公只能在依恋中低声问:“自己的娇柔温顺有哪一点不是惹人怜爱的呢?”像是对情人的低诉,又像是喃喃自语,是梦幻的追忆。

诗的结句以问句收束,使全诗带上了婉转的哀怨色彩。南朝乐府民歌大多是以女性为中心的艳情讴歌,于恋情多大胆直率的表现,风格上却体现出缠绵委婉的特色。吴歌中的“子夜歌”十之八九都是以女子的口气写爱情中的幽怨，这一首写爱情中的欢悦，结以“何处不可怜”的低问，最终也带出了缠绵悱恻的轻怨。不过，带有怨情的爱总是深沉的爱、纯真的爱。构成南朝民歌美的正是这种纯真性。《大子夜歌》说：“歌谣数百种，子夜最可怜。慷慨吐清音，明转出天然。”这是说《子夜歌》抒发的情感纯真自然，也是说诗的语言声调自然天成，婉转明快。这首民歌描述江南少女的天真娇憨，对于爱情生活的沉醉和恋惜，绘声绘色，如出水芙蓉，没有纤毫矫揉造作。感情真纯笃挚，语言活泼新鲜而富于生活气息，充分显示了民歌所特有的风格，与后世人雕金镂彩描写情爱的诗词情趣迥异。

（林春生）

子　夜　歌（其二十八）

南朝民歌

夜长不得眠，明月何灼灼。
想闻散唤声，虚应空中诺。

鉴赏

这首诗明白如话，写的是一女子对情人的缠绵思念之情，充分体现了《子夜歌》的绮丽、委婉、明快、自然的风格。“夜长不得眠”，初看似乎平淡无奇，细想却带起了全诗，定下了诗的基调，写了一个愁字。常言道：“欢娱嫌夜短，寂寞恨更长。”吴歌《读曲歌》中有这样一首诗：“打杀长鸣鸡，弹去乌臼鸟。愿得连冥不复曙，一年都一晓。”欢娱中愿长夜不明，而此诗用“夜长”和“不得眠”来表露这一女子的孤独和愁苦的情怀。这种苦闷的气氛笼罩了全诗。第二句没接着去写她如何思绪万千，苦思冥想，而把笔锋一转出人意外地写出了“明月何灼灼”的诗句。表面看这与歌者愁苦的心绪无关，实则是通过灼灼明月的描写，衬托她的寂寞，点出她“夜长不得眠”的愁是“离愁”。我们民族习惯以圆月作为亲人团聚的象征。当亲人分在两地，也常以异地而同见的明月寄托自己的情思。《子夜四时歌》：“仰头看明月，寄情千里光。”谢庄《月赋》：“美人迈兮音尘阙，隔千里兮共明月。”苏轼《水调歌头》:“但愿人长久,千里共婵娟。”都是写仰望明月,借千里月光寄托自己对亲人的思念之情。这“明月何灼灼”的诗句则写得更加含蓄蕴藉。没直写她如何思念远方的亲人,而是通过她望着那深邃的夜空和皎洁的明月,辗转反侧,不能成寐的描绘,把她内心无法排遣的思亲之情和孤寂之感委婉地透露出来。“想闻散唤声,虚应空中诺。”真是传神之笔。这女子望着明月,思念着远方的亲人,望得发了呆,想得出了神,朦胧中仿佛听到情人断断续续地在呼唤自己,情不自禁地答应一声。这是发自内心的热切的渴望。然而只是“虚应空中诺”。此处用“想闻”“虚应”,表明不过是她自己的幻觉。当她发觉并没有人呼唤,夜空还是万籁俱寂,看到的依然是高悬的一轮明月,此时她是多么失望,多么悲苦啊!

“夜长不得眠”这首诗构思新奇,别有意趣。全诗没直接描绘这女子如何愁苦地思念情人,而是以避实就虚,以虚写实的手法展示她思亲的愁闷与孤寂的心境。中国绘画讲究“减笔”“空白”,所谓“笔愈藏而境愈大”。诗歌同样注重含蓄,要求“含不尽之意,见于言外”,“作者得于心,览者会其意”。这样就可以给人丰富的想象余地。“夜长不得眠,明月何灼灼”,没有直抒相思之苦,但通过月明之夜不得眠的描绘,就让人浮想联翩,抑郁的离愁溢于言表。“想闻散唤声,虚应空中诺”,也不是重笔浓彩地去刻画肝肠寸断的痛苦,甚至还给人带来一点喜悦,仿佛她心爱的人回来了。但这只是幻想。当她发觉这是虚幻之境后,会惘然若失,陷入更加孤单和痛苦的境地。这样的诗句不事雕琢,却深婉含蓄,让人回味不已。

这首诗的奇巧构思还在于以形寓情,赋予看不到,摸不着的内心感情以形象和动作,让人看得见,体会得到。从《诗经》开始,民歌就巧妙地用比兴手法来表达抽象的感情。《子夜歌》也有同样的特色。如“自从别郎来,何日不咨嗟。黄蘗郁成林,当奈苦心多”,以黄蘗苦心比喻心中的离别之苦;“侬作北辰星,千年无转移”,以北极星无移比喻自己对爱情的坚贞;“枯鱼就浊水,长与清流乖”,以枯鱼与清流比喻爱情破灭的不幸。这些诗都是通过比兴方法让人联想、对比,把根植于内心的情感具体地表达出来。“夜长不得眠”这首诗既没有用夸张写法,也没有采用民歌惯用的比兴手法,而是通过歌者具体的动作、形象来显示其内心深处的感情波澜。“夜长不得眠,明月何灼灼”的诗句描绘了一幅静的画面:在漫漫长夜里一个少女默默地凝视着嵌挂在高空的明月。表面上是平静的,但静中蕴聚着动。从“夜长不得眠”我们可以想见她此时一定心潮起伏,思绪早已飘然飞向远方,正在受着离别之苦的熬煎。“想闻散唤声,虚应空中诺”,则是一幅动的画面。这里不仅让我们看到这个女子举止失常的动作,还听到她急不可耐的应声。这如醉如痴的举动、情态,把她对情人的至深之情和相思之苦形象地呈现在这个画面上。从诗的字面看没有一句直接抒情,好像是客观描写,可通过这一静一动的画面,就形象、巧妙地把人物的心理和情感表露出来让读者借助视觉、听觉,去体会、品味,从而收到更加强烈的艺术效果。

(孟祥照)

子　夜　歌(其三十五)

南朝民歌

我念欢的的[1],子行由豫情。
雾露隐芙蓉,见莲不分明。

注释

①的的:即"旳旳"(dì),明显。

鉴赏

我国封建社会,女子地位低下,男女之间极不平等。女子在爱情婚姻上毫无保障,终身幸福往往寄托在男子身上;而男子无理遗弃女子,却受不到应有的制裁。因此,"痴心女子负心汉"成为普遍的社会现象,描写弃妇怨女的文学作品层出不穷。《我念》一诗,便是其中比较优秀的一首。

诗的一、二句开门见山,用简练的笔墨,点出女主人公与恋人在爱情上的不同表现:我真心实意地思念着你,而你的行为感情却犹疑不定!两句构成鲜明对比,虽无半点责备之词,但却充满责备之意。三、四句意思与前面相近,但表现方式截然不同。它采取民歌中常见的手法,利用"莲"与"怜"之间的谐音双关关系,以雾与露中的荷花作比,说明男方的态度含混,使人看不分明。同时又反衬出女主人公自己的爱的热烈忠贞。

细细体味,两联之间所体现的感情有一个停顿、发展的过程。头两句简洁有力,是女主人公因爱情得不到应有的回报,满腔悲愤凝结成的两句发自内心的呼喊。呐喊之后，她的心情逐渐平静下来，开始反思自己对恋人的责备，又觉过于激烈。由于她“念欢的的”，因此不能也不愿割断与恋人的联系。她害怕过重的责备反而会使恋人离自己更远，她还在希望对方能够改正过错，回到自己身边。因此，三、四句的语气大为和缓。她不再指斥恋人，而是采用隐喻的方式，暗示他的态度不够明朗，使她“见莲不分明”。而既然是“见”，就说明不是纯客观的，带着主观揣测的成分。从而网开一面，为恋人的回心转意留了一个台阶。全诗的感情基调是责备而不绝情，悲伤但怀有希望。

在艺术上，诗的前后两联围绕同一意思，从不同角度以不同方式反复抒写，收到一唱三叹的效果，而又不使人感到单调。

十九世纪德国著名文艺批评家莱辛认为，绘画描写动作应“选择最富于孕育性的那一顷刻”，因为这一顷刻既包含过去，也暗示未来，能让想象有自由发挥的余地，取得最大的美学效果。（见《拉奥孔》第十六章）其实这一原则，不仅适用于造型艺术，也适用于语言艺术，特别是那些只选取生活的某一片断作为表述内容的作品。“痴心女子负心汉”，自《诗经》中的《氓》《谷风》以来，一直是我国文学的传统题材。但这类诗歌所写的，大都是被遗弃之后的女子。虽然仍可以多方面地描写弃妇的悲惨处境与哀怨，表达她们与“负心汉”永绝的决心，但是就“遗弃”这一过程本身来说，它已达到了顶点，不能留给我们多少想象。而《我念》一诗，则落笔于遗弃行为发生之前，侧重描写女主人公对恋人的责备、担心与希望，这就给读者留下了广阔的想象余地。那男子究竟是否变心？最后结局如何？女主人公的命运怎样？这些问题都引起读者的关注，增强了作品的感染力。

（赵炎秋）

子　夜　歌（其三十七）

南朝民歌

怜欢好情怀，移居作乡里。
桐树生门前，出入见梧子。

鉴赏

继汉乐府之后，南北朝是我国民歌的又一繁盛时期。《子夜歌》是南朝民歌的一个重要部分。其曲调由晋代一位名子夜的女子所创。宋人郭茂倩的《乐府诗集》收《子夜歌》四十二首，均为情歌。形式五言四句，各自独立，风格绮丽、委婉、明快、自然，具有较高的艺术价值。

《怜欢》一诗，是一首爱的颂歌。首句起得突兀。首先叠用两个表爱的字“怜”“欢”，然后用“好情怀”与之成句，充分显示了女主人公对自己意中人的爱恋与赞美之情，为全诗定下了欢快的基调。第二句笔锋一转，选取男方的一个具体行为，对“好情怀”进行补充说明。正因为他“移居作乡里”，他对我才是“真情实意”，才是我“最亲爱的人”；反过来，正因为他是我“最亲爱的人”，才对我“真情实意”，才“移居作乡里”。两者互相补充，互为因果。三四句写法又有变化。表面是写梧桐和梧桐子，实际上却是利用“梧子”与“吾子”的谐音双关关系，写女主人公与她的恋人。依据诗句，我们可以想象：一座年代已久的房舍，门口常有一位秀丽端庄的姑娘出入，或是担水，或是洗衣，或者只为出来走走。而在邻近一家新盖的房舍的窗前或门口，总有着一个小伙子深情的目光和健壮的身影在迎接着她，这是多么惬意而又富有诗情画意的情景。

全诗以女子的口吻出之。前两句着重赞美恋人，后两句着重表现自己的欢愉心情。两联互相对立但又有紧密联系。“出入见梧子”既是“移居作乡里”的结果，又是女主人公感情的基础。同时，前两句赞美恋人又表现了女主人公的欢愉之情；后两句表现欢愉之情又隐含着对恋人的赞美。全诗既有变化，又紧密交融，构成一个有机整体。

诗的另一艺术特点是以行动写感情，善于间接描写。全诗的重心是表现女主人公因与恋人相得而产生的欢愉之情，但却没有直接写到这一点，而是通过对行动与场景的具体描写，把这种感情间接地反映出来。夫妻恩爱，白头偕老，一直是我国人民理想生活的极境。“愿得一心人，白头不相离。”(汉乐府《白头吟》)“在天愿作比翼鸟，在地愿为连理枝。”(白居易《长恨歌》)这些诗歌，正是这种理想在文学上的反映。但由于主客观的原因，我国旧时男女的终身相伴，常在结婚之后。而在这首诗中，两人尚未结婚，男方就“移居作乡里”，使“我”能够“出入见梧子”，还有什么能比这更令人高兴与幸福呢？全诗不着浓墨重彩，女主人公的欢愉之情呈现得淋漓尽致。

在写法上，头句抒情，二句写实，三、四句则运用民歌中常用的谐音隐语，组成一个动人的场景，使全诗显得灵活却又自然，富于变化而不呆板。

（赵炎秋）

子夜四时歌(春歌)

南朝民歌

自从别欢后,叹音不绝响。
黄蘖向春生,苦心随日长。

鉴赏

思念是人的一种普遍的社会感情,也是诗歌描写的一个常见的主题。一首好诗关键在如何把这种感情表达得新颖别致。这首诗的妙处正在于它生动地展现了女主人公由于思念心切而引起的巧妙联想这一心理状态。

这首诗内容很单纯,是写一个女子对情人的思念。女子思念情人,可能产生各种心理,文学作品中也有过不少描写。但这首诗在表达思念之情时没有用“辗转反侧”或“甘心首疾”之类的传统手法,而是别开生面。

“自从别欢后,叹音不绝响。”诗一开始就揭示了女主人公的满腔心事,初步写出她的思念之切。它为后两句所表现的特殊心理感受提供了真实的背景。有了这种背景,那种特定的心理感受才显得自然真实,符合人的心理状态。天才的诗人果然在此背景下,让感情来了一个飞跃。

“黄蘖向春生,苦心随日长。”她即景生情,见到黄蘖的苦心随着春光的流逝而日益长高之时,随即联想到自己思念情人的苦心也在随别离时间的延续而日益滋长。这就使诗歌在表达思念之情方面找到了一个特殊的审美载体,表现出诗人发现特征表现特征的审美创造力。

这两句诗的新颖在于它选用双关这种修辞手法。双关是我国民歌常用的修辞手法。它的特点是用一个词语同时关联着诗人眼前和心里的两个不同事物,使读者产生丰富的联想。这首诗就正是这样。黄蘖的苦心关涉着诗人自己思念的苦心,黄蘖的“向春生”关涉着诗人自己苦心的“随日长”,读后使人觉得关联得十分巧妙。

它的新颖还在于它表现了审美感受中一种常见的心理现象——联想。诗人自从别欢之后,日复一日地思念着,整日里长吁短叹,思念之情有增无已。黄蘖味苦,她也是有经验的。黄蘗的苦心与诗人的苦心本毫不相干。只是当她处在此时此地的感情支配之下,感情就来了个由此及彼的推移,自己思念的苦情外化到了黄蘗,审美主体与审美客体很快吻合起来,使她的苦心找到了一个表达的载体,“黄蘗向春生”这个形象就把她的感情烘托了出来,读后使人觉得联想得非常新巧。

这首诗写的只不过是青年男女在恋爱过程中的一种特殊感情,并不是什么重大主题,而且是被人写了千万次的主题。而这首诗却流传千古,就在于它表达的新颖。而审美感受的独特和艺术表现的新颖,是文艺作品的一个基本要求,是创作成功的一个秘诀。

(叶幼明)

子夜四时歌(夏歌)

南朝民歌

田蚕事已毕,思妇犹苦身。
当暑理絺服,持寄与行人。

鉴赏

南朝乐府民歌一般认为产生于城市,反映的是市民生活。中国社会科学院文学研究所编写的《中国文学史》说:“南朝乐府搜集民歌只限于少数城市,而不及广大农村,所以那些民歌里很少泥土气。”这只能说明一般,而不能概括全部。这首诗可以肯定说是一首地道的反映农村生活的民歌。诗一开始就点出“田蚕事已毕”,这种田养蚕的活儿就是农村活儿。

这首诗风格朴质而又充满着生活气息,保持着《诗经·国风》和汉乐府民歌的风格特点。诗歌用朴实的语言写出了一位农村妇女对外出的丈夫的深沉而朴实的思念之情。“田蚕事已毕”,种田养蚕的活儿都干完了。“一年之计在于春。”春耕大忙季节,农民是够辛苦的了。现在春去夏来,农事已毕,该是农民稍事休息的时候了,但这位农妇还是快活不起来。为什么?“思妇”这个具有定型指意的意象就指明了她的特殊处境。在我国古典诗歌中,思妇与征人获得了定型指意,专指行役在外的丈夫与留在家中的妻子。诗人唱出她是“思妇”,说明丈夫外出,她孤苦伶仃。人都有这样的经验,忙碌之时往往会忘记一切,而一旦松弛下来,新愁旧恨都会涌上心头。诗人在“田蚕事已毕”之后,想起了丈夫,感到非常痛苦,就唱出了“思妇犹苦身”。这个“苦”包含两层意思。一是心头的思念之苦。丈夫在外,饥寒冷暖,三病两痛,都使她牵肠挂肚,她怎不心焦呢?一是身体的苦。春去夏来,天气转热,她挂念着丈夫的夏衣,要冒暑为她缝制。这个“苦”字就成为向下联的过渡。

“当暑理絺服,持寄与行人。”她冒着酷暑,为“行人”缝制夏衣,而且是细葛布的质地。这一针针,一线线,寄托着她对行人多么真挚的爱情和挂念啊!这是一个简单的细节,但它深刻而细腻地表达了诗人的一片苦情。有了这一细节,前面那概括的描写也具体而鲜明了。美感总是离不开具体生动的感性形象。这种感性形象越生动,越鲜明,就越能唤起读者的美感。而这种感性形象的塑造离不开生动的细节描写。善于选择富有生活气息的细节,用朴质的语言描写出来以塑造形象,表达感情,这是《诗经·国风》和汉乐府民歌的特点。这首民歌就正是继承了它们的这一艺术特点。

这首民歌的价值还不止此。这位思妇既在种田养蚕,她的“行人”当然也是一位农夫。农民是安土重迁的。他为什么外出呢?可能是被抽调去为官府当差或戍守。徭役是古代统治者对劳动人民的一种超经济剥削。农民徭役负担沉重,年轻男子多长期在外奔走而不得与家人团聚,征夫思妇就是在这种历史背景下产生的。所以这首诗不单是一首爱情诗,而且是一首政治抒情诗。它在控诉当时的统治者加在劳动人民头上的沉重的徭役负担,正是这种徭役负担破坏了劳动人民和平幸福的家庭生活,给劳动人民带来无穷的苦痛。这与《诗经·国风》、汉乐府民歌也是一脉相承的。只是这个主题在南朝民歌中比较少见罢了。

(叶幼明)

子夜四时歌(秋歌)

南朝民歌

秋风入窗里,罗帐起飘飏。
仰头看明月,寄情千里光。

鉴赏

南朝乐府民歌中有“清商曲辞”一类,而清商曲辞中又有《子夜四时歌》,其中分别又有“春歌”“夏歌”“秋歌”“冬歌”。这首诗便是“秋歌”中的一篇。关于“子夜歌”的由来,《唐书·乐志》说:“《子夜歌》者,晋曲也。晋有女子名子夜,造此声,声过哀苦。”这首诗是南朝乐府中的名篇,抒写的是一位年轻女子在秋风明月之夜对情人的深长思念。这是一位钟情的女子,在秋夜良宵望着皎洁的月亮,苦苦地思念着远方的情人,难以入眠,她托月光带去自己的殷切情思。

“秋风入窗里”一句,有异文。《乐府诗集》作“秋夜入窗里”,这里从《玉台新咏》作“秋风入窗里”,这样,意思更为顺畅。“秋风”两句,写秋夜的气氛,没有直接写人物,但实际上,人物形象已经出现在诗中,凉爽的秋夜之风吹进女子居室的窗里,吹拂起女主人公的罗帐,微微飘飏。这些都是女主人公深夜难眠所感受到的。细心的读者略加联想,便可以想见一个柔肠百转的女子,辗转反侧,中夜难眠。

“仰头看明月”二句,这位深情的女主人公形象,已经直接活动于诗句之中了。她中夜难眠,仰头遥望皎洁的明月,心中充满了思念。如此清风明月之夜,倘能和所爱的人欢会在一起,该有多么好啊!无奈,自己的心上人却远隔千里。难以聚会,真是可惜了这样的良夜!月亮泻下银辉,笼罩着山河大地。于是,她又想到,月亮照着自己,也照着殷切思念着的“他”,月光是能够把两个人联结在一起的。正是所谓“千里共婵娟”啊!于是,这位女子把她绵长而深厚的情谊,都托付给明月,让明月的清辉捎给千里之外的恋人。

这是一首优美纯洁的恋歌,意境十分清美高华。虽是情歌,却洗尽铅华,绝少绮罗香态,脂粉气息。比起某些格调卑俗的情歌来,境界要高得多。唐代大诗人李白的名作《静夜思》:“床前明月光,疑是地上霜。举头望明月,低头思故乡”,在构思和意境上,显然受了本诗的启示。

《大子夜歌》对《子夜歌》做出这样的自我评价:“歌谣数百种,子夜最可怜,慷慨吐清音,明转出天然。”自然清丽,可以说是《子夜歌》(扩而言之,南朝乐府民歌)语言上最突出的特点。这首小诗虽然只有二十个字,却非常典型地体现出这种特点。清新、秀丽、隽永,却又毫不做作,宛如流自人口,自然顺畅,毫无蹇涩之感。

与北朝民歌的豪爽刚健、直抒胸臆相比,在抒情方式上,南朝民歌以委婉含蓄著称。这首小诗中女主人公望月怀远、寄深情于明月,其抒情方式明显地体现出委婉含蓄的特点。

(张　晶)

子夜四时歌(冬歌)

南朝民歌

昔别春草绿,今还墀雪盈。
谁知相思老,玄鬓白发生。

鉴赏

读过《诗经·小雅·采薇》的人,一定会感觉到那首诗中"昔我往矣,杨柳依依;今我来思,雨雪霏霏"等名句与这首诗前两句所表现的情景和心境十分相似。这是偶然的巧合,还是本诗对《采薇》诗意的模仿?我们当然不能简单地下结论。它们之间之所以有着惊人的相似,是因为它们有着大体一致的社会生活背景。春天,和风丽日,催来杨柳垂青、春草如碧,正是男欢女悦的美好时令。然而,它又是一年伊始,百业待兴的季节。为了生存,为了事业,为了种种迫不得已的原因,很多人不得不割恩忍爱,离乡背井远走他方。这些诗句中以春、冬对举,似乎离别只是一年,其实往往不止一年。春夏是拼搏的季节,因此返归往往是秋冬。古代交通工具落后,当人们长途跋涉到家时,多是一年将尽,漫天飞雪的时候了。这长期的离异、风尘仆仆的奔波,即使到了家门,又怎能不使人抚今追昔、黯然伤情呢?中国文学史上很多的诗、词、曲、赋乃至戏曲都有相似的情景和心境,那不是偶合,也不是模拟,而是因为人们往往遭际相近、感触相同,容易产生共鸣的缘故。

这首诗前两句与《采薇》中的四句也有不同之处。《采薇》是以尚在归途跋涉中的戍卒的眼光来观察景物,所以依依杨柳,霏霏雨雪,都带着一种动感。这首诗中归来的虽是游子,却是从思妇的眼光来观察景物的。所以"春草绿""墀雪盈"表现的是一种静态。试想:春天,她送别丈夫离家,又登楼目送丈夫远去,直至他的背影消失,她的目光还留在原野,这时给她留下的不是一片令人空虚怅惘的"春草绿"又是什么呢?她长期在深闺中期待丈夫归来,等啊等啊,天下雪了,台阶上堆满积雪了,这时丈夫才顶风冒雪地从远方归来,又怎能不叫人怜恤呢？这两句写出了少妇对离别和团聚的独特感受，写出了她那种抚今追昔，既自伤自怜又体恤丈夫的复杂心情。

后两句表达的是一种刻骨的相思。用“谁知”设问，写出了这对夫妻在长期离异中音讯难通、各自受尽孤凄，自伤自怜的痛苦心情。因为相思，不仅使人身体变衰，而且尤其使人从精神上感到衰老。你看，这对小夫妻，分别时尚是满头青丝，重逢时鬓角上都已生出星星白发了！

（李生龙）

子夜四时歌（冬歌）

南朝民歌

果欲结金兰，但看松柏林。
经霜不堕地，岁寒无异心。

鉴赏

这首诗是一位女子对一位向她求爱的男子的表白。全诗用的是比兴体，却并不晦涩难懂。不仅不晦涩难懂，而且还相当生动地表现了这位女子俏皮泼辣的个性。她对男子说：“你果真要想同我结同心，那就只看你是不是像松柏那样，经霜后叶不落地，再冷也不变心了！”小诗篇幅短小，但一两字往往对展示人物个性有重要作用，所以本诗第二句的“但看”二字，读者切不要轻易放过。倘若把这二字改成“当如”“应似”之类的字眼，那神韵就差得远了。

《论语》说：“岁寒然后知松柏之后凋也。”后来柏松常被作为历尽劫难而矢志不渝的高尚人格的象征。这位女子也希望并要求她的意中人是一位能够经得起爱情考验，始终如一的志诚君子，表达了她美好善良的愿望。“无异心”是民歌常用的双关语。松柏的本株叫“心”，它历尽严寒而不衰变，叫“无异心”，这里又指男子即使历尽大劫大难也对爱情忠贞不贰，两层意思密合无间，真是巧妙极了。

这首诗见于《乐府诗集》第四十四卷的《清商曲辞》，属“吴声歌曲”。但《诗纪》卷四十六却收入梁武帝《子夜冬歌》四首中。它可能是梁代文人学习民歌的产物。

（李生龙）

欢闻变歌(其三)

南朝民歌

张罾不得鱼,鱼不橹罾归。
君非鸬鹚鸟,底为守空池。

鉴赏

乐府民歌所反映的男女爱情生活,大都是以女性口吻唱出的。这首歌反映男女一次约会未遇,女主人公怀着惋惜的深情,出以幽默的逗趣,打个歌给男子。她一开口用了个生动有趣的比喻:撒开网没有捕到鱼,落得个渔船罾网空空归去!这是为什么呢?一种情况是歌中继续用比喻明白唱出来的:她所欢爱的人守候在一个地方,像张网守着个没有鱼的空池,不能如鸬鹚一样,虽然栖息湖泽池沼近旁,但或起飞盘旋,或潜泅游动,以捕捉鱼。《欢闻变歌》中反映男女欢会情况,有的男子不顾高墙深院,"中夜来相寻,唤欢闻不顾"(其一);有的男子不顾琐窗重帘,"欢来不徐徐,阳窗都锐户"(其二)。此处女主人公的所欢则不是这样,株守一处等待,在心理上是过于拘谨,还是多少有些矜持?这正是她深深惋惜所在!另一种情况,"守空池"的原因也许正是女主人公因故延误赴约了。《诗经·邶风·静女》就有这样的情况:"静女其姝,俟我于城隅。爱而不见,搔首踟蹰。"这是男子唱出的,期于城隅幽僻之处,女方不至。南朝民歌中出现的女子,大多生长于都市小商人、手工业等家庭,封建礼教观念比较淡薄,但比起男子究竟多一层社会舆论的约束,而且封建经济使女子依附男子生活,对待爱情问题也就更加慎重。本篇女主人公与男子有约会,因故未至,本是件容易引起不愉快的事。她却是幽默的比喻——"君非鸬鹚鸟,底为守空池",向对方逗趣,使人嗔笑不是,收到了欢快的效果。

真挚的爱情,期约不遇的意外情况和彼此的心理状态,用一组形象的比喻表现出来,显得生动活泼,曲折有致;是嗔是笑,趣味盎然。

(王昌猷)

欢闻变歌(其五)

南朝民歌

锲臂饮清血,牛羊持祭天。
没命成灰土,终不罢相怜。

鉴赏

这首民歌写一个女子与男子山盟海誓,矢言相爱,生死不渝的情景。女主人公燃烧着火样的热情,割破手臂表示信守,与男子约为婚姻;怀着虔诚的心理,宰杀牛羊祭天。啜饮清血,当着神灵盟誓。“饮清血”,一个“清”字突出表现了她纯真、高尚的情操。接下去“没命成灰土”两句便是两人的婚约誓词:即使到了生命的尽头,形骸化为尘土,可两人相亲相爱的精神却是永恒的,无止境的。《淮南子·齐俗训》说:“胡人弹骨,越人契臂,中国歃血也,所由各异,其于信一也。”女主人公既割臂示信,又歃血盟誓,真可谓“信誓旦旦”了。这一方面表现出民间男女追求自由幸福生活的纯真感情和强烈愿望,一方面也曲折反映出女子在封建经济、政治生活中处于无权的地位,因而对婚姻前途比男子承担着额外的风险和担忧。

这首民歌前两句写女主人公与男子约婚盟誓,场面庄重而热烈,后两句直书誓词,情感淳朴而深厚,显示出民歌健朗、质朴的风格特点。

(王昌猷)

前　溪　歌(其七)

南朝民歌

黄葛生烂熳,谁能断葛根。
宁断娇儿乳,不断郎殷勤。

鉴赏

民歌诗人惯用生活中熟悉的事物起兴或设喻。譬如葛,因其依附蔓生的特性、用作纺织的功能等,在以女性为主人公的民歌中屡见不鲜。如《诗经·周南·葛覃》"葛之覃(延)兮,施(延蔓)于中谷,维叶萋萋",比喻女子在父母家日渐长大,容色美盛;《周南·樛木》:南有樛(木下曲)木,葛藟(葛类)累之(茂盛)。比喻女子嫁给丈夫。本篇女主人公一开始即以葛自喻,嫩黄的葛蔓,枝叶生长茂盛,光彩四溢。比喻自己容色美盛。但接下去,她没有像《葛覃》女主人公那样想到未来"为絺(细布)为绤(粗布)"、"归宁父母",也没有像《樛木》中女主人公那样想到未来"乐只君子,福履(禄)绥之",而是充满着一种危机感:"谁能断葛根。"葛根一断,花萎叶枯,容光尽失,这是谁也不能忍受的苦痛!这种危机感有其深刻的社会和现实根源。封建社会中女子一直处于从属的地位,她们对爱情愈坚贞,对男子的依赖性就愈强,从而带来心理上的压力也就愈大。何况现实生活中有些男子对爱情不忠实,喜新厌旧,如《前溪歌》第一首:"忧思出门倚,逢郎前溪度。莫作流水心,引新都舍故。"《吴声歌·读曲歌》第二十七首:"闻欢得新侬,四肢懊如垂。鸟散放行路井中,百翅不能飞。"这些情况引起女子的深重忧虑和无穷苦痛。本篇中女主人公正是基于这些情况,她心理上的危机感把她逼迫到如此险仄的地步,在母子之爱与夫妻之爱两者之间必须做出抉择:"宁断娇儿乳,不断郎殷勤"。这个宁愿之词,显然是她过于依赖男子而导致内心空虚恐惧、喃喃自语构成的幻景。"念我出腹子,胸臆为摧败"(蔡琰《悲愤诗》),女主人公为了爱情,准备付出何等巨大的代价?

这首民歌用"黄葛生烂熳"一句开篇,兴中有比,词采鲜丽。接着连用三个“断”字，逐层展示出女主人公复杂的心理活动：深刻的担忧，痛苦的抉择，争来不易的爱情生活。歌虽直接抒情，但一波三折，亦足以回肠荡气。

（王昌猷）

丁督护歌

南朝民歌

其　四

督护初征时，侬亦恶闻许。
愿作石尤风，四面断行旅。

其　五

闻欢去北征，相送直渎浦。
只有泪可出，无复情可吐。

鉴赏

郭茂倩《乐府诗集》著录的南朝刘宋时的乐府《丁督护歌》共有五首，这是其中的第四第五两首。五首诗除第一首外，都写督护参加行伍，从南方出发去北征，他的情人送别时心情哀伤。这里选的两首，都用女子的口吻描述，表现她对督护的热恋和幻想。上一首说：女子（自称为侬）一听到督护要出征，就感到不好受，希望能化作石尤风（一种厉害的打头逆风），使一切交通停顿，督护能够留下来。后两句写女子的幻想，颇为天真可爱。南朝乐府《三洲歌》云：“愿作比目鱼，随欢千里游。”和此诗的构思颇接近，《三洲歌》幻想随欢郎远游，此篇则幻想留下欢郎，目的都是要与爱人不相分离。下一首说：督护北征，女子在直渎浦（在今南京市）相送，心情痛欲悲绝，热泪夺眶而出，连话都说不出来了。南朝乐府吴声歌曲、西曲歌中的许多篇章，常常通过女子口吻来诉说青年男女的爱情，写得感情热烈，语言活泼生动，风格清新明朗，富有民歌风味。这两首诗也是如此。

关于《丁督护歌》的产生，相传有一个故事。据说宋武帝刘裕在东晋末年未做皇帝时，曾派遣其女婿徐逵之从建业（今南京市）去荆州西征，逵之兵败被杀。刘裕派幕府内的直督护（官名）丁旿去收敛殡埋逵之尸体。丁旿回报时，徐逵之妻会稽公主亲自询问殡葬之事。每问一句，就曼声长叹道："丁督护！"声调很哀切。后人就利用"丁督护"这一哀叹声作为和声来创作《丁督护歌》。所谓和声，是指在乐曲歌唱时穿插在中间的声音，由数人相和而唱，可以增强歌曲的音乐性和感染力。由于只是利用"丁督护"作为和声来创作歌曲，所以现存歌词内容和本事不相吻合。如丁督护本是收尸人，歌词中成为出征人；徐逵之原是西征，歌词中成为北征等等。但歌词仍然保存着歌咏爱人出征这一内容。这种歌词内容与本事不相吻合，但又与本事保持一定联系的情况，在乐府诗中是常常会遇见的。

关于这诗的作者，《乐府诗集》署名为宋武帝（刘裕），而"督护初征时"一首，《玉台新咏》曾加选录，署名宋孝武帝（刘骏，刘裕之孙）。按史书记载，刘裕不喜欢音乐，因此不可能自己制造乐歌。何况，他女儿曼声哀叹"丁督护"，他也不会有好心情去制《丁督护歌》。而刘骏则爱好诗歌、音乐，现存诗歌多篇。因此，这五首《丁督护歌》当是刘骏的作品。在南朝乐府"吴声歌曲"和"西曲歌"中，有些歌词原出民间，经文人、乐工采择加工进入乐府，例如《子夜歌》《懊侬歌》；有些则出自贵族、文人之手，例如《桃叶歌》《丁督护歌》，它们模仿民间歌谣，故也富有民歌风味。确切地说，这后一类作品不是民歌，而是民歌式的文人作品。

（王运熙）

读　曲　歌（其五十五）

南朝民歌

打杀长鸣鸡，弹去乌臼鸟。
愿得连冥不复曙，一年都一晓。

鉴赏

这首诗歌选自《乐府诗集》的读曲歌，据《乐府诗集》引《古今乐录》

说:“《读曲歌》者,元嘉十七年(440),袁后崩,百官不敢作声歌。或因酒宴,止窃声读曲细吟而已。以此为名。”《读曲歌》也属于《吴声歌曲》,以抒写爱情见长。《乐府诗集·读曲歌》共收八十九首,内容大多写男女爱情。《打杀长鸣鸡》真切地写出了“欢娱恨短”的情人的心理。

“打杀长鸣鸡,弹去乌臼鸟。”“弹”,用弹弓发丸射击。“乌臼鸟”,候鸟名,天明时比鸡叫得还早。这首诗一起句就显得很突兀,让人读后不禁要问,主人公为何对报晓的雄鸡和乌臼鸟恨之入骨,甚至必置之死地而后快。我们接着看后两句,“愿得连冥不复曙,一年都一晓”。“冥”,黑夜。“曙”,天亮。“都”,总,总共。两句意思说:但愿接连地黑下去,一年总共只天亮一次。当然了,诗人当时并不知道昼夜交替是由于地球自转所造成的。因而主人公认为天明是由于雄鸡叫,乌臼鸣造成的,所以要杀鸡弹鸟,以期连冥不曙。这些看来不免荒唐的话却真切地写出了情人“欢娱恨短”的心理。诗人正是用这些近乎痴态的语言,使得主人公“相乐相得”的喜悦心情跃然纸上。南朝陈徐陵曾袭用这首乐府民歌的意境作《乌栖曲》:“绣帐罗帷隐灯烛,一夜千年犹不足。唯憎无赖汝南鸡,天河未落犹争啼。”我们只要将两诗稍加比较,便不难分辨其中优劣。陈诗尽管大肆夸张“一夜千年犹不足”,也借憎恨雄鸡(唯憎无赖汝南鸡)以表达其“欢娱恨短”之情,但终不及民歌的语言朴素流畅、鲜明生动。民歌说“打杀长鸣鸡”,不言“憎”而其意自见。

从这首诗歌所表现的爱情来看,抒情主人公之间感情真挚、性格奔放、气氛热烈,显然是一种自由结合。这类情歌正是对封建礼教的大胆挑战,这也正是这类情歌的思想价值之所在。总之这首民歌言约而意丰、语简而情长,态痴而情真,真不愧为南朝乐府民歌中的杰作。

(李建明)

娇 女 诗

南朝民歌

北游临河海,遥望中菰菱[①]。
芙蓉发盛华,渌水清且澄。
弦歌奏声节,仿佛有余音。
蹀躞越桥上[②],河水东西流[③]。

上有神仙居[4]，下有西流鱼。
行不独自去[5]，三三两两俱。

注释

①菰菱：即菰（gū），一种生长在池沼的植物，它的嫩茎可以食用，叫茭白。
②蹀躞（dié xiè）：小步缓行的样子。越：度过。
③东西流：即东流。
④这句《乐府诗集》无“居”字，这是根据《古乐府》卷六及《诗纪》补。一本作“上有仙圣”。
⑤这句《乐府诗集》无“去”字，据上述各书补。

鉴赏

这首诗是《乐府诗集》中十八首《神弦歌》之一。《神弦歌》是江南民间祭祀神祇的乐歌。由于所祭祀的都是些“杂神”“杂鬼”，因此大都不可考。这个娇女神，我们既不知道她之所以被祭的原因，也无法考证她神庙具体之所在。

这首诗的歌咏角度是颇值得注意的。它不是正面描绘娇女神的形貌神情，描绘她之所以成为神的曲折动人的传奇故事，而是通过一个游客的所见所闻所感，来诱发读者去体味其中难以言传的情思。这样写，着眼点就不再是对神灵香火的庄严礼拜，而是对凡俗人情的耐心寻绎了。

第一句中的“河海”，可能指的是河边的大湖，湖水汪洋浩瀚，好像大海，所以古人又把湖称为海。如《西洲曲》的“海水梦悠悠”的“海水”即是。诗人向北游历，面对江湖，远远望去，湖中菰菱如碧，荷花盛开，而湖水又是那样的清澈；这时远远传来祭祀娇女神的乐歌，那歌曲是那样声调和谐，节奏明快，余音袅袅，不绝如缕。这一切，都足以令人心旷神怡，然而也足以令人惆怅哀怜。这美好的湖上风光，使人联想起当初那位娇女在这儿摘菰菱、采莲藕的情景；这悠扬纡徐的祭神曲，使人联想起娇女曾唱过的美妙动人的情歌。这自然风物年年依旧，而娇女啊，你，你到哪去了呢？

诗人迈着小步在桥上走过，他在思考，在寻觅，在沉痛。那东流的河水，永远带走了娇女的青春和爱情，带走了她美好的一切。现在，这条桥上，已修筑起祭祀她的庙宇，她已经成为脱离凡俗的神人，接受着人们的顶礼膜拜。这难道是她所愿意的吗？她能忍受这圣洁的孤独、寂寞、凄凉吗？你看，这桥下，清澈的河水从西方蜿蜒流来，鱼儿也随它逍遥东去，它们走时绝不独自离群，而是三三两两一同嬉戏着前往。娇女啊,娇女,这难道不是你生前所经历过的,现在也还憧憬着的吗?

这首诗虽是祭神歌,但诗人通过人与神、凡俗与仙圣的对比,显然有意要使神还原为人,使冷漠之心还原为血肉之躯。它的表达是那样的含蓄,那样的富于诗意,实在是不可多得的抒情佳作。

(李生龙)

青溪小姑

南朝民歌

开门白水,侧近桥梁。
小姑所居,独处无郎。

鉴赏

青溪小姑是《神弦歌》所祭祀的神祇之一。这位女神,《异苑》说她是汉秣陵尉蒋子文的第三妹。据《续齐谐记》载,有个会稽人赵文韶,南朝宋元嘉年间为东扶侍,官舍就在青溪中桥。有个月夜,赵文韶遇到一位十八九岁的女郎,容色绝妙,与赵流连宴寝。临旦将去,以金簪赠赵文韶。赵亦以银碗及琉璃匕相赠。明日,赵在青溪庙中发现这些东西,才知那女郎就是青溪女神。这说明这位女神也有人的感情和生活欲望。这首诗就是祭祀这位女神的。因为她不是什么有关天地山川之大的正神,只是地方性杂神,而且是位"容色绝妙"的女郎,因此歌词就写得诙谐而有情趣,流露出歌唱者对女神的爱慕之情。

"开门白水,侧近桥梁。"这是描写女神所居的环境,神庙就在闪着粼粼白光的小河边,庙侧有小桥沟通两岸。一笔就勾勒出一个清幽的环境。这是紧扣青溪小姑的特点来写的。既名青溪小姑,当然靠水边。她也有人一样的追求幸福生活的欲望,却生活于如此清幽的环境,当然会不甘寂寞。唱这首诗的一定是位男巫。他看到这些,自然愿意向女神吐露衷情,诗就自然地过渡到后两句。

"小姑所居,独处无郎。"这是实写,因为庙里只有这位女神,没有男神;但这也是演唱者主观感情的抒发。他没有直接向女神表白爱慕之情,只是好像在轻轻地问：这么一位漂亮的年轻女神，没有如意郎君相伴，独自处在如此清幽的地方，不会感到寂寞吗？这是对女神的关切，也是挑逗，企图引起女神对他的注意。这种含蓄的表白与前面清幽环境的描写十分协调，构成诙谐幽默、藏而不露的艺术意境。

我国古典民间祭歌多描写神与神、神与人的爱恋，从屈原的《九歌》开始就是如此。这首诗就是屈原《九歌》神人恋爱歌唱的直接继承，只是没有《九歌》那种失恋的淡淡哀愁，而是充满希望的热烈追求而已。

（叶幼明）

采莲童曲（其一）

南朝民歌

泛舟采菱叶，过摘芙蓉花。
扣楫命童侣，齐声采莲歌。

鉴赏

《采莲童曲》是南朝乐府民歌《神弦歌》中的曲歌，属于民间祭神的祭歌，共有两首，这是其中的第一首。《神弦》曲中所祀的神，现多不可考，采莲童可能是水中的神。民间的祭祀大多和生产活动有着某种联系，因而祭神歌或者描绘生产活动的情景，或者表现劳动者的欢悦和愿望。这首《采莲童曲》与其说是祭祀神灵的歌，倒不如说是劳动者采莲时的歌唱。

诗从泛舟写起，描绘了一种活泼可喜、充满了欢歌笑语的采莲场面：一片绿荷如盖的池塘，密挤着的菱叶杂着荷盖，遮住了流水，几叶轻舟拨着脉脉的水流，小船上的少男少女采捞着菱叶，不远处挺立着的荷花散发着诱人的清香，小舟轻轻地荡过去，鲜丽的花儿已摘在采莲人的手里。忽然，不知从哪条船上传来了有节奏的木桨扣击声，那是邀请同伴们唱歌的信号。一刹那间歌声便弥漫了莲塘，和着淡淡的香丝，散开去，散开去……这是江南水乡所能见到的最有特色的劳动情景。采莲是江南别具情趣的生产活动，古诗《江南》写道："江南可采莲，莲叶何田田。鱼戏莲叶间，鱼戏莲叶东，鱼戏莲叶西，鱼戏莲叶南，鱼戏莲叶北。"诗从游鱼戏莲的情趣中写采莲的情趣，清新耐味。采莲成了江南民歌中最富于魅力的题材之一，南朝梁武帝曾经改制《西曲》创作的《江南弄》七曲，就包括《采莲曲》，后来的文人竞相模拟，其中唐代诗人白居易的一首写得别具一格："菱叶萦波荷飐风，荷花深处小船通。逢郎欲语低头笑，碧玉搔头落水中。"这首诗描景状物细针密线，表现人物情态惟妙惟肖，笔触委婉细腻。如果拿这首文人诗与出自民间的《采莲童曲》相比较，就可以明显看出民歌的浑朴天然的美，这种美是天然流露的诗，如同鸟的鸣啭，花的开放，泉水的流淌，无法用任何诗学的理论来规范它，正如唐代诗论家司空图所描述的："如逢花开，如瞻岁新。"诗中看不出什么章法技巧，只是浑然一体地散发着清新、活泼、健康的气息。

（林春生）

采莲童曲(其二)

南朝民歌

东湖扶菰童，西湖采菱芰。
不持歌作乐，为持解愁思。

鉴赏

《采莲童曲》第二首仍然写江南水乡采菱之类的生产活动，不同于第一首的是它比较明确地透露了"乐"与"愁"的情绪，反映了民间生活的另一方面内容。

诗也是从劳动场面写起，粗线条地勾勒湖中摘菰芦菱芰的场景。扶，有攀缘、沿着的意思，这里是采摘的意思；菰，是一种植物名，俗称茭白，生在河边、陂泽，可以作为蔬菜，它的果实如米，称作雕胡米；芰是菱的别名。"东湖扶菰童，西湖采菱芰"两句是修辞上的铺排写法。乐府民歌，尤其是叙事诗多喜欢用铺排，如《木兰诗》中的"东市买骏马，西市买鞍鞯，南市买辔头，北市买长鞭"；《陌上桑》中的"耕者忘其犁，锄者忘其锄"；江南乐府民歌中的《江南》古辞"鱼戏莲叶东，鱼戏莲叶西，鱼戏莲叶南，鱼戏莲叶北"，铺排游鱼东西南北游忽，尤其显得文情恣肆，兴趣盎然。这些铺排语言往往在诗中烘托气氛，描绘场面，大大增强语言的形象性和感染力。这首诗中的“东湖”“西湖”是泛指,两句铺排给一首短短的小诗涂上了浓郁的江南色彩。江南是水泽地区,多莲藕菰芦,“扶菰”“采菱”是江南独有的活动,江南民歌大多是人们在从事这些活动时创作的。

江南人民拥有清丽的山光水色,有劳动中获得的欢快,也有种种绵绵的愁思。“不持歌作乐,为持解愁思”,正是江南人愁思的流露:在采莲人婉约轻扬的歌声里,你仅仅听出了欢快?不,那低回婉转的调子分明含着淡淡的却是剪不断的愁绪。歌者说,他(或她)唱歌不是为了寻欢作乐,而是为了借以消解心中的愁思。这愁思是什么?是“叹我当春年,无人相要唤”(《子夜四时歌》)的青春的愁怨?是“小喜多唐突,相怜能几时”(《子夜歌》)的爱情忧郁?还是“今夕已欢别,合会在何时”(《子夜歌》)的相思之苦?诗中没有明确说出,但诗人的愁思又分明在。江南自然条件、生活方式所酿成的人民的性格、气质、方言、审美情趣等方面的江南特色决定了江南民歌的细腻柔婉、清雅秀美的风格特点。诗人的感觉是细腻微妙的,诗歌中表现出来的感情也是委婉曲折的。这首诗的后两句在“解愁”与“作乐”之间分出深与浅的程度,可以想见其感觉的细密了。

两首《采莲童曲》比较起来,前一首轻快流美,后一首婉曲悠扬,都体现了吴歌含思婉转,浑朴清新的风格。

(林春生)

襄　阳　乐(其一)

南朝民歌

朝发襄阳城,暮至大堤宿。
大堤诸女儿,花艳惊郎目。

鉴赏

襄阳乐,乐府《西曲歌》名。南朝民歌,共九首,此其一。这一组曲可说是一轴有关襄阳市民爱情生活的历史风俗画。

起首两句,开门见山,点出审美时空:一朝一暮;襄阳城,大堤。着重渲染典型环境。我们知道,魏晋南朝以来,襄阳地处江汉之间当南北交通要冲,经济繁荣,形势险要。大堤,固城坡,在襄阳城北,面临汉水附近一带,“风物秀美”(《襄阳府志·风俗》)。商贾往来频繁,游客踏春如云。一、二句突出地名,饶富浓郁的地方色彩,在读者眼前展现一幕优美的舞台背景。三、四句接着介绍主要人物出场:“大堤诸女儿,花艳惊郎目。”大堤上游春少女们美艳如花,风流少年目不暇顾,凝眸注视,显得惊奇、惊异、惊喜、惊羡、惊赞不已。诗人善于化美为媚,从大堤女儿之媚所产生的效果去暗示其美。即通过审美主体——“郎目”所表示的“惊”,由那双“灵魂之窗的眼睛”(达·芬奇《论绘画》)去说话,充分显示出少女的妩媚及其迷人的魅力。这样,诸女儿之美,虽“不着一字”,却“尽得风流”(司空图《诗品·含蓄》)。末句“惊郎目”三字,画龙点睛,可谓传神之笔,给人留下深刻难忘的印象。

(何国治)

襄 阳 乐(其四)

南朝民歌

人言襄阳乐,乐作非侬处。
乘星冒风流,还侬扬州去。

鉴赏

此诗的抒情主人公为扬州女,富有浓厚的扬州市民习性。扬州地处长江中下游,其风土人情,明清人修的《扬州府志·风俗》中如此描述:“土壤膏沃,擅鱼盐布谷之利,商贾懋迁有无,百货廪积。故历代繁华,喜奇险而恶朴拙,都美盛丽之风,靡靡成习。”“其俗轻扬淫佚”,“妇人无事,居恒修冶容,斗巧妆,镂金玉为首饰。杂以明珠翠羽,被服绮绣,袒衣皆纯彩,其侈丽极矣。此皆什九商贾之家。闾左轻薄子弟,率起效之。”“四方富贵宦游者,置妾皆称扬州,麕至而蝇聚,填塞衢市。或为媒妁所绐,误入乐籍者,往往有之。”南朝扬州富裕市民的风俗传统,于此也可见一斑。

诗中的扬州女就是在这样繁华奢靡的都市里生长的。扬州的民俗习尚,自小耳濡目染,深入脑际,家乡习俗,地方观念,相当强烈。她由于种种原因(或者,说不定还是一个被侮辱与被损害的“误入乐籍者”),流寓襄阳,他乡异域的生活,她总觉得不顺眼,不习惯,开头两句,即直吐其内心的积怨与不满:“人言襄阳乐,乐作非侬处。”人们常说襄阳是个行乐的好地方,然而,襄阳作乐虽好,不是自己享乐之处。襄阳虽云乐,究竟不是自己故乡,始终不如扬州好,所谓“人言扬州乐,扬州信自乐。总角诸少年,歌舞自相逐”。这才是扬州女心目中所认为的真正作乐处。在襄阳,她有许多难言的苦衷。她不甘寂寞,受人摆弄,发愤追求自由的爱情生活:“乘星冒风流,还侬扬州去”。诗里巧妙地运用双关语:字面之意是说,趁着星光,冒着急风流水,返回我的出生地——扬州去;言外之意实说,回我扬州去,称心如意地尽情过着自由自在的风流生活。

此诗的传神写照处,好就好在第三句的双关语上,就在这里,女主人公个性的泼辣、倔强、风流,溢于言表,跃然纸上。

(何国治)

襄　阳　乐(其八)

南朝民歌

女萝自微薄,寄托长松表。
何惜负霜死,贵得相缠绕。

鉴赏

此诗起首二句,别开生面,以女萝攀附高大魁梧的松树表皮自喻,显得谦逊而又一往情深,誓死相从:“何惜负霜死,贵得相缠绕。”女萝只要能缠着松树寄生,相依为命,难解难分;那么,被霜冻死亦心甘情愿,毫不痛惜。

这首诗,托物寓志、抒情,全用象征手法。写女萝实即写女主人公。女萝“寄托长松表”“何惜负霜死”,象征女主人公将自己全副身心委托给恋人,视爱情重于生命。其感情出自肺腑,缠绵绸缪,深厚热烈,真挚诚恳而又纯洁朴实,的确动人心弦。

诗的语言,铿锵响亮,掷地有声;比喻贴切得体;想象新颖别致;形象奇异瑰玮。全诗沿着女萝缠绕长松这一意象而展开，显得新鲜、朴素、单纯明朗，寓意深长。风格质实无华，刚劲拙朴，可谓独树一帜；一扫六朝宫体诗浓艳柔媚的脂粉气，给人留下耳目一新，深刻难忘的审美感受。

（何国治）

青　阳　度（三首）

南朝民歌

隐机倚不织，寻得烂漫丝。
成匹郎莫断，忆侬经绞时。

碧玉捣衣砧，七宝金莲杵。
高举徐徐下，轻捣只为汝。

青荷盖绿水，芙蓉披红鲜。
下有并根藕，上生并目莲。

鉴赏

这三首《青阳度》，是南朝民间情歌，是歌咏男女爱情的。属于《乐府诗集》中的《清商曲辞》。南朝民歌最突出的一个特点，就是体裁短小，多是五言四句，语言清新自然，广泛运用双关语。

第一首开头两句："隐机倚不织，寻得烂漫丝。"是写一位纺织女子在机旁的沉思。她靠着织布机不织布，手里拿着一堆散乱的丝头。"隐机"，即停机。"烂漫"，作"散乱"解。"烂漫丝"，表面上是纺丝散乱，实际上隐寓织女思绪混乱。"丝"是"思"的谐音。寥寥两笔却把一个纺织女子捧着一团乱丝靠在织机旁的愁眉苦脸的形象展现在读者面前了。这两句和《木兰诗》开头四句写木兰停机不织而叹息是相类似的，但其具体涵意却不同。木兰的叹息是为了替父从军，而这位纺织女子却是为了爱情的困扰。所以下面两句写道："成匹郎莫断，忆侬经绞时。"是说她已织成的布匹，望男方不要剪断，应该想念她在绞织经线时的辛苦。这表明了这位纺织女子思绪纷乱的所在。但是,这里必须指出,这种说法是双关隐语,并不是真的怕“郎”剪断她的布匹,而是怕“郎”要断绝她的“匹偶”。言外之意是她在恋爱过程中男方变卦而中断,所以她才这么说。通过织布寄寓她对他的情意,希望男方不要断了他们之间的爱情。在封建社会里,由于封建礼教的支配:一是男女恋爱不自由,婚姻不自由,往往造成了“懊恼不堪止,上床解要绳,自经屏风里”(《华山畿》)的殉情现象;二是男女不平等,女的时为男的所玩弄或遗弃,因此,对男方负心背约的猜疑和哀怨之声,也时有所闻,这首民歌就是这类作品。从它里面不仅可以看出女子的坚贞爱情,也可以看出她们的悲惨命运。它有力地揭露了封建社会的罪恶。

第二首,是用洗衣的工具、动作来表现相思之情。头两句:“碧玉捣衣砧,七宝金莲杵。”先写洗衣的用具。古代民间洗衣是在水边的石头上,用木棍来打浸湿的脏衣服,然后再放在水中泡洗净的。“捣”是砸打的意思。“砧”,即捣衣石。这里说用碧玉造的捣衣石,用七宝装饰有金莲花的木棒,是以此来显示情意之重。“七宝”,一般指金、银、琉璃、玛瑙、珊瑚、琥珀、宝石等物。“金莲杵”,是指雕有莲花而又涂了金色的杵。“杵”即木棒。这里作者把捣衣砧和捣衣棒写得如此名贵艳丽,是用以衬托女主人公对男方的深情厚意。这两句是通过名贵工具来表达她对他的深挚爱情;下面两句却是通过她的动作来显示:“高举徐徐下,轻捣只为汝。”她把金莲杵高高举起,但并不是大力打下,而是慢慢下棒,细心轻打,唯恐衣物受损。这是为什么?最后半句就点明了题意:“只为汝”。只是为了你这心爱的人儿。这是一种衬托的手法,不必直写她对他的爱情如何如何,只是写她“捣衣”时“高举”而“轻捣”,就已把她对他的爱情之深衬托出来了。因为她怕损其衣服,正是由于她爱他之情深,不然,损坏就损坏了,何必要轻捣?全诗寥寥四句,就已勾勒出一幅生动的女子捣衣图,在这画面里蕴藏着捣衣深沉不露的爱情。

第三首,则用荷花与莲藕的自然生理来隐喻爱情的缠绵。“青荷盖绿水,芙蓉披红鲜。”一开头就给人描绘出一幅荷塘美景:青青的荷叶盖着绿水,鲜艳的荷花殷红夺目。红绿相映,青的怡目诱人,红的娇媚可爱,令人心醉神迷。这两句是从大处落笔,是概括的写法。但诗的重点不在这两句,它不过是起着背景的衬托作用。下两句那具体、细致的描述,才是诗的题旨所在:“下有并根藕,上生并目莲。”“并目莲”,即并头莲,也叫并蒂莲。这是说,荷花下面有连根的莲藕,上面却有一枝开两朵的荷花。这里写的“并根藕”“并目莲”,是借此隐喻爱情,希望男女双方像“并根藕”“并目莲”那样永远联结在一起,不要分离。用这种比喻、象征的手法,表现女方对男方的深挚之爱,委婉含蓄,更耐人寻味。

这三首诗所描绘的画面清晰、形象鲜明。所表现的爱情缠绵真挚,而又各有特点:第一首以织丝之乱比喻忧虑爱情之不继，以表其深情；第二首以捣衣工具之精美，捣衣之细心，以表其爱情的诚挚；第三首用荷花之美，莲藕之根连，以表爱情的美满与纯真。各尽其妙，韵味盎然。

（黄志辉）

那　呵　滩（六首）

南朝民歌

我去只如还，终不在道边。
我若在道边，良信寄书还。

沿江引百丈，一濡多一艇。
上水郎担篙，何时至江陵。

江陵三千三，何足持作远。
书疏数知闻，莫令信使断。

闻欢下扬州，相送江津湾。
愿得篙橹折，交郎到头还。

篙折当更觅，橹折当更安。
各自是官人，那得到头还。

百思缠中心，憔悴为所欢。
与子结终始，折约在金兰。

鉴赏

《那呵滩》属《乐府诗集·清商曲辞·西曲歌》，是舞曲，一共六首，分两组。《乐府诗集》引《古今乐录》说："《那呵滩》，旧舞十六人，梁八人。"可知这个舞曲梁以前早就存在了。当时南朝和北朝相比，社会比较安定，农业、手工业、商业、交通运输业都很发达。长江沿岸出现了许多经济中心城市，如建康（今之南京）、江陵等。建康为六朝的国都，史称“贡使商旅，方舟万叶”，是长江水路的交通中心，它与江陵之间的船只来往尤其频繁。两地之间有一些急流险滩。《古今乐录》说：“那呵，盖滩名也。”它应是其中最险急最著名的一个，是商旅船工最担心的一个处所。

第一组三首，是船工夫妻之间送别的歌。船工迫于生计，驾船欲往江陵，他的妻子恐行船危险，进行劝阻。诗歌极为简洁，这一层意思并未在篇中直接写出，而由第一首船工对其妻的劝慰中可以推知。船工来往江中，对急流险滩自然熟悉，他岂不担心，但为了安慰妻子和家人，把逆流去江陵，说得很轻松：“我去只如还。”我去，表示别人去可能还有危险，但我驾船技巧熟练，有丰富经验，到江陵这样地方去，不过像平时回家一样，是很安全，不值得担心的。这起首一句，包含了他对自己工作经验的信心，对妻子家人安慰的深刻用心，也反映出了他豪迈的性格。但途中有像那呵这样的险滩，真很安全吗？这从紧接的“终不在道边”“我若在道边”的补充说明中可以看出，就连这位技巧熟练的船工也是无把握的。但他还是安慰妻子，万一有这样的事，会托可靠的使者寄信回来的。这首诗反映了这个船工与妻子相别时，豪迈、精细、曲折而复杂的思想感情。与丈夫的豪爽性格相对照，妻子则是十分温柔，对丈夫是体贴入微的。经丈夫这么一说，对可能出现不测事件的担心她已放下，但对丈夫操劳的关心，又涌上心头。逆水行舟，船工们弯腰向地，一步一蹬背着纤索向前的艰难情景使她痛心。怎么能减轻丈夫沉重的负担呢？她没有什么特别的法门。那百丈的纤索是很容易沾濡在水里的。俗话说：“宁愿带个人，不愿拖根绳。”纤索沾在水里，就等于多拉一个艇子。所以她充满感情地要丈夫注意这一点。这是她关心的第一件事。再就是，逆水行舟，前进缓慢。江陵那么遥远，何时能够到达呢？这个问题既反映了她对丈夫的关心，也表达了她难忍与丈夫久别的依恋之情。短短二十个字，把妻子送别之情细致委婉地表现了出来。丈夫见妻子放心了，他也就高兴了。“江陵三千三，何足持作远。”性格的豪迈，对妻子的安慰，见到妻子放心后的愉悦，混合着紧紧挤满在这十个字里，与第一首头十个字，豪迈中渗透着懊丧的情绪，格调大不相同。这一首的三四句与第一首的三四句，也互相照应，前边是说自己向家中寄书，这里是要妻子多给自己写信。这相当于一根感情的绳索，两头牵系着自己和妻子两颗心，牵系着扬州与江陵两个地方，牵系组诗的首与尾，把两颗心、两个地方乃至整个组诗捆束得十分紧密。

第二组与第一组不同。前组为夫妻之别，本组为恋人之别。前组是离开扬州往江陵，本组为离开江陵往扬州。前组首尾为男子所歌,中间为女子所唱。本组首尾为女子所唱,中间为男子所歌。女子听说所爱的人要顺水到扬州去,依依难舍,一路相送到江津湾。江津湾是一个很大的码头,江陵送人水行,往往送到这里,看着行人扬帆远去。《石城乐》说:“布帆百余幅,环环在江津。执手双泪落,何时见欢还。”本诗中女子送到这里也十分痛苦,难以离别,但她有什么办法阻止这种不可挽回的离别呢?她顿时异想天开:“愿得篙橹折,交郎到头还。”这种艺术想象,非常深刻地表现了她不愿分离的强烈感情。而且很切合她的身份,又具有鲜明的民歌特色。这个船工听到恋人的这种歌唱,他的感情将会怎样?看样子他们相爱应有一段时间了,女子对他的感情十分真挚而强烈。他们的相爱是双方自愿的性质,与那种父母之命媒妁之言不同。那么,在这个时候,他也应该和女子一样是很悲伤的。然而他的答歌却万分地出人意料,即使篙折橹断,他也没有打转之意。这是为什么?是他不爱这个女子吗?不可能。是他真是铁石心肠没有依恋之情吗?也不可能。真正的原因是他们“各自是官人”,身不由己。由于身不由己,无法相守在一起,若在这时也充分表现自己的感情,不愿与相爱女子离开,那恐怕只能徒增女子的悲伤,而无济于事吧。为了减轻对方的悲伤,他怎么办呢?我们想,这就是他唱了一首这样冷冰冰答歌的原因。在这冷冰冰后面,隐藏着一颗无限关怀情人的火热的心啊!他这种深藏的用心,这位女子能理解吗?如不理解,那必然的结果就只能是分手了。然而没有。她最终表示愿与所欢的人立下金兰之约、始终不渝之盟,就说明了她还是理解对方的。组诗通过这种曲折的笔法,表现了男女双方之间无限深长的爱情,而没有落入任何旧套。真是一组别出心裁的好歌!

(曹大中)

拔　蒲(二首)

南朝民歌

青蒲衔紫茸,长叶复从风。
与君同舟去,拔蒲五湖中。

朝发桂兰渚,昼息桑榆下。
与君同拔蒲,竟日不成把。

鉴赏

《拔蒲》属《乐府诗集·清商曲辞·西曲歌》，是倚歌，无舞。《古今乐录》说："凡倚歌，悉用铃鼓，无弦有吹。"可知唱起来节奏鲜明，很清雅。《拔蒲》一共两首，是男女共同拔蒲时，女子唱给她情人听的。歌首先以眼前的青蒲起兴，把青蒲与紫茸对照着写出，显得色彩淡雅美好。又写出蒲的长叶随风飘展，生意盎然。这一方面以蒲与茸，叶与风的关系来比喻他们两人爱情的关系，另一方面，也是以青蒲的生意来象征他们爱情的美好。接着直接抒怀，表示永远与情郎劳动在一起，生活在一起，即使是飘荡五湖四海，亦在所不辞。这反映出劳动者爱情的纯洁、坚贞、坦率、健康。第二首即写他们劳动在一起的爱情生活。他们所追求的是真挚纯洁的爱情，不是物质享受。他们虽然没有高楼大厦，没有后院花园，但他们"朝发桂兰渚，昼息桑榆下"，生活在比高楼大厦更美好的地方。民歌作者的这一艺术想象，充分反映了劳动人民洁净芬芳的爱情，真正体现了劳动人民高尚的审美观念。最后两句以整日拔蒲不满一把来反衬他们爱情生活的无比融洽与幸福。这一手法无疑是吸取了《诗经·周南·卷耳》"采采卷耳，不盈倾筐"的艺术经验。不过《卷耳》是为了反衬思念之苦，《拔蒲》则是为了反衬愉悦之情。作者将这样两句置于诗歌的末尾，使全诗显得余味无穷。

（曹大中）

作　蚕　丝（其二）

南朝民歌

春蚕不应老，昼夜常怀丝。
何惜微躯尽，缠绵自有时。

鉴赏

这首诗又名《蚕丝歌》（《玉台新咏》卷十），原诗共四首，内容都是写女子的相思，这是四首中的第二首。在《乐府诗集》中，它属于“清商曲辞”。《古今乐录》说：“《作蚕丝》，倚歌也。”“倚歌”是用铃鼓、管乐伴奏的歌曲，听起来是相当宛转清脆、悠扬凄恻的。

从字面看，全诗咏的是蚕，但实际上写的是女子的刻骨相思。“怀丝”的“丝”与“相思”的“思”谐音；“缠绵”可以形容蚕丝的绵长萦绕，也指女子肠一日而九回的缠绵相思。诗人巧妙地运用了谐音双关和同音同字双关的手法，把春蚕的生物特征和女子的心理情感特点融汇得天衣无缝，使相思这种看不见、摸不着、说不清的潜在心理活动外化为一种可知可感的形象，从而也使读者的心灵受到深深的震撼，留下极其深刻的印象。

唐代诗人李商隐的《无题》诗中有两个至今尚传诵人口的名句：“春蚕到死丝方尽，蜡炬成灰泪始干。”前一句在构思上无疑是受到过这首《蚕丝歌》的启发。但是，李诗与这首诗对爱的前景所抱的态度是不一样的。前者写的是爱的绝望，读后使人眼中流血、心底成灰。后者尽管也写出了生的挣扎、爱的磨劫，却不乏期待和希望。《古诗十九首》中说“思君令人老”，这首诗却开头就说“春蚕不应老”，分明是反其意而用之。女主人公勉励自己，千万不要因“昼夜常怀丝（思）”缓了衣带，减了玉肌，憔悴衰老，而应当努力加餐，永葆青春。她坚信，“缠绵自有时”，只要自己生得顽强，爱得执着，总有实现爱情理想的时候。所以，这首诗不只是要读者随女主人公愁肠的蠕动悲鸣，它还要我们为主人公的乐观自信祈祷，祝她如愿以偿。

（李生龙）

作　蚕　丝（其四）

南朝民歌

素丝非常质，屈折成绮罗。
敢辞机杼劳，但恐花色多。

鉴赏

这首诗表面上描写的是把洁白的蚕丝织成色彩鲜艳的丝织品，实际上表现的是我国古代妇女的高尚的情操和坚贞纯洁的爱情理想。

“素丝非常质,屈折成绮罗。”这两句是写实,是写诗中的抒情女主人公在把“非常质”的素丝,经过辗转曲折的精细加工,把它织成高级丝织品——绮罗。如果作品只写到这里,那它只是一种劳动过程的客观叙述。天才的诗人深知艺术的本质特点在于影响人的感情。因此,她的歌唱并没有停留在这种劳动过程的描写,而是展开想象的翅膀做了由此及彼的飞翔。

“敢辞机杼劳,但恐花色多。”怎敢推辞这种穿经引纬精心织造的劳苦,只是担心花色太多而失去素丝的洁白的本质。从字面看,她还是在写织丝绸的事,与前面的描写是一致的。但读者读过之后,难道仅仅停在织丝绸这件具体事情之上吗?你不会联想到更多更广的内容吗?

首先,你不会从这首诗想到一个人保持纯洁本质的重要吗?丝织品花色太多,会损伤素丝的洁白的美,人花巧太多同样有损于淳朴的品德的美。我们的先哲孔老夫子就说过:“巧言令色,足恭,左丘明耻之,丘亦耻之。”(《论语·公冶长》)社会上就有那么一种人,善于花言巧语,装模作样,而丧尽天良。这位女诗人正有感于这一点,她就从丝绸的花色联想到人的品德,贵在天然,不能过分雕琢而失其本真。这首诗就是对这种去伪存真,保持天然本色的讴歌,这是女诗人追求高尚品德的表现。

其次,你不会从这首诗联想到纯洁的爱情的可贵吗?我国封建统治阶级总是把妇女当作玩物,宣称妇女是以色事人的,妇女“四德”之中就规定有“妇容”一德。而这首诗的抒情女主人公认识到,爱情靠“花艳惊郎目”是不可久长的。许多妇女年老色衰,被人抛弃,悲剧就是这样造成的。《作蚕丝》共有古辞四首。前两首诗表达了女主人公为爱情而愿意牺牲一切的感情。这首诗则表达了她对爱情的另一种追求。爱情不能像丝绸那样靠花色多来讨人喜悦;爱情必须像丝绸要保持素丝的洁白一样,必须保持感情的纯洁,不能建立在以色事人的基础之上。“愿得一心人,白头不相离”,这就是古代妇女高尚的爱情理想。

总之,从这首诗所描写的形象出发,凡涉及去伪存真,保持本色的事,读者都可以从中得到启发。

(叶幼明)

西 洲 曲

南朝民歌

忆梅下西洲,折梅寄江北。
单衫杏子红,双鬓鸦雏色。
西洲在何处?两桨桥头渡。
日暮伯劳飞,风吹乌臼树。
树下即门前,门中露翠钿。
开门郎不至,出门采红莲。
采莲南塘秋,莲花过人头。
低头弄莲子,莲子清如水。
置莲怀袖中,莲心彻底红。
忆郎郎不至,仰首望飞鸿。
鸿飞满西洲,望郎上青楼。
楼高望不见,尽日栏杆头。
栏杆十二曲,垂手明如玉。
卷帘天自高,海水摇空绿。
海水梦悠悠,君愁我亦愁。
南风知我意,吹梦到西洲。

鉴赏

《西洲曲》保留着民歌的本色,诗中纯真的思想感情、浓郁的生活气息以及民歌所独具的想象方式与表现方式,都是与文人创作大异其趣的。但从格调的缠绵、词句的工巧以及将乌臼(柏)树下女子的居处写成青楼、楼上并有垂帘与十二曲栏杆等描写看来,显然又是经过文人润饰改定的。

《西洲曲》的难解在于字句有所省略,文意时有暗转,因而人物、地点、时间、情节、语气等都颇难确定。依笔者看,诗中所写的是一位江南女子对情郎的执着的思念。这位女子住在长江南岸,她的情郎已去江北。是家在江北,还是因经商或服役而离去,虽然不便坐实,但据两人有过一次幽会、分手之后彼此发愁（“君愁我亦愁”）以及女方如此深情忆念看来,男女双方或恐是同乡,说不定还有过一段青梅竹马的生活史,而不大可能是邂逅相遇的露水夫妻。幽会的地点,是在女方住处附近的西洲,诗中交代:划上两桨,过了桥便是。“鸿飞满西洲”她都看得见,也是近在咫尺的一个旁证。“洲”是水中的陆地;鸿雁喜欢在水边群居,“鸿飞满西洲”又正好说明西洲是江中的一块洲渚。既离家很近,又相当僻静,确是幽会的一个好去处。从大方位来说,温庭筠《西洲曲》有“西洲风色好,遥见武昌楼”的句子,可知西洲和女方的住处都离武昌不远。幽会的时间,是在上一年梅花开放时节。卿卿我我的感情交流,与西洲上梅树旁的特定景色密不可分地长留在女子的记忆之中。很可能这一对情侣还曾对着梅花起誓,梅花成了他俩的定情之物,因而分手一年之后,女子始而“忆梅下西洲”,既而“折梅寄江北”,借以寄托对远人的思念,也用以打动对方的感情。诗中的情节主要有两个,春天里的折梅赠远与秋天里的采莲怀人。前者略写,只有六句,直接相关的只有开头两句,但这是感情波动的一个“震中”;有了它,下面表现执着思念的许多文字才有所依托。后者则采用详写,是从“震中”荡开的层层波澜。其中“采莲南塘秋”等六句,是全诗中笔法最细腻、最动人的部分。在这六句之前有铺垫,在其后有承接,有发展,连跗接萼,多姿多彩。全诗的语气,以女子的第一人称为主,辅之以第三人称的描叙与咏叹。像描写女子形貌的“单衫杏子红,双鬓鸦雏色”,“树下即门前,门中露翠钿”,“栏杆十二曲,垂手明如玉”,非第三者不能道。而“君愁我亦愁”以及以“忆”“望”等字领起的诗句,又显然是第一人称的口吻。二者之间有极为自然的过渡,不同的语气和谐统一,了无拼凑捏合的痕迹。

《西洲曲》最难解的是开头两句以及相承接的若干句子。“忆梅——下西洲,折梅——寄江北”,都是“二三”句式,“忆”“折”“寄”的主语都是抒情女主人公的“我”。两个“梅”字应该是统一的,都指梅花。因为想起了梅花,才有“下西洲”“折梅”并寄梅的行动。“忆梅”二句,在平浅的词语后面深藏着不同一般的情意。梅花到处有,随手便可摘得,何必动桨划船去西洲呢?一个“忆”字隐隐透出一年前西洲之上梅花开放时幽会定情的一段往事。西洲的梅花已不再是纯客观的存在,而是着上了女主人公感情色彩的男女相爱的见证了。因而“忆”犹未足,还要亲自去西洲;光是观赏一番嫌不够,还要折下来寄到江北去。真是难以理喻却可情通的绝妙好辞。其中第二句“折梅”是在西洲上,“寄江北”是在回家以后。“回家”这一转折从暗中带过。接下来的四句转为第三人称的描写叙述,先说女子的形貌,再说西洲的所在。那女子穿一件杏红单衫,头发像小乌鸦毛那样乌黑发亮。“两桨桥头渡”不仅交代了女子所去的西洲并不远,并且顺笔带出了她会划船,与后文写采莲的笔墨互相映照。三、四句中的“杏子红”“鸦雏色”都是普通的比喻说法;有人以为是写春夏之交的相思,似与诗句的原意相去甚远。以上六句,首二句好比越剧的前台表演,展开着情节;后四句像是幕后合唱,着意渲染,绘形绘色。从第七句开始,转入采莲怀人的情节,用笔极为从容:“日暮伯劳飞,风吹乌臼树”,先写女子居处的环境;“树下即门前”,镜头移动,写到了女子的家门口;“门中露翠钿”,推成特写,写出了女子的翠钿头饰。然后女子从门中走出,开始采莲、登楼等一系列表演。诗作巧妙地用空间转换的办法不露痕迹地把描写的笔墨从春天伸向了秋天。“开门郎不至,出门采红莲,采莲南塘秋,莲花过人头。低头弄莲子,莲子清如水。置莲怀袖中,莲心彻底红。”诗作如展长轴,昭示的是一幅真实动人的采莲相思图。

从艺术上来看,《西洲曲》的主要特色在于以情为轴心展开全部描写。诗中的景物,有着江南水乡鲜明的地域特色,但用笔极为简略,主要为写人服务。写乌臼树是为了写女子的“门前”,进而显露出“门中”的女子。写荷塘、莲花,是为了写出采莲人。对人的描写,很少写外形,只用写意笔法勾勒出“单衫”“双鬓”“翠钿”“垂手”等局部,让人由美的局部想象出美的全人,重点则在女主人公思想感情的抒发上。“忆梅”“折梅”“采莲”“弄莲”,莫不是为了排遣对情郎的思念之情?“忆”而又“忆”,“望”而再“望”,一个深于情的女子仿佛正一步一步向着我们走近。

艺术特色之二是在动态中表现人物的思想感情。诗中的女子并不是静坐着沉思默想或絮絮叨叨地抒情、议论。深情的思念推动着她不停地行动、动作:下西洲、折梅、寄梅、采莲、弄莲、置莲、望飞鸿、上青楼、卷帘、做梦。活动的空间也在随着变换:忆梅是在家中、折梅已到西洲、寄梅又回到了家里、采莲是在南塘、望郎又登上了青楼。全诗寓不变于变之中,在富于动态的描写中,女主人公执着的情爱贯穿始终。她那矢志不移的追求,不由得让人想起《离骚》中的两句名言:“亦余心之所善兮,虽九死其犹未悔”。一千多年前,在我国古典文学中即出现这样一个无视封建礼教的男女之大防,坚贞不渝地追求爱情与婚姻自由的女子形象,无论从历史或美学角度来说,都是难能可贵、值得自豪的。

艺术特色之三是,与表现扯不断的情思相适应,诗中多用重字、接字、钩句,谐音双关等写法,从而形成反复回环、有余不尽的情韵。“树下即门前”等四句四用“门”字,“出门采红莲”等七句七用“莲”字。在后来的近体诗中,重字是要注意避忌的;《西洲曲》却大巧若拙，故意多用重字以传情达意。接字，修辞学上称作“顶真（针）”或“联珠”，如“风吹乌臼树”“树下即门前”，“低头弄莲子，莲子清如水”。接字不仅使句意紧相衔接，而且将不同画面巧妙地组接到了一起。钩句有加强上下句联系或互相映衬的作用，如“树下即门前，门中露翠钿”，“开门郎不至，出门采红莲”。谐音双关，如“莲子”谐“怜子”。“清如水”是说爱恋之情纯洁如清水；“彻底红”是说爱得极为热烈。此外，在韵律上，律句与古体的声律并用，平韵与仄韵的韵脚相间，读去极为流畅动听。“莲心彻底红”句，从本义讲是不通的（按：莲心绿色），“海水梦悠悠”句也颇不成句子，但都因为音韵流美，恰当地传达了女主人公如痴似幻的缱绻深情，读者也就不再拘泥于字句之间了。

（陈志明）

长　干　曲

南朝民歌

逆浪故相邀，菱舟不怕摇。
妾家扬子住，便弄广陵潮。

鉴赏

这首小诗是南朝民歌中传至今日的唯一一首以《长干曲》为名的歌辞，弥足珍贵。它虽属南曲，但其内容风格竟与同为南曲的众多《吴声歌曲》和《西洲曲》迥异。可以说，南北朝两大民歌派别——“南艳曲”“北胡音”都难以把它包括进去，但又好像都沾一点边儿，在成就很高的南北朝民歌歌苑里，它是一首内容新鲜，风格特别，地位突出的小诗。

全诗寥寥二十个字，便成功地写出了一个迎风斗浪的船家女子形象。

首句“逆浪故相邀”的“邀”字，是阻拦的意思。风浪迎面扑来，像是故意前来阻拦。一个“故”字，采用拟人化手法，将风浪写活了。次句便是对偌大风浪的回答。“菱舟不怕摇”五个字中叠合了两个意象：“菱舟摇”与那女子的“不怕摇”。前者写物，顺接上一句；后者写人，以客观的情景反衬出人物的精神，“逆浪”愈大，“摇”得愈厉害，反衬也就愈有力。我们不正是在迎面扑来的波峰浪谷之中，从迎风击浪的菱舟之上才认识到这是一位性格刚毅的船家女子的吗？

后面两句是“不怕”的补笔，揭示“不怕”的原因。将人物思想活动的内在依据写足。噢，原来是“妾家扬子住，便弄广陵潮”。前两句是用第三人称描述，这两句改用女主人公的口吻自述。把背景从现在拉到过去，从眼前拉到远方，拓宽了诗的意境，进一步完成了女主人公形象的塑造。这两句提到的“扬子”即“扬子津”，在扬州近郊，是长江下游著名的古渡口。“广陵”，即扬州。“广陵潮”，指扬子江的潮水。据史书记载，古时候长江下游称扬子江，江面辽阔，海水常常倒流到扬州一带，在此形成声势浩大，汹涌澎湃的广陵潮。诗中的女子生于斯，长于斯，“弄潮”也就成了家常便饭。“便弄”的“便”字是习惯、惯常的意思。不仅“弄”潮，而且“便弄”，就像《庄子·达生》所说的“长于水而安于水”，终至于达到了“操舟若神”的地步。不同一般的是诗中的主人公不是男子而是女子，将阳刚之气赋予了阴柔的女性，从而为传统文学中的女性形象增添了新的光彩。

此诗在形式上已与后世五言绝句的格律相符合。古代诗家认为：“绝句之法要婉曲回环，删芜就简，句绝意不绝……大抵起承二句固难，然不过平直叙起为佳，从容承之为是。至如宛转变化，工夫全在第三句，若于此转变得好，则第四句如顺流之舟矣。”（杨载《诗法家数》）《长干曲》在前两句用了映衬对比的写法，文意跌宕，可谓“婉曲回环”。第三句一笔宕开，由现在回溯过去，从眼前拓向远方，颇见“宛转变化”的“工夫”。末句紧承第三句，过渡自然，真如“顺流之舟”。

（陈志明　叶志衡）

企　喻　歌（其一）

北朝民歌

男儿欲作健，结伴不须多。
鹞子经天飞，群雀两向波。

鉴赏

这是一首表现北方民族尚武精神的乐府民歌。它刻画了一个纵横驰骋,所向披靡的孤胆英雄的形象。首二句“男儿欲作健,结伴不须多”,读来震撼人心。借此我们可以感觉到诗人激烈跳动的脉搏。第一句破空而来,写这位“男儿”的心态,十分奇突。“男儿”两字先给读者一个大丈夫的印象。着一“欲”字,便形象地刻画了男儿决心做出一番豪壮事业的那种摩拳擦掌、跃跃欲试的英姿。第二句笔锋一转,写出了“结伴不须多”的诗句来。唯其“不须多”,才正好衬托出这一孤胆英雄的刚勇犷悍、武艺超群来,可以想象,这一“男儿”一定是武艺精通,豪侠任气,从来就不把七尺之躯看得那么重,所以他在“欲作健”时,也就从来没有考虑过要找什么帮手。这两句,把“男儿”的英武气概表现得淋漓尽致。这样写,并不意味着赞颂“男儿”的个人英雄主义,而是反衬他胆大艺高,勇武超群。诗人抓住“结伴不须多”这一富有特征的侧面进行具体描绘。“欲作健”,见其可爱之态;“不须多”,见其豪犷之性与勇悍之状。这一切又都展示了英雄尚武的内心世界,把一个孤胆英雄写得形神毕现,栩栩如生,笔墨极其精练,笔力极其雄劲。

接下去诗人另辟蹊径,由实入虚,用“鹞子经天飞,群雀两向波”两句,以十分贴切的比喻,来写这一孤胆英雄的纵横驰骋、所向披靡。这一健儿来到时,人们纷纷遁逃,就像鹞子在天空一飞,群雀都向两旁飞散一样。诗人以夸张的手法,新奇的比喻,写出了英雄的万夫莫敌之勇,给人以极其鲜明而飞动的形象感受。这既是对前两句的说明与补充,又是对前两句诗意的深化与扩展。

这首短诗,前两句实写,后两句虚写。虚实结合,使得作品摇曳生姿,颇具灵动之美。此诗取材的角度也很有特色。它仅仅撷取战前与战时这样两个片断来写,至于前前后后的情况,则让读者自己用想象去补充。这种跳跃式的结构,使得诗歌具有明快的节奏,真如“经天飞”的“鹞子”,给人一种扶摇直上、一往无前的气势美,有力地突出了健儿强烈的战斗激情。这种写法,节奏短促,一气呵成,篇幅集中而内蕴丰富,在艺术构思上不落俗套,人物形象也因而显得特别鲜明。

(薛祥生　王少华)

企　喻　歌(其二)

北朝民歌

放马大泽中,草好马著膘。
牌子铁裲裆,鉅鉾鸐尾条。

鉴赏

这首诗用粗放的笔墨,白描的手法,在辽阔苍茫的大背景下,通过战士的装束美,反映了战士的心灵美,表现了战士的尚武精神,颇有艺术魅力。

为了刻画人物形象,展示人物的精神风貌,前两句先展现人物活动的壮阔背景。"放马大泽中,草好马著膘。""泽"而曰"大",足见其草原的辽阔。在这样辽阔的草原上"放马",其人胸襟之开阔、性格之骁勇则宛然可想。"草"而曰"好",又见其水草之丰美。在这样广阔的草原上,又有如此丰美的水草,"马"自然易"著膘",其"放马"人之勇武刚烈、驰骋沙场的英姿就隐见言外了。在诗人的笔下,北方高原的景色是这样的壮丽。在一望无际的原野上,骏马欢腾,其气象何其生气蓬勃!我们似乎看到骏马咴咴喷气、跃跃欲试的情状,看到四蹄腾空、凌厉奔驰的雄姿。这两句,连用两个"马"字。看似写"马"实是写人。"马"之骏正好映衬出人之勇。这里运用的是绘画里烘云托月的手法。

在把人物活动的背景写足之后,后两句则着重刻画人物形象,展现人物的精神风貌。但诗人没去写英雄如何驰骋疆场、奋力杀敌,而是写人物的外貌,写装束的严整,仪态的英俊,通过对其英姿飒爽的外形描写,暗示其英勇善战,这正是诗歌以个别反映一般的艺术。战士身着熠熠闪光、寒气逼人的"铁裲裆",头戴用色泽艳丽的鸐尾装饰的头盔,显示了他们英武剽悍的风姿和意态的骁勇英俊。且"铁"与"鸐(一种长尾山鸡)尾条"虽分别是"裲裆"和"鉅鉾"的装饰词,但又不限于装饰"裲裆"和"鉅鉾",目的在于描绘战士那种潇洒英俊的姿态,表现北方人民一往无前、勇敢粗犷的气概,塑造赳赳武夫的英雄形象。"铁"与"鸐尾条"既是实写又是虚写,都为激扬的诗情涂上了一层庄严壮丽的色彩。在着重外形描写的同时,又能透露出人物崇武的精神和美的心灵,使诗情既激扬又精致,人物形象活灵活现,有血有肉,丝毫没有那种简单呆板、一览无余的痕迹。

（薛祥生 王少华）

企 喻 歌(其三)

北朝民歌

前行看后行,齐著铁裲裆。
前头看后头,齐著铁鉦鉾。

鉴赏

本篇表现战士的尚武精神和骁勇风姿,是从行军行列的整肃来描绘的。

这首诗没有正面描写战士如何奋力拼杀,血染沙场,而是通过写战前行军的浩荡声势,暗示了战士们那种崇武的精神与赳赳武夫的风采。“裲裆”与“鉦鉾”是从装束方面落墨,“前行”“后行”与“前头”“后头”是从队列方面着笔。前两句是以横列的一排为基准点,因为“行”与“行”之间相隔很近,所以“前行”战士“看”到“后行”战士身上穿的“铁裲裆”。后两句则是从纵列的一排为着眼点,因为走在队伍“前头”的战士与走在队伍“后头”的战士相隔较远,而且其间又有战士相隔,所以“前头”的战士只能“看”到“后头”战士头上戴的“铁鉦鉾”了。诗人的观察多么细致,描绘多么逼真!诗人用“前行”“后行”与“前头”“后头”这些方位词,表现前后左右广大的范围,使诗歌所描绘的行军图具有了立体感。这种阵势纵横的描绘,可以看出队伍人马之众多,气势之磅礴,真可谓排山倒海,雷霆万钧,铺天盖地,席卷而过。着一“齐”字,又写出了队伍的造型美,充分显示了这支队伍的训练有素,军容整肃,纪律严明,兵行犹如衔枚,万马不嘶,罕闻其声,这就生动地表现出这支队伍的军容、军律和军风,烘托出战前严肃而紧张的气氛,其英勇善战、所向无敌已宛然可想了。写人,并不从直接描绘人物的音容笑貌着笔,却着意去刻画其“铁裲裆”与“铁鉦鉾”的齐整。而“铁裲裆”与“铁鉦鉾”是军人风采的最显著标志,对于表现戎马生涯来说,具有典型性,足以引起人们对征戍之事的一系列丰富联想,正是“不写之写”手法的妙用。

本篇的另一艺术特点是采用了叠词、叠句的手法。诗中“前”“后”“齐”“铁”“看”等都是叠词,前两句与后两句则是叠句。复叠的诗句,可从整齐中见参差,这对于表现队列的齐整,从而表现战士的骁勇善战是十分和谐的。并且读来有着回环往复、一唱三叹之致,加强了诗的节奏美与音乐美,增强了艺术魅力。

(薛祥生　王少华)

紫骝马歌辞(二首)

北朝民歌

烧火烧野田,野鸭飞上天。
童男娶寡妇,壮女笑杀人。

高高山头树,风吹叶落去。
一去数千里,何当还故处。

鉴赏

郭茂倩的《乐府诗集·梁鼓角横吹曲》中,收录了“紫骝马歌辞”六曲。除这两首外,还有《十五从军征》等四首。其实,这是一种误录。南朝陈时释智匠撰写的《古今乐录》中早已说过:“‘十五从军征’以下是古诗。”今人多从其说,以以下十六句为一首,编入东汉时期的“杂曲歌辞”中。

这两首歌辞,反映了北朝长期战乱给人民带来的灾难和痛苦,反映了当时动荡不安的苦难现实生活,具有较高认识价值和思想意义。

北朝,前后总共不到二百年的时间。但不断改朝换代,你争我夺,战乱频仍,阶级矛盾和民族矛盾也极为错综复杂和尖锐。统治阶级内部的争权夺利,互相攻伐残杀,连年不断;人民的反抗斗争,民族间的攻杀战祸,也此起彼伏。致使社会混乱,生产凋敝,人民辗转流亡、迁徙,死亡不计其数。他们长期生活于水深火热的苦难之中,其精神世界也是极其凄凉、悲伤和忧愤的。这两首歌辞各从不同的一个侧面,深刻、沉痛而生动地反映了这一现实。

先看第一首。

“烧火烧野田,野鸭飞上天”,这是诗的起兴。有人说它与下面两句的诗意并无联系,其实不然。表面上说,烧火时因为火焰蔓延,烧遍了原野,连能走动、能飞翔的野兽、野禽都逃走了,实际上它正暗喻了现实。试想,当时争夺、残杀、无端点燃起战火的人,使战火蔓延到了整个北方大地,致使人民大众死的死、逃的逃,几乎万里无人烟了。

“童男娶寡妇,壮女笑杀人。”男人们被征被抓,当兵打仗,或逃死他乡。家中只留下了孤儿寡妇。这寡妇,既有死了丈夫的寡守之妇,也有丈夫在外征战、逃亡的寡居之妇。统治者为了繁衍人口、保持自己的实力,或为安定民心、军心和生产,便胡乱婚配,以至使“童男”娶了寡妇。可以设想,除了青壮年男子娶了年龄相当的妻子以外,少年娶老妇、老年娶少妇的情况亦属不少,不然,尚不理解这种惨痛现实的大姑娘们怎么会感到“笑杀人”呢?

据《北史·神武纪》中记载,北齐神武帝高欢,在北魏、东魏的征战中,曾“请释芒山俘桎梏,配以人间寡妇”。北朝民歌中,也屡见婚娶不时、老女呼嫁、男少女多的反映和呼声。《地驱歌乐辞》说:“老女不嫁,塌地唤天!”《折杨柳枝歌》中说:“阿婆许嫁女,今年无消息!”“阿婆不嫁女,那得孙儿抱?”为什么会造成这种社会现象?还不是由于连年战争社会混乱、男性大量征战、流徙以至死亡而造成男女比例失调的原因所致吗?“壮女”们不解此理,反而“笑杀”“童男娶寡妇”,不更从另一个侧面反映出现实生活的可怜、可怕与可悲吗?作者正是用了这一具有典型意义的事例,并反衬一句,就更有力地写出了社会现实的悲惨情景。有人说,这句话“反映了北朝轻视寡妇的社会风气”。应该说没有搔到痒处。综观北朝的社会风俗,恰恰不是封建礼教造成了人们轻视寡妇的社会观念,而是战乱、灾难造成了这种“童男娶寡妇”的畸形婚姻。歌辞的中心不在于重点反映人们的思想观念,而在于重点反映和揭露现实生活的混乱和悲惨。

全诗四句,皆率直质朴。前两句既是起兴,又是暗喻,意在指明“童男娶寡妇”的社会原因。后两句是写实,既正面叙述,又侧面反衬,从而更好地突现了主题。

再看第二首。

歌辞浅近易晓,质朴无华。它写:高山之树,虽然居高临下,但风吹叶落,一飘千里,永无归期。这表面是写树,实际全为喻体,或是作者看到风吹叶落这一自然景象之后的联想和感慨。北朝连年不断的野蛮战争和人口掠夺,使广大人民远离乡土,或征战沙场,或转徙道途,或流亡他处,不得归还家乡故土。郭茂倩说:“《古今乐录》有‘梁鼓角横吹曲’,多叙慕容垂及姚泓时战阵之事,其曲有《企喻》等三十六曲。”“紫骝马歌辞”在三十六曲之内,当然也应该是反映战争痛苦和灾难生活的。《企喻歌辞》中说:"男儿可怜虫,出门怀死忧。尸丧狭谷中,白骨无人收。"死亡的,当然永远回不来了;幸存者,自然就会有回乡归土的企冀。那么,当他们看到被风吹得"一去数千里"的树叶,就自然发出"何当还故处"的感慨了。

从歌辞内容上看,这不是一般游子思乡的作品,而是"风吹叶落去"。"风吹",当暗指是被迫远出的。或是战争、灾祸的逼迫,或是被征、被俘的威胁,因而背井离乡、辗转流亡。这首歌辞或许是指某一具体的历史事实,但客观上却反映出了战乱现实中广大人民的共同呼声。

这两首歌辞,没有一唱三叹的袅袅余音,只有直率质朴、悲凉哀怨的倾吐。在隐喻中见率真,在哀伤中露刚健。虽然明白如话,读后却令人思索,是具有一定的艺术感染力的。

(霍旭东)

雀劳利歌辞

北朝民歌

雨雪霏霏雀劳利,长嘴饱满短嘴饥。

鉴赏

这首歌辞,宋人郭茂倩的《乐府诗集》编入到"梁鼓角横吹曲"之类中,并于篇末自注云:"右一曲,曲四解。"那么,按照他的意思,这首歌辞应该读为:"雨雪霏霏,雀劳利。长嘴饱满,短嘴饥。"可是辞存曲亡,我们已无法体味由曲调传达出来的情趣和意境,而只能就这首民谣似的歌辞来领略它的意义了。

诗语质朴无华,率直简洁,虽然只有两句,却给我们捕捉到了一种引人深思的景象:北方冬初的一天,雨急雪密,两者相互交加地纷纷飘落,似乎大地上一切都显得静寂了,只有一群群雀鸟在飞翔、在喧闹、在唧唧喳喳地到处觅食。这时候,庄稼收割了,草木枯萎了,各种昆虫也都栖息了。或许,田野里,场地上,还有些残剩的五谷颗粒和草实,可供雀鸟食用的昆虫有时出来蠕动,但是都已经极少了。因此,只有嘴长的雀鸟,或者说灵巧的雀鸟得以饱食果腹;而那些短嘴的雀鸟,或者说笨拙的雀鸟,就只有"唧咕咕"地饿肚皮了。

简短的两句,给我们描绘出了一个这么凄凉的场景,其氛围也是令人苦寂,感慨的。我们目睹此景,自然也会产生联想:自然界的这种常有的景象,难道人世间、社会上、现实生活里,不也是有类似的情景吗?歌辞的作者仅仅是为了表现这一瞬间的自然景象吗?

在战乱的年代里,在灾荒的岁月里,广大人民在各种各样的剥削压迫之下,都为生计挣扎。一些所谓"嘴长""手长"的人,可能会吃香喝辣,甚至大腹便便;而一些所谓"嘴短""手短"的人,就只能受冻挨饿、永居贫苦之地。如果这样理解还不离题太远的话,那么,这首歌辞就不仅是为我们描绘了一幅冬季雨雪中雀鸟觅食的生动景象,其深厚的意义更在于它以自然景象为喻,进一步揭露了社会现实,讽刺了世俗人情。因此,又可以把它看作是一首刺世嫉邪的讽刺诗。

按照传统的诗论说法,这两句歌辞像是一首诗歌的起兴,即所谓兴辞,犹如《诗经》开章明义第一篇《周南·关雎》中的"关关雎鸠,在河之洲"一样,而它的后两句本辞,犹如《关雎》中的"窈窕淑女,君子好逑"那样的诗句却省略了。其实,省略了比不省略还好。不省略只能使读者就其指意加以理解和认识;省略了反而使读者更加增强想象力,使读者不仅认识到辞面的意思、领略到作者的原意,而且还可以大大超越它的原意,以至联想出许许多多更深广的内蕴和涵义。这,就是这首歌辞的"诗味",也是它的艺术力量之所在。它言简意长,可以使我们联想到很多很多社会人生中的现象和哲理……

(霍旭东)

陇头流水歌(其二)

北朝民歌

西上陇阪,羊肠九回。
山高谷深,不觉脚酸。
手攀弱枝,足逾弱泥①。

注释

①末二句本是另一曲残存的前二句，但文义上和上四句是相连属的，因此可以放在一起读。

鉴赏

这首抒写行路难的北朝民歌，具有相当大的艺术感染力。诗人善于运用独有的敏锐的观察力，从耳闻目睹的无数行役生活中选取若干最逼真、最动人的画面，并以快如并刀的诗笔把它如实地描写出来，虽未加任何议论，却深刻地反映了行役者共同的哀怨、愤懑的情绪。

"西上陇阪，羊肠九回。"诗的头两句先交代行人的行程和方向，并从总体上描写陇山道路的百步九折、逶迤难行。"羊肠九回"极言陇山道路的萦回曲折，狭窄盘旋，使人倍感环境的荒凉与气氛的悲怆。诗人以感情强烈的咏叹句点出"行路难"的主旨，为全诗奠定了苍凉悲壮的基调，犹如一部交响曲的前奏，具有引人入胜的魅力。山道写得愈崎岖，就愈见出路之难行，因而不言难而难自见，不言苦而苦自明。

"山高谷深，不觉脚酸。"这两句又从山势的高危及行人的感触进一步写山道之难和行役之苦。诗人极写山势之高和山谷之深，山愈高危，谷愈深邃，愈见出陇阪之难于攀缘，愈能衬托出行役之苦。我们可以想见，突兀而立于行人面前的巍巍高峰，耸入云天，几乎挡住了太阳的运行；行人的脚下，则是冲破激浪，曲折回旋的万丈深谷。诗人不仅直状"山高"，而且衬以"谷深"之险。唯其"谷深"更见山势的高危。诗人意犹未足，又借自己的切身感触来进一步映衬，以"不觉脚酸"形象地写出了行人攀登陇阪的劳苦和惶恐的心理，简直使人望而生畏，心灵悸动。"不觉"二字，极其真实地写出了行人行走于万丈深谷旁的特有心理；"脚酸"二字，又极其生动地写出了行人特有的感受。寥寥四字，便把行人疲惫不堪，愁苦惶悚的神情，绘声绘色地刻画出来，困危之状鲜明如画，收到了令读者感同身受的艺术效果。

至此，陇山道的难行似乎写到了登峰造极的境地，但诗人又掉转笔锋，另辟蹊径，抓住行人典型的细节动作进一步加以刻画，写出了"手攀弱枝，足逾弱泥"的绝妙好句来。陈胤倩评曰："尽行路之艰难"，钟伯敬认为："二弱字，雨雪饥渴之苦在其中"。可谓切中肯綮。诗人准确地捕捉住雨中行人在岭上曲折盘桓，手攀树枝，脚踩烂泥的细节动作加以摹写，逼真地刻画出了行人步履的艰难，虽没有说明行人此时的心情，但寓情于景，情在景中。

这一细节动作所包含的感情是一言难尽而又可想而知的。真可谓状困危之状如在目前,含哀怨之意见于言外。

从全诗来看,前两句是视觉形象,中间两句是触觉形象,末二句则是视觉形象的特写镜头。开头由视觉形象暗示“西上陇阪”的艰难困苦,进而由触觉形象把乡思的暗流引向滔滔的感情的洪波,末二句又用一个“手攀弱枝,足逾弱泥”的视觉形象的特写镜头,就把行役之苦抒写得淋漓尽致。本篇以客观描述见长,写得含蓄蕴藉,耐人寻味。

(薛祥生　王少华)

隔　谷　歌(二首)

北朝民歌

兄在城中弟在外。弓无弦,箭无栝。
食粮乏尽若为活?救我来!救我来!

兄为俘虏受困辱,骨露力疲食不足。
弟为官吏马食粟,何惜钱刀来我赎?

鉴赏

在十六国和北朝将近三百年中,我国北方先后有匈奴、羯、氐、羌、鲜卑等少数民族入主中原,建立了二十几个政权组织。这些政权的建立和灭亡,都是通过各族之间以及本族内部集团之间的残酷战争和屠戮实现的,不仅各少数民族人民蒙受苦难,留在北方的广大汉族人民更是灾难深重。因为在每个少数民族政权面前,他们都是被统治者,是首先被奴役、驱使、杀戮的对象。当然,这些少数民族人民最后都与汉族人民融合而为一体了。

《隔谷歌》二首就是表现北方人民遭受战乱之苦的民歌。收入《乐府诗集》的《梁鼓角横吹曲》中,是公认的北方乐府民歌,但其产生的时代已难以确定,从内容看以产生于十六国时期的可能性为大。第一首描写一对亲兄弟却被胁掠参加敌对的战争,兄的一方被围困在城中,弟的一方则是城外的包围者。已经兵尽食绝,即将城破受戮,兄在城中竟然向弟弟发出绝望的喊叫:"救我来!救我来!"但是他的弟弟又怎能拯救他呢?从兄弟被迫成为敌人来看,这对兄弟很可能是汉族,他们是在乱离之后,被另外两个民族的统治者强迫参战的。这首民歌把当时汉族人民的苦难揭示得极为惨烈,令人触目惊心。

第二首可以当作第一首的续篇来读。在城破以后,哥哥被俘但幸免于难,战胜一方的统治者把他赏给作战有功之臣作奴隶,又陷入"骨露力疲食不足"的苦境之中。而弟弟却因替胜方统治者卖命有功,被提拔为官吏,过上了统治阶级的奢侈生活。哥哥又向弟弟发出了用钱刀(金钱)赎他脱离奴隶身份的请求。但是弟弟能否搭救他呢?留给读者的,恐怕永远是一个未知的问号了。这首诗通过描述一对兄弟在战乱中的荣辱、尊卑变迁,反映了战乱时代荒谬的社会现实与人际关系,令人感慨百端。

《隔谷歌》不仅在内容思想上是揭露当时黑暗现实的深刻有力之作,在表现手法上也很有特色。在形式上,一首是杂言体,一首是七言体。这种情况表明两首诗可能不是一时之作,后者很可能是前者的拟作、续作。不过杂言的也只有七言、三言两种句式,说明这个时期的北方汉族民歌也在趋向句式整齐,开始有一些七言作品出现,仅《梁鼓角横吹曲》所载七言的北方民歌即有十一首之多,北方乐府民歌对我国七言诗的发展是有贡献的。两首诗在选材上极有典型性,以一对亲兄弟之间截然不同、非常悬殊的遭遇为题材,进行鲜明的对比描写,更集中、更生动地表现了控诉战乱的主题,感情的表达也很充分。"救我来!救我来!"是直接把惨痛的呼喊写进诗中,强烈得震撼人心;而"食粮乏尽若为活?""何惜钱刀来我赎?"的诘问句,又显出沉痛、愤怒,足以感染读者的心情,引起读者的深思。

(朱思信)

捉 搦 歌①

北朝民歌

粟谷难舂付石臼②,弊衣难护付巧妇。
男儿千凶饱人手③,老女不嫁只生口④。
谁家女子能行步,反著夹襌后裙露。

天生男女共一处,愿得两个成翁妪。

华阴山头百丈井,下有流水彻骨冷。
可怜女子能照影,不见其余见斜领。

黄桑柘屐蒲子履,中央有丝两头系。
小时怜母大怜婿,何不早嫁论家计。

注释

①捉搦(nuò):戏弄或戏谑。
②付:交付,交给。
③千凶:喻人凶勇强悍,力敌千人。饱:足。饱人手:喻足以对付强手。
④只:表疑问,怎么。口:指人。生口:喻生孩子。

鉴赏

《捉搦歌》四首,就其题旨来说,都是写男女之间的婚嫁问题,在诙谐、幽默、开朗的情调中,显示了北方女子的活泼性格和她们大胆的表达情感的方式,反映了特定社会时期、特定生活区域内普通女子的心理。

第一首"粟谷"写一个已经达到了结婚年龄的姑娘的心理和形象。作为一个成熟的女性,她渴望有一个美满的小家庭,渴望得到男人的爱抚。然而残酷的战争却打碎了她的美妙梦想,那些凶悍勇敢的男人都从军打仗去了,留下她——一个待嫁的姑娘怎么办呢?一颗成熟了的女性的春心,常常骚动不安,使她在舂米和缝衣时,也会联想到男女间的情爱:什么样的难题都有解决的方法,而一个没有嫁人的姑娘无论如何也不能生孩子,这是严厉的父母和严格的礼俗所不允许的。一个女人对正当情爱的追求与社会、家庭的矛盾构成了本诗的深刻主题,而一个女人大胆、直率地袒露心声和她对自由、幸福生活的向往成为诗歌形象的精神主旨。通过这短短的四句诗,一个快乐但却未得到爱的待嫁姑娘的形象清晰地呈现在眼前,其用词之精练与贴切,表达情感的率直与大胆都是非常可贵的。

"谁家"一诗中的女子,对两性情爱的追求,对未来夫妻生活的渴望,更是坦率和强烈。她蔑视礼俗对女性的苛刻要求,把自己的衣服反穿在身上,以显示她向限制她行为的父母、家庭和俗规挑战的勇气和胆气,并在争取婚姻自主的问题上发出了强烈呼声,女人也应该有爱恋男人并向男人表达爱的权力和自由,男女天生就该共同生活、白头偕老。从诗歌的后两句中,我们可以想象这个女子与男人在一起调笑的情景：我呀，就是想与你配夫妻。全诗就是在这种明朗的格调中，完成了女子形象的塑造，使其行为与言语统一于诗的内涵中。

如果说“捉搦”都是表现男女之间的嬉戏与玩乐，那么这首“华阴”可谓是独树一帜了，它没有去写男女之情，也没有简单表现男女之事，而是更多地剖析了女子的心理动态。

诗的前两句用深池与冷水起兴，来写一个女子的处境和她对生活的深切感受。她也到了婚配的年龄，但是她感到父母的不关心和社会的冷漠，使她的内向性格受到更残酷的压抑。她不愿把心事告诉父母，也不敢向男子传情，而只能在内心中哀怨、忧愁，把感情深深地隐藏在心里，心灵受到长时间的煎熬。她在失望中等待着属于她的那一份感情，逐渐地，她意识到了自己的不幸和生活对她的打击，于是她来到这一汪清水面前，照一照她那美丽而姣好的面容，以满足和慰藉她的一颗焦渴的心。

全诗都是用委婉、含蓄的笔触来写一个女子内心情感的波动和对幸福生活的憧憬，一个哀怨的女子形象和一种忧郁的情调跃然纸上。

“黄桑”一诗，把女子的心愿毫无保留地披露出来了。诗用鞋带与鞋襻儿起兴，暗示了一个成熟的女人的特殊身份：那就是她应该成为娘家和婆家的中介和桥梁，不相关的两个家庭是由她给联系起来的。

然而这个愿望并不是很快就能得到满足的，她至今仍没有嫁人。这一开朗、外向的女子，毫不客气地把心理话说出来：母亲啊，您也是一个女人，您应该理解我呀！您知道，我已经长大了，我的全部感情都留给了那个将要做我丈夫的人，您为什么不早早地把我嫁出去呢？这是对父母和家庭的强烈不满的表现，也是对幸福生活的追求。

全部《捉搦歌》都是用有趣的、直言不讳的语言来写待嫁女子的心理，俱是“语意则直出肺肝，不加雕刻”（李开先《市井艳词序》），但北方女子粗犷的性格特征画龙点睛般地写出来了。

作者从生活中的现象写起，要么以琐事联系到婚姻问题；要么以细物暗示女子的心理；要么去揭示心理状态；要么就直抒情感。总之，作者是用兴诗为引导，让读者去透过现象，把握问题的实质，在明朗的情调中，看到女人的辛酸，看到女人的追求。这是女人的世界，反映着独特的女人心理。

除“华阴”外，诗的基本特征是直白、易懂，不是“含而不露”，而是“有含有露”，也不是以曲为贵，而是以直取胜。

（靳英敏）

折杨柳歌辞(其一)

北朝民歌

上马不捉鞭,反折杨柳枝。
蹀座吹长笛,愁杀行客儿。

鉴赏

“多情自古伤离别”。古代诗歌又经常将折柳、吹笛、怨别三者联系起来,而其滥觞则是这首《上马不捉鞭》。诗中正是通过对临别之际行者这些独具特点的动作行为的准确刻画,生动地突出一个“愁”字,表现出依依的别情。

行者“上马”,自当道得一声去也,挥鞭而去,却又“不捉鞭”,显然是心中已涌起了层层波澜。因为古代社会交通不便,行旅极其艰难,再加上世态炎凉,人情浇薄,所以,一般人往往安土重迁。更何况北朝时期,统治集团穷兵黩武,役使人民远征,形成了“男儿可怜虫,出门怀死忧。尸丧狭谷口,白骨无人收”(《企喻歌》)的惨痛局面。在这里,诗人用“不捉鞭”这一“上马”时反常的动作,将行人临行而又不忍径行的复杂而又矛盾的心理,表现得生动而又形象。

“反折杨柳枝”是行人在“上马不捉鞭”后的又一个动作,更深深地寄托着依依惜别之情。折取杨柳一枝,是古代表达惜别之情的一种习俗,《诗经·小雅·采薇》中,征人慨叹“昔我往矣,杨柳依依”。因为“柳”本谐“留”音,且杨柳依依之貌,更映衬出临别依依之情,因而杨柳和别情就结下了不解之缘。“柳条折尽花飞尽,借问行人归不归”(隋无名氏《送别》)。诗人们也从不同的角度,或细致描绘杨柳依依之貌,或生动刻画折柳人断肠之情,抒写出浓郁的离别之情和相思之意。“上马不捉鞭”却用质朴无华的语言,对行人“折杨柳枝”的动作做简洁的素描。尤其是一个“反”字,更将这一动作与“不捉鞭”的动作构成极为鲜明的对比。行人心中的万千思绪,也就在这更为反常的动作中,更为生动地揭示出来。

“蹀座吹长笛”,是行人“折杨柳枝”后的一个连续的动作。只见他盘膝而坐,拿出长笛一支,但吹奏出的绝不是壮行曲,因为他既折杨柳枝而生离别之情,自然吹奏出汉乐府《横吹曲》中的《折杨柳》曲。这饱含着离愁别绪的曲调,一下子勾起了他心中的恋乡、怀乡、思乡之情,也含蓄地透露出凄清婉转的哀伤情调。

前三句反映出了依依惜别之愁,深深相思之愁和沉沉哀怨之愁,可谓愁甚。其愁若此,当然就"愁杀行客儿"了。诗人直抒其愁,点破主旨,把全诗的愁绪推上了高潮。

由于通篇都以行人独具特点的动作抒写其悲愁之意,因而无论是"不捉鞭",还是"折杨柳""吹长笛",无不形象鲜明生动而又蕴含悲愁之思。在刻画这些动作时,尽管语言浅白,不事雕琢,但更含蓄深沉,使人体察到诗外之情,味外之思。

(李志慧　杨心州)

折杨柳歌辞(其二)

北朝民歌

腹中愁不乐,愿作郎马鞭。
出入擐郎臂,蹀座郎膝边。

鉴赏

从某种意义上来说,诗歌艺术就是想象的艺术,尤其是抒情诗。而要将内在的抽象的感情,化作外在的具体可感的形象,就必须借助于比喻。这首表现北朝人民爱情生活的作品,正是在现实生活的深厚土壤上,驰骋着大胆的想象,采用了奇巧的比喻,把脉脉的爱情生动形象地表现了出来。

"腹中愁不乐",似平铺直叙,却用意不俗,有丰富的内涵。它既是说郎君时常外出游牧,自己难得与他相伴左右,休戚与共。因此,刻骨相思,眷眷恋情便沉聚于胸。另一方面是铺垫,妇人既满腹忧愁,不免陷入遐思,寻找自己爱情的最好表达方式,从而引出奇特的比喻。她驰骋想象,"愿作郎马鞭",用北方游牧生活中最普遍、最常见的马与鞭,比喻两人相互依存的爱情。"出入擐郎臂,蹀座郎膝边。"像马鞭那样与郎一起驰骋于广阔的山川、平原,侍奉在他的身边,苦乐同担。

诗中的这种比喻奇特、生动、形象,体现出劳动人民的审美情趣,与历来文人之作大异其趣。如同以物喻爱情,张衡的《同声歌》:“思为莞蒻席,在下蔽匡床。愿为罗衾帱,在上卫风霜。”把她比作席子和被帐,与郎朝夕相处。白居易《长恨歌》的“在天愿作比翼鸟,在地愿为连理枝”比喻生死恋情,都显得缠绵有余而刚健不足,缺乏这首诗中朴实的生活感受,浓郁的生活气息和豪放雄浑的阳刚之气。而这首诗中大胆的想象,同样表现了北朝民歌特有的粗犷和直率,完全不同于南朝民歌的迂回婉转。如同样是怨妇希冀团圆,《子夜歌》中写道:“别后涕流连,相思情悲满。忆子腹糜烂,肝肠尺寸断。”流露出焦灼、哀怨的情绪,笼罩着一层凄苦的色彩。又如同是女子思念情郎,愁思难遣,《子夜歌》写道:“夜长不得眠,明月何灼灼。想闻散唤声,虚应空中诺。”她苦苦思念,辗转难眠,遥望着月光,仿佛听到了情郎的呼唤,竟然对着空中答应起来。想象也是新颖的,然而纤巧缠绵,清丽婉转,与“愿作郎马鞭”相比,也显示出不同的地方色彩和审美情趣。

由于这首诗以大胆的想象抒写温柔之情,因而温柔之中自见直率干脆;以奇巧的比喻表现缠绵之致,缠绵之中更显得痛快淋漓。

(李志慧　杨心州)

幽州马客吟歌辞

北朝民歌

快马常苦瘦,剿儿常苦贫。
黄禾起羸马,有钱始作人。

鉴赏

古代幽并之地,居民悲歌慷慨,任侠尚气;又多产良马,锋棱瘦骨而善奔驰。此歌辞将幽州之马与客并吟,故称《幽州马客吟歌辞》。全诗颇具格言的素质。

所谓格言素质,是指诗所揭橥的意旨带有较强的哲理意味,把握了生活中某种规律性的东西。日行千里的良马常常显得瘦骨嶙峋;吃苦操劳的人都和贫困结下了不解之缘。诗的前两句既是发现了生活中的这种规律，又显示了对这种现象的困惑和不平。这种不平现象在阶级社会中历来如此，正如《淮南子·说林训》所言："屠者羹藿，为车者步行，陶者用缺盆，匠人处狭庐——为者不得用，用者弗肯为。"善奔的马由运动之故，体多瘦劲；它们接连不断的体力消耗，实在需要丰实的肌肉，但丰臀圆腰的恰恰是那些终日饱食于厩枥间的驽钝之马。贫穷之人，必多辛劳方能维持艰难的生计；最需要钱物粮米的是他们，但财富偏偏被不劳动的人所占据。

如果说"快马"二句看似平实明白的诗中，蕴蓄着深刻的经验、思考和严正的疑问的话，"黄禾"二句则表现出劳苦者的抗争和觉醒。禾草能让瘦马长起膘来；有了钱财贫苦人就能摆脱困境过起好日子。这两句诗中的潜台词更为重要，这就是钱不会自动长翅飞来，被压迫被剥削者只有起来抗争，才能取得做人的权利，整个中国封建社会中起义农民所高举的"均贫富"的旗帜也正是这样的指归。

此歌辞虽只短短四句，内容却十分深刻，具有很强的概括力。全诗文字凝练，节奏短促简快，语意精警。诗的前两句与后两句都是将马与人对写，结构整饬，便于记诵，是一首很出色的谣谚诗。

（费秉勋）

陇头歌辞

北朝民歌

陇头流水，流离山下。
念吾一身，飘然旷野。

朝发欣城，暮宿陇头。
寒不能语，舌卷入喉。

陇头流水，鸣声幽咽。
遥望秦川，心肝断绝。

鉴赏

《陇头歌辞》在《乐府诗集》中是列入《梁鼓角横吹曲》的。郭茂倩云:“《古今乐录》有《梁鼓角横吹曲》,多叙慕容垂及姚泓时战阵之事。”《陇头歌辞》大概就是军人在关塞陇头征战时所唱。由历代大量咏叹陇头的诗也可得到证实。如“陇头征戍客,寒多不识春”(陈后主)。“从军戍陇头,陇水带沙流”(刘孝威)。“陇阪高无极,征人一望乡”(卢照邻)等。《陇头歌辞》现存三首。从这三首诗的内容和形式来看似一人吟唱,倾诉了征人在边关生活之苦和思念家乡之情。因此应视为一首歌。

“陇头流水,流离山下。”《通典》载:“天水郡有大坂,名曰陇坻,亦曰陇山,即汉陇关也。”陇头为陇山的山头,在今陕西陇县西北。《乐府诗集》引《三秦记》云:“其坂九回,上者七日乃越。上有清水四注下,所谓‘陇头水’也。”诗由“陇头流水,流离山下”写起,这是写实。写出了陇山顶上,泉水汩汩,淋漓四下的情形。同时又是起兴,由四下分流之水联想到自己远离家人,流离异乡的遭遇。“念吾一身,飘然旷野”就写出他漂泊异乡的凄凉和孤寂。陈胤倩指出“‘念吾’二句,情真似《国风》”道出这首诗感情真挚,哀伤之情溢于言表的特色。

“朝发欣城,暮宿陇头。”诗的第二节叙述戍边行旅的艰难。清晨由欣城出发,夜里露宿在陇头。经过一天艰辛的跋涉已疲惫不堪,多想休息一下啊!可只能睡在陇头荒漠的旷野。这是怎样严酷的环境呢?“寒不能语,舌卷入喉”,形象地描绘出陇头天气的恶劣。沈德潜在《古诗源》中称赞这两句诗为“奇语”。西北高原冬天酷寒为诗人所常道。梁时车敹云:“陇头征人别,陇水流声咽……雪冻弓弦断,风鼓旗竿折。”长孙左辅描述得更严酷:“阴云凝朔气,陇上正飞雪。四月草不生,北风劲如切……人寒指欲堕,马冻蹄亦裂。”杜甫也写出这样的诗句:“汉时长安雪一丈,牛马毛寒缩如猬。”(《前苦寒行》)“玄猿口噤不能啸,白鹤翅垂眼流血。”(《后苦寒行》)这些诗都极真切生动地描绘出陇西高原的奇寒。但以上诗人的诗多以外形的状写来显示天气的恶劣,而《陇头歌辞》却以奇特的手法表现陇头的酷寒。这里作者没有去写凛冽的北风,遍地的冰雪,却以奇妙的想象写出“寒不能语,舌卷入喉”的“奇语”。舌在口内,应是受不到严寒侵袭的,但此时也因耐不得寒冷而卷入喉中,以致不能伸张说话了。由此可以想见陇山山头一定雪大风疾,寒气彻骨,环境极其险恶,那歌者身处其地也早已冻得蜷缩一团了。

“陇头流水,鸣声幽咽。”诗的第三节也是由陇头水起兴。如果说“陇头流水，流离山下”是写流水之形，由其流离四下之形来表现身为异乡之人的孤苦。那么“陇头流水，鸣声幽咽”是状其声，以其呜咽之声咏叹离别家人的哀怨。正如罗隐《陇头吟》所写：“借问陇头水，年年恨何事？全疑呜咽声，中有征人泪。”那呜呜咽咽的陇头水永远唱不完征人心中的苦难。“遥望秦川，心肝断绝”，最后这两句诗直抒胸臆，抒发了对故乡无限眷恋的感怀。“秦川”是指关中地区，那是歌者的家乡。他听着那陇头水如泣如诉的幽咽之声，遥望着故乡，只见茫茫荒原，山峦隔阻，怎能不使人愁思怅惘，心肝断绝？这是多么令人诅咒的苦难啊！

《陇头歌》原为魏晋乐府曲名。这篇《陇头歌辞》也不同于一般北朝民歌，其风格颇似《国风》。南北朝乐府多为五言，也有七言或多言。而这首歌却同《诗经》中的诗一样为四言，在同期的乐府诗中是不多见的。起句用比兴手法也继承了《国风》的传统。从“陇头流水，流离山下”写起，“不明指天时而天时恍在其中，不显言地境而地境宛在其中；且不实说人事而人事已隐约流露其中。故有兴而诗之神理全具也”（《贞一斋诗说》）。可见诗由写陇头水开端，其意在于倾诉“念吾一身，飘然旷野”的伶仃孤寂之情。复沓的联章形式与《诗经》的章法也相似。全诗有两节起句相同，这样的一唱三叹使作者的哀伤凄苦的情感层层深入，反复递进，淋漓尽致地道出自己戍边之苦和离家之恨，从而加深了诗的感染力。正如沈德潜在《说诗晬语》中指出的“诗不用浅深，不用变换，略易一二字而其味油然自出者，妙于反复咏叹也”。

（孟祥照）

高阳乐人歌

北朝民歌

可怜白鼻騧，相将入酒家。
无钱但共饮，画地作交赊。
何处碟觞来？两颊色如火。
自有桃花容，莫言人劝我。

鉴赏

北朝民歌内容广泛,继承了"感于哀乐,缘事而发"的优秀诗歌创作传统,多是反映北方连年战乱和人民疾苦的歌。而《高阳乐人歌》却别具一格,饶有风趣,以邀友饮酒之事展现了北方人民豪放爽直的性格和重义尚侠的精神风貌。

"可怜白鼻騧,相将入酒家。"诗起得突兀。这是朋友相见,望着友人骑的高头大马发出的赞语:好一匹可爱的白鼻黑嘴的大黄马呀!诗赞好马,意在写人。因为"健儿须快马,快马须健儿"(《折杨柳歌辞》)。骑这骏马的人一定是位雄健风流之士。曹植的《白马篇》就是这样描绘的:"白马饰金羁,连翩西北驰。借问谁家子,幽并游侠儿。"诗人也是先赞饰着金羁,连翩而驰的白马,其目的是为颂扬"狡捷""勇剽"的"游侠儿"。李白的《白鼻騧》也有着同样的手法:"银鞍白鼻騧,绿地障泥锦。细雨春风花落时,挥鞭且就胡姬饮。"《高阳乐人歌》的不同之处是在第一句赞美了"可怜白鼻騧"之后,并没去表现这位骑马人的风采,而是留下余地让人去想象其风流倜傥的英姿。这样从侧面描写较之正面展现更多一层曲折,更增一些情趣。接着作者把笔一转写道"相将入酒家",邀请这位友人同去酒家饮酒畅叙,充分显示出二人的情笃义重和相见时的欢乐。"无钱但共饮,画地作交赊。"虽然身无分文,也不要紧,只管痛饮,让店家记上账好了。这是何等豪放。对此描写陈胤倩评论说:"犹有结绳之风,北俗故朴。"这里既展现出北人当时画地记账的一种风俗,也活画出了歌者朴实、爽直的侠义形象。难怪钟惺也极称赞这诗句"写得爽"(《古诗归》)。

"何处䙝觞来"四句与前四句应视为一首诗。乐府诗常在同一题下列有许多诗行。有的为一首诗,有的为数首诗。《汉诗总说》对此有解释:"乐府之有解何也?自是歌调中节奏。如竹子有节,合之则为一竿,分之则为数节,实是一竹。《十五从军征》本一诗也,分四语为一解。谓四语为一解则可;谓四语为一首则不可也。如《子夜》等歌,谓四语为一首则可;谓四语为一解则不可也。"《高阳乐人歌》八句分两节。从内容看显然是一首诗,而且是一首小小叙事诗。"可怜白鼻騧"四句叙述了歌者与友人相逢饮酒之事。后四句是写他酒后回家,被妻子(或其他人)察觉。劈头问他:"何处䙝觞来?两颊色如火。"你在哪里喝酒了?脸上火样红。问话里有责怪之意,也流露出体贴之情,同时还表现出一种调侃,戏谑的情趣。

"自有桃花容,莫言人劝我。"这是饮酒者的回答。他不承认喝了酒,说自己生来就面色红润,艳如桃花,怎么能说有人劝我饮酒了呢?耐人寻味的是妻子问:"何处䙝觞来?"他却不直接回答不曾喝过酒,而说:“莫言人劝我。”这就先掩饰了自己请人饮酒的事,也否认了有人请自己喝过酒。回答得十分巧妙、诙谐,令人忍俊不禁。短短的四句诗,在一问一答中描绘出一幅极富戏剧性的画面。那精细、泼辣的妻子和幽默、滑稽的歌者形象也都跃然纸上。可见这首诗篇幅虽短,却很完整。全诗活泼清新、明快简洁。互相问答的写法又别出心裁,使诗句摇曳生姿,甚有情致,充分体现了乐府诗善于叙事和长于对话的特色。

(孟祥照)

木 兰 诗

北朝民歌

唧唧复唧唧,木兰当户织。
不闻机杼声,唯闻女叹息。
“问女何所思,问女何所忆?”
“女亦无所思,女亦无所忆。
昨夜见军帖,可汗大点兵,
军书十二卷,卷卷有爷名。
阿爷无大儿,木兰无长兄,
愿为市鞍马,从此替爷征。”
东市买骏马,西市买鞍鞯,
南市买辔头,北市买长鞭。
旦辞爷娘去,暮宿黄河边,
不闻爷娘唤女声,但闻黄河流水鸣溅溅。
旦辞黄河去,暮宿黑山头,
不闻爷娘唤女声,但闻燕山胡骑鸣啾啾。
万里赴戎机,关山度若飞。
朔气传金柝,寒光照铁衣。
将军百战死,壮士十年归。

归来见天子,天子坐明堂。
策勋十二转,赏赐百千强。
可汗问所欲,“木兰不用尚书郎。
愿驰千里足,送儿还故乡。”
爷娘闻女来,出郭相扶将;
阿姊闻妹来,当户理红妆;
小弟闻姊来,磨刀霍霍向猪羊。
开我东阁门,坐我西阁床。
脱我战时袍,著我旧时裳。
当窗理云鬓,对镜帖花黄。
出门看火伴,火伴皆惊忙:
“同行十二年,不知木兰是女郎。”
“雄兔脚扑朔,雌兔眼迷离;
双兔傍地走,安能辨我是雄雌?”

鉴赏

《木兰诗》一作《木兰辞》,大约产生于北魏后期。在流传过程中可能经过文人的润饰,但基本上仍是民歌的风调。

一个女子,在国家需要的时候,毅然替父应征,奔赴疆场;及至胜利归来,脱掉戎服,换上女装,人们才发现这位英姿飒爽的将士,原来竟是一个年轻的姑娘。这件事情,是多么的不平凡啊!再加上作者卓越的艺术技巧,高尚理想的激情,遂使这首长诗成为我国古代诗歌中流传最广的篇章之一,使木兰这个光彩夺目的形象,家喻户晓,妇孺皆知,使木兰这个名字,成了女中英杰的代名词。

古人常说“男耕女织”。在那时的人们看来,耕和织分别是劳动人民中的男子和妇女最惯常的工作,因而也就是他们各自重要而易见的特征。《木兰诗》一开始,就从这最惯常、最易见处落笔:“唧唧复唧唧,木兰当户织。”不断传来的机杼声,说明着木兰正在那里辛勤织作,从而显示出木兰作为一个劳动妇女的本色。可是今天却有点反常了,忽而机杼声听不见了,代之而传来的是木兰一声声的长吁短叹。这反常的叹吁声,自然会引起读者的兴趣,一定要读下去,看个究竟;更自然会引起她的“爷娘”的关切,要去问问女儿有什么忧虑,有什么心思。

这样便水到渠成,引出了下文。

“何所思”“何所忆”,意思无大差别,但这绝不是啰嗦繁芜,浪费笔墨。重叠言之,正传达出“爷娘”急欲问明究竟的极其关切的心情,显示了木兰的长吁短叹是一反常态的事情。试想,如果木兰是一位多愁善感的小姐,叹息甚至哭泣,她的爷娘都听惯了,他们还需要急切地去询问吗?“无所思”“无所忆”,木兰也以急切的口吻,接连回答爷娘,说她没有什么心思。“阿婆许嫁女,今年无消息”“阿婆不嫁女,那得孙儿抱”“老女不嫁,踏地呼天”,这样的歌词,在北朝乐府中屡见,在现实生活中自然也是常常遇到的。木兰之所以要急于否认,是怕爷娘误认为自己有这样的心思。她是“有所思”的,她的“所思”是:可汗点兵,军书联翩而至;父老无兄,家庭处境困难。她打算替父应征,解决这复杂而紧迫的矛盾。“昨夜见军帖”八句,通过木兰的答语,既写出了当时矛盾之尖锐,形势之急迫,又展示了木兰深明大义、勇敢坚强、机智果断的精神面貌。她的音容仪态,作者固然未着一字,但读者却不难因内以求外,得之于想象。这样,木兰的形象就开始在读者的眼前活动起来了。

“愿为市鞍马,从此替爷征”,当木兰说出他的打算以后,爷娘和她是怎样商量计议的,过程怎样,结果如何,这些,作者全都略去了,表现得惜墨如金。下边直写木兰立即投入了替父应征前的准备活动:“东市买骏马,西市买鞍鞯,南市买辔头,北市买长鞭。”购买战具,未必需要跑遍四市,更不大可能一市恰好买到一样东西。本来一语可了,而作者却偏要把它写成四句,又表现得这样不吝惜笔墨。这一惜一不惜、一省一费之间,正显示了作者的技巧与匠心。前边的省略,丝毫无损于故事的脉络,反而使语言更觉干净简洁;后边的不惮其烦,却恰好表现出木兰准备活动之繁忙紧张,显示了她意志之坚定。刘勰说:“善删者字去而意留,善敷者辞殊而意显。”(《文心雕龙·熔裁》)《木兰诗》的作者就是这样一个既“善删”、又“善敷”,驾驭语言能力极强的人。

“旦辞爷娘去”以下两组对句,写木兰应征赴边途中的情景。这里值得注意的是,作者并没有把这个乍离双亲的少女的情怀简单化。他并不满足于她英勇坚强的这一面,而又深入一步,去发掘她心灵深处其他细微的活动,并通过黄河流水、燕山胡骑的声音和“爷娘唤女声”的对照,把它揭示了出来。这样,不仅丝毫无损于木兰这个形象的光彩,反而使它更丰满、更真实、更亲切、更有情味了。

仿佛一条山间的溪流,在一个平处经过了一度停留之后,又奔流而下。“万里赴戎机”以下六句,由“不闻爷娘唤女声,但闻黄河流水鸣溅溅”那样声情舒缓、音调悠扬的长句,又一变而为急管繁弦、跳跃性极大的语言,情调又变得激越悲壮起来了。“万里”二句,写木兰跟随大军,飞奔塞上。“朔气”二句,则以战斗生活的艰苦,来衬托她的英雄气概。“将军”二句,又以十个字概括了木兰十年的艰苦岁月和戎马生涯,语言极简约凝练。之所以如此,是由于诗的重点并不在于描写木兰的武艺高强和勇敢善战,而在于表现她的精神境界。

如果说木兰上述的形象已经难能可贵,已经显示了作为男子能够做到的、妇女也照样能够做到这一与重男轻女的传统思想相对立的思想光辉的话,那么,下边所写的木兰胜利归来后的言行、情操,就更为可贵,男子也未必都能做到了。“归来见天子,天子坐明堂。策勋十二转,赏赐百千强。”由于木兰出生入死,身经百战,胜利归来,所以天子特予召见。其策勋之高,赏赐之厚,也是异乎寻常的。然而在这些荣誉、功名、利禄面前,木兰的心情不是贪恋、艳羡、热衷,而是淡然漠然,并不稀罕,她的要求只是“愿驰千里足,送儿还故乡”,仍然去做一个“唧唧复唧唧”的劳动姑娘,去做她那爷娘——劳动人民的女儿。这种情怀,难道不比那些或投笔从戎,或十年寒窗,而目的只是为了博取高官厚禄,享受荣华富贵,并封妻荫子的须眉浊物远为高尚吗?而这种对家园乡土的深情,对劳动生活的热爱,恐怕也正是她女扮男装、代父从军、十年征战的力量源泉。

木兰的愿望实现了,几个“火伴”陪送她回到了家乡。以下即写她回到家以后的情景。“爷娘闻女来”六句,先写家人闻讯后的表现。“爷娘”“阿姊”“小弟”的行动,各有特征,皆切合各自的年龄、身份、心理状态,因而虽着墨不多,但形象却相当生动鲜明,真切有味。通过这些形象,又显示出一片惊喜欢乐的气氛。同时,这几句又与第一段的“阿爷无大儿,木兰无长兄”两句先后照应。可以看出,作者的针线是相当细密的。“小弟”的“小”字,下得相当考究。不说“阿弟”,一是为了避免和上边的“阿姊”重复;二是这个“小”字和下句“磨刀霍霍向猪羊”这种带有几分稚气的动作更谐和一致;三是更清楚地告诉读者:现在既还是“小弟”,那么十年前木兰替父应征时,他还是一个完全不懂事的孩子。那时,木兰既无“长兄”,又无大弟,因而“市鞍马”“替爷征”就非她莫属了。

“开我东阁门”六句,则写木兰自己初到家时的行动。六句话写了六种动作。她一跨进家门这急锣密鼓般的行动,和盘托出了她久别初归时满心的喜悦欢快之情。这心情中,既有重新与亲人团聚的兴奋,也有再过和平生活的欣愉,还有她尽快地结束十多年来的伪饰装扮,立即恢复她女儿家本来面目,以便自由自在地活动的急切心意。及至木兰换上“旧时装”,以她女儿家的本来面貌出现在她的“火伴”面前时,作者写道:“出门看火伴,火伴皆惊忙:‘同行十二年,不知木兰是女郎。’”语言是那么自然,情节是那么合情合理,而意味却是那么深长。伙伴们惊诧的神态与言辞,不仅告诉读者木兰是那样的机敏精细,在十二年的共同生活、战斗中,竟未露丝毫破绽,未引起同伴的任何怀疑;也告诉读者木兰的才能本领，与男子毫无二致，并不比他们逊色。显而易见，这是作者对这位女中英杰的深情赞颂，是在为封建社会里一直受到歧视、一直屈处社会最底层的劳动妇女扬眉吐气。而这一切，却都表现得这样从容自然，不费力气。

末尾四句，于伙伴们正惊诧之际，木兰从容作答："雄兔脚扑朔，雌兔眼迷离；双兔傍地走，安能辨我是雄雌？"她以带有浓郁的泥土气息的一个比喻，委婉而含蓄地表达了她内心的自豪感。犹如两只兔子在地上一起奔跑时，你无法辨别孰雌孰雄一样，横戈上马，在沙场上一道驰骋战斗中，你也无法区别孰男孰女。她的不卑不亢、风趣自豪，和伙伴们的惊惶失色，构成了一个极其鲜明的对照。通过这个对照，木兰这个光辉的形象便愈见丰富而光彩照人了。

在《李波小妹歌》中，也曾描绘了一个英勇矫健的妇女形象，但木兰这个形象之丰富、充实、高大、真切，却远非李波小妹所可比拟。木兰也具有同李波小妹一样的英姿，不过她的英姿是和识大体、明大义这一品质交融在一起的。当祖国需要的时候，她毅然决然克服了种种困难，代父应征，奔赴疆场，投身战斗，去保卫祖国，保卫家园，保卫和平安定的劳动生活，表现得那样坚毅果断，机智勇敢；她的英姿又是和不留恋、企羡高官厚禄，志在家园，志在劳动生活，始终未失去劳动人民的本色这一高尚的情操、纯朴的心灵结合在一起的；她的英姿还和她丰富的内心世界交织在一起。她在征途中有对爷娘的深切思念，在久别初归时又有作为一个女子的细腻情怀，并不单是一个赳赳武夫。总之，木兰这个形象既有坚实的现实基础，又有耀眼的理想光辉。只有劳动人民才能创造出他们自己的如此光辉的形象。

木兰从军，前后达十多年之久，对这十多年的生活，如果要平铺直叙起来，那就远非现有这么一点文字所可胜任，而且那形象恐怕也远不如我们现在所看到的木兰这么有光彩，有情味。所以作者就没有平均使用笔墨，而是该详则详，当略就略。他抓住几个最能表现人物特征、展现内心世界的细节，重彩浓墨，大笔渲染，放手铺陈，而于其他次要处，则大刀阔斧地予以删削，甚至完全略去不写。前者如出征前的准备过程，归家之初的场面、情景；后者如，用十个字概括了木兰十年的戎马生涯，明堂朝见之后到回到家乡的过程。唯其如此，所以才能以少总多，传神阿堵，使木兰的形象飞动起来，成为一个有血肉、有感情的活生生的人，而不至成为表达某种理想的传声筒。

（高海夫）

李波小妹歌

北朝民歌

李波小妹字雍容,褰裳逐马如卷蓬。
左射右射必叠双。
妇女尚如此,男子安可逢!

鉴赏

这是一首北朝民歌。前三句直写李波小妹,后两句议论。

首句交代李波小妹表字"雍容",语气平顺,称呼优雅。二三句语势急转,由静态介绍转为动态描画。背景是空旷苍穹,莽莽巨野。诗人展示的是李波小妹活动的两组镜头。一组是飞跑着正准备上马。"褰裳",即撩起衣裙,这是准备动作。然后是"逐马",追赶奔马,准备跃上马背。"如卷蓬"是诗人的联想。用比喻词"如"引出,在修辞格中属明喻;在视觉形象中则是一个空镜头,"褰裳——逐马"的李波小妹如疾风中的枯蓬转眼远去。第二组镜头写她的箭术,这时的李波小妹已经骑在马上,诗人写她"左射",又写她"右射",射艺如何呢?"必叠双",不仅箭箭皆中,而且都是一箭双雕。描写至此,一个勇健英武、弓马娴熟的小丫形象便宛然在目。然而,醉翁之意不在酒,后二句手覆云翻,又出新意。

"妇女尚如此",承上启下,借一"尚"字滑出笔来,转写"男子",才写女子英武,转夸男子了得。原来夸女子只是铺垫,并非目的。"女不如男"是旧时代人们的普遍心理,诗人正是利用人们的这一传统心理,写女衬男,在层峦之上又立高峰。后两句写法上也颇巧妙。先以"妇女尚如此"一顿,然后将笔墨荡开,引向男子。但仅作反问,便戛然而止。细品起来,意味颇为绵长:第一,男子之"安可逢",也无非弓马骑射之事,不再具体写出,避免了叠床架屋之嫌;第二,一首短诗不可能也没有必要将话说尽,采用映衬的写法,并以修辞问句作结,余地开阔,耐人寻味。读者尽可在各自的脑海中塑造李波家族中剽悍勇武的男子形象。

(陈志明 叶志衡)

敕 勒 歌

北朝民歌

敕勒川，阴山下。
天似穹庐，笼罩四野。
天苍苍，野茫茫，风吹草低见牛羊。

鉴赏

这是一首古代维吾尔族民歌。维吾尔族虽然是敕勒（铁勒）的一个部落，到《唐书·回鹘传》就以回鹘（维吾尔）统一各部落了，所以我们可以这样称呼这首民歌。

过去人们都认为这个作品是鲜卑族民歌，原因是由于北魏是鲜卑族。《乐府诗集》引《乐府广题》说："使斛律金唱《敕勒》，神武（北齐主高欢）自和之。"《乐府诗集》又说："其歌本鲜卑语，易为齐言。"从此文学史便相传为鲜卑民歌了。错误在于把斛律金当鲜卑人，却不知《北齐书·斛律金传》说他是"朔州敕勒人"。而《北齐书·神武纪》也说高欢死前说："厍狄干鲜卑老公。斛律金敕勒老公，并性遒直，终不负汝。"可见《乐府诗集》之误。《新唐书·回鹘传》讲到斛薛部落（《旧唐书·铁勒传》同），当即斛律，斛律金是以他出于什么部落为姓。《新唐书》说敕勒部落袁纥、薛延陀、仆骨（唐大将仆固怀恩即出于仆骨）、斛薛，阿跌（唐大将李光颜原姓名为阿跌光颜）等，皆散处碛北。所以斛律金落户朔州，即为朔州敕勒人。当时敕勒各部落都在阴山下，河套北草原上，自然这首歌是敕勒各部落共同唱的歌，从今天意义来说自然也就是古维吾尔族民歌。

《北史·高车》云："蠕蠕社仑破败之后，收拾部落，转徙广漠之北，侵入高车（以车高所以也叫高车）之地。……倍侯利遂奔魏。"这人大约就是斛律金。后来魏太武帝伐高车东部："高车诸部望军而降者数十万落，获马牛羊亦百余万，皆徙置漠南千里之地（按即阴山下）。乘高车，逐水草，畜牧蕃息，数年之后，渐知粒食，岁致献贡。由是国家马及牛羊，遂至于贱……"那么敕勒族各部落在阴山下敕勒草原畜牧，为北魏做出了贡献。那么这就是《敕勒歌》创作出来的历史背景。

维吾尔族，亦即当时敕勒之一部，各部落都是能歌善舞的部落，于是以后在北魏文成帝时，“五部高车，合聚祭天，众至数万，大会走马，杀牲游绕，歌吟忻忻”。这是描绘他们歌舞的盛况，所以《敕勒歌》也就是维吾尔族民歌。

这首歌体现出雄伟的民族畜牧业繁荣的盛况，体现出他们豪迈的民族性格和雄伟的北国风光，的确是可以传之千古的杰作。它描绘了一幅横展开的阴山之下敕勒草原的画卷。用切近的比喻，写出天似圆毡屋，笼罩广阔原野的宏远无边。然后写出仰首望天，深青澄澈的颜色；低视草原，茫茫一片。最后一句才写出牧草无比丰茂，和牛羊众多到无数，只有风吹草低才随处可见牛羊的头角或身影。全歌皆不用宏伟等过“实”的字样，全从“虚”处见功夫，不著一字，尽得风流。而牧民们的审美意识深入歌中，写尽他们的聪明、智慧和骄傲。开始一句就代表了民族的骄傲意识，直到唐代西突厥兴起，这一少数民族才从青海入新疆。诗地点、形象、时空都反映其中，结构严密，既朴质又清新。沈德潜评为“汉人余音”，就是因它朴质刚健而误评。

其实这首民歌倒很影响汉诗，如令狐楚《王昭君》“牛羊绕塞多”；《从军行》“暮雪连青海，阴霞覆白山”；岑参《过碛作》“黄沙碛里客行迷，西望云天直下低”；畅当《登鹳雀楼》“天势围平野，河流入断山”；杜甫《登兖州城楼》“浮云连海岱，平野入青徐”等，未尝未受这首民歌影响。这一首多层次而又虚实相衬，意在言外的雄伟短歌，已是不可磨灭的古代艺术典范。

（王达津）

隋朝诗歌

游 梁 城

卢思道

扬镳历汴浦，回扈入梁墟。
汉藩文雅地，清尘暧有余。
宾游多任侠，台苑盛簪裾。
叹息徐公剑，悲凉邹子书。
亭皋落照尽，原野沍寒初。
鸟散空城夕，烟销古树疏，
东越严子陵，西蜀马相如。
修名窃所慕，长谣独课虚。

鉴赏

卢思道的《游梁城》是一首咏怀古迹的诗，他所游历的梁城，即著名的梁苑，又称菟苑，为汉代梁孝王刘武所筑，方圆三百多里，宫室相连，仪仗拟于天子。梁孝王又广致宾客，枚乘、邹阳、司马相如，都被罗致门下。府库金钱超过百万，珠玉宝器多于京师，可谓盛极一时。可是好景不长，刘武死后，梁苑逐渐荒芜，变成一片废墟了。

此诗开头两句，交代了作者的游踪，并点出"梁墟"来。紧接着，诗人用四句诗回忆梁苑昔日的盛况。梁苑地处中原，又有像枚乘、司马相如一班文人做宾客，文采风流自不待言，昔日的文雅之地，至今仍觉清尘暧暧。昔日的梁苑宾客，多是四方豪杰，台苑之中多是显贵之人，可是如今台苑已成荆棘蔓草了。

"叹息"二句，插入议论。感叹梁孝王不如季札之贤，季札对徐君的意向能够心领神会，而梁孝王却对宾客缺乏信任，以致听信了羊胜、公孙诡的谗言，将邹阳下狱治罪。幸赖邹阳上书自明，才得以获释免罪，这里流露出对梁孝王的微词。

"亭皋落照尽"以下四句，是写梁苑今日的荒凉景象，诗人捕捉的是向晚黄昏之景。"亭皋"，即水边的平地，落日亭皋，可见昔日的宫馆已荡然无存，大地为寒冷所凝结。“尽”字表示太阳将要下山，与“白日依山尽”之“尽”字用法相同。“初”字表示严寒刚刚到来，似为初冬之景。“鸟散空城”与“烟销古树”都可看出今日梁园的萧条。这四句诗与日后岑参所描写的“梁园日暮乱飞鸦，极目萧条三两家。庭树不知人去尽，春来还发旧时花”（《山房春事》）的意境相似，都是用眼前所见的萧条荒凉之景，来代替旧时梁园车马盈门、宾客满座的豪奢场面，诗人通过对这一情景的描写，抒发了繁华易逝、世事沧桑的慨叹。同时，也寓有对豪门贵族的讽刺。

结尾四句，是诗人鉴于繁华易逝，在凭吊古迹的基础上，抒情言志，表明自己不慕富贵。像严光那样的隐逸之士，像司马相如那样的文学家，他们流芳千古，美名与日月俱悬，这才是他所羡慕之人。所以他决心以吟咏为事，在诗歌创作中求得乐趣。

此诗用对比手法，写梁园的今昔，将昔日的繁华与今日的萧条做鲜明的对照，对比之中又插入作者的议论，又在对比与议论中显示自己的褒贬与感慨。最后用“卒章显其志”的手法，表示自己对人生道路的抉择，通过吊古伤今，抒写了自己的怀抱。

（刘文忠）

早发扬州还望乡邑

孙万寿

乡关不再见，怅望穷此晨。
山烟蔽钟阜，水雾隐江津。
洲渚敛寒色，杜若变芳春。
无复归飞羽，空悲沙塞尘。

鉴赏

孙万寿曾被隋滕穆王引为文学，因衣冠不整，配防江南，郁郁不得志。这首抒写离情别绪的诗，大概作于诗人配防江南时。

诗歌开篇入题。“乡关”点题中“乡邑”，“穷此晨”点题中“早发”。诗人清晨登途，踽踽独行，想到此去一别，乡关不能再见，离忧顿生。句中

"穷"字,强调在此离别之晨,恋乡伤别的怅望之情充盈于胸,难排难遣,一种孤独和伤感的氛围,顿时笼罩了全篇。

接着四句写望中所见之景。"山烟蔽钟阜,水雾隐江津"写远望。晨光熹微,朝雾迷蒙,远处的山峦、江渡,在山烟和水汽的笼罩下浑茫一片。"蔽""隐"二词,渲染了朦胧的气氛,虚化了野外晨景。诗人以离人的情怀"还望乡邑",本已伤情,而故乡的山水却迷离而不可见,心情愈形郁悒惝恍——故乡何在,望眼难寻;前路如何,又难以卜知。"洲渚敛寒色,杜若变芳春"写近观。时值初秋,草木萧瑟,寒水无声地流淌着,水中的洲渚满蕴着寒意,水边的杜若凋零衰败。一个"敛"字,一个"变"字,传达了诗人的主观感受。这里的景物描写,既暗示了时光节令的流逝变化,又借寒色惨淡、芳华将逝,烘托出诗人的离情乡思,唤起他年华易逝的伤感。

诗人目瞻神驰,别情无限。最后两句,又从写景转为抒情:"无复归飞羽,空悲沙塞尘。"这位落魄南去的逐臣,想到自己辞乡别土,孤身独往,如同孤鸟远飞,一去而不得复返。今后只有在荒凉的边塞,空怀悠悠乡情,徒有悠悠归梦了。"无复"二字,下得沉重,永别故土的苦痛、依依难舍的别衷,尽含其中。诗以沉痛的情语收束全篇,引导读者步入诗情之最凄苦处,结得凄楚,离情别恨,悠然不尽。

这首诗紧扣诗题"还望乡邑",景是还望乡邑所见之景,情是还望乡邑所生之情。写景则远近交错,着意创造迷蒙清寥的氛围,对恋乡之情、别乡之恨作了反复渲染;言情则突破时间限制,由眼前的别离写到别后的异乡独处;从而大大开拓了情景交融的意境。

其次,此诗在形式上也值得注意。这首整齐的五言诗虽不讲究四声平仄,尚属古体诗的范畴,但全诗押平声韵,中间四句对偶工整妥帖,自成两个对句。成熟的五律至初唐才出现,这首诗正透露了五律由萌芽而趋于草创的信息。

(顾伟列)

从 军 行

明余庆

三边烽乱惊,十万且横行。
风卷常山阵,笳喧细柳营。

剑花寒不落，弓月晓逾明。
会取淮南地，持作朔方城。

鉴赏

《从军行》，乐府平调曲名，内容多写边塞情况和战士的生活。明余庆的《从军行》基本上为乐府旧辞体式，与唐代李颀、王昌龄的《从军行》不尽相同。

这首诗写得语明意昭，大小结合，虚实结合，气势充畅。

诗的前六句写实，从大到小。诗人开篇即以广角镜摄下全景镜头："三边烽乱惊，十万且横行"。"三边"，概言边陲；"横行"，强悍突进。先从空间上展示烽火乱燃之状，再从阵容上直露强大之力。开头两句，先入为主地使人留下大军出发、声势煊赫的印象。接着诗人拉出一个场面较小的镜头："风卷常山阵，笳喧细柳营。"一写阵势浩大，一言军纪严明。"常山阵"，原指首尾相呼应的阵法。《孙子·九地》："故善用兵，譬如率然。率然者，常山之蛇也，击其首则尾至，击其尾则首至，击其中则首尾俱至。"风卷动着这常山阵，则气概更为恢宏。细柳营，《史记·绛侯世家》汉文帝后六年（前158）"（周）亚夫为将军，军细柳以备胡"。文帝亲往劳军，至军门，甲士戒备森严，被阻不得驰入。帝使持节诏将军，亚夫乃传令开壁门，请皇帝按辔徐行而入，将军以军礼见。后人因称军营纪律严明者为"细柳营"。朔风阵阵，号角声声，十万大军，军队如龙，军纪严明，写出的这支队伍的状貌，预示着必胜的结果。最后，镜头更收到"剑花寒不落，弓月晓逾明"的更小的场景，地上剑戟寒光闪闪，天上晓月晶晶。天寒并不令人畏缩，天晓却振奋士气。诗的这前面部分，从天上到地上，从形势到阵势，从声音到形象，从外观到内质，写出这支部队兵强马壮，指挥有方，士气高昂，为最后的预期获胜，储足了力、蓄足了势。

诗的最后两句"会取淮南地，持作朔方城"系虚写。淮南地，指长江下游通向中原的淮河流域，在今皖北、豫西一带，隋大业间改寿州为淮南郡，这里泛指南方之地。朔方，概指今宁夏回族自治区一带地域。这里诗的句意为定当攻取南方的地方，以作为北方的城市。"会取"，语意肯定，充满了必胜的信心。从诗的上截来看，也确是势在必然。隋文帝杨坚取得北朝周的权柄，一直想麾师南下，加之南朝陈后主又是那么荒淫误国，则诗人说"会取"完全是当时国势、民心、兵力的自然反映。

这首诗不是以细节描写见长，也非以具体叙写取胜，而是鸟瞰式的从整体落笔，大小结合、虚实结合，而使其成为在那长期分裂、久久纷乱的历史背景下，奏出的一曲激昂慷慨的统一战歌，闪耀着炫人的光彩。

（徐应佩　周溶泉）

别宋常侍诗

尹　式

游人杜陵北，送客汉川东。
无论去与住，俱是一飘蓬。
秋鬓含霜白，衰颜倚酒红。
别有相思处，啼鸟杂夜风。

鉴赏

这是一首送别诗，也是一首感叹人生飘忽不定的抒情诗。诗中实处虚写，虚中体实，寥寥数句，韵味深长。

诗的首联以“杜陵北”“汉川东”并列标明两地，从而拉开空间距离，将诗思引入空灵玄远之境。“游人”“送客”的倥偬行状，正是诗人自己行踪的写照，而其身处于“杜陵”“汉川”的迢遥距离之中，也正暗含着人生飘忽无定的慨叹。“无论去与住，俱是一飘蓬”二句，以“去”“住”与“一飘蓬”联系起来，“无论”二字进一步加深了身“住”神“去”、形“住”心“飘”的忧患之感。这里虽以平淡路出之，却寄意深远，寓理刻挚。而前句“游”“送”与此句“去”“住”互映，更给诗中广阔蹉跎的时空织就穿梭交错的感情线索。“秋鬓含霜白，衰颜倚酒红”，体现了极深之情触景而生的感发作用。“含霜白”刻画“秋鬓”，鬓之含霜尤白，益显其苍；“倚酒红”反衬“衰颜”，颜之倚酒而红，益显其衰。这是由“住”景写出，但其变幻无凭的情感、人生无常的惆怅却流溢于楮墨之间，亦即如同“飘蓬”而“去”之感。此以实景虚写，从而造成虚实相生的审美效果。杨慎认为杜甫诗“发短何须白，颜衰肯再红”，陈师道诗“短发愁催白，衰颜酒借红”与尹诗“互相取用，各不失为佳”（《升庵诗话》卷一）。各不失为佳，固为明评，然杜、陈诗从尹诗化来，且因袭之迹甚明，却是事实，由此反观尹诗，尤可见其价值之所在，诗之结尾，以“别有相思处，啼乌杂夜风”拓开心境，人之刻骨相思，夜之寂寥空阔，乌之啼声凄迷，心之愁情抑郁，全然化入深沉的意境，而一种包含宇宙、人生的深邃理趣却已逸出，给人以无穷的回味和思索。

这首五言八句的小诗，以其特有的风格和高远的意境取胜，脍炙人口，历久不衰。而其多用对仗，皆属对工切，这在齐梁以降诗歌的律化过程中也是一个值得重视的现象。

（许　总　许　结）

白　马　篇

隋炀帝

白马金贝装，横行辽水傍。
问是谁家子，宿卫羽林郎。
文犀六属铠[①]，宝剑七星光。
山虚弓响彻，地迥角声长。
宛河推勇气，陇蜀擅威强。
轮台受降虏，高阙翦名王[②]，
射熊入飞观，校猎下长杨。
英名欺卫霍，智策蔑平良。
岛夷时失礼，卉服犯边疆。
征兵集蓟北，轻骑出渔阳。
进军随日晕，挑战逐星芒。
阵移龙势动，营开虎翼张。
冲冠入死地，攘臂越金汤。
尘飞战鼓急，风交征旆扬。
转斗平华地，追奔扫鬼方[③]。
本持身许国，况复武功彰。
会令千载后，流誉满旂常[④]。

注释

①文犀:有花纹的犀皮。六属铠:由六块犀皮组连的甲胄。

②高阙:塞名,故址在今内蒙古杭锦后旗北。名王:指匈奴右贤王。汉卫青率十万人,败匈奴右贤王于高阙塞。

③鬼方:殷周时部族名,其地当在汧陇之间,本诗借指隋代高丽。

④旂(旗)常:旗名,王用太常,诸侯用旗,作为纪功授爵的仪制。

鉴赏

曹植写过《白马篇》,人尽皆知;而杨广也写过《白马篇》,除少数古典文学素养较高的人以外,却鲜为人知。有的评论者认为杨广生活矜奢,必然煽导绮靡诗风,像《白马篇》《拟饮马长城窟》等少数表现边塞生活的诗篇,不过是"装门面"而已。这首诗流播不广的原因,是与这种不加区别地评品杨广诗歌创作的风气有直接关系的。

倒是清代的沈德潜说过较为公道的话,他评杨广诗"能作雅正语",还将他的《白马篇》选入《古诗源》,认真读一读杨广《白马篇》,定会觉得沈德潜的话是有道理的。

杨广把《白马篇》置于隋大业八年(612)北征高丽的广阔历史背景之中,诗篇通过对一位英武善战、智勇双全的"白马将"的生动描写,寄寓着诗人靖戢边患、建功立业的宏大愿望。为要完成形象创造的艺术任务,诗人采用铺叙的手法,集中笔墨描写"白马将"的外貌、武艺、英名、昔日功勋、今日战绩。开端"白马金贝装"八句,诗人笔下出现了一位武艺高强、身骑白马、穿上六块金贝文犀铠甲、佩带闪闪发光的七星宝剑的将领,威武英俊,气宇不凡。"宛河推勇气"以下八句,分明是描写"白马将"独擅威强,英名远扬。他曾在"宛河""陇蜀"等地立过战功,在"轮台"接受过降虏,在"高阙"翦除过强藩;他经常出入行宫、御苑,跟随帝王校猎射熊,他的英名胜过汉代的卫青、霍去病,智谋超过汉代的张良、陈平。诗人并没有单纯地表现"白马将"的形貌,却是多侧面地描写"白马将"文则足智多谋、武则超拔勇武的品格特征,加强诗篇的艺术感染力。当诗人描写"白马将"今日战绩的时候,他的艺术手法陡然转换,诗笔着意创造战场的氛围和意境。"进军随日晕"以下八句,呈现在读者面前的是一幅旗飞尘扬、军阵移动、日夜鏖战的两军激战的图画,在这样艰险的环境里,"白马将"转斗、追奔而取得战功,确实不易,他的出生入死、不畏强敌的精神,也由此而被突现出来。诗的结尾四句,颂扬"白马将"以身许国的精神以及建功后流誉千载的荣光，语涉议论，它们和全诗的形象描绘、意境创造融为一体，共同完成了形象塑造的艺术任务。

本篇有如下的艺术特征，首先，以赋入诗，极意铺陈，从众多的角度、用多样的表现手法刻画"白马将"的艺术形象；其次，大量运用偶句，形成对凑、排比的语言特色，明显地接受了六朝骈文的影响，这是一种时代风尚，杨素、薛道衡的诗，也是这样，开出唐人格律诗法门；再次，诗篇一韵到底，用宽韵七阳韵，造成音节浏亮的艺术效果，更好地服务于艺术形象的创造。杨广的《白马篇》，气体阔大、风格刚健、语言雅正，与他的《拟饮马长城窟》《纪辽东二首》等诗，构成了共同的艺术特色，开了唐代边塞诗的先河。它们与《春江花月夜》《江都宫乐歌》一类艳歌，迥然异趣，我们理应将它们加以区别，做出实事求是的评价。

（吴企明）

春江花月夜（其一）

隋炀帝

暮江平不动，春花满正开。
流波将月去，潮水带星来。

鉴赏

起句"暮江平不动"，点明时间、地点。暮色苍茫之中，一江春水宽阔浩渺，水岸平接，波澜不惊。一开头，就把读者带进壮阔而舒展的意境。

第二句"春花满正开"，渲染环境。"春"进一步点明季节，"花"是"春"的特征。诗人的彩笔轻轻一点，画面立即显得无比旖旎：大江两岸，繁花似锦，原野之上，芳草鲜美，一派春意盎然的景象，令人心旷神怡。

一、二两句写的是大景、全景，三、四句就是特写镜头："流波将月去"自近而远，"潮水带星来"由远而近。转眼间，皓月东升，清辉四照，月影沉江，闪耀金光，而流动的江波，又把滟滟金光涌向遥远的地方。极目远望，水天相接处繁星密布，而且由远而近，不断扩展，好像随着新涨的潮水纷至沓来……

诗歌以"春"为背景，以"江"为中

心,用"花"作点缀,用"星""月"作烘染,巧妙地托出题中每一个字,把春江花月夜的良辰美景描绘得无比瑰丽动人。诗人从日暮黄昏欣赏到星月交映,足见对这一美景的留恋、深情,但是,这里没有"妖姬脸似花含露,玉树流光照后庭"(陈后主《玉树后庭花》)的艳情联想,有的只是对浩渺壮阔的大江、飘洒清香的春花、随波逐潮的星月的赞赏与陶醉,这在宫闱艳情泛滥的隋代诗坛确是难能可贵的。明代陆时雍说:"隋炀从华得素,譬诸红艳丛中,清标自出。虽卸华谢彩,而绚质犹存。"(《诗镜总论》)闻一多先生则把这首诗列入对"南方美丽的毒素"有抵抗力的作品的范畴。

程千帆先生指出:"作为乐府歌辞的《春江花月夜》虽然其始是通过陈后主等的创作而以宫体诗的面貌出现的,但旋即通过隋炀帝的创作呈现了非宫体的面貌。而张若虚所继承的(如果说他对其前的《春江花月夜》有所继承的话)正是隋炀帝等的而非陈后主等的传统。作品俱在,无可置疑。"(《张若虚〈春江花月夜〉的被理解和被误解》)诚然,张若虚的《春江花月夜》无论是思想内涵还是艺术境界,都远远超过了同题的前作,但是,隋炀帝对这一歌曲的净化作用是不能抹煞的。何况,我们还可以明显看到隋炀帝的这首诗对张诗写景点题方面的启发:"春江潮水连海平"是"暮江平"的发展;"海上明月共潮生"是"潮水带星来"的衍化;"滟滟随波千万里,何处春江无月明"是"流波将月去"的具体描绘;"江流宛转绕芳甸,月照花林皆似霰"是"春花满正开"的美化和生发。

总之,隋炀帝的这首诗《春江花月夜》语言素朴而风格清新,句式律化而音节浏亮,不仅对同题作品有直接启发,而且对初唐近体诗也有一定影响,明代胡应麟就以为后两句诗相当精工,"绝是唐律"(《诗薮·内编》)。

(潘慧惠)

出　塞(其二)

杨　素

汉虏未和亲,忧国不忧身。
握手河梁上,穷涯北海滨。
据鞍独怀古,慷慨感良臣。

历览多旧迹，风日惨愁人。
荒塞空千里，孤城绝四邻。
树寒偏易古，草衰恒不春。
交河明月夜，阴山苦雾辰。
雁飞南入汉，水流西咽秦。
风霜久行役，河朔备艰辛。
薄暮边声起，空飞胡骑尘。

鉴赏

《出塞》是乐府旧题，在杨素以前，这类边塞题材的乐府诗已屡屡出现。但此诗不像六朝以来一些缺乏边塞生活体验的诗人那样，摭拾几件秦事汉典敷衍成诗，而是处处透出边塞生活的现实气息。史载杨素曾两度出塞，亲临边关率军与突厥作战。此诗虽非边塞诗中的上乘作品，但其风霜行役的实感，慷慨苍劲的格调，已非仅从书本上了解边塞的诗人们所可比拟。

“汉虏未和亲”至“风日惨愁人”为第一层次。怀着“忧国不忧身”的壮志挥师出塞，抵御外患，本当是豪气夺云，诗人却从“据鞍怀古”写起，抒发一种苍凉而寓意深长的历史感。从字面看所怀的是汉代“良臣”苏武，但作者的情感活动绝不仅限于此。汉塞秦关，满目遗迹，古往今来，征战不休，在这里曾上演过多少惨烈的活剧！从现实到历史，心事浩茫。这广袤的边塞，这充满悲剧色彩的历史到底引发了诗人什么样的隐忧，我们不得而知。但慷慨而悲凉的气氛却扑面而来，就连苏武故事也起着渲染这气氛的作用。因此，“风日惨愁人”就不仅是“大漠风尘日色昏”的自然景观，更是诗人复杂而微妙的心理感受，在“忧国不忧身”的壮怀之上笼罩了一层悲凉之雾。既壮且悲，规定了全诗的基调。

“荒塞空千里”四句为全诗第二层次。笔锋一转，由历史回到现实，以类似于电影蒙太奇的手法展现出诗人置身其中的辽阔边塞。“荒”“空”“孤”“绝”“寒”“古”“衰”字字紧逼，将满目苍凉力笔涂出。这数句是景语，亦是情语，句句扣合上文的“风日惨愁人”。但悲中有壮，愁惨荒寒中不失梗概骨力。

第三层自“交河明月夜”至篇终，极言风霜行役的艰辛，渲染紧张的战争气氛，非有切身体验者难以表达。“交河”“阴山”都是汉代边塞战争中的军事要地，用于此处，既从空间上概括了整个北方边塞，在辽阔背景上显现行军的急迫、艰苦,又在时间上造成一种悠远的历史感,引人遐思,且与第一层中作者复杂的情绪遥相呼应。目送南飞之雁,耳聆流水呜咽,不仅是渲染边塞生活中习见的边愁,也再次暗示作者深曲难言的心事。然而,这里毕竟是前线,强敌当前,战争迫在眉睫,因此,作者历史的、现实的所有慨叹,时间的、空间的全部惆怅,都悄然消融在那边声战尘之中了。全诗于军情紧急时戛然而止,曲折的情怀以不言言之,浩茫心事以不了了之。

杨素此诗苍劲悲凉,无一丝浮薄气息,格调远远高于同时代许多诗人。不仅如此,它古朴、简洁的形式下还有着深厚曲折的情感内蕴,这便更是值得称许的了。

（王　红）

山斋独坐赠薛内史

杨　素

其　一

居山四望阻,风云竟朝夕。
深溪横古树,空岩卧幽石。
日出远岫明,鸟散空林寂。
兰庭动幽气,竹室生虚白。
落花入户飞,细草当阶积。
桂酒徒盈樽,故人不在席。
日暮山之幽,临风望羽客。

其　二

岩壑澄清景,景清岩壑深。
白云飞暮色,绿水激清音。
涧户散余彩,山窗凝宿阴。
花草共荣映,树石相陵临。
独坐对陈榻,无客有鸣琴。
寂寂幽山里,谁知无闷心。

鉴赏

明人杨慎《升庵诗话》卷十称赞杨素“以五言诗七百字赠播州刺史薛道衡,词气颖拔,风韵秀出,为一时盛作”,固为知言,然观此二诗尤可见其诗气之健,风韵之秀,且意境玄妙,更在众制之上。

第一首诗,作者写居山之情景,并通过对“山斋”景致的刻画,于幽静之中寓飞动之势。开篇,从四围群山阻隔山斋主人视野落笔,写出深山幽居的环境;而仰观天际,又是朝朝暮暮,风云依旧,一种惆怅之情从一“竟”字宣泄而出,不可阻扼。也正是这种不能被群山阻隔、风云遮蔽的飞动意绪,使诗人驱笔骋思,尽其所睹,畅发情怀。以下即极写景致。山斋近景是古树横生深溪之上,幽石卧身空岩之中,以“横”字见古树之粗犷,以“卧”字见幽石之静谧,出语拙重,实中有虚。山斋远景是远岫沐浴于初日之光,空林沉寂于鸟归之后,此二句既得陶渊明《归去来兮辞》“云无心以出岫,鸟倦飞而知还”之妙,又以“明”“寂”对比,用色彩和情感的距离托出诗人心境。山斋内景是“兰庭动幽气,竹室生虚白”,虚实相间,心物相映,清幽之景出以清淡之语,且以“动”“生”二字点化,尤给人如入其境之感。在对山斋景致尽情描摹之后,又转笔山斋主人,桂酒虽美,却徒然盈樽,因故人不在席间,无由起兴,而怀彼远人,情色黯然。结句“日暮山之幽,临风望羽客”,是景物描写的升华,也是诗人心绪缠织于万般愁闲中而寄意仙人仙境的解脱。这幅诗人在落暮山幽之时临风想象的绝妙图画与开篇“居山四望阻”之“望”遥接起来,喻示了诗人在现实中被阻隔的理想在想象中得到实现。而从近景到远景再转入内景、自身、心境的回环线索,正构成这首诗既情感充盈,又丝丝入扣的艺术特色。

如果说第一首诗是诗人通过“山斋”所见静景的刻画的发挥想象,那么,第二首诗则更多的是对山斋外景的动态描绘以挖掘其内心的苦闷。

第二首开篇,“岩壑澄清景,景清岩壑深”两句,以顶真格修辞手法起笔,使岩壑澄清的景观在回环往复的观照中跌宕生趣。诗人于此澄清景氛之中,仰观则见白云飞荡于苍茫暮色,俯身则聆绿水激发出美妙清音。“白云”与“暮色”对应互成,给人以寥廓粗犷之思;“绿水”与“清音”对应互成,又给人以深沉清婉之趣。如此一大一小,一粗一细,艺术地展示了于平淡中见神奇的自然美。“涧户散余彩,山窗凝宿阴”,两句皆写夕阳落暮之景,而各具匠心,一“散”一“凝”,一“彩”一“阴”,又以自然景观的鲜明比照借以抒发诗人流连胜景、叹息年华的迷惘愁绪。“花草”句描花草摇曳之倩影,“树石”句状树石凌空之纬势。“独坐对陈榻,无客有鸣琴”二句,从外景的观赏收笔于诗人之内心,前句是诗人以东汉名臣陈蕃自比，然冠以"独坐"二字，则化为徒有陈榻而无徐穉之客的慨叹；后句用《列子·汤问》"伯牙善鼓琴，钟子期善听"之典，更添徒有伯牙之琴而无钟子期之客的感伤。诗以"寂寂幽山里，谁知无闷心"作结，"寂寂"极状山居之"幽"，而"无闷心"三字通过"谁知"之疑问，逗引而倍增哀怨之情。

沈德潜《古诗源》评杨素诗"清思健笔，词气苍然"，益得其真。章太炎《国学讲演录》云"隋杨素，武人也，又为奸雄，然诗极好，时一般诗人太清淡，而杨则气势雄壮，不加雕琢，便觉为佳矣"，此语既道出杨素诗之价值，又揭示了杨素诗中内蕴的雄张之气。这种既清又雄的特点，在这两首"山斋独坐"诗中得到了集中的体现。

（许 总 许 结）

赠薛播州（其十）

杨 素

北风吹故林，秋声不可听。
雁飞穷海寒，鹤唳霜皋净。
含毫心未传，闻音路犹夐。
唯有孤城月，徘徊独临映。
吊影余自怜，安知我疲病。

鉴赏

这是杨素晚年的著名组诗《赠薛播州》中的一首。作者为隋代开国功臣，一生贵显，但此诗无显赫辉煌之气，无雍容娴雅之态，倒是笼罩着落寞、孤独，隐隐透出内心难言的苦痛。

"春秋代序，阴阳惨舒。物色之动，心亦摇焉。"（《文心雕龙·物色》）全诗从季节的变更发端，那曾是郁郁菁菁的"故林"，如今在北风扫荡下落木萧萧，秋声瑟瑟，引动了诗人无边悲感，云"不可听"，当是听之既久，愁怀已深，方作此慨叹语。"雁飞""鹤唳"本乃寻常可闻可见，然置于"穷海""霜皋"的背景之上，就衬出一派深秋气氛,复以“寒”言秋之凛冽,以“净”状秋之苍茫,更赋予自然景物悲凉的色彩。而“雁飞穷海”暗用苏武故事,“鹤唳霜皋”出自《诗经·小雅·鹤鸣》“鹤鸣于九皋,声闻于野”,在这里展开了更广阔的联想空间。

“含毫”二句承上而来,鸿雁可传书递音,见雁飞而想到作书向远方的友人一吐衷肠,然而,自己这深隐微曲的情怀如何说得出,如何说得尽?即令是知己,恐怕也是难以完全理解的吧!何况,那遥遥传来的鹤鸣声还在提醒:友人远隔异地,山重水障,途路漫漫,这心曲何以传达得到!提着笔犹豫、犹豫,终究还是一个人承受这无可告语的孤独。那一轮冷月的“临映”,更增加寂寞、凄清的况味。月的徘徊多情,正衬出人间世界的冷漠无情,云“有”月相伴,实际是说“无”人知心,这一“有”比“无”还要让人伤情。

《隋书》本传说杨素一生位望通显,但也招致炀帝猜忌,“外示殊礼,内情甚薄”,“寝疾之日,帝每令名医诊候,赐以上药。然密问医人,恒恐不死”。这种难堪的处境正是此诗的写作背景。暮年的诗人深感心力交瘁,听秋声而起迟暮之悲,对冷月而凄然伤怀。友人远在他方,自己的苦衷又无法明言,于是只能哀叹:“吊影余自怜,安知我疲病!”

此诗名为寄赠,实为自咏悲怀。它表现的是一位权倾一时的重臣在显赫的一生走向终点时,清醒地感受到的萧瑟、悲凉,从情感到文辞无一点矫饰,全诗透出的是“真实”。薛道衡读罢此诗叹道:“人之将死,其言也善”。可算得“知言”了。

(王　红)

赠薛播州(其十四)

杨　素

衔悲向南浦,寒色黯沉沉。
风起洞庭险,烟生云梦深。
独飞时慕侣,寡和乍孤音。
木落悲时暮,时暮感离心。
离心多苦调,讵假雍门琴。

鉴赏

《赠薛播州》本为十四首联章的组诗,这是最后一首。

诗的开头挑选了一个特殊的地点来兴起对朋友的思念,即当年与之分别的南浦。自从屈原与后来的江淹将南浦做了送别之地,它便成了一个专用名词,只要天地间尚有真挚的友情和爱情,南浦便依然是一个令人心碎、惹人相思的地方。作者与他的老朋友分别已经很久了,他常常踏着萋萋的春草叹息,对着冷冷的孤月吊影,有时思念太切,便情不自禁地来到分别之处,停立眺望,将思念融进那一重一重弥漫起来的萧索的暮色中。朋友远在千里之外,晤面无期,音信杳无,作者用了一个很寥廓、很饱满的意象突出了“远”的感觉,也暗自寄托了对朋友的牵挂与担忧:从八百里洞庭湖吹来又长又劲的险风,从云梦大泽上聚结起的望不穿的深烟。炀帝即位,对先朝老臣猜忌更深,薛道衡的再移播州,杨素不会不明白其中的含义。他应该有对朋友的劝慰,他当然有对隋文帝父子所作所为的不满,然而他将这些情绪深深掩藏起,十四首诗没有一丝一毫的泄露。我们只能从他的有意回避中感到难言之隐,从险风、深烟这样具体的描绘中捉摸他对时局和前景的估计。作者站在南浦所看到的,毋宁说是所联想到的这种景象,实在有深而曲的内涵。朋友虽然望而不见,但是杨素知道,此刻他一定与自己同心,于是用了一联分写二人寂寞的心情:朋友只身赴任,一定时时想念着自己,而自己也是离群和寡,知音难求。这样一种寂寞更被自然界的变化加深了,在萧萧木落的秋季感到了“时暮”,由时暮之感又触发了别离的伤情,作者那委曲的情怀就是这样自外而内,再自内而外地萦回往复。人至晚年,对于节气的变化和孤独的处境非常敏感,这也是常情,况且即景生情也是中国古诗常用的手法,因此从表面看,杨素的“木落悲时暮,时暮感离心”并无特出之处。然而如上所说,杨素一些普通的直抒胸臆中含有沉重的分量。他在这一组诗的第十三首中写道:“物华不相待,迟暮有余悲。”这个“迟暮”便是对于“时暮”的注释。杨素到了晚年,自知名位已极,功高震主,政治上的回天转日、叱咤风云已是明日黄花,在新贵们的进逼下只能归闲养病,居荣知足,全身远害了,这是仕途的迟暮之感。销平了“壮心不已”,他便只希求与朋友携手濠梁,优游卒岁。这是他晚年生活中的寄托和乐趣,却求而不得。好容易结交了一二朋友,又远在千里之外。他预感到再也见不到这些老友了,这是人情上的迟暮之感。前一种痛苦他尚能承受,后一种却不能,故在这首诗的结尾写道,“离心多苦调,讵假雍门琴”。《列子·汤问》篇记载了这样一段故事,善歌的韩娥经过雍门的旅舍，为人所辱，因曼声哀哭，使一里老幼垂涕相对，三日不食，“故雍门之人至今善歌哭，放（仿）娥之遗声”。杨素晚年，身心疲病，几乎已经失掉了生活的兴趣。据《北史》记载，他病危之际不肯服用隋炀帝赐的药，言语亦不再顾忌，常对其弟说：“我岂须更活邪！”（见《北史·杨敷传》所附杨素传）一代枭雄就这样无声无息地衰老陨落了。昔日处于权力的中心，社交的中心，众人趋之若鹜；今天竟然到了踽踽独行，求一知交而不可得的地步。这一份曲终人散的阑珊意绪，这一种昔荣今悴的沧桑悲凉，雍门之哀怎么能表达得尽？

杨素的这一组诗，就其结构、词采、隶事、具体的铺叙与体物以及行文的开合承转而言，俱属平常，但在质朴的外表下却郁结了深沉复杂的情思，这就是唐人所说的河朔之诗重气质的表现。前人屡次论及杨素这种诗风在当时的影响。沈德潜曰：“杨素幽思健笔，词气清苍，后此射洪、曲江起衰中立，此为胜、广云。”（见《说诗晬语》）以为初、盛唐之交的陈射洪、张曲江所以能自树立，横制颓靡，杨素乃为揭竿而起者。刘熙载在《艺概》中也说：“隋杨处道诗甚为雄深雅健。齐梁文辞之弊，贵清绮不重气质，得此可以矫之。”当时一般的文人崇尚诗的形式之美，在作诗的技巧上花样翻新，忽视了诗歌所应承担的宽广的内容和浓郁的情思，杨素的诗切实起到了一些纠偏固本的作用，尽管他的这一组诗还缺少一种形象，语言和韵致的优美，尽管这一首诗的结尾还显得平直浅切了些。

（何依工）

出塞（其二）

薛道衡

边庭烽火惊，插羽夜征兵。
少昊腾金气，文昌动将星。
长驱鞮汗北，直指夫人城[①]，
绝漠三秋暮，穷阴万里生。
寒夜哀笛曲，霜天断雁声。
连旗下鹿塞，叠鼓向龙庭。
妖云坠虏阵，晕月绕胡营。

左贤皆顿颡②,单于已系缨。
继马登玄阙③,钩鲲临北溟。
当知霍骠骑,高第起西京。

注释

①夫人城:古代妇女主建或守护而著名的城。
②顿颡:屈膝下拜,以额触地,表示请罪、投降。
③玄阙:山名。

鉴赏

这首诗写边塞征戍生活,是对杨素《出塞》诗的和诗。除薛道衡外,虞世基也有同杨素的唱和之作。薛道衡《出塞》共有二首,此选第二首。

起首六句写激战濒临前的紧张情势。边境烽火冲天而起,征兵羽书连夜发出,既交代胡军突袭,军情紧急,也暗示部队已进入紧张的备战状态。三四句进一步点明局势紧张的原因在于胡兵入寇。“少昊”本是传说中古代东夷族首领,晋王嘉《拾遗记》:“少昊以金德王”,这里借指胡军。“文昌”本是星名,《晋书·天文志》云:“文昌六星在北斗魁前……一曰上将……二曰次将……”这里借指汉军。“腾”“动”二字,写出局势之紧张,已有一触即发之势。边境告急,一场激战迫在眉睫,接着二句即写援军连夜出师,赴边破敌。二句分别以“长驱”“直指”领起,语势连贯,令人想见出征将士长驱直入、所向无敌的情景。

“绝漠”四句插入写景,展现边塞特有的风物景观,时值深秋,只见暮色苍茫之中,浩瀚的沙漠阴云万里;夜深霜重之时,唯闻幽怨的羌笛交织着孤雁的哀鸣,日之所遇,耳之所闻,无不令人慷慨感怆,四句以简练的笔墨,勾勒出一幅广漠、荒寂的塞外风物画,展示了远征塞外、守边御敌的广阔背景,也使读者身临其境地领略到特定的边塞气氛。

“连旗”六句写战斗经过,分别从敌我双方着笔,前二句写汉军。猎猎军旗下,汉军士如猛虎出山,越过鹿砦:咚咚战鼓中,大军所向披靡,直逼敌营。“龙庭”本是匈奴单于祭天地鬼神之所,这里代指胡军的大本营,两句写汉军反击,以“连旗”“叠鼓”突出军队的声威,从中可以想见汉军将士勇武无敌的飒爽英姿。后四句写胡军。四句先借“妖云”“晕月”以造境造意,妖云、昏月笼罩在敌人的营垒之上,正暗喻胡军覆没在即,败局已定。继写胡兵全军覆没,匈奴贵族左贤王等无不屈膝下拜，纷纷投降，连敌酋单于也被生擒。六句以豪迈的笔力叙写战斗经过，一场鏖战，以汉军反击始，以胡军覆灭终，有力地表现了汉军将士攻无不克的英勇气概，字里行间洋溢着乐观昂扬的精神。

末四句以颂扬汉军作结，前二句写汉军虽一战奏捷，但边境未宁，所以仍然戎马倥偬，南北征战，为国御敌。后二句借西汉名将霍去病赞颂汉军。霍去病曾六次出击匈奴，涉沙漠，远至狼居胥山，封冠军侯，为骠骑将军。汉武帝为之建造府第，他辞谢道："匈奴未灭，无以家为。"末二句就是借霍去病的事迹，颂扬汉军不思封赏、以身许国的高贵品质。统观全诗，由烽火惊、羽书飞写到援兵至、战氛靖，出征将士报国御敌的业绩已得到充分的表现。诗末四句又从战前、战中写到战后，把崇敬颂扬的诗情推到高潮，使全诗的思想境界得到升华，而汉军将士安边定远、立功异域的雄图大志，也给读者留下了历久弥新的印象。

全诗四层写来，一依战事发展的顺序，由于作者精于结构，严于剪裁，因而写来如行云流水，令读者有洗练、紧凑之感，诗作笔力矫健，气势畅达；写塞外自然环境，寥寥几句，边塞风物宛然如见；写赴边破敌，一气鼓荡，声势夺人；不失为古代边塞诗中的大手笔之作。

（顾伟列）

昔昔盐

薛道衡

垂柳覆金堤，蘼芜叶复齐。
水溢芙蓉沼，花飞桃李蹊。
采桑秦氏女，织锦窦家妻。
关山别荡子，风月守空闺。
恒敛千金笑，长垂双玉啼。
盘龙随镜隐，彩凤逐帷低。
飞魂同夜鹊，倦寝忆晨鸡。
暗牖悬蛛网，空梁落燕泥。
前年过代北，今岁往辽西。
一去无消息，那能惜马蹄。

鉴赏

这是一首闺怨诗,题材不为新鲜,是《诗经》以来屡经歌咏的传统主题,但吸取了前人同类题材的长处,不乏创新,故于当时声价颇高;流风余韵,波及后人,中唐名家赵嘏,追慕其踪,以此诗每句为题,演成二十首。

《乐府诗集》卷七十九引《乐苑》:"《昔昔盐》羽调曲,唐亦为舞曲。""昔昔",即夕夕,夜夜。"盐","艳"音同而讹,曲的别名,如诗之行、吟、引。"昔昔盐",即夜夜曲。

起首四句铺写春景,说柳能"覆堤",草叶已"齐"(茂盛),水溢花飞,烘染出暮春绿肥红瘦景象,探后末四句"前年""今岁""一去无消息"云云,当是征人分别数岁,室妇无时不思。这层意思从"叶复齐"的"复"即有渗透,今岁叶齐,而说"复",那去年、前年的叶齐柳覆,以及年年夜夜怀人之意,自在不言之中。其所以单单拈出春景,"盖思妇怀人,春时尤甚"(张玉毂《古诗赏析》)。还有柳、草、春、水、飞花都是具有潜在意义的意象,使人增生想象:见柳伤情,思念征夫;春草萋萋而念及王孙;春水涨溢,而怀人不已;花飞万点,而伊人何在。都是室妇易生的情致。要之,这正是"一片花飞减却春,风飘万点正愁人"之时。

次四句点明人、事:空闺思妇念关山荡子。"秦氏女",指汉乐府《陌上桑》秦罗敷一类的民女;"窦家妻",指晋窦滔妻苏惠,思夫谪戍流沙,织锦为回文诗以寄赠,为官宦人家的眷属。这是列举上下两个阶层"代表人物",以例其余。"关山"二句是说荡子一别而至边关,思妇空闺而独守风月,"关山"——"空闺",其间"山川悠悠路漫漫",自在言外,"别"字带上映下,是这四句的主脑,为以下一片相思,做了醒目交代。从语气看,"别""守"全是思妇从自已心底说出,风月融融,关山凛凛,牵肠挂肚,情何以堪,伤己之哀思,含融对远人的深切关念。

"恒敛"八句,承上"风月守空闺",泛溢出绵绵不尽的相思之情,是这首"夜夜曲"的核心部分。"千金笑"语出南朝崔骃《七依》:"回顾百万,一笑千金。"(《艺文类聚》)"双玉"也是南朝人描写妇人眼泪的丽词。"盘龙"二句分承上二句:因为寡笑少言,苦闷无聊,所以"盘龙随镜隐";由于思泪长流,愁怀难遣,所以"彩凤逐帷低"——帷不上钩,闷闷苦睡。"盘龙"指铜镜上的装饰花纹,"随镜隐"是说镜子弃置不用而藏在匣中,化用徐幹《室思》"自君之出矣,明镜暗不治"句意:"女为悦已者容",夫婿何在,无心饰颜。这是"岂无膏沐,谁适为容"的正面直说,但却不把"自伯之东,首如飞蓬"的意思说破。这二句写物而不及人,而以物衬人。四句合看,"恒敛"的是"笑",也是"镜";"长垂"者是"啼"也是"帷",物人关合一体。"随""逐"写物,以之观照人物,情趣顿生:孤闲随之而来,愁思逐之不去,这都是写日间之思。"夜鹊"意象,是浓缩曹操《短歌行》"月明星稀,乌鹊南飞,绕树三匝,无枝可依"而来。这"飞魂同夜鹊"是说思人之情动荡不已,如同夜鹊盘旋,无处可栖一样。这个"同"字,还可以当作"系"字看,乌鹊夜鸣,声系帐中不眠之人,也就是赵嘏所说的"思君常入梦,同鹊屡惊魂"的意思。何逊《门有车与客》"寸心将夜鹊,相逐向南飞",阴铿《南征闺怨》"唯当有夜鹊,南飞似妾心"的"逐""似"可作此句"同"的注脚。"倦寝忆晨鸡"句义含两层:闺妇怀人思远,夜深鸡鸣,仍然不眠,也就是"零落向谁道,鸡鸣徒叹息"(沈约《夜夜曲》)的情怀,此其一;其二,整夜"魂飞"熬煎,黎明时实在太疲倦了,也该合眼打瞌,然则另一个念头——"忆晨鸡"却涌上心头。"晨鸡"是浓缩《诗经·郑风·女曰鸡鸣》"风雨如晦,鸡鸣不已"的意象,"晨鸡"不说"听"而曰"忆"——思,思"既见君子,云何不喜",所以"忆晨鸡",即"思君子"之意,只是不愿直接说破。这是黎明鸡啼而引起的怅想,两句中的"夜""晨"暗示了时间的悄然流失。"暗牖"两句如同"盘龙"两句一样,都是写物。《古诗源》说此从张景阳"青苔依空墙,蜘蛛网四屋"化出,而其源则在"伊威在室,蠨蛸在户"。但后人愈巧耳。如说上句还属于陈语,那么"空梁落燕泥"则为前人所未道。窗在晨应明,此著一"暗",因蛛网悬挂,暗淡不明,显其凄凉冷落;晨燕觅食早飞,燕窝泥落,巢内静静,所以屋梁显得空空,燕子双飞双栖,衬出思妇孤独枯寞。赵嘏演化这句,有"谁能长对此,双去复双栖"。阴铿也说过"户余双飞燕,床有一空帷"(《和樊晋陵伤妾》)。燕泥是细小的,落地之声微弱,而听得如此分明。借环境衬写思妇的寂寞无聊,造语新颖,构思别致,体人心境入于至微,成为当时传诵名句。据说喜作艳诗的杨广,对此非常企羡,至于嫉妒。在薛道衡临刑时还问道:还能作"空梁落燕泥"否?这两句都呈果前因后状态。如顺说则是"蛛网悬牖暗,燕泥落梁空",这里把"暗""空"置于句首,不仅烘托出环境牖暗、梁空的氛围,也是思妇心绪黯凉空寂的写照。后来谢伯初模拟此句为"池馆无人燕学飞",句意凡近,不如薛之峻洁。这四句写夜思,联系上文"恒敛""长垂",当然就是"夜夜思"了。这八句两层,前写日低帷闷睡,夜则魂飞不眠,都是平日间的反常现象,铺叙独居忧伤之景况,是全诗的核心。

结末四句承上"关山别荡子",这是由己及人。"前年""今岁"和篇首"蘼芜叶复齐"的"复"字照应,把篇中"恒敛""长垂"落到实处。"前年过代北,今岁往辽西",那么"别荡子"则更在"前年"以前。代北已是关山所在。"过""往"见出征戍匆匆之意,所往辽西则更遥远,这当是经人书信相告所知。而"一去无消息"则见人愈去愈远,连音信也渺然无踪。如就自己说则是“鱼书欲寄何由达,水远山长处处同”(晏殊《寓意》),因而不能不抱怨对方“那能惜马蹄”,此用苏伯玉妻《盘中诗》“何惜马蹄归不促”句意,本来思念那么深切,望归不止,竟然音信俱无,应是望之切、怨之深,可是这句异常温和,看似无些微怨望,淡淡向对方疑问,良人不归,好像只与“惜马蹄”相关,而思妇的心底有若许疑问或可早横梗胸中,只是含而未露,不愿明言罢了。“悔教夫婿觅封侯”的怅然,“不畏将军成久别,只恐封侯心更移”(《豫章行》)的担心,不无没有,所以这末句语极淡则情至深,在一片怅望、企盼、疑问中收束全诗,语未说尽,欲吐还吞,意含句外而余音不绝。

这诗用语以浓艳绮丽为主。末四句却浅显明白,无论雅俗都具铸造匠心,具清丽委婉动人的风格。全诗除首尾四句外,中间十六句皆对仗,一韵到底,很能传递出忧思重重、绵绵无尽的心境。隋诗承南朝遗风,贪于排偶,竞句雕琢,但未有是篇如此句句裁对工整而不失情思自然之旨,因而文学史家说他是隋代艺术成就最高的诗人,良有以也。

(魏耕原)

豫 章 行

薛道衡

江南地远接闽瓯,山东英妙屡经游。
前瞻叠障千重阻,却带惊湍万里流。
枫叶朝飞向京洛,文鱼夜过历吴洲。
君行远度茱萸岭,妾住长依明月楼。
楼中愁思不开颦,始复临窗望早春。
鸳鸯水上萍初合,鸣鹤园中花并新。
空忆常时角枕处,无复前日画眉人。
照骨金环谁用许,见胆明镜自生尘。
荡子从来好留滞,况复关山远迢递。
当学织女嫁牵牛,莫作姮娥叛夫婿。
偏讶思君无限极,欲罢欲忘还复忆。

愿作王母三青鸟,飞去飞来传消息。
丰城双剑昔曾离,经年累月复相随。
不畏将军成久别,只恐封侯心更移。

鉴赏

有征夫就会有思妇,有梦牵魂萦的相思,就会有缠绵悱恻的诗篇。这首诗沿用乐府《清调曲·豫章行》旧题,描写了闺中思妇寂寞家居的相思和别情。

刻骨的相思何时开始?痛苦的别情何由产生?发端两句便作了揭示——“江南地远接闽瓯,山东英妙屡经游”。丈夫远征闽瓯,闺中人由别而思,由思而带来魂销肠断的苦痛。与君一别,彼此不仅要忍受漫长时间的离恨别愁,而且受到空间的远隔,生离犹如死别——“前瞻叠障千重阻,却带惊湍万里流”。“千重”“万里”,极言山长水远,一个天之南,一个地之北,相隔天涯,相见无望。

相隔愈远,会面愈难,相思愈烈。闺中人在极度相思中展开了联想:枫叶清晨飞向京洛,鲤鱼夜间游过吴洲。“尺素在鱼肠,寸心凭雁足。”向以传信为任的红叶、鲤鱼,想来应带着两地相思,朝飞夜过,为人传递音讯吧!枫叶北去,鲤鱼南来,一种相思,带出两地离愁。此刻,丈夫正在万里之外登高望乡,体验着“独在异乡为异客”的心灵痛苦;而自己正长久地倚着明月楼,凝眸远眺,盼望夫归。二句从两地着笔,构成征人独自望乡,杳无归期,思妇长倚闺楼,望眼欲穿的动人画面。

经历了枫叶飘飞的三秋,转眼春又来临,真是春秋忽代序,相思又一年!她空闺独守,相思盈怀,愁眉不展,于是临窗览眺,以排遣愁怀。然而流目瞩望,触处生愁:鸳鸯双双并栖,浮萍片片相合,鸣鹤呼侣寻伴,春花并蒂吐艳,物皆成双作对,人却盛年独处。情缘景生,难言难诉的孤寂之苦更是不可抑止了。

春情漠漠,相思绵绵,闺中人转而推想对方的寂寥况味——“空忆常时角枕处,无复前日画眉人”。想必陷于别离痛苦中的她,独居无侣,日思夜想,但思也徒然。“空忆”“无复”二词,托出对方的相思苦况和四顾茫然的怅惘。接着二句紧承“前日画眉人”,从对方写到自己,发出了内心的慨叹:自别后,我已无心梳妆修饰,首饰闲置不用,明镜徒蒙尘埃。“谁用许”“自生尘”,既表明“女为悦己者容”,又暗含思妇坐愁红颜老的迟暮之感。

青春易逝,红颜易老,思妇不禁由思而怨,由怨而疑:游子一别,浪迹天涯,归期茫然,从来如此,不是说“浮云蔽白日,游子不顾反”吗?更何况关山迢递,音讯难通,这就使女主人翁陷入深深的怅惘和疑虑之中。于是,她因疑而向对方自明心迹:游子呵,你忠贞的妻子当学织女嫁牵牛,虽不能朝朝欢会,暮暮相伴,但感情专一,执着不变;而不学嫦娥,偷吃不死之药,背离丈夫,奔入月宫。这里,诗人借人物的怨怼和嘱告,表现思妇的复杂心理,更觉婉转动人。

坐愁相思,思而不见,反而平添几分愁苦。与其日思夜想而不得,不如暂不思忆,以排遣愁苦。然而,"偏讶思君无限极,欲罢欲忘还复忆"。思无极,愁不绝,情景加倍难堪。"无限极""还复忆",加重渲染了相思的难排难遣。接着两句,便是思极而生的祈愿。相传三青鸟为西王母的"信使",能为人传递消息,自己宁愿化为此鸟,北去南来,倒可沟通音讯,以慰相思。两句写得语痴情切,浓缩着闺中人历久弥深的思忆之苦。

全诗到此,闺中人孤寂凄苦的处境、伤别忆人的情思已经得到充分的展示。结束四句,她那不绝如缕的相思,凝聚成发自心灵的直白的呼唤:游子啊,相传丰城地上龙泉、太阿二剑,过去虽曾分离,但经年累月,终又相伴相随。今天,你我虽然远隔天涯,但是,让我们共同期待来日相合吧!游子啊,我不怕夫妻别离之长久,只恐你封官加爵而变心!到此,闺中人以热烈的期待和深婉的忧虑,结束了相思怀人的歌唱。

这首诗一气舒卷地抒发了闺中思妇复杂而深细的感情,诗中既有离愁别恨的痛苦,又有执着热诚的期待;既有哀婉迷茫的疑虑,又有坚贞恳切的自白。别情与恋情,失望与希望交织,一片真情出自肺腑,流入笔底。全诗多角度、多层次地再现了人物的绵邈深情,或触物伤情,或移情入景,或依情揣想对方,或直接描述自己的相思情态,写得回环往复,细腻感人。采撷神话传说入诗,都能做到切情切境,妥帖自然。诗的语言和谐流畅,充分发挥了乐府歌行的特点,读来倍感绵缠悱恻,荡气回肠。

(顾伟列)

敬酬杨仆射山斋独坐

薛道衡

相望山河近,相思朝夕劳。
龙门竹箭急,华岳莲花高。
岳高障重叠,鸟道风烟接。

遥原树若荠，远水舟如叶。
叶舟旦旦浮，惊波夜夜流。
露寒洲渚白，月冷函关秋。
秋夜清风发，弹琴即鉴月。
虽非庄舄歌，吟咏常思越。

鉴赏

这是一首酬答友人之作。杨素有《山斋独坐赠薛内史二首》，此诗是对杨怀念自己深情厚谊的答谢，表达了对杨素的深切思念与诚挚友情。

诗的开头紧扣题中“敬酬”二字，抒发对朋友日夜思念可望而不可即的迫切心情。虽则“山河近”并在“相望”的视野之中，然因山高水急，江山阻隔，时刻“相望”而不能相见，只能朝夕“相思”了。“相望”“相思”，语气贯通，语势极健，欲与挚友相会之急迫心情，跃然纸上。一个“劳”字，点出朝夕相思之苦，益见思友之情意殷切。两人友情之深笃，不言而喻。

“岳高障重叠”四句承“相望”而来，谓遥望朋友住处，不特有耸入云际的华山，而且有重重叠叠的大山阻挡，在险峨的鸟道中只有“风烟”相接，这是对只能相望而未能访友原因的暗示。“遥原”两句是写杨素“山斋”周遭的景象：“树若荠”以见“遥原”之远，“舟如叶”可见“远水”之浩莽，两句写望中远景十分精警。唐代诗人孟浩然的名句“天边树若荠，江畔洲如月”则胎脱于此。同写远景，前者写动景，后者写静景，各有千秋。

“叶舟”两句紧承“远水”，写朝朝暮暮虽然相思，然终不免朝夕相劳而不得见，不特有高山之阻，且有湍波之险，这是对只能朝夕相思而不能走访原因的又一暗示。“露寒”二句写时令，露寒月冷，一片凄清景象。这种凄清景色的渲染，托出诗人孤寂的悲愁情绪。

最后四句写在月朗风清的秋夜，老友杨素弹琴鉴月、思念越地的感情。写友人此时此地的感情，正见自己对友人感情的深厚。

此诗四句一转，自然成节。节与节之间用了顶真格，不特接榫紧凑自然，且有回环往复之妙。有些诗句对仗工整，如“龙门竹箭急，华岳莲花高”“遥原树若荠，远水舟如叶”“叶舟旦旦浮，惊波夜夜流”，都增强了艺术表现力。这些诗句整饬而又自然流畅，无板滞之弊，都是难得的佳句。

（房日晰）

人日思归

薛道衡

入春才七日，离家已二年。
人归落雁后，思发在花前。

鉴赏

这首诗是作者从隋聘陈、留滞江南所作，(见刘悚《隋唐嘉话》)构思细巧，颇负盛名。

首句凡近，乍看即属时间概念，黏滞而缺乏意味，犹如老婆子算账，有股絮叨之嫌。据说当时南朝人嗤曰："是诋言语，谁谓此虏解作诗?"及闻后二句乃喜曰："名下固无虚士。"为何一首小诗，前叫人讨嫌，后则一见而钟情，评价之优劣判若霄壤。细味，其实不尽如所言。

"入春"，犹"入年"。就新的一年说，不过刚度过了七天而已，可是从出门算起，已整整两年了。两个时态副词"才"——"已"，一提顿、一映发，语气盘旋、情思感慨，情意颇为深重。人常说："在家嫌日短，出门苦夜长。""才"字初看是言时之短促，实含度日如年、时光迟迟的况味。这是就新年的时间概念向前看。如果向后看却是光阴促促："离家已二年。"二句一拼接，"入春"与"离家"形成对比观照，生发出别一番滋味。已过去的二年无一刻不是这般迟慢之熬煎，所以这个"已"就有不少感慨，而又置之"才"后更显顿挫沉郁。上句就客居而言，下句就乡关之思而言，全是一幅心口相商，细思深想的神情。

"人归落雁后"，承"离家已二年"，客居已两年之久，却还返归得这么迟迟，这是时间的比照。归之晚又和下句的思归之早形成心里的抑扬变化。这里"后""前"这一对反义词，语生顿挫。如果说"才""已"是深深感慨，那么"前"与"后"就是更为伤情的苦苦思忖。把"人"(身)与"思"对比见意。身不由己故迟迟而后；"思"全由己生，故早早而前。把客观处境与主观愿望的矛盾，借助对照的反差，一反一正，开合相应、更为明显强烈地呈现出来。不仅如此，这两句各自又把人和物形成对照。古人认为，鸿雁一到正月,就展翅北翔,时至“人日”,雁自守时北归,而人已滞留长久,即和雁同归已晚于时。而今,又落于雁后,只能眼巴巴看着,让大雁把乡思带回故国,一种落伍之感油然而生,这是仰观于天。俯视于地,则南地春早、报春之花纷纷绽放,好像急匆匆地要赶上春日的韶光,那溢光流彩花朵,在春风中颤巍巍摇曳,显出自己得其自然。相形之下,诗人欲归不得的心里是多么迫切。然而这里却接之一句“思发在花前”,峻洁之至。“思发”意谓“思归”。不言归是避其重字,而“发”更为峻急,这是说返回故园这一枝心中之花,早早就在思念中怒放了。换言之,早在“入春”——人日之前就想和家人团聚,欢度新年。这里“发”“前”两个急促的字眼泼发出“思归”的强烈的愿望和心思,它和“后”一经比照,更显出急不可耐的汲汲以来的情意来。

从结构上看,首句是破题中的“人日”,次句缴清“思归”之故。三句接住上句,申述迟归之意,又巧妙地把正月初七的“人日”节的“人”明明补足,人雁对照,相互对剔,情思再进一层,末句明点“思”字,而“在花前”恰又回波倒卷,回抱首句“入春”。全诗偶对工切而又自然流走,四句层层脱壳而意念相生首尾环扣,其间虚字又一气盘旋,确有含蓄不尽的风味。

这首诗以内心思忖、心口相商、计算归期等细微之至的内心活动,表达了思家的心情。前二句色相俱泯、只是意念上的筹算,为后两句做了铺垫,把亮相的重点留给后面,所以具有整体美;末二句相思更为深细至微,比中有比,前后内外,层层见意。如“照花前后镜,花面交相映”,在整体谐和中更显出局部美来,这就不由得不惹人喜爱了。

(魏耕原)

鸡鸣篇

岑德润

钟响应繁霜,晨鸡锦臆张。
帘迥犹侵露,枝高已映光。
排空下朝揭,奋翼上花场。
雨晦思君子,关开脱孟尝。
既得依云外,安用集陈仓。

鉴赏

《鸡鸣篇》前六句铺排了鸡鸣之时与鸡鸣之态。还是在那繁霜遍地时,晨钟响了,雄鸡吭鸣起来。窗帘上犹有宿露,高枝上已映日光,司晨的鸡鸣打破了岑寂。阳光下临大地,鸡奋飞上了花场。诗的前段整个意思只是写了日出鸡鸣。诗的后四句,一用《诗经·郑风·女曰鸡鸣》中"风雨如晦,鸡鸣不已。既见君子,云胡不喜",说明鸡鸣迎归;一用《史记·孟尝君列传》,说战国时孟尝君在秦被留,赖一食客装鸡啼赚开城门,始得脱险,鸡鸣有助于人事业成功。诗最后两句说,既然可以依于云外,即超脱凡尘,又何必集于陈仓呢!陈仓即隋大业中的宝鸡市。意谓鸡能超然物外,不必集结于通都大邑。

咏物诗要有所寄托方佳。寄托之意和所咏的物性要"不即不离",既不凝滞于物,又不完全游离于物,使读者缘所咏之物,联类及他,想得更远、更多、更深,从而得到启迪,获得教益。本篇咏鸡鸣,虽未沦为灯谜式韵语,但内涵匮乏,韵味不足,因而还不能跻身上乘之林。

(徐应佩　周溶泉)

入　关

虞世基

陇云低不散,黄河咽复流。
关山多道里,相接几重愁。

鉴赏

这是一首即景成咏的小诗。诗人用简括的笔触抒写了自己入关时的所见所感,语短情长,意境苍茫。

诗的前两句从"陇云""黄河"落笔,不仅点出关塞的地点,而且移情注景,渲染出浓郁的愁情。"陇云"即陇山之云,陇山在陕西、甘肃边境。这一古老的关塞踞陇山而临黄河,扼陕、甘二省咽喉,进可窥塞外,退可守川陕,素称险要,历来兵家必争。诗人行经此处，眼前壮美的景色并未引起他的豪情，反倒勾起满怀愁绪。这里，诗人借景物的暗示性和象征性，曲曲传达了自己的心绪：陇云低垂，长久不散，用以形容心绪愁闷，难以排遣；滔滔黄河，水声呜咽，又仿佛载着绵绵愁思，长流不尽。

读了一、二句后，似乎感到诗人要诉述他的愁之所在了，可是，三、四句却又宕开笔墨，由前面的仰观、俯视写到远眺，使诗境愈加延伸和阔大，而诗人的情思也愈益绵邈深长。他凝神远眺，然而目尽关山，唯见关山连绵重叠，于是，诗人的愁绪也平添几重，终于充溢于这辽阔而苍茫的空间了。

全诗至此，戛然作收，景中之情，境中之意，如水中着盐，了无痕迹。诗人何以入关而愁思盈怀，通篇并未明言，这就给读者留下了联想生发的余地。自古以来，边境不宁，战氛难靖，多少战士离乡背井，万里戍边，转战绝域，或老死关塞，或暴骨沙场，所谓"秦时明月汉时关，万里长征人未还"。诗人亲入关塞，目睹边陲的险要和荒凉，自然思绪万千，对边防形势的关注、对戍边将士的同情交织于胸，以至愁思顿生，此其一。古代士人多愿当京官，不乐外任，诗人赴边入关，离乡日远，不免回首一望故乡。故乡何在？但是关山绵延重叠，于是不能不引起思乡之愁，此其二。总之，诗人之愁因入关而生，其愁之所在，尽可由读者去联想、去思索了。

这首小诗通篇突出一个"愁"字，其他材料都围绕这个焦点作铺垫与衬托。在表现思想活动方面，运笔也十分委婉含蓄，这种"尽在不言中"的表现方法，使诗的情味更为隽永而耐人咀嚼。

（顾伟列）

赋得岩穴无结构诗

王由礼

岩间无结构，谷处极幽寻。
叶落秋巢迥，云生石路深。
早梅香野径，清涧响丘琴。
独有栖迟客，留连芳杜心。

鉴赏

王由礼今存诗四首。从现存的诗看，王由礼充满了孤高自赏的情怀，如他写蝉："露下緌恒湿，风高翅转轻。叶疏飞更迥，秋深响自清。何言枝里翳，遂入蔡琴声。"托意寄情很是明显。这首《赋得岩穴无结构诗》同样表现了隐逸思想。

这首诗承袭了晋代左思《招隐》中"岩穴无结构，丘中有鸣琴"之意，写了一个无尘嚣俗扰的深邃宁静的境地。诗起笔即突显出这一清奇幽深的环境，巉岩错落，峭壁参差，呈"无结构"状态，完全是天然之物、化工之设，非人力所为，无斧凿之痕。悬崖高耸，深谷幽杳，乃人迹罕至之处。接着进入具体描绘，写所见情状，"叶落秋巢迥，云生石路深"。因秋深而叶落，因叶落鸟巢更为清晰可辨，且可见远处鸟巢；因白云出岫，更觉山路深不见底。一写秋高气爽之状，一写云雾迷漫之态；一写无叶障而见远，一写缘云漫而知深，极尽变幻之能事。"早梅香野径，清涧响丘琴"，一从气味写，一从声响写。早梅吐艳，香染野径，清泉过涧，泠泠有声。诗人以远处的秋巢，下面的山路，近处的早梅，深处的清涧，构就了一幅深山幽境图。这境地，有动有静，有香有声，清静而不死寂，恬淡而不寡味，是世内之境，又有世外之趣。在这样的背景下，诗人于诗末提出"独有栖迟客，留连芳杜心"。具有杜衡般芬芳心境的人，才"栖迟"于这些超尘脱俗的境地。诗人前面着力描图绘景，也就在于结出这一主旨。

（徐应佩　周溶泉）

送　别

陈子良

落叶聚还散，征禽去不归。
以我穷途泣，沾君出塞衣。

鉴赏

赠友送别的小诗,受篇幅所限,大多截取生活的横断面,用速写法集中描绘分别时刻的情景。本篇则将友人及自己的生活遭遇,同离别之情紧密融合,纵横兼顾,自然工巧,不着痕迹。

首二句,用“散”“去”点破题中的“别”字,着重写友人分离。但是,诗人并未就事论事,孤立写这次分别,而是纵横交错,简略地勾勒了这次分别的过去、现在和将来的广阔背景。“落叶”“征禽”(长途远飞的鸟)两个比喻,交代了这次分别之前友人漂泊不定的生活状况;“聚还散”,指出这是友人返归以后与亲朋相聚不久的又一次别离;“去不归”,点明这次分离之后,友人将不再归来。显然,这是短促相聚以后的分别,难以再会的分别。俗语说“落叶归根”;《古诗十九首·行行重行行》又说“胡马依北风,越鸟巢南枝”;王粲《七哀诗》(其二)“狐狸驰赴穴,飞鸟翔故林”;陶渊明《归田园居》(其一)“羁鸟恋旧林,池鱼思故渊。”这些比喻,说明草木虫鱼、飞禽走兽都依恋故土,人类更是如此。但是,本篇作者的友人却在他乡奔波不息,归后复去,席不暇暖。十分清楚,他的遭遇是很不幸的。总而言之,诗人仅仅用了十个字,既反映了友人的命途多舛,又突现了这次分别有非同寻常的难堪。

最后两句“以我穷途泣,沾君出塞衣”,点破题中的“送”字,着重写送行时依依伤别的无限辛酸。但是,这里也没有单纯写送行,而是将它与诗人自身的遭遇、友人此去的前景巧妙地做了联结,情切意浓,凄怆动人。“穷途”,即穷途末路。魏晋之际的诗人阮籍愤世嫉俗,“时率意独驾。不由径路,车辙所穷,辄痛哭而返”(《三国志·魏书》注引《魏氏春秋》)。本篇借用其意,比况自己境遇困苦。在送行的路上,诗人讲自己的坎坷不幸,好像是题外话,其实不然。“沾君出塞衣”,说明诗人正在用自己的亲身体验劝诫友人:从军出塞同样找不到出路,前景仍然是暗淡无光的。只有交情深厚的朋友,才能倾吐肺腑之言,肝胆相照,不做虚与委蛇的应酬。一个“沾”字,生动地表达了作者对友人的真挚的感情,活现了当时送别的情景,在荒村古道的尽头,诗人牵扯着友人出塞从军的衣裳,涕泗横流,倾诉衷肠,苦苦挽留,真是“黯然销魂者,唯别而已矣”(江淹《别赋》)。它的艺术感染力是鲜明而强烈的,所以清代的诗歌评论家沈德潜读此诗竟而批曰:“不堪。”(《古诗源》卷十四)

这首诗的最后两句,化用了何逊的《相送联句》:“以我辞乡泪,沾君送别衣。”两相比较,“辞乡泪”“送别衣”,分别变成了“穷途泣”“出塞衣”。从中可以看出,何诗表现得较为浮泛,本篇则富有个性特征,包含了送别双方的生活遭遇,并点明了出行的地方,虽属化用,却有创新。

(韩理洲)

落　叶

孔绍安

早秋惊落叶，飘零似客心。
翻飞未肯下，犹言惜故林。

鉴赏

袁枚《随园诗话》卷二说："咏物诗无寄托，便是儿童猜谜。"薛雪《一瓢诗话》又说："咏物以托物寄兴为上。"他们都强调咏物诗不能仅限于咏物，还要通过形象描绘表达充实的思想感情。这首咏物诗就是如此。它借助落叶的形象，寄托了诗人的身世之感，抒发了漂泊异乡，奔波不息，怀念故土的情思。

植物对气候的变化是非常敏感的。因此，人们常说"一叶知秋"。《淮南子·说山训》就说过："以小明大，见一叶落而知岁之将暮。"本诗首句"早秋惊落叶"，即取此意。"惊"字生动真切地表现了诗人乍见落叶诧异不安的神情，并且巧妙地联结了物与人，为全篇的咏物与抒怀相结合奠定了根基。目睹风吹落叶的景象，诗人产生了类比联想：落叶东飘西荡，恰似客居他乡者惶惶不宁的心境，它在空中翻飞，好像有意不愿降落，并且诉说着依恋原来的树林的衷肠。"未肯下"的"肯"字、"犹言惜故林"的"言"字和"惜"字，都是人的情志和行为，是自然界的落叶不可能有的现象。显然，诗人如此着笔的目的在于借落叶比拟自己到处辗转，不愿在异乡安身落户，是因为一直眷恋着故乡。

这首诗，咏落叶能做到形神兼似。既然是咏物，以自然界的物象为审美主体，必须曲尽其妙，生动地再现描写对象的形象。本篇作者用"飘零""翻飞"进行正面描绘；用"似客心"做侧面烘托；还用拟人化的手法虚写，驰骋想象，既展现了落叶随风飘荡的神态，又饶有情趣。

其次，本篇咏落叶不但能"尽体物之妙"，而且能做到"不即不离"。全诗四句，句句都未离开落叶，然而又不黏着于落叶，笔笔兼及了客游他乡的诗人自己。第一句写落叶传递了秋至时暮的信息,又用“惊”字写了它在诗人心中引起的反响;第二句写落叶飘零,通过“似”字,用明喻法贯联了“客心”;第三句写落叶在空中飞转未落,着一“肯”字,赋予了人的感情;第四句写落叶朝着原来的树林飘去,又用明喻修辞“犹”字,与漂泊异地的游子思乡的情意做了类比,“言”字也是对人的行为的模拟。正因为如此,诗人笔下的落叶,就不仅仅是自然物的再现,而有超出原物的情韵,耐人寻味。沈德潜称赞本篇“颇能寄托”(《古诗源》卷十四),洵为确论!

(韩理洲)

挽舟者歌

无名氏

我儿征辽东,饿死青山下。
今我挽龙舟,又困隋堤道。
方今天下饥,路粮无些小。
前去三十程,此身安可保。
寒骨枕荒沙,幽魂泣烟草。
悲损门内妻,望断吾家老。
安得义男儿,焚此无主尸?
引其孤魂回,负其白骨归!

鉴赏

这首民歌以质直的语言、直赋的手法,诉说了为隋炀帝挽龙舟的苦难,控诉了无道昏君的鸩乐残民。

隋炀帝是历史上出名的奢侈昏君。他一上台,就征发民工,大兴土木。他修通济渠后,于河岸两旁“御道”种植柳树,从洛阳到江都,建离宫四十余座。605 年,隋炀帝带领一二十万人,乘船游江都。他乘坐的“龙船”,高四十五尺,长二百丈,共四层,中间两层,有房一百二十间,用珍宝装饰得金碧辉煌,共有大小船只几千艘,前后相连,长达二百余里。《挽舟者歌》就是挽船民夫的呼声。

这首民歌虽是"挽龙舟"时所唱，可是它的涵盖面很广。写了"我儿征辽东，饿死青山下"，也写了"悲损门内妻，望断吾家老"。一家三代，都处于饥劳兼逼、死亡威胁之下。儿子远征辽东，遗骨青山下；自己困于隋堤道，又将成野鬼；家中妻子思夫念子，愁肠寸断；父母盼望儿孙，泪眼欲枯。作者将三代人所处不同空间的相同命运巧妙地织合于一起，展现了隋末民不聊生的惨状。

全诗以"我"为中心，向时间与空间的广域辐射。追想先前的儿死，遥念家人的苦况，想象日后的身亡，概及过去、现在、未来，笼括辽东、隋堤、家中。因以"我"为驰想的中心，也就丰富了主人公的内心世界。同时，又以"饿"贯之始终，儿子是"饿死"的，自己又是"路粮无些小"，家中的老母弱妻，没有大劳动力，其缺粮断炊自可想见。通过各人的挨饥受饿，写足了"方今天下饥"，这是社会现实的直录，也是诗人愤怒的呼号。

作者瞻念前途，觉得此身难保，他寄希望于"义男儿""引其孤魂回，负其白骨归"。这愿望很是偏狭，也极为渺茫。处于社会压迫重轭下的小生产者，只能提出这聊以自慰的要求。《海山记》记《炀帝幸江南时闻民歌》："隋炀帝大业十年东幸维扬，御龙舟，中道夜半闻歌者甚悲。其辞曰云云。帝闻其歌，遽遣人求其歌者，至晓不得其人。帝颇彷徨，通夕不寐。"这一记载的可靠与否，尚难决断，但缘此可见这首民歌的感人力量，当然它不可能改变隋炀帝穷奢极欲的本性，但至少对他有所触动。而这首歌为那些挽龙舟者听了，其感同身受、怒火中烧，自是不言而喻的。

（徐应佩　周溶泉）

送　别　诗

无名氏

杨柳青青着地垂，杨花漫漫搅天飞。
柳条折尽花飞尽，借问行人归不归？

鉴赏

这首名为《送别诗》，实不同于一般的送别之作。它不是朋友分手时所作，也非亲人道别之言，而是针砭隋炀帝巡游无度之作。

隋炀帝穷奢极欲，巡游无度。为了巡游，修通济渠，从洛阳到江都，两岸都种植柳树。“隋堤柳”即成为隋炀帝游乐的见证。隋亡后，咏隋堤柳以寓兴亡之意的诗词很多。此诗于隋末即咏柳刺时，可见作者有着较高的政治敏感和艺术敏感。崔琼《东虚记》云：“此诗作于大业末年，实指炀帝巡游无度。”这是颇有鉴识眼力的。

诗的一、二两句极写柳树之茂与杨花之盛。青青的杨柳“着地垂”，言柳树枝条披拂，葳蕤浓密；漫天的杨花飞舞，足见柳树密密匝匝，堤柳延绵长远。岸边柳树如巨龙蜿蜒，天上柳絮似雪花纷飞，作者写此，意在为“柳条折尽花飞尽”创设前提条件，以增强诗句的艺术张力。前两句分别以形象化语言写柳之盛，这里以概括性的两个“尽”字迭出，反差极大，给人的印象极深。分别时折柳以赠，借柳与“留”谐音与柳枝随插随生之意，已成了古人习俗。如今柳条折尽，可见攀折的人多。炀帝出巡，佞臣邀宠，小人献媚，播弄威福，惑主取荣，才致“柳条折尽”。最后一句“借问行人归不归”，词婉意藏，砭责之旨见于言外。

这首诗意在戟刺昏君奸臣沉迷于巡游，并非正面着笔，写“龙船”的奢华，队伍的庞大，以及感慨“天下死于役而家伤于财”，从送别的角度，以折柳的细节，由侧面写出了题外之旨，因而含蓄蕴藉，耐人寻味。

（徐应佩　周溶泉）

叹　疆　场

无名氏

闻道行人至，妆梳对镜台。
泪痕犹尚在，笑靥自然开。

鉴赏

这首闺怨诗，摄取了感情变化的一个片断，短至一个瞬间，饶有情思，给人印象颇深。

全诗都缘着首句“闻道”展开。说是“闻道”，那“行人至”则听说而已。这二字看似率尔之语，却不可轻易滑过。如果主人公是个大家闺秀，或是“春日凝妆上翠楼”式的上层少妇，则可能会得到确切的消息，似不应有听说口气。既是“闻道”，道听途说而已,则主人公或许是个乡间田妇。这一句交代清了人物、事情,以及时间——乍闻,领起以下三句,引起一场情感的小小波澜。

突然听到久戍良人将至,孤苦滋味的离情别绪将要告以结束。久别重逢的喜悦,不可名状的激动,是可以想见的。她听到消息后的第一个想法是:“妆梳”,急急忙忙地去“对镜台”,去“当窗理云鬓,对镜帖花黄”。这二句如小溪急流,一意而下,似不经意。但细想起来,为什么她首先想到的是梳妆打扮,而不是“相迎不道远,直至长风沙”呢,究其因:丈夫赴军,农作、家务一股脑儿压在她的头上,大概也熬着“麻苧衣衫鬓发焦”的日子,昼劳夜作,无多空闲修饰自己;其次,不仅无暇打扮,也无心打扮。古语云“女为悦己者容”,即“岂无膏沐”,而家有红巾罗衣,而又“谁适为容”呢?去“对镜台”,而又作何为情。因而平日独居,一定是“自君之出矣,明镜暗不治”(徐幹《室思》),必然是“自伯之东,首如飞蓬”。尘容垢面,岂能迎至长风沙。所以急忙拂拭明镜,着意修饰一番。

当她坐在窗前,按捺不住的喜悦溢上心头的时候,镜子里映出一个特写镜头——“泪痕犹尚在”,这位无名氏作者巧妙地借着主人公视点而展现了人物自己。行人将至,镜子里肯定是“笑靥自然开”。不过,喜笑颜开之容,还有明显的“泪痕在”。曰之“犹在”“尚在”“犹尚在”,是情思的加强,这“犹在”之“泪痕”,说明她在“闻道”以先刚刚哭泣过,也暗示了行人去后的日子,她是在以泪洗面而“笑靥不开”。哭与笑,是情感极端的两极,这里以“闻道”作为界线,生动展现了情感转化的一瞬间,由哭、由泪而速变为“笑靥开”,这变化出自乍忽之间,愈是迅速,愈说明这一笑来得不易。所谓“人世难逢开口笑”,于她,则更甚。进一步看,这是战争不息,行人不至造成的,可与同代无名氏“柳条折尽花飞尽,借问行人归不归”(《送别诗》)参看。

题目是“叹疆场”,诗中没有叹字,也没有人物的叹息,但我们不是可以从倏忽的“笑靥开”里可以直感到先前的若许哀叹和思念?那犹在的“泪痕”,就是明显的暗示。张玉穀说:“行人未至以前,实有死生未卜,日夜愁苦意在,今绝不费笔,只就泪痕翻出笑靥,写一情不自禁样子,而前此思念之切,意已曲包,何其活脱。”(《古诗赏析》)作者无异于一名高级摄影师,抓住人物笑靥乍开,泪痕尚在之瞬息间快镜头,而这镜头又非从人物本身径直取像,而间接从镜中——也是主人公自己眼中映现出来。构思巧妙,用笔新颖,为前人所未道,而具明白而含蓄、浅率而深刻的艺术效果。与杜甫《闻官军收河南河北》,写片断感情的名篇,及“问姓惊初见,称名忆旧容”(李益《喜见外弟又言别》)名句相较,也无多逊色。

(魏耕原)

附　录

主要作者小传

金性尧

曹 操(155—220)

字孟德,小名阿瞒,谯(今安徽亳州)人。年二十举孝廉。曾率兵破黄巾,讨董卓,败袁绍于官渡,迎献帝都于许。位至丞相,爵封魏王,死后追尊为太祖武皇帝。

据《世说新语·容止》引《魏氏春秋》,曹操是个“姿貌短小”的人,并不是后人想象的魁梧雄伟。因此自顾形陋。但他能文能武,多才多艺。身在军旅,手不释卷,横槊赋诗,长而勤学。既解《孙子》,又擅草书、善围棋,还懂方药、招术士,却又将名医华佗下狱拷毙。爱才之殷,常流露于诗文间,但名士如杨修、孔融、祢衡、荀彧等皆死于他之手。他的三个女儿都被献帝聘为贵人(位仅次皇后),伏皇后却被他处死于暴室中。他好色,儿子多至二十五人,又作铜雀台于邺城,还要那些婢妾伎人于他死后留在铜雀台。他希望将来在墓道上题上“汉故征西将军曹侯之墓”字样,但他活着时,刘桢、王粲却已称之为“元后”“圣君”。

他的散文,清峻洒脱,祭桥玄文,以诗人的才情,抒怀旧的风义,《明志令》是性格化的自传性名文,其中也体现了他的权欲意识。那篇《遗令》,施帐登台、分香卖履,琐琐写来,至死不忘,就文论文,不失为汉魏绝妙小品。他的乐府,前期多为模拟,后期有自己的特色,并且能够重视乐府的价值。就他诗歌中那些优秀之作来看,无不气雄力坚,慷慨悲凉,这里面有他的生活实践,也有他的天才豪气。总之,就政治上、军事上、文学上的总和成就说,在当时没有人能超过他,性格上也鲜明强烈,须眉毕现。还有一点,曹氏一门,智力如此集中,承传至于三代,也可作为遗传学上的具体史料。清初陈恭尹《邺中》诗云“乱世奸雄空复尔,一家词赋最怜君”,也是知人论世的公允之论。

王　粲(177—217)

字仲宣,高平(今山东金乡)人。初依刘表,住荆州十六年,因貌陋体弱,未被重用。后归曹操,任侍中,赐爵关内侯,建安七子中唯有他封侯。曾随曹操征吴,卒于回邺途中。当时曹氏兄弟骨肉倾轧,有些文士因此而获祸,王粲却能善处二曹之间。他生前以善效驴鸣著名(这是魏晋时的风气),曹丕吊丧时,便要同行吊客作一声驴鸣送之。

他在文学上的主要成就在前期。这是因为流寓荆州,身经丧乱,耳闻目见都能激发他身世上的真实感伤,《初征赋》为《登楼赋》开了先路,后者的境界要阔大些,空间时间都随笔意的起落而变化。诗以《七哀诗》为代表作,四言的《赠蔡子笃》也非浮泛的酬赠,"风流云散,一别如雨",人去我留,更增加漂泊之感,和《登楼赋》的"钟仪幽而楚奏兮,庄舄显而越吟",同为正反相间的对照。后期则志得意满,《从军诗》或隐含谏戒之意,但《公宴诗》等对曹氏谀颂过甚,近于买胭脂画牡丹,钟惺在《古诗归》中因而讥为"乞气"。

陈　琳(？—217)

字孔璋,射阳(今属江苏)人。初为何进主簿,后归袁绍,曾为绍作檄文数曹操之罪。官渡之战,琳为曹军所俘,操爱其才,未予处罚,且任以记室。《文心雕龙·檄移》所谓"敢指曹公之锋,幸哉免袁党之戮也"。归曹后,曾将所作檄文呈曹操,操时患头风,因其文字辛辣警拔,阅后霍然而起曰:"此愈我病。"《三国演义》却附会为曹操读了数责其罪的那篇檄文惊而病愈。后死于大疫。

他流传下来的作品不多,诗以《饮马长城窟行》著名,次为《游览》诗,写乱世文人的迟暮之感。文则骋辞为主,神气壮健,流于繁冗,刘师培《中国中古文学史讲义》曾说:"文之由简趋繁,盖自此始。"

刘　桢(？—217)

字公干,东平(今属山东)人。曾被曹操召为丞相掾属。他的《赠五官中郎将》(即曹丕)称曹操为"元后",以丰沛比曹操故乡,曾为后人讥评。但其人生平也做了一件快事:曹丕请一些文士宴饮时,命甄氏出拜,众人皆俯伏,只有刘桢平视。曹操闻知,竟将桢拘捕,免予处死,罚以劳役。甄氏是曹丕之妻,曹丕不动气,却使公公曹操发火,实亦怪事。

刘勰《文心雕龙》曾将曹植与刘桢并称"曹刘",刘熙载《艺概》曾将刘桢与王粲并提,可见后人对他的推崇。他的诗,有的以使气见长,有的以白描取胜,但气骨有余而文采不足,所以刘勰有"雕润恨少"之说。

徐　幹(171—218)

字伟长,边海郡(今山东昌乐附近)人。少年勤学,处陋巷而不随流俗。建安初,曹操授以司空军师祭酒掾属,又转五官将文学。后因病辞职,死于大疫。

徐幹平生轻官薄禄,曹丕在《与吴质书》中称为"怀文抱质,恬淡寡欲"。他的诗多用虚字,却少虚语,故文姿质而清。他的《于清河见挽船士新婚与妻别诗》,《玉台新咏》作曹丕作;但曹丕另有《清河作诗》一首,也写妻子与丈夫在江边相别的凄伤之情,或以此致误。《室思》诗写闺情,"既厚不为薄,想君时见思",由自己待丈夫的厚意而以不薄期望丈夫,曲尽古代妇女对在外丈夫既信又恐的复杂心理。

他的辞赋,颇为曹丕、刘勰称赞。论集《中论》,为建安七子中今存的唯一专著。

阮　瑀(?—212)

字元瑜,尉氏(今属河南)人。阮籍之父。童年时受学于蔡邕。初曾避都护曹洪(曹操从弟)之征召,后应曹操召,掌记室。才思敏捷,随曹操外出时,常于马上草拟文书。建安十五年(210),曹操致书孙权,掩饰赤壁之败全由军队遭受疫病(这固然是原因之一),这封信就是阮瑀写的,张溥评云:"独叙赤壁之败,流汗发惭,口重语塞,固知无情(虚假)之言,即悬幡击鼓,无能助其威灵也。"说得幽默而中肯。

他的名篇《驾出北郭门行》,与汉乐府古辞《孤儿行》的质直悲酸相近,《咏史诗》从反面暗示君主恩义之不足恃,《七哀诗》的结末,出圹望乡,只见蒿莱遍地,隐寓幽明无殊,以没伤存之意。

从阮瑀避曹洪之召来看,他之归曹或非本愿,所以张溥说:"然则元瑜俯首曹氏,嗣宗盘桓司马,父子酒歌,盖有不得已也。"

繁 钦(? —218)

字休伯,颍川(今河南禹州)人。初依刘表,后归曹操,任主簿。长于书记。名篇为五言《定情诗》,或受古乐府《有所思》的影响。“定情”之名,当始于此。但繁诗的“定情”,指诗中女子被弃时能镇定其情,唐乔知之《定情篇》亦此意,后来却作为男女授受饰物、表示恩爱开始的美称。

繁钦这首诗和他的《弥愁赋》,一写相期不来,一写不期而遇,技巧上都能描摹出古代女子姿态动作之美和表情上变化的特点。另有《咏蕙诗》《生茨诗》皆借花草以宣泄不平,讽喻世情。

曹 丕(187—226)

即魏文帝。字子桓,曹操次子。他生长军中,善骑精射。汉延康元年(220),经过群臣再三再四的请求,曹丕本人再三再四的谦让,终于取汉为帝,国号为魏。升坛行礼之后,他对群臣说了这样两句话:“舜、禹之事,吾知之矣。”

他的《典论·论文》开了文学批评的风气,其中有“文章经国之大业,不朽之盛事”的话,这不仅认识到文学的重大价值,也感到肉体容易毁灭,人的优良的思想意识则可以通过史册不朽于千古。当时正是大乱之后,疫病流行,王粲、徐幹等一些名士皆死于大疫中,因而“既伤逝者,行自念也”,常常想到与鬼为邻,不如及时留著作于人间,他的《善哉行》中“人生如寄,多忧何为,今我不乐,岁月如驰”,也流露出这种情绪。

他的诗歌成就,虽不及曹操、曹植,但《燕歌行》却是诗歌史上的创获。在他之前,虽已有七言体写作的,但有的只是箴铭的变相,有的是多人的联句,有的不脱楚辞的模式,有的语言太拙陋,到了《燕歌行》才显得浑成而缜密,才离椎轮而为大辂,所以胡应麟《诗薮·内编》称为“实为初唐鼻祖”,曹植则“七言独少大篇”。

曹 叡(205—239)

即魏明帝,字元仲,谥烈祖,他的谥却是生前拟定的。曹丕子,甄氏所生,甄氏则为曹丕杀害。与曹操、曹丕并称为魏之三祖。但他在政治上无甚建树,文学上无甚特色。所作乐府诗十余首,有的宣扬曹氏功业,有的情词庸浅,如《燕歌行》的"翩翩飞蓬常独征,有似游子不安宁"。唯《长歌行》《种瓜篇》《猛虎行》诸篇,或托失群之燕以感慨孤独,或借无根的菟丝而恐惧遗弃,或为受弹的双禽而哀其横祸,皆能寄人情于物理。

曹　植(192—232)

字子建,曹操的第三子,曾封陈王,谥思,世称陈思王。曹操因植文思敏捷,下笔成章,起先欲立植为太子,后因酒醉未完成曹操欲救曹仁的指令,使曹操悔而罢之。一说这是曹丕故意逼醉他。其次,曹操离邺期间,曹植又乘酒兴,越制私出司马门,更触曹操之怒。又因曹丕为植兄,臣下便以立长说动曹操。这样,曹植不但失欢于父,还见忌于兄。到了曹丕为帝,便遣植前往藩国,并派人监视。名为侯王,实类匹夫。丁仪、丁廙皆因赞助过曹操欲立植的初志而被杀。他的后期生活,就一直处在恐惧忧郁的心理压力下。他的《上责躬应诏诗表》中有"伏唯陛下德象天地,恩隆父母"语,以兄弟而比之为父母,固为失词,也见得他对曹丕的诚惶诚恐到了语无伦次的地步。他的《自诫令》也说"身轻于鸿毛,谤重于泰山"。

曹植在争位上所以失败的原因,除了两次酒醉误事外,更主要的还在于他既不会像曹丕那样善于使用权术,又缺乏搞政治的实际能力。反过来,正说明他还是不脱名士才人疏狂轻率的习气。但政治才能之短,却成全了他文学才能出父兄头地之长。文学对操、丕本非专业而为副业,对曹植却是专过父兄,才高七子,谢灵运所谓"天下才共一石,曹子建独得八斗"。

他的诗,前期多为宴饮酬答之作,后期则几经迁移,身同飘蓬,骨肉相残,只求幸存,由一己的遭遇联想到世途之崎岖,明写暗喻,无不悲凉激越,回肠荡气,生活扩大了他的题材领域,并使创作方法也变化多姿。

他的散文,与杨德祖、与吴季重两书,前者论文,后者抒情,皆尺牍中的佳作,《洛神赋》从汉代大赋的堆砌铺张转变为精丽浏亮的短赋,继宋玉之后,又塑造了一个风姿妩媚的女神形象,在美学上也有其重要的地位。

何　晏(？—249)

字平叔,宛(今河南南阳)人。何进之孙。何进被杀,何晏母尹氏被曹操纳为夫人,晏也被收养,后娶曹操女金乡公主。性骄倨浮华,曹丕呼为"假子",曹叡处以闲职。正始初,曹爽擅权,晏得重用,任侍中、吏部尚书,与丁谧、邓飏被称为“三狗”。曹爽被司马懿所杀，晏以爽党也被杀。事前，司马懿曾使何晏治曹爽之狱，他为保全自己，乃穷治爽之亲信。司马懿对他说：“一共有八家。”他便揭发丁谧、邓飏等七家。司马懿说：“还没有齐全呢。”何晏急了，说：“莫非还有我吗？”司马懿说：“对的。”于是将他收捕。

他作《言志诗》时，实已感到危机之潜伏。论文批评白起之坑秦卒（即杀降），中有云：“战杀虽难，降杀虽易，然降杀之为害，祸大于剧战也。”倒是颇有见地。另有专著《论语集解》，中杂老、庄之说。

应　璩（？—252）

字休琏，汝南（今河南上蔡）人。他的书信很著名，从他若干篇书信看，早期生活甚为穷困。曹芳（齐王）即位，迁侍中、大将军长史，尚能以谨慎自戒。当时大将军曹爽专权，璩作《百一诗》以讽喻。《百一诗》多非完篇，胡适《白话文学史》说：“都是通俗格言的体裁，不能算作诗。”但其中一首“汉末桓帝时”，还算得上富有谐意的讽刺诗。

嵇　康（223—263）

字叔夜，铚（今属安徽宿州）人。幼孤家贫，学非师授。与魏宗室之女结婚，拜中散大夫，世称嵇中散。隐居山阳时，与阮籍、山涛等作竹林之游。游览汲郡时，道士孙登曾对他说：“君才则高矣，保身之道不足。”又以火为喻，劝嵇康要善于用光，大概已看出他的气质。山涛是他好友，欲举嵇康任吏部郎，他便写了一封绝交书。两人的交谊其实并未由此断绝，却触怒了大将军司马昭，因为司马昭本想笼络他。钟会是司马昭的亲信，有一次带领许多人访问嵇康，嵇康却只管自己打铁，不加礼遇，又被钟会结怨，最后便以捏造的吕安事件，由钟会向司马昭挑拨，就此被杀。临刑时，他顾视日影，叹道：“《广陵散》于今绝矣。”丧乱死多门，在魏晋时期，驱文士于死途之门原是很多。

他的诗文都好，但有些文章，锋芒毕露，绝交书即其一例。《管蔡论》其实多少揭示了周室统治集团的内部矛盾真相，管、蔡的怀疑并非完全诬蔑，但曹操曾以周公自居，司马昭也是这样，怎能不遭忌讳。他曾著《养生论》，对孔子曾有挖苦的话，周、孔都是偶像化的历史人物，难怪牛僧孺要说他“知养生而不知养身”。他的诗，四言胜于五言，却不同于《诗经》的四言。《赠秀才入军》的“目送归鸿,手挥五弦",正可用来比作他某些诗的超脱清远的造境。《幽愤诗》是他的绝笔,对自己的言行颇有悔叹,"昔惭柳惠,今愧孙登",实的是下一句。他内疚自己不够世故,"实由顽疏","顽"就有倔强之意。他还以为自己不至杀头,将来只望归宿在采薇散发的山林生活中,却没有乞怜求情,观题目之"幽愤"可知。司空图《诗品·悲慨》的"萧萧落叶,漏雨苍苔",似也可借喻《幽愤诗》的那种情调。

阮　籍(210—263)

字嗣宗,尉氏(今属河南)人。名士阮瑀之子,四岁而孤。他生活在魏国末期,政局由曹爽、司马懿夹辅曹芳,这两个人却又是强狠的政敌。曹爽曾召阮籍为参军,他托病回乡。曹爽被杀,政由司马氏父子独揽,文士多被杀戮。冷酷的现实使他彷徨苦闷,却又只能生活在这样的现实中,于是只得喜怒不形于色,逃避于酒盏里面,有时登山临水,有时闭门读书,也因此可以和现实离开得远一些。司马昭曾为他儿子司马炎(时年十九岁)向阮籍攀亲,他便一醉六十日,亲事只好中止。这是冒着很大风险的。司马昭的亲信钟会,几次想从阮籍口中探测他对时局的态度,"欲因其可否而致之罪"。即是说,不管阮籍说好说坏,都将罗织成罪,都因酣醉获免。自然,这还是因为司马昭不想杀他,否则,即使不说话也可构成大罪名。

他痛恨虚伪的礼法,因为在那个时代,礼法只是上层社会的装饰品,这就更使"礼法之士"憎恶他,只有嵇康们和他友好,竹林七贤的竹林,便在嵇康山阳的寓所中。后来阮籍受司马氏授予他的步兵校尉等职位,还写过"劝进文",后人曾说:如果换了嵇康就不会写。他知道自己的这些疏狂行为为世俗所忌,所以要他儿子阮浑不要这样。这种既要求自由率真,又顾忌世俗偏见的矛盾委屈的心理,便倾注在全部作品中。他的诗题叫"咏怀",原是借此抒述心中的感受,却写得如此隐晦朦胧,其苦衷可见;五言的《咏怀》诗共八十二首,非一时之作,可见他无时不在发泄。他在《大人先生传》中谈到虱处于裈中,行动不敢离开隙缝的处境,虽是化用《庄子·徐无鬼》中的寓意,实也自道其处境之艰窘。

他的五言诗,是建安以来成就最大的,胡适《白话文学史》说:"阮籍是第一个用全力做五言诗的人;诗的体裁到他方才正式成立,诗的范围到他方才扩充到无所不包的地位",但"同时也增加了'五言诗'文人化的程度"。

傅　玄(217—278)

字休奕,泥阳(今陕西铜川市耀州区东南)人。少时避难河内,专心诵学。仕魏,封爵鹑觚男。入晋,官至司隶校尉。为人躁急,为官清峻,颇为贵戚畏惧。

他的诗,有些是宗庙乐章,有些是模拟之作,较有价值的为反映妇女生活之作,对她们被遗弃的委屈,多出以同情的态度。《挽歌》写存亡渺隔,夜台漫漫,情调虽阴沉些,在气氛的渲染上却有其特色。

张　华(232—300)

字茂先,方城(今河北固安)人。少孤贫,曾以牧羊为生。博物多知。魏末被荐为太常博士,入晋任司空,封广武县侯。他对有一介之善的士人即为之推誉,识雷焕而得龙泉、太阿双剑,并留下神奇的传说。以伐吴之功而名重当世,却因晋室内部纷争而为司马伦所杀。他鉴于美羽丰肌、体大形瓌的禽鸟易遭祸患,无罪而毙,不如小鸟鷦鷯,色浅体陋,不为人用,反而能自安于生生之理,因著赋以自遣,为阮籍叹为"王佐之才"。后来果然为国立功,却以六九之年的老臣,被灭三族。《晋书》传赞所谓"忠于乱世,自古为难"。

永康二年(301),下诏追复原职,发还财物印绶,遣使吊祭。时为司马伦被杀的次年,而诸王尚在混战。

他的诗,无甚特色,《轻薄篇》写豪门奢淫,但多堆砌,钟嵘《诗品》说张华诗风"其体华艳,兴托不奇"。《情诗》第五首"不曾远别离,安知慕俦侣",语虽浅近,情则真切。何劭曾作《赠张华诗》,中有云"在昔同班司,今者并园墟",他答诗有"自昔同寮寀,于今比园庐"语。吴聿《观林诗话》说:"今之酬和者如此,人必以为笑资矣。"但蔡梦弼《杜工部草堂诗话》卷一引洪迈《容斋随笔》云:"古人酬和诗,必答其来意,非若今人为次韵所局也,观《文选》所编何劭、张华、卢谌、刘琨、二陆、三谢诸人赠答可知已。"下又引杜甫与人赠答诗,并以为"往来反复,于是乎有余味矣"。

潘　岳(247—300)

字安仁,中牟(今属河南)人。美姿仪,有掷果盈车之称。曾由河阳令转怀令。当时旅舍为谋取财利,淫乱亡命之徒皆寄迹其间,岳陈文请整治之。外戚杨骏擅权,以岳为太傅主簿。骏被诛,岳因公孙宏之救而得免罪。不久,与石崇等谄事贾谧,谧亦外戚。潘岳、石崇每候谧出,即望尘而拜。谧有“二十四友”,二陆、左思、刘琨皆在其列,岳居其首,常宴饮于石崇金谷园。孙秀为小史时,岳恶其为人,屡加挞辱。到了赵王司马伦执政,孙秀为中书会,遂诬告岳与石崇等欲奉淮南王司马允、齐王司马冏作乱,乃被杀。兄弟子侄、已嫁之女,不论老少,一齐丧命。

他在失意时,曾作《闲居赋》,只望伏游养拙,以享天伦之乐,却因热衷势利,不能保其三族。元好问《论诗》所谓“高情千古《闲居赋》,争信安仁拜路尘”。他在幼年时有“奇童”之号,暮年却沦为死囚。他的品性虽躁进,但死非其罪,家族尤为无辜,一半也因时当乱世,政出权门,文士为求利禄,往往陷身于政治漩涡中。个人素质之外,还有时代的因素。

潘岳之妻为荆州刺史杨肇之女,杨肇因作战失败而为庶人,三年后抑郁而死;潘岳一度被除名(取消原有身份)。由于两家都遭不幸,他的《悼亡诗》尤为真挚沉痛,《内顾诗》《杨氏七哀诗》表现了他对杨氏的一往情深。《关中诗》则痛感百姓在战乱中的苦难,有其历史的真实,但各篇水平不很平衡。除诗外,《寡妇赋》《悼亡赋》《怀旧赋》《哀永逝文》以及若干篇诔文,也婉转缠绵。他对悲怆恻恻、零落衰亡的精神现象似乎特别敏感,《晋书》即说他“善为哀诔之文”,他的结局,也带有悲剧色彩。

陆 机(261—303)

字士衡,华亭(今上海市松江区)人。华亭当时属吴郡。祖逊,父抗,皆吴之名将。吴灭,闭门勤学达十年。晋太康十年(289)与弟云入洛阳,次年太傅杨骏辟为祭酒。这是他生命史上一个重大的转捩点。后受知于赵王司马伦,伦被杀,机以涉嫌被拘。赖成都王司马颖等之救,减死徙边,遇赦而止。颖又荐机为平原内史,世称陆平原。司马颖讨长沙王司马乂,任机为前将军前锋都督,兵败,宦官孟玖诬告机有反意,遂被杀于军中。临刑叹曰:“华亭鹤唳,尚可闻乎?”陆机起先曾闻警角之声,对属吏孙拯说“闻此不如华亭鹤唳”,故临刑而叹。弟云、耽,子蔚、夏同时遇害。

陆氏是吴郡望族,二陆是西晋名士。陆机本欲借功名而有所作为,但恃才而结交权门,当时晋室腐败,庸主、裙带、宗室、嬖人,交相乱政,加上五胡侵扰,身处危邦,谗人从而构陷,终于使兄弟父子同受此残酷的迫害。

但他的诗,却缺乏深沉峭拔之作。虽多膏泽,却少性灵,较为优秀的有《赴洛道中作》《猛虎行》《从军行》《苦寒行》等,《为顾彦先赠妇诗》也颇有抒情色彩,其中"京洛多风尘,素衣化为缁"两句,曾为陈与义、陆游所化用。他的以赋为诗固是其短,然而以赋论文却又是创获,《文赋》中不但表达了他的文学见解,并以美妙的形象的语言予人以审美的感受。《吊魏武帝文》则于悲凉之中复含讽喻之意。

左　思

字太冲,临淄(今山东淄博)人。西晋泰始八年(272)其妹左棻,被选入宫,乃移家洛阳。为贾谧"二十四友"之一。谧被诛,曾退居专心典籍。齐王司马冏欲召为记室,以病辞谢。太安二年(303)因避乱迁居冀州,数年后卒。

他出身寒素,貌丑口讷,赋则雄伟藻丽,诗则锋利高旷。不好交游,却为作赋走访著作郎张载,询以岷邛之事。陆机原也想作《三都赋》,闻左思打算撰写,颇加轻蔑,认为写成了也只能供覆盖酒瓮之用。后见左赋,大为叹服。豪贵之家,竞相传写,因而有洛阳纸贵的佳话。

左思的诗,留存下来只十余首,大都是好诗。《悼离赠妹诗》不同于一般的伤别,因为一入深宫,便难再见,骨肉之亲,如同参商,故诗中特标"生离"。《咏史诗》八首,名为咏史,实为咏怀,古人古事中有他真实的自我。"振衣千仞冈,濯足万里流",反映了他对生活的审美的追求。《娇女诗》写纨素、蕙芳两个小女孩的憨态活泼,也是古代优秀的儿童文学。"瞥闻当与杖,掩泪俱向壁",这是说,当两个孩子玩得起劲时,忽然隐隐听得父亲要用杖来责打,都朝着墙壁哭了。"乐极生悲",仍不失天真,也见作者尚有童心。

太康诗风,以左思而自成一家;建安风骨,由左思而承接渊源;咏史之作,又自左思而拓开新的格局。

张　载

生卒年不详。字孟阳,安平(今属河北)人。曾任弘农太守、中书侍郎等职。后见时局混乱,托病告归。

西晋太康初,至蜀省父,道经剑阁,鉴于蜀道艰难,恃险不如恃德,乃作《剑阁铭》。铭确实写得有气派有感慨,末以刘禅出降作结,意实在于颂扬晋之功业,所以武帝司马炎遣使刻石于山。他的《叙行赋》中描写剑阁崇关盘曲,青天如带一段也极为生动。又作《榷论》,力辟庸徒,以为"轩冕黻班"的达官贵人,如果不能对政局有所辅助,只求荣利自私,等于沐猴而冠。

诗以《七哀诗》著名。在他之前,曹植、王粲都作过《七哀》,曹哀高楼独栖之思妇,王哀乱世弃子之妇人,张哀汉代毁坏的陵寝,天地间也自有许多可哀的事物。

张　协

生卒年不详。字景阳,安平(今属河北)人。曾任中书侍郎、河间内史等职。西晋惠帝末年,以世乱辞官。永嘉初,复征为黄门侍郎,托病不就,卒于家中。

他与兄张载、弟张亢被称为"三张",以张协成就最大。他的诗,风格秀拔,构思细密。代表作为《杂诗》十首,刻画景物,常见慧心,如第三首"金风"四句,写出了秋天的阴沉而尚非萧瑟的季节感,钟嵘《诗品》所谓"巧构形似之言"。第五首"阳春"四句,感慨庸俗的作品能使流俗发昏入迷,可见历来如此。

《七命》赋作于屏居草泽时,模拟枚乘的《七发》,最后说"下有可封(表彰)之人,上有大哉之君",那么,我虽不敏,也愿意追踵而去?实是说,他之所以屏居,就因为下无可封之民,上无大哉之君。

曹　摅(?—308)

字颜远,谯(今安徽亳州)人。任临淄令时,曾为一处死刑的寡妇平冤。高密王司马略督荆州时,流人王逌等聚众劫掠,司马略遣摅进御,军败而死,百姓及故吏皆号哭送葬。

他的诗,四言较多,内容都是赠答,每题又多至数首。《晋书》列摅于《良吏传》,其诗也间有格言意味。五言名篇为《感旧诗》,写时俗的势利,人情的翻覆,以感慨世途多歧作结。

刘　琨(270—317)

字越石,魏昌(今河北无极东北)人。曾为并州刺史,但"善于怀抚,而短于控御,一日之中,虽归者数千,去者亦以相继"(《晋书》本传)。后为司空,败于石勒,败后投奔幽州刺史段匹磾,相约共扶晋室。匹磾部下末波暗通石勒,俘获琨子刘群,并迫刘群作书约琨为内应袭击匹磾,事泄,刘琨遂被害。

他年轻时负意气而颇浮夸,闻好友祖逖被任用,便说:“常恐祖生着吾先鞭。”又爱慕老庄之学,及至国破家亡(琨父母皆被前赵所杀),亲友凋零,乃知老庄为虚诞,欲以才能施展于乱世。他的《答卢谌诗》前附有书信,是他思想变化的真实自白。他的诗,今存的虽只四首,却是豪迈的性格与险恶的处境的结合,复杂的生活实践赋予他以刚健激越的力量,也表现了他的儒将风流。左思之后,西晋末期的诗风,又因他而重振风骨。《扶风歌》叙述他从并州至任所的沿途景物,悲风涧水使他挥手哽咽;有志难伸、唯恐弃置,更加重壮士末路之感。《重赠卢谌》是他名篇,卢谌是他的亲戚,诗中先以璧玉喻之,末两句“何意百炼刚,化为绕指柔”,则又含讽喻之意。《晋书》说卢谌素无奇略,只以常词酬和,故使琨失望。葛立方《韵语阳秋》卷七对卢谌即有不满之词。

由于刘琨有报国复仇之志,而又有志未酬,所以南宋的李清照有“南渡衣冠少王导,北来消息欠刘琨”,陆游有“刘琨死后无奇士,独听荒鸡泪满衣”之咏,金代遗老元好问的“可惜并州刘越石,不教横槊建安中”,更将他与曹操并比。又因刘琨有与祖逖闻鸡起舞及被胡骑重围、登楼清啸的故事,张溥在《刘中山集》题辞中以抒情的笔调说:“予尝感中夜荒鸡,月明清啸,抑览是集,仿佛其如有闻乎?”

郭　璞(276—324)

字景纯,闻喜(今属山西)人。西晋末年,避乱东南。后任王敦记室参军。王敦欲反,璞曾劝阻,敦怒,杀之于鄂城的南冈。

他好古文奇字,在河东时,曾从郭公受五行、卜筮之术。又注过《穆天子传》《山海经》《易经》,写过《九尾狐赞》《白狼赞》。《晋书》本传记载他的事迹,几乎有一半是未卜先知、神怪离奇的故事,连自己会被杀于双柏树下都知道。

他的代表作为十余首《游仙诗》。游仙之作,固与魏晋玄学之风有关,也与郭公所传之学、郭璞自己注述的著作有关。他身处灾祸频繁、晋室颠荡的混乱时代,诗中虽曲摹神游仙境之乐,却又明白自己毕竟生活于现实之中,因而仍有“临川哀年迈,抚心独悲吒”的清醒之感,诗中的哀叹、怨恨这些情绪,倒是他来自现实的内心苦闷的真实流露,如同他从卦象而发挥天象示变的玄妙道理,接下来着重说的还是朝廷法令不一、惩劝不明的政治局面。

他的《游仙诗》色泽鲜丽,神采飞动,灵妃相顾而笑,子乔振发翠霞。高高在上的神仙,有如遇故人于他乡,并无可畏的气焰,故远胜于淡淡而寡味的玄言诗,又以世多丧乱,民难安居,后人读了,也希望冥冥中有此一境,可以暂得精神的解脱。

曹 毗

生卒年不详。字辅佐,谯(今安徽亳州)人。蔡谟曾举他为佐著作郎,当是晋成帝时人。官至光禄勋。《晋书》本传记他任太学博士时,神女杜兰香降张硕寓所,毗因以二篇诗嘲之,并续兰香歌诗十篇,甚有文采。杜兰香事见干宝《搜神记》,但毗诗今不存,《艺文类聚》卷八十一曾略录曹毗《杜兰香传》片段。

他的诗,有《咏冬诗》《夜听捣衣》等,后者的"纤手叠轻素,朗杵叩鸣砧",犹可见古代妇女捣衣的情节。《郗公墓诗》的"玉颜无余映,惠风有余薰",似作于郗鉴(太尉)逝世未久。鉴卒于咸和年间,则曹毗此时尚在世。另有赋数篇。

王羲之(303—361)

字逸少,会稽(今浙江绍兴)人。祖籍琅玡(今山东临沂)。初为秘书郎,后为右军将军、会稽内史,世称王右军。因与扬州刺史王述不和,称病离郡,纵情山水,他的《为会稽内史称疾去郡于父墓前自誓文》,犹隐以此事为憾,后人曾有评议。他的《答许询诗》"争先非吾事,静照在忘求",也是有牢骚意。

他以书法著称,有"墨皇"之号,文以《兰亭集序》著名,笔意萧散,不加雕饰。另有五言诗。钱锺书《管锥编》一〇六举王《序》中词意重沓者数处,而羲之所写《序》之字体,无一类同,因此说:"顾羲之于字体不肯复犯,而于词意之复犯,了不避忌,岂搏心揖志在乎书法,文章本视为余事耶?"

还有些短笺杂帖,琐琐写来,涉笔成趣,也是考察王羲之生活的重要资料。陈师道《后山诗话》,举韦应物"怜君卧病思新橘,试摘才酸亦未黄。书后欲题三百颗,洞庭须待满林霜"一诗,以为这是裁取羲之帖中的"奉橘三百枚,霜未降,未可多得"语。

谢道韫

生卒年不详。阳夏(今河南太康)人,东晋隆安时人。谢奕之女,王凝之(羲之子)之妻。凝之被孙恩所杀,她抽刃出门,手杀数人,乃被虏。后获释,自此寡居会稽。

她以咏雪联句的敏才为其叔谢安赞赏,又因神情散朗,有林下风气(意指娴雅超脱)之称。今存诗二首,皆有魏晋人崇自然、涉玄言的气息。

谢　混(？—412)

字叔源,小字益寿,阳夏(今河南太康)人。曾娶孝武帝女晋陵公主,官至尚书仆射。

他是帝室之婿,谢氏家族的重要人物,在政坛与文坛上颇有声望。后鉴于刘裕有夺取晋室之意,便联结刘毅对抗刘裕,刘裕乃假安帝诏书杀混及刘毅之弟刘璠。

他的诗,钟嵘《诗品》颇为称赞,以为华绮之冠。《宋书·谢灵运传论》又说"(殷)仲文始革孙许之风,叔源大变太元之气",即是说,谢混对当时流行的玄言诗,是起过改变作用的。名句有《游西池诗》的"景昃鸣禽集,水木湛清华",但今存的仅三首,其中二首恐不全。

吴隐之(？—413)

字处默,鄄城(今属山东)人。任左卫将军时,勤苦同于贫民。当时广州珍宝汇集,刺史贪污成风,朝廷欲加整顿,乃命隐之为刺史。至石门,有水名贪泉,饮而题之以诗。后因卢循攻陷州城,乃返家。不久,任度支尚书,迁中领军。家人纺绩以供零用,妻子不沾寸禄。《晋书》入《良吏传》。

他身居显职,如果生活上优裕些,原算不得伤廉,小民也是甘心的,但如朝廷褒彰他的诏书所说"处可欲之地而能不改其操,飨唯错(珍味)之富而家人不易其服"(原志)。即是说,处于容易堕落蜕变的环境中而能坚持操守,这一点却是大不容易。他任京官时,夫人却不向公家伸手,不因裙带而尊大,也是很难得的。

陶渊明(365—427)

一名潜,字元亮。柴桑(今江西九江西南)人。少时清寒,但老庄之书,六经、神话多所阅览。由于亲老家贫,曾出任江州祭酒,不久辞职闲居。桓玄篡晋,他入刘裕之幕。桓党既平,任彭泽令八十余日,又即归田,常亲自耕作。良苗怀新,桑麻日长,成为他创作的重要素材。中遭大火,处境更为艰难,乃移居负郭之南村。或与父老共话家常,或与友人赏析奇文。刑天之舞干戚,荆轲之入秦庭,也使他神思飞扬。东晋灭亡,江州刺史檀道济到他家探疾,赠以粮肉,他却挥而去之。终因贫病交侵,大分所限,托体山阿,洁身浊世,世称靖节先生。病中犹以书告其五子,殷殷以友爱为勉。

他的一生,外承五胡之乱,内继八王之乱,时局的颠荡,常为热衷者开方便之门,夤缘之机,他却始终没有官瘾。他是个大诗人,但他出生于哪一年,史无明文,以至生年有几种说法(今定为365)。他的名字,有渊明、潜、元亮,究竟名是什么,字是什么,又众说纷纭。他的诗,南朝并不重视,到了宋代,声价大增,直至民国。他写过好些四言诗,但和五言诗比,差距很大。五言诗用通常的语言,写通常的事物,不用过高的嗓音却唱出高妙的歌曲,不在斧凿上过分用力,却把一条可以令人徘徊的山径开出来了,在当时算得上一种前无古人的新兴文体。“衣沾不足惜,但使愿无违”,平淡极了,却又深刻极了,真能到达他自己说的“此中有真意,欲辨已忘言”的高旷境界。他不是哲学家,却常常于诗中透露哲理的机智,他的语言很质朴,却处处给人以审美上的享受。他任彭泽令时,曾经雇了一个仆役给他儿子,并对儿子叮嘱说:“此亦人子也,可善遇之。”县太爷而有仁厚之心,何可多得?

他的散文没有大言壮语,没有深山大泽,却都由他自己的灵魂写成。文学作品自然需要豪情壮志,但要真实,不能用打气筒使自己膨胀。“真风告逝,大伪斯兴”,他痛恨世俗的虚假成风,力求自己的笔端多留下一点真实。《桃花源记》是一篇虚构的作品,反映的是他真实的愿望。避秦是虚,避乱是实。

历代对陶渊明都有很高的评价,晚清的钱振锽却在《快雪轩全集》卷上中说:“渊明诗多不过百余首,即使其篇篇佳作,亦不得称大家,况美不掩恶,瑕胜于瑜,其中佳诗不过二十首耳。”这也许是评陶中最尖锐的一家。

陶渊明还是称得上大家,值得我们尊敬,然而大家的作品,也应当允许别人自由批评。在钱振锽那个时代,允许对大家作品说些不满意的话,这一点还是令人怀念的。

帛道猷

生卒年不详。东晋太和时诗僧。本姓冯,山阴(今浙江绍兴)人。居若邪山。诗仅存《陵峰采药触兴为诗》一首,其中“连峰数千里”四句,宋陈岩肖《庚溪诗话》卷下,以为秦观的“菰蒲深处疑无地,忽有人家笑语声”,道潜的“隔林仿佛闻机杼,知有人家在翠微”,其源出于道猷而更锻炼,杨慎《升庵诗话》卷六则以为两人诗的语意虽祖道猷却不及远甚。《高僧传》卷五《竺道壹传》曾记帛道猷作此诗经过。

谢灵运(385—433)

阳夏(今河南太康)人。出生于始宁(今浙江上虞),曾寄寓钱塘杜家,故小字客儿。又以袭封康乐公,世称谢康乐。东晋时曾任刘毅记室参军,刘毅自杀,刘裕仍任灵运为太尉参军。刘裕为宋帝,灵运封爵降为康乐侯。后任永嘉太守,不理政务,纵情山水,招摇诸县。宋文帝时,便不让他再至东南,改任临川内史。不久,被人告发叛逆,流徙广州,终于被杀。被杀的罪状,只是从一个路劫犯的供词中招得。这时离他族叔谢混被杀二十一年。

如果说陶渊明是田园诗的巨擘,那么,谢灵运便是山水诗的高手。渊明比灵运早十余年,时代都是颠荡混乱,在诗歌史上却有此重大的变化与创获。他笔下的山水,在东南本也习见,诗中也没有深刻的社会内容,然而寻常的水声禽语,密林远峰,一进入善于发现诗情的诗人眼里,就把自然界中常人还不曾体验到的美感,都变为淡抹浓妆的大地尤物。“池塘生春草,园柳变鸣禽”,就字面看,并无如何出奇之处,但这首诗是他病中写的,由于卧病烦闷,等到揭帷窥望,不想池塘已生春草,鸣禽也变了种类,这才感到冬去春来,卧病之久。谢诗以工织绘著称,这两句却以自然的手法,写猝然相见的意外之景,遂于常中见奇。

但谢诗有时也爱用经典语句,因而若干首还带些玄言诗的气味,这也是过程中的现象,因为他离“老庄告退”的时代还不太久。

他还编撰过《晋书》,全书已亡,只有后人所辑佚文。

谢惠连(407—433)

阳夏(今河南太康)人。也称小谢。与谢灵运、谢朓合称三谢。幼有文才,长而轻薄致为人非议。后因尚书仆射段景仁爱其才,乃为彭城王刘义康法曹行参军。

他是谢灵运族弟,两人又颇友好,灵运“池塘生春草”名句,相传即因梦中见到惠连而作。张溥《谢法曹集》题词所谓“小谢虽才,得兄益显”。《诗品》卷中说:“《秋怀》《捣衣》之作,虽复灵运锐思,亦何以加焉。”《文选》也将《秋怀》诗属之惠连。但据今人逯钦立考证,《秋怀》当为灵运作,误入惠连集中,《捣衣诗》不但生动细致,并有史料意义。古人诗词中虽常写到捣衣,但具体情节已不很明了,从惠连和庾信等人诗中,才略知概况。《西陵遇风献康乐诗》第四章“屯云蔽曾岭”数句,连用四韵句法相似,句句着力正写,都穆《南濠诗话》云:“若今人则必厌其重复,古人之诗正不若是拘也。”

他的《雪赋》和谢庄《月赋》并为六朝小赋的名作,皆以琢磨刻画见长。《祭古冢文》为刘义康命他写作。冢有双棺,墓穴水潭中尚有甘蔗节及梅李核瓜瓣,墓主姓氏时代皆已不明,刘义康乃改埋于东冈,使尸朽魂安,寄恻隐于逝者。抒情之外,兼具考古发掘的文献价值。

王　微(415—453)

字景玄,临沂(今属山东)人。好学工书,素无宦情。既却吏部尚书江湛的荐举,又辞宋文帝的召旨,钟嵘《诗品》称为征君,也因为这时政局颠荡之故。史载他从天象中预料将有大变故发生,不久便有刘劭之变。这固然是附会之谈,但他对刘宋王室内部斗争的后果颇具敏感当是事实。

他与弟僧谦很友爱,并亲自护理僧谦之病,其《以书告弟僧谦灵》文,故也凄切深挚。他与从弟僧绰书有“文词不怨思抑扬,则流澹无味”语,这话也有道理,当然不能无病呻吟。

他的诗今存完整的只有四首,《杂诗》二首为他的名篇,于朴质中略见骨力。袁淑曾说王微之文是“诉屈”,《咏愁诗》正是一例,其中或有取意于曹植《释愁文》之处。

何承天(370—447)

东海郯(今山东郯城北)人。性刚愎倨傲,颇以所长侮同列,出为衡阳内史,在郡又不公正清廉,曾系狱,后被赦免。晋文帝欲以承天为吏部郎,已受密旨,又因泄密而被免职。卒于家。

他的诗,今存《鼓吹铙歌》十五首。《铙歌》最初原为军乐,后来则朝会、宴乐、游猎也用之。何承天又另增新义,如《上邪》古辞的“上”原指天,“邪”通“耶”,意即指天为誓,何诗的《上邪篇》则翻为“上邪下难正,众枉不可矫”的警世之词。

颜延之(384—456)

字延年,临沂(今属山东)人。东晋末官江州刺史刘柳后军功曹。入宋,官至金紫光禄大夫。少孤贫,性疏诞,喜挖苦人。

他因曾入刘柳之幕,后见刘柳儿子刘湛当要任,乃对湛说:“吾名器不计,当由作卿家吏耳。”实也缺少风度。湛闻而怀恨,终因此被出为永嘉太守,于是作《五君咏》以泄愤懑,《五君咏》也成为他的名作。

他在当时与谢灵运齐名(谢也曾任永嘉太守,这或与颜谢齐名有关),成就却远不如灵运。他与灵运都爱雕饰,但谢诗尚有自然凝练处,颜诗佳处在用字完密,缺点是涩而寡味,仿佛吃糙米饭,如《五君咏》中咏向常侍的“交吕既鸿轩,攀嵇亦凤举”就嫌做作,语言亦浅俚。

汤惠休

生卒年不详。早年为僧。徐湛之为南兖州(治所在今江苏扬州)刺史时,对惠休颇赏识,孝武帝乃令他还俗。位至扬州从事史。钟嵘《诗品》称为“齐惠休上人”,当是由宋入齐。

惠休自己的诗多为乐府,内容多是写闺妇的幽思哀怨,《怨诗行》的“明月照高楼,含君千里光”,能够使妻子阴暗心房放光的唯有远方的丈夫,《白纻歌》第三首的“他人相思君相忘,锦食瑶席为谁芳”,用对比的手法突出对方的薄情。正是这样的“委巷中歌谣”,包含着古代多少弃妇从希望到绝望的婉转凄凉的情绪。

谢　庄(421—466)

字希逸,阳夏(今河南太康)人。南朝宋元嘉末年,任太子中庶子。刘劭弑其父自立,谢庄与刘骏(孝武帝)密通音信,刘骏平刘劭即帝位,任以显职。明帝时官紫禄大夫。

他的诗,《诗品》评为清雅,但又说其繁密。今存之诗不多,较有特色的为《怀园引》,在五七言中又杂用楚辞格调,结末“或巢阳而望越,亦依阴而慕燕”四句又似小赋。

谢庄的文才还在辞赋,《月赋》是他名作,歌词的“隔千里兮共明月”,曾季貍《艇斋诗话》以为苏轼《水调歌头》的“但愿人长久,千里共婵娟”,即用谢赋意。当时太子左卫率袁淑也颇能文,及见谢庄之赋,叹曰:“江东无我,卿当独秀,我若无卿,亦一时之杰。”遂隐其赋。可见谢庄辞赋在当时的身价。

鲍 照(？—466)

字明远,东海郯(今山东郯城)人。年轻时曾向临川王刘义庆献诗言志,颇受赏识,任以国侍郎。后入临海王刘子顼之幕。子顼因反抗明帝刘彧,战败被赐死,鲍照也遭乱兵所杀。其生年或在东晋义熙十年(414)前后。

他出身寒微,浮沉下僚,生平事迹可记不多,文学上却成就极大。他是元嘉诗人的白眉,死时下距南朝宋之亡约二十年,因而也成为南朝宋文坛的殿军。

他的诗存者约二百首,一半为乐府,乐府半为五言,半为七言或杂言,代表作为《行路难》十八首。诗非作于一时,几乎都是杰作。所谓"行路难",实即世途难。苦多乐少,存亡荣枯都难由自己掌握。水泻平地,东西分流,有如人之聚散。他在"行路"中遭遇的无一而非悽怆辛酸的事物,却又无一而非严酷的现实的回光返照。有几篇所以显得情调低沉,也因情绪愤激的缘故,正如他在《代东门行》中说的:"食梅常苦酸,衣葛常苦寒。"但诗人对是非的态度是明显的。"自古圣贤尽贫贱,何况我辈孤且直。"从鲍照所处的时代来说,倒是一语道破的老实话。又如《梅花落》的"霜中能作花,露中能作实",也即《代出自蓟北门行》的"时危见臣节,世乱识忠良"的同一寓意,可见诗人对生活还是寄以期望的。

鲍照诗风的主要特征是奇警紧迫,气魄纵横,丽中含遒,丰神健骨,有几篇写得惊心动魄。语言富于创造性,其中自得力于前人的乐府。还有一点,在七言诗的成长过程中,鲍照也是有重要贡献的。

他的赋,以《芜城赋》著名。鲍照是一位善于渲染气氛的诗人,他笔下的灾难,固然使人哀怜,他表现灾难的艺术,却给予人以强烈的刺激感。《芜城赋》便是一例。他的《登大雷岸与妹书》也是一篇名文,游子旅魂,骨肉亲情,借助樵人舟子的叹泣而迸发。

鲍照在《瓜步山揭文》中有这样两句话:"故才之多少,不如势之多少远矣。"这话原是无势的文士对权门的讽刺,但今天留在文学史上的,还是那位多才的鲍照。

鲍令晖

生卒年不详。东海郯(今山东郯城)人。鲍照之妹。钟嵘《诗品》说她是南齐人,但鲍照有《登大雷岸与妹书》,约作于南朝宋文帝元嘉十七年(440),则应是宋人。其诗今存七首,内容都是写闺妇对外出丈夫的怀念,对别离的感伤,钟嵘所谓"百愿淫矣",也便是这一点。但对古代女诗人来说,能够真实而自然地反映她们的内心生活,也是她们创作生活的一个重要实践。

吴迈远(？—474)

宋明帝闻其文名曾予召见,晤见后说:“此人连绝(当是指联句)之外,无所复有。”他本人却很自负,曾有“曹子建何足数哉”的豪语。后因为桂阳王刘休范起草反叛朝廷的檄文,事败被杀。

他的诗多为乐府诗,拟古而无甚新意,《棹歌行》的“西南穷天险,东北毕地关。岷山高以峻,燕水清且寒”,对仗极为工整,但一览无余,缺少意蕴。

王　融(467—493)

字元长,临沂(今属山东)人。母为临川太守谢惠宣女,教融学问。早年入竟陵王萧子良之幕。北魏侵边,为宁朔将军军主。齐武帝病重,萧子良和郁林王萧昭业(武帝之孙)争夺帝位,王融想立子良。子良失败,王融遂被赐死于狱中。临死叹曰:“我若不为百岁老母(意指其母以后还要活到老年),当吐一言。”萧昭业在东宫时荒淫奢狂,所以王融这样说。

永明诗体,注重声律,王融与谢朓、沈约是倡行者。其诗善于藻饰,写景的如《临高台》的“花飞低不入,鸟散远时来”,《江皋曲》的“林断山更续,洲尽江复开”,《别王丞僧孺诗》的“花树杂为锦,月池皎如练”,皆为他的着意之作。《琵琶》《咏幔》是没有寄托的纯粹的咏物诗,也是新体诗的一个特点。但《四色咏》实很浅陋,如同学童所作。他的骈文《三月三日曲水诗序》,虽颇为人称美,北魏使者还以司马相如《封禅书》比拟之,王融似也很得意,其实只是侍从之臣的凑趣帮闲,正好说明和《封禅书》一样空洞。

张　融(444—497)

字思光,吴郡吴(今江苏苏州)人。南朝宋时为新安王刘子鸾北中郎参军,出为封溪令。入齐官至司徒右长史。

其诗以《别诗》较胜,白云清风,孤台明月,婉抒离人之悲。文以《海赋》见称,作于往交州航程中,其意欲过超晋人木华的《海赋》,后还京师以示顾颉之,颉之说:“卿此赋实超玄虚(指木华),但恨不道盐耳。”融便补上“漉沙构白,熬波出素。积雪中春,飞霜暑路”四句。王世贞《艺苑卮言》卷三云:“‘噏波则洪连踧蹜,吹涝则百川倒流。’此玄虚之雄也。‘举翰则宇宙生风,抗鳞则四渎起涛。’此兴公(指孙绰)之雄也。‘湍转则日月似惊,浪动则星河如覆。’此思光之雄也。三《海赋》措语无大悬绝,读之令人转忆扬、马耳。”意思是说,三赋还只是扬雄、司马相如辞赋的余流。

谢 朓(464—499)

字玄晖,阳夏(今河南太康)人。初为太尉豫章王萧嶷行参军,后任宣城太守,世称谢宣城。他岳父王敬则反齐时,他曾告发,谢妻为此怀刀欲向朓报复,朓不敢相见。后来始安王萧遥光谋夺帝位,谢朓不肯响应,为江祏构陷下狱而死。

南朝宋王室的内部斗争,常使一些文士为此受祸。宋亡齐立,萧墙之内依然多故。谢朓正当盛年,常有退归之望,最后还是死于非命。但他却为南朝齐梁诗坛揭开了帷幕,使沈约有“二百年来无此诗也”之叹。

他的主要成就是山水诗,技巧上则精密细致,格律整齐,点染之间,余霞成绮。《南史·王筠传》记谢朓有“好诗圆美流转如弹丸”语,从他自己的创作看,大体上做到了这一点。他的山水诗,虽挹谢灵运的流波,却没有他的板滞。因为灵运常受说理与用典的牵制,谢朓则清秀过之,特别是描写那些细小的事物,轻巧的动作,如“鱼戏新荷动,鸟散余花落”之类,但厚朴不如灵运。总之,从抒情角度要求,小谢自胜于大谢。其次,谢朓的小诗,在他那个时代,我们也应当刮目相看,如《玉阶怨》,就已经在叩唐人之门。后来李白的《玉阶怨》,显然是承仿谢诗的。所以在诗歌的发展史上,谢朓的小诗有其重要的过渡价值。总之,时由宋而变齐,丧乱仍然纷起,民生仍然苦难,诗苑则又增添新秀,谢朓是其中魁首,只是气魄小些,视觉的幅度也狭窄些。

除诗外,他还写过《思归赋》《游后园赋》《野鹜赋》等,以《思归赋》较佳,多少地受些陶渊明《归去来兮辞》的影响,但陶渊明果真达到了愿望,谢朓连魂归故乡而未能。

陆 厥(472—499)

字韩卿,吴郡吴(今江苏苏州)人。南朝齐永明间举秀才,后迁行参军。始安王萧遥光作乱,厥父闲被杀,因哀痛过度而卒。

当时沈约创四声说,自以为独得之秘,陆厥致书沈约,举了许多例证,以为宫商之律，古人实已觉察，所以不能说“此秘未睹”。但沈约说的是人为的音律，即平仄的区分，陆厥说的是自然的音调，即吟咏的高低抑扬，实为两事，所以沈约答书，仍认为“前世文士便未悟此处”。

陆厥的诗，传世的固少，出色的也不多，钟嵘《诗品》故有“自制未优”的评语。

刘 绘(458—502)

字士章，彭城(今江苏徐州)人。南朝宋末，为太尉萧衍行参军。入齐曾任太子中庶子、宁朔将军等职。萧衍起兵反齐，兵临建康，城内杀东昏侯萧宝卷，遣刘绘与范云将宝卷首级送至萧衍处，以功转大司马从事中郎。次年齐亡，他也逝世。

钟嵘《诗品》说，当时文士对诗歌的议论颇为分歧，没有标准，刘绘打算撰文品评，但其文未完成。唐皎然《诗式》，以为沈约的四声八病束缚过多，周颙、刘绘之诗，却能“宫商畅于诗体，轻重低昂之节，韵合情高，此未损文格”。但刘诗存世的不多，以《入琵琶峡望积布矶呈玄晖》及《咏萍》较优。

萧 衍(464—549)

即梁武帝。字叔达，小字练儿，南兰陵(今江苏常州西北)人。南齐时官雍州刺史。兄懿为豫州刺史，被齐王所杀，乃起兵入建康，废齐主，奉萧宝融(齐和帝)为帝，自为大司马。不久即废杀宝融，取齐自立。北朝侯景叛魏投梁，衍封为河南王，后来又叛梁攻陷建康，萧衍受困于台城而幽死。

他本是竟陵(王)八友之一，灭齐之后，名士皆相依附，承永明之余风，踵一朝之文事，父子(萧统、萧纲、萧绎等)又皆能诗爱文，萧衍本人则集权臣、帝王、诗人、学者与居士于一身。南朝佛教，至萧衍而极盛，常设大会，数次舍身，但又自讲老庄《周易》，仍不脱清谈玄学习气。他的乐府，或沿旧曲而充新词，或改旧曲而创新调，常以绮丽之词，抒写闺妇少女的风情动作，所以《玉台新咏》收录的很多。《拟青青河畔草》《子夜四时歌》皆为名篇，《东飞伯劳歌》《河中之水歌》，陆时雍《诗镜总论》称为“亦古亦新，亦华亦素”。但这两篇，一作古辞《江南弄》改西曲而作，以七言及三言成章，以叠句表结构与情意的变化。《襄阳蹋铜蹄》为即位后追忆旧时襄阳游乐而谱的新词。这些原是当时流行的歌曲，也即胎息于民歌。

除诗外,他还著作《制旨孝经义》《周易讲疏》《乐社义》等二百余卷,佛经经义记疏数百卷,《梁书》本纪记他“虽万机多务,犹卷不辍手,燃烛侧光,常至戊夜”。这在历代帝王中,也是很难得的。

范　云(451—503)

字彦龙,舞阳(今河南沁阳)人,竟陵八友之一。齐永明时与萧琛出使北魏,还朝后,曾任始兴内史、广州刺史等职。萧衍之登帝位,他与沈约曾竭力促成。梁时任侍中,对萧衍常进规谏。他任地方官时,以廉洁著称,及居贵职,颇受馈赠(变相的受贿),“然家无畜积,随散亲友”(《梁书》本传)。实则公私仍不分明,但对古人也不宜苛求。

他的诗,钟嵘《诗品》评为“清便宛转,如流风回雪”,似也笼统。他的《渡黄河》的“不睹人行踪,但见狐兔兴。寄言河上老,此水何当澄”,颇有“人少畜生多”而河清无望的感慨。《送沈记室》的“秋风两乡怨,秋月千里分”,两用“秋”字,不觉其复,反觉健朗。《之零陵郡次新亭》,句句自然、明净,胜于谢朓的《新亭渚别范零陵云》的赠诗。小诗如《别诗》的“昔去雪如花,今来花似雪”,也干净利落,情意宛然。但《赠沈左卫诗》的“越鸟憎北树,胡马畏南风”,用古诗“胡马依北风,越鸟巢南枝”句意,谢榛《四溟诗话》卷一说“此虽翻案,殊觉费力”,实在也是吃力不讨好,而且不好算是翻案。

江　淹(444—505)

字文通,考城(今河南兰考东)人。少而丧父,采薪养母。在南朝宋曾入新安王刘子鸾、建平王刘景素之幕。后曾被诬受贿入狱,乃上书陈情而获释。明帝死后,又因故贬为县令。萧道成(齐高帝)执政,颇受重用。道成即位,任中书侍郎。入梁,官至金紫光禄大夫,封醴陵伯。

他出身布衣而历仕三朝,中经拘系与贬谪,备受宦海风波。文学上的成就大都在这一时期。到了梁代,已届暮年,功名既立,志得意满,饱尝甘苦之余,反而文思枯竭。正如张溥《江醴陵集》题辞所说:“盖文通之学,华少于宋,壮盛于齐,及梁,则为老成人矣。”《南史·江淹传》记淹罢宣城太守时,梦见张载问锦,郭璞索笔,以为才尽之征。这时他五十余岁,或许是他自己已感到文学生活上的极盛阶段即将过去,张溥则以为是别人妒忌江淹的话。

在读过南朝齐梁那些柔靡浮艳的作品后,再读江淹的诗篇,仿佛在走完狭窄软滑的石子路后,忽进嵯峨兀立、古木浓荫的山境,虽感深僻,却发人远思。世也以"江鲍"并称,虽骨力不如鲍照,但峭拔朴茂,在当时浮滑的诗坛上不失为一枝健笔。他的拟古诗,几可乱真,并被后人误认。如《休上人怨别》,后人以为是汤惠休作。其中"日暮碧云合,佳人殊未来"为传诵名句,但叶梦得《石林诗话》卷下、吴幵《优古堂诗话》曾指出,谢灵运、谢朓、曹丕诗中即已有这种意境,且诗贵本色,模拟之作,毕竟缺乏个性。

他的赋,以《恨赋》与《别赋》著名,将抽象与形象相紧结,而后者实为前者的派生,伤别原为人生之一恨。《别赋》中的"或有孤臣危涕,孽子坠心"语,《文选》李善注说"心当云危,涕当云坠",这也是江氏爱奇之故,《别赋》中的"心折骨惊"也如此。孙楚的"漱石枕流"是匆促间的误说,上述江赋却是故意逆用。

任　昉(460—508)

字彦升,博昌(今山东寿光)人。十六岁为太常博士。南朝齐时官至司徒长史。与萧衍等为竟陵八友。萧衍为帝,禅让文告即出其手,后任吏部郎中、秘书监等职。为义兴太守时,以廉洁著称。卒于新安太守任上,身后余糙米二十石,遗言不许以新安一物还都,合境痛惜。

他博览群书,早年虽家境贫寒,藏书却有万余卷。自齐代永元以来,秘阁四部,皆经他校勘定目。文思敏捷,长于表诰,当时与沈约有"沈诗任笔"之称,他却引以为恨。他的诗,今存不多,《苦热诗》的"既卷蕉梧叶,复倾葵藿根。重簟无冷气,挟石似怀温",用周围景物曲摹酷热之苦,颇见巧思。

《文选》收有任昉的《奏弹刘整》一文,其中录原告人刘寅妻范氏告刘整的诉词,不仅细节分明,文辞也很通俗,酷肖当事人的口吻,可以作为古代"应用文"看。旧题任昉的《述异记》,或系后人伪托。一说当为后人采摘其散佚的零篇补辑而成。

丘　迟(464—508)

字希范,乌程(今浙江吴兴)人。父灵鞠,亦当时名士。丘迟在齐时曾入萧衍之幕。梁时任中书侍郎、永嘉太守等职。天监四年(505),临川王萧宏北伐,迟掌记室。当时梁旧将陈伯之在北魏,与魏军前来拒战,迟以书劝降,伯之乃于寿阳率兵八千归降。

他的诗,以《旦发渔浦潭》较优,使他在文才上著名的还是那篇用骈体写的

《与陈伯之书》,末段"暮春三月,江南草长"数语,尤为精警。伯之家本睢陵,曾仕南朝,虽不读书,但故国之情,家室之恋,人心所同。丘迟此文,不仅仅在于为梁朝招降一武将,更重要的,说明文学自有它胜于坚甲利兵的功用,书生不患无立功报国的机会。

虞 骞

生卒年不详。会稽(今浙江绍兴)人。他与何逊同时,诗名也相等,官至王国侍郎。诗风清逸峻洁,少绮靡之习。《游潮山悲古冢》的"西光长槚落,促尔膝前尊",写日落墓前,在黝深的洞穴中,唯有酒尊尚可促膝相对的情景,兼伤逝与慰亡而有之,"促尔"句当是用《抱朴子·疾谬》的"促膝之狭坐,交杯觞于咫尺"之意。《拟雨》的"落晖散长足,细雨织斜文",写夏天日脚长,只望长足走散,暮色降临,又逢细雨的凉爽之感。其诗今虽仅存五首五言,但尝鼎一脔,也见当时并非浪得虚名。

沈 约(441—513)

字休文,武康(今浙江吴兴)人。父沈璞,南朝宋元嘉末年被杀,故少年时颇贫困,但仍刻苦攻读。宋时为尚书度支郎。齐初,为文惠太子萧长懋家令,甚见器重,后与萧衍等为竟陵八友。齐末,沈约与范云力劝萧衍取齐自立,衍甚悦之,有"成帝业者乃卿二人也"语。萧梁建国,官至尚书令,领太子少傅。后失欢于萧衍,曾遣中使数次谴责,遂致神志失常,恐惧而卒。谥曰隐,世也称沈隐侯。

他生于忧患,死于忧惧,身居显职,无所建树,史称其"政之得失,唯唯而已"。文学上则以四声八病说著名。四声说本始于周颙,沈约加以归纳,以音律的错综协调作为评诗的准则。

他的诗,精密工整,尤擅属对,《登玄畅楼》的"云生岭乍黑,日下溪半阴",《泛永康江》的"山光浮水至,春色犯寒来",《别范安成》的"梦中不识路,何以慰相思",写景抒情,皆有特色。《怀旧诗》九首中的《伤谢朓》,也真挚沉痛。但晚年之作,佳品不多。

他又是早期艳情诗的作者,其中《六忆诗》四首,刘克庄《后村诗话》就说:"其亵慢有甚于《香奁》《花间》者。"他的《忏悔文》中即提到"绮语者众,源条繁广"事。《与徐勉书》中的"百日数句,革带常应移孔"语,本是形容自己老年衰瘦之状,后人因他曾作绮语,便以沈郎腰瘦附会为风流之症。

诗文之外,又长史学,所撰《宋书》,资料特详,传记论评,每具识见,如《良吏传论》的“岂徒吏不及古,民伪于昔,盖由为上所扰,致治莫从”,《恩幸传论》的“鼠凭社贵,狐藉虎威”,这说的虽是刘宋一朝,也未始不适用于齐、梁。

柳 恽(465—517)

字文畅,解(今山西解县)人。南朝齐末,萧衍起兵,柳恽候谒于石头城,上笺萧衍,城平之日,应先收图籍,并遵汉高祖宽大爱民之义,丧乱之余,自以得民心最为重要。后曾两度任吴兴太守,颇受吏民怀念。

他的诗,多写闺妇的哀怨,《江南曲》末两句的“不道新知乐,只言行路远”,以二语而曲写古代妇女对遗弃的恐惧。薄幸人善于诡饰,难怪她们易起疑忌。《七夕穿针》的“流阴稍已多,余光欲谁与”,写夏去秋来,月色尚可照人穿针,余光却共谁赏玩的感叹。《从武帝登景阳楼》,虽是侍从之作,却高旷混茫,其中“太液沧波起,长杨高树秋”,皎然《诗式·偷意诗例》以为沈佺期《酬苏味道诗》的“小池残暑退,高树早凉归”即取柳诗这两句之意。

何 逊(?—518)

字仲言,郯(今山东郯城)人。二十岁举秀才,范云见到他的试策,大为赞赏,就此结为忘年交(范云年龄大于何逊约三十岁)。沈约也颇赏爱其诗。后曾入安成王萧秀之幕,还兼任过尚书水部郎,苏轼《初到黄州》所谓“诗人例作水部郎”,即引何逊以自喻。世称何水部。梁武帝初曾赏识,后却疏远。晚年入庐陵王萧续之幕,病逝于江州。

他的诗,在齐梁诗风中,既能审音炼字,讲究对仗,又能摆脱绮靡填缀的习气,故显得浅语俱深,虽少风骨却多本色。陈祚明《采菽堂古诗选》卷二十六对何逊评价颇高,对六朝诗文与骈俪关系的论评也很中肯。佳篇如《与胡兴安夜别》《扬州法曹梅花盛开》《相送》《夜梦故人》《慈姥矶》等皆少铅华而婉转自然。《苦热诗》以“昔闻草木焦,今窥沙石烂”发端,状热浪的灼烈,以“愿以三伏晨,催促九秋换”,写求凉的迫切,与《赠诸游归》皆每句相对,且很工致,后者并略可见其生平的遭遇。

杜甫对他很推崇,《苕溪渔隐丛话》后集引《东观余论》举何逊诗中若干语句,杜甫皆采为己句而小异之,但阴、何之名,也因杜甫而益发显扬。张溥在《何记室集》题辞中说:“盖古人诗名有因后人而益贵者,阴、何其类也。”这也是说得很公允的。

吴　均(469—520)

一作“吴筠”,字叔庠,故鄣(今浙江安吉)人。出身寒微。天监初,为郡主簿。后任奉朝请(对闲散官员的虚职),因私撰《齐春秋》而触怒梁武帝。书中说梁武帝曾“为齐明帝佐命,帝恶其实录,以其书不实”,因而被免职。(《南史》本传)既恶其实录,又责其书不实,可见易代之际的历史,确是不容易写得讨好。后又奉旨撰“通史”,未成全书而卒。

他的文章,在当时有“吴均体”之称。从《玉台新咏》收录的吴均诗歌看,仍不脱齐梁的绮丽风情;从他的全部作品看,如《胡无人行》《古意七首》(其一)、《赠桂阳王》《行路难》《宝剑》等,则也时有悲凉激越之音。《赠鲍春陵别诗》的“水中千丈月,山上万重云”,《至湘洲望南岳》的“鸟飞不复见,风声犹可闻”,皆清新自然,《闺怨》的“四时无人见,谁复重罗纨”,实《诗经·卫风·伯兮》的“岂无膏沐,谁适为容”之意,小诗《山中杂诗》之一,尤为人传诵。

王通《文中子·事君篇》说吴均、孔(稚)珪“其文怪以怒”,张溥《吴朝请集》题辞,以为今存吴均之文“鲜绝奇者”,唯《饼说》与《檄江神责周穆王璧》则“诡薄不经”,并称赞吴均的《与朱元思书》,尚存陆机《答车茂安书》、鲍照《登大雷岸与妹书》的波澜。吴均以骈体写的书信,富有审美趣味,亦六朝小品中的佳构。

刘　峻(463—522)

字孝标,本名法武,平原(今属山东)人。南朝宋明帝泰始初年,今山东一带被北魏攻占,刘峻年幼,随母居于家乡,被人掠卖至中山(今河北顺平县),后为一富人赎出,教以书学。齐永明中,奔回江南。入梁,曾入安成王萧秀之幕。梁武帝爱招引文士,峻因不能随俗浮沉,未被任用。

他在中山时,虽寄人篱下,却刻苦勤学,常燃麻炬照读,从晚到早,遇到昏睡,便烫其项发,醒而又读。穷而好学,尤为难得,故被人称为“书淫”。他注《世说新语》,博采群书达数百种,与他苦读勤学自有关系。他看到同样为善、同样为恶的人,结果却不同,“荡荡上帝,岂如是乎”,故认为天道难凭,乃作《辨命论》。又因其友人任昉死后,其子困苦,无人怜惜,作《广绝交论》。两文为刘峻名作,也是从他的身世遭遇上得到的认识。

他的诗,今存仅四首,《自江州还入石头》以“何能栖树枝,取毙王孙弹”作结,《始居山营室》以"谁与金门士,抚心论胸臆"作结。惧浪子的弓弹,恶显宦的虚浮,和他的两论正相贯通。

陶弘景(456—536)

字通明,秣陵(今江苏南京)人。萧道成(齐高帝)作相时,引为诸王侍读,时年未二十。入齐,上表辞官,隐居句容茅山(即句曲山)。萧衍(梁武帝)早年曾从他受佛经义法,即位后,屡致书问候,并以国事相询,时人号为"山中宰相"。死后谥贞白先生。皇子萧纲、萧纶为他撰作志碑。

他生性淡泊,学问淹博,习道炼丹,游山采药,每经溪壑,必为吟咏,又通历法、地理、医药之学,工琴棋、书法。他的诗,今存六首,名篇为《诏问山中何所有赋诗以答》,清逸自然,诗如其人。《题所居壁》有"不意昭阳殿,化作单于宫"语。侯景作乱,曾居昭阳殿,后人因此有附会之谈,但他身经三朝,政局无常,置君如弈棋,或有变于世乱仍将迭起。他的《答谢中书书》,也是六朝小品的佳构。

刘孝绰(481—539)

本名冉,小字阿士,彭城(今江苏徐州)人。父刘绘,舅王融,融对孝绰深为赏识。天监初,起家著作佐郎。当时昭明太子萧统好士爱文,孝绰与殷芸、到洽等颇受礼遇。萧统筑乐贤堂,使画工先绘孝绰之像,又命孝绰编录萧统自己的文集并作序文。但他仗气负才,遇到与他不相投合的人即加辱骂。他自以为比到洽才高,每于宴会上讥薄其文。及洽为御史中丞,便借故劾奏,遂免官。后又任秘书监等职。王世贞《艺苑卮言》卷八说:"梁世,南则刘孝绰,北则邢子才,雕虫之美,独步一时。每一文出,京师为之纸贵,读诵俄遍远近。"但从现存之诗看,却没有多大特色,应酬之作,艳情之诗却不少。写景诗虽有好句,通篇常不相称。他在梁代与何逊齐名,《答何记室诗》略现他自己的性格,但《颜氏家训·文章篇》以为何逊诗不及孝绰之雍容,又说孝绰对何诗很轻视。这也还是文人相轻的习气,平心而论,何逊诗的佳篇要比孝绰诗多一些。

王　籍(480—550?)

字文海,临沂(今属山东)人。曾官于齐末。梁太清元年(547),为湘东王萧绎谘议参军,带作塘令,不理县事,民有诉讼者,竟鞭而遣之。不久逝世。

他的诗,今仅存二首,以《入若耶溪》著名,颇为人评述,《颜氏家训·文章篇》曾有记载。这种心理反应,到过深山的人都能体会。《苕溪渔隐丛话》前集引蔡居厚《宽夫诗话》,以“蝉噪”二句与谢朓的“鱼戏新荷动,鸟散余花落”并提,以为上下句皆出一意,但王诗上句又觉做作,一若专为下句而故意配合。

萧　纲(503—551)

即梁简文帝。字世缵,南兰陵(今江苏常州)人。武帝第三子。初封晋安王。因长兄萧统早死,乃立为太子。太清三年(549)即位。后为侯景所害(简文帝之女溧阳公主曾嫁侯景)。幽禁时曾于壁上题词云:“立身行道,终始如一。风雨如晦,鸡鸣不已。弗欺暗室,岂况三光。数至于此,命也如何。”并有《连珠》三首,皆为侯景党羽王伟刮去。

他在位两年,无所建树,所作宫体诗浮艳轻靡,滞色腻情,但一半也受了时代风气的影响,当时某些乐府诗,实际就是民间的“宫体诗”。但萧诗有的卑猥露骨,连娈童也成为题材,这就流于恶趣。他与其子萧大心书,有“立身先须谨慎,文章且须放荡”语,这是为了反对文章的质直懦钝,却也矫枉过正,弄巧成弊。

宫体诗之外,有些诗在构思用词上也有其可取之处,如《往虎窟山寺诗》的“分花出黄鸟,挂石下新泉”,《苦热行》的“滂沱汗似铄,微靡风如汤”(连微风吹来也像热汤沸身),《咏单凫》的“孤飞本欲去,得影更淹留”,《临高台》以“草树无参差,山河同一色”二语状其高渺,《咏疏枫诗》的四色分明,以景逗情,《乌栖曲》的“北斗横天月将落”,造境雄浑,“郎今欲渡畏风波”,又是李白《横江词》之所本。他被害前作的《被幽述志诗》,也是古代绝命词的代表作。他的《祭战亡者文》中说,有的降服者回去了,有的功臣受赏了,有的人侥幸漏网了,唯有战死者,“膏原染刃,委骨埋泉。徒闻身没,讵辩名传?”《临雍州革贪惰教》云,在“壮夫疲于擐甲,匹妇劳于转输”的战乱时代,还有这样的官场现形“伤盗抵罪,遂为十一之资;金作赎刑,翻成润屋之产”。这是说,对罪犯的惩罚,成为争夺十一之利的买卖手段,对他们赎罪的金钱,又成为致富的资产。

庾肩吾(487—553?)

字子慎,新野(今属河南)人,庾信之父。萧纲喜结纳文士,庾肩吾与徐摛、刘孝威等同受赏识,号为“高斋学士”。萧纲继位(简文帝),任度支尚书。侯景据建康,矫诏遣肩吾使江州招萧大心(萧纲之子),他乘机逃至会稽,转赴江陵萧绎(梁元帝)处,封武康县侯,不久逝世。

他受知于萧纲,推波于“宫体”,诗篇多侍从应酬之作,长处是声色诸味齐全,短处是斧凿之迹过露,如《送别于建兴苑相逢》的“云流阶渐黑,冰开池半通”,《有所思行》的“雷叹一声响,雨泪忽成行”,总觉用力过猛。《七夕》的“嫦娥随月落,织女随星移”,也嫌俗调。但《乱后行经吴邮亭诗》,尚具丧乱之感,《赋得嵇叔夜诗》的“广陵余故曲,山阳有旧邻。俗俭宁妨患,才多反累身”,也颇有悲凉之思。由于他们在属对和音律上的努力,使五言律体也得以粗具模型。

除诗外,又工书法,著有《书品》,《四库全书总目提要》称其论列“多有理致,究不失先民典型”云。

萧　绎(508—555)

即梁元帝。字世成,小字七符,南兰陵(今江苏常州)人。武帝第七子。七岁封湘东王。侯景之乱,萧绎依附西魏、北齐,击灭侯景后,即在江陵即位。承圣三年(554),他的侄子萧詧,勾结西魏,攻陷江陵,遂被杀。其《幽逼诗》有“今日还蒿里,终非封禅时”语。

萧绎曾写过多部学术性著作,但传世的最重要的著作为《金楼子》(今存的为后人辑本),文中对文学作品有这样的意见:“至如文者,惟须绮縠纷披,宫徵靡曼,唇吻遒会,情灵摇荡。”他说的“文”单指诗歌等有韵之文,因此,他要求这些作品必须注重文采与音韵,既能上口又能抒情,这也是对的,但从他的作品看,却偏重形式而流于轻巧浮露,仍然摇曳于宫体诗的姿态中。他的《劝农令》,钱锺书《管锥编》就说“直似士女相约游春小简,官样文章而佻浮失体”。

他的诗,如《望江中月影》的“风来如可泛,流急不成圆”,《出江陵县还》的“水满还侵岸,沙尽稍开流”,《咏梅》的“人怀前岁忆,花发故年枝”,有表现力却不甚雕琢。他的《摄山栖霞寺碑》的“苔依翠屋,树隐丹楹。涧浮山影,山传涧声”四语,前两句写山寺在浓苔深林之中若隐若现,后两句写山影涧声有如目眺口应,莫逆于心。

江陵沦陷前,他命人将古今图书十四万卷全部烧毁。有人问他为什么要烧书,他说:“读书万卷,犹有今日,故焚之!”他的失败,主要应归咎于自己,《南史·梁本纪》对他为人批评得极为严厉,他却把个人仇怨发泄在图书上。南朝亡后,犹有隋唐的文运继起,但十四万卷图书的化为尘烬,他更要受到历史的谴责。

卫敬瑜妻王氏

生卒年不详。霸城(今陕西西安东)王整之之姊。年十六而卫敬瑜亡,父母舅姑皆欲嫁之(其实是对的),王氏立誓不允。曾作五言诗两首。雍州刺史西昌侯萧藻于其门楼上题为"贞义卫妇之闾"。事见《南史·张景仁传》。萧藻卒于侯景之乱时。

常　景(?—550)

字永昌,温(今河南温县)人。仕于北魏,东魏初,官至车骑将军、右光禄大夫。

他自少至老,清俭自守,不营产业。友人刁整、羊深等怜其贫乏,各出钱为他买马。但遇新异之书,必殷勤求访,不问价之贵贱。

《南史》记他每经山水,怅然怀古,乃拟刘琨《扶风歌》十二首,今已佚。又称其有著作数百篇,则亦当时一学者,今仅存文三篇,诗四首。文士辛勤著作,一经时间迁移,常遭散失,也是大可怅惘的事。

温子昇(496—547)

字鹏举,冤句(今山东菏泽)人。出身寒门,又曾为北魏广阳王元渊(深)贱客,在马坊教奴仆读书,后由常景推崇,元渊才稍知之。熙平二年(517),东平王元匡试选御史,子昇于八百余人中中选,从此文名大著。元渊以作战败退,子昇为葛荣所获,赖旧友和洛兴送还,自此闭门读书。东魏武定五年(547),因嫌疑参与元瑾等谋害大将军高澄一案,被捕入晋阳狱中,以饥饿而死。

他是北朝"三才"之一,诗文却有齐梁之风。梁武帝誉为曹植、陆机复生于北土,吐谷浑国主床头有其文章。其文《寒陵山寺碑》等虽属歌颂之词,而颇具气概;其诗《从驾幸金墉城》,也属侍从之作,颇示名城的佳丽景色。《凉州歌》二首,又见当时凉州车马交错,歌吹纵横的盛况,尚非唐人"春风不度玉门关"的荒凉景象。《结袜子》写弃妇的自伤情绪,细致而含蓄。

胡　叟

生卒年不详。字伦许,临泾(今甘肃镇原南)人。世为西夏著姓。南朝宋时曾随益州刺史吉翰入蜀。后入北凉沮渠牧犍之幕,未受重视,乃作诗示友人程伯达。后魏时赐爵始复男,拜武威将军。住于密云,甚为简陋,常着短衣曳柴。卒,无子,无家属料理丧事,胡始昌将其柩迎殡于家,令其弟袭胡叟之爵。叟与始昌虽同宗,却不相投合,故平日无所接触。及胡叟死,却收恤厚重。有人说,这未必是体惜疏宗,可能为此谋袭男爵的品级。

邢　邵(496—?)

字子才,鄚(今河北任丘北)人。聪明强记,为文多而又快。魏明帝初,授奉朝请(对闲散官员的一种安置)。尔朱荣之乱,邵与杨愔,避居嵩山,北齐高澄擅政,甚见器重。后任西兖州刺史,颇著政绩。北齐文宣帝高洋卒(559),敕撰哀策。后授特进,卒。

他与温子昇皆为北朝著名文士,世称“温邢”。读书很多,却不喜校雠,并说:“日(且)思误书,更是一适。”语虽偏却有意趣。他的文章,多为应用之文。他的诗,《冬日伤志篇》写丧乱之余对城邑的荣衰之感,《冬夜酬魏少傅直史馆》自叹衰老,其中“体羸不尽带”,即沈约“革带常应移孔”之意(他对沈约文章原很称赞),但闺怨诗《思公子》的“绮罗日减带”又是另一种用意。

萧　悫

生卒年不详。字仁祖,南兰陵(今江苏常州)人。梁宗室上黄侯萧晔之子。梁末入北齐,曾任太子洗马。历周入隋,官至记室参军。

他的诗,写景以自然见长,如《奉和悲秋应令》的“檐暄犹有燕,陂静未来鸿。蝉噪闻疑断,池清映似空”。《春庭晚望》的“窗梅落晚花,池竹开初笋”等句,《秋思》的“芙蓉露下落,杨柳月中疏”,尤为人称诵。李东阳《麓堂诗话》说此二句,“有何深意,却自是诗家语”,颇为中肯。与萧悫同时的颜之推等,也很欣赏,但又说“而卢思道之徒,雅所不惬”(《颜氏家训·文章篇》),这也是各人爱好不同。思道出身于北方,但其诗却多南朝的脂粉气。

王　褒

生卒年不详。字子渊,临沂(今属山东)人。生于建康,出身望族,与萧梁为姻戚。梁时曾为安城郡守。侯景乱后,元帝任以右仆射等职。西魏破江陵,他随元帝出降,后颇受北周优遇。周武帝建德以后,朝廷大诏册皆令他起草,后为宜州刺史,卒于位,卒时也在建德间。

他在当时与庾信齐名,文词丽密有相近处。在江陵时曾作《燕歌行》,颇受人称诵,但这究是想象模拟之作。既到北方,秦川千里,陇北飞尘,塞禽唯雁,亭绕黄河,这些苍茫凄清的景色,也为他的诗歌带来了特色,诗中又含故国之思、羁留之感,如《赠周处士》的"犹持汉使节,尚服楚臣冠",《咏雁》的"河长犹可涉,海阔故难飞"。还有一些送别之作,以自然的笔调写真实的感情,也因为身在异域,聚别之间别有怅惘之意。

庾　信(513—581)

字子山,新野(今属河南)人。早年曾任梁东湘国常侍,随其父肩吾及徐摛、徐陵父子出入宫禁,游宴赋诗,词多绮丽,有"徐庾体"之称。侯景之乱,庾信以建康令率兵拒战,战败,先众而退。后投奔江陵萧绎(元帝)。承圣三年(554),出使西魏,被留在长安,历仕西魏、北周,官至骠骑将军、开府仪同三司。世称庾开府。后陈朝与周通好,要求将王褒、庾信等放回,周武帝因爱褒、信之才,只放其他文士而未将二人遣还。

他初到北朝时,曾为人轻视,后则文名超过在南朝时。他对陈朝并无好感,但乡关之思却与日俱深。这种矛盾的心情,实也不难理解。故土的眷恋不因政权的更迭而消减,尤其人到暮年。他的《哀江南赋》,即用楚辞《招魂》的"魂兮归来哀江南"语意,其中正有他自己的灵魂在活动,赋中痛恨梁朝内部的腐败,又悔恨自己的降志屈节,《和张侍中述怀》的"木皮三寸厚,泾泥五斗浊",就是对自己的深切谴责。后人对他有讥讽也有体谅。

他的诗,以《拟咏怀》二十七首为代表作,与《哀江南赋》有贯通处,沈德潜在《古诗源》中曾说:"无穷孤愤,倾吐而出,工拙都忘,不专拟阮。"他的小诗,如《寄徐陵诗》的"莫待山阳路,空闻吹笛悲",《重别周尚书》的"唯有河边雁,秋来南向飞",皆以笔传心,语短心长。

庾信在北朝不算失意,也写过酬应附和的诗,但最有感染力的还是在北朝时的那些雁尚南飞,人却北滞,归根无望,身不由己的暮年之作。杜甫《咏怀古迹》有云:"庾信平生最萧瑟,暮年诗赋动江关。"庾、杜相隔二百余年,却都是丧乱余生,萧条异代,也易成知音。庾信早期诗,因两遭战乱,绝少存留,陈沆《诗比兴笺》卷二曾说,这些早年靡靡之音的毁于劫火,也是"世厄其运,天就其名",而晚年由于境地曲成的苍然万感的孤哀之词却能传世，“未为塞翁之不幸者也”。

阴　铿

生卒年不详。字子坚，姑臧（今甘肃武威）人。梁时任湘东王萧绎法曹参军。入陈，为始兴王陈伯茂府中录事参军，以文才为陈文帝赏识，官至员外散骑常侍。约在天嘉末年去世。

他由梁入陈，陈之诗人，以他最为杰出。其诗颇工修饰，但非刻意雕琢，寻常景物，也以摇曳之笔，力求新隽。洞庭春色，大江落潮，雪里梅花，雾中新月，这些江湖景色，或呼之欲来，或突然而至。《江津送刘光禄不及》，不作惆怅之词，但“泊处空余鸟，离亭已散人”二语，惆怅之情自见。《五洲夜发》的“溜船唯识火，惊凫但听声”，写枯寂的夜航生活中有此一星灯火与水禽惊飞之声，便意趣横生。他与何逊齐名，世称“阴何”，并为杜甫取法。

周弘正（496—574）

字思行，安城（今河南汝南一带）人。幼孤，与弟弘让皆为伯父周舍所养。裴子野深为赏识，以女嫁之。未满二十岁，即在国子监讲《易经》。侯景之乱，弘正初曾依附，后往江陵梁元帝处，颇受礼遇。西魏攻梁，他逃回建业。入陈，曾于天嘉初往长安迎陈顼（陈宣帝），后官至尚书右仆射。

他是个学者，善清谈，梁末为“玄宗（道家学说）之冠”。他的诗，今存不多，风格较质朴，《答林法师》《还草堂寻处士弟》《入武关》，皆为其佳作，《咏老败斗鸡》，写鸡到暮年，羽毛零落，先鸣无力，空余擅场之意，或有自伤之情。

周弘让

生卒年不详。汝南（今河南汝南一带）人。始仕不得志，隐于句容茅山（即句曲山）。徐陵《答周处士书》对弘让隐居曾有讥讽之词。晚仕侯景，为中书侍郎，人问其故，他答道：“吾畏死耳。”梁承圣初，为国子祭酒。陈天嘉初，以白衣领太常卿、光禄大夫。

他的诗，今存四首，代表作为《留赠山中隐士》。小诗《立秋》的“云天改夏色，木叶动秋声”，落笔自然，却能表达出季候的转变之感。

徐　陵(507—583)

字孝穆,郯(今山东郯城)人。早年随其父徐摛入晋安王萧纲之幕。后任东宫学士。梁太清二年(548)出使东魏,次年南方有侯景之乱,遂被留滞邺城达七年之久。后北齐送魏末被俘的梁宗室萧渊明南回称帝,才许他同返建康。入陈,位至光禄大夫、太子少傅。陵父摛,庾信父肩吾,两家父子,皆合称"徐庾"。

他的诗,多为侍应与艳情之作,写景间有好句。晚年写的《别毛永嘉》,则高劲悲凉,一洗铅华,首尾八句,一气呵成,其中"嗟余今老病,此别空长离。白马君来哭,黄泉我讵知",与杜甫《送郑十八虔贬台州司户伤其临老陷贼之故阙为面别情见于诗》的"便与先生应永诀,九重泉路尽交期",皆寓死别于生离,而友情则生死不变之意。

他又是当时的骈文高手,尤以在北齐时写的《与杨仆射书》《与宗室书》等最为痛切。由于身本南臣,强留异域,所以感情也较深挚。他的《玉台新咏·序》文字也很精丽,从文末"永对玩于书帷,长循环于纤手"等句看,原是供消闲之用,但在考察古代妇女生活上或有其史料价值。

陈　昭

生卒年不详。义兴(今江苏宜兴)国山人。陈庆之长子。庆之在梁时以军功封永兴侯,卒后由昭嗣位。何胥有《哭陈昭诗》,则昭也为陈后主时人。

他的诗,今存二首,《聘齐经孟尝君墓》的"泉户无关吏,鸡鸣为谁开",与周弘正《入武关》的"鸡鸣不可信,未晓莫先开",合而观之,相映成趣。

韦　鼎

生卒年不详。字超盛,杜陵(今陕西西安东南)人。梁时起家湘东王萧绎法曹参军。陈时拜黄门侍郎,后又为聘周使臣。陈亡仕隋,开皇十三年(593)任光州刺史,曾著政绩。不久返长安,卒,年七十九。其卒年当在返长安后一二年间。史称韦鼎明阴阳,善相术,因而有些怪诞附会的记载。今存诗一首。

江　总(519—594)

字总持,考城(今河南兰考)人。早年以才学为梁武帝赏识,官至太常卿。

侯景之乱，避难会稽，又至广州。陈文帝天嘉四年(563)召回建康。至后主时，官尚书令。入隋，为上开府，后放回江南，卒于江都。

他身历三朝，在陈后主时位至权宰，却不亲政务，常与陈暄等十余人陪侍后庭，作宫体之诗，为狎客之首，因此颇受后人责备。李商隐《南朝》末云“满宫学士皆颜色，江令当年只费才”，即指江总等以诗文为陈宫女学士描绘艳色。

但因几经沧桑，有些诗俯仰今昔之际，也含感叹之意，如《南还寻草市宅》《于长安归还扬州九月九日行微山亭赋韵》等，皆无浮艳习气，《哭鲁广达》的“悲君感义死，不作负恩生”，因广达为隋将韩擒虎所杀，所以沈德潜在《古诗源》评云“不嫌自汙，真情可悯”。

卢思道(535—586)

字子行，范阳(今河北涿州市)人。曾师事邢邵。北齐时为黄门侍郎。北周时授开府仪同三司。后还乡，因参与作乱，将被处死，赖赦得免。隋开皇初，任武阳太守，以母老自请解职。后又出仕。卒年五十。一说卒于开皇六年(586)。

他在北齐时即有文名，北齐宣帝死后，朝士各作挽歌十首，择善用之，魏休等只被采用一二首，思道却占八首，时称“八米”(《北史》作“八采”)侍郎。关中语以八米七米六米分上中下，八米是多而好之意。

为人狂放自负，愤世嫉俗，其文《劳生论》痛陈世态炎凉，人情虚伪，“外呈厚貌，内蕴百心”，“虽素论以为非，而时宰不之责”，意谓公论虽谴责已久，长官则无能为力，当时政局，于此可见。又因他身经齐、周两朝，目击主昏臣佞，又撰《北齐兴亡论》《后周兴亡论》，对周、齐四帝深为贬责。

他的诗，善于对仗用典，名篇有《听鸣蝉篇》及《从军行》，皆七言体。一写客子怀乡，一写闺妇思夫。

孙万寿

生卒年不详。字仙期，武强(今属河北)人。北齐时为奉朝请(对闲散官员的一种安置)。入隋，坐衣冠不整，配防江南。行军总管宇文述乃召典军书。因书生从军，颇为抑郁，乃作《远戍江南寄京邑亲友》长诗，颇为当时称诵，他的《行经旧国诗》的“武骑非吾好，还思江汉游”，也是这种心情的流露。炀帝时为齐王杨暕文学(教官)。当时诸王官属多被杀戮，万寿不自安，因称疾免职。久之，授大理司直，卒于官，年五十二。其他诗也多感伤之词，诗风则较质朴。

明余庆

生卒年不详。平原鬲(今山东平原西北)人。隋越王杨侗时,任国子祭酒。今存诗二首。其《从军行》"剑花寒不落,弓月晓逾明"一联,沈德潜《古诗源》评云"唐人极摹此种句法"。

尹　式(?—604)

河间(今属河北)人。隋时官至汉王杨谅记室,汉王兵败,式自杀。今存诗二首。他的《别宋常侍诗》,杨慎《升庵诗话》卷一以为"和宋之问诗"。但尹式在隋时已自杀,宋之问则武后时人,自不可能相识。

杨　广(569—618)

即隋炀帝,小字阿麽,华阴(今属陕西)人。文帝次子,母独孤后。初为晋王,即蓄谋欲夺其兄杨勇的太子之位,故矫饰钓名,被称为"仁孝",独孤后及杨素等又乘间播弄,因此深得高祖的信任,遂废勇而立广。后高祖暴卒,恐也出于他的谋害。即位后,为了控制江南以满足他的游乐生活,广征民夫,兴修运河,但南北四大水系也由此而沟通。后为部下宇文化及等缢杀于江都。谥炀。《逸周书·谥法解》:"好内远礼曰炀,好内怠政曰炀。"

他初学庾信,爱好梁陈宫体,陆时雍《诗境总论》以为能"从华得素"。其诗或为应酬赠诗,或写声色游娱,但由于他亲历塞上,远征辽东,《饮马长城窟行示从征群臣》《白马篇》等也颇劲健阔大。写景如《月夜观星》《悲秋》尤少梁陈之习而有唐人情味,《春江花月夜》的"流波将月去,潮水带星回",胡应麟《诗薮·内编》称为"绝是唐律",失题的"寒鸦千万点,流水绕孤村",王世贞《艺苑卮言》卷三称为"是中唐佳境"。

后人讽喻炀帝的诗,李商隐是著名的一个,杨慎《升庵诗话》卷十一有记传为初唐无名氏《杨柳枝》一首云:"万里长江一带开,岸边杨柳是谁栽?锦帆未落西风起,惆怅龙舟更不回。"

杨　素(?—606)

字处道,华阴(今属陕西)人。出身北朝士族。北周时曾参加平定北齐之役。他与杨坚同姓同乡,皆属关陇集团。杨坚为帝(隋文帝),他出力甚多。杨广(隋炀帝)之为太子及后来之弑父,又出其谋,故能受宠于两朝,诸子无汗马之劳,皆居高位。为人险诈,多权谋,高下在心,因此后期颇受炀帝之忌。患病时,炀帝常令名医诊候,实则想从医师处密问病情,唯恐其不死。杨素也深知炀帝之意,曾对其弟杨约说:"我岂须更活耶?"枭主权臣之间的交纳,往往如此。

杨素与薛道衡友善。今存其诗皆与道衡唱和之作。名篇为病中写的《赠薛播州》十四章。从天下纷乱说到隋之统一,但也已觉自己在世之日不多,充满再见无期的凄凉情绪。后人对他的诗评价较高,王士禛在《古诗选·凡例》中称为"沉雄华赡,风骨甚遒,已辟唐人陈、杜、沈、宋之轨",刘熙载《艺概》卷二称为"齐梁文辞之弊,贵清绮不重气质,得此可以矫之"。沈德潜在《古诗源》中则说第一首"干戈异革命,揖让非至公"的落句"是奸雄语"。

薛道衡(540—609)

字玄卿,汾阴(今山西万荣)人。曾仕北齐,接待周、陈使臣。北周时,摄邛州刺史。入隋,任播州刺史、司隶大夫。

炀帝为晋王在扬州时,希望他能入王府,他却听从汉王杨谅之计,出江陵道而去,炀帝由此结怨,杨谅后也起兵反炀帝。道衡与杨素、高颎都有交谊,但一为炀帝所忌,一被杀。炀帝即位,他上《高祖文皇帝颂》。子前颂父,本应嘉奖,但文帝却是"暴崩"的人,文中还写到文帝山陵的幽森寂寞,炀帝自然大不高兴,说这些仿《诗经·小雅·鱼藻》讽刺周幽王之义,幽王之父宣王则史称贤主。有此数事,便欲处道衡以罪。友人房彦谦劝道衡杜门谢客,卑辞下气,他却不理会,还要称道高颎的果断。后遭法办,自以为非大过,这原是事实,却终于被缢杀,妻子流迁远方。七十老臣,却落如此下场。

他的名篇为与杨素唱和的《从军行》《昔昔盐》,后者的"空梁落燕泥"句,相传因此被炀帝妒忌而杀之。又,王胄被杀时,炀帝诵胄"庭草无人随意绿"诗句,说:"能复道邪?"事颇相类。皆见《太平御览》卷五九一引《国朝传记》。

道衡的《和许给事善心戏场转韵》,写正月十五日角觝戏的表演场面,可作游艺史的资料,小诗如《人日思归》,也颇为后人称诵。

隋之诗歌,以道衡成就最大,既遭屈杀,从此也无健笔。

虞世基(?—618)

字茂世,余姚(今属浙江)人。陈时任尚书左丞等职。入隋,颇受炀帝厚待,参掌朝政,进位金紫光禄大夫。炀帝游江都,当时已天下大乱,世基知炀帝非规劝所能为力，大臣又被杀戮，为保自身，便逢承附和，因而更受宠爱。继室孙氏，骄淫奢侈，家中金宝堆积，朝野皆有怨恨。炀帝在江都被杀，他也遭害。弟世南，却以清贫自守，不叨其利。

他的诗，和杨素的《出塞》二首，实是歌颂隋之武功，小诗如《零落桐》《晚飞乌》，尚见构思之巧。

陈子良(？—632)

吴(今江苏苏州)人，他在《于塞北春思归》中，有“我家吴会青山远”句。吴会为吴郡、会稽郡合称，治所在今苏州。隋时为杨素记室，曾作《赞德上越国公杨素》诗。入唐，与萧德言、庾抱同为李建成(隐太子)学士。《全唐诗》收其诗十三首，皆五言。其《送别》诗，沈德潜《古诗源》云：“亦见何逊集，略有异同。”

孔绍安

生卒年不详。山阴(今浙江绍兴)人。陈亡入隋，迁居鄠县，闭门读书。与孙万寿为忘年交，当时称为“孙孔”。大业末为监察御史。李渊为帝，绍安从洛阳前往投奔，拜内史舍人。曾命他撰《梁史》，未成而卒。

他在侍宴唐高祖时，曾应诏作《咏石榴》，中有“只为来时晚，花开不及春”句，为人称诵。这与他《咏夭桃》的“不意余花落，翻沉露井中”合观，颇有意趣，前者虽惋惜而实得意，且石榴花本开于夏季，“不及春”正是它能安分，后者似可为夭桃之“夭”作一别解。其次，由于他自陈入唐，所以《别徐永元秀才》一首也别有沧桑之感。《落叶》的“翻飞未肯下，犹言惜故林”，则有所寄托。

据《旧唐书》载，“十三，陈亡入隋”，则他生年应是陈太建九年(577)，存年当为四十余岁。

他的诗，《先秦汉魏晋南北朝诗》未收，《全唐诗》收之。

有关本时期诗作的主要书目简介

张新科

说　明

一、书目选录历代有关本时期诗歌的总集和别集，每类按年代先后为序。《诗经》《楚辞》及乐府诗历代注解评论颇多，书目只选其中有代表性者。所录书目，对版本不作专门考证，只列常见版本。

二、古代总集、别集中，往往诗文合刊，本书目均予以收录。后人编选的总集、别集，择其与本时期诗歌关系较大者著录。

三、本书目本着精选的原则，对现代研究成果也予以适当选录。

四、书目简介参阅了今人研究的某些成果，不一一注明，在此致以谢意。

(一)总 集

〔诗经〕

我国最早的诗歌总集,共305篇,编成于春秋中叶,依据音乐上的不同,分风、雅、颂三大类。大部分诗篇产生在黄河流域。它广泛地反映了公元前11世纪到前6世纪约500多年的社会现实。形式以四言为主,多重章叠句,采用赋比兴的表现方法,语言丰富多彩,奠定了我国现实主义文学的基础。汉代传授《诗经》的有鲁、齐、韩、毛四家,前三家为今文经学,魏晋后相继失传;毛诗为古文经学,盛行于东汉以后,流传至今。

〔毛诗诂训传〕

现存最早的《诗经》完整注释本,汉代毛亨(一说毛苌)作。三十卷。简称毛传。以解释词汇为主,其诂训多保存先秦古义。在阐明诗义时,多有附会,但仍不失为研究《诗经》的重要著作。有《十三经注疏》本。

〔毛诗传笺〕

省称《郑笺》,东汉经学大师郑玄作,对《毛传》的注解进行充实提高,吸取、综合三家诗说,并有自己的见解。书成后,毛诗大行于世,三家诗逐渐衰废。有《十三经注疏》本。

〔毛诗正义〕

省称《孔疏》,唐孔颖达等作,七十卷,为唐代官方颁布的《五经正义》之一。主要阐释《毛传》和《郑笺》,也吸取、综合汉魏六朝以来研究的成就,把《诗经》的训诂义疏又加以丰富和提高。由于坚守疏不破注的原则,所以,毛郑错误的地方也往往随之而错。有《十三经注疏》本。

〔诗集传〕

南宋朱熹集撰,二十卷,现行本八卷。该书打破了《毛诗序》中的陈腐观点,颇有新解,它是一部在宋代以后影响很大的解诗著作。但受道学思想束缚,解诗时也有主观臆断处。

〔诗经通论〕

清代姚际恒撰,十八卷。姚氏继承宋学自由研究的学风,不依傍《诗序》,不附和《诗集传》,从诗的本文中探求诗的意旨,开辟了说诗的新风气,但也有附会之处。

〔诗毛氏传疏〕

清代陈奂撰,三十卷,主要阐明《毛传》本义,旨在恢复诗古文学派的本来面目,是清代研究毛诗的集大成著作,该书在训诂和名物的疏证方面比较精确。

〔诗三家义集疏〕

清代王先谦撰,是搜集三家诗遗说的集大成著作,凡古籍中所引录的三家诗遗说都予以辑录,并做了必要的疏释,共二十八卷,是研究三家诗的基本著作。

〔诗经选〕

余冠英注译,初版于1956年,1979年人民文学出版社重版时,将作者的《诗经选》与《诗经选译》合并,共选诗106篇,书前有长篇序言,对《诗经》的内容做了全面介绍。该书注解精当扼要,译文自然流畅,是最有影响的《诗经》选本之一。

〔诗经今注〕

高亨注,是1949年以后最早用现代汉语对《诗经》305篇全部做新注的著作,在字句考证上尤下功夫,但也有某些牵强之处。上海古籍出版社1980

年出版。

〔诗经韵读〕

王力著,分总论和韵读两部分。总论部分,批判了以朱熹为代表的叶音说,并在顾炎武等人的研究基础上对先秦古韵的分部、古今韵部演变的对应关系及《诗经》韵例作了全面介绍。韵读部分,对《诗经》全部入韵字的音值作了构拟。上海古籍出版社1980年出版。

〔诗经译注〕

袁梅著。原诗与译文并列,便于对照参阅,译文通俗而口语化,既忠于原文又保持其固有的特色。注释字、词、语句也较通俗、明确,对疑难问题加以考证,时有新见。齐鲁书社1980年出版《国风部分》,1982年出版《雅颂部分》。

〔诗经直解〕

陈子展撰述,有简注,有直译,译文与原诗并列。该书在"解"上尤下功夫,对每首诗都做了较为详细的分析,不乏新见。复旦大学出版社1983年出版。

〔诗经译注〕

祝敏彻等评注。对每首诗首先作简短的内容说明,然后原诗与译文对照排列。译文尽量直译,句句对译。诗后对难懂的词作了注释。每篇诗后对其中韵脚字所属上古韵部做了说明。书后附《诗经入韵字总表》。甘肃人民出版社1984年出版。

〔诗经全译〕

金启华译注。注释全部征引前人所注的原话,一般不做任何说明,时而以"启华按"稍加说明,难字注音。在译上尤下功夫,既忠于原文,又流畅自然。江苏古籍出版社1984年出版。

〔诗经译注〕

程俊英译注,尽可能逐句扣紧原诗直译,但不是逐字硬译,多用七字句,格律整齐,音调铿锵,读起来朗朗上口。上海古籍出版社 1985 年出版。

〔楚辞〕

西汉刘向编。十六卷。该书把屈原及后来的楚国作家宋玉等人的作品编为一集。楚辞名称自此始,楚辞以屈原作品为主,它突破了四言格式,创造了一种以六言、七言为主的长短不齐、灵活多样的楚辞体,其特色是“书楚语、作楚声、记楚地、名楚物”,使古代诗歌发展到了一个新的阶段。

〔楚辞章句〕

东汉王逸撰。现存最早的一部完整的楚辞注本。以刘向所编定的十六卷本《楚辞》为依据,又在后面附了一篇自己作的《九思》,并自己作了注,共十七卷。书中各篇,王逸都给作了序文,指明作者、写作时间、命题意义和主要内容。逐句作释,详为训诂,所言多有依据,也吸收了前人的成果,同时注意到了楚辞在文学方面的成就,受到后代《楚辞》注家的重视。但其中有不少穿凿附会的地方。有国学基本丛书本。

〔楚辞补注〕

南宋洪兴祖著。十七卷。该书专门补充和订正王逸《楚辞章句》而作,又注音说韵,考证精详,不仅《楚辞》文义时有阐发,且对旧解多所驳正。是一部重要的《楚辞》注本。有中华书局 1983 年点校本。

〔楚辞集注〕

南宋朱熹集注。八卷。该书删去《楚辞章句》中《七谏》《九怀》《九叹》《九思》等四篇,增加贾谊的《吊屈原赋》和《鹏鸟赋》两篇,是《楚辞》注本中一部较有影响的书。该书寻求作者言外之意,发明微词奥义,往往独具识见,但时有道学家气味。书后附《辨证》二卷,考订旧注得失;《后语》六卷,收集了从《荀子·成相》到宋代吕大临的“骚体”作品五十二篇。有上海古籍出版社 1979 年点校本。

〔楚辞通释〕

清初王夫之撰。十四卷。该书删《楚辞章句》中《七谏》以下五篇，补入梁代江淹《山中楚辞》《爱远山》两篇及王夫之自赋的《九昭》一篇。该书采取分段释文的方法，每篇前有解题，颇能摆脱旧说，时有精辟见解。但在注释中往往借题发挥，以注释楚辞来发泄他对社稷的沦亡之痛。间亦有主观穿凿附会之处。有上海人民出版社1975年版本。

〔山带阁注楚辞〕

清代蒋骥注。六卷。该书专释作者认定为屈原的作品。该书在屈原生平事迹及作品创作时地的考证方面用力最深，资料翔实，并附有地图五幅。卷首附有屈原传记及行迹图，并附有《余论》二卷，主要驳正旧注之误；《说韵》一卷。有上海古籍出版社1984年排印本。

〔屈原赋戴氏注〕

清代戴震注。七卷。该书专注屈原作品二十五篇。重在字句训诂、名物考实，很少空谈义理的地方。代表了乾嘉学派在《楚辞》研究方面的成就。注释简明扼要，纠正旧注中不少错误。附《通释》二卷，疏证山川地名及草木鸟兽虫鱼，对所考证名物，颇有参考价值。书后附有汪梧凤撰《音义》三卷，注释颇为精确。

〔屈原赋今译〕

郭沫若译。该书用白话诗译屈原作品二十五篇，译诗流畅，颇能体现原作精神，且是一种新的创作。卷首附有《屈原简述》，对屈原作品的思想内容和艺术特色，作了简要的叙述。人民文学出版社1953年出版，后收入《沫若文集》卷二。

〔屈原赋校注〕

姜亮夫校注。该书综合屈原身世与战国各民族的历史条件，结合文法分析，精细地探索每一句、每一篇的大义，对旧说爬梳剔抉，阐发见解，并参阅各种楚辞版本,细为校勘。人民文学出版社1957年出版。

〔楚辞选〕

马茂元选注。注释详细,引用了不少先秦典籍和神话传说,内容丰富,阐明篇章段意也极为深刻。选取屈原、宋玉、贾谊、淮南小山作品27篇,以屈原为主。是一部雅俗共赏的楚辞选本,人民文学出版社1958年出版,后又多次重版。

〔楚辞韵读〕

王力著,主要分韵读和字音表两部分。韵读部分对楚辞全部入韵字的音值作了构拟;字音表按入韵字的音韵地位分部收列。上海古籍出版社1980年出版。

〔楚辞新注〕

聂石樵注,选录屈原《离骚》《九歌》《天问》《九章》《招魂》共23篇,另有作者不可考的《卜居》《渔父》、宋玉《九辩》、贾谊《吊屈原赋》。该书善于将史料与作品相印证,吸收学术界前人和当代学者的研究成果,注释言简意明,博采各家之长,时有新解。上海古籍出版社1980年出版。

〔楚辞研究集成〕

马茂元主编。共分五编:《楚辞注释》《楚辞要籍解题》《楚辞评论资料选》《楚辞研究论文选》《楚辞资料海外编》,这套丛书给楚辞研究者提供了丰富的资料。把古今中外楚辞研究的主要成果汇于一编,这是一个开创性的工作。该丛书由湖北人民出版社1984年起陆续出版。

〔楚辞译注〕

董楚平译注,以王逸《章句》本为依据,裁去《惜誓》以下汉人作品。各篇除译注外,都有题解。注解择善而从,吸收古今研究成果,也有己见。译文也较为流畅。上海古籍出版社1986年出版。

〔文选〕

南朝梁文学家萧统编选的一部诗文总集,又称《昭明文选》。本书选录先秦至梁八百年间的各体文章,分赋、诗、骚、七、诏、册、令、教等三十八类,大致可概括为诗歌、辞赋和杂文三大部分,原三十卷。所选作家,除无名氏外,共一百二十九家,都是各个时代有代表性的。这是现存最早的一部古代文学作品总集。它为后人研究先秦至梁的文学发展概貌提供了重要资料。为《文选》作注的有唐代李善,还有吕延济等五人。有四部丛刊《六臣注文选》本。今有中华书局印行的胡克家翻刻宋代尤袤本六十卷。

〔玉台新咏〕

南朝陈徐陵编,又名《玉台集》,十卷,为南北朝时期的一部诗歌总集,保存了相当多的古代文献。"玉台"取义,从徐陵序文说,当指"后庭","玉台新咏",即提供后庭歌咏的诗集。徐陵是当时宫体诗的代表作家,所以此书以宫体艳歌为核心,但也有表现真挚爱情和妇女痛苦之作。如《古诗为焦仲卿妻作》即初见于此书。今有成都古籍书店影印吴兆宜注本。又有中华书局《玉台新咏笺注》本。

〔古文苑〕

编者姓名不详。相传是唐人旧藏本,北宋孙洙得于佛寺经龛中,所收诗、赋、杂文,自东周起,到南齐止,共二百六十多篇,都是史传和《文选》所不载的。南宋淳熙中,韩元吉编为九卷。绍定中,章樵就韩书补遗刊误,又作注释,并重编为二十一卷。清代钱熙祚以章樵本为底本,用韩元吉九卷本校勘一次,成"校勘记"一卷,附所刻《守山阁丛书》本《古文苑》之后。后清代孙星衍又辑金石、传记、地志和类书中遗文,自周迄元,共二十卷,为《续古文苑》。

〔文馆词林〕

唐代高宗时许敬宗等奉敕编,分类纂辑先秦至唐代各体诗文,共一千卷。原书北宋时散佚,有些流传到日本,清末以来,大部分重新传入我国。所收诗文,多为严可均《全上古三代秦汉三国六朝文》、冯惟讷《古诗纪》所未载,有一定考参价值。

〔文苑英华〕

宋代太宗时李昉、徐铉等人奉敕编的一部总集,共一千卷。所辑诗文,上续《文选》,南北朝约占十分之一,唐代占十分之九。体例大致同《文选》,唯名目分列更为繁碎。本书收录诗文有为他书所不载的,有为本集所遗漏的,也有名家别集久已亡佚而辑其逸文尚可成书的。明清两代所编《古诗纪》《文纪》《全唐诗》《全唐文》等,大都取材于本书。南宋宁宗时彭叔夏参订书中舛误重复,成《文苑英华辨证》十卷。

〔乐府诗集〕

宋代郭茂倩编。全书一百卷,分十二类。上起汉魏,下迄五代,兼有秦以前歌谣十余首。除收入朝廷乐章外,还保存了大量民间入乐的歌词,其中相和、清商、杂曲、新乐府诸类,尤多优秀之作。全书各类有总序,每曲有题解,对各种歌辞、曲调的起源和发展,均有考订。每题以古辞居前,后人仿作列后,源流分明,资料价值较大。

〔古乐府〕

元代左克明编。十卷。此书虽大抵据郭茂倩《乐府诗集》加以简化,但互有出入。郭书终于唐五代,务穷其流;此书终于陈隋,务溯其源,用意迥然有别。有明刻本。

〔汉魏六朝百三名家集〕

明代张溥编。共一百十八卷。选取汉代贾谊至隋代薛道衡等一百零三人的作品,实为自汉至隋名家文集的总集。各集前都有简要题解,评述作家生平与创作,颇具见地。为后世研究自汉至隋的作家,提供了有益资料。但此书由于贪多务得,致驳杂之处不少。有光绪己卯年信述堂重刻本。

〔古乐苑〕

明代梅鼎祚作。五十二卷。根据郭茂倩《乐府诗集》而增辑之。郭本止于唐五代,此本则止于南北朝。由于编者意在博收,故不免芜杂,但其中一些材料,亦颇可资考证。有明代万历间刻本。

〔乾坤正气集〕

清代姚莹辑,顾沅补,共五百七十四卷。所选作者,上起战国屈原,下迄明代朱集璜,共一百零一家,大都是正直坚贞而又横遭迫害的历史人物。另有节本二十卷,称“小乾坤”。有清道光年间刊本。

〔古诗纪〕

原名《诗纪》,明代冯惟讷编。一百五十六卷。前集十卷,录先秦古逸诗,正集一百三十卷。录汉至隋诗歌。外集四卷,录古小说及笔记中所传之诗。别集十二卷,选录前人对古诗的评论。有明代嘉靖刻本、万历刻本。清代冯舒有《诗纪匡谬》一卷,参证匡谬较为精核。

〔古诗源〕

清代沈德潜编选。十四卷。收录上起唐虞、下迄隋代的古诗和歌谣(除《诗经》《楚辞》外)共七百余首,较为详备,并作了评注。编者认为诗极盛于唐,唐以前之诗是唐诗之源,故名《古诗源》。所选颇多优秀之作,流传较广。

〔古诗选〕

清代王士禛编。三十二卷。分五言古诗和七言古诗两大部分。五言录汉、魏、六朝以下,唐诗仅录陈子昂、张九龄、李白、韦应物、柳宗元五家;七言自古辞以下,八代兼采,而以杜甫的“沉郁顿挫”为正宗。入选之作大多在文学史上有一定的代表性,大体上反映了我国五、七言古诗的发展情况及重要流派的面貌。

〔诗比兴笺〕

清代陈沆编选。四卷。选录一般公认为属于比兴体的汉魏乐府古诗及自汉迄唐文人五、七言古诗四百余首,并加笺释,重在诗篇主题思想的阐述和分体,颇有见解,亦多穿凿附会之处。

〔八代诗选〕

清代王闿运编选。二十卷。选录汉至隋八代诗歌,分为四言、五言、齐以后新体诗、杂言、乐章乐词、歌谣等,是较有影响的一个选本。

〔十八家诗钞〕

清代曾国藩编选。二十八卷。选录三国魏到宋金十八名家诗,共六千五百余首,包括曹植、阮籍、陶渊明、谢灵运、鲍照、谢朓、王维、孟浩然、李白、杜甫、韩愈、白居易、李商隐、杜牧、苏轼、黄庭坚、陆游、元好问等人的作品。

〔古谣谚〕

清代杜文澜编(实为刘毓崧编集)。一百卷。搜集古籍中所引上古至明代的谣和谚,十分丰富。辑者注意到真伪的考订、增删、校正,并每条标明出处、书名、篇名。按经、史、子、集四部排列。是收录古谣谚的一部较完备的总集。

〔全汉三国晋南北朝诗〕

近人丁福保辑,共五十四卷,特点是"全",把西汉到隋的诗全收进去,不分好坏,不加批判,是一种资料汇编,它是以《诗纪》加以增删、并采《诗纪匡谬》来修订的。

〔先秦汉魏晋南北朝诗〕

逯钦立辑校,一百三十五卷。这是在冯惟讷《诗纪》、丁福保《全汉三国晋南北朝诗》的基础上编纂而成,纠偏补阙,取材广博,资料翔实,考订精审,除《诗经》《楚辞》之外,先秦迄隋的诗歌谣谚全部收入,按年代先后加以编次,是研究唐代以前诗歌的必备著作。

(二)别集

〔蔡中郎集〕

东汉蔡邕作。蔡曾官至左中郎将,故名。《后汉书》本传说他所著诗、赋、碑、诔、铭、赞等“凡百四篇传于世”。现传本为后人辑录,分十卷。又外纪一卷,外集四卷,卷末一卷。外集文多短缺不全,其中《独断》一卷,记述前代掌故,后世辞书,多加收录。有四部丛刊本。

〔曹操集〕

三国魏曹操作。中华书局1959年编印,以丁福保《汉魏六朝百三名家集》中《魏武帝集》为底本,用《三国志》《乐府诗集》等作了校注,诗一卷,文三卷,并增加了《孙子注》。附有《三国志·武帝纪》等资料。1974年重印时又补遗了几条佚文。

〔曹子建集〕

三国魏曹子建作。计诗、赋六卷,铭、赞、表、章、书、序、诔、哀辞、论说等四卷。计有诗八十余首,完整或残缺的散文和辞赋约四十余篇。清代丁晏对曹集作了铨评,并附逸文一卷,近人黄节有《曹子建诗注》二卷,考订较详。又有赵幼文《曹植集校注》本,人民文学出版社1984年出版。

〔王粲集〕

三国魏王粲作。原书亡佚,现所见到的是明人搜集整理的辑本。今人俞绍初在丁福保《汉魏六朝百三名家集》中《王仲宣集》基础上重新标点整理,诗一卷,文二卷,辑补遗文数则;后附王粲《英雄传》,又附整理者自己撰写的《王粲年谱》。中华书局1980年出版。

〔阮步兵集〕

三国魏阮籍作。籍曾官步兵校尉,故名。原集早佚。现通行本为后人所辑,包括诗文一百多篇。集中《咏怀诗》和略具辞赋体的名作《大人先生传》引人瞩目。近人黄节有《阮步兵咏怀诗诠》一卷,以史证诗,颇多阐发。有李志钧等标点整理本《阮籍集》,上海古籍出版社 1978 年出版。又有 1987 年中华书局出版陈伯君《阮籍集校注》本。

〔嵇中散集〕

三国魏嵇康作。康曾官中散大夫,故名。现存刊本最早见于明代嘉靖间黄省曾辑刻的十卷本,计诗一卷,文九卷。鲁迅有精校本《嵇康集》十卷,收集最为详备。另有近人戴明扬《嵇康集校注》十卷,并有附录。采各家评语,可资参考。人民文学出版社 1962 年版。

〔陆士衡集〕

西晋陆机作。原集不传,南宋徐民瞻访得遗文,与其弟陆云所作诗文,合刻成书,名《晋二俊文集》。后人据此翻刻,士衡集分赋四卷,诗三卷,文二卷,杂著一卷。近人郝立权有《陆士衡诗注》四卷。又有金涛声点校《陆机集》,中华书局 1982 年出版。

〔陆士龙集〕

西晋陆云作。今传赋一卷,诗三卷,诔、颂、书、启等六卷,共十卷。

〔陶靖节集〕

东晋陶渊明作,私谥靖节,故名。南朝梁昭明太子编为八卷,北齐阳休之改编为十卷,宋代李公焕笺注,有影印本传世。集注本有清代陶澍的《靖节先生集》十卷,另附首末各一卷,辑录各家序文、版本异同及各家评论、年谱考异等。今人王瑶编注《陶渊明集》,人民文学出版社 1956 年出版。又有孙钧锡《陶渊明集校注》本,中州古籍出版社 1986 年出版。

〔谢康乐集〕

南朝宋谢灵运作。灵运袭祖父爵为康乐公,故名。郑樵《通志·艺文略》载二十卷,今已散佚。明代李献吉、黄勉之、沈道初等人先后搜集,经焦竑合刊,成书四卷:赋二卷,文一卷,诗一卷。近人丁福保辑成五卷本,较完善。又近人黄节,为康乐诗作注,成《谢康乐诗注》附《补遗》四卷,亦有特色,可供参考,人民文学出版社 1958 年出版。

〔鲍照集〕

南朝宋鲍照作。照曾官临海王刘子顼前军参军,故又称《鲍参军集》。照死于兵乱,遗文散佚,南齐时虞炎搜集成十卷本。今传《鲍参军集注》六卷本系清代钱振伦注,近人黄节补注鲍参军诗集并集说。钱仲联增补集说校《鲍参军集注》本,较为详备,有 1980 年上海古籍出版社新版本。

〔谢宣城集〕

南朝齐谢朓作。朓曾官宣城太守,故名。原集十二卷,宋时存十卷。南宋楼炤取前五卷赋与诗刻之,名《谢宣城诗集》,其余应用之文全部删去。明代薛应旗、汪士贤、张溥各有刻本。常见版本有四部丛刊本。

〔昭明太子集〕

南朝梁萧统作。统为武帝太子,早卒,谥昭明,故名。其集早佚,世传明代周满刻本五卷:诗、赋二卷,书、启、议、序二卷,《令旨解二谛义(并问答)》一卷。有四部丛刊本。

〔江文通集〕

南朝梁江淹自编。淹字文通,曾封醴陵侯。集已散失。今存明代翻宋辑本十卷,有影印本,另附校补一卷。明代胡之骥有《江文通集汇注》十卷。清代梁宾又辑《江文通集》,计赋一卷,骚、乐府、诗一卷,表、章、书、传等二卷,共四卷。今有赵长路等点校《江文通集汇注》本,中华书局 1984 年出版。

〔何水部集〕

南朝梁何逊作,逊曾官水部员外郎,故名。原集散失,明代薛应旂有辑本二卷。又明代张燮辑本三卷,附录一卷。因逊曾为庐陵王记室,又名《何记室集》。又明代张溥辑本合为一卷。1980 年中华书局据张燮本排印,做了校刊,名《何逊集》。

〔庾子山集〕

北周庾信作。信字子山,原集早佚,后人辑录为十六卷。今有影印明代屠隆刻本。清代吴兆宜有《庾开府集笺注》二十卷。倪璠有《庾子山集》十六卷,有总释、年谱等附录,较吴注详博。1980 年中华书局出版了《庾子山集注》,以清倪璠注本为底本,由许逸民校点,后附佚文辑存。

〔徐孝穆集〕

南朝陈徐陵作。陵字孝穆,集三十卷,早佚。今存十卷,为后人辑录,有明代屠隆刻本,另有张溥刻本一卷。清代吴兆宜《徐孝穆集笺注》六卷,康熙间刻本。常见版本有四部丛刊本。

图书在版编目(CIP)数据

魏晋南北朝诗歌鉴赏辞典 / 魏耕原，张新科，赵望秦主编. —北京：商务印书馆国际有限公司，2024. 1

ISBN 978-7-5176-1030-4

Ⅰ. ①魏…　Ⅱ. ①魏… ②张… ③赵…　Ⅲ. ①古典诗歌-鉴赏-中国-魏晋南北朝时代-词典　Ⅳ. ①I207. 22-61

中国国家版本馆 CIP 数据核字(2023)第 227680 号

WEIJIN NANBEICHAO SHIGE JIANSHANG CIDIAN

魏晋南北朝诗歌鉴赏辞典

主　　编	魏耕原　张新科　赵望秦
出版发行	商务印书馆国际有限公司
地　　址	北京市朝阳区吉庆里 14 号楼 佳汇国际中心 A 座 12 层
邮　　编	100020
电　　话	010-65592876（编校部） 010-65598498（市场营销部）
网　　址	www. cpi1993. com
印　　刷	北京荣宝艺品印刷有限公司
开　　本	850mm × 1168mm　1/32
字　　数	1058 千字
印　　张	27
版　　次	2024 年 1 月第 1 版第 1 次印刷
书　　号	ISBN 978-7-5176-1030-4
定　　价	78. 00 元